三言二拍

我国古代流传颇广的短篇小说集

（清）冯梦龙　凌蒙初　编著

辽海出版社

壹

图书在版编目（CIP）数据

三言二拍 /（清）冯梦龙，（清）凌蒙初编著．—沈阳：辽海出版社，2014. 12（文化百科 / 李楠主编）

ISBN 978-7-5451-3243-4

Ⅰ．①三…　Ⅱ．①冯…　②凌…　Ⅲ．①话本小说—小说集—中国—明代　Ⅳ．① I242.

中国版本图书馆 CIP 数据核字（2014）第 261088 号

三言二拍

责任编辑： 柳海松
责任校对： 丁　雁
装帧设计： 马寄萍
出 版 者： 辽海出版社
地　　址： 沈阳市和平区十一纬路 25 号
邮政编码： 110003
电　　话： 024-23284473
E - mail： dszbs@mail.lnpgc.com.cn
http://www.lhph.com.cn
印 刷 者： 北京一鑫印务有限责任公司
发 行 者： 辽海出版社
开　　本： 787mm × 1092mm　　1/16
印　　张： 80
字　　数： 1280 千字
出版时间： 2015 年 1 月第 1 版
印刷时间： 2020 年 3 月第 3 次印刷
定　　价： 498. 00 元（全四册）

目　录

喻世明言

喻世明言

叙

史统散而小说兴。始乎周季，盛于唐，而浸淫于宋。韩非、列御寇诸人，小说之祖也。《吴越春秋》等书，虽出炎汉，然秦火之后，著述犹希。迨开元以降，而文人之笔横矣。若通俗演义，不知何昉？按南宋供奉局，有说话人，如今说书之流。其文必通俗，其作者莫可考。泥马倦勤，以太上享天下之养，仁寿清暇，喜阅话本，命内珰日进一帙，当意，则以金钱厚酬。于是内珰辈广求先代奇迹及闾里新闻，倩人敷演进御，以怡天颜。然一览辄置，卒多浮沉内庭，其传布民间者，什不一二耳。然如《玩江楼》《双鱼坠记》等类，又皆鄙俚浅薄，齿牙弗馨焉。暨施、罗两公，鼓吹胡元，而《三国志》《水浒》《平妖》诸传，遂成巨观。要以韫玉违时，销熔岁月，非龙见之日所暇也。

皇明文治既郁，靡流不波，即演义一斑，往往有远过宋人者。而或以为恨乏唐人风致，谬矣。食桃者不费杏，絺縠毳锦，惟时所适，以唐说律宋，将有以汉说律唐，以春秋战国说律汉，不至于尽扫羲圣之一画不止！可若何？大抵唐人选言，入于文心；宋人通俗，谐于里耳。天下之文心少而里耳多，则小说之资于选言者少，而资于通俗者多。试今说话人当场描写，可喜可愕，可悲可涕，可歌可舞；再欲捉刀，再欲下拜，再欲决脰，再欲捐金。怯者勇，淫者贞，薄者敦，顽钝者汗下。虽小诵《孝经》《论语》，其感人未必如是之捷且深也。噫！不通俗而能之乎？茂苑野史氏，家藏古今通俗小说甚富，因贾人之请，抽其可以嘉惠里耳者，凡四十种，畀为一刻。余顾而乐之，因索笔而弁其首。

绿天馆主人题

第一卷　蒋兴哥重会珍珠衫

仕至千钟非贵，年过七十常稀，浮名身后有谁知？万事空花游戏。

休逞少年狂荡，莫贪花酒便宜。脱离烦恼是和非，随分安闲得意。

这首词名为《西江月》，是劝人安分守己，随缘作乐，莫为酒、色、财、气四字损却精神，亏了行止。求快活时非快活，得便宜处失便宜。

说起那四字中，总到不得那“色”字利害。眼是情媒，心为欲种。起手时，牵肠挂肚，过后去，丧魄销魂。假如墙花路柳，偶然适兴，无损于事；若是生心设计，败俗伤风，只图自己一时欢乐，却不顾他人的百年恩义，假如你有娇妻爱妾，别人调戏上了，你心下如何？古人有四句道得好：

人心或可昧，天道不差移。

我不淫人妇，人不淫我妻。

看官，则今日听我说《珍珠衫》这套词话，可见果取不爽，好教少年子弟做个榜样。

话中单表一人，姓蒋名德，小字兴哥，乃湖广襄阳府枣阳县人氏。父亲叫做蒋世泽，从小走熟广东做客买卖。因为丧了妻房罗氏，止遗下这兴哥，年方九岁，别无男女。这蒋世泽割舍不下，又绝不得广东的衣食道路，千思百计，无可奈何，只得带那九岁的孩子同行作伴，就教他学些乖巧。这孩子虽则年小，生得：

眉清目秀，齿白唇红；行步端庄，言辞敏捷；聪明赛过读书家，伶俐不输长大汉。人人唤做粉孩儿，个个羡他无价宝。

蒋世泽怕人妒忌，一路上不说是嫡亲儿子，只说是内侄罗小官人。原来罗家也是走广东的，蒋家只走得一代，罗家到走过三代了。那边客店牙行，都与罗家世代相识，如自己亲眷一般。这蒋世泽做客，起头也还是丈人罗公领他走起的。因罗家近来屡次遭了屈官司，家道消乏，好几年不曾走动。这些客店牙行见了蒋世泽，那一遍不动问罗家消息，好生牵挂。今番见蒋世泽带个孩子到来，问知是罗家小官人，且是生得十分清秀，应对聪明，想着他祖父三辈交情，如今又是第四辈了，那一个不欢喜。闲话休题。

却说蒋兴哥跟随父亲做客，走了几遍，学得伶俐乖巧，生意行中，百般都会，父亲也喜不自胜。何期到一十七岁上，父亲一病身亡。且喜刚在家中，还不做客途之鬼，兴哥哭了一场，免不得揩干泪眼，整理大事。殡殓之外，做些功德超度，自不必说。七七四十九日内，内外宗亲都来吊孝。本县有个王公，正是兴哥的新岳丈，也来上门祭奠，少不得蒋门亲戚陪侍叙话。中间说起兴哥少年老成，这般大事，亏他独力支持。因话随话间，就有人撺掇道："王老亲翁，如今令爱也长成了，何不乘凶完配，教他夫妇作伴，也好过日。"王公未肯应承，当日相别去了。众亲戚等安葬事毕，又去撺掇兴哥。兴哥初时也不肯，却被撺掇了几番，自想孤身无伴，只得应允。央原媒人往王家去说，王公只是推辞，说道："我家也要备些薄薄妆奁，一时如何来得？况且孝未期年，于礼有碍，便要成亲，且待小祥之后再议。"媒人回话，兴哥见他说得正理，也不相强。

光阴如箭，不觉周年已到。兴哥祭过了父亲灵位，换去粗麻衣服，再央媒人王家去说，方才依允。不隔几日，六礼完备，娶了新妇进门。有《西江月》为证：

孝幕翻成红幕，色衣换去麻衣。画楼结彩烛光辉，合卺花筵齐备。

那羡妆奁富盛，难求丽色娇妻。今宵云雨足欢娱，来日人称恭喜。

说这新妇是王公最幼之女，小名唤做三大儿；因他是七月七日生的，又唤做三巧儿。王公先前嫁过的两个女儿，都是出色标致的。枣阳县中，人人称羡，造出四句口号，道是：

天下妇人多，王家美色寡。

有人娶着他，胜似为驸马。

常言道："做买卖不着，只一时；讨老婆不着，是一世。"若干官宦大户人家，单拣门户相当，或是贪他嫁资丰厚，不分皂白，定了亲事。后来娶下一房奇丑的媳妇，十亲九眷面前，出来相见，做公婆的好没意思。又且丈夫心下不喜，未免私房走野。偏是丑妇极会管老公，若是一般见识的，便要反目；若使顾惜体面，让他一两遍，他就做大起来。有此数般不妙，所以蒋世泽闻知王公惯生得好女儿，从小便送过财礼，定下他幼女与儿子为婚。今日取过门来，果然娇姿艳质，说起来，比他两姐儿加倍标致。正是：

吴宫西子不如，楚国南威难赛。

若比水月观音，一样烧香礼拜。

蒋兴哥人才本自齐整，又娶得这房美色的浑家，分明是一对玉人，良工琢就，男欢女爱，比别个夫妻更胜十分。三朝之后，依先换了些浅色衣服，只推制中不与外事，专在楼上与浑家成双捉对，朝暮取乐，真个行坐不离，梦魂作伴。自古苦日难熬，欢时易过，暑往寒来，早已孝服完满，起灵除孝，不在话下。

兴哥一日间想起父亲存日广东生理，如今耽搁三年有余了，那边还放下许多客帐，不曾取得。夜间与浑家商议，欲要去走一遭。浑家初时也答应道该去，后来说到许多路程，恩爱夫妻，何忍分离？不觉两泪交流。兴哥也自割舍不得，两下凄惨一场，又丢开了。如此已非一次。光阴荏苒，不觉又捱过了二年。那时兴哥决意要行，瞒过了浑家，在外面暗暗收拾行李。拣了个上吉的日期，五日前方对浑家说知，道："常言'坐吃山空'，我夫妻两口，也要成家立业，终不然抛了这行衣食道路？如今这二月天气，不寒不暖，不上路更待何时？"浑家料是留他不住了，只得问道："丈夫此去几时可回？"兴哥道："我这番出外，甚不得已，好歹一年便回，宁可第二遍多去几时罢了。"浑家指着楼前一棵椿树道："明年此树发芽，便盼着官人回也。"说罢，泪下如雨。兴哥把衣袖替他揩拭，不觉自己眼泪也挂下来。两下里怨离惜别，分外恩情，一言难尽。

到第五日，夫妇两个啼啼哭哭，说了一夜的说话，索性不睡了。五更时分，兴哥便起身收拾，将祖遗下的珍珠细软，都交付与浑家收管。自己只带得本钱银两、帐目底本及随身衣服、铺陈之类，又有预备下送礼的人事，都装叠得停当。原有两房家人，只带一个后生些的去，留一个老成的在家，听浑家使唤，买办日用。两个婆娘，专管厨下。又有两个丫头，一个叫晴云，一个叫暖雪，专在楼中伏侍，不许远离。分付停当了，对浑家说道："娘子耐心度日。地方轻薄子弟不少，你又生得美貌，莫在门前窥瞰，招风揽火。"浑家道："官人放心，早去早回。"两下掩泪而别。正是：

世上万般哀苦事，无非死别与生离。

兴哥上路，心中只想着浑家，整日的不瞅不睬。不一日，到了广东地方，下了客店。这伙旧时相识，都来会面，兴哥送了些人事。排家的治酒接风，一连半月二十日，不得空闲。兴哥在家时，原是淘虚了的身子，一路受些劳碌，到此未免饮食不节，得了个疟疾。一夏不好，秋间转成水痢。每日请医切脉，服药调治，直延到秋尽，方得安痊。把买卖都耽搁了，眼见得一年回去不成。正是：

只为蝇头微利，抛却鸳被良缘。

兴哥虽然想家，到得日久，索性把念头放慢了。

不题兴哥做客之事。且说这里浑家王三巧儿，自从那日丈夫分付了，果然数月之内，目不窥户，足不下楼。光阴似箭，不觉残年将尽，家家户户，闹轰轰的暖火盆，放爆竹，吃合家欢耍子。三巧儿触景伤情，思想丈夫，这一夜好生凄楚！正合古人的四句诗，道是：

腊尽愁难尽，春归人未归。

朝来嗔寂寞，不肯试新衣。

明日正月初一日，是个岁朝。晴云、暖雪两个丫头，一力劝主母在前楼去看看街坊景象。原来蒋家住宅前后通连的两带楼房，第一带临着大街，第二带方做卧室，三巧儿闲常只在第二带中坐卧。这一日被丫头们撺掇不过，只得从边厢里走过前楼，分付推开窗子，把帘儿放下，三口儿在帘内观看。这日街坊上好不闹杂！三巧儿道："多少东行西走的人，偏没个卖卦先生在内！若有时，唤他来卜问官人消息也好。"晴云道："今日是岁朝，人人要闲耍的，那个出来卖卦？"暖雪叫道："娘限在我两个身上，五日内包唤一个来占卦便了。"

到初四日早饭过后，暖雪下楼小解，忽听得街上当当的敲响。响的这件东西，唤做“报君知”，是瞎子卖卦的行头。暖雪等不及解完，慌忙检了裤腰，跑出门外，叫住了瞎先生。拨转脚头，一口气跑上楼来报知主母。三巧儿分付，唤在楼下坐启内坐着，计他课钱，通陈过了，走下楼梯，听他剖断。那瞎先生占成一卦，问：“是何用？”那时厨下两个婆娘，听得热闹，也都跑将来了，替主母传语道：“这卦是问行人的。”瞎先生道：“可是妻问夫么？”婆娘道：“正是。”先生道：“青龙治世，财爻发动。若是妻问夫，行人在半途，金帛千箱有，风波一点无。青龙属木，木旺于春，立春前后，已动身了。月尽月初，必然回家，更兼十分财采。”三巧儿叫买办的，把三分银子打发他去，欢天喜地，上楼去了。真所谓“望梅止渴”“画饼充饥”。

大凡人不做指望，倒也不在心上；一做指望，便痴心妄想，时刻难过。三巧儿只为信了卖卦先生之语，一心只想丈夫回来，从此时常走向前楼，在帘内东张西望。直到二月初旬，椿树抽芽，不见些儿动静。三巧儿思想丈夫临行之约，愈加心慌；一日几遍，向外探望。也是合当有事，遇着这个俊俏后生。正是：

有缘千里能相会，无缘对面不相逢。

这个俊俏后生是谁？原来不是本地，是徽州新安县人氏；姓陈，名商，小名叫做大喜哥，后来改口呼为大郎；年方二十四岁，且是生得一表人物，虽胜不得宋玉、潘安，也不在两人之下。这大郎也是父母双亡，凑了二三千金本钱，来走襄阳贩籴些米豆之类，每年常走一遍。他下处自在城外，偶然这日进城来，要到大市街汪朝奉典铺中问个家信。那典铺正在蒋家对门，因此经过。你道怎生打扮？头上带一顶苏样的百柱鬃帽，身上穿一件鱼肚白的湖纱道袍，又恰好与蒋兴哥平昔穿着相像。三巧儿远远瞧见，只道是他丈夫回了，揭开帘子，定睛而看。陈大郎抬头，望见楼上一个年少的美妇人，目不转睛的，只道心上欢喜了他，也对着楼上丢个眼色。谁知两个都错认了。三巧儿见不是丈夫，羞得两颊通红，忙忙把窗儿拽转，跑在后楼，靠着床沿上坐地，兀自心头突突的跳一个不住。谁知陈大郎的一片精魂，早被妇人眼光儿摄上去了。回到下处，心心念念的放他不下，肚里想着：“家中妻子，虽是有些颜色，怎比得妇人一半！欲待通个情款，争奈无门可入。若得谋他一宿，就消花这些本钱，也不枉为人在世。”叹了几口气，忽然想起大市街东巷，有个卖珠子的薛婆，曾与他做过交易。这婆子能言快语，况且日逐串街走巷，那一家不认得，须是与他商议，定有道理。

这一夜番来覆去，勉强过了。次日起个清早，只推有事，讨些凉水梳洗，取了一百两银子，两大锭金子，急急的跑进城来。这叫做：

欲求生受用，须下死工夫。

陈大郎进城，一径来到大市街东巷，去敲那薛婆的门。薛婆蓬着头，正在天井里拣珠子，听得敲门，一头收过珠包，一头问道："是谁？"才听说出"徽州陈"三字，慌忙开门请进，道："老身未曾梳洗，不敢为礼了。大官人起得好早！有何贵干？"陈大郎道："特特而来，若迟时，怕不相遇。"薛婆道："可是作成老身出脱些珍珠首饰么？"陈大郎道："珠子也要买，还有大买卖作成你。"薛婆道："老身除了这一行货，其余都不熟惯。"陈大郎道："这里可说得话么？"薛婆便把大门关上，请他到小阁儿坐着，问道："大官人有何分付？"大郎见四下无人，便向衣袖里摸出银子，解开布包，摊在桌上，道："这一百两白银，干娘收过了，方才敢说。"婆子不知高低，那里肯受。大郎道："莫非嫌少？"慌忙又取出黄灿灿的两锭金子，也放在桌上，道："这十两金子，一并奉纳。若干娘再不收时，便是故意推调了。今日是我来寻你，非是你来求我。只为这桩大买卖，不是老娘成不得，所以特地相求。便说做不成时，这金银你只管受用。终不然我又来取讨，日后再没相会的时节了。我陈商不是恁般小样的人！"

看官，你说从来做牙婆的那个不贪钱钞？见这般黄白之物，如何不动火？薛婆当时满脸堆下笑来，便道："大官人休得错怪，老身一生不曾要别人一厘一毫不明不白的钱财。今日既承大官人分付，老身权且留下；若是不能效劳，依旧奉纳。"说罢，将金锭放银包内，一齐包起，叫声："老身大胆了。"拿向卧房中藏过，忙踅出来，道："大官人，老身且不敢称谢，你且说甚么买卖，用着老身之处？"大郎道："急切要寻一件救命之宝，是处都无，只大市街上一家人家方有，特央干娘去借借。"婆子笑将起来道："又是作怪！老身在这条巷住过二十多年，不曾闻大市街有甚救命之宝。大官人你说，有宝的还是谁家？"大郎道："敝乡里汪三朝奉典铺对门高楼子内是何人之宅？"婆子想了一回，道："这是本地蒋兴哥家里，他男子出外做客，一年多了，止有女眷在家。"大郎道："我这救命之宝，正要问他女眷借借。”便把椅儿掇近了婆子身边，向他诉出心腹，如此如此。婆子听罢，连忙摇首道：“此事大难！蒋兴哥新娶这房娘子，不上四年，夫妻两个如鱼似水，寸步不离。如今没奈何出去了，这小娘子足不下楼，甚是贞节。因兴哥做人有些古怪，容易嗔嫌，老身辈从不曾上他的阶头。连这小娘子面长面短，老身还不认得，如何应承得此事？方才所赐，是老身薄福，受用不成了。”陈大郎听说，慌忙双膝跪下。婆子去扯他时，被他两手拿住衣袖，紧紧按定在椅上，动掸不得。口里说：“我陈商这条性命，都在干娘身上。你是必思量个妙计，作成我入马，救我残生。事成之日，再有白金百两相酬；若是推阻，即今便是个死。”慌得婆子没理会处，连声应道：“是，是！莫要折杀老身，大官人请起，老身有话讲。”陈大郎方才起身，拱手道：“有何妙策，作速见教。”薛婆道：“此事须从容图之，只要成就，莫论岁月。若是限时限月，老身决难奉命。”陈大郎道：“若果然成就，便迟几日何妨。只是计将安出？”蒋婆道：“明日不可太早，不可太迟，早饭后，相约在汪三朝奉典铺中相会，大官人可多带银两，只说与老身做买卖，其间自有道理。若是老身这两只脚跨进得蒋家门时，便是大官人的造化。大官人便可急回下处，莫在他门首盘桓，被人识破，误了大事。讨得三分机会，老身自来回复。”陈大郎道：“谨依尊命。”唱了个肥喏，欣然开门而去。正是：

未曾灭项兴刘，先见筑坛拜将。

当日无话。到次日，陈大郎穿了一身齐整衣服，取上三四百两银子，放在个大皮匣内，唤小郎背着，跟随到大市街汪家典铺来。瞧见对门楼窗紧闭，料是妇人不在，便与管典的拱了手，讨个木凳儿坐在门前，向东而望。不多时，只见薛婆抱着一个篾丝箱儿来了。陈大郎唤住，问道：“箱内何物？”薛婆道：“珠宝首饰，大官人可用么？”大郎道：“我正要买。”薛婆进了典铺，与管典的相见了，叫声聒噪，便把箱儿打开。内中有十来包珠子，又有几个小匣儿，都盛着新样簇花点翠的首饰，奇巧动人，光灿夺目。陈大郎拣几吊极粗极白的珠子，和那些簪珥之类，做一堆儿放着，道：“这些我都要了。”婆子便把眼儿瞅着，说道：“大官人要用时尽用，只怕不肯出这样大价钱。”陈大郎已自会意，开了皮匣，把这些银两白华华的摊做一台，高声的叫道：“有这些银子，难道买你的货不起。”此时，邻舍闲汉已自走过七八个人，在铺前站着看了。婆子道：“老身取笑，岂敢小觑大官人。这银两须要仔细，请收过了，只要还得价钱公道便好。”两下一边的讨价多，一边的还钱少，差得天高地远。那讨价的一口不移；这里陈大郎拿着东西，又不放手，又不增添，故意走出屋檐，件件的翻覆认看，言真道假、弹斤估两的在日光中的烜耀，惹得一市人都来观看，不住声的有人喝采。婆子乱嚷道：“买便买，不买便罢，只管耽搁人则甚？”陈大郎道：“怎么不买？”两个又论了一番价。正是：

只因酬价争钱口，惊动如花似玉人。

王三巧儿听得对门喧嚷，不觉移步前楼，推窗偷看。只见珠光闪烁，宝色辉煌，甚是可爱。又见婆子与客人争价不定，便分付丫鬟去唤那婆子，借他东西看看。晴云领命，走过街去，把薛婆衣袂一扯，道：“我家娘请你。”婆子故意问道：“是谁家？”晴云道：“对门蒋家。”婆子把珍珠之类，劈手夺将过来，忙忙的包了，道：“老身没有许多空闲与你歪缠！”陈大郎道：“再添些卖了罢。”婆子道：“不卖，不卖！像你这样价钱，老身卖去多时了。”一头说，一头放入箱儿里，依先关锁了，抱着便走。晴云道：“我替你老人家拿罢。”婆子道：“不消。”头也不回，径到对门去了。陈大郎心中暗喜，也收拾银两，别了管典的，自回下处。正是：

眼望捷旌旗，耳听好消息。

晴云引薛婆上楼，与三巧儿相见了。婆子看那妇人，心下想道：“真天人也，怪不得陈大郎心迷；若我做男子，也要浑了。”当下说道：“老身久闻大娘贤慧，但恨无缘拜识。”三巧儿问道：“你老人家尊姓？”婆子道：“老身姓薛，只在这里东巷住，与大娘也是个邻里。”三巧儿道：“你方才这些东西，如何不卖？”婆子笑道：“若不卖时，老身又拿出来怎的？只笑那下路客人，空自一表人才，不识货物。”说罢便去开了箱儿，取出几件簪珥，递与那妇人看，叫道：“大娘，你道这样首饰，便工钱也费多少！他们还得忒不像样，教老身在主人家面前，如何告得许多消乏？”又把几串珠子提将起来道：“这般头号的货，他们还做梦哩。”三巧儿问了他讨价还价，便道：“真个亏你些儿。”婆子道：“还是大家宝眷，见多识广，比男子汉眼力到胜十倍。”三巧儿唤丫鬟看茶。婆子道：“不扰茶了。老身有件要紧的事，欲往西街走走，遇着这个客人，缠了多时，正是：买卖不成，担误工程。这箱儿连锁放在这里，权烦大娘收拾，老身暂去，少停就来。”说罢便走。三巧儿叫晴云去送他下楼，出门向西去了。

三巧儿心上爱了这几件东西，专等婆子到来酬价。一连五日不至。到第六日午后，忽然下一场大雨，雨声未绝，砰砰的敲门声响。三巧儿唤丫鬟开看，只见薛婆衣衫半湿，提个破伞进来，口儿道：

晴干不肯走，直待雨淋头。

把伞儿放在楼梯边，走上楼来万福道："大娘，前晚失信了。"三巧儿慌忙答礼道："这几日在那里去了？"婆子道："小女托赖，新添了个外孙，老身去看看，留住了几日，今早方回。半路上下起雨来，在一个相识人家借得把伞，又是破的，却不是晦气！"三巧儿道："你老人家几个儿女？"婆子道："只一个儿子，完婚过了。女儿到有四个，这是我第四个了，嫁与徽州朱八朝奉做偏房，就在这北门外开盐店的。"三巧儿道："你老人家女儿多，不把来当事了。本乡本土少什么一夫一妇的，怎舍得与异乡人做小？"婆子道："大娘不知，到是异乡人有情怀，虽则偏房，他大娘子只在家里，小女自在店中，呼奴使婢，一般受用。老身每遍去时，他当个尊长看待，更不怠慢。如今养了个儿子，愈加好了。"三巧儿道："也是你老人家造化，嫁得着。"说罢，恰好晴云讨茶上来，两个吃了。婆子道："今日雨天没事，老身大胆，敢求大娘的首饰一看，看些巧样儿在肚里也好。"三巧儿道："也只是平常生活，你老人家莫笑话。"就取一把钥匙，开了箱笼，陆续搬出许多钗钿缨络之类。薛婆看了，夸美不尽，道："大娘有恁般珍异，把老身这几件东西，看不在眼了。"三巧儿道："好说，我正要与你老人家请个实价。"婆子道："娘子是识货的，何消老身费嘴。"三巧儿把东西检过，取出薛婆的篾丝箱儿来，放在桌上，将钥匙递与婆子道："你老人家开了，检看个明白。"婆子道："大娘忒精细了。"当下开了箱儿，把东西逐件搬出。三巧儿品评价钱，都不甚远。婆子并不争论，欢欢喜喜的道："恁地，便不枉了人。老身就少赚几贯钱，也是快活的。"三巧儿道："只是一件，目下凑不起价钱，只好现奉一半。等待我家官人回来，一并清楚，他也只在这几日回了。"婆子道："便迟几日，也不妨事。只是价钱上相让多了，银水要足纹的。"三巧儿道："这也小事。"便把心爱的几件首饰及珠子收起，唤晴云取杯见成酒来，与老人家坐坐。婆子道："造次如何好搅扰？"三巧儿道："时常清闲，难得你老人家到此作伴扳话。你老人家若不嫌怠慢，时常过来走走。"婆子道："多谢大娘错爱，老身家里当不过嘈杂，像宅上又忒清闲了。"三巧儿道："你家儿子做甚生意？"

婆子道："也只是接些珠宝客人，每日的讨酒讨浆，刮的人不耐烦。老身亏杀各宅们走动，在家时少，还好。若只在六尺地上转，怕不燥死了人。"三巧儿道："我家与你相近，不耐烦时，就过来闲话。"婆子道："只不敢频频打搅。"三巧儿道："老人家说那里话。"只见两个丫鬟轮番的走动，摆了两副杯箸，两碗腊鸡，两碗腊肉，两碗鲜鱼，连果碟素菜，共一十六个碗。婆子道："如何盛设！"三巧儿道："见成的，休怪怠慢。"说罢，斟酒递与婆子，婆子将杯回敬，两下对坐而饮。原来三巧儿酒量尽去得，那婆子又是酒壶酒瓮，吃起酒来，一发相投了，只恨会面之晚。那日直吃到傍晚，刚刚雨止，婆子作谢要回。三巧儿又取出大银钟来，劝了几钟。又陪他吃了晚饭。说道："你老人再宽坐一时，我将这一半价钱付你去。"婆子道："天晚了，大娘请自在，不争这一夜儿，明日却来领罢。连这篾丝箱儿，老身也不拿去了，省得路上泥滑滑的不好走。"三巧儿道："明日专专望你。"婆子作别下楼，取了破伞，出门去了。正是：

世间只有虔婆嘴，哄动多多少少人。

却说陈大郎在下处呆等了几日，并无音信。见这日天雨，料是婆子在家，拖泥带水的进城来问个消息，又不相值。自家在酒肆中吃了三杯，用了些点心，又到薛婆门首打听，只是未回。看看天晚，却待转身，只见婆子一脸春色，脚略斜的走入巷来。陈大郎迎着他，作了揖，问道："所言如何？"婆子摇手道："尚早。如今方下种，还没有发芽哩。再隔五六年，开花结果，才到得你口。你莫在此探头探脑，老娘不是管闲事的。"陈大郎见他醉了，只得转去。

次日，婆子买了些时新果子、鲜鸡、鱼、肉之类，唤个厨子安排停当，装做两个盒子；又买一瓮上好的酽酒，央间壁小二挑了，来到蒋家门首。三巧儿这日不见婆子到来，正教晴云开门出来探望，恰好相遇。婆子教小二挑在楼下，先打发他去了。晴云已自报知主母。三巧儿把婆子当个贵客一般，直到楼梯口边迎他上去。婆子千恩万谢的福了一回，便道："今日老身偶有一杯水酒，将来与大娘消遣。"三巧儿道："到要你老人家赔钞，不当受了。"婆子央两个丫鬟搬将上来，摆做一桌子。三巧儿道："你老人家忒迂阔了，恁般大弄起来。"婆子笑道："小户人家，备不出甚么好东西，只当一茶奉献。"晴云便去取杯箸，暖雪便吹起水火炉来。霎时酒暖，婆子道："今日是老身薄意，还请大娘转坐客位。"三巧儿道："虽然相扰，在寒舍岂有此理？”两下谦让多时，薛婆只得坐了客席。

这是第三次相聚，更觉熟分了。饮酒中间，婆子问道：“官人出外好多时了还不回，亏他撇得大娘下。”三巧儿道：“便是，说过一年就转，不知怎地耽搁了。”婆子道：“依老身说，放下了恁般如花似玉的娘子，便博个堆金积玉也不为罕。”婆子又道：“大凡走江湖的人，把客当家，把家当客。比如我第四个女婿朱八朝奉，有了小女，朝欢暮乐，那里想家？或三年四年，才回一遍。住不上一两个月，又来了。家中大娘子替他担孤受寡，那晓得他外边之事？”三巧儿道：“我家官人倒不是这样人。”婆子道：“老身只当闲话讲，怎敢将天比地？”当日两个猜谜掷色，吃得酩酊而别。

第三日，同小二来取家火，就领这一半价钱。三巧儿又留他吃点心。从此以后，把那一半赊钱为由，只做问兴哥的消息，不时行走。这婆子俐齿伶牙，能言快语，又半痴不颠的，惯与丫鬟们打诨，所以上下都欢喜他。三巧儿一日不见他来，便觉寂寞，叫老家人认了薛婆家里，早晚常去请他，所以一发来得勤了。

世间有四种人惹他不得，引起了头，再不好绝他。是那四种？游方僧道、乞丐、闲汉、牙婆。上三种人犹可，只有牙婆是穿房入户的，女眷们怕冷静时，十个九个到要扳他来往。今日薛婆本是个不善之人，一般甜言软语，三巧儿遂与他成了至交，时刻少他不得。正是：

画虎画皮难画骨，知人知面不知心。

陈大郎儿遍讨个消息，薛婆只回言尚早。其时五月中旬，天渐炎热。婆子在三巧儿面前，偶说起家中蜗窄，又是朝西房子，夏月最不相宜，不比这楼上高厂风凉。三巧儿道：“你老人家若撇得家下，到此过夜也好。”婆子道：“好是好，只怕官人回来。”三巧儿道：“他就回，料道不是半夜三更。”婆子道：“大娘不嫌蒿恼，老身惯是挜相知的，只今晚就取铺陈过来，与大娘作伴，何如？”三巧儿道：“铺陈尽有，也不须拿得。你老人家回复家里一声，索性在此过了一夏家去不好？”婆子真个对家里儿子媳妇说了，只带个梳匣儿过来。三巧儿道：“你老人家多事，难道我家油梳子也缺了，你又带来怎地？”婆子道：“老身一生怕的是同汤洗脸，合具梳头。大娘怕没有精致的梳具，老身如何敢用？其他姐儿们的，老身也怕用得，还是自家带了便当。只是大娘分付在那一门房安歇？”三巧儿指着床前一个小小藤榻儿，道：“我预先排下你的卧处了，我两个亲近些，夜间睡不着好讲些闲话。”说罢，检出一顶青纱帐来，教婆子自家挂了，又同吃了一会酒，方才歇息。两个丫鬟原在床前打铺相伴，因有了婆子，打发他在间壁房里去睡。

从此为始，婆子日间出去串街做买卖，黑夜便到蒋家歇宿。时常携壶挈榼的殷勤热闹，不一而足。床榻是丁字样铺下的，虽隔着帐子，却像是一头同睡。夜间絮絮叨叨，你问我答，凡街坊秽亵之谈，无所不至。这婆子或时装醉诈风起来，到说起自家少年时偷汉的许多情事，去勾动那妇人的春心。害得那妇人娇滴滴一副嫩脸，红了又白，白了又红。婆子也知妇人心活，只是那话儿不好启齿。

光阴迅速，又到七月初七日了，正是三巧儿的生日。婆子清早备下两盒礼，与他做生。三巧儿称谢了，留他吃面，婆子道：“老身今日有些穷忙，晚上来陪大娘，看牛郎织女做亲。”说罢自去了。下得阶头不几步，正遇着陈大郎。路上不好讲话，随到个僻静巷里。陈大郎攒着两眉，埋怨婆子道：“干娘，你好慢心肠！春去夏来，如今又立过秋了。你今日也说尚早，明日也说尚早，却不知我度日如年。再延挨几日，他丈夫回来，此事便付东流，却不活活的害死我也！阴司去少不得与你索命。”婆子道：“你且莫喉急，老身正要相请，来得恰好。事成不成，只在今晚，须是依我而行。如此如此，这般这般。全要轻轻悄悄，莫带累人。”陈大郎点头道：“好计，好计！事成之后，定当厚报。”说罢，欣然而去。正是：

排成窃玉偷香阵，费尽携云握雨心。

却说薛婆约定陈大郎这晚成事。午后细雨微茫，到晚却没有星月，婆子黑暗里引着陈大郎埋伏在左近，自己却去敲门。晴云点个纸灯儿，开门出来。婆子故意把衣袖一摸，说道："失落了一条临清汗巾儿。姐姐，劳你大家寻一寻。"哄得晴云便把灯向街上照去。这里婆子捉个空，招着陈大郎一溜溜进门来，先引他在楼梯背后空处伏着。婆子便叫道："有了，不要寻了。"晴云道："恰好火也没了，我再去点个来照你。"婆子道："走熟的路，不消用火。"两个黑暗里关了门，摸上楼来。三巧儿问道："你没了什么东西？"婆子袖里扯出个小帕儿来，道："就是这个冤家，虽然不值甚钱，是一个北京客人送我的，却不道：礼轻人意重。"三巧儿取笑道："莫非是你老相交送的表记？"婆子笑道："也差不多。"当夜两个耍笑饮酒。婆子道："酒肴尽多，何不把些赏厨下男女？也教他闹轰轰，像个节夜。"三巧儿真个把四碗菜，两壶酒，分付丫鬟拿下楼去。那两个婆娘，一个汉子，吃了一回，各去歇息不题。

再说婆子饮酒中间问道："官人如何还不回家？"三巧儿道："便是算来一年半了。"婆子道："牛郎织女，也是一年一会，你比他到多隔了半年。常言道一品官，二品客。做客的那一处没有风花雪月？只苦了家中娘子。"三巧儿叹了口气，低头不语。婆子道："是老身多嘴了。今夜牛女佳期，只该饮酒作乐，不该说伤情话儿。"说罢，便斟酒去劝那妇人。约莫半酣，婆子又把酒去劝两个丫鬟，说道："这是牛郎织女的喜酒，劝你多吃几杯，后日嫁个恩爱的老公，寸步不离。"两个丫鬟被缠不过，勉强吃了，各不胜酒力，东倒西歪。三巧儿分付关了楼门，发放他先睡。他两个自在吃酒。

婆子一头吃，口里不住的说啰说皂道："大娘几岁上嫁的？"三巧儿道："十七岁。"婆子道："破得身迟，还不吃亏；我是十三岁上就破了身。"三巧儿道："嫁得恁般早？"婆子道："论起嫁，到是十八岁了。不瞒大娘说，因是在间壁人家学针指，被他家小官人调诱，一时间贪他生得俊俏，就应承与他偷了。初时好不疼痛，两三遍后，就晓得快活。大娘你可也是这般么？"三巧儿只是笑。婆子又道："那话儿到是不晓得滋味的到好，尝过的便丢不下，心坎里时时发痒。日里还好，夜间好难过哩。"三巧儿道："想你在娘家时阅人多矣，亏你怎生充得黄花女儿嫁去？"婆子道："我的老娘也晓得些影像，生怕出丑，教我一个童女方，用石榴皮、生矾两味煎汤洗过，那东西就瘷紧了，我只做张做势的叫疼，就遮过了。"三巧儿道："你做女儿时，夜间也少不得独睡。"婆子道："还记得在娘家时节，哥哥出外，我与嫂嫂一头同睡，两下轮番在肚子上学男子汉的行事。"三巧儿道："两个女人作对，有甚好处？”婆子走过三巧儿那边，挨肩坐了，说道：“大娘，你不知，只要大家知音，一般有趣，也撒得火。”三巧儿举手把婆子肩胛上打一下，说道：“我不信，你说谎。”婆子见他欲心已动，有心去挑拨他，又道：“老身今年五十二岁了，夜间常痴性发作，打熬不过，亏得你少年老成。”三巧儿道：“你老人家打熬不过，终不然还去打汉子？”婆子道：“败花枯柳，如今那个要我了？不瞒大娘说，我也有个自取其乐，救急的法儿。”三巧儿道：“你说谎，又是甚么法儿？”婆子道：“少停到床上睡了，与你细讲。”

说罢，只见一个飞蛾在灯上旋转，婆子便把扇来一扑，故意扑灭了灯，叫声：“阿呀！老身自去点个灯来。”便去开楼门。陈大郎已自走上楼梯，伏在门边多时了。都是婆子预先设下的圈套。婆子道：“忘带个取灯儿去了。”又走转来，便引着陈大郎到自己榻上伏着。婆子下楼去了一回，复上来道：“夜深了，厨下火种都熄了，怎么处？”三巧儿道：“我点灯睡惯了，黑踆踆地，好不怕人。”婆子道：“老身伴你一床睡何如？”三巧儿正要问他救急的法儿，应道：“甚好。”婆子道：“大娘，你先上床，我关了门就来。”三巧儿先脱了衣服，床上去了，叫道：“你老人家快睡罢。”婆子应道：“就来了。”却在榻上拖陈大郎上来，赤条条的掇在三巧儿床上去。三巧儿摸着身子，道：“你老人家许多年纪，身上恁般光滑！”那人并不回言，钻进被里，就捧着妇人做嘴。妇人还认是婆子，双手相抱。那人蓦地腾身而上，就干起事来。那妇人一则多了杯酒，醉眼朦胧；二则被婆子挑拨，春心飘荡，到此不暇致详，凭他轻薄。

一个是闺中怀春的少妇，一个是客邸慕色的才郎；一个打熬许久，如文君初遇相如；一个盼望多时，如必正初谐陈女。分明久旱逢甘雨，胜过他乡遇故知。

陈大郎是走过风月场的人，颠鸾倒凤，曲尽其趣，弄得妇人魂不附体。云雨毕后，三巧儿方问道：“你是谁？”陈大郎把楼下相逢，如此相慕，如此苦央薛婆用计，细细说了：“今番得遂平生，便死瞑目。”婆子走到床间，说道：“不是老身大胆，一来可怜大娘青春独宿，二来要救陈郎性命；你两个也是宿世姻缘，非干老身之事。”三巧儿道：“事已如此，万一我丈夫知觉，怎么好？”婆子道：“此事你知我知，只买定了晴云、暖雪两个丫头，不许他多嘴，再有谁人漏泄？在老身身上，管成你夜夜欢娱，一些事也没有。只是日后不要忘记了老身。”三巧儿到此，也顾不得许多了，两个又狂荡起来，直到五更鼓绝，天色将明，两个兀自不舍。婆子催促陈大郎起身，送他出门去了。

自此无夜不会，或是婆子同来，或是汉子自来。两个丫鬟被婆子把甜话儿偎他，又把利害话儿吓他；又教主母赏他几件衣服；汉子到时，不时把些零碎银子赏他们买果儿吃，骗得欢欢喜喜，已自做了一路。夜来明去，一出一入，都是两个丫鬟迎送，全无阻隔。真个是你贪我爱，如胶似漆，胜如夫妇一般。陈大郎有心要结识这妇人，不时的制办好衣服、好首饰送他，又替他还了欠下婆子的一半价钱，又将一百两银子谢了婆子。往来半年有余，这汉子约有千金之费。三巧儿也有三十多两银子东西，送那婆子。婆子只为图这些不义之财，所以肯做牵头。这都不在话下。

古人云：天下无不散的筵席。才过十五元宵夜，又是清明三月天。陈大郎思想蹉跎了多时生意，要得还乡。夜来与妇人说知，两下恩深义重，各不相舍。妇人到情愿收拾了些细软，跟随汉子逃走，去做长久夫妻。陈大郎道：“使不得。我们相交始末，都在薛婆肚里。就是主人家吕公，见我每夜进城，难道没有些疑惑？况客船上人多，瞒得那个？两个丫鬟又带去不得。你丈夫回来，跟究出情由，怎肯干休？娘子权且耐心，到明年此时，我到此觅个僻静下处，悄悄通个言儿与你，那时两口儿同走，神鬼不觉，却不安稳？”妇人道：“万一你明年不来，如何？”陈大郎就设起誓来。妇人道：“既然你有真心，奴家也决不相负。你若到了家乡，倘有便人，托他捎个书信到薛婆处，也教奴家放意。”陈大郎道：“我自用心，不消分付。”

又过了几日，陈大郎雇下船只，装载粮食完备，又来与妇人作别。这一夜倍加眷恋。两下说一会，哭一会，又狂荡一会，整整的一夜不曾合眼。到五更起身，妇人便去开箱，取出一件宝贝，叫做“珍珠衫”，递与陈大郎道：“这件衫儿，是蒋门祖传之物，暑天若穿了他，清凉透骨。此去天道渐热，正用得着。奴家把与你做个记念，穿了此衫，就如奴家贴体一般。”陈大郎哭得出声不得，软做一堆。妇人把衫儿亲手与汉子穿下，叫丫鬟开了门户，亲自送他出门，再三珍重而别。诗曰：

昔年含泪别夫郎，今日悲啼送所欢。
堪恨妇人多水性，招来野鸟胜文鸾。

话分两头。却说陈大郎有了这珍珠衫儿，每日贴体穿着，便夜间脱下，也放在被窝中同睡，寸步不离。一路遇了顺风，不两月行到苏州府枫桥地面。那枫桥是柴米牙行聚处，少不得投个主家脱货，不在话下。忽一日，赴个同乡人的酒席，席上遇个襄阳客人，生得风流标致。那人非别，正是蒋兴哥。原来兴哥在广东贩了些珍珠、玳瑁、苏木、沉香之类，搭伴起身。那伙同伴商量，都要到苏州发卖。兴哥久闻得"上说天堂，下说苏杭"，好个大马头所在，有心要去走一遍，做这一回买卖，方才回去。还是去年十月中到苏州的。因是隐姓为商，都称为罗小官人，所以陈大郎更不疑惑。他两个萍水相逢，年相若，貌相似，谭吐应对之间，彼此敬慕。即席间问了下处，互相拜望，两下遂成知己，不时会面。

兴哥讨完了客帐，欲待起身，走到陈大郎寓所作别，大郎置酒相待，促膝谈心，甚是款洽。此时五月下旬，天气炎热。两个解衣饮酒，陈大郎露出珍珠衫来。兴哥心中骇异，又不好认他的，只夸奖此衫之美。陈大郎恃了相知，便问道："贵县大市街有个蒋兴哥家，罗兄可认得否？"兴哥到也乖巧，回道："在下出外日多，里中虽晓得有这个人，并不相认，陈兄为何问他？"陈大郎道："不瞒兄长说，小弟与他有些瓜葛。"便把三巧儿相好之情，告诉了一遍。扯着衫儿看了，眼泪汪汪道："此衫是他所赠。兄长此去，小弟有封书信，奉烦一寄，明日侵早送到贵寓。"

兴哥口里答应道："当得，当得。"心下沉吟："有这等异事！现在珍珠衫为证，不是个虚话了。"当下如针刺肚，推故不饮，急急起身别去。

回到下处，想了又恼，恼了又想，恨不得学个缩地法儿，顷刻到家。连夜收拾，次早便上船要行。只见岸上一个人气吁吁的赶来，却是陈大郎。亲把书信一大包，递与兴哥，叮嘱千万寄去。气得兴哥面如土色，说不得，话不得，死不得，活不得。只等陈大郎去后，把书看时，面上写道："此书烦寄大市街东巷薛妈妈家。"兴哥性起，一手扯开，却是八尺多长一条桃红绉纱汗巾。又有个纸糊长匣儿，内有羊脂玉凤头簪一根。书上写道："微物二件，烦干娘转寄心爱娘子三巧儿亲收，聊表记念。相会之期，准在来春。珍重，珍重。"兴哥大怒，把书扯得粉碎，撇在河中；提起玉簪在船板上一掼，折做两段，一念想起道："我好糊涂！何不留此做个证见也好。"便检起簪儿和汗巾，做一包收拾，催促开船。

急急的赶到家乡，望见了自家门首，不觉堕下泪来。想起："当初夫妻何等恩爱，只为我贪着蝇头微利，撇他少年守寡，弄出这场丑来，如今悔之何及！”在路上性急，巴不得赶回。及至到了，心中又苦又恨，行一步，懒一步。进得自家门里，少不得忍住了气，勉强相见。兴哥并无言语，三巧儿自己心虚，觉得满脸惭愧，不敢殷勤上前扳话。兴哥搬完了行李，只说去看看丈人丈母，依旧到船上住了一晚。次早回家，向三巧儿说道："你的爹娘同时害病，势甚危笃。昨晚我只得住下，看了他一夜。他心中只牵挂着你，欲见一面。我已雇下轿子在门首，你可作速回去，我也随后就来。"三巧儿见丈夫一夜不回，心里正在疑虑，闻说爹娘有病，却认真了，如何不慌？慌忙把箱笼上钥匙递与丈夫，唤个婆娘跟了，上轿而去。兴哥叫住了婆娘，向袖中摸出一封书来，分付他送与王公："送过书，你便随轿回来。"

却说三巧儿回家，见爹娘双双无恙，吃了一惊。王公见女儿不接而回，也自骇然，在婆子手中接书，拆开看时，却是休书一纸。上写道：

立休书人蒋德，系襄阳府枣阳县人。从幼凭媒聘定王氏为妻。岂期过门之后，本妇多有过失，正合七出之条。因念夫妻之情不忍明言，情愿退还本宗，听凭改嫁，并无异言，休书是实。

成化二年　月　日手掌为记。

书中又包着一条桃红汗巾，一枝打折 头簪。王公看了大惊，叫过女儿问其缘故。三巧儿听说丈夫把他休了，一言不发，啼哭起来。王公气忿忿的一径跟到女婿家来，蒋兴哥连忙上前作揖。王公回礼，便问道："贤婿，我女儿是清清白白嫁到你家的，如今有何过失，你便把他休了？须还我个明白。"蒋兴哥道："小婿不好说得，但问令爱便知。"王公道："他只是啼哭，不肯开口，教我肚里好闷！小女从幼聪慧，料不到得犯了淫盗。若是小小过失，你可也看老汉薄面，恕了他罢。你两个是七八岁上定下的夫妻，完婚后并不曾争论一遍两遍，且是和顺。你如今做客才回，又不曾住过三朝五日，有什么破绽落在你眼里？你直如此狠毒，也被人笑话，说你无情无义。"蒋兴哥道："丈人在上，小婿也不敢多讲。家下有祖遗下珍珠衫一件，是令爱收藏，只问他如今在否。若在时，半字休题；若不在，只索休怪了。"王公忙转身回家，问女儿道："你丈夫只问你讨什么珍珠衫，你端的拿与何人去了？"那妇人听得说着了他紧要的关目，羞得满脸通红，开不得口，一发号啕大哭起来，慌得王公没做理会处。王婆劝道："你不要只管啼哭，实实的说个真情与爹妈知道，也好与你分剖。"妇人那里肯说，悲悲咽咽，哭一个不住。王公只得把休书和汗巾、簪子，都付与王婆，教他慢慢的偎着女儿，问他个明白。

王公心中纳闷，走到邻家闲话去了。王婆见女儿哭得两眼赤肿，生怕苦坏了他，安慰了几句言语，走往厨房下去暖酒，要与女儿消愁。三巧儿在房中独坐，想着珍珠衫泄漏的缘故，好生难解！这汗巾、簪子，又不知那里来的。沉吟了半晌，道："我晓得了。这折簪是镜破钗分之意；这条汗巾，分明教我悬梁自尽。他念夫妻之情，不忍明言，是要全我的廉耻。可怜四年恩爱，一旦决绝，是我做的不是，负了丈夫恩情。便活在人间，料没有个好日，不如缢死，到得干净。"说罢，又哭了一回，把个坐兀子填高，将汗巾兜在梁上，正欲自缢。也是寿数未绝，不曾关上房门。恰好王婆暖得一壶好酒走进房来，见女儿安排这事，急得他手忙脚乱，不放酒壶，便上前去拖拽。不期一脚踢番坐兀子，娘儿两个跌做一团，酒壶都泼翻了。王婆爬起来，扶起女儿，说道："你好短见！二十多岁的人，一朵花还没有开足，怎做这没下梢的事？莫说你丈夫还有回心转意的日子，便真个休了，恁般容貌，怕没人要你？少不得别选良姻，图个下半世受用。你且放心过日子去，休得愁闷。"王公回家，知道女儿寻死，也劝了他一番，又嘱付王婆用心提防。过了数日，三巧儿没奈何，也放下了念头。正是：

夫妻本是同林鸟，大限来时各自飞。

再说蒋兴哥把两条索子，将晴云、暖雪捆缚起来，拷问情由。那丫头初时抵赖，吃打不过，只得从头至尾，细细招将出来。已知都是薛婆勾引，不干他人之事。到明朝，兴哥领了一伙人，赶到薛婆家里，打得他雪片相似，只饶他拆了房子。薛婆情知自己不是，躲过一边，并没一人敢出头说话。兴哥见他如此，也出了这口气。回去唤个牙婆，将两个丫头都卖了。楼上细软箱笼，大小共十六只，写三十二条封皮，打叉封了，更不开动。这是甚意儿？只因兴哥夫妇，本是十二分相爱的。虽则一时休了，心中好生痛切。见物思人，何忍开看？

话分两头。却说南京有个吴杰进士，除授广东潮阳县知县，水路上任，打从襄阳经过。不曾带家小，有心要择一美妾。一路看了多少女子，并不中意。闻得枣阳县王公之女，大有颜色，一县闻名，出五十金财礼，央媒议亲。王公到也乐从，只怕前婿有言，亲到蒋家，与兴哥说知。兴哥并不阻当。临嫁之夜，兴哥雇了人夫，将楼上十六个箱笼，原封不动，连钥匙送到吴知县船上，交割与三巧儿，当个赔嫁。妇人心上到过意不去。旁人晓得这事，也有夸兴哥做人忠厚的，也有笑他痴呆的，还有骂他没志气的，正是人心不同。

闲话休题。再说陈大郎在苏州脱货完了，回到新安，一心只想着三巧儿。朝暮看了这件珍珠衫，长吁短叹。老婆平氏心知这衫儿来得跷蹊，等丈夫睡着，悄悄的偷去，藏在天花板上。陈大郎早起要穿时，不见了衫儿，与老婆取讨。平氏那里肯认。急得陈大郎性发，倾箱倒箧的寻个遍，只是不见，便破口骂老婆起来。惹得老婆啼啼哭哭，与他争嚷，闹炒了两三日，陈大郎情怀撩乱，忙忙的收拾银两，带个小郎，再望襄阳旧路而进。

将近枣阳，不期遇了一伙大盗，将本钱尽皆劫去，小郎也被他杀了。陈商眼快，走向船梢舵上伏着，幸免残生。思想还乡不得，且到旧寓住下，待会了三巧儿，与他借些东西，再图恢复。叹了一口气，只得离船上岸。走到枣阳城外主人吕公家，告诉其事，又道："如今要央卖珠子的薛婆，与一个相识人家借些本钱营运。"吕公道："大郎不知，那婆子为勾引蒋兴哥的浑家，做了些丑事。去年兴哥回来，问浑家讨什么'珍珠衫'。原来浑家赠与情人去了，无言回答。兴哥当时休了浑家回去，如今转嫁与南京吴进士做第二房夫人了。那婆子被蒋家打得个片瓦不留，婆子安身不牢，也搬在隔县去了。"

陈大郎听得这话，好似一桶冷水没头淋下。这一惊非小，当夜发寒发热，害起病来。这病又是郁症，又是相思症，也带些怯症，又有些惊症，床上卧了两个多月，翻翻覆覆只是不愈，连累主人家小厮，伏侍得不耐烦。陈大郎心上不安，打熬起精神，写成家书一封，请主人来商议，要觅个便人捎信往家中，取些盘缠，就要个亲人来看觑同回。这几句正中了主人之意。恰好有个相识的承差，奉上司公文要往徽宁一路。水陆驿递，极是快的。吕公接了陈大郎书札，又替他应出五钱银子，送与承差，央他乘便寄去。果然的"自行由得我，官差急如火"，不勾几日，到了新安县。问着陈商家里，送了家书，那承差飞马去了。正是：

只为千金书信，又成一段姻缘。

话说平氏拆开家信，果是丈夫笔迹，写道："陈商再拜，贤妻平氏见字：别后襄阳遇盗，劫资杀仆。某受惊患病，见卧旧寓吕家，两月不愈。字到可央一的当亲人，多带盘缠，速来看视。伏枕草草。"平氏看了，半信半疑，想着："前番回家，亏折了千金资本。据这件珍珠衫，一定是邪路上来的。今番又推被盗，多讨盘缠，怕是假话。"又想道："他要个的当亲人，速来看视，必然病势利害。这话是真，也未可知。如今央谁人去好？"左思右想，放心不下。与父亲平老朝奉商议。收拾起细软家私，带了陈旺夫妇，就请父亲作伴，雇个船只，亲往襄阳看丈夫去。到得京口，平老朝奉痰火病发，央人送回去了。平氏引着男女，上水前进。

不一日，来到枣阳城外，问着了旧主人吕家。原来十日前，陈大郎已故了。吕公赔些钱钞，将就入殓。平氏哭倒在地，良久方醒，慌忙换了孝服，再三向吕公说，欲待开棺一见，另买副好棺材，重新殓过。吕公执意不肯，平氏没奈何，只得买木做个外棺包裹，请僧做法事超度，多焚冥资。吕公已自索了他二十两银子谢仪，随他闹吵，并不言语。

过了一月有余，平氏要选个好日子，扶柩而回。吕公见这妇人年少姿色，料是守寡不终，又且囊中有物，思想儿子吕二，还没有亲事，何不留住了他，完其好事，可不两便？吕公买酒请了陈旺，央他老婆委曲进言，许以厚谢。陈旺的老婆是个蠢货，那晓得什么委曲？不顾高低，一直的对主母说了。平氏大怒，把他骂了一顿，连打几个耳光子，连主人家也数落了几句。吕公一场没趣，敢怒而不敢言。正是：

　　羊肉馒头没的吃，空教惹得一身骚。

吕公便去撺掇陈旺逃走。陈旺也思量没甚好处了，与老婆商议，教他做脚，里应外合，把银两首饰，偷得罄尽，两口儿连夜走了。吕公明知其情，反埋怨平氏，道不该带这样歹人出来，幸而偷了自家主母的东西，若偷了别家的，可不连累人？又嫌这灵柩碍他生理，教他快些抬去；又道后生寡妇，在此住居不便，催促他起身。平氏被逼不过，只得别赁下一间房子住了，雇人把灵柩移来，安顿在内。这凄凉景象，自不必说。

间壁有个张七嫂，为人甚是活动。听得平氏啼哭，时常走来劝解。平氏又时常央他典卖几件衣服用度，极感其意。不勾几月，衣服都典尽了。从小学得一手好针线，思量要到个大户人家，教习女红度日，再作区处。正与张七嫂商量这话，张七嫂道："老身不好说得，这大户人家，不是你少年人走动的。死的没福自死了，活的还要做人，你后面日子正长哩。终不然做针线娘了得你下半世？况且名声不好，被人看得轻了。还有一件，这个灵柩如何处置，也是你身上一件大事。便出赁房钱，终久是不了之局。"

平氏道："奴家也都虑到，只是无计可施了。"张七嫂道："老身到有一策，娘子莫怪我说。你千里离乡，一身孤寡，手中又无半钱，想要搬这灵柩回去，多是虚了。莫说你衣食不周，到底难守；便多守得几时，亦有何益？依老身愚见，莫若趁此青年美貌，寻个好对头，一夫一妇的随了他去。得些财礼，就买块土来葬了丈夫，你的终身又有所托，可不生死无憾？"平氏见他说得近理，沉吟了一会，叹口气道："罢，罢，奴家卖身葬夫，旁人也笑我不得。"张七嫂道："娘子若定了主意时，老身现有个主儿在此，年纪与娘子相近，人物齐整，又是大富之家。"平氏道："他既是富家，怕不要二婚的。"张七嫂道："他也是续弦了，原对老身说：不拘头婚二婚，只要人才出众。似娘子这般丰姿，怕不中意？"原来张七嫂曾受蒋兴哥之托，央他访一头好亲。因是前妻三巧儿出色标致，所以如今只要访个美貌的。那平氏容貌，虽不及得三巧儿，论起手脚伶俐，胸中泾渭，又胜似他。

张七嫂次日就进城，与蒋兴哥说了。兴哥闻得是下路人，愈加欢喜。这里平氏分文财礼不要，只要买块好地殡葬丈夫要紧。张七嫂往来回复了几次，两相依允。

话休烦絮。却说平氏送了丈夫灵柩入土，祭奠毕了，大哭一场，免不得起灵除孝。临期，蒋家送衣饰过来，又将他典下的衣服都赎回了。成亲之夜，一般大吹大擂，洞房花烛。正是：

规矩熟闲虽旧事，恩情美满胜新婚。

蒋兴哥见平氏举止端庄，甚相敬重。一日，从外而来，平氏正在打叠衣箱，内有珍珠衫一件。兴哥认得了，大惊问道："此衫从何而来？"平氏道："这衫儿来得跷蹊。"便把前夫如此张致，夫妻如此争嚷，如此赌气分别，述了一遍。又道："前日艰难时，几番欲把他典卖；只愁来历不明，怕惹出是非，不敢露人眼目。连奴家至今，不知这物事那里来的。"兴哥道："你前夫陈大郎名字，可叫做陈商？可是白净面皮，没有须，左手长指甲的么？"平氏道："正是。"蒋兴哥把舌头一伸，合掌对天道："如此说来，天理昭彰，好怕人也！"平氏问其缘故，蒋兴哥道："这件珍珠衫，原是我家旧物。你丈夫奸骗了我的妻子，得此衫为表记。我在苏州相会，见了此衫，始知其情，回来把王氏休了。谁知你丈夫客死。我今续弦，但闻是徽州陈客之妻，谁知就是陈商！却不是一报还一报？"平氏听罢，毛骨竦然。从此恩情愈笃。这才是"蒋兴哥重会珍珠衫"的正话。诗曰：

天理昭昭不可欺，两妻交易孰便宜？

分明欠债偿他利，百岁姻缘暂换时。

再说蒋兴哥有了管家娘子，一年之后，又往广东做买卖。也是合当有事。一日到合浦县贩珠，价都讲定，主人家老儿只拣一粒绝大的偷过了，再不承认。兴哥不忿，一把扯他袖子要搜。何期去得势重，将老儿拖翻在地，跌下便不做声。忙去扶时，气已断了。儿女亲邻，哭的哭，叫的叫，一阵的簇拥将来，把兴哥捉住，不由分说，痛打一顿，关在空房里。连夜写了状词，只等天明县主早堂，连人进状。县主准了，因这日有公事，分付把凶身锁押，次日候审。

你道这县主是谁？姓吴名杰，南畿进士，正是三巧儿的晚老公。初选原在潮阳，上司因见他清廉，调在这合浦县采珠的所在来做官。是夜，吴杰在灯下将准过的状词细阅。三巧儿正在旁边闲看，偶见宋福所告人命一词，凶身罗德，枣阳县客人，不是蒋兴哥是谁？想起旧日恩情，不觉痛酸，哭告丈夫道："这罗德是贱妾的亲哥，出嗣在母舅罗家。不期客边，犯此大辟。官人可看妾之面，救他一命还乡。"县主道："且看临审如何。若人命果真，教我也难宽宥。"三巧儿两眼噙泪，跪下苦苦哀求。县主道："你且莫忙，我自有道理。"明早出堂，三巧儿又扯住县主衣袖哭道："若哥哥无救，贱妾亦当自尽，不能相见了。"

当日县主升堂，第一就问这起。只见宋福、宋寿弟兄两个，哭啼啼的与父亲执命，禀道："因争珠怀恨，登时打闷，仆地身死。望爷爷做主。"县主问众干证口词，也有说打倒的，也有说推跌的。蒋兴哥辨道："他父亲偷了小人的珠子，小人不忿，与他争论。他因年老脚趄，自家跌死，不干小人之事。"县主问宋福道："你父亲几岁了？"宋福道："六十七岁了。"县主道："老年人容易昏绝，未必是打。"宋福、宋寿坚执是打死的。县主道："有伤无伤，须凭检验。既说打死，将尸发在漏泽园去，俟晚堂听检。"原来宋家也是个大户，有体面的，老儿曾当过里长，儿子怎肯把父亲在尸场剔骨？两个双双叩头道："父亲死状，众目共见，只求爷爷到小人家里相验，不愿发检。"县主道："若不见贴骨伤痕，凶身怎肯伏罪？没有尸格，如何申得上司过？"弟兄两个只是求告。县主发怒道："你既不愿检，我也难问。"慌的他弟兄两个连连叩头道："便凭爷爷明断。"县主道："望七之人，死是本等。倘或不因打死，屈害了一个平人，反增死者罪过。就是你做儿子的，巴得父亲到许多年纪，又把个不得善终的恶名与他，心中何忍？但打死是假，推仆是真，若不重罚罗德，也难出你的气。我如今教他披麻戴孝，与亲儿一般行礼，一应殡殓之费，都要他支持。你可服么？”弟兄两个道：“爷爷分付，小人敢不遵依。”兴哥见县主不用刑罚，断得干净，喜出望外。当下原、被告都叩头称谢。县主道：“我也不写审单，着差人押出，待事完回话，把原词与你销讫便了。”正是：

公堂造业真容易，要积阴功亦不难。

试看今朝吴大尹，解冤释罪两家欢。

却说三巧儿自丈夫出堂之后，如坐针毡，一闻得退衙，便迎住问个消息。县主道：“我如此如此断了，看你之面，一板也不曾责他。”三巧儿千恩万谢，又道：“妾与哥哥久别，渴思一会，问取爹娘消息。官人如何做个方便，使妾兄妹相见，此恩不小。”县主道：“这也容易。”看官们，你道三巧儿被蒋兴哥休了，恩断义绝，如何恁地用情？他夫妇原是十分恩爱的，因三巧儿做下不是，兴哥不得已而休之，心中兀自不忍，所以改嫁之夜，把十六只箱笼，完完全全的赠他。只这一件，三巧儿的心肠，也不容不软了。今日他身处富贵，见兴哥落难，如何不救？这叫做知恩报恩。

再说蒋兴哥遵了县主所断，着实小心尽礼，更不惜费，宋家弟兄都没话了。丧葬事毕，差人押到县中回复。县主唤进私衙赐坐，说道：“尊舅这场官事，若非令妹再三哀恳，下官几乎得罪了。”兴哥不解其故，回答不出。少停茶罢，县主请入内书房，教小夫人出来相见。你道这番意外相逢，不像个梦景么？他两个也不行礼，也不讲话，紧紧的你我相抱，放声大哭。就是哭爹哭娘，从没见这般哀惨，连县主在旁，好生不忍，便道：“你两人且莫悲伤，我看你不像哥妹，快说真情，下官有处。”两个哭得半休不休的，那个肯说？却被县主盘问不过，三巧儿只得跪下，说道：“贱妾罪当万死，此人乃妾之前夫也。”蒋兴哥料瞒不得，也跪下来，将从前恩爱，及休妻再嫁之事，一一诉知。说罢，两人又哭做一团，连吴知县也堕泪不止，道：“你两人如此相恋，下官何忍拆开。幸然在此三年，不曾生育，即刻领去完聚。”两个插烛也似拜谢。县主即忙讨个小轿，送三巧儿出衙。又唤集人夫，把原来赔嫁的十六个箱笼抬去，都教兴哥收领。又差典吏一员，护送他夫妇出境。——此乃吴知县之厚德。正是：

珠还合浦重生采，剑合丰城倍有神。

堪羡吴公存厚道，贪财好色竟何人！

此人向来艰子，后行取到吏部，在北京纳宠，连生三子，科第不绝，人都说阴德之报，这是后话。

再说蒋兴哥带了三巧儿回家，与平氏相见。论起初婚，王氏在前。只因休了一番，这平氏到是明媒正娶，又且平氏年长一岁，让平氏为正房，王氏反做偏房，两个姊妹相称。从此一夫二妇，团圆到老。有诗为证：

恩爱夫妻虽到头，妻还作妾亦堪羞。

殃祥果报无虚谬，咫尺青天莫远求。

第二卷　陈御史巧勘金钗钿

世事番腾似转轮，眼前凶吉未为真。

请看久久分明应，天道何曾负善人？

闻得老郎们相传的说话，不记得何州甚县，单说有一人，姓金，名孝，年长未娶。家中只有老母，自家卖油为生。一日挑了油担出门，中途因里急，走上茅厕大解。拾得一个布裹肚，内有一包银子，约莫有三十两。金孝不胜欢喜，便转担回家，对老娘说道："我今日造化，拾得许多银子。"老娘看见，到吃了一惊，道："你莫非做下歹事偷来的么？"金孝道："我几曾偷惯了别人的东西？却恁般说！早是邻舍不曾听得哩。这裹肚，其实不知什么人遗失在茅坑旁边，喜得我先看见了，拾取回来。我们做穷经纪的人，容易得这主大财？明日烧个利市，把来做贩油的本钱，不强似赊别人的油卖？"老娘道："我儿，常言道：贫富皆由命。你若命该享用，不生在挑油担的人家来了。依我看来，这银子虽非是你设心谋得来的，也不是你辛苦挣来的。只怕无功受禄，反受其殃。这银子，不知是本地人的，远方客人的？又不知是自家的，或是借贷来的？一时间失脱了，抓寻不见，这一场烦恼非小，连性命都失图了，也不可知。曾闻古人裴度还带积德，你今日原到拾银之处，看有甚人来寻，便引来还他原物，也是一番阴德，皇天必不负你。"

金孝是个本分的人，被老娘教训了一场，连声应道："说得是，说得是。"放下银包裹肚，跑到那茅厕边去。只见闹嚷嚷的一丛人围着一个汉子，那汉子气忿忿的叫天叫地。金孝上前问其缘故。原来那汉子是他方客人，因登东，解脱了裹肚，失了银子，找寻不见。只道卸下茅坑，唤几个泼皮来，正要下去淘摸。街上人都拥着闲看。金孝便问客人道："你银子有多少？"客人胡乱应到："有四五十两。"金孝老实，便道："可有个白布裹肚么？”客人一把扯住金孝，道：“正是，正是！是你拾着？还了我，情愿出赏钱。”众人中有快嘴的便道：“依着道理，平半分也是该的。”金孝道：“真个是我拾得，放在家里，你只随我去便有。”众人都想道：“拾得钱财，巴不得瞒过了人。那曾见这个人到去寻主儿还他？也是异事。”金孝和客人动身时，这伙人一哄都跟了去。

金孝到了家中，双手儿捧出裹肚，交还客人。客人检出银包看时，晓得原物不动。只怕金孝要他出赏钱，又怕众人乔主张他平分，反使欺心，赖着金孝，道：“我的银子，原说有四五十两，如今只剩得这些，你匿过一半了，可将来还我！”金孝道：“我才拾得回来，就被老娘逼我出门，寻访原主还他，何曾动你分毫？”那客人赖定短少了他的银两。金孝负屈忿恨，一个头肘子撞去，那客人力大，把金孝一把头发提起，像只小鸡一般，放翻在地，捻着拳头便要打。引得金孝七十岁的老娘，也奔出门前叫屈。众人都有些不平，似杀阵般嚷将起来。恰好县尹相公在这街上过去，听得喧嚷，歇了轿，分付做公的拿来审问。众人怕事的，四散走开去了；也有几个大胆的，站在旁边看县尹相公怎生断这公事。

却说做公的将客人和金孝母子拿到县尹面前，当街跪下，各诉其情。一边道：“他拾了小人的银子，藏过一半不还。”一边道：“小人听了母亲言语，好意还他，他反来图赖小人。”县尹问众人：“谁做证见？”众人都上前禀道：“那客人脱了银子，正在茅厕抓寻不着，却是金孝自走来承认了，引他回去还他。这是小人们众目共睹。只银子数目多少，小人不知。”县令道：“你两下不须争嚷，我自有道理。”教做公的带那一干人到县来。县尹升堂，众人跪在下面。县尹教取裹肚和银子上来，分付库吏，把银子兑准回复。库吏复道：“有三十两。”县主又问客人道：“你银子是许多？”客人道：“五十两。”县主道：“你看见他拾取的，还是他自家承认的？”客人道：“实是他亲口承认的。”县主道：“他若是要赖你的银子，何不全包都拿了？却止藏一半，又自家招认出来？他不招认，你如何晓得？可见他没有赖银之情了。你失的银子是五十两，他拾的是三十两，这银子不是你的，必然另一个人失落的。”客人道：“这银子实是小人的，小人情愿只领这三十两去罢。”县尹道：“数目不同，如何冒认得去？这银两合断与金孝领去，奉养母亲；你的五十两，自去抓寻。”金孝得了银子，千恩万谢的扶着老娘去了。那客人已经官断，如何敢争？只得含羞噙泪而去。众人无不称快。这叫做：

欲图他人，翻失自己。自己羞惭，他人欢喜。

看官，今日听我说“金钗钿”这桩奇事：有老婆的翻没了老婆，没老婆的翻得了老婆。只如金孝和客人两个：图银子的翻失了银子，不要银子的翻得了银子。事迹虽异，天理则同。

却说江西赣州府石城县，有个鲁廉宪，一生为官清介，并不要钱，人都称为“鲁白水”。那鲁廉宪与同县顾佥事累世通家。鲁家一子，双名学曾；顾家一女，小名阿秀；两下面约为婚，来往间亲家相呼，非止一日。因鲁奶奶病故，廉宪携着孩儿在于任所，一向迁延，不曾行得大礼。谁知廉宪在任，一病身亡。学曾扶柩回家，守制三年，家事愈加消乏，止存下几间破房子，连口食都不周了。顾佥事见女婿穷得不像样，遂有悔亲之意，与夫人孟氏商议道：“鲁家一贫如洗，眼见得六礼难备，婚娶无期。不若别求良姻，庶不误女儿终身之托。”孟夫人道：“鲁家虽然穷了，从幼许下的亲身，将何辞以绝之？”顾佥事道：“如今只差人去说男长女大，催他行礼。两边都是宦家，各有体面，说不得‘没有’两个字，也要出得他的门，入的我的户。那穷鬼自知无力，必然情愿退亲。我就要了他休书，却不一刀两断？”孟夫人道：“我家阿秀性子有些古怪，只怕他到不肯。”顾佥事道：“在家从父，这也由不得他，你只慢慢的劝他便了。”

当下孟夫人走到女儿房中，说知此情。阿秀道：“妇人之义，从一而终；婚姻论财，夷虏之道。爹爹如此欺贫重富，全没人伦，决难从命。”孟夫人道：“如今爹去催鲁家行礼，他若行不起礼，倒愿退亲，你只索罢休。”阿秀道：“说那里话！若鲁家贫不能聘，孩儿情愿守志终身，决不改适。当初钱玉莲投江全节，留名万古，爹爹若是见逼，孩儿就拚却一命，亦有何难！”孟夫人见女执性，又苦他，又怜他，心生一计：除非瞒过佥事，密地唤鲁公子来，助他些东西，教他作速行聘，方成其美。

忽一日，顾佥事往东庄收租，有好几日耽搁。孟夫人与女儿商量停当了，唤园公老欧到来。夫人当面分付，教他去请鲁公子后门相会，如此如此，“不可泄漏，我自有重赏。”老园公领命，来到鲁家。但见：

门如败寺，屋似破窑。窗槅离披，一任风声开闭；厨房冷落，绝无烟气蒸腾。颓墙漏瓦权栖足，只怕雨来；旧椅破床便当柴，也少火力。尽说宦家门户倒，谁怜清吏子孙贫？

说不尽鲁家穷处。却说鲁学曾有个姑娘，嫁在梁家，离城将有十里之地。姑夫已死，止存一子梁尚宾，新娶得的一房好娘子，三口儿一处过活，家道粗足。这一日，鲁公子恰好到他家借米去了，只有个烧火的白发婆婆在家。老管家只得传了夫人之命，教他作速寄信去请公子回来："此是夫人美情，趁这几日老爷不在家中，专等专等，不可失信。"嘱罢自去了。这里婆子想道："此事不可迟缓，也不好转托他人传话。当初奶奶存日，曾跟到姑娘家去，有些影像在肚里。"当下嘱付邻人看门，一步一跌的问到梁家。梁妈妈正留着侄儿在房中吃饭。婆子向前相见，把老园公言语细细述了。姑娘道："此是美事！"撺掇侄儿快去。

鲁公子心中不胜欢喜，只是身上蓝缕，不好见得岳母，要与表兄梁尚宾借件衣服遮丑。原来梁尚宾是个不守本分的歹人，早打下欺心草稿，便答应道："衣服自有，只是今日进城，天色已晚了。宦家门墙，不知深浅，令岳母夫人虽然有话，众人未必尽知，去时也须仔细。凭着愚见，还屈贤弟在此草榻，明日只可早往，不可晚行。"鲁公子道："哥哥说得是。"梁尚宾道："愚兄还要到东村一个人家，商量一件小事，回来再得奉陪。"又嘱付梁妈妈道："婆子走路辛苦，一发留他过宿，明日去吧。"妈妈也只道孩儿是个好意，真个把两人都留住了。谁知他是个奸计：只怕婆子回去时，那边老园公又来相请，露出鲁公子不曾回家的消息，自己不好去打脱冒了。正是：

欺天行当人难识，立地机关鬼不知。

梁尚宾背却公子，换了一套新衣，悄地出门，径投城中顾佥事家来。

却说孟夫人是晚教老园公开了园门伺候。看看日落西山，黑影里只见一个后生，身上穿得齐齐整整，脚儿走得慌慌张张，望着园门欲进不进的。老园公问道："郎君可是鲁公子么？"梁尚宾连忙鞠个躬应道："在下正是。因老夫人见召，特地到此，望乞通报。"老园公慌忙请到亭子中暂住，急急的进去报与夫人。孟夫人就差个管家婆出来传话："请公子到内室相见。"才下得亭子，又有两个丫鬟，提着两碗纱灯来接。弯弯曲曲行过多少房子，忽见朱楼画阁，方是内室。孟夫人揭起珠帘，秉烛而待。那梁尚宾一来是个小家出身，不曾见恁般富贵样子；二来是个村郎，不通文墨；三来自知假货，终是怀着个鬼胎，意气不甚舒展。上前相见时，跪拜应答，眼见得礼貌粗疏，语言涩滞。孟夫人心下想道："好怪！全不像宦家子弟。"一念又想道："常言人贫智短，他恁地贫困，如何怪得他失张失智？"转了第二个念头，心下愈加可怜起来。

茶罢，夫人分付忙排夜饭，就请小姐出来相见。阿秀初时不肯，被母亲逼了两三次，想着："父亲有赖婚之意，万一如此，今宵便是永诀；若得见亲夫一面，死亦甘心。"当下离了绣阁，含羞而出。孟夫人道："我儿过来见了公子，只行小礼罢。"假公子朝上连作两个揖，阿秀也福了两福，便要回步。夫人道："既是夫妻，何妨同坐？"便教他在自己肩下坐了。假公子两眼只瞧那小姐，见他生得端丽，骨髓里都发痒起来。这里阿秀只道见了真丈夫，低头无语，满腹恓惶，只饶得哭下一场。正是：

真假不同，心肠各别。

少顷，饮馔已到，夫人教排做两桌，上面一桌请公子坐，打横一桌娘儿两个同坐。夫人道："今日仓卒奉邀，只欲周旋公子姻事，殊不成体，休怪休怪！"假公子刚刚谢得个"打搅"二字，面皮都急得通红了。席间，夫人把女儿守志一事，略叙一叙。假公子应了一句，缩了半句。夫人也只认他害羞，全不为怪。那假公子在席上自觉局促，本是能饮的，只推量窄，夫人也不强他。又坐了一回，夫人分付收拾铺陈在东厢下，留公子过夜。假公子也假意作别要行。夫人道："彼此至亲，何拘形迹？我母子还有至言相告。"假公子心中暗喜。只见丫鬟来禀："东厢内铺设已完，请公子安置。"假公子作揖谢酒，丫鬟掌灯送到东厢去了。

夫人唤女儿进房，赶去侍婢，开了箱笼，取了私房银子八十两，又银杯二对，金首饰一十六件，约值百金，一手交付女儿，说道："做娘的手中只有这些，你可亲去交与公子，助他行聘完婚之费。"阿秀道："羞答答如何好去？"夫人道："我儿，礼有经权，事有缓急。如今尴尬之际，不是你亲去嘱付，把夫妻之情打动他，他如何肯上紧？穷孩子不知世事，倘或与外人商量，被人哄诱，把东西一时花了，不枉了做娘一片用心？那时悔之何及！这东西也要你袖里藏去，不可露人眼目。"阿秀听了这一班道理，只得依允，便道："娘，我怎好自去？"夫人道："我教管家婆跟你去。"当下唤管家婆来到，分付他只等夜深，密地送小姐到东厢，与公子叙话。又附耳道："送到时，你只在门外等候，省得两下碍眼，不好交谈。"管家婆已会其意了。

再说假公子独坐在东厢，明知有个跷蹊缘故，只是不睡。果然，一更之后，管家婆捱门而进，报道："小姐自来相会。"假公子慌忙迎接，重新叙礼。有这等事：那假公子在夫人前一个字也讲不出，及至见了小姐，偏会温存絮话！这里小姐，起初害羞，遮遮掩掩，今番背却夫人，一般也老落起来。两个你问我答，叙了半晌。阿秀话出衷肠，不觉两泪交流。那假公子也装出捶胸叹气，揩眼泪缩鼻涕，许多丑态；又假意解劝小姐，抱持绰趣，尽他受用。管家婆在房门外听见两下悲泣，连累他也恓惶，堕下几点泪来。谁知一边是真，一边是假。阿秀在袖中摸出银两首饰，递与假公子，再三嘱付，自不必说。假公子收过了，便一手抱住小姐把灯儿吹灭，苦要求欢。阿秀怕声张起来，被丫鬟们听见了，坏了大事，只得勉从。有人作《如梦令》词云：

可惜名花一朵，绣幙深闺藏护。不遇探花郎，抖被狂蜂残破。错误，错误！怨杀东风分付。

常言事不三思，终有后悔。孟夫人要私赠公子，玉成亲事，这是锦片的一团美意，也是天大的一桩事情，如何不教老园公亲见公子一面？及至假公子到来，只合当面嘱付一番，把东西赠他，再教老园公送他回去，看个下落，万无一失。千不合，万不合，教女儿出来相见，又教女儿自往东厢叙话。这分明放一条方便路，如何不做出事来？莫说是假的，就是真的，也使不得，枉做了一世牵扳的话柄。这也算做姑息之爱，反害了女儿的终身。

闲话休题。且说假公子得了便宜，放松那小姐去了。五鼓时，夫人教丫鬟催促起身梳洗，用些茶汤点心之类。又嘱付道："拙夫不久便回，贤婿早做准备，休得怠慢。"假公子别了夫人，出了后花园门，一头走一头想道："我白白里骗了一个宦家闺女，又得了许多财帛，不曾露出马脚，万分侥幸。只是今日鲁家又来，不为全美。听得说顾佥事不久便回，我如今再耽搁他一日，待明日才放他去。若得顾佥事回来，他便不敢去了，这事就十分干净了。"计较已定，走到个酒店上自饮三杯，吃饱了肚里，直延挨到午后，方才回家。

鲁公子正等得不耐烦，只为没有衣服，转身不得。姑娘也焦燥起来，教庄家往东村寻取儿子，并无踪迹。走向媳妇田氏房前问道："儿子衣服有么？"田氏道："他自己检在箱里，不曾留得钥匙。"原来田氏是东村田贡元的女儿，到有十分颜色，又且通书达礼。田贡元原是石城县中有名的一个

豪杰，只为一个有司官与他做对头，要下手害他，却是梁尚宾的父亲与他舅子鲁廉宪说了，廉宪也素闻其名，替他极口分辨，得免其祸。因感激梁家之恩，把这女儿许他为媳。那田氏像了父亲，也带三分侠气，见丈夫是个蠢货，又且不干好事，心下每每不悦，开口只叫做“村郎”。以此夫妇两不和顺，连衣服之类，都是那“村郎”自家收拾，老婆不去管他。

却说姑侄两个正在心焦，只见梁尚宾满脸春色回家。老娘便骂道：“兄弟在此专等你的衣服，你却在那里噇酒，整夜不归？又没寻你去处！”梁尚宾不回娘语，一径到自己房中，把袖里东西都藏过了，才出来对鲁公子道：“偶为小事缠住身子，耽搁了表弟一日，休怪休怪！今日天色又晚了，明日回宅罢。”老娘骂道：“你只顾把件衣服借与做兄弟的，等他自己干正务，管他今日明日！”鲁公子道：“不但衣服，连鞋袜都要告借。”梁尚宾道：“有一双青段子鞋在间壁皮匠家底，今晚催来，明日早奉穿去。”鲁公子没奈何，只得又住了一宿。

到明朝，梁尚宾只推头疼，又睡个日高三丈，早饭都吃过了，方才起身。把道袍、鞋、袜慢慢的逐件搬将出来，无非要延挨时刻，误其美事。鲁公子不敢就穿，又借个包袱儿包好，付与老婆子拿了。姑娘收拾一包白米和些瓜菜之类，唤个庄客送公子回去，又嘱付道：“若亲事就绪，可来回复我一声，省得我牵挂。”鲁公子作揖转身，梁尚宾相送一步，又说道：“兄弟，你此去须是仔细，不知他意儿好歹，真假何如。依我说，不如只往前门硬挺着身子进去，怕不是他亲女婿，赶你出来？又且他家差老园公请你，有凭有据，须不是你自轻自贱。他有好意，自然相请；若是翻转脸来，你拚得与他诉落一场，也教街坊上人晓得。倘到后园旷野之地，被他暗算，你却没有个退步。”鲁公子又道：“哥哥说得是。”正是：

背后害他当面好，有心人对没心人。

鲁公子回到家里，将衣服鞋袜装扮起来。只有头巾分寸不对，不曾借得。把旧的脱将下来，用清水摆净，教婆子在邻舍家借个熨斗，吹些火来熨得直直的；有些磨坏的去处，再把些饭儿粘得硬硬的，墨儿涂得黑黑的。只是这顶巾，也弄了一个多时辰，左带右带，只怕不正。教婆子看得件件停当了，方才移步径投顾佥事家来。门公认是生客，回道：“老爷东庄去了。”鲁公子终是宦家的子弟，不慌不忙的说道：“可通报老夫人，说道鲁某在此。”门公方知是鲁公子，却不晓得来情，便道：“老爷不在家，小人不敢乱传。”鲁公子道：“老夫人有命，唤我到来，你去通报自知，须不连累你们。”门公传话进去，禀说：“鲁公子在外要见，还是留他进来，还是辞他？”

孟夫人听说，吃了一惊，想：“他前日去得，如何又来？且请到正厅坐下。”先教管家婆出去，问他有何话说。管家婆出来瞧了一瞧，慌忙转身进去，对老夫人道：“这公子是假的，不是前夜的脸儿。前夜是胖胖儿的，黑黑儿的；如今是白白儿的，瘦瘦儿的。”夫人不信道：“有这等事？”亲到后堂，从帘内张看，果然不是了。孟夫人心上委决不下，教管家婆出去，细细把家事盘问，他答来一字无差。孟夫人初见假公子之时，心中原有疑惑；今番的人才清秀，语言文雅，倒像真公子的样子。再问今日为何而来，答道：“前蒙老园公传语呼唤，因鲁某羁滞乡间，今早才回，特来参谒，望恕迟误之罪。”夫人道：“这是真情无疑了。只不知前夜打脱冒的冤家，又是那里来的？”慌忙转身进房，与女儿说其缘故，又道：“这都是做爹的不存天理，害你如此，悔之不及！幸而没人知道，往事不须题起了。如今女婿在外，是我特地请来的，无物相赠，如之奈何？”正是：

只因一着错，满盘都是空。

阿秀听罢，呆了半晌。那时一肚子情怀，好难描写：说慌又不是慌，说羞又不是羞，说恼又不是恼，说苦又不是苦，分明似乱针刺体，痛痒难言。喜得他志气过人，早有了三分主意，便道：“母亲且与他相见，我自有道理。”

孟夫人依了女儿言语，出厅来相见公子。公子掇一把校椅朝上放下：

“请岳母大人上坐，待小婿鲁某拜见。”孟夫人谦让了一回，从旁站立，受了两拜，便教管家婆扶起看坐。公子道：“鲁某只为家贫，有缺礼数。蒙岳母大人不弃，此恩生死不忘。”夫人自觉惶愧，无言可答。忙教管家婆把厅门掩上，请小姐出来相见。阿秀站住帘内，如何肯移步！只教管家婆传语道：“公子不该耽搁乡间，负了我母子一片美意。”公子推故道：“某因患病乡间，有失奔趋。今方践约，如何便说相负？”阿秀在帘内回道：“三日以前，此身是公子之身；今迟了三日，不堪伏侍巾栉，有玷清门。便是金帛之类，亦不能相助了。所存金钗二股，金钿一对，聊表寸意。公子宜别选良姻，休得以妾为念。”管家婆将两般首饰递与公子，公子还疑是悔亲的说话，那里肯收。阿秀又道：“公子但留下，不久自有分晓。公子请快转身，留此无益！”说罢，只听得哽哽咽咽的哭了进去。鲁学曾愈加疑惑，向夫人发作道：“小婿虽贫，非为这两件首饰而来。今日小姐似有决绝之意，老夫人如何不出一语？既如此相待，又呼唤鲁某则甚？”夫人道：“我母子并无异心，只为公子来迟，不将姻事为重，所以小女心中愤怨，公子休得多疑。”鲁学曾只是不信，叙起父亲存日许多情分，“如今一死一生，一贫一富，就忍得改变了？鲁某只靠得岳母一人做主，如何三日后，也生退悔之心？”劳劳叨叨的说个不休。

孟夫人有口难辨，倒被他缠住身子，不好动身。忽听得里面乱将起来，丫鬟气喘喘的奔来报道：“奶奶，不好了！快来救小姐！”吓得孟夫人一身冷汗，巴不得再添两只脚在肚下，管家婆扶着左腋，跑到绣阁，只见女儿将罗帕一幅，缢死在床上。急急解救时，气已绝了，叫唤不醒，满房人都哭起来。鲁公子听小姐缢死，还道是做成的圈套，捻他出门，兀自在厅中嚷刮。孟夫人忍着疼痛，传话请公子进来。公子来到绣阁，只见牙床锦被上，直挺挺躺着个死小姐。夫人哭道：“贤婿，你今番认一认妻子。”公子当下如万箭攒心，放声大哭。夫人道：“贤婿，此处非你久停之所，怕惹出是非，贻累不小，快请回罢。”教管家婆将两般首饰，纳在公子袖中，送他出去。鲁公子无可奈何，只得揾泪出门去了。

这里孟夫人一面安排入殓，一面东庄去报顾佥事回来，只说女儿不愿停婚，自缢身死。顾佥事懊悔不迭，哭了一场，安排成丧出殡不题。后人有诗赞阿秀云：

死生一诺重千金，谁料奸谋祸阱深？

三尺红罗报夫主，始知污体不污心。

却说鲁公子回家看了金钗钿，哭一回，叹一回，疑一回，又解一回，正不知什么缘故，也只是自家命薄所致耳。过了一晚，次日把借来的衣服鞋袜，依旧包好，亲到姑娘家去送还。梁尚宾晓得公子到来，到躲了出去了。公子见了姑娘说起小姐缢死一事，梁妈妈连声感叹，留公子酒饭去了。

梁尚宾回来，问道："方才表弟到此，说曾到顾家去不曾？"梁妈妈道："昨日去的。不知什么缘故，那小姐嗔怪他来迟三日，自缢而死。"梁尚宾不觉失口叫声："呵呀，可惜好个标致小姐！"梁妈妈道："你那里见来？"梁尚宾遮掩不来，只得把自己打脱冒事，述了一遍。梁妈妈大惊，骂道："没天理的禽兽，做出这样勾当！你这房亲事还亏母舅作成你的，你今日恩将仇报，反去破坏了做兄弟的姻缘，又害了顾小姐一命，汝心何安？"千禽兽，万禽兽，骂得梁尚宾开口不得。走到自己房中，田氏闭了房门，在里面骂道："你这样不义之人，不久自有天报，休想善终！从今你自你，我自我，休得来连累人！"梁尚宾一肚气，正没出处；又被老婆诉说。一脚跌开房门，揪了老婆头发便打。又是梁妈妈走来，喝了儿子出去。田氏捶胸大哭，要死要活。梁妈妈劝他不住，唤个小轿抬回娘家去了。

梁妈妈又气又苦，又受了惊，又愁事迹败露。当晚一夜不睡，发寒发热，病了七日，呜呼哀哉！田氏闻得婆婆死了，特来奔丧带孝。梁尚宾旧愤不息，便骂道："贼泼妇！只道你住在娘家一世，如何又有回家的日子？"两下又争闹起来。田氏道："你干了亏心的事，气死了老娘，又来消遣我！我今日若不是婆死，永不见你'村郎'之面！"梁尚宾道："怕断了老婆种？要你这泼妇见我！只今日便休了你去，再莫上门！"田氏道："我宁可终身守寡，也不愿随你这样不义之徒。若是休了到得干净，回去烧个利市。"梁尚宾一向夫妻无缘，到此说了尽头话，憋一口气，真个就写了离书，手印，付与田氏。田氏拜别婆婆灵位，哭了一场，出门而去。正是：

有心去调他人妇，无福难招自己妻。

可惜田家贤慧女，一场相骂便分离。

话分两头。再说孟夫人追思女儿，无日不哭。想道："信是老欧寄去的，那黑胖汉子，又是老欧引来的，若不是通同作弊，也必然漏泄他人了。"等丈夫出门拜客，唤老欧到中堂，再三讯问。却说老欧传命之时，其实不曾泄漏，鲁学曾自家不合借衣，惹出来的奸计。当夜来的是假公子，三日后来的是真公子，孟夫人肚里明明晓得有两个人，那老欧肚里还自认做一个人，随他分辨，如何得明白？夫人大怒，喝教手下把他拖番在地，重责三十板子，打得皮开血喷。顾佥事一日偶到园中，叫老园公扫地，听说被夫人打坏，动掸不得，教人扶来，问其缘故。老欧将夫人差去约鲁公子来家，及夜间房中相会之事，一一说了。顾佥事大怒道："原来如此！"便叫打轿，亲到县中，与知县诉知其事，要将鲁学曾抵偿女儿之命。知县教补了状词，差人拿鲁学曾到来，当堂审问。鲁公子是老实人，就把实情细细说了："见有金钗钿两般，是他所赠，其后

园私会之事，其实没有。"知县就唤园公老欧对证。这老人家两眼模糊，前番黑夜里认假公子的面庞不真，又且今日家主分付了说话，一口咬定鲁公子，再不松放。知县又徇了顾佥事人情，着实用刑拷打。鲁公子吃苦不过，只得招道："顾奶奶好意相唤，将金钗钿助为聘资。偶见阿秀美貌，不合辄起淫心，强逼行奸。到第三日，不合又往，致阿秀羞愤自缢。"知县录了口词，审得鲁学曾与阿秀空言议婚，尚未行聘过门，难以夫妻而论。既因奸致死，合依威逼律问绞。一面发在死囚牢里，一面备文书申详上司。孟夫人闻知此信大惊，又访得他家只有一个老婆子，也吓得病倒，无人送饭。想起："这事与鲁公子全没相干，到是我害了他。"私下处些银两，分付管家婆央人替他牢中使用。又屡次劝丈夫保全公子性命。顾佥事愈加忿怒。石城县把这件事当做新闻沿街传说。正是：

好事不出门，恶事行千里。

顾佥事为这声名不好，必欲置鲁学曾于死地。

再说有个陈濂御史，湖广籍贯，父亲与顾佥事是同榜进士，以此顾佥

事叫他是年侄。此人少年聪察，专好辨冤析枉。其时正奉差巡按江西。未入境时，顾佥事先去嘱托此事。陈御史口虽领命，心下不以为然。莅任三日，便发牌按临赣州，吓得那一府官吏尿流屁滚。审录日期，各县将犯人解进。陈御史审到鲁学曾一起，阅了招词，又把金钗钿看了，叫鲁学曾问道："这金钗钿是初次与你的么？"鲁学曾道："小人只去得一次，并无二次。"御史道："招上说三日后又去，是怎么说？"鲁学曾口称冤枉，诉道："小人的父亲存日，定下顾家亲事。因父亲是个清官，死后家道消乏，小人无力行聘。岳父顾佥事欲要悔亲，是岳母不肯，私下差老园公来唤小人去，许赠金帛。小人羁身在乡，三日后方去。那日只见得岳母，并不曾见小姐之面，这奸情是屈招的。"御史道："既不曾见小姐，这金钗钿何人赠你？"鲁学曾道："小姐立在帘内，只责备小人来迟误事，莫说婚姻，连金帛也不能相赠了，这金钗钿权留个忆念。小人还只认做悔亲的话，与岳母争辨；不期小姐房中缢死，小人至今不知其故。"御史道："恁般说，当夜你不曾到后园去了？"鲁学曾道："实不曾去。"御史想了一回："若特地唤去，岂止赠他钗钿二物？详阿秀抱怨口气，必然先有人冒去东西，连奸骗都是有的，以致羞愤而死。"便叫老欧问道："你到鲁家时，可曾见鲁学曾么？"老欧道："小人不曾面见。"御史道："既不曾面见，夜间来的你如何就认得是他？"老欧道："他自称鲁公子，特来赴约，小人奉主母之命，引他进见的，怎赖得没有？"御史道："相见后，几时去的？"老欧道："闻得里面夫人留酒，又赠他许多东西，五更时去的。"鲁学曾又叫屈起来，御史喝住了。又问老欧："那鲁学曾第二遍来，可是你引进的？"老欧道："他第二遍从前门来的，小人并不知。"御史道："他第一次如何不到前门，却到后园来寻你？"老欧道："我家奶奶着小人寄信，原教他在后园来的。"御史唤鲁学曾问道："你岳母原教你到后园来，你却如何往前门去？"鲁学曾道："他虽然相唤，小人不知意儿真假，只怕园中旷野之处，被他暗算；所以径奔前门，不曾到后园去。"御史想来，鲁学曾与园公分明是两样说知，其中必有情弊。御史又指着鲁学曾问老欧道："那后园来的，可是这个嘴脸，你可认得真么？不要胡乱答应。"老欧道："昏黑中小人认得不十分真，像是这个脸儿。"御史道："鲁学曾既不在家，你的信却寄与何人的？"老欧道："他家只有个老婆婆，小人对他说的，并无闲人在旁。"御史道："毕竟还对何人说来？"老欧道："并没有第二个人知觉。"御史沉吟半晌，想道："不究出根由，如何定罪？怎好回复老年伯？”又问鲁学曾道：“你说在乡，离城多少？家中几时寄到的信？”鲁学曾道：“离北门外只十里，是本日得信的。”御史拍案叫道：“鲁学曾，你说三日后方到顾家，是虚情了。既知此信，有恁般好事，路又不远，怎么迟延三日？理上也说不去！”鲁学曾道：“爷爷息怒，小人细禀：小人因家贫，往乡间姑娘家借米。闻得此信，便欲进城。怎奈衣衫蓝缕，与表兄借件遮丑，已蒙许下。怎奈这日他有事出去，直到明晚方归。小人专等衣服，所以迟了两日。”御史道：“你表兄晓得你借衣服的缘故不？”鲁学曾道：“晓得的。”御史道：“你表兄何等人？叫甚名字？”鲁学曾道：“名唤梁尚宾，庄户人家。”御史听罢，喝散众人：“明日再审。”正是：

如山巨笔难轻判，似佛慈心待细参。

公案见成翻者少，覆盆何处不冤含？

次日，察院小开门，挂一面宪牌出来。牌上写道：“本院偶染微疾，各官一应公务，俱候另示施行。本　月　日。”府县官朝暮问安，自不必说。

话分两头。再说梁尚宾自闻鲁公子问成死罪，心下到宽了八分。一日听得门前喧嚷，在壁缝张看时，只见一个卖布的客人，头上带一顶新孝头巾，身穿旧白布道袍，口内打江西乡谈，说是南昌府人，在此贩布买卖，闻得家中老子身故，星夜要赶回，存下几百匹布，不曾发脱，急切要投个主儿，情愿让些价钱。众人中有要买一匹的，有要两匹三匹的，客人都不肯，道：“恁地零星卖时，再几时还不得动身。那个财主家一总脱去，便多让他些也罢。”梁尚宾听了多时，便走出门来问道：“你那客人存下多少布？值多少本钱？”客人道：“有四百余匹，本钱二百两。”梁尚宾道：“一时间那得个主儿？须是肯折些，方有人贪你。”客人道：“便折十来两，也说不得。只要快当，轻松了身子好走路。”梁尚宾看了布样，又到布船上去翻复细看，口里只夸：“好布，好布！”客人道：“你又不做个要买的，只管翻乱了我的布包，耽搁人的生意。”梁尚宾道：“怎见得我不像个买的？”客人道：“你要买时，借银子来看。”梁尚宾道：“你若加二肯折，我将八十两银子，替你出脱了一半。”客人道：“你也是呆话！做经纪的，那里折得起加二？况且只用一半，这一半我又去投谁？一般样耽搁了。我说不像要买的！”又冷笑道：“这北门外许多人家，就没个财主，四百匹布便买不起！罢，罢，摇到东门寻主儿去。”梁尚宾听说，心中不忿；又见价钱相因，有些出息，放他不下，便道："你这客人好欺负人！我偏要都买了你的，看如何？"客人道："你真个都买我的？我便让你二十两。"梁尚宾定要折四十两，客人不肯。众人道："客人，你要紧脱货；这位梁大官，又是贪便宜的。依我们说，从中酌处，一百七十两，成了交易罢。"客人初时也不肯，被众人劝不过，道："罢！这十两银子，奉承列位面上。快些把银子兑过，我还要连夜赶路。"梁尚宾道："银子凑不来许多，有几件首饰，可用得着么？"客人道："首饰也就是银子，只要公道作价。"梁尚宾邀入客坐，将银子和两寸银钟，共兑准了一百两；又金首饰尽数搬来，众人公同估价，勾了七十两之数。与客收讫，交割了布匹。梁尚宾看这场交易尽有便宜，欢喜无限。正是：

贪痴无底蛇吞象，祸福难明螳捕蝉。

原来这贩布的客人，正是陈御史装的。他托病关门，密密分付中军官聂千户，安排下这些布匹，先雇下小船，在石城县伺候。他悄地带个门子私行到此，聂千户就扮做小郎跟随，门子只做看船的小厮，并无人识破，这是做官的妙用。

却说陈御史下了小船，取出见成写就的宪牌填上梁尚宾名字，就着聂千户密拿。又写书一封，请顾佥事到府中相会。比及御史回到察院，说病好开门，梁尚宾已解到了，顾佥事也来了。御史忙教摆酒后堂，留顾佥事小饭。坐间，顾佥事又提起鲁学曾一事。御史笑道："今日奉屈老年伯到此，正为这场公案，要剖个明白。"便教门子开了护书匣，取出银钟二对，及许多首饰，送与顾佥事看。顾佥事认得是家中之物，大惊问道："那里来的？"御史道："令爱小姐致死之由，只在这几件东西上。老年伯请宽坐，容小侄出堂，问这起数与老年伯看，释此不决之疑。"

御史分付开门，仍唤鲁学曾一起复审。御史且教带在一边，唤梁尚宾当面。御史喝道："梁尚宾，你在顾佥事家，干得好事！"梁尚宾听得这句，好似青天里闻了个霹雳，正在硬着嘴分辨。只见御史教门子把银钟、首饰与他认赃，问道："这些东西那里来的？"梁尚宾抬头一望，那御史正是卖布的客人，唬得顿口无言，只叫："小人该死。"御史道："我也不动夹棍，你只将实情写供状来。"梁尚宾料赖不过，只得招称了。你说招词怎么写来？有词名《锁南枝》——只为证：

写供状，梁尚宾。只因表弟鲁学曾，岳母念他贫，约他助行聘。

为借衣服知此情，不合使欺心，缓他行。乘昏黑，假学曾，园公引入内室门，见了孟夫人，把金银厚相赠。因留宿，有了奸骗情。三日后学曾来，将小姐送一命。

御史取了招词，唤园公老欧上来：“你仔细认一认，那夜间园上假装鲁公子的，可是这个人？”老欧睁开两眼看了道：“爷爷，正是他。”御史喝教皂隶，把梁尚宾重责八十；将鲁学曾枷杻打开，就套在梁尚宾身上。合依强奸论斩，发本县监候处决。布四百匹追出，仍给铺户取价还库。其银两、首饰，给与老欧领回。金钗、金钿，断还鲁学曾。俱释放宁家。鲁学曾拜谢活命之恩。正是：

奸如明镜照，恩喜覆盆开。
生死俱无憾，神明御史台。

却说顾佥事在后堂，听了这番审录，惊骇不已。候御史退堂，再三称谢道：“若非老公祖神明烛照，小女之冤，几无所伸矣。但不知银两、首饰，老公祖何由取到？”御史附耳道：“小侄如此如此。”顾佥事道：“妙哉！只是一件，梁尚宾妻子，必知其情；寒家首饰，定然还有几件在彼。再望老公祖一并逮问。”御史道：“容易。”便行文书，仰石城县提梁尚宾妻严审，仍追余赃回报。顾佥事别了御史自回。

却说石城县知县见了察院文书，监中取出梁尚宾问道：“你妻子姓甚？这一事曾否知情？”梁尚宾正怀恨老婆，答应道：“妻田氏，因贪财物，其实同谋的。”知县当时佥禀差人提田氏到官。

话分两头。却说田氏父母双亡，只在哥嫂身边，针指度日。这一日，哥哥田重文正在县前，闻知此信，慌忙奔回，报与田氏知道。田氏道：“哥哥休慌，妹子自有道理。”当时带了休书上轿，径抬到顾佥事家，来见孟夫人。夫人发一个眼花，分明看见女儿阿秀进来。及至近前，却是个蓦生标致妇人，吃了一惊，问道：“是谁？”田氏拜倒在地，说道：“妾乃梁尚宾之妻田氏。因恶夫所为不义，只恐连累，预先离异了。贵宅老爷不知，求夫人救命。”说罢，就取出休书呈上。

夫人正在观看，田氏忽然扯住夫人衫袖，大哭道：“母亲，俺爹害得我好苦也！”夫人听得是阿秀的声音，也哭起来。便叫道：“我儿，有甚话说？”只见田氏双眸紧闭，哀哀的哭道：“孩儿一时错误，失身匪人，羞见公子之面，自缢身亡，以完贞性。何期爹爹不行细访，险些反害了公子性命。幸得暴白了，只是他无家无室，终是我母子担误了他。母亲若念孩儿，替爹爹说声，周全其事，休绝了一脉姻亲。孩儿在九泉之下，亦无所恨矣。”说罢，跌倒在地。夫人也哭昏了。管家婆和丫鬟、养娘都团聚将来，一齐唤醒。那田氏还呆呆的坐地，问他时全然不省。夫人看了田氏，想起女儿，重复哭起，众丫鬟劝住了。夫人悲伤不已，问田氏：“可有爹娘？”田氏回说：“没有。”夫人道：“我举眼无亲，见你，如见我女儿一般，你做我的义女肯么？”田氏拜道：“若得伏侍夫人，贱妾有幸。”夫人欢喜，就留在身边了。

顾佥事回家，闻说田氏先期离异，与他无干，写了一封书帖，和休书送与县官，求他免提，转回察院。又见田氏贤而有智，好生敬重，依了夫人收为义女。夫人又说起女儿阿秀负魂一事：“他千叮万嘱：休绝了鲁家一脉姻亲。如今田氏少艾，何不就招鲁公子为婿，以续前姻？”顾佥事见鲁学曾无辜受害，甚是懊悔。今番夫人说话有理，如何不依？只怕鲁公子生疑，亲到其家，谢罪过了，又说续亲一事。鲁公子再三推辞不过，只得允从。就把金钗钿为聘，择日过门成亲。

原来顾佥事在鲁公子面前，只说过继的远房侄女；孟夫人在田氏面前，也只说赘个秀才，并不说真名真姓。到完婚以后，田氏方才晓得就是鲁公子，公子方才晓得就是梁尚宾的前妻田氏。自此夫妻两口和睦，且是十分孝顺。顾佥事无子，鲁公子承受了他的家私，发愤攻书。顾佥事见他三场通透，送入国子监，连科及第。所生二子，一姓鲁，一姓顾，以奉两家宗祀。梁尚宾子孙遂绝。诗曰：

一夜欢娱害自身，百年姻眷属他人。

世间用计行奸者，请看当时梁尚宾。

第三卷　新桥市韩五卖春情

情宠娇多不自由，骊山举火戏诸侯。

只知一笑倾人国，不觉胡尘满玉楼。

这四句诗，是胡曾《咏史诗》。专道着昔日周幽王宠一个妃子，名曰褒姒，千方百计的媚他。因要取褒姒一笑，向骊山之上，把与诸侯为号的烽火烧起来；诸侯只道幽王有难，都举兵来救，及到幽王殿下，寂然无事。褒姒呵呵大笑。后来犬戎起兵来攻，诸侯皆不来救；犬戎遂杀幽王于骊山之下。又春秋时，有个陈灵公，私通于夏徵舒之母夏姬。与其臣孔宁、仪行父日夜往其家，饮酒作乐。徵舒心怀愧恨，射杀灵公。后来六朝时，陈后主宠爱张丽华、孔贵嫔，自制《后庭花》曲，姱美其色，沉湎淫逸，不理国事。被隋兵所追，无处躲藏，遂同二妃投入井中，为隋将韩擒虎所获，遂亡其国。诗云：

欢娱夏厩忽兴戈，眢井犹闻《玉树》歌。

试看二陈同一律，从来亡国女戎多。

当时，隋炀帝也宠萧妃之色。要看扬州景，用麻叔度为帅，起天下民夫百万，开汴河一千余里，役死人夫无数。造凤舰龙舟，使宫女牵之，两岸乐声闻于百里。后被宇文化及造反江都，斩炀帝于吴公台下，其国亦倾。有诗为证：

千里长河一旦开，亡隋波浪九天来。

锦帆未落干戈起，惆怅龙舟更不回。

至于唐明皇宠爱杨贵妃之色，春纵春游，夜专夜宠。谁想杨妃与安禄山私通，却抱禄山做孩儿。一日，云雨方罢，杨妃钗横鬓乱，被明皇撞见，支吾过了。明皇从此疑心，将禄山除出在渔阳地面做节度使。那禄山思恋杨妃，举兵反叛。正是：

渔阳鼙鼓动地来，惊破《霓裳羽衣曲》。

那明皇无计奈何，只得带取百官逃难。马嵬山下兵变，逼死了杨妃，明皇直走到西蜀。亏了郭令公血战数年，才恢复得两京。

且如说这几个官家，都只为贪爱女色，致于亡国捐躯。如今愚民小子，怎生不把色欲警戒！

说话的，你说那戒色欲则甚？自家今日说一个青年子弟，只因不把色欲警戒，去恋着一个妇人，险些儿坏了堂堂六尺之躯，丢了泼天的家计，惊动新桥市上，变成一本风流说话。正是：

好将前事错，传与后人知。

说这宋朝临安府，去城十里，地名湖墅；出城五里，地名新桥。那市上有个富户吴防御，妈妈潘氏，止生一子，名唤吴山，娶妻余氏，生得四岁一个孩儿。防御门首开个丝绵铺，家中放债积谷，果然是金银满箧，米谷成仓！去新桥五里，地名灰桥市上，新造一所房屋，令子吴山，再拨主管帮扶，也好开一个铺。家中收下的丝绵，发到铺中卖与在城机户。吴山生来聪俊，粗知礼义；干事朴实，不好花哄。因此防御不虑他在外边闲理会。

且说吴山每日蚤晨到铺中卖货，天晚回家。这铺中房屋，只占得门面，里头房屋都是空的。忽一日，吴山在家有事，至晌午才到铺中，走进看时，只见屋后河边泊着两只剥船，船上许多箱笼、桌、凳、家火，四五个人尽搬入空屋里来。船上走起三个妇人：一个中年胖妇人，一个老婆子，一个小妇人，尽走入屋里来。只因这妇人入屋，有分教吴山：

身如五鼓衔山月，命似三更油尽灯。

吴山问主管道："甚么人不问事由，擅自搬入我屋来？"主管道："在城人家。为因里役，一时间无处寻屋，央此间邻居范老来说，暂住两三日便去。正欲报知，恰好官人自来。"吴山正欲发怒，见那小娘子敛袂向前深深的道个万福："告官人息怒，非干主管之事，是奴家大胆，一时事急，出于无奈，不及先来宅上禀知，望乞恕罪。容住三四日，寻了屋就搬去。房金依例拜纳。"吴山便放下脸来道："既如此，便多住些时也不妨，请自稳便。"妇人说罢，就去搬箱运笼。吴山看得心痒，也替他搬了几件家火。

说话的，你说吴山平生鲠直，不好花哄。因何见了这个妇人，回嗔作喜，又替他搬家火？你不知道，吴山在家时，被父母拘管得紧，不容他闲走。他是个聪明俊俏的人，干事活动，又不是一个木头的老实；况且青春年少，正是他的时节；父母又不在面前，浮铺中见了这个美貌的妇人，如何不动心？那胖妇人与小妇人都道："不劳官人用力。"吴山道："在此间住，就是自家一般，何必见外？"彼此俱各欢喜。天晚，吴山回家，分付主管与里面新搬来的说："写纸房契来与我。"主管答应了，不在话下。

且说吴山回到家中，并不把搬来一事说与父母知觉。当夜心心念念，想着那小妇人。次日早起，换身好衣服，打扮齐整，叫个小厮寿童跟着，摇摆到店中来。正是：

没兴店中赊得酒，命衰撞着有情人。

吴山来到铺中，卖了一回货。里面走动的八老来接吃茶，要纳房状。吴山心下正要进去，恰好得八老来接，便起身入去。只见那小妇人笑容可掬，接将出来万福："官人请里面坐。"吴山到中间轩子内坐下。那老婆子和胖妇人都来相见陪坐，坐间止有三个妇人。吴山动问道："娘子高姓？怎么你家男儿不见一个？"胖妇人道："拙夫姓韩，与小儿在衙门跟官。蚤去晚回，官身不得相会。"坐了一回，吴山低着头睃那小妇人。这小妇人一双俊俏眼觑着吴山道："敢问官人青春多少？"吴山道："虚度二十四岁。拜问娘子青春？"小妇人道："与官人一缘一会，奴家也是二十四岁。城中搬下来，偶辏遇官人，又是同岁，正是有缘千里能相会。"

那老妇人和胖妇人看见关目，推个事故起身去了，止有二人对坐。小妇人到把些风流话儿挑引吴山。吴山初然只道好人家，容他住，不过砑光而已。谁想见面，到来刮涎，才晓得是不停当的。欲待转身出去，那小妇人又走过来挨在身边坐定，作娇作痴，说道："官人，你将头上金簪子来借我看一看。"吴山除了帽子，正欲拔时，被小妇人一手按住吴山头髻，一手拔了金簪，就便起身道："官人，我和你去楼上说句话。"一头说，径走上楼去了。吴山随后跟上楼来讨簪子。正是：

由你奸似鬼，也吃洗脚水。

吴山走上楼来，叫道："娘子，还我簪子！家中有事，就要回去。"妇人道："我与你是宿世姻缘，你不要妆假，愿谐枕席之欢。"吴山道："行不得！倘被人知觉，却不好看，况此间耳目较近。"时要下楼，怎奈那妇人放出那万种妖娆，搂住吴山，倒在怀里，将尖尖玉手，扯下吴山裙裤。情兴如火，按捺不住；携手上床，成其云雨。霎时云收雨散，两个起来偎倚而坐。吴山且惊且喜，问道："姐姐，你叫做甚么名字？"妇人道："奴家排行第五，小字赛金。长大，父母顺口叫道金奴。敢问官人排行第几？宅上做甚行业？"吴山道："父母止生得我一身，家中收丝放债，新桥市上出名的财主。此间门前铺子，是我自家开的。"金奴暗喜道："今番缠得这个有钱的男儿，也不枉了。"

原来这人家是隐名的娼妓，又叫做"私窠子"，是不当官吃衣饭的。家中别无生意，只靠这一本帐。那老妇人是胖妇人的娘，金奴是胖妇人的女儿。在先，胖妇人也是好人家出来的，因为丈夫无用，阑阓不得已干这般勾当。金奴自小生得标致，又识几个字，当时已自嫁与人去了。只因在夫家不跕叠，做出来，发回娘家。事有凑巧，物有偶然。此时胖妇人年纪约近五旬，孤老来得少了，恰好得女儿来接代，也不当断这样行业，索性大做了。原在城中住，只为这样事被人告发，慌了，搬下来躲避。却恨吴山偶然撞在了手里，圈套都安排停当，漏将入来，不由你不落水。怎地男儿汉不见一个？但看有人来，父子们都回避过了，做成的规矩。这个妇人，但贪他的，便着他的手，不止陷了一个汉子。

当时金奴道："一时慌促搬来，缺少盘费。告官人，有银子乞借应五两，不可推故。"吴山应允了。起身整了衣冠，金奴依先还了金簪。两个下楼，依旧坐在轩子内。吴山自思道："我在此耽搁了半晌，虑恐邻舍们谭论。"又吃了一杯茶。金奴留吃午饭，吴山道："我耽搁长久，不吃饭了。少间就送盘缠来与你。"金奴道："午后特备一杯菜酒，官人不要见却。"说罢，吴山自出铺中。

原来外边近邻见吴山进去。那房屋却是两间六椽的楼屋，金奴只占得一间做房，这边一间就是丝铺，上面却是空的。有好事哥哥，见吴山半晌不出来，伏在这间空楼壁边，入马之时，都张见明白。比及吴山出来，坐在铺中，只见几个邻人都来和哄道：“吴小官人，恭喜恭喜！”吴山初时已自心疑他们知觉，次后见众人来取笑，他通红了脸皮，说道：“好没来由！有甚么喜贺？”内中有原张见的，是对门开杂货铺的沈二郎，叫道：“你兀自赖哩，拔了金簪子，走上楼去做甚么？”吴山被他一句说着了，顿口无言，推个事故，起身便走。众人拦住道：“我们斗分银子，与你作贺。”

吴山也不顾众说，使性子往西走了。去到娘舅潘家，讨午饭吃了。踱到门前，向一个店家借过等子，将身边买丝银子称了二两，放在袖中。又闲坐了一回，捱到半晚，复到铺中来。主管道：“里面住的正在此请官人吃酒。”恰好八老出来道：“官人，你那里闲耍？教老子没处寻。家中特备菜酒，止请主管相陪，再无他客。”吴山就同主管走到轩子下。已安排齐整，无非鱼、肉、酒、果之类。吴山正席，金奴对坐，主管在旁。三人坐定，八老筛酒，吃过几杯，主管会意，只推要收铺中，脱身出来。吴山平日酒量浅，主管去了，开怀与金奴吃了十数杯，便觉有些醉来。将袖中银子送与金奴，便起身挽了金奴手道：“我有一句话和你说：这桩事，却有些不谐当。邻舍们都知了，来打和哄。倘或传到我家去，父母知道，怎生是好？此间人眼又紧，口嘴又歹，容不得人。倘有人不惬气，在此飞砖掷瓦，安身不稳。姐姐，依着我口，寻个僻静所在去住，我自常来看顾你。”金奴道：“说得是！奴家就与母亲商议。”说罢，那老子又将两杯茶来。吃罢，免不得又做些干生活。吴山辞别动身，嘱付道：“我此去未来哩，省得众人口舌。待你寻得所在，八老来说知，我来送你起身。”说罢，吴山出来铺中，分付主管说话，一径自回，不在话下。

且说金奴送吴山去后，天色已晚。上楼卸了浓妆，下楼来吃了晚饭，将吴山所言移屋一节，备细说与父母知道。当夜各自安歇。次早起来，胖妇人分付八老悄地打听邻舍消息。八老到门前站了一回，趲到间壁粜米张大郎门前，闲坐了一回。只听得这几家邻舍指指搠搠，只说这事。八老回家，对这胖妇人说道：“街坊上嘴舌，不是养人的去处。”胖妇人道：“因为在城中被人打搅，无奈搬来，指望寻个好处安身，久远居住，谁想又撞这般的邻舍！”说罢叹了口气。一面教老公去寻房子，一面看邻舍动静计较。

却说吴山自那日回家，怕人嘴舌，瞒着父母，只推身子不快，一向不到店中来。主管自行卖货。金奴在家清闲不惯，八老又去招引旧时主顾，一般来走动。那几家邻舍初然只晓得吴山行踏，次后见往来不绝，方晓得是个大做的。内中有生事的道："我这里都是好人家，如何容得这等糟的在此住？常言道：近奸近杀。倘若争锋起来，致伤人命，也要带累邻舍。"说罢，却早那八老听得，进去说：今日邻舍们又如此如此说。胖妇人听得八老说了，没出气处，碾那老婆子道："你七老八老，怕兀谁？不出去门前叫骂这短命多嘴的鸭黄儿！"婆子听了，果然就起身走到门前叫骂道："那个多嘴贼鸭黄儿，在这里学放屁！若还敢来应我的，做这条老性命结识他。那个人家没亲眷来往？"邻舍们听得，道："这个贼做大的出精老狗，不说自家干这般没理的事，到来欺邻骂舍！"开杂货店沈二郎正要应那婆子，中间又有守本分的劝道："且由他！不要与这半死的争好歹，赶他起身便了。"婆子骂了几声，见无人来采他，也自入去。

却说众邻舍都来与主管说："是你没分晓，容这等不明不白的人在这里住。不说自家理短，反教老婆子叫骂邻舍。你耳内须听得。我们都到你主家说与防御知道，你身上也不好看。"主管道："列位高邻息怒，不必说得，蚤晚就着他搬去。"众人说罢，自去了。主管当时到里面对胖妇人说道："你们可快快寻个所在搬去，不要带累我。看这般模样，住也不秀气。"胖妇人道："不劳分付，拙夫已寻屋在城，只在旦晚就搬。"说罢，主管出来。胖妇人与金奴说道："我们明蚤搬入城。今日可着八老悄地与吴小官说知，只莫教他父母知觉。"

八老领语，走到新市上吴防御丝绵大铺，不敢径进。只得站在对门人家檐下踅去，一眼只看着铺里。不多时，只见吴山踱将出来。看见八老，慌忙走过来，引那老子离了自家门首，借一个织熟绢人家坐下，问道："八老有甚话说？"八老道："家中五姐领官人尊命，明日搬入城去居住，特着老汉来与官人说知。"吴山道："如此最好，不知搬在城中何处？"八老道："搬在游奕营羊毛寨南横桥街上。"吴山就身边取出一块银子，约有二钱，送与八老道："你自将去买杯酒吃。明日晌午，我自来送你家起身。"八老收了银子，作谢了，一径自回。

且说吴山到次日巳牌时分，唤寿童跟随出门，走到归锦桥边南货店里，买了两包干果，与小厮拿着，来到灰桥市上铺里。主管相叫罢，将日逐卖丝的银子帐来算了一回。吴山起身，入到里面与金奴母子叙了寒温，将寿童手中果子，身边取出一封银子，说道："这两包粗果，送与姐姐泡茶。银子三两，权助搬屋之费。待你家过屋后，再来看你。"金奴接了果子并银两，母子两个起身谢道："重蒙见惠，何以克当！"吴山道："不必谢，日后正要往来哩。"说罢，起身看时，箱笼家火已自都搬下船了。金奴道："官人，去后几时来看我？"吴山道："只须三五日间，便来相望。"金奴一家别了吴山，当日搬入城去了。正是：

此处不留人，自有留人处。

且说吴山原有害夏的病：每过炎天时节，身体便觉疲倦，形容清减。此时正值六月初旬，因此请个针灸医人，背后灸了几穴火，在家调养，不到店内。心下常常思念金奴，争奈灸疮疼，出门不得。

却说金奴从五月十七搬移在横桥街上居住，那条街上俱是营里军家，不好此事，路又僻拗，一向没人走动。胖妇人向金奴道："那日吴小官许下我们三五日间就来，到今一月，缘何不见来走一遍？若是他来，必然也看觑我们。"金奴道："可着八老去灰桥市上铺中探望他。"当时八老去，就出艮山门到灰桥市上丝铺里见主管。八老相见罢，主管道："阿公来，有甚事？"八老道："特来望吴小官。"主管道："官人灸火在家未痊，向不到此。"八老道："主管若是回宅，烦寄个信，说老汉到此不遇。"八老也不耽搁，辞了主管便回家中，回复了金奴。金奴道："可知不来，原来灸火在家。"

当日金奴与母亲商议，教八老买两个猪肚磨净，把糯米莲肉灌在里面，安排烂熟。次蚤，金奴在房中磨墨挥笔，拂开鸾笺写封简，道：

贱妾赛金再拜，谨启情郎吴小官人：自别尊颜，思慕之心，未尝少怠，悬悬不忘于心。向蒙期约，妾倚门凝望，不见降临。昨遣八老探拜，不遇而回。妾移居在此，甚是荒凉。听闻贵恙灸火疼痛，使妾坐卧不安。空怀思忆，不能代替。谨具猪肚二枚，少申问安之意，幸希笑纳。情照不宣。仲夏二十一日，贱妾赛金再拜。

写罢，折成简子，将纸封了，猪肚装在盒里，又用帕子包了。都交付八老，叮嘱道："你到他家，寻见吴小官，须索与他亲收。"

八老提了盒子，怀中揣着简帖，出门径往大街。走出武林门，直到新桥市上吴防御门首，坐在街檐石上。只见小厮寿童走出，看见叫道："阿公，你那里来，坐在这里？”八老扯寿童到人静去处说：“我特来见你官人说话。我只在此等，你可与我报与官人知道。”寿童随即转身，去不多时，只见吴山踱将出来。八老慌忙作揖：“官人，且喜贵体康安！”吴山道：“好！阿公，你盒子里甚么东西？”八老道：“五姐记挂官人灸火，没甚好物，只安排得两个猪肚，送来与官人吃。”吴山遂引那老子到个酒店楼上坐定，问道：“你家搬在那里好么？”八老道：“甚是消索。”怀中将柬帖子递与吴山。吴山接柬在手，拆开看毕，依先折了藏在袖中。揭开盒子拿一个肚子，教酒博士切做一盘，分付烫两壶酒来。吴山道：“阿公，你自在这里吃，我家去写回字与你。”八老道：“官人请稳便。”吴山来到家里卧房中，悄悄的写了回简，又秤五两白银，复到酒店楼上，又陪八老吃了几杯酒。八老道：“多谢官人好酒，老汉吃不得了。”起身回去，吴山遂取银子并回柬说道：“这五两银子，送与你家盘缠。多多拜覆五姐，过三两日，定来相望。”八老收了银、简，起身下楼，吴山送出酒店。

却说八老走到家中，天晚入门，将银、简都付与金奴收了。将简拆开灯下看时，写道：

山顿首，字复爱卿韩五娘妆次：向前会间，多蒙厚款。又且云情雨意，枕席钟情，无时少忘。所期正欲趋会，生因贱躯灸火，有失卿之盼望。又蒙遣人垂顾，兼惠可口佳肴，不胜感念。二三日间，容当面会。白金五两，权表微情，伏乞收入。吴山再拜。

看简毕。金奴母子得了五两银子，千欢万喜，不在话下。

且说吴山在酒店里，捱到天晚，拿了一个猪肚，悄地里到自卧房，对浑家说：“难得一个识熟机户，闻我灸火，今日送两个熟肚与我。在外和朋友吃了一个，拿一个回来与你吃。”浑家道：“你明日也用作谢他。”当晚吴山将肚子与妻在房吃了，全不教父母知觉。

过了两日。第三日，是六月二十四日。吴山起蚤，告父母道：“孩儿一向不到铺中，喜得今日好了，去走一遭。况在城神堂巷有几家机户赊帐要讨，入城便回。”防御道：“你去不可劳碌。”吴山辞父，讨一乘兜轿抬了，小厮寿童打伞跟随。只因吴山要进城，有分教金奴险送他性命。正是：

二八佳人体似酥，腰间伏剑斩愚夫。

虽然不见人头落，暗里教君骨髓枯。

吴山上轿，不觉早到灰桥市上。下轿进铺，主管相见。吴山一心只在金奴身上，少坐，便起身分付主管："我入城收拾机户赊帐，回来算你日逐卖帐。"主管明知到此处去，只不敢阻，但劝："官人贵体新痊，不可别处闲走，空受疼痛。"

吴山不听，上轿预先分付轿夫，径进艮山门，迤逦到羊毛寨南横桥，寻问湖市搬来韩家。旁人指说："药铺间壁就是。"吴山来到门首下轿，寿童敲门。里面八老出来开门，见了吴山，慌入去说知。吴山进门，金奴母子两个堆下笑来迎接，说道："贵人难见面。今日甚风吹得到此？"吴山与金奴母子相唤罢，到里面坐定吃茶。金奴道："官人认认奴家房里。"吴山同金奴到楼上房中。正所谓：

合意友来情不厌，知心人至话相投。

金奴与吴山在楼上，如鱼得水，似漆投胶，两个无非说些深情密意的话。少不得安排酒肴，八老搬上楼来，掇过镜架，就摆在梳妆桌上。八老下来，金奴讨酒，才敢上去。两个并坐，金奴筛酒一杯，双手敬与吴山道："官人灸火，妾心无时不念。"吴山接酒在手道："小生为因灸火，有失期约。"酒尽，也筛一杯回敬与金奴。吃过十数杯，二人情兴如火，免不得再把旧情一叙。交欢之际，无限恩情。事毕起来，洗手更酌。又饮数杯，醉眼朦胧，余兴未尽。吴山因灸火在家，一月不曾行事，见了金奴，如何这一次便罢？吴山合当死，魂灵都被金奴引散乱了，情兴复发，又弄一火。正是：

爽口物多终作疾，快心事过必为殃。

吴山重复，自觉神思散乱，身体困倦，打熬不过，饭也不吃，倒身在床上睡了。金奴见吴山睡着，走下楼到外边，说与轿夫道："官人吃了几杯酒，睡在楼上。二位太保宽坐等一等，不要催促。"轿夫道："小人不敢来催。"金奴分付毕，走上楼来，也睡在吴山身边。

且说吴山在床上方合眼，只听得有人叫："吴小官好睡！"连叫数声。吴山醉眼看见一个胖大和尚，身披一领旧褊衫，赤脚穿双僧鞋，腰系着一条黄丝绦，对着吴山打个问讯。吴山跳起来还礼道："师父上刹何处？因甚唤我？"和尚道："贫僧是桑菜园水月寺住持，因为死了徒弟，特来劝化官人。贫僧看官人相貌，生得福薄，无缘受享荣华；只好受些清淡，弃俗出家，与我做个徒弟。"吴山道："和尚好没分晓！我父母半百之年，止生得我一人，成家接代，创立门风，如何出家？"和尚道："你只好出家，若还贪享荣华，即当命夭。依贫僧口，跟我去罢。”吴山道：“乱话！此间是妇人卧房，你是出家人，到此何干？”那和尚睁着两眼，叫道：“你跟我去也不？”吴山道：“你这秃驴，好没道理！只顾来缠我做甚？”和尚大怒，扯了吴山便走，到楼梯边，吴山叫起屈来，被和尚尽力一推，望楼梯下面倒撞下来。撒然惊觉，一身冷汗。开眼时，金奴还睡未醒，原来做一场梦。觉得有些恍惚，爬起坐在床上，呆了半晌。金奴也醒来，道：“官人好睡。难得你来，且歇了，明蚤去罢。”吴山道：“家中父母记挂，我要回去，别日再来望你。”金奴起身，分付安排点心。吴山道：“我身子不快，不要点心。”金奴见吴山脸色不好，不敢强留。吴山整了衣冠，下楼辞了金奴母子，急急上轿。

天色已晚，吴山在轿思量：白日里做场梦，甚是作怪。又惊又忧，肚里渐觉疼起来。在轿过活不得，巴不得到家，分付轿夫快走。捱到自家门首，肚疼不可忍，跳下轿来，走入里面，径奔楼上。坐在马桶上，疼一阵，撒一阵，撒出来都是血水。半晌，方上床，头眩眼花，倒在床上，四肢倦怠，百骨酸疼，大底是本身元气微薄，况又色欲过度。

防御见吴山面青失色，奔上楼来，吃了一惊道：“孩儿因甚这般模样？”吴山应道：“因在机户人家多吃了几杯酒，就在他家睡。一觉醒来热渴，又吃了一碗冷水，身体便觉拘急，如今作起泻来。”说未了，咬牙寒噤，浑身冷汗如雨，身如炭火一般。防御慌急下楼，请医来看，道：“脉气将绝，此病难医。”再三哀恳太医，乞用心救取。医人道：“此病非干泄泻之事，乃是色欲过度，耗散元气，为脱阳之症，多是不好。我用一帖药，与他扶助元气。若是服药后，热退脉起，则有生意。”医人撮了药自去。父母再三盘问，吴山但摇头不语。

将及初更，吴山服了药，伏枕而卧。忽见日间和尚又来，立在床边，叫道：“吴山，你强熬做甚？不如早随我去。”吴山道：“你快去，休来缠我！”那和尚不由分说，将身上黄丝绦缚在吴山项上，扯了便走。吴山攀住床棂，大叫一声惊醒，又是一梦。开眼看时，父母、浑家皆在面前。父母问道：“我儿因甚惊觉？”吴山自觉神思散乱，料捱不过，只得将金奴之事，并梦见和尚，都说与父母知道。说罢，哽哽咽咽哭将起来。父母、浑家尽皆泪下。防御见吴山病势危笃，不敢埋怨他，但把言语来宽解。

吴山与父母说罢，昏晕数次。复苏，泣谓浑家道：“你可善侍公姑，好看幼子。丝行资本，尽够盘费。”浑家哭道：“且宽心调理，不要多虑。”吴山叹了气一口，唤丫鬟扶起，对父母说道：“孩儿不能复生矣。爹娘空养了我这个忤逆子，也是年灾命厄，逢着这个冤家。今日虽悔，噬脐何及！传与少年子弟，不要学我干这等非为的事，害了自己性命。男子六尺之躯，实是难得！要贪花恋色的，将我来做个样。孩儿死后，将身尸丢在水中，方可谢抛妻弃子、不养父母之罪。”言讫，方才合眼，和尚又在面前。吴山哀告：“我师，我与你有甚冤仇，不肯放舍我？”和尚道：“贫僧只因犯了色戒，死在彼处，久滞幽冥，不得脱离鬼道。向日偶见官人白昼交欢，贫僧一时心动，欲要官人做个阴魂之伴。”言罢而去。

吴山醒来，将这话对父母说知。吴防御道：“原来被冤魂来缠。”慌忙在门外街上，焚香点烛，摆列羹饭，望空拜告：“慈悲放舍我儿生命，亲到彼处设醮追拔。”祝毕，烧化纸钱。

防御回到楼上，天晚，只见吴山朝着里床睡着，猛然翻身坐将起来，睁着眼道：“防御，我犯如来色戒，在羊毛寨里寻了自尽。你儿子也来那里淫欲，不免把我前日的事，陡然想起，要你儿子做个替头，不然求他超度。适才承你羹饭纸钱，许我荐拔，我放舍了你的儿子，不在此作祟。我还去羊毛寨里等你超拔，若得脱生，永不来了。”说话方毕，吴山双手合掌作礼，洒然而觉，颜色复旧。浑家摸他身上，已住了热；起身下床解手，又不泻了。一家欢喜，复请原日医者来看。说道：“六脉已复，有可救生路。”撮下了药，调理数日，渐渐好了。

防御请了几众僧人，在金奴家做了一昼夜道场。只见金奴一家做梦，见个胖和尚拿了一条拄杖去了。

吴山将息半年，依旧在新桥市上生理。一日，与主管说起旧事，不觉追悔道：“人生在世，切莫为昧己勾当。真个明有人非，幽有鬼责，险些儿丢了一条性命。”从此改过前非，再不在金奴家去。亲邻有知情的，无不钦敬。正是：

痴心做处人人爱，冷眼观时个个嫌。

觑破关头邪念息，一生出处自安恬。

第四卷　闲云庵阮三偿冤债

好姻缘是恶姻缘，莫怨他人莫怨天。

但愿向平婚嫁早，安然无事度余年。

这四句，奉劝做人家的，早些毕了儿女之债。常言道：男大须婚，女大须嫁；不婚不嫁，弄出丑吒。多少有女儿的人家，只管要拣门择户，扳高嫌低，担误了婚姻日子。情窦开了，谁熬得住？男子便去偷情嫖院；女儿家拿不定定盘星，也要走差了道儿。那时悔之何及！

则今日说个大大官府，家住西京河南府梧桐街兔演巷，姓陈，名太常。自是小小出身，累官至殿前太尉之职。年将半百，娶妾无子，止生一女，叫名玉兰。那女孩儿生于贵室，长在深闺，青春二八，真有如花之容，似月之貌。况描绣针线，件件精通；琴棋书画，无所不晓。那陈太常常与夫人说："我位至大臣，家私万贯，止生得这个女儿，况有才貌，若不寻个名目相称的对头，枉居朝中大臣之位。"便唤官媒婆分付道："我家小姐年长，要选良姻，须是三般全的方可来说：一要当朝将相之子，二要才貌相当，三要名登黄甲。有此三者，立赘为婿；如少一件，枉自劳力。"因此往往选择，或有登科及第的，又是小可出身；或门当户对，又无科第；及至两事俱全，年貌又不相称，以此蹉跎下去。光阴似箭，玉兰小姐不觉一十九岁了，尚没人家。

时值正和二年上元令节，国家有旨庆赏元宵。五凤楼前架起鳌山一座，满地华灯，喧天锣鼓。自正月初五日起，至二十日止，禁城不闭，国家与民同乐。怎见得？有只词儿，名《瑞鹤仙》，单道着上元佳景：

瑞烟浮禁苑，正绛阙春回；新正方半，冰轮桂华满。

溢花衢歌市，芙蓉开遍。龙楼两观，见银烛星球灿烂。

卷珠帘，尽日笙歌，盛集宝钗金钏。　　堪羡！绮罗丛里，兰麝香中，正宜游玩。风柔夜暖，花影乱，笑声喧。

闹蛾儿满地，成团打块，簇道冠儿斗转。喜皇都，旧日

风光，太平再见。

只为这元宵佳节，处处观灯，家家取乐，引出一段风流的事来。

话说这兔演巷内，有个年少才郎，姓阮，名华，排行第三，唤做阮三郎。他哥阮大与父母专在两京商贩，阮二专一管家。那阮三年方二九，一貌非俗；诗词歌赋，般般皆晓。笃好吹箫。结交几个豪家子弟，每日向歌馆娼楼，留连风月。时遇上元灯夜，知会几个弟兄来家，笙箫弹唱，歌笑赏灯。这伙子弟在阮三家，吹唱到三更方散。阮三送出门，见行人稀少，静夜月明如画，向众人说道："恁般良夜，何忍便睡？再举一曲何如？"众人依允，就在阶沿石上向月而坐，取出笙、箫、象板，口吐清音，呜呜咽咽的又吹唱起来。正是：

隔墙须有耳，窗外岂无人？

那阮三家，正与陈太尉对衙。衙内小姐玉兰，欢耍赏灯，将次要去歇息，忽听得街上乐声缥缈，响彻云际。料得夜深，众人都睡了，忙唤梅香，轻移莲步，直至大门边。听了一回，情不能已。有个心腹的梅香，名曰碧云。小姐低低分付道："你替我去街上看甚人吹唱。"梅香巴不得趋承小姐，听得使唤这事，轻轻地走到街边，认得是对邻子弟，忙转身入内，回复小姐道："对邻阮三官与几个相识，在他门首吹唱。"那小姐半晌之间，口中不道，心下思量："数日前，我爹曾说阮三点报朝中驸马，因使用不到，退回家中。想就是此人了，才貌必然出众。"又听了一个更次，各人分头散去。小姐回转香房，一夜不曾合眼，心心念念，只想着阮三："我若嫁得恁般风流子弟，也不枉一生夫妇。怎生得会他一面也好？"正是：

邻女乍萌窥玉意，文君早乱听琴心。

且说次日天晓，阮三同几个子弟到永福寺中游玩，见烧香的士女佳人，来往不绝，自觉心性荡漾。到晚回家，仍集昨夜子弟，吹唱消遣。每夜如此，迤逦至二十日。这一夜，众子弟们各有事故，不到阮三家里。阮三独坐无聊，偶在门侧临街小轩内，拿壁间紫玉鸾箫，手中按着宫、商、角、徵、羽，将时样新词曲调，清清地吹起。吹不了半只曲儿，忽见个侍女推门而入，深深地向前道个万福。阮三停箫问道："你是谁家的姐姐？"丫鬟道："贱妾碧云，是对邻陈衙小姐贴身伏侍的。小姐私慕官人，特地着奴请

官人一见。”那阮三心下思量道：“他是个官宦人家，守阍耳目不少。进去易，出来难，被人瞧见盘问时，将何回答？却不枉受凌辱？”当下回言道：“多多上复小姐，怕出入不便，不好进来。”碧云转身回复小姐。小姐想起夜来音韵标格，一时间春心摇动，便将手指上一个金镶宝石戒指儿，褪将下来，付与碧云，分付道：“你替我将这件物事，寄与阮三郎，将带他来见我一见，万不妨事。”碧云接得在手，一心忙似箭，两脚走如飞，慌忙来到小轩。阮三官还在那里。碧云手儿内托出这个物来，致了小姐之意。阮三口中不道，心下思量：“我有此物为证，又有梅香引路，何怕他人？”随即与碧云前后而行。到二门外，小姐先在门旁守候，觑着阮三目不转睛，阮三看得女子也十分仔细。正欲交言，门外吆喝道：“太尉回衙！”小姐慌忙回避归房，阮三郎火速回家。

自此把那戒指儿紧紧的戴在左手指上，想那小姐的容貌，一时难舍。只恨闺阁深沉，难通音信。或在家，或出外，但是看那戒指儿，心中十分惨切。无由再见，追忆不已。那阮三虽不比宦家子弟，亦是富室伶俐的才郎。因是相思日久，渐觉四肢羸瘦，以至废寝忘食。忽经两月有余，恹恹成病。父母再三严问，并不肯说。正是：

口含黄柏味，有苦自家知。

却说有一个与阮三一般的豪家子弟，姓张，名远，素与阮三交厚。闻得阮三有病月余，心中悬挂。一日早，到阮三家内询问起居。阮三在卧榻上听得堂中有似张远的声音，唤仆邀入房内。张远看着阮三面黄肌瘦，咳嗽吐痰，心中好生不忍，嗟叹不已。坐向榻床上去问道：“阿哥，数日不见，怎么染着这般晦气？你害的是甚么病？”阮三只摇头不语。张远道：“阿哥，借你手我看看脉息。”阮三一时失于计较，便将左手抬起，与张远察脉。张远按着寸关尺，正看脉间，一眼瞧见那阮三手指上戴着个金嵌宝石的戒指。张远口中不说，心下思量：“他这等害病，还戴着这个东西，况又不是男子之物，必定是妇人的表记。料得这病根从此而起。”也不讲脉理，便道：“阿哥，你手上戒指从何而来？恁般病症，不是当要。我与你相交数年，重承不弃，日常心腹，各不相瞒。我知你心，你知我意，你可实对我说。”阮三见张远参到八九分的地步，况兼是心腹朋友，只得将来历因依，尽行说了。张远道：“阿哥，他虽是个宦家的小姐，若无这个表记，便对面相逢，未知他肯与不肯；既有这物事，心下已允。待阿哥将息贵体，稍健旺时，在小弟身上，想个计策，与你成就此事。”阮三道：“贱恙只为那事而起，若要我病好，只求早图良策。”枕边取出两锭银子，付与张远道：“倘有使用，莫惜小费。”张远接了银子道：“容小弟从容计较，有些好音，却来奉报。你可宽心保重。”

张远作别出门，到陈太尉衙前站了两个时辰。内外出入人多，并无相识，张远闷闷而回。次日，又来观望，绝无机会。心下想道：“这事难以启齿，除非得他梅香碧云出来，才可通信。”看看到晚，只见一个人捧着两个磁瓮，从衙里出来，叫唤道：“门上那个走差的闲在那里？奶奶着你将这两瓮小菜送与闲云庵王师父去。”张远听得了，便想道：“这闲云庵王尼姑，我平昔相认的。奶奶送他小菜，一定与陈衙内往来情熟。他这般人，出入内里，极好传消递息，何不去寻他商议？”又过了一夜。到次早，取了两锭银子，径投闲云庵来。

这庵儿虽小，其实幽雅。怎见得？有诗为证：

短短横墙小小亭，半檐疏玉响玲玲。

尘飞不到人长静，一篆炉烟两卷经。

庵内尼姑，姓王，名守长，他原是个收心的弟子。因师弃世日近，不曾接得徒弟，止有两个烧香、上灶烧火的丫头。专一向富贵人家布施。佛殿后新塑下观音、文殊、普贤三尊法像，中间观音一尊，亏了陈太尉夫人发心喜舍，妆金完了，缺那两尊未有施主。这日正出庵门，恰好遇着张远。尼姑道：“张大官何往？”张远答道：“特来。”尼姑回身请进，邀入庵堂中坐定。

茶罢，张远问道：“适间师父要往那里去？”尼姑道：“多蒙陈太尉家奶奶布施，完了观音圣像，不曾去回复他。昨日又承他差人送些小菜来看我，作意备些薄礼，来日到他府中作谢，后来那两尊，还要他大出手哩。因家中少替力的人，买几件小东西，也只得自身奔走。”张远心下想道：“又好个机会。”便向尼姑道：“师父，我有个心腹朋友，是个富家。这二尊圣像，就要他独造也是容易，只要烦师父干一件事。”张远在袖儿里摸出两锭银子，放在香桌上道：“这银子权当开手，事若成就，盖庵盖殿，随师父的意。”那尼姑贪财，见了这两锭细丝白银，眉花眼笑道：“大官人，你相识是谁？委我干甚事来？”张远道：“师父，这事是件机密事，除是你干得，况是顺便。可与你到密室说知。”说罢，就把二锭银子，纳入尼姑袖里，尼姑半推不推收了。二人进一个小轩内竹榻前坐下，张远道：“师父，我那心腹朋友阮三官，于今岁正月间，蒙陈太尉小姐使梅香寄个表记来与他，至今无由相会。明日师父到陈府中去见奶奶，乘这个便，倘到小姐房中，善用一言，约到庵中与他一见，便是师父用心之处。”尼姑沉吟半晌，便道：“此事未敢轻许，待会见小姐，看其动静，再作计较。你且说甚么表记？”张远道：“是个嵌宝金戒指。”尼姑道：“借过这戒指儿来暂时，自有计较。”张远见尼姑收了银子，又不推辞，心中大喜。当时作别，便到阮三家来，要了他的金戒指，连夜送到尼姑处了。

却说尼姑在床上想了半夜。次日天晓起来，梳洗毕，将戒指戴在左手上，收拾礼盒，着女童挑了，迤逦来到陈衙，直至后堂歇了。夫人一见，便道：“出家人如何烦你坏钞？”尼姑稽首道：“向蒙奶奶布施，今观音圣像已完，山门有幸。贫僧正要来回复奶奶。昨日又蒙厚赐，感谢不尽。”夫人道：“我见你说没有好小菜吃粥，恰好江南一位官人，送得这几瓮瓜菜来，我分两瓮与你。这些小东西，也谢什么！”尼姑合掌道：“阿弥陀佛！滴水难消。虽是我僧家口吃十方，难说是应该的。”夫人道：“这圣像完了中间一尊，也就好看了。那两尊以次而来，少不得还要助些工费。”尼姑道：“全仗奶奶做个大功德，今生恁般富贵，也是前世布施上修来的。如今再修去时，那一世还你荣华受用。”夫人教丫鬟收了礼盒，就分付厨下办斋，留尼姑过午。

少间，夫人与尼姑吃斋，小姐也坐在侧边相陪。斋罢，尼姑开言道：“贫僧斗胆，还有句话相告：小庵圣像新完，涓选四月初八日，我佛诞辰，启建道场，开佛光明。特请奶奶、小姐，光降随喜，光辉山门则个。”夫人道："老身定来拜佛，只是小姐怎么来得？"那尼姑眉头一蹙，计上心来，道："前日坏腹，至今未好，借解一解。"那小姐因为牵挂阮三，心中正闷，无处可解情怀。忽闻尼姑相请，喜不自胜。正要行动，仍听夫人有阻，巴不得与那尼姑私下计较。因见尼姑要解手，便道："奴家陪你进房。"两个直至闺室。正是：

背地商量无好话，私房计较有奸情。

尼姑坐在触桶上道："小姐，你到初八日同奶奶到小庵觑一觑，若何？"小姐道："我巴不得来，只怕爹妈不肯。"尼姑道："若是小姐坚意要去，奶奶也难固执。奶奶若肯时，不怕太尉不容。"尼姑一头说话，一头去拿粗纸，故意露出手指上那个宝石嵌的金戒指来。小姐见了大惊，便问道："这个戒指那里来的？"尼姑道："两月前，有个俊雅的小官人进庵，看妆观音圣像，手中褪下这个戒指儿来，带在菩萨手指上，祷祝道：'今生不遂来生愿，愿得来生逢这人。'半日间对着那圣像，潸然挥泪。被我再四严问，他道：'只要你替我访这戒指的对儿，我自有话说。'"小姐见说了意中之事，满面通红。停了一会，忍不住又问道："那小官人姓甚？常到你庵中么？"尼姑回道："那官人姓阮，不时来庵闲观游玩。"小姐道："奴家有个戒指，与他到是一对。"说罢，连忙开了妆盒，取出个嵌宝戒指，递与尼姑。尼姑将两个戒指比看，果然无异，笑将起来。小姐道："你笑什么？"尼姑道："我笑这个小官人，痴痴的只要寻这戒指的对儿；如今对到寻着了，不知有何话说？"小姐道："师父，我要……"说了半句，又住了口。尼姑道："我们出家人，第一口紧。小姐有话，不妨分付。"小姐道："我要会那官人一面，不知可见得么？"尼姑道："那官人求神祷佛，一定也是为着小姐了。要见不难，只在四月初八这一日，管你相会。"小姐道："便是爹妈容奴去时，母亲在前，怎得方便？"尼姑附耳低言道："到那日来我庵中，倘斋罢闲坐，便可推睡，此事就谐了。"小姐点头会意，便将自己的戒指都舍与尼姑。尼姑道："这金子好把做妆佛用，保小姐百事称心。"说罢，两个走出房来。夫人接着，问道："你两个在房里多时，说甚么样话？"惊得那尼姑心头一跳，忙答道："小姐因问我浴佛的故事，以此讲说这一晌。"又道："小姐也要瞻礼佛像，奶奶对太尉老爷说声，至期专望同临。"夫人送出厅前，尼姑深深作谢而去。正是：

惯使牢笼计，安排年少人。

再说尼姑出了太尉衙门，将了小姐舍的金戒指儿，一直径到张远家来。张远在门首伺候多时了，远远地望见尼姑，口中不道，心下思量："家下耳目众多，怎么言得此事？"提起脚儿，慌忙迎上一步道："烦师父回庵去，随即就到。"尼姑回身转巷，张远穿径寻庵，与尼姑相见。邀入松轩，从头细话，将一对戒指儿度与张远。张远看见道："若非师父，其实难成，阮三官还有重重相谢。"张远转身就去回复阮三。阮三又收了一个戒指，双手带着，欢喜自不必说。

至四月初七日，尼姑又自到陈衙邀请，说道："因夫人小姐光临，各位施主人家，贫僧都预先回了。明日更无别人，千万早降。"夫人已自被小姐朝暮聒絮的要去拜佛，只得允了。那晚，张远先去期约阮三。到黄昏人静，悄悄地用一乘女轿抬到庵里。尼姑接入，寻个窝窝凹凹的房儿，将阮三安顿了。分明正是：

猪羊送屠户之家，一脚脚来寻死路。

尼姑睡到五更时分，唤女童起来，佛前烧香点烛，厨下准备斋供。天明便去催那采画匠来，与圣像开了光明，早斋就打发去了。少时陈太尉女眷到来，怕不稳便，单留同辈女僧，在殿上做功德诵经。

将次到巳牌时分，夫人与小姐两个轿儿来了。尼姑忙出迎接，邀入方丈。茶罢，去殿前、殿后拈香礼拜。夫人见旁无杂人，心下欢喜。尼姑请到小轩中宽坐，那伙随从的男女各有个坐处。尼姑支分完了，来陪夫人小姐前后行走，观看了一回，才回到轩中吃斋。斋罢，夫人见小姐饭食稀少，洋洋瞑目作睡。夫人道："孩儿，你今日想是起得早了些。"尼姑慌忙道："告奶奶，我庵中绝无闲杂之辈，便是志诚老实的女娘们，也不许他进我的房内。小姐去我房中，拴上房门睡一睡，自取个稳便，等奶奶闲步一步。你们几年何月来走得一遭！"夫人道："孩儿，你这般困倦，不如在师父房内睡睡。"

小姐依了母命，走进房内，刚拴上门，只见阮三从床背后走出来，看了小姐，深深的作揖道："姐姐，候之久矣。"小姐慌忙摇手，低低道："莫要则声！"阮三倒退几步，候小姐近前，两手相挽，转过床背后，开了侧门，又到一个去处：小巧漆桌藤床，隔断了外人耳目。两人搂做一团，说了几句情话，双双解带，好似渴龙见水。这场云雨，其实畅快。有《西江月》为证：

一个想着吹箫风韵，一个想着戒指恩情。相思半载欠安宁，此际相逢侥幸。　　一个难辞病体，一个敢惜童身？枕边吁喘不停声，还嫌道欢娱俄顷。

原来阮三是个病久的人，因为这女子，七情所伤，身子虚弱。这一时相逢，情兴酷浓，不顾了性命。那女子想起日前要会不能，今日得见，倒身奉承，尽情取乐。不料乐极悲生，为好成歉。一阳失去，片时气断丹田；七魄分飞，顷刻魂归阴府。正所谓：

天有不测风云，人有旦夕祸福。

小姐见阮三伏在身上寂然不动，用双手儿搂定郎腰，吐出丁香，送郎口中。只见牙关紧咬难开，摸着遍身冰冷，惊慌了云雨娇娘，顶门上不见了三魂，脚底下荡散了七魄，翻身推在里床，起来忙穿襟袄，带转了侧门，走出前房，喘息未定。怕娘来唤，战战兢兢；向妆台重整花钿，对鸾镜再匀粉黛。恰才整理完备，早听得房外夫人声唤，小姐慌忙开门，夫人道："孩儿，殿上功德也散了，你睡才醒？"小姐道："我睡了半晌，在这里整头面，正要出来和你回衙去。"夫人道："轿夫伺候多时了。"小姐与夫人谢了尼姑，上轿回衙去不题。

且说尼姑王守长送了夫人起身，回到庵中，厨房里洗了盘碗器皿，佛殿上收了香火供食，一应都收拾已毕。只见那张远同阮二哥进庵，与尼姑相见了，称谢不已，问道："我家三官今在那里？"尼姑道："还在我里头房里睡着。"尼姑便引阮二与张远开了侧房门，来卧床边叫道："三哥，你恁的好睡，还未醒！"连叫数次不应，阮二用手摇也不动，口鼻全无气息。仔细看时，呜呼哀哉了。阮二吃了一惊，便道："师父，怎地把我兄弟坏了性命？这事不得干净！"尼姑慌道："小姐吃了午斋便推要睡，就入房内，约有二个时辰。殿上功德完了，老夫人叫醒来，恰才去得不多时。我只道睡着，岂知有此事。"阮二道："说便是这般说，却是怎了？"尼姑道："阮二官，今日幸得张大官在此，向日蒙张大官分付，实望你家做檀越施主，因此用心，终不成要害你兄弟性命？张大官，今日之事，却是你来寻我，非是我来寻你。告到官府，你也不好，我也不好。向蒙施银二锭，一锭我用去了，止存一锭不敢留用，将来与三官人凑买棺木盛殓。只说在庵养病，不料死了。"说罢，将出这锭银子，放在桌上道："你二位，凭你怎么处置。"张远与阮二默默无言，呆了半晌。阮二道："且去买了棺木来再议。"张远收了银子，与阮二同出庵门，迤逦路上行着。张远道：“这个事本不干尼姑事。三哥是个病弱的人，想是与女子交会，用过了力气，阳气一脱，就是死的。我也只为令弟面上情分好，况令弟前日，在床前再四叮咛，央浼不过，只得替他干这件事。”阮二回言道：“我论此事，人心天理，也不干着那尼姑事，亦不干你事。只是我这小官人年命如此，神作祸作，作出这场事来。我心里也道罢了，只愁大哥与老官人回来埋怨，怎的了？”连晚与张远买了一口棺木，抬进庵里，盛殓了，就放在西廊下，只等阮员外、大哥回来定夺。正是：

酒到散筵欢趣少，人逢失意叹声多。

忽一日，阮员外同大官人商贩回家，与院君相见，合家欢喜。员外动问三儿病症，阮二只得将前后事情，细细诉说了一遍。老员外听得说三郎死了，放声大哭一场，要写起词状，与陈太尉女儿索命：“你家贱人来惹我的儿子！”阮大、阮二再四劝道：“爹爹，这个事想论来，都是兄弟作出来的事，以致送了性命。今日爹爹与陈家讨命，一则势力不敌，二则非干太尉之事。”勉劝老员外选个日子，就庵内修建佛事，送出郊外安厝了。

却说陈小姐自从闲云庵归后，过了月余，常常恶心气闷，心内思酸，一连三个月经脉不举。医者用行经顺气之药，如何得应？夫人暗地问道：“孩儿，你莫是与那个成这等事么？可对我实说。”小姐晓得事露了，没奈何，只得与夫人实说。夫人听得呆了，道：“你爹爹只要寻个有名目的才郎，靠你养老送终；今日弄出这丑事，如何是好？只怕你爹爹得知这事，怎生奈何？”小姐道：“母亲，事已如此，孩儿只是一死，别无计较。”夫人心内又恼又闷。看看天晚，陈太尉回衙，见夫人面带忧容，问道：“夫人，今日何故不乐？”夫人回道：“我有一件事恼心。”太尉便问：“有甚么事恼心？”夫人见问不过，只得将情一一诉出。太尉不听说万事俱休，听得说了，怒从心上起，道：“你做母的不能看管孩儿，要你做甚？”急得夫人阁泪汪汪，不敢回对。太尉左思右想，一夜无寐。

天晓出外理事，回衙与夫人计议：“我今日用得买实做了：如官府去，我女孩儿又出丑，我府门又不好看；只得与女孩儿商量作何理会。”女儿扑簌簌吊下泪来，低头不语。半晌间，扯母亲于背静处，说道：“当初原是儿的不是，坑了阮三郎的性命。欲要寻个死，又有三个月遗腹在身；若不寻死，又恐人笑。”一头哭着，一头说：“莫若等待十个月满足，生得一男半女，也不绝了阮三后代，也是当日相爱情分。妇人从一而终。虽是一时苟合，亦是一日夫妻，我断然再不嫁人。若天可怜见，生得一个男子，守他长大，送还阮家，完了夫妻之情。那时寻个自尽，以赎玷辱父母之罪。”夫人将此话说与太尉知道，太尉只叹了一口气，也无奈何。暗暗着人请阮员外来家计议，说道：“当初是我闺门不谨，以致小女背后做出天大事来，害了你儿子性命，如今也休题了。但我女儿已有三个月遗腹，如何出活？如今只说我女曾许嫁你儿子，后来在闲云庵相遇，为想我女，成病几死，因而彼此私情。庶他日生得一男半女，犹有许嫁情由，还好看相。”阮员外依允，从此就与太尉两家来往。

十月满足，阮员外一般遣礼催生，果然生个孩儿。到了三岁，小姐对母亲说，欲待领了孩儿，到阮家拜见公婆，就去看看阮三坟墓。夫人对太尉说知，俱依允了。拣个好日，小姐备礼过门，拜见了阮员外夫妇。次日，到阮三墓上哭奠了一回。又取出银两，请高行真僧广设水陆道场，追荐亡夫阮三郎。其夜梦见阮三到来，说道：“小姐，你晓得夙因么？前世你是个扬州名妓，我是金陵人，到彼访亲，与你相处情厚，许定一年之后再来，必然娶你为妻。及至归家，惧怕父亲，不敢禀知，别成姻眷。害你终朝悬望，郁郁而死。因是夙缘未断，今生乍会之时，两情牵恋。闲云庵相会，是你来索冤债；我登时身死，偿了你前生之命。多感你诚心追荐，今已得往好处托生。你前世抱志节而亡，今世合享荣华。所生孩儿，他日必大贵，烦你好好抚养教训。从今你休怀忆念。”玉兰小姐梦中一把扯住阮三，正要问他托生何处，被阮三用手一推，惊醒将来，嗟叹不已。方知生死恩情，都是前缘夙债。

从此小姐放下情怀，一心看觑孩儿。光阴似箭，不觉长成六岁，生得清奇，与阮三一般标致，又且资性聪明。陈太尉爱惜真如掌上之珠，用自己姓，取名陈宗阮，请个先生教他读书，到一十六岁，果然学富五车，书通二酉。十九岁上，连科及第，中了头甲状元，奉旨归娶。陈、阮二家争先迎接回家，宾朋满堂，轮流做庆贺筵席。当初陈家生子时，街坊上晓得些风声来历的，免不得点点搠搠，背后讥诮。到陈宗阮一举成名，翻夸奖玉兰小姐贞节贤慧，教子成名，许多好处。世情以成败论人，大率如此！后来陈宗阮做到吏部尚书留守官，将他母亲十九岁上守寡，一生不嫁，教子成名等事，表奏朝廷，启建贤节牌坊。正所谓：

贫家百事百难做，富家差得鬼推磨。

虽然如此，也亏陈小姐后来守志，一床锦被遮盖了，至今河南府传作佳话。有诗为证，诗曰：

兔演巷中担病害，闲云庵里偿冤债。
周全末路仗贞娘，一床锦被相遮盖。

第五卷　穷马周遭际卖䭔媪

前程暗漆本难知，秋月春花各有时。

静听天公分付去，何须昏夜苦奔驰？

话说大唐贞观改元，太宗皇帝仁明有道，信用贤臣。文有十八学士，武有十八路总管。真个是：鸳班济济，鹭序彬彬。凡天下有才有智之人，无不举荐在位，尽其抱负。所以天下太平，万民安乐。

就中单表一人，姓马，名周，表字宾王，博州茌平人氏。父母双亡，一贫如洗。年过三旬，尚未娶妻，单单只剩一身。自幼精通书史，广有学问；志气谋略，件件过人。只为孤贫无援，没有人荐拔他。分明是一条神龙困于泥淖之中，飞腾不得。眼见别人才学万倍不如他的，一个个出身通显，享用爵禄，偏则自家怀才不遇。每日郁郁自叹道："时也，运也，命也。"一生挣得一副好酒量，闷来时只是饮酒，尽醉方休。日常饭食，有一顿，没一顿，都不计较；单少不得杯中之物。若自己没钱买时，打听邻家有酒，便去噇吃。却又大模大样，不谨慎，酒后又要狂言乱叫，发风骂坐。这伙三邻四舍被他聒噪的不耐烦，没一个不厌他。背后唤他做"穷马周"，又唤他是"酒鬼"。那马周晓得了，也全不在心上。正是：

未逢龙虎会，一任马牛呼。

且说博州刺史姓达，名奚，素闻马周明经有学，聘他为本州助教之职。到任之日，众秀才携酒称贺，不觉吃得大醉。次日，刺史亲到学宫请教。马周兀自中酒，爬身不起。刺史大怒而去。马周醒后，晓得刺史曾到，特往州衙谢罪，被刺史责备了许多说话。马周口中唯唯，只是不能悛改。每遇门生执经问难，便留住他同饮。支得俸钱，都付与酒家，兀自不敷，依旧在门生家嚷酒。一日，吃醉了，两个门生左右扶住，一路歌咏而回。恰好遇着刺史前导，喝他回避，马周那里肯退步？瞋着双眼到骂人起来，又被刺史当街发作了一场。马周当时酒醉不知，次日醒后，门生又来劝马周，在刺史处告罪。马周叹口气道："我只为孤贫无援，欲图个进身之阶，所以屈志于人。今因酒过，屡被刺史责辱，何面目又去鞠躬取怜？古人不为五斗米折腰，这个助教官儿也不是我终身养老之事。"便把公服交付门生，教他缴还刺史，仰天大笑，出门而去。正是：

此去好凭三寸舌，再来不值一文钱。

自古道：水不激不跃，人不激不奋。马周只为吃酒上受刺史责辱不过，叹口气出门，到一个去处，遇了一个人提携，直做到吏部尚书地位。此是后话。

且说如今到那里去？他想着："冲州撞府，没甚大遭际，则除是长安帝都，公侯卿相中，有个能举荐的萧相国，识贤才的魏无知，讨个出头日子，方遂平生之愿。"望西迤逦而行，不一日，来到新丰。

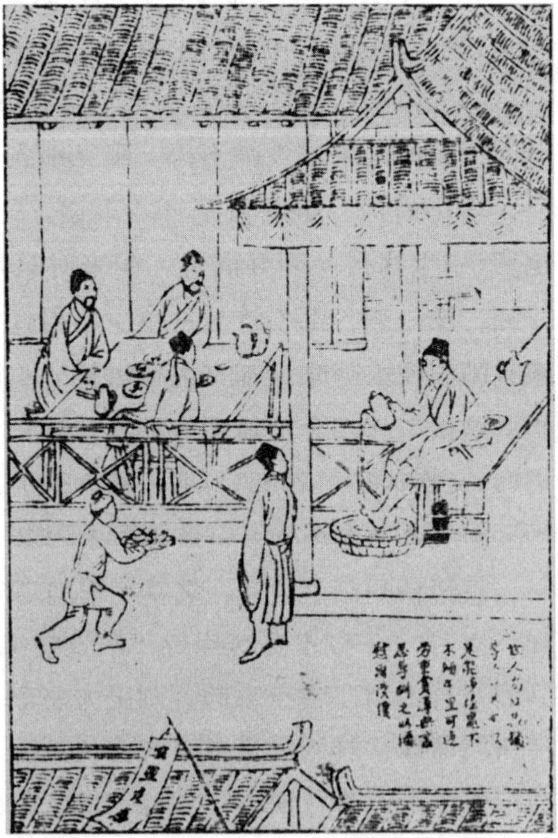

原来那新丰城是汉高皇所筑。高皇生于丰里，后来起兵，诛秦灭项，做了大汉天子，尊其父为太上皇。太上皇在长安城中，思想故乡风景。高皇命巧匠照依故丰，建造此城，迁丰人来居住。凡街市、屋宇，与丰里制度一般无二。把张家鸡儿、李家犬儿，纵放在街上，那鸡犬也都认得自家门首，各自归家。太上皇大喜，赐名新丰。今日大唐仍建都于长安，这新丰总是关内之地，市井稠密，好不热闹！只这招商旅店，也不知多少。

马周来到新丰市上，天色已晚，只拣个大大客店，踱将进去。但见红尘滚滚，车马纷纷，许多商贩客人，驮着货物，挨三顶五的进店安歇。店主王公迎接了，慌忙指派房头，堆放行旅。众客人寻行逐队，各据坐头，讨浆索酒。小二哥搬运不迭，忙得似走马灯一般。马周独自个冷清清地坐在一边，并没半个人睬他。马周心中不忿，拍案大叫道："主人家，你好欺负人！偏偏不是客，你就不来照顾，是何道理？"王公听得发作，便来收科道："客官不须发怒。那边人众，只得先安放他；你只一位，却容易答应。但是用酒用饭，只管分付老汉就是。"马周道："俺一路行来，没有洗脚，且讨些干净热水用用。"王公道："锅子不方便，要热水再等一会。"马周道："既如此，先取酒来。"王公道："用多少酒？"马周指着对面大座头上一伙客人，问主人家道："他们用多少，俺也用多少。"王公道："他们五位客人，每人用一斗好酒。"马周道："论起来还不勾俺半醉，但俺途中节饮，也只用五斗罢。有好嗄饭尽你搬来。"王公分付小二过了。一连暖五斗酒，放在桌上，摆一只大磁瓯，几碗肉菜之类。马周举瓯独酌，旁若无人。约莫吃了三斗有余，讨个洗脚盆来，把剩下的酒，都倾在里面；蹦脱双靴，便伸脚下去洗濯。众客见了，无不惊怪。王公暗暗称奇，知其非常人也。同时岑文本画得有《马周濯足图》，后有烟波钓叟题赞于上，赞曰：

世人尚口，吾独尊足。

口易兴波，足能踄陆。

处下不倾，千里可逐。

劳重赏薄，无言忍辱。

酬之以酒，慰尔仆仆。

令尔忘忧，胜吾厌腹。

吁嗟宾王，见超凡俗。

当夜安歇无话。次日，王公早起会钞，打发行客登程。马周身无财物，想天气渐热了，便脱下狐裘与王公当酒钱。王公见他是个慷慨之士，又嫌狐裘价重，再四推辞不受。马周索笔，题诗壁上。诗云：

古人感一饭，千金弃如屣。

匕箸安足酬？所重在知己。

我饮新丰酒，狐裘不用抵。

贤哉主人翁，意气倾闾里！

后写茌平人马周题。王公见他写作俱高，心中十分敬重。便问："马先生如今何往？"马周道："欲往长安求名。"王公道："曾有相熟寓所否？"马周回道："没有。"王公道："马先生大才，此去必然富贵。但长安乃米珠薪桂之地，先生资釜既空，将何存立？老夫有个外甥女，嫁在彼处万寿街卖䭔赵三郎家。老夫写封书，送先生到彼作寓，比别家还省事；更有白银一两，权助路资，休嫌菲薄。"马周感其厚意，只得受了。王公写书已毕，递与马周。马周道："他日寸进，决不相忘。"作谢而别。

行至长安，果然是花天锦地，比新丰市又不相同。马周径问到万寿街赵卖䭔家，将王公书信投递。原来赵家积世卖这粉食为生，前年赵三郎已故了。他老婆在家守寡，接管店面，这就是新丰店中王公的外甥女儿。年纪虽然三十有余，兀自丰艳胜人。京师人顺口都唤他做"卖䭔媪"。北方的"媪"字，即如南方的"妈"字一般。这王媪初时坐店卖䭔，神相袁天罡一见大惊，叹道："此媪面如满月，唇若红莲，声响神清，山根不断，乃大贵之相！他日定为一品夫人，如何屈居此地？"偶在中郎将常何面前，谈及此事。常何深信袁天罡之语，分付苍头，只以买䭔为名，每日到他店中闲话，说发王媪嫁人，欲娶为妾。王媪只是干笑，全不统口。正是：

姻缘本是前生定，不是姻缘莫强求。

却说王媪隔夜得一异梦，梦见一匹白马，自东而来，到他店中，把粉䭔一口吃尽。自己执垂赶逐，不觉腾上马背。那马化为火龙，冲天而去。醒来满身都热，思想此梦非常。恰好这一日，接得母舅王公之信，送个姓马的客人到来；又马周身穿白衣。王媪心中大疑，就留住店中作寓，一日三餐，殷勤供给。那马周恰似理之当然一般，绝无谦逊之意；这里王媪也始终不怠。叵耐邻里中有一班浮荡子弟，平日见王媪是个俏丽孤孀，闲常时倚门靠壁，不三不四，轻嘴薄舌的狂言挑拨，王媪全不招惹，众人到也道他正气。今番见他留个远方单身客在家，未免言三语四，造出许多议论。王媪是个精细的人，早已察听在耳朵里，便对马周道："贱妾本欲相留，奈孀妇之家，人言不雅。先生前程远大，宜择高枝栖止，以图上进；若埋没大才于此，枉自可惜。"马周道："小生情愿为人馆宾，但无路可投耳。"言之未已，只见常中郎家苍头又来买䭔。王媪想着常何是个武臣，必定少不得文士相帮。乃向苍头问道：“有个薄亲马秀才，饱学之士，在此觅一馆舍，未知你老爷用得着否？”苍头答应道：“甚好。”原来那时正值天旱，太宗皇帝诏五品以上官员，都要悉心竭虑，直言得失，以凭采用。论常何官职，也该具奏，正欲访求饱学之士，倩他代笔，恰好王媪说起马秀才，分明是饥时饭，渴时浆，正搔着痒处。苍头回去禀知常何，常何大喜，即刻遣人备马来迎。马周别了王媪，来到常中郎家里。常何见马周一表非俗，好生钦敬。当日置酒相待，打扫书馆，留马周歇宿。

次日，常何取白金二十两，彩绢十端，亲送到馆中，权为贽礼。就将圣旨求言一事，与马周商议。马周索取笔砚，拂开素纸，手不停挥，草成便宜二十条。常何叹服不已。连夜缮写齐整，明日早朝进呈御览。太宗皇帝看罢，事事称善。便问常何道：“此等见识议论，非卿所及，卿从何处得来？”常何拜伏在地，口称：“死罪！这便宜二十条，臣愚实不能建白。此乃臣家客马周所为也。”太宗皇帝道：“马周何在？可速宣来见朕。”黄门官奉了圣旨，径到常中郎家宣马周。马周吃了早酒，正在鼾睡，呼唤不醒。又是一道旨意下来催促。到第三遍，常何自来了。此见太宗皇帝爱才之极也。史官有诗云：

三道征书络绎催，贞观天子惜贤才。

朝廷爱士皆如此，安得英雄困草莱？

常何亲到书馆中，教馆童扶起马周，用凉水喷面，马周方才苏醒。闻知圣旨，慌忙上马。常何引到金銮见驾。拜舞已毕，太宗玉音问道：“卿何处人氏？曾出仕否？”马周奏道：“臣乃茌平县人，曾为博州助教。因不得其志，弃官来游京都。今获觐天颜，实出万幸。”太宗大喜，即日拜为监察御史，钦赐袍笏官带。马周穿着了，谢恩而出。仍到常何家，拜谢其举荐之德。常何重开筵席，把酒称贺。

至晚酒散，常何不敢屈留马周在书馆住宿。欲备轿马，送到令亲王媪家去。马周道：“王媪非亲戚，不过借宿其家而已。”常何大惊，问道：“御史公有宅眷否？”马周道：“惭愧，实因家贫未娶。”常何道：“袁天罡先生曾相王媪有一品夫人之贵，只怕是令亲，或有妨碍；既然萍水相逢，便是天缘。御史公若不嫌弃，下官即当作伐。”马周感王媪殷勤，亦有此意，便道：“若得先辈玉成，深荷大德。”是晚，马周仍在常家安歇。

次早，马周又同常何面君。那时鞑虏突厥反叛，太宗皇帝正遣四大总管出兵征剿，命马周献平虏策。马周在御前，口诵如流，句句中了圣意，改为给事中之职。常何举贤有功，赐绢百匹。常何谢恩出朝，分付马上就引到卖䭔店中，要请王媪相见。王媪还只道常中郎强要娶他，慌忙躲过，那里肯出来。常何坐在店中，叫茶头去寻个老年邻妪，替他传话：“今日常中郎来此，非为别事，专为马给谏求亲。”王媪问其情由，方知马给谏就是马周。向时白马化龙之梦，今已验矣；此乃天付姻缘，不可违也。常何见王媪允从了，便将御赐绢匹，替马周行聘。赁下一所空宅，教马周住下。择个吉日，与王媪成亲，百官都来庆贺。正是：

分明乞相寒儒，忽作朝家贵客。

王媪嫁了马周，把自己一家一火，都搬到马家来了。里中无不称羡，这也不在话下。

却说马周自从遇了太宗皇帝，言无不听，谏无不从，不上三年，直做到吏部尚书，王媪封做夫人之职。那新丰店主人王公，知马周发迹荣贵，特到长安望他，就便先看看外甥女。行至万寿街，已不见了卖䭔店，只道迁居去了。细问邻舍，才晓得外甥女已寡，晚嫁的就是马尚书，王公这场欢喜非通小可。问到尚书府中，与马周夫妇相见，各叙些旧话。住了月余，辞别要行。马周将千金相赠，王公那里肯受。马周道：“壁上诗句犹在，一饭千金，岂可忘也？”王公方才收了，作谢而回，遂为新丰富民。此乃投瓜报玉，施恩报恩，也不在话下。

再说达奚刺史，因丁忧回籍，服满到京。闻马周为吏部尚书，自知得罪，心下忧惶，不敢补官。马周晓得此情，再三请要他相见。达奚拜倒在地，口称："有眼不识泰山，望乞恕罪。"马周慌忙扶起道："刺史教训诸生，正宜取端谨之士。嗜酒狂呼，此乃马周之罪，非贤刺史之过也。"即日举荐达奚为京兆尹。京师官员见马周度量宽洪，无不敬服。马周终身富贵，与王媪偕老。后人有诗叹云：

一代名臣属酒人，卖䭔王媪亦奇人。

时人不具波斯眼，枉使明珠混俗尘。

第六卷　葛令公生遣弄珠儿

当时五霸说庄王，不但强梁压上邦。

多少倾城因女色，绝缨一事已无双。

话说春秋时，楚国有个庄王，姓芈，名旅，是五霸中一霸。那庄王曾大宴群臣于寝殿，美人俱侍。偶然风吹烛灭。有一人从暗中牵美人之衣，美人扯断了他系冠的缨索，诉与庄王，要他查名治罪。庄王想道："酒后疏狂，人人常态。我岂为一女子上，坐人罪过，使人笑戏？轻贤好色，岂不可耻？"于是出令曰："今日饮酒甚乐，在坐不绝缨者不欢。"比及烛至，满座的冠缨都解，竟不知调戏美人的是那一个。后来晋楚交战，庄王为晋兵所因，渐渐危急。忽有一将，杀入重围，救出庄王。庄王得脱，问："救我者为谁？"那将俯伏在地，道："臣乃昔日绝缨之人也。蒙吾王隐蔽，不加罪责，臣今愿以死报恩。"庄王大喜道："寡人若听美人之言，几丧我一员猛将矣。"后来大败晋兵，诸侯都叛晋归楚，号为一代之霸。有诗为证：

美人空自绝冠缨，岂为峨眉失虎臣？

莫怪荆襄多霸气，骊山戏火是何人？

世人度量狭窄，心术刻薄，还要搜他人的隐过，显自己的精明；莫说犯出不是来，他肯轻饶了你？这般人一生有怨无恩，但有缓急，也没人与他分忧替力了。像楚庄王恁般弃人小过，成其大业，真乃英雄举动，古今罕有。

说话的，难道真个没有第二个了？看官，我再说一个与你听。你道是那一朝人物？却是唐末五代时人。那五代？梁、唐、晋、汉、周，是名五代。梁乃朱温，唐乃李存勖，晋乃石敬瑭，汉乃刘知远，周乃郭威。方才要说的，正是梁朝中一员虎将，姓葛，名周；生来胸襟海阔，志量山高；力敌万夫，身经百战。他原是芒砀山中同朱温起手做事的，后来朱温受了唐禅，做了大梁皇帝，封葛周中书令兼领节度使之职，镇守兖州。这兖州与河北逼近，河北便是后唐李克用地面，所以梁太祖特着亲信的大臣镇守，弹压山东，虎视那河北，河北人仰他的威名，传出个口号来，道是："山东一条葛，无事莫撩拨。"从此人都称为"葛令公"。手下雄兵十万，战将如云，自不必说。

其中单表一人，复姓申徒，名泰，泗水人氏，身长七尺，相貌堂堂；轮的好刀，射的好箭。先前未曾遭际，只在葛令公帐下做个亲军。后来葛令公在甑山打围，申徒泰射倒一鹿，当有三班教师前来争夺。申徒泰只身独臂，打羸了三班教师，手提死鹿，到令公面前告罪。令公见他胆勇，并不计较，到有心抬举他。次日，教场演武，夸他弓马熟闲，补他做个虞候，随身听用。一应军情大事，好生重托。他为自家贫未娶，只在府厅耳房内栖止，这伙守厅军壮都称他做"厅头"。因此上下人等，顺口也都唤做"厅头"，正是：

萧何治狱为秦吏，韩信曾官执戟郎。

蠖屈龙腾皆运会，男儿出处又何常？

话分两头。却说葛令公姬妾众多，嫌宅院狭窄，教人相了地形，在东南角旺地上，另创个衙门，极其宏丽，限一年内，务要完工。每日差"厅头"去点闸两次。时值清明佳节，家家士女踏青，处处游人玩景。葛令公分付设宴岳云楼上。这个楼是兖州城中最高之处，葛令公引着一班姬妾，登楼玩赏。原来令公姬妾虽多，其中只有一人出色，名曰弄珠儿。那弄珠儿生得如何？——目如秋水，眉似远山。小口樱桃，细腰杨柳。妖艳不数太真，轻盈胜如飞燕。恍疑仙女临凡世，西子南威总不如。葛令公十分宠爱，日则侍侧，夜则专房。宅院中称为"珠娘"。这一日，同在岳云楼饮酒作乐。那申徒泰在新府点闸了人工，到楼前回话。令公唤他上楼，把金莲花巨杯赏他三杯美酒。申徒泰吃了，拜谢令公赏赐，起在一边。忽然抬头，见令公身边立个美妾，明眸皓齿，光艳照人。心中暗想："世上怎有恁般好女子？莫非天上降下来的神仙么？"那申徒泰正当壮年慕色之际，况且不曾娶妻，平昔间也曾听得人说令公有个美姬，叫做珠娘，十分颜色，只恨难得见面！今番见了这出色的人物，料想是他了。不觉三魂飘荡，七魄飞扬，一对眼睛光射定在这女子身上。真个是观之不足，看之有余。不提防葛令公有话问他，叫道："'厅头'，这工程几时可完？呀，申徒泰，申徒泰！问

你工程几时可完！”连连唤了几声，全不答应。自古道心无二用，原来申徒泰一心对着那女子身上出神去了，这边呼唤，都不听得，也不知分付的是甚话。葛令公看见申徒泰目不转睛，已知其意，笑了一笑，便教撤了筵席，也不叫唤他，也不说破他出来。

却说伏侍的众军校看见令公叫呼不应，到替他捏两把汗。幸得令公不加嗔责，正不知甚么意思，少不得学与申徒泰知道。申徒泰听罢大惊！想道：“我这条性命，只在早晚，必然难保。”整整愁了一夜。正是：

是非只为闲撩拨，烦恼皆因不老成。

到次日，令公升厅理事，申徒泰远远站着，头也不敢抬起。巴得散衙，这日就无事了。一连数日，神思恍惚，坐卧不安。葛令公晓得他心下忧惶，到把几句好言语安慰他，又差他往新府专管催督工程，遣他闸去。申徒泰离了令公左右，分明拾了性命一般。才得三分安稳，又怕令公在这场差使内寻他罪罚，到底有些疑虑，十分小心勤谨，早夜督工，不辞辛苦。

忽一日，葛令公差虞候许高来替申徒泰回衙。申徒泰闻知，又是一番惊恐，战战兢兢的离了新府，到衙门内参见。禀道：“承恩相呼唤，有何差使？”葛令公道：“主上在夹寨失利，唐兵分道入寇，李存璋引兵侵犯山东境界。见有本地告急文书到来，我待出师拒敌，因帐下无人，要你同去。”申徒泰道：“恩相钧旨，小人敢不遵依。”令公分付甲仗库内，取熟铜盔甲一副，赏了申徒泰。申徒泰拜谢了，心中一喜一忧：喜的是跟令公出去，正好立功；忧的怕有小小差迟，令公记其前过，一并治罪。正是：

青龙白虎同行，吉凶全然未保。

却说葛令公简兵选将，即日兴师。真个是旌旗蔽天，锣鼓震地，一行来到郯城。唐将李存璋正待攻城，闻得兖州大兵将到，先占住琅琊山高阜去处，大小下了三个寨。葛周兵到，见失了地形，倒退三十里屯扎，以防冲突。一连四五日挑战，李存璋牢守寨栅，只不招架。到第七日，葛周大军拔寨都起，直逼李家大寨搦战。李存璋早做准备，在山前结成方阵，四面迎敌。阵中埋伏着弓箭手，但去冲阵的，都被射回。葛令公亲自引兵阵前观看一回，见行列齐整，如山不动，叹道："人传李存璋柏乡大战，今观此阵，果大将之才也。"这个方阵，一名"九宫八卦阵"，昔日吴王夫差与晋公会于黄池，用此阵以取胜。

须俟其倦怠，阵脚稍乱，方可乘之。不然实难攻矣。当下出令，分付严阵相持，不许妄动。

看看申牌时分，葛令公见军士们又饥又渴，渐渐立脚不定。欲待退军，又怕唐兵乘胜追赶，踌躇不决。忽见申徒泰在旁，便问道："'厅头'，你有何高见？"申徒泰道："据泰愚意，彼军虽整，然以我军比度，必然一般疲困。诚得亡命勇士数人，出其不意，疾驰赴敌，倘得陷入其阵，大军继之，庶可成功耳。"令公抚其背道："我素知汝骁勇，能为我陷此阵否？"申徒泰即便掉刀上马，叫一声："有志气的快跟我来破贼！"帐前并无一人答应。申徒泰也不回顾，径望敌军奔去。

葛周大惊！急领众将，亲出阵前接应。只见申徒泰一匹马、一把刀，马不停蹄，刀不停手。马不停蹄，疾如电闪；刀不停手，快若风轮。不管三七二十一，直杀入阵中去了。原来对阵唐兵，初时看见一人一骑，不将他为意。谁知申徒泰拚命而来，这把刀神出鬼没，遇着他的，就如砍瓜切菜一般，往来阵中，如入无人之境。恰好遇着先锋沈祥，只一合斩于马下，跳下马来，割了首级，复飞身上马，杀出阵来，无人拦挡。葛周大军已到，申徒泰大呼道："唐兵阵乱矣！要杀贼的快来！"说罢，将首级掷于葛周马前，番身复杀入对阵去了。

葛周将令旗一招，大军一齐并力，长驱而进，唐兵大乱。李存璋禁押不住，只得鞭马先走。唐兵被梁家杀得七零八落，走得快的，逃了性命；略迟慢些，就为沙场之鬼。李存璋，唐朝名将，这一阵杀得大败亏输，望风而遁，弃下器械马匹，不计其数。梁家大获全胜。葛令公对申徒泰道："今日破敌，皆汝一人之功。"申徒泰叩头道："小人有何本事，皆仗令公虎威耳！"令公大喜，一面写表申奏朝廷，传令犒赏三军，休息他三日，第四日班师回兖州去。果然是：

喜孜孜鞭敲金镫响，笑吟吟齐唱凯歌回。

却说葛令公回衙，众侍妾罗拜称贺。令公笑道："为将者出师破贼，自是本分常事，何足为喜！"指着弄珠儿对众妾说道："你们众人只该贺他的喜。"众妾道："相公今日破敌，保全地方，朝廷必有恩赏。凡侍巾栉的，均受其荣，为何只是珠娘之喜？"令公道："此番出师，全亏帐下一人力战成功。无物酬赏他，欲将此姬赠与为妻。他终身有托，岂不可喜？"弄珠儿恃着平日宠爱，还不信是真，带笑的说道："相公休得取笑。"令公道："我生平不作戏言，已曾取库上六十万钱，替你具办资妆去了。只今晚便在西房独宿，不敢劳你侍酒。"弄珠儿听罢大惊，不觉泪如雨下，跪禀道："贱妾自侍巾栉，累年以来，未曾得罪。今一旦弃之他人，贱妾有死而已，决难从命。"令公大笑道："痴妮子，我非木石，岂与你无情？但前日岳云楼饮宴之时，我见此人目不转睛，晓得他钟情于汝。此人少年未娶，新立大功，非汝不足以快其意耳。"弄珠儿扯住令公衣袂，撒娇撒痴，千不肯，万不肯，只是不肯从命。令公道："今日之事，也由不得你。做人的妻，强似做人的妾。此人将来功名，不弱于我，乃汝福分当然。我又不曾误你，何须悲怨！"教众妾扶起珠娘，"莫要啼哭。"众妾为平时珠娘有专房之宠，满肚子恨他，巴不得撚他出去。今日闻此消息，正中其怀，一拥上前，拖拖曳曳，扶他到西房去，着实窝伴他，劝解他。弄珠儿此时也无可奈何，想着令公英雄性子，在儿女头上不十分留恋，叹了口气，只得罢了。从此日为始，令公每夜轮遣两名姬妾，陪珠娘西房宴宿，再不要他相见。有诗为证：

昔日专房宠，今朝召见稀。
非关情太薄，犹恐动情痴。

再说申徒泰自郯城回后，口不言功，禀过令公，依旧在新府督工去了。这日工程报完，恰好库吏也来禀道："六十万钱资妆，俱已备下，伏乞钧旨。"令公道："权且寄下，待移府后取用。"一面分付阴阳生择个吉日，合家迁在新府住居，独留下弄珠儿及丫鬟、养娘数十人。库吏奉了钧帖，将六十万钱资妆，都搬来旧衙门内，摆设得齐齐整整，花堆锦簇。众人都疑道："令公留这旧衙门做外宅，故此重新摆设。"谁知其中就理！

这日，申徒泰同着一般虞候，正在新府声喏庆贺。令公独唤申徒泰上前，说道："郯城之功，久未图报。闻汝尚未娶妻，小妾颇工颜色。特奉赠为配。薄有资妆，都在旧府。今日是上吉之日，便可就彼成亲，就把这宅院判与你夫妻居住。"申徒泰听得，到吓得面如土色，不住的磕头，只道得个"不敢"二字，那里还说得出什么说话！令公又道："大丈夫意气相许，头颅可断，何况一妾！我主张已定，休得推阻。"申徒泰兀自谦让，令公分付众虞候，替他披红插花，随班乐工奏动鼓乐。众虞候喝道："申徒泰，拜谢了令公！"申徒泰恰似梦里一般，拜了几拜，不由自身做主，众人拥他出府上马。乐人迎导而去，直到旧府。只见旧时一班直厅的军壮，预先领了钧旨，都来参谒。前厅后堂，悬花结彩。丫鬟、养娘等引出新人交拜，鼓乐喧天，做起花烛筵席。申徒泰定睛看时，那女子正是岳云楼中所见。当时只道是天上神仙，霎时出现。因为贪看他颜色，险些儿获其大祸，丧了性命。谁知今日等闲间做了百年眷属，岂非侥幸？进到内宅，只见器用供帐，件件新，色色备，分明钻入

锦绣窝中，好生过意不去。当晚就在西房安置，夫妻欢喜，自不必说。

次日，双双两口儿都到新府拜谢葛令公。令公分付挂了回避牌，不消相见。刚才转身回去，不多时，门上报到令公自来了，申徒泰慌忙迎着马头下跪迎接。葛令公下马扶起，直至厅上。令公捧出告身一道，请申徒泰为参谋之职。原来那时做镇使的，都请得有空头告身，但是军中合用官员，随他填写取用，然后奏闻朝廷，无有不依。况且申徒泰已有功绩申奏去了，朝廷自然优录的。令公教取官带与申徒泰换了，以礼相接。自此申徒泰洗落了“厅头”二字，感谢令公不尽。

一日，与浑家闲话，问及令公平日恁般宠爱，如何割舍得下？弄珠儿叙起岳云楼目不转睛之语，“令公说你钟情于妾，特地割爱相赠。”申徒泰听罢，才晓得令公体悉人情，重贤轻色，真大丈夫之所为也。这一节传出，军中都知道了，没一个人不夸扬令公仁德，都愿替他出力尽死。终令公之世，人心悦服，地方安静。后人有诗赞云：

重贤轻色古今稀，反怨为恩事更奇。

试借兖州功簿看，黄金台上有名姬。

第七卷　吴保安弃家赎友

古人结交惟结心，今人结交惟结面。结心可以同死生，结面那堪共贫贱？九衢鞍马日纷纭，追攀送谒无晨昏。座中慷慨出妻子，酒边拜舞犹弟兄。一关微利已交恶，况复大难肯相亲？君不见，当年羊、左称死友，至今史传高其人。

这篇词名为《结交行》，是叹末世人心险薄，结交最难。平时酒杯往来，如兄若弟；一遇虱大的事，才有些利害相关，便尔我不相顾了。真个是：酒肉弟兄千个有，落难之中无一人。还有朝兄弟，暮仇敌，才放下酒杯，出门便弯弓相向的。所以陶渊明欲息交，嵇叔夜欲绝交，刘孝标又做下《广绝交论》，都是感慨世情，故为忿激之谭耳。如今我说的两个朋友，却是从无一面的。只因一点意气上相许，后来患难之中，死生相救，这才算做心交至友。正是：

说来贡禹冠尘动，道破荆卿剑气寒。

话说大唐开元年间，宰相代国公郭震，字元振，河北武阳人氏。有侄儿郭仲翔，才兼文武，一生豪侠尚气，不拘绳墨，因此没人举荐。他父亲见他年长无成，写了一封书，教他到京参见伯父，求个出身之地。元振谓曰："大丈夫不能掇巍科，登上第，致身青云，亦当如班超、傅介子，立功异域，以博富贵。若但借门第为阶梯，所就岂能远大乎？"仲翔唯唯。

适边报到京：南中洞蛮作乱。原来武则天娘娘革命之日，要买嘱人心归顺，只这九溪十八洞蛮夷，每年一小犒赏，三年一大犒赏。到玄宗皇帝登极，把这犒赏常规都裁革了。为此群蛮一时造反，侵扰州县。朝廷差李蒙为姚州都督，调兵进讨。李蒙领了圣旨，临行之际，特往相府辞别，因而请教。郭元振曰："昔诸葛武侯七擒孟获，但服其心，不服其力。将军宜以慎重行之，必当制胜。舍侄郭仲翔，颇有才干，今遣与将军同行。俟破贼立功，庶可附骥尾以成名耳。”即呼仲翔出，与李蒙相见。李蒙见仲翔一表非俗，又且当朝宰相之侄，亲口嘱托，怎敢推委。即署仲翔为行军判官之职。

仲翔别了伯父，跟随李蒙起程。行至剑南地方，有同乡一人，姓吴，名保安，字永固，见任东川遂州方义尉。虽与仲翔从未识面，然素知其为人，义气深重，肯扶持济拔人的。乃修书一封，特遣人驰送于仲翔。仲翔拆书读之，书曰：

吴保安不肖，幸与足下生同乡里，虽缺展拜，而慕仰有日。以足下大才，辅李将军以平小寇，成功在旦夕耳。保安力学多年，仅官一尉；僻在剑外，乡关梦绝。况此官已满，后任难期，恐厄选曹之格限也。稔闻足下，分忧急难，有古人风。今大军征进，正在用人之际。傥垂念乡曲，录及细微，使保安得执鞭从事，树尺寸于幕府，足下丘山之恩，敢忘衔结！

仲翔玩其书意，叹曰：“此人与我素昧平生，而骤以缓急相委，乃深知我者。大丈夫遇知己而不能与之出力，宁不负愧乎？”遂向李蒙夸奖吴保安之才，乞征来军中效用。李都督听了，便行下文帖到遂州去，要取方义尉吴保安为管记。

才打发差人起身，探马报：蛮贼猖獗，逼近内地。李都督传令星夜趱行。来到姚州，正遇着蛮兵抢掳财物。不做准备，被大军一掩，都四散乱窜，不成队伍，杀得他大败全输。李都督恃勇，招引大军，乘势追逐五十里。天晚下寨，郭仲翔谏曰：“蛮人贪诈无比，今兵败远遁，将军之威已立矣。宜班师回州，遣人宣播威德，招使内附；不可深入其地，恐堕诈谋之中。”李蒙大喝曰：“群蛮今已丧胆，不乘此机扫清溪洞，更待何时？汝勿多言，看我破贼！”

次日，拔寨都起。行了数日，直到乌蛮界上。只见万山叠翠，草木蒙茸，正不知那一条是去路。李蒙心中大疑，传令：“暂退平衍处屯扎。”一面寻觅土人，访问路径。忽然山谷之中，金鼓之声四起，蛮兵弥山遍野而来。洞主姓蒙名细奴逻，手执木弓药矢，百发百中。驱率各洞蛮酋穿林渡岭，分明似鸟飞兽奔，全不费力。唐兵陷于伏中，又且路生力倦，如何抵敌？李都督虽然骁勇，奈英雄无用武之地。手下爪牙看看将尽，叹曰：“悔不听郭判官之言，乃为犬羊所侮！”拔出靴中短刀，自刺其喉而死。全军皆没于蛮中。后人有诗云：

马援铜柱标千古，诸葛旗台镇九溪。
何事唐师皆覆没？将军姓李数偏奇。

又有一诗，专咎李都督不听郭仲翔之言，以自取败。诗云：

不是将军数独奇，悬军深入总堪危。
当时若听还师策，总有群蛮谁敢窥？

其时，郭仲翔也被掳去。细奴逻见他丰神不凡，叩问之，方知是郭元振之侄，遂给与本洞头目乌罗部下。原来南蛮从无大志，只贪图中国财物。掳掠得汉人，都分给与各洞头目。功多的，分得多；功少的，分得少。其分得人口，不问贤愚，只如奴仆一般，供他驱使：斫柴割草，饲马牧羊。若是人口多的，又可转相买卖。汉人到此，十个九个只愿死，不愿生。却又有蛮人看守，求死不得。有恁般苦楚！这一阵厮杀，掳得汉人甚多。其中多有有职位的，蛮酋一一审出，许他寄信到中国去，要他亲戚来赎，获其厚利。你想被掳的人，那一个不思想还乡的？一闻此事，不论富家贫家，都寄信到家乡来了。就是各人家属，十分没法处置的，只得罢了；若还有亲有眷，挪移补凑得来，那一家不想借贷去取赎？那蛮酋忍心贪利，随你孤身穷汉，也要勒取好绢三十匹，方准赎回；若上一等的，凭他索诈。乌罗闻知郭仲翔是当朝宰相之侄，高其赎价，索绢一千匹。

仲翔想道：“若要千绢，除非伯父处可办。只是关山迢递，怎得寄个信去？”忽然想着：“吴保安是我知己，我与他从未会面，只为见他数行之字，便力荐于李都督，召为管记。我之用情，他必谅之。幸他行迟，不与此难，此际多应已到姚州。诚央他附信于长安，岂不便乎？”乃修成一书，径致保安。书中具道苦情及乌罗索价详细：“倘永固不见遗弃，传语伯父，早来见赎，尚可生还。不然，生为俘囚，死为蛮鬼，永固其忍之乎？”永固者，保安之字也。书后附一诗云：

箕子为奴仍异域，苏卿受困在初年。

知君义气深相悯，愿脱征骖学古贤。

仲翔修书已毕，恰好有个姚州解粮官，被赎放回。仲翔乘便就将此书付之，眼盼盼看着他人去了，自己不能奋飞，万箭攒心，不觉泪如雨下。正是：

眼看他鸟高飞去，身在笼中怎出头？

不题郭仲翔蛮中之事。且说吴保安奉了李都督文帖，已知郭仲翔所荐。留妻房张氏和那新生下未周岁的孩儿在遂州住下，一主一仆飞身上路，赶来姚州赴任。闻知李都督阵亡消息，吃了一惊，尚未知仲翔生死下落，不免留身打探。恰好解粮官从蛮地放回，带得有仲翔书信，吴保安拆开看了，好生凄惨。便写回书一纸，书中许他取赎，留在解粮官处，嘱他觑便寄到蛮中，以慰仲翔之心。忙整行囊，便望长安进发。这姚州到长安三千余里，东川正是个顺路，保安径不回家，直到京都，求见郭元振相公。谁知一月前元振已薨，家小都扶柩而回了。

吴保安大失所望，盘缠罄尽，只得将仆、马卖去，将来使用。复身回到遂州，见了妻儿，放声大哭。张氏问其缘故，保安将郭仲翔失陷南中之事，说了一遍。“如今要去赎他，争奈自家无力，使他在穷乡悬望，我心何安？”说罢又哭。张氏劝止之，曰：“常言巧媳妇煮不得没米粥，你如今力不从心，只索付之无奈了。”保安摇首曰：“吾向者偶寄尺书，即蒙郭君垂情荐拔；今彼在死生之际，以性命托我，我何忍负之？不得郭回，誓不独生也！”

于是倾家所有，估计来止直得绢二百匹。遂撇了妻儿，欲出外为商。又怕蛮中不时有信寄来，只在姚州左近营运，朝驰暮走，东趁西奔。身穿破衣，口吃粗粝，虽一钱一粟，不敢妄费，都积来为买绢之用。得一望十，得十望百，满了百匹，就寄放姚州府库。眠里梦里只想着“郭仲翔”三字，连妻子都忘记了。整整的在外过了十个年头，刚刚的凑得七百匹绢，还未足千匹之数。正是：

离家千里逐锥刀，只为相知意气饶。

十载未偿蛮洞债，不知何日慰心交？

话分两头。却说吴保安妻张氏，同那幼孩子，孤孤凄凄的住在遂州。初时还有人看县尉面上，小意儿周济他；一连几年不通音耗，就没人理他了。家中又无积蓄，捱到十年之外，衣单食缺，万难存济，只得并迭几件破家火，变卖盘缠，领了十一岁的孩儿，亲自问路，欲往姚州寻取丈夫吴保安。夜宿朝行，一日只走得三四十里。比到得戎州界上，盘费已尽，计无所出。欲待求乞前去，又含羞不惯；思量薄命，不如死休，看了十一岁的孩儿，又割舍不下。左思右想，看看天晚，坐在乌蒙山下，放声大哭，惊动了过往的官人。那官人姓杨，名安居，新任姚州都督，正顶着李蒙的缺。从长安驰驿到任，打从乌蒙山下经过，听得哭声哀切，又是个妇人，停了车马，召而问之。张氏手搀着十一岁的孩儿，上前哭诉曰："妾乃遂州方义尉吴保安之妻，此孩儿即妾之子也。妾夫因友人郭仲翔陷没蛮中，欲营求千匹绢往赎，弃妾母子，久住姚州，十年不通音信。妾贫苦无依，亲往寻取，粮尽路长，是以悲泣耳。"安居暗暗叹异道："此人真义士！恨我无缘识之。"乃谓张氏曰："夫人休忧。下官忝任姚州都督，一到彼郡，即差人寻访尊夫。夫人行李之费，都在下官身上。请到前途馆驿中，当与夫人设处。"张氏收泪拜谢。虽然如此，心下尚怀惶惑。杨都督车马如飞去了。张氏母子相扶，一步步捱到驿前。杨都督早已分付驿官伺候，问了来历，请到空房饭食安置。次日五鼓，杨都督起马先行。驿官传杨都督之命，将十千钱赠为路费；又备下一辆车儿，差人夫送至姚州普淜驿中居住。张氏心中感激不尽。正是：

好人还遇好人救，恶人自有恶人磨。

且说杨安居一到姚州，便差人四下寻访吴保安下落。不三四日，便寻着了。安居请到都督府中，降阶迎接，亲执其手，登堂慰劳。因谓保安曰："下官常闻古人有死生之交，今亲见足下矣。尊夫人同令嗣远来相觅，见在驿舍，足下且往，暂叙十年之别。所需绢匹若干，吾当为足下图之。"保安曰："仆为友尽心，固其分内，奈何累及明公乎？"安居曰："慕公之义，欲成公之志耳。"保安叩首曰："既蒙明公高谊，仆不敢固辞。所少尚三分之一，如数即付，仆当亲往蛮中，赎取吾友。然后与妻孥相见，未为晚也。"时安居初到任，乃于库中撮借官绢四百匹，赠与保安，又赠他全副鞍马。保安大喜，领了这四百匹绢，并库上七百匹，共一千一百之数，骑马直到南蛮界口，寻个熟蛮，往蛮中通话；将所余百匹绢，尽数托他使费。只要仲翔回归，心满意足。正是：

应时还得见，胜是岳阳金。

却说郭仲翔在乌罗部下，乌罗指望他重价取赎。初时好生看待，饮食不缺；过了一年有余，不见中国人来讲话，乌罗心中不悦，把他饮食都裁减了。每日一餐，着他看养战象。仲翔打熬不过，思乡念切，乘乌罗出外打围，拽开脚步，望北而走。那蛮中都是险峻的山路，仲翔走了一日一夜，脚底都破了。被一般看象的蛮子，飞也似赶来，捉了回去。乌罗大怒，将他转卖与南洞主新丁蛮为奴，离乌罗部二百里之外。那新丁最恶，差使小不遂意，整百皮鞭，鞭得背都青肿，如此已非一次。仲翔熬不得痛苦，捉个空，又想逃走；争奈路径不熟，只在山凹内盘旋。又被本洞蛮子追着了，拿去献与新丁。新丁不用了，又卖到南方一洞去，一步远一步了。那洞号菩萨蛮，更是利害。晓得郭仲翔屡次逃走，乃取木板两片，各长五六尺，厚三四寸，教仲翔把两只脚立在板上，用铁钉钉其脚面，直透板内，日常带着二板行动。夜间纳土洞中，洞口用厚木板门遮盖，本洞蛮子就睡在板上看守，一毫转动不得。两脚被钉处，常流脓血，分明是地狱受罪一般。有诗为证：

身卖南蛮南更南，土牢木锁苦难堪。
十年不达中原信，梦想心交不敢谭。

却说熟蛮领了吴保安言语来见乌罗，说知求赎郭仲翔之事。乌罗晓得绢足千匹，不胜之喜！便差人往南洞转赎郭仲翔回来。南洞主新丁，又引至菩萨蛮洞中，交割了身价。将仲翔两脚钉板，用铁钳取出钉来。那钉头入肉已久，脓水干后，如生成一般。今番重复取出，这疼痛比初钉时更自难忍。血流满地，仲翔登时闷绝，良久方醒，寸步难移。只得用皮袋盛了，两个蛮子扛抬着，直送到乌罗帐下。乌罗收足了绢匹，不管死活，把仲翔交付熟蛮，转送吴保安收领。

吴保安接着，如见亲骨肉一般。这两个朋友，到今日方才识面。未暇叙话，各睁眼看了一看，抱头而哭，皆疑以为梦中相逢也。郭仲翔感谢吴保安，自不必说。保安见仲翔形容憔悴，半人半鬼，两脚又动掸不得，好生凄惨！让马与他骑坐，自己步行随后，同到姚州城内回复杨都督。

原来杨安居曾在郭元振门下做个幕僚，与郭仲翔虽未厮认，却有通家之谊；又且他是个正人君子，不以存亡易心。一见仲翔，不胜之喜。教他洗沐过了，将新衣与他更换，又教随军医生医他两脚疮口，好饮好食将息。不勾一月，平复如故。

且说吴保安从蛮界回来，方才到普淜驿中与妻儿相见。初时分别，儿子尚在襁褓，如今十一岁了。光阴迅速，未免伤感于怀。杨安居为吴保安义气上，十分敬重。他每对人夸奖，又写书与长安贵要，称他弃家赎友之事。又厚赠资粮，送他往京师补官。凡姚州一郡官府，见都督如此用情，无不厚赠。仲翔仍留为都督府判官。保安将众人所赠，分一半与仲翔留下使用。仲翔再三推辞，保安那里肯依，只得受了。吴保安谢了杨都督，同家小往长安进发。仲翔送出姚州界外，痛哭而别。保安仍留家小在遂州，单身到京，升补嘉州彭山丞之职。那嘉州仍是西蜀地方，迎接家小又方便，保安欢喜赴任去讫，不在话下。

再说郭仲翔在蛮中日久，深知款曲：蛮中妇女，尽有姿色，价反在男子之下。仲翔在任三年，陆续差人到蛮洞购求年少美女，共有十人。自己教成歌舞，鲜衣美饰，特献与杨安居伏侍，以报其德。安居笑曰：“吾重生高义，故乐成其美耳。言及相报，得无以市井见待耶？”仲翔曰：“荷明公仁德，微躯再造，特求此蛮口奉献，以表区区。明公若见辞，仲翔死不瞑目矣！”安居见他诚恳，乃曰：“仆有幼女，最所钟爱，勉受一小口为伴，余则不敢如命。”仲翔把那九个美女，赠与杨都督帐下九个心腹将校，以显杨公之德。

时朝廷正追念代国公军功，要录用其子侄。杨安居表奏：“故相郭震嫡侄仲翔，始进谏于李蒙，预知胜败；继陷身于蛮洞，备著坚贞。十年复返于故乡，三载效劳于幕府。荫既可叙，功亦宜酬。”于是郭仲翔得授蔚州录事参军。自从离家到今，共一十五年了。他父亲和妻子在家闻得仲翔陷没蛮中，杳无音信，只道身故已久。忽见亲笔家书，迎接家小临蔚州任所，举家欢喜无限。

仲翔在蔚州做官两年，大有声誉，升迁代州户曹参军。又经三载，父亲一病而亡，仲翔扶柩回归河北。丧葬已毕，忽然叹曰："吾赖吴公见赎，得有余生。因老亲在堂，方谋奉养，未暇图报私恩。今亲殁服除，岂可置恩人于度外乎？"访知吴保安在宦所未回，乃亲到嘉州彭山县看之。

不期保安任满，家贫无力赴京听调，就便在彭山居住。六年之前，患了疫症，夫妇双亡，藁葬在黄龙寺后隙地。儿子吴天祐从幼母亲教训，读书识字，就在本县训蒙度日。仲翔一闻此信，悲啼不已。因制缞麻之服，腰经执杖，步至黄龙寺内，向冢号泣，具礼祭奠。奠毕，寻吴天祐相见，即将自己衣服，脱与他穿了，呼之为弟，商议归葬一事。乃为文以告于保安之灵，发开土堆，止存枯骨二具。仲翔痛哭不已，旁观之人，莫不堕泪。仲翔预制下练囊二个，装保安夫妇骸骨。又恐失了次第，殓葬时一时难认，逐节用墨记下，装入练囊，总贮一竹笼之内，亲自背负而行。吴天祐道，是他父母的骸骨，理合他驮。来夺那竹笼。仲翔那肯放下，哭曰："永固为我奔走十年，今我暂时为之负骨，少尽我心而已。"一路且行且哭，每到旅店，必置竹笼于上坐，将酒饭浇奠过了，然后与天祐同食。夜间亦安置竹笼停当，方敢就寝。自嘉州到魏郡，凡数千里，都是步行。他两脚曾经钉板，虽然好了，终是血脉受伤。一连走了几日，脚面都紫肿起来，内中作痛。看看行走不动，又立心不要别人替力，勉强捱去。有诗为证：

酬恩无地只奔丧，负骨徒行日夜忙。

遥望平阳数千里，不知何日到家乡？

仲翔思想："前路正长，如何是好？"天晚就店安宿，乃设酒饭于竹笼之前，含泪再拜，虔诚哀恳："愿吴永固夫妇显灵，保祐仲翔脚患顿除，步履方便，早到武阳，经营葬事。"吴天祐也从旁再三拜祷。到次日起身，仲翔便觉两脚轻健，直到武阳县中，全不疼痛。此乃神天护佑吉人，不但吴保安之灵也。

再说仲翔到家，就留吴天祐同居。打扫中堂，设立吴保安夫妇神位。买办衣衾棺椁，重新殡敛。自己戴孝，一同吴天祐守幕受吊。雇匠造坟，凡一切葬具，照依先葬父亲一般。又立一道石碑，详纪保安弃家赎友之事，使往来读碑者，尽知其善。又同吴天祐庐墓三年。那三年中，教训天祐经书，得他学问精通，方好出仕。三年后，要到长安补官，念吴天祐无家未娶，择宗族中侄女有贤德者，替他纳聘；割东边宅院子，让他居住成亲；又将一半家财，分给天祐过活。正是：

昔年为友抛妻子，今日孤儿转受恩。

正是投瓜还得报，善人不负善心人。

仲翔起服，到京补岚州长史，又加朝散大夫。仲翔思念保安不已，乃上疏。其略曰：

臣闻有善必劝者，固国家之典；有恩必酬者，亦匹夫之义。臣向从故姚州都督李蒙进御蛮寇，一战奏捷。臣谓深入非宜，尚当持重；主帅不听，全军覆没。臣以中华世族，为绝域穷囚。蛮贼贪利，责绢还俘。谓臣宰相之侄，索至千匹。而臣家绝万里，无信可通。十年之中，备尝艰苦，肌肤毁剔，靡刻不泪。牧羊有志，射雁无期。而遂州方义尉吴保安，适至姚州，与臣虽系同乡，从无一面；徒以意气相慕，遂谋赎臣。经营百端，撇家数载；形容憔悴，妻子饥寒。拔臣于垂死之中，赐臣以再生之路。大恩未报，遽尔淹殁。臣今幸沾朱绂，而保安子天祐，食藿悬鹑，臣窃愧之。且天祐年富学深，足堪任使。愿以臣官，让之天祐。庶几国家劝善之典，与下臣酬恩之义，一举两得。臣甘就退闲，没齿无怨。谨昧死披沥以闻。

时天宝十二年也。疏入，下礼部详议。此一事哄动了举朝官员："虽然保安施恩在前，也难得郭仲翔义气，真不愧死友者矣。"礼部为此复奏，盛夸郭仲翔之品，“宜破格俯从，以励浇俗。吴天祐可试岚谷县尉，仲翔原官如故。”这岚谷县与岚州相邻，使他两个朝夕相见，以慰其情，这是礼部官的用情处。朝廷依允，仲翔领了吴天祐告身一道，谢恩出京。回到武阳县，将告身付与天祐。备下祭奠，拜告两家坟墓。择了吉日，两家宅眷，同日起程，向西京到任。

那时做一件奇事，远近传说，都道吴、郭交情，虽古之管、鲍，羊、左，不能及也。后来郭仲翔在岚州，吴天祐在岚谷县，皆有政绩，各升迁去。岚州人追慕其事，为立“双义祠”，祀吴保安、郭仲翔。里中凡有约誓，都在庙中祷告，香火至今不绝。有诗为证：

频频握手未为亲，临难方知意气真。
试看郭吴真义气，原非平日结交人。

第八卷　裴晋公义还原配

官居极品富千金，享用无多白发侵。

惟有存仁并积善，千秋不朽在人心。

当初，汉文帝朝中，有个宠臣，叫做邓通。出则随辇，寝则同榻，恩幸无比。其时有神相许负，相那邓通之面，“有纵理纹入口，必当穷饿而死。”文帝闻之，怒曰：“富贵由我！谁人穷得邓通？”遂将蜀道铜山赐之，使得自铸钱。当时，邓氏之钱，布满天下，其富敌国。一日，文帝偶然生下个痈疽，脓血迸流，疼痛难忍。邓通跪而吮之，文帝觉得爽快，便问道：“天下至爱者，何人？”邓通答道：“莫如父子。”恰好皇太子入宫问疾，文帝也教他吮那痈疽。太子推辞道：“臣方食鲜脍，恐不宜近圣恙。”太子出宫去了。文帝叹道：“至爱莫如父子，尚且不肯为我吮疽；邓通爱我胜如吾子。”由是恩宠俱加。皇太子闻知此语，深恨邓通吮疽之事。后来文帝驾崩，太子即位，是为景帝。遂治邓通之罪，说他吮疽献

媚，坏乱钱法。籍其家产，闭于空室之中，绝其饮食，邓通果然饿死。又汉景帝时，丞相周亚夫也有纵理纹在口。景帝忌他威名，寻他罪过，下之于廷尉狱中。亚夫怨恨，不食而死。

这两个极富极贵，犯了饿死之相，果然不得善终。然虽如此，又有一说，道是面相不如心相。假如上等贵相之人，也有做下亏心事，损了阴德，反不得好结果。又有犯着恶相的，却因心地端正，肯积阴功，反祸为福。此是人定胜天，非相法之不灵也。

如今说唐朝有个裴度，少年时，贫落未遇。有人相他纵理入口，法当饿死。后游香山寺中，于井亭栏干上拾得三条宝带。裴度自思："此乃他人遗失之物，我岂可损人利己，坏了心术？"乃坐而守之。少顷间，只见有个妇人啼哭而来，说道："老父陷狱，借得三条宝带，要去赎罪。偶到寺中盥手烧香，遗失在此。如有人拾取，可怜见还，全了老父之命。"裴度将三条宝带，即时交付与妇人，妇人拜谢而去。他日，又遇了那相士。相士大惊道："足下骨法全改，非复向日饿莩之相，得非有阴德乎？"裴度辞以没有。相士云："足下试自思之，必有拯溺救焚之事。"裴度乃言还带一节。相士云："此乃大阴功，他日富贵两全，可预贺也。"后来裴度果然进身及第，位至宰相，寿登耄耋。正是：

面相不如心相准，为人须是积阴功。
假饶方寸难移相，饿莩焉能享万钟？

说话的，你只道裴晋公是阴德上积来的富贵，谁知他富贵以后，阴德更多。则今听我说"义还原配"这节故事，却也十分难得。

话说唐宪宗皇帝元和十三年，裴度领兵削平了淮西反贼吴元济，还朝拜为首相，进爵晋国公。又有两处积久负固的藩镇，都惧怕裴度威名，上表献地赎罪：恒冀节度使王承宗，愿献德、隶二州；淄青节度使李师道，愿献沂、密、海三州。宪宗皇帝看见外寇渐平，天下无事，乃修龙德殿，浚龙首池，起承晖殿，大兴土木。又听山人柳泌，合长生之药。裴度屡次切谏，都不听。佞臣皇甫镈判度支，程异掌盐铁，专一刻剥百姓财物，名为羡余，以供无事之费。由是投了宪宗皇帝之意，两个佞臣并同平章事。裴度羞与同列，上表求退。宪宗皇帝不许，反说裴度好立朋党，渐有疑忌之心。裴度自念功名太盛，惟恐得罪，乃口不谈朝事，终日纵情酒色，以乐余年。四方郡牧，往往访觅歌儿舞女，献于相府，不一而足。论起裴晋公，那里要人来献。只是这班阿谀谄媚的，要博相国欢喜，自然重价购求；

也有用强逼取的。鲜衣美饰，或假作家妓，或伪称侍儿，遣人殷殷勤勤的送来。裴晋公来者不拒，也只得纳了。

再说晋州万泉县，有一人姓唐，名璧，字国宝，曾举孝廉科，初任括州龙宗县尉，再任越州会稽丞。先在乡时，聘定同乡黄太学之女小娥为妻。因小娥尚在稚龄，待年未嫁。此及长成，唐璧两任游宦，都在南方，以此两下蹉跎，不曾婚配。那小娥年方二九，生得脸似堆花，体如琢玉；又且通于音律，凡箫管、琵琶之类，无所不工。晋州刺史奉承裴晋公，要在所属地方先取美貌歌姬一队进奉。已有了五人，还少一个出色掌班的。闻得黄小娥之名，又道太学之女，不可轻得，乃捐钱三十万，嘱托万泉县令求之。那县令又奉承刺史，遣人到黄太学家致意。黄太学回道："已经受聘，不敢从命。"县令再三强求，黄太学只是不允。时值清明，黄太学举家扫墓，独留小娥在家。县令打听的实，乃亲到黄家，搜出小娥，用肩舆抬去。着两个稳婆相伴，立刻送到晋州刺史处交割。硬将三十万钱，撇在他家，以为身价。比及黄太学回来，晓得女儿被县令劫去，急往县中，已知送去州里，再到晋州，将情哀求刺史。刺史道："你女儿才色过人，一入相府，必然擅宠。岂不胜作他人箕帚乎？况已受我聘财六十万钱，何不赠与汝婿，别图配偶？"黄太学道："县主乘某扫墓，将钱委置，某未尝面受。况止三十万，今悉持在此。某只愿领女，不愿领钱也。"刺史拍案大怒道："你得财卖女，却又瞒过三十万，强来絮聒，是何道理？汝女已送至晋国公府中矣，汝自往相府取索，在此无益。"黄太学看见刺史发怒，出言图赖，再不敢开口，两眼含泪而出。在晋州守了数日，欲得女儿一见，寂然无信。叹了口气，只得回县去了。

却说刺史将千金置买异样服饰、宝珠璎珞，妆扮那六个人如天仙相似。全副乐器，整日在衙中操演。直待晋国公生日将近，遣人送去，以作贺礼。那刺史费了许多心机，破了许多钱钞，要博相国一个大欢喜。谁知相国府中，歌舞成行；各镇所献美女，也不计其数。这六个人，只凑得闹热，相国那里便看在眼里，留在心里？从来奉承，尽有折本的，都似此类。有诗为证：

割肉剜肤买上欢，千金不吝备吹弹。
相公见惯浑闲事，羞杀州官与县官！

话分两头。再说唐璧在会稽任满，该得升迁。想黄小娥今已长成，且回家毕姻，然后赴京未迟。当下收拾宦囊，望万泉县进发。到家次日，就去谒见岳丈黄太学。黄太学已知为着姻事，不等开口，便将女儿被夺情节，一五一十，备细的告诉了。唐璧听罢，呆了半晌，咬牙切齿恨道："大丈夫浮沉薄宦，至一妻之不能保，何以生为？"黄太学劝道："贤婿英年才望，自有好姻缘相凑，吾女儿自没福相从，遭此强暴，休得过伤怀抱，有误前程。"唐璧怒气不息，要到州官、县官处，与他争论。黄太学又劝道："人已去矣，争论何益？况干碍裴相国。方今一人之下，万人之上，倘失其欢心，恐于贤婿前程不便。"乃将县令所留三十万钱抬出，交付唐璧道："以此为图婚之费。当初宅上有碧玉玲珑为聘，在小女身边，不得奉还矣。贤婿须念前程为重，休为小挫以误大事。"唐璧两泪交流，答道："某年近三旬，又失此良偶，琴瑟之事，终身已矣。蜗名微利，误人之本，从此亦不复思进取也！"言讫，不觉大恸。黄太学也还痛起来。大家哭了一场方罢。唐璧那里肯收这钱去，径自空身回了。

次日，黄太学亲到唐璧家，再三解劝，撺掇他早往京师听调。"得了官职，然后徐议良姻。"唐璧初时不肯，被丈人一连数日强逼不过，思量："在家气闷，且到长安走遭，也好排遣。"勉强择吉，买舟起程。丈人将三十万钱暗地放在舟中，私下嘱付从人道："开船两日后，方可禀知主人，拿去京中，好做使用，讨个美缺。"唐璧见了这钱，又感伤了一场，分付苍头："此是黄家卖女之物，一文不可动用！"

在路不一日，来到长安。雇人挑了行李，就裴相国府中左近处，下个店房，早晚府前行走，好打探小娥信息。过了一夜，次早到吏部报名，送历任文簿，查验过了。回寓吃了饭，就到相府门前守候。一日最少也踅过十来遍。住了月余，那里通得半个字！这些官吏们一出一入，如马蚁相似，谁敢上前把这没头脑的事问他一声！正是：

侯门一入深如海，从此萧郎是路人。

一日，吏部挂榜，唐璧授湖州录事参军。这湖州，又在南方，是熟游之地，唐璧也到欢喜。等有了告敕，收拾行李，雇唤船只出京。行到潼津地方，遇了一伙强人。自古道慢藏诲盗，只为这三十万钱，带来带去，露了小人眼目，惹起贪心，就结伙做出这事来。这伙强人从京城外，直跟至潼津，背地通同了船家，等待夜静，一齐下手。也是唐璧命不该绝，正在船头上登东，看见声势不好，急忙跳水，上岸逃命。只听得这伙强人乱了一回，连船都撑去。苍头的性命也不知死活。舟中一应行李，尽被劫去，光光剩个身子。正是：

屋漏更遭连夜雨，船迟又被打头风！

那三十万钱和行囊，还是小事。却是历任文簿和那告敕，是赴任的执照，也失去了，连官也做不成。

唐璧那一时真个是控天无路，诉地无门。思量："我直恁时乖运蹇，一事无成！欲待回乡，有何面目？欲待再往京师，向吏部衙门投诉，奈身畔并无分文盘费，怎生是好？这里又无相识借贷，难道求乞不成？"欲待投河而死，又想："堂堂一躯，终不然如此结果？"坐在路旁，想了又哭，哭了又想，左算右算，无计可施，从半夜直哭到天明。喜得绝处逢生，遇着一个老者，携杖而来，问道："官人为何哀泣？"唐璧将赴任被劫之事，告诉了一遍。老者道："原来是一位大人，失敬了。舍下不远，请那步则个。"老者引唐璧约行一里，到于家中，重复叙礼。老者道："老汉姓苏，儿子唤做苏凤华，见做湖州武源县尉，正是大人属下。大人往京，老汉愿少助资斧。"即忙备酒饭管待，取出新衣一套，与唐璧换了；捧出白金二十两，权充路费。

唐璧再三称谢，别了苏老，独自一个上路，再往京师旧店中安下。店主人听说路上吃亏，好生凄惨。唐璧到吏部门下，将情由哀禀。那吏部官道是告敕、文簿尽空，毫无巴鼻，难辨真伪。一连求了五日，并不作准。身边银两，都在衙门使费去了。回到店中，只叫得苦，两泪汪汪的坐着纳闷。只见外面一人，约莫半老年纪，头带软翅纱帽，身穿紫衫，挺带皂靴，好似押牙官模样，踱进店来。见了唐璧，作了辑，对面而坐，问道："足下何方人氏？到此贵干？"唐璧道："官人不问犹可，问我时，教我一时诉不尽心中苦情！"说未绝声，扑簌簌掉下泪来。紫衫人道："尊意有何不美？可细话之，或者可共商量也。"唐璧道："某姓唐，名璧，晋州万泉县人氏。近除湖州录事参军，不期行至潼津，忽遇盗劫，资斧一空。历任文簿和告敕都失了，难以之任。"紫衫人道："中途被劫，非关足下之事，何不以此情诉知吏部，重给告身，有何妨碍？"唐璧道："几次哀求，不蒙怜准，教我去住两难，无门恳告。"紫衫人道："当朝裴晋公，每怀恻隐，极肯周旋落难之人。足下何不去求见他？"唐璧听说，愈加悲泣道："官人休题起'裴晋公'三字，使某心肠如割。"紫衫人大惊道："足下何故而出此言？"唐璧

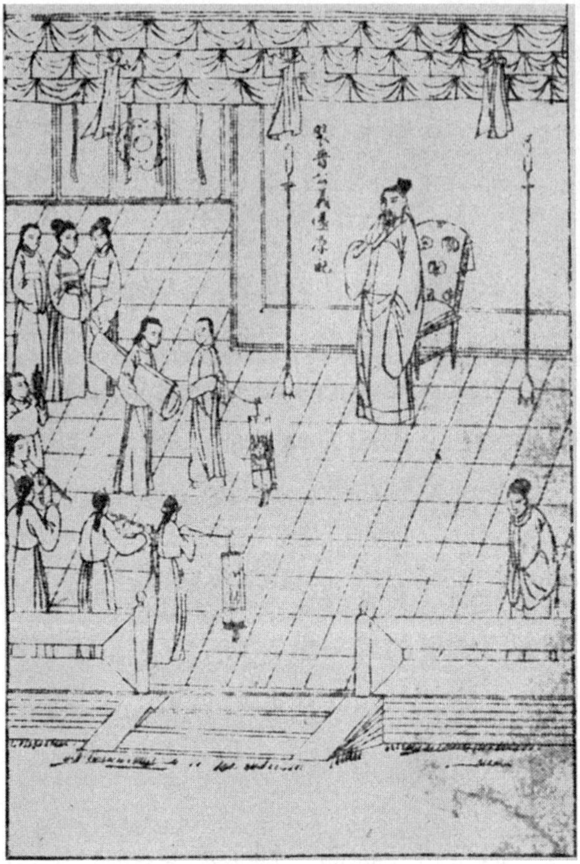

道："某幼年定下一房亲事，因屡任南方，未成婚配。却被知州和县尹用强夺去，凑成一班女乐，献与晋公，使某壮年无室。此事虽不由晋公，然晋公受人谄媚，以致府、县争先献纳，分明是他拆散我夫妻一般。我今日何忍复往见之？"紫衫人问道："足下所定之室，何姓何名？当初有何为聘？"唐璧道："姓黄，名小娥，聘物碧玉玲珑，见在彼处。"紫衫人道："某即晋公亲校，得出入内室，当为足下访之。"唐璧道："侯门一入，无复相见之期。但愿官人为我传一信息，使他知我心事，死亦瞑目。"紫衫人道："明日此时，定有好音奉报。"说罢，拱一拱手，踱出门去了。

唐璧转展思想，懊悔起来："那紫衫押牙，必是晋公亲信之人，遣他出外探事的。我方才不合议论了他几句，颇有怨望之词，倘或述与晋公知道，激怒了他，降祸不小！"心下好生不安，一夜不曾合眼。巴到天明，梳洗罢，便到裴府窥望。只听说令公给假在府，不出外堂；虽然如此，仍有许多文书来往，内外奔走不绝。只不见昨日这紫衫人。等了许久，回店去吃了些午饭，又来守候，绝无动静。看看天晚，眼见得紫衫人已是谬言失信了。嗟叹了数声，凄凄凉凉的回到店中。

方欲点灯，忽见外面两个人，似令史妆扮，慌慌忙忙的走入店来，问道："那一位是唐璧参军？"唬得唐璧躲在一边，不敢答应。店主人走来问道："二位何人？"那两个人答曰："我等乃裴府中堂吏，奉令公之命，来请唐参军到府讲话。"店主人指道："这位就是。"唐璧只得出来相见了，说道："某与令公素未通谒，何缘见召？且身穿亵服，岂敢唐突！"堂吏道："令公立等，参军休得推阻。"两个左右腋扶着，飞也似跑进府来。到了堂上，教

“参军少坐，容某等禀过令公，却来相请”。两个堂吏进去了。不多时，只听得飞奔出来，复道：“令公给假在内，请进去相见。”一路转弯抹角，都点得灯烛辉煌，照耀如白日一般。两个堂吏前后引路，到一个小小厅事中，只见两行纱灯排列，令公角巾便服，拱立而待。唐璧慌忙拜伏在地，流汗浃背，不敢仰视。令公传命扶起道：“私室相延，何劳过礼？”便教看坐。唐璧谦让了一回，坐于旁侧，偷眼看着令公，正是昨日店中所遇紫衫之人，愈加惶惧，捏着两把汗，低了眉头，鼻息也不敢出来。

原来裴令公闲时常在外面私行耍子，昨日偶到店中，遇了唐璧。回府去，就查“黄小娥”名字，唤来相见，果然十分颜色。令公问其来历，与唐璧说话相同；又讨他碧玉玲珑看时，只见他紧紧的带在臂上。令公甚是怜悯，问道：“你丈夫在此，愿一见乎？”小娥流泪道：“红颜薄命，自分永绝。见与不见，权在令公，贱妾安敢自专？”令公点头，教他且去。密地分付堂候官，备下资装千贯；又将空头告敕一道，填写唐璧名字，差人到吏部去，查他前任履历及新授湖州参军文凭，要得重新补给。件件完备，才请唐璧到府。唐璧满肚慌张，那知令公一团美意？

当日令公开谈道：“昨见所话，诚心恻然。老夫不能杜绝馈遗，以致足下久旷琴瑟之乐，老夫之罪也。”唐璧离席下拜道：“鄙人身遭颠沛，心神颠倒。昨日语言冒犯，自知死罪，伏惟相公海涵！”令公请起道：“今日颇吉，老夫权为主婚，便与足下完婚。薄有行资千贯奉助，聊表赎罪之意。成亲之后，便可于飞赴任。”唐璧只是拜谢，也不敢再问赴任之事。只听得宅内一派乐声嘹亮，红灯数对，女乐一队前导，几个押班老嬷和养娘辈，簇拥出如花如玉的黄小娥来。唐璧慌欲躲避。老嬷道：“请二位新人，就此见礼。”养娘铺下红毡，黄小娥和唐璧做一对儿立了，朝上拜了四拜，令公在旁答揖。早有肩舆在厅事外，伺候小娥登舆，一径抬到店房中去了。令公分付唐璧：“速归逆旅，勿误良期。”唐璧跑回店中，只听得人言鼎沸。举眼看时，摆列得绢帛盈箱，金钱满箧。就是起初那两个堂吏看守着，专等唐璧到来，亲自交割。又有个小小箧儿，令公亲判封的。拆开看时，乃官诰在内，复除湖州司户参军。唐璧喜不自胜，当夜与黄小娥就在店中，权作洞房花烛。这一夜欢情，比着寻常毕姻的，更自得意。正是：

运去雷轰荐福碑，时来风送滕王阁。

今朝婚宦两称心，不似从前情绪恶。

唐璧此时有婚有宦，又有了千贯资装，分明是十八层地狱的苦鬼，直升至三十三天去了。若非裴令公仁心慷慨，怎肯周旋得人十分满足？

次日，唐璧又到裴府谒谢。令公预先分付门吏辞回：“不劳再见。”唐璧回寓，重理冠带，再整行装。在京中买了几个童仆跟随，两口儿回到家乡，见了岳丈黄太学。好似枯木逢春，断弦再续，欢喜无限。过了几日，夫妇双双往湖州赴任。感激裴令公之恩，将沉香雕成小像，朝夕拜祷，愿其福寿绵延。后来裴令公寿过八旬，子孙蕃衍，人皆以为阴德所致。诗云：

无室无官苦莫论，周旋好事赖洪恩。
人能步步存阴德，福禄绵绵及子孙。

第九卷　滕大尹鬼断家私

玉树庭前诸谢，紫荆花下三田。埙篪和好弟兄贤，父母心中欢忭。

多少争财竞产，同根苦自相煎。相持鹬蚌枉垂涎，落得渔人取便。

这首词名为《西江月》，是劝人家弟兄和睦的。且说如今三教经典，都是教人为善的。儒教有十三经、六经、五经，释教有诸品《大藏金经》，道教有《南华冲虚经》及诸品藏经，盈箱满案，千言万语，看来都是赘疣。依我说，要做好人，只消个两字经，是“孝弟”两个字。那两字经中，又只消理会一个字，是个“孝”字。假如孝顺父母的，见父母所爱者，亦爱之；父母所敬者，亦敬之；何况兄弟行中，同气连枝，想到父母身上去，那有不和不睦之理？就是家私田产，总是父母挣来的，分什么尔我？较什么肥瘠？假如你生于穷汉之家，分文没得承受，少不得自家挽起眉毛，挣扎过活。见成有田有地，兀自争多嫌寡，动不动推说爹娘偏爱，分受不均。那爹娘在九泉之下，他心上必然不乐。此岂是孝子所为？所以古人说得好，道是：难得者兄弟，易得者田地。

怎么是难得者兄弟？且说人生在世，至亲的莫如爹娘，爹娘养下我来时节，极早已是壮年了，况且爹娘怎守得我同去？也只好半世相处。再说至爱的莫如夫妇，白头相守，极是长久的了。然未做亲以前，你张我李，各门各户，也空着幼年一段。只有兄弟们，生于一家，从幼相随到老。有事共商，有难共救，真像手足一般，何等情谊！譬如良田美产，今日弃了，明日又可挣得来的；若失了个弟兄，分明割了一手，折了一足，乃终身缺陷。说到此地，岂不是难得者兄弟，易得者田地？若是为田地上，坏了手足亲情，倒不如穷汉，赤光光没得承受，反为干净，省了许多是非口舌。

如今在下说一节国朝故事，乃是“滕县尹鬼断家私”。这节故事是劝人重义轻财，休忘了“孝弟”两字经。看官们或是有弟兄没兄弟，都不关在下之事，各人自去摸着心头，学好做人便了。正是：

善人听说心中刺，恶人听说耳边风。

话说国朝永乐年间，北直顺天府香河县，有个倪太守，双名守谦，字益之，家累千金，肥田美宅。夫人陈氏，单生一子，名曰善继，长大婚娶之后，陈夫人身故。倪太守罢官鳏居，虽然年老，只落得精神健旺。凡收租、放债之事，件件关心，不肯安闲享用。其年七十九岁，倪善继对老子说道：“人生七十古来稀。父亲今年七十九，明年八十齐头了，何不把家事交卸与孩儿掌管，吃些见成茶饭，岂不为美？”老子摇着头，说出几句道：“在一日，管一日。替你心，替你力，挣些利钱穿共吃。直待两脚壁立直，那时不关我事得。”

每年十月间，倪太守亲往庄上收租，整月的住下。庄户人家，肥鸡美酒，尽他受用。那一年，又去住了几日。偶然一日，午后无事，绕庄闲步，观看野景。忽然见一个女子同着一个白发婆婆，向溪边石上捣衣。那女子虽然村妆打扮，颇有几分姿色：

发同漆黑，眼若波明。纤纤十指似栽葱，曲曲双眉如抹黛。随常布帛，俏身躯赛着绫罗；点景野花，美丰仪不须钗钿。五短身材偏有趣，二八年纪正当时。

倪太守老兴勃发，看得呆了。那女子捣衣已毕，随着老婆婆而走。那老儿留心观看，只见他走过数家，进一个小小白篱笆门内去了。倪太守连忙转身，唤管庄的来，对他说如此如此，教他访那女子跟脚，曾否许人，若是没有人家时，我要娶他为妾，未知他肯否？管庄的巴不得奉承家主，领命便走。

原来那女子姓梅，父亲也是个府学秀才。因幼年父母双亡，在外婆身边居住。年一十七岁，尚未许人。管庄的访得的实了，就与那老婆婆说：“我家老爷见你女孙儿生得齐整，意欲聘为偏房。虽说是做小，老奶奶去世已久，上面并无人拘管。嫁得成时，丰衣足食，自不须说；连你老人家年常衣服、茶、米，都是我家照顾，临终还得个好断送，只怕你老人家没福。”老婆婆听得花锦似一片说话，即时依允。也是姻缘前定，一说便成。管庄的回复了倪太守，太守大喜！讲定财礼，讨皇历看个吉日，又恐儿子阻挡，就在庄上行聘，庄上做亲。成亲之夜，一老一少，端的好看！有《西江月》为证：

一个乌纱白发，一个绿鬓红妆。枯藤缠树嫩花香，好似奶公相傍。一个心中凄楚，一个暗地惊慌。只愁那话忒郎当，双手扶持不上。

当夜倪太守抖擞精神，勾消了姻缘簿上。

真个是：

恩爱莫忘今夜好，风光不减少年时。

过了三朝，唤个轿子抬那梅氏回宅，与儿子、媳妇相见。阖宅男妇，都来磕头，称为“小奶奶”。倪太守把些布帛赏与众人，各各欢喜。只有那倪善继心中不美，面前虽不言语，背后夫妻两口儿议论道：“这老人忒没正经！一把年纪，风灯之烛，做事也须料个前后。知道五年十年在世，却去干这样不了不当的事！讨这花枝般的女儿，自家也得精神对付他，终不然担误他在那里，有名无实。还有一件，多少人家老汉身边有了少妇，支持不过；那少妇熬不得，走了野路，出乖露丑，为家门之玷。还有一件，那少妇跟随老汉，分明似出外度荒年一般，等得年时成熟，他便去了。平时偷短偷长，做下私房，东三西四的寄开；又撒娇撒痴，要汉子制办衣饰与他；到得树倒鸟飞时节，他便颠作嫁人，一包儿收拾去受用。这是木中之蠹，米中之虫。人家有了这般人，最损元气的。”又说道：“这女子娇模娇样，好像个妓女，全没有良家体段，看来是个做声分的头儿，擒老公的太岁。在咱爹身边，只该半妾半婢，叫声姨姐，后日还有个退步。可笑咱爹不明，就叫众人唤他做‘小奶奶’，难道要咱们叫他娘不成？咱们只不作准他，莫要奉承透了，讨他做大起来，明日咱们颠到受他呕气。”夫妻二人，唧唧哝哝，说个不了。早有多嘴的，传话出来。倪太守知道了，虽然不乐，却也藏在肚里。幸得那梅氏秉性温良，事上接下，一团和气，众人也都相安。

过了两个月，梅氏得了身孕，瞒着众人，只有老公知道。一日三，三日九，捱到十月满足，生下一个小孩儿出来，举家大惊。这日正是九月九日，乳名取做重阳儿。到十一日，就是倪太守生日，这年恰好八十岁了。贺客盈门，倪太守开筵管待。一来为寿诞，二来小孩儿三朝，就当个汤饼之会。众宾客道：“老先生高处，又新添个小令郎，足见血气不衰，乃上寿之徵也。”倪太守大喜！倪善继背后又说道：“男子六十而精绝，况是八十岁了，那见枯树上生出花来？这孩子不知那里来的杂种，决不是咱爹嫡血，我断然不认他做兄弟。”老子又晓得了，也藏在肚里。

光阴似箭，不觉又一年。重阳儿周岁，整备做萃盘故事。里亲外眷，又来作贺。倪善继到走了出门，不来陪客。老子已知其意，也不去寻他回来，自己陪着诸亲，吃了一日酒。虽然口中不语，心内未免有些不足之意。自古道：子孝父心宽。那倪善继平日做人，又贪又狠。一心只怕小孩子长大起来，分了他一股家私，所以不肯认做兄弟。预先把恶话谣言，日后好摆布他母子。那倪太守是读书做官的人，这个关窍怎不明白？只恨自家老了，等不及重阳儿成人长大，日后少不得要在大儿子手里讨针线；今日与他结不得冤家，只索忍耐。看了这点小孩子，好生痛他；又看了梅氏小小年纪，好生怜他。常时想一会，闷一会，恼一会，又懊悔一会。

再过四年，小孩子长成五岁。老子见他伶俐，又忒会顽耍，要送他馆中上学。取个学名，哥哥叫善继，他就叫善述。拣个好日，备了果酒，领他去拜师父。那师父就是倪太守请在家里教孙儿的，小叔侄两个同馆上学，两得其便。谁知倪善继与做爹的不是一条心肠。他见那孩子取名善述，与己排行，先自不像意了。又与他儿子同学读书，到要儿子叫他叔叔，从小叫惯了，后来就被他欺压；不如唤了儿子出来，另从个师父罢。当日将儿子唤出，只推有病，连日不到馆中。倪太守初时只道是真病。过了几日，只听得师父说：“大令郎另聘了个先生，分做两个学堂，不知何意？”倪太守不听犹可，听了此言，不觉大怒，就要寻大儿子问其缘故。又想到：“天生恁般逆种，与他说也没干，由他罢了！”含了一口闷气，回到房中，偶然脚慢，拌着门槛一跌，梅氏慌忙扶起，搀到醉翁床上坐下，已自不省人事。急请医生来看，医生说是中风。忙取姜汤灌醒，扶他上床。虽然心下清爽，却满身麻木，动掸不得。梅氏坐在床头，煎汤煎药，殷勤伏侍，连进几服，全无功效。医生切脉道："只好延捱日子，不能全愈了。"倪善继闻知，也来看觑了几遍。见老子病势沉重，料是不起，便呼么喝六，打童骂仆，预先装出家主公的架子来。老子听得，愈加烦恼。梅氏只得啼哭，连小学生也不去上学，留在房中，相伴老子。

倪太守自知病笃，唤大儿子到面前，取出簿子一本，家中田地、屋宅及人头帐目总数，都在上面，分付道："善述年方五岁，衣服尚要人照管；梅氏又年少，也未必能管家。若分家私与他，也是枉然，如今尽数交付与你。倘或善述日后长大成人，你可看做爹的面上，替他娶房媳妇，分他小屋一所，良田五六十亩，勿令饥饿足矣。这段话，我都写绝在家私簿上，就当分家，把与你做个执照。梅氏若愿嫁人，听从其便；倘肯守着儿子度日，也莫强他。我死之后，你一一依我言语，这便是孝子，我在九泉，亦得瞑目。"倪善继把簿子揭开一看，果然开得细，写得明，满脸堆下笑来，连声应道："爹休忧虑，恁儿一一依爹分付便了。"抱了家私簿子，欣然而去。

梅氏见他走得远了，两眼垂泪，指着那孩子道："这个小冤家，难道不是你嫡血？你却和盘托出，都把与大儿子了，教我母子两口，异日把什么过活？"倪太守道："你有所不知，我看善继不是个良善之人，若将家私平分了，连这小孩子的性命也难保；不如都把与他，像了他意，再无妒忌。"梅氏又哭道："虽然如此，自古道：子无嫡庶，忒杀厚薄不均，被人笑话。"倪太守道："我也顾他不得了。你年纪正小，趁我未死，将儿子嘱付善继。待我去世后，多则一年，小少半载，尽你心中，拣择个好头脑，自去图下半世受用，莫要在他们身边讨气吃。"梅氏道："说那里话！奴家也是儒门之女，妇人从一而终；况又有了这小孩儿，怎割舍得抛他？好歹要守在这孩子身边的。"倪太守道："你果然肯守志终身么？莫非日久生悔？"梅氏就发起大誓来。倪太守道："你若立志果坚，莫愁母子没得过活。"便向枕边摸出一件东西来，交与梅氏。梅氏初时只道又是一个家私簿子，却原来是一尺阔、三尺长的一个小轴子。梅氏道："要这小轴儿何用？"倪太守道："这是我的行乐图，其中自有奥妙。你可悄地收藏，休露人目。直待孩子年长，善继不肯看顾他，你也只含藏于心。等得个贤明有司官来，你却将此轴去诉理，述我遗命，求他细细推详，自然有个处分，尽勾你母子二人受用。"

梅氏收了轴子。话休絮烦，倪太守又延了数日，一夜痰厥，叫唤不醒，呜呼哀哉死了，享年八十四岁。正是：

三寸气在千般用，一日无常万事休。

早知九泉将不去，作家辛苦着何由！

且说倪善继得了家私薄，又讨了各仓各库匙钥，每日只去查点家财杂物，那有功夫走到父亲房里问安。直等呜呼之后，梅氏差丫鬟去报知凶信，夫妻两口方才跑来，也哭了几声"老爹爹"。没一个时辰，就转身去了，到委着梅氏守尸。幸得衣衾棺椁诸事都是预办下的，不要倪善继费心。殡殓成服后，梅氏和小孩子两口，守着孝堂，早暮啼哭，寸步不离。善继只是点名应客，全无哀痛之意，七中便择日安葬。回丧之夜，就把梅氏房中，倾箱倒箧；只怕父亲存下些私房银两在内。梅氏乖巧，恐怕收去了他的行乐图，把自己原嫁来的两只箱笼，到先开了，提出几件穿旧衣裳，教他夫妻两口检看。善继见他大意，到不来看了。夫妻两口儿乱了一回，自去了。梅氏思量苦切，放声大哭。那小孩子见亲娘如此，也哀哀哭个不住。恁般光景：

任是泥人应堕泪，从教铁汉也酸心。

次早，倪善继又唤个做屋匠来看这房子，要行重新改造，与自家儿子做亲。将梅氏母子，搬到后园三间杂屋内栖身。只与他四脚小床一张和几件粗台粗凳，连好家火都没一件。原在房中伏侍有两个丫鬟，只拣大些的又唤去了，止留下十一二岁的小使女。每日是他厨下取饭，有菜没菜，都不照管。梅氏见不方便，索性讨些饭米，堆个土灶，自炊来吃。早晚做些针指，买些小菜，将就度日。小学生到附在邻家上学，束修都是梅氏自出。善继又屡次教妻子劝梅氏嫁人，又寻媒妪与他说亲，见梅氏誓死不从，只得罢了。因梅氏十分忍耐，凡事不言不语，所以善继虽然凶狠，也不将他母子放在心上。

光阴似箭，善述不觉长成一十四岁。原来梅氏平生谨慎，从前之事，在儿子面前一字也不题。只怕娃子家口滑，引出是非，无益有损。守得一十四岁时，他胸中渐渐泾渭分明，瞒他不得了。一日，向母亲讨件新绢衣穿，梅氏回他："没钱买得。"善述道："我爹做过太守，止生我弟兄两人。见今哥哥恁般富贵，我要一件衣服，就不能够了，是怎地？既娘没钱时，我自与哥哥索讨。"说罢就走。梅氏一把扯住道："我儿，一件绢衣，直甚大事，也去开口求人。常言道：‘惜福积福’、‘小来穿线，大来穿绢’。若小时穿了绢，到大来线也没得穿了。再过两年，等你读书进步，做娘的情愿卖身来做衣服与你穿着。你那哥哥不是好惹的，缠他甚么！”善述道：“娘说得是。”口虽答应，心下不以为然。想着：“我父亲万贯家私，少不得兄弟两个大家分受。我又不是随娘晚嫁、拖来的油瓶，怎么我哥哥全不看顾？娘又是恁般说，终不然一匹绢儿，没有我分，直待娘卖身来做与我穿着。这话好生奇怪！哥哥又不是吃人的虎，怕他怎的？”心生一计，瞒了母亲，径到大宅里去。寻见了哥哥，叫声：“作揖。”善继到吃了一惊，问他：“来做什么？”善述道：“我是个缙绅子弟，身上蓝缕，被人耻笑。特来寻哥哥，讨匹绢去做衣服穿。”善继道：“你要衣服穿，自与娘讨。”善述道：“老爹爹家私，是哥哥管，不是娘管。”善继听说“家私”二字，题目来得大了，便红着脸问道：“这句话，是那个教你说的？你今日来讨衣服穿，还是来争家私？”善述道：“家私少不得有日分析，今日先要件衣服，装装体面。”善继道：“你这般野种，要什么体面！老爹爹纵有万贯家私，自有嫡子嫡孙，干你野种屁事！你今日是听了甚人撺掇，到此讨野火吃？莫要惹着我性子，教你母子二人无安身之处！”善述道：“一般是老爹爹所生，怎么我是野种？惹着你性子，便怎地？难道谋害了我娘儿两个，你就独占了家私不成？”善继大怒，骂道：“小畜生，敢挺撞我！”牵住他衣袖儿，捻起拳头，一连七八个栗暴，打得头皮都青肿了。善述挣脱了，一道烟走出，哀哀的哭到母亲面前来，一五一十，备细述与母亲知道。梅氏抱怨道：“我教你莫去惹事，你不听教训，打得你好！”口里虽如此说，扯着青布衫，替他摩那头上肿处，不觉两泪交流。有诗为证：

少年嫠妇拥遗孤，食薄衣单百事无。
只为家庭缺孝友，同枝一树判荣枯。

梅氏左思右量，恐怕善继藏怒，到遣使女进去致意，说小学生不晓世事，冲撞长兄，招个不是。善继兀自怒气不息。次日侵早，邀几个族人在家，取出父亲亲笔分关，请梅氏母子到来，公同看了，便道：“尊亲长在上，不是善继不肯养他母子，要撵他出去。只因善述昨日与我争取家私，发许多说话，诚恐日后长大，说话一发多了，今日分析他母子出外居住。东庄住房一所，田五十八亩，都是遵依老爹爹遗命，毫不敢自专，伏乞尊亲长作证。”这伙亲族，平昔晓得善继做人利害，又且父亲亲笔遗嘱，那个还肯多嘴，做闲冤家？都将好看的话儿来说。那奉承善继的说道：“千金难买亡人笔。照依分关，再没话了。”就是那可怜善述母子的，也只说道：“男子不吃分时饭，女子不着嫁时衣。多少白手成家的！如今有屋住，有田种，不算没根基了，只要自去挣持。得粥莫嫌薄，各人自有个命在。”

梅氏料道在园屋居住，不是了日。只得听凭分析，同孩儿谢了众亲长，拜别了祠堂，辞了善继夫妇；教人搬了几件旧家火和那原嫁来的两只箱笼，雇了牲口骑坐，来到东庄屋内。只见荒草满地，屋瓦稀疏，是多年不修整的。上漏下湿，怎生住得？将就打扫一两间，安顿床铺。唤庄户来问时，连这五十八亩田，都是最下不堪的：大熟之年，一半收成还不能够；若荒年，只好赔粮。梅氏只叫得苦。到是小学生有智，对母亲道：“我弟兄两个，都是老爹爹亲生，为何分关上如此偏向？其中必有缘故。莫非不是老爹爹亲笔？自古道：家私不论尊卑。母亲何不告官申理？厚薄凭官府判断，到无怨心。”梅氏被孩儿题起线索，便将十来年隐下衷情，都说出来道：“我儿休疑分关之语，这正是你父亲之笔。他道你年小，恐怕被做哥的暗算，所以把家私都判与他，以安其心。临终之日，只与我行乐图一轴，再三嘱付：‘其中含藏哑谜，直待贤明有司在任，送他详审，包你母子两口有得过活，不致贫苦。’”善述道：“既有此事，何不早说！行乐图在那里？快取来与孩儿一看。”梅氏开了箱儿，取出一个布包来。解开包袱，里面又有一重油纸封裹着。拆了封，展开那一尺阔、三尺长的小轴儿，挂在椅上，母子一齐下拜。梅氏通陈道：“村庄香烛不便，乞恕亵慢。”善述拜罢，起来仔细看时，乃是一个坐像，乌纱白发，画得丰采如生。怀中抱着婴儿，一只手指着地下。揣摩

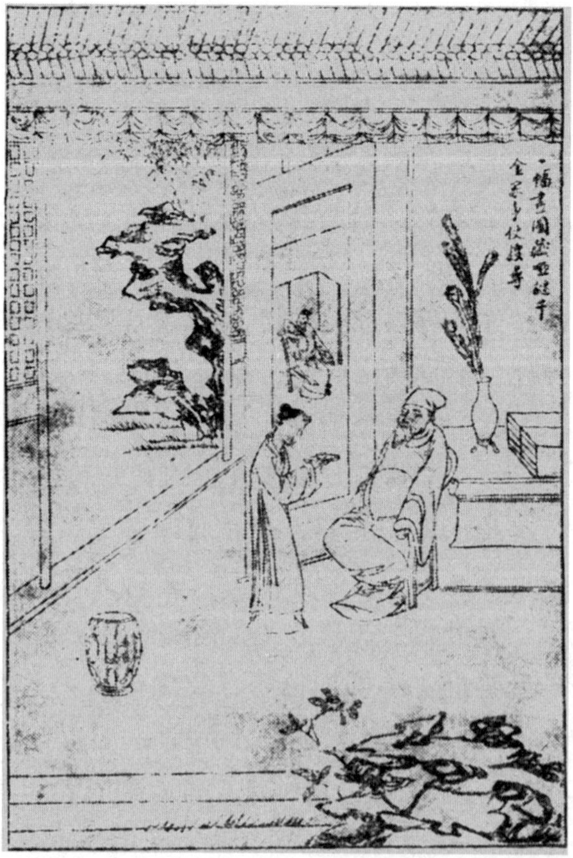

了半晌，全然不解。只得依旧收卷包藏，心下好生烦闷。

过了数日，善述到前村要访个师父讲解。偶从关王庙前经过，只见一伙村人抬着猪羊大礼，祭赛关圣。善述立住脚头看时，又见一个过路的老者，拄了一根竹杖，也来闲看，问着众人道：“你们今日为甚赛神？”众人道：“我们遭了屈官司，幸赖官府明白，断明了这公事。向日许下神道愿心，今日特来拜偿。”老者道：“什么屈官司？怎生断的？”内中一人道：“本县向奉上司明文，十家为甲。小人是甲首，叫做成大。同甲中，有个赵裁，是第一手针线。常在人家做夜作，整几日不归家的。忽一日出去了，月余不归。老婆刘氏央人四下寻觅，并无踪迹。又过了数日，河内浮出一个尸首，头都打破的，地方报与官府。有人认出衣服，正是那赵裁。赵裁出门前一日，曾与小人酒后争句闲话，一时发怒，打到他家，毁了他几件家私，这是有的。谁知他老婆把这桩人命告了小人。前任漆知县，听信一面之词，将小人问成死罪；同甲不行举首，连累他们都有了罪名。小人无处伸冤，在狱三载。幸遇新任滕爷，他虽乡科出身，甚是明白。小人因他熟审时节哭诉其冤，他也疑惑道：‘酒后争嚷，不是大仇，怎的就谋他一命？’准了小人状词，出牌拘人复审。滕爷一眼看着赵裁的老婆，千不说，万不说，开口便问他曾否再醮？刘氏道：‘家贫难守，已嫁人了。’又问：‘嫁的甚人？’刘氏道：‘是班辈的裁缝，叫沈八汉。’滕爷当时飞拿沈八汉来问道：‘你几时娶这妇人？’八汉道：‘他丈夫死了一个多月，小人方才娶回。’滕爷道：‘何人为媒？用何聘礼？’八汉道：‘赵裁存日曾借用过小人七八两银子，小人闻得赵裁死信，走到他家探问，就便催取这银子。那刘氏没得抵偿，情愿将身许嫁小人，准折这银两，其实不曾央媒。’滕爷又问道：‘你做手艺的人，那里来这七八两银子？’八汉道：‘是陆续凑与他的。’滕爷把纸笔教他细开逐次借银数目。八汉开了出来，或米或银共十三次，凑成七两八钱之数。滕爷看罢，大喝道：‘赵裁是你打死的，如何妄陷平人？’便用夹棍夹起，八汉还不肯认。滕爷道：‘我说出情弊，教你心服：既然放本盘利，难道再没有第二个人托得，恰好都借与赵裁？必是平昔间与他妻子有奸，赵裁贪你东西，知情故纵。以后想做长久夫妻，便谋死了赵裁。却又教导那妇人告状，拈在成大身上。今日你开帐的字，与旧时状纸笔迹相同，这人命不是你是谁？’再教把妇人拶指，要他承招。刘氏听见滕爷言语，句句合拍，分明鬼谷先师一般，魂都惊散了，怎敢抵赖。拶子套上，便承认了。八汉只得也招了。原来八汉起初与刘氏密地相好，人都不知。后来往来勤了，赵裁怕人眼目，渐有隔绝之意。八汉私与刘氏商量，要谋死赵裁，与他做夫妻。刘氏不肯。八汉乘赵裁在人家做生活回来，哄他店上吃得烂醉；行到河边，将他推倒；用石块打破脑门，沉尸河底。只等事冷，便娶那妇人回去。后因尸骸浮起，被人认出，八汉闻得小人有争嚷之隙，却去唆那妇人告状。那妇人直待嫁后，方知丈夫是八汉谋死的；既做了夫妻，便不言语。却被滕爷审出真情，将他夫妻抵罪，释放小人宁家。多承列位亲邻斗出公分，替小人赛神。老翁，你道有这般冤事么？”老者道：“恁般贤明官府，真个难遇！本县百姓有幸了。”

倪善述听在肚里，便回家学与母亲知道，如此如此，这般这般：“有恁地好官府，不将行乐图去告诉，更待何时？”母子商议已定。打听了放告日期，梅氏起个黑早，领着十四岁的儿子，带了轴儿，来到县中叫喊。大尹见没有状词，只有一个小小轴儿，甚是奇怪，问其缘故。梅氏将倪善继平昔所为，及老子临终遗嘱，备细说了。滕知县收了轴子，教他且去，“待我进衙细看。”正是：

一幅画图藏哑谜，千金家事仗搜寻。

只因嫠妇孤儿苦，费尽神明大尹心。

不题梅氏母子回家。且说滕大尹放告已毕，退归私衙，取那一尺阔、三尺长的小轴看，是倪太守行乐图：一手抱个婴孩，一手指着地下。推详了半日，想道：“这个婴孩就是倪善述，不消说了；那一手指地，莫非要有司官念他地下之情，替他出力么？”又想道：“他既有亲笔分关，官府也难做主了。他说轴中含藏哑谜，必然还有个道理。若我断不出此事，枉自聪明一世。”每日退堂，便将画图展玩，千思万想。如此数日，只是不解。

也是这事合当明白，自然生出机会来。一日午饭后，又去看那轴子。丫鬟送茶来吃，将一手去接茶瓯，偶然失挫，泼了些茶把轴子沾湿了。滕大尹放了茶瓯，走向阶前，双手扯开轴子，就日色晒干。忽然，日光中照见轴子里面有些字影，滕知县心疑，揭开看时，乃是一幅字纸，托在画上，正是倪太守遗笔。上面写道：

老夫官居五马，寿逾八旬。死在旦夕，亦无所恨。但孽子善述，方年周岁，急未成立。嫡善继素缺孝友，日后恐为所戕。新置大宅二所及一切田产，悉心授继。惟左偏旧小屋，可分与述。此屋虽小，室中左壁埋银五千，作五坛；右壁埋银五千，金一千，作六坛，可以准田园之额。后有贤明有司主断者，述儿奉酬白金三百两。八十一翁倪守谦亲笔。年　月　日花押。

原来这行乐图，是倪太守八十一岁上与小孩子做周岁时，预先做下的。古人云：知子莫若父，信不虚也。滕大尹最有机变的人，看见开着许多金银，未免垂涎之意。眉头一皱，计上心来，差人："密拿倪善继来见我，自有话说。"

却说倪善继独罢家私，心满意足，日日在家中快乐。忽见县差奉着手批拘唤，时刻不容停留。善继推阻不得，只得相随到县。正直大尹升堂理事，差人禀道："倪善继已拿到了。"大尹唤到案前，问道："你就是倪太守的长子么？"善继应道："小人正是。"大尹道："你庶母梅氏有状告你，说你逐母逐弟，占产占房，此事真么？"倪善继道："庶弟善述，在小人身边，从幼抚养大的。近日他母子自要分居，小人并不曾逐他。其家财一节，都是父亲临终亲笔分析定的，小人并不敢有违。"大尹道："你父亲亲笔在那里？"善继道："见在家中，容小人取来呈览。"大尹道："他状词内告有家财万贯，非同小可；遗笔真伪，也未可知。念你是缙绅之后，且不难为你。明日可唤齐梅氏母子，我亲到你家查阅家私。若厚薄果然不均，自有公道，难以私情而论。"喝教皂快押出善继，就去拘集梅氏母子，明日一同听审。公差得了善继的东道，放他回家去讫，自往东庄拘人去了。

再说善继听见官府口气利害，好生惊恐。论起家私，其实全未分析，单单持着父亲分关执照，千钧之力，须要亲族见证方好。连夜将银两分送三党亲长，嘱托他次早都到家来。若官府问及遗笔一事，求他同声相助。这伙三党之亲，自从倪太守亡后，从不曾见善继一盘一盒，岁时也不曾酒杯相及。今日大块银子送来，正是闲时不烧香，急来抱佛脚，各各暗笑，落得受了买东西吃。明日见官，旁观动静，再作区处。时人有诗云：

休嫌庶母妄兴词，自是为兄意太私。
今日将银买三党，何如匹绢赠孤儿？

且说梅氏见县差拘唤，已知县主与他做主。过了一夜，次日侵早，母子二人，先到县中去见滕大尹。大尹道："怜你孤儿寡妇，自然该替你说法。但闻得善继执得有亡父亲笔分关，这怎么处？"梅氏道："分关虽写得有，却是保全孩子之计，非出亡夫本心。恩相只看家私簿上数目，自然明白。”大尹道：“常言道：清官难断家事。我如今管你母子一生衣食充足，你也休做十分大望。”梅氏谢道：“若得免于饥寒足矣，岂望与善继同作富家郎乎？”滕大尹分付梅氏母子：“先到善继家伺候。”

倪善继早已打扫厅堂，堂上设一把虎皮交椅，焚起一炉好香。一面催请亲族早来守候。梅氏和善述到来，见十亲九眷都在眼前，一一相见了，也不免说几句求情的话儿。善继虽然一肚子恼怒，此时也不好发泄。各各暗自打点见官的说话。

等不多时，只听得远远喝道之声，料是县主来了。善继整顿衣帽迎接；亲族中，年长知事的，准备上前见官；其幼辈怕事的，都站在照壁背后张望，打探消耗。只见一对对执事两班排立，后面青罗伞下，盖着有才有智的滕大尹。到得倪家门首，执事跪下，么喝一声。梅氏和倪家兄弟，都一齐跪下来迎接。门子喝声：“起去！”轿夫停了五山屏风轿子，滕大尹不慌不忙，踱下轿来。将欲进门，忽然对着空中，连连打恭；口里应对，恰像有主人相迎的一般。众人都吃惊，看他做甚模样。只见滕大尹一路揖让，直到堂中，连作数揖，口中叙许多寒温的言语。先向朝南的虎皮交椅上打个恭，恰像有人看坐的一般；连忙转身，就拖一把交椅，朝北主位排下；又向空再三谦让，方才上坐。众人看他见神见鬼的模样，不敢上前，都两旁站立呆看。只见滕大尹在上坐拱揖，开谈道：“令夫人将家产事告到晚生手里，此事端的如何？”说罢，便作倾听之状。良久，乃摇首吐舌道：“长公子太不良了。”静听一会，又自说道：“教次公子何以存活？”停一会，又说道：“右偏小屋，有何活计？”又连声道：“领教，领教。”又停一时，说道：“这项也交付次公子？晚生都领命了。”少停又拱揖道：“晚生怎敢当此厚惠？”推逊了多时，又道：“既承尊命恳切，晚生勉领，便给批照与次公子收执。”乃起身，又连作数揖，口称：“晚生便去。”众人都看得呆了。

只见滕大尹立起身来，东看西看，问道：“倪爷那里去了？”门子禀道：“没见什么倪爷。”滕大尹道：“有此怪事？”唤善继问道：“方才令尊老先生，亲在门外相迎；与我对坐了，讲这半日说话，你们谅必都听见的。”善继道：“小人不曾听见。”滕大尹道：“方才长长的身儿，瘦瘦的脸儿，高颧骨，细眼睛，长眉大耳，朗朗的三牙须，银也似白的，纱帽皂靴，红袍金带，可是倪老先生模样么？”唬得众人一身冷汗，都跪下道：“正是他生前模样。”大尹道：“如何忽然不见了？他说家中有两处大厅堂，又东边旧存下一所小屋，可是有的？”善继也不敢隐瞒，只得承认道：“有的。”大尹道：“且到东边小屋去一看，自有话说。”众人见大尹半日自言自语，说得活龙活现，分明是倪太守模样，都信道倪太守真个出现了，人人吐舌，个个惊心。谁知都是滕大尹的巧言。他是看了行乐图，照依小像说来，何曾有半句是真话！有诗为证：

圣贤自是空题目，惟有鬼神不敢触。
若非大尹假装词，逆子如何肯心服？

倪善继引路，众人随着大尹，来到东偏旧屋内。

这旧屋是倪太守未得第时所居，自从造了大厅大堂，把旧屋空着，只做个仓厅，堆积些零碎米麦在内，留下一房家人。看见大尹前后走了一遍，到正屋中坐下，向善继道：“你父亲果是有灵，家中事体，备细与我说了。教我主张，这所旧宅子与善述，你意下何如？”善继叩头道：“但凭恩台明断。”大尹讨家私簿子细细看了，连声道：“也好个大家事。”看到后面遗笔分关，大笑道：“你家老先生自家写定的，方才却又在我面前，说善继许多不是，这个老先儿也是没主意的。”唤倪善继过来，“既然分关写定，这些田园帐目，一一给你，善述不许妄争。”梅氏暗暗叫苦，方欲上前哀求，只见大尹又道：“这旧屋判与善述，此屋中之所有，善继也不许妄争。”善继想道：“这屋内破家破火，不直甚事，便堆下些米麦，一月前都粜得七八了，存不多儿，我也勾便宜了。”便连连答应道：“恩台所断极明。”

大尹道：“你两人一言为定，各无翻悔。众人既是亲族，都来做个证见。方才倪老先生当面嘱付说：‘此屋左壁下，埋银五千两，做五坛，当与次儿。’”善继不信，禀道：“若果然有此，即使万金，亦是兄弟的，小人并不敢争执。”大尹道：“你就争执时，我也不准。”便教手下讨锄头、铁锹等器，梅氏母子作眼，率领民壮，往东壁下掘开墙基，果然埋下五个大坛。发起来时，坛中满满的，都是光银子。把一坛银子上秤称时，算来该是六十二斤半，刚刚一千两足数。众人看见，无不惊讶。善继益发信真了：“若非父亲阴灵出现，面诉县主，这个藏银，我们尚且不知，县主那里知道？”只见滕大尹教把五坛银子一字儿摆在自家面前，又分付梅氏道：“右壁还有五坛，亦是五千之数。更有一坛金子，方才倪老先生有命，送我作酬谢之意，我不敢当，他再三相强，我只得领了。”梅氏同善述叩头说道：“左壁五千，已出望外；若右壁更有，敢不依先人之命。”大尹道：“我何以知之？据你家老先生是恁般说，想不是虚话。”再教人发掘西壁，果然六个大坛，五坛是银，一坛是金。善继看着许多黄白之物，眼里都放出火来，恨不得抢他一锭。只是有言在前，一字也不敢开口。滕大尹写个照帖，给与善继为照，就将这房家人，判与善述母子。梅氏同善述不胜之喜，一同叩头拜谢。善继满肚不乐，也只得磕几个头，勉强说句“多谢恩台主张”。大尹判几条封皮，将一坛金子封了，放在自己轿前，抬回衙内，落得受用。众人都认道真个倪太守许下酬谢他的，反以为理之当然，那个敢道个“不”字。这正叫做鹬蚌相持，渔人得利。若是倪善继存心忠厚，兄弟和睦，肯将家私平等分析，这千两黄金，弟兄大家该五百两，怎到得滕大尹之手？白白里作成了别人。自己还讨得气闷，又加个不孝不弟之名，千算万计，何曾算计得他人，只算计得自家而已！

闲话休题。再说梅氏母子，次日又到县拜谢滕大尹。大尹已将行乐图取去遗笔，重新裱过，给还梅氏收领。梅氏母子方悟行乐图上，一手指地，乃指地下所藏之金银也。此时有了这十坛银子，一般置买田园，遂成富室。后来善述娶妻，连生三子，读书成名。倪氏门中，只有这一枝极盛。善继两个儿子，都好游荡，家业耗废。善继死后，两所大宅子，都卖与叔叔善述管业。里中凡晓得倪家之事本末的，无不以为天报云。诗曰：

从来天道有何私，堪笑倪郎心太痴。
忍以嫡兄欺庶母，却教死父算生儿。
轴中藏字非无意，壁下埋金属有司。
何以存些公道好，不生争竞不兴词。

第十卷　众名姬春风吊柳七

北阙休上诗，南山归敝庐。
不才明主弃，多病故人疏。
白发催年老，青阳逼岁除。
永怀愁不寐，松月下窗虚。

这首诗，乃唐朝孟浩然所作。他是襄阳第一个有名的诗人，流寓东京，宰相张说甚重其才，与之交厚。一日，张说在中书省入直，草应制诗，苦思不就。遣堂吏密请孟浩然到来，商量一联诗句。正尔烹茶细论，忽然唐明皇驾到。孟浩然无处躲避，伏于床后。明皇早已瞧见，问张说道："适才避朕者，何人也？"张说奏道："此襄阳诗人孟浩然，臣之故友。偶然来此，因布衣，不敢唐突圣驾。"明皇道："朕亦素闻此人之名，愿一见之。"孟浩然只得出来，拜伏于地，口称："死罪。"明皇道："闻卿善诗，可将生平得意一首，诵与朕听？"孟浩然就诵了《北阙休上诗》这一首。明皇道："卿非不才之流，朕亦未为明主；然卿自不来见朕，朕未尝弃卿也。"当下龙颜不悦，起驾去了。次日，张说入朝，见帝谢罪，因力荐浩然之才，可充馆职。明皇道："前朕闻孟浩然有'流星澹河汉，疏雨滴梧桐'之句，何其清新！又闻有'气蒸云梦泽，波憾岳阳楼'之句，何其雄壮！昨在朕前，偏述枯槁之辞，又且中怀怨望，非用世之器也。宜听归南山，以成其志！"由是终身不用，至今人称为孟山人。后人有诗叹云：

新诗一首献当朝，欲望荣华转寂寥。
不是不才明主弃，从来贵贱命中招。

古人中，有因一言拜相的，又有一篇赋上遇主的，那孟浩然只为错念了八句诗，失了君王之意，岂非命乎？

如今我又说一桩故事，也是个有名才子，只为一首词上误了功名，终身坎壈，后来颠到成了风流佳话。那人是谁？说起来，是宋神宗时人，姓柳，名永，字耆卿，原是建宁府崇安县人氏，因随父亲作宦，流落东京。排行第七，人都称为柳七官人。年二十五岁，丰姿洒落，人才出众；琴棋书画，无所不通；至于吟诗作赋，尤其本等。还有一件，最其所长，乃是填词。怎么叫做填词？假如李太白有《忆秦娥》、《菩萨蛮》，王维有《郁轮袍》，这都是词名，又谓之诗余，唐时名妓多歌之。至宋时，大晟府乐官，博采词名，填腔进御。这个词，比切声调，分配十二律，其某律某调，句长句短，合用平、上、去、入四声字眼，有个一定不移之格。作词者，按格填入，务要字与音协，一些杜撰不得，所以谓之填词。那柳七官人于音律里面，第一精通，将大晟府乐词，加添至二百余调，真个是词家独步。他也自恃其才，没有一个人看得入眼，所以缙绅之门，绝不去走；文字之交，也没有人。终日只是穿花街，走柳巷，东京多少名妓，无不敬慕他，以得见为荣。若有不认得柳七者，众人都笑他为下品，不列姊妹之数。所以妓家传出几句口号，道是：

不愿穿绫罗，愿依柳七哥；
不愿君王召，愿得柳七叫；
不愿千黄金，愿中柳七心；
不愿神仙见，愿识柳七面。

那柳七官人，真个是朝朝楚馆，夜夜秦楼。内中有三个出名上等的行首，往来尤密。一个唤做陈师师，一个唤做赵香香，一个唤做徐冬冬。这三个行首，赔着自己钱财，争养柳七官人。怎见得？有《戏题》一词，名《西江月》为证：

调笑师师最惯，香香暗地情多，冬冬与我煞脾和，独自窝盘三个。
“管”字下边无分，“闭”字加点如何？权将“好”字自停那，“奸”字中间着我。

这柳七官人，诗词文采，压于朝士。因此近侍官员，虽闻他恃才高傲，却也多少敬慕他的。那时天下太平，凡一才一艺之士，无不录用。有司荐柳永才名，朝中又有人保奏，除授浙江管下余杭县宰。这县宰官儿，虽不满柳耆卿之意，把做个进身之阶，却也罢了。只是舍不得那三个行首。时值春暮，将欲起程，乃制《西江月》为词，以寓惜别之意：

凤额绣帘高卷，兽檐朱户频摇。两竿红日上花梢，春睡厌厌难觉。

好梦枉随飞絮，闲愁浓胜香醪。不成雨暮与云朝，又是韶光过了。

三个行首，闻得柳七官人浙江赴任，都来饯别。众妓至者如云，耆卿口占《如梦令》云：

郊外绿阴千里，掩映红裙十队。惜别语方长，车马催人速去。偷泪，偷泪，那得分身应你！

柳七官人别了众名姬，携着琴、剑、书箱，扮作游学秀士，迤逦上路，一路观看风景。行至江州，访问本处名妓。有人说道："此处只有谢玉英，才色第一。"耆卿问了住处，径来相访。玉英迎接了，见耆卿人物文雅，便邀入个小小书房。耆卿举目看时，果然摆设得精致。但见：

明窗净几，竹榻茶垆。床间挂一张名琴，壁上悬一幅古画。香风不散，宝炉中常爇沉檀；清风逼人，花瓶内频添新水。万卷图书供玩览，一枰棋局佐欢娱。

耆卿看他桌上摆着一册书，题云："柳七新词"。检开看时，都是耆卿平日的乐府，蝇头细字，写得齐整。耆卿问道："此词何处得来？"玉英道："此乃东京才子柳七官人所作。妾平昔甚爱其词，每听人传诵，辄手录成帙。"耆卿又问道："天下词人甚多，卿何以独爱此作？"玉英道："他描情写景，字字逼真。如《秋思》一篇末云：'黯相望，断鸿声里，立尽斜阳。'《秋别》一篇云：'今宵酒醒何处？杨柳岸、晓风残月。'此等语，人不能道。妾每诵其词，不忍释手，恨不得见其人耳。"耆卿道："卿要识柳七官人否？小生就是。"玉英大惊，问其来历。耆卿将余杭赴任之事，说了一遍。玉英拜倒在地，道："贱妾凡胎，不识神仙，望乞恕罪。"置酒款待，殷勤留宿。

耆卿深感其意，一连住了三五日。恐怕误了凭限，只得告别。玉英十分眷恋，设下山盟海誓，一心要相随柳七官人，侍奉箕帚。耆卿道："赴任不便。若果有此心，俟任满回日，同到长安。"玉英道："既蒙官人不弃贱妾，从今为始，即当杜门绝客以待。切勿遗弃，使妾有白头之叹。"耆卿索纸，写下一词，名《玉女摇仙佩》。词云：

飞琼伴侣，偶别珠宫，未返神仙行缀。取次梳妆，寻常言语，有得几多姝丽？拟把名花比，恐旁人笑我，谈何容易。细思算，奇葩艳卉，惟是深红浅白而已。争如这多情，占得人间千娇百媚。　须信画堂绣阁，皓月清风，忍把光阴轻弃？自古及今，佳人才子，少得当年双美！且恁相偎倚，未消得怜我多才多艺。愿奶奶兰心蕙性，枕前言下，表余深意。为盟誓，今生断不孳鸳被。

耆卿吟词罢，别了玉英上路。

不一日，来到姑苏地方，看见山明水秀，到个路旁酒楼上，沽饮三杯。忽听得鼓声齐响，临窗而望，乃是一群儿童，掉了小船，在湖上戏水采莲。口中唱着吴歌云：

采莲阿姐斗梳妆，好似红莲搭个白莲争。红莲自道颜色好，白莲自道粉花香。　粉花香，粉花香，贪花人一见便来抢。红个也忒贵，白个也弗强。当面下手弗得，和你私下商量，好像荷叶遮身无人见，下头成藕带丝长。

柳七官人听罢，取出笔来，也做一只吴歌，题于壁上。歌云：

十里荷花九里红，中间一朵白松松。白莲则好摸藕吃，红莲则好结莲蓬。　结莲蓬，结莲蓬，莲蓬生得忒玲珑。肚里一团清趣，外头包裹重重。有人吃着滋味，一时劈破难容。只图口甜，那得知我心里苦？开花结子一场空。

这首吴歌，流传吴下，至今有人唱之。

却说柳七官人过了姑苏，来到余杭县上任，端的为官清正，讼简词稀。听政之暇，便在大涤、天柱、由拳诸山，登临游玩，赋诗饮酒。这余杭县中，也有几家官妓，轮番承直。但是讼牒中犯着妓者名字，便不准行。妓中有个周月仙，颇有姿色，更通文墨。一日，在县衙唱曲侑酒，柳县宰见他似有不乐之色，问其缘故。月仙低头不语，两泪交流。县宰再三盘问，月仙只得告诉。

原来月仙与本地一个黄秀才，情意甚密。月仙一心只要嫁那秀才，奈秀才家贫，不能备办财礼。月仙守那秀才之节，誓不接客。老鸨再三逼迫，只是不从；因是亲生之女，无可奈何。黄秀才书馆与月仙只隔一条大河，每夜月仙渡船而去，与秀才相聚，至晓又回。同县有个刘二员外，爱月仙丰姿，欲与欢会。月仙执意不肯，吟诗四句道：

不学路旁柳，甘同幽谷兰。

游蜂若相询，莫作野花看。

刘二员外心生一计，嘱付舟人，教他乘月仙夜渡，移至无人之处，强奸了他，取个执证回话，自有重赏。舟人贪了赏赐，果然乘月仙下船，远远撑去。月仙见不是路，喝他住舡。那舟人那里肯依？直摇到芦花深处，僻静所在，将船泊了。走入船舱，把月仙抱住，逼着定要云雨。月仙自料难以脱身，不得已而从之。云收雨散，月仙惆怅，吟诗一首：

自恨身为妓，遭污不敢言。

羞归明月渡，懒上载花船。

是夜，月仙仍到黄秀才馆中住宿，却不敢声告诉，至晓回家。其舟人记了这四句诗，回复刘二员外；员外将一锭银子，赏了舟人去了。便差人邀请月仙家中侑酒，酒到半酣，又去调戏月仙，月仙仍旧推阻。刘二员外取出一把扇子来，扇上有诗四句，教月仙诵之。月仙大惊！原来却是舟中所吟四句，当下顿口无言。刘二员外道：“此处牙床锦被，强似芦花明月，小娘子勿再推托。”月仙满面羞渐，安身无地，只得从了刘二员外之命。以后刘二员外日逐在他家占住，不容黄秀才相处。

自古道：小娘子爱俏，鸨儿爱钞。黄秀才虽然儒雅，怎比得刘二员外有钱有钞？虽然中了鸨儿之意，月仙心下只想着黄秀才，以此闷闷不乐。今番被县宰盘问不过，只得将情诉与。柳耆卿是风流首领，听得此语，好生怜悯。当日就唤老鸨过来，将钱八十千付作身价，替月仙除了乐籍，一面请黄秀才相见，亲领月仙回去，成其夫妇。黄秀才与周月仙拜谢不尽。正是：

风月客怜风月客，有情人遇有情人。

柳耆卿在余杭三年，任满还京。想起谢玉英之约，便道再到江州。原来谢玉英初别耆卿，果然杜门绝客。过了一年之后，不见耆卿通问，未免风愁月恨；更兼日用之需，无从进益。日逐车马填门，回他不脱。想着五夜夫妻，未知所言真假；又有闲汉从中撺掇，不免又随风倒舵，依前接客。有个新安大贾孙员外，颇有文雅，与他相处年余，费过千金。耆卿到玉英家询问，正值孙员外邀玉英同往湖口看船去了。耆卿到不遇。知玉英负约，怏怏不乐，乃取花笺一幅，制词名《击梧桐》。词云：

香靥深深，姿姿媚媚，雅格奇容天与。自识伊来便好看承，会得妖娆心素。临岐再约同欢，定是都把平生相许。又恐恩情易破难成，未免千般思虑。　近日重来，空房而已，苦杀叨叨言语。便认得听人教当，拟把前言轻负。见说兰台宋玉，多才多艺善词赋。试与问，朝朝暮暮，行云何处去？

后写："东京柳永，访玉卿不遇，漫题。"耆卿写毕，念了一遍，将词笺粘于壁下，拂袖而出。回到东京，屡有人举荐，升为屯田员外郎之职。东京这班名姬，依旧来往。耆卿所支俸钱，及一应求诗求词馈送下来的东西，都在妓家销化。

一日，正在徐冬冬家积翠楼戏耍。宰相吕夷简差堂吏传命，直寻将来。说道："吕相公六十诞辰，家妓无新歌上寿，特求员外一阕，幸即挥毫，以便演习。蜀锦二端，吴绫四端，聊充润笔之敬，伏乞俯纳。"耆卿允了，留堂吏在楼下酒饭。问徐冬冬有好纸否，徐冬冬在箧中，取出两幅芙蓉笺纸，放于案上。耆卿磨得墨浓，蘸得笔饱，拂开一幅笺纸，不打草儿，写下《千秋岁》一阕云：

泰阶平了，又见三台耀。烽火静，搀枪扫。朝堂耆硕辅，樽俎英雄表。福无艾，山河带砺人难老。　渭水当年钓，晚应飞熊兆；同一吕，今偏早。乌纱头未白，笑把金樽倒。人争羡，二十四遍中书考。

耆卿一笔写完，还剩下芙蓉笺一纸，余兴未尽，后写《西江月》一调云：

腹内胎生异锦，笔端舌喷长江。纵教匹绢字难偿，不屑与人称量。

我不求人富贵，人须求我文章。风流才子占词场，真是白衣卿相。

耆卿写毕，放在桌上。

恰好陈师师家差个侍儿来请，说道："有下路新到一个美人，不言姓名，自述特慕员外，不远千里而来，今在寒家奉候，乞即降临。"耆卿忙把诗词装入封套，打发堂吏动身去了，自己随后往陈师师家来。一见了那美人，吃了一惊。那美人是谁？正是：

着意寻不见，有时还自来。

那美人正是江州谢玉英。他从湖口看舡回来，见了壁上这只《击梧桐》词，再三讽咏，想着："耆卿果是有情之人，不负前约。"自觉惭愧。瞒了孙员外，收拾家私，雇了船只，一径到东京问柳七官人。闻知他在陈师师家往来极厚，特拜望师师，求其引见耆卿。当时分明是断花再接，缺月重圆，不胜之喜。陈师师问其详细，便留谢玉英同住。玉英怕不稳便，商量割东边院子另住。自到东京，从不见客，只与耆卿相处，如夫妇一般。耆卿若往别妓家去，也不阻挡，甚有贤达之称。

话分两头。再说耆卿匆忙中，将所作寿词封付堂吏，谁知忙中多有错，一时失于点检，两幅词笺都封了去。吕丞相拆开封套，先读了《千秋岁》调，到也欢喜。又见《西江月》调，少不得也念一遍。念到"纵教匹绢字难偿，不屑与人称量"，笑道："当初裴晋公修福光寺，求文于皇甫湜，湜每字索绢三匹。此子嫌吾酬仪太薄耳！"又念道："我不求人富贵，人须求我文章"，大怒道："小子轻薄，我何求汝耶？"从此衔恨在心。柳耆卿却是疏散的人，写过词，丢在一边了，那里还放在心上。

又过了数日，正值翰林员缺，吏部开荐柳永名字。仁宗曾见他增定大晟乐府，亦慕其才，问宰相吕夷简道："朕欲用柳永为翰林，卿可识此人否？"吕夷简奏道："此人虽有词华，然恃才高傲，全不以功名为念。见任屯田员外，日夜留连妓馆，大失官箴。若重用之，恐士习由此而变。"遂把耆卿所作《西江月》词诵了一遍。仁宗皇帝点头。早有知谏院官，打听得吕丞相衔恨柳永，欲得逢迎其意，连章参劾。仁宗御笔批着四句道：

柳永不求富贵，谁将富贵求之？
任作白衣卿相，风前月下填词。

柳耆卿见罢了官职，大笑道："当今做官的，都是不识字之辈，怎容得我才子出头？"因改名柳三变，人都不会其意，柳七官人自解说道："我少年读书，无所不窥，本求一举成名，与朝家出力；因屡次不第，牢骚失意，变为词人。以文采自见，使保留后世足矣；何期被荐，顶冠束带，变为官人。然浮沉下僚，终非所好；今奉旨放落，行且逍遥自在，变为仙人。"从此益放旷不检，以妓为家。将一个手板上写道："奉圣旨填词柳三变。"欲到某妓家，先将此手板送去，这一家便整备酒肴，伺候过宿。次日，再要到某家，亦复如此。凡所作小词，落款书名处，亦写“奉圣旨填词”五字，人无有不笑之者，如此数年。

一日，在赵香香家偶然昼寝，梦见一黄衣吏从天而下，道说：“奉玉帝敕旨，《霓裳羽衣曲》已旧，欲易新声，特借重仙笔，即刻便往。”柳七官人醒来，便讨香汤沐浴。对赵香香道：“适蒙上帝见召，我将去矣。各家姊妹可寄一信，不能候之相见也。”言毕，瞑目而坐。香香视之，已死矣。慌忙报知谢玉英，玉英一步一跌的哭将来。陈师师、徐冬冬两个行首，一时都到。又有几家曾往来的，闻知此信，也都来赵家。

原来柳七官人，虽做两任官职，毫无家计。谢玉英虽说跟随他终身，到带着一家一火前来，并不费他分毫之事。今日送终时节，谢玉英便是他亲妻一般；这几个行首，便是他亲人一般。当时陈师师为首，敛取众妓家财帛，制买衣衾棺椁，就在赵家殡殓。谢玉英衰绖做个主丧，其他三个的行首，都聚在一处，带孝守幕。一面在乐游原上，买一块隙地起坟，择日安葬。坟上竖个小碑，照依他手板上写的增添两字，刻云：“奉圣旨填词柳三变之墓。”出殡之日，官僚中也有相识的，前来送葬。只见一片缟素，满城妓家，无一人不到，哀声震地。那送葬的官僚，自觉惭愧，掩面而返。

不逾两月，谢玉英过哀，得病亦死，附葬于柳墓之旁。亦见玉英贞节，妓家难得，不在话下。

自葬后，每年清明左右，春风骀荡，诸名姬不约而同，各备祭礼，往柳七官人坟上，挂纸钱拜扫，唤做“吊柳七”，又唤做“上风流冢”。未曾“吊柳七”、“上风流冢”者，不敢到乐游原上踏青。后来成了个风俗，直到高宗南渡之后，此风方止。后人有诗题柳墓云：

乐游原上妓如云，尽上风流柳七坟。

可笑纷纷缙绅辈，怜才不及众红裙。

第十一卷　陈希夷四辞朝命

人人尽说清闲好，谁肯逢闲闲此身？

不是逢闲闲不得，清闲岂是等闲人！

则今且说个“閒”字，是“门”字中着个“月”字。你看那一轮明月，只见他忙忙的穿窗入户，那天上清光不动，却是冷淡无心。人学得他，便是闹中取静，才算做真闲。有的说：“人生在世，忙一半，闲一半。假如日里做事是忙，夜间睡去便是闲了。却不知日里忙忙做事的，精神散乱；昼之所思，夜之所梦，连睡去的魂魄，都是忙的，那得清闲自在？古时有个仙长，姓庄，名周，睡去梦中化为蝴蝶，栩栩而飞，其意甚乐。醒将转来，还只认做蝴蝶化身。只为他胸中无事，逍遥洒落，故有此梦。世上多少渴睡汉，怎不见第二个人梦为蝴蝶？可见梦睡中也分个闲忙在。且莫论闲忙，一入了名利关，连睡也讨不得个足意。所以古诗云：

朝臣待漏五更寒，铁甲将军夜度关。

山寺日高僧未起，算来名利不如闲。

《心相篇》有云：“上床便睡，定是高人；支枕无眠，必非闲客。”如今人名利关心，上了床，千思万想，那得便睡？比及睡去，忽然又惊醒将来。尽有一般昏昏沉沉，以昼为夜，睡个没了歇的。多因酒色过度，四肢困倦；或因愁绪牵缠，心神浊乱所致。总来不得睡趣，不是睡的乐境。

则今且说第一个睡中得趣的，无过陈抟先生。怎见得？有诗为证：

昏昏黑黑睡中天，无暑无寒也没年。

彭祖寿经八百岁，不比陈抟一觉眠。

俗说陈抟一觉，睡了八百年。按陈抟寿止一百十八岁，虽说是尸解为仙去了，也没有一睡八百年之理。此是诨话！只是说他睡时多，醒时少。他曾两隐名山，四辞朝命，终身不近女色，不亲人事，所以步步清闲。则他这睡，也是仙家伏气之法，非他人所能学也。说话的，你道他隐在那两处的名山？辞那四朝的君命？有诗为证：

纷纷五代战尘嚣，转眼唐周又宋朝。

多少彩禽投笼罩，云中仙鹤不能招。

话说陈抟先生，表字图南，别号扶摇子，亳州真源人氏。生长五六岁，还不会说话，人都叫他“哑孩儿”。一日，在水边游戏，遇一妇人，身穿青色之衣，自称毛女。将陈抟抱去山中，饮以琼浆，陈抟便会说话，自觉心窍开爽。毛女将书一册，投他怀内，又赠以诗云：

药苗不满笥，又更上危巅。

回指归去路，相将入翠烟。

陈抟回到家中，忽然念这四句诗出来，父母大惊！问道：“这四句诗，谁教你的？”陈抟说其缘故，就怀中取出书来看时，乃是一本《周易》。陈抟便能成诵，就晓得八卦的大意。自此无书不览，只这本《周易》，坐卧不离。又爱读《黄庭》《老子》诸书，洒然有出世之志。十八岁上，父母双亡。便把家财抛散，分赠亲族乡党。自只携一石铛，往本县隐山居住。梦见毛女授以炼形归气、炼气归神、炼神归虚之法，遂奉而行之，足迹不入城市。梁唐士大夫慕陈先生之名，如活神仙，求一见而不可得。有造谒者，先生辄侧卧，不与交接。人见他鼾睡不起，叹息而去。

后唐明宗皇帝长兴年间，闻其高尚之名，御笔亲书丹诏，遣官招之。使者络绎不绝，先生违不得圣旨，只得随使者取路到洛阳帝都，谒见天子，长揖不拜，满朝文武失色，明宗全不嗔怪。御手相挽，锦墩赐坐，说道：“劳苦先生远来，朕今得睹清光，三生之幸。”陈抟答道：“山野鄙夫，自比朽木，无用于世。过蒙陛下采录，有负圣意，乞赐放归，以全野性。”明宗道：“既荷先生不弃而来，朕正欲侍教，岂可轻去？”陈抟不应，闭目睡去了。明宗叹道：“此高士也，朕不可以常礼待之。”乃送至礼贤宾馆，饮食供帐甚设。先生一无所用，蚤晚只在个蒲团上打坐。明宗屡次驾幸礼贤馆，有时值他睡卧，不敢惊醒而去。明宗心知其为异人，愈加敬重，欲授以大官，陈抟那里肯就。

有丞相冯道奏道：“臣闻：七情莫甚于爱欲，六欲莫甚于男女。方今冬天雨雪之际，陈抟独坐蒲团，必然寒冷。陛下差一使命，将嘉酝一樽赐之；妙选美女三人，前去与他侑酒暖足。他若饮其酒，留其女，何愁他不受官爵矣！”明宗从其言，于宫中选二八女子三人，美丽无比；装束华整，更自动人。又将尚方美酝一樽，遣内侍宣赐。内侍口传皇命道：“官家见天气奇冷，特赐美酝消遣；又赐美女与先生暖足，先生万勿推辞。”只见陈抟欣然对使开樽，一饮而尽；送来美人，也不推辞。内侍入宫复命，明宗龙颜大悦。次日，早朝已毕，明宗即差冯丞相亲诣礼贤馆，请陈抟入朝见驾。只等来时，加官授爵。

冯丞相领了圣旨，上马前去。你道请得来，请不来？正是：

神龙不贪香饵，彩凤不入雕笼。

冯丞相到礼贤宾馆看时，只见三个美女，闭在一间空室之中，已不见了陈抟。问那美女道：“陈先生那里去了？”美女答道：“陈先生自饮了御酒，便向蒲团睡去。妾等候至五更方醒。他说：‘劳你们辛苦一夜，无物相赠。’乃题诗一首，教妾收留，回复天子。遂闭妾等于此室，飘然出门而去，不知何往。”冯丞相引着三个美人，回朝见驾。明宗取诗看之，诗曰：

雪为肌体玉为腮，多谢君王送得来。

处士不兴巫峡梦，空烦神女下阳台。

明宗读罢书，叹息不已。差人四下寻访陈抟踪迹，直到隐山旧居，并无影响。不在话下。

却说陈抟这一去，直走到均州武当山。原来这山初名太岳，又唤做太和山；有二十七峰、三十六岩、二十四涧，是真武修道、白日升天之处。后人谓：“此山非真武，不足以当之。”更名武当山。陈抟至武当山，隐于九石岩。

忽一日，有五个白须老叟来问《周易》八卦之义。陈抟与之剖晰微理，因见其颜如红玉，亦问以导养之方。五老告之以蛰法。怎唤做蛰法？凡寒冬时令，天气伏藏，龟蛇之类，皆蛰而不食。当初，有一人因床脚损坏，偶取一龟支之；后十年移床，其龟尚活，此乃服气所致。陈抟得此蛰法，遂能辟谷。或一睡数月不起。若没有这蛰法，睡梦中腹中饥饿，肠鸣起来，也要醒了。

陈抟在武当山住了二十余年，寿已七十余岁。忽一日，五老又来对陈抟说道："吾等五人，乃日月池中五龙也。此地非先生所栖，吾等受先生讲诲之益，当送先生到一个好所在去。"令陈抟："闭目休开！"五老翼之而行。觉两足腾空，耳边惟闻风雨之声。顷刻间，脚跟着地，开眼看时，不见了五老，但见空中五条龙夭矫而逝。陈抟看那去处，乃西岳太华山石上，已不知来了多少路，此乃神龙变化之妙。

陈抟遂留居于此。太华山道士，见其所居没有锅灶，心中甚异，悄地察之。更无他事，惟鼾睡而已。一日，陈抟下九石岩，数月不归。道士疑他往别处去了。后于柴房中，忽见一物，近前看之，乃先生也。正不知几时睡在那里的！搬柴的堆积在上，直待烧柴将尽，方才看见。又一日，有个樵夫在山下割草，见山凹里一个尸骸，尘埃起寸。樵夫心中怜悯，欲取而埋之。提起来看时，却认得是陈抟先生。樵夫道："好个陈抟先生，不知如何死在这里？"只见先生把腰一伸，睁开双眼，说道："正睡得快活，何人搅醒我来？"樵夫大笑。

华阴令王睦，亲到华山求见先生。至九石岩，见光光一片石头，绝无半间茅舍。乃问道："先生寝止在于何所？"陈抟大笑，吟诗一首答之，诗曰：

蓬山高处是吾宫，出即凌风跨晓风。
台榭不将金锁闭，来时自有白云封。

王睦要与他伐木建庵，先生固辞不要。此周世宗显德年间事也。这四句诗直达帝听，世宗知其高士，召而见之，问以国祚长短。陈抟说出四句，道是："好块木头，茂盛无赛。若要长久，添重宝盖。"世宗皇帝本姓柴，名荣，木头茂盛，正合姓名。又有"长久"二字，只道是佳兆，却不知赵太祖代周为帝，国号宋，"木"字添盖乃是"宋"字。宋朝享国长久，先生已预知矣。

且说世宗要加陈抟以极品之爵，陈抟不愿，坚请还山。世宗采其“来时自有白云封”之句，赐号“白云先生”。后因陈桥兵变，赵太祖披了黄袍，即了帝位。先生适乘驴到华阴县，闻知此事，在驴背上拍掌大笑。有人问道：“先生笑什么？”先生道：“你们众百姓造化，造化！天下是今日定了。”

原来后唐末年间，契丹兵起，百姓纷纷避乱。先生在路上闲步，看见一妇人，挑着一个竹篮而走，篮内两头坐两个孩子。先生口吟二句，道是：“莫言皇帝少，皇帝上担挑。”你道那两个孩子是谁？那大的便是宋太祖赵匡胤，那小的便是宋太宗赵匡义，这妇人便是杜太后。先生二十五六年前，便识透宋朝的真命天子了。

又一日，先生游长安市上，遇赵匡胤兄弟和赵普，共是三人，在酒肆饮酒。先生亦入肆沽饮，看见赵普坐于二赵之右，先生将赵普推下去道：“你不过是紫微垣边一个小小星儿，如何敢占在上位？”赵匡胤奇其言。有认得的，指道：“这是白云先生陈抟。”匡胤就问前程之事。陈抟道：“你弟兄两个的星，比他大得多哩！”匡胤自此自负。后来定了天下，屡次差官迎取陈抟入朝，陈抟不肯。后来赵太祖手诏促之，陈抟向使者说道：“创业之君，必须尊崇体貌，以示天下。我等以山野废人，入见天子，若下拜，则违吾性；若不下拜，则亵其体。是以不敢奉诏。”乃于诏书之尾，写四句附奏，云：“九重天诏，休教丹凤衔来；一片野心，已被白云留住。”使者复命，太祖笑而置之。

后太祖晏驾，太宗皇帝即位，念酒肆中之旧，召与相见，说过待以不臣之礼。又赐御诗云：

曾向前朝号“白云”，后来消息杳无闻。

如今若肯随征召，总把三峰乞与君。

先生见诗，乃服华阳巾、布袍、草履，来到东京。见太宗于便殿，只是长揖道："山野废人，与世隔绝，不习跪拜，望陛下优容之。"太宗赐坐，问以修养之道。陈抟对道："天子以天下为一身，假令白日升天，竟何益于百姓？今君明臣良，兴化勤政，功德被乎八荒，荣名流于万世。修炼之道，无出于此。"太宗点头称善，愈加敬重。问道："先生心中，有何所欲？可为朕言之。"陈抟答道："臣无所欲，只愿求一静室。"乃赐居于建隆道观。

其时太宗正用兵征伐河东，遣人问先生胜负消息。先生在使者掌中，写一"休"字，太宗见之不乐。因军马已发，不曾停止。再遣人问先生时，但见他闭目而睡，鼾齁之声，直达户外。明日去看，仍复如此。一连睡了三个月，不曾起身。河东军将，果然无功而返。太宗正当嗟叹，忽见陈抟道冠野服，逍遥而来，直上金銮宝殿。太宗见其不召自来，甚以为异。陈抟道："老夫今日还山，特来辞驾。"太宗闻言，如有所失，欲加抟以帝师之号，筑宫奉事，时时请教。陈抟固辞求去，呈诗一首。诗云：

草泽吾皇诏，图南抟姓陈。
三峰千载客，四海一闲人。
世态从来薄，诗情自得真。
乞全獐鹿性，何处不称臣？

又道："二十年之后，老夫再来候见圣颜。"太宗知不可留，特赐御宴于都堂，使宰相、两禁官员俱侍坐，每人制送行诗一首，以宠其归。又将太华全山，御笔判与陈抟为修真之所，他人不得侵渔。赐号为"白云洞主希夷先生"，听其还山。此太平兴国元年事也。

到端拱五年，太宗皇帝管二十年的乾坤，尚不曾立得太子。长子楚王元佐，因九月九日，不曾预得御宴，纵火烧宫。太宗大怒，废为庶人。心爱第三子襄王元侃，未知他福分如何，口中不言，心下思想："惟有希夷先生陈抟，最善相人。当初在酒肆中，就相定我兄弟二人，当为皇帝，赵普为宰相。如今得他一来，决断其事便好。"转念犹未了，内侍报道："有太华山处士陈抟，叩宫门求见。"太宗大惊，即时宣进，问道："先生此来何意？"陈抟答道："老夫知陛下胸中有疑，特来决之。"太宗大笑道："朕固疑先生有前知之术，今果然也。朕东宫未定，有襄王元侃，宽仁慈爱，有帝王之度，但不知福分如何。烦先生到襄府一看。"陈抟领命，才到襄府门首便回。太宗问道："朕烦先生到襄府看襄王之相，如何不去而回？"陈抟道："老夫已看过了。襄府门前，奉役奔走之人，都有将相之福，何必见襄王哉？"太宗之意遂决。即日宣诏，立襄王为太子，后来真宗皇帝就是。陈抟在京师，又住了一月。忽然辞去，仍归九石岩。

其时，有门人穆伯长、种放等百余人，皆筑室于华山之下，朝夕听讲。惟有五龙蛰法，先生未尝授人。忽一日，遣门人辈于张超谷口，高岩之上，凿一石室。门人不敢违命。室既凿成，先生同门人往观之。其岩最高，望下云烟如翠。先生指道："此毛女所谓'相将入翠烟'也，吾其归于此乎？"言未毕，屈膝而坐，挥门人使去。右手支颐，闭目而逝。年一百一十八岁。门人环守其尸，至七日，容色如生，肢体温软，异香扑鼻。乃制为石匣盛之，仍用石盖；束以铁锁数丈，置于石室。门人方去，其岩自崩，遂成陡绝之势。有五色云，封住谷口，弥月不散。后人因名其处为希夷峡。

到徽宗宣和年间，有闽中道士徐知常，来游华山。见峡上有铁锁垂下，知常攀缘而上，至于石室。见匣盖欹侧，启而观之，惟有仙骨一具，其色红润，香气逼人。知常再拜毕，为整其盖，复攀缘而下。其时徐知常得幸于徽宗，官拜左街道录。将此事奏知天子，天子差知常赍御香一注，重到希夷峡，要取仙骨供养在大内。来到峡边，已不见有铁锁，但见云雾重重，危岩壁立，叹息而返。至今希夷先生蜕骨在张超谷，无复有人见之者矣！有诗为证：

从来处士窃名浮，谁似希夷闲到头？
两隐名山供笑傲，四辞朝命肯淹留。
五龙蛰法前人少，八卦神机后学求。
片片白云迷峡锁，石床高卧足千秋。

第十二卷　史弘肇龙虎君臣会

倦压鳌头请左符，笑寻颍尾为西湖。
二三贤守去非远，六一清风今不孤。
四海共知霜鬓满，重阳曾插菊花无？
聚星堂上谁先到？欲傍金尊倒玉壶。

这一首诗，乃宋朝士大夫刘季孙《寄苏子瞻自翰苑出守杭州》诗。元来东坡先生苏学士凡两次到杭州：先一次，神宗皇帝熙宁二年，通判杭州；第二次，元祐年中，知杭州军州事。所以临安府多有东坡古迹诗句。后来南渡过江，文章之士极多。惟有洪内翰才名，可继东坡之作。洪内翰曾编了《夷坚》三十二志，有一代之史才。在孝宗朝，圣眷甚隆。因在禁林，乞守外郡；累次上章，圣上方允，得知越州绍兴府。是时，淳熙年上到任。时遇春天，有首回文诗，做得极好，乃诗人熊元素所作。诗云：

融融日暖乍晴天，骏马雕鞍绣辔联。
风细落花红衬地，雨微垂柳绿拖烟。
茸铺草色春江曲，雪剪花梢玉砌前。
同恨此时良会罕，空飞巧燕舞翩翩。

若倒转念时，又是一首好诗：

翩翩舞燕巧飞空，罕会良时此恨同。
前砌玉梢花剪雪，曲江春色草铺茸。
烟拖绿柳垂微雨，地衬红花落细风。
联辔绣鞍雕马骏，天晴乍暖日融融。

这洪内翰遂安排筵席于镇越堂上，请众官宴会。那四司六局祗应供过的人都在堂下，甚次第。当日果献时新，食烹异味。酒至三杯，众妓中有一妓，姓王，名英。这王英以纤纤春笋柔荑，捧着一管缠金丝龙笛，当筵品弄一曲。吹得清音嘹亮，美韵悠扬，众官听之大喜。这洪内翰令左右取文房四宝来，诸妓女供侍于面前，对众官乘兴，一时文不加点，扫一只词，唤做《虞美人》。词云：

忽闻碧玉楼头笛，声透晴空碧。宫商角羽任西东，映我奇观惊起碧潭龙。数声呜咽青霄去，不舍《梁州序》。穿去裂石响无踪，惊动梅花初谢玉玲珑。

洪内翰珠玑满腹，锦绣盈肠，一只曲儿，有甚难处？做了呈众官，众官看罢，皆喜道："语意清新，果是佳作。"

方才夸羡不已，只见一个官员，在众中呵呵大笑，言曰："学士作此龙笛词，虽然奇妙，此词八句，偷了古人作的杂诗、词中各一句也。"洪内翰看那官人，乃孔通判讳德明。洪内翰大惊道："孔丈既知如此，可望见教否？"孔通判乃就筵上，从头一一解之。

第一句道："忽闻碧玉楼头笛。"偷了张紫微作《道隐》诗中第四句。诗道：

试问清轩可煞青，霜天孤月照蓬瀛。
广寒宫里琴三弄，碧玉楼头笛一声。
金井辘轳秋水冷，石床茅舍暮云清。
夜来忽作瑶池梦，十二阑干独步行。

第二句道："声透晴空碧。"偷了骆解元作《王娇姿唱词》中第三句。诗道：

谢氏筵中闻雅唱，何人隔幕在帘帷？
一声点破晴空碧，遏住行云不敢飞。

第三句道："宫商角羽任西东。"偷了曹仙姑作《风响》诗中第二句。诗道：

碾玉悬丝挂碧空，宫商角羽任西东。
依稀似曲才堪听，又被风吹别调中。

第四句道："映我奇观惊起碧潭龙。"偷了东坡作《橹》诗中第三、第四句。诗道：

伊轧江心激箭冲，天涯无际去无踪。
遥遥映我奇观处，料应惊起碧潭龙。

过处第五句道："数声呜咽青霄去。"偷了朱淑真作《雁》诗中第四句。

诗道：

伤怀遗我肠千缕，征雁南来无定据。

嘹嘹呖呖自孤飞，数声呜咽青霄去。

第六句道："不舍《梁州序》。"偷了秦少游作《歌舞》诗中第四句。诗道：

纤腰如舞态，歌韵如莺语。

似锦罩厅前，不舍《梁州序》。

第七句道："穿云裂石响无踪。"偷了刘两府作《水底火炮》诗中第三句。诗道：

一激轰然如霹雳，万波鼓动鱼龙息。

穿云裂石响无踪，却虏驱邪归正直。

临了第八句道："惊动梅花初谢玉玲珑。"偷了士人刘改之来谒见婺州陈侍郎作《元宵望江南》词中第四句。词道：

元宵景，天气正融融。柳线正垂金落索，梅花初谢玉玲珑。明月映高空。　　贤太守，欢乐与民同。箫鼓聒残灯火市，轮蹄踏破广寒宫。良夜莫匆匆。

孔通判从头解说罢，洪内翰大喜。众官称叹道："奇哉！奇哉！"洪内翰教左右别办一劝。劝罢，与孔通判道："适间门下解说得甚妙，甚妙！欲求公作《龙笛》词一首，永为珍赐。"孔通判相谢罢，遂作一词，唤做《水调歌头》。词云：

玉人揎皓腕，纤手映朱唇。龙吟越调孤喷，清浊最堪听。欲度宁王一曲，莫学桓伊三弄，听答兀中丁。忆昔知音客，鉴别在柯亭。

至更深，宜月朗，称疏星。天高气爽，霜重水绿与山青。幸遇良宵佳景，轰起一声蕲州，耳畔觉泠泠。裂石穿云去，万鬼尽潜形。

兀的正是：

高才得见高才客，不枉留传纪好音。

说话的，你因甚的头回说这"八难龙笛词"？自家今日不说别的，说两个客人，将一对龙笛蕲材，来东峰东岱岳烧献。只因烧这蕲材，却教郑州奉宁军一个上厅行首，有分做两国夫人，嫁一个好汉，后来为当朝四镇令公，名标青史。直到如今，做几回花锦似话说。这未发迹的好汉，却姓甚名谁？怎地发迹变泰？直教：

纵横宇宙三千里，威镇华夷四百州。

有一诗，单道五代兴亡。诗云：

自从唐季坠朝纲，天下生灵被扰攘。
社稷安危悬卒伍，朝廷轻重系藩方。
深冬寒木固不脱，未旦小星犹有光。
五十三年更五姓，始知迅扫待真王。

却说是五代唐朝里，有两个客人：王一太、王二太，乃兄弟两人。获得一对蕲州出的龙笛材，不曾开成笛。天生奇异，根似龙头之状，世所无者。特地将来兖州奉符县东峰东岱岳殿下火池内烧献。烧罢，圣帝赐与炳灵公。炳灵公遂令康、张二圣前去郑州奉宁军，唤开笛阎招亮来。康、张二圣领命，即时到郑州，变做两个凡人，径来见阎招亮。这阎招亮正在门前开笛，只见两个人来相揖。作揖罢，道："一个官员，有两管龙笛蕲材，欲请待诏便去开则个。这官员急性，开毕重重酬谢，便等同去。"阎招亮即时收拾了作仗，厮赶二人来。顷刻间，到一个所在。阎招亮抬头看时，只见牌上写道："东峰东岱岳。"但见：

群山之祖，五岳为尊。上有三十八盘，中有七十二司。水帘映日，天柱插空。九间大殿，瑞光罩碧瓦凝烟；四面高峰，偃仰见金龙吐雾。竹林寺有影无形，看日山藏真隐圣。

阎招亮理会不下。康、张二圣相引去，参拜了炳灵公。将至一阁子内，已安蕲材在桌上，教阎招亮就此开笛。分付道："此乃阴间，汝不可远去。倘行远失路，难以回归。"分付毕，二圣自去。

招亮片时开成龙笛。吹其声，清幽可爱。等半晌，不见康、张二圣来。招亮默思量起："既到此间，不去看些所在，也须可惜。"遂出阁子来。行不甚远，见一座殿宇，招亮走至廊下，听得静鞭声急，遂去窗缝里偷眼看时，只见：

虾须帘卷，雉尾扇开。冕旒升殿，一人端拱坐中间；簪笏随朝，众圣趋跄分左右。金钟响动，玉磬声频。悠扬天乐五云间，引领百神朝圣帝。

圣帝降辇升殿，众神起居毕。传圣旨："押过公事来。"只见一个汉，项戴长枷，臂连双杻，推将来。阎招亮肚里道："这个汉，好面熟！"一时间，急省不起他是兀谁。再传旨，令押去换铜胆铁心；却令回阳世，为四镇令公，告戒：“切勿妄杀人命。”招亮听得，大惊。忽然一鬼吏喝道：“凡夫怎得在此偷看公事？”当时，阎招亮听得鬼吏叫，急慌走回，来开笛处阁子里坐地。良久之间，康、张二圣，来那阁子里来。见开笛了，同招亮将龙笛来呈。吹其笛，声清韵长。炳灵公大喜道：“教汝福上加福，寿上加寿。”招亮告曰：“不愿加其福寿。招亮有一亲妹阎越英，见为娼妓。但求越英脱离风尘，早得从良，实所愿也。”炳灵公道：“汝有此心，乃凡夫中贤人也，当令汝妹嫁一四镇令公。”招亮拜谢毕，康、张二圣送归。行至山半路高险之处，指招亮看一去处。正看里，被康、张二圣用手打一推，攧将下峭壁岩崖里去。阎待诏吃一惊，猛闪开眼，却在屋里床上，浑家和儿女都在身边。问那浑家道：“做甚的你们都守着我眼泪出？”浑家道：“你前日在门前正做生活里，蓦然倒地，便死去。摸你心头时，有些温，扛你在床上两日。你去下世做甚的来？”招亮从康、张二圣来叫他去许多事，一一都说。屋里人见说，尽皆骇然。自后过了几时，没话说。

时遇冬间，雪降长空，石信道有一首《雪》诗，道得好：

> 六出飞花夜不收，朝来佳景有宸州。
> 重重玉宇三千界，一一琼台十二楼。
> 庾岭寒梅何处放？章台飞絮几时休？
> 还思碧海银蟾畔，谁驾丹山碧凤游？

其雪转大。阎待诏见雪下，当日手冷，不做生活，在门前闲坐地。只见街上一个大汉过去。阎待诏见了，大惊道：“这个人，便是在东岳换铜胆铁心未发迹的四镇令公，却打门前过去，今日不结识，更待何时？”不顾大雪，撩衣大步赶将来。不多几步，赶上这大汉。进一步，叫道："官人拜揖。"那大汉却认得阎招亮，是开笛的，还个喏，道："待诏没甚事？"阎待诏道："今日雪下，天色寒冷。见你过去，特赶来相请，同饮数杯。"便拉入一个酒店里去。这个大汉，姓史，双名弘肇，表字化元，小字憨儿。开道营长行军兵。按《五代史》本传上载道："郑州荥泽人也。为人趻勇，走及奔马。"酒罢，各自归家。

明日，阎待诏到妹子阎越英家，说道："我昨日见一个人来，今日特地来和你说。我多时曾死去两日，东岳开龙笛。见这个人换了铜胆铁心，当为四镇令公，道令你嫁这四镇令公。我日多时，只省不起这个人。昨日忽然见他，我请他吃酒来。"阎越英问道："是兀谁？"阎招亮接口道："是那开道营有情的史大汉。"阎越英听得说是他，好场恶气！"我元来合当嫁这般人？我不信！"

自后阎待诏见史弘肇，须买酒请他。史大汉数次吃阎待诏酒食。一日，路上相撞见，史弘肇遂请阎招亮去酒店里，也吃了几多酒共食。阎待诏要还钱，史弘肇那里肯："相扰待诏多番，今日特地还席。"阎招亮相别了，先出酒店自去。史弘肇看着量酒道："我不曾带钱来，你厮赶我去营里讨还你。"量酒只得随他去。到营门前，遂分付道："我今日没一文，你且去。我明日自送来，还你主人。"量酒厮殢道："归去吃骂，主人定是不肯。"史大汉道："主人不肯后要如何？你会事时，便去；你若不去，教你吃顿恶拳。"量酒没奈何，只得且回。

这史弘肇却走去营门前卖糕糜王公处，说道："大伯，我欠了店上酒钱，没得还。你今夜留门，我来偷你锅子。"王公只当做耍话，归去和那大姆子说："世界上不曾见这般好笑，史憨儿今夜要来偷我锅子，先来说，教我留门。"大姆子见说，也笑。当夜二更三点前后，史弘肇真个来推大门。力气大，推折了门闩。走入来，两口老的听得。大姆子道："且看他怎地？"史弘肇大惊小怪，走出灶前，掇那锅子在地上，道："若还破后，难折还他酒钱。"拿条棒敲得当当响。掇将起来，翻转覆在头上。不知那锅底里有些水，浇了一头一脸，和身上都湿了。史弘肇那里顾得干湿，戴着锅儿便走。王公大叫："有贼！"披了衣服赶将来。地方听得，也赶将来。史弘肇吃赶得慌，撇下了锅子，走入一条巷去躲避。谁知筑底巷，却走了死路。鬼慌盘上去人家萧墙，吃一滑，颠将下去。地方也赶入巷来，见颠将下去，地方叫道："阎妈妈，你后门有贼，跳入萧墙来。"阎行首听得，教奶子点蜡烛去来看时，却不见那贼，只见一个雪白异兽：

光闪烁浑疑素练，貌狰狞恍似堆银。遍身毛抖擞九秋霜，一条尾摇动三尺雪。流星眼争闪电，巨海口露血盆。

阎行首见了，吃一惊。定睛再看时，却是史大汉弯跧蹲在东司边。见了阎行首，失张失志，走起来唱个喏。这阎行首先时见他异相，又曾听得哥哥阎招亮说道他有分发迹，又道我合当嫁他，当时不叫地方捉将去，倒教他入里面藏躲。地方等了一饷，不听得阎行首家里动静。想是不在了，各散去讫。阎行首开了前门，放史弘肇出去。

当夜过了。明日饭后，阎行首教人去请哥哥阎待诏来。阎行首道："哥哥，你前番说史大汉有分发迹，做四镇令公；道我合当嫁他，我当时不信你说。昨夜后门叫有贼，跳入萧墙来。我和奶子点蜡烛去照，只见一只白大虫蹲在地上。我定睛再看时，却是史大汉。我看见他这异相，必竟是个发迹的人。我如今情愿嫁他。哥哥，你怎地做个道理，与我说则个？"阎招亮道："不妨，我只就今日，便要说成这头亲。"阎待诏知道史弘肇是个发迹变泰底人，又见妹子又嫁他，肚里好欢喜，一径来营里寻他。史弘肇昨夜不合去偷王公锅子，日里先少了酒钱，不敢出门；阎待诏寻个恰好，遂请他出来，和他说道："有头好亲，我特来与你说。"史弘肇道："说甚么亲？"阎待诏道："不是别人，是我妹子阎行首。他随身有若干房财，你意下如何？"史弘肇道："好便好，只有三件事，未敢成这头亲。"阎招亮道："有那三件事？但说不妨。"史弘肇道："第一，他家财由吾使；第二，我入门后，不许再着人客；第三，我有一个结拜的哥哥，并南来北往的好汉，若来寻我，由我留他饮食宿卧。如依得这三件事，可以成亲。"阎招亮道："既是我妹子嫁你了，是事都由你。"当日说成这头亲。回复了妹子，两相情愿了。料没甚下财纳礼，拣个吉日良时，到做一身新衣服，与史弘肇穿着了，招他归来成亲。

约过了两个月，忽上司指挥差往孝义店，转递军期文字。史弘肇到那孝义店，过未得一个月，自押铺已下，皆被他无礼过。只是他身边有这钱肯使，舍得买酒请人，因此人都让他。

忽一日，史弘肇去铺屋里睡。押铺道："我没兴添这厮来蒿恼人。"正埋冤哩，只见一个人面东背西而来，向前与押铺唱个喏，问道："有个史弘肇可在这里？”押铺指着道：“见在那里睡。”只因这个人来寻他，有分教史弘肇发迹变泰。这来底人姓甚名谁？正是：

两脚无凭寰海内，故人何处不相逢。

这个来寻史弘肇的人，姓郭，名威，表字仲文，邢州尧山县人。排行第一，唤做郭大郎。怎生模样？

抬左脚，龙盘浅水；抬右脚，凤舞丹墀。红光罩顶，紫雾遮身。尧眉舜目，禹背汤肩。除非天子可安排，以下诸侯压不得。

这郭大郎因在东京不如意，曾扑了潘八娘子钗子；潘八娘子看见他异相，认做兄弟，不教解去官司，倒养在家中，自好了。因去瓦里看，杀了构栏里的弟子，连夜逃走。走到郑州，来投奔他结拜兄弟史弘肇。到那开道营前，问人时，教来孝义店相寻。当日，史弘肇正在铺屋下睡着，押铺遂叫觉他来道：“有人寻你，等多时。”史弘肇焦躁，走将起来，问：“兀谁来寻我？”郭大郎便向前道：“吾弟久别，且喜安乐。”史弘肇认得是他结拜的哥哥，扑翻身便拜。拜毕，相问动静了。史弘肇道：“哥哥，你莫向别处去，只在我这铺屋下，权且宿卧。要钱盘缠，我家里自讨来使。”众人不敢道他甚的，由他留这郭大郎在铺屋里宿卧。郭大郎那里住得几日，涸史弘肇无礼上下。兄弟两人在孝义店上，日逐趁赌，偷鸡盗狗，一味干颡不美，蒿恼得一村疃人过活不得。没一个人不嫌，没一个人不骂。

话分两头。却说后唐明宗归天，闵帝登位。应有内人，尽令出外嫁人。数中有掌印柴夫人，理会得些个风云气候，看见旺气在郑州界上，遂将带房奁，望旺气而来。来到孝义店王婆家安歇了，要寻个贵人。柴夫人住了几日，看街上往来之人，皆不入眼。看着王婆道：“街上如何直恁地冷静？”王婆道：“覆夫人，要热闹容易。夫人放买市，这经纪人都来赶趁，街上便热闹。”夫人道：“婆婆也说得是。”便教王婆四下说教人知：“来日柴夫人买市。”

郭大郎兄弟两人听得说，商量道：“我们何自撰几钱买酒吃？明朝卖甚的好？”史弘肇道：“只是卖狗肉。问人借个盘子和架子、砧刀，那里去偷只狗子，把来打杀了，煮熟去卖，却不须去上行。”郭大郎道：“只是坊佐人家，没这狗子；寻常被我们偷去煮吃尽了，近来都不养狗了。”史弘肇道：“村东王保正家有只好大狗子，我们便去对付休。”两个径来王保正门首。一个引那狗子，一个把条棒，等他出来，要一棒捍杀打将去。王保正看见了，便把三百钱出来道："且饶我这狗子，二位自去买碗酒吃。"史弘肇道："王保正，你好不近道理！偌大一只狗子，怎地只把三百钱出来？须亏我。"郭大郎道："看老人家面上，胡乱拿去罢。"两个连夜又去别处偷得一只狗子，剥干净了，煮得稀烂。

明日，史弘肇顶着盘子，郭大郎驼着架子，走来柴夫人幕次前，叫声："卖肉。"放下架子，阁那盘子在上。夫人在帘子里看见郭大郎，肚里道："何处不觅？甚处不寻？这贵人却在这里。"使人从把出盘子来，教簇一盘。郭大郎接了盘子，切那狗肉。王婆正在夫人身边，道："覆夫人，这个是狗肉，贵人如何吃得？"夫人道："买市为名，不成要吃？"教管钱的支一两银子与他。郭大郎兄弟二人接了银子，唱喏谢了自去。

少间，买市罢。柴夫人看着王婆道："问婆婆，央你一件事。"王婆道："甚的事？"夫人道："先时卖狗肉的两个汉子，姓甚的？在那里住？"王婆："这两个最不近道理。切肉的姓郭，顶盘子姓史，都在孝义坊铺屋下睡卧。不知夫人问他两个，做甚么？"夫人说："奴要嫁这一个切肉姓郭的人，就央婆婆做媒，说这头亲则个。"王婆道："夫人偌大个贵人，怕没好亲得说，如何要嫁这般人？"夫人道："婆婆莫管，自看见他是个发迹变泰的贵人，婆婆便去说则个。"王婆既见夫人恁地说，即时便来孝义店铺屋里，寻郭大郎，寻不见。押铺道："在对门酒店里吃酒。"王婆径过来酒店门口，揭那青布帘，入来见了他弟兄两个，道："大郎，你却吃得酒下！有场天来大喜事，来投奔你，划地坐得牢里！"郭大郎道："你那婆子，你见我撰得些个银子，你便来要讨钱。我钱却没与你，要便请你吃碗酒。"王婆便道："老媳妇不来讨酒吃。"郭大郎道："你不来讨酒吃，要我一文钱也没。你会事时，吃碗了去。"史弘肇道："你那婆子，忒不近道理！你知我们性也不好，好意请你吃碗酒，你却不吃。一似你先时破我的肉是狗肉，几乎教我不撰一文；早是夫人教买了。你好羞人，兀自有那面颜来讨钱！你信道我和酒也没，索性请你吃一顿拳踢去了。"王婆道："老媳妇不是来讨酒和钱。适来夫人问了大郎，直是欢喜，要嫁大郎，教老媳妇来说。"郭大郎听得说，心中大怒，用手打王婆一个漏掌风。王婆倒在地上道："苦也！我好意来说亲，你却打我！"郭大郎道："兀谁调发你来厮取笑！且饶你这婆子，你好好地便去，不打你。他偌大个贵人，却来嫁我？”王婆鬼慌，走起来，离了酒店，一径来见柴夫人。夫人道：“婆婆说亲不易。”王婆道：“教夫人知，因去说亲，吃他打来。道老媳妇去取笑他。”夫人道：“带累婆婆吃亏了。没奈何，再去走一遭。先与婆婆一只金钗子，事成了，重重谢你。”王婆道：“老媳妇不敢去。再去时，吃他打杀了，也没人劝。”夫人道：“我理会得。你空手去说亲，只道你去取笑他；我教你把这件物事将去为定，他不道得不肯。”王婆问道：“却是把甚么物事去？”夫人取出来，教那王婆看了一看，唬杀那王婆。这件物，却是甚的物？

君不见张负有女妻陈平，家居陋巷席为门。门外多逢长者辙，丰姿不是寻常人。又不见单父吕公善择婿，一事樊侯一刘季。风云际会十年间，樊作诸侯刘作帝。从此英名传万古，自然光采生门户。君看如今嫁女家，只择高楼与豪富。

夫人取出定物来，教王婆看，乃是一条二十五两金带。教王婆把去，定这郭大郎。王婆虽然适间吃了郭大郎的亏，凡事只是利动人心，得了夫人金钗子，又有金带为定，便忍脚不住。即时提了金带，再来酒店里来。

王婆路上思量道：“我先时不合空手去，吃他打来。如今须有这条金带，他不成又打我？”来到酒店门前，揭起青布帘，他兄弟两个，兀自吃酒未了。走向前，看着郭大郎道：“夫人教传语，恐怕大郎不信，先教老媳妇把这条二十五两金带来定大郎，却问大郎讨回定。”郭大郎肚里道：“我又没一文，你自要来说。是与不是，我且落得拿了这条金带，却又理会。”当时叫王婆且坐地，叫酒保添只盏来，一道吃酒。吃了三盏酒，郭大郎觑着王婆道：“我那里来讨物事做回定？”王婆道：“大郎身边胡乱有甚物，老媳妇将去，与夫人做回定。”郭大郎取下头巾，除下一条鏖糟臭油边子来，教王婆把去做回定。王婆接了边子，忍笑不住，道：“你的好省事！”王婆转身回来，把这边子递与夫人。夫人也笑了一笑，收过了。

自当日定亲以后，免不得拣个吉日良时，就王婆家成这亲。遂请叔叔史弘肇，又教人去郑州请婶婶阎行首来相见了。柴夫人就孝义店嫁了郭大郎，却卷帐回到家中，住了几时。夫人忽一日看着丈夫郭大郎道：“我夫若只在此相守，何时会得发迹？不若写一书，教我夫往西京河南府，去见我母舅符令公，可求立身进步之计，若何？”郭大郎道：“深感吾妻之意。”遂依其言。柴夫人修了书，安排行装，择日教这贵人上路。

行时红光罩体，坐后紫雾随身。朝登紫陌，一条捍棒作朋俦；暮宿邮亭，壁上孤灯为伴侣。他时变豹贵非常，今日权为途路客。

这贵人，路上离不得饥餐渴饮，夜住晓行。不则一日，到西京河南府，讨了个下处。这郭大郎当初来西京，指望投奔符令公，发迹变泰。怎知道却惹一场横祸，变得人命交加。正是：

未酬奋翼冲霄志，翻作连天大地囚。

郭大郎到西京河南府看时，但见：

州名豫郡，府号河南。人烟聚百万之多，形势尽一时之胜。城池广阔，六街内士女骈阗；井邑繁华，九陌上轮蹄来往。风传丝竹，谁家别院奏清音？香散绮罗，到处名门开丽景。东连巩县，西接渑池，南通洛口之饶，北控黄河之险。金城缭绕，依稀似偃月之形；雉堞巍峨，仿佛有参天之状。虎符龙节王侯镇，朱户红楼将相家。休言昔日皇都，端的今时胜地。正是：春如红锦堆中过，夏若青罗帐里行。

郭大郎在安歇处过了一夜，明早，却待来将这书去见符令公。猛自思量道："大丈夫倚着一身本事，当自立功名；岂可用妇人女子之书，以图进身乎？"依旧收了书，空手径来衙门前招人牌下，等着部署李霸遇，来投见他。李霸遇问道："你曾带得来么？"贵人道："带得来。"李部署问："是甚的？"郭大郎言："是十八般武艺。"李霸遇所说，本是见面钱。见说十八般武艺，不是头了，口里答应道："候令公出厅，教你参谒。"比及令公出厅，却不教他进去。

自从当日起，日逐去俟候，耽搁了两个来月，不曾得见令公。店都知见贵人许多日不曾见得符令公，多口道："官人，你枉了日逐去俟候。李部署要钱，官人若不把与他，如何得见符令公？"贵人听得说，怒从心上起，恶向胆边生："元来这贼，却是如此！"

当日不去衙前俟候，闷闷不已，在客店前闲坐。只见一个扑鱼的在门前叫扑鱼，郭大郎遂叫住扑。只一扑，扑过了鱼。扑鱼的告那贵人道："昨夜迫划得几文钱，买这鱼来扑，指望赢几个钱去养老娘。今日出来，不曾扑得一文；被官人一扑扑过了，如今没这钱归去养老娘。官人可以借这鱼去前面扑，赢得几个钱时，便把来还官人。"贵人见他说得孝顺，便借与他鱼去扑。分付他道："如有人扑过，却来说与我知。"扑鱼的借得那鱼去扑，行到酒店门前，只见一个人叫："扑鱼的在那里？"因是这个人在酒店里叫扑鱼，有分郭大郎拳手相交，就酒店门前变做一个小小战场。

这叫扑鱼的是甚么人？

从前积恶欺天，今日上苍报应。

酒店里叫住扑鱼的，是西京河南府部署李霸遇。在酒店里吃酒，见扑鱼的，遂叫入酒店里去扑。扑不过，输了几文钱，径硬拿了鱼。扑鱼的不敢和他争，走回来说向郭大郎道："前面酒店里，被人拿了鱼，却赢得他几文钱，男女纳钱还官人。"贵人听得说，道："是甚么人？好不谙事！既扑不过，如何拿了鱼？鱼是我的，我自去问他讨。"这贵人不去讨，万事俱休。到酒店里看那人时，仇人厮见，分外眼睁。不是别人，却是部署李霸遇。贵人一分焦躁变做十分焦躁，在酒店门前，看着李霸遇道："你如何拿了我的鱼？"李霸遇道："我自问扑鱼的要这鱼，如何却是你的？"贵人拍着手道："我西京投事，你要我钱，耽搁我在这里两个来月，不教我见令公。你今日对我，有何理说？"李霸遇道："你明日来衙门，我周全你。"贵人大骂道："你这砍头贼，闭塞贤路，我不算你，我和你就这里比个大哥二哥！"郭大郎先脱膊，众人喊一声。原来贵人幼时曾遇一道士，那道士是个异人，替他右项上刺着几个雀儿，左项上刺几根稻谷，说道："若要富贵足，直待雀衔谷。"从此人都唤他是郭雀儿，到登极之日，雀与谷果然凑在一处。此是后话。这日郭大郎脱膊，露出花项，众人喝采。正是：

近觑四川十样锦，远观洛汭一团花。

李霸遇道："你真个要厮打？你只不要走！"贵人道："你莫胡言乱语，要厮打快来！"李霸遇脱膊，露出一身乾乾鞑鞑的横肉，众人也喊一声。好似：

生铁铸在火池边，怪石镌来坟墓畔。

二人拳手厮打，四下人都观看。一肘二拳，三翻四合，打到分际，众人齐喊一声，一个汉子在血泺里卧地。当下却是输了兀谁？

作恶欺天在世间，人人背后把眉攒。

只知自有安身术，岂畏灾来在目前？

郭大郎正打那李霸遇，直打到血流满地。听得前面头踏指约，喝道："令公来。"符令公在马上，见这贵人红光罩定，紫雾遮身，和李霸遇厮打。李霸遇那里奈何得这贵人？符令公教手下人："不要惊动，为我召来。"手下人得了钧旨，便来好好地道："两人且莫厮打，令公钧旨，教来府内相见。”二人同至厅下。符令公看这人时，生得：尧眉舜目，禹背汤肩。令公钧旨，便问郭大郎道：“那里人氏？因甚行打李霸遇？”贵人复道：“告令公，郭威是邢州尧山县人氏，远来贵府投事。李霸遇要郭威钱，不令郭威参见令公钧颜，耽搁在旅店两月有余。今日撞见，因此行打，有犯台颜。小人死罪，死罪！”符令公问道：“你既然远来投奔，会甚本事？”郭大郎复道：“郭威十八般武艺尽都通晓。”令公钧旨：教李霸遇与郭威就当厅使棒。李霸遇先时已被这贵人打了一顿，奈何不得这贵人。复令公道：“李霸遇使棒不得。适间被郭威暗算，打损身上。”令公钧旨定要使棒。郭威看着李霸遇道：“你道我暗算你？这里比个大哥二哥！”二人把棒在手，唱了喏，部者喝教二人放对。

山东大擂，河北夹枪。山东大擂，鳌鱼口内喷来；河北夹枪，昆仑山头泻出。三转身，两颠脚。旋风响，卧乌鸣。遮拦架隔，有如素练眼前飞；打龊支撑，不若耳边风雨过。

两人就在厅前使那棒，一上一下，一来一往，斗不得数合，令公符彦卿在厅上看见，喝采不迭。

羊祜病中推杜预，叔牙囚里荐夷吾。
堪嗟四海英雄辈，若个男儿识丈夫？

两人就厅下使棒。李霸遇那里奈何得这贵人？被郭大郎一棒打番。符令公大喜！即时收在帐前，遂差这贵人做大部署，倒在李霸遇之上。郭大郎拜谢了令公，在河南府当职役。过了儿时，没话说。

忽一日，郭部署出衙门闲干事。行至市中，只见食店前一个官人，坐在店前大惊小怪，呼左右教打碎这食店。贵人一见，遂问过卖：“这官人因甚的在此喧哄寻闹？”过卖扯着部署在背后去告诉道：“这官人乃是地方中有名的尚衙内，半月前见主人有个女儿，十八岁，大有颜色。这官人见了一面，归去教人来传语道：‘太夫人教请小娘子过来说话则个。若是你家缺少钱物，但请见谕。’主人道：‘我家岂肯卖女儿？只割舍得死！’尚衙内见主人不肯，今日来此掀打。”贵人见说，怒从心上起，恶向胆边生。雄威动，凤眼圆睁；烈性发，龙眉倒竖。两条忿气，从脚底板贯到顶门。心头一把无明火，高三千丈，按捺不下。郭部署向前与尚衙内道：“凡人要存仁义，暗室欺心，神目如电。尊官不可以女色而失正道。郭威言轻，请尊官上马若何？”衙内焦躁道：“你是何人？”贵人道：“姓郭，名威，乃是河南府符令公手下大部署。”衙内说：“各无所辖。焉能管我？左右，为我殴打这厮！”贵人大怒道：“我好意劝你，却教左右打我，你不识我性！”用左手捽住尚衙内，右手就身边拔出压衣刀在手，手起刀落，尚衙内性命如何？

欲除天下不平事，方显人间大丈夫。

郭部署路见不平，杀了尚衙内，一行人从都走。

贵人径来河南府内自首。符令公出厅，贵人复道：“告令公，郭威杀了欺压良善之贼，特来请罪。”符令公问了起末，喝左右取长枷枷了，押下司理院问罪。怎见得司理院的利害？

古名“廷尉”，亦号“推官”。果然是事不通风，端的底令人丧胆。庞眉节级，执黄荆俨似牛头；努目押牢，持铁索浑如罗刹。枷分三等，取勘情重情轻；牢眼四方，分别当生当死。风声紧急，乌鸦鸣噪勘官厅；日影参差，绿柳遮笼萧相庙。转头逢五道，开眼见阎王。

当日，那承吏王琇承了这件公事。罪人入狱，教狱子绑在廓上，一面勘问。不多时，符令公钧旨，叫王琇来偏厅上。令公见王琇，遂分付几句，又把笔去那桌子面上写四字。王琇看时，乃是：“宽容郭威。”王琇道：“律有明条，领钧旨。”令公焦躁，遂转屏风入府堂去。王琇急慌唱了喏，闷闷不已，径回来司房，伏案而睡。见一条小赤蛇儿，戏于案上。王琇道：“作怪！”遂赶这蛇。急赶急走，慢赶慢走；赶至东乙牢，这蛇入牢眼去，走上贵人枷上，入鼻内从七窍中穿过。王琇看这个贵人时，红光罩定，紫雾遮身。理会未下，就司房里，飒然睡觉。元来人困后，多是肚中不好了，有那与决不下的事；或是手头窘迫，忧愁思虑。故“困”字着个“贫”字，谓之“贫困”“愁”字，谓之“愁困”“忧”字，谓之“忧困”；不成“喜困”“欢困”。王琇得了这一梦，肚里道：“可知符令公教我宽容他，果然好人识好人。”王琇思量半晌，只是未有个由头出脱他。不知这贵人直有许多撅扑：自幼便没了亲爹，随母嫁潞州常家；后来因事离了河北，筑筑磕磕，受了万千不易，甫能得符令公周全，做大部署；又去闲管事，惹这场横祸。至夜，居民遗漏。王琇眉头一纵，计从心上来。只就当夜，教这贵人出牢狱。当时王琇思量出甚计来？正是：

袖中伸出拿云手，提起天罗地网人。

当夜黄昏后，忽居民遗漏。王琇急去禀令公，要就热乱里放了这贵人，只做因火狱中走了。令公大喜！元来令公日间已写下书，只要做道理放他，遂付书与王琇。王琇接了书，来狱中疏了贵人戴的枷；拿顶头巾，教贵人裹了；把符令公的书与贵人。分付道："令公教你去汴京见刘太尉，可便去，不宜迟。"贵人得放出，火尚未灭。趁那撩乱之际，急走去部署房里，收拾些钱物，当夜迤逦奔那汴京开封府路上来。

不则一日，到开封府，讨了安歇处。明日早，径往殿司衙门俟候下书。等候良久，刘太尉朝殿而回。只见：

青凉伞招聆如云，马领下珠缨拂火。

乃是侍卫亲军、左金吾卫、上将军、殿前都指挥使刘知远。贵人走向前，应声喏，覆道："西京符令公有书拜呈，乞赐台览。"刘太尉教人接了书，随入衙。刘太尉拆开书看了，教下书人来厅前参拜了。刘太尉见郭威生得清秀，是个发迹的人，留在帐前作牙将使唤，郭威拜谢讫。

自后过来得数日，刘太尉因操军回衙，打从桑维翰丞相府前过。是日，桑维翰与夫人在看街里，观着往来军民。刘知远头踏，约有三百余人，真是威严可畏。夫人看着桑维翰道："相公见否？"桑维翰道："此是刘太尉。"夫人说："此人威严若此，想官大似相公。"桑维翰笑曰："此一武夫耳，何足道哉？看我呼至帘前，使此人鞠躬听命。"夫人道："果如是，妾当奉劝；如不应其言，相公当劝妾一杯酒。"桑维翰即时令左右呼召刘太尉，又令人安靴在帘里。传钧旨赶上刘太尉，取覆道："相公呼召太尉。"刘知远随即到府前下马，至堂下躬身应喏。正是：

直饶百万将军贵，也须堂下拜靴尖。

刘太尉在堂下俟候，耽搁了半日，不闻钧旨。桑维翰与夫人饮酒，忘了发付，又没人敢去禀覆。至晚，刘太尉只得且归，到衙内焦躁道："大丈夫功名，自以弓马得之，今反被腐儒相侮。"到明日五更，至朝见处，见桑维翰下马，入阁子里去。刘知远心中大怒："昨日侮我，教我看靴尖唱喏，今日有何面目相见？"因此怀忿，在朝见处，有犯桑维翰，晋帝遂令刘知远出镇太原府。那里是刘知远出镇太原府？则是那史弘肇合当出来，发迹变泰！正是：

特意种花栽不活，等闲携酒却成欢。

刘知远出镇太原府为节度使，日下朝辞出国门。择了日，进发赴任。刘太尉先同帐下官属，带行亲随起发，前往太原府。留郭牙将在后，管押

钩眷。行李担仗，当日起发。

朱旗飐飐，彩帜飘飘。带行军卒，人人腰挎剑和刀；将佐亲随，个个腕悬鞭与简。晨鸡啼后，束装晓别孤村；红日斜时，策马暮登高岭。经野市，过溪桥；歇邮亭，宿旅驿。早起看浮云陪晓翠，晚些见落日伴残霞。

指那万水千山，迤逦前进。刘知远方行得一程，见一所大林：

干耸千寻，根盘百里。掩映绿阴似障，槎牙怪木如龙。下长灵芝，上巢彩凤。柔条微动，生四野寒风；嫩叶初开，铺半天云影。阔遮十里地，高拂九霄云。

刘太尉方欲待过，只见前面走出一队人马，拦住路。刘太尉吃一惊，将为道是强人，却待教手下将佐安排去抵敌。只见众人摆列在前，齐唱一声喏。为首一人禀复道："侍卫司差军校史弘肇，带领军兵，接太尉节使上太原府。"刘知远见史弘肇生得英雄，遂留在手下为牙将。史弘肇不则一日，随太尉到太原府。后面钩眷到，史弘肇见了郭牙将，扑翻身体便拜。兄弟两人再厮见，又都遭际刘太尉，两人为左右牙将。后因契丹灭了石晋，刘太尉起兵入汴，史、郭二人为先锋，驱除契丹，代晋家做了皇帝，国号后汉。史弘肇自此直发迹，做到单、滑、宋、汴四镇令公。富贵荣华，不可尽述。

碧油幢拥，皂纛旗开。壮士携鞭，佳人捧扇。冬眠红锦帐，夏卧碧纱厨。两行红袖引，一对美人扶。

这话本是京师老郎流传。若按欧阳文忠公所编的《五代史》正传上载道：梁末调民，七户出一兵。弘肇为兵，隶开道指挥，选为禁军，汉高祖典禁军为军校。其后汉高祖镇太原，使将武节左右指挥，领雷州刺史。以功拜忠武军节度使，侍卫步军都指挥使。再迁侍卫亲军马步军都指挥使，领归德军节度使，同中书门下平章事。后拜中书令。周太祖郭威即位之日，弘肇已死，追封郑王。诗曰：

结交须结英与豪，劝君莫结儿女曹。
英豪际会皆有用，儿女柔脆空烦劳。

第十三卷　范巨卿鸡黍死生交

种树莫种垂杨枝，结交莫结轻薄儿。杨枝不耐秋风吹，轻薄易结还易离。君不见、昨日书来两相忆，今日相逢不相识！不如杨枝犹可久，一度春风一回首。

这篇言语是《结交行》，言结交最难。今日说一个秀才，乃汉明帝时人，姓张名劭，字元伯，是汝州南城人氏。家本农业，苦志读书；年三十五岁，不曾婚娶。其老母年近六旬，并弟张勤努力耕种，以供二膳。时汉帝求贤。劭辞老母，别兄弟，自负书囊，来到东都洛阳应举。在路非只一日。到洛阳不远，当日天晚，投店宿歇。是夜，常闻邻房有人声唤。劭至晚问店小二："间壁声唤的是谁？"小二答道："是一个秀才，害时症，在此将死。"劭曰："既是斯文，当以看视。"小二曰："瘟病过人，我们尚自不去看他；秀才，你休去！"劭曰："死生有命，安有病能过人之理？吾须视之。"小二劝不住。劭乃推门而入，见一人仰面卧于土榻之上，面黄肌瘦，口内只叫："救人！"劭见房中书囊、衣冠，都是应举的行动，遂扣头边而言曰："君子勿忧，张劭亦是赴选之人。今见汝病至笃，吾竭力救之。药饵粥食，吾自供奉，且自宽心。"其人曰："若君子救得我病，容当厚报。"劭随即挽人请医用药调治。蚤晚汤水粥食，劭自供给。

数日之后，汗出病减，渐渐将息，能起行立。劭问之，乃是楚州山阳人氏，姓范，名式，字巨卿，年四十岁。世本商贾，幼亡父母，有妻小。近弃商贾，来洛阳应举。比及范巨卿将息得无事了，误了试期。范曰："今因式病，有误足下功名，甚不自安。"劭曰："大丈夫以义气为重，功名富贵，乃微末耳。已有分定，何误之有？"范式自此与张劭情如骨肉，结为兄弟。式年长五岁，张劭拜范式为兄。

结义后，朝暮相随，不觉半年。范式思归，张劭与计算房钱，还了店家。二人同行数日，到分路之处，张劭欲送范式。范式曰："若如此，某又送回。不如就此一别，约再相会。"二人酒肆共饮，见黄花红叶，妆点秋光，以助别离之兴。酒座间杯泛茱萸，问酒家，方知是重阳佳节。范式曰："吾幼亡父母，屈在商贾。经书虽则留心，奈为妻子所累。幸贤弟有老母在堂，汝母即吾母也，来年今日，必到贤弟家中，登堂拜母，以表通家之谊。"张劭曰："但村落无可为款，倘蒙兄长不弃，当设鸡黍以待，幸勿失信。"范式曰："焉肯失信于贤弟耶？"二人饮了数杯，不忍相舍。张劭拜别范式。范式去后，劭凝望堕泪；式亦回顾泪下，两各怕怏而去。有诗为证：

手采黄花泛酒卮，殷勤先订隔年期。

临歧不忍轻分别，执手依依各泪垂。

且说张元伯到家，参见老母。母曰："吾儿一去，音信不闻，令我悬望，如饥似渴。"张劭曰："不孝男于途中遇山阳范巨卿，结为兄弟，以此逗留多时。"母曰："巨卿何人也？"张劭备述详细。母曰："功名事，皆分定。既逢信义之人结交，甚快我心。"少刻，弟归，亦以此事从头说知，各各欢喜。

自此张劭在家，再攻书史，以度岁月。光阴迅速，渐近重阳。劭乃预先畜养肥鸡一只，杜酝浊酒。是日蚤起，洒扫草堂；中设母座，旁列范巨卿位；遍插菊花于瓶中，焚信香于座上。呼弟宰鸡炊饭，以待巨卿。母曰："山阳至此，迢递千里，恐巨卿未必应期而至。待其来，杀鸡未迟。"劭曰："巨卿，信士也，必然今日至矣，安肯误鸡黍之约？入门便见所许之物，足见我之待久。如候巨卿来，而后宰之，不见我惓惓之意。"母曰："吾儿之友，必是端士。”遂烹炰以待。

是日，天晴日朗，万里无云。劭整其衣冠，独立庄门而望。看看近午，不见到来。母恐误了农桑，令张勤自去田头收割。张劭听得前村犬吠，又往望之，如此六七遭。因看红日西沉，现出半轮新月，母出户令弟唤劭曰：“儿久立倦矣！今日莫非巨卿不来？且自晚膳。”劭谓弟曰：“汝岂知巨卿不至耶？若范兄不至，吾誓不归。汝农劳矣，可自歇息。”母弟再三劝归，劭终不许。

候至更深，各自歇息。劭倚门如醉如痴，风吹草木之声，莫是范来，皆自惊讶。看见银河耿耿，玉宇澄澄，渐至三更时分，月光都没了。隐隐见黑影中，一人随风而至。劭视之，乃巨卿也。再拜踊跃而大喜曰：“小弟自蚤直候至今，知兄非爽信也，兄果至矣。旧岁所约鸡黍之物，备之已久。路远风尘，别不曾有人同来？”便请至草堂，与老母相见。范式并不答话，径入草堂。张劭指座榻曰：“特设此位，专待兄来，兄当高座。”张劭笑容满面，再拜于地曰：“兄既远来，路途劳困，且未可与老母相见。杜酿鸡黍，聊且充饥。”言讫又拜。范式僵立不语，但以衫袖反掩其面。劭乃自奔入厨下，取鸡黍并酒，列于面前，再拜以进。曰：“酒肴虽微，劭之心也，幸兄勿责。”但见范于影中，以手绰其气而不食。劭曰：“兄意莫不怪老母并弟不曾远接，不肯食之？容请母出与同伏罪。”范摇手止之。劭曰：“唤舍弟拜兄，若何？”范亦摇手而止之。劭曰：“兄食鸡黍后进酒，若何？”范蹙其眉，似教张退后之意。劭曰：“鸡黍不足以奉长者，乃劭当日之约，幸勿见嫌。”范曰：“弟稍退后，吾当尽情诉之。吾非阳世之人，乃阴魂也。”劭大惊曰：“兄何故出此言？”范曰：“自与兄弟相别之后，回家为妻子口腹之累，溺身商贾中。尘世滚滚，岁月匆匆，不觉又是一年。向日鸡黍之约，非不挂心；近被蝇利所牵，忘其日期。今蚤邻右送茱萸酒至，方知是重阳。忽记贤弟之约，此心如醉。山阳至此，千里之隔，非一日可到。若不如期，贤弟以我为何物？鸡黍之约，尚自爽信，何况大事乎？寻思无计。常闻古人有云：人不能行千里，魂能日行千里。遂嘱咐妻子曰：‘吾死之后，且勿下葬，待吾弟张元伯至，方可入土。’嘱罢，自刎而死。魂架阴风，特来赴鸡黍之约。万望贤弟怜悯愚兄，恕其轻忽之过，鉴其凶暴之诚；不以千里之程，肯为辞亲，到山阳一见吾尸，死亦瞑目无憾矣。”言讫，泪如迸泉，急离坐榻，下阶砌。劭乃趋步逐之，不觉忽踏了苍苔，颠倒于地。阴风拂

面，不知巨卿所在。有诗为证：

风吹落月夜三更，千里幽魂叙旧盟。

只恨世人多负约，故将一死见平生。

张劭如梦如醉，放声大哭。那哭声，惊动母亲并弟，急起视之，见堂上陈列鸡黍酒果，张元伯昏倒于地。用水救醒，扶到堂上，半晌不能言，又哭至死。母问曰：“汝兄巨卿不来，有甚利害？何苦自哭如此！”劭曰：“巨卿以鸡黍之约，已死于非命矣。”母曰：“何以知之？”劭曰：“适间亲见巨卿到来，邀迎入坐，具鸡黍以迎。但见其不食，再三恳之。巨卿曰：为商贾用心，失忘了日期。今蚤方醒，恐负所约，遂自刎而死。阴魂千里，特来一见。母可容儿亲到山阳葬兄之尸，儿明早收拾行李便行。”母哭曰：“古人有云：囚人梦赦，渴人梦浆。此是吾儿念念在心，故有此梦警耳。”劭曰：“非梦也，儿亲见来，酒食见在；逐之不得，忽然颠倒，岂是梦乎？巨卿乃诚信之士，岂妄报耶！”弟曰：“此未可信。如有人到山阳去，当问其虚实。”劭曰：“人禀天地而生，天地有五行，金、木、水、火、土，人则有五常，仁、义、礼、智、信以配之，惟信非同小可。仁所以配木，取其生意也；义所以配金，取其刚断也；礼所以配水，取其谦下也；智所以配火，取其明达也；信所以配土，取其重厚也。圣人云：‘大车无輗，小车无軏，其何以行之哉？’又云：‘自古皆有死，民无信不立。’巨卿既已为信而死，吾安可不信而不去哉？弟专务农业，足可以奉老母；吾去之后，倍加恭敬；晨昏甘旨，勿使有失。”遂拜辞其母曰：“不孝男张劭，今为义兄范巨卿为信义而亡，须当往吊。已再三叮咛张勤，令侍养老母。母须蚤晚勉强饮食，勿以忧愁，自当善保尊体。劭于国不能尽忠，于家不能尽孝，徒生于天地之间耳。今当辞去，以全大信。”母曰：“吾儿去山阳，千里之遥，月余回，何故出不利之语？”劭曰：“生如浮沤，死生之事，旦夕难保。”恸哭而拜。弟曰：“勤与兄同去，若何？”元伯曰：“母亲无人侍奉，汝当尽力事母，勿令吾忧。”洒泪别弟，背一个小书囊，来蚤便行。有诗为证：

辞亲别弟到山阳，千里迢迢客梦长。

岂为友朋轻骨肉？只因信义迫中肠。

沿路上饥不择食，寒不思衣。夜宿店舍，虽梦中亦哭。每日蚤起赶程，恨不得身生两翼。行了数日，到了山阳。问巨卿何处住，径奔至其家门首。见门户锁着，问及邻人。邻人曰：“巨卿死已过二七，其妻扶灵柩，往郭外去下葬。送葬之人，尚自未回。”劭问了去处，奔至郭外，望见山林前新筑一所土墙，墙外有数十人，面面相觑，各有惊异之状。劭汗流如雨，走往观之。见一妇人，身披重孝；一子约有十七八岁，伏棺而哭。元伯大叫曰：“此处莫非范巨卿灵柩乎？”其妇曰：“来者莫非张元伯乎？”张曰：“张劭自来不曾到此，何以知名姓耶？”妇泣曰：“此夫主再三之遗言也。夫主范巨卿，自洛阳回，常谈贤叔盛德。前者重阳日，夫主忽举止失措。对妾曰：我失却元伯之大信，徒生何益！常闻人不能行千里，吾宁死，不敢有误鸡黍之约。死后且不可葬，待元伯来见我尸，方可入土。今日已及二七，人劝云：‘元伯不知何日得来，先葬讫，后报知未晚。’因此扶柩到此。众人拽棺入金井，并不能动，因此停住坟前，众都惊怪。见叔叔远来如此慌速，必然是也。”元伯乃哭倒于地。妇亦大恸，送殡之人，无不下泪。

元伯于囊中取钱，令买祭物，香烛纸帛，陈列于前。取出祭文，酹酒再拜，号泣而读。文曰：

维某年 月 日，契弟张劭。谨以炙鸡絮酒，致祭于仁兄巨卿范君之灵曰：於维巨卿，气贯虹霓，义高云汉。幸倾盖于穷途，缔盍簪于荒店。黄花九日，肝膈相盟；青剑三秋，头颅可断。堪怜月下凄凉，恍似日间眷恋。弟今辞母，来寻碧水青松；兄亦嘱妻，伫望素车白练。故友那堪死别，谁将金石盟寒？丈夫自是生轻，欲把昆吾锷按。历千古而不磨，期一言之必践。倘灵爽之犹存，料冥途之长伴。呜呼哀哉！尚飨。

元伯发棺视之，哭声恸地。回顾嫂曰：“兄为弟亡，岂能独生耶？囊中已具棺椁之费，愿嫂垂怜，不弃鄙贱，将劭葬于兄侧，平生之大幸也。”嫂曰："叔何故出此言也？"劭曰："吾志已决，请勿惊疑。"言讫，制佩刀自刎而死。众皆惊愕，为之设祭，具衣棺营葬于巨卿墓中。

本州太守闻知，将此事表奏。明帝怜其信义深重，两生虽不登第，亦可褒赠，以励后人。范巨卿赠山阳伯，张元伯赠汝南伯。墓前建庙，号"信义之祠"，墓号"信义之墓"。旌表门闾。官给衣粮，以膳其子。巨卿子范纯绶，及第进士，官鸿胪寺卿。至今山阳古迹犹存，题咏极多。惟有无名氏《踏莎行》一词最好，词云：

千里途遥，隔年期远，片言相许心无变。宁将信义托游魂，堂中鸡黍空劳劝。　月暗灯昏，泪痕如线，死生虽隔情何限。灵輀若候故人来，黄泉一笑重相见。

第十四卷　单符郎全州佳偶

郑鄏门开城倚天，周公拮构尚依然。

休言道德无关锁，一闭乾坤八百年。

这首诗，单说西京是帝王之都。左成皋，右渑池，前伊阙，后大河；真个形势无双，繁华第一。宋朝九代建都于此。

今日说一桩故事，乃是西京人氏，一个是邢知县，一个是单推官。他两个都在孝感坊下，并门而居。两家宅眷，又是嫡亲姊妹，姨丈相称，所以往来甚密。虽为各姓，无异一家。先前两家未做官时节，姊妹同时怀孕，私下相约道："若生下一男一女，当为婚姻。"后来单家生男，小名符郎；邢家生女，小名春娘。姊妹各对丈夫说通了，从此亲家往来，非止一日。符郎和春娘幼时常在一处游戏，两家都称他为小夫妇。以后渐渐长成，符郎改名飞英，字腾实，进馆读书；春娘深屋绣阁。各不相见。

其时宋徽宗宣和七年，春三月，邢公选了邓州顺阳县知县，单公选了扬州府推官，各要挈家上任。相约任满之日，归家成亲。单推官带了夫人和儿子符郎，自往扬州去做官，不题。却说邢知县到了邓州顺阳县，未及半载，值金鞑子分道入寇。金将斡离不攻破了顺阳，邢知县一门遇害。春娘年十二岁，为乱兵所掠，转卖在全州乐户杨家，得钱十七千而去。春娘从小读过经书及唐诗千首，颇通文墨，尤善应对。鸨母爱之如宝，改名杨玉，教以乐器及歌舞，无不精绝。正是：

三千粉黛输颜色，十二朱楼让舞歌。

只是一件，他终是宦家出身，举止端详。每诣公庭侍宴，呈艺毕，诸妓调笑谑浪，无所不至。杨玉嘿然独立，不妄言笑，有良人风度。为这个上，前后官府，莫不爱之重之。

话分两头。却说单推官在任三年，时金虏陷了汴京，徽宗、钦宗两朝天子，都被他掳去。亏杀吕好问说下了伪帝张邦昌，迎康王嗣统。康王渡江而南，即位于应天府，是为高宗。高宗惧怕金虏，不敢还西京，乃驾幸扬州。单推官率民兵护驾有功，累迁郎官之职，又随驾至杭州。高宗爱杭州风景，驻跸建都，改为临安府。有诗为证：

山外青山楼外楼，西湖歌舞几时休？
暖风熏得游人醉，却把杭州作汴州。

话说西北一路地方，被金虏残害，百姓从高宗南渡者，不计其数，皆散处吴下。闻临安建都，多有搬到杭州入籍安插。单公时在户部，阅看户籍册子，见有一“邢祥”名字，乃西京人。自思：“邢知县名祯，此人名祥，敢是同行兄弟？自从游宦以后，邢家全无音耗相通，正在悬念。”乃遣人密访之，果邢知县之弟，号为“四承务”者。急忙请来相见，问其消息。四承务答道：“自邓州破后，传闻家兄举家受祸，未知的否。”因流泪不止，单公亦愀然不乐。念儿子年齿已长，意欲别图亲事；犹恐传言未的，媳妇尚在，且待干戈宁息，再行探听。从此单公与四承务仍认做亲戚，往来不绝。

再说高宗皇帝初即位，改元建炎；过了四年，又改元绍兴。此时绍兴元年，朝廷追叙南渡之功，单飞英受父荫，得授全州司户。谢恩过了，择日拜别父母起程，往全州到任。时年十八岁，一州官属，只有单司户年少，且是仪容俊秀，见者无不称羡。上任之日，州守设公堂酒会饮，大集声妓。原来宋朝有这个规矩：凡在籍娼户，谓之官妓；官府有公私筵宴，听凭点名，唤来祗应。这一日，杨玉也在数内。单司户于众妓中，只看得他上眼，大有眷爱之意。诗曰：

曾绾红绳到处随，佳人才子两相宜。

风流的是张京兆，何日临窗试画眉？

司理姓郑，名安，荥阳旧族，也是个少年才子。一见单司户，便意气相投。看他顾盼杨玉，已知其意。一日，郑司理去拜单司户，问道："足下清年名族，为何单车赴任，不携宅眷？"单司户答道："实不相瞒，幼时曾定下妻室，因遭虏乱，存亡未卜，至今中馈尚虚。"司理笑道："离索之感，人孰无之？此间歌妓杨玉，颇饶雅致，且作望梅止渴，何如？"司户初时逊谢不敢，被司理言之再三，说到相知的分际，司户隐瞒不得，只得吐露心腹。司理道："既才子有意佳人，仆当为曲成之耳。"自此每遇宴会，司户见了杨玉，反觉有些避嫌，不敢注目；然心中思慕愈甚。司理有心要玉成其事，但惧怕太守严毅，做不得手脚。

如此二年。旧太守任满升去，新太守姓陈，为人忠厚至诚，且与郑司理是同乡故旧。所以郑司理屡次在太守面前，称荐单司户之才品，太守十分敬重。一日，郑司理置酒，专请单司户到私衙清话，只点杨玉一名祗候。这一日，比公堂筵宴不同，只有宾主二人，单司户才得饱看杨玉，果然美丽！有词名《忆秦娥》，词云：

香馥馥，樽前有个人如玉。人如玉，翠翘金凤，内家妆束。

娇羞惯把眉儿蹙，逢人只唱伤心曲。伤心曲，一声声是，怨红愁绿。

郑司理开言道："今日之会，并无他客，勿拘礼法。当开怀畅饮，务取尽欢。"遂斟巨觥来劝单司户，杨玉清歌侑酒。酒至半酣，单司户看着杨玉，神魂飘荡，不能自恃；假装醉态不饮。郑司理已知其意，便道："且请到书斋散步，再容奉劝。"那书斋是司理自家看书的所在，摆设着书、画、琴、棋，也有些古玩之类。单司户那有心情去看，向竹榻上倒身便睡。郑司理道："既然仁兄困酒，暂请安息片时。"忙转身而出，却教杨玉斟下香茶一瓯送去。单司户素知司理有玉成之美，今番见杨玉独自一个送茶，情知是放松了。忙起身把门掩上，双手抱住杨玉求欢。杨玉佯推不允，单司户道："相慕小娘子，已非一日，难得今番机会。司理公平昔见爱，就使知觉，必不嗔怪。"杨玉也识破三分关窍，不敢固却，只得顺情。两个遂在榻上，草草的云雨一场。有诗为证：

相慕相怜二载余，今朝且喜两情舒。

虽然未得通宵乐，犹胜阳台梦是虚。

单司户私问杨玉道：“你虽然才艺出色，偏觉雅致，不似青楼习气，必是一个名公苗裔。今日休要瞒我，可从实说与我知道，果是何人？”杨玉满面羞惭，答道：“实不相瞒，妾本宦族，流落在此，非杨妪所生也。”司户大惊，问道：“既系宦族，汝父何官何姓？”杨玉不觉双泪交流，答道：“妾本姓邢，在东京孝感坊居住，幼年曾许与母姨之子结婚。妾之父授邓州顺阳县知县，不幸胡寇猖獗，父母皆遭兵刃，妾被人掠卖至此。”司户又问道：“汝夫家姓甚？作何官职？所许嫁之子，又是何名？”杨玉道：“夫家姓单，那时为扬州推官。其子小名符郎，今亦不知存亡如何。”说罢，哭泣不止。司户心中已知其为春娘了，且不说破，只安慰道：“汝今日鲜衣美食，花朝月夕，勾你受用。官府都另眼看觑，谁人轻贱你？况宗族远离，夫家存亡未卜，随缘快活，亦足了一生矣。何乃自生悲泣耶？”杨玉蹙额答道：“妾闻女子生而愿为之有家，虽不幸风尘，实出无奈。夫家宦族，即使无恙，妾亦不作团圆之望。若得嫁一小民，荆钗布裙，啜菽饮水，亦是良人家媳妇，比在此中迎新送旧，胜却千万倍矣。”司户点头道：“你所见亦是。果有此心，我当与汝作主。”杨玉叩头道：“恩官若能拔妾于苦海之中，真乃万代阴德也。”说未毕，只见司理推门进来道：“阳台梦醒也未？如今无事，可饮酒矣。”司户道：“酒已过醉，不能复饮。”司理道：“一分酒醉，十分心醉。”司户道：“一分醉酒，十分醉德。”大家都笑起来，重来筵上，洗盏更酌，是日尽欢而散。

过了数日，单司户置酒，专请郑司理答席，也唤杨玉一名答应。杨玉先到，单司户不复与狎昵，遂正色问曰：“汝前日有言，为小民妇亦所甘心。我今丧偶，未有正室，汝肯相随我乎？”杨玉含泪答道：“枳棘岂堪凤凰所栖。若恩官可怜，得蒙收录，使得备巾栉之列，丰衣足食，不用送往迎来，固妾所愿也。但恐他日新孺人性严，不能相容，然妾自当含忍。万一征色发声，妾情愿持斋佞佛，终身独宿，以报恩官之德耳。”司户闻言，不觉惨然，方知其厌恶风尘，出于至诚，非诳语也。

少停，郑司理到来，见杨玉泪痕未干，戏道：“古人云乐极生悲，信有之乎？”杨玉敛容笑道：“忧从中来，不可断绝耳！”单司户将杨玉立志从良说话，向郑司理说了。郑司理道：“足下若有此心，下官亦愿效一臂。”这一日，饮酒无话。

席散后，单司户在灯下修成家书一封，书中备言岳丈邢知县全家受祸，春娘流落为娼，厌恶风尘，志向可悯。男情愿复联旧约，不以良贱为嫌。单公拆书观看，大惊，随即请邢四承务到来，商议此事，两家各伤感不已。四承务要亲往全州，主张亲事；教单公致书于太守，求为春娘脱籍。单公写书，付与四承务收讫，四承务作别而行。

不一日，来到全州，径入司户衙中相见，道其来历。单司户先与郑司理说知其事，司理一力撺掇，道："谚云：贵易交，富易妻。今足下甘娶风尘之女，不以存亡易心，虽古人高义，不是过也。"遂同司户到太守处，将情节告诉；单司户把父亲书札呈上。太守看了，道："此美事也，敢不奉命？"次日，四承务具状告府，求为释贱归良，以续旧婚事，太守当面批准了。

候至日中，还不见发下文牒。单司户疑有他变，密使人打探消息。见厨司正在忙乱，安排筵席。司户猜道："此酒为何而设？岂欲与杨玉举离别觞耶？事已至此，只索听之。"少顷，果召杨玉祗候，席间只请通判一人。酒至三巡，食供两套。太守唤杨玉近前，将司户愿续旧婚，及邢祥所告脱籍之事，一一说了。杨玉拜谢道："妾一身生死荣辱，全赖恩官提拔。"太守道："汝今日尚在乐籍，明日即为县君，将何以报我之德？"杨玉答道："恩官拔人于火宅之中，阴德如山，妾惟有日夕吁天，愿恩官子孙富贵而已。"太守叹道："丽色佳音，不可复得。"不觉前起抱持杨玉说道："汝必有以报我。"那通判是个正直之人，见太守发狂，便离席起立，正色发作道："既司户有宿约，便是孺人，我等俱有同僚叔嫂之谊。君子进退当以礼，不可苟且，以伤雅道。"

太守踧踖，谢道：“老夫不能忘情，非判府之言，不知其为过也。今得罪于司户，当谢过以质耳。”乃令杨玉入内宅，与自己女眷相见。却教人召司理、司户二人，到后堂同席，直吃到天明方散。

太守也不进衙，径坐早堂，便下文书与杨家翁、媪，教除去杨玉名字。杨翁、杨媪出其不意，号哭而来，拜着太守诉道：“养女十余年，费尽心力。今既蒙明判，不敢抗拒。但愿一见而别，亦所甘心。”太守遣人传语杨玉。杨玉立在后堂，隔屏对翁、妪说道：“我夫妻重会，也是好事。我虽承汝十年抚养之恩，然所得金帛已多，亦足为汝养老之计。从此永诀，休得相念。”妪兀自号哭不止，太守喝退了杨翁、杨妪。当时差州司人从，自宅堂中抬出杨玉，径送至司户衙中；取出私财十万钱，权佐资奁之费。司户再三推辞，太守定教受了。是日，郑司理为媒，四承务为主婚，如法成亲，做起洞房花烛。有诗为证：

风流司户心如渴，文雅娇娘意似狂。
今夜官衙寻旧约，不教人话负心郎。

次日，太守同一府官员，都来庆贺，司户置酒相待。四承务自归临安，回复单公去讫。司户夫妻相爱，自不必说。

光阴似箭，不觉三年任满。春娘对司户说道：“妾失身风尘，亦荷翁妪爱育；其他姊妹中相处，也有情分契厚的。今将远去，终身不复相见。欲具少酒食，与之话别，不识官人肯容否？”司户道：“汝之事，合州莫不闻之，何可隐讳？便治酒话别，何碍大体？”春娘乃设筵于会胜寺中，教人请杨翁、杨妪，及旧时同行姊妹相厚者十余人，都来会饮。至期，司户先差人在会胜寺等候众人到齐，方才来禀。杨翁、杨妪先到，以后众妓陆续而来。从人点客已齐，方敢禀知司户，请孺人登舆。仆从如云，前呼后拥，到会胜寺中，与众人相见。略叙寒暄，便上了筵席。饮至数巡，春娘自出席送酒。内中一妓，姓李，名英，原与杨妪家连居。其音乐技艺，皆是春娘教导。常呼春娘为姊，情似同胞，极相敬爱。自从春娘脱籍，李英好生思想，常有郁郁之意。是日，春娘送酒到他面前，李英忽然执春娘之手，说道：“姊今超脱污泥之中，高翔青云之上，似妹子沉沦粪土，无有出期，相去不啻天堂、地狱之隔，姊今何以救我？”说罢，遂放声大哭。春娘不胜凄惨，流泪不止。原来李英有一件出色的本事：第一手好针线，能于暗中缝纫，分际不差。正是：

织发夫人昔擅奇，神针娘子古来稀。

谁人乞得天孙巧？十二楼中一李姬。

春娘道："我司户正少一针线人，吾妹肯来与我作伴否？"李英道："若得阿姊为我方便，得脱此门路，是一段大阴德事。若司户左右要觅针线人，得我为之，素知阿姊心性，强似寻生分人也。"春娘道："虽然如此，但吾妹平日与我同行同辈，今日岂能居我之下乎？"李英道："我在风尘中，每自退姊一步，况今日云泥迥隔，又有嫡庶之异；即使朝夕奉侍阿姊，比于侍婢，亦所甘心。况敢与阿姊比肩耶？"春娘道："妹既有此心，奴当与司户商之。"

当晚席散。春娘回衙，将李英之事对司户说了。司户笑道："一之为甚，岂可再乎！"春娘再三撺掇，司户只是不允，春娘闷闷不悦。一连几日，李英遣人以问安奶奶为名，就催促那事。春娘对司户说道："李家妹情性温雅，针线又是第一，内助得如此人，诚所罕有。且官人能终身不纳姬侍则已，若纳他人，不如纳李家妹，与我少小相处，两不见笑。官人何不向守公求之？万一不从，不过拚一没趣而已，妾亦有词以回绝李氏。倘侥幸相从，岂非全美！"司户被孺人强逼数次，不得已，先去与郑司理说知了，捉了他同去见太守，委曲道其缘故。太守笑道："君欲一箭射双雕乎？敬当奉命，以赎前此通判所责之罪。"当下太守再下文牒，与李英脱籍，送归司户。司户将太守所赠十万钱，一半给与李妪，以为赎身之费；一半给与杨妪，以酬其养育之劳。自此春娘与李英姊妹相称，极其和睦。当初单飞英只身上任，今日一妻一妾，又都是才色双全，意外良缘，欢喜无限。后人有诗云：

官舍孤居思黯然，今朝彩线喜双牵。

符郎不念当时旧，邢氏徒怀再世缘。

空手忽擎双块玉，污泥挺出并头莲。

姻缘不论良和贱，婚牒书来五百年。

单司户选吉起程，别了一府官僚，挈带妻妾，还归临安宅院。单飞英率春娘拜见舅姑，彼此不觉伤感，痛哭了一场。哭罢，飞英又率李英拜见。单公问是何人，飞英述其来历。单公大怒，说道："吾至亲骨肉，流落失所，理当收拾，此乃万不得已之事。又旁及外人，是何道理？"飞英皇恐谢罪，单公怒气不息，老夫人从中劝解，遂引去李英于自己房中，要将改嫁。

李英那里肯依允，只是苦苦哀求。老夫人见其至诚，且留作伴。过了数日，看见李氏小心婉顺，又爱他一手针线，遂劝单公收留与儿子为妾。

单飞英迁授令丞。上司官每闻飞英娶娼之事，皆以为有义气；互相传说，无不加意钦敬，累荐至太常卿。春娘无子，李英生一子，春娘抱之，爱如己出。后读书登第，遂为临安名族。至今青楼传为佳话。有诗为证：

山盟海誓忽更迁，谁向青楼认旧缘？

仁义还收仁义报，宦途无梗子孙贤。

第十五卷　杨八老越国奇逢

君不见平阳公主马前奴，一朝富贵嫁为夫。又不见咸阳东门种瓜者，昔日封侯何在也？荣枯贵贱如转丸，风云变幻诚多端。达人知命总度外，傀儡场中一例看。

这篇古风，是说人穷通有命：或先富后贫，先贱后贵，如云踪无定，瞬息改观，不由人意想测度。且如宋朝吕蒙正秀才，未遇之时，家道艰难；三日不曾饱餐，天津桥上赊得一瓜，在桥柱上磕之，失手落于桥下；那瓜顺水流去，不得到口。后来状元及第，做到宰相地位，起造落瓜亭，以识穷时失意之事。你说做状元、宰相的人，命运未至，一瓜也无福消受。假如落瓜之时，向人说道："此人后来荣贵。"被人做一万个鬼脸，啐干了一千担吐沫，也不为过。那个信他？所以说：前程如黑漆，暗中摸不出。又如宋朝军卒杨仁杲，为丞相丁晋公治第。夏天负土运石，汗流不止。怨叹道："同是一般父母所生，那住房子的，何等安乐！我们替他做工的，何等吃苦！正是：有福之人人伏侍，无福之人伏侍人。"这里杨仁杲口出怨声，却被管工官听得了，一顿皮鞭，打得负痛吞声。不隔数年，丁丞相得罪，贬做崖州司户。那杨仁杲从外戚起家，官至太尉，号为皇亲。朝廷就将丁丞相府第，赐与杨仁杲居住。丁丞相起夫治第，分明是替杨仁杲做个工头。正是：

桑田变沧海，沧海变桑田。

穷通无定准，变换总由天。

闲话休题。则今说一节故事，叫做"杨八老越国奇逢"。那故事，远不出汉、唐，近不出二宋；乃出自胡元之世，陕西西安府地方。这西安府，乃《禹贡》雍州之域。周曰王畿，秦曰关中，汉曰渭南，唐曰关内，宋曰永兴，元曰安西。

话说元朝至大年间，一人姓杨，名复，八月中秋节生日，小名八老，乃西安府盩厔县人氏。妻李氏。生子才七岁，头角秀异，天资聪敏，取名世道。夫妻两口儿爱惜，自不必说。一日，杨八老对李氏商议道："我年近三旬，读书不就，家事日渐消乏。祖上原在闽、广为商，我欲凑些资本，买办货物，往漳州商贩，图几分利息，以为赡家之资。不知娘子意下如何？"李氏道："妾闻治家以勤俭为本，守株待兔，岂是良图？乘此壮年，正堪跋涉；速整行李，不必迟疑也。"八老道："虽然如此，只是子幼妻娇，放心不下。"李氏道："孩儿幸喜长成，妾自能教训，但愿你早去早回。"当日商量已定。择个吉日出行，与妻子分别，带个小厮，叫做随童；出门搭了船只，往东南一路进发。昔人有古风一篇，单道为商的苦处：

人生最苦为行商，抛妻弃子离家乡。
飧风宿水多劳役，披星戴月时奔忙。
水路风波殊未稳，陆程鸡犬惊安寝。
平生豪气顿消磨，歌不发声酒不饮。
少资利薄多资累，匹夫怀璧将为罪。
偶然小恙卧床帏，乡关万里书谁寄？
一年三载不回程，梦魂颠倒妻孥惊。
灯花忽报行人至，阖门相庆如更生。
男儿远游虽得意，不如骨肉长相聚。
请看江上信天翁，拙守何曾阙生计？

话说杨八老行至漳浦，下在檗妈妈家，专待收买番禺货物。原来檗妈妈无子，只有一女，年二十三岁。曾赘个女婿，相帮过活，那女婿也死了。已经周年之外，女儿守寡在家。檗妈妈看见杨八老本钱丰厚，且是志诚老实，待人一团和气，十分欢喜。意欲将寡女招赘，以靠终身。八老初时不肯，被檗妈妈再三劝道："杨官人，你千乡万里，出外为客，若没有切己的亲戚，那个知疼着热？如今我女儿年纪又小，正好相配。官人做个'两头大'：你归家去，有娘子在家；在漳州来时，有我女儿。两边来往，都不寂寞；做生意，也是方便顺溜的。老身又不费你大钱大钞，只是单生一女，要他嫁个好人，日后生男育女，连老身门户都有依靠。就是你家中娘子知道时，料也不嗔怪。多少做客的，娼楼妓馆，使钱撒漫。这还是本分之事。

官人须从长计较，休得推阻。”八老见他说得近理，只得允了。择日成亲，入赘于檗家。夫妻和顺，自此无话。不上二月，檗氏怀孕。期年之后，生下一个孩儿，合家欢喜。三朝满月，亲戚庆贺，不在话下。

却说杨八老思想故乡妻娇子幼。初意成亲后，一年半载，便要回乡看觑。因是怀了身孕，放心不下；以后生下孩儿，檗氏又不放他动身。光阴似箭，不觉住了三年。孩儿也两周岁了，取名世德。虽然与世道排行，却冒了檗氏的姓，叫做檗世德。杨八老一日对檗氏说：“暂回关中，看看妻子便来。”檗氏苦留不住，只得听从。

八老收拾货物，打点起身。也有放下人头帐目，与随童分头并日催讨。八老为讨欠帐，行至州前，只见挂下榜文，上写道：“近奉上司明文：倭寇生发，沿海抢劫。各州、县地方，须用心巡警，以防冲犯。一应出入，俱要盘诘。城门晚开早闭”等语。八老读罢，吃了一惊！想道：“我方欲动身，不想有此寇警。倘或倭寇早晚来时，闭了城门，知道何日平静？不如趁早走路为上。”也不去讨帐，径回身转来。只说拖欠帐目，急切难取，待再来催讨未迟。闻得路上贼寇生发，货物且不带去；只收拾些细软行装，来日便要起程。檗氏不忍割舍，抱着三岁的孩儿，对丈夫说道：“我母亲只为终身无靠，将奴家嫁你。幸喜有这点骨血。你不看奴家面上，须牵挂着小孩子。千万早去早回，勿使我母子悬望。”言讫，不觉双眼流泪。杨八老也命好道：“娘子不须挂怀，三载夫妻，恩情不浅，此去也是万不得已。一年半载，便得相逢也。”当晚檗妈妈治杯送行。

次日清晨，杨八老起身梳洗，别了岳母和浑家，带了随童上路。未及两日，在路吃了一惊。但见：

> 舟车挤压，男女奔忙。人人胆丧，尽愁海寇恁猖狂；个个心惊，只恨官兵无备御。扶幼携老，难禁两脚奔波；弃子抛妻，单为一身逃命。不辨贫穷富贵，急难中总则一般；那管城市山林，藏身处只求片地。正是：宁为太平犬，莫作乱离人。

杨八老看见乡村百姓，纷纷攘攘，都来城中逃难。传说倭寇一路放火杀人，官军不能禁御。声息至近，唬得八老魂不附体，进退两难。思量无计，只得随众奔走，“且到汀州城里，再作区处。”

又走了两个时辰，约离城三里之地，忽听得喊声震地。后面百姓们都号哭起来，却是倭寇杀来了。众人先唬得脚软，奔路不动。杨八老望见旁边一座林子，向刺斜里便走，也有许多人随他去林丛中躲避。谁知倭寇有智，惯是四散埋伏。林子内先是一个倭子跳将出来，众人欺他单身，正待一齐奋勇敌他。只见那倭子把海叵罗吹了一声，吹得呜呜的响。四围许多倭贼，一个个舞着长刀，跳跃而来，正不知那里来的。有几个粗莽汉子，平昔间有些手脚的，拚着性命，将手中器械，上前迎敌。犹如火中投雪，风里扬尘，被倭贼一刀一个，分明砍瓜切菜一般。唬得众人一齐下跪，口中只叫饶命。

原来倭寇逢着中国之人，也不尽数杀戮。掳得妇女，恣意奸淫；弄得不耐烦了，活活的放他去。也有有情的倭子，一般私有所赠。只是这妇女虽得了性命，一世被人笑话了。其男子但是老弱，便加杀害；若是强壮的，就把来剃了头发，抹上油漆，假充倭子。每遇厮杀，便推他去当头阵。官军只要杀得一颗首级，便好领赏。平昔百姓中秃发瘌痢，尚然被他割头请功；况且见在战阵上拿住，那管真假，定然不饶的。这些剃头的假倭子，自知左右是死，索性靠着倭势，还有捱过几日之理，所以一般行凶出力。那些真倭子，只等假倭挡过头阵，自己都尾其后而出。所以官军屡堕其计，不能取胜。昔人有诗，单道着倭寇行兵之法，诗云：

倭阵不喧哗，纷纷正带斜。
螺声飞蛱蝶，鱼贯走长蛇。
扇散全无影，刀来一片花。
更兼真伪混，驾祸扰中华。

杨八老和一群百姓们，都被倭奴擒了。好似瓮中之鳖，釜中之鱼，没处躲闪，只得随顺以图苟活。随童已不见了，正不知他生死如何。到此地位，自身管不得，何暇顾他人？

莫说八老心中愁闷。且说众倭奴在乡村劫掠得许多金宝，心满意足。闻得元朝大军将到，抢了许多船只，驱了所掳人口下船，一齐开洋，欢欢喜喜，径回日本国去了。原来倭奴入寇，国王多有不知者。乃是各岛穷民，合伙泛海，如中国贼盗之类，彼处只如做买卖一般。其出掠亦各分部统，自称大王之号。到回去，仍复隐讳了。劫掠得金帛，均分受用；亦有将十分中一二分，献与本岛头目，互相容隐。如被中国人杀了，只作做买卖折本一般。所掳得壮健男子，留作奴仆使唤。剃了头，赤了两脚，与本国一般模样；给与刀仗，教他跳战之法。中国人惧怕，不敢不从。过了一年半载，水土习服，学起倭话来，竟与真倭无异了。

光阴似箭，这杨八老在日本国，不觉住了一十九年。每夜私自对天拜祷："愿神明护佑我杨复，再转家乡，重会妻子。"如此寒暑无间。有诗为证：

异国飘零十九年，乡关魂梦已茫然。
苏卿困虏旄俱脱，洪皓留金雪满颠。
彼为中朝甘守节，我成俘虏获何愆？
首丘无计伤心切，夜夜虔诚祷上天。

话说元泰定年间，日本国年岁荒歉。众倭纠伙，又来入寇，也带杨八老同行。八老心中一则以喜，一则以忧。所喜者，乘此机会，到得中国，陕西、福建二处，俱有亲属。皇天护祐，万一有骨肉重逢之日，再得团圆，也未可知。所忧者，此身全是倭奴形像，便是自家照着镜子，也吃一惊，他人如何认得？况且刀枪无情，此去多凶少吉，枉送了性命。只是一说，宁作故乡之鬼，不愿为夷国之人。天天可怜，这番飘洋，只愿在陕、闽两处便好，若在他方，也是枉然。

原来倭寇飘洋，也有个天数，听凭风势：若是北风，便犯广东一路；若是东风，便犯福建一路；若是东北风，便犯温州一路；若是东南风，便犯淮扬一路。此时二月天气，众倭登船离岸，正值东北风大盛。一连数日，吹个不住，径飘向温州一路而来。那时元朝承平日久，沿海备御俱疏。就有几只船，几百老弱军士，都不堪拒战，望风逃走。众倭公然登岸，少不得放火杀人。杨八老虽然心中不愿，也不免随行逐队。这一番，自二月至八月，官军连败了数阵，抢了几个市镇。转掠宁绍，又到余杭，其凶暴不可尽述。各府、州、县写了告急表章，申奏朝廷。旨下兵部，差平江路普花元帅领兵征剿。这普花元帅足智多谋，又手下多有精兵良将。奉命克日兴师，大刀阔斧，杀奔浙江路上来。前哨打探：倭寇占住清水闸为穴。普花元帅约会浙中兵马，水陆并进。那倭寇平素轻视官军，不以为意。谁知普花元帅手下，有十个统军，都有万夫不当之勇。军中多带火器，四面埋伏，一等倭贼战酣之际，埋伏都起，火器一齐发作，杀得他走头没路，大败亏输。斩首千余级，活捉二百余人。其抢船逃命者，又被水路官兵截杀，也多有落水死者。普花元帅得胜，赏了三军，犹恐余倭未尽，遣兵四下搜获。真个是：

饶伊凶暴如狼虎，恶贯盈时定受殃。

话分两头。却说清水闸上，有顺济庙，其神姓冯，名俊，钱塘人氏。年十六岁时，梦见玉帝遣天神传命，割开其腹，换去五脏六腑，醒来犹觉腹痛。从幼失学，未曾知书，自此忽然开悟，无书不晓，下笔成文；又能预知将来祸福之事。忽一日，卧于家中，叫唤不起，良久方醒。自言适在东海龙王处赴宴，被他劝酒过醉。家人不信，及呕吐出来都是海错异味，目所未睹，方知真实。到三十六岁，忽对人说："玉帝命我为江涛之神，三日后，必当赴任。"至期，无疾而终。是日，江中波涛大作，行舟将覆。忽见朱幡皂盖，白马红缨，簇拥一神，现形云端间，口中叱咤之声。俄顷，波恬浪息。问之土人，其形貌乃冯俊也。于是就其所居，立庙祠之，赐名顺济庙。绍定年间，累封英烈王之号。其神大有灵应。倭寇占住清水闸时，杨八老私向庙中祈祷，问答得个大吉之兆，心中暗喜。与先年一般向被掳去的，共十三人约会：大兵到时，出首投降。又怕官军不分真假，拿去请功，狐疑不决。

到这八月二十八日，倭寇大败。杨八老与十二个人，俱潜躲在顺济庙中，不敢出头。正在两难，急听得庙外喊声大举，乃是老王千户，名唤王国雄，引着官军入来搜庙。一十三人尽被活捉，捆缚做一团儿，吊在廊下。众人口称冤枉，都说不是真倭，那里睬他。此时天色已晚，老王千户权就庙中歇宿，打点明早解官请功。事有凑巧，老王千户带个贴身伏侍的家人，叫做王兴。夜间起来出恭，闻得廊下哀号之声，其中有一个像关中声音，好生奇异！悄地点个灯去，打一看，看到杨八老面貌，有些疑惑。问道："你们既说不是真倭，是那里人氏？如何入了倭贼伙内，又是一般形貌？"

杨八老诉道："众人都是闽中百姓，只我是安西府盩厔县人。十九年前在漳浦做客，被倭寇掳去，髡头跣足，受了万般辛苦。众人是同时被难的，今番来到此地，便想要自行出首。其奈形状怪异，不遇个相识之人，恐不相信，因此狐疑不决。幸天兵得胜，倭贼败亡，我等指望重见天日。不期老将军不行细审，一概捆吊；明日解到军门，性命不保。"说罢，众人都哭起来。王兴忙摇手道："不可高声啼哭，恐惊醒了老将军，反为不美。则你这安西府汉子，姓甚名谁？"杨八老道："我姓杨，名复，小名八老。长官也带些关中语音，莫非同郡人么？"王兴听说，吃了一惊："原来你就是我旧主人！可记得随童么？小人就是。"杨八老道："怎不记得！只是须眉非旧，端的对面不相认了。自当初在闽中分散，如何却在此处？"王兴道："且莫细谈。明早老将军起身发解时，我站在旁边，你只看着我，唤我名字起来，小人自来与你分解。"说罢，提了灯自去了。众人都向八老问其缘故，八老略说一二，莫不欢喜。正是：

死中得活困灾退，绝处逢生遇救来。

原来随童跟着杨八老之时，才一十九岁，如今又加十九年，是三十八岁人了，急切如何认得？当先与主人分散，躲在茅厕中，侥幸不曾被倭贼所掠。那时老王千户还是百户之职，在彼领兵，偶然遇见。见他伶俐，问其来历，收在身边伏侍，就便许他访问主人消息，谁知杳无音信。后来老王百户有功，升了千户，改调浙中地方做官。随童改名王兴，做了身边一个得力的家人。也是杨八老命不当尽，禄不当终，否极泰来，天教他主仆相逢。

闲话休题。却说老王千户次早点齐人众，解下一十三名倭犯，要解往军门请功。正待起身，忽见倭犯中一人，看定王兴，高声叫道："随童，我是你旧主人，可来救我！"王兴假意认了一认，两个抱头而哭。因事体年远，老王千户也忘其所以了。忙唤王兴，问其缘故。王兴一一诉说："此乃小人十九年前失散之主人也。彼时寻觅不见，不意被倭贼掳去。小人看他面貌有些相似，正在疑惑，谁想他到认得小人，唤起小人的旧名。望恩主辨其冤情，释放我旧主人，小人便死在阶前，瞑目无怨。"说罢，放声大哭。众倭犯都一齐声冤起来，各道家乡姓氏，情节相似。老王千户道："既有此冤情，我也不敢自专，解在帅府，教他自行分辨。"王兴道："求恩主将小人一齐解去，好做对证。"老王千户起初不允，被王兴哀求不过，只得允了。

当日，将一十三名倭犯，连王兴解到帅府。普花元帅道：“既是倭犯，便行斩首。”那一十三名倭犯，一个个高声叫冤起来，内中王兴也叫冤枉。王国雄便跪下去，将王兴所言事情，禀了一遍。普花元帅准信，就教王国雄押着一干倭犯，并王兴发到绍兴郡丞杨世道处，审明回报。

故元时节，郡丞即如今通判之职，却只下太守一肩，与太守同理府事，最有权柄。那日，郡丞杨公升厅理事，甚是齐整。怎见得？有诗为证：

吏书站立如泥塑，军卒分开似木雕。

随你凶人奸似鬼，公庭刑法不相饶。

老王千户奉帅府之命，亲押一十三名倭犯，到杨郡丞厅前。相见已毕，备言来历。杨公送出厅门，复归公座。先是王兴开口诉冤，那一班倭犯哀声动地。杨公问了王兴口词，先唤杨八老来审。杨八老将姓名、家乡备细说了。杨郡丞问道：“既是盩厔县人，你妻族何姓？有子无子？”杨八老道：“妻族东村李氏，止生一子，取名世道。小人到漳浦为商之时，孩儿年方七岁。在漳浦住了三年，就陷身倭国，经今又十九年。自从离家之后，音耗不通，妻子不知死亡。若是孩儿扶养得长大，算来该二十九岁了。老爷不信时，移文到盩厔县中，将三党亲族姓名，一一对验，小人之冤可白矣。”再问王兴，所言皆同。众人又齐声叫冤。杨公一一细审，都是闽中百姓，同时被掳的。杨公沉吟半晌，喝道：“权且收监，待行文本处，查明来历，方好释放。”

当下散堂，回衙见了母亲杨老夫人，口称怪事不绝。老夫人问道：“孩儿，今日问何公事？口称怪异，何也？”杨公道：“有王千户解到倭犯一十三名，说起来，都是我中国百姓，被倭奴掳去的，是个假倭，不是真倭。内中一人，姓杨，名复，乃关中盩厔县人氏。他说二十一年前，别妻李氏，往漳浦经商。三年之后，遭倭寇作乱，掳他到倭国去了。与妻临别之时，有儿年方七岁，到今算该二十九岁了。母亲常说孩儿七岁时，父亲往漳州为商，一去不回。他家乡、姓名正与父亲相同，其妻、女姓名，又分毫不异，孩儿今年正二十九岁，世上不信有此相合之事。况且王千户有个家人王兴，一口认定是他旧主。那王兴说旧名'随童'，在漳浦乱军分散，又与我爷旧仆同名。所以称怪。"老夫人也不觉称道："怪事，怪事！世上相同的事也颇有，不信件件皆合，事有可疑！你明日再行吊审，我在屏后窃听，是非顷刻可决。"

杨世道领命，次日，重唤取一十三名倭犯，再行细鞫，其言与昨无二。老夫人在屏后大叫道："杨世道我儿！不须再问，则这个盩厔县人，正是你父亲！那王兴端的是随童了。"惊得郡丞杨世道手脚不迭，一跌跌下公座来，抱了杨八老，放声大哭。请归后堂，王兴也随进来。当下母子夫妻三口，抱头而哭，分明是梦里相逢一般，则这随童也哭做一堆。哭了一个不耐烦，方才拜见父亲。随童也来磕头，认旧时主人、主母。杨八老对儿子道："我在倭国，夜夜对天祷告，只愿再转家乡，重会妻子。今日皇天可怜，果遂所愿。且喜孩儿荣贵，万千之喜。只是那一十二人，都是闽中百姓，与我同时被掳的，实出无奈。吾儿速与昭雪，不可偏袒，使他怨望。"杨世道领了父亲言语，便把一十二人尽行开放；又各赠回乡路费三两，众人谢恩不尽。一面分付书吏写下文书，申覆帅府；一面安排做庆贺筵席。衙内整备香汤，伏侍八老沐浴过了；通身换了新衣，顶冠束带。杨世道娶得夫人张氏，出来拜见公公。一门骨肉团圆，欢喜无限。

这一事，闹遍了绍兴府前。本府檗太守，听说杨郡丞认了父亲，备下羊酒，特往称贺，定要请杨太公相见。杨复只得出来，见了檗公，叙礼已毕，分宾而坐。檗太守欣羡不已。杨郡丞置酒留款。饮酒中间，檗太守问杨太公："何由久客闽中，以致此祸？"杨八老答道："初意一年半载，便欲还乡。何期下在檗家，他家适有寡女，年二十三岁，正欲招夫，帮家过活。老夫入赘彼家，以此淹留三载。"檗公问道："在彼三年，曾有生育否？"八老答道："因是檗家怀孕，生下一儿，两不相舍；不然，也回去久矣。"檗公又问道：“所生令郎可曾取名？”八老不知太守姓名，便随口应道：“因是本县小儿取名世道，那檗氏所生，就取名檗世德，要见两姓兄弟之意。算来檗氏所生之子，今年也该二十二岁了，不知他母子存亡下落。”说罢，下泪如雨，檗太守也不尽欢。又饮了数杯，作别回去，与母亲檗老夫人说知如此如此：“他说在漳浦所娶檗家，与母亲同姓，年庚不差。莫非此人就是我父亲？”檗老夫人道：“你明日备个筵席，请他赴宴。待我屏后窥之，便见端的。”

次日，杨八老具个通家名帖，来答拜檗公，檗公也置酒留款。檗老夫人在屏后偷看。那时八老衣冠济楚，又不似先前倭贼样子，一发容易认了。檗老夫人听不多几句言语，便大叫道：“我儿檗世德，快请你父亲进衙相见！”杨八老出自意外，倒吃了一惊。檗太守慌忙跪下道：“孩儿不识亲颜，乞恕不孝之罪。”请到私衙，与檗老夫人相见。抱头而哭，与杨郡丞衙中无异。

正叙话间，杨郡丞遣随童到太守衙中，迎接父亲，听说太守也认了父亲，随童大惊，撞入私衙，见了檗老夫人，磕头相见。檗老夫人问起，方知就是随童。此时随童才叙出失散之后，遇到王百户始末根由，阖门欢喜无限。檗太守娶妻蒋氏，也来拜见公公。檗公命重整筵席，请杨郡丞到来，备细说明。一守一丞，到此方认做的亲兄弟。当日连杨衙小夫人张氏都请过来，做个“合家欢”筵席。这一场欢喜非小，分明是：

苦尽生甘，否极遇泰。丰城之剑再合，合浦之珠复回。高年学究，忽然及第连科；乞食贫儿，蓦地发财掘藏。寡妇得失花发蕊，孤儿遇父草行根。喜胜他乡遇故知，欢如久旱逢甘雨。两叶浮萍归大海，人生何处不相逢。

杨八老在日本国，受了一十九年辛苦。谁知前妻李氏所生孩儿杨世道，后妻檗氏所生孩儿檗世德，长大成人，中同年进士，又同选在绍兴一郡为官。今日天遣相逢，在枷锁中脱出性命，就认了两位夫人，两个贵子，真是古今罕有！第三日，阖郡官员尽知奇事，都来贺喜。老王千户也来称贺，已知王兴是杨家旧仆，不相争执。王兴已娶有老婆，在老王千户家；老王千户奉承檗太守、杨郡丞，疾忙差人送王兴妻子到于府中完聚。檗太守和杨郡丞一齐备个文书，到普花元帅处，述其认父始末。普花元帅奏表朝廷，一门封赠。檗世德复姓归宗，仍叫杨世德。八老在任上安享荣华，寿登耆耋而终。此乃是死生有命，富贵在天。荣枯得失，尽是八字安排，不可强求。有诗为证：

才离地狱忽登天，二子双妻富贵全。

命里有时终自有，人生何必苦埋怨。

第十六卷　杨谦之客舫遇侠僧

宝剑长琴四海游，浩歌自是恣风流。

丈夫莫道无知己，明月豪僧遇客舟。

杨益，字谦之，浙江永嘉人也。自幼倜傥有大节，不拘细行，博学雄文，授贵州安庄县令。安庄县，地接岭表，南通巴蜀，蛮獠错杂；人好蛊毒战斗，不知礼义文字，事鬼信神，俗尚妖法；产多金银、珠翠、珍宝。原来宋朝制度：外官辞朝，皇帝临轩亲问，臣工各献诗章，以此卜为政能否。建炎二年丁卯三月，杨益承旨辞朝。高宗皇帝问杨益曰：“卿为何官？”杨益奏曰：“臣授贵州安庄县知县。”帝曰：“卿亦询访安庄风景乎？”杨益有诗一首献上。诗云：

蛮烟寥落在东风，万里天涯迢递中。

人语殊方相识少，鸟声睍睆听来同。

桄榔连碧迷征路，象郡南天绝便鸿。

自愧年来无寸补，还将礼乐佐元功。

高宗听奏是诗，首肯久之，恻然心动，曰：“卿处殊方，诚为可悯；暂去摄理，不久取卿回用也。”杨益挥泪拜辞。

出到朝外，遇见镇抚使郭仲威。二人揖毕，仲威曰：“闻群荣任安庄，如何是好？”杨益道：“蛮烟瘴疫，九死一生！欲待不去，奈日暮途穷。去时必陷死地，烦乞赐教。”仲威答道：“要知端的，除是与你去问恩主周镇抚，方知备细。恩主见谪连州，即今也要起身。”二人同来见镇抚周望。杨益叩首再拜曰：“杨某近任安庄边县。烦望指示。”周望慌忙答礼，说道：“安庄蛮獠出没之处，家户都有妖法，蛊毒魅人。若能降伏得他，财宝尽你得了；若不能处置得他，须要仔细。尊正夫人，亦不可带去，恐土官无礼。”杨益见说了，双泪交流，道言：“怎生是好？”周望怜杨益苦切，说道：“我见谪遣连州，与公同路，直到广东界上，与你分别。一路盘缠，足下不须计念。”杨益二人拜辞出来，等了半月有余，跟着周望一同起身。郭仲威治酒送别过，自去了。

二人来到镇江，雇只大船。周望、杨益用了中间几个大舱口；其余舱口，俱是水手搭人觅钱，搭有三四十人。内有一个游方僧人，上湖广武当去烧香的，也搭在众人舱里。这僧人说是伏牛山来的，且是粗鲁，不肯小心。共舱有十二三个人，都不喜他，他倒要人煮茶饭与他吃。这共舱的人说道：“出家人慈悲小心，不贪欲，那里反倒要讨我们的便宜？”这和尚听得说，回话道：“你这一起是小人！我要你伏侍，不嫌你，也就勾了。”口里千小人，万小人，骂众人。众人都气起来，也有骂这和尚的，也有打这和尚的。这僧人不慌不忙，随手指着骂他的说道：“不要骂！”那骂的人，就出声不得，闭了口。又指着打他的说道：“不要打！”那打的人，就动手不得，瘫了手。这几个木呆了，一堆儿坐在舱里，只白着眼看。有一辈不曾打骂和尚的人，看见如此模样，都惊张起来，叫道：“不好了，有妖怪在这里！”喊天叫地，各舱人听得，都走来看，也惊动了官舱里周、杨二公。两个走到舱口来看，果见此事，也吃惊起来。正要问和尚，这和尚见周、杨二人是个官府，便起身朝着两个打个问讯，说道：“小僧是伏牛山来的僧人，要去武当随喜的。偶然搭在宝舟上，被众人欺负，望二位大人做主。”周镇抚说道：“打骂你，虽是他们不是，你如此，也不是出家人慈悲的道理。”和尚见说，回话道：“既是二位大人替他讨饶，我并不计较了。”把手去摸这哑的嘴道：“你自说！”这哑的人，便说得话起来。又把手去扯这瘫的手道：“你自动！”这瘫的人，便抬得手起来。就如要场戏子一般，满船人都一齐笑起来。周镇抚悄悄的与杨益说道："这和尚必是有法的。我们正要寻这样人，何不留他去你舱里问他？"杨益道："说得是。我舱里没家眷，可以住得。"就与和尚说道："你既与众人打伙不便，就到我舱里权住罢。随茶粥饭，不要计较。"和尚说道："取扰不该。"和尚就到杨益舱里住下。

一住过了三四日，早晚说些经典，或世务话，和尚都晓得。杨益时常说些路上切要话，打动和尚。又与他说道："要去安庄县做知县。"和尚说道："去安庄做官，要打点停当，方才可去。"杨益把贫难之事，备说与和尚。和尚说道："小僧姓李，原籍是四川雅州人，有几房移在威清县住。我家也有弟兄姊妹。我回去，替你寻个有法术手段得的人，相伴你去，才无事；若寻不得，不可轻易去。我且不上武当去了，陪你去广里去。"杨益再三致谢，把心腹事，备细与和尚说知。这和尚见杨益开心见诚，为人平易本分，和尚愈加敬重杨公。又知道杨公甚贫，去自己搭连内，取十来两好赤金子，五六十两碎银子，送与杨公做盘缠。杨公再三推辞不肯受，和尚定要送，杨公方才受了。

不觉在船中半个月余，来到广东琼州地方。周镇抚与杨公说："我往东去是连州。本该在这里相陪足下，如今有这个好善心的长老在这里，可托付他，不须得我了。我只就此作别。后日天幸再会。"又再三嘱付长老说道："凡事全仗。"长老说："不须分付，小僧自理会得。"周镇抚又安排些酒食，与杨公、和尚作别。饮了半日酒，周望另讨个小船自去了。

且说杨公与长老在船中，又行了几日，来到偏桥县地方。长老来对杨公说道："这是我家的地方了，把船泊在马头去处。我先上去寻人，端的就来下船，只在此等。"和尚自驼上搭连、禅杖，别了自去。一连去了七八日，并无信息，等得杨公肚里好焦。虽然如此，却也谅得过这和尚是个有信行的好汉，决无诳言之事，每日只悬悬而望。到第九日上，只见这长老领着七八个人，挑着两担箱笼，若干吃食东西；又抬着一乘有人的轿子，来到船边。掀起轿帘儿，看着船舱口，扶出一个美貌佳人，年近二十四五岁的模样。看这妇人生得如何？诗云：

> 独占阳台万点春，石榴裙染碧湘云。
> 眼前秋水浑无底，绝胜襄王紫玉君。

又诗云：

> 海棠枝上月三更，醉里杨妃自出群。

马上琵琶催去急，阿蛮空恨艳阳春。

说这长老与这妇人，与杨公相见已毕，又叫过有媳妇的一房老小，一个义女，两个小厮，都来叩头。长老指着这妇人说道："他是我的嫡堂侄女儿，因寡居在家里，我特地把他来伏事大人。他自幼学得些法术，大人前路，凡百事都依着他，自然无事。"就把箱笼东西，叫人着落停当。天色已晚，长老一行人，权在船上歇了。这媳妇、丫鬟去火舱里安排些茶饭，与各人吃了。李氏又自赏了五钱银子与船家。杨公见不费一文东西，白得了一个佳人并若干箱笼人口，拜谢长老，说道："荷蒙大恩，犬马难报。"长老道："都是缘法，谅非人为。"饮酒罢，长老与众人自去别舱里歇了。杨公自与李氏到官舱里同寝。一夜绸缪，言不能尽。

次日，长老起来，与众人吃了早饭，就与杨公、李氏作别。又分付李氏道："我前日已分付了，你务要小心在意，不可托大。荣迁之日再会。"长老直看得开船去了方才转身。

且说这李氏，非但生得妖娆美貌，又兼禀性温柔，百能百俐，也是天生的聪明。与杨公彼此相爱，就如结发一般。又行过十数日，来到牂牁江了。说这个牂牁江，东通巴蜀川江，西通滇池夜郎。诸江会合，水最湍急利害。无风亦浪，舟楫难济。船到江口，水手待要吃饭饱了，才好开船过江。开了船时，风水大，住手不得；况兼江中都是尖锋石插，要随着河道放去，若遇着时，这船就罢了。船上人打点端正，才要发号开船，只见李氏慌对杨公说："不可开船。还要躲风三日，才好放过去。"杨公说道："如今没风，怎的倒不要开船？"李氏说道："这大风只在顷刻间来了。依我说，把船快放入浦里去，躲这大风。"杨公正要试李氏的本事，就叫水手问道："这里有个浦子么？"水手禀道："前面有个石圯浦，浦西北角上有个罗市，人家也多，诸般皆有，正好歇船。"杨公说："恁的把船快放入去。"水手一齐把船撑动。刚刚才要撑入浦子口，只见那风从西北角上吹将来。初时扬尘，次后拔木，一江绿水，都乌黑了。那浪掀天括地，鬼哭神号，惊怕杀人。这阵大风不知坏了多少船只，直颠狂到日落时方息。李氏叫过丫鬟、媳妇，做茶饭吃了，收拾宿了。

次日，仍又发起风来。到午后，风定了。有几只小船儿，载着市上土物来卖。杨公见李氏非但晓得法术，又晓得天文，心中欢喜。就叫船上人买些新鲜果品土物，奉承李氏。又有一只船上叫卖蒟酱，这蒟酱滋味如何？

有诗为证：

白玉盘中簇绛茵，光明金鼎露丰神。

椹精八月枝头熟，酿就人间琥珀新。

杨公说道："我只闻得说，蒟酱是滇蜀美味，也不曾得吃。何不买些与奶奶吃？"叫水手去问那卖蒟酱的："这一罐子要卖多少钱？"卖蒟酱的说："要五百贯足钱。"杨公说："恁的，叫小厮进舱里，问奶奶讨钱数与他。"小厮进到舱里，问奶奶取钱买酱。李氏说："这酱不要买他的，买了有口舌。"小厮出来回覆杨公。杨公说："买一罐酱值得甚的，便有口舌？奶奶只是见贵了，不舍得钱，故如此说。"自把些银子与这蛮人，买了这罐酱，拿进舱里去。揭开罐子看时，这酱端的香气就喷出来，颜色就如红玛瑙一般可爱；吃些在口里，且是甜美得好。李氏慌忙讨这罐子酱盖了，说道："老爹不可吃他的，口舌就来了。这蒟酱我这里没有的，出在南越国。其木似谷树，其叶如桑椹，长二三寸，又不肯多生。九月后，霜里方熟。土人采之，酿酝成酱；先进王家，诚为珍味！这个是盗出来卖的，事已露了。"

原来这蒟酱，是都堂着县官差富户去南越国，用重价购求来的，都堂也不敢自用，要进朝廷的奇味。富户吃了千辛万苦，费了若干财物，破了家，才设法得一罐子。正要换个银罐子盛了，送县官转送都堂，被这蛮子盗出来。富户因失了酱，举家慌张，四散缉获，就如死了人的一般。有人知风，报与富户。富户押着正牌，驾起一只快船，二三十人，各执刀枪，鸣锣击鼓，杀奔杨知县船上来，要取这酱。那兵船离不远，只有半箭之地。

杨知县听得这风色慌了，躲在舱里，说道："奶奶，如何是好？"李氏说道："我教老爹不要买他的，如今惹出这场大事来。蛮子去处，动不动便杀起来，那顾礼法！"李氏又道："老爹不要慌。"连忙叫小厮拿一盆水进舱来，念个咒，望着水里一画，只见那只兵船，就如钉钉在水里的一般，随他撑也撑不动。上前也上前不得，落后也落后不得，只钉住在水中间。兵船上人都慌起来，说道："官船上必然有妖法，快去请人来斗法。"这里李氏已叫水手过去，打着乡谈说道："列位不要发恼！官船偶然在贵地躲风，歇船在此。因有人拿蒟酱来卖，不知就里，一时间买了这酱，并不曾动。送还原物便罢，这价钱也不要了。"兵船上人见说得好，又知道酱不曾吃他的，说道："只要还了原物，这原银也送还。"水手回来复杨知县，拿这罐酱送过去。兵船上还了原银，两边都不动刀兵。李氏把手在水盆里连画几画，那兵船便轻轻撑了去，把这偷酱的贼送去县里问罪。杨知县说道："亏杀奶奶，救得这场祸。"李氏说道："今后只依着我，管你没事。"次日，风也不发了。正是：

金波不动鱼龙寂，玉树无声鸟雀栖。

众人吃了早饭，便把船放过江。

一路上，要行便行，要止便止，渐渐近安庄地方。本县吏书、门皂人役接着，都来参拜。原来安庄县只有一知一典，有个徐典史，也来迎接。相见了，先回县里去。到得本次，人夫接着，把行李扛抬起来，把乘四人轿抬了奶奶；又有二乘小轿，几匹马，与从人使女，各乘骑了，先送到县里去。杨知县随后起身，路上打着些蛮中鼓乐。远近人听得新知县到任，都来看。杨知县到得县里，径进后堂衙里，安稳了奶奶家小，才出到后堂与典史拜见。礼毕，就吃公堂酒席。

饮酒之间，杨知县与徐典史说："我初到这里，不知土俗民情，烦乞指教。"徐典史回话道："不才还要长官扶持，怎敢当此？"因说道："这里地方与马龙连接，马龙有个薛宣尉司，他是唐朝薛仁贵之后，其富敌国。獠蛮犵狫，只服薛尉司约束。本县虽与宣尉司表里，衙门常规：长官行香后，先去看望他，他才答礼，彼此酒礼往来。烦望长官在意。"杨知县说道："我都知得。"又问道："这里与马龙多远？"徐典史回话道："离本县四十余里。"又说些县里事务。饮酒已毕，彼此都散入衙去。

杨知县对奶奶说这宣尉司的缘故，李氏说："薛宣尉年纪小，极是作聪的。若是小心与他相好，钱财也得了他的，我们回去，还在他手里，不可托大，说他是土官。不可怠慢他。"又说道："这三日内，有一个穿红的妖人无礼。来见你时，切不可被他哄起身来，不要采他。"杨知县都记在心里了。

等待三日，城隍庙行香到任，就坐堂，所属都来参见，发放已毕。只见阶下有个穿红布员领、戴顶方头巾的土人，走到杨知县面前，也不下跪，口里说道："请起来，老人作揖。"知县相公问道："你是那县的老人？与我这衙门有相干也无相干？"老人也不回报甚么，口里又说道："请起来，老人作揖。"知县相公虽不采他，被他三番两次在面前如此侮弄，又见两边看的人多了，亵威损重，又恐人耻笑；只记得奶奶说不要立起身来。那时气发了，那里顾得甚么？就叫皂隶："拿这老人下去，与我着实打！"只见跑过两个皂隶来，要拿下去打时，那老人硬着腰，两个人那里拿得倒！口里又说道："打不得！"知县相公定要打。众皂隶们一齐上，把这老人拿下，打了十板。众吏典都来讨饶，杨公叱道："赶出去！"这老人一头走，一头说道："不要慌！"

知县相公坐堂是个好日子，止望发头顺利。撞出这个歹人来，恼这一场，只得勉强发落些事，投文画卯了，闷闷的就散了堂。退入衙里来，李奶奶接着，说道："我分付老爹不要采这个穿红的人，你又与他计较。"杨公说道："依奶奶言语，并不曾起身，端端的坐着；只打得他十板。"奶奶又说道："他正是来斗法的人。你若起身时，他便夜来变妖作怪，百般惊吓你；你却怕死讨饶，这县官只当是他做了。那门皂吏书，都是他一路，那里有你我做主？如今被打了，他却不来弄神通惊你，只等夜里来害你性命。"杨公道："怎生是好？"奶奶说道："不妨事！老爹且宽心，晚间自有道理。"杨公又说道："全仗奶奶。"

待到晚，吃了饭，收拾停当。李奶奶先把白粉灰按着四方，画四个符；中间空处，也画个符。就教老爹坐在中间符上，分付道："夜里有怪物来惊吓你，你切不可动身，只端端坐在符上，也不要怕他。"李奶奶也结束，箱里取出一个三四寸长的大金针来，把香烛朱符，供养在神前，贴贴的坐在白粉圈子外等候。

约莫着到二更时分，耳边听得风雨之声，渐渐响近；来到房檐口，就如裂帛一声响，飞到房里来。这个恶物，如茶盘大，看不甚明白，望着杨公扑将来。扑到白圈子外，就做住，绕着白圈子飞，只扑不进来。杨公惊得捉身不住。李奶奶念动咒，把这道符望空烧了。却也有灵，这恶物就不似发头飞得急捷了。说时迟，那时快，李奶奶打起精神，双眼定睛，看着这恶物，喝声："住！"疾忙拿起右手来，一把去抢这恶物，那恶物就望着地扑将下来。这李奶奶随着势，就低身把手按住在地上，双手拿这恶物起来看时，就如一个大蝙蝠模样，浑身黑白花纹，一个鲜红长嘴，看了怕杀人。杨公惊得呆了，半晌才起得身来。李氏对老爹说："这恶物是老人化身来的，若把这恶物打死在这里，那老人也就死了。恐不好解手，他的子孙也多了，必来报仇。我且留着他。"把两片翼翅双叠做一处，拿过金针钉在白圈子里符上，这恶物动也动不得。拿个篮儿盖好了，恐猫鼠之类害他。李氏与老爹自来房里睡了。

次日，起来升堂。只见有二十来个老人，衣服齐整，都来跪在知县相公面前，说道：“小人都是庞老人的亲邻。庞某不知高低，夜来冲激老爹，被老爹拿了；烦望开恩，只饶恕这一遭，小人与他自来孝顺老爹。”知县相公说道：“你们既然晓得，我若没本事，也不敢来这里做官。我也不杀他，看他怎生脱身！”众老人们说道：“实不敢瞒老爹，这县里自来是他与几个把持，不同官府做主。如今晓得老爹的法了，再也不敢冒犯老爹。饶放庞老人一个，满县人自然归顺。”知县相公又说道：“你众人且起来，我自有处。”众人喏喏连声而退。知县散了堂，来衙里见李奶奶，备说讨饶一事。李氏道：“待明日这干人再来讨饶，才可放他。”

又过了一夜。次日，知县相公坐堂，众老人又来跑着讨饶，此时哀告苦切。知县说：“看你众人面上，且姑恕他这一次。下次再无礼，决不饶了。”众老人拜谢而去。知县退入衙里来，李氏说：“如今可放他了。”到夜来，李氏走进白圈子里，拔起金针，那个恶物就飞去了。这恶物飞到家里，那庞老人就在床上爬起来，作谢众老人，说道：“几乎不得与列位见了。这知县相公犹可，这奶奶利害！他的法术，不知那里学来的，比我们的不同。过日同列位备礼去叩头，再不要去惹他了。”请众老人吃些酒食，各人相别，说道：“改日约齐了，同去参拜。”

且说杨公退入衙里来，向李氏称谢。李氏道：“老爹，今日就可去看薛宣尉了。”杨公道：“容备礼方好去得。”李氏道：“礼已备下了：金花金缎，两匹文葛，一个名人手卷，一个古砚。”预备的，取出来就是，不要杨公费一些心。杨公出来，拨些人夫轿马，连夜去。天明时分，到马龙地方。

这宣尉司，偌大一个衙门，周围都是高砖城裹着。城里又筑个圃子，方圆二十余里。圃子里厅、堂、池、榭，就如王者。知县相公到得宣尉司府门首，着人通报入去。一会间，有人出来请入去。薛宣尉自也来接，到大门上，二人相见，各逊揖同进。到堂上行礼毕，就请杨知县去后堂坐下吃茶。彼此通道寒温已毕，请到花园里厅上赴宴。薛宣尉见杨知县人品虽是瘦小，却有学问；又善谈吐，能诗能饮。饮酒间，薛宣尉要试杨知县才思，叫人拿出一面紫金古镜来。薛宣尉说道："这镜是紫金铸的，冲莹光洁，悉照秋毫。镜背有四卦，按卦扣之，各应四位之声；中则应黄钟之声。汉成帝尝持镜为飞燕画眉，因用不断胶，临镜呢呢而崩。"杨公持看古镜，果然奇古，就作一铭。铭云：

猗与兹器，肇制轩辕。大冶范金，炎帝秉虔；凿开混沌，大明中天。伏氏画卦，四象乃全。因时制律，师旷审焉。高下清浊，宫徵周旋。形色既具，效用不愆。君子视则，冠裳俨然；淑婉临之，朗然而天。妍媸毕见，不为少迁。喜怒在彼，我何与焉？

杨公写毕，文不加点，送与薛宣尉看。薛宣尉把这文章番复细看，又见写得好，不住口称赞。说是汉文晋字，天下奇才，王、杨、卢、骆之流。又取出一面小古镜来，比前更加奇古，再要求一铭。杨公又作一铭，铭云：

察见渊鱼，实惟不祥。靡聪靡明，顺帝之光。全神返照，内外两忘。

薛宣尉看了这铭，说道："辞旨精拔，愈出愈奇。"更加敬服杨公。一连留住五日，每日好筵席款洽杨公。薛宣尉问起庞老人之事，杨公备说这来历，二人都笑起来。杨公苦死告辞，要回县来；薛宣尉再三不忍抛别，问杨公道："足下尊庚？"杨公道："不才虚度三十六岁。"薛宣尉道："在下今年二十六岁，公长弟十岁。"就拜杨公为兄。二人结义了，彼此欢喜。又摆酒席送行，赠杨公二千余两金银酒器。杨公再三推辞，薛宣尉说道："我与公既为兄弟，不须计较。弟颇得过；兄乃初任，又在不足中。时常要送东西与兄，以后再不必推却。"

杨公拜谢，别了薛宣尉，回到县里来。只见庞老人与一干老人，备羊酒缎匹，每人一百两银子，共有二千余两，送入县里来。杨知县看见许多东西，说道："生受你们，恐不好受么！"众老人都说道："小人们些须薄意，老爹不比往常来的知县相公。这地方虽是夷人难治，人最老实一性的；小人们归顺，概县人谁敢梗化？时常还有孝顺老爹。”杨公见如此殷勤，就留这一干人在吏舍里，吃些酒饭。众老人拜谢去了。

旧例：夷人告一纸状子，不管准不准，先纳三钱纸价。每限状子多，自有若干银子。如遇人命，若愿讲和，里邻干证估凶身家事厚薄，请知县相公把家私分作三股。一股送与知县，一股给与苦主，留一股与凶身。如此就说好官府。蛮夷中另是一种风俗，如遇时节，远近人都来馈送。杨知县在安庄三年有余，得了好些财物。凡有所得，就送到薛宣尉寄顿。这知县相公宦囊也颇盛了。一日，对薛宣尉说道："知足不辱。杨益在此，蒙兄顾爱，尝叨厚赐；况俸资也可过得日子了，杨益已告致仕。只是有这些俸资，如何得到家里？烦望兄长救济。"薛宣尉说道："兄既告致仕，我也留你不得了。这里积下的财物，我自着人送去下船，不须兄费心。"杨公就此相别，薛宣尉又摆酒席送行，又送千金赆礼，俱预先送在船里。杨公回到县里来，叫众老人们都到县里来，说道："我在此三年，生受你们多了。我已致仕，今日与你们相别，我也分些东西与你众人，这是我的意思。我来时这几个箱笼，如今去也只是这几个箱笼，当堂上你们自看。"众老人又禀道："没甚孝顺老爹，怎敢倒要老爹的东西？"各人些小受了些，都欢喜拜谢自去。起身之日，百姓都摆列香花灯烛送行。县里人只见杨公没甚行李，那晓得都是薛宣尉预先送在船里停当了，杨公只像个没东西的一般。杨公与李氏下了船，照依旧路回来，一路平安。

行了一月有余，来到旧日泊船之处，近着李氏家了。泊到岸边，只见那个长老并几个人伴，都在那里等。都上船来与杨公相见，彼此欢天喜地。李氏也来拜见长老。杨公就教摆酒来，聊叙久别之情。杨公把在县的事，都说与长老。长老回话道："我都晓得了，不必说。今日小僧来此，别无甚话，专为舍侄女一事。他原有丈夫，我因见足下去不得，以此不顾廉耻，使侄女相伴足下到那县里。谢天地，无事故回来，十分好了。侄女其实不得去了，还要送归前夫。财物恁凭你处。"杨公听得说，两泪交流，大哭起来，拜倒在奶奶、长老面前，说道："丢得我好苦！我只是死了罢。"拔出一把小解手刀来，望着咽喉便刎。李氏慌忙抱住，夺了刀，也就啼哭起来。长老来劝，说道："不要苦了，终须一别。我原许还他丈夫，出家人不说谎。"杨知县带着眼泪说道："财物恁凭长老、奶奶取去，只是痛苦不得过。"长老见这杨公如此情真，说道："我自有处。且在船里宿了，明日作别。”

杨公与李氏一夜不曾合眼，泪不曾干，说了一夜。到明日早起来，梳洗饭毕。长老主张把宦资作十分，说：“杨大人取了六分，侄女取了三分，我也取了一分。”各人都无话说。李氏与杨公两个抱住，那里肯舍！真个是生离死别。李氏只得自上岸去了，杨公也开了船。那个长老又说道：“这条水路最是难走，我直送你到临安才回来。我们不打劫别人的东西也好了，终不成倒被别人打劫了去？”这和尚直送杨知县到临安。杨知县苦死留这僧人在家，住了两月。杨公又厚赠这长老，又修书致意李氏。自此信使不绝。有诗为证：

蛮邦薄宦一孤身，全赖高僧觅好音。
随地相逢休傲慢，世间何处没奇人？

第十七卷　陈从善梅岭失浑家

君骑白马连云栈，我驾孤舟乱石滩。

扬鞭举棹休相笑，烟波名利大家难。

话说大宋徽宗宣和三年上，春间，黄榜招贤，大开选场。去这东京汴梁城内虎异营中，一秀才姓陈，名辛，字从善，年二十岁；故父是殿前太尉。这官人不幸父母蚤亡，只单身独自。自小好学，学得文武双全。正是：文欺孔孟，武赛孙吴；五经三史，六韬三略，无所不晓。新娶得一个浑家，乃东京金梁桥下张待诏之女，小字如春。年方二八，生得如花似玉；比花花解语，比玉玉生香。夫妻二人，如鱼似水，且是说得着，不愿同日生，只愿同日死。这陈辛一心向善，常好斋供僧道。

一日，与妻言说："今黄榜招贤，我欲赴选，求得一官半职，改换门闾，多少是好。"如春答曰："只恐你命运不通，不得中举。"陈辛曰："我正是，学成文武艺，货与帝王家。"不数日，去赴选场，偕众伺候挂榜。旬日之间，金榜题名，已登三甲进士，琼林宴罢，谢恩，御笔除授广东南雄沙角镇巡检司巡检。回家说与妻如春道："今我蒙圣恩，除做南雄巡检之职，就要走马上任。我闻广东一路，千层峻岭，万叠高山，路途难行，盗贼烟瘴极多。如今便要收拾前去，如之奈何？"如春曰："奴一身嫁与官人，只得同受甘苦。如今去做官，便是路途险难，只得前去，何必忧心？"陈辛见妻如此说，心下稍宽。正是：

青龙与白虎同行，吉凶事全然未保。

当日，陈巡检唤当直王吉分付曰："我今得授广东南雄巡检之职，争奈路途险峻，好生艰难，你与我寻一个使唤的，一同前去。"王吉领命，往街市寻觅，不在话下。

却说陈巡检分付厨下使唤的："明日是四月初三日，设斋多备斋供。不问云游全真道人，都要斋他，不得有缺。”

不说这里斋主备办。且说大罗仙界有一真人，号曰紫阳真君，于仙界观见陈辛奉真斋道：“好生志诚！今投南雄巡检，争奈他妻有千日之灾。”分付大慧真人化作道童，“听吾法旨：你可假名罗童，权与陈辛作伴当，护送夫妻二人，他妻若遇妖精，你可护送。”道童听旨，同真君到陈辛宅中，与陈巡检相见礼毕。斋罢，真君问陈辛曰：“何故往日设斋欢喜，今日如何烦恼？”陈辛叉手告曰：“听小生诉禀：今蒙圣恩，除南雄巡检；争奈路远难行，又无兄弟，因此忧闷也。”真人曰：“我有这个道童，唤做罗童，年纪虽小，有些能处。今日权借与斋官，送到南雄沙角镇，便着他回来。”夫妻二人拜谢曰：“感蒙尊师降临，又赐道童相伴，此恩难报。”真君曰：“贫道物外之人，不思荣辱，岂图报恩？”拂袖而去了。陈辛曰：“且喜添得罗童做伴。”收拾琴、剑、书箱，辞了亲戚邻里，封锁门户，离了东京。十里长亭，五里短亭，迤逦而进。一路上，但见：

村前茅舍，庄后竹篱。村醪香透磁缸，浊酒满盛瓦瓮。架上麻衣，昨日芒郎留下当；酒帘大字，乡中学究醉时书。沽酒客暂解担囊，趱路人不停车马。

陈巡检骑着马，如春乘着轿，王吉、罗童挑着书箱行李，在路少不得饥餐渴饮，夜住晓行。罗童心中自忖：“我是大罗仙中大慧真人，今奉紫阳真君法旨，教我跟陈巡检往南雄沙角镇去。吾故意妆风做痴，教他不识咱真相。”遂乃行走不动，上前退后。如春见罗童如此嫌迟，好生心恼，再三要赶回去，陈巡检不肯，恐背了真人重恩。罗童正行在路，打火造饭，哭哭啼啼不肯吃，连陈巡检也厌烦了。如春孺人执性，定要赶罗童回去。罗童越要风，叫：“走不动！”王吉搀扶着行，不五里叫腰疼，大哭不止。如春说与陈巡检：“当初指望得罗童用，今日不曾得他半分之力，不如教他回去。”陈巡检不合听了孺人言语，打发罗童回去。有分教如春争些个做了失乡之鬼。正是：

鹿迷郑相应难辨，蝶梦周公未可知。

当日打发罗童回去，且得耳根清净。陈巡检夫妻和王吉三人前行。

且说梅岭之北有一洞，名曰申阳洞。洞中有一怪，号曰申阳公，乃猢狲精也。弟兄三人：一个是通天大圣，一个是弥天大圣，一个是齐天大圣。小妹便是泗州圣母。这齐天大圣神通广大，变化多端：能降各洞山魈，管领诸山猛兽；兴妖作法，摄偷可意佳人；啸月吟风，醉饮非凡美酒。与天地齐休，日月同长。这齐天大圣在洞中，观见岭下轿中，抬着一个佳人，娇嫩如花似玉，意欲取他。乃唤山神分付："听吾号令，便化客店，你做小二哥，我做店主人。他必到此店投宿。更深夜静，摄此妇人入洞中。"山神听令，化作一店；申阳公变作店主，坐在店中。却好至黄昏时分，陈巡检与孺人如春并王吉至梅岭下，见天色黄昏，路逢一店，唤招商客店。王吉向前去敲门，店小二问曰："客长有何勾当？"王吉答道："我主人乃南雄沙角巡检之任，到此赶不着馆驿，欲借店中一宿，来蚤便行。"申阳公迎接陈巡检夫妻二人入店，头房安下。申阳公说与陈巡检曰："老夫今年八十余岁，今晚多口，劝官人一句：前面梅岭，好生僻静！虎狼、劫盗极多；不如就老夫这里，安下孺人。官人自先去到任，多差弓兵人等来取，却好？"陈巡检答曰："小官三代将门之子，通晓武艺；常怀报国之心，岂怕虎狼盗贼？"申公情知难劝，便不敢言，自退去了。

且说陈巡检夫妻二人到店房中，吃了些晚饭，却好一更。看看二更，陈巡检先上床，脱衣而卧。只见就中起一阵风，正是：

吹折地狱门前树，刮起酆都顶上尘。

那阵风过处，吹得灯半灭而复明。陈巡检大惊！急穿衣起来看时，就房中不见了孺人。开房门叫得王吉。那王吉睡中叫将起来，不知头由，慌张失势。陈巡检说与王吉："房中起一阵狂风，不见了孺人。"主仆二人急叫店主人时，叫不应了。仔细看时，和店房都不见了，连王吉也吃一惊。看时，二人立在荒郊野地上，止有书箱行李并马在面前，并无灯火。客店、店主人皆无踪迹。只因此夜，直教陈巡检三年不见孺人之面。未知久后如何。正是：

雨里烟村雾里都，不分南北路程途。
多疑看罢僧繇画，收起丹青一轴图。

陈巡检与王吉听谯楼更鼓，正打四更。当夜月明星光之下，主仆二人，前无客店，后无人家，惊得魂飞天外，魄散九霄。只得教王吉挑了行李，自跳上马，月光之下，依路径而行。在路，陈巡检寻思："不知是何妖法，化作客店，摄了我妻去？从古至今，不见闻此异事！"巡检一头行，一头哭："我妻不知着落。"迤逦而行，却好天明。王吉劝官人："且休烦恼，理会正事。前面梅岭，望着好生险峻崎岖，凹凸难行。只得捱过此岭，且去沙角镇上了任，却来打听，寻取孺人不迟。”陈巡检听了王吉之言，只得勉强而行。

且说申阳公摄了张如春，归于洞中。惊得魂飞魄散，半晌醒来，泪如雨下。元来洞中先有一娘子，名唤牡丹，亦被摄在洞中日久，向前来劝如春不要烦恼。申公说与如春：“娘子，小圣与娘子前生有缘。今日得到洞中，别有一个世界。你吃了我仙桃、仙酒、胡麻饭，便是长生不死之人。你看我这洞中仙女，尽是凡间摄将来的。娘子休闷，且共你兰房同床云雨。”如春见说，哀哀痛哭，告申公曰：“奴奴不愿洞中快乐，长生不死，只求早死。若说云雨，实然不愿。”申公见说如此，自思：“我为他春心荡漾；他如今烦恼，未可归顺。其妇人性执，若逼令他，必定寻死，却不可惜了这等端妍少貌之人！”乃唤一妇人，名唤金莲洞主，也是日前摄来的，在洞中多年矣。申公分付：“好好劝如春，早晚好待他，将好言语诱他，等他回心。”金莲引如春到房中，将酒食管待。如春酒也不吃，食也不吃，只是烦恼。金莲、牡丹二妇人再三劝他：“你既被摄到此间，只得无奈何。自古道在他矮檐下，怎敢不低头？”如春告金莲云：“姐姐，你岂知我今生夫妻分离？被这老妖半夜摄将到此，强要奴家云雨，决不依随！只求快死，以表我贞洁。古云烈女不更二夫，奴今宁死而不受辱。”金莲说：“要知山下事，请问过来人。这事我也曾经来。我家在南雄府住，丈夫富贵，也被申公摄来洞中五年。你见他貌恶，当初我亦如此；后来惯熟，方才好过。你既到此，只得没奈何，随顺了他罢。”如春大怒，骂云：“我不似你这等淫贱，贪生受辱，枉为人在

世，泼贱之女！”金莲云：“好言不听，祸必临身。”遂自回报申公说：“新来佳人，不肯随顺，恶言诽谤，劝他不从。”申公大怒而言：“这个贱人，如此无礼！本待将铜锤打死，为他花容无比，不忍下手；可奈他执意不从。”交付牡丹娘子：“你管押着他。将这贱人剪发齐眉，蓬头赤脚，罚去山头挑水，浇灌花木。一日与他三顿淡饭。”牡丹依言，将张如春剪发齐眉，赤了双脚；把一副水桶与他。如春自思：“欲投岩涧中而死，万一天可怜见，苦尽甘来，还有再见丈夫之日。”不免含泪而挑水。正是：

宁为困苦全贞妇，不作贪淫下贱人。

不说张氏如春在洞中受苦。且说陈巡检与同王吉自离东京，在路两月余，至梅岭之北，被申阳公摄了孺人去，千方无计寻觅。王吉劝官人且去上任，巡检只得弃舍而行。乃望面前一村酒店，巡检到店门前下马，与王吉入店买酒饭吃了，算还酒饭钱，再上马而去。见一个草舍，乃是卖卦的，在梅岭下。招牌上写：“杨殿干请仙下笔，吉凶有准，祸福无差。”陈巡检到门前，下马离鞍，入门与杨殿干相见已毕。殿干问：“尊官何来？”陈巡检将昨夜失妻之事，从头至尾，说了一遍。杨殿干焚香请圣，陈巡检跪拜祷祝。只见杨殿干请仙至，降笔判断四句，诗曰：

千日逢灾厄，佳人意自坚。

紫阳来到日，镜破再团圆。

杨殿干断曰：“官人且省烦恼。孺人有千日之灾，三年之后，再遇紫阳，夫妇团圆。”陈巡检自思：“东京曾遇紫阳真人，借罗童为伴。因罗童呕气，打发他回去。此间相隔数千里路，如何得紫阳到此？”遂乃心中少宽。还了卦钱，谢了杨殿干，上马同王吉并众人上梅岭来。陈巡检看那岭时，真个险峻：

欲问世间烟障路，大庾梅岭苦心酸。

磨牙猛虎成群走，吐气巴蛇满地攒。

陈巡检并一行人过了梅岭。岭南二十里，有一小亭，名唤做接官亭。巡检下马，入亭中暂歇。忽见王吉报说：“有南雄沙角镇巡检衙门弓兵人等，远为迎接。”陈巡检唤入，参拜毕。过了一夜，次日同弓兵、吏卒走马上任，至于衙中升厅，众人参贺已毕。陈巡检在沙角镇做官，且是清正严谨。光阴似箭，正是：窗外日光弹指过，席前花影坐间移。倏忽在任，不觉一载有余。差人打听孺人消息，并无踪迹。端的：

好似石沉东海底，

犹如线断纸风筝。

陈巡检为因孺人无有消息，心中好闷；思忆浑家，终日下泪。正思念张如春之际，忽弓兵上报：“相公，祸事！今有南雄府府尹札付来报军情：有一强人，姓杨，名广，绰号‘镇山虎’，聚集五七百小喽罗，占据南林村，打家劫舍，杀人放火，百姓遭殃。札付巡检，‘火速带领所管一千人马，关领军器，前去收捕，毋得迟误。’”陈巡检听知，火速收拾军器鞍马。披挂已了，引着一千人马，径奔南林村来。

却说那南林村镇山虎正在寨中饮酒，小喽罗报说：“官军到来。”急上马持刀，一声锣响，引了五百小喽罗，前来迎敌。陈巡检与镇山虎并不打话，两马相交，那草寇怎敌得陈巡检过？斗无十合，一矛刺镇山虎于马下，枭其首级，杀散小喽罗。将首级回南雄府，当厅呈献；府尹大喜，重赏了当。自回巡检衙，办酒庆贺已毕。只因斩了镇山虎，真个是：

威名大振南雄府，武艺高强众所钦。

这陈巡检在任，倏忽却早三年官满。新官交替，陈巡检收拾行装，与王吉离了沙角镇。两程并作一程行，相望庾岭之下，红日西沉，天色已晚。陈巡检一行人，望见远远松林间有一座寺，王吉告官人：“前面有一座寺，我们去投宿则个。”陈巡检勒马向前，看那寺时，额上有“红莲寺”三个大金字。巡检下马，同一行人入寺。元来这寺中长老，名号旃大惠禅师，佛法广大，德行清高，是个古佛出世。当时行者报与长老：“有一过往官人投宿。”长老教行者相请。巡检入方丈，参见长老。礼毕，长老问：“官人何来？”陈巡检备说前事，“万望长老慈悲，指点陈辛，寻得孺人回乡，不忘重恩。”长老曰：“官人听

禀：此怪是白猿精，千年成器，变化难测。你孺人性贞烈，不肯依随，被他剪发赤脚，挑水浇花，受其苦楚。此人号曰申阳公，常到寺中听说禅机，讲其佛法。官人若要见孺人，可在我寺中住几时，等申阳公来时，我劝化他回心，放还你妻，如何？”陈巡检见长老如此说，心中喜欢，且在寺中歇下。正是：

五里亭亭一小峰，上分南北与西东。

世间多少迷途客，一指还归大道中。

陈巡检在红莲寺中，一住十余日。忽一日，行者报与长老：“申阳公到寺来也。”巡检闻之，躲于方丈中屏风后面。只见长老相迎申阳公入方丈。叙礼毕，分位而坐，行者献茶。茶罢，申阳公告长老曰：“小圣无能断除爱欲，只为色心迷恋本性，谁能虎项解金铃？”长老答曰：“尊圣要解虎项金铃，可解色心本性。色即是空，空即是色。一尘不染，万法皆明。莫怪老僧多言相劝，闻知你洞中有一如春娘子，在洞三年。他是贞节之妇，可放他一命还乡，此便是断却欲心也。”申阳公听罢，回言：“长老，小圣心中正恨此人。罚他挑水三年，不肯回心；这等愚顽，决不轻放！”陈巡检在屏风后听得说，正是：提起心头火，咬碎口中牙。陈巡检大怒！拔出所佩宝剑，劈头便砍。申阳公用手一指，其剑反着自身。申阳公曰：“吾不看长老之面，将你粉骨碎身，此冤必报。”道罢，申阳公别了长老，回去了。自洞中叫张如春在面前，欲要剖腹取心，害其性命。得牡丹、金莲二人救解，依旧挑水浇花，不在话下。

且说陈巡检不知妻子下落，到也罢了；既晓得在申阳洞中，心下倍加烦恼。在红莲寺方丈中拜告长老：“怎生得见我妻之面？”长老曰：“要见不难。老僧指一条径路，上山去寻。”长老叫行者引巡检去山间寻访，行者自回寺。只说陈辛去寻妻，未知寻得见寻不见。正是：

风定始知蝉在树，灯残方见月临窗。

当日，陈巡检带了王吉，一同行者到梅岭山头，不顾崎岖峻险，走到山岩潭畔，见个赤脚挑水妇人。慌忙向前看时，正是如春。夫妻二人，抱头而哭，各诉前情，莫非梦中相见？一一告诉。如春说：“昨日申公回洞，几乎一命不存。”巡检乃言：“谢红莲寺长老，指路来寻，不想却好遇你，不如共你逃走了罢。”如春道：“走不得。申公妖法广大，神通莫测。他若知我走，赶上时，和官人性命不留。我闻申公平日只怕紫阳真君，除非求得他来，方解其难。官人可急回寺去，莫待申公知之，其祸不小。”陈巡检只得弃了如春，归寺中拜谢长老，说已见娇妻。言：“申公只怕紫阳真君，他在东京曾与陈辛相会；今此间穹远，如何得他来救？”长老见他如此哀告，乃言：“等我与你入定去看，便见分晓。”长老教行者焚香，入定去了一晌。出定回来，说与陈巡检曰：“当初紫阳真人与你一个道童，你到半路赶了他回去。你如今便可往，急走三日，必有报应。”陈巡检见说，依其言，急急步行山寺。迤逦行了两日，并无踪迹。

且说紫阳真人在大罗仙境与罗童曰：“吾三年前，那陈巡检去上任时，他妻合有千日之灾，今已将满。吾怜他养道修真，好生虔心。吾今与汝同下凡间，去梅岭救取其妻回乡。”罗童听旨，一同下凡，往广东路上行来。这日，却好陈巡检撞见真君同罗童远远而来，乃急急向前跪拜，哀告曰：“真君，望救度！弟子妻张如春被申阳公妖法摄在洞中三年，受其苦楚，望真君救难则个！”真君笑曰：“陈辛，你可先去红莲寺中等，我便到也。”陈辛拜别，先回寺中；备办香案，迎接真君救难。正是：

法箓持身不等闲，立身起业有多般。

千年铁树开花易，一日酆都出世难。

陈巡检在寺中等了一日，只见紫阳真君行至寺中，端的道貌非凡。长老直出寺门迎接，入方丈叙礼毕，分宾主坐定。长老看紫阳真君，端的有神仪八极之表，道貌堂堂，威仪凛凛。陈巡检拜在真君面前，告曰：“望真君慈悲，早救陈辛妻张如春性命还乡，自当重重拜答深恩。”真君乃于香案前，口中不知说了几句言语，只见就方丈里起一阵风。但见：

无形无影透人怀，二月桃花被绰开。

就地撮将黄叶去，入山推出白云来。

那风过处，只见两个红巾天将出现，甚是勇猛。这两员神将朝着真君喏道：“吾师有何法旨？”紫阳真君曰：“快与我去申阳洞中，擒拿齐天大圣前来，不可有失。”两员天将去不多时，将申公一条铁索锁着，押到真君面前。申公跪下，紫阳真君判断，喝令天将将申公押入酆都天牢问罪。教罗童入申阳洞中，将众多妇女各各救出洞来，各令发付回家去讫。张如春与陈辛，夫妻再得团圆，向前拜谢紫阳真人。真人别了长老、陈辛，与罗童冉冉腾空而去了。

这陈巡检将礼物拜谢了长老，于一寺僧行别了。收拾行李轿马，王吉并一行从人离了红莲寺，迤逦在路。不则一日，回到东京故乡。夫妻团圆尽老，百年而终，有诗为证：

三年辛苦在申阳，恩爱夫妻痛断肠。

终是妖邪难胜正，贞名落得至今扬。

第十八卷　临安里钱婆留发迹

贵逼身来不自由，几年辛苦踏山丘。
满堂花醉三千客，一剑霜寒十四州。
莱子衣裳宫锦窄，谢公篇咏绮霞羞。
他年名上凌云阁，岂羡当时万户侯？

这八句诗，乃是晚唐时贯休所作。那贯休是个有名的诗僧，因避黄巢之乱，来于越地，将此诗献与钱王求见。钱王一见此诗，大加叹赏！但嫌其“一剑霜寒十四州”之句，殊无恢廓之意。遣人对他说，教和尚改“十四州”为“四十州”，方许相见。贯休应声吟诗四句。诗曰：

不羡荣华不惧威，添州改字总难依。
闲云野鹤无常住，何处江天不可飞？

吟罢，飘然而入蜀。钱王懊悔，追之不及。真高僧也。后人有诗讥诮钱王云：

文人自古傲王侯，沧海何曾择细流？
一个诗僧容不得，如何安口望添州？

此诗是说钱王度量窄狭，所以不能恢廓霸图，止于一十四州之主。虽如此说，像钱王生于乱世，独霸一方，做了一十四州之王，称孤道寡，非通小可！你道钱王是谁？他怎生样出身？有诗为证：

项氏宗衰刘氏穷，一朝龙战定关中。
纷纷肉眼看成败，谁向尘埃识骏雄？

话说钱王，名镠，表字具美，小名婆留，乃杭州府临安县人氏。其母怀孕之时，家中时常火发；及至救之，又复不见。举家怪异。忽一日，黄昏时候，钱公自外而来，遥见一条大蜥蜴，在自家屋上蜿蜒而下。头垂及地，约长丈余，两目熠熠有光。钱公大惊！正欲声张，忽然不见。只见前后火光亘天，钱公以为失火，急呼邻里求救。众人也有已睡的，未睡的，听说钱家火起，都爬起来。收拾挠钩、水桶来救火时，那里有什么火？但闻房中呱呱之声，钱妈妈已产下一个孩儿。钱公因自己错呼救火，蒿恼了邻里，十分惭愧，正不过意；又见了这条大蜥蜴，都是怪事。想所产孩儿，必然是妖物，留之无益，不如溺死，以绝后患。也是这小孩儿命不该绝。东邻有个王婆，平生念佛好善，与钱妈妈往来最厚；这一晚，因钱公呼唤救火，也跑来看。闻说钱妈妈生产，进房帮助；见养下孩儿，欢天喜地，抱去盆中洗浴。被钱公劈手夺过孩儿，按在浴盆里面，要将溺死。慌得王婆叫起屈来，倒身护住，定不容他下手。连声道："罪过，罪过！这孩子一难一度，投得个男身。作何罪业，要将他溺死？自古道：虎狼也有父子之情。你老人家是何意故？"钱妈妈也在床褥上嚷将起来。钱公道："这孩子临产时，家中有许多怪异，只恐不是好物，留之为害。"王婆道："一点点血块，那里便定得好歹。况且贵人生产，多有奇异之兆。反为祥瑞，也未可知。你老人家若不肯留这孩子时，待老身领去，过继与没孩儿的人家养育，也是一条性命。与你老人家也免了些罪业。"钱公被王婆苦劝不过，只得留了。取个小名，就唤做婆留。有诗为证：

五月佳儿说孟尝，又因光怪误钱王。

试看斗文并后稷，君相从来岂夭亡！

古时，姜嫄感巨人迹而生子，惧而弃之于野。百鸟皆舒翼覆之，三日不死。重复收养，因名曰弃。比及长大，天生圣德，能播种五谷。帝尧任为后稷之官，使主稼穑，是为周朝始祖。到武王之世，开了周家八百年基业。又春秋时，楚国大夫斗伯比与邧子之女偷情，生下一儿。其母邧夫人以为不雅，私弃于梦泽之中。邧子出猎，到于梦泽，见一虎跪下，将乳喂一小儿，心中怪异。那虎乳罢孩儿，自去了。邧子教人抱此儿回来，对夫人夸奖此儿："必是异人。"夫人认得己女所生，遂将实情说了。邧子就将女配与斗伯比为妻，教他抚养此儿。楚国土语唤"乳"做"谷"，唤"虎"做"於菟"。因有虎乳之异，取名曰谷於菟。后来长大为楚国令尹，则今传说的楚令尹子文就是。所以说：贵人无死法。又说：大难不死，必有后禄。今日说钱公满意要溺死孩儿，又被王婆留住，岂非天命？

话休絮烦。再说钱婆留长成五六岁，便头角渐异，相貌雄伟，膂力非常。与里中众小儿游戏厮打，随你十多岁的孩儿，也弄他不过，只索让他为尊。这临安里中有座山，名石镜山。山有圆石，其光如镜，照见人形。钱婆留每日同众小儿在山边游戏，石镜中照见钱婆留头带冕旒，身穿蟒衣玉带，众小儿都吃一惊，齐说：“神道出现。”偏是婆留全不骇惧，对小儿说道：“这镜中神道，就是我！你们见我，都该下拜。”众小儿罗拜于前，婆留安然受之，以此为常。一日回去，向父亲钱公说知其事。钱公不信，同他到石镜边照验，果然如此。钱公吃了一惊，对镜暗暗祷告道：“我儿婆留果有富贵之日，昌大钱宗，愿神灵隐蔽镜中之形，莫被人见，恐惹大祸。”祷告方毕，教婆留再照时，只见小孩儿的模样，并无王者衣冠。钱公故意骂道：“孩子家眼花说谎，下次不可如此！”

次日，婆留再到石镜边游戏，众小儿不见了神道，不肯下拜了。婆留心生一计。那石镜旁边，有一株大树，其大百围，枝叶扶疏，可荫数亩。树下有大石一块，有七八尺之高。婆留道：“这大树权做个宝殿，这大石权做个龙案。那个先爬上龙案坐下的，便是登宝殿了，众人都要拜贺他。”众小儿齐声道：“好！”一齐来爬时，那石高又高，峭又峭，滑又滑，怎生爬得上？天生婆留身材矫捷，又且有智。他想着：“大树本子上，有几个乾靼，好借脚力。”相在肚里了，跳上树根，一步步攀缘而上。约莫离地丈许，看得这块大石亲切，放手望下只一跳，端端正正坐于石上。众小儿发一声喊，都拜倒在地。婆留道：“今日你们服也不服？”众小儿都应道：“服了。”婆留道：“既然服我，便要听我号令。”当下折些树枝，假做旗幡；双双成对，摆个队伍，不许混乱。自此为始，每早排衙行礼；或剪纸为青红旗，分作两军交战，婆留坐石上指挥。一进一退，都有法度；如违了，他便打。众小儿打他不过，只得依他，无不惧怕。正是：

天挺英豪志量开，休教轻觑小儿孩。

未施济世安民手，先见惊天动地才。

再说婆留到十七八岁时，顶冠束发，长成一表人材；生得身长力大，腰阔膀开，十八般武艺，不学自高。虽曾进学堂读书，粗晓文义便抛开了，不肯专心；又不肯做农商经纪。在里中不干好事，惯一偷鸡打狗，吃酒赌钱。家中也有些小家私，都被他赌博，消费得七八了。爹娘若说他不是，他就憋着气，三两日出去不归。因是管辖他不下，只得由他。此时，里中都唤他做钱大郎，不敢叫他小名了。一日，婆留因没钱使用，忽然想起："顾三郎一伙，尝来打合我去贩卖私盐。我今日身闲无事，何不去寻他？"行到释迦院前，打从戚汉老门首经过。那戚汉老是钱塘县第一个开赌场的，家中养下几个娼妓，招引赌客。婆留闲时，也常在他家赌钱、住宿。这一日，忽见戚汉老左手上横着一把行秤，右手提了一只大公鸡、一个猪头回来。看了婆留便道："大郎，连日少会。"婆留问道："有甚好赌客在家？"汉老道："不瞒大郎说，本县录事老爷有两位郎君，好的是赌博，也肯使花酒钱。有多嘴的，对他说了，引到我家坐地，要寻人赌双陆。人听说是见在官府的儿，没人敢来上桩。大郎有采时，进去赌对一局。他们都是见采，分文不欠的。"婆留口中不语，心下思量道："两日正没生意，且去淘摸几贯钱钞使用。"便向戚汉老道："别人弱他官府，我却不弱他。便对一局，打甚紧？只怕采头短少，须吃他财主笑话。少停赌对时，我只说有在你处，你与我招架一声，得采时平分便了，若还输去，我自赔你。"汉老素知婆留平日赌性最直，便应道："使得。"

当下汉老同婆留进门，与二钟相见。这二钟一个叫做钟明，一个叫做钟亮，他父亲是钟起，见为本县录事之职。汉老开口道："此间钱大郎，年纪虽少，最好拳棒，兼善博戏。闻知二位公子在小人家里，特来进见。"原来二钟也喜拳棒，正投其机；又见婆留一表人材，不胜欢喜。当下叙礼毕，闲讲了几路拳法。钟明就讨双陆盘摆下，身边取出十两重一锭大银，放在桌上，说道："今日与钱兄初次相识，且只赌这锭银子。"婆留假意向袖中一摸，说道："在下偶然出来拜一个朋友，遇戚老说公子在此，特来相会，不曾带得什么采来。"回头看着汉老道："左右有在你处，你替我答应则个。"汉老一时应承了，只得也取出十两银子，做一堆儿放着。便道："小人今日不方便，在此只有这十两银子，做两局赌么？”自古道：稍粗胆壮。婆留自己没一分钱钞，却教汉老应出银子，胆已自不壮了。着了急，一连两局都输。钟明收起银子，便道：“得罪，得罪。”教小厮另取一两银子，送与汉老，作为头钱。汉老虽然还有银子在家，只怕钱大郎又输去了，只得认着晦气，收了一两银子。将双陆盘掇过一边，摆出酒肴留款。婆留那里有心饮酒，便道：“公子宽坐，容在下回家去，再取稍来决赌。何如？”钟明道：“最好。”钟亮道：“既钱兄有兴，明日早些到此，竟日取乐。今日知己相逢，且共饮酒。”婆留只得坐了。两个妓女唱曲侑酒。正是：

赌场逢妓女，银子当砖块。

牡丹花下死，还却风流债。

当日正在欢饮之际，忽闻叩门声。开看时，却是录事衙中当直的，说道：“老爷请公子议事。教小的们那处不寻到，却在这里！”钟明、钟亮便起身道：“老父呼唤，不得不去。钱兄，明日须早来顽耍。”嘱罢，向汉老说声“相扰”，同当直的一齐去了。婆留也要出门，被汉老双手拉住道：“我应的十两银子，几时还我？”婆留一手劈开便走，口里答道：“来日送还。”出得门来，自言自语的道：“今日手里无钱，却赌得不爽利。还去寻顾三郎，借几贯钞，明日来翻本。”带着三分酒兴，径往南门街上而来。向一个僻静巷口撒溺，背后一人将他脑后一拍，叫道：“大郎，甚风吹到此？”婆留回头看时，正是贩卖私盐的头儿顾三郎。婆留道：“三郎，今日相访，有句话说。”顾三郎道：“甚话？”婆留道：“不瞒你说，两日赌得没兴，与你告借百十贯钱去翻本。”顾三郎道：“百十贯钱却易，只今夜随我去，便有。”婆留道：“那里去？”顾三郎道：“莫问，莫问，同到城外便知。”

两个步出城门，恰好日落西山，天色渐暝。约行二里之程，到个水港口，黑影里见缆个小船，离岸数尺。船上芦席满满冒住，密不通风，并无一人。顾三郎捻起泥块，向芦席上一撒，撒得声响。忽然芦席开处，船舱里钻出两个人来，咳嗽一声。顾三郎也咳嗽相应。那边两个人，即便撑船拢来。顾三郎同婆留下了船舱，船舱还藏得四个人。这里两个人下舱，便问道：“三郎，你与谁人同来？”顾三郎道：“请得主将在此，休得多言，快些开船去。”说罢，众人拿橹动篙，把这船儿弄得梭子般去了。婆留道：“你们今夜又走什么道路？”顾三郎道：“不瞒你说，两日不曾做得生意，手头艰难。闻知有个王节使的家小船，今夜泊在天目山下，明早要进香。此人巨富，船中必然广有金帛，弟兄们欲待借他些使用。只是他手下有两个苍头，叫做张龙、赵虎，大有本事，没人对付得他。正思想大郎了得，天幸适才相遇，此乃天使其便，大胆相邀至此。”婆留道：“做官的贪赃枉法得来的钱钞，此乃不义之财，取之无碍！”

正说话间，听得船头前荡桨响，又有一个小划船来到。船上共有五条好汉在上，两船上一般咳嗽相应。婆留已知是同伙，更不问他。只见两船帮近，顾三郎悄悄问道：“那话儿歇在那里？”划船上人应道：“只在前面一里之地，我们已是着眼了。”当下，众人将船摇入芦苇中歇下，敲石取火。众好汉都来与婆留相见，船中已备得有酒肉，各人大碗酒、大块肉吃了一顿。分拨了器械，两只船，十三筹好汉，一齐上前进发。遥见大船上灯光未灭，众人摇船拢去，发声喊，都跳上船头。婆留手执铁棱棒打头，正遇着张龙，早被婆留一棒打落水去。赵虎望后艄便跑。满船人都唬得魂飞魄散，那个再敢挺敌？一个个跪倒船舱，连声饶命。婆留道：“众兄弟听我分付：只许收拾金帛，休杀害他性命。”众人依言，将舟中辎重，恣意搬取。唿哨一声，众人仍分作两队，下了小船，飞也是摇去了。

原来王节使另是一个座船，他家小先到一日。次日，王节使方到，已知家小船被盗。细开失单，往杭州府告状。杭州刺史董昌准了，行文各县：访拿真赃真盗。文书行到临安县来，知县差县尉协同缉捕使臣，限时限日的擒拿，不在话下。

再说顾三郎一伙，重泊船于芦苇丛中，将所得利物，众人十三分均分。因婆留出力，议定多分一分与他。婆留共得了三大锭元宝，百来两碎银，及金银酒器、首饰又十余件。此时天色渐明，城门已开。婆留怀了许多东西，跳上船头，对顾三郎道：“多谢作成，下次再当效力。”说罢，进城径到戚汉老家。汉老兀自床上翻身，被婆留叫唤起来，双手将两眼揩抹，问道：“大郎何事来得恁早？”婆留道：“钟家兄弟如何还不来？我寻他翻本则个。”便将元宝、碎银及酒器、首饰，一顿交付与戚汉老。说道：“恐怕又烦累你应采，这些东西都留你处，慢慢的支销。昨日借你的十两头，你就在里头除了罢。今日二钟来，你替我将几两碎银做个东道，就算我请他一席。”戚汉老见了许多财物，心中欢喜，连声应道：“这小事，但凭大郎分付。”婆留道：“今日起早些，既二钟未来，我要寻个静处，打个盹。”戚汉老引他到一个小小阁儿中，白木床上，叫道：“大郎任意安乐，小人去梳洗则个。”

却说钟明、钟亮在衙中早饭过了，袖了几锭银子，再到戚汉老家来。汉老正在门首买东买西，见了二钟，便道：“钱大郎今日做东道相请。在此专候久了，在小阁中打盹。二位先请进去，小人就来陪奉。”钟明、钟亮两个私下称赞道：“难得这般有信义之人。”走进堂中。只听得打齁之声，如霹雳一般的响。二钟吃一惊！寻到小阁中，猛见个丈余长一条大蜥蜴，据于床上，头生两角，五色云雾罩定。钟明、钟亮一齐叫道：“作怪！”只这声“作怪”，便把云雾冲散，不见了蜥蜴。定睛看时，乃是钱大郎直挺挺的睡着。弟兄两个心下想道：“常闻说异人多有变相，明明是个蜥蜴，如何却是钱大郎？此人后来必然有些好外。我们趁此未遇之先，与他结交，有何不美？”两下商量定。等待婆留醒来，二人更不言其故，只说：“我弟兄相慕信义，情愿结桃园之义，不知大郎允否？”婆留也爱二钟为人爽慨，当下就在小阁内，八拜定交。因婆留年最小，做了三弟。这日也不赌钱，大家畅饮而别。临别时，钟明把昨日赌赢的十两银子，送还婆留。婆留那里肯收，便道：“戚汉老处，小弟自己还过了。这银，大哥权且留下。且待小弟手中乏时，相借未迟。”钟明只得收去了。

自此日为始，三个人时常相聚。因是吃酒打人，饮博场中，出了个大名，号为“钱塘三虎”。这句话，吹在钟起耳朵里，好生不乐。将两个儿子禁约在衙中，不许他出外游荡。婆留连日不见二钟，在录事衙前探听，已知了这个消息，害了一怕，好几日不敢去寻二钟相会。正是：

取友必须端，休将戏谑看。
家严儿学好，子孝父心宽。

再说钱婆留与二钟疏了，少不得又与顾三郎这伙亲密，时常同去贩盐为盗。此等不法之事，也不知做下几十遭。原来走私商道路的，第一次胆小，第二次胆大，第三第四次浑身都是胆了。他不犯本钱，大锭银、大贯钞的使用。侥幸其事不发，落得快活受用。且到事发再处，他也拚得做得。自古道：若要不知，除非莫为。只因顾三郎伙内陈小乙，将一对赤金莲花杯在银匠家倒唤银子，被银匠认出是李十九员外库中之物，对做公的说了。做公的报知县尉，访着了这一伙姓名，尚未挨拿。

忽一日，县尉请钟录事父子在衙中饮酒。因钟明写得一手好字，县尉邀至书房，求他写一幅单条。钟明写了李太白《少年行》一篇，县尉展看称美。钟明偶然一眼，觑见大端石砚下，露出些纸脚。推开看时，写得有多人姓名。钟明有心，捉个冷眼，取来藏于袖中。背地偷看，却是所访盐盗的单儿。内中有钱婆留名字，钟明吃了一惊！上席后，不多几杯酒，便推腹痛先回。县尉只道真病，由他去了，谁知却是钟明的诡计。

当下钟明也不回去，急急跑到戚汉老家，教他转寻婆留说话。恰好婆留正在他场中铸牌赌色。钟明见了，也无暇作揖，一只臂膊牵出门外。到个僻静处，说道如此如此，“幸我看见，偷得访单在此。兄弟快些藏躲，恐怕不久要来缉捕，我须救你不得。一面我自着人替你在县尉处上下使钱，若三个月内不发作时，方可出头。兄弟千万珍重。”婆留道：“单上许多人，都是我心腹至友。哥哥若营为时，须一例与他解宽。若放一人到官，众人都是不干净的。”钟明道：“我自有道理。”说罢，钟明自去了。这一个信息，急得婆留脚也不停，径跑到南门寻见顾三郎，说知其事。也教他一伙作速移开，休得招风揽火。顾三郎道：“我们只下了盐船，各镇、市四散撑开，没人知觉，只你守着爹娘，没处去得，怎么好？”婆留道：“我自不妨事，珍重，珍重。”说罢，别去。从此婆留装病在家，准准住了三个月。早晚只演习枪棒，并不敢出门。连自己爹娘也道是个异事，却不知其中缘故。有诗为证：

钟明欲救婆留难，又见婆留转报人。
同乐同忧真义气，英雄必不负交亲。

却说县尉次日正要勾摄公事，寻砚底下这幅访单，已不见了，一时乱将起来。将书房中小厮吊打，再不肯招承。一连乱了三日，没些影响，县尉没做道理处。此时钟明、钟亮拚却私财，上下使用，缉捕、使臣都得了贿赂，又将白银二百两，央使臣转送县尉，教他阁起这宗公事。幸得县尉性贪，又听得使臣说道，录事衙里替他打点。只疑道：“那边先到了录事之手，我也落得放松，做个人情。”收受了银子，假意立限与使臣缉访。过了一月两月，把这事都放慢了。正是官无三日紧，又道是有钱使得鬼推磨。不在话下。

话分两头。再表江西洪州，有个术士。此人善识天文，精通相术。白虹贯日，便知易水奸谋；宝气腾空，预辨丰城神物。决班超封侯之贵，刻邓通饿死之期。殃祥有准半神仙，占候无差高术士。这术士唤做廖生，预知唐季将乱，隐于松门山中。忽一日夜坐，望见斗、牛之墟，隐隐有龙文五采，知是王气。算来该是钱塘分野，特地收拾行囊，来游钱塘。再占云气，却又在临安地面。乃装做相士，隐于临安市上。每日市中人求相者甚多，都是等闲之辈，并无异人在外。忽然想起："录事钟起，是我故友，何不去见他？"即忙到录事衙中通名。钟起知是故人廖生到此，倒屣而迎。相见礼毕，各叙寒温。钟起叩其来意，廖生屏去从人，私向钟起耳边说道："不肖夜来望气，知有异人在于贵县。求之市中数日，杳不可得。看足下尊相，虽然贵显，未足以当此也。"钟起乃召明、亮二子，求他一看。廖生道："骨法皆贵，然不过人臣之位。所谓异人，上应着斗、牛间王气，惟天子足以当之，最下亦得五霸、诸侯，方应其兆耳。"钟起乃留廖生在衙中过宿。

次日，钟起只说县中有疑难事，欲共商议。备下酒席在吴山寺中，悉召本县有名目的豪杰来会，令廖生背地里一个个看过。其中贵贱不一，皆不足以当大贵之兆。当日席散，钟起再邀廖生到衙。欲待来日，更搜寻乡村豪杰，教他饱看。此时天色将晚，二人并马而回。

却说钱婆留在家，已守过三个月无事，喜欢无限。想起二钟救命之恩，大着胆，来到县前。闻得钟起在吴山寺宴会，悄地到他衙中，要寻二钟兄弟拜谢。钟明、钟亮知是婆留相访，乘着父亲不在，慌忙出来相迎聚话。忽听得马铃声响，钟起回来了。婆留望见了钟起，唬得心头乱跳，低着头，望外只顾跑。钟起问："是甚人？"喝教拿下。廖生急忙向钟起说道："奇哉，怪哉！所言异人，乃应在此人身上，不可慢之。"钟起素信廖生之术，便改口教人："好好请来相见。"婆留只得转来。钟起问其姓名，婆留好像泥塑木雕的，那里敢说！钟起焦燥，乃唤两个儿子问："此人何姓何名？住居何处？缘何你与他相识？"钟明料瞒不过，只得说道："此人姓钱，小名婆留，乃临安里人。"钟起大笑一声，扯着廖生背地说道："先生错矣！此乃里中无赖子，目下幸逃法网，安望富贵乎？"廖生道："我已决定不差。足下父子之贵，皆因此人而得。"乃向婆留说道："你骨法非常，必当大贵，光前耀后！愿好生自爱。"又向钟起说道："我所以访求异人者，非贪图日后挈带富贵，正欲验我术法神耳。从此更十年，吾言必验，足下识之。只今日相别，后会未可知也。"说罢，飘然而去。钟起才信道婆留是个异人，钟明、钟亮又将戚汉老家所见蜥蜴生角之事，对父亲述之，愈加骇然。当晚，钟起便教儿子留款婆留。劝他："勤学枪棒，不可务外为非，致损声名。家中乏钱使用，我当相助。”由此钟明、钟亮仍旧与婆留往来不绝，比前更加亲密。有诗为证：

堪嗟豪杰混风尘，谁向贫穷识异人？

只为廖生能具眼，顿令录事款嘉宾。

话说唐僖宗乾符二年，黄巢兵起，攻掠浙东地方。杭州刺史董昌，出下募兵榜文。钟起闻知此信，对儿子说道：“即今黄寇猖獗，兵锋至近，刺史募乡勇杀贼。此乃壮士立功之秋，何不劝钱婆留一去？”钟明、钟亮道：“儿辈皆愿同他立功。”钟起欢喜。当下请到婆留，将此情对他说了。婆留磨拳撑掌，踊跃愿行。一应衣甲、器仗，都是钟起支持；又将银二十两，助婆留为安家之费。改名钱镠，表字具美，取“留”“镠”二音相同故也。三人辞家上路，直到杭州，见了刺史董昌。董昌见他器岸魁梧，试其武艺，果然熟闲，不胜之喜。皆署为裨将，军前听用。

不一日，探子报道：“黄巢兵数万，将犯临安，望相公策应。”董昌就假钱镠以兵马使之职，使领兵往救。问道：“此行用兵几何？”钱镠答道：“将在谋不在勇，兵贵精不贵多。愿得二钟为助，兵三百人足矣。”董昌即命钱镠于本州军伍，自行挑选三百人，同钟明、钟亮率领，望临安进发。

到石鉴镇，探听贼兵离镇止十五里。钱镠与二钟商议道：“我兵少，贼兵多；只可智取，不可力敌，宜出奇兵应之。”乃选弓弩手二十名，自家率领，多带良箭，伏山谷险要之处。先差炮手二人，伏于贼兵来路；一等贼兵过险，放炮为号，二十张强弓，一齐射之。钟明、钟亮各引一百人左右埋伏，准备策应。余兵散布山谷，扬旗呐喊，以助兵势。

分拨已定，黄巢兵早到。原来石鉴镇山路险隘，止容一人一骑。贼先锋率前队兵度险，皆单骑鱼贯而过。忽听得一声炮响，二十张劲弩齐发。贼人大惊，正不知多少人马。贼先锋身穿红锦袍，手执方天画戟，领插令字旗，跨一匹瓜黄战马，正扬威耀武而来；却被弩箭中了颈项，倒身颠下马来。贼兵大乱。钟明、钟亮引着二百人，呼风喝势，两头杀出。贼兵着忙，又听得四围呐喊不绝，正不知多少军马，自相蹂踏。斩首五百余级，余贼溃散。

钱镠全胜了一阵，想道：“此乃侥幸之计，可一用不可再也。若贼兵大至，三百人皆为齑粉矣。”此去三十里外，有一村，名八百里。引兵屯于彼处。乃对道旁一老媪说道：“若有人问你临安兵的消息，但言屯八百里就是。”

却说黄巢听得前队在石鉴镇失利，统领大军，弥山蔽野而来。到得镇上，不见一个官军，遣人四下搜寻居民问信。少停，拿得老媪到来。问道：“临安军在那里？”老媪答道：“屯八百里。”再三问时，只是说：“屯八百里。”黄巢不知“八百里”是地名，只道官军四集，屯了八百里路之远。乃叹道：“向者二十弓弩手，尚然敌他不过，况八百里屯兵乎？杭州不可得也！”于是贼兵不敢停石鉴镇上，径望越州一路而去。临安赖以保全。有诗为证：

能将少卒胜多人，良将机谋妙若神。

三百兵屯八百里，贼军骇散息烽尘。

再说越州观察使刘汉宏，听得黄巢兵到，一时不曾做得准备。乃遣人打话情愿多将金帛犒军，求免攻掠。黄巢受其金帛，亦径过越州而去。原来刘汉宏先为杭州刺史，董昌在他手下做裨将，充募兵使。因平了叛贼王郢之乱，董昌有功，就升做杭州刺史，刘汉宏却升做越州观察使。汉宏因董昌在他手下出身，屡屡欺侮；董昌不能堪，渐生嫌隙。今日巢贼经过越州，虽然不曾杀掠，却费了许多金帛；访知杭州到被董昌得胜报功，心中愈加不平。有门下宾客沈苛献计道：“临安退贼之功，皆赖兵马使钱镠用谋取胜。闻得钱镠智勇足备，明公若驰咫尺之书，厚具礼币，只说越州贼寇未平，向董昌借钱镠来此征剿。哄得钱镠到此，或优待以结其心，或寻事以斩其首。董昌割去右臂，无能为矣。方今朝政颠倒，宦官弄权，官家威令不行。天下英雄，皆有割据一方之意。若吞并董昌，奄有杭、越，此霸王之业也。”刘汉宏为人，志广才疏；这一席话，正投其机。以手抚沈苛之背，连声赞道：“吾心腹人所见极明。妙哉，妙哉！”即忙修书一封：“汉宏再拜，奉书于故人董公麾下：顷者巢贼猖獗，越州兵微将寡，难以备御。闻麾下有兵马使钱镠，谋能料敌，勇称冠军。今贵州已平，乞念唇齿之义，遣镠前来，协力拒贼，事定之后，功归麾下。聊具金甲一副，名马二匹，权表微忱，伏乞笑纳。”

原来董昌也有心疑忌刘汉宏，先期差人打听越州事情，已知黄巢兵退。如今书上反说巢寇猖獗，其中必有缘故。即请钱镠来商议。钱镠道：“明公与刘观察隙嫌已构，此不两立之势也。闻刘观察自托帝王之胄，欲图非望。巢贼在境不发兵相拒，乃以金帛买和，其意不测。明公若假精兵二千付镠，声言相助。汉宏无谋，必欣然见纳。乘便图之，越州可一举而定。于是表奏朝廷，坐汉宏以和贼谋叛之罪。朝廷方事姑息，必重奖明公之功。明公勋垂于竹帛，身安于泰山，岂非万全之策乎？”董昌欣然从之。即打发回书，着来使先去。随后发精兵二千，付与钱镠。临行嘱道：“此去见机而作，小心在意。”

却说刘汉宏接了回书，知道董昌已遣钱镠到来，不胜之喜！便与宾客沈苛商议。沈苛道：“钱镠所领二千人，皆胜兵也。若纵之入城，实为难制。今俟其未来，预令人迎之，使屯兵于城外，独召钱镠相见。彼既无羽翼，惟吾所制。然后遣将代领其兵，厚加恩劳，使倒戈以袭杭州。疾雷不及掩耳，董昌可克矣。”刘汉宏又赞道：“吾心腹人所见极明。妙哉，妙哉！”即命沈苛出城，迎候钱镠。不在话下。

再说钱镠领了二千军马，来到越州城外。沈苛迎住，相见礼毕，沈苛道：“奉观察之命：城中狭小，不能容客兵，权于城外屯札；单请将军入城相会。”钱镠已知刘汉宏掇赚之计，便将计就计，假意发怒道：“钱某本一介匹夫，荷察使不嫌愚贱，厚币相招。某感察使知己之恩，愿以肝脑相报。董刺史与察使外亲内忌，不欲某来；又只肯发兵五百人。某再三勉强，方许二千之数。某挑选精壮，一可当百，特来辅助察使，成百世之功业。察使不念某勤劳，亲行犒劳；乃安坐城中，呼某相见，如呼下隶，此非敬贤之道！某便引兵而回，不愿见察使矣。”说罢，仰面叹云：“钱某一片壮心，可惜，可惜！”沈苛只认是真心，慌忙收科道：“将军休要错怪，观察实不知将军心事。容某进城对观察说知，必当亲自劳军，与将军相见。”说罢，飞马入城去了。钱镠分付手下心腹将校：如此如此。各人暗做准备。

且说刘汉宏听沈苛回话，信以为然。乃杀牛宰马，大发刍粮，为犒军之礼。旌旗鼓乐前导，直到北门外馆驿中坐下，等待钱镠入见，指望他行偏裨见主将之礼。谁知钱镠领着心腹二十余人，昂然而入。对着刘汉宏拱手道："小将甲胄在身，恕不下拜了。"气得刘汉宏面如土色。沈苛自觉失信，满脸通红，上前发怒道："将军差矣！常言军有头，将有主。尊卑上下，古之常礼。董刺史命将军来与观察助力，将军便是观察麾下之人；况董刺史出身观察门下，尚然不敢与观察敌体，将军如此倨傲，岂小觑我越州无军马乎？"说声未绝，只见钱镠大喝道："无名小子，敢来饶舌。"将头巾望上一抻，二十余人，一齐发作。说时迟，那时快，钱镠拔出佩剑，沈苛不曾防备，一刀剁下头来。刘汉宏望馆驿后便跑。手下跟随的，约有百余人，一齐上前，来拿钱镠。怎当钱镠神威雄猛，如砍瓜切菜，杀散众人，径往馆驿后园来寻刘汉宏，并无踪迹。只见土墙上缺了一角，已知爬墙去了。钱镠懊悔不迭，率领二千军众，便想攻打越州。看见城中已有准备，自己后军无继，孤掌难鸣；只得拨转旗头，重回旧路。城中刘汉宏闻知钱镠回军，即忙点精兵五千，差骁将陆萃为先锋，自引大军，随后追袭。

却说钱镠也料定越州军马必来追赶，昼夜兼行。来到白龙山下，忽听得一棒锣声，山中拥出二百余人，一字儿拨开。为头一个好汉，生得如何？怎生打扮：

一头裹金线唐巾，身穿绿锦衲袄。腰拴搭膊，脚套皮靴。挂一副弓箭袋，拿一柄泼风刀。生得浓眉大眼，紫面拳须。私商船上有名人，厮杀场中无敌手。

钱镠出马，上前观看。那好汉见了钱镠，撇下刀，纳头便拜。钱镠认得是贩盐为盗的顾三郎，名唤顾全武，乃滚鞍下马，扶起道："三郎，久别！如何却在此处？"顾全武道："自蒙大郎活命之恩，无门可补报。闻得黄巢兵到，欲待倡率义兵，保护地方，就便与大郎相会。后闻大郎破贼成功，为朝廷命官；又闻得往越州刘观察处效用。不才聚起盐徒二百余人，正要到彼相寻帮助，何期此地相会？不知大郎回兵，为何如此之速？"钱镠把刘汉宏事情，备细说了一遍。便道："今日天幸得遇三郎，正有相烦之处。小弟算定刘汉宏必来追赶，因此连夜而行。他自恃先达，不以董刺史为意。又杭州是他旧治，追赶不着，必然直趋杭州，与董家索斗。三郎率领二百人，暂住白龙山下，待他兵过，可行诈降之计。若兵临杭州，只看小弟出兵迎敌，三郎从中而起，汉宏可斩也。若斩了汉宏，便是你进身之阶。小弟在董刺史前一力保荐，前程万里！不可有误。”顾全武道：“大郎分付，无有不依。”两人相别，各自去了。正是：

太平处处皆生意，衰乱时时尽杀机。

我正算人人算我，战场能得几人归？

却说刘汉宏引兵追到越州界口，先锋陆萃探知钱镠星夜走回，来禀汉宏回军。汉宏大怒道：“钱镠小卒，吾为所侮，有何面目回见本州百姓！杭州吾旧时管辖之地，董昌吾所荐拔；吾今亲自引兵到彼，务要董昌杀了钱镠，输情服罪，方可恕饶。不然，誓不为人！”当下喝退陆萃，传令起程，向杭州进发。行至富阳白龙山下，忽然一棒锣声，涌出二百余人，一字儿摆开。为头一个好汉，手执大刀，甚是凶勇。汉宏吃了一惊，正欲迎敌。只见那汉约住刀头，厉声问道：“来将可是越州刘察使么？”汉宏回言：“正是。”那好汉慌忙撇刀在地，拜伏马前，道：“小人等候久矣。”刘汉宏问其来意。那汉道：“小人姓顾，名全武，乃临安县人氏。因贩卖私盐，被州县访名擒捉，小人一向在江湖上逃命。近闻同伙兄弟钱镠出头做官，小人特往投奔。何期他妒贤嫉能，贵而忘贱，不相容纳，只得借白龙山权住落草。昨日钱镠到此经过，小人便欲杀之。争奈手下众寡不敌，怕不了事。闻此人得罪于察使，小人愿为前部，少效犬马之劳。”刘汉宏大喜！便教顾全武代了陆萃之职，分兵一千前行。陆萃改作后哨。

不一日，来到杭州城下。此时钱镠已见过董昌，预作准备。闻越州兵已到，董昌亲到城楼上，叫道：“下官与察使同为朝廷命官，各守一方。下官并不敢得罪察使，不知到此何事？”刘汉宏大骂道：“你这背恩忘义之贼！若早识时务，斩了钱镠，献出首级，免动干戈。”董昌道：“察使休怒，钱镠自来告罪了。”只见城门开处，一军飞奔出来，来将正是钱镠。左有钟明，右有钟亮，径冲入敌阵，要拿刘汉宏。汉宏着了忙，急叫：“先锋何在？”旁边一将应声道：“先锋在此！”手起刀落，斩汉宏于马下。把刀一招，钱镠直杀入阵来，大呼：“降者免死！”五千人不战而降，陆萃自刎而亡。斩汉宏者，乃顾全武也。正是：

有谋无勇堪资画，有勇无谋易丧生。

必竟有谋兼有勇，伫看百战百成功。

董昌看见斩了刘汉宏，大开城门收军。钱镠引顾全武见了董昌，董昌大喜！即将汉宏罪状申奏朝廷，并列钱镠以下诸将功次。那时朝廷多事，不暇究问，乃升董昌为越州观察使，就代刘汉宏之位；钱镠为杭州刺史，就代董昌之位；钟明、钟亮及顾全武俱有官爵。钟起将亲女嫁与钱镠为夫人。董昌移镇越州，将杭州让与钱镠。钱公、钱母都来杭州居住，一门荣贵，自不必说。

却说临安县有个农民，在天目山下锄田，锄起一片小小石碑，镌得有字几行。农民不识，把与村中学究罗平看之。罗学究拭土辨认，乃是四句谶语。道是：

天目山垂两乳长，龙飞凤舞到钱塘。

海门一点巽峰起，五百年间出帝王。

后面又镌“晋郭璞记”四字。罗学究以为奇货，留在家中。次日，怀了石碑，走到杭州府，献与钱镠刺史，密陈天命。钱镠看了，大怒道：“匹夫造言欺我？合当斩首！”罗学究再三苦求，方免。喝教乱棒打出，其碑就庭中毁碎。原来钱镠已知此是吉谶，合应在自己身上。只恐声扬于外，故意不信。乃见他心机周密处。

再说罗学究被打，深恨刺史无礼，好意反成恶意。心生一计，“不若将此碑献与越州董观察，定有好处。”想：“此碑虽然毁碎，尚可凑看。”乃私赂守门吏卒，在庭中拾将出来。原来只破作三块，将字迹凑合，一毫不损。罗平心中大喜，依旧包裹石碑，取路到越州去。行了二日，路上忽逢一簇人，攒拥着一个十二三岁的孩儿。那孩子手中提着一个竹笼，笼外覆着布幕，内中养着一只小小翠鸟。罗平挨身上前，问其缘故。众人道：“这小鸟儿，又非鹦哥，又非鸲鹆，却会说话。我们要问这孩子买他玩耍，还了他一贯足钱，还不肯。”话声未绝，只见那小鸟儿，将头颠两颠，连声道：“皇帝董！皇帝董！”罗平问道：“这小鸟儿还是天生会话？还是教成的？”孩子道：“我爹在乡里砍柴，听得树上说话，却是这畜生。将栖竿栖得来，是天生会话的。”罗平道：“我与你两贯足钱，卖与我罢。”孩子得了两贯钱，欢欢喜喜的去了。罗平提了鸟笼，急急赶路。

不一日，来到越州，口称有机密事，要见察使。董昌唤进，屏开从人，正要问时，那小鸟儿又在笼中叫道：“皇帝董！皇帝董！”董昌大惊！问道：“此何鸟也？”罗平道：“此鸟不知名色，天生会话，宜呼曰‘灵鸟’。”因于怀中取出石碑，备陈来历：“自晋初至今，正合五百之数。方今天子微弱，唐运将终。梁、晋二王，互相争杀。天下英雄，皆有割据一方之意。钱塘原是察使创业之地，灵碑之出，非无因也。况灵鸟吉祥，明示天命。察使先破黄巢，再斩汉宏，威名方盛，远近震悚。若乘此机会，用越、杭之众，兼并两浙。上可以窥中原，下亦不失为孙仲谋矣。”原来董昌见天下纷乱，久有图霸之意；听了这一席话，大喜道：“足下远来，殆天赐我立功也。事成之日，即以本州观察相酬。”于是拜罗平为军师，招集兵马；又于民间科敛，以充粮饷。命巧匠制就金丝笼子，安放“灵鸟”，外用蜀锦为衣罩之。又写密书一封，差人送到杭州钱镠，教他募兵听用。

钱镠见书，大惊道：“董昌反矣。”乃密表奏朝廷。朝廷即拜钱镠为苏、杭等州观察。于是钱镠更造杭城，自秦望山至于范浦，周围七十里。再奉表闻，加镇海军节度使，封开国公。董昌闻知朝廷累加钱镠官爵，心中大怒，骂道：“贼狗奴，敢卖吾得官耶？吾先取杭州，以泄吾恨。”罗平谏道：“钱镠异志未彰，且新膺庞命，讨之无名。不若诈称朝命，先正王位。然后以尊临卑，平定睦州，广其兵势。假道于杭，以临湖州。待钱镠不从，乘间图之；若出兵相助，是明公不战而得杭州矣。又何求乎？”董昌依其言，乃假装朝廷诏命，封董昌为越王之职，使专制两浙诸路军马，旗帜上都换了越王字号。又将灵碑及灵鸟宣示州中百姓，使知天意。民间三丁抽一，得兵五万，号称十万，浩浩荡荡，杀奔睦州来。睦州无备，被董昌攻破了。停兵月余，改换官吏；又选得精兵三万人，军威甚盛。自谓天下无敌，谋称越帝。征兵杭州，欲攻湖州。钱镠道：“越兵正锐，不可当也，不如迎之。待其兵顿湖州，遂乘其弊，无不胜矣。”于是先遣钟明卑词犒师，续后亲领五千军马，愿为前部自效。董昌大喜！行了数日，钱镠伪称有疾，暂留途中养病。董昌更不疑惑，催兵先进。有诗为证：

勾践当年欲豢吴，卑辞厚礼破姑苏。

董昌不识钱镠意，犹恃兵威下太湖。

却说钱镠打听越州兵去远，乃引兵而归。挑选精兵千人，假做越州军旗号，遣顾全武为先锋，来袭越州。又分付钟明、钟亮，各引精兵五百，潜屯余杭之境。分付：“不可妄动。直待董昌还救越州时节，兵从此过，然后自后掩袭。他无心恋战，必获全胜。”分拨已定，乃对宾客钟起道：“守城之事，专以相委。越州乃董贼巢穴，吾当亲往观变。若巢穴既破，董昌必然授首无疑矣。”乃自引精兵二千，接应顾全武军马。

却说顾全武打了越州兵旗号，一路并无阻碍，直到越州城下。只说催趱攻城火器，赚开城门。顾全武大喝道：“董昌僭号，背叛朝廷。钱节使奉诏来讨，大军十万已在城外矣。”越州城中军将，都被董昌带去，留的都是老弱，谁敢拒敌？顾全武径入府中，将伪世子董荣及一门老幼三百余人，拘于一室，分兵守之。恰好杭州大军已到，闻知顾全武得了城池，整军而入，秋毫无犯。顾全武迎钱镠入府。出榜安民已定，写书一封，遣人往董昌军中投递。书曰：

镠闻：天无二日，土无二王。今唐运虽衰，天命未改。而足下妄自矜大，僭号称兵。凡为唐臣，谁不愤疾？镠迫于公义，辄遣副将顾全武率兵讨逆。兵声所至，越人倒戈。足下全家，尽已就缚。若能见机伏罪，尚可全活。乞早自裁，以救一家之命。

却说董昌攻打湖州不下，正在帐中纳闷。又听得灵鸟叫声：“皇帝董，皇帝董！”董昌揭起锦罩看时，一个眼花，不见灵鸟，只见一个血淋淋的人头，在金丝笼内挂着。认得是刘汉宏的面庞，唬得魂不附体，大叫一声，蓦然倒地。众将急来救醒，定睛半晌，再看笼子内，都是点点血迹，果然没了灵鸟。董昌心中大恶，急召罗军师商议，告知其事。问道：“主何吉凶？”罗平心知不祥之兆，不敢直言，乃说道：“大越帝业，因斩刘汉宏而起。今汉宏头现，此乃克敌之征也。”说犹未了，报道：“杭州差人下书。”董昌拆开看时，知道越州已破，这一惊非小。罗平道：“兵家虚虚实实，未可尽信。钱镠托病回兵，必有异谋，故造言以煽惑军心，明公休得自失主张。”董昌道：“虽则真伪未定，亦当回军，还顾根本。”罗平叫将来使斩讫，恐泄漏消息。再教传令：“并力攻城！”使城中不疑，夜间好办走路。是日，攻打湖州，至晚方歇。捱到二更时分，拔寨都起。骁将薛明、徐福各引一万人马先行，董昌中军随后进发，却将睦州带来的三万军马，与罗平断后。湖州城中见军马已退，恐有诡计，不敢追袭。

且说徐、薛二将，引兵昼夜兼行，早到余杭山下。正欲埋锅造饭，忽听得山凹里连珠炮响，鼓角齐鸣，钟明、钟亮两枝人马，左右杀将出来。薛明接住钟明厮杀，徐福接住钟亮厮杀。徐、薛二将，虽然英勇，争奈军心惶惑，都无心恋战；且昼夜奔走，俱已疲倦，怎当虎狼般这两枝生力军？自古道：“兵离将败。”薛明看见军伍散乱，心中着忙，措手不迭，被钟明斩于马下。拍马来夹攻徐福，徐福敌不得二将，亦被钟亮斩之。众军都弃甲投降。二钟商议道："越兵前部虽败，董昌大军随后即至，众寡不敌。不若分兵埋伏，待其兵已过去，从后击之。彼知前部有失，必然心忙思窜，然后可获全胜矣。"当下商量已定，将投降军众纵去，使报董昌消息。

却说董昌大军正行之际，只见败军纷纷而至。报道："徐、薛二将，俱已阵亡。"董昌心胆俱裂，只得抖擞精神，麾兵而进。过了余杭山下，不见敌军，正在疑虑。只听后面连珠炮响，两路伏兵齐起，正不知多少人马！越州兵争先逃命，自相蹂踏，死者不计其数。直奔了五十余里，方才得脱。收拾败军，三停又折一停，只等罗平后军消息。谁知睦州兵虽然跟随董昌，心中不顺。今日见他回军，几个裨将商议，杀了罗平，将首级向二钟处纳降，并力来追董昌。董昌闻了此信，不敢走杭州大路，打宽转打从临安、桐庐一路而行。

这里钱镠早已算定：预先取钟起来守越州，自起兵回杭州，等候董昌。却教顾全武领一千人马，在临安山险处埋伏，以防窜逸。董昌行到临安，军无队伍。正当爬山过险，却不提防顾全武一枝军冲出。当先顾全武一骑马，一把刀，横行直撞，逢人便杀，大喝："降者免死！"军士都拜伏于地，那个不要性命的，敢来交锋？董昌见时势不好，脱去金盔、金甲，逃往村农家逃难，被村中绑缚献出。顾全武想道："越兵虽降，其势甚众，怕有不测。"一刀割了董昌首级，以绝越兵之意。重赏村农。正欲下寨歇息，忽听得山凹中鼓角震天。尘头起处，军马无数而来。顾全武道："此必越州军后队也。"绰刀上马，准备迎敌。马头近处，那边拥出二员大将，不是别人，正是钟明、钟亮，为追赶董昌到此。三人下马相见，各叙功勋。是晚，同下寨于临安地方。次日，拔寨都起。行了二日，正迎着钱镠军马。

原来钱镠哨探得董昌打从临安远转，怕顾全武不能了事，自起大军来接应。已知两路人马，都已成功，合兵回杭州城来。真个是：

喜孜孜鞭敲金镫响，笑吟吟齐唱凯歌回。

顾全武献董昌首级，二钟献薛明、徐福、罗平首级。钱镠传令：向越州监中取董昌家属三百口，尽行诛戮，写表报捷，此乃唐昭宗皇帝乾宁四年也。

那时中原多事，吴越地远，朝廷力不能及。闻钱镠讨叛成功，上表申奏，大加叹赏。锡以铁券、诰命，封为上柱国、彭城郡王，加中书令。未几，进封越王。又改封吴王。润、越等十四州，得专封拜。此时钱镠志得意满，在杭州起造王府宫殿，极其壮丽。父亲钱公已故，钱母尚存，奉养宫中；锦衣玉食，自不必说。钟氏册封王妃；钟起为国相，同理政事；钟明、钟亮及顾全武俱为各州观察使之职。

其年大水，江潮涨溢，城垣都被冲击。乃大起人夫，筑捍海塘，累月不就。钱镠亲往督工，见江涛汹涌，难以施功。钱镠大怒，喝道："何物江神？敢逆吾意！"命强弩数百，一齐对潮头射去，波浪顿然敛息。不匀数日，捍海塘筑完，命其门曰候潮门。

钱镠叹道："闻古人有云：富贵不归故乡，如衣锦夜行耳。"乃择日往临安，展拜祖父坟茔，用太牢祭享。旌旗鼓吹，振耀山谷。改临安县为衣锦军，石鉴山名为衣锦山。用锦绣为被，蒙覆石镜，设兵看守，不许人私看。初时所坐大石，封为衣锦石；大树封为衣锦将军，亦用锦绣遮缠。风雨毁坏，更换新锦。旧时所居之地，号为衣锦里，建造牌坊。贩盐的担儿，也裁个锦囊韬之，供养在旧居堂屋之内，以示不忘本之意。杀牛宰马，大排筵席，遍召里中故旧。不拘男妇，都来宴会。其时，有一邻妪，年九十余岁，手提一壶白酒，一盘角黍，迎着钱镠，呵呵大笑，说道："钱婆留今日直恁长进，可喜，可喜！"左右正欲么喝，钱镠道："休得惊动了他。"慌忙拜倒在地，谢道："当初若非王婆相救，留此一命，怎有今日？"王婆扶起钱镠，将白酒满斟一瓯送到，钱镠一饮而尽；又将角黍供去，镠亦啖之。说道："钱婆留今日有得吃，不劳王婆费心，老人家好去自在。"命县令拨里中肥田百亩，为王婆养终之资。王婆称谢而去。

只见里中男妇毕集，见了钱镠蟒衣玉带，天人般妆束，一齐下跪。钱镠扶起，都教坐了，亲自执觞送酒。八十岁以上者，饮金杯；百岁者，饮玉杯。那时饮玉杯者，也有十余人。钱镠送酒毕，自起歌曰：

三节还乡挂锦衣，吴越一王驷马归。

天明明兮爱日挥，百岁荏兮会时稀。

父老皆是村民，不解其意，面面相觑，都不做声。钱镠觉他意不欢畅，乃改为吴音再歌。歌曰：

你辈见侬底欢喜，别是一般滋味子。

长在我侬心子里，我侬断不忘记你。

歌罢，举座欢笑，都拍手齐和。是日，尽欢而罢。明日又会，如此三日，各各有绢帛赏赐。开赌场的戚汉老已故，召其家，厚赐之。仍归杭州。

后唐王禅位于梁，梁王朱全忠改元开平，封钱镠为吴越王，寻授天下兵马都元帅。钱镠虽受王封，其实与皇帝行动不殊，一般出警入跸，山呼万岁。据欧阳公《五代史》叙说，吴越亦曾称帝改元，至今杭州各寺院有天宝、宝大、宝正等年号，皆吴越所称也。自钱镠王吴越，终身无邻国侵扰，享年八十有一而终，谥曰武肃。传子元瓘，元瓘传子佐，佐传弟俶。宋太祖陈桥受禅之后，钱俶来朝。到宋太宗嗣位，钱俶纳土归朝，改封邓王。钱氏独霸吴越凡九十八年，天目山石碑之谶，应于此矣。后人有诗赞云：

将相本无种，帝王自有真。
昔年盐盗辈，今日锦衣人。
石鉴呈形异，廖生决相神。
笑他皇帝董，碑谶枉残身。

第十九卷 木绵庵郑虎臣报冤

荷花桂子不胜悲，江介年华忆昔时。
天目山来孤凤歇，海门潮去六龙移。
贾充误世终无策，庾信哀时尚有词。
莫向中原夸绝景，西湖遗恨是西施。

这一首诗是张志远所作。只为宋朝南渡以后，绍兴、淳熙年间息兵罢战，君相自谓太平，纵情佚乐，士大夫赏玩湖山，无复恢复中原之志，所以末一联诗说道："莫向中原夸绝景，西湖遗恨是西施。"那时，西湖有三秋桂子，十里荷香，青山四围，中涵绿水，金碧楼台相间，说不尽许多景致。苏东坡学士有诗云："欲把西湖比西子，淡妆浓抹两相宜。"因此群臣耽山水之乐，忘社稷之忧，恰如吴宫被西施迷惑一般。

当初吴王夫差宠幸一个妃子，名曰西施，日逐在百花洲、锦帆泾、姑苏台，流连玩赏。其时有个佞臣伯嚭，逢君之恶，劝他穷奢极欲，诛戮忠臣，以致越兵来袭，国破身亡。今日宋朝南渡之后，虽然夷势猖獗，中原人心不忘赵氏，尚可乘机恢复，也只为听用了几个奸臣，盘荒懈惰，以致于亡。那几个奸臣？秦桧、韩侂胄、史弥远、贾似道。秦桧居相位一十九年，力主和议，杀害岳飞，解散张、韩、刘诸将兵柄。韩侂胄居相位一十四年，陷害了赵汝愚丞相，罢黜道学诸臣，轻开边衅，辱国殃民。史弥远在相位二十六年，谋害了济王竑，专任憸壬以居台谏，一时正人君子，贬斥殆尽。那时蒙古盛强，天变屡见，宋朝事势已去了七八了。也是天数当尽，又生出个贾似道来，他在相位一十五年，专一蒙蔽朝廷，偷安肆乐；后来虽贬官黜爵，死于木绵庵，不救亡国之祸。有诗为证：

奸邪自古误人多，无奈君王轻信何！
朝论若分忠佞字，太平玉烛永调和。

话说南宋宁宗皇帝嘉定年间，浙江台州一个官人，姓贾，名涉。因往临安府听选，一主一仆，行至钱塘，地名叫做凤口里。行路饥渴，偶来一个村家歇脚，打个中火。那人家竹篱茅舍，甚是荒凉。贾涉叫声：“有人么？”只见芦帘开处，走个妇人出来。那妇人生得何如？

> 面如满月，发若乌云，薄施脂粉，尽有容颜，不学妖娆，自然丰韵。鲜眸玉腕，生成福相端严；裙布钗荆，任是村妆希罕。分明美玉藏顽石，一似明珠坠堑渊。随他呆子也消魂，况是客边情易动。

那妇人见了贾涉，不慌不忙，深深道个万福。贾涉看那妇人是个福相，心下踌躇道：“吾今壮年无子，若得此妇为妾，心满意足矣！”便对妇人说道：“下官往京候选，顺路过此；欲求一饭，未审小娘子肯为炊爨否？自当奉谢。”那妇人笑道：“奴家职在中馈，炊爨当然；况是尊官荣顾，敢不遵命？但丈夫不在，休嫌怠慢。”贾涉见他应对敏捷，愈加欢喜。

那妇人进去不多时，捧两碗熟豆汤出来，说道：“村中乏茶，将就救渴。”少停，又摆出主仆两个的饭来。贾涉自带得有牛脯、干菜之类，取出嗄饭。那妇人又将大磁壶盛着滚汤，放在案上，道：“尊官净口。”贾涉见他殷勤，便问道：“小娘子尊姓？为何独居在此？”那妇人道：“奴家胡氏，丈夫叫做王小四。因连年种田折本，家贫无奈，要同奴家去投靠一个财主过活。奴家立誓不从，丈夫拗奴不过，只得在左近人家趁工度日，奴家独自守屋。”贾涉道：“下官有句不识进退的言语，未知可否？”那妇人道：“但说不妨。”贾涉道：“下官颇通相术，似小娘子这般才貌，决不是下贱之妇。你今屈身随着个村农，岂不担误终身？况你丈夫家道艰难，顾不得小娘子体面。下官壮年无子，

正欲觅一侧室，小娘子若肯相从，情愿多将金帛，赠与贤夫，别谋婚娶，可不两便？”那妇人道：“丈夫也曾几番要卖妾身，是妾不肯。既尊官有意见怜，待丈夫归时，尊官自与他说，妾不敢擅许。”说犹未了，只见那妇人指着门外道：“丈夫回也。”

只见王小四戴一顶破头巾，披一件旧白布衫，吃得半醉，闯进门来。贾涉便起身道：“下官是往京听选的，偶借此中火，甚是搅扰。”王小四答道：“不妨事！”便对胡氏说道：“主人家少个针线娘，我见你平日好手针线，对他说了。他要你去教导他女娘生活，先送我两贯足钱。这遍要你依我去去。”胡氏半倚着芦帘内外，答道：“后生家脸皮，羞答答地，怎到人家去趁饭？不去，不去。”王小四发个喉急，便道：“你不去时，我没处寻饭养你。”贾涉见他说话凑巧，便诈推解手，却分付家童将言语勾搭他道：“大伯，你花枝般娘子，怎舍得他往别人家去？”王小四道：“小哥，你不晓得我穷汉家事体。一日不识羞，三日不忍饿，却比不得大户人家，吃安闲茶饭。似此乔模乔样，委的我家住不了。”家童道：“假如有个大户人家，肯出钱钞，讨你这位小娘子去，你舍得么？”王小四道：“有甚舍不得！”家童道：“只我家相公，要讨一房侧室。你若情愿时，我撺掇多把几贯钱钞与你。”王小四应允。家童将言语回复了贾涉。贾涉便教家童与王小四讲就四十两银子身价。王小四在村中央个教授来，写了卖妻文契，落了十字花押。一面将银子兑过，王小四收了银子，贾涉收了契书。王小四还只怕婆娘不肯，甜言劝谕。谁知那妇人与贾涉先有意了。也是天配姻缘，自然情投意合。

当晚，贾涉主仆二人，就在王小四家歇了。王小四也打铺在外间相伴。妇人自在里面铺上独宿。明早贾涉起身，催妇人梳洗完了，吃了早饭，央王小四在村中另雇生口驮那妇人，一路往临安去。有诗为证：

> 夫妻配偶是前缘，千里红绳暗自牵。
> 况是荣华封两国，村农岂得伴终年？

贾涉领了胡氏，住在临安寓所。约有半年，谒选得九江万年县丞。迎接了孺人唐氏，一同到任。原来唐氏为人妒悍，贾涉平昔有个惧内的毛病；今日唐氏见丈夫娶了小老婆，不胜之怒，日逐在家淘气。又闻胡氏有了三个月身孕，思想道：“丈夫向来无子，若小贱人生子，必然宠用，那时我就争他不过了；我就是养得出孩儿，也让他做哥哥，日后要被他欺侮。不如及早除了祸根方妙。”乃寻个事故，将胡氏毒打一顿，剥去衣衫，贬他在使婢队里，一般烧茶煮饭，扫地揩台，铺床叠被。又禁住丈夫，不许与他睡。每日寻事打骂，要想堕落他的身孕。贾涉满肚子恶气，无可奈何。

一日，县宰陈履常请贾涉饮酒。贾涉与陈履常是同府人，平素通家往来，相处得极好的。陈履常请得贾涉到衙，饮酒中间，见他容颜不悦，叩其缘故。贾涉抵讳不得，将家中妻子妒妾事情，细细告诉了一遍。又道：“贾门宗嗣，全赖此妇。不知堂尊有何妙策，可以保全此妾？倘日后育得一男，实为万幸，贾氏祖宗也当衔恩于地下。”陈履常想了一会，便道：“要保全却也容易，只怕足下舍不得他离身。”贾涉道：“左右如今也不容相近，咫尺天涯一般，有甚舍不得处？”陈履常附耳低言：“若要保全身孕，只除如此如此。”乃取红帛花一朵，悄悄递与贾涉，教他把与胡氏为暗记。这个计策，就在这朵花上，后来便见。有诗为证：

吃醋捻酸从古有，覆宗绝嗣甘出丑。
红花定计有堂尊，巧妇怎出男子手？

忽一日，陈县宰打听得丞厅请医，云是唐孺人有微恙。待其病痊，乃备了四盒茶果之类，教奶奶到丞厅问安。唐孺人留之宽坐，整备小饭相款，诸婢罗侍在侧。说话中间，奶奶道：“贵厅有许多女使伏侍，且是伶俐。寒舍苦于无人，要一个会答应的也没有，甚不方便。急切没寻得，若借得一个小娘子，与寒舍相帮几时，等讨得个替力的来，即便送还，何如？”唐氏道：“通家怎说个‘借’字？只怕粗婢不中用。奶奶看得如意，但凭选择，即当奉赠。”奶奶称谢了。看那诸婢中间，有一个生得齐整，鬓边正插着这朵红帛花，心知是胡氏，便指定了他，说道：“借得此位小娘子，甚好。”唐氏正在吃醋，巴不得送他远远离身，却得此句言语，正合其意；加添县宰之势，丞厅怎敢不从？料道丈夫也难埋怨，连声答应道：“这小婢姓胡，在我家也不多时。奶奶既中意时，即今便教他跟随奶奶去。”当时席散，奶奶告别。胡氏拜了唐氏四拜，收拾随身衣服，跟了奶奶轿子，到县衙去讫。唐氏方才对贾涉说知，贾涉故意叹惜。正是：

算得通时做得凶，将他瞒在鼓当中。
县衙此去方安稳，绝胜存孤赵氏宫。

胡氏到了县衙，奶奶将情节细说，另打扫个房铺与他安息。光阴似箭，不觉十月满足。到八月初八日，胡氏腹痛，产下一个孩儿。奶奶只说他婢所生，不使丞厅知道。那时贾涉适在他郡去检校一件公事，到九月方归。与县宰陈履常相见，陈公悄悄的报个喜信与他。贾涉感激不尽，对陈公说："要见新生的孩儿一面。"陈公教丫鬟去请胡氏立于帘内，丫鬟抱出小孩子，递与贾涉。贾涉抱了孩儿，心中虽然欢喜，觑着帘内，不觉堕下泪来。两下隔帘说了几句心腹话儿，胡氏教丫鬟接了孩子进去，贾涉自回。自此，背地里不时送些钱钞与胡氏买东买西。阖家通知，只瞒过唐氏一人。

光阴荏苒，不觉二载有余，那县宰任满升迁，要赴临安。贾涉只得将情告知唐氏，要领他母子回家。唐氏听说，一时乱将起来，聒噪个不住，连县宰的奶奶，也被他"奉承"了几句。乱到后面，定要丈夫将胡氏嫁出，方许把小孩子领回。贾涉听说嫁出胡氏一件，到也罢了；单只怕领回儿子，被唐氏故意谋害，或是绝其乳食，心下怀疑不决。

正在两难之际，忽然门上报道："台州有人相访。"贾涉忙去迎时，原来是亲兄贾濡。他为朝廷妙择良家女子，养育宫中，以备东宫嫔嫱之选，女儿贾氏玉华，已选入数内，贾濡思量要打刘八太尉的关节，扶持女儿上去，因此特到兄弟任所，与他商议。贾涉在临安听选时，赁的正是刘八太尉的房子，所以有旧。贾涉见了哥哥，心下想道："此来十分凑巧。"便将娶妾生子，并唐氏嫉妒事情，细细与贾濡说了。"如今陈公将次离任，把这小孩子没送一头处。哥哥若念贾门宗嗣，领他去养育成人，感恩非浅！"贾濡道："我今尚无子息，同气连枝，不是我领去，教谁看管？"贾涉大喜！私下雇了奶娘，问宰衙要了孩子，交付奶娘。嘱付哥哥好生抚养。就写了刘八太尉书信一封，赍发些路费，送哥哥贾濡起身。胡氏托与陈公领去，任从改嫁。那贾涉、胡氏虽然两不相舍，也是无可奈何。唐孺人听见丈夫说子母都发开，十分像意了。只是苦了胡氏，又去了小孩子，又离了丈夫，跟随陈县宰的上路，好生凄惨！一路只是悲哭。奶奶也劝解他不住，陈履常也厌烦起来。行至维扬，分付水手："就地方唤个媒婆，教他寻个主儿，把胡氏嫁去。只要对头老实忠厚，一分财礼也不要。"你说白送人老婆，那一个不肯上桩？不多时，媒婆领一个汉子到来，说是个细工石匠，夸他许多志诚老实。你说偌大一个维扬，难道寻不出个好对头？偏只有这石匠？是有个缘故。常言道：三姑六婆，嫌少争多。那媒婆最是爱钱的，多许了他几贯谢礼，就玉成其事了。石匠见了陈县宰，磕了四个头，站在一边。陈履常看他衣衫济楚，年力少壮，又是从不曾婚娶的；且有手艺，养得老婆过活，便将胡氏许他。石匠真个不费一钱，白白里领了胡氏去，成其夫妇，不在话下。

再说贾涉自从胡氏母子，两头分散，终日闷闷不乐。忽一日，唐孺人染病上床，服药不痊，呜呼哀哉，死了。贾涉买棺入殓已毕，弃官扶柩而回。到了故乡，一喜一悲：喜者是见那小孩子比前长大，悲者是胡氏嫁与他人，不得一见。正是：

花开遭雨打，雨止又花残。

世间无全美，看花几个欢？

却说贾家小孩子，长成七岁，聪明过人，读书过目成诵。父亲取名似道，表字师宪。贾似道到十五岁，无书不读，下笔成文。不幸父亲贾涉，伯伯贾濡，相继得病而亡。殡葬已过，自此无人拘管，恣意旷荡，呼卢六博，斗鸡走马，饮酒宿娼，无所不至。不勾四五年，把两分家私荡尽。初时听得家中说道嫡母胡氏嫁在维扬，为石匠之妻；姐姐贾玉华，选入宫中。思量：“维扬路远，又且石匠手艺，没甚出产。闻得姐姐选入沂王府中，今沂王做了皇帝，宠一个妃子姓贾，不知是姐姐不是？且到京师，观其动静。”此时理宗端平初年，也是贾似道时运将至，合当发迹。将家中剩下家火，变卖几贯钱钞，收拾行李，径往临安。

那临安是天子建都之地，人山人海；况贾似道初到，并无半个相识，没处讨个消息，镇日只在湖上游荡。闲时，未免又在赌博场中顽要，也不免平康巷中走走。不勾几日，行囊一空，衣衫蓝缕，只在西湖帮闲趁食。

一日醉倦，小憩于栖霞岭下，遇一个道人，布袍羽扇，从岭下经过。见了贾似道，站定脚头，瞪目看了半晌，说道：“官人可自爱重，将来功名不在韩魏公之下。”那个韩魏公是韩蕲王讳世忠的，他位兼将相，夷夏钦仰，是何等样功名！古今有几个人及得他？贾似道闻此言，只道是戏侮之谈，全不准信。那道人自去了。过了数日，贾似道在平康巷赵二妈家，酒后与人赌博相争，失足跌于阶下，磕损其额，血流满面。虽然没事，额上结下一个瘢痕。一日，在酒肆中又遇了前日的道人，顿足而叹，说道：“可惜，可惜！天堂破损，虽然功名盖世，不得善终矣！”贾似道扯住道人衣服，问道：“我果有功名之分？若得一日称心满意，就死何恨？但目今流落无依，怎得个遭际？富贵从何而来？”道人又看了气色，便道：“滞色已开，只在三日内自有奇遇，平步登天。但官人得意之日，休与秀才作对。切记，切记！”说罢，道人自去了。贾似道半信不信。

看看捱到第三日，只见赌博场中的陈二郎来寻贾似道，对他说道："朝廷近日册立了贾贵妃，十分宠爱，言无不从。贾贵妃自言家住台州，特差刘八太尉往台州访问亲族。你时常说有个姐姐在宫中，莫非正是贵妃？特此报知。果有瓜葛，可去投刘八太尉，定有好处。"贾似道闻言，如梦初觉！想道："我父亲存日，常说曾在刘八太尉家作寓，往来甚厚；姐姐入宫近御，也亏刘八太尉扶持。一到临安，就该投奔他才是，却闲荡过许多日子，岂不好笑！虽然如此，我身上蓝缕，怎好去见刘八尉？"心生一计，在典铺里赁件新鲜衣服穿了，折一顶新头巾，大模大样，摇摆在刘八太尉府中去。自称："故人之子台州姓贾的，有话求见。"

刘八太尉正待打点动身，往台州访问贾贵妃亲族。闻知此言，又只怕是冒名而来的，唤个心腹亲随先叩来历分明，方准相见。不一时亲随回话道："是贾涉之子贾似道。"刘八太尉道："快请来。"原来内相衙门，规矩最大，寻常只是呼唤而已，那个"请"字，也不容易说的，此乃是贵妃面上。当时贾似道见了刘八太尉，慌忙下拜。太尉虽然答礼，心下尚然怀疑。细细盘问，方知是实。留了茶饭，送在书馆中安宿。

次早入宫，报与贾贵妃知道。贵妃向理宗皇帝说了，宣似道入宫，与贵妃相见。说起家常，姐弟二人抱头而哭。贵妃引贾似道就在宫中见驾，哭道："妾只有这个兄弟，无家无室，伏乞圣恩，重瞳看觑。"理宗御笔，除授籍田令。即命刘八太尉在临安城中，拨置甲第一区；又选宫中美女十人，赐为妻妾；黄金三千两，白金十万两，以备家资。似道谢恩已毕，同刘八太尉出宫去了。似道叮嘱刘八太尉道："蒙圣恩赐我住宅，必须近西湖一带，方称下怀。"此时刘八太尉在贵妃面上，巴不得奉承贾似道，只拣湖上大宅院，自赔钱钞，倍价买来，与他做第宅。奴仆器用，色色皆备。

次日，宫中发出美女十名，贵妃又私赠金银宝玩器皿，共十余车。似道一朝富贵，将百金赏了陈二郎，谢了报信之故；又将百金赏赐典铺中，偿其赁衣。典铺中那里敢受？反备盛礼来贺喜。自此，贾贵妃不时宣召似道入宫相会。圣驾游湖，也时常幸其私第，或同饮博游戏，相待如家人一般，恩幸无比！似道恃着椒房之宠，全然不惜体面，每日或轿或马，出入诸名妓家。遇着中意时，不拘一五一十，总拉到西湖上与宾客乘舟游玩。若宾客众多，分船并进。另有小艇往来，载酒肴不绝。你说贾似道起自寒微，有甚宾客？有句古诗说得好，道是："贫贱亲戚离，富贵他人合。"贾似道做了国戚，朝廷恩宠日隆，那一个不趋奉他？只要一人进身，转相荐引，自然其门如市啊。文人如廖莹中、翁应龙、赵分如等，武臣如夏贵、孙虎臣等，这都是门客中出色有名的，其余不可尽述也。

一日，理宗皇帝游苑，登凤皇山。至夜，望见西湖内灯火辉煌，一片光明，向左右说道："此必贾似道也。"命飞骑探听，果然是似道游湖。天子对贵妃说了，又将金帛一车，赠为酒资。以此似道愈加肆恣，全无忌惮。诗曰：

天子偷安无远猷，纵容贵戚恣遨游。
问他无赛西湖景，可是安边第一筹？

那时宋朝仗蒙古兵力，灭了金人。又听了赵范、赵葵之计，与蒙古构难，要守河据关，收复三京。蒙古引兵入寇，责我败盟，淮汉骚动，天子忧惶。贾似道自思："无功受宠，怎能勾超官进爵？"又恐被人弹议，"要立个盖世功名，以取大位，除非是安边荡寇，方是目前第一个大题目。"乃自荐素谙韬略，愿往淮扬招兵破贼，为天子保障东南。理宗大喜，遂封为两淮制置大使，建节淮扬。贾似道谢恩辞朝，携了妻妾宾客，来淮扬赴任。

三日后，密差门下心腹访问生母胡氏。果然跟个石匠，在广陵驿东首住居。访得亲切，回复了似道。似道即差轿马人夫摆着仪从去迎接。本衙门听事官率领人夫，向胡氏磕头，到把胡氏险些唬倒。听事官致了制使之命，方才心下安稳。胡氏道："身既从夫，不可自专。"急教人去寻石匠回家，对他说了。石匠也要跟去，胡氏不能阻当，只得同行。胡氏乘轿在前，石匠骑马在后，前呼后拥，来到制使府。似道请母亲进私衙相见，抱头而哭。算来母子分散时，似道止三岁，胡氏二十余岁，到今又三十多年了，方才会面相识，岂不伤感？似道闻得石匠也跟随到来，不好相见。即将白金三百两，差个心腹人伴他往江上兴贩。暗地授计，半途中将石匠灌醉，推坠江中，只将病死回报。胡氏也感伤了一场。自此母子团圆，永无牵带。

似道镇守淮扬六年，侥幸东南无事。天子因贵妃思想兄弟，乃钦取似道还朝，加同枢密院事。此时，丁大全罢相，吴潜代之。那吴潜号履斋，为人豪隽自喜，引进兄弟俱为显职。贾似道忌他位居已上，乃造成飞谣，教宫中小内侍于天子面前歌之。谣云："大蜈公，小蜈公，尽是人间业毒虫。夤缘攀附百虫丛，若使飞天便食龙。"天子闻得，乃问似道云："闻街坊小儿尽歌此谣，主何凶吉？”似道奏道：“谣言皆荧惑星化为小儿，教人间童子歌之，此乃天意，不可不察。‘蜈’与‘吴’同，以臣愚见推之，‘大蜈公，小蜈公’，乃指吴潜兄弟，专权乱国。若使养成其志，必为朝廷之害。陛下飞龙在天，故天意以食龙示警。为今之计，不若罢其相位，另择贤者居之，可以免咎。”天子听信了，即命翰林草制，贬吴潜循州安置，弟兄都削去官职。似道即代吴潜为右丞相，又差心腹人命循州知州刘宗申，日夜拾摭其短。吴潜被逼不过，伏毒而死。此乃似道狠毒处。

却说蒙古主蒙哥屯合州城下，遣太弟忽必烈，分兵围鄂州、襄阳一带，人情汹惧。枢密院一日间连接了三道告急文书，朝廷大惊，乃以贾似道兼枢密使、京湖宣抚大使，进师汉阳，以救鄂州之围。似道不敢推辞，只得拜命。闻得大学生郑隆文武兼全，遣人招致于门下。郑隆素知似道奸邪，怕他难与共事，乃具名刺，先献一诗云：

收拾乾坤一担担，上肩容易下肩难。

劝君高着擎天手，多少傍人冷眼看。

这首诗，明说似道位高望重，要他虚己下贤，小心做事。他若见了诗，欣然听纳，不枉在他门下走动一番。谁知似道见诗中有规谏之意，骂为狂生，把诗扯得粉碎。不在话下。

再说贾似道同了门下宾客，文有廖莹中、赵分如等，武有夏贵、孙虎臣等，精选羽林军二十万，器仗铠甲，任意取办，择日辞朝出师。真个是威风凛凛，杀气腾腾。不一日，来到汉阳驻扎。此时蒙古攻城甚急，鄂州将破。似道心胆俱裂，那敢上前？乃与廖莹中诸人商议，修书一封，密遣心腹人宋京诣蒙古营中，求其退师，情愿称臣纳币，忽必烈不许。似道遣人往复三四次。适值蒙古主蒙哥死于合州钓鱼山下，太弟忽必烈一心要篡大位，无心恋战，遂从似道请和，每年纳币、称臣、奉贡。两下约誓已定，遂拔寨北去，奔丧即位。

贾似道打听得蒙古有事北归，鄂州围解，遂将议和、称臣、纳币之事，瞒过不题。上表夸张己功，只说蒙古惧己威名，闻风远遁。使廖莹中撰为露布，又撰《福华编》，以记鄂州之功。蒙古差使人来议岁币，似道怕他破坏己事，命软监于真州地方。只要蒙蔽朝廷，那顾失信夷虏？理宗皇帝谓似道有再造之功，下诏褒美，加似道少师，赐予金帛无算；又赐葛岭周围田地，以广其居；母胡氏封两国夫人。

似道偃然以中兴功臣自任，居之不疑。日夕引歌姬舞妾，于湖上取乐。四方贡献，络绎不绝。凡门客都布置显要，或为大郡，掌握兵权。真个是一人之下，万人之上。每年八月八日，似道生辰，作词颂美者，以数千计。似道一一亲览，第其高下。一时传诵誊写，为之纸贵。时陆景思《八声甘州》一词，称为绝唱。词云：

满清平世界，庆秋成，看斗米三钱。论从来，活国抡功第一，无过丰年。办得民间安饱，余事笑谈间。若问平戎策，微妙难传。

玉帝要留公住，把西湖一曲，分入林园。有茶炉丹灶，更有钓鱼船。觉秋风未曾吹着，但砌兰长倚北堂萱。千千岁，上天将相，平地神仙。

其他谄谀之词，不可尽述。

一日，似道同诸姬在湖上倚楼闲玩，见有二书生，鲜衣羽扇，丰致翩翩，乘小舟游湖登岸。旁一姬低声赞道："美哉，二少年！"似道听得了，便道："汝愿嫁彼二人，当使彼聘汝。"此姬惶恐谢罪。不多时，似道唤集诸姬，令一婢捧盒至前。似道说道："适间某姬爱湖上书生，我已为彼受聘矣。"众姬不信，启盒视之，乃某姬之首也，众姬无不股栗。其待姬妾惨毒，悉如此类。又常差人贩盐百般，至临安发卖。太学生有诗云：

昨夜江头长碧波，满船都载相公鹾。

虽然要作调羹用，未必调羹用许多。

似道又欲行富国强兵之策，御史陈尧道献计，要措办军饷，便国便民，无如限田之法。怎叫做限田之法？如今大户田连阡陌，小民无立锥之地，有田者不耕，欲耕者无田。宜以官品大小，限其田数。某等官户止该田若干，其民户止该田若干。余在限外者，或回买，或派买，或官买。回买者，原系其人所卖，不拘年远，许其回赎。派买者，拣殷实人户，不满限者派去，要他用价买之。官买者，官出价买之，名为"公田"，雇人耕种，收租以为军饷之费。先行之浙右，候有端绪，然后各路照式举行。大率回买、派买的都是下等之田，又要照价抽税入官；其上等好田，官府自买，又未免亏损原价。浙中大扰，无不破家者，其时怨声载道。太学生又诗云：

胡尘暗日鼓鼙鸣，高卧湖山不出征。

不识咽喉形势地，公田枉自害苍生。

贾似道恐其法不行，先将自己浙田万余亩入官为公田。朝中官员要奉承宰相，人人闻风献产。翰林院学士徐经孙条具公田之害，似道讽御史舒有开劾奏罢官。又有著作郎陈著，亦上疏论似道欺君瘠民之罪，似道亦寻事黜之于外。公田官陈茂濂目击其非，弃官而去。又有钱塘人叶李者，字太白，素与似道相知，上书切谏。似道大怒，黥其面，流之于漳州。自此满朝钳口，谁敢道个“不”字。

似道又立推排打量之法。何为推排打量之法？假如一人有田若干，要他契书，查勘买卖来历，及质对四址明白。若对不来时，即系欺诳，没入其田，这便是推排。又去丈量尺寸，若是有余，即名隐匿田数，也要没入，这便是打量。行了这法，白白的没入人产，不知其数。太学生又有诗云：

三分天下二分亡，犹把山河寸寸量。

纵使一丘添一亩，也应不似旧封疆。

又有人作《沁园春》词云：

道过江南，泥墙粉壁，右具在前。述何县何乡里，住何人地、佃何人田，气象萧条。生灵憔悴，经界从来未必然。惟何甚？为官为己，不把人怜。　　思量几许山川，况土地分张又百年。西蜀巉岩，云迷鸟道；两淮清野，日警狼烟。宰相弄权，奸人罔上，谁念干戈未息肩？掌大地，何须经理，方取千焉。

似道屡闻太学生讥讪，心中大怒！与御史陈伯大商议，奏立士籍：凡科场应举，及免举人，州县给历一道，亲书年貌世系，及所肄业于历首，执以赴举。过省参对笔迹异同，以防伪滥。乃密令人四下查访，凡有词华文采，能诗善词者，便疑心他造言生谤，就于参对时寻其过误，故意黜罢。由是谄谀进身，文人丧气。时人有诗云：

戎马掀天动地来，荆襄一路哭声哀。

平章束手全无策，却把科场恼秀才。

又有人作《沁园春》词云：

士籍令行，条件分明，逐一排连。问子孙何习，父兄何业，明经词赋，右具如前。最是中间，娶妻某氏，试问于妻何与焉？乡保举，那堪着押，开口论钱。　　祖宗立法于前，又何必更张万万千？算行关改会，限田放籴；生民凋瘁，膏血俱朘。只有士心，仅存一脉，今又艰难最可怜。谁作俑？陈伯大附势专权！

陈伯大收得此词，献与似道。似道密访其人不得，知是秀才辈所为，乘理宗皇帝晏驾，奏停是年科举。自此太学、武学、宗学三处秀才，恨入骨髓。其中又有一班无耻的，倡率众人，称功颂德。似道欲结好学校，一一厚酬。一般也有感激贾平章之恩，愿为之用的。此见秀才中人心不一，所以公论不伸。也不在话下。

却说理宗皇帝传位度宗，改元咸淳。那度宗在东宫时，似道曾为讲官，兼有援立之恩。及即位，加似道太师，封魏国公。每朝见，天子必答拜，称为师相而不名。又诏他十日一朝，赴都堂议事；其余听从自便，大小朝政，皆就私第取决。当时传下两句口号，道是：

朝中无宰相，湖上有平章。

一日，似道招右丞相马廷鸾，枢密使叶梦鼎，于湖中饮酒。似道行令，要举一物，送与一个古人，那人还诗一联。似道首令云：

我有一局棋，送与古人弈秋。弈秋得之，予我一联诗："自出洞来无敌手，得饶人处且饶人。"

马廷鸾云：

我有一竿竹，送与古人吕望。吕望得之，予我一联诗："夜静水寒鱼不食，满船空载月明归。"

叶梦鼎云：

我有一张犁，送与古人伊尹。伊尹得之，予我一联诗："但存方寸地，留与子孙耕。"

似道见二人所言，俱有讥讽之意，明日寻事，奏知天子，将二人罢官而去。

那时蒙古强盛，改国号曰元，遣兵围襄阳、樊城，已三年了。满朝尽知，只瞒着天子一人而已。似道心知国势将危，乃汲汲为行乐之计。尝于清明日游湖，作绝句云：

寒食家家插柳枝，留春春亦不多时。
人生有酒须当醉，青冢儿孙几个悲？

于葛岭起建楼台亭榭，穷工极巧，凡民间美色，不拘娼尼，都取来充实其中。闻得宫人叶氏色美，勾通了穿宫太监，径取出为妾，昼夜淫乐无度。又造多宝阁，凡珍奇宝玩，百方购求，充积如山。每日登阁一遍，任意取玩，以此为常。有人言及边事者，即加罪责。忽一日，度宗天子问道："闻得襄阳久困，奈何？"似道对云："北兵久已退去，陛下安得此语？"天子道："适有女嫔言及，料师相必知其实。"似道奏云："此讹言，陛下不必信之。万一有事，臣当亲率大军，为陛下诛尽此虏耳。”说罢退朝。似道乃令穿宫太监，密查女嫔名姓，将他事诬陷他，赐死宫中。正是：

是非只为多开口，烦恼皆因强出头。

堪笑当时众台谏，不如女嫔肯分忧。

自宫嫔死后，内外相戒，无言及边事者，养成虏患，非一朝一夕之故也。

似道又造半闲堂，命巧匠塑己像于其中。旁室数百间，招致方术之士及云水道人，在内停宿。似道暇日，到中堂打坐，与术士、道人谈讲。门客中献词，颂那半闲堂的极多，只有一篇名《唐多令》，最为似道所称赏。词云：

天上摘星班，青牛度关。幻出蓬莱新院宇，花外竹，竹边山。

轩冕倘来间，人生闲最难，算真闲不到人间。一半神仙先占取，留一半，与公闲。

有一术士，号富春子，善风角鸟占。贾似道招之，欲试其术，问以来日之事。富春子乃密写一纸，封固，嘱道：“至晚方开。”次日，似道宴客湖山，晚间于船头送客，偶见明月当头，口中歌曹孟德“月明星稀，乌鹊南飞”二句。时廖莹中在旁说道：“此际可拆书观之矣。”纸中更无他事，惟写“月明星稀，乌鹊南飞”八个字。似道大惊，方知其术神验，遂叩以终身祸福。富春子道：“师相富贵，古今莫及，但与姓郑人不相宜，当远避之。”原来似道少时，曾梦自己乘龙上天，却被一勇士打落，堕于坑堑之中，那勇士背心上绣成“荥阳”二字。荥阳却是姓郑的郡名，与富春子所言相合，怎敢不信？似道自此检阅朝籍，凡姓郑之人，极力挤排，不容他在位，宦籍中竟无一姓郑者。有门客揣摩似道之意，说道：“太学生郑隆惯作诗词，讥讪朝政，此人不可不除。”似道想起昔日献诗规谏之恨，分付太学博士，寻他没影的罪过，将他黥配恩州。郑隆在路上呕气而死。

又有一人善能拆字，决断如神。似道富贵已极，渐蓄不臣之志；又恐虏信渐迫，瞒不到头，朝廷必须见责，于是欲行董卓、曹操之事。召拆字者，以杖画地，作“奇”字，使决休咎。拆字的相了一回，说道：“相公之事不谐矣！道是‘立’，又不‘可’；道是‘可’，又不‘立’。”似道默然无语，厚赠金帛而遣之；恐他泄漏机关，使人于中途谋害。自此反谋遂沮。富春子见似道举动非常，惧祸而逃。可谓见机而作者矣。

却说两国夫人胡氏，受似道奉养，将四十年，直到咸淳十年三月某日，寿八十余方死。衣衾棺椁，穷极华侈，斋醮追荐，自不必说。过了七七四十九日，扶柩到台州，与贾涉合葬。举襄之日，朝廷以卤簿送之。自皇太后以下，凡贵戚朝臣，一路摆设祭馔，争高竞胜。有累高至数丈者，装祭之次，至颠死数人。百官俱戴孝，追送百里之外，天子为之罢朝。那时天降大雨，平地水深三尺，送丧者，都冒雨踏水而行，水没及腰膝，泥淖满面，无一人敢退后者。葬毕，又饭僧三万口，以资冥福。有一僧，饭罢，将钵盂覆地而去。众人揭不起来，报与似道。似道不信，亲自来看，将手轻轻揭起，见钵盂内覆着两行细字，乃白土写成，字画端楷。似道大惊，看时，却是两句诗。道是："得好休时便好休，开花结子在绵州。"正惊讶间，字迹忽然灭没不见。似道遍召门客，问其诗意，都不能解。直到后来，死于木绵庵，方应其语。大凡大富贵的人，前世来历必奇，非比等闲之辈；今日圣僧来点化似道，要他回头免祸，谁知他富贵薰心，迷而不悟。从来有权有势的，多不得善终，都是如此。闲话休题。

再说似道葬母事毕，写表谢恩。天子下诏，起复似道入朝。似道假意乞许终丧，却又讽御史们上疏，虚相位以待己。诏书连连下来，催促起程。七月初，似道应命，入朝面君，复居旧职。其月下旬，度宗晏驾，皇太子显即位，是为恭宗。此时元左丞相史天泽，右丞相伯颜，分兵南下，襄、邓、淮、扬，处处告急。贾似道料定恭宗年少胆怯，故意将元兵消息，张皇其事，奏闻天子，自请统军行边。却又私下分付御史们上疏留己，说道："今日所恃，只师臣一人。若统军行边，顾了襄汉一路，顾不得淮扬；若顾了淮扬一路，顾不得襄汉。不如居中以运天下，运筹帷幄之中，方能决胜于千里之外。倘师臣出外，陛下有事商量，与何人议之？”恭宗准奏道：“师相岂可一日离吾左右耶？”

不隔几月，樊城陷了，鄂州破了。吕文焕死守襄阳五年，声援不通，城中粮尽，力不能支，只得以城降元。元师乘胜南下，贾似道遮瞒不过，只得奏闻。恭宗闻报，大惊，对似道道：“元兵如此逼近，非师相亲行不可。”似道奏道：“臣始初便请行边，陛下不许；若早听臣言，岂容胡人得志若此？”恭宗于是下诏，以贾似道都督诸路军马。似道荐吕师夔参赞都督府军事。其明年为恭宗皇帝德祐元年，似道上表出师，旌旗蔽天，舳舻千里，水陆并进。领着两个儿子，并妻妾辎重，凡百余舟；门客俱带家小而行。参赞吕师夔先到江州，以城降元，元兵乘势破了池州。似道闻此信，不敢进前，遂次于鲁港。步军招讨使孙虎臣，水军招讨使夏贵，都是贾似道门客，平昔间谈天说地，似道倚之为重，其实原没有张、韩、刘、岳的本事，今日遇了大战阵，如何侥幸得去？

却说孙虎臣屯兵于丁家洲，元将阿术来攻，孙虎臣抵敌不过，先自跨马逃命，步军都四散奔溃。阿术遣人绕宋舟大呼道：“宋家步军已败，你水军不降，更待何时？”水军见说，人人丧胆，个个心惊，不想厮杀，只想逃命，一时乱将起来。舳舻簸荡，乍分乍合，溺死者不可胜数。似道禁押不住，急召夏贵议事。夏贵道：“诸军已溃，战守俱难。为师相计，宜入扬州，招溃兵，迎驾海上。贵不才，当为师相死守淮西一路。”说罢自去。少顷，孙虎臣下船，抚膺恸哭道：“吾非不欲血战，奈手下无一人用命者，奈何？”似道尚未及对，哨船来报道：“夏招讨舟，已解缆先行，不知去向。”时军中更鼓正打四更，似道茫然无策。又见哨船报道：“元兵四围杀将来也。”急得似道面如土色，慌忙击锣退师，诸军大溃。孙虎臣扶着似道，乘单舸奔扬州。堂吏翁应龙抢得都督府印信，奔还临安。到次日，溃兵蔽江而下。似道使孙虎臣登岸，扬旗招之，无人肯应者。只听得骂声嘈杂，都道：“贾似道奸贼，欺蔽朝廷，养成贼势，误国害民，害得我们今日好苦！”又听得说道：“今日先杀了那伙奸贼，与万民出气。”说声未绝，船上乱箭射来，孙虎臣中箭而倒。似道看见人心已变，急催船躲避，走入扬州城中，托病不出。

话分两头。却说右丞相陈宜中，平昔谄事似道，无所不至，似道扶持他做到相位。宜中见翁应龙奔还，问道："师相何在？"应龙回言不知。宜中只道已死于乱军之中，首上疏论似道丧师误国之罪，乞族诛以谢天下。于是御史们又趋奉宜中，交章劾奏。恭宗天子方悟似道奸邪误国，乃下诏暴其罪，略云：

大臣具四海之瞻，罪莫大于误国；都督专阃外之寄，律尤其重于丧师。具官贾似道，小才无取，大道未闻，历相两朝，曾无一善。变田制以伤国本，立士籍以阻人才。匿边信而不闻，旷战功而不举。至于寇逼，方议师征。谓当缨冠而疾趋，何为抱头而鼠窜？遂致三军解体，百将离心。社稷之势缀旒，臣民之言切齿。姑示薄罚，俾尔奉祠。呜呼！膺狄惩荆，无复周公之望；放兜殛鲧，尚宽《虞典》之诛。可罢平章军马重事，及都督诸路军马。

廖莹中举家亦在扬州，闻似道褫职，特造府中问慰。相见时，一言不能发，但索酒与似道相对痛饮，悲歌雨泣，直到五鼓方罢。莹中回至寓所，遂不复寝。命爱姬煎茶，茶到，又遣爱姬取酒去，私服冰脑一握。那冰脑是最毒之物，服之无不死者。药力未行，莹中只怕不死，急催热酒到来，袖中取出冰脑，连进数握。爱姬方知吃的是毒药，向前夺救，已不及了，乃抱莹中而哭。莹中含着双泪，说道："休哭，休哭！我从丞相二十年，安享富贵。今日事败，得死于家中，也算做善终了。"说犹未毕，九窍流血而死。可怜廖莹中聪明才学，诗字皆精，做了权门犬马，今日死于非命。诗云：

不作无求蚓，甘为逐臭蝇。
试看风树倒，谁复有荣藤？

再说贾似道罢相，朝中议论纷纷，谓其罪不止此。台臣复交章劾奏，请加斧钺之诛。天子念他是三朝元老，不忍加刑，谪为高州团练副使，仍命于循州安置。其田产园宅，尽数籍没，以充军饷。谪命下日，正是八月初八日，值似道生辰建醮，乃自撰青词祈佑，略云：

老臣无罪，何众议之不容？上帝好生，奈死期之已迫！适当悬弧之旦，预陈易箦之词：窃念臣似道际遇三朝，始终一节；为国任怨，遭世多艰。属丑虏之不恭，驱孱兵而往御。士不用命，功竟无成。众口皆诋其非，百喙难明此谤。四十年劳悴，悔不效留侯之保身；三千里流离，犹恐置霍光于赤族。仰惭覆载，俯愧劬劳。伏望皇天后土之览临，理考度宗之昭格。三宫霁怒，收瘴骨于江边；九庙阐灵，扫妖氛于境外。

故宋时立法：凡大臣安置远州，定有个监押官，名为护送，实则看守，如押送犯人相似。今日似道安置循州，朝议斟酌个监押官，须得有力量的，有手段的；又要平日有怨隙的，方才用得。只因循州路远，人人怕去。独有一位官员，慨然请行。那官员是谁？姓郑，名虎臣，官为会稽尉，任满到京。此人乃是太学生郑隆之子。郑隆被似道黥配而死，虎臣衔恨在心，无门可报，所以今日愿去。朝中知其情，遂用为监押官。似道虽然不知虎臣是郑隆之子，却记得幼年之梦，和那富春子的说话；今日正遇了姓郑的人，如何不慌！临行时，备下盛筵，款待虎臣。虎臣巍然上坐。似道称他是天使，自称为罪人，将上等宝玩，约值数万金献上，为进见之礼；含着两眼珠泪，凄凄惶惶的哀诉，述其幼时所梦，"愿天使大发菩萨之心，保全蝼蚁之命，生生世世，不敢忘报。"说罢，屈膝跪下。郑虎臣微微冷笑，答应道："团练且起。这宝玩是殃身之物，下官如何好受？有话途中再讲。"似道再三哀求，虎臣只是微笑，似道心中愈加恐惧。

次日，虎臣催促似道起程。金银财宝，尚十余车；婢妾童仆，约近百人。虎臣初时，并不阻当。行了数日，嫌他行李太重，担误行期，将他童仆辈日渐赶逐；其金宝之类，一路遇着寺院，逼他布施。似道不敢不依。约行半月，止剩下三个车子，老年童仆数人，又被虎臣终日打骂，不敢亲近。似道所坐车子，插个竹竿，扯帛为旗，上写着十五个大字，道是"奉旨监押安置循州误国奸臣贾似道"。似道羞愧，每日以袖掩面而行，一路受郑虎臣凌辱，不可尽言。

又行了多日，到泉州洛阳桥上，只见对面一个客官，匆匆而至，见了旗上题字，大呼："平章，久违了！一别二十余年，何期在此相会？"似道只道是个相厚的故人，放下衣袖看时，却是谁来？那客官姓叶，名李，字太白，钱唐人氏，因为上书切谏似道，被他黥面流于漳州。似道事败，凡被其贬窜者，都赦回原籍。叶李得赦还乡，路从泉州经过，正与似道相遇，故意叫他。似道羞惭满面，下边施礼，口称得罪。叶李问郑虎臣讨纸笔来，作词一首相赠。词云：

君来路，吾归路，来来去去何曾住？公田关子竟何如，国事当时谁与误？　　雷州户，崖州户，人生会有相逢处。客中颇恨乏蒸羊，聊赠一篇长短句。

当初北宋仁宗皇帝时节，宰相寇准有澶渊退虏之功，却被奸臣丁谓所谮，贬为雷州司户。未几，丁谓奸谋败露，亦贬于崖州，路从雷州经过。寇准遣人送蒸羊一只，聊表地主之礼。丁谓惭愧，连夜偷行过去，不敢停留。今日叶李词中，正用这个故事，以见天道反复，冤家不可做尽也。似道得词，惭愧无地，手捧金珠一包，赠与叶李，聊助路资。叶李不受而去。郑虎臣喝道："这不义之财，犬豕不顾，谁人要你的！"就似道手中夺来，抛散于地，喝教车仗快走，口内骂声不绝。似道流泪不止。郑虎臣的主意，只教贾似道受辱不过，自寻死路，其如似道贪恋余生！比及到得漳州，童仆逃走俱尽，单单似道父子三人。真个是身无鲜衣，口无甘味，贱如奴隶，穷比乞儿，苦楚不可尽说。漳州太守赵分如，正是贾似道旧时门客，闻得似道到来，出城迎接。看见光景凄凉，好生伤感。又见郑虎臣颜色不善，不敢十分殷勤。是日，赵分如设宴馆驿，管待郑虎臣，饮酒中间，分如察虎臣口气，衔恨颇深，乃假意问道："天使今日押团练至此，想无生理，何不教他速死，免受蒿恼，却不干净？"虎臣笑道："便是这恶物事，偏受得许多苦恼，要他好死却不肯死。"赵分如不敢再言。次日五鼓，不等太守来送，便催趱起程。

离城五里，天尚未大明。到个庵院，虎臣教歇脚，且进庵梳洗早膳。似道看这庵中扁额写着"木绵庵"三字，大惊道："二年前，神僧钵盂中赠诗，有'开花结子在绵州'句，莫非应在今日？我死必矣！"进庵，急呼二子分付说话，已被虎臣拘囚于别室。似道自分必死，身边藏有冰脑一包，因洗脸，就掬水吞之。觉腹中痛极，讨个虎子坐下，看看命绝。虎臣料他服毒，乃骂道："奸贼，奸贼！百万生灵死于汝手，汝延捱许多路程，却要自死，到今日，老爷偏不容你！"将大槌连头连脑打下二三十，打得希烂，呜呼死了。却教人报他两个儿子说道："你父亲中恶，快来看视。"儿子见老子身死，放声大哭。虎臣投槌于地，叹道："吾今日上报父仇，下为万民除害，虽死不恨矣。"就用随身衣服，将草荐卷之，埋于木绵庵之侧。埋得定当，方将病状关白太守赵分如。

赵分如明知是虎臣手脚，见他凶狠，那敢盘问？只得依他开病状，申报各司去讫。直待虎臣动身去后，方才备下棺木，掘起似道尸骸，重新殡殓，埋葬成坟，为文祭之。辞曰："呜呼！履斋死蜀，死于宗申；先生死闽，死于虎臣。哀哉，尚飨！”那履斋是谁？姓吴，名潜，是理宗朝的丞相，因贾似道谋代其位，造下谣言，诬之以罪，害他循州安置，却教循州知州刘宗申，逼他服毒而死。今日似道贬循州，未及到彼，先死于木绵庵，比吴潜之祸更惨！这四句祭文，隐隐说天理报应。赵分如虽然出于似道门下，也见他良心不泯处。

闲话休题。再说似道既贬之后，家私田产，虽说入官，那葛岭大宅，谁人管业？高台曲池，日就荒落，墙颓壁倒。游人来观者，无不感叹。多有人题诗于门壁。今录得二首，诗云：

深院无人草已荒，漆屏金字尚辉煌。
底知事去身宜去？岂料人亡国亦亡？
理考发身端有自，郑人应梦果何祥？
卧龙不肯留渠住，空使晴光满画墙。

又诗云：

事到穷时计亦穷，此行难倚鄂州功。
木绵庵里千年恨，秋壑亭中一梦空。
石砌苔稠猿步月，松亭叶落鸟呼风。
客来不用多惆怅，试向吴山望故宫。

第二十卷　张舜美灯宵得丽女

太平时节元宵夜，千里灯球映月轮。
多少王孙并士女，绮罗丛里尽怀春。

话说东京汴梁，宋天子徽宗放灯买市，十分富盛。且说在京一个贵官公子，姓张，名生，年方十八，生得十分聪俊，未娶妻室。因元宵到乾明寺看灯，忽于殿上拾得一红绡帕子，帕角系一个香囊。细看帕上，有诗一首云：

囊里真香心事封，鲛绡一幅泪流红。
殷勤聊作江妃佩，赠与多情置袖中。

诗尾后又有细字一行云："有情者，拾得此帕，不可相忘。请待来年正月十五夜，于相蓝后门一会，车前有鸳鸯灯是也。"张生吟讽数次，叹赏久之。乃和其诗曰：

浓麝因知玉手封，轻绡料比杏腮红。
虽然未近来春约，已胜襄王魂梦中。

自此之后，张生以时挨日，以月挨年。倏忽间，乌飞电走，又换新正。将近元宵，思赴去年之约，乃于十四日晚，候于相蓝后门。果见车一辆，灯挂双鸳鸯，呵卫甚众。张生惊喜无措，无因问答，乃诵诗一首，或先或后，近车吟咏，云：

何人遗下一红绡，暗遣吟怀意气饶。
料想佳人初失去，几回纤手摸裙腰。

车中女子闻生吟讽，默念："昔日遗香囊之事谐矣！"遂启帘窥生。见生容貌皎洁，仪度闲雅，愈觉动情。遂令侍女金花者，通达情款，生亦会意。须臾，香车远去，已失所在。

次夜，生复伺于旧处。俄有青盖旧车，迤逦而来，更无人从，车前挂双鸳鸯灯。生睹车中非昨夜相遇之女，乃一尼耳！车夫连称：“送师归院去。”生迟疑间，见尼转手而招生，生潜随。至乾明寺，老尼迎门谓曰：“何归迟也？”尼入院，生随入小轩，轩中已张灯列宴。尼乃卸去道装，忽见绿鬓堆云，红裳映月。生女联坐，老尼侍傍。酒行之后，女曰：“愿见去年相约之媒。”生取香囊、红绡，付女视之。女方笑曰：“京都往来人众，偏落君手，岂非天赐尔我姻缘耶？”生曰：“当时得之，亦曾奉和。”因举其诗。女喜曰：“真我夫也。”于是与生就枕，极尽欢娱。顷而鸡声四起，谓生曰：“妾乃霍员外家第八房之妾。员外老病，经年不到妾房。妾每夜焚香祝天，愿遇一良人，成其夫妇。幸得见君子，足慰平生。妾今用计脱身，不可复入，此身已属之君，情愿生死相随。不然，将置妾于何地也？”生曰：“我非木石，岂忍分离？但寻思无计。若事发相连，不若与你悬梁同死，双双做风流之鬼耳。”说罢，相抱悲泣。

老尼从外来，曰：“你等要成夫妇，但恨无心耳，何必做没下梢事？”生女双双跪拜求计。老尼曰：“汝能远涉江湖，变更姓名于千里之外，可得尽终世之情也。”女与生俯首受计。老尼遂取出黄白一包，付生曰：“此乃小娘子平日所寄，今送还官人，以为路资。”生亦回家收拾细软，打做一包。是夜，拜别了老尼，双双出门，走到通津邸中借宿。次早雇舟，自汴涉淮，直至苏州平江，创第而居。两情好合，谐老百年。正是：

意似鸳鸯飞比翼，情同鸾凤舞和鸣。

今日为甚说这段话？却有个波俏的女子，也因灯夜游玩，撞着个狂荡的小秀才，惹出一场奇奇怪怪的事来。未知久后成得夫妇也不，且听下回分解。正是：

灯初放夜人初会，梅正开时月正圆。

且道那女子遇着甚人？那人是越州人氏，姓张，双名舜美，年方弱冠，是一个轻俊标致的秀士，风流未遇的才人。偶因乡试来杭，不能中选，遂淹留邸舍中半年有余。正逢着上元佳节，舜美不免关闭房门，游玩则个。况杭州是个热闹去处。怎见得杭州好景？柳耆卿有首《望海潮》词，单道杭州好处。词云：

东南形胜，三吴都会，钱塘自古繁华！烟柳画桥，风帘翠幕，参差十万人家。云树绕堤沙。怒涛卷霜雪，天堑无涯。市列珠玑，户盈罗绮，竞奢华。　重湖叠巘清佳，有三秋桂子，十里荷花。弦管弄晴，菱歌泛夜，嬉嬉钓叟莲娃。千骑拥高牙，乘时听箫鼓，吟赏烟霞。异日图将好景，归到凤池夸。

舜美观看之际，勃然兴发，遂口占《如梦令》一词以解怀，云：

明月娟娟筛柳，春色溶溶如酒。今夕试华灯，约伴六桥行走。回首，回首，楼上玉人知否？

且诵且行之次，遥见灯影中，一个丫鬟，肩上斜挑一盏彩鸾灯，后面一女子，冉冉而来。那女子生得凤髻铺云，蛾眉扫月，生成媚态，出色娇姿。舜美一见了那女子，沉醉顿醒，竦然整冠，汤瓶样摇摆过来。为甚的做如此模样？元来调光的人，只在初见之时，就便使个手段。凡萍水相逢，有几般讨探之法。做子弟的，听我把调光经表白几句：

雅容卖俏，鲜服夸豪。远觑近观，只在双眸传递；捱肩擦背，全凭健足跟随。我既有意，自当送情；他肯留心，必然答笑。点头须会，咳嗽便知。紧处不可放迟，闲中偏宜着闹。讪语时，口要紧；刮涎处，脸须皮。冷面撇清，还察其中真假；回头揽事，定知就里应承。说不尽百计讨探，凑成来十分机巧。假饶心似铁，弄得意如糖。

说那女子被舜美撩弄，禁持不住，眼也花了，心也乱了，腿也苏了，脚也麻了，痴呆了半晌。四目相睃，面面有情。那女子走得紧，舜美也跟得紧；走得慢，也跟得慢；但不能交接一语。不觉又到众安桥，桥上做卖做买，东来西去的，挨挤不过。过得众安桥，失却了女子所在，只得闷闷而回。开了房门，风儿又吹，灯儿又暗，枕儿又寒，被儿又冷，怎生睡得，心里丢不下那个女子，思量："再得与他一会也好。"你看世间有这等的痴心汉子，实是好笑。正是：

半窗花影模糊月，一段春愁着摸人。

舜美甫能勾捱到天明，起来梳裹了。三餐已毕，只见街市上人，又早收拾看灯。舜美身心按捺不下，急忙关闭房门，径往夜来相遇之处。立了一会，转了一会，寻了一会，靠了一会，呆了一会，只是等不见那女子来，遂调《如梦令》一词消遣，云：

燕赏良宵无寐，笑倚东风残醉。未审那人儿，今夕玩游何地？留意，留意，几度欲归还滞。

吟毕，又等了多时。正尔要回，忽见小鬟挑着彩鸾灯，同那女子从人丛中挨将出来。那女子瞥见舜美，笑容可掬，况舜美也约莫着有五六分上手。那女子径往盐桥，进广福庙中拈香。礼拜已毕，转入后殿。舜美随于后。那女子偶尔回头，不觉失笑一声；舜美呆着老脸，陪笑起来。他两个挨挨擦擦，前前后后，不复顾忌。那女子回身捽袖中，遗下一个同心方胜儿。舜美会意，俯而拾之，方就灯下拆开一看，乃是一幅花笺纸。不看万事全休！只因看了，直教一个秀才害了一二年鬼病相思，险些送了一条性命。你道花笺上写的甚么文字？原来也是个《如梦令》，词云：

邂逅相逢如故，引起春心追慕。高挂彩鸾灯，正是儿家庭户。那步，那步，千万来宵垂顾。

词后复书云：“女之敝居，十官子巷中，朝南第八家。明日父母兄嫂赶江干舅家灯会，十七日方归，止妾与侍儿小英在家。敢邀仙郎惠然枉驾，少慰鄙怀。妾当焚香扫门，迎候翘望。妾刘素香拜柬。”舜美看了多时，喜出望外！那女子已去了，舜美步归邸舍，一夜无眠。

次早又是十五日。舜美捱至天晚，便至其外。不敢造次突入，乃成《如梦令》一词，来往歌云：

漏滴铜壶声咽，风送金猊香烈。一见彩鸾灯，顿使狂心烦热。应说，应说，昨夜相逢时节。

女子听得歌声，掀帘而出，果是灯前相见可意人儿。遂迎迓到于房中，吹灭银灯，解衣就枕。他两个正是旷夫怨女相见，如狐虎逢羊，苍蝇见血，那有工夫问名叙礼？且做一班半点儿事。有《南乡子》一首，单题着交欢趣向。道是：

粉汗湿罗衫，为雨为云底事忙？两只脚儿肩上阁，难当！颦蹙春山入醉乡。　　忒杀太颠狂，口口声声叫我郎。舌送丁香娇欲滴，初尝。非蜜非糖滋味长。

两个讲欢已罢，舜美曰：“仆乃途路之人，荷承垂盼，以凡遇仙。自思白面书生，愧无纤毫奉报。”素香抚舜美背曰：“我因爱子胸中锦绣，非图你囊里金珠。”舜美称谢不已。素香忽然长叹，流泪而言曰：“今日已过，明日父母回家，不能复相聚矣！如之奈何？”两个沉吟半晌，计上心来。素香曰：“你我莫若私奔他所，免使两地永抱相思之苦，未知郎意何如？”舜美大喜曰：“我有远族，见在镇江五条街，开个招商客店，可往依焉。”素香应允。

是夜，素香收拾了一包金珠，也妆做一个男儿打扮，与舜美携手迤逦而行。将及二鼓，方才行到北关门下。你道因何三四里路，走了许多时光？只为那女子小小一双脚儿，只好在屧廊缓步，芳径轻移，擎抬绣阁之中，出没湘裙之下。脚又穿着一双大靴，教他跋长途，登远道，心中又慌，怎地的拖得动？且又城中人要出城，城外人要入城，两下不免撒手，前后随行。出得第二重门，被人一涌，各不相顾。那女子径出城门，从半塘横去了。舜美虑他是妇人，身体柔弱，挨挤不出去，还在城里也不见得，急回身寻问把门军士。军士说道：“适间有个少年秀才，寻问同辈，回未半里多地。”舜美自思：“一条路往钱塘门，一条路往师姑桥，一条路往褚家堂，三四条叉路，往那一条好？”踌躇半晌，只得依旧路赶去。至十官子巷，那女子家中，门已闭了，悄无人声。急急回至北关门，门又闭了。整整寻了一夜。

巴到天明，挨门而出。至新马头，见一伙人围得紧紧的，

看一只绣鞋儿。舜美认得是女子脱下之鞋，不敢开声。众人说：“不知何人家女孩儿，为何事来，溺水而死，遗鞋在此。”舜美听罢，惊得浑身冷汗。复到城中探信，满城人喧嚷，皆说十官子巷内刘家女儿，被人拐去，又说投水死了，随处做公的缉访。这舜美自因受了一昼夜辛苦，不曾吃些饭食；况又痛伤那女子死于非命，回至店中，一卧不起，寒热交作，病势沉重将危。正是：

相思相见知何日，多病多愁损少年。

且不说舜美卧病在床。却说刘素香自北关门失散了舜美，从二更直走到五更，方至新马头。自念：“舜美寻我不见，必然先往镇江一路去了。”遂暗暗地脱下一只绣花鞋在地。为甚的？他惟恐家中有人追赶，故托此相示，以绝父母之念。素香乘天未明，赁舟沿流而去。数日之间，虽水火之事，亦自谨慎，梢人亦不知其为女人也。比至镇江，打发舟钱登岸，随路物色，访张舜美亲族。又忘其姓名、居止，问来问去，看看日落山腰，又无宿处。偶至江亭，少憩之次。此时乃是正月二十二日，况是月出较迟。是夜，夜色苍然，渔灯隐映，不能辨认咫尺。素香自思：“为他抛离乡井，父母兄弟又无消息，不若从浣纱女游于江中。”哭了多时，只恨那人不知妾之死所。不觉半夜光景，亭隙中射下月光来。遂移步凭栏，四顾澄江，渺茫千里。正是：

一江流水三更月，两岸青山六代都。

素香呜呜咽咽，自言自语，自悲自叹，不觉亭角暗中，走出一个尼师，向前问曰：“人耶？鬼耶？何自苦如此？”素香听罢，答曰：“荷承垂问，敢不实告？妾乃浙江人也，因随良人之任，前往新丰。却不思慢藏诲盗，梢子因瞰良人囊金、贱妾容貌，辄起不仁之心。良人、婢仆皆被杀害，独留妾一身。梢子欲淫污妾，妾誓死不从。次日梢子饮酒大醉，妾遂着先夫衣冠，脱身奔逃，偶然至此。”素香难以私奔相告，假托此一段说话。尼师闻之。愀然曰：“老身在施主家，渡江归迟，天遣到此亭中与娘子相遇，真是前缘。娘子肯从我否？”素香曰：“妾身回视家乡，千山万水；得蒙提挈，乃再生之赐。”尼师曰：“出家人以慈悲方便为本，此分内事，不必虑也。”素香拜谢。天明，随至大慈庵。屏去俗衣，束发簪冠，独处一室。诸品经咒，目过辄能成诵。旦夕参礼神佛，拜告白衣大士，并持大士经文哀求再会。尼师见其贞顺，自谓得人。不在话下。

再说舜美在那店中，延医调治，日渐平复，不肯回乡，只在邸舍中温习经史。光阴荏苒，又逢着上元灯夕。舜美追思去年之事，仍往十官子巷中一看。可怜景物依然，只是少个人在目前，闷闷归房，因诵秦少游学士所作《生查子》，词云：

去年元夜时，花市灯如昼。月在柳梢头，人约黄昏后。　　今年元夜时，月与灯依旧。不见去年人，泪湿春衫袖。

舜美无情无绪，洒泪而归。惭愧物是人非，怅然绝望，立誓终身不娶，以答素香之情。

在杭州倏忽三年，又逢大比，舜美得中首选解元。赴鹿鸣宴罢，驰书归报父母，亲友贺者填门。数日后，将带琴、剑、书籍，上京会试。一路风行露宿。舟次镇江江口，将欲渡江，忽狂风大作，移舟傍岸，少待风息。其风数日不止，只得停泊在彼。

且说刘素香在大慈庵中，荏苒首尾三载。是夜，忽梦白衣大士报云："尔夫明日来也。"恍然惊觉，汗流如雨。自思："平素未尝如此，真是奇怪！"不言与师知道。

舜美等了一日又是一日，心中好生不快，遂散步独行，沿江闲看。行至一松竹林中，中有小庵，题曰"大慈之庵"，清雅可爱。趋身入内，庵主出迎，拉至中堂供茶。也是天使其然，刘素香向窗楞中一看，唬得目睁口呆，宛如酒醒梦觉。尼师忽入换茶，素香乃具道其由。尼师出问曰："相公莫非越州张秀才乎？"舜美骇然曰："仆与吾师素昧平生，何缘垂识？"尼师又问曰："曾娶妻否？"舜美簌簌泪下，乃应曰："曾有妻刘氏素香，因三载前元宵夜观灯失去，未知存亡下落。今仆虽不才，得中解元，便到京得进士，终身亦誓不再娶也。"师遂呼女子出见。两个抱头恸哭多时，收泪而言曰："不意今生再得相见！"悲喜交集，拜谢老尼。乃沐浴更衣，诣大士前焚香百拜。次以白金百两，段绢二端，奉尼师为寿。两下相别，双双下舟。真个似缺月重圆，断弦再续，大喜不胜。

一路至京，连科进士，除授福建兴化府莆田县尹。谢恩回乡，路经镇江，二人复访大慈庵，赠尼师金一笏。回至杭州，径到十官子巷投帖拜望。刘公看见车马临门，大红贴子写着"小婿张舜美"，只道误投了。正待推辞，只见少年夫妇，都穿着朝廷命服，双双拜于庭下。父母兄嫂见之，大惊，悲喜交集。丈母道："因元宵失却我儿，闻知投水身死，我们苦得死而复生。不意今日再得相会，况得此佳婿，刘门之幸！”乃大排筵会，作贺数日，令小英随去。二人别了丈人、丈母，到家见了父母。舜美告知前事，令妻出拜公姑。张公、张母大喜过望，作宴庆贺。不数日，同妻别父母，上任去讫。久后，舜美官至天官侍郎，子孙贵盛。有诗为证：

间别三年死复生，润州城下念多情。
今宵然烛频频照，笑眼相看分外明。

第二十一卷　杨思温燕山逢故人

一夜东风，不见柳梢残雪。御楼烟暖，对鳌山彩结。箫鼓向晚，凤辇初回宫阙。千门灯火，九衢风月。　　绣阁人人，乍嬉游、困又歇。艳妆初试，把珠帘半揭。娇羞向人，手捻玉梅低说。相逢长是，上元时节。

这一首词，名《传言玉女》，乃胡浩然先生所作。道君皇帝朝，宣和年间，元宵最盛。每年上元正月十四日，车驾幸五岳观凝祥池。每常驾出，有红纱贴金烛笼二百对；元夕加以琉璃玉柱掌扇，快行客各执红纱珠珞灯笼。至晚还内，驾入灯山，御辇院人员，辇前唱《随竿媚》来。御辇旋转一遭，倒行观灯山，谓之"鹁鸽旋"，又谓"踏五花儿"，则辇官有赏赐矣。驾登宣德楼，游人奔赴露台下。十五日，驾幸上清宫，至晚还内。上元后一日，进早膳讫，车驾登门卷帘，御座临轩，宣百姓；先到门下者，得瞻天表：小帽红袍独坐，左右侍近，帘外金扇执事之人。须臾下帘，则乐作，纵万姓游赏。华灯宝烛，月色光辉，霏霏融融，照耀远迩。至三鼓，楼上以小红纱灯缘索而至半，都人皆知车驾还内。当时御制《夹钟宫·小重山》词，道：

罗绮生香娇艳呈，金莲开陆海，绕都城。宝舆四望翠峰青。东风急，吹下半天星。　　万井贺升平。行歌花满路，月随人。纱笼一点御灯明。箫韶远，高宴在蓬瀛。

今日说一个官人，从来只在东京看这元宵；谁知时移事变，流寓在燕山看元宵。那燕山元宵却如何？

虽居北地，也重元宵。未闻鼓乐喧天，只听胡笳聒耳。家家点起，应无陆地金莲；处处安排，那得玉梅雪柳。小番鬓边挑大蒜，岐婆头上带生葱。汉儿谁负一张琴？女们尽敲三棒鼓。

每年燕山市井，如东京制造，到己酉岁，方成次第。当年那燕山装那鳌山，也赏元宵，士大夫、百姓皆得观看。这个官人，本身是肃王府使臣，在贵妃位掌笺奏；姓杨，双名思温，排行第五，呼为杨五官人。因靖康年间，流寓在燕山。犹幸相逢姨夫张二官人，在燕山开客店，遂寓居焉。杨思温无可活计，每日肆前与人写文字，得些胡乱度日。忽值元宵，见街上的人皆去看灯，姨夫也来邀思温看灯，同去消遣旅况。思温情绪索然，辞姨夫道："看了东京的元宵，如何看得此间元宵？姨夫自稳便先去，思温少刻追陪。"张二官人先去了。

杨思温挨到黄昏，听得街上喧闹，静坐不过，只得也出门来看燕山元宵。但见：

莲灯灿烂，只疑吹下半天星；士女骈阗，便是列成王母队。一轮明月婵娟照，半是京华流寓人。

见街上往来游人无数。思温行至昊天寺前，只见真金身铸五十三参，铜打成幡竿十丈，上有金书"敕赐昊天悯忠禅寺"。思温入寺看时，佛殿两廊，尽皆点照。信步行到罗汉堂，乃浑金铸成五百尊阿罗汉。入这罗汉堂，有一行者，立在佛座前化香油钱，道："诸位看灯檀越，布施灯油之资，祝延福寿。"思温听其语音类东京人，问行者道："参头，仙乡何处？"行者答言："某乃大相国寺河沙院行者，今在此间复为行者。请官人坐于凳上，闲话则个。"

思温坐凳上，正看来往游人。睹一簇妇人，前遮后拥，入罗汉堂来。内中一个妇人，与思温四目相盼。思温睹这妇人打扮，好似东京人。但见：

轻盈体态，秋水精神。四珠环胜内家妆，一字冠成宫里样。未改宣和妆束，犹存帝里风流。

思温认得是故乡之人，感慨情怀，闷闷不已，因而困倦，假寐片时。那行者叫得醒来，开眼看时，不见那妇人。杨思温嗟呀道："我却待等他出来，恐有亲戚在其间，相认则个，又挫过了。"对行者道："适来入院妇女何在？"行者道："妇女们施些钱去了。临行道：'今夜且归，明日再来做些功德，追荐亲戚则个。'官人莫闷，明日却来相候不妨。"思温见说，也施些油钱与行者，相辞了，离罗汉院。绕寺寻遍，忽见僧堂壁上，留题小词一首，名《浪淘沙》：

尽日倚危栏，触目凄然，乘高望处是居延。忽听楼头吹画角，雪满长川。　　荏苒又经年，暗想南园，与民同乐午门前。僧院犹存宣政字，不见鳌山。

杨思温看罢留题，情绪不乐。归来店中，一夜睡不着。巴到天明起来，当日无话得说。

至晚，分付姨夫，欲往昊天寺，寻昨夜的妇人。走到大街上，人稠物穰，正是热闹！正行之间，忽然起一阵雷声。思温恐下雨，惊而欲回，抬头看时，只见银汉现一轮明月，天街点万盏华灯。宝烛烧空，香风拂地，仔细看时，却见四围人从，拥着一轮大车，从西而来，车声动地。跟随番官，有数十人。但见：

呵殿喧天，仪仗塞路。前面列十五对红纱照道，烛焰争辉；两下摆二十柄画杆金枪，宝光交际。香车似箭，侍从如云。

车后有侍女数人，其中有一妇女穿紫者，腰佩银鱼，手持净巾，以帛拥项。思温于月光之下仔细看时，好似哥哥国信所掌仪韩思厚妻——嫂嫂郑夫人意娘。这郑夫人，原是乔贵妃养女，嫁得韩掌仪。与思温都是同里人，遂结拜为表兄弟，思温呼意娘为嫂嫂。自后睽离，不复相问。着紫的妇人见思温，四目相睹，不敢公然招呼。思温随从车子，到燕市秦楼住下，车尽入其中。贵人上楼去，番官人从楼下坐。原来秦楼最广大，便以东京白樊楼一般，楼上有六十个阁儿，下面散铺七八十副桌凳。当夜卖酒，合堂热闹。

杨思温等那贵家入酒肆，去秦楼里面坐地，叫过卖至前。那人见了思温便拜。思温扶起道："休拜。"打一认时，却是东京白樊楼过卖陈三儿。思温甚喜，就教三儿坐，三儿再三不敢。思温道："彼此都是京师人，就是他乡遇故知，同坐不妨。"唱喏了，方坐。思温取出五两银子与过卖，分付"收了银子，好好供奉数品荤素酒菜上来。"与三儿一面吃酒说话。

三儿道："自丁未年至此，拘在金吾宅作奴仆。后来鼎建秦楼，为思旧日樊楼过卖，乃日纳买工钱八十，故在此做过卖。幸与官人会面。"正说话间，忽听得一派乐声。思温道："何处动乐？"三儿道："便是适来贵人，上楼饮酒的韩国夫人宅眷。"思温问韩国夫人事体。三儿道："这夫人极是照顾人，常常夜间将带宅眷来此饮酒，和养娘各坐。三儿常上楼供过伏事，常得夫人赏赐钱钞使用。"思温又问三儿："适间路边遇韩国夫人，车后宅眷丛里，有一妇人，似我嫂嫂郑夫人，不知是否？"三儿道："即要复官人。三

儿每上楼供过众宅眷时，常见夫人；又恐不是，不敢断认。”思温遂告三儿道：“我有件事相烦你：你如今上楼供过韩国夫人宅眷时，就寻郑夫人。做我传语道：‘我在楼下专候夫人下来，问哥哥详细。’”三儿应命上楼去，思温就座上等。

一时，只见三儿下楼，以指住下唇。思温晓得京师人市语，恁地，乃了事也。思温问：“事如何？”三儿道：“上楼得见郑夫人，说道：‘五官人在下面等夫人下来，问哥哥消息。’夫人听得，便垂泪道：‘叔叔原来也在这里。传与五官人，少刻便下楼，自与叔叔说话。’”思温谢了三儿，打发酒钱，乃出秦楼门前，伫立悬望。

不多时，只见祗候人从入去。少刻，番官人从簇拥一辆车子出来。思温候车子过，后面宅眷也出来，见紫衣佩银鱼、项缠罗帕妇女，便是嫂嫂。思温进前，共嫂嫂叙礼毕。遂问道：“嫂嫂，因何与哥哥相别在此？”郑夫人揾泪道：“妾自靖康之冬，与兄赁舟下淮楚。将至盱眙，不幸箭穿驾手，刀中梢公。妾有乐昌破镜之忧，汝兄被缧绁缠身之苦，为虏所掠。其酋撒八太尉相逼，我义不受辱，为其执虏至燕山。撒八太尉恨妾不从，见妾骨瘦如柴，遂鬻妾身于祖氏之家，后知是娼户。自思是品官妻，命官女，生如苏小卿何荣？死如孟姜女何辱？暗抽裙带，自缢梁间。被人得知，将妾救了。撒八太尉妻韩夫人闻而怜我，亟令救命，留我随侍。项上疮痕，至今未愈，是故项缠罗帕。仓皇别良人，不知安往。新得良人音耗，当时更衣遁走，今在金陵，复还旧职。至今四载，未忍重婚。妾燃香炼顶，问卜求神，望金陵之有路，脱生计以无门。今从韩国夫人至此游宴，既为奴仆之躯，不敢久语。叔叔叮咛，蓦遇江南人，倩教传个音信。”

杨思温欲待再问其说，俄有番官，手持八棱抽攮，向思温道："我家奴婢，更夜之间，怎敢引诱？"拿起抽攮，迎脸便打。思温一见来打，连忙急走。那番官脚旷行迟，赶不上。走得脱，一身冷汗，慌忙归到姨夫客店。张二官见思温走回喘吁吁地，问道："做甚么直恁慌张？"思温将前事一一告诉。张二官见说，嗟呀不已。安排三杯与思温嚯索，思温想起哥哥韩忠翊，嫂嫂郑夫人，那里吃得酒下？

愁闷中过了元宵，又是三月。张二官向思温道："我出去两三日即归，你与我照管店里则个。"思温问："出去何干？"张二官人道："今两国通和，奉使至维扬，买些货物便回。"杨思温见姨夫张二官出去，独自无聊，昼长春困，散步大街至秦楼，入楼闲望一晌。乃见一过卖至前唱喏，便叫："杨五官！"思温看时，好生面熟，却又不是陈三。是谁？过卖道："男女东京寓仙酒楼过卖小王。前时陈三儿被左金吾叫去，不令出来。"思温不见三儿在秦楼，心下越闷，胡乱买些点心吃。便问小王道："前次上元夜韩国夫人来此饮酒，不知你识韩国夫人住处么？"小王道："男女也曾问他府中来，道是天王寺后。"

说犹未了，思温抬头一看，壁上留题，墨迹未干。仔细读之，题道："昌黎韩思厚舟发金陵，过黄天荡。因感亡妻郑氏，船中作相吊之词，名《御阶行》：

合和朱粉千余两，捻一个，观音样。大都却似两三分，少付玲珑五脏。等待黄昏，寻好梦底，终夜空劳攘。　　香魂媚魄知何往？料只在，船儿上。无言倚定小门儿，独对滔滔雪浪。若将愁泪，还做水算，几个黄天荡！

杨思温读罢，骇然魂不附体。"题笔正是哥哥韩思厚，恁地，是嫂嫂没了。我正月十五日，秦楼亲见，共我说话，道在韩国夫人宅为侍妾。今却没了，这事难明。"惊疑未决，遂问小王道："墨迹未干，题笔人何在？"小王道："不知。如今两国通和，奉使至此，在本道馆驿安歇。适来四五人来此饮酒，遂写于此。"说话的，错说了。使命入国，岂有出来闲走买酒吃之理？按《夷坚志》载，那时法禁未立，奉使官听从与外人往来。

当日是三月十五日，杨思温问："本道馆在何处？"小王道："在城南。"思温还了酒钱，下楼，急去本道馆，寻韩思厚。到得馆道，只见苏、许二掌仪在馆门前闲看。二个都是旧日相识，认得思温，近前唱喏，还礼毕。

问道："杨兄何来？"思温道："特来寻哥哥韩掌仪。"二人道："在里面会文字，容入去唤他出来。"二人遂入去，叫韩掌仪出到馆前。思温一见韩掌仪，连忙下拜，一悲一喜，便是他乡遇契友，燕山逢故人。思温问思厚："嫂嫂安乐？"思厚听得说，两行泪下，告诉道："自靖康之冬，与汝嫂雇船，将下淮楚。路至盱眙，不幸箭穿篙手，刀中梢公。尔嫂嫂有乐昌破镜之忧，兄被缧绁缠身之苦。我被虏执于野寨，夜至三鼓，以苦告得脱。然亦不知尔嫂嫂存亡。后有仆人周义，伏在草中，见尔嫂被虏撒八太尉所逼，尔嫂义不受辱，以刀自刎而死。我后奔走行在，复还旧职。"思温问道："此事还是哥哥目击否？"思厚道："此事周义亲自报我。"思温道："只恐不死。今岁元宵，我亲见嫂嫂同韩国夫人出游，宴于秦楼。思温使陈三儿上楼寄信，下楼与思温相见。所说事体，前面与哥哥一同。也说道哥哥复还旧职，到今四载，未忍重婚。"思厚听得说，理会不下。思温道："容易决其死生。何不同往天王寺后，韩国夫人宅前打听，问个明白？"思厚道："也说得是。"乃入馆中，分付同事；带当直随后，二个同行。

倏忽之间，走至天王寺后。一路上悄无人迹，只冗一所空宅，门生蛛网，户积尘埃，荒草盈阶，绿苔满地，锁着大门。杨思温道："多是后门。"沿墙且行数十步，墙边只有一家。见一个老儿在里面打丝线，向前唱喏道："老丈，借问韩国夫人宅那里进去？"老儿禀性躁暴，举止粗俗，全不采人。二人再四问他，只推不知。

顷间，忽有一老妪提着饭篮，口中喃喃埋冤，怨畅那大伯。二人遂与婆婆唱喏，婆子还个万福，语音类东京人。二人问："韩国夫人宅在那里？"婆子正待说，大伯又埋怨多口。婆子不管大伯，向二人道："媳妇是东京人，大伯是山东拗蛮，老媳妇没兴，嫁得此畜生，全不晓事！逐日送些茶饭，嫌好道歹，且是得人憎。便做到官人问句话，就说何妨？"那大伯口中又哓哓的不住。婆子不管他，向二人道："韩国夫人宅，前面锁着宽宅便是。"二人吃一惊，问："韩夫人何在？"婆子道："韩夫人前年化去了。他家搬移别外，韩夫人埋在花园内。官人不信时，媳妇同去看一看，好么？"大伯又说："莫得入去，官府知道，引惹事端，带累我。"

婆子不采，同二人便行。路上就问："韩国夫人宅内有郑义娘，今在否？"婆子便道；"官人不是国信所韩掌仪，名思厚？这官人不是杨五官，名思温么？"二人大惊，问："婆婆如何得知？"婆子道："媳妇见郑夫人说。”思厚又问：“婆婆如何认得拙妻？今在甚处？”婆婆道：“二年前时，有撒八太尉，曾于此宅安下。其妻韩国夫人崔氏，仁慈恤物，极不可得。常唤媳妇入宅，见夫人说，撒八太尉自盱眙掠得一妇人，姓郑，小字义娘，甚为太尉所喜。义娘誓不受辱，自刎而死。夫人悯其贞节，与火化，收骨盛匣。以后韩夫人死，因随葬在此园内。虽死者，与活人无异！媳妇入园内去，常见郑夫人出来。初时也有些怕，夫人道：‘婆婆莫怕，不来损害婆婆，有些衷曲间告诉则个。’夫人说道是京师人，姓郑，名义娘。幼年进入乔贵妃位做养女，后出嫁忠翊郎韩思厚。有结义叔叔杨五官，名思温。一一与老媳妇说。又说盱眙事迹，‘丈夫见在金陵为官，我为他守节而亡。’寻常阴雨时，我多入园中，与夫人相见闲话。官人要问仔细，见了自知。”

三人走到适来锁着的大宅，婆婆逾墙而入，二人随后也入里面去。只见打鬼净净的一座败落花园，三人行步间，满地残英芳草。寻访妇人，全没踪迹。正面三间大堂，堂上有个屏风，上面山水，乃郭熙所作。思厚正看之间，忽然见壁上有数行字。思厚细看字体柔弱，全似郑义娘夫人所作。看了大喜道：“五弟，嫂嫂只在此间。”思温问：“如何见得？”思厚打一看，看其笔迹，乃一词，词名《好事近》：

往事与谁论？无语暗弹泪血。何处最堪怜？肠断黄昏时节。

倚楼凝望又徘徊，谁解此情切？何计可同归？雁趁江南春色。

后写道：“季春望后一日作。”二人读罢道：“嫂嫂只今日写来，可煞惊人！”

行至侧首，有一座楼，二人共婆婆扶着栏杆登楼。至楼上，又有巨屏一座，字体如前，写着《忆良人》一篇，歌曰：

孤云落日春云低，良人窅窅羁天涯。
东风蝴蝶相交飞，对景令人益惨凄。
尽日望郎郎不至，素质香肌转憔悴。
满眼韶华似酒浓，花落庭前鸟声碎。
孤帏悄悄夜迢迢，漏尽灯残香已销。
秋千院落久停戏，双悬彩索空摇摇。
眉兮眉兮春黛蹙，泪兮泪兮常满掬。
无言独步上危楼，倚遍栏杆十二曲。
荏苒流光疾似梭，滔滔逝水无回波。

良人一过不复返，红颜欲老将如何？

韩思厚读罢，以手拊壁而言："我妻不幸为人驱虏。"正看之间，忽听杨思温急道："嫂嫂来也！"思厚回头看时，见一妇人，项拥香罗而来。思温仔细认时，正是秦楼见的嫂嫂。那婆婆也道："夫人来了！"三人大惊，急走下楼来寻。早转身入后堂左廊下，趁入一阁子内去。二人惊惧。婆婆道："既已到此，可同去阁子里看一看。"

婆子引二人到阁前，只见关着阁子门，门上有牌面写道："韩国夫人影堂。"婆子推开槅子，三人入阁子中看时，却是安排供养着一个牌位，上写着："亡室韩国夫人之位。"侧边有一轴画，是义娘也。牌位上写着："侍妾郑义娘之位。"面前供桌，尘埃尺满。韩思厚看见影神上衣服容貌，与思温元夜所见的无二，韩思厚泪下如雨。婆子道："夫人骨匣，只在桌下。夫人常提起教媳妇看，是个黑漆匣，有两个鍮石环儿。每遍提起，夫人须哭一番，和我道：'我与丈夫守节丧身，死而无怨。'"思厚听得说，乃恳婆子同揭起砖，取骨匣归葬金陵，当得厚谢。婆婆道："不妨。"三人同掇起供桌，揭起花砖，去掇匣子。用力掇之，不能得起，越掇越牢。思温急止二人："莫掇，莫掇！哥哥，须晓得嫂嫂通灵。今既取去，也要成礼。且出此间，备些祭仪，作文以白嫂嫂，取之方可。"韩思厚道："也说得是。"三人再逾墙而去。到打线婆婆家，令仆人张谨买下酒脯、香烛之物，就婆婆家做祭文。等至天明，一同婆婆、仆人搬挈祭物，逾墙而入，在韩国夫人影堂内，铺排供养讫。

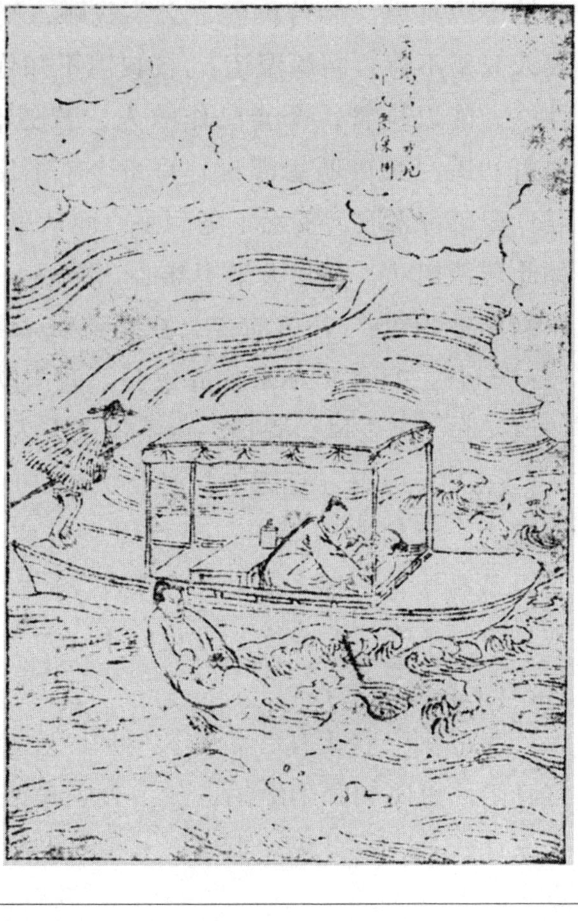

等至三更前后，香残烛尽，杯盘零落，星宿渡河汉之候，酹酒奠飨。三奠已毕，思厚当灵筵下披读祭文。读罢，流泪如

倾，把祭文同纸钱烧化。忽然起一阵狂风，这风吹得烛有光以无光，灯欲灭而不灭，三人浑身汗颤。风过处，听得一阵哭声。风定烛明，三人看时，烛光之下，见一妇女，媚脸如花，香肌似玉，项缠罗帕，步蹙金莲，敛袂向前，道声："叔叔万福。"二人大惊叙礼。韩思厚执手向前，哽咽流泪。哭罢，郑夫人向着思厚道："昨者盱眙之事，我夫今已明矣。只今元夜秦楼，与叔叔相逢，不得尽诉衷曲。当时妾若贪生，必须玷辱我夫。幸而全君清德若瑾瑜，弃妾性命如土芥，至有今日生死之隔，终天之恨。"说罢，又哭一次。婆婆劝道："休哭，且理会迁骨之事。"郑夫人收哭而坐，三人进些饮馔，夫人略飧些气味。

思温问："元夜秦楼下相逢，嫂嫂为韩国夫人宅眷，车后许多人，是人是鬼？"郑夫人道："太平之世，人鬼相分；今日之世，人鬼相杂。当时随车，皆非人也。"思厚道："贤妻为吾守节而亡，我当终身不娶，以报贤妻之德。今愿迁贤妻之香骨共归金陵可乎？"夫人不从道："婆婆与叔叔在此，听奴说：今蒙贤夫念妾孤魂在此，岂不愿归从夫？然须得常常看我，庶几此情不隔冥漠。倘若再娶，必不我顾，则不如不去为强。"三人再三力劝，夫人只是不肯，向思温道："叔叔岂不知你哥哥心性，我在生之时，他风流性格，能以拘管；今妾已作故人，若随他去，怜新弃旧，必然之理。"思温再劝道："嫂嫂听思温说，哥哥今来不比往日，感嫂嫂贞节而亡，决不再娶！今哥哥来取，安忍不随回去？愿从思温之言。"夫人向二人道："谢叔叔如此苦苦相劝。若我夫果不昧心，愿以一言为誓，即当从命。"说罢，思厚以酒沥地为誓："若负前言，在路盗贼杀戮，在水巨浪覆舟。"夫人急止思厚："且住，且住！不必如此发誓。我夫既不重娶，愿叔叔为证见。"道罢，忽地又起一阵香风，香过，遂不见了夫人。

三人大惊讶。复添上灯烛，去供桌底下揭起花砖，款款掇起匣子，全不费力。收拾逾墙而出，至打绦婆婆家。次晚，以白银三两，谢了婆婆；又以黄金十两，赠与思温，思温再辞方受。思厚别了思温，同仆人张谨，带骨匣归本驿。俟月余，方得回书，令奉使归。思温将酒饯别，再三叮咛："哥哥无忘嫂嫂之言。"

思厚同一行人从，负夫人骨匣，出燕山丰宜门，取路而归，月余，方抵盱眙。思厚到驿中歇泊，忽一人唱喏便拜。思厚看时，乃是旧仆人周义，今来谢天地，在此做个驿子。遂引思厚入房，只见挂一幅影神，画着个妇人；又有牌位儿上写着："亡主母郑夫人之位。"思厚怪而问之。周义道："夫人贞节，为官人而死。周义亲见，怎的不供奉夫人？"思厚因把燕山韩夫人宅中事，从头说与周义；取出匣子，教周义看了。周义展拜啼哭。思厚是夜与周义抵足而卧。

至次日天晓，周义与思厚道："旧日二十余口，今则惟影是伴，情愿伏事官人去金陵。"思厚从其请，将带周义归金陵。思厚至本所，将回文呈纳。周义随着思厚，卜地于燕山之侧，备礼埋葬夫人骨匣毕。思厚不胜悲感，三日一诣坟所飨祭，至暮方归，遂令周义守坟茔。

忽一日，苏掌仪、许掌仪说："金陵土星观观主刘金坛，虽是个女道士，德行清高。何不同往观中，做些功德，追荐令政？"思厚依从。选日同苏、许二人到土星观，来访刘金坛时，你说怎生打扮？但见：

顶天青巾，执象牙简。穿白罗袍，着翡翠履。不施朱粉，分明是梅萼凝霜；淡伫精神，仿佛如莲花出水。仪容绝世，标致非凡！

思厚一见，神魂散乱，目睁口呆。叙礼毕，金坛分付一面安排做九幽醮，且请众官到里面看灵芝。三人同入去，过二清殿、翠华轩，从八卦坛房内，转入绛绡馆，原来灵芝在绛绡馆。众人去看灵芝，惟思厚独入金坛房内闲看。但见明窗净几，铺陈玩物。书案上文房四宝，压纸界方下露出些纸。信手取看时，是一幅词，上写着《浣溪沙》：

标致清高不染尘，星冠云氅紫霞裙。门掩斜阳无一事，抚瑶琴。

虚馆幽花偏惹恨，小窗闲月最消魂。此际得教还俗去，谢天尊！

韩思厚初观金坛之貌，已动私情；后观纸上之词，尤增爱念。乃作一词，名《西江月》，词道：

玉貌何劳朱粉，江梅岂类群花？终朝隐几论黄芽，不顾花前月下！

冠上星簪北斗，杖头经挂《南华》。不知何日到仙家，曾许彩鸾同跨？

拍手高唱此词。金坛变色焦躁说："是何道理？欺我孤弱，乱我观宇！"命人取轿来，"我自去见恩官，与你理会。"苏、许二人再四劝住，金坛不允。韩思厚就怀中取出金坛所作之词，教众人看，说："观主不必焦躁，这个词儿，是谁做的？"吓得金坛安身无地，把怒色都变做笑容，安排筵席，请众官共坐，饮酒作乐，都不管做功德追荐之事。酒阑，二人各有其情，甚相爱慕，尽醉而散。

这刘金坛原是东京人。丈夫是枢密院冯六承旨，因靖康年间同妻刘氏雇舟避难来金陵。去淮水上，冯六承旨被冷箭落水身亡。其妻刘氏发愿，就土星观出家，追荐丈夫。朝野知名，差做观主。此后韩思厚时常往来刘金坛处。

忽一日，苏、许二掌仪醵金备礼，在观中请刘金坛、韩思厚。酒至数巡，苏、许二人把盏，劝思厚与金坛道："哥哥既与金坛相爱，乃是宿世因缘。今外议藉藉，不当稳便。何不还了俗，用礼通媒，娶为嫂嫂，岂不美哉！"思厚、金坛从其言。金坛以钱买人告还俗；思厚选日下定，娶归成亲。一个也不追荐丈夫，一个也不看顾坟墓，倚窗携手，惆怅论心。

成亲数日，看坟周义不见韩官人来上坟，自诣宅前探听消息。见当直在门前，问道："官人因甚这几日不来坟上？"当直道："官人娶了土星观刘金坛做了孺人，无工夫上坟。"周义是北人，性直，听说，气忿忿地。恰好撞见思厚出来，周义唱喏毕，便着言语道："官人，你好负义！郑夫人为你守节丧身，你怎下得别娶孺人？"一头骂，一头哭夫人。韩思厚与刘金坛新婚，恐不好看，喝教当直们打出周义。周义闷闷不已，先归坟所。当日是清明，周义去夫人坟前哭着告诉许多。是夜，睡至三更，郑夫人叫周义道："你韩掌仪在那里住？"周义把思厚辜恩负义，娶刘氏事，一一告诉他一番："如今在三十六丈街住，夫人自去寻他理会。"夫人道："我去寻他。"周义梦中惊觉，一身冷汗。

且说那思厚共刘氏新婚欢爱，月下置酒赏玩。正饮酒间，只见刘氏柳眉剔竖，杏眼圆睁，以手捽住思厚不放，道："你忒煞亏我，还我命来！"身是刘氏，语音是郑夫人的声气。唬得思厚无计可施，道："告贤妻饶恕。"那里肯放。正摆拨不下，忽报苏、许二掌仪步月而来望思厚。见刘氏捽住思厚不放，二人解脱得手。思厚急走出，与苏、许二人商议请笪桥铁索观朱法官来救治。即时遣张谨请到朱法官。法官见了刘氏道："此冤抑，不可治之，只好劝谕。"刘氏自用手打掴其口与脸上，哭着告诉法官以燕山踪迹。又道："望法官慈悲做主。"朱法官再三劝道："当做功德追荐超生。如坚执不听，冒犯天条！"刘氏见说，哭谢法官："奴奴且退。"少刻，刘氏方苏。法官书符与刘氏吃，又贴符房门上。法官辞去，当夜无事。

次日，思厚赍香纸诣笪桥谢法官。方坐下，家中人来报说："孺人又中恶。"思厚再告法官，同往家中救治。法官云："若要除根好时，须将燕山坟发掘，取其骨匣，弃于长江，方可无事。”思厚只得依从所说，募土工人等，同往掘开坟墓，取出郑夫人骨匣，到扬子江边，抛放水中。自此，刘氏安然。恁地时，负心的无天理报应，岂有此理？

思厚负了郑义娘，刘金坛负了冯六承旨。至绍兴十一年，车驾幸钱塘，官民百姓皆从。思厚亦挈家离金陵，到于镇江。思厚因想金山胜景，乃赁舟同妻刘氏江岸下船。行到江心，忽听得舟人唱《好事近》词，道是：

往事与谁论？无语暗弹泪血。何处最堪怜？肠断黄昏时节。

倚门凝望又徘徊，谁解此情切？何计可同归？雁趁江南春色。

思厚审听所歌之词，乃燕山韩国夫人郑氏义娘题屏风者，大惊遂问梢公：“此曲得自何人？”梢公答曰：“近有使命入国至燕山，满城皆唱此词。乃一打线婆婆，自韩国夫人宅中屏上录出来的。说是江南一官人浑家，姓郑，名义娘，因贞节而死，后来郑夫人丈夫私挈其骨归江南。此词传播中外。”思厚听得说，如万刃攒心，眼中泪下。须臾之间，忽见江中风浪俱生，烟涛并起，异鱼出没，怪兽掀波。见水上一人，波心涌出，顶万字巾，把手揪刘氏云鬓，掷入水中。侍妾高声叫喊：“孺人落水！”急唤思厚教救，那里救得？俄顷，又见一妇人，项缠罗帕，双眼圆睁，以手捽思厚，拽入波心而死。舟人欲救不能，遂惆怅而归。叹古今负义人皆如此，乃传之于人。诗曰：

一负冯君罹水厄，一亏郑氏丧深渊。

宛如孝女寻尸死，不若三闾为主愆。

第二十二卷　晏平仲二桃杀三士

大禹涂山御座开，诸侯玉帛走如雷。

防风谩有专车骨，何事兹辰最后来？

此篇言语，乃胡曾诗。昔三皇禅位，五帝相传。舜之时，洪水滔天，民不聊生。舜使鲧治水，鲧无能，其水横流。舜怒，将鲧殛于羽山。后使其子禹治水，禹疏通九河，皆流入海，三过其门而不入。会天下诸侯于会稽涂山，迟到误期者斩。惟有防风氏后至，禹怒而斩之，弃其尸于原野。后至春秋时，越国于野外，掘得一骨专车，言一车只载得一骨节。诸人不识，问于孔子，孔子曰："此防风氏骨也。被禹王斩之，其骨尚存。"有如此之大人也。当时防风氏正不知长大多少。古人长者最多，其性极淳，丑陋如兽者亦多，神农氏顶生肉角。岂不闻昔人有云：古人形似兽，却有大圣德；今人形似人，兽心不可测。

今日说三个好汉，被一个身不满三尺之人，聊用微物，都断送了性命。昔春秋列国时，齐景公朝有三个大汉：一人姓田，名开疆，身长一丈五尺。其人生得面如噀血，目若朗星，雕嘴鱼腮，板牙无缝。比时曾随景公猎于桐山。忽然于西山之中，赶起一只猛虎来。其虎奔走，径扑景公之马。马见虎来，惊倒景公在地。田开疆在侧，不用刀枪，双拳直取猛虎。左手揪住项毛，右手挥拳而打，用脚望面门上踢，一顿打死那只猛虎，救了景公。文武百官，无不畏惧。景公回朝，封为寿宁君，是齐国第一个行霸道的。却说第二个，姓顾，名冶子，身长一丈三尺，面如泼墨，腮吐黄须，手似铜钩，牙如锯齿。此人曾随景公渡黄河。忽大雨骤至，波浪汹涌，舟船将覆，景公大惊。见云雾中火块闪烁，戏于水面。顾冶子在侧，言曰："此必是黄河之蛟也。"景公曰："如之奈何？"顾冶子曰："主公勿虑，容臣斩之。"拔剑裸衣下水，少刻，风浪俱息。见顾冶子手提蛟头，跃水而出。景公大骇，封为武安君。这是齐国第二个行霸道的。第三个姓公孙，名捷，身长一丈二尺，头如累塔，眼生三角，板肋猿背，力举千斤。一日，秦兵犯界，景公引军马出迎，被秦兵杀败，引军赶来，围住在凤鸣山。公孙捷用铁阕一条，约至一百五十斤，杀入秦兵之内，秦兵十万，措手不及，救出景公。封为威远君。这是齐国第三个行霸道的。这三个结为兄弟，誓说生死相托。三个不知文墨礼让，在朝廷横行，视君臣如同草木。景公见三人上殿，如芒刺在背。

一日，楚国使中大夫靳尚前来本国求和。原来齐、楚二邦乃是邻国，二国交兵二十余年，不曾解和。楚王乃命靳尚为使入见景公，奏曰："齐、楚不和，交兵岁久，民有倒悬之患。今特命臣入国讲和，永息刀兵。俺楚国襟三江而带五湖，地方千里，粟支数年，足食足兵，可为上国。王可裁之，得名获利。"却说田、顾、公孙三人大怒，叱靳尚曰："量汝楚国何足道哉！吾三人亲提雄兵，将楚国践为平地，人人皆死，个个不留。"喝靳尚下殿，教金瓜武士斩讫报来。阶下转过一人，身长三尺八寸，眉浓目秀，齿白唇红，乃齐国丞相，姓晏，名婴，字平仲。前来喝住武士，备问其详。靳尚说了，晏子便教放了靳尚，先回本国，"吾当亲至讲和。"乃上殿奏知景公。三人大怒曰："吾欲斩之，汝何故放还本国？"晏子曰："岂不闻'两国战争，不斩来使'？他独自到这里，擒住斩之，邻国知道，万世笑端。晏婴不才，凭三寸舌，亲到楚国，令彼君臣，皆顿首谢罪于阶下，尊齐为上国。并不用刀兵士马，此计若何？"三士怒发冲冠，皆叱曰："汝乃黄口侏儒小儿，国人无眼，命汝为相，擅敢乱开大口！吾三人有诛

龙斩虎之威，力敌万夫之勇，亲提精兵，平吞楚国。要汝何用？”景公曰：“丞相既出大言，必有广学。且待入楚之后，若果获利，胜似兴兵。”三士曰：“且看侏儒小儿这回为使，若折了我国家气概，回来时砍为肉泥！”三士出朝。景公曰：“丞相此行，不可轻忽。”晏子曰：“主上放心。至楚邦，视彼君臣如土壤耳。”遂辞而行，从者十余人跟随。

车马已至郢都，楚国臣宰奏知。君臣商议曰：“齐晏子乃舌辨之士，可定下计策，先塞其口，令不敢来下说词。”君臣定计了，宣晏子入朝。晏子到朝门，见金门不开，下面闸板止留半段，意欲令晏子低头钻入，以显他矮小辱之。晏子望见下面便钻，从人急止之曰：“彼见丞相矮小，故以辱之，何中其计？”晏子大笑曰：“汝等岂知之耶？吾闻人有人门，狗有狗窦。使于人，即当进人门；使于狗，即当进狗窦。有何疑焉？”楚臣听之，火急开金门而接。晏子旁若无人，昂然而入。

至殿下，礼毕，楚王问曰：“汝齐国地狭人稀乎？”晏子曰：“臣齐国东连海岛，西跨魏秦，北拒赵燕，南吞吴楚；鸡鸣犬吠相闻，数千里不绝，安得为地狭耶？”楚王曰：“地土虽阔，人物却少。”晏子曰：“臣国中人呵气如云，沸汗如雨，行者摩肩，立者并迹，金银珠玉，堆积如山，安得人物稀少耶？”楚王曰：“既然地广人稠，何故使一小儿来吾国中为使耶？”晏子答曰：“使于大国者，则用大人；使于小国者，则当用小儿。因此特命晏婴到此。”楚王视臣下，无言可答。请晏婴上殿，命座。侍臣进酒，晏子欣然畅饮，不以为意。

少刻，金瓜簇拥一人至筵前，其人口称冤屈。晏子视之，乃齐国带来从者，问：“得何罪？”楚臣对曰：“来筵前作贼，盗酒器而出。被户尉所获，乃真赃正犯也。”其人曰：“实不曾盗，乃户尉图赖。”晏子曰：“真赃正犯，尚敢抵赖！速与吾牵出市曹斩之。”楚臣曰：“丞相远来，何不带诚实之人？令从者作贼，其主岂不羞颜？”晏子曰：“此人自幼跟随，极知心腹。今日为盗，有何难见？昔在齐国是个君子，今到楚国却为小人，乃风俗之所变也。吾闻江南洞庭有一树，生一等果，其名曰橘。其色黄而香，其味甜而美。若将此树移于北方，结成果木，乃名枳实。其色青而臭，其味酸而苦。名谓南橘北枳，便分两等，乃风俗之不等也。以此推之，在齐不为盗，在楚为盗，更复何疑？”

楚王大惭，急离御座，拱手于晏子曰：“真乃贤士也！吾国中大小公卿，万不及一。愿赐见教，一听严命。”晏子曰：“王上安坐，听臣一言。齐国中有三士，皆万夫不当之勇，久欲起兵来吞楚国，吾力言不可，齐、楚不睦，苍生受害，心何忍焉？今臣特来讲和，王上可亲诣齐国和亲，结为唇齿之邦，歃血为盟。若邻国加兵，互相救应，永无侵扰，可保万年之基业。若不听臣，祸不远矣。非臣相唬，愿王裁之。”王曰：“闻公之才，寡人情愿和亲。但所患者，齐三士皆无仁义之人，吾不敢去。”晏子曰：“王上放心，臣愿保驾。聊施小计，教三士死于大王之前，以绝两国之患。”楚王曰：“若三士俱亡，吾宁为小邦，年朝岁贡而无怨。”晏子许之。楚王乃大设筵席，送令先去，随后收拾进献礼物而至。

晏子先使人归报，齐景公闻之大喜，令大小公卿：“尽随吾出郭迎接丞相。”三士闻之转怒。晏子至，景公下车而迎。慰劳已毕，同载而回。齐国之人看者塞途。晏子辞景公回府。次日入宫，见三士在阁下博戏，晏子进前施礼。三士亦不回顾，傲忽之气，旁若无人。晏子侍立久之，方自退。入见景公，说三士如此无礼。景公曰：“此三人如常带剑上殿，视吾如小儿，久必篡位矣。素欲除之，恨力不及耳。”晏子曰：“主上宽心，来朝楚国君臣皆至，可大张御宴，待臣于筵间略施小计，令三士皆自杀，何如？”景公曰：“计将安出？”晏子曰：“此三人者皆一勇匹夫，并无谋略，若如此如此，祸必除矣。”景公喜。

次日，楚王引文武官僚百余员，车载金珠玩好之物，亲至朝门。景公请入，楚王先下拜，景公忙答礼罢，二君分宾主而坐。楚王令群臣罗拜除下，楚王拱手伏罪曰：“二十年间，多有凶犯。今因丞相之言，特来请罪。薄礼上贡，望乞恕纳。”齐景公谢讫，大设筵宴，二国君臣相庆。三士带剑立于殿下，昂昂自若。晏子进退揖让，并不谄于三士。

酒至半酣，景公曰："御园金桃已熟，可采来筵间食之。"须臾，一宫监金盘内捧出五枚。齐王曰："园中桃树，今岁止收五枚，味甜气香，与他树不同。丞相捧杯进酒，以庆此桃。"上古之时，桃树难得，今园中有此五枚，为希罕之物。晏子捧玉爵行酒，先进楚王。饮毕，食其一桃。又进齐王，饮毕，食其一桃。齐王曰："此桃非易得之物，丞相合二国和好，如此大功，可食一桃。"晏子跪而食之，赐酒一爵。齐王曰："齐、楚二国公卿之中，言其功勋大者，当食此桃。"田开疆挺身而出，立于筵上而言曰："昔从主公猎于桐山，力诛猛虎，其功若何？"齐王曰："擎王保驾，功莫大焉。"晏子慌忙进酒一爵，食桃一枚，归于班部。顾冶子奋然便出，曰："诛虎者未为奇，吾曾斩长蛟于黄河，救主上回故国，觑洪波巨浪，如登平地，此功若何"？王曰："此概世之功也，进酒赐桃，又何疑哉？"晏子慌忙进酒赐桃。公孙捷撩衣破步而出，曰："吾曾于十万军中，手挥铁阕，救主公出，军中无敢近者，此功若何？"齐王曰："据卿之功，极天际地，无可比者。争奈无桃可赐，赐酒一杯，以待来年。"晏子曰："将军之功最大，可惜言之太迟！以此无桃，掩其大功。"公孙捷按剑而言曰："诛龙斩虎，小可事耳。吾纵横于十万军中，如入无人之境，力救主上，建立大功，反不能食桃，受辱于两国君臣之前，为万代之耻笑，安有面目立于朝廷耶？"言讫，遂拔剑自刎而死。田开疆大惊，亦拔剑而言曰："我等微功而食桃，兄弟功大反不得食，吾之羞耻，何日可脱？"言讫，自刎而死。顾冶子奋气大呼曰："吾三人义同骨肉，誓同生死；二人既亡，吾安能自活？"言讫，亦自刎而亡。晏子笑曰："非二桃不能杀三士，今已绝虑，吾计若何？"楚王下坐，拜伏而叹曰："丞相神机妙策，安敢不伏耶？自今以后，永尊上国，誓无侵犯。"齐王将三士敕葬于东门外。

自此齐、楚连和，绝其士马，齐为霸国。晏子名扬万世，宣圣亦称其善。后来诸葛孔明曾为《梁父吟》，单道此事，吟曰：

步出齐城门，遥望汤阴里；里中有三坟，累累正相似。问是谁家冢？田疆顾冶氏。力能排南山，文能绝地理。一朝被谗言，二桃杀三士。谁能为此谋？相国齐晏子。

又《满江红》词一篇，古人单道此事，词云：

齐景雄风，因习战、海滨败猎。正驱驰，忽逢猛兽，众皆惊绝。壮士开疆能奋勇，双拳杀虎身流血。救君危，拜爵宠恩荣，真豪杰！

顾冶子，除妖孽；强秦战，公孙捷。笑三人恃勇，在齐猖獗。只被晏婴施小巧，二桃中计皆身灭。齐东门，累累有三坟，荒郊月。

第二十三卷　沈小官一鸟害七命

飞禽惹起祸根芽，七命相残事可嗟。

奉劝世人须鉴戒，莫教儿女不当家。

话说大宋徽宗朝宣和三年，海宁郡武林门外北新桥下，有一机户，姓沈，名昱，字必显，家中颇为丰足。娶妻严氏，夫妇恩爱。单生一子，取名沈秀，年长一十八岁，未曾婚娶。其父专靠织造段匹为活。不想这沈秀不务本分生理，专好风流闲耍，养画眉过日。父母因惜他一子，以此教训他不下。街坊邻里取他一个浑名，叫做“沈鸟儿”。每日五更，提了画眉，奔入城中柳林里来拖画眉，不只一日。忽至春末夏初，天气不暖不寒，花红柳绿之时。当日，沈秀侵晨起来，梳洗罢，吃了些点心，打点笼儿，盛着个无比赛的画眉。这畜生：只除天上有，果系世间无！将他各处去斗，俱斗他不过，成百十贯赢得。因此十分爱惜他，如性命一般。做一个金漆笼儿，黄铜钩子，哥窑的水食罐儿，绿纱罩儿，提了在手，摇摇摆摆，径奔入城，往柳林里去拖画眉。不想这沈秀一去，死于非命，好似：

猪羊进入宰生家，一步步来寻死路。

当时沈秀提了画眉，径到柳林里来，不意来得迟了些，众拖画眉的俱已散了，净荡荡、黑阴阴，没一个人往来。沈秀独自一个，把画眉挂在柳树上，叫了一回。沈秀自觉没情没绪，除了笼儿，正要回去。不想小肚子一阵疼，滚将上来，一块儿蹲到在地上。原来沈秀有一件病在身上，叫做“主心馄饨”，一名“小肠疝气”，每常一发一个小死。其日想必起得早些，况又来迟，众人散了，没些情绪，闷上心来。这一次甚是发得凶，一跤倒在柳树边，有两个时辰不醒人事。

你道事有辏巧，物有偶然。这日有个箍桶的，叫做张公，挑着担儿，径往柳林里穿过，褚家堂做生活。远远看见一个人，倒在树边，三步那做

两步，近前歇下担儿。看那沈秀，脸色腊查黄的，昏迷不醒；身边并无财物，止有一个画眉笼儿，这畜生此时越叫得好听。所以一时见财起意，穷极计生，心中想道：“终日括得这两分银子，怎地得快活？”只是这沈秀当死，这画眉见了张公，分外叫得好。张公道：“别的不打紧，只这个画眉，少也值二三两银子。”便提在手，却待要走。不意沈秀正苏醒，开眼见张公提着笼儿，要挣身子不起，只口里骂道：“老忘八！将我画眉那里去？”张公听骂，“这小狗入的，忒也嘴尖！我便拿去，他倘爬起赶来，我倒反吃他亏。一不做，二不休，左右是歹了。”却去那桶里，取出一把削桶的刀来，把沈秀按住一勒。那湾刀又快，力又使得猛，那头早滚在一边。张公也慌张了，东观西望，恐怕有人撞见。却抬头见一株空心杨柳树，连忙将头提起，丢在树中。将刀放在桶内，笼儿挂在担上，也不去褚家堂做生活，一道烟径走，穿街过巷，投一个去处。你道只因这个画眉，生生的害了几条性命？正是：

人间私语，天闻若雷。

暗室亏心，神目如电。

当时张公一头走，一头心里想道：“我见湖州墅里客店内，有个客人，时常要买虫蚁，何不将去卖与他？”一径望武林门外来。也是前生注定的劫数，却好见三个客人，两个后生跟着，共是五人，正要收拾货物回去，却从门外进来，客人俱是东京汴梁人。内中有个姓李，名吉，贩卖生药。此人平昔也好养画眉，见这箍桶担上好个画眉，便叫：“张公，借看一看。”张公歇下担子，那客人看那画眉，毛衣并眼，生得极好，声音又叫得好，心里爱它。便问张公：“你肯卖么？”此时张公巴不得脱祸，便道："客官，你出多少钱？"李吉转看转好，便道："与你一两银子。"张公自道着手了，便道："本不当计较，只是爱者如宝，添些便罢。"那李吉取出三块银子，秤秤看，到有一两二钱，道："也罢。"递与张公。张公接过银子，看一看，将来放在荷包里，将画眉与了客人，别了便走。口里道："发脱得这祸根，也是好事了。"不上街做生理，一直奔回家去，心中也自有些不爽利。正是：

作恶恐遭天地责，欺心犹怕鬼神知。

原来张公正在涌金门城脚下住，止婆老两口儿，又无儿子。婆儿见张公回来，便道："篾子一条也不动，缘何又回来得早？有甚事干？"张公只不答应，挑着担子，径入门歇下，转身关上大门。道："阿婆，你来，我与你说话。恰才如此如此，谋得这一两二钱银子，与你权且快活使用。"两口儿欢天喜地。不在话下。

却说柳林里无人来往，直至巳牌时分，两个挑粪庄家，打从那里过。见了这没头尸首挡在地上，吃了一惊，声张起来。当坊里甲邻佑，一时嚷动。本坊申呈本县，本县申府。次日，差官吏、仵作人等，前来柳阴里，检验得浑身无些伤痕，只是无头，又无苦主。官吏回覆本府，本府差应捕挨获凶身。城里城外，纷纷乱嚷。

却说沈秀家，到晚不见他回来，使人去各处寻不见。天明，央人入城寻时，只见湖州墅嚷道："柳林里杀死无头尸首。"沈秀的娘听得说，想道："我的儿子昨日入城拖画眉，至今无寻他处，莫不得是他？"连叫丈夫："你必须自进城打听。"沈昱听了一惊，慌忙自奔到柳林里。看了无头尸首，仔细定睛，上下看了衣服，却认得是儿子，大哭起来。本坊里甲道："苦主有了，只无凶身。"其时，沈昱径到临安府告说："是我的儿子。昨日五更入城拖画眉，不知怎的被人杀了。望老爷做主！"本府发放各处应捕及巡捕官，限十日内要捕凶身着。

沈昱具棺木盛了尸首，放在柳林里。一径回家，对妻说道："是我儿子，被人杀了，只不知将头何处去了。我已告过本府，本府着捕人各处捉获凶身。我且自买棺木盛了。此事如何是好？"严氏听说，大哭起来，一交跌倒。不知五脏何如，先见四肢不举。正是：

身如五鼓衔山月，气似三更油尽灯。

当时众人灌汤，救得苏醒。哭道："我儿日常不听好人之言，今日死无葬身之地。我的少年的儿，死得好苦！谁想我老来无靠！”说了又哭，哭了又说，茶饭不吃。丈夫再三苦劝，只得勉强。

过了半月，并无消息。沈昱夫妻二人商议：“儿子平昔不依教训，致有今日祸事，吃人杀了，没捉获处，也只得没奈何，但得全尸也好。不若写个帖子，告禀四方之人，倘得见头，全了尸首，待后又作计较。”二人商议已定，连忙便写了几张帖子，满城去贴。上写：“告知四方君子：如有寻获得沈秀头者，情愿赏钱一千贯；捉得凶身者，愿赏钱二千贯。”将此情告知本府，本府亦限捕人寻获，亦出告示道：“如有人寻得沈秀头者，官给赏钱五百贯；如捉获凶身者，赏钱一千贯。”告示一出，满城哄动。不题。

且说南高峰脚下，有一个极贫老儿，姓黄，浑名叫做黄老狗。一生为人鲁拙，抬轿营生。老来双目不明，止靠两个儿子度日。大的叫做大保，小的叫做小保。父子三人，正是衣不遮身，食不充口，巴巴急急，口食不敷。一日，黄老狗叫大保、小保到来，“我听得人说，甚么财主沈秀吃人杀了，没寻头处。今出赏钱，说有人寻得头者，本家赏钱一千贯，本府又给赏五百贯。我今叫你两个，别无话说。我今左右老了，又无用处，又不看见，又没趁钱。做我着，教你两个发迹快活！你两个今夜将我的头割了，埋在西湖水边。过了数日，待没了认色，却将去本府告赏，共得一千五百贯钱，却强似今日在此受苦。此计大妙，不宜迟；倘被别人先做了，空折了性命。”只因这老狗失志，说了这几句言语；况兼两个儿子，又是愚蠢之人，不省法度的。正是：

口是祸之门，舌是斩身刀；

闭口深藏舌，安身处处牢。

当时两个出到外面商议。小保道：“我爷设这一计，大妙！便是做主将元帅，也没这计策。好便好了，只是可惜没了一个爷。”大保做人又狠又呆，道：“看他左右只在早晚要死，不若趁这机会杀了，去山下掘个坑埋了，又无踪迹，那里查考？这个叫做‘趁汤推’，又唤做‘一抹光’。天理人心，又不是我们逼他，他自叫我们如此如此。”小保道：“好倒好，只除等睡熟了，方可动手。”

二人计较已定，却去东奔西走，赊得两瓶酒来。爷子三人，吃得大醉，东倒西歪。一觉直到三更，两人爬将起来，看那老子正齁齁睡着。大保去灶前摸了把厨刀，去爷的项上一勒，早把这颗头割下了。连忙将破衣包了，放在床边。便去山脚下掘个深坑，扛去埋了。也不等天明，将头去南屏山藕花居湖边浅水处埋了。

过半月入城，看了告示，先走到沈昱家报说道："我二人昨日因捉虾鱼，在藕花居边，看见一个人头，想必是你儿子头。"沈昱见说道："若果是，便赏你一千贯钱，一分不少。"便去安排酒饭吃了，同他两个径到南屏山藕花居湖边。浅土隐隐盖着一头，提起看时，水浸多日，澎涨了，也难辨别，想必是了。若不是时，那里又有这个人头在此？沈昱便把手帕包了，一同两个，径到府厅告说："沈秀的头有了。"知府再三审问，二人答道："因捉虾鱼，故此看见，并不晓别项情由。"本府准信，给赏五百贯。二个领了，便同沈昱将头到柳林里，打开棺木，将头凑在项上，依旧钉了，就同二人回家。严氏见说儿子头有了，心中欢喜，随即安排酒饭，管待二人，与了一千贯赏钱。二人收了，作别回家。便造房屋，买农具家生。二人道："如今不要似前抬轿。我们勤力耕种，挑卖山柴，也可度日。"不在话下。正是光阴似箭，日月如梭。不觉过了数月，官府也懈了，日远日疏，俱不题了。

却说沈昱是东京机户，轮该解段匹到京。待各机户段匹完日，到府领了解批，回家分付了家中事务起身。此一去，只因沈昱看见了自家虫蚁，又屈害了一条性命。正是：

非理之财莫取，非理之事莫为；

明有刑法相系，暗有鬼神相随。

却说沈昱在路，饥餐渴饮，夜住晓行，不只一日，来到东京。把段匹一一交纳过了，取了批回，心下思量："我闻京师景致，比别处不同，何不闲看一遭？也是难逢难遇之事。"其名山胜概，庵观寺院，出名的所在，都走了一遭。偶然打从御用监禽鸟房门前经过，那沈昱心中是爱虫蚁的，意欲进去一看。因门上用了十数个钱，得放进去闲看。只听得一个画眉，十分叫得巧好，仔细看时，正是儿子不见的画眉！那画眉见了沈昱眼熟，越发叫得好听，又叫又跳，将头颠沈昱数次。沈昱见了，想起儿子，千行泪下，心中痛苦，不觉失声叫起屈来，口中只叫得："有这等事？"那掌管禽鸟的校尉喝道："这厮好不知法度！这是什么所在？如此大惊小怪起来？"沈昱痛苦难伸，越叫得响了。

那校尉恐怕连累自己，只得把沈昱拿了，送到大理寺。大理寺官便喝道："你是那里人，敢进内御用之处，大惊小怪？有何冤屈之事，好好直说，便饶你罢。"沈昱就把儿子拖画眉被杀情由，从头诉说了一遍。大理寺官听说，呆了半晌，想："这禽鸟是京民李吉进贡在此，缘何有如此一节隐情？"便差人火速捉拿李吉到官，审问道："你为何在海宁郡将他儿子谋杀了，却将他的画眉来此进贡？一一明白供招，免受刑罚。"李吉道："先因往杭州买卖，行至武林门里，撞见一个箍桶的，担上挂着这个画眉。是吉因见他叫得巧，又生得好，用价一两二钱，买将回来。因他好巧，不敢自用，以此进贡上用，并不知人命情由。"勘官问道："你却赖与何人！这画眉就是实迹了，实招了罢。"李吉再三哀告道："委的是问个箍桶的老儿买的，并不知杀人情由，难以屈招。"勘官又问："你既是问老儿买的，那老儿姓甚名谁？那里人氏？供得明白，我这里行文拿来，问理得实，即便放你。"李吉道："小人是路上逢着买的，实不知姓名，那里人氏。"勘官骂道："这便是含糊了，将此人命推与谁偿？据这画眉，便是实迹，这厮不打不招！"再三拷打，打得皮开肉绽。李吉痛苦不过，只得招做"因见画眉生得好巧，一时杀了沈秀，将头抛弃"情由。遂将李吉送下大牢监候。大理寺官具本奏上朝廷，圣旨道："李吉委的杀死沈秀，画眉见存，依律处斩。"将画眉给还沈昱，又给了批回，放还原籍，将李吉押发市曹斩首。正是：

老龟煮不烂，移祸于枯桑。

当时恰有两个同与李吉到海宁郡来做买卖的客人，蹀躞不下："有这等冤屈事！明明是买的画眉。我欲待替他申诉，争奈卖画眉的人虽认得，我亦不知其姓名，况且又在杭州。冤倒不辩得，和我连累了，如何出豁？只因一个畜生，明明屈杀了一条性命。除我们不到杭州，若到，定要与他讨个明白。"也不在话下。

却说沈昱收拾了行李，带了画眉，星夜奔回。到得家中，对妻说道："我在东京替儿讨了命了。"严氏问道："怎生得来？"沈昱把在内监见画眉一节，从头至尾，说了一遍。严氏见了画眉，大哭了一场，睹物伤情，不在话下。

次日，沈昱提了画眉，本府来销批。将前项事情，告诉了一遍。知府大喜道："有这等巧事。"正是：

劝君莫作亏心事，古往今来放过谁？

休说人命关天，岂同儿戏！知府发放道："既是凶身获着斩首，可将棺木烧化。”沈昱叫人将棺木烧了，就撒了骨殖。不在话下。

却说当时同李吉来杭州卖生药的两个客人，一姓贺，一姓朱，有些药材，径到杭州湖墅客店内歇下，将药材一一发卖讫。当为心下不平，二人径入城来，探听这个箍桶的人。寻了一日，不见消耗。二人闷闷不已，回归店中歇了。次日，又进城来，却好遇见一个箍桶的担儿。二人便叫住道：“大哥，请问你，这里有一个箍桶的老儿，这般这般模样，不知他姓甚名谁，大哥你可认得么？”那人便道：“客官，我这箍桶行里，止有两个老儿：一个姓李，住在石榴园巷内；一个姓张，住在西城脚下。不知那一个是？”二人谢了，径到石榴园来寻。只见李公正在那里劈篾，二人看了，却不是他。又寻他到西城脚下，二人来到门首，便问：“张公在么？”张婆道：“不在，出去做生活去了。”二人也不打话，一径且回。

正是未牌时分，二人走不上半里之地，远远望见一个箍桶担儿来。有分直教此人偿了沈秀的命，明白了李吉的事。正是：

恩义广施，人生何处不相逢？冤仇莫结，路逢狭处难回避。

其时，张公望南回来，二人朝北而去，却好劈面撞见。张公不认得二人，二人却认得张公，便拦住问道：“阿公高姓？”张公道：“小人姓张。”又问道：“莫非是在西城脚下住的？”张公道：“便是，问小人有何事干？”二人便道：“我店中有许多生活要箍，要寻个老成的做，因此问你。你如今那里去？”张公道：“回去。”三人一头走，一头说，直走到张公门首。张公道：“二位请坐吃茶。”二人道：“今日晚了，明日再来。”张公道：“明日我不出去了，专等，专等。”

二人作别，不回店去，径投本府首告。正是本府晚堂，直入堂前跪下，把沈昱认画眉一节，李吉被杀一节，撞见张公买画眉一节，一一诉明。“小人两个不平，特与李吉讨命，望老爷细审张公，不知怎地得画眉？”府官道：“沈秀的事，俱已明白了，凶身已斩了，再有何事？”二人告道：“大理寺官不明，只以画眉为实；更不说来历，将李吉明白屈杀了。小人路见不平，特与李吉讨命。如不是实，怎敢告扰？望乞怜悯做主。”知府见二人告得苦切，随即差捕人连夜去捉张公。好似：

数只皂雕追紫燕，一群猛虎啖羊羔。

其夜，众公人奔到西城脚下，把张公剪绑了，解上府去，送大牢内监了。次日，知府升堂，公人于牢中取出张公跪下。知府道：“你缘何杀了沈秀，反将李吉偿命？今日事露，天理不容！”喝令：“好生打着。”直落打了三十下，打得皮开肉绽，鲜血淋漓。再三拷打，不肯招承。两个客人并两个伴当齐说：“李吉便死了，我四人见在，眼见将一两二钱银子，买你的画眉，你今推却何人？你若说不是你，你便说这画眉从何来？实的虚不得，支吾有何用处？”张公犹自抵赖。知府大喝道：“画眉是真赃物，这四人是真证见，若再不招，取夹棍来夹起。”张公惊慌了，只得将前项盗取画眉，勒死沈秀一节，一一供招了。知府道：“那头彼时放在那里？”张公道：“小人一时心慌，见侧边一株空心柳树，将头丢在中间，随提了画眉，径出武林门来。偶撞见三个客人，两个伴当，问小人买了画眉，得银一两二钱，归家用度。所供是实。”知府令张公画了供；又差人去拘沈昱，一同押着张公，到于柳林里寻头。哄动街市上之人无数，一齐都到柳林里来看寻头。只见果有一株空心柳树，众人将锯放倒，众人发一声喊，果有一个人头在内。提起看时，端然不动。沈昱见这头，定睛一看，认得是儿子的头，大哭起来，昏迷倒地，半晌方醒，遂将帕子包了。押着张公，径上府去。知府道：“既有了头，情真罪当。取具大枷枷了，脚镣手杻钉了，押送死囚牢里，牢固监候。”

知府又问沈昱道：“当时那两个黄大保、小保，又那里得这人头来请赏？事有可疑。今沈秀头又有了，那头却是谁人的？”随即差捕人去拿黄大保兄弟二人，前来审问来历。沈昱跟同公人，径到南山黄家，捉了弟兄两个，押到府厅，当厅跪下。知府道：“杀了沈秀的凶身，已自捉了；沈秀的头，见已追出。你弟兄二人谋死何人，将头请赏？一一承招，免得吃苦。”大保、小保被问，口隔心慌，答应不出。知府大怒，喝令吊起拷打半日，不肯招承。又将烧红烙铁烫他，二人熬不过死去。将水喷醒，只得口吐真情。说道："因见父亲年老，有病伶仃，一时不合将酒灌醉，割下头来，埋在西湖藕花居水边，含糊请赏。"知府道："你父亲尸骸埋在何处？"两个道："就埋在南高峰脚下。"当时押发二人到彼，掘开看时，果有没头尸骸一副，埋藏在彼。依先押二人到于府厅，回话道："南山脚下，浅土之中，果有没头尸骸一副。"知府道："有这等事！真乃逆天之事！世间有这等恶人，口不欲说，耳不欲闻，笔不欲书，就一顿打死他倒干净，此恨怎的消得？"喝令手下不要计数，先打一会，打得二人死而复醒者数次。讨两面大枷枷了，送入死囚牢里，牢固监候。沈昱并原告人，宁家听候。

随即具表申奏，将李吉屈死情由奏闻。奉圣旨："着刑部及都察院，将原问李吉大理寺官，好生勘问，随贬为庶人，发岭南安置。李吉平人屈死，情实可矜，着官给赏钱一千贯，除子孙差役。张公谋财故杀，屈害平人，依律处斩，加罪凌迟，剐割二百四十刀，分尸五段。黄大保、小保，贪财杀父，不分首从，俱各凌迟处死，剐二百四十刀，分尸五段，枭首示众。"正是：

湛湛青天不可欺，未曾举意早先知。
劝君莫作亏心事，古往今来放过谁？

一日，文书到府，差官吏、仵作人等，将三人押赴木驴上，满城号令三日，律例凌迟分尸，枭首示众。其时张婆听得老儿要剐，来到市曹上，指望见一面。谁想仵作见了行刑牌，各人动手碎剐，其实凶险！惊得婆儿魂不附体，折身便走。不想被一绊，跌得重了，伤了五脏，回家身死。正是：

积善逢善，积恶逢恶；
仔细思量，天地不错。

第二十四卷　金玉奴棒打薄情郎

枝在墙东花在西，自从落地任风吹。

枝无花时还再发，花若离枝难上枝。

这四句，乃昔人所作《弃妇词》。言妇人之随夫，如花之附于枝。枝若无花，逢春再发；花若离枝，不可复合。劝世上妇人，事夫尽道，同甘同苦，从一而终；休得慕富嫌贫，两意三心，自贻后悔。

且说汉朝一个名臣，当初未遇时节，其妻有眼不识泰山，弃之而去；到后来，悔之无及。你说那名臣何方人氏？姓甚名谁？那名臣姓朱，名买臣，表字翁子，会稽郡人氏。家贫未遇，夫妻二口，住于陋巷蓬门。每日，买臣向山中砍柴，挑至市中，卖钱度日。性好读书，手不释卷，肩上虽挑却柴担，手里兀自擒着书本，朗诵咀嚼，且歌且行。市人听惯了，但闻读书之声，便知买臣挑柴担来了；可怜他是个儒生，都与他买。更兼买臣不争价钱，凭人估值，所以他的柴比别人容易出脱。一般也有轻薄少年及儿童之辈，见他又挑柴，又读书，三五成群，把他嘲笑戏侮，买臣全不为意。

一日，其妻出门汲水，见群儿随着买臣柴担，拍手共笑，深以为耻。买臣卖柴回来，其妻劝道："你要读书，便休卖柴；要卖柴，便休读书。许大年纪，不痴不颠，却做出恁般行径，被儿童笑话，岂不羞死！"买臣答道："我卖柴以救贫贱，读书以取富贵，各不相妨，由他笑话便了。"其妻笑道："你若取得富贵时，不去卖柴了。自古及今，那见卖柴的人做了官？却说这没把鼻的话！"买臣道："富贵贫贱，各有其时。有人算我八字，到五十岁上，必然发迹。常言海水不可斗量，你休料我。"其妻道："那算命先生，见你痴颠模样，故意要笑你，你休听信。到五十岁时，连柴担也挑不动，饿死是有分的，还想做官？除是阎罗王殿上，少个判官，等你去做！"买臣道："姜太公八十岁，尚在渭水钓鱼。遇了周文王，以后车载之，拜为尚父。本朝公孙弘丞相，五十九岁上还在东海牧豕。整整六十岁，方才际遇今上，拜将封侯。我五十岁上发迹，比甘罗虽迟，比那两个还早，你须耐心等去。"

其妻道："你休得攀今吊古。那钓鱼、牧豕的，胸中都有才学；你如今读这几句死书，便读到一百岁，只是这个嘴脸，有甚出息？悔气做了你老婆！你被儿童耻笑，连累我也没脸皮。你不听我言，抛却书本，我决不跟你终身。各人自去走路，休得两相担误了。"买臣道："我今年四十三岁了，再七年，便是五十。前长后短，你就等耐，也不多时。直恁薄情，舍我而去，后来须要懊悔！"其妻道："世不少甚挑柴担的汉子，懊悔甚么来？我若再守你七年，连我这骨头不知饿死于何地了。你倒放我出门，做个方便，活了我这条性命。"买臣见其妻决意要去，留他不住，叹口气道："罢，罢！只愿你嫁得丈夫，强似朱买臣的便好。"其妻道："好歹强似一分儿。"说罢，拜了两拜，欣然出门而去，头也不回。买臣感慨不已，题诗四句于壁上云：

嫁犬逐犬，嫁鸡逐鸡。

妻自弃我，我不弃妻。

买臣到五十岁时，值汉武帝下诏求贤。买臣到西京上书，待诏公车。同邑人严助荐买臣之才。天子知买臣是会稽人，必知本土民情利弊，即拜为会稽太守，驰驿赴任。会稽长吏闻新太守将到，大发人夫，修治道路。买臣妻的后夫亦在役中，其妻蓬头跣足，随伴送饭。见太守前呼后拥而来，从旁窥之，乃故夫朱买臣也。买臣在车中，一眼瞧见，还认得是故妻，遂使人招之，载于后车。到府第中，故妻羞惭无地，叩头谢罪。买臣教请他后夫相见。不多时，后夫唤到，拜伏于地，不敢仰视。买臣大笑，对其妻道："似此人，未见得强似我朱买臣也。"其妻再三叩谢，自悔有眼无珠，愿降为婢妾，伏事终身。买臣命取水一桶，泼于阶下，向其妻说道："若泼水可复收，则汝亦可复合。念你少年结发之情，判后园隙地，与汝夫妇耕种自食。"其妻随后夫走出府第，路人都指着说道："此即新太守夫人也。"于是羞极无颜，到于后园，遂投河而死。有诗为证：

漂母尚知怜饿士，亲妻忍得弃贫儒！
早知覆水难收取，悔不当初任读书。

又有一诗，说欺贫重富，世情皆然，不止一买臣之妻也。诗曰：

尽看成败说高低，谁识蛟龙在污泥？
莫怪妇人无法眼，普天几个负羁妻？

这个故事，是妻弃夫的。如今再说一个夫弃妻的，一般是欺贫重富，背义忘恩，后来徒落得个薄幸之名，被人讲论。

话说故宋绍兴年间，临安虽然是个建都之地，富庶之乡，其中乞丐的，依然不少。那丐户中有个为头的，名曰"团头"，管着众丐。众丐叫化得东西来时，团头要收他日头钱。若是雨雪时，没处叫化，团头却熬些稀粥，养活这伙丐户。破衣破袄，也是团头照管。所以这伙丐户，小心低气，服着团头，如奴一般，不敢触犯。那团头见成收些常例钱，一般在众丐户中放债盘利。若不嫖不赌，依然做起大家事来。他靠此为生，一时也不想改业。只是一件，团头的名儿不好。随你挣得有田有地，几代发迹，终是个叫化头儿，比不得平等百姓人家。出外没人恭敬，只好闭着门，自屋里做大。虽然如此，若数着"良贱"二字，只说娼、优、隶、卒，四般为贱流，到数不着那乞丐。看来乞丐只是没钱，身上却无疤瘢。假如春秋时伍子胥逃难，也曾吹箫于吴市中乞食；唐时郑元和做歌郎，唱莲花落，后来富贵发达，一床锦被遮盖：这都是叫化中出色的。可见此辈虽然被人轻贱，到不比娼、优、隶、卒。

闲话休题。如今且说杭州城中一个团头，姓金，名老大，祖上到他，做了七代团头了。挣得个完完全全的家事，住的有好房子，种的有好田园，穿的有好衣，吃的有好食，真个廒多积粟，囊有余钱，放债使婢，虽不是顶富，也是数得着的富家了。那金老大有志气，把这团头让与族人金癞子做了，自己见成受用，不与这伙丐户歪缠。然虽如此，里中口顺，还只叫他是团头家，其名不改。金老大年五十余，丧妻无子，止存一女，名唤玉奴。那玉奴生得十分美貌，怎见得？有诗为证：

无瑕堪比玉，有态欲羞花。

只少宫妆扮，分明张丽华。

金老大爱此女如同珍宝，从小教他读书识字，到十五六岁时，诗赋俱通，一写一作，信手而成。更兼女工精巧，亦能调筝弄管，事事伶俐。金老大倚着女儿才貌，立心要将他嫁个士人。论来就名门旧族中，急切要这一个女子，也是少的；可恨生于团头之家，没人相求。若是平常经纪人家，没前程的，金老大又不肯扳他了。因此高低不就，把女儿直捱到一十八岁，尚未许人。

偶然有个邻翁来说："太平桥下有个书生，姓莫名稽，年二十岁，一表人才，读书饱学。只为父母双亡，家贫未娶。近日考中，补上太学生，情愿入赘人家。此人正与令爱相宜，何不招之为婿？"金老大道："就烦老翁作伐，何如？"邻翁领命，径到太平桥下，寻那莫秀才，对他说了："实不相瞒，祖宗曾做个团头的，如今久不做了。只贪他好个女儿，又且家道富足，秀才若不弃嫌，老汉即当玉成其事。"莫稽口虽不语，心下想道："我今衣食不周，无力婚娶，何不俯就他家，一举两得？也顾不得耻笑。"乃对邻翁说道："大伯所言虽妙，但我家贫乏聘，如何是好？"邻翁道："秀才但是允从，纸也不费一张，都在老汉身上。"邻翁回覆了金老大。择个吉日，金家到送一套新衣穿着，莫秀才过门成亲。莫稽见玉奴才貌，喜出望外，不费一钱，白白的得了个美妻；又且丰衣足食，事事称怀。就是朋友辈中，晓得莫稽贫苦，无不相谅，到也没人去笑他。

到了满月，金老大备下盛席，教女婿请他同学会友饮酒，荣耀自家门户。一连吃了六七日酒，何期恼了族人金癞子。那癞子也是一班正理，他道："你也是团头，我也是团头，只你多做了几代，挣得钱钞在手。论起祖宗一脉，彼此无二。侄女玉奴招婿，也该请我吃杯喜酒。如今请人做满月，开宴六七日，并无三寸长、一寸阔的请帖儿到我。你女婿做秀才，难道就做尚书、宰相？我就不是亲叔公？坐不起凳头？直恁不觑人在眼里！我且去蒿恼他一场，教他大家没趣！"叫起五六十个丐户，一齐奔到金老大家里来。但见：

开花帽子，打结衫儿。旧度片对着破毡条，短竹根配着缺糙碗。叫爹叫娘叫财主，门前只见喧哗；弄蛇弄狗弄猢狲，口内各呈伎俩。敲板唱杨花，恶声聒耳；打砖搽粉脸，丑态逼人。一班泼鬼聚成群，便是钟馗收不得。

金老大听得闹吵，开门看时，那金癞子领着众丐户，一拥而入，嚷做一堂。癞子径奔席上，拣好酒好食只顾吃，口里叫道："快教侄婿夫妻来拜见叔公！"唬得众秀才站脚不住，都逃席去了；连莫稽也随着众朋友躲避。金老大无可奈何，只得再三央告道："今日是我女婿请客，不干我事！改日专治一杯，与你陪话。"又将许多钱钞分赏众丐户，又抬出两瓮好酒和些活鸡、活鹅之类，教众丐户送去癞子家，当个折席。直乱到黑夜，方才散去。玉奴在房中气得两泪交流。这一夜，莫稽在朋友家借宿，次早方回。金老大见了女婿，自觉出丑，满面含羞，莫稽心中未免也有三分不乐，只是大家不说出来。正是：

哑子尝黄柏，苦味自家知。

却说金玉奴只恨自己门风不好，要挣个出头，乃劝丈夫刻苦读书。凡古今书籍，不惜价钱，买来与丈夫看；又不吝供给之费，请人会文会讲；又出资财，教丈夫结交延誉。莫稽由此才学日进，名誉日起。二十三岁发解，连科及第。这日，琼林宴罢，乌帽宫袍，马上迎归。将到丈人家里，只见街坊上一群小儿争先来看，指道："金团头家女婿做了官也。"莫稽在马上听得此言，又不好揽事，只得忍耐。见了丈人，虽然外面尽礼，却包着一肚气忿气，想道："早知有今日富贵，怕没王侯贵戚招赘成婚？却拜个团头做岳丈，可不是终身之玷！养出儿女来，还是团头的外孙，被人传作话柄。如今事已如此，妻又贤慧，不犯七出之条，不好决绝得。正是事不三思，终有后悔。"为此心中怏怏，只是不乐。玉奴几遍问而不答，正不知甚么意故。好笑那莫稽，只想着今日富贵，却忘了贫贱的时节，把老婆资助成名一段功劳，化为春水，这是他心术不端处。

不一日，莫稽谒选，得授无为军司户。丈人治酒送行，此时众丐户，料也不敢登门闹吵了。喜得临安到无为军，是一水之地。莫稽领了妻子，登舟起任。行了数日，到了采石江边，维舟北岸。其夜月明如昼，莫稽睡不能寐，穿衣而起，坐于船头玩月。四顾无人，又想起团头之事，闷闷不悦。忽然动一个恶念："除非此妇身死，另娶一人，方免得终身之耻。"心生一计，走进船舱，哄玉奴起来看月华。玉奴已睡了，莫稽再三逼他起身。玉奴难逆丈夫之意，只得披衣，走至马门口，舒头望月。被莫稽出其不意，牵出船头，推堕江中，悄悄唤起舟人，分付："快开船前去，重重有赏！不可迟慢。"舟子不知明白，慌忙撑篙荡桨，移舟于十里之外。住泊停当，方才说："适间奶奶因玩月堕水，捞救不及了。"却将三两银子，赏与舟人为酒钱。舟人会意，谁敢开口？船中虽跟得有几个蠢婢子，只道主母真个堕水，悲泣了一场，丢开了手。不在话下。有诗为证：

只为团头号不香，忍因得意弃糟糠。

天缘结发终难解，赢得人呼薄幸郎。

你说事有凑巧！莫稽移船去后，刚刚有个淮西转运使许德厚，也是新上任的，泊舟于采石北岸，正是莫稽先前推妻坠水处。许德厚和夫人推窗看月，开怀饮酒，尚未曾睡。忽闻岸上啼哭，乃是妇人声音，其声哀怨，好生不忍。忙呼水手打看，果然是个单身妇人，坐于江岸。便教唤上船来，审其来历。原来此妇正是无为军司户之妻金玉奴。初坠水时，魂飞魄荡，已拚着必死。忽觉水中有物，托起两足，随波而行，近于江岸。玉奴挣扎上岸，举目看时，江水茫茫，已不见了司户之船，才悟道丈夫贵而忘贱，故意欲溺死故妻，别图良配。如今虽得了性命，无处依栖，转思苦楚，以此痛哭。见许公盘问，不免从头至尾，细说一遍。说罢，哭之不已。连许公夫妇都感伤堕泪，劝道："汝休得悲啼，肯为我义女，再作道理。"玉奴拜谢。许公分付夫

人取干衣替他通身换了，安排他后舱独宿。教手下男女都称他小姐，又分付舟人，不许泄漏其事。

不一日，到淮西上任。那无为军正是他所属地方，许公是莫司户的上司，未免随班参谒。许公见了莫司户，心中想道："可惜一表人才，干恁般薄幸之事。"约过数月，许公对僚属说道："下官有一女，颇有才貌，年已及笄，欲择一佳婿赘之。诸君意中，有其人否？"众僚属都闻得莫司户青年丧偶，齐声荐他才品非凡，堪作东床之选。许公道："此子吾亦属意久矣，但少年登第，心高望厚，未必肯赘吾家。"众僚属道："彼出身寒门，得公收拔，如蒹葭倚玉树，保幸如之，岂以入赘为嫌乎？"许公道："诸君既酌量可行，可与莫司户言之。但云出自诸君之意，以探其情，莫说下官，恐有妨碍。"众人领命，遂与莫稽说知此事，要替他做媒。莫稽正要攀高，况且联姻上司，求之不得，便欣然应道："此事全仗玉成，当效衔结之报。"众人道："当得，当得。"随即将言回复许公。许公道："虽承司户不弃，但下官夫妇，钟爱此女，娇养成性，所以不舍得出嫁。只怕司户少年气概，不相饶让；或致小有嫌隙，有伤下官夫妇之心。须是预先讲过，凡事容耐些，方敢赘人。"众人领命，又到司户处传话，司户无不依允。此时司户不比做秀才时节，一般用金花彩币为纳聘之仪，选了吉期，皮松骨痒，整备做转运使的女婿。

却说许公先教夫人与玉奴说："老相公怜你寡居，欲重赘一少年进士，你不可推阻。"玉奴答道："奴家虽出寒门，颇知礼数。既与莫郎结发，从一而终。虽然莫郎嫌贫弃贱，忍心害理，奴家各尽其道，岂肯改嫁，以伤妇节？"言毕，泪如雨下。夫人察他志诚，乃实说道："老相公所说少年进士，就是莫郎。老相公恨其薄幸，务要你夫妻再合。只说有个亲生女儿，要招赘一婿，却教众僚属与莫郎议亲，莫郎欣然听命，只今晚入赘吾家。等他进房之时，须是如此如此，与你出这口呕气。"玉奴方才收泪，重匀粉面，再整新妆，打点结亲之事。到晚，莫司户冠带齐整，帽插金花，身披红锦，跨着雕鞍骏马，两班鼓乐前导，众僚属都来送亲。一路行来，谁不喝采！正是：

鼓乐喧阗白马来，风流佳婿实奇哉！

团头喜换高门眷，采石江边未足哀！

是夜，转运司铺毡结彩，大吹大擂，等候新女婿上门。莫司户到门下马，许公冠带出迎，众官僚都别去。莫司户直入私宅，新人用红帕覆首，两个养娘扶将出来。掌礼人在槛外喝礼，双双拜了天地，又拜了丈人、丈母，然后交拜。礼毕，送归洞房，做花烛筵席。莫司户此时心中，如登九霄云里，欢喜不可形容。仰着脸，昂然而入。才跨进房门，忽然两边门侧里，走出七八个老妪、丫鬟，一个个手执篱竹细棒，劈头劈脑打将下来，把纱帽都打脱了，肩背上棒如雨下，打得叫喊不迭，正没想一头处。莫司户被打，慌做一堆蹭倒，只得叫声："丈人，丈母，救命！"只听房中娇声宛转，分付道："休打杀薄情郎，且唤来相见。"众人方才住手。七八个老妪、丫鬟，扯耳朵，拽胳膊，好似六贼戏弥陀一般，脚不点地，拥到新人面前。司户口中还说道："下官何罪？"开眼看时，画烛辉煌，照见上边端端正正坐着个新人，不是别人，正是故妻金玉奴。莫稽此时魂不附体，乱嚷道："有鬼！有鬼！"众人都笑起来。

只见许公自外而入，叫道："贤婿休疑，此乃吾采石江头所认之义女，非鬼也。"莫稽心头方才住了跳，慌忙跪下，拱手道："我莫稽知罪了，望大人包容之。"许公道："此事与下官无干，只吾女没说话就罢了。"玉奴唾其面，骂道："薄幸贼！你不记宋弘有言：贫贱之交不可忘，糟糠之妻不下堂。当初你空手赘入吾门，亏得我家资财，读书延誉，以致成名，侥幸今日。奴家亦望夫荣妻贵，何期你忘恩负本，就不念结发之情，恩将仇报，将奴推堕江心。幸然天天可怜，得遇恩爹提救，收为义女。倘然葬江鱼之腹，你别娶新人，于心何忍？今日有何颜面，再与你完聚？"说罢，放声而哭，千薄幸，万薄幸，骂不住口。莫稽满面羞惭，闭口无言，只顾磕头求恕。

许公见骂得勾了，方才把莫稽扶起，劝玉奴道："我儿息怒。如今贤婿悔罪，料然不敢轻慢你了。你两个虽然旧日夫妻，在我家只算新婚花烛。凡事看我之面，闲言闲语，一笔都勾罢。"又对莫稽说道："贤婿，你自家不是，休怪别人。今宵只索忍耐，我教你丈母来解劝。"说罢，出房去。少刻夫人来到，又调停了许多说话，两个方才和睦。

次日，许公设宴，管待新女婿，将前日所下金花彩币，依旧送还，道："一女不受二聘。贤婿前番在金家已费过了，今番下官不敢重叠收受。"莫稽低头无语。许公又道："贤婿常恨令岳翁卑贱，以致夫妇失爱，几乎不终。今下官备员如何？只怕爵位不高，尚未满贤婿之意。"莫稽涨得面皮红紫，只是离席谢罪。有诗为证：

痴心指望缔高姻，谁料新人是旧人。

打骂一场羞满面，问他何取岳翁新？

自此莫稽与玉奴夫妇和好，比前加倍。许公共夫人待玉奴如真女，待莫稽如真婿；玉奴待许公夫妇，亦与真爹娘无异。连莫稽都感动了，迎接团头金老大在任所，奉养送终。后来许公夫妇之死，金玉奴皆制重服，以报其恩。莫氏与许氏，世世为通家兄弟，往来不绝。诗云：

宋弘守义称高节，黄允休妻骂薄情。

试看莫生婚再合，姻缘前定枉劳争。

第二十五卷　李秀卿义结黄贞女

暇日攀今吊古，从来几个男儿，履危临难有神机，不被他人算计？

男子尽多慌错，妇人反有权奇。若还智量胜蛾眉，便带头巾何愧？

常言有智妇人，赛过男子。古来妇人赛男子的，也尽多。除着吕太后、武则天，这一班大手段的歹人不论；再除却卫庄姜、曹令女，这一班大贤德、大贞烈的好人也不论；再除却曹大家、班婕妤、苏若兰、沈满愿、李易安、朱淑真，这一班大学问、大才华的文人也不论；再除却锦车夫人冯氏、浣花夫人任氏、锦伞夫人冼氏和那军中娘子、绣旗女将，这一班大智谋、大勇略的奇人也不论。如今单说那一种奇奇怪怪、蹊蹊跷跷，没阳道的假男子，带头巾的真女人，可钦可爱，可笑可歌。正是：

说处裙钗添喜色，话时男子减精神。

据唐人小说，有个木兰女子，是河南睢阳人氏。因父亲被有司点做边庭戍卒，木兰可怜父亲多病，扮女为男，代替其役。头顶兜鍪，身披铁铠，手执戈矛，腰悬弓矢，击柝提铃，餐风宿草，受了百般辛苦。如此十年，役满而归，依旧是个童身。边庭上万千军士，没一人看得出她是女子。后人有诗赞云：

缇萦救父古今稀，代父从戎事更奇。

全孝全忠又全节，男儿几个不亏移？

又有个女子，叫做祝英台，常州义兴人氏，自小通书好学。闻余杭文风最盛，欲往游学。其哥嫂止之曰："古者男女七岁不同席，不共食。你今一十六岁，却出外游学，男女不分，岂不笑话！"英台道："奴家自有良策。"乃裹巾束带，扮作男子模样，走到哥嫂面前，哥嫂亦不能辨认。英台临行时，正是夏初天气，榴花盛开，乃手摘一枝，插于花台之上，对天祷告道："奴家祝英台出外游学，若完名全节，此枝生根长叶，年年花发；若有不肖之事，玷辱门风，此枝枯萎。"祷毕出门，自称祝九舍人。遇个朋友，是个苏州人氏，叫做梁山伯，与他同馆读书，甚相爱重，结为兄弟。日则同食，夜则同卧，如此三年。英台衣不解带，山伯屡次疑惑盘问，都被英台将言语支吾过了。读了三年书，学问成就，相别回家，约梁山伯："二个月内，可来见访。"英台归时，仍是初夏，那花台上所插榴枝，花叶并茂，哥嫂方信了。同乡三十里外，有个安乐村，那村中有个马氏，大富之家，闻得祝娘贤慧，寻媒与他哥哥议亲。哥哥一口许下，纳彩问名都过了，约定来年二月娶亲。原来英台有心于山伯，要等他来访时，露其机括。谁知山伯有事，稽迟在家。英台只恐哥嫂疑心，不敢推阻。山伯直到十月，方才动身，过了六个月了。到得祝家庄，问祝九舍人时，庄客说道："本庄只有祝九娘，并没有祝九舍人。"山伯心疑，传了名刺进去。只见丫鬟出来，"请梁兄到中堂相见。"山伯走进中堂，那祝英台红妆翠袖，别是一般妆束了。山伯大惊！方知假扮男子，自愧愚鲁，不能辨识。寒温已罢，便谈及婚姻之事。英台将哥嫂做主，已许马氏为辞。山伯自恨来迟，懊悔不迭。分别回去，遂成相思之病。奄奄不起，至岁底身亡。嘱付父母："可葬我于安乐村路口。"父母依言葬之。明年，英台出嫁马家，行至安乐村路口，忽然狂风四起，天昏地暗，舆人都不能行。英台举眼观看，但见梁山伯飘然而来，说道："吾为思贤妹，一病而亡，今葬于此地。贤妹不忘旧谊，可出轿一顾。"英台果然走出轿来。忽然一声响亮，地下裂开丈余，英台从裂中跳下。众人扯其衣服，如蝉脱一般，其衣片片而飞。顷刻天清地明，那地裂处，只如一线之细。歇轿处，正是梁山伯坟墓。乃知生为兄弟，死作夫妻。再看那飞的衣服碎片，变成两般花蝴蝶。传说是二人精灵所化，红者为梁山伯，黑者为祝英台。其种到处有之，至今犹呼其名为梁山伯、祝英台也。后人有诗赞云：

三载书帏共起眠，活姻缘作死姻缘。
非关山伯无分晓，还是英台志节坚。

又有一个女子，姓黄，名崇嘏，是西蜀临邛人氏，生成聪明俊雅，诗赋俱通。父母双亡，亦无亲族。时宰相周庠镇蜀，崇嘏假扮做秀才，将平日所作诗卷呈上。周庠一见，篇篇道好，字字称奇，乃荐为郡掾。吏事精敏，地方凡有疑狱，累年不决者，一经崇嘏剖断，无不洞然。屡摄府县之事，到处便有声名，胥徒畏服，士民感仰。周庠首荐于朝，言其才可大用。欲妻之以女，央太守作媒，崇嘏只微笑不答。周庠乘他进见，自述其意。崇嘏索纸笔，作诗一首献上。诗曰：

一辞拾翠碧江湄，贫守蓬茅但赋诗。

自服蓝袍居郡掾，永抛鸾镜画蛾眉。

立身卓尔青松操，挺志坚然白璧姿。

幕府若教为坦腹，愿天速变作男儿。

庠见诗大惊。叩其本末，方知果然是女子。因将女作男，事关风化，不好声张其事，教他辞去郡掾，隐于郭外。乃于郡中择士人嫁之。后来士人亦举进士及第，位致通显，崇嘏累封夫人。据如今搬演《春桃记》传奇，说黄崇嘏中过女状元，此是增藻之词。后人亦有诗赞云：

珠玑满腹彩生毫，更服烹鲜手段高。

若使生时逢武后，君臣一对女中豪。

那几个女子，都是前朝人。如今再说个近代的，是大明朝弘治年间的故事。南京应天府上元县有个黄公，以贩线香为业，兼带卖些杂货，惯走江北一带地方。江北人见他买卖公道，都唤他做“黄老实”。家中止一妻二女，长女名道聪，幼女名善聪。道聪年长，嫁与本京青溪桥张二哥为妻去了；止有幼女善聪在家，方年一十二岁。母亲一病而亡。殡葬已毕，黄老实又要往江北卖香生理。思想女儿在家，孤身无伴；况且年幼，未曾许人，怎生放心得下？待寄在姐夫家，又不是个道理。若不做买卖，撇了这走熟的道路，又那里寻几贯钱钞养家度日？左思右想，去住两难。香货俱已定下，只有这女儿没安顿处。一连想了数日，忽然想着道：“有计了！我在客边没人作伴，何不将女假充男子，带将出去？且待年长，再作区处。只有一件，江北主顾人家，都晓得我没儿，今番带着孩子去，倘然被他盘问，露出破绽，却不是个笑话？我如今只说是张家外甥，带出来学做生理，使人不疑。”计较已定，与女儿说通了，制副道袍净袜，教女儿穿着；头上裹个包巾，妆扮起来，好一个清秀孩子！正是：

眉目生成清气，资性那更伶俐。

若还伯道相逢，十个九个过继。

黄老实爹女两人，贩着香货，趁船来到江北庐州府，下了主人家。主人家见善聪生得清秀，无不夸奖，问黄老实道："这个孩子，是你什么人？"黄老实答道："是我家外甥，叫做张胜。老汉没有儿子，带他出来走走，认了这起主顾人家，后来好接管老汉的生意。"众人听说，并不疑惑。黄老实下个单身客房，每日出去发货，讨帐，留下善聪看房。善聪目不妄视，足不乱移。众人都道，这张小官比外公愈加老实，个个欢喜。

自古道：天有不测风云，人有旦夕祸福。黄老实在庐州，不上两年，害个病症，医药不痊，呜呼哀哉。善聪哭了一场，买棺盛殓，权寄于城外古寺之中。思想年幼孤女，往来江湖不便。间壁客房中下着的，也是个贩香客人，又同是应天府人氏。平昔间看他少年诚实，问其姓名来历。那客人答道："小生姓李，名英，字秀卿，从幼跟随父亲出外经纪。今父亲年老，受不得风霜辛苦，因此把本钱与小生，在此行贩。"善聪道："我张胜跟随外祖在此，不幸外祖身故，孤寡无依。足下若不弃，愿结为异姓兄弟，合伙生理，彼此有靠。"李英道："如此最好。"李英年十八岁，长张胜四年，张胜因拜李英为兄，甚相友爱。

过了几日，弟兄两个商议：轮流一人往南京贩货，一人住在庐州发货、讨帐。一来一去，不致担误了生理，甚为两便。善聪道："兄弟年幼，况外祖灵柩无力奔回，何颜归于故乡？让哥哥去贩货罢。"于是收拾资本，都交付与李英；李英剩下的货物，和那帐目，也交付与张胜。但是两边买卖，毫厘不欺。从此李英、张胜两家行李，并在一房。李英到庐州时，只在张胜房住，日则同食，夜则同眠。但每夜张胜只是和衣而睡，不脱衫裤，亦不去鞋袜，李英甚以为怪。张胜答道："兄弟自幼得了个寒疾，才解动里衣，这病就发作，所以如此睡惯了。"李英又问道："你耳朵子上，怎的有个环眼？"张胜道："幼年间爹娘与我算命，说有关煞难养，为此穿破两耳。"李英是个诚实君子，这句话，便被他瞒过，更不疑惑。张胜也十分小心在意，虽溲溺亦必等到黑晚，私自去方便，不令人瞧见。以此客居虽久，并不露一些些马脚。有诗为证：

女相男形虽不同，全凭心细谨包笼。

只憎一件难遮掩，行步跷蹊三寸弓。

黄善聪假称张胜，在庐州府做生理，初到时止十二岁。光阴似箭，不觉一住九年，如今二十岁了。这几年勤苦营运，手中颇颇活动，比前不同。思想父亲灵柩暴露他乡，亲姐姐数年不会，况且自己终身，也不是个了当。乃与李英哥哥商议，只说要搬外公灵柩，回家安葬。李英道：“此乃孝顺之事。只灵柩不比他件，你一人如何担带？做哥的相帮你同走，心中也放得下。等你安葬事毕，再同来就是。”张胜道：“多谢哥哥厚意。”当晚定议，择个吉日，雇下船只，唤几个僧人，做个起灵功德，抬了黄老实的灵柩下船。一路上，风顺则行，风逆则止，不一日，到了南京。在朝阳门外觅个空闲房子，将柩寄顿，俟吉下葬。

闲话休叙。再说李英同张胜进了城门，东西分路。李英问道：“兄弟高居何处？做哥的好来拜望。”张胜道：“家下傍着秦淮河清溪桥居住，来日专候哥哥降临茶话。”两下分别。

张胜本是黄家女子，那认得途径？喜得秦淮河是个有名的所在，不是个僻地，还好寻问。张胜行至清溪桥下，问着了张家，敲门而入。其日，姐夫不在家，望着内里便走。姐姐道聪骂将起来，道：“是人家各有内外，甚么花子，一些体面不存，直入内室，是何道理？男子汉在家时，瞧见了，好歹一百孤拐奉承你。还不快走！”张胜不慌不忙，笑嘻嘻的作一个揖下去，口中叫道：“姐姐，你自家嫡亲兄弟，如何不认得了。”姐姐骂道：“油嘴光棍！我从来那有兄弟？”张胜道：“姐姐，九年前之事，你可思量得出？”姐姐道：“思量什么？前九年我还记得。我爹爹并没儿子，止生下我姊妹二个。我妹子小名善聪，九年前爹爹带往江北贩香，一去不回，至今音问不通，未审死活存亡。你是何处光棍，却来冒认别人做姐姐！”张胜道：“你要问善聪

妹子，我即是也。”说罢放声大哭。姐姐还不信是真，问道：“你既是善聪妹子，缘何如此妆扮？”张胜道：“父亲临行时，将我改扮为男，只说是外甥张胜，带出来学做生理。不期两年上父亲一病而亡，你妹子虽然殡殓，却恨孤贫，不能扶柩而归。有个同乡人李秀卿，志诚君子，你妹子万不得已，只得与他八拜为交，合伙营生。淹留江北，不觉又六七年，今岁始办归计。适才到此，便来拜见姐姐，别无他故。”

姐姐道：“原来如此。你同个男子合伙营生，男女相处许多年，一定配为夫妇了。自古明人不做暗事，何不带顶髻儿？还好看相。恁般乔打扮回来，不雌不雄，好不羞耻人！”张胜道：“不欺姐姐，奴家至今还是童身，岂敢行苟且之事，玷辱门风。”道聪不信，引入密室验之。你说怎么验法？用细细干灰铺放余桶之内，却教女子解了下衣，坐于桶上。用绵纸条栖入鼻中，要他打喷嚏。若是破身的，上气泄，下气亦泄，干灰必然吹动；若是童身，其灰如旧。朝廷选妃都用此法。道聪生长京师，岂有不知？当时试那妹子，果是未破的童身。于是姊妹两人，抱头而哭。道聪慌忙开箱，取出自家裙袄，安排妹子香汤沐浴，教他更换衣服。妹子道：“不欺姐姐，我自从出去，未曾解衣露体；今日见了姐姐，方才放心耳。”那一晚，张二哥回家，老婆打发在外厢安歇。姊妹两人，同被而卧，各诉衷肠，整整的叙了一夜说话，眼也不曾合缝。

次日起身，黄善聪梳妆打扮起来，别自一个模样，与姐夫、姐姐重新叙礼。道聪在丈夫面前，夸奖妹子贞节，连李秀卿也称赞了几句：“若不是个真诚君子，怎与

他相处得许多时？”话犹未绝，只听得门外咳嗽一声，问道：“里面有人么？”黄善聪认得是李秀卿声音，对姐姐说：“教姐夫出去迎他，我今番不好相见了。”道聪道：“你既与他结义过来，又且是个好人，就相见，也不妨。”善聪颠倒怕羞起来，不肯出去。道聪只得先教丈夫出去迎接，看他口气，觉也不觉。张二哥连忙趋出，见了李秀卿，叙礼已毕，分宾而坐。秀卿开言道：“小生是李英，特到此访张胜兄弟，不知阁下是他何人？”张二哥笑道：“是在下至亲。只怕他今日不肯与足下相会，枉劳尊驾。”李秀卿道：“说那里话！我与他是异姓骨肉，最相爱契，约定我今日到此。特特而来，那有不会之理？”张二哥道：“其中有个缘故，容从容奉告。”秀卿性急，连连的催促，迟一刻，只待发作出来了。慌得张二哥便往内跑，教老婆苦劝姨姐，与李秀卿相见。善聪只是不肯出房。他夫妻两口躲过一边，倒教人将李秀卿请进内宅。秀卿一见了黄善聪，看不仔细，倒退下七八步。善聪叫道：“哥哥，不须疑虑，请来叙话。”秀卿听得声音，方才晓得就是张胜，重走上前作揖道：“兄弟，如何恁般打扮？”善聪道：“一言难尽。请哥哥坐了，容妹子从容告诉。”两人对坐了，善聪将十二岁随父出门始末根由，细细述了一遍。又道：“一向承哥哥带挈提携，感谢不尽。但在先有兄弟之好，今后有男女之嫌，相见只此一次，不复能再聚矣。”

秀卿听说，呆了半晌。自思：“五六年和他同行同卧，竟不晓得他是女子，好生懵懂！”便道：“妹子，听我一言。我与你相契许久，你知我知，往事不必说了。如今你既青年无主，我亦壮而未娶，何不推八拜之情，合二姓之好？百年谐老，永远团圆，岂不美哉！”善聪羞得满面通红，便起身道：“妾以兄长高义，今日不避形迹，厚颜请见。兄乃言及于乱，非妾所以等兄之意也。”说罢，一头走进去，一头说道：“兄宜速出，勿得停滞，以招物议。”

秀卿被发作一场，好生没趣。回到家中，如痴如醉，颠倒割舍不下起来，乃央媒妪去张家求亲说合。张二哥夫妇，到也欣然。无奈善聪立意不肯，道：“嫌疑之际，不可不谨。今日若与配合，无私有私，把七年贞节，一旦付之东流，岂不惹人嘲笑？”媒妪与姐姐两口交劝，只是不允。那边李秀卿，执意定要娶善聪为妻，每日缠着媒妪，要他奔走传话。三回五转，徒惹得善聪焦燥，并不见松了半分口气。似恁般说，难道这头亲事，就不成了？且看下回分解。正是：

七年兄弟意殷勤，今日重逢局面新。

欲表从前清白操，故甘薄幸拒姻亲。

天下只有三般口嘴，极是利害：秀才口，骂遍四方；和尚口，吃遍四方；媒婆口，传遍四方。且说媒婆口，怎地传遍四方？那做媒的有几句口号：

东家走，西家走，两脚奔波气常吼；牵三带四有商量，走进人家不怕狗。前街某，后家某，家家户户皆朋友，相逢先把笑颜开，惯报新闻不待叩。说也有，话也有，指长话短舒开手；一家有事百家知，何曾留下隔宿口？要骗茶，要吃酒，脸皮三寸三分厚；若还羡他说作高，拌干涎沫七八斗。

那黄善聪女扮男妆，千古奇事；又且恁地贞节，世世罕有。这些媒妪，走一遍，说一遍，一传十，十传百，霎时间，满京城通知道了。人人夸美，个个称奇。虽缙绅之中，谈及此事，都道："难得，难得！"

有守备太监李公，不信其事，差人缉访，果然不谬。乃唤李秀卿来盘问，一一符合。因问秀卿："天下美妇人尽多，何必黄家之女？"秀卿道："七年契爱，意不能舍，除却此女，皆非所愿。"李公意甚悯之，乃藏秀卿于衙门中。次日，唤前媒妪来，分付道："闻知黄家女贞节可敬，我有个侄儿，欲求他为妇，汝去说合，成则有赏。"那时守备太监，正有权势，谁敢不依？媒妪回覆："亲事已谐了。"李公自出己财，替秀卿行聘；又赁下一所空房，密地先送秀卿住下。李公亲身到彼，主张花烛，笙箫鼓乐，取那黄善聪进门成亲。交拜之后，夫妻相见，一场好笑！善聪明知落了李公圈套，事到其间，推阻不得。李公就认秀卿为侄，大出资财，替善聪备办妆奁。又对合城官府说了，五府、六部及府尹、县官，各有所助。一来看李公面上，二来都道是一桩奇事，人人要玉成其美。秀卿自此遂为京城中富室，夫妻相爱，连育二子，后来读书显达。有好事者，将此事编成唱本说唱，其名曰《贩香记》，有诗为证，诗曰：

七载男妆不露针，归来独守岁寒心。

编成小说垂闺训，一洗桑间濮上音。

又有一首诗，单道太监李公的好处，诗曰：

节操恩情两得全，宦官谁似李公贤？

虽然没有风流分，种得来生一段缘。

第二十六卷　月明和尚度柳翠

万里新坟尽少年，修行莫待鬓毛斑。

前程黑暗路头险，十二时中自著研。

这四句诗，单道著禅和子打坐参禅，得成正果，非同容易。有多少先作后修、先修后作的和尚。自家今日说这南渡宋高宗皇帝在位，绍兴年间，有个官人，姓柳，双名宣教，祖贯温州府永嘉县崇阳镇人氏。年方二十五岁，胸藏千古史，腹蕴五车书。自幼父母双亡，蚤年孤苦，宗族又无所依，只身笃学，赘于高判使家。后一举及第，御笔授得宁海军临安府府尹。恭人高氏，年方二十岁，生得聪明智慧，容貌端严，新赘柳府尹在家。未及一年，欲去上任。遂带一仆，名赛儿，一日辞别了丈人、丈母，前往临安府上任。

饥餐渴饮，夜住晓行，不则一日，已到临安府接官亭。蚤有所属官吏师生，粮里耆老，住持僧道，行首人等，弓兵逮卒，轿马人夫，俱在彼处，迎接入城。到府中，搬移行李什物，安顿已完。这柳府尹出厅到任，厅下一应人等，参拜已毕。柳府尹遂将参见人员花名手本，逐一点过不缺，止有城南水月寺竹林峰住持玉通禅师，乃四川人氏，点不到。府尹大怒道："此秃无礼！"遂问五山十刹禅师："何故此僧不来参接？拿来问罪！"当有各寺住持禀复相公："此僧乃古佛出世，在竹峰修行已五十二年，不曾出来。每遇迎送，自有徒弟。望相公方便。"柳府尹虽依僧言不拿，心中不忿。各人自散。

当日府堂公宴。承应歌妓，年方二八，花容娇媚，唱韵悠扬。府尹听罢，大喜。问妓者何名，答言："贱人姓吴，小字红莲，专一在上厅祇应。"当日酒筵将散，柳府尹唤吴红莲，低声分付："你明日用心去水月寺内，哄那玉通和尚云雨之事。如了事，就将所用之物，前来照证，我这里重赏，判你从良；如不了事，定当记罪。”红莲答言：“领相公钧旨。”出府一路自思，如何是好？眉头一蹙，计上心来。回家将柳府尹之事，一一说与娘知，娘儿两个商议一夜。

至次日午时，天阴无雨，正是十二月冬尽天气。吴红莲一身重孝，手提羹饭，出清波门。走了数里，将及近寺，已是申牌时分，风雨大作。吴红莲到水月寺山门下，倚门而立。进寺，又无人出，直等到天晚。只见个老道人出来关山门，红莲向前道个万福。那老道人回礼道：“天色晚了，娘子请回，我要关山门。”红莲双眼泪下，拜那老道人：“望公公可怜，妾在城住，夫死百日，家中无人，自将羹饭祭奠。哭了一回，不觉天晚雨下，关了城门，回家不得，只得投宿寺中。望公公慈悲，告知长老，容妾寺中过夜，明蚤入城，免虎伤命。”言罢，两泪交流，拜倒于山门地下，不肯走起。那老道人乃言：“娘子请起，我与你裁处。”红莲见他如此说，便立起来。那老道人关了山门，领著红莲到僧房侧首一间小屋，乃是老道人卧房，教红莲坐在房内。那老道人连忙走去长老禅房里法座下，禀复长老道：“山门下有个年少妇人，一身重孝，说道丈夫死了，今日到坟上做羹饭。风雨大作，关了城门，进城不得。要在寺中权歇，明蚤入城。特来禀知长老。”长老见说，乃言：“此是方便之事。天色已晚，你可教他在你房中过夜，明日五更打发他去。”道人领了言语，来说与红莲知道。红莲又拜：“谢公公救命之恩，生死不忘大德。”言罢，坐在老道人房中板凳上。那老道人自去收拾关门闭户已了，来房中土榻上和衣而睡。这老道人日间辛苦，一觉便睡着。

原来水月寺在桑菜园里，四边又无人家。寺里有两个小和尚，都去化缘。因此寺中冷静，无人走动。这红莲听得更鼓已是二更，心中想道：“如何事了？”心乱如麻。遂乃轻移莲步，走至长老房边。那间禅房关着门，一派是大槅窗子，房中挂著一碗琉璃灯，明明亮亮。长老在禅椅之上打坐，也看见红莲在门外。红莲看着长老，遂乃低声叫道：“长老慈悲为念，救度妾身则个。”长老道：“你可去道人房中权宿，来早入城，不可在此搅扰我禅房。快去，快去！”红莲在窗外深深拜了十数拜道：“长老，慈悲为本，方便为门。妾身衣服单薄，夜寒难熬，望长老开门，借与一两件衣服，遮盖身体。救得性命，自当拜谢。”道罢，哽哽咽咽哭将起来。这长老是个慈悲善人，心中思忖道：“倘若寒禁，身死在我禅房门首，不当稳便。自古道，救人一命，胜造七级浮屠。”从禅床上走下来，开了槅子门，放红莲进去。长老取一领破旧禅衣把与他，自己依旧禅床上坐了。红莲走到禅床边深深拜了十数拜，哭哭啼啼道：“肚疼死也。”这长老并不采他，自己瞑目而坐。怎当红莲哽咽悲哀，将身靠在长老身边，哀声叫疼叫痛，就睡倒在长老身上，或坐在身边，或立起，叫唤不止。

约莫也是三更，长老忍口不住，乃问红莲曰：“小娘子，你如何只顾哭泣？那里疼痛？”红莲告长老道：“妾丈夫在日，有此肚疼之病，我夫脱衣将妾搂于怀内，将热肚皮贴着妾冷肚皮，便不疼了。不想今夜疼起来，又值寒冷，妾死必矣。怎地得长老肯救妾命，将热肚皮贴在妾身上，便得痊可。若救得妾命，实乃再生之恩。”长老见他苦告不过，只得解开衲衣，抱那红莲在怀内。这红莲赚得长老肯时，便慌忙解了自己的衣服，赤了下截身体，倒在怀内道：“望长老一发去了小衣，将热肚皮贴一贴，救妾性命。”长老初时不肯，次后三回五次，被红莲用尖尖玉手，解了裙裤，一把撮那长老玉茎在手捻动，弄得硬了，将自己阴户相辏。此时不由长老禅心不动。这长老看了红莲如花似玉的身体，春心荡漾起来，两个就在禅床上两相欢洽。正是：

岂顾如来教法，难遵佛祖遗言。一个色眼横斜，气喘声嘶，好似莺穿柳影；一个淫心荡漾，言娇语涩，浑如蝶戏花阴。和尚枕边，诉云情雨意；红莲枕上，说海誓山盟。玉通房内，番为快活道场；水月寺中，变作极乐世界。

长老搂着红莲问道："娘子高姓何名？那里居住？因何到此？"红莲曰："不敢隐讳。妾乃上厅行首，姓吴，小字红莲，在于城中南新桥居住。"长老此时被魔障缠害，心欢意喜，分付道："此事只可你知我知，不可泄于外人。"少刻，云收雨散。被红莲将口扯下白布衫袖一只，抹了长老精污，收入袖中，这长老困倦不知。长老虽然如此，心中疑惑，乃问红莲曰："姐姐此来，必有缘故，你可实说。"再三逼迫，要问明白。红莲被长老催逼不过，只得实说："临安府新任柳府尹，怪长老不出寺迎接，心中大恼，因此使妾来与长老成其云雨之事。"长老听罢大惊，悔之不及，道："我的魔障到了。吾被你赚骗，使我破了色戒，堕于地狱。"此时东方已白，长老教道人开了寺门。红莲别了长老，急急出寺回去了。

却说这玉通禅师教老道人烧汤："我要洗浴。"老道人自去厨下烧汤。长老磨墨捻笔，便写下八句《辞世颂》，曰：

自入禅门无挂碍，五十二年心自在。

只因一点念头差，犯了如来淫色戒。

你使红莲破我戒，我欠红莲一宿债。

我身德行被你亏，你家门风还我坏。

写毕折了，放在香炉足下压著。道人将汤入房中，伏侍长老洗浴罢，换了一身新禅衣，叫老道人分付道："临安府柳府尹差人来请我时，你可将香炉下简帖把与来人，教他回覆，不可有误。"道罢，老道人自去殿上烧香扫地，不知玉通禅师已在禅椅上圆寂了。

话分两头。却说红莲回到家中，吃了早饭，换了色衣，将着布衫袖，径来临安府见柳府尹。府尹正坐厅，见了红莲，连忙退入书院中，唤红莲至面前问："和尚事了得否？"红莲将夜来事，备细说了一遍，袖中取出衫袖，递与看了。柳府尹大喜！教人去堂中取小小墨漆盒儿一个，将白布衫袖子放在盒内，上面用封皮封了。捻起笔来，写一简子，乃诗四句。其诗云：

水月禅师号玉通，多时不下竹林峰。

可怜数点菩提水，倾入红莲两瓣中。

写罢，封了简子。柳府尹赏红莲钱五百贯，免他一年官唱。红莲拜谢，将了钱自回去了。不在话下。

却说承局赍着小盒儿并简子，来到水月寺中，只见老道人在殿上烧香。承局问："长老在何处？"老道人遂领了承局，径到禅房中时，只见长老已在禅椅上圆寂去了。老道人言："长老曾分付道：'若柳相公差人来请我，将香炉下简子去回复。'"承局大惊道："真是古佛，预先已知此事。"当下承局将了回简并小盒儿，再回府堂，呈上回简并原简，说长老圆寂一事。柳宣教打开回简一看，乃是八句《辞世颂》。看罢，吃了一惊道："此和尚乃真僧也，是我坏了他德行。"懊悔不及。差人去叫匠人合一个龛子，将玉通和尚盛了，教南山净慈寺长老法空禅师与玉通和尚下火。

却说法空径到柳府尹厅上，取覆相公，要问备细。柳府尹将红莲事情说了一遍。法空禅师道："可惜，可惜！此僧差了念头，堕落恶道矣。此事相公坏了他德行。贫僧去与他下火，指点教他归于正道，不堕畜生之中。"言罢，别了府尹，径到水月寺，分付抬龛子出寺后空地。法空长老手捻火把，打个圆相，口中道：

自到川中数十年，曾在毗卢顶上眠。
欲透赵州关捩子，好姻缘做恶姻缘。
桃红柳绿还依旧，石边统水冷潺潺。
今朝指引菩提路，再休错意念红莲。

恭惟圆寂玉通大和尚之觉灵曰：惟灵五十年来古拙，心中皎如明月，有时照耀当空，大地乾坤清白。可惜法名玉通，今朝作事不通；不去灵山参佛祖，却向红莲贪淫欲。本是色即是空，谁想空即是色！无福向狮子光中，享天上之逍遥；有分去驹儿隙内，受人间之劳碌。虽然路径不迷，争奈去之太速。大众莫要笑他，山僧指引不俗。咦！

一点灵光透碧霄，兰堂画阁添澡浴。

法空长老道罢，掷下火把，焚龛将尽。当日，看的人不知其数，只见火焰之中，一道金光冲天而去了。法空长老与他拾骨入塔，各自散去。

却说柳宣教夫人高氏，于当夜得一梦，梦见一个和尚，面如满月，身材肥壮，走入卧房。夫人吃了一惊，一身香汗惊醒。自此，不觉身怀六甲。光阴似箭，看看十月满足，夫人临盆分娩，生下一个女儿。当时侍妾报与柳宣教："且喜夫人生得一个小姐。"三朝满月，取名唤做翠翠。百日周岁，做了多少筵席！正是：

窗外日光弹指过，席前花影座间移。

这柳翠翠长成八岁，柳宣教官满将及，收拾还乡。端的是：

世间好物不坚牢，彩云易散琉璃脆。

柳宣教感天行时疫，病无旬日而故。这柳府尹做官，清如水，明似镜，不贪贿赂，囊箧淡薄。夫人具棺木盛贮，挂孝看经，将灵柩寄在柳州寺内。夫人与仆赛儿并女翠翠欲回温州去，路途遥远，又无亲族投奔；身边些小钱财，难供路费。乃于在城白马庙前，赁一间房屋，三口儿搬来住下。又无生理，一住八年，囊箧消疏，那仆人逃走。这柳翠翠长成，年纪一十六岁，生得十分容貌。这柳妈妈家中娘儿两个，日不料生，口食不敷，乃央间壁王妈妈，问人借钱。借得羊坝头杨孔目课钱，借了三千贯钱。过了半年，债主索取要紧，这柳妈妈被讨不过，出于无奈，只得央王妈妈做媒，情愿把女儿与杨孔目为妾，言过我要他养老。不数日，杨孔目入赘在柳妈妈家，说："我养你母子二人，丰衣足食，做个外宅。"

不觉过了两月，这杨孔目因早晚不便，又两边家火。忽一日回家，与妻商议，欲搬回家。其妻之父，告女婿停妻娶妾，临安府差人捉柳妈妈并女儿一干人到官，要追原聘财礼。柳妈妈诉说贫乏无措，因此将柳翠翠官卖。却说有个工部邹主事，闻知柳翠翠丰姿貌美，聪明秀丽，去问本府讨了。另买一间房子，在抱剑营街，搬那柳妈妈并女儿去住下，养做外宅。又讨个奶子并小厮，伏事走动。这柳翠翠改名柳翠。

原来南渡时，临安府最盛。只这通和坊这条街，金波桥下，有座花月楼；又东去为熙春楼、南瓦子；又南去为抱剑营、漆器墙、沙皮巷、融和坊；其西为太平坊、巾子巷、狮子巷，这几个去处都是瓦子。这柳翠是玉通和尚转世，天生聪明，识字知书，诗词歌赋，无所不通；女工针指，无有不会。这邹主事十日半月，来得一遭。千不合，万不合，住在抱剑营，是个行首窟里。这柳翠每日清闲自在，学不出好样儿。见邻妓家有孤老来住，他心中欢喜，也去门首卖俏，引惹子弟们来观看。眉来眼去，渐渐来家宿歇。柳妈妈说他不下，只得随女儿做了行首。多有豪门子弟爱慕他，饮酒作乐，殆无虚日。邹主事看见这般行径，好不雅相，索性与他个决绝，再不往来。这边柳翠落得无管束，公然大做起来。只因柳宣教不行阴骘，折了女儿，此乃一报还一报，天理昭然。后人观此，不可不戒，有诗为证，诗曰：

用巧计时伤巧计，爱便宜处落便宜。

莫道自身侥幸免，子孙必定受人欺。

后来直使得一尊古佛，来度柳翠，归依正道，返本还原，成佛作祖。你道这尊古佛是谁？正是月明和尚。他从小出家，真个是五戒具足，一尘不染，在皋亭山显孝寺住持。当先与玉通禅师，俱是法门契友。闻知玉通圆寂之事，呵呵大笑道："阿婆立脚跟不牢，不免又去做媳妇也。"后来闻柳翠在抱剑营，色艺擅名，心知是玉通禅师转世，意甚怜之。一日，净慈寺法空长老到显孝寺来看月明和尚，坐谈之次，月明和尚谓法空曰："老通堕落风尘已久，恐积渐沉迷，遂失本性。可以相机度他出世，不可迟矣。"

原来柳翠虽堕娼流，却也有一种好处：从小好的是佛法。所得缠头金帛之资，尽情布施，毫不吝惜。况兼柳妈妈亲生之女，谁敢阻挡？在万松岭下，造石桥一座，名曰柳翠桥；凿一井于抱剑营中，名曰柳翠井。其他方便济人之事，不可尽说。又制下布衣一袭，每逢月朔月望，卸下铅华，穿着布素，闭门念佛；虽宾客如云，此日断不接见，以此为常。那月明和尚只为这世上，识透他根器不坏，所以立心要度他。正是：

悭贪二字能除却，终是西方路上人。

却说法空长老当日领了月明和尚言语，到次日，假以化缘为因，直到抱剑营柳行首门前，敲着木鱼，高声念道：

欲海轮回，沉迷万劫。

眼底荣华，空花易灭。

一旦无常，四大消歇。

及早回头，出家念佛。

这日正值柳翠西湖上游耍刚回，听得化缘和尚声口不俗，便教丫鬟唤入中堂，问道："师父，你有何本事，来此化缘？"法空长老道："贫僧没甚本事，只会说些因果。"柳翠问道："何为因果？"法空长老道："前为因，后为果；作者为因，受者为果。假如种瓜得瓜，种豆得豆，种是因，得是果；不因种下，怎得收成？好因得好果，恶因得恶果。所以说，要知前世因，今生受者是；要知后世因，今生作者是。”柳翠见说得明白，心中欢喜，留他吃了斋饭。又问道：“自来佛门广大，也有我辈风尘中人成佛作祖否？”法空长老道：“当初观音大士，见尘世欲根深重，化为美色之女，投身妓馆，一般接客。凡王孙公子，见其容貌，无不倾倒。一与之交接，欲心顿淡。因彼有大法力故，自然能破除邪网。后来无疾而死，里人买棺埋葬。有胡僧见其冢墓，合掌作礼，口称：‘善哉，善哉！’里人说道：‘此乃娼妓之墓，师父错认了。’胡僧说道：‘此非娼妓，乃观世音菩萨分身，来度世上淫欲之辈，归于正道。如若不信，破土观之，其形骸必有奇异。’里人果然不信，忙蹁土破棺，见骨节联络，交锁不断，色如黄金，方始惊异。因就冢立庙，名为黄金锁子骨菩萨。这叫做清净莲花，污泥不染。小娘子今日混于风尘之中，也因前生种了欲根，所以今生堕落。若今日仍复执迷不悔，把倚门献笑认作本等生涯，将生生世世，浮沉欲海，永无超脱轮回之日矣。”

这席话，说得柳翠心中变喜为愁，翻热作冷，顿然起追前悔后之意。便道：“奴家闻师父因果之说，心中如触。倘师父不弃贱流，情愿供养在寒家，朝夕听讲，不知允否？”法空长老道：“贫僧道微德薄，不堪为师。此间皋亭山显孝寺，有个月明禅师，是活佛度世，能知人过去、未来之事。小娘子若坚心求道，贫僧当引拜月明禅师。小娘子听其讲解，必能洞了夙因，立地明心见性。”柳翠道：“奴家素闻月明禅师之名，明日便当专访，有烦师父引进。”法空长老道：“贫僧当得。明日侵晨在显孝寺前相候，小娘子休得失言。”柳翠舒出尖尖玉手，向乌云鬓边拔下一对赤金凤头钗，递与长老道：“些须小物，权表微忱，乞师父笑纳。”法空长老道：“贫僧虽则募化，一饱之外，别无所需，出家人要此首饰何用？”柳翠道：“虽然师父用不着，留作山门修理之费，也见奴家一点诚心。”法空长老那里肯受，合掌辞谢而去。有诗为证：

追欢卖笑作生涯，抱剑营中第一家。
终是法缘前世在，立谈因果倍嗟呀。

再说柳翠自和尚去后，转展寻思，一夜不睡。次早起身，梳洗已毕，浑身上下换了一套新衣。只说要往天竺进香，妈妈谁敢阻当？教丫鬟唤个小轿，一径抬到皋亭山显孝寺来。那法空长老早在寺前相候，见柳翠下轿，引入山门，到大雄宝殿，拜了如来，便同到方丈，参谒月明和尚。正值和尚在禅床上打坐，柳翠一见，不觉拜倒在地，口称："弟子柳翠参谒。"月明和尚也不回礼，大喝道："你二十八年烟花债，还偿不勾，待要怎么？"吓得柳翠一身冷汗，心中恍惚，如有所悟。再要开言问时，月明和尚又大喝道："恩爱无多，冤仇有尽；只有佛性，常明不灭。你与柳府尹打了平火，该收拾自己本钱回去了。"说得柳翠肚里恍恍惚惚，连忙磕头道："闻知吾师大智慧、大光明，能知三生因果。弟子至愚无识，望吾师明言指示则个。"月明和尚又大喝道："你要识本来面目，可去水月寺中寻玉通禅师，与你证明。快走，快走！走迟时，老僧禅杖无情，打破你这粉骷髅。"这一回话，唤做"显孝寺堂头三喝"。正是：

欲知因果三生事，只在高僧棒喝中。

柳翠被月明师父连喝三遍，再不敢开言，慌忙起身，依先出了寺门，上了小轿，分付轿夫，径抬到水月寺中，要寻玉通禅师证明。

却说水月寺中行者，见一乘女轿远远而来，内中坐个妇人。看看抬入山门，急忙唤集火工道人，不容他下轿。柳翠问其缘故，行者道："当初被一个妇人，断送了我寺中老师父性命，至今师父们分付，不容妇人入寺。"柳翠又问道："甚么妇人？如何有恁样做作？"行者道："二十八年前，有个妇人，夜来寺中投宿，十分哀求，老师父发起慈心，容他过夜。原来这妇人不是良家，是个娼妓，叫做吴红莲，奉柳府尹钧旨，特地前来，哄诱俺老师父。当夜假装肚疼，要老师父替他偎贴，因而破其色戒。老师父惭愧，题了八句偈语，就圆寂去了。”柳翠又问道：“你可记得他偈语么？”行者道：“还记得。”遂将偈语八句，念了一遍。柳翠听得念到：“我身德行被你亏，你家门风还我坏。”心中豁然明白，恰像自家平日做下的一般。又问道：“那位老师父唤甚么法名？”行者道：“是玉通禅师。”

柳翠点头会意，急唤轿夫抬回抱剑营家里，分付丫鬟：“烧起香汤，我要洗澡。”当时丫鬟伏侍，沐浴已毕。柳翠挽就乌云，取出布衣穿了，掩上房门。桌上见列著文房四宝，拂开素纸，题下偈语二首。偈云：

本因色戒翻招色，红裙生把缁衣革。

今朝脱得赤条条，柳叶莲花总无迹。

又云：

坏你门风我亦羞，冤冤相报甚时休？

今朝卸却恩仇担，廿八年前水月游。

后面又写道：“我去后，随身衣服入殓，送到皋亭山下，求月明师父，一把无情火烧却。”写毕，掷笔而逝。

丫鬟推门进去，不见声息，向前看时，见柳翠盘膝坐于椅上，叫呼不应，已坐化去了。慌忙报知柳妈妈，柳妈妈吃了一惊，呼儿叫肉，啼哭将来，乱了一回。念了二首偈词，看了后面写的遗嘱，细问丫鬟天竺进香之事，方晓得在显孝寺参师，及水月寺行者一段说话，分明是丈夫柳宣教不行好事，破坏了玉通禅师法体，以致玉通投胎柳家，败其门风。冤冤相报，理之自然。今日被月明和尚指点破了，他就脱然而去。他要送皋亭山下，不可违之；但遗言火厝，心中不忍。所遗衣饰尽多，可为造坟之费。当下买棺盛殓，果然只用随身衣服，不用锦绣金帛之用。

入殓已毕，合城公子王孙平昔往来之辈，都来探丧吊孝。闻知坐化之事，无不嗟叹。柳妈妈先遣人到显孝寺，报与月明和尚知道，就与他商量埋骨一事。月明和尚将皋亭山下隙地一块，助与柳妈妈，择日安葬。合城百姓，闻得柳翠死得奇异，都道活佛显化，尽来送葬。造坟已毕，月明和尚向坟合掌作礼，说偈四句。偈云：

二十八年花柳债，一朝脱卸无拘碍。

红莲柳翠总虚空，从此老通长自在。

至今皋亭山下，有个柳翠墓古迹。

有诗为证：

柳宣教害人自害，通和尚因色堕色。

显孝寺三喝机锋，皋亭山青天白日。

第二十七卷　明悟禅师赶五戒

昔为东土寰中客，今作菩提会上人。

手把杨枝临净土，寻思往事是前身。

话说昔日唐太祖，姓李，名渊，承隋天下，建都陕西长安，法令一新。仗着次子世民，扫清七十二处狼烟，收伏一十八处蛮洞。改号武德。建文学馆以延一十八学士，造凌烟阁以绘二十三功臣。相魏徵、杜如晦、房玄龄等辈，以治天下。贞观、治平、开元，这几个年号，都是治世。只因玄宗末年，宠任奸臣李林甫、卢杞、杨国忠等，以召安禄山之乱。后来虽然平定，外有藩镇专制，内有宦官弄权，君子退，小人进，终唐之世，不得太平。

且说洛阳有一人，姓李，名源，字子澄，乃饱学之士，腹中记诵五车书，胸内包藏千古史。因见朝政颠倒，退居不仕，与本处慧林寺首僧圆泽为友，交游甚密。泽亦诗名遍洛，德行满野，乃宿世古佛，一时豪杰，皆敬慕之。每与源游山玩水，吊古寻幽，赏月吟风，怡情遣兴，诗赋文词，山川殆遍。忽一日，相约同舟往瞿塘三峡，游天开图画寺。源带一仆人，泽携一弟子，共四人发舟。不半月间，至三峡，舟泊于岸，振衣而起。忽见一妇人，年约三旬，外服旧衣，内穿锦裆，身怀六甲，背负瓦罂而汲清泉。圆泽一见，愀然不悦，指谓李源曰："此孕妇乃某托身之所也，明早吾即西行矣。"源愕然曰："吾师此言，是何所主也？"圆泽曰："吾今圆寂，自有相别言语。"四人乃入寺，寺僧接入。

茶毕，圆泽备道所由，众皆惊异。泽乃香汤沐浴，分付弟子已毕，乃与源决别，说道："泽今幸生四旬，与君交游甚密。今大限到来，只得分别。后三日，乞到伊家相访，乃某托身之所。三日浴儿，以一笑为验，此晚吾亦卒矣。再后十二年，到杭州天竺寺相见。"乃取纸笔，作辞世颂曰：

四十年来体性空，多于诗酒乐心胸。

今朝别却故人去，日后相逢下竺峰。

咦！幻身复入红尘内，赢得君家再与逢。

偈毕，跏趺而化。本寺僧众具衣龛，送入后山岩中，请本寺月峰长老下火。僧众诵经已毕，月峰坐在轿上，手执火把，打个问讯，念云：

三教从来本一宗，吾师全具得灵通。

今朝觉化归西去，且听山僧道本风。

恭惟圆寂圆泽禅师堂头大和尚之觉灵曰：惟灵生于河南，长在洛阳。自入空门，心无挂碍，酒吞江海，诗泣鬼神。惟思玩水寻山，不厌粗衣藜食。交至契之李源，游瞿塘之三峡。因见孕女而负罂，乃思托身而更出。再世杭州相见，重会今日交契。如今送入离宫，听取山僧指秘。咄！

三生共会下竺峰，葛洪井畔寻踪迹。

颂毕。荼毗之次，见火中一道青烟，直透云端，烟中显出圆泽全身本相，合掌向空而去。少焉，舍利如雨。众僧收骨入塔，李源不胜悲怆。

首僧留源在寺，闲住数日，至第三日，源乃至寺前，访于居民。去寺不半里，有一人家，姓张，已于三日前生一子，今正三朝，在家浴儿。源乃恳求一见，其人不许。源告以始末，赂以金帛，乃令源至中堂。妇人抱子正浴，小儿见源，果然一笑，源大喜而返。是晚，小儿果卒。源乃别长老回家。不题。

日往月来，星移斗换，不觉又十载有余。时唐十六帝僖宗乾符三年，黄巢作乱，天下骚动，万姓流离。君王幸蜀，民舍宫室悉遭兵火，一无所存。亏着晋王李克用，兴兵灭巢，僖宗龙归旧都，天下稍定，道路始通。源因货殖，来至江浙路杭州地方。时当清明，正是良辰美景，西湖北山游人如蚁。源思十二年前圆泽所言：下天竺相会。乃信步随众而行。见两山夹川，清流可爱，赏心不倦。不觉行入下竺寺西廊，看葛洪炼丹井。转入寺后，见一大石临溪，泉流其畔。源心大喜，少坐片时。忽闻隔川歌声。源见一牧童，年约十二三岁，身骑牛背，隔水高歌。源心异之，侧耳听其歌云：

三生石上旧精魂，赏月吟风不要论。
惭愧情人远相访，此身虽异性常存。

又云：

身前身后事茫茫，欲话当时恐断肠。
吴越山川游已遍，却寻烟棹上瞿塘。

歌毕，只见小童远远的看着李源，拍手大笑。源惊异之，急欲过川相问，而不可得。遥望牧童，渡柳穿林，不知去向。李源不胜惆怅，坐于石上久之。问于僧人，答道："此乃葛稚川石也。"源深详其诗，乃十二年圆泽之语，并月峰下火文记。至此在下竺相会，恰好正是三生！访问小儿住处，并言无有，源心怏怏而返。后人因呼源所坐葛稚川之石为"三生石"，至今古迹犹存。后来瞿宗吉有诗云：

清波下映紫裆鲜，邂逅相逢峡口船。
身后身前多少事？三生石上说姻缘。

王元瀚又有诗云：

处世分明一梦魂，身前身后孰能论？
夕阳山下三生石，遗得荒唐迹尚存。

这段话文，叫做"三生相会"。如今再说个两世相逢的故事，乃是"明悟禅师赶五戒"，又说是"佛印长老度东坡"。

话说大宋英宗治平年间，去那浙江路宁海军钱塘门外，南山净慈孝光禅寺，乃名山古刹。本寺有两个得道高僧，是师兄师弟，一个唤做五戒禅师，一个唤作明悟禅师。这五戒禅师，年三十一岁，形容古怪，左边瞽一目，身不满五尺，本贯西京洛阳人。自幼聪明，举笔成文，琴棋书画，无所不通。长成出家，禅宗释教，如法了得，参禅访道。俗姓金，法名五戒。且问何谓之"五戒"？

第一戒者，不杀生命。

第二戒者，不偷盗财物。

第三戒者，不听淫声美色。

第四戒者，不饮酒茹荤。

第五戒者，不妄言造语。

此谓之“五戒”。

忽日云游至本寺，访大行禅师。禅师见五戒佛法晓得，留在寺中，做了上色徒弟。不数年，大行禅师圆寂，本寺僧众立他做住持，每日打坐参禅。那第二个唤做明悟禅师，年二十九岁，生得头圆耳大，面阔口方，眉清目秀，丰彩精神，身长七尺，貌类罗汉，本贯河南太原府人氏。俗姓王，自幼聪明，笔走龙蛇；参禅访道，出家在本处沙陀寺，法名明悟。后亦云游至宁海军，到净慈寺来访五戒禅师。禅师见他聪明了得，就留于本寺做师弟。二人如一母所生，且是好。但遇着说法，二人同升法座，讲说佛教。不在话下。

忽一日，冬尽春初，天道严寒，阴云作雪，下了两日。第三日，雪霁天晴。五戒禅师清早在方丈禅椅上坐，耳内远远的听得小孩儿啼哭声。当时便叫身边一个知心腹的道人，唤做清一，分付道：“你可去山门外各处看有甚事，来与我说。”清一道：“长老，落了两日雪，今日方晴，料无甚事。”长老道：“你可快去看了来回话。”清一推托不过，只得走到山门边。那时天未明，山门也不曾开。叫门公开了山门，清一打一看时，吃了一惊。道：“善哉，善哉！”正所谓：

日日行方便，时时发道心。

但行平等事，不用问前程。

当时清一见山门外松树根雪地上，一块破席，放一个小孩儿在那里。口里道：“苦哉，苦哉！甚人家将这个孩儿丢在此间？不是冻死，便是饿死！”走向前仔细一看，却是五六个月一个女儿，将一个破衲头包着，怀内揣着个纸条儿，上写生年月日时辰。清一口里不说，心下思量：“古人有云：救人一命，胜造七级浮屠。”连忙走回方丈，禀复长老道：“不知甚人家，将个五七个月女孩儿，破衣包着，撇在山门外松树根头。这等寒天，又无人来往，怎的做个方便，救他则个！”长老道：“善哉，善哉！清一，难得你善心。你如今抱了回房，早晚把些粥饭与他，喂养长大，把与人家。救他性命，胜做出家人。”

当时清一急急出门去，抱了女儿到方丈中，回复长老。长老看道：“清一，你将那纸条儿我看。”清一递与长老。长老看时，却写道：“今年六月十五日午时生，小名红莲。”长老分付清一：“好生抱去房里，养到五七岁，把与人家去，也是好事。”清一依言，抱到千佛殿后，一带三间四椽平屋房中，放些火，在火囤内烘他，取些粥喂了。似此日往月来，藏在空房中，无人知觉，一向长老也忘了。不觉红莲已经十岁。清一见他生得清秀，诸事见便，藏匿在房里，出门锁了，入门关了，且是谨慎。

光阴似箭，日月如梭。倏忽这红莲女长成一十六岁，这清一如自生的女儿一般看待。虽然女子，却只打扮如男子，衣服鞋袜，头上头发，前齐眉，后齐项，一似个小头陀。且是生得清楚，在房内茶饭针线。清一指望寻个女婿，要他养老送终。

一日，时遇六月炎天，五戒禅师忽想十数年前之事。洗了浴，吃了晚粥，径走到千佛阁后来。清一道：“长老希行。”长老道：“我问你，那年抱的红莲，如今在那里？”清一不敢隐匿，引长老到房中一见，吃了一惊，却似：

分开八块顶阳骨，倾下半桶冰雪来。

长老一见红莲，一时差讹了念头，邪心遂起，嘻嘻笑道：“清一，你今晚可送红莲到我卧房中来，不可有误。你若依我，我自抬举你。此事切不可泄漏，只教他做个小头陀，不要使人识破他是女子。”清一口中应允，心内想道：“欲待不依，长老又难；依了长老，今夜去到房中，必坏了女身：千难万难。”长老见清一应不爽利，便道：“清一，你锁了房门，跟我到房里去。”清一跟了长老，径到房中。长老去衣箱里，取出十两银子，把与清一，道：“你且将这些去用，我明日与你讨道度牒，剃你做徒弟，你心下如何？”清一道：“多谢长老抬举。”只得收了银子，别了长老。回到房中，低低说与红莲道：“我儿，却才来的是本寺长老。他见你，心中喜爱你。今等夜静，我送你去伏事长老。你可小心仔细，不可有误。”红莲见父亲如此说，便应允了。

到晚，两个吃了晚饭。约莫二更天气，清一领了红莲，径到长老房中，门窗无些阻当。原来长老有两个行者在身边伏事，当晚分付：“我要出外闲走乘凉，门窗且未要关。”因此无阻。长老自在房中等清一送红莲来，候至二更，只见清一送小头陀来房中。长老接入房内，分付清一："你到明日此时，来领他回房去。"清一自回房中去了。

且说长老关了房门，灭了琉璃灯，携住红莲手，一把拉到床前。教红莲脱了衣服，长老向前一搂，搂在怀中，抱上床去。却便似：

戏水鸳鸯，穿花鸾凤。喜孜孜枝生连理，美甘甘带绾同心。恰恰莺声，不离耳畔；津津甜唾，笑吐舌尖。杨柳腰，脉脉春波；樱桃口，微微气喘。星眼朦胧，细细汗流香玉体；酥胸荡漾，涓涓露滴牡丹心。一个初侵女色，犹如饿虎吞羊；一个乍遇男儿，好似渴龙得水。可惜菩提甘露水，倾入红莲两瓣中。

当日长老与红莲云收雨散，却好五更，天色将明。长老思量一计，怎生藏他在房中？房中有口大衣厨，长老开了锁，将厨内物件都收拾了，却教红莲坐在厨中，分付道："饭食我自将来与你吃，可放心宁耐则个。"红莲是女孩儿家，初被长老淫勾，心中也喜，躲在衣厨内，把锁锁了。少间，长老上殿诵经毕，入房，闭了房门，将厨开了锁，放出红莲，把饮食与他吃了，又放些果子在厨内，依先锁了。至晚，清一来房中，领红莲回房去了。

却说明悟禅师，当夜在禅椅上入定回来，慧眼已知五戒禅师差了念头，犯了色戒，淫了红莲，把多年清行，付之东流。"我今劝省他不可如此。"也不说出。至次日，正是六月尽，门外撇骨池内，红白莲花盛开。明悟长老令行者采一朵白莲花，将回自己房中，取一花瓶插了，教道人备杯清茶在房中。却教行者去请五戒禅师："我与他赏莲花，吟诗谈话则个。"不多时，行者请到五戒禅师。两个长老坐下，明悟道："师兄，我今日见莲花盛开，对此美景，折一朵在瓶中，特请师兄吟诗清话。"五戒道："多蒙清爱。"行者捧茶至。茶罢，明悟禅师道："行者，取文房四宝来。"行者取至面前，五戒道："将何物为题？"明悟道："便将莲花为题。"五戒捻起笔来，便写四句诗道：

一枝菡萏瓣初张，相伴葵榴花正芳。
似火石榴虽可爱，争如翠盖芰荷香？

五戒诗罢，明悟道："师兄有诗，小僧岂得无语乎？"落笔便写四句诗曰：

春来桃杏尽舒张，万蕊千花斗艳芳。

夏赏芰荷真可爱，红莲争似白莲香？

明悟长老依韵诗罢，呵呵大笑。五戒听了此言，心中一时解悟，面皮红一回，青一回，便转身辞回卧房。对行者道：“快与我烧桶汤来洗浴。”行者连忙烧汤，与长老洗浴罢。换了一身新衣服，取张禅椅到房中，将笔在手，拂开一张素纸，便写八句《辞世颂》曰：

吾年四十七，万法本归一。

只为念头差，今朝去得急。

传与悟和尚，何劳苦相逼？

幻身如雷电，依旧苍天碧。

写罢《辞世颂》，教焚一炉香在面前。长老上禅椅上，左脚压右脚，右脚压左脚，合掌坐化。

行者忙去报与明悟禅师。禅师听得大惊，走到房中看时，见五戒师兄已自坐化去了。看了面前《辞世颂》，道：“你好却好了，只可惜差了这一着。你如今虽得个男子身，长成不信佛、法、僧三宝，必然灭佛谤僧，后世却堕落苦海，不得皈依佛道，深可痛哉！真可惜哉！你道你走得快，我赶你不着不信！”当时也教道人烧汤洗浴，换了衣服，到方丈中，上禅椅跏趺而坐。分付徒众道：“我今去赶五戒和尚，汝等可将两个龛子盛了，放三日一同焚化。”嘱罢，圆寂而去。众僧皆惊，有如此异事！城内城外听得本寺两个禅师同日坐化，各皆惊讶，来烧香礼拜布施者，人山人海，男子妇人，不计其数。嚷了三日，抬去金牛寺焚化，拾骨撇了。

这清一遂浼人说议亲事，将红莲女嫁与一个做扇子的刘待诏为妻，养了清一在家，过了下半世。不在话下。

且说明悟一灵真性，直赶至四川眉州眉山县城中，五戒已自托生在一个人家。这个人家，姓苏，名洵，字明允，号老泉居士，诗礼之人。院君王氏，夜梦一瞽目和尚，走入房中，吃了一惊。明旦分娩一子，生得眉清目秀，父母皆喜。三朝满月，百日一周。不在话下。

却说明悟一灵，也托生在本处，姓谢，名原，字道清。妻章氏，亦梦一罗汉，手持一印，来家抄化。因惊醒，遂生一子。年长，取名谢瑞卿。自幼不吃荤酒，一心只爱出家。父母是世宦之家，怎么肯？勉强送他学堂攻书。资性聪明，过目不忘，吟诗作赋，无不出人头地。喜看的是诸经内典，一览辄能解会。随你高僧讲论，都不如他。可惜一肚子学问，不屑应

举求官；但说着功名之事，笑而不答。这也不在话下。

却说苏老泉的孩儿，年长七岁，教他读书写字，十分聪明，目视五行书。行至十岁来，五经三史，无所不通。取名苏轼，字子瞻。此人文章冠世，举笔珠玑，从幼与谢瑞卿同窗相厚，只是志趣不同。那东坡志在功名，偏不信佛法，最恼的是和尚，常言：“不秃不毒，不毒不秃；转毒转秃，转秃转毒。我若一朝管了军民，定要灭了这和尚们，方遂吾愿。”见谢瑞卿不用荤酒，便大笑道：“酒肉乃养生之物，依你不杀生，不吃肉，羊、豕、鸡、鹅，填街塞巷，人也没处安身了。况酒是米做的，又不害性命，吃些何伤？”每常二人相会，瑞卿便劝子瞻学佛，子瞻便劝瑞卿做官。瑞卿道：“你那做官，是不了之事；不如学佛，三生结果。”子瞻道：“你那学佛，是无影之谈；不如做官，实在事业。”终日议论，各不相胜。

仁宗天子嘉祐改元，子瞻往东京应举，要拉谢瑞卿同去，瑞卿不从。子瞻一举成名，御笔除翰林学士，锦衣玉食，前呼后拥，富贵非常！思念窗友谢瑞卿不肯出仕，“吾今接他到东京，他见我如此富贵，必然动了功名之念。”于是修书一封，差人到眉山县接谢瑞卿到来。谢瑞卿也恐怕子瞻一旦富贵，果然谤佛灭僧，也要劝化他回心改念，遂随着差人到东京，与子瞻相见。两人终日谈论，依旧各执己见，不相上下。

你说事有凑巧，物有偶然。适值东京大旱，赤地千里。仁宗天子降旨，特于内庭修建七日黄罗大醮，为万民祈雨。仁宗一日亲自行香二次，百官皆素服奔走执事。翰林官专管撰青词，子瞻奉旨修撰，要拉瑞卿同去，共观胜会。瑞卿心中却不愿行，子瞻道：“你平昔最喜佛事，今日朝廷请下三十六处名僧，建下祈场，诵经设醮，你不去随喜，却不挫过?”瑞卿道:“朝廷设醮，虽然仪文好看，都是套数，那有什么高僧谈经说法，使人倾听?”看起来也是子瞻法缘该到，自然生出机会来。当日子瞻定要瑞卿作伴同往，瑞卿拗他不过，只得从命。二人到了佛场，子瞻随班效劳，瑞卿打扮个道人模样，往来观看法事。

忽然仁宗天子驾到，众官迎入，在佛前拈香下拜。瑞卿上前一步，偷看圣容，被仁宗龙目观见瑞卿生得面方耳大，丰仪出众。仁宗金口玉言，问道:“这汉子何人?”苏轼一时着了忙，使个急智，跪下奏道:“此乃大相国寺新来一个道人，为他深通经典，在此供香火之役。”仁宗道:“好个相貌！既然深通经典，赐你度牒一道，钦度为僧。”谢瑞卿自小便要出家做和尚，恰好圣旨分付，正中其意。当下谢恩已毕，奏道:“既蒙圣恩剃度，愿求御定法名。”仁宗天子问礼部取一道度牒，御笔判定“佛印”二字。瑞卿领了度牒，重又叩谢。候圣驾退了，瑞卿就于醮坛佛前祝发，自此只叫佛印，不叫谢瑞卿了。那大相国寺众僧，见佛印参透佛法，又且圣旨剃度，苏学士的乡亲好友，谁敢怠慢?都称他做“禅师”。不在话下。

且说苏子瞻特地接谢瑞卿来东京，指望劝他出仕，谁知带他到醮坛行走，累他落发改名为僧，心上好不过意。谢瑞卿向来劝子瞻信心学佛，子瞻不从；今日到是子瞻作成他落发，岂非天数，前缘注定?那佛印虽然心爱出家，故意埋怨子瞻许多言语，子瞻惶恐无任，只是谢罪，再不敢说做和尚的半个字儿不好。任凭佛印谈经说法，只得悉心听受；若不听受时，佛印就发恼起来。听了多遍，渐渐相习，也觉佛经讲得有理，不似向来水火不投的光景了。朔望日，佛印定要子瞻到相国寺中礼佛奉斋，子瞻只得依他。又子瞻素爱佛印谈论，日常无事，便到寺中与佛印闲讲，或分韵吟诗。佛印不动荤酒，子瞻也随着吃素，把个毁僧谤佛的苏学士，变做了护法敬僧的苏子瞻了。佛印乘机又劝子瞻弃官修行，子瞻道:“待我宦成名就，筑室寺东，与师同隐。”因此别号东坡居士，人都称为苏东坡。

那苏东坡在翰林数年，到神宗皇帝熙宁改元，差他知贡举，出策题内讥诮了当朝宰相王安石。安石在天子面前谮他恃才轻薄，不宜在史馆，遂出为杭州通判。与佛印相别，自去杭州赴任。一日，在府中闲坐，忽见门吏报说:“有一和尚，说是本处灵隐寺住持，要见学士相公。”东坡教门吏出问:“何事要见相公?”佛印见问，于门吏处借纸笔墨来，便写四字送入府去。东坡看其四字：“诗僧谒见。”东坡取笔来批一笔云：“诗僧焉敢谒王侯？”教门吏把与和尚。和尚又写四句诗道：

大海尚容蛟龙隐，高山也许凤皇游。

笑却小人无度量，诗僧焉敢谒王侯！

东坡见此诗，方才认出字迹，惊讶道：“他为何也到此处？快请相见。”你道那和尚是谁？正是佛印禅师。因为苏学士谪官杭州，他辞下大相国寺，行脚到杭州灵隐寺住持，又与东坡朝夕往来。后来东坡自杭州迁任徐州，又自徐州迁任湖州，佛印到处相随。

神宗天子元丰二年，东坡在湖州做知府，偶感触时事，做了几首诗，诗中未免含着讥讽之意。御史李定、王珪等交章劾奏苏轼诽谤朝政。天子震怒，遣校尉拿苏轼来京，下御史台狱，就命李定勘问。李定是王安石门生，正是苏家对头，坐他大逆不道，问成死罪。东坡在狱中，思想着甚来由，读书做官，今日为几句诗上，便丧了性命？乃吟诗一首自叹，诗曰：

人家生子愿聪明，我为聪明丧了生。

但愿养儿皆愚鲁，无灾无祸到公卿。

吟罢，凄然泪下，想道：“我今日所处之地，分明似鸡鸭到了庖人手里，有死无活。想鸡鸭得何罪，时常烹宰他来吃？只为他不会说话，有屈莫伸。今日我苏轼枉了能言快语，又向那处伸冤？岂不苦哉！记得佛印时常劝我戒杀持斋，又劝我弃官修行，今日看来，他的说话，句句都是，悔不从其言也！”

叹声未绝，忽听得数珠索落一声，念句“阿弥陀佛”。东坡大惊，睁眼看时，乃是佛印禅师。东坡忘其身在狱中，急起身迎接，问道：“师兄何来？”佛印道：“南山净慈孝光禅寺，红莲花盛开，同学士去玩赏。”东坡不觉相随而行，到于孝光禅寺。进了山门，一路僧房曲折，分明是熟游之地。法堂中摆设钟磬经典之类，件件认得，好似自家家里一般，心下好生惊怪。寺前寺后，走了一回，并不见有莲花。乃问佛印禅师道：“红莲在那里？”佛印向后一指道：“这不是红莲来也？”东坡回头看时，只见一个少年女子，从千佛殿后，冉冉而来。走到面前，深深道个万福。东坡看那女子，如旧日相识。那女子向袖中摸出花笺一幅，求学士题诗。佛印早取到笔砚，东坡遂信手写出四句。道是：

四十七年一念错，贪却红莲甘堕却。

孝光禅寺晓钟鸣，这回抱定如来脚。

那女子看了诗，扯得粉碎，一把抱定东坡，说道："学士休得忘恩负义！"东坡正没奈何，却得佛印劈手拍开，惊出一身冷汗。醒将转来，乃是南柯一梦。狱中更鼓正打五更。东坡寻思："此梦非常，四句诗一字不忘。"正不知甚么缘故，忽听得远远晓钟声响，心中顿然开悟："分明前世在孝光寺出家，为色欲堕落，今生受此苦楚。若得佛力覆庇，重见天日，当一心护法，学佛修行。"

少顷天明，只见狱官进来称贺，说："圣旨赦学士之罪，贬为黄州团练副使。"东坡得赦，才出狱门，只见佛印禅师在于门首，上前问讯道："学士无恙？贫僧相候久矣！"原来被逮之日，佛印也离了湖州，重来东京大相国寺住持，看取东坡下落。闻他问成死罪，各处与他分诉求救，却得吴充、王安礼两个正人，在天子面前竭力保奏。太皇太后曹氏，自仁宗朝便闻苏轼才名，今日也在宫中劝解。天子回心转意，方有这道赦书。东坡见了佛印，分明是再世相逢，倍加欢喜。东坡到五凤楼下，谢恩过了，便来大相国寺，寻佛印说其夜来之梦。说到中间，佛印道："住了，贫僧昨夜亦梦如此。"也将所梦说出，后一段与东坡梦中无二。二人互相叹异。

次日，圣旨下，苏轼谪守黄州。东坡与佛印相约：且不上任，迂路先到宁海军钱塘门外来访孝光禅寺。比及到时，路径门户，一如梦中熟识。访问僧众，备言五戒私污红莲之事。那五戒临化去时，所定《辞世颂》，寺僧兀自藏着。东坡索来看了，与自己梦中所题四句诗相合，方知佛法轮回，并非诳语，佛印乃明悟转生无疑。此时东坡便要削发披缁，跟随佛印出家。佛印到不允从，说道："学士宦缘未断，二十年后，方能脱离尘俗。但愿坚持道心，休得改变。"东坡听了佛印言语，复来黄州上任。自此不杀生，不多饮酒，浑身内外，皆穿布衣，每日看经礼佛。在黄州三年，佛印仍朝夕相随，无日不会。

哲宗皇帝元祐改元，取东坡回京，升做翰林学士、经筵讲官。不数年，升做礼部尚书、端明殿大学士。佛印又在大相国寺相依，往来不绝。到绍圣年间，章惇做了宰相，复行王安石之政，将东坡贬出定州安置。东坡到相国寺相辞佛印，佛印道："学士宿业未除，合有几番劳苦。"东坡问道："何时得脱？"佛印说出八个字来，道是："逢永而返，逢玉而终。"又道："学士牢记此八字者！学士今番跋涉忒大，贫僧不得相随，只在东京等候。”东坡怏怏而别。到定州未及半年，再贬英州；不多时，又贬惠州安置；在惠州年余，又徙儋州；又自儋州移廉州；自廉州移永州；踪迹无定，方悟佛印“跋涉忒大”之语。

在永州不多时，赦书又到，召还提举玉局观。想着：“‘逢永而返’，此句已应了；‘逢玉而终’，此乃我终身结局矣。”乃急急登程，重到东京，再与佛印禅师相会。佛印道：“贫僧久欲回家，只等学士同行。”东坡此时大通佛理，便晓得了。当夜两个在相国寺，一同沐浴了毕，讲论到五更，分别而去。这里佛印在相国寺圆寂，东坡回到寓中，亦无疾而逝。

至道君皇帝时，有方士道：“东坡已作大罗仙。亏了佛印相随一生，所以不致堕落。佛印是古佛出世。”这两世相逢，古今罕有，至今流传做话本。有诗为证：

禅宗法教岂非凡？佛祖流传在世间。

铁树开花千载易，坠落阿鼻要出难。

第二十八卷　闹阴司司马貌断狱

扰扰劳生，待足何时是足？据见定，随家丰俭，便堪龟缩。得意浓时休进步，须防世事多番覆。枉教人、白了少年头，空碌碌。

谁不愿，黄金屋？谁不愿，千钟粟？算五行，不是这般题目。枉使心机闲计较，儿孙自有儿孙福。又何须、采药访蓬莱？但寡欲。

这篇词，名《满江红》，是晦庵和尚所作，劝人乐天知命之意。凡人万事莫逃乎命，假如命中所有，自然不求而至；若命里没有，枉自劳神，只索罢休。你又不是司马重湘秀才，难道与阎罗王寻闹不成？说话的，就是司马重湘怎地与阎罗王寻闹？毕竟那个理长，那个理短？请看下回便见。诗曰：

世间屈事万千千，欲觅长梯问老天。

休怪老天公道少，生生世世宿因缘。

话说东汉灵帝时，蜀郡益州，有一秀才，复姓司马，名貌，表字重湘，资性聪明，一目十行俱下。八岁纵笔成文，本郡举他应神童，起送至京。因出言不逊，冲突了试官，打落下去。及年长，深悔轻薄之非，更修端谨之行，闭户读书，不问外事。双亲死，庐墓六年，人称其孝。乡里中屡次举他孝廉、有道及博学宏词，都为有势力者夺去，悒悒不得志。自光和元年，灵帝始开西邸，卖官鬻爵，视官职尊卑，入钱多少，各有定价：欲为三公者，价千万；欲为卿者，价五百万。崔烈讨了傅母的人情，入钱五百万，得为司徒。后受职谢恩之日，灵帝顿足懊悔道："好个官，可惜贱卖了！若小小作难，千万必可得也。"又置鸿都门学，敕州、郡、三公，举用富家郎为诸生。若入得钱多者，出为刺史，入为尚书，士君子耻与其列。

司马重湘家贫，因此无人提挈，淹滞至五十岁，空负一腔才学，不得出身，屈理于众人之中，心中怏怏不平。因乃酒醉，取文房四宝，且吟且写，遂成《怨词》一篇。词曰：

天生我才兮，岂无用之？豪杰自期兮，奈此数奇！五十不遇兮，困迹蓬蒿。纷纷金紫兮，自何人斯？胸无一物兮，囊有余资。富者乘云兮，贫者堕泥；贤愚颠倒兮，题雄为雌。世运沦夷兮，俾我嵚崎。天道何知兮，将无有私？欲叩末曲兮，悲涕淋漓。

写毕，讽咏再四。余情不尽，又题八句：

得失与穷通，前生都注定。
问彼注定时，何不判忠佞？
善士叹沉埋，凶人得暴横。
我若作阎罗，世事皆更正。

不觉天晚，点上灯来，重湘于灯下，将前诗吟哦了数遍，猛然怒起，把诗稿向灯焚了，叫道："老天，老天！你若还有知，将何言抵对？我司马貌一生鲠直，并无奸佞，便提我到阎罗殿前，我也理直气壮，不怕甚的！"说罢，自觉身子困倦，倚桌而卧。

只见七八个鬼卒，青面獠牙，一般的三尺多长，从桌底下钻出，向重湘戏侮了回，说道："你这秀才，有何才学？辄敢怨天尤地，毁谤阴司！如今我们来拿你去见阎罗王，只教你有口难开。"重湘道："你阎罗王自不公正，反怪他人谤毁，是何道理？"众鬼不由分说，一齐上前，或扯手，或扯脚，把重湘拖下坐来，便将黑索子望他颈上套去。重湘大叫一声，醒将转来，满身冷汗。但见短灯一盏，半明半灭，好生凄惨！

重湘连打几个寒禁，自觉身子不快，叫妻房汪氏："点盏热茶来吃。"汪氏点茶来，重湘吃了，转觉神昏体倦，头重脚轻。汪氏扶他上床。次日，昏迷不醒，叫唤也不答应，正不知什么病症。捱至黄昏，口中无气，直挺挺的死了。汪氏大哭一场，见他手脚尚软，心头还有些微热，不敢移动他，只守在他头边，哭天哭地。

话分两头。原来重湘写了《怨词》，焚于灯下，被夜游神体察，奏知玉帝。玉帝见了，大怒道："世人爵禄深沉，关系气运。依你说，贤者居上，不肖者居下；有才显荣，无才者黜落；天下世世太平，江山也永不更变了？岂有此理！小儒见识不广，反说天道有私。速宜治罪，以儆妄言之辈。"时有太白金星启奏道："司马貌虽然出言无忌，但此人因才高运蹇，抑郁不平，致有此论。若据福善祸淫的常理，他所言未为无当，可谅情而恕之。"玉帝道："他欲作阎罗，把世事更正，甚是狂妄！阎罗岂凡夫可做？阴司案牍如山，十殿阎君，食不暇给。偏他有甚本事，一一更正来？"金星又奏道："司马貌口出大言，必有大才。若论阴司，果有不平之事。几百年滞狱，未经判断的，往往地狱中怨气上冲天庭。以臣愚见，不若押司马貌到阴司，权替阎罗王半日之位，凡阴司有冤枉事情，着他剖断。若断得公明，将功恕罪；倘若不公不明，即时行罚，他心始服也。"

玉帝准奏，即差金星奉旨，到阴司森罗殿，命阎君即勾司马貌到来，权借王位与坐。只限一晚，六个时辰，容他放告理狱。若断得公明，来生注他极富极贵，以酬其今生抑郁之苦；倘无才判问，把他打落酆都地狱，永不得转人身。阎君得旨，使差无常小鬼，将重湘勾到地府。

重湘见了小鬼，全然无惧，随之而行。到森罗殿前，小鬼喝教下跪。重湘问道："上面坐者何人？我去跪他？"小鬼道："此乃阎罗天子。"重湘闻说，心中大喜！叫道："阎君，阎君，我司马貌久欲见你，吐露胸中不平之气，今日幸得相遇。你贵居王位，有左右判官，又有千万鬼卒、牛头、马面，帮扶者甚众。我司马貌只是个穷秀才，孑然一身，生死出你之手。你休得把势力相压，须是平心论理，理胜者为强。"阎君道："寡人忝为阴司之主，凡事皆依天道而行。你有何德能，便要代我之位？所更正者何事？"

重湘道："阎君，你说奉天行道，天道以爱人为心，以劝善惩恶为公。如今世人有等悭吝的，偏教他财积如山；有等肯做好事的，偏教他手中空乏。有等刻薄害人的，偏教他处富贵之位，得肆其恶；有等忠厚肯扶持人的，偏教他吃亏受辱，不遂其愿。作善者，常被作恶者欺瞒；有才者，反为无才者凌压。有冤无诉，有屈无伸，皆由你阎君判断不公之故。即如我司马貌，一生苦志读书，力行孝弟，有甚不合天心处？却教我终身蹭蹬，屈于庸流之下。似此颠倒贤愚，要你阎君何用？若让我司马貌坐于森罗殿上，怎得有此不平之事？"

阎君笑道："天道报应，或迟或早，若明若暗：或食报于前生，或留报于后代。假如富人悭吝，其富乃前生行苦所致；今生悭吝，不种福田，来生必受饿鬼之报矣。贫人亦由前生作业，或横用非财，受享太过，以致今生穷苦；若随缘作善，来生依然丰衣足食。由此而推，刻薄者虽今生富贵，难免堕落；忠厚者虽暂时亏辱，定注显达。此乃一定之理，又何疑焉？

人见目前，天见久远。人每不能测天，致汝纷纭议论，皆由浅见薄识之故也。”

重湘道：“既说阴司报应不爽，阴间岂无冤鬼？你敢取从前案卷，与我一一稽查么？若果事事公平，人人心服，我司马貌甘服妄言之罪。”阎君道：“上帝有旨，将阎罗王位，权借你六个时辰，容放告理狱。若断得公明，还你来生之富贵；倘无才判问，永堕酆都地狱，不得人身。”重湘道：“玉帝果有此旨，是吾之愿也。”

当下阎君在御座起身，唤重湘入后殿，戴平天冠，穿蟒衣，束玉带，装扮出阎罗天子气象。鬼卒打起升堂鼓，报道：“新阎君升殿！”善恶诸司，六曹法吏，判官小鬼，齐齐整整，分立两边。重湘手执玉简，昂然而出，升于法座。诸司吏卒，参拜已毕，禀问要抬出放告牌。重湘想道：“五岳四海，多少生灵！上帝只限我六个时辰管事，倘然判问不结，只道我无才了，取罪不便。”心生一计，便教判官分付：“寡人奉帝旨管事，只六个时辰，不及放告。你可取从前案卷来查，若有天大疑难事情，累百年不决者，寡人判断几件，与你阴司问事的，做个榜样。”判官禀道：“只有汉初四宗文卷，至今三百五十余年，未曾断结，乞我王拘审。”重湘道：“取卷上来看。”判官捧卷呈上。重湘揭开看时，一宗屈杀忠臣事，原告：韩信、彭越、英布；被告：刘邦、吕氏。一宗恩将仇报事，原告：丁公；被告：刘邦。一宗专权夺位事，原告：戚氏；被告：吕氏。一宗乘危逼命事，原告：项羽；被告：王翳、杨喜、夏广、吕马童、吕胜、杨武。重湘览毕，呵呵大笑道：“恁样大事，如何反不问决？你们六曹吏司，都该究罪。这都是向来阎君因循耽搁之故。寡人今夜都与你判断明白。”随叫直日鬼吏，照单开四宗文卷原、被告姓名，一齐唤到，挨次听审。那时振动了地府，闹遍了阴司。有诗为证：

每逢疑狱便因循，地府阳间事体均。

今日重湘新气象，千年怨气一朝伸。

鬼吏禀道：“人犯已拘齐了，请爷发落。”重湘道：“带第一起上来。”判官高声叫道：“第一起犯人听点！”原、被共五名，逐一点过、答应：原告韩信，有，彭越，有，英布，有；被告刘邦，有，吕氏，有。

重湘先唤韩信上来，问道：“你先事项羽，位不过郎中，言不听，计不从。一遇汉祖，筑坛拜将，捧毂推轮，后封王爵以酬其功。如何又起谋叛之心，自取罪戮，今生反告其主？”韩信道：“阎君在上，容信一一告诉。某受汉王筑坛拜将之恩，使尽心机，明修栈道，暗度陈仓，与汉王定了三秦；又救汉皇于荥阳，虏魏王豹，破代兵，禽赵王歇；北定燕，东定齐，下七十余城；南败楚兵二十万，杀了名将龙且；九里山排下十面埋伏，杀尽楚兵；又遣六将，逼死项王于乌江渡口。造下十大功劳，指望子子孙孙，世享富贵。谁知汉祖得了天下，不念前功，将某贬爵。吕后又与萧何定计，哄某长乐宫，不由分说，叫武士缚某斩之；诬以反叛，夷某三族。某自思无罪，受此惨祸，今三百五十余年，衔冤未报，伏乞阎君明断。”重湘道：“你既为元帅，有勇无谋，岂无商量帮助之人？被人哄诱，如缚小儿！今日却怨谁来？”韩信道：“曾有一军师，姓蒯，名通。奈何有始无终，半途而去。”

重湘叫鬼吏：“快拘蒯通来审。”霎时间，蒯通唤到。重湘道：“韩信说你有始无终，半途而逃，不尽军师之职，是何道理？”蒯通道：“非我有始无终，是韩信不听忠言，以致于此。当初韩信破走了齐王田广，是我进表洛阳，与他讨个假王名号，以镇齐人之心。汉王骂道：‘胯下夫，楚尚未灭，便想王位？’其时张子房在背后，轻轻蹑汉皇之足，附耳低言：‘用人之际，休得为小失大。’汉皇便改口道：‘大丈夫要便为真王，何用假也？’乃命某赍印，封信为三齐王。某察汉王终有疑信之心，后来必定负信。劝他反汉，与楚连和，三分天下，以观其变。韩信道：‘筑坛拜将之时，曾设下大誓：汉不负信，信不负汉。今日我岂可失信于汉皇？’某反覆陈说利害，只是不从，反怪某教唆谋叛。某那时惧罪，假装风魔，逃回田里。后来助汉灭楚，果有长乐宫之祸，悔之晚矣。”重湘问韩信道：“你当初不听蒯通之言，是何主意？”韩信道：“有一算命先生许复，算我有七十二岁之寿，功名善终，所以不忍背汉。谁知夭亡，只有三十二岁！”

重湘叫鬼吏：“再拘许复来审。”问道：“韩信只有三十二岁，你如何许他七十二岁？你做术士的，妄言祸福，只图哄人钱钞，不顾误人终身。可恨，可恨！”许复道：“阎君听禀：常言人有可延之寿，亦有可折之寿。所以星家偏有，寿命难定。韩信应该七十二岁，是据理推算。何期他杀机太深，亏损阴骘，以致短折，非某推算无准也。”重湘问道：“他那几处阴骘亏损？可一一说来。”许复道：“当初韩信弃楚归汉时，迷踪失路，亏遇两个樵夫，指引他一条径路，往南郑而走。韩信恐楚王遣人来追，被樵夫走漏消息，拔剑回步，将两个樵夫都杀了。虽然樵夫不打紧，却是有恩之人。天条负恩忘义，其罚最重。”诗曰：

亡命心如箭离弦，迷津指引始能前。

有恩不报翻加害，折堕青春一十年。

重湘道：“还有三十年呢？”许复道：“萧何丞相三荐韩信，汉皇欲重其权，筑了三丈高坛，教韩信上坐，汉皇手捧金印，拜为大将，韩信安然受之。”诗曰：

大将登坛阃外专，一声军令赛皇宣。

微臣受却君皇拜，又折青春一十年。

重湘道：“臣受君拜，果然折福。还有二十年呢？”许复道：“辩士郦生，说齐王田广降汉。田广听了，日日与郦生饮酒为乐。韩信乘其无备，袭击破之。田广只道郦生卖己，烹杀郦生。韩信得了大功劳，辜负了齐王降汉之意，掩夺了郦生下齐之功。”诗曰：

说下三齐功在先，乘机掩击势无前。

夺他功绩伤他命，又折青春一十年。

重湘道：“这也说得有理。还有十年？”许复道：“又有折寿之处。汉兵追项王于固陵，其时楚兵多，汉兵少；又项王有拔山举鼎之力，寡不敌众，弱不敌强。韩信九里山排下绝机阵，十里埋伏，杀尽楚兵百万，战将千员；逼得项王匹马单枪，逃至乌江口，自刎而亡。”诗曰：

九里山前怨气缠，雄兵百万命难延。

阴谋多杀伤天理，共折青春四十年。

韩信听罢许复之言，无言可答。重湘问道：“韩信，你还有辩么？”韩信道：“当初是萧何荐某为将，后来又是萧何设计，哄某入长乐宫害命。成也萧何，败也萧何，某心上至今不平。”重湘道：“也罢，一发唤萧何来，与你审个明白。”

少顷，萧何当面。重湘问道：“你如何反覆无常，又荐他，又害他？”萧何答道：“有个缘故：当初韩信怀才未遇，汉皇缺少大将，两得其便。谁知汉皇心变，忌韩信了得。后因陈豨造反，御驾亲征，临行时，嘱咐娘娘，用心防范。汉皇行后，娘娘有旨，宣某商议。说韩信谋反，欲行诛戮。某奏道：‘韩信是第一个功臣，谋反未露，臣不敢奉命。’娘娘大怒道：‘卿与韩信，敢是同谋么？卿若没诛韩信之计，待圣驾回时，一同治罪！’其时某惧怕娘娘威令，只得画下计策：假说陈豨已破灭，赚韩信入宫称贺，喝教武士拿下斩讫。某并无害信之心。”重湘道：“韩信之死，看来都是刘邦之过。”分付判官，将众人口词录出。“审得汉家天下，大半皆韩信之力；功高不赏，千古无此冤苦，转世报冤明矣。”立案，且退一边。

再唤大梁王彭越听审：“你有何罪，吕氏杀你？”彭越道：“某有功无罪。只为高祖征边去了，吕后素性淫乱，问太监道：‘汉家臣子，谁人美貌？’太监奏道：‘只有陈平美貌。’娘娘道：‘陈平在那里？’太监道：‘随驾出征。’吕氏道：‘还有谁来？’太监道：‘大梁王彭越，英雄美貌。’吕后听说，即发密旨：‘宣大梁王入朝。’某到金銮殿前，不见娘娘。太监道：‘娘娘有旨，宣入长信宫议机密事。’某进得宫时，宫门落锁。只见吕后降阶相迎，邀某入宫赐宴。三杯酒罢，吕后淫心顿起，要与某讲枕席之欢。某惧怕礼法，执意不从。吕后大怒，喝教铜锥乱下打死，煮肉作酱，枭首悬街，不许收葬。汉皇归来，只说某谋反，好不冤枉！”

吕后在旁听得，叫起屈来，哭告道：“阎君，休听彭越一面之词。世间只有男戏女，那有女戏男？那时妾唤彭越入宫议事，彭越见妾宫中富贵，辄起调戏之心。臣戏君妻，理该处斩。”彭越道：“吕后在楚军中，惯与审食其私通。我彭越一生刚直，那有淫邪之念！”重湘道：“彭越所言是真，吕氏是假饰之词，不必多言。审得彭越，乃大功臣。正直不淫，忠节无比，来生仍作忠正之士，与韩信一同报仇。”存案。

再唤九江王英布听审。英布上前诉道：“某与韩信、彭越三人，同功一体。汉家江山，都是我三人挣下的，并无半点叛心。一日，某在江边玩赏，忽传天使到来：吕娘娘懿旨，赐某肉酱一瓶。某谢恩已毕，正席尝之，觉其味美。偶吃出人指一个，心中疑惑，盘问来使，只推不知。某当时发怒，将来使拷打，说出真情，乃大梁王彭越之肉也。某闻言凄惨，便把手指插入喉中，向江中吐出肉来，变成小小螃蟹。至今江中有此一种，名为‘蟛蚏’，乃怨气所化。某其时无处泄怒，即将使臣斩讫。吕后知道，差人将三般朝典：宝剑、药酒、红罗三尺，取某首级回朝。某屈死无申，伏望阎君明断。”重湘道：“三贤果是死得可怜！寡人做主，把汉家天下三分与你三人，各掌一国，报你生前汗马功劳，不许再言。”画招而去。

第一起人犯，权时退下，唤第二起听审。第二起恩将仇报事，原告丁公，有；被告刘邦，有。丁公诉道：“某在战场上围住汉皇，汉皇许我平分天下，因此开放。何期立帝之后，反加杀害。某心中不甘，求阎爷做主。”重湘道：“刘邦怎么说？”汉皇道：“丁公为项羽爱将，见仇不取，有背主之心。朕故诛之，为后人为臣不忠者之戒，非枉杀无辜也。”丁公辩道：“你说我不忠，那纪信在荥阳替死，是忠臣了，你却无一爵之赠，可见你忘恩无义。那项伯是项羽亲族，鸿门宴上，通同樊哙，拔剑救你，是第一个不忠于项氏，如何不杀戮，反得赐姓封侯？还有个雍齿，也是项家爱将，你平日最怒者，后封为什方侯。偏与我做冤家，是何意故？”汉皇顿口无言。重湘道：“此事我已有处分了，可唤项伯、雍齿与丁公做一起，听候发落，暂且退下。”

再带第三起上来。第三起专权夺位事，原告戚氏，有；被告吕氏，有。重湘道：“戚氏，那吕氏是正宫，你不过是宠妃，天下应该归于吕氏之子，你如何告他专权夺位，此何背理？”戚氏诉道：“昔日汉皇在睢水大战，被丁公、雍齿赶得无路可逃，单骑走到我戚家庄，吾父藏之。其时妾在房鼓瑟，汉皇闻而求见，悦妾之貌，要妾衾枕。妾意不从，汉皇道：‘若如我意时，后来得了天下，将你所生之子立为太子。’扯下战袍一幅，与妾为记，奴家方才依允。后生一子，因名如意。汉皇原许万岁之后，传位如意为君。因满朝大臣，都惧怕吕后，其事不行。未几，汉皇驾崩，吕后自立己子，封如意为赵王。妾母子不敢争。谁知吕后心犹不足，哄妾母子入宫饮宴，将鸩酒赐与如意。如意九窍流血，登时身死。吕后假推酒醉，只做不知。妾心怀怨恨，又不敢啼哭，斜看了他一看。他说我一双凤眼，迷了汉皇，即叫宫娥，将金针刺瞎双眼。又将红铜熔水，灌入喉中；断妾四肢，抛于坑厕。妾母子何罪，枉受非刑？至今含冤未报，乞阎爷做主。”说罢，哀哀大哭。重湘道：“你不须伤情，寡人还你个公道。教你母子来生为后为君，团圆到老。”画招而去。

再唤第四起乘危逼命事。人犯到齐，唱名已毕。重湘问项羽道：“灭项兴刘，都是韩信，你如何不告他，反告六将？”项羽道：“是我空有重瞳之目，不识英雄，以致韩信弃我而去，实难怪他。我兵败垓下，溃围逃命，遇了个田夫，问他：‘左右两条路，那一条是大路？’田夫回言：‘左边是大路。’某信其言，望左路而走，不期走了死路，被汉兵追及。那田夫乃汉将夏广，装成计策。某那时仗生平本事，杀透重围，来到乌江渡口，遇了故人吕马童，指望他念故旧之情，放我一路。他同着四将，逼我自刎，分裂支体，各去请功。以此心中不服。”重湘点头道是：“审得六将原无斗战之功，止乘项羽兵败力竭，逼之自刎，袭取封侯，侥幸甚矣！来生当发六将，仍使项羽斩首，以报其怨。”立案讫，且退一边。

唤判官将册过来，一一与他判断明白：恩将恩报，仇将仇报，分毫不错。重湘口里发落，判官在旁用笔填注：何州何县何乡，姓甚名谁，几时生，几时死，细细开载。将人犯逐一唤过，发出投胎出世：“韩信，你尽忠报国，替汉家夺下大半江山，可惜衔冤而死。发你在樵乡曹嵩家托生，姓曹，名操，表字孟德。先为汉相，后为魏王，坐镇许都，享有汉家山河之半。那时威权盖世，任从你谋报前世之仇。当身不得称帝，明你无叛汉之心；子受汉禅，追尊你为武帝，偿十大功劳也。”又唤过汉祖刘邦发落：“你来生仍投入汉家，立为献帝，一生被曹操欺侮，胆战魂惊，坐卧不安，度日如年。因前世君负其臣，来生臣欺其君以相报。”唤吕后发落：“你在伏家投胎，后日仍做献帝之后，被曹操千磨百难，将红罗勒死宫中，以报长乐宫杀信之仇。”

韩信问道：“萧何发落何处？”重湘道：“萧何有恩于你，又有怨于你。”叫萧何发落：“你在杨家投胎，姓杨，名修，表字德祖。当初沛公入关之时，诸将争取金帛，偏你只取图籍；许你来生聪明盖世，悟性绝人，官为曹操主簿，大俸大禄，以报三荐之恩。不合参破曹操兵机，为操所杀：前生你哄韩信入长乐宫，来生偿其命也。”判官写得明白。

又唤九江王英布上来：“发你在江东孙坚家投胎，姓孙，名权，表字仲谋。先为吴王，后为吴帝，坐镇江东，享一国之富贵。”又唤彭越上来：“你是个正直之人，发你在涿郡楼桑村刘弘家为男，姓刘，名备，字玄德。千人称仁，万人称义。后为蜀帝，抚有蜀中之地，与曹操、孙权三分鼎足。曹氏灭汉，你续汉家之后，乃表汝忠心也。”

彭越道：“三分天下，是大乱之时，西蜀一隅之地，怎能敌得吴、魏？”重湘道：“我判几个人扶助你就是。”乃唤蒯通上来：“你足智多谋，发你在南阳托生，复姓诸葛，名亮，表字孔明，号为卧龙。为刘备军师，共立江山。”又唤许复上来：“你算韩信七十二岁之寿，只有三十二岁；虽然阴骘折堕，也是命中该载的。如今发你在襄阳投胎，姓庞，名统，表字士元，号为凤雏，帮刘备取西川。注定三十二岁，死于落凤坡之下，与韩信同寿，以为算命不准之报。今后算命之人，胡言哄人，如此折寿，必然警醒了。”

彭越道："军师虽有，必须良将帮扶。"重湘道："有了。"唤过樊哙："发你范阳涿州张家投胎，名飞，字翼德。"又唤项羽上来："发你在蒲州解良关家投胎，只改姓不改名，姓关，名羽，字云长。你二人都有万夫不当之勇，与刘备桃园结义，共立基业。樊哙不合纵妻吕须帮助吕后为虐，妻罪坐夫。项羽不合杀害秦王子婴，火烧咸阳。二人都注定凶死。但樊哙生前忠勇，并无谄媚；项羽不杀太公，不污吕后，不于酒席上暗算人，有此三德，注定来生俱义勇刚直，死而为神。"再唤纪信过来："你前生尽忠刘家，未得享受一日富贵，发你来生在常山赵家出世，名云，表字子龙，为西蜀名将。当阳长坂百万军中救主，大显威名。寿年八十二，无病而终。"又唤戚氏夫人："发你在甘家出世，配刘备为正宫。吕氏当初慕彭王美貌，求淫不遂，又妒忌汉皇爱你，今断你与彭越为夫妇，使他妒不得也。赵王如意，仍与你为子，改名刘禅，小字阿斗，嗣位为后主，安享四十二年之富贵，以偿前世之苦。"

又唤丁公上来："你去周家投胎，名瑜，字公瑾。发你孙权手下为将，被孔明气死，寿止三十五而卒。原你事项羽不了，来生事孙权亦不了也。"再唤项伯、雍齿过来："项伯背亲向疏，贪图富贵；雍齿受仇人之封爵，你两人皆项羽之罪人。发你来生一个改名颜良，一个改名文丑，皆为关羽所斩，以泄前世之恨。"项羽问道："六将如何发落？"重湘发六将于曹操部下，守把关隘。杨喜改名卞喜，王翳改名王植，夏广改名孔秀，吕胜改名韩福，杨武改名秦琪，吕马童改名蔡阳。关羽过五关，斩六将，以泄前生乌江逼命之恨。重湘判断明白已毕，众人无不心服。

重湘又问："楚、汉争天下之时，有兵将屈死不甘者，怀才未尽者，有恩欲报、有怨欲伸者，一齐许他自诉，都发在三国时投胎出世。其刻薄害人、阴谋惨毒、负恩不报者，变作战马，与将帅骑坐。"如此之类，不可细述。判官一一细注明白，不觉五更鸡叫。

重湘退殿，卸了冠服，依旧是个秀才。将所断簿籍，送与阎罗王看了，阎罗王叹服，替他转呈上界，取旨定夺。玉帝见了，赞道："三百余年久滞之狱，亏他六个时辰断明，方见天地无私，果报不爽，真乃天下之奇才也。众人报冤之事，一一依拟。司马貌有经天纬地之才，今生屈抑不遇，来生宜赐王侯之位。改名不改姓，仍托生司马之家，名懿，表字仲达。一生出将入相，传位子孙，并吞三国，国号曰晋。曹操虽系韩信报冤，所断欺君弑后等事，不可为训。只怕后人不悟前因，学了歹样，就教司马懿欺凌曹氏子孙，一如曹操欺凌献帝故事，显其花报，以警后人，劝他为善不为恶。”玉帝颁下御旨。阎王开读罢，备下筵席，与重湘送行。重湘启告阎王：“荆妻汪氏，自幼跟随穷儒，受了一世辛苦。有烦转乞天恩，来生仍判为夫妻，同享荣华。”阎王依允。

那重湘在阴司，与阎王作别。这边床上，忽然番身，睁开双眼，见其妻汪氏，兀自坐在头边啼哭。司马貌连叫：“怪事！”便将大闹阴司之事，细说一遍。“我今已奉帝旨，不敢久延，喜得来生复得与你完聚。”说罢，瞑目而逝。汪氏已知去向，心上到也不苦了，急忙收拾后事。殡殓方毕，汪氏亦死。到三国时，司马懿夫妻，即重湘夫妇转生。至今这段奇闻，传留世间。后人有诗为证：

半日阎罗判断明，冤冤相报气皆平。
劝人莫作亏心事，祸福昭然人自迎。

三言二拍

我国古代流传颇广的短篇小说集

（清）冯梦龙 凌蒙初 编著

辽海出版社

贰

三言詩

目　录

喻世明言（续）

警世通言

醒世恒言

第二十九卷　张古老种瓜娶文女

长空万里彤云作，迤逦祥光遍斋阁。
未教柳絮舞千球，先使梅花开数萼。
入帘有韵自飕飕，点水无声空漠漠。
夜来阁向古松梢，向晓朔风吹不落。

这八句诗题雪。那雪下，相似三件物事：似盐，似柳絮，似梨花。雪怎地似盐？谢灵运曾有一句诗咏雪道："撒盐空中差可疑。"苏东坡先生有一词，名《江神子》：

黄昏犹自雨纤纤，晓开帘，玉平檐。江阔天低，无处认青帘。独坐闲吟谁伴我？呵冻手，捻衰髯。

使君留客醉厌厌，水晶盐，为谁甜？手把梅花，东望忆陶潜。雪似古人人似雪，虽可爱，有人嫌。

这雪又怎似柳絮？谢道韫曾有一句咏雪道："未若柳絮因风起。"黄鲁直有一词，名《踏莎行》：

堆积琼花，铺陈柳絮，晓来已没行人路。长空尤未绽彤云，飘遥尚逐回风舞。　　对景衔杯，迎风索句，回头却笑无言语。为何终日未成吟？前山尚有青青处。

又怎见得雪似梨花？李易安夫人曾道：“行人舞袖拂梨花。”晁叔用有一词，名《临江仙》：

万里彤云密布，长空琼色交加，飞如柳絮落泥沙。前村归去路，舞袖拂梨花。　　此际堪描何处景？江湖小艇渔家，旋斟香醖过年华。披蓑乘远兴，顶笠过溪沙。

雪似三件物事，又有三个神人掌管。那三个神人？姑射真人、周琼姬、董双成。周琼姬掌管芙蓉城。董双成掌管贮雪琉璃净瓶，瓶内盛着数片雪。每遇彤云密布，姑射真人用黄金箸敲出一片雪来，下一尺瑞雪。当日紫府真人安排筵会，请姑射真人、董双成，饮得都醉。把金箸敲着琉璃净瓶，等要唱只曲儿，错敲破了琉璃净瓶，倾出雪来，当年便好大雪。曾有只曲儿，名做《忆瑶姬》：

姑射真人宴紫府，双成击破琼苞。零珠碎玉，被蕊宫仙子，撒向空抛。乾坤皓彩中宵，海月流光色共交。向晓来，银压琅玕，数枝斜坠玉鞭梢。　　荆山隈，碧水曲，际晚飞禽，冒寒归去无巢。檐前为爱成簪箸，不许儿童使杖敲。待效他当日袁安、谢女，才词咏嘲。

姑射真人是掌雪之神。又有雪之精，是一匹白骡子，身上抖下一根毛，下一丈雪。却有个神仙是洪崖先生管着，用葫芦盛着白骡子。赴罢紫府真人会，饮得酒醉，把葫芦塞得不牢，走了白骡子，却在番人界里退毛。洪崖先生因走了白骡子，下了一阵大雪。且说一个官人，因雪中走了一匹白马，变成一件蹊跷神仙的事，举家白日上升，至今古迹尚存。

萧梁武帝普通六年，冬十二月，有个谏议大夫姓韦，名恕，因谏萧梁武帝奉持释教得罪，贬在滋生驷马监做判院。这官人：

中心正直，秉气刚强，有回天转日之言，怀逐佞去邪之见。

这韦官人受得滋生驷马监判院，这座监，在真州六合县界上。萧梁武帝有一匹白马，名作“照殿玉狮子”：

蹄如玉削，体若琼妆。荡胸一片粉铺成，摆尾万条银缕散。能驰能载，走得千里程途；不喘不嘶，跳过三重阔涧。浑似狻猊生世上，恰如白泽下人间。

这匹白马，因为萧梁武帝追赶达摩禅师，到今时长芦界上有失，罚下在滋生驷马监教牧养。

当日大雪下，早晨起来，只见押槽来禀覆韦谏议道："有件祸事！昨夜就槽头不见了那照殿玉狮子。"吓得韦谏议慌忙叫将一监养马人来，"却是如何计结？"就中一个押槽出来道："这匹马容易寻，只看他雪中脚迹，便知着落。"韦谏议道："说得是。"即时差人随着押槽，寻马脚迹。迤逦间行了数里田地，雪中见一座花园，但见：

粉妆台榭，琼锁亭轩。两边斜压玉栏杆，一径平钩银绶带。太湖石陷，恍疑盐虎深埋；松柏枝盘，好似玉龙高耸。径里草枯难辨色，亭前梅绽只闻香。

却是一座篱园。押槽看着众人道："这匹马在这庄里。"即时敲庄门。见一个老儿出来，押槽相揖道："借问则个。昨夜雪中滋生驷马监里，走了一匹白马。这匹白马是梁皇骑的御马，名唤做'照殿玉狮子'。看这脚迹时，却正跳入篱园内来。老丈若还收得之时，却教谏议自备钱酒相谢。"老儿听得，道："不妨，马在家里。众人且坐，老夫请你们食件物事了去。"众人坐定，只见大伯子去到篱园根中，去那雪里面，用手取出一个甜瓜来。看这瓜时，真个是：

绿叶和根嫩，黄花向顶开。

香从辛里得，甜向苦中来。

那甜瓜藤蔓枝叶都在上面。众人心中道："莫是大伯子收下的？"看那瓜，颜色又新鲜。大伯取一把刀儿，削了瓜皮，打开瓜顶，一阵异气喷人。请众人吃了一个 瓜，又再去雪中取出三个瓜来道："你们做老拙传话谏议，道张公教送这瓜来。"众人接了甜瓜。大伯从篱园后地，牵出这匹白马来，还了押槽。押槽拢了马儿，谢了公公，众人都回滋生驷马监。见韦谏议，道："可煞作怪！大雪中如何种得这甜瓜？"即时请出恭人来，和这十八岁的小娘子都出来，打开这瓜，合家大小都食了。恭人道："却罪过这老儿，与我收得马，又送瓜来，着个甚道理谢他？"

捻指过了两月。至次年春半，景色清明。恭人道："今日天色晴和，好去谢那送瓜的张公，谢他收得马。"谏议即时教安排酒樽食垒，暖荡撩锅，办几件食次，叫出十八岁女儿来，道："我今日去谢张公，一就带你母子去游玩闲走则个。"谏议乘着马，随两乘轿子，来到张公门前，使人请出张公来。大伯连忙出来唱喏。恭人道："前日相劳你收下马，今日谏议置酒，特

来相谢。”就草堂上铺陈酒器，摆列杯盘，请张公同坐。大伯再三推辞，掇条凳子，横头坐地。酒至三杯，恭人问张公道：“公公贵寿？”大伯言：“老拙年已八十岁。”恭人又问：“公公几口？”大伯道：“孑然一身。”恭人说：“公公，也少不得个婆婆相伴。”大伯应道：“便是没恁么巧头脑。”恭人道：“也是。说个七十来岁的婆婆？”大伯道：“年纪须老。道不得个：百岁光阴如捻指，人生七十古来稀。”

恭人道：“也是。说一个六十来岁的？”大伯道：“老也。月过十五光明少，人到中年万事休。”恭人道：“也是。说一个五十来岁的？”大伯又道：“老也。三十不荣，四十不富，五十看看寻死路。”恭人忍不得，自道：“看我取笑他。”“公公，说个三十来岁的？”大伯道：“老也。”恭人说：“公公，如今要说几岁的？”大伯抬起身来，指定十八岁小娘子道：“若得此女以为匹配，足矣。”韦谏议当时听得说，怒从心上起，恶向胆边生，却不听他说话，叫那当直的都来，要打那大伯。恭人道：“使不得。特地来谢他，却如何打他？这大伯年纪老，说话颠狂，只莫管他。”收拾了酒器自归去。

话里却说张公，一并三日不开门。六合县里有两个扑花的，一个唤做王三，一个唤做赵四，各把着大蒲篓来，寻张公打花。见他不开门，敲门叫他，见大伯一行说话，一行咳嗽，一似害痨病相思，气丝丝地。怎见得？曾有一《夜游宫》词：

四百四病人皆有，只有相思难受。不疼不痛在心头，魆魆地教人瘦。　　愁逢花前月下，最怕黄昏时候。心头一阵痒将来，一两声咳嗽、咳嗽。

看那大伯时，喉咙哑飒飒地出来道："罪过你们来，这两日不欢。要花时，打些个去，不要你钱。有件事相烦你两个：与我去寻两个媒人婆子。若寻得来时，相赠二百足钱，自买一角酒吃。"二人打花了自去。一时之间，寻得两个媒人来。这两个媒人：

开言成匹配，举口合和谐。掌人间凤只鸾孤，管宇宙孤眠独宿。折莫三重门户，选甚十二楼中？男儿下惠也生心，女子麻姑须动意。传言玉女，用机关把手拖来；侍香金童，下说辞拦腰抱住。引得巫山偷汉子，唆教织女害相思。

叫得两个媒婆来，和公公厮叫。张公道："有头亲，相烦说则个。这头亲，曾相见，则是难说。先各与你三两银子，若讨得回报，各人又与你五两银子；说得成时，教你两人撰个小小富贵。"张媒、李媒便问："公公要说谁家小娘子？"张公道："滋生驷马监里韦谏议有个女儿，年纪一十八岁，相烦你们去与我说则个。"

两个媒婆含着笑，笑接了三两银子出去。行半里田地，到一个土坡上，张媒看着李媒道："怎地去韦谏议宅里说？"张媒道："容易！我两人先买一角酒吃，教脸上红拂拂地，走去韦谏议门前旋一遭，回去说与大伯，只道说了，还未有回报。"道犹未了，则听得叫道："且不得去！"回头看时，却是那张公赶来，说道："我猜你两个买一角酒，吃得脸上红拂拂地，韦谏议门前旋一遭回来，说与我道：未有回报。还是恁地么？你如今要得好，急速便去，千万讨回报。"两个媒人见张公恁地说道，做着只得去。

两人同到滋生驷马监，倩人传报与韦谏议。谏议道："教入来。"张媒、李媒见了。谏议道："你两人莫是来说亲么？"两个媒人笑嘻嘻的，怕得开口。韦谏议道："我有个大的儿子，二十二岁，见随王僧辩征北，不在家中。有个女儿，一十八岁，清官家贫，无钱嫁人。"两个媒人则在阶下拜，不敢说。韦谏议道："不须多拜，有事但说。"张媒道："有件事，欲待不说，为他六两银；欲待说，恐激恼谏议，又有些个好笑。"韦谏议问："如何？"张媒道："种瓜的张老，没来历，今日使人来叫老媳妇两人，要说谏议的小娘子。得他六两银子，见在这里。"怀中取出那银子，教谏议看，道："谏议周全时，得这银；若不周全，只得还他。"谏议道："大伯子莫是风？我女儿才十八岁，不曾要说亲，如今要我如何周全你这六两银子？"张媒道："他说来，只问谏议觅得回报，便得六两银子。"谏议听得说，用指头指着媒人婆道："做我传话那没见识的老子：要得成亲，来日办十万贯见钱为定礼，并要一色小钱，不要金钱准折！"教讨酒来劝了媒人，发付他去。

两个媒人拜谢了出来，到张公家，见大伯伸着脖项，一似望风宿鹅，等得两个媒人回来。道："且坐，生受不易！"且取出十两银子来，安在桌上，道："起动你们，亲事圆备。"张媒问道："如何了？"大伯道："我丈人说，要我十万贯钱为定礼，并要小钱，方可成亲。"两个媒人道："猜着了，果是谏议恁地说。公公，你却如何对副？"那大伯取出一掇酒来开了，安在桌子上，请两个媒人各吃了四盏。将这媒人转屋山头边来，望着道："你看！"两个媒人用五轮八光左右两点瞳人，打一看时，只见屋山头堆垛着一便价十万贯小钱儿。道："你们看，先准备在此了。"只就当日，教那两个媒人先去回报谏议，然后发这钱来。媒人自去了。

这里安排车仗，从里面叫出几个人来，都着紫衫，尽戴花红银揲子，推数辆太平车：

> 平川如雷吼，旷野似潮奔。猜疑地震天摇，仿佛星移日转。初观形象，似秦皇塞海鬼驱山；乍见威仪，若夏奡行舟临陆地。满川寒雁叫，一队锦鸡鸣。

车子上旗儿插着，写道："张公纳韦谏议宅财礼。"众人推着车子，来到谏议宅前，喝起三声喏来，排着两行车子，使人入去，报与韦谏议。谏议出来看了车子，开着口则合不得。使人入去说与恭人："却怎地对副？"恭人道："你不合勒他讨十万贯钱。不知这大伯如今那里擘划将来？待不成亲，是言而无信；待与他成亲，岂有衣冠女子，嫁一园叟乎？"夫妻二人倒断不下。恭人道："且叫将十八岁女儿前来，问这事却是如何。"女孩儿怀中取出一个锦囊来。原来这女子七岁时，不会说话。一日，忽然间道出四句言语来：

> 天意岂人知？应于南楚畿。
> 寒灰热如火，枯杨再生稊。

自此后便会行文，改名文女。当时着锦囊盛了这首诗，收十二年。今日将来教爹爹看道："虽然张公年纪老，恐是天意，却也不见得。"恭人见女儿肯，又见他果有十万贯钱，"此必是奇异之人。"无计奈何，只得成亲。拣吉日良辰，做起亲来，张公喜欢。正是：

旱莲得雨重生藕，枯木无芽再遇春。

做成了亲事，卷帐回，带那儿女归去了。韦谏议戒约家人，不许一人去张公家去。

普通七年，夏六月间，谏议的儿子，姓韦，名义方，文武双全，因随王僧辩北征回归，到六合县。当日天气热，怎见得？

万里无云驾六龙，千林不放鸟飞空。

地燃石裂江湖沸，不见南来一点风。

相次到家中，只见路旁篱园里，有个妇女，头发蓬松，腰系青布裙儿，脚下拖双靸鞋，在门前卖瓜。这瓜：

西园摘处香和露，洗尽南轩暑。莫嫌坐上适无蝇，只恐怕寒难近玉壶冰。井花浮翠金盆小，午梦初回了。诗翁自是不归来，不是青门无地可移栽。

韦义方觉走得渴，向前要买个瓜吃。抬头一觑，猛叫一声道："文女！你如何在这里？"文女叫："哥哥！我爹爹嫁我在这里。"韦义方道："我路上听得人说道，爹爹得十万贯钱，把你卖与卖瓜人张公，却是如何？"那文女把那前面的来历，对着韦义方从头说一遍。韦义方道："我如今要与他相见，如何？"文女道："哥哥，要见张公，你且少待。我先去说一声，却相见。"文女移身，已挺脚步入去房里，说与张公。复身出来道："张公道你性如烈火，意若飘风，不肯教你相见。哥哥，如今要相见却不妨，只是勿生恶意。"说罢，文女引义方入去相见。大伯即时抹着腰出来。韦义方见了，道："却不叵耐！恁么模样，却有十万贯钱娶我妹子，必是妖人。"一会子掣出太阿宝剑，觑着张公，劈头便剁将下去。只见剑靶揸在手里，剑却折做数段。张公道："可惜！又减了一个神仙。"文女推那哥哥出来，道："教你勿生恶意，如何把剑剁他？"韦义方归到家中，参拜了爹爹、妈妈，便问："如何将文女嫁与张公？"韦谏议道："这大伯是个作怪人。"韦义方道："我也疑他，把剑剁他不着，到坏了我一把剑。"

次日早，韦义方起来，洗漱罢，系裹停当，向爹爹、妈妈道："我今日定要取这妹子归来。若取不得这妹子，定不归来见爹爹、妈妈。"相辞了，带着两个当直，行到张公住处，但见平原旷口，踪迹荒凉。问那当方住的人，道："是有个张公，在这里种瓜，住二十来年。昨夜一阵乌风猛雨，今日不知所在。"韦义方大惊！抬头只见树上削起树皮，写着四句诗道：

两枚篚袋世间无，盛尽瓜园及草庐。

要识老夫居止处，桃花庄上乐天居。

韦义方读罢了书，教当直四下搜寻。当直回来报道："张公骑匹蹇驴，小娘子也骑着匹蹇驴儿，带着两枚篚袋，取真州路上而去。"韦义方和当直三人，一路赶上，则见路上人都道："见大伯骑着蹇驴，女孩儿也骑驴儿。那小娘子不肯去，哭告大伯道：'教我归去相辞爹妈。'那大伯把一条杖儿在手中，一路上打将这女孩儿去。好恓惶人！令人不忍见。"韦义方听得说，两条忿气，从脚板灌到顶门；心上一把无明火，高三千丈，按捺不下。带着当直，迤逦去赶。约莫去不得数十里，则是赶不上。直赶到瓜洲渡口，人道见他方过江去。韦义方教讨船渡江，直赶到茅山脚下。问人时，道他两人上茅山去。韦义方分付了当直，寄下行李，放客店中了，自赶上山去。

行了半日，那里见得桃花庄？正行之次，见一条大溪拦路，但见：

寒溪湛湛，流水泠泠。照人清影澈冰壶，极目浪花番瑞雪。垂杨掩映长堤岸，世俗行人绝往来。

韦义方到溪边，自思量道："赶了许多路，取不得妹子归去，怎地见得爹爹、妈妈？不如跳在溪水里死休。"迟疑之间，着眼看时，则见溪边石壁上，一道瀑布泉流将下来，有数片桃花，浮在水面上。韦义方道："如今是六月，怎得桃花片来？上面莫是桃花庄，我那妹夫张公住处？"则听得溪对岸一声哨笛儿响，看时，见一个牧童骑着蹇驴，在那里吹这哨笛儿。但见：

浓绿成阴古渡头，牧童横笛倒骑牛。

笛中一曲《升平乐》，唤起离人万种愁。

牧童近溪边来，叫一声："来者莫是韦义方？"义方应道："某便是。"牧童说："奉张真人法旨，教请舅舅过来。"牧童教蹇驴渡水，令韦官人坐在驴背渡过溪去。牧童引路，到一所庄院。怎见得？有《临江仙》为证：

快活无过庄家好，竹篱茅舍清幽。春耕夏种及秋收，冬间观瑞雪，醉倒被蒙头。　　门外多栽榆柳树，杨花落满溪头。绝无闲闷与闲愁。笑他名利客，役役市廛游。

到得庄前，小童入去。从篱园里走出两个朱衣吏人来，接见这韦义方，道："张真人方治公事，未暇相待，令某等相款。"遂引到一个大四望亭子上，看这牌上写着"翠竹亭"，但见：

茂林郁郁，修竹森森。翠阴遮断屏山，密叶深茂轩槛。烟锁幽亭仙鹤唳，云迷深谷野猿啼。

亭子上铺陈酒器，四下里都种夭桃艳杏，异卉奇葩，簇着这座亭子。朱衣吏人与义方就席饮宴。义方欲待问张公是何等人，被朱衣人连劝数杯，则问不得。及至筵散，朱衣相辞自去，独留韦义方在翠竹轩，只教少待。

韦义方等待多时无信，移步下亭子来。正行之间，在花木之外，见一座殿屋，里面有人说话声。韦义方把舌头舔开朱红球路亭隔看时，但见：

朱栏玉砌，峻宇雕墙。云屏与珠箔齐开，宝殿共琼楼对峙。灵芝丛畔，青鸾彩凤交飞；琪树阴中，白鹿玄猿并立。玉女金童排左右，祥烟瑞气散氤氲。

见这张公顶冠穿履，佩剑执圭，如王者之服，坐于殿上。殿下列两行朱衣吏人，或神或鬼。两面铁枷，上手枷着一个紫袍金带的人，称是某州城隍，因境内虎狼伤人，有失检举；下手枷着一个顶盔贯甲，称是某县山神，虎狼损害平人，部辖不前。看这张公书断，各有罪名。韦义方就窗眼内望见，失声叫道："怪哉，怪哉！"殿上官吏听得，即时差两个黄巾力士，捉将韦义方来，驱至阶下。官吏称韦义方不合漏泄天机，合当有罪。急得韦义方叩头告罪。

真人正恁么说，只见屏风后一个妇人，凤冠霞帔，珠履长裙，转屏风背后出来，正是义方妹子文女，跪告张公道："告真人，念是妾亲兄之面，可饶恕他。"张公道："韦义方本合为仙，不合以剑剁吾，吾以亲戚之故，不见罪。今又窥觑吾之殿宇，欲泄天机，看你妹妹面，饶你性命。我与你十万钱，把件物事与你为照去支讨。"张公移身，已挺脚步入殿里。去不多时，取出一个旧席帽儿，付与韦义方，教往扬州开明桥下，寻开生药铺申公，凭此为照，取钱十万贯。张公道：“仙凡异路，不可久留。”令吹哨笛的小童：“送韦舅乘蹇驴，出这桃花庄去。”到溪边，小童就驴背上把韦义方一推，头掉脚掀，颠将下去。义方如醉醒梦觉，却在溪岸上坐地。看那怀中，有个帽儿，似梦非梦，迟疑未决。且只得携着席帽儿，取路下山来。

回到昨所寄行李店中，寻两个当直不见。只见店二哥出来，说道：“二十年前有个韦官，寄下行李，上茅山去耽搁。两个当直等不得，自归去了。如今恰好二十年，是隋炀帝大业二年。”韦义方道：“昨日才过一日，却是二十年！我且归去六合县滋生驷马监，寻我二亲。”便别了店主人。来到六合县，问人时，都道：“二十年前，滋生驷马监里有个韦谏议，一十三口，白日上升，至今升仙台古迹尚存。”道是有个直阁，去了不归。韦义方听得说，仰面大哭：二十年则一日过了，父母俱不见，一身无所归。如今没计奈何，且去寻申公讨这十万贯钱。

当时从六合县取路，迤逦直到扬州，问人寻到开明桥下，果然有个申公，开生药铺。韦义方来到生药铺前，见一个老儿：

> 生得形容古怪，装束清奇。颔边银剪苍髯，头上雪堆白发。鸢肩龟背，有如天降明星；鹤骨松形，好似化胡老子。多疑商岭逃秦客，料是蒲溪执钓人。

在生药铺里坐。韦义方道：“老丈拜揖！这里莫是申公生药铺？”公公道：“便是。”韦义方着眼看生药铺厨里：

> 四个荟茏三个空，一个盛着西北风。

韦义方肚里思量道：“却那里讨十万贯钱支与我？”“且问大伯，买三文薄荷。”公公道：“好薄荷！《本草》上说凉头明目。要买几文？”韦义方道：“回三钱。”公公道：“恰恨缺。”韦义方道：“回些个百药煎。”公公道：“百药煎能消酒面，善润咽喉。要买几文？”韦义方道：“回三钱。”公公道：“恰恨卖尽。”韦义方道：“回些甘草。”公公道：“好甘草！性平无毒，能随诸药之性，解金石草木之毒，市语叫做‘国老’。要买几文？”韦义方道：“问公公回五钱。”公公道：“好教官人知，恰恨也缺。”

韦义方对着公公道：“我不来买生药，一个人传语，是种瓜的张公。”申公道：“张公却没事，传语我做甚么？”韦义方道：“教我来讨十万贯钱。”申公道：“钱却有，何以为照？”韦义方去怀里摸索一和，把出席帽儿来。

申公看着青布帘里，叫浑家出来看。青布帘起处，见个十七八岁的女孩儿出来，道："丈夫叫则甚？"韦义方心中道："却和那张公一般，爱娶后生老婆。"申公教浑家看这席帽儿，是也不是。女孩儿道："前日张公骑着蹇驴儿，打门前过，席帽儿绽了，教我缝。当时没皂线，我把红线缝着顶上。"翻过来看时，果然红线缝着顶。申公即时引韦义方入去家里，交还十万贯钱。韦义方得这项钱，把来修桥作路，散与贫人。

忽一日，打一个酒店前过，见个小童，骑只驴儿。韦义方认得是当日载他过溪的，问小童道："张公在那里？"小童道："见在酒店楼上，共申公饮酒。"韦义方上酒店楼上来，见申公与张公对坐，义方便拜。张公道："我本上仙长兴张古老。文女乃上天玉女，只因思凡，上帝恐被凡人点污，故令吾托态取归上天。韦义方本合为仙，不合杀心太重，止可受扬州城隍都土地。"道罢，用手一招，叫两只仙鹤。申公与张古老各乘白鹤，腾空而去。则见半空遗下一幅纸来，拂开看时，只见纸上题着八句儿诗，道是：

一别长兴二十年，锄瓜隐迹暂居廛。
因嗟世上凡夫眼，谁识尘中未遇仙？
授职义方封土地，乘鸾文女得升天。
从今跨鹤楼前景，壮观维扬尚俨然。

第三十卷　李公子救蛇获称心

劝人休诵经，念甚消灾咒！
经咒总慈悲，冤业如何救？
种麻还得麻，种豆还得豆。
报应本无私，作了还自受。

这八句言语，乃徐神翁所作，言人在世，积善逢善，积恶逢恶。古人有云：积金以遗子孙，子孙未必能守；积书以遗子孙，子孙未必能读；不如积阴德于冥冥之中，以为子孙长久之计。昔日孙叔敖晓出，见两头蛇一条，横截其路。孙叔敖用砖打死而埋之。归家告其母曰："儿必死矣！"母曰："何以知之？"敖曰："尝闻：人见两头蛇者必死，儿今日见之。"母曰："何不杀乎？"叔敖曰："儿已杀而埋之，免使后人再见，以伤其命。儿宁一身受死。"母曰："儿有救人之心，此乃阴骘，必然不死。"后来叔敖官拜楚相。今日说一个秀才，救一条蛇，亦得后报。

南宋神宗朝熙宁年间，汴梁有个官人，姓李，名懿，由杞县知县，除佥杭州判官。本官世本陈州人氏，有妻韩氏；子李元，字伯元，学习儒业。李懿到家收拾行李，不将妻子，只带两个仆人到杭州赴任。在任倏忽一年，猛思："子李元在家攻书，不知近日学业如何？"写封家书，使王安往陈州取孩儿李元来杭州，早晚作伴，就买书籍。王安辞了本官，不一日，至陈州，参见恭人，呈上家书。书院中唤出李元，令读了父亲家书，收拾行李。李元在前曾应举不第，近日琴书意懒，止游山玩水，以自娱乐。闻父命呼召，收拾琴、剑、书箱，拜辞母亲，与王安登程。沿路觅船，不一日，到扬子江。李元看了江山景物，观之不足，乃赋诗曰：

西出昆仑东到海，惊涛拍岸浪掀天。
月明满耳风雷吼，一派江声送客船。

渡江至润州，迤逦到常州，过苏州，至吴江。

是日申牌时分，李元舟中看见吴江风景，不减潇湘图画，心中大喜！令梢公泊舟近长桥之侧。元登岸上桥，来垂虹亭上，凭栏而坐，望太湖晚景。李元观之不足，忽见桥东一带粉墙中有殿堂，不知何所。却值渔翁卷网而来，揖而问之："桥东粉墙，乃是何家？"渔人曰："此三高士祠。"李元问曰："三高何人也？"渔人曰："乃范蠡、张翰、陆龟蒙三个高士。"元喜，寻路渡一横桥，至三高士祠。入侧门，观石碑。上堂，见三人列坐，中范蠡，左张翰，右陆龟蒙。李元寻思间，一老人策杖而来。问之，乃看祠堂之人。李元曰："此祠堂几年矣？"老人曰："近千余年矣！"元曰："吾闻张翰在朝，曾为显官。因思鲈鱼、莼菜之美，弃官归乡，彻老不仕。乃是急流中勇退之人，世之高士也。陆龟蒙绝代诗人，隐居吴淞江上，惟以养鸭为乐，亦世之高士。此二人立祠，正当其理。范蠡乃越国之上卿，因献西施于吴王夫差，就中取事，破了吴国。后见越王义薄，扁舟遨游五湖，自号鸱夷子。此人虽贤，乃吴国之仇人，如何于此受人享祭？"老人曰："前人所建，不知何意。"李元于老人处借笔砚，题诗一绝于壁间，以明鸱夷子不可于此受享。诗曰：

地灵人杰夸张陆，共预清祠事可宜。

千载难消亡国恨，不应此地着鸱夷。

题罢，还了老人笔砚，相辞出门。见数个小孩儿，用竹杖于深草中戏打小蛇。李元近前视之，见小蛇生得奇异：金眼黄口，赭身锦鳞，体如珊瑚之状，腮下有绿毛，可长寸余。其蛇长尺余，如瘦竹之形。元见尚有游气，慌忙止住小童："休打，我与你铜钱百文，可将小蛇放了，卖与我。"小童簇定要钱。李元将朱蛇用衫袖包裹，引小童到船边，与了铜钱自去。唤王安开书箱，取艾叶煎汤，少等温，贮于盘中，将小蛇洗去污血。命梢公开船，远望岸上草木茂盛之处，急无人到，就那里将朱蛇放了。蛇乃回头数次，看着李元。元曰："李元今日放了你，可于僻静去处躲避，休再教人见。"朱蛇游入水中，穿波底而去。李元令移舟望杭州而行。

三日已到。拜见父亲，言讫家中之事。父问其学业，李元一一对答，父心甚喜。在衙中住了数日，李元告父曰："母亲在家，早晚无人侍奉；儿欲归家，就赴春选。"父乃收拾俸余之资，买些土物，令元回乡，又令王安

送归。行李已搬下船，拜辞父亲，与王安二人离了杭州。出东新桥官塘大路，过长安坝，至嘉禾，近吴江。从旧岁所观山色湖光，意中不舍。到长桥时，日已平西。李元教暂住行舟："且观景物，宿一宵，来早去。"就桥下湾住船，上岸，独步上桥，登垂虹亭，凭阑伫目，遥望湖光潋滟，山色空濛；风定渔歌聚，波摇雁影分。

正观玩间，忽见一青衣小童，进前作揖，手执名榜一纸，曰："东人有名榜在此，欲见解元，未敢擅便。"李元曰："汝东人何在？"青衣曰："在此桥左，拱听呼唤。"李元看名榜纸上一行书云："学生朱伟谨谒。"元曰："汝东人莫非误认我乎？"青衣曰："正欲见解元，安得误耶！"李元曰："我自来江左，并无相识，亦无姓朱者来往为友，多敢同姓者乎？"青衣曰："正欲见通判相公李衙内李伯元，岂有误耶！"李元曰："既然如此，必是斯文，请来相见何碍。"青衣去不多时，引一秀才至，眉清目秀，齿白唇红，飘飘然有凌云之气。那秀才见李元，先拜，元慌忙答礼。朱秀才曰："家尊与令祖相识甚厚，闻先生自杭而回，特命学生伺候已久。倘蒙不弃，少屈文旆至舍下，与家尊略叙旧谊，可乎？"李元曰："元年幼，不知先祖与君家有旧，失于拜望，幸乞恕察。"朱秀才曰："蜗居只在咫尺，幸勿见却。"李元见朱秀才坚意叩请，乃随秀才出垂虹亭。至长桥尽处，柳阴之中，泊一画舫，上有数人，容貌魁梧，衣装鲜丽。邀元下船，见船内五彩装画，裀褥铺设皆极富贵。元早惊异！朱秀才教开船，从者荡桨，舟去如飞，两边搅起浪花，如雪飞舞。

须臾之间，船已到岸，朱秀才请李元上岸。元见一带松柏，亭亭如盖，沙草滩头，摆列着紫衫银带，约二十余人，两乘紫藤兜轿。李元问曰："此公吏何府第之使也？"朱秀才曰："此家尊之所使也。请上轿，咫尺便是。”李元惊惑之甚，不得已上轿，左右呵喝入松林。行不一里，见一所宫殿，背靠青山，南朝绿水，水上一桥，桥上列花石栏干。宫殿上盖琉璃瓦，两廊下皆捣红泥墙壁。朱门三座，上有金字牌，题曰“玉华之宫”。轿至宫门，请下轿。李元不敢那步，战栗不已。宫门内有两人出迎，皆头顶貂蝉冠，身披紫罗襕，腰系黄金带，手执花纹简，进前施礼，请曰：“王上有命，谨请解元。”李元半晌不能对答。朱秀才在侧曰：“吾父有请，慎勿惊疑。”李元曰：“此何处也？”秀才曰：“先生到殿上便知也。”李元勉强随二臣宰行，从东廊历阶而进，上月台，见数十人皆锦衣，族拥一老者出殿上。其人蝉冠大袖，朱履长裾，手执玉圭，进前迎迓。李元慌忙下拜，王者命左右扶起。王曰：“坐邀文旆，甚非所宜，幸沐来临，万乞情恕。”李元但只唯唯答应而已。左右引入殿，王升御座，左手下设一绣墩，请解元登席。元再拜于地曰：“布衣寒生，王上御前，安敢侍坐？”王曰：“解元于吾家有大恩，今令长男邀请至此，坐之何碍？”二臣宰请曰：“王上敬礼，先生勿辞。”李元再三推却，不得已，低首躬身，坐于绣墩。王乃唤：“小儿，来拜恩人。”

少顷，屏风后宫女数人，拥一郎君至。头戴小冠，身穿绛衣，腰系玉带，足蹑花靴，面如傅粉，唇似涂脂，立于王侧。王曰：“小儿外日游于水际，不幸为顽童所获，若非解元一力救之，则身为齑粉矣。众族感戴，未尝忘报。今既至此，吾儿可拜谢之。”小郎君近前，下拜。李元慌忙答礼。王曰：“君是吾儿之大恩人也，可受礼。”命左右扶定，令儿拜讫。李元仰视王者，满面虬髯，目有神光；左右之人，形容皆异；方悟此处是水府龙宫。所见者，龙君也；傍立年少郎君，即向日三高士祠所救之小蛇也。元慌忙稽颡，拜于阶下。王起身曰：“此非待恩人处，请入宫殿后，少进杯酌之礼。”李元随王转玉屏，花砖之上皆铺绣褥，两傍皆绷锦步障，出殿后，转行廊，至一偏殿。但见金碧交辉，内列龙灯凤烛，玉炉喷沉麝之香，绣幕飘流苏之带。中设二座，皆是蛟绡拥护。李元惊怕而不敢坐，王命左右扶李元上座。两边仙音缭绕，数十美女，各执乐器，依次而入。前面执宝杯盘进酒献果者，皆绝色美女。但闻异香馥郁，瑞气氤氲，李元不知手足所措，如醉如痴。王命二子进酒，二子皆捧觞再拜。台上果桌，贮目观之，器皿皆是玻璃、水晶、琥珀、玛瑙为之，曲尽巧妙，非人间所有。王自起身与李元劝酒，其味甚佳，肴馔极多，不知何物。王令诸宰臣轮次举杯相劝，李元不觉大醉，起身拜王曰："臣实不胜酒矣。"俯伏在地而不能起。王命侍从扶出殿外，送至客馆安歇。

李元酒醒，红日已透窗前。惊起视之，房内床榻帐幔，皆是蛟绡围绕。从人安排洗漱已毕，见夜来朱秀才来房内相邀。并不穿世之儒服，裹球头帽，穿绛绡袍，玉带皂靴；从者各执斧钺。李元曰："夜来大醉，甚失礼仪。"朱伟曰："无可相款，幸乞情恕。父王久等，请恩人到偏殿进膳。"引李元见王。曰："解元且宽心怀，住数日去亦不迟。"李元再拜曰："荷王上厚意。家尊令李元归乡侍母，就赴春选，日已逼近。更兼仆人久等不见，必忧；倘回杭报父得知，必生远虑。因此不敢久留，只此告退。"王曰："既解元要去，不敢久留。虽有纤粟之物，不足以报大恩，但欲者当一一奉纳。"李元曰："安敢过望？平生但得称心足矣！"王笑曰："解元既欲吾女为妻，敢不奉命？但三载后，须当复回。"王乃传言，唤出称心女子来。

须臾，众侍簇拥一美女至前。元乃偷眼视之，雾鬓云鬟，柳眉星眼，有倾国倾城之貌，沉鱼落雁之容。王指此女曰："此吾女称心也。君既求之，愿奉箕帚。"李元拜于地曰："臣所欲称心者，但得一举登科，以称此心，岂敢望天女为配偶耶？"王曰："此女小名称心，既以许君，不可悔矣。若欲登科，只问此女，亦可办也。"王乃唤朱伟："送此妹与解元同去。"李元再拜谢。

朱伟引李元出宫，同到船边，见女子已改素妆，先在船内。朱伟曰："尘世阻隔，不及亲送，万乞保重。"李元曰："君父王何贤圣也？愿乞姓名。"朱伟曰："吾父乃西海群龙之长，多立功德，奉玉帝敕命，令守此处。幸得水洁波澄，足可荣吾子孙。君此去，切不可泄漏天机，恐遭大祸；吾妹处亦不可问，仔细！"元拱手听罢，作别上船，朱伟又将金珠一包相送。但耳畔闻风雨之声，不觉到长桥边。从人送女子并李元登岸，与了金珠，火急开船，两桨如飞，倏忽不见。

李元似梦中方觉，回观女子在侧，惊喜。元语女子曰："汝父令汝与我为夫妇，你还随我去否？"女子曰："妾奉王命，令吾侍奉箕帚，但不可以告家中人。若泄漏，则妾不能久住矣。"李元引女子同至船边，仆人王安惊疑，接入舟中曰："东人一夜不回，小人何处不寻？竟不知所在。"李元曰："吾见一友人，邀于湖上饮酒，就以此女与我为妇。"王安不敢细问情由。请女子下船，将金珠藏于囊中，收拾行船。

一路涉河渡坝，看看来到陈州。升堂参见老母，说罢父亲之事，跪而告曰："儿在途中娶得一妇，不曾得父母之命，不敢参见。"母曰："男婚女聘，古之礼也。你既娶妇，何不领归？"母命引称心女子拜见老母，合家大喜。自搬回家，不过数日，已近试期。李元见称心女子聪明智慧，无有不通，乃问曰："前者汝父曾言，若欲登科，必问于汝。来朝吾入试院，你有何见识教我？"女子曰："今晚吾先取试题，汝在家中先做了文章，来日依本去写。"李元曰："如此甚妙！此题目从何而得？"女子曰："吾闭目作用，慎勿窥戏。"李元未信。

女子归房，坚闭其门。但闻一阵风起，帘幕皆卷。约有更余，女子开户而出，手执试题与元。元大喜，恣意检本，做就文章。来日入院，果是此题，一挥而出。后日亦如此，连三场皆是女子飞身入院，盗其题目。待至开榜，李元果中高科。初任江州佥判，闾里作贺，走马上任。一年，改除奏院。三年任满，除江南吴江县令。引称心女子，并仆从五人，辞父母来本处之任。

到任上不数日，称心女子忽一日辞李元曰："三载之前，为因小弟蒙君救命之恩，父母教奉箕帚。今已过期，即当辞去，君宜保重。"李元不舍，欲向前拥抱，被一阵狂风，女子已飞于门外，足底生云，冉冉腾空而去。李元仰面大哭。女子曰："君勿误青春，别寻佳配。官至尚书，可宜退步。妾若不回，必遭重责。聊有小诗，永为表记。"空中飞下花笺一幅，有诗云：

三载酬恩已称心，妾身归去莫沉吟。

玉华宫内浪埋雪，明月满天何处寻？

李元终日悒怏。后三年官满，回到陈州。除秘书，王丞相招为婿，累官至吏部尚书。直至如今，吴江西门外有龙王庙尚存，乃李元旧日所立。有诗云：

昔时柳毅传书信，今日李元逢称心。
恻隐仁慈行善事，自然天降福星临。

第三十一卷　简帖僧巧骗皇甫妻

白苎轻衫入嫩凉，春蚕食叶响长廊。

禹门已准桃花浪，月殿先收桂子香。

鹏北海，凤朝阳，又携书剑路茫茫。

明知此日登云去，却笑人间举子忙。

长安京北有一座县，唤做咸阳县，离长安四十五里。一个官人，复姓宇文，名绶，离了咸阳县，来长安赶试，一连三番试不遇。有个浑家王氏，见丈夫试不中归来，把复姓为题，做一个词儿嘲笑丈夫，名唤做《望江南》词，道是：

公孙恨，端木笔俱收。枉念西门分手处，闻人寄信约深秋，拓拔泪交流。　宇文弃，闷驾独孤舟。不望手勾龙虎榜，慕容颜好一齐休，甘分守闾丘。

那王氏意不尽，看着丈夫，又做四句诗儿：

良人得意负奇才，何事年年被放回？

君面从今羞妾面，此番归后夜间来。

宇文解元从此发愤道："试不中，定是不回！"到得来年，一举成名了，只在长安住，不肯归去。

浑家王氏见丈夫不归，理会得道："我曾作诗嘲他，可知道不归。"修一封书，叫当直王吉来，"你与我将这书去，四十五里，把与官人。"书中前面略叙寒暄，后面做只词儿，名唤《南柯子》。词道：

鹊喜噪晨树，灯开半夜花。果然音信到天涯，报道玉郎登第出京华。旧恨消眉黛，新欢上脸霞。从前都是误疑他，将谓经年狂荡不归家。

这词后面，又写四句诗道：

长安此去无多地，郁郁葱葱佳气浮。

良人得意正年少，今夜醉眠何处楼？

宇文绶接得书，展开看，读了词，看罢诗，道："你前回做诗，教我从今归后夜间来；我今试遇了，却要我回！"就旅邸中取出文房四宝，做了只曲儿，叫做《踏莎行》：

足蹑云梯，手攀仙桂，姓名高挂登科记。马前喝道状元来，金鞍玉勒成行缀。　　宴罢归来，恣游花市，此时方显平生志。修书速报凤楼人，这回好个风流婿。

做毕这词，取张花笺，折叠成书，待要写了，付与浑家。正研墨，觉得手重，惹翻砚水滴儿打湿了纸。再把一张纸折叠了，写成一封家书，付与当直王吉，教分付家中孺人："我今在长安试遇了，到夜了归来。急去传与孺人，不到夜，我不归来。"王吉接得书，唱了喏，四十五里田地，直到家中。

话里且说宇文绶发了这封家书，当日天晚，客店中无甚的事，便去睡。方才朦胧睡着，梦见归去到咸阳县家中，见当直王吉在门前一壁脱下草鞋洗脚。宇文绶问道："王吉，你早归了？"再四问他不应。宇文绶焦躁，抬起头来看时，见浑家王氏，把着蜡烛入去房里。宇文绶赶上来，叫："孺人，我归了。"浑家不采他。又说一声，浑家又不采。宇文绶不知身是梦里，随浑家入房去。看这王氏放烛在桌上，取早间这一封书，头上取下金篦儿，一剔剔开封皮，看时，却是一幅白纸。浑家含笑，就烛下把起笔来，于白纸上写了四句：

碧纱窗下启缄封，一纸从头彻底空。

知汝欲归情意切，相思尽在不言中。

写毕，换个封皮，再来封了。那浑家把金篦儿去剔那烛烬，一剔剔在宇文绶脸上，吃了一惊，撒然醒觉，却在客店里床上睡，烛犹未灭。桌子上看时，果然错封了一幅白纸归去。取一幅纸，写这四句诗。到得明日早饭后，王吉把那封回书来，拆开看时，里面写着四句诗，便是夜来梦里见那浑家做的一般。当便安排行李，即时回家去。这便唤做"错封书"，下来说的便是"错下书"。

有个官人，夫妻两口儿正在家坐地，一个人送封简帖儿来与他浑家。只因这封简帖儿，变出一本跷蹊作怪的小说来。正是：

尘随马足何年尽？事系人心早晚休。

有《鹧鸪》词一首，单道着佳人：

淡画眉儿斜插梳，不欢拈弄绣工夫。云窗雾阁深深处，静拂云笺学草书。　　多艳丽，更清姝，神仙标格世间无。当时只说梅花似，细看梅花却不如。

东京汴州开封府枣槊巷里，有个官人，复姓皇甫，单名松，本身是左班殿直，年二十六。有个妻子杨氏，年二十四岁。一个十三岁的丫鬟，名唤迎儿。只这三口，别无亲戚。当时皇甫殿直官差去押衣袄上边，回来是年节了。

这枣槊巷口一个小小的茶坊，开茶坊的唤做王二。当日茶市已罢，已是日中，只见一个官人入来。那官人生得：

浓眉毛，大眼睛，蹶鼻子，略绰口。头上裹一顶高样大桶子头巾，着一领大宽袖斜襟褶子；下面衬贴衣裳，干鞋净袜。

入来茶坊里坐下。开茶坊的王二拿着茶盏进前，唱喏奉茶。那官人接茶吃罢，看着王二道："少借这里等个人。"王二道："不妨。"等多时，只见一个男女，名叫僧儿，托个盘儿，口中叫："卖鹌鹑馉饳儿！"官人把手打招，叫："买馉饳儿。"僧儿见叫，托盘儿入茶坊内，放在桌上。将条篾黄穿那馉饳儿，捏些盐放在官人面前，道："官人，吃馉饳儿。"官人道："我吃。先烦你一件事。"僧儿道："不知要做什么？"那官人指着枣槊巷里第四家，问僧儿："认得这人家么？"僧儿道："认得，那里是皇甫殿直家里。殿直押衣袄上边，方才回家。"官人问道："他家有几口？"僧儿道："只是殿直，一个小娘子，一个小养娘。"官人道："你认得那小娘子也不？"僧儿道："小娘子寻常不出帘儿外面。有时叫僧儿买馉饳儿，常去，认得。问他做甚么？"官人去腰里取下版金钱线篋儿，抖下五十来钱，安在僧儿盘子里。僧儿见了，可煞喜欢，叉手不离方寸："告官人，有何使令？"官人道："我相烦你则个。"袖中取出一张白纸，包着一对落索环儿，两只短金钗子，一个简帖儿，付与僧儿，道："这三物事，烦你送去适间问的小娘子。你见殿直，不要送与他。见小娘子时，你只道官人再三传语：'将这三件物来与小娘子，万望笑留。'你便去，我只在这里等你回报。"

那僧儿接了三件物事，把盘子寄在王二茶坊柜上，僧儿托着三件物事，入枣槊巷来。到皇甫殿直门前，把青竹帘掀起，探一探。当时皇甫殿直正在前面交椅上坐地，只见卖馉饳儿的小厮掀起帘子，猖猖狂狂，探了一探，便走。皇甫殿直看着那厮，震威一喝，便是：

当阳桥上张飞勇，一喝曹公百万兵。

喝那厮一声，问道："做什么？"那厮不顾便走。皇甫殿直拽开脚，两步赶上，捽那厮回来，问道："甚意思？看我一看了便走。"那厮道："一个官人，教我把三件物事与小娘子，不教把与你。"殿直问道："什么物事？"那厮道："你莫问，不要把与你。"皇甫殿直捻得拳头没缝，去顶门上屑那厮一暴，道："好好的把出来教我看！"那厮吃了一暴，只得怀里取出一个纸裹儿，口里兀自道："教我把与小娘，又不教把与你，你却打我则甚？"皇甫殿直劈手夺了纸包儿，打开看，里面一对落索环儿，一双短金钗，一个简帖儿。皇甫殿直接得三件物事，拆开简帖，看时：

某惶恐再拜，上启小娘子妆前：即日孟春初时，恭惟懿处，起居万福。某外日荷蒙持怀之款，深切仰思，未尝少替。某偶以薄干，不及亲诣；聊有小词，名《诉衷情》，以代面禀，伏乞懿览。

词道是：

知伊夫婿上边回，懊恼碎情怀。落索环儿一对，简子与金钗。
伊收取，莫疑猜，且开怀。自从别后，孤帏冷落，独守书斋。

皇甫殿直看了简贴儿，劈开眉下眼，咬碎口中牙，问僧儿道："谁教你把来？"僧儿用手指着巷口王二哥茶坊里道："有个粗眉毛、大眼睛、蹶鼻子、略绰口的官人，教我把来与小娘子，不教我把来与你。"皇甫殿直一只手捽住僧儿狗毛，出这枣槊巷，径奔王二哥茶坊前来。僧儿指着茶坊道："恰才在这里面打的床铺上坐地的官人，教我把来与小娘子，又不教把与你，你却打我！"皇甫殿直见茶坊没人，骂声："鬼话！"再捽僧儿回来，不由开茶坊的王二分说。

当时到家里，殿直把门来关上，掮来掮了，唬得僧儿战做一团。殿直从里面叫出二十四岁花枝也似浑家出来，道："你且看这件物事！"那小娘子又不知上件因依，去交椅上坐地。殿直把那简帖儿和两件物事度与浑家看。那妇人看着简帖儿上言语，也没理会处。殿直道："你见我三个月日押衣袄上边，不知和甚人在家中吃酒？"小娘子道："我和你从小夫妻，你去后，何曾有人和我吃酒？"殿直道："既没人，这三件物从那里来？"小娘子道："我怎知？"殿直左手指，右手举，一个漏风掌打将去。小娘子则叫得一声，掩着面哭将入去。皇甫殿直再叫将十三岁迎儿出来，去壁上取下一把箭簝子竹来，放在地上，叫过迎儿来。看着迎儿，生得：

短胳膊，琵琶腿；劈得柴，打得水。会吃饭，能窝屎。

皇甫松去衣架上取下一条绦来，把妮子缚了两只手，掉过屋梁去，直下打一抽，吊将妮子起去。拿起箭簝子竹来，问那妮子道："我出去三个月，小娘子在家中和甚人吃酒？"妮子道："不曾有人。"皇甫殿直拿起箭簝子竹，去妮子腿下便摔，摔得妮子杀猪也似叫。又问又打，那妮子吃不得打，口中道出一句来："三个月殿直出去，小娘子夜夜和个人睡。"皇甫殿直道："好也！"放下妮子来，解了绦，道："你且来，我问你，是和兀谁睡？"那妮子揩着眼泪道："告殿直，实不敢相瞒，自从殿直出去后，小娘子夜夜和个人睡，不是别人，却是和迎儿睡。"皇甫殿直道："这妮子，却不弄我？"喝将过去。

带一管锁，走出门去，拽上那门，把锁锁了。走去转湾巷口，叫将四个人来，是本地方所由，如今叫做"连手"，又叫做"巡军"：张千、李万、董超、薛霸四人。来到门前，用钥匙开了锁，推开门，从里扯出卖馉饳的僧儿来，道："烦上名收领这厮。"四人道："父母官使令，领台旨。"殿直道："未要去，还有人哩。"从里面叫出十三岁的迎儿和二十四岁花枝的浑家，道："和他都领去。"四人唱喏道："告父母官，小人怎敢收领孺人？"殿直发怒道："你们不敢领他？这件事干人命！"唬倒四个所由，只得领小娘子和迎儿并卖馉饳的僧儿三个同去，解到开封钱大尹厅下。

皇甫殿直就厅下唱了大尹喏，把那简帖儿呈覆了。钱大尹看罢，即时教押下一个所属去处，叫将山前行山定来。当时山定承了这件文字，叫僧儿问时，应道："则是茶坊里见个粗眉毛、大眼睛、蹶鼻子、略绰口的官人，他把这封简子来与小娘子。

打杀也只是恁地供招！”问这迎儿，迎儿道：“即不曾有人来同小娘子吃酒，亦不知付简帖儿来的是何人。打杀也只是恁地供招！”却待问小娘子，小娘子道：“自从少年夫妻，都无一个亲戚往来，只有夫妻二人，亦不知把简帖儿来的是何等人。”

山前行山定看着小娘子：“生得恁地瘦弱，怎禁得打勘？怎地讯问他？”从里面交拐将过来两个狱卒，押出一个罪人来。看这罪人时：

面长皴轮骨，胲生渗癞腮。

犹如行病鬼，到处降人灾。

这罪人原是个强盗头儿，绰号“静山大王”。小娘子见这罪人，把两只手掩着面，那里敢开眼？山前行喝着狱卒道：“还不与我施行！”狱卒把枷稍一纽，枷稍在上，罪人头向下，拿起把荆子来，打得杀猪也似叫。山前行问道：“你曾杀人也不曾？”静山大王应道：“曾杀人。”又问：“曾放火不曾？”应道：“曾放火。”教两个狱卒把静山大王押入牢里去。山前行回转头来，看着小娘子道：“你见静山大王，吃不得几杖子，杀人放火都认了。小娘子，你有事，只好供招了。你却如何吃得这般杖子？”小娘子簌地两行泪下，道：“告前行，到这里隐讳不得。觅幅纸和笔，只得与他供招。”小娘子供道：“自从少年夫妻，都无一个亲戚来往，即不知把简贴儿来的是甚色样人。如今看要侍儿吃甚罪名，皆出赐大尹笔下。”便恁么说，五回三次问他，供说得一同。

似此三日，山前行正在州衙门前立，倒断不下。猛抬头看时，却见皇甫殿直在面前相揖，问及这件事：“如何三日理会这件事不下？莫是接了寄简帖的人钱物，故意不与决这件公事？”山前行听得，道：“殿直，如今台意要如何？”皇甫松道：“只是要休离了。”当日，山前行入州衙里，到晚衙，把这件文字呈了钱大尹。大尹叫将皇甫殿直来，当厅问道：“捉贼见赃，捉奸见双。又无证见，如何断得他罪？”皇甫松告钱大尹：“松如今不愿同妻子归去，情愿当官休了。”大尹台判：“听从夫便。”殿直自归。僧儿、迎儿喝出，各自归去。

只有小娘子见丈夫又不要他，把他休了，哭出州衙门来，口中自道：“丈夫不要我，又没一个亲戚投奔，教我那里安身？不若我自寻个死休。”至天汉州桥，看着金水银堤汴河，恰待要跳将下去，则见后面一个人，把小娘子衣裳一捽捽住。回转头来看时，恰是一个婆婆。生得：

眉分两道雪，把小髻挽一窝丝。眼昏一似秋水微浑，发白不若楚山云淡。

婆婆道："孩儿，你却没事寻死做甚么？你认得我也不？"小娘子道："不识婆婆。"婆婆道："我是你姑姑。自从你嫁了老公，我家寒，攀陪你不着，到今不来往。我前日听得你与丈夫官司，我日逐在这里伺候。今日听得道休离了，你要投水做甚么？"小娘子道："我上无片瓦，下无立锥，丈夫又不要我，又无亲戚投奔，不死更待何时？"婆婆道："如今且同你去姑姑家里，看后如何。"妇女自思量道："这婆子，知他是我姑姑也不是。我如今没投奔处，且只得随他去了，却再理会。"即时随这姑姑家去。看时，家里莫甚么活计，却好一个房舍，也有粉青帐儿，有交椅、桌凳之类。

在这姑姑家里过了两三日，当日方才吃罢饭，则听得外面一个官人高声大气叫道："婆子，你把我物事去卖了，如何不把钱来还？"那婆子听得叫，失张失志，出去迎接来叫的官人，请入来坐地。小娘子着眼看时，见入来的人：粗眉毛，大眼睛，蹶鼻子，略绰口。头上裹一顶高样大桶子头巾，着一领大宽袖斜襟褶子；下面衬贴衣裳，甜鞋净袜。小娘子见了，口喻心，心喻口，道："好似那僧儿说的寄简帖儿官人。"只见官人入来，便坐在凳子上，大惊小怪道："婆子，你把我三百贯钱物事去卖，今经一个月日，不把钱来还？"婆子道："物事自卖在人头，未得钱。支得时，即便付还官人。"官人道："寻常交关钱物东西，何尝捱许多日了？讨得时，千万送来。"官人说了自去。

婆子入来，看着小娘子，簌地两行泪下，道："却是怎好？"小娘子问道："有什么事？"婆子道："这官人原是蔡州通判，姓洪，如今不做官，却卖些珠翠头面。前日一件物事教我把去卖，吃人交加了，到如今没这钱还他，怪他焦躁不得。他前日央我一件事，我又不曾与他干得。"小娘子问道："却是甚么事？"婆子道："教我讨个细人，要生得好的。若得一个似小娘子模样去嫁与他，那官人必喜欢。小娘子，你如今在这里，老公又不要你，终不然罢了？不若听姑姑说合，你去嫁了这官人，你终身不致担误，挈带姑姑也有个倚靠，不知你意如何？"小娘子沉吟半晌，不得已，只得依允。婆子去回复了。不一日，这官人娶小娘子来家，成其夫妇。

逡巡过了一年，当年是正月初一日。皇甫殿直自从休了浑家，在家中无好况。正是：

时间风火性，烧了岁寒心。

自思量道："每年正月初一日，夫妻两个，双双地上本州大相国寺里烧香。我今年却独自一个，不知我浑家那里去了？"簌地两行泪下，闷闷不已。只得勉强着一领紫罗衫，手里把着银香盒，来到大相国寺里烧香。到寺中烧了香，恰待出寺门，只见一个官人领着一个妇女。看那官人时，粗眉毛，大眼睛，蹶鼻子，略绰口，领着的妇女，却便是他浑家。当时丈夫看着浑家，浑家又觑着丈夫，两个四目相视，只是不敢言语。那官人同妇女两个入大相国寺里去。

皇甫松在这山门头正沉吟间，见一个打香油钱的行者，正在那里打香油钱，看见这两人入去，口里道："你害得我苦，你这汉，如今却在这里！"大踏步赶入寺来。皇甫殿直见行者赶这两人，当时呼住行者道："五戒，你莫待要赶这两个人上去？"那行者道："便是。说不得我受这汉苦，到今日抬头不起，只是为他。"皇甫殿直道："你认得这个妇女么？"行者道："不识。"殿直道："便是我的浑家。"行者问："如何却随着他？"皇甫殿直把送简帖儿和休离的上件事，对行者说了一遍。行者道："却是怎地！"行者却问皇甫殿直："官人认得这个人么？"殿直道："不认得。"行者道："这汉原是州东墦台寺里一个和尚，苦行便是墦台寺里行者。我这本师，却是墦台寺里监院，手头有百十钱，剃度这厮做小师。一年已前时，这厮偷了本师二百两银器，逃走了，累我吃了好些拷打。如今赶出寺来，没讨饭吃处。罪过这大相国寺里知寺厮认，留苦行在此间打化香油钱。今日撞见这厮，却怎地休得！"方才说罢，只见这和尚将着他浑家，从寺廊下出来。行者牵衣拔步，却待去捽这厮，皇甫殿直扯住行者，闪那身已在山门一壁，道："且不要捽他，我和你尾这厮去，看那里着落，却与他官司。"两个后地尾将来。

话分两头。且说那妇人见了丈夫，眼泪汪汪，入去大相国寺里烧了香出来。这汉一路上却问这妇人道："小娘子，如何你见了丈夫便眼泪出？我不容易得你来。我当初从你门前过，见你在帘子下立地，见你生得好，有心在你处。今日得你做夫妻，也非通容易。"两个说来说去，恰到家中门前。入门去，那妇人问道："当初这个简帖儿，却是兀谁把来？"这汉道："好教你得知，便是我教卖馉饳的僧儿把来你的。你丈夫中了我计，真个便把你休了。"妇人听得说，捽住那汉，叫声屈，不知高低。那汉见那妇人叫将起来，却慌了，就把两只手去克着他脖项，指望坏他性命。外面皇甫殿直和行者尾着他两人，来到门首，见他们入去，听得里面大惊小怪，抢将入去看时，见克着他浑家，阁闼性命。皇甫殿直和这行者两个，即时把这汉来捉了，解到开封府钱大尹厅下。

这钱大尹是谁？

出则壮士携鞭，入则佳人捧臂。

世世靴踪不断，子孙出入金门。

他是两浙钱王子，吴越国王孙。大尹升厅，把这件事解到厅下。皇甫殿直和这浑家把前面说过的话，对钱大尹历历从头说了一遍。钱大尹大怒，教左右索长枷把和尚枷了，当厅讯一百腿花，押下左司理院，教尽情根勘这件公事。勘正了，皇甫松责领浑家归去，再成夫妻；行者当厅给赏。和尚大情小节，一一都认了：不合设谋奸骗，后来又不合谋害这妇人性命。准杂犯断，合重杖处死。这婆子不合假妆姑姑，同谋不首，亦合编管邻州。当日推出这和尚来，一个书会先生看见，就法场上做了一只曲儿，唤做《南乡子》：

怎见一僧人，犯滥铺摸受典刑。案款已成招状了，遭刑，棒杀髡囚示万民。　沿路众人听，犹念高王观世音。护法喜神齐合掌，低声，果谓金刚不坏身？

第三十二卷　宋四公大闹禁魂张

钱如流水去还来，恤寡周贫莫吝财。

试览石家金谷地，于今荆棘昔楼台。

话说晋朝有一人，姓石，名崇，字季伦。当时未发迹时，专一在大江中驾一小船，只用弓箭射鱼为生。

忽一日，至三更，有人扣船言曰："季伦救吾则个！"石崇听得，随即推篷，探头看时，只见月色满天，照着水面，月光之下，水面上立着一个年老之人。石崇问老人："有何事故，夜间相恳？"老人又言："相救则个。"石崇当时就令老人上船，问："有何缘故？"老人答曰："吾非人也，吾乃上江老龙王。年老力衰，今被下江小龙欺我年老，与吾斗敌，累输与他，老拙无安身之地。又约我明日大战，战时，又要输与他。今特来求季伦，明日午时，弯弓在江面上。江中两个大鱼相战，前走者是我，后赶者乃是小龙。但望君借一臂之力，可将后赶大鱼，一箭坏了小龙性命，老拙自当厚报重恩。"石崇听罢，谨领其命。那老人相别而回，涌身一跳，入水而去。

石崇至明日午时，备下弓箭。果然将傍午时，只见大江水面上，有二大鱼追赶将来。石崇扣上弓箭，望着后面大鱼，风地一箭，正中那大鱼腹上。但见满江红水，其大鱼死于江上。此时风浪俱息，并无他事。夜至三更，又见老人扣船来谢道："蒙君大恩，今得安迹。来日午时，你可将船泊于蒋山脚下南岸第七株杨柳树下相候，当有重报。"言罢而去。

石崇明日依言，将船去蒋山脚下杨柳树边相候。只见水面上有鬼使三人出，把船推将去。不多时船回，满载金银珠玉等物。又见老人出水与石崇曰："如君再要珍珠宝贝，可将空船来此相候取物。"相别而去。

这石崇每每将船于柳树下等，便是一船珍宝，因致敌国之富。将宝玩买嘱权贵，累升至太尉之职，真是富贵两全！遂买一所大宅于城中，宅后造金谷园，园中亭台楼馆。用六斛大明珠，买得一妾，名曰绿珠。又置偏房姨奶侍婢，朝欢暮乐，极其富贵。结识朝臣国戚。宅中有十里锦帐，天上人间，无比奢华。

忽一日排筵，独请国舅王恺，这人姐姐是当朝皇后。石崇与王恺饮酒半酣，石崇唤绿珠出来劝酒，端的十分美貌。王恺一见绿珠，喜不自胜，便有奸淫之意。石崇相待宴罢，王恺谢了自回。心中思慕绿珠之色，不能勾得会。王恺常与石崇斗宝，王恺宝物不及石崇，因此阴怀毒心，要害石崇。每每受石崇厚待，无因为之。

忽一日，皇后宣王恺入内御宴。王恺见了姐姐，就流泪告言："城中有一财主富室，家财巨万，宝贝奇珍，言不可尽。每每请弟设宴斗宝，百不及他一二。姐姐可怜，与弟争口气，于内库内那借奇宝，赛他则个。"皇后见弟如此说，遂召掌内库的太监，内库中借他镇库之宝，乃是一株大珊瑚树，长三尺八寸。不曾启奏天子，令人扛抬往王恺之宅。王恺谢了姐姐，便回府用蜀锦做重罩罩了。

翌日，广设珍羞美馔，使人移在金谷园中，请石崇会宴，先令人扛抬珊瑚树去园上开空闲阁子里安了。王恺与石崇饮酒半酣，王恺道："我有一宝，可请一观，勿笑为幸。"石崇教去了锦袱，看着微笑，用杖一击，打为粉碎。王恺大惊，叫苦连天道："此是朝廷内库中镇库之宝，自你赛我不过，心怀妒恨，将来打碎了，如何是好？"石崇大笑道："国舅休虑，此亦未为至宝。"石崇请王恺到后园中看珊瑚树，大小三十余株，有长至七八尺者。内一株，一般三尺八寸，遂取来赔王恺填库。更取一株长大的，送与王恺。王恺羞惭而退，自思："国中之宝，敌不得他过！"遂乃生计嫉妒。

一日，王恺朝于天子，奏道："城中有一富豪之家，姓石，名崇，官居太尉。家中敌国之富，奢华受用，虽我王不能及他快乐。若不早除，恐生不测。"天子准奏，口传圣旨，便差驾上人去捉拿太尉石崇下狱，将石崇应有家资，皆没入官。王恺心中只要图谋绿珠为妾，使兵围绕其宅，欲夺之。绿珠自思道："丈夫被他诬害性命，不知存亡。今日强要夺我，怎肯随他？虽死不受其辱！"言讫，遂于金谷园中坠楼而死，深可悯哉！王恺闻之大怒，将石崇戮于市曹。石崇临受刑时，叹曰："汝辈利吾家财耳。"刽子曰："你既知财多害己，何不早散之？"石崇无言可答，挺颈受刑。胡曾先生有诗曰：

一自佳人坠玉楼，晋家宫阙古今愁。
惟余金谷园中树，已向斜阳叹白头。

方才说石崇因富得祸，是夸财炫色，遇了王恺国舅这个对头。如今再说一个富家，安分守己，并不惹事生非；只为一点悭吝未除，便弄出非常大事，变做一段有笑声的小说。这富家姓甚名谁？听我道来：这富家姓张，名富，家住东京开封府，积祖开质库，有名唤做张员外。这员外有件毛病，要去那：

虱子背上抽筋，鹭鸶腿上割股，古佛脸上剥金，黑豆皮上刮漆，痰唾留着点灯，捋松将来炒菜。

这个员外平日发下四条大愿：

一愿衣裳不破，二愿吃食不消，
三愿拾得物事，四愿夜梦鬼交。

是个一文不使的真苦人。他还地上拾得一文钱，把来磨做镜儿，捍做磬儿，掐做锯儿，叫声"我儿"，做个嘴儿，放入箧儿。人见他一文不使，起他一个异名，唤做"禁魂张员外"。

当日是日中前后，员外自入去里面，白汤泡冷饭吃点心。两个主管在门前数见钱。只见一个汉，浑身赤膊，一身锦片也似文字，下面熟白绢裙拽扎着；手把着个笊篱，觑着张员外家里，唱个大喏了教化，口里道："持绳把索，为客周全。"主管见员外不在门前，把两文撇在他笊篱里。张员外恰在水瓜心布帘后望见，走将出来道："好也，主管！你做甚么把两文撇与他？一日两文，千日便两贯。"大步向前，赶上捉笊篱的，打一夺，把他一笊篱钱都倾在钱堆里，却教众当直打他一顿。路行人看见，也不忿。那捉笊篱的哥哥吃打了，又不敢和他争，在门前指着了骂。只见一个人叫道："哥哥，你来，我与你说句话。"捉笊篱的回过头来，看那个人，却是狱家院子打扮一个老儿。两个唱了喏，老儿道："哥哥，这禁魂张员外，不近道理，不要共他争。我与你二两银子，你一文价卖生萝卜，也是经纪人。"捉笊篱的得了银子，唱喏自去。不在话下。

那老儿是郑州奉宁军人，姓宋，排行第四，人叫他做宋四公，是小番子闲汉。宋四公夜至三更前后，向金梁桥上，四文钱买两只焦酸馅，揣在怀里，走到禁魂张员外门前。路上没一个人行，月又黑。宋四公取出蹊跷作怪的动使，一挂挂在屋檐上，从上面打一盘盘在屋上，从天井里一跳跳将下去。两边是廊屋，去侧首见一碗灯。听着里面时，只听得有个妇女声道："你看三哥，恁么早晚，兀自未来。"宋四公道："我理会得了，这妇女必是约人在此私通。"看那妇女时，生得：

黑丝丝的发儿，白莹莹的额儿，翠弯弯的眉儿，溜度度的眼儿，正隆隆的鼻儿，红艳艳的腮儿，香喷喷的口儿，平坦坦的胸儿，白堆堆的奶儿，玉纤纤的手儿，细袅袅的腰儿，弓弯弯的脚儿。

那妇女被宋四公把两只衫袖掩了面，走将上来。妇女道："三哥，做甚么遮了脸子唬我？"被宋四公向前一捽捽住腰里，取出刀来道："悄悄地！高则声便杀了你！"那妇女颤做一团道："告公公，饶奴性命。"宋四公道："小娘子，我来这里做不是，我问你则个：他这里到上库有多少关闭？"妇女道："公公，出得奴房十来步，有个陷马坑，两只恶狗。过了，便有五个防土库的，在那里吃酒赌钱，一家当一更，便是土库。入得那土库，一个纸人，手里托着个银球，底下做着关棙子；踏着关棙子，银球脱在地下，有条合溜，直滚到员外床前；惊觉，教人捉了你。"宋四公道："却是恁地。小娘子，背后来的是你兀谁？"妇女不知是计，回过头去，被宋四公一刀，从肩头上劈将下去，见道血光倒了，那妇女被宋四公杀了。

宋四公再出房门来，行十来步，沿西手走过陷马坑，只听得两个狗子吠。宋四公怀中取出酸馅，着些个不按君臣作怪的药入在里面，觑得近了，撇向狗子身边去。狗子闻得又香又软，做两口吃了，先摆番两个狗子。又行过去，只听得人喝么么六六，约莫也有五六人在那里掷骰。宋四公怀中取出一个小罐儿，安些个作怪的药在中面，把块撇火石取些火烧着，喷鼻馨香。那五个人闻得道："好香！员外日早晚兀自烧香。"只管闻来闻去，只见脚在下头在上，一个倒了，又一个倒。看见那五个男女，闻那香，一霎间都摆番了。宋四公走到五人面前，见有半掇儿吃剩的酒，也有果菜之类，被宋四公把来吃了。见五个人眼睁睁地，只是则声不得。便走到土库门前，见一具胳膊来大三簧锁，锁着土库门。

宋四公怀里取个钥匙，名唤做“百事和合”：不论大小粗细锁，都开得。把钥匙一斗，斗开了锁，走入土库里面去。入得门，一个纸人手里，托着个银球。宋四公先拿了银球，把脚踏过许多关棙子，觅了他五万贯锁赃物，都是上等金珠，包裹做一处。怀中取出一管笔来，把津唾润教湿了，去壁上写着四句言语，道：

宋国逍遥汉，四海尽留名。
曾上太平鼎，到处有名声。

写了这四句言语在壁上，土库也不关，取条路出那张员外门前去。宋四公思量道：“梁园虽好，不是久恋之家。”连更彻夜，走归郑州去。

且说张员外家，到得明日天晓，五个男女苏醒，见土库门开着，药死两个狗子，杀死一个妇女，走去覆了员外。员外去使臣房里下了状。滕大尹差王七殿直王遵，看贼踪由。做公的看了壁上四句言语，数中一个老成的叫做周五郎周宣，说道：“告观察，不是别人，是宋四。”观察道：“如何见得？”周五郎周宣道：“‘宋国逍遥汉’，只做着上面个‘宋’字；‘四海尽留名’，只做着个‘四’字；‘曾上太平鼎’，只做着个‘曾’字；‘到处有名声’，只做着个‘到’字。上面四字道：‘宋四曾到。’”王殿直道：“我久闻得做道路的有个宋四公，是郑州人氏，最高手段，今番一定是他了。”便教周五郎周宣，将带一行做公的去郑州干办宋四。

众人路上离不得饥餐渴饮，夜住晓行。到郑州，问了宋四公家里，门前开着一个小茶坊。众人入去吃茶，一个老子上灶点茶。众人道：“一道请四公出来吃茶。”老子道：“公公害些病，未起在，等老子入去传话。”老子走进去了。只听得宋四公里面叫起来道：“我自头风发，教你买三文粥来，你兀自不肯。每日若干钱养你，讨不得替心替力，要你何用？”刮刮地把那点茶老子打了几下。只见点茶的老子，手把只粥碗出来道：“众上下少坐，宋四公教我买粥，吃了便来。”众人等个意休不休，买粥的也不见回来，宋四公也竟不见出来。众人不奈烦，入去他房里看时，只见缚着一个老儿。众人只道宋四公，来收他。那老儿说道：“老汉是宋公点茶的，恰才把碗去买粥的，正是宋四公。”众人见说，吃了一惊！叹口气道：“真个是好手。我们看不仔细，却被他瞒过了。”只得出门去赶，那里赶得着？众做公的只得四散，分头各去挨查缉获。不在话下。

原来众人吃茶时，宋四公在里面听得是东京人声音，悄地打一望，又像个干办公事的模样，心上有些疑惑，故意叫骂埋怨，却把点茶老儿的儿子衣服，打换穿着，低着头，只做买粥，走将出来，因此众人不疑。

却说宋四公出得门来，自思量道：“我如今却是去那里好？我有个师弟，是平江府人，姓赵，名正。曾得他信道，如今在谟县。我不如去投奔他家也罢。”宋四公便改换色服，妆做一个狱家院子打扮，把一把扇子遮着脸，假做瞎眼，一路上慢腾腾地，取路要来谟县。来到谟县前，见个小酒店，但见：

云拂烟笼锦旆扬，太平时节日舒长。

能添壮士英雄胆，会解佳人愁闷肠。

三尺晓垂杨柳岸，一竿斜刺杏花傍。

男儿未遂平生志，且乐高歌入醉乡。

宋四公觉得肚中饥馁，入那酒店去买些个酒吃。酒保安排将酒来，宋四公吃了三两杯酒，只见一个精精致致的后生，走入酒店来。看那人时，却是如何打扮：

砖顶背系带头巾，皂罗文武带背儿，下面宽口裤，侧面丝鞋。

叫道：“公公拜揖。”宋四公抬头看时，不是别人，便是他师弟赵正。宋四公人面前，不敢师父师弟厮叫，只道：“官人少坐。”赵正和宋四公叙了间阔就坐，教酒保添只盏来筛酒。吃了一杯，赵正却低低地问道：“师父，一向疏阔。”宋四公道：“二哥，几时有道路也没？”赵正道：“是道路却也自有，都只把来风花雪月使了。闻知师父入东京去，得拳道路。”宋四公道：“也没甚么，只有得个四五万钱。”又问赵正道：“二哥，你如今哪里去？”赵正道：“师父，我要上东京闲走一遭，一道赏玩则个，归平江府去做话说。”

宋四公道：“二哥，你去不得！”赵正道：“我如何上东京不得？”宋四公道：“有三件事，你去不得。第一，你是浙右人，不知东京事，行院少有认得你的，你去投奔阿谁？第二，东京百八十里罗城，唤做‘卧牛城’。我们只是草寇，常言：‘草入牛口，其命不久。’第三，是东京有五千个眼明手快做公的人，有三都捉事使臣。”赵正道：“这三件事，都不妨！师父你只放心，赵正也不到得胡乱吃输。”宋四公道：“二哥，你不信我口，要去东京时，我觅得禁魂张员外的一包儿细软，我将归客店里去，安在头边，枕着头，你觅得我的时，你便去上东京。”赵正道：“师父，恁地时不妨。”两个说罢，宋四公还了酒钱，将着赵正归客店里。店小二见宋四公将着一个官人归来，唱了喏。赵正同宋四公入房里走一遭，道了安置，赵正自去。

当下天色晚，如何见得：

暮烟迷远岫，薄雾卷晴空。群星共皓月争光，远水与山光斗碧。深林古寺，数声钟韵悠扬；曲岸小舟，几点渔灯明灭。枝上子规啼夜月，花间粉蝶宿芳丛。

宋四公见天色晚，自思量道：“赵正这汉手高，我做他师父，若还真个吃他觅了这般细软，好吃人笑！不如早睡。”宋四公却待要睡，又怕吃赵正来后如何，且只把一包细软安放头边，就床上掩卧。只听得屋梁上知知兹兹地叫，宋四公道：“作怪，未曾起更，老鼠便出来打闹人。”仰面向梁上看时，脱些个屋尘下来，宋四公打两个喷涕。少时，老鼠却不则声，只听得两个猫儿，乜凹乜凹地厮咬了叫，溜些尿下来，正滴在宋四公口里，好臊臭！宋四公渐觉困倦，一觉睡去。

到明日天晓起来，头边不见了细软包儿。正在那里没摆拨，只见店小二来说道：“公公，昨夜同公公来的官人来相见。”宋四公出来看时，却是赵正。相揖罢，请他入房里去。关上房门，赵正从怀里取出一个包儿，纳还师父。宋四公道：“二哥，我问你则个。壁落共门都不曾动，你却是从那里来，讨了我的包儿？”赵正道：“实瞒不得师父，房里床面前一带黑油纸槛窗，把那学书纸糊着。吃我先在屋上，学一和老鼠，脱下来屋尘，便是我的作怪药，撒在你眼里鼻里，教你打几个喷涕；后面猫尿，便是我的尿。”宋四公道：“畜生，你好没道理！”赵正道：“是吃我盘到你房门前，揭起学书纸，把小锯儿锯将两条窗栅下来。我便挨身而入，到你床边，偷了包儿，再盘出窗外去。把窗栅再接住，把小钉儿钉着，再把学书纸糊了。恁地，便没踪迹。”宋四公道：“好，好！你使得，也未是你会处。你还今夜再觅得我这包儿，我便道你会。”赵正道：“不妨，容易的事。”赵正把包儿还了宋四公道：“师父，我且归去，明日再会。”漾了手自去。

宋四公口时不说，肚里思量道："赵正手高似我，这番又吃他觅了包儿，越不好看，不如安排走休！"宋四公便叫将店小二来说道："店二哥，我如今要行。二百钱在这里，烦你买一百钱爊肉，多讨椒盐；买五十钱蒸饼。剩五十钱，与你买碗酒吃。"店小二谢了公公，便去谟县前买了爊肉和蒸饼。却待回来，离客店十来家，有个茶坊里，一个官人叫道："店二哥，那里去？"店二哥抬头看时，便是和宋四公相识的官人。店二哥道："告官人，公公要去，教男女买爊肉共蒸饼。"赵正道："且把来看。"打开荷叶看了一看，问道："这里几文钱肉？"店二哥道："一百钱肉。"赵正就怀里取出二百钱来道："哥哥，你留这爊肉蒸饼在这里。我与你二百钱，一道相烦，依这样与我买来，与哥哥五十钱买酒吃。"店二哥道："谢官人。"道了便去。不多时，便买回来。赵正道："甚劳烦哥哥，与公公再裹了那爊肉。见公公时，做我传语他，只教他今夜小心则个。"店二哥唱喏了，自去。到客店里，将爊肉和蒸饼递还宋四公。宋四公接了道："罪过哥哥。"店二哥道："早间来的那官人，教再三传语：今夜小心则个。"

宋四公安排行李，还了房钱，脊背上背着一包被卧，手里提着包裹，便是觅得禁魂张员外的细软，离了客店。行一里有余，取八角镇路上来。到渡头，看那渡船却在对岸，等不来，肚里又饥，坐在地上，放细软包儿在面前，解开爊肉裹儿，擘开一个蒸饼，把四五块肥底爊肉多蘸些椒盐，卷做一卷。嚼得两口，只见天在下，地在上，就那里倒了。宋四公只见一个丞局打扮的人，就面前把了细软包儿去。宋四公眼睁睁地见他把去，叫又不得，赶又不得，只得由他。那个丞局拿了包儿，先过渡去了。

宋四公多样时苏醒起来，思量道："那丞局是阿谁，捉我包儿去？店二哥与我买的爊肉里面有作怪物事！"宋四公忍气吞声走起来，唤渡船过来。过了渡，上了岸，思量："那里去寻那丞局好？"肚里又闷，又有些饥渴，只见个村酒店，但见：

柴门半掩，破旆低垂。村中量酒，岂知有涤器相如？陋质蚕姑，难效彼当炉桌氏。壁间大字，村中学究醉时题；架上麻衣，好饮芒郎留下当。酸醨破瓮土床排，彩画醉仙尘土暗。

宋四公且入酒店里去，买些酒消愁解闷则个。酒保唱了喏，排下酒来。一杯两盏，酒至三杯。宋四公正闷里吃酒，只见外面一个妇女入酒店来：

油头粉面，白齿朱唇。锦帕齐眉，罗裙掩地。鬓边斜插些花朵，脸上微堆着笑容。虽不比闺里佳人，也当得垆头少妇。

那个妇女入着酒店，与宋四公道个万福，拍手唱一只曲儿。宋四公仔细看时，有些个面熟，道这妇女是酒店擦桌儿的，请小娘子坐则个。妇女在宋四公根底坐定，教量酒添只盏儿来，吃了一盏酒。宋四公把那妇女抱一抱，撮一撮，拍拍惜惜，把手去摸那胸前道："小娘子，没有奶儿？"又去摸他阴门，只见累累垂垂一条价。宋四公道："热牢，你是兀谁？"那个妆做妇女打扮的，叉手不离方寸道："告公公，我不是擦桌儿顶老，我便是苏州平江府赵正。"宋四公道："打脊的检才！我是你师父，却教我摸你爷头！原来却才丞局便是你！"赵正道："可知便是赵正。"宋四公道："二哥，我那细软包儿，你却安在那里？"赵正叫量酒道："把适来我寄在这里包儿还公公。"量酒取将包儿来，宋四公接了道："二哥，你怎地拿下我这包儿？"赵正道："我在客店隔儿家茶坊里坐地，见店小二哥提一裹爊肉，我讨来看，便使转他也与我去买，被我安些汗药在里面裹了，依然教他把来与你。我妆做丞局，后面踏将你来。你吃摆番了，被我拿得包儿，到这里等你。"宋四公道："恁地你真个会不枉了上得东京去。"即时还了酒钱，两个同出酒店，去空野处除了花朵，溪水里洗了面，换一套男子衣裳着了，取一顶单青纱头巾裹了。宋四公道："你而今要上京去，我与你一封书，去见个人，也是我师弟。他家住汴河岸上，卖人肉馒头，姓侯，名兴，排行第二，便是侯二哥。"赵正道："谢师父。"到前面茶坊里，宋四公写了书，分付赵正，相别自去。宋四公自在谟县。

赵正当晚去客店里安歇，打开宋四公书来看时，那书上写道："师父信上贤师弟二郎、二娘子：别后安乐否？今有姑苏贼人赵正，欲来京做买卖，我特地使他来投奔你。这汉与行院无情，一身线道，堪作你家行货使用。我吃他三次无礼，可千万剿除此人，免为我们行院后患。"赵正看罢了书，伸着舌头，缩不上。"别人便怕了，不敢去。我且看他如何对副我，我自别有道理"。再把那书折迭，一似原先封了。

明日天晓，离了客店，取八角镇；过八角镇，取板桥，到陈留县。沿那汴河行到日中前后，只见汴河岸有个馒头店。门前一个妇女，玉井栏手巾勒着腰，叫道："客长，吃馒头点心去。"门前牌儿上写着："本行侯家，上等馒头点心。"赵正道："这里是侯兴家里了。"走将入去。妇女叫了万福，问道："客长用点心？"赵正道："少待则个。"就脊背上取将包裹下来。一包金银钗子，也有花头的，也有连二连三的，也有素的，都是沿路上觅得的。侯兴老婆看见了，动心起来，道："这客长，有二三百只钗子！我虽然卖人肉馒头，老公虽然做赞老子，到没许多物事。你看少间问我买馒头吃，我多使些汗火，许多钗子都是我的。"赵正道："嫂嫂，买五个馒头来。"侯兴老婆道："着！"楦个碟子，盛了五个馒头，就灶头合儿里多撮些物料在里面。赵正肚里道："这合儿里，便是作怪物事了。"赵正怀里取出一包药来，道："嫂嫂，觅些冷水吃药。"侯兴老婆将半碗水来，放在桌上。赵正道："我吃了药，却吃馒头。"赵正吃了药，将两只箸一拨，拨开馒头馅，看了一看，便道："嫂嫂，我爷说与我道：'莫去汴河岸上买馒头吃，那里都是人肉的。'嫂嫂你看，这一块有指甲，便是人的指头；这一块皮上许多短毛儿，须是人的不便处。"侯兴老婆道："官人休耍！那得这话来？"赵正吃了馒头，只听得妇女在灶前道："倒也！"指望摆番赵正，却又没些事。赵正道："嫂嫂，更添五个。"侯兴老婆道："想是恰才汗火少了，这番多把些药倾在里面。"赵正道："中。"又取包儿，吃些个药。侯兴老婆道："官人吃甚么药？"赵正道："平江府提刑散的药，名唤做'百病安丸'，妇女家八般头风，胎前产后，脾血气痛，都好服。"侯兴老婆道："就官人觅得一服吃也好。"赵正去怀里别搠换包儿来，撮百十丸与侯兴老婆吃了，就灶前颠番了。赵正道："这婆娘要对副我，却到吃我摆番。别人漾了去，我却不走。"特骨地在那里解腰捉虱子。

不多时，见个人挑一担物事归。赵正道："这个便是侯兴，且看他如何？"侯兴共赵正两个唱了喏。侯兴道："客长吃点心也未？"赵正道："吃了。"侯兴叫道："嫂子，会钱也未？"寻来寻去，寻到灶前，只见浑家倒在地下，口边溜出痰涎，说话不真，喃喃地道："我吃摆番了。"侯兴道："我理会得了。这婆娘不认得江湖上相识，莫是吃那门前客长摆番了？"侯兴向赵正道："法兄，山妻眼拙，不识法兄，切望恕罪。"赵正道："尊兄高姓？"侯兴道："这里便是侯兴。"赵正道："这里便是姑苏赵正。"两个相揖了。侯兴自把解药与浑家吃了。赵正道："二兄，师父宋四公有书上呈。"侯兴接着，拆开看时，书上写着许多言语，末梢道："可剿除此人。"侯兴看罢，怒从心上起，恶向胆边生，道："师父兀自三次无礼，今夜定是坏他性命！"向赵正道："久闻清德，幸得相会！"即时置酒相待。晚饭过了，安排赵正在客房里睡，侯兴夫妇在门前做夜作。

赵正只闻得房里一阵臭气，寻来寻去，床底下一个大缸。探手打一摸，一颗人头；又打一摸，一只人手共人脚。赵正搬出后门头，都把索子缚了，挂在后门屋檐上。关了后门，再入房里。只听得妇女道："二哥，好下手？"侯兴道："二嫂，使未得！更等他落忽些个。"妇女道："二哥，看他今日把出金银钗子，有二三百只。今夜对副他了，明日且把来做一头戴，教人唱采则个。"赵正听得，道："好也！他两个要恁地对副我性命，不妨得。"侯兴一个儿子，十来岁，叫做伴哥，发脾寒，害在床上。赵正去他房里，抱那小的安在赵正床上，把被来盖了，先走出后门去。

不多时，侯兴浑家把着一碗灯，侯兴把一把劈柴大斧头，推开赵正房门，见被盖着个人在那里睡，和被和人，两下斧头，砍做三段。侯兴揭起被来看了一看，叫声："苦也！二嫂，杀了的是我儿子伴哥！"两夫妻号天洒地哭起来。赵正在后门叫道："你没事自杀了儿子作甚？赵正却在这里。"侯兴听得焦燥，拿起劈柴斧赶那赵正。慌忙走出后门去，只见扑地撞着侯兴额头，看时却是人头、人脚、人手，挂在屋檐上，一似闹竿儿相似。侯兴教浑家都搬将入去，直上去赶。赵正见他来赶，前头是一派溪水，赵正是平江府人，会弄水，打一跳，跳在溪水里，后头侯兴也跳在水里来赶。赵正一分一蹬，顷刻之间，过了对岸。侯兴也会水，来得迟些个。赵正先走上岸，脱下衣裳挤教干。侯兴赶那赵正，从四更前后到五更二点时候，赶十一二里，直到顺天新郑门一个浴堂。赵正入那浴堂里洗面，一道烘衣裳。正洗面间，只见一个人把两只手去赵正两腿上打一掣，掣番赵正。赵正见侯兴来掣他，把两秃膝桩番侯兴，倒在下面，只顾打。

只见一个狱家院子打扮的老儿进前道："你们看我面放手罢。"赵正和侯兴抬头看时，不是别人，却是师父宋四公。一家唱个大喏，直下便拜。宋四公劝了，将他两个去汤店里吃盏汤。侯兴与师父说前面许多事，宋四公道："如今一切休论。则是赵二哥明朝入东京去，那金梁桥下。一个卖酸馅的，也是我们行院，姓王，名秀。这汉走得楼阁没赛，起个浑名，唤做'病猫儿'。他家在大相国寺后面院子里住。他那卖酸馅架儿上一个大金丝罐，是定州中山府窑变了烧出来的，他惜似气命。你如何去拿得他的？"赵正道："不妨。等城门开了，到日中前后，约师父只在侯兴处。"

赵正打扮做一个砖顶背系带头巾，皂罗文武带背儿，走到金梁桥下。见一抱架儿，上面一个大金丝罐，根底立着一个老儿：

郓州单青纱现顶儿头巾，身上着一领箬杨柳子布衫，腰里玉井栏手巾，抄着腰。

赵正道："这个便是王秀了。"赵正走过金梁桥来，去米铺前撮几颗红米，又去菜担上摘些个叶子，和米和叶子安在口里，一处嚼教碎。再走到王秀架子边，漾下六文钱，买两个酸馅，特骨地脱一文在地下。王秀去拾那地上一文钱，被赵正吐那米和菜在头巾上，自把了酸馅去。却在金梁桥顶上立地，见个小的跳将来，赵正道："小哥，与你五文钱。你看那卖酸馅王公头巾一堆虫蚁屎，你去说与他。不要道我说。"那小的真个去说道："王公，你看头巾上。"王秀除下头巾来，只道是虫蚁屎，入去茶坊里揩抹了。走出来架子上看时，不见了那金丝罐。

原来赵正见王秀入茶坊去揩那头巾，等他眼慢，拿在袖子里便行，一径走往侯兴家去。宋四公和侯兴看了，吃一惊！赵正道："我不要他的，送还他老婆休！"赵正去房里换了一顶搭飒头巾，底下旧麻鞋，着领旧布衫，手把着金丝罐，直走去大相国寺后院子里。见王秀的老婆，唱个喏了，道："公公教我归来，问婆婆取一领新布衫、汗衫、裤子、新鞋袜，有金丝罐在这里表照。"婆子不知是计，收了金丝罐，取出许多衣裳，分付赵正。赵正接得了，再走去见宋四公和侯兴道："师父，我把金丝罐去他家换许多衣裳在这里。我们三个少间同去送还他，博个笑声。我且着了去闲走一回耍子。"

赵正便把王秀许多衣裳着了，再入城里。去桑家瓦里，闲走一回，买酒买点心吃了，走出瓦子外面来。却待过金梁桥，只听得有人叫："赵二官人！"赵正回过头来看时，却是师父宋四公和侯兴。三个同去金梁桥下，见王秀在那里卖酸馅，宋四公道："王公拜茶。"王秀见了师父和侯二哥，看了赵正，问宋四公道："这个客长是兀谁？"宋四公恰待说，被赵正拖起去，教宋四公"未要说我姓名，只道我是你亲戚，我自别有道理。"王秀又问师父："这个客长高姓？"宋四公道："是我的亲戚，我将他来京师闲走。"王秀道："如此。"即时寄了酸馅架儿在茶坊，四个同出顺天新郑门外，僻静酒店，去买些酒吃。入那酒店去，酒保筛酒来，一杯两盏，酒至三巡。王秀道："师父，我今朝呕气。方才挑那架子出来，一个人买酸馅，脱一钱在地下，我去拾那一钱，不知甚虫蚁屙在我头巾上。我入茶坊去揩头巾出来，不见了金丝罐。一日好闷！"宋四公道："那人好大胆！在你跟前卖弄得，也算有本事了。你休要气闷，到明日闲暇时，大家和你查访这金丝罐。又没三件两件，好歹要讨个下落，不到得失脱。”赵正肚里，只是暗暗的笑。四个都吃得醉。日晚了，各自归。

且说王秀归家去，老婆问道：“大哥，你恰才教人把金丝罐归来？”王秀道：“不曾。”老婆取来道：“在这里，却把了几件衣裳去。”王秀没猜道是谁，猛然想道：“今日宋四公的亲戚，身上穿一套衣裳，好似我家的。”心上委决不下，肚里又闷，提一角酒，索性和婆子吃个醉，解衣卸带了睡。王秀道：“婆婆，我两个多时不曾做一处。”婆子道：“你许多年纪了，兀自鬼乱！”王秀道：“婆婆，你岂不闻：后生犹自可，老的急似火。”王秀早移过共头，在婆子头边，做一班半点儿事，兀自未了当。原来赵正见两个醉，掇开门，躲在床底下。听得两个鬼乱，把尿盆去房门上打一摞。王秀和婆子吃了一惊，鬼慌起来。看时，见个人从床底下趱将出来，手提一包儿。王秀就灯光下仔细认时，却是和宋四公、侯兴同吃酒的客长。王秀道：“你做甚么？”赵正道：“宋四公教还你包儿。”王秀接了看时，却是许多衣裳。再问：“你是甚人？”赵正道：“小弟便是姑苏平江府赵正。”王秀道：“如此，久闻清名。”因此拜识。便留赵正睡了一夜。

次日，将着他闲走。王秀道：“你见白虎桥下大宅子，便是钱大王府，好一拳财！”赵正道：“我们晚些下手。”王秀道：“也好。”到三鼓前后，赵正打个地洞，去钱大王土库偷了三万贯钱正赃，一条暗花盘龙羊脂白玉带。王秀在外接应，共他归去家里去躲。明日，钱大王写封简子与滕大尹。大尹看了，大怒道：“帝辇之下，有这般贼人！”即时差缉捕使臣马翰，限三日内，要捉钱府做不是的贼人。

马观察马翰得了台旨，分付众做公的落宿。自归到大相国寺前，只见一个人，背系带砖顶头巾，也着上一领紫衫，道：“观察拜茶。”同入茶坊里，上灶点茶来。那着紫衫的人，怀里取出一裹松子胡桃仁，倾在两盏茶里。观察问道：“尊官高姓？”那个人道：“姓赵，名正，昨夜钱府做贼的便是小子。”马观察听得，脊背汗流，却待等众做公的过捉他。吃了盏茶，只见天在下，地在上，吃摆番了。赵正道：“观察醉也。”扶住他，取出一件作怪动使剪子，剪下观察一半衫褖，安在袖里。还了茶钱，分付茶博士道：“我去叫人来扶观察。”赵正自去。

两碗饭间，马观察肚里药过了，苏醒起来。看赵正不见了，马观察走归去。睡了一夜，明日天晓，随大尹朝殿。大尹骑着马，恰待入宣德门去，只见一个人裹顶弯角帽子，着上一领皂衫，拦着马前唱个大喏，道："钱大王有札目上呈。"滕大尹接了，那个人唱喏自去。大尹就马上看时，腰裹金鱼带不见挞尾。简上写道："姑苏贼人赵正，拜禀大尹尚书：所有钱府失物，系是正偷了。若是大尹要来寻赵正家里，远则十万八千，近则只在目前。"大尹看了越焦燥。朝殿回衙，即时升厅，引放民户词状。词状人抛箱，大尹看到第十来纸状，有状子，上面也不依式论诉甚么事，去那状上只写一只《西江月》曲儿，道是：

是水归于大海，闲汉总入京都。三都捉事马司徒，衫褙难为作主。

盗了亲王玉带，剪除大尹金鱼。要知闲汉姓名无？小月傍边疋土。

大尹看罢，道："这个又是赵正，直恁地手高！"即唤马观察马翰来，问他捉贼消息。马翰道："小人因不认得贼人赵正，昨日当面挫过，这贼委的手高。小人访得他是郑州宋四公的师弟，若拿得宋四，便有了赵正。"

滕大尹猛然想道："那宋四因盗了张富家的土库，见告失状未获。"即唤王七殿直王遵，分付他协同马翰，访捉贼人宋四、赵正。王殿直王遵禀道："这贼人踪迹难定，求相公宽限时日。又须官给赏钱，出榜悬挂，那贪着赏钱的便来出首，这公事便容易了办。"滕大尹听了，立限一个月缉获。依他写下榜文："如有缉知真赃来报者，官给赏钱一千贯。"马翰和王遵领了榜文，径到钱大王府中，禀了钱大王，求他添上赏钱。钱大王也注了一千贯。两个又到禁魂张员外家来，也要他出赏。张员外见在失了五万贯财物，那里肯出赏钱？众人道："员外休得为小失大。捕得着时，好一主大赃追还你。府尹相公也替你出赏，钱大王也注了一千贯，你却不肯时，大尹知道，却不好看相。"张员外说不过了，另写个赏单，勉强写足了五百贯。马观察将去府前张挂，一面与王殿直约会，分路挨查。

那时府前看榜的人山人海。宋四公也看了榜，去寻赵正来商议。赵正道："可奈王遵、马翰，日前无怨，定要加添赏钱，缉获我们。又可奈张员外悭吝，别的都出一千贯，偏你只出五百贯，把我们看得恁贱！我们如何去蒿恼他一番，才出得气。"宋四公也怪前番王七殿直领人来拿他，又怪马观察当官禀出赵正是他徒弟。当下两人你商我量，定下一条计策，齐声道："妙哉！"赵正便将钱大王府中这条暗花盘龙羊脂白玉带递与宋四公，四公将禁魂张员外家金珠一包，就中检出几件有名的宝物，递与赵正。两下分别，各自去行事。

且说宋四公才转身，正遇着向日张员外门首捉笊篱的哥哥，一把扯出顺天新郑门，直到侯兴家里歇脚。便道："我今日有用你之处。"那捉笊篱的便道："恩人有何差使？并不敢违。"宋四公道："作成你趁一千贯钱养家则个。"那捉笊篱的到吃一惊，叫道："罪过！小人没福消受。"宋四公道："你只依我，自有好处。"取出暗花盘龙羊脂白玉带，教侯兴扮作内官模样，"把这条带去禁魂张员外解库里去解钱。这带是无价之宝，只要解他三百贯，却对他说：'三日便来取赎，若不赎时，再加绝二百贯。你且放在铺内，慢些子收藏则个。'"侯兴依计去了。

张员外是贪财之人，见了这带有些利息，不问来由，当去三百贯足钱。侯兴取钱回复宋四公。宋四公却教捉笊篱的，到钱大王门上揭榜出首。钱大王听说获得真赃，便唤捉笊篱的面审。捉笊篱的说道："小的去解库中当钱，正遇那主管将白玉带卖与北边一个客人，索价一千五百两。有人说是大王府里来的，故此小的出首。"钱大王差下百十名军校，教捉笊篱的做眼，飞也似跑到禁魂张员外家，不由分说，到解库中一搜，搜出了这条暗花盘龙羊脂白玉带。张员外走出来分辩时，这些个众军校，那里来管你三七二十一？一条索子扣头，和解库中两个主管，都拿来见钱大王。钱大王见了这条带，明是真赃，首人不虚。便写个钧帖，付与捉笊篱的，库上支一千贯赏钱。

钱大王打轿，亲往开封府拜滕大尹，将玉带及张富一干人送去拷问。大尹自己缉获不着，到是钱大王送来，好生惭愧！便骂道："你前日到本府告失状，开载许多金珠宝贝。我想你庶民之家，那得许多东西？却原来放线做贼！你实说，这玉带甚人偷来的？"张富道："小的祖遗财物，并非做贼窝赃。这条带是昨日申牌时分，一个内官拿来，解了三百贯钱去的。”大尹道：“钱大王府里失了暗花盘龙羊脂白玉带，你岂不晓得？怎肯不审来历，当钱与他？如今这内官何在？明明是一派胡说！”喝教狱卒将张富和两个主管一齐用刑，都打得皮开肉绽，鲜血迸流。张富受苦不过，情愿责限三日，要出去挨获当带之人；三日获不着，甘心认罪。滕大尹心上也有些疑虑，只将两个主管监候，却差狱卒押着张富，准他立限三日回话。

张富眼泪汪汪，出了府门，到一个酒店里坐下，且请狱卒吃三杯。方才举盏，只见外面踱个老儿入来，问道：“那一个是张员外？”张富低着头，不敢答应。狱卒便问：“阁下是谁？要寻张员外则甚？”那老儿道：“老汉有个喜信要报他，特到他解库前，闻说有官事在府前，老汉跟寻至此。”张富方才起身道：“在下便是张富，不审有何喜信见报？请就此坐讲。”那老儿捱着张员外身边坐下，问道：“员外土库中失物，曾缉知下落否？”张员外道：“在下不知。”那老儿道：“老汉到晓得三分，特来相报员外。若不信时，老汉愿指引同去起赃。见了真正赃物，老汉方敢领赏。”张员外大喜道：“若起得这五万贯赃物，便赔偿钱大王，也还有余。拼些上下使用，身上也得干净。”便问道：“老丈既然的确，且说是何名姓？”那老儿向耳边低低说了几句，张员外大惊道：“怕没此事？”老儿道：“老汉情愿到府中出个首状，若起不出真赃，老汉自认罪。”张员外大喜道：“且屈老丈同在此吃三杯，等大尹晚堂，一同去禀。”当下四人饮酒半醉，恰好大尹升厅。

张员外买张纸，教老儿写了首状，四人一齐进府出首。滕大尹看了王保状词，却是说马观察、王殿直做贼，偷了张富家财。心中想道：“他两个积年捕贼，那有此事？”便问王保道：“你莫非挟仇陷害么？有什么证据？”王保老儿道：“小的在郑州经纪，见两个人把许多金珠在彼兑换。他说家里还藏得有，要换时再取来。小的认得他是本府差来缉事的，他如何有许多宝物？心下疑惑。今见张富失单，所开宝物相像，小的情愿眼同张富到彼搜寻。如若没有，甘当认罪。”滕大尹似信不信，便差李观察李顺，领着眼明手快的公人，一同王保、张富前去。

此时马观察马翰与王七殿直王遵，俱在各县挨缉两宗盗案未归。众人先到王殿直家，发声喊，径奔入来。王七殿直的老婆，抱着三岁的孩子，正在窗前吃枣糕，引着耍子。见众人罗唣，吃了一惊！正不知什么缘故。恐怕吓坏了孩子，把袖裙子掩了耳朵，把着进房。众人随着脚跟儿走，围住婆娘问道："张员外家赃物，藏在那里？"婆娘只光着眼，不知那里说起。众人见婆娘不言不语，一齐掀箱倾笼，搜寻了一回，虽有几件银钗饰和些衣服，并没赃证。李观察却待埋怨王保，只见王保低着头，向床底下钻去，在贴壁床脚下解下一包儿，笑嘻嘻的捧将出来。众人打开看时，却是八宝嵌花金杯一对，金镶玳瑁杯十只，北珠念珠一串。张员外认得是土库中东西，还痛起来，放声大哭。连婆娘也不知这物事那里来的，慌做一堆，开了口合不得，垂了手抬不起。众人不由分说，将一条索子，扣了婆娘的颈。婆娘哭哭啼啼，将孩子寄在邻家，只得随着众人走路。

众人再到马观察家，混乱了一场。又是王保点点搠搠，在屋檐瓦榡内搜出珍珠一包、嵌宝金钏等物，张员外也都认得。两家妻小都带到府前，滕大尹兀自坐在厅上，专等回话。见众人蜂拥进来，阶下列着许多赃物，说是床脚上、瓦榡内搜出，见有张富识认是真。滕大尹大惊道："常闻得捉贼的就做贼，不想王遵、马翰真个做下这般勾当！"喝教这两家妻小监候，立限速拿正贼，所获赃物暂寄库；首人在外听候，待赃物明白，照额领赏。张富磕头禀道："小人是有碗饭吃的人家，钱大王府中玉带跟由，小人委实不知。今小的家中被盗赃物，既有的据，小人认了悔气，情愿将来赔偿钱府。望相公方便，释放小人和那两个主管，万代阴德。"滕大尹情知张富冤枉，许他召保在外。王保跟张员外到家，要了他五百贯赏钱去了。原来王保就是王秀，浑名"病猫儿"，他走得楼阁没赛。宋四公定下计策，故意将禁魂张员外家土库中赃物，预教王秀潜地埋藏两家床头屋檐等处，却教他改名王保，出首起赃。官府那里知道！

却说王遵、马翰正在各府缉获公事，闻得妻小吃了官司，急忙回来见滕大尹。滕大尹不由分说，用起刑法，打得希烂，要他招承张富赃物。二人那肯招认？大尹教监中放出两家的老婆来，都面面相觑，没处分辩。连大尹也委决不下，都发监候。次日又拘张富到官，劝他："且将己财赔了钱大王府中失物，待从容退赃还你。"张富被官府逼勒不过，只得承认了。归家思想，又恼又闷，又不舍得家财，在土库中自缢而死。可惜有名的禁魂张员外，只为"悭吝"二字，惹出大祸，连性命都丧了。那王七殿直王遵、马观察马翰，后来俱死于狱中。

这一班贼盗，公然在东京做歹事，饮美酒，宿名娼，没人奈何得他。那时节东京扰乱，家家户户，不得太平。直待包龙图相公做了府尹，这一班贼盗，方才惧怕，各散去讫，地方始得宁静。有诗为证，诗云：

只因贪吝惹非殃，引到东京盗贼狂。
亏杀龙图包大尹，始知好官自民安。

第三十三卷　梁武帝累修成佛

香雨琪园百尺梯，不知窗外晓莺啼。

觉来悟定胡麻熟，十二峰前月未西。

这诗为齐明帝朝盱眙县光化寺一个修行的，姓范，法名普能而作。这普能前世，原是一条白颈曲蟮，生在千佛寺大通禅师关房前天井里面。那大通禅师坐关时刻，只诵《法华经》。这曲蟮偏有灵性，闻诵经便舒头而听。那禅师诵经三载，这曲蟮也听经三载。忽一日，那禅师关期完满，出来修斋礼佛，偶见关房前草深数尺，久不芟除，乃唤小沙弥将锄去草。小沙弥把庭中的草去尽了，到墙角边，这一锄去得力大，入土数寸。却不知曲蟮正在其下，挥为两段。小沙弥叫声："阿弥陀佛！今日伤了一命，罪过，罪过！"掘些土来埋了曲蟮，不在话下。

这曲蟮得了听经之力，便讨得人身，生于范家。长大时，父母双亡，舍身于光化寺中，在空谷禅师座下，做一个火工道人。其人老实，居香积厨下，煮茶做饭，殷勤伏事长老；便是众僧，也不分彼此，一体相待。普能虽不识字，却也硬记得些经典，只有《法华经》一部，背诵如流。晨昏早晚，一有闲空之时，着实念诵修行。在寺三十余年，闻得千佛寺大通禅师坐化去了，去得甚是脱洒，动了个念头，来对长老说："范道在寺多年，一世奉斋，并不敢有一毫贪欲，也不敢狼藉天物。今日拜辞长老回首，烦乞长老慈悲，求个安身去处。"说了，下拜跪着。长老道："你起来，我与你说，你虽是空门修行，还不晓得灵觉门户，你如今回首去，只从这条寂静路上去，不可落在富贵套子里。差了念头，求个轮回也不可得。"范道受记了，相辞长老，自来香积厨下沐浴。穿些洁净衣服，礼拜诸佛天地父母，又与众僧作别。进到龛子里，盘膝坐下，便闭着双眼去了。

众僧都与他念经，叫工人扛这龛子到空地上，正要去请长老下火，只听到殿上撞起钟来，长老忙使人来说道："不要下火！"长老随即也抬乘轿子，来到龛子前。叫人开了龛子门，只见范道又醒转来了，依先开了眼，只立不起来，合掌向长老说："适才弟子到一个好去处，进在红锦帐中，且是安稳。又听得钟鸣起来，有个金身罗汉，把弟子一推，跌在一个大白莲池里。吃这一惊，就醒转来。不知有何法旨？"长老说道："因你念头差了，故投落在物类；我特地唤醒你来，再去投胎。"又与众僧说："山门外银杏树下，掘开那青石来看。"众僧都来到树下，掘起那青石来看，只见一条小火赤链蛇，才生出来的，死在那里。众僧见了，都惊异不已，来回覆长老，说："果有此事！"长老叫上首徒弟与范道说："安净坚守，不要妄念，去投个好去处。轮回转世，位列侯王帝主；修行不怠，方登极乐世界。"范道受记了，阐着高高的念声"南无阿弥陀佛"，便合了眼。众僧来请长老下火，长老穿上如来法衣，一乘轿子，抬到范道龛子前，分付范道如何。偈曰：

范道范道，每日厨灶。
火里金莲，颠颠倒倒。

长老念毕了偈，就叫人下火，只见括括杂杂的着将起来。众僧念声佛，只见龛子顶上，一道青烟从火里卷将出来，约有数十丈高，盘旋回绕，竟往东边一个所在去了。

说这盱眙县东，有个乐安村。村中有个大财主，姓黄，名岐，家资殷富，不用大秤小斗，不违例克剥人财，坑人陷人，广行方便，普积阴功。其妻孟氏，身怀六甲，正要分娩。范道乘着长老指示，这道灵光竟投到孟氏怀里。这里范道圆寂，那里孟氏就生下这个孩儿来。说这孩儿，相貌端然，骨格秀拔。黄员外四十余岁无子，生得这个孩儿，就如得了若干珍宝一般，举家欢喜！好却十分好了，只是一件：这孩儿生下来，昼夜啼哭，乳也不肯吃。夫妻二人忧惶，求神祈佛，全然不验。

家中有个李主管对员外说道："小官人啼哭不已，或有些缘故，不可知得。离此间二十里，山里有个光化寺，寺里空谷长老，能知过去未来，见在活佛。员外何不去拜求他？必然有个道理。"黄员外听说，连忙备盒礼信香，起身往光化寺来。其寺如何？诗云：

山寺钟鸣出谷西，溪阴流水带烟齐。
野花满地闲来往，多少游人过石堤。

进到方丈里，空谷禅师迎接着，黄员外慌忙下拜，说：“新生小孩儿，昼夜啼哭，不肯吃乳，危在须臾。烦望吾师慈悲，没世不忘。”长老知是范道要求长老受记，故此昼夜啼哭。长老不说出这缘故来，长老对黄员外说道：“我须亲自去看他，自然无事。”就留黄员外在方丈里吃素斋，与黄员外一同乘轿，连夜来到黄员外家里。请长老在厅上坐了，长老叫：“抱出令郎来。”黄员外自抱出来。长老把手摸着这小儿的头，在着小儿的耳朵，轻轻的说几句，众人都不听得。长老又把手来摸着这小儿的头，说道：“无灾无难，利益双亲，道源不替。”只见这小儿便不哭了。众人惊异，说道：“何曾见这些异事？真是活佛超度！”黄员外说：“待周岁，送到上刹，寄名出家。”长老说：“最好。”就与黄员外别了，自回寺里来。黄员外幸得小儿无事，一家爱惜抚养。

光阴捻指，不觉又是周岁。黄员外说：“我曾许小儿寄名出家。”就安排盒子表礼，叫养娘抱了孩儿，两乘轿子，抬往寺里。来到方丈内，请见长老拜谢，送了礼物。长老与小儿取个法名，叫做黄复仁；送出一件小法衣、僧帽，与复仁穿戴。吃些素斋，黄员外仍与小儿自回家去。来来往往，复仁不觉又是六岁，员外请个塾师教他读书。这复仁终是有根脚的，聪明伶俐，一村人都晓得他是光化寺里范道化身来的，日后必然富贵。

这县里有个童太尉，见复仁聪明俊秀，又见黄家数百万钱财，有个女儿，与复仁同年，使媒人来说，要把女儿许聘与复仁。黄员外初时也不肯定这太尉的女儿，被童太尉再三强不过，只得下三百个盒子，二百两金首饰，一千两银子，若干段匹色丝定了。也是一缘一会。说这女子聪明过人，不曾上学读书，便识得字，又喜诵诸般经卷。为何能得如此？他却是摩诃迦叶祖师身边一个女侍，降生下来了道缘的。初时，男女两个幼小，不理人事。到十五六岁，年纪渐长，两个一心只要出家修行，各不愿嫁娶。黄员外因复仁年长，选日子要做亲。童小姐听得黄家有了日子，要成亲，心中慌乱，忙写一封书，使养娘送上太太。书云：“切惟《诗》重《摽梅》，礼端合卺。奈世情不一，法律难齐。紫玉志向禅门，不乐唱随之偶；心悬觉岸，宁思伉俪之偕？一虑百空，万缘俱尽。禅灯一点，何须花烛之辉煌？梵磬数声，奚取琴瑟之嘹亮？破盂甘食，敝衲为衣。泯色象于两忘，齐生死于一彻。伏望母亲大人，大发慈悲，优容苦志：永谢为云神女，宁追奔月嫦娥。佛果倘成，亲恩可报。莫问琼箫之响，长寒玉杵之盟。干冒台慈，幸惟怜鉴。”养娘拿着小姐书，送上太太。太太接得这书，对养娘道：“连日因黄家要求做亲，不曾着人来看小姐。我女儿因甚事，叫你送书来？”养娘把小姐不肯成亲，闲常只是看经念佛要出家的事，说了一遍。太太听了这话，心中不喜，就使人请老爷来看书。太太把小姐的书，送与太尉。太尉看了，说道：“没教训的婢子！男婚女嫁，人伦常道。只见孝弟通于神明，那曾见修行做佛？”把这封书扯得粉粹，骂道：“放屁，放屁！”大尉只依着黄家的日子，把小姐嫁过去。黄复仁与童小姐两个，那日拜了花烛，虽同一房，二人各自歇宿。一连过了半年有余，夫妇相敬相爱，就如宾客一般。黄复仁要辞了小姐，出去云游。小姐道：“官人若出去云游，我与你正好同去出家。自古道：妇人嫁了从夫。身子决不敢坏了。”复仁见小姐坚意要修行，又不肯改嫁，与小姐说道：“恁的，我与你结拜做兄姊，一同双修罢。”小姐欢喜，两个各在佛前礼拜。誓毕，二人换了粗布衣服，粗茶淡饭，在家修行。黄员外看见这个模样，都不欢喜。恐怕被人笑耻，员外只得把复仁夫妻二人，连一个养娘，两个梅香，都打发到山里西庄上冷落去处住下。夫妻二人，只是看经念佛，参禅打坐。

三年有余。两个正在佛前长明灯下坐禅，黄复仁忽然见个美貌佳人，妖娇袅娜，走到复仁面前，道个万福，说道：“妾是童太尉府中唱曲儿的如翠。太太因大官人不与小姐同床，必然绝了黄家后嗣；二来不碍大官人修行，并无一人知觉。”说罢，与复仁眷恋起来。复仁被这美貌佳人亲近如此，又听说道绝了黄门后嗣，不觉也有些动心。随又想道：“童小姐比他十分娇美，我尚且不与他沾身，怎么因这个女子，坏了我的道念？”才然自忖，只听得一声响亮，万道火光，飞腾缭绕，复仁惊醒来。这小姐也却好放参，复仁连忙起来礼拜菩萨，又来礼拜小姐，说道：“复仁道念不坚，几乎着魔，望姐姐指迷。”说这小姐，聪明过人，智慧圆通，反胜复仁。小姐就说道：“兄弟被色魔迷了，故有此幻象。我与你除是去见空谷祖师，求个解脱。”次日，两个来到光化寺中，来见长老。空谷说道：“欲念一兴，四大无着；再求转脱，方始圆明。”因与复仁夫妻二人口号，如何：

跳出爱欲渊，渴饮灵山泉。
夫也亡去住，妻也履福田。
休休同泰寺，荷荷极乐天。

夫妻二人拜辞长老，回到西庄来，对养娘、梅香说：“我姊妹二人，今夜与你们别了，各要回首。”养娘说道：“我伏事大官人、小姐数载，一般修行，如何不带挈养娘同回首？”复仁说道：“这个勉强不得，恐你缘分不到。”养娘回话道：“我也自有分晓。”夫妻二人沐浴了，各在佛前礼拜，一对儿坐化了。这养娘也在房里不知怎么也回首去了。黄员外听得说，自来收拾。不在话下。

且说黄大官人精灵，竟来投在萧家；小姐来投在支家。渔湖有个萧二郎，在齐为世胄之家，萧懿、萧坦之俱是一族。萧二郎之妻单氏，最仁慈积善，怀娠九个月，将要分娩之时，这里复仁却好坐化。单氏夜里梦见一个金人，身长丈余，衮服冕旒，旌旗羽雉，辉耀无比。一伙绯衣人，车从簇拥，来到萧家堂上歇下。这个金身人，独自一人，进到单氏房里，望着单氏下拜。单氏惊惶，正要问时，恍惚之间，单氏梦觉来，就生下一个孩儿来。这孩儿生下来便会啼啸，自与常儿不群，取名萧衍。八九岁时，身上异香不散。聪明才敏，文章书翰，人不可及。亦且长于谈兵，料敌制胜，谋无遗策。衍以五月五日生，齐时俗忌伤克父母，多不肯举。其母密养下，不令其父知之。至是，始令见父。父亲说道：“五月儿刑克父母，养之何为？”衍对父亲说道：“若五月儿有损父母，则萧衍已生九岁；九年之间，曾有害于父母么？九岁之间，不曾伤克父母，则九岁之后，岂能刑克父母哉？请父亲勿疑。”其父异其说，其惑稍解。其叔萧懿闻之，说道：“此儿识见超卓，他日必大吾宗。”由此知其为不凡，每事亦与计议。

时有刺史李贲谋反，僭称越帝，置立官属。朝命将军杨瞟讨贲。杨瞟见李贲势大，恐不能取胜，每每来问计于萧懿。懿说：“有侄萧衍，年虽幼小，智识不凡，命世之才。我着人去请来，与他计议，必有个善处。”萧懿忙使人召萧衍来见杨嘌。嘌见衍举止不常，遂致礼敬，虚心请问，要求破贲之策。衍说：“李贲蓄谋已久，兵马精强，士众归向。足下以一旅之师与彼交战，犹如以肉投虎，立见其败。闻贲跨据淮南，近逼广州。孙冏逗遛取罪，子雄失律赐死，贲志骄意满，不复顾忌。足下引大军屯于淮南，以一军与陈霸先，抄贲之后；略出数千之众，与贲接战，勿与争强，佯败而走，引至淮南大屯之所。且淮南芦苇深曲，更兼地湿泥泞，不易驰骋，足下深沟高垒，不与接战，坐毙其锐。候得天时，因风纵火；霸先从后断其归路，诈为贲军逃溃，袭取其城。贲进退无路，必成擒矣。”嘌闻衍言，叹异惊伏，拜辞而去。杨嘌依衍计策，随破了李贲。萧衍名誉益彰，远近羡慕，人乐归向。

衍有大志。一日，齐明帝要起兵灭魏，又恐高欢这枝人马强众，不敢轻发，特遣黄门召衍入朝问计。萧衍随着使者进到朝里，见明帝，拜舞已毕。明帝虽闻萧衍大名，却见衍年纪幼小，说道：“卿年幼望重，何才而能？”萧衍回奏道：“学问无穷，智识有限，臣不敢以才事陛下。”明帝悚然起敬，不以小儿待之。因与衍计议：“要伐魏灭尔朱氏，只是高欢那厮，士众兵强，故与卿商议。”衍奏道：“所谓众者，得众人之死；所谓强者，得天下之心。今尔朱氏凶暴狡猾，淫恶滔天；高欢反复挟诈，窃窥不轨，名虽得众，实失士心。况君臣异谋，各立党与，不能固守其常也。陛下选将练兵，声言北伐，便攻其东。彼备其东，我罢其战。今年一师，明年一旅，日肆侵扰，使彼不安，自然困毙。且上下不和，国必内乱。陛下因其乱而乘之，蔑不胜矣。”明帝闻言大悦，留衍在朝。引入宫内，皇后妃嫔时常相见，与衍日亲日近。衍赞画既多，勚劳日积，累官至雍州刺史。

后至齐主宝卷，惟喜游嬉，荒淫无度，不接朝士，亲信宦官。萧衍闻之，谓张弘策曰：“当今始安王遥光、徐孝嗣等，六贵同朝，势必相乱；况主上慓虐嫌忌，赵王伦反迹已形。一朝祸发，天下土崩，不可不为自备。”于是衍乃密修武备，招聚骁勇数万；多伐竹木，沈之檀溪；积茅如冈阜。齐主知萧衍有异志，与郑植计议，欲起兵诛衍。郑植奏道：“萧衍图谋日久，士马精强，未易取也。莫若听臣之计，外假加爵温旨，衍必见臣，因而刺杀之。一匹夫之力耳，省了许多钱粮兵马。”齐主大喜！即便使郑植到雍州来，要刺杀萧衍。惊动了光化寺空谷长老，知道此事，就托个梦与萧衍：长老拿着一卷天书，书里夹着一把利刃，递与萧衍。衍醒来，自想道："明明的一个僧人，拿这夹刀的一卷天书与我，莫非有人要来刺我么？明日且看如何。"只见次日有人来报道朝廷使郑植赍诏书要加爵一事。萧衍自说道："是了。"且不与郑植相见，先使人安排酒席，在宁蛮长史郑绍寂家里，都埋伏停当了，与郑植相见。说道："朝廷使卿来杀我，必有诏书。"郑植赖道："没有此事。"萧衍喝一声道："与我搜看。"只见帐后跑出三四十个力士，就把郑植拿下，身边搜出一把快刀来，又有杀衍的密诏。萧衍大怒！说道："我有甚亏负朝廷，如何要刺杀我？"连夜召张弘策计议起兵。建牙树旗，选集甲士二万余人，马千余匹，船三十余艘，一齐杀出檀溪来。昔日所贮下竹木、茅草，葺束立办。又使王茂、曹景宗为先锋，军至汉口，乘着水涨，顺流进兵，就袭取了嘉湖地方。

且说郢城与鲁城，这两个城是嘉湖的护卫，建康的门户。今被王先锋袭取了嘉湖，这两处守城官，心胆惊落，料道敌不过，彼此相约投降。这建康就如没了门户的一般，无人敢敌，势如破竹，进克建康。兵至近郊，齐主游骋如故，遣将军王珍国等，将精兵十万陈于朱雀航。被吕僧珍纵火焚烧其营，曹景宗大兵乘之，将士殊死战，鼓噪震天地。珍国等不能抗，军遂大败。衍军长驱进至宣阳门，萧衍兄弟子侄皆集。将军徐元瑜以东府城降，李居士以新亭降。十二月，齐人遂弑宝卷。萧衍以太后令，追废宝卷为东昏侯，加衍为大司马，迎宣德太后入宫称制。衍寻自为国相，封梁国公，加九锡。黄复仁化生之时，却原来养娘转世为范云，二女侍一转世为沈约，一转世为任昉，与梁公同在竟陵王西府为官，也是缘会，自然义气相合。至是，梁公引云为谘议，约为侍中，昉为参谋。二年夏四月，梁公萧衍受禅，称皇帝，废齐主为巴陵王，迁太后于别宫。

梁主虽然马上得了天下，终是道缘不断，杀中有仁，一心只要修行。梁主因兵兴多故，与魏连和。一日，东魏遣散骑常侍李谐来聘。梁主与谐谈久，命李谐出得朝，更深了，不及还宫，就在便殿斋阁中宿歇。散了宫嫔诸官，独自一个默坐，在阁儿里开着窗看月。约莫三更时分，只见有三五十个青年使人，从甬巷中走到阁前来。内有一个口里唱着歌，歌：

从入牢笼羁绊多，也曾罹毕走洪波。

可怜明日庖丁解，不复辽东白磻歌。

梁主听这歌，心中疑惑。这一班人走近，朝着梁主叩头，奏道："陛下仁民爱物，恻隐慈悲。我等俱是太庙中祭祀所有牲体，百万生灵，明日一时就杀。伏愿陛下慈悲，敕宥某等苦难，陛下功德无量。"梁主与青衣使人说道："太庙一祭，朕如何知道杀戮这许多牲体？朕实不忍。来日朕另有处。"这青衣人一齐叩头哀祈，涕泣而去。梁主次日早朝，与文武各官说昨夜斋阁中见青衣之事。又说道："宗庙致敬，固不可已；杀戮屠毒，朕亦不忍。自今以后，把粉面代做牺牲，庶使祀典不废，仁恻亦存，两全无害，永为定制。"谁敢违背！

梁主每日持斋奉佛。忽夜间梦见一伙绛衣神人，各持旌节，祥麟凤辇，千百诸神，各持执事护卫，请梁主去游冥府。游到一个大宝殿内，见个金冠法服神人，相陪游览。每到一殿，各有主事者都来相见。有等善人，安乐从容，优游自在，仙境天堂，并无挂碍。有等恶人，受罪如刀山血海，拔舌油锅，蛇伤虎咬，诸般罪孽。又见一伙蓝缕贫人，蓬头跣足，疮毒遍体，种种苦恼，一齐朝着梁主哀告："乞陛下慈悲超救！某等俱是无主孤魂，饥饿无食，久沉地狱。"梁主见说，回曰："善哉，善哉！待朕回朝，即超度汝等。"诸罪人皆哀谢。

末后，到一座大山。山有一穴，穴中伸出一个大蟒蛇的头来，如一间殿屋相似，对着梁主昂头而起。梁主见了，吃一大惊！正欲退走，只见这蟒蛇张开血池般口，说起话来，叫道："陛下休惊，身乃郗后也。只为生前嫉妒心毒，死后变成蟒身，受此业报。因身躯过大，旋转不便，每苦腹饥，无计求饱。陛下如念夫妇之情，乞广作佛事，使妾脱离此苦，功德无量。"原来郗后是梁主正宫，生前最妒，凡帝所幸宫人，百般毒害，死于其手者，不计其数。梁主无可奈何，闻得鸧鹒鸟作羹，饮之可以治妒，乃命猎户每月责取鸧鹒百头，日日煮羹，充入御馔进之，果然其妒稍减。后来郗后闻知其事，将羹泼了不吃，妒复如旧。今日死为蟒蛇，阴灵见帝求救。梁主道："朕回朝时，当与汝忏悔前业。"蟒蛇道："多谢陛下仁德。妾今送陛下还朝，陛下勿惊。"说罢，那蟒蛇舒身出来，大数百围，其长不知几百丈。梁主吓出一身冷汗，醒来乃南柯一梦，咨嗟到晓。

次日朝罢，与众僧议设盂兰盆大斋，又造《梁皇宝忏》。说这盂兰盆大斋者，犹中国言普食也，盖为无主饿鬼而设也；《梁皇忏者》，梁主所造，专为郗后忏悔恶业，兼为众生解释其罪。冥府罪人，因梁主设斋、造经二事，即得超救一切罪业，地狱为彼一空。梦见郗后如生前装束，欣然来谢道："妾得陛下《宝忏》之力，已脱蟒身生天，特来拜谢。"又梦见百万狱囚，皆朝着梁主拜谢，齐道："皆赖陛下功德，幸得脱离地狱。"

梁主以此奉佛益专，屡诏寻访高僧礼拜，阐明其教，未得其人。闻得有个榼头和尚，精通释典，遣内侍降敕，召来相见。榼头和尚随着使命而来。武帝在便殿，正与侍中沈约弈棋。内侍禀道："奉敕唤榼头师已在午门外听旨。"适值武帝用心在围棋上，算计要杀一段棋子，这里连禀三次，武帝全不听得，手持一个棋子下去，口里说道："杀了他罢。"武帝是说杀那棋子，内侍只道要杀榼头和尚。应道："得旨。"便传旨出午门外，将榼头和尚斩讫。武帝完了这局围棋，沈约奏道："榼头师已唤至，听宣久矣。"武帝忙呼内侍，教请和尚进殿相见。内侍奏道："已奉旨杀了。"武帝大惊！方悟杀棋时误听之故。乃问内侍道："和尚临刑，有何言语？"内侍奏道："和尚说前劫为小沙弥时，将锄去草，误伤一曲蟮之命。帝那时正做曲蟮。今生合偿他命，乃理之当然也。"武帝叹惜良久，益信轮回报应之理。乃传旨厚葬榼头和尚。一连数日，心中怏怏不乐。

沈约窥知帝意，乃遣人遍访名僧。忽闻得有个圣僧，法号道林支长老，在建康十里外结茅而居，在那里修行。乃奏知梁主，梁主即命侍中沈约去访其僧。约旌旗车马，仆从都盛，势如山岳，慌动远近，一路传呼。道林自在庵中打坐，寂然不动。沈约走到榻前说道："和尚知侍中来乎？"道林张目说道："侍中知和尚坐乎？"沈约又说道："和尚安身处所，那里得来的？"道林回话道："出家人去住无碍。"只说得这一声，这个庵，连里面僧人，一切都不见了，只剩得一片白地。沈约吃这一惊不小，晓得真是圣僧，慌忙望空下拜道："弟子肉眼凡庸，烦望吾师慈悲。非约僭妄，乃朝廷所使，约不得不如此。"支公仍见沈约，就留沈约吃些斋饭。沈约恳求弹旨指迷，支公与沈约口号公：

　　粟事护前，断舌何缘？

　　欲解阴事，赤章奏天。

纸后又写十来个"隐"字。

为何支公有此四句口号？一日，豫州献二寸五分大栗子，梁主与沈约各默书栗子故事。沈约故意少书三事，乃云："不及陛下。"出朝语人曰："此公护前。"盖言梁主护短也。后梁主知道，以此憾约。断舌之事：约与范云劝武帝受禅，约病中梦齐和帝以剑割其舌。约恐惧，命道士密为赤章奏天，以禳其孽。都是沈约的心事，无人知得，被支公说着了，沈约惊得一身冷汗，魂不附体。木呆了一会，又再三拜问“隐”字之义。支公为何连写这十来个“隐”字？日后沈约身死，朝议欲谥沈约为文侯。梁主恨约，不肯谥为文侯，说道：“情怀不尽为‘隐’。”改其谥为隐侯。支公所书前二事，是沈约已往之事；后谥法一事，是沈约未来之事，沈约如何便悟得出来？再三拜求，定要支公明示。支公说道：“天机不可尽泄，侍中日后自应。”说罢，依先闭着眼坐去了。

沈约怅然而归。回见武帝，把支公变化之事，备细奏上武帝。武帝说道：“世上真有仙佛，但俗人未晓耳。”武帝传旨：来日銮舆幸其庵。命集文武大臣，起二万护卫兵，仪从卤簿，旗幡鼓吹，一齐出城，竟到庵里来迎支公。支公已先知了，庵里都收拾停当，似有个起行的模样。武帝与沈约到得庵里，相见支公，武帝屈尊下拜，尊礼支公为师。行礼已毕，支公说道：“陛下请坐，受和尚的拜。”武帝说道：“那曾见师拜弟？”支公答道：“亦不曾见妻抗夫！”只这一句话头，武帝听了，就如提一桶冷水，从顶门上浇下来，遍身苏麻。

此时武帝心地不知怎地忽然开明，就省悟前世黄复仁、童小姐之事。二人点头解意，眷眷不已。武帝就请支公一同在銮舆里回朝，供养在便殿斋阁里。武帝每日退朝，便到阁子中，与支公参究禅理，求解了悟。支公与武帝道：“我在此终是不便，与陛下别了，仍到庵里去住。”武帝道：“离此间三十里，有个白鹤山，最是清幽仙境之所。朕去建造个寺刹，请师傅到那里去住。”支公应允了。武帝差官督造这个山寺，大兴工作，极土木之美。殿刹禅房，数千百间，资费百万，取名同泰寺，夫妇同登佛地之意。四方僧人来就食者，千百余人。支公供养在同泰寺，一年有余。

梁主有个昭明太子，年方六岁，能默诵五经，聪明仁孝。一日，忽然四肢不举，口眼紧闭，不知人事。合宫慌张，来告梁主。遍召诸医，皆不能治。梁主道：“朕得此子聪明，若是不醒，朕亦不愿生了。”举朝惊恐。东宫一班宫嫔宫属奏道：“太子虽然不省人事，身体犹温，陛下何不去见支太师，问个备细如何？”武帝忙排驾，到同泰寺见支公，说太子死去缘故。支公道：“陛下不须惊张，太子非死也，是尸蹶也。昔秦穆公曾游天府，闻钧天之乐，七日而苏。赵简子亦游于天，五日而苏。射熊之事，符契扁鹊之言，命董安于书于宫，今太子亦在天上已四日矣。因忉利天有恒伽阿做青梯优迦会，为听仙乐忘返，被三足神乌啄了一口。西王母已杀是乌，太子还在天上，我为陛下取来。”梁主下拜道：“若得太子更生，朕情愿与太子一同舍身在寺出家。”支公言：“陛下第还宫，太子已苏矣。”梁主急回朝，见太子复生，搂抱太子，父子大哭起来。又说道：“我儿，因你蹶了这几日，惊得我死不得死，生不得生，好苦！”太子回话道：“我在天上看做会，被神乌啄了手，上帝命天医与我敷药。正要在那里要，被个僧人抱了下来。”梁主说道：“这个师傅是支长老。明日与你去礼拜长老。”又说舍身之事。梁主致斋三日，先着天厨官来寺里办下大斋，普济群生，报答天地。梁主与太子就舍身在寺里。太子有诗一首，云：

粹宇迎阊阖，天衢尚未央。
鸣辂和鸾凤，飞旆入羊肠。
谷静泉通峡，林深树奏琅。
火树含日炫，金刹接天长。
月迥塔全见，烟生楼半藏。
法雨香林泽，仁风颂圣王。
皈依惟上乘，宿化喜陶唐。
且进香胡饭，山樱处处芳。
长生容有外，诸福被遐方。

梁主、太子在寺里一住二十余日，文武臣僚、耆老百姓都到寺里请梁主回朝，梁主不允。太后又使宦官来请回朝，梁主也不肯回去。支公夜里与梁主说道：“爱欲一念，转展相侵，与陛下还有数年魔债未完，如何便能解脱得去？陛下必须还朝，了这孽缘，待时日到来，自无住碍。”梁主见说，依允。次日，各官又来请梁主回朝。梁主与各官说：“朕已发誓舍身，今日又没缘故，便回了朝，这是虚语。朕有个善处：如要朕回朝，须是各出些钱财，赎朕回去才可。朕舍得一万两，各官舍一万两，太后舍一万两，都送在寺里来供佛斋僧，朕方可与太子回朝。”各官、太后都送银子在寺里，梁主也发一万银子，送到寺里来，梁主才回朝。

无多时，适有海西一个大秦犁鞬国，辖下有个条枝国。其人长八九尺，食生物，最猛悍，如禽兽一般；又善为妖妄眩惑，如吞刀吐火、屠人截马之术。闻得梁主受禅，他却要起倾国人马，来与大梁归并。边海守备官闻知这个消息，飞报与梁主知道。梁主见报，与文武官员商议：“别的要厮杀，都不打紧。若说这条枝国人马，怎生与他对敌？如何是好？各官有能为朕领兵去敌得他，重加官职！”各官听得说，都面面相看，无人敢去迎敌。侍中范云奏道：“臣等去同泰寺，与道林长老求个善处道理。”梁主道：“朕须自去走一遭。”梁主慌忙命驾来到寺里，礼拜支长老，把条枝国要来厮杀归并，备说一遍。支公说道：“不妨事。条枝国要过四海，方才转洋入大海，一千七百里到得明州；明州过二三条江，才到得建康。明州有个释迦真身舍利塔，是阿育王所造，藏释迦佛爪发舍利于塔中。这塔寺非是无故而设，专为镇西海口子，使彼不得来暴中国，说不尽的好处。今塔已倒坏了，陛下若把这塔依先修起来，镇压风水，老僧上祝释阿育王佛力护持，条枝国人马，如何过得海来？”梁主见说，连忙差官修造释迦塔，要增高做九十丈，刹高十丈，与金陵长干塔一般。钱粮工力，不计其数。

这里正好修造。说这大秦犁鞬王，催促条枝国，兴起十万人马，海船千艘，精兵猛将，都过大海，要来厮并。道林长老入定时，见这景象。次日，来请梁主在寺里，打个释迦阿育王大会。长老拜佛忏祝，武帝也释去御服，持法衣，行清净大舍，素床瓦器，亲为礼拜讲经。你看这佛力浩大，非同小可！这里祈佛做会，那条枝国人马，下得海，开船不到三四日，就阻了飓风，各船几乎覆没。躲得在海中一个阿耨屿岛里住下，等了十余日，风息了，方敢开路。不到一会间，风又发了，白浪滔天，如何过得来？仍旧回洋，躲在岛里。不开船，便无风；若要开船，就有风。条枝国大将军乾笃说道：“却不是古怪？不开船，便无风；一要开船，风就发起来，还是中国天子福分。天若容我们去厮并，看这光景，便过得海，也未必取胜他们，不若回了兵罢！”把船回得洋时，风也没了，顺顺的放回去。乾笃领着众

头目，来见大秦国王满屈，备说这缘故。满屈说道："中国天子弘福！我们终是小邦，不可与大国抗礼。"令乾笃领几个头目，修一通降表，进贡狮子、犀牛、孔雀、三足雉、长鸣鸡，一班夷官来朝拜进贡。梁主见乾笃说阻风不敢过海一事，自知修塔的佛力，以此深信释教，奉事益谨。

梁王恃中国财力，欲并二魏，遂纳侯景之降。景事东魏高欢。景左足偏短，不长弓马，而谋算诸将莫及，尝与高欢言："愿得精兵三万，横行天下，渡江缚取萧老，公为太平主。"欢大喜！使将兵十万，专制河南。适欢死，梁主因欢子高澄素与景不和，用反间高澄，澄果疑景，诈为欢书召景。景发书知澄诈，遂据河南叛魏。景遂使郎中丁和奉降表于梁主，举河南十三州归附。梁主正月丁卯夜，梦中原牧守皆以地来降。次日，见朱异说梦中之事，异奏道："此宇内混一之兆也。"及丁和奉降表见梁主，言景定降计，实是正月乙卯。梁主益神其事，遂纳景降，封景为河南王，又发兵马助景。那里晓得侯景反覆凶人？他知道临贺王萧正德，屡以贪暴得罪于梁主，正德阴养死士，只愿国家有变。景因致书于正德，书云：

天子年尊，奸臣乱国。大王属当储贰，今被废黜。景虽不才，实思自效。

正德得书大喜，暗地与景连和，又致书与景，书云：

仆为其内，公为其外，何为不济？事机在速，今其时矣。

说这侯景与正德密约，遂诈称出猎起兵。十月，袭谯州，执刺史箫泰。又攻破历阳，太守庄铁以城投降，因说侯景曰："国家承平岁久，人不习战斗。大王举兵，内外震骇。宜乘此际，速趋建康，兵不血刃，而成大功。若使朝廷徐得为备，使羸兵千人，直据采石，虽有精甲百万，不能济矣。"景闻大悦！遂以铁为导引。梁主不知正德与景暗通，反令正德督军屯丹阳。正德遣大船数十艘，诈称载荻，暗济景众。侯景得渡，遂围台城，昼夜攻城不息，被董勋引景众登城，就据了台城。把梁主拘于太极东堂，以五百甲士防卫内外，周围铁桶相似。

景遂入宫，恣意肆取宫中宝玩珍鼎、前代法器之类，又选美好宫嫔、名姬千数，悉归于己。景阴体弘壮，淫毒无度，夜御数十人，犹不遂其所欲。闻溧阳公主音律超众，容色倾国，欲纳为妃。遂使小黄门田香儿，以紫玉软丝同心结儿一奁，并合欢水果，盛以金泥小盒，密封遗公主。公主启看，左右皆怒，劝主碎其盒，拒而不纳。公主曰："不然，非尔辈所知。

侯王天下豪杰，父王昔曾梦猕猴升御榻，正应今日。我不束身归侯王，则萧氏无遗类矣。”遂以双凤名锦被、珊瑚嵌金交莲枕遗侯景。景见田香儿回奏，大悦！遣亲近左右数十人迎公主。定情之夕，景虽狎毒万端，主亦曲为忍受。日亲不移，致景宠结，得以颠倒是非，妨于朝务。保全公族，主之力也。后王伟劝景废立，尽除衍族；主与伟忤，爱弛。

梁主既为侯景所制，不得来见支公，所求多不遂意。饮膳亦为所裁节，忧愤成疾。口苦，索蜜不得，荷荷而殂，年八十六岁。景秘不发丧。支长老早已知道，况时节已至，不可待也，在寺里坐化了。

且说梁湘东王绎痛梁主被景幽死，遂自称假黄钺大都督中外诸军，承制起兵，来诛侯景。先使竟陵太守王僧辩领五千人马，来复台城。军到湘州地方，僧辩暗令赵伯超来探听侯景消息。伯超恐路上不好行，装做个平常商人，行到柏桐尖山边深林里走过，望见梁主与支公二人，各倚着一杖，缓缓的行来。伯超走近，见了梁主，吃这一惊不小，连忙跪下奏道：“陛下与长老因甚到此？今要往何处去？”梁主回答道：“朕功行已满，与长老往西天竺极乐国去。有封书寄与湘东王，正没人可寄，卿可仔细收好，与朕寄去。”说了，梁主就袖中取出书，递与赵伯超。伯超刚接得书，就不见了梁主与支公。后伯超探听侯景消息，回复王僧辩；忙将书送上湘东王，说见梁主一事。湘东王拆开书看，是一首古风。诗云：

奸虏窃神器，毒痛流四海。
嗟哉萧正德，为景所愚卖。
凶逆贼君父，不复为翊戴。
惟彼湘东王，愤起忠勤在。
落星霸先谋，使景台城败。
窜身依答仁，为鹍所屠害。
身首各异处，五子诛夷外。
暴尸陈市中，争食民心快！
今我脱敝履，去住两无碍。
极乐为世尊，自在兜利界。
篡逆安在哉？铁钺诛千载！

湘东王读罢是诗，泪涕潜流，不胜呜咽。后王僧辩、陈霸先攻破侯景，景竟欲走吴依答仁。羊侃二子羊鹍杀之，暴景尸于市，民争食之，并骨亦尽。溧阳公主亦食其肉，雪冤于天，期以自死。景五子皆被北齐杀尽。于诗无一不验。诗曰：

堪笑世人眼界促，只就目前较祸福。
台城去路是西天，累世证明有空谷。

第三十四卷　任孝子烈性为神

参透风流二字禅，好姻缘作恶姻缘。
痴心做处人人爱，冷眼观时个个嫌。
闲花野草且休拈，赢得身安心自然。
山妻本是家常饭，不害相思不费钱。

这首诗，单道着色欲乃忘身之本，为人不可苟且。说话南宋光宗朝绍熙元年，临安府在城清河坊南首升阳库前，有个张员外，家中巨富，门首开个川广生药铺。年纪有六旬，妈妈已故。止生一子，唤着张秀一郎，年二十岁，聪明标致，每日不出大门，只务买卖。父母见子年幼，抑且买卖其门如市，打发不开。铺中有个主管，姓任，名珪，年二十五岁。母亲早丧，止有老父，双目不明，端坐在家。任珪大孝，每日辞父出，到晚才归参父，如此孝道。祖居在江干牛皮街上。是年冬间，凭媒说合，娶得一妻，年二十岁，生得大有颜色。系在城内日新桥河下做凉伞的梁公之女儿，小名叫做圣金。自从嫁与任珪，见他笃实本分，只是心中不乐，怨恨父母，"千不嫁，万不嫁，把我嫁在江干。路又远，早晚要归家不便。"终日眉头不展，面带忧容，妆饰皆废。这任珪又向早出晚归，因此不满妇人之意。

原来这妇人未嫁之时，先与对门周待诏之子名周得有奸。此人生得丰姿俊雅，专在三街两巷，贪花恋酒，趋奉得妇人中意。年纪三十岁，不要娶妻，只爱偷婆娘。周得与梁姐姐暗约偷期，街坊邻里，那一个不晓得？因此梁公、梁婆又无儿子，没奈何，只得把女儿嫁在江干，省得人是非。这任珪是个朴实之人，不曾打听仔细，胡乱娶了。不想这妇人身虽嫁了任珪，一心只想周得，两人余情不断。

荏苒光阴，正是：

看见垂杨柳，回头麦又黄。

蝉声犹未断，孤雁早成行。

忽一日，正值八月十八日潮生日，满城的佳人才子，皆出城看潮。这周得同两个弟兄，俱打扮出候潮门。只见车马往来，人如聚蚁。周得在人丛中丢撇了两个弟兄，潮也不看，一径投到牛皮街那任珪家中来。原来任公每日只闭着大门，坐在楼檐下念佛。周得将扇子柄敲门，任公只道儿子回家，一步步摸出来，把门开了。周得知道是任公，便叫声："老亲家，小子施礼了。"任公听着不是儿子声音，便问："足下何人？有何事到舍下？"周得道："老亲家，小子是梁凉伞姐姐之子。有我姑表妹嫁在宅上，因看潮，特来相访，令郎姐夫在家么？"任公双目虽不明，见说是媳妇的亲，便邀他请坐。就望里面叫一声："娘子，有你阿舅在此相访。"这妇人在楼上正纳闷，听得任公叫，连忙浓添脂粉，插戴钗环，穿几件色服，三步那做两步，走下楼来。布帘内瞧一瞧："正是我的心肝情人！多时不曾相见。"走出布帘外，笑容可掬，向前相见。这周得一见妇人，正是：

分明久旱逢甘雨，赛过他乡遇故知。

只想洞房欢会日，那知公府献头时？

两个并肩坐下。这妇人见了周得，神魂飘荡，不能禁止，遂携周得手揭起布帘，口里胡说道："阿舅，上楼去说话。"这任公依旧坐在楼檐下板凳上念佛。

这两个人上得楼来，就抱做一团。妇人骂道："短命的！教我思量得你成病。因何一向不来看我？负心的贼！"周得笑道："姐姐，我为你嫁上江头来，早晚不得见面，害了相思病，争些儿不得见你。我如常要来，只怕你老公知道，因此不敢来望你。"一头说，一头搂抱上床，解带卸衣，叙旧日海誓山盟，云情雨意。正是：

情兴两和谐，搂定香肩脸贴腮。手捻香酥奶绵软，实奇哉！褪了裤儿脱绣鞋。　　玉体靠郎怀，舌送丁香口便开。倒凤颠鸾云雨罢，嘱多才：明朝千万早些来。

这词名《南乡子》，单道其日间云雨之事。这两个霎时云收雨散，各整衣巾。妇人搂住周得在怀里道："我的老公早出晚归，你若不负我心，时常只说相访。老子又瞎，他晓得什么！只顾上楼和你快活，切不可做负心的。"周得答道："好姐姐，心肝肉，你既有心于我，我决不负于你；我若负心，教我堕阿鼻地狱，万劫不得人身。"这妇人见他设咒，连忙捧过周得脸来，舌送丁香，放在他口里，道：“我心肝，我不枉了有心爱你。从今后频频走来相会，切不可使我倚门而望。”道罢，两人不忍分别。只得下楼别了任公，一直去了。妇人对任公道：“这个是我姑娘的儿子，且是本分淳善，话也不会说，老实的人。”任公答道：“好，好。”妇人去灶前安排中饭与任公吃了，自上楼去了，直睡到晚。任珪回来，参了父亲，上楼去了，夫妻无话。睡到天明，辞了父亲，又入城而去。俱各不题。

这周得自那日走了这遭，日夜不安，一心想念。歇不得两日，又去相会，正是情浓似火。此时牛皮街人烟稀少，因此走动，只有数家邻舍，都不知此事。不想周得为了一场官司，有两个月不去相望。这妇人淫心似火，巴不得他来；只因周得不来，恹恹成病，如醉如痴。正是：

乌飞兔劫，朝来暮往何时歇？女娲只会炼石补青天，岂会熬胶粘日月？

倏忽又经元宵，临安府居民门首，扎缚灯棚，悬挂花灯，庆贺元宵。不期这周得官事已了，打扮衣巾，其日巳牌时分，径来相望。却好任公在门首念佛，与他施礼罢，径上楼来。袖中取出烧鹅熟肉，两人吃了，解带脱衣上床。如糖似蜜，如胶似漆，恁意颠鸾倒凤，出于分外绸缪。日久不曾相会，两个搂做一团，不舍分开。耽搁长久了，直到申牌时分，不下楼来。这任公肚中又饥，心下又气，想道：“这阿舅今日如何在楼上这一日？”便在楼下叫道：“我肚饥了，要饭吃！”妇人应道：“我肚里疼痛，等我便来。”任公忍气吞声，自去门前坐了，心中暗想：“必有跷蹊，今晚孩儿回来问他。”这两人只得分散，轻轻移步下楼，款款开门，放了周得去了。那妇人假意叫肚痛，安排些饭与任公吃了，自去楼上思想情人。不在话下。

却说任珪到晚回来，参见父亲。任公道：“我儿且休要上楼去，有一句话要问你。”任珪立住脚听。任公道：“你丈人丈母家有个甚么姑舅的阿舅，自从旧年八月十八看潮来了这遭，以后不时来望，径直上楼去说话，也不打紧。今日早间上楼，直到下午，中饭也不安排我吃。我忍不住叫你老婆，那阿舅听见我叫，慌忙去了。我心中十分疑惑，往日常要问你，只是你早出晚回，因此忘了。我想男子汉与妇人家在楼上一日，必有奸情之事。我自年老，眼又瞎，管不得，我儿自己慢慢访问则个。”

任珪听罢，心中大怒，火急上楼。端的是：

口是祸之门，舌为斩身刀。

闭口深藏舌，安身处处牢。

当时任珪大怒上楼，口中不说，心下思量："我且忍住，看这妇人分豁。"只见这妇人坐在楼上，便问道："父亲吃饭也未？"答应道："吃了。"便上楼点灯来，铺开被，脱了衣裳，先上床睡了。任珪也上床来，却不倒身睡去，坐在枕边问那妇人道："我问你家那有个姑长阿舅，时常来望你？你且说是那个。"妇人见说，爬将起来，穿起衣裳，坐在床上，柳眉剔竖，娇眼圆睁，应道："他便是我爹爹结义的妹子养的儿子。我的爹娘记挂我，时常教他来望我。有甚么半丝麻线？"便焦躁发作道："兀谁在你面前说长道短来？老娘不是善良君子、不裹头巾的婆婆！洋块砖儿也要落地。你且说，是谁说黄道黑，我要和你会同问得明白。"任珪道："你不要嚷！却才父亲与我说，今日什么阿舅，在楼上一日，因此问你则个。没事便罢休，不消得便焦躁。"一头说，一头便脱衣裳自睡了。那妇人气喘气促，做神做鬼，假意儿装妖作势，哭哭啼啼道："我的父母没眼睛，把我嫁在这里。没来由教他来望，却教别人说是道非。"又哭又说。任珪睡不着，只得爬起来，那妇人头边搂住了，抚恤道："便罢休，是我不是。看往日夫妻之面，与你陪话便了。"那妇人倒在任珪怀里，两个云情雨意，狂了半夜，俱不题了。

任珪天明起来，辞了父亲入城去了。每日巴巴结结，早出晚回。那痴婆一心只想要偷汉子，转转寻思："要待何计脱身？只除寻事回到娘家，方才和周得做一块儿，耍个满意。"日夜挂心，捻指又过了半月。

忽一日饭后，周得又来，拽开门儿径入，也不与任公相见，一直上楼。那妇人向前搂住，低声说道："叵耐这瞎老驴，与儿子说道，你常来楼上坐定说话。教我分说得口皮都破，被我葫芦提瞒过了。你从今不要来，怎地教我舍得你？可寻思计策，除非回家去，与你方才快活。”周得听了，眉头一簇，计上心来：“如今屋上猫儿正狂，叫来叫去。你可漏屋处抱得一个来安在怀里，必然抓碎你胸前。却放了猫儿，睡在床上啼哭。等你老公回来，必然问你。你说：‘你的好爷，却来调戏我。我不肯顺他，他将我胸前抓碎了。’你放声哭起来，你的丈夫必然打发你归家去。我每日得和你同欢同乐，却强如偷鸡吊狗，暂时相会。且在家中住了半年三个月，即又再处。此计大妙！”妇人伏道：“我不枉了有心向你。好心肠，有见识！”二人和衣倒在床上调戏了。云雨罢，周得慌忙下楼去了。正是：

老龟烹不烂，移祸于枯桑。

那妇人伺候了几日，忽一日，捉得一个猫儿，解开胸膛，包在怀里。这猫儿见衣服包笼，舒脚乱抓。妇人忍着疼痛，由他抓得胸前两奶粉碎。解开衣服，放他自去。此是申牌时分，不做晚饭，和衣倒在床上，把眼揉得绯红，哭了叫，叫了哭。

将近黄昏，任珪回来，参了父亲。到里面不见妇人，叫道：“娘子，怎么不下楼来？”那妇人听得回了，越哭起来。任珪径上楼，不知何意，问道：“吃晚饭也未？怎地又哭？”连问数声不应。那淫妇巧生言语，一头哭，一头叫道：“问甚么！说起来妆你娘的谎子。快写休书，打发我回去，做不得这等猪狗样人！你若不打发我回家去，我明日寻个死休！”说了又哭。任珪道：“你且不要哭，有甚事？对我说。”这妇人爬将起来，抹了眼泪，掰开胸前，两奶抓得粉碎，有七八条血路。教丈夫看了，道：“这是你好亲爷干下的事！今早我送你出门，回身便上楼来。不想你这老驴老畜生，轻手轻脚跟我上楼，一把双手搂住，摸我胸前，定要行奸。吃我不肯，他便将手把我胸前抓得粉碎，那里肯放！我慌忙叫起来，他没意思，方才摸下楼去了。教我眼巴巴地望你回来。”说罢，大哭起来，道：“我家不是这般没人伦畜生驴马的事。”任珪道：“娘子低声！邻舍听得，不好看相。”妇人道：“你怕别人得知，明日讨乘轿子，抬我回去便罢休。”任珪虽是大孝之人，听了这篇妖言，不由得：

怒从心上起，恶向胆边生。

正是画虎画皮难画骨，知人知面不知心。“罢罢，原来如此！可知道前日说你与甚么阿舅有奸，眼见得没巴鼻，在我面前胡说。今后眼也不要看这老禽兽！娘子休哭，且安排饭来吃了睡。”这妇人见丈夫听他虚说，心中暗喜！下楼做饭，吃罢去睡了。正是：

娇妻唤做枕边灵，十事商量九事成。

这任珪被这妇人情色昏迷，也不问爷却有此事也无，过了一夜，次早起来，吃饭罢，叫了一乘轿子，买了一只烧鹅，两瓶好酒，送那妇人回去。妇人收拾衣包，也不与任公说知，上轿去了。抬得到家，便上楼去。周得知道便过来，也上楼去。就搂做一团，倒在梁婆床上，云情雨意。周得道："好计么？”妇人道："端的你好计策！今夜和你放心快活一夜，以遂两下相思之愿。”两个狂罢，周得下楼去，要买办些酒馔之类。妇人道："我带得有烧鹅美酒，与你同吃；你要买时，只觅些鱼菜、时果足矣。”周得一霎时买得一尾鱼，一只猪蹄，四色时新果儿，又买下一大瓶五加皮酒。拿来家里，教使女春梅安排完备，已是申牌时分。妇人摆开桌子，梁公、梁婆在上坐了，周得与妇人对席坐了，使女筛酒。四人饮酒，直至初更。吃了晚饭，梁公、梁婆二人下楼去睡了。

这两个在楼上，正是：

欢来不似今日，喜来更胜当初。

正要称意停眠整宿，只听得有人敲门。

正是：

日间不做亏心事，半夜敲门不吃惊。

这两个指望做一夜快活夫妻，谁想有人敲门？春梅在灶前收拾未了，听得敲门，执灯去开门，见了任珪，惊得呆了，立住脚头，高声叫道："任姐夫来了！”周得听叫，连忙穿衣径走下楼。思量无处躲避，想空地里有个东厕，且去东厕躲闪。这妇人慢慢下楼道："你今日如何这等晚来？”任珪道："便是出城得晚，关了城门。欲去张员外家歇，又夜深了，因此来这里歇一夜。”妇人道："吃晚饭了未？”任珪道："吃了。只要些汤洗脚。”春梅连忙掇脚盆来，教任珪洗了脚。妇人先上楼，任珪却去东厕里净手。时下有人拦住，不与他去便好。只因来上厕，争些儿死于非命。正是：

恩义广施，人生何处不相逢？

冤仇莫结，路逢狭处难回避。

任珪刚跨上东厕，被周得劈头揪住，叫道："有贼！”梁公、梁婆、妇人、使女，各拿一根柴来乱打。任珪大叫道："是我，不是贼！”众人不由分说，将任珪痛打一顿。周得就在闹里一径走了。任珪叫得喉咙破了，众人方才放手。点灯来看，见了任珪，各人都呆了。任珪道："我被这贼揪住，你们颠倒打我，被这贼走了。"众人假意埋冤道："你不早说！只道是贼，贼到却走了。"说罢，各人自去。任珪忍气吞声道："莫不是藏甚么人在里面，被我冲破，到打我这一顿？且不要慌，慢慢地察访。"听那更鼓已是三更，去梁公床上睡了。心中胡思乱想，只睡不着。捱到五更，不等天明，起来穿了衣服便走。梁公道："待天明吃了早饭去。"任珪被打得浑身疼痛，那有好气？也不应他，开了大门，拽上了，趁星光之下，直望候潮门来，却忒早了些，城门未开。城边无数经纪行贩，挑着盐担，坐在门下等开门，也有唱曲儿的，也有说闲话的，也有做小买卖的。任珪混在人丛中，坐下纳闷。

你道事有凑巧，物有偶然。正所谓：

吃食少添盐醋，不是去处休去。

要人知重勤学，怕人知事莫做。

当时任珪心下郁郁不乐，与决不下。内中忽有一人说道："我那里有一邻居梁凉伞家，有一件好笑的事。"这人道："有什么事？"那人道："梁家有一个女儿，小名圣金，年二十余岁。未曾嫁时，先与对门周待诏之子周得通奸。旧年嫁在城外牛皮街卖生药的主管，叫做任珪。这周得一向去那里来往，被瞎阿公识破，去那里不得了，昨日归在家里。昨晚周得买了嘎饭好酒，吃到更尽。两个正在楼上快活，有这等的巧事！不想那女婿更深夜静，赶不出城，径来丈人家投宿。奸夫惊得没躲避处，走去东厕里躲了。任珪却去东厕净手，你道好笑么？那周得好手段！走将起来劈头将任珪揪住，到叫：'有贼！'丈人、丈母、女儿，一齐把任珪烂酱打了一顿，奸夫逃走了。世上有这样的异事！"众人听说了，一齐拍手笑起来，道："有这等没用之人！被奸夫淫妇安排，难道不晓得？"这人道："若是我，便打一把尖刀，杀做两段！那人必定不是好汉，必是个煨脓烂板乌龟。"又一个道："想那人不晓得老婆有奸，以致如此。"说了，又笑一场。正是：

情知语是钩和线，从头钓出是非来。

当时任珪却好听得备细。城门正开，一齐出城，各分路去了。此时任珪不出城，复身来到张员外家里来，取了三五钱银子，到铁铺里买了一柄解腕尖刀，和鞘插在腰间。思量钱塘门晏公庙神明最灵，买了一只白公鸡，香烛纸马，提来庙里，烧香拜告："神圣显灵：任珪妻梁氏，与邻人周得通奸，夜来如此如此。"前话一一祷告罢，将刀出鞘，提鸡在手，问天买卦："如若杀得一个人，杀下的鸡在地下跳一跳；杀他两个人，跳两跳。"说罢，一刀剁下鸡头，那鸡在地下一连跳了四跳，重复从地跳起，直从梁上穿过，坠将下来，却好共是五跳。当时任珪将刀入鞘，再拜："望神明助力报仇。"化纸出庙，上街东行西走，无计可施。到晚回张员外家歇了，没情没绪，买卖也无心去管。次日早起，将刀插在腰间，没做理会处。欲要去梁家干事，又恐撞不着周得，只杀得老婆也无用，又不了事。转转寻思，恨不得咬他一口。径投一个去处，有分教：任珪小胆番为大胆，善心改作恶心；大闹了日新桥，鼎沸了临安府。正是：

青龙与白虎同行，吉凶事全然未保。

这任珪东撞西撞，径到美政桥姐姐家里。见了姐姐，说道："你兄弟这两日有些事故，爹在家没人照管，要寄托姐姐家中住几时，休得推故。"姐姐道："老人家多住些时也不妨。"姐姐果然教儿子去接任公，扶着来家。

这日，任珪又在街坊上串了一回。走到姐姐家，见了父亲，将从前事一一说过。道："儿子被这泼淫妇虚言巧语，反说父亲如何如何，儿子一时被惑，险些堕他计中。这口气如何消得？"任公道："你不要这淫妇便了，何须呕气？"任珪道："有一日撞在我手里，决无干休！"任公道："不可造次。从今不要上他门，休了他，别讨个贤会的便罢。"任珪道："儿子自有道理。"辞了父亲并姐姐，气忿忿的入城，恰好是黄昏时候。走到张员外家，将上件事一一告诉："只有父亲在姐姐家，我也放得心下。"张员外道："你且忍耐，此事须要三思而行。自古道：捉奸见双，捉贼见赃。倘或不了事，枉受了苦楚。若下在死囚牢中，无人管你。你若依我说话，不强如杀害人性命？冤家只可解，不可结。"任珪听得劝他，低了头，只不言语。员外教养娘安排酒饭相待，教去房里睡，明日再作计较。任珪谢了。到房中寸心如割，和衣倒在床上，番来复去，延捱到四更尽了，越想越恼，心头火按捺不住，起来抓扎身体急捷，将刀插在腰间，摸到厨下，轻轻开了门，靠在后墙。那墙苦不甚高，一步爬上墙头。其时夏末秋初，其夜月色正明如昼。将身望下一跳，跳在地上，道："好了！"一直望丈人家来。

隔十数家，黑地里立在屋檐下，思量道："好却好了，怎地得他门开？"踌躇不决。只见卖烧饼的王公，挑着烧饼担儿，手里敲着小小竹筒过来。

忽然丈人家门开，走出春梅，叫住王公，将钱买烧饼。任珪自道："那厮当死！"三步作一步，奔入门里，径投胡梯边梁公房里来。掇开房门，拔刀在手，见丈人、丈母俱睡着。心里想道："周得那厮必然在楼上了。"按住一刀一个，割下头来，丢在床前。正要上楼，却好春梅关了门，走到胡梯边，被任珪劈头揪住，道："不要高声；若高声，便杀了你。你且说，周得在那里？"那女子认得是任珪声音，情知不好了。见他手中拿刀，大叫："任姐夫来了！"任珪气起，一刀砍下头来，倒在地下。慌忙大踏步上楼去杀奸夫、淫妇。正是：

种瓜得瓜，种豆得豆；

天网恢恢，疏而不漏。

当时任珪跨上楼来，原来这两个正在床上狂荡，听得王公敲竹筒，唤起春梅买烧饼，房门都不闭，桌上灯尚明，径到床边。妇人已知，听得春梅叫，假做睡着。任珪一手按头，一手将刀去咽喉下切下头来，丢在楼板上。口里道："这口怒气出了，只恨周得那厮不曾杀得，不满我意。"猛想神前杀鸡五跳，杀了丈人、丈母、婆娘、使女，只应得四跳，那鸡从梁上跳下来，必有缘故。抬头一看，却见周得赤条条的伏在梁上。任珪叫道："快下来，饶你性命！"那时周得心慌，爬上去了；一见任珪，战战兢兢，慌了手脚，禁了爬不动。任珪性起，从床上直爬上去，将刀乱砍。可怜周得，从梁上倒撞下来。任珪随势跳下，踏住胸脯，搠了十数刀，将头割下。解开头发，与妇人头结做一处。将刀入鞘，提头下楼。到胡梯边，提了使女头，来寻丈人、丈母头。解开头发，五个头结做一块，放在地上。

此时东方大亮，心中思忖："我今杀得快活，称心满意。逃走被人捉住，不为好汉，不如挺身首官，便吃了一剐，也得名扬于后世。"遂开了门，叫两边邻舍。对众人道："婆娘无礼，人所共知。我今杀了他一家，并奸夫周得。我若走了，连累高邻吃官司，如今起烦和你们同去出首。"众人见说未信，慌忙到梁公房里看时，老夫妻两口俱没了头。胡梯边使女尸倒在那里。上楼看时，周得被杀死在楼上，遍身刀搠伤痕数处，尚在血里。妇人杀在床上。众人吃了一惊！走下楼来，只见五颗头结做一处。都道："真好汉子！我们到官，依直与他讲就是。"道犹未了，嚷动邻舍街坊，里正、缉捕人等，都来缚住任珪。任珪道："不必缚我，我自做自当，并不连累你们。"说罢，两手提了五颗头，出门便走。众邻舍一齐跟定。满街男子妇人，不计其数来看，哄动满城人。只因此起有分教，任珪正是：

生为孝子肝肠烈，死作明神姓字香。

众邻舍同任珪到临安府，大尹听得杀人公事，大惊！慌忙升厅。两下公吏人等排立左右，任珪将五个人头，行凶刀一把，放在面前，跪下告道："小人姓任，名珪，年二十八岁，系本府百姓，祖居江头牛皮街上。母亲早丧，止有老父，双目不明。前年冬间，凭媒说合，娶到在城日新桥河下梁公女儿为妻，一向到今。小人因无本生理，在卖生药张员外家做主管。早去晚回，日常间这妇人只是不喜。至去年八月十八日，父亲在楼下坐定念佛。原来梁氏未嫁小人之先，与邻人周得有奸。其日本人来家，称是姑舅哥哥来访，径自上楼说话。日常来往，痛父眼瞎不明。忽日父与小人说道：'甚么阿舅，常常来楼上坐，必有奸情之事。'小人听得说，便骂婆娘。一时小人见不到，被这婆娘巧语虚言，说道老父上楼调戏。因此三日前，小人打发妇人回娘家去了。至日，小人回家晚了，关了城门，转到妻家投宿。不想奸夫见我去，逃躲东厕里。小人临睡，去东厕净手，被他劈头揪住，喊叫有贼。当时丈人、丈母、婆娘、使女，一齐执柴乱打小人，此时奸夫走了。小人忍痛归家，思想这口气没出处。不合夜来提刀入门，先杀丈人、丈母，次杀使女，后来上楼杀了淫妇。猛抬头，见奸夫伏在梁上，小人爬上去，乱刀砍死。今提五个首级首告，望相公老爷明镜。"大尹听罢，呆了半晌。遂问排邻，委果供认是实。所供明白，大尹钧旨，令任珪亲笔供招。随即差个县尉，并公吏、仵作人等，押着任珪到尸边检验明白。其日人山人海来看。

险道神脱了衣裳，这场话非同小可。

当日一齐同到梁公家，将五个尸首一一检验讫，封了大门。县尉带了一干人犯，来府堂上回话道："检得五个尸，并是凶身自认杀死。"大尹道："虽是自首，难以免责。"交打二十下，取具长枷枷了，上了铁镣手肘，令狱卒押下死囚牢里去；一干排邻回家。教地方公同作眼，将梁公家家财什物变卖了，买下五具棺材，盛下尸首，听候官府发落。

且说任珪在牢内，众人见他是个好男子，都爱敬他，早晚饭食，有人管顾。不在话下。

临安府大尹，与该吏商量："任珪是个烈性好汉，只可惜下手忒狠了，周旋他不得。"只得将文书做过，申呈刑部。刑部官奏过天子，令勘官勘得：本犯奸夫淫妇，理合杀死。不合杀了丈人、丈母、使女，一家非死三人。着令本府待六十日限满，将犯人就本地方凌迟示众。梁公等尸首烧化，财产入官。

文书到府数日，大尹差县尉率领仵作、公吏、军兵人等，当日去牢中取出任珪。大尹将朝廷发落文书，教任珪看了。任珪自知罪重，低头伏死。大尹教去了锁枷镣肘，上了木驴。只见：

四道长钉钉，三条麻索缚。

两把刀子举，一朵纸花摇。

县尉人等，两棒鼓，一声锣，簇拥推着任珪，前往牛皮街示众。但见犯则牌前引，棍棒后随。当时来到牛皮街，围住法场，只等午时三刻。其日看的人，两行如堵。将次午时，真可作怪：一时间天昏地黑，日色无光，狂风大作，飞沙走石，播土扬泥，你我不能相顾。看的人惊得四分五落，魄散魂飘。少顷，风息天明。县尉并刽子众人看任珪时，绑索长钉，俱已脱落，端然坐化在木驴之上。众人一齐发声道："自古至今，不曾见有这般奇异的怪事！"监斩官惊得木麻，慌忙令仵作、公吏人等，看守任珪尸首，自己忙拍马到临安府，禀知大尹。

大尹见说，大惊！连忙上轿，一同到法场看时，果然任珪坐化了。大尹径来刑部禀知此事，着令排邻地方人等，看守过夜。明早奏过朝廷，凭圣旨发落。次日巳牌时分，刑部文书到府：随将犯人任珪尸首，即时烧化，以免凌迟。县尉领旨，就当街烧化。城里城外人，有千千万万来看，都说："这样异事，何曾得见！何曾得见！"

却说任公与女儿，知得任珪死了，安排些羹饭，外甥挽了瞎公公，女儿抬着轿子，一齐径到当街祭祀了，痛哭一场。任珪的姐姐，教儿子挽扶着公公同回家，奉亲过世。

话休絮烦。过了两月余，每遇黄昏，常时出来显灵。来往行人看见者，回去便患病；备下羹饭纸钱当街祭献，其病即痊。忽一日，有一小儿来牛皮街闲耍，被任珪附体起来。众人一齐来看，小儿说道："玉帝怜吾是忠烈孝义之人，各坊城隍、土地保奏，令做牛皮街土地。汝等善人，可就我屋基立庙，春秋祭祀，保国安民。"说罢，小儿遂醒。当坊邻佑，看见如此显灵，那敢不信！即日敛出财物，买下木植，将任珪基地盖造一所庙宇。连忙请一个塑佛高手，塑起任珪神像，坐于中间处，虔备三牲福礼祭献。自此香火不绝，祈求必应，其庙至今尚存。后人有诗题于庙壁，赞任珪坐化为神之事。诗云：

铁销石朽变更多，只有精神永不磨。

除却奸淫拚自死，刚肠一片赛阎罗。

第三十五卷　汪信之一死救全家

白发苏堤老妪，不知生长何年。相随宝驾共南迁，往事能言旧汴。

前度君王游幸，一时询旧凄然。鱼羹妙制味犹鲜，双手擎来奉献。

说话大宋乾道淳熙年间，孝宗皇帝登极，奉高宗为太上皇。那时金邦和好，四郊安静，偃武修文，与民同乐。孝宗皇帝时常奉着太上乘龙舟，来西湖玩赏。湖上做买卖的，一无所禁，所以小民多有乘着圣驾出游，赶趁生意。只卖酒的，也不止百十家。

且说有个酒家婆姓宋，排行第五，唤做宋五嫂，原是东京人氏，造得好鲜鱼羹，京中最是有名的。建炎中，随驾南渡，如今也侨寓苏堤赶趁。一日，太上游湖，泊船苏堤之下，闻得有东京人语音。遣内官召来，乃一年老婆婆。有老太监认得他是汴京樊楼下住的宋五嫂，善煮鱼羹，奏知太上。太上题起旧事，凄然伤感，命制鱼羹来献。太上尝之，果然鲜美，即赐金钱一百文。此事一时传遍了临安府，王孙公子，家富巨室，人人来买宋五嫂鱼羹吃，那老妪因此遂成巨富。有诗为证：

一碗鱼羹值几钱？旧京遗制动天颜。

时人倍价来争市，半买君恩半买鲜。

又一日，御舟经过断桥，太上舍舟闲步，看见一酒肆精雅，坐启内设个素屏风，屏风上写《风入松》词一首，词云：

一春常费买花钱，日日醉湖边。玉骢惯识西湖路，骄嘶过沽酒楼前。红杏香中歌舞，绿杨影里秋千。　　暖风十里丽人天，花压鬓云偏。画船载得春归去，余情付湖水湖烟。明日重移残酒，来寻陌上花钿。

太上览毕，再三称赏，问酒保："此词何人所作？"酒保答言："此乃太学生于国宝醉中所题。"太上笑道："此词虽然做得好，但末句'重移残酒'，不免带寒酸之气。”因索笔，就屏上改云：“明日重扶残醉。”即日宣召于国宝见驾，钦赐翰林待诏。那酒家屏风上添了御笔，游人争来观看，因而饮酒，其家亦致大富。后人有诗，单道于国宝际遇太上之事。诗曰：

素屏风上醉题词，不道君王盼睐奇。

若问姓名谁上达？酒家即是魏无知。

又有诗赞那酒家云：

御笔亲删墨未干，满城闻说尽争看。

一般酒肆偏腾涌，始信皇家雨露宽。

那时南宋承平之际，无意中受了朝廷恩泽的不知多少。同时，又有文武全才，出名豪侠，不得际会风云，被小人诬陷，激成大祸，后来做了一场没挝煞的笑话。此乃命也，时也，运也。正是：

时来风送滕王阁，运退雷轰荐福碑。

话说乾道年间，严州遂安县有个富家，姓汪，名孚，字师中，曾登乡荐，有财有势，专一武断乡曲，把持官府，为一乡之豪霸。因杀死人命，遇了对头，将汪孚问配吉阳军去。他又夤缘魏国公张浚，假以募兵报效为由，得脱罪籍。回家益治资产，复致大富。他有个嫡亲兄弟汪革，字信之，是个文武全才，从幼只在哥哥身边居住。因与哥哥汪孚酒中争论，一句闲话，别口气只身径走出门，口里说道：“不致千金，誓不还乡！”身边只带得一把雨伞，并无财物，思想：“那里去好？我闻得人说，淮庆一路有耕冶可业，甚好经营。且到彼地，再作道理。只是没有盘缠。”心生一计：自小学得些枪棒拳法在身，那时抓缚衣袖，做个把势模样。逢着马头聚处，使几路空拳，将这伞权为枪棒，撇个架子，一般有人喝采，赍发几文钱，将就买些酒饭用度。

不一日，渡了扬子江。一路相度地势，直至安庆府。过了宿松，又行三十里，地名麻地坡。看见荒山无数，只有破古庙一所，绝无人居，山上都是炭材。汪革道：“此处若起个铁冶，炭又方便，足可擅一方之利。”于是将古庙为家，在外纠合无籍之徒，因山作炭，卖炭买铁，就起个铁冶，铸成铁器，出市发卖。所用之人，各有职掌，恩威并著，无不钦服。数年之间，发个大家事起来。遣人到严州取了妻子，来麻地居住。起造厅屋千间，极其壮丽。又占了本处酤坊，每岁得利若干。又打听望江县有个天荒湖方圆七十余里，其中多生鱼蒲之类。汪革承佃为己业，湖内渔户数百，皆服他使唤，每岁收他鱼租。其家益富，独霸麻地一乡。乡中有事，俱由他武断。出则佩刀带剑，骑从如云，如贵官一般。四方穷民，归之如市，解衣推食，人人愿出死力。又将家财交结附近郡县官吏。若与他相好的，酒杯来往；若与他作对的，便访求他过失，轻则遣人讦讼，败其声名，重则私令亡命等于沿途劫害，无处踪迹。以此人人惧怕，交欢恐后。分明是：

郭解重生，朱家再出。

气压乡邦，名闻郡国。

话分两头。却说江淮宣抚使皇甫倜，为人宽厚，颇得士心。招致四方豪杰，就中选骁勇的，厚其资粮，朝夕训练，号为“忠义军”。宰相汤思退忌其威名，要将此缺替与门生刘光祖。乃阴令心腹御史劾奏皇甫倜糜费钱粮，招致无赖凶徒，不战不征，徒为他日地方之害。朝廷将皇甫倜革职，就用了刘光祖代之。那刘光祖为人又畏懦，又刻薄，专一阿奉宰相，乃悉反皇甫倜之所为，将忠义军散遣归田，不许占住地方生事。可惜皇甫倜几年精力，训练成军，今日一朝而散。这些军士，也有归乡的，也有结伙走绿林中道路的。

就中单表二人，程彪、程虎，荆州人氏。弟兄两个，都学得一身好武艺，被刘光祖一时驱逐，平日有的请受都花消了，无可存活，思想投奔谁好。猛然想起：“洪教头洪恭，今住在太湖县南门仓巷口，开个茶坊。他也曾做军校，昔年相处得好。今日何不去奔他，共他商议资身之策？”二人收拾行李，一径来太湖县寻取洪恭。洪恭恰好在茶坊中，相见了，各叙寒温，二人道其来意。洪恭自思家中蜗窄，难以相容。当晚杀鸡为黍，管待二人，送在近处庵院歇了一晚。次日，洪恭又请二人到家中早饭，取出一封书信，说道：“多承二位远来，本当留住几时，争奈家贫待慢。今指引到一个去处，管取情投意合，有个小小富贵。”二人谢别而行。将书札看时，上面写道：“此书送至宿松县麻地坡汪信之十二爷开拆。”二人依言，来到麻地坡，见了汪革，将洪恭书札呈上。汪革拆开看时，上写道：

侍生洪恭再拜，字达信之十二爷阁下：自别台颜，时切想念！兹有程彪、程虎兄弟，武艺超群，向隶籍忠义军。今为新统帅散遣不用，特奉荐至府，乞留为馆宾，令郎必得其资益。外，敝县有湖荡数处，颇有出产，阁下屡约来看，何迟迟耶？专候拨冗一临，若得之，亦美业也。

汪革看毕大喜！即唤儿子汪世雄出来相见。置酒款待，打扫房屋安歇。自此程彪、程虎住在汪家，朝夕与汪世雄演习弓马，点拨枪棒。

不觉三月有余，汪革有事欲往临安府去。二程闻汪革出门，便欲相别。汪革问道：“二兄今往何处？”二程答道：“还到太湖会洪教头则个。”汪革写下一封回书，寄与洪恭。正欲赍发二程起身，只见汪世雄走来，向父亲放道：“枪棒还未精熟，欲再留二程过几时，讲些阵法。”汪革依了儿子言语，向二程说道：“小儿领教未全，且屈宽住一两个月，待不才回家奉送。”二程见汪革苦留，只得住了。

却说汪革到了临安府，干事已毕。朝中论传金虏败盟，诏议战守之策。汪革投匦上书，极言向来和议之非。且云：“国家虽安，忘战必危。江淮乃东南重地，散遣忠义军，最为非策。”末又云：“臣虽不才，愿倡率两淮忠勇，为国家前驱，恢复中原，以报积世之仇，方表微臣之志。”天子览奏，下枢密院会议。这枢密院官都是怕事的，只晓得临渴掘井，那会得未焚徙薪？况且布衣上书，谁肯破格荐引？又未知金鞑子真个杀来也不，且不覆奏，只将温言好语，款留汪革在本府候用。汪革因此逗留临安，急切未回。正是：

将相无人国内虚，布衣有志枉嗟吁。

黄金散尽貂裘敝，悔向咸阳去上书。

话分两头。再说程彪、程虎二人住在汪家，将及一载，胸中本事，倾倒得授与汪世雄，指望他重重相谢。那汪世雄也情愿厚赠，奈因父亲汪革，一去不回。二程等得不耐烦，坚执要行，汪世雄苦苦相留了几遍。到后来，毕竟留不住了。一时手中又值空乏，打并得五十两银子，分送与二人，每人二十五两，衣服一套，置酒作别。席上汪世雄说道：“重承二位高贤屈留赐教，本当厚赠，只因家父久寓临安，二位又坚执要去，世雄手无利权，只有些小私财，权当路费。改日两位若便道光顾，尚容补谢。”二人见银两不多，大失所望，口虽不语，心下想道：“洪教头说得汪家父子，万分轻财好义，许我个小富贵，特特而来。淹留一载，只这般赍发起身！比着忠义军中请受，也争不多。早知如此，何不就汪革在家时，即便相辞？也少不得助些盘费。如今汪革又不回来，欲待再住些时，又吃过了送行酒了。”只得快快而别。临行时，与汪世雄讨封回书与洪教头。汪世雄文理不甚通透，便将父亲先前写下这封书，递与二程，托他致意。二程收了。汪世雄又送一程，方才转去。

当日二程走得困乏，到晚寻店歇宿。沽酒对酌，各出怨望之语。程虎道：“汪世雄不是个三岁孩儿，难道百十贯钱钞，做不得主？直恁装穷推故，将人小觑！”程彪道：“那孩子虽然轻薄，也还有些面情；可恨汪革特地相留，不将人为意，数月之间，书信也不寄一个。只说待他回家奉送，难道十年不回，也等他十年？”程虎道：“那些倚着财势，横行乡曲，原不是什么轻财好客的孟尝君。只看他老子出外，儿子就支不动钱钞，便是小家样子。”程彪道：“那洪教头也不识人。难道别没个相识，偏荐到这三家村去处？”二个一递一句，说了半夜，吃得有八九分酒了，程虎道：“汪革寄与洪教头书，书中不知写甚言语，何不拆来一看？”程彪真个解开包裹，将书取出，湿开封处看时，上写道：

> 侍生汪革再拜，覆书子敬教师门下：久别怀念，得手书如对面，喜可知也。承荐二程，即留与小儿相处。奈彼欲行甚促，仆又有临安之游，不得厚赠，有负水意。惭愧，惭愧！

书尾又写细字一行，云：

> 别谕俟从临安回，即得践约，计期当在秋凉矣。革再拜。

程虎看罢，大怒道：“你是个富家，特地投奔你一场，便多将金帛结识我们，久后有相逢处。又不是雇工代役，算甚日子久近？却说道，‘欲行甚促’‘不得厚赠’，主意原自轻了。”程虎便要将书扯碎烧毁，却是程彪不肯，依旧收藏了。说道：“洪教头荐我兄弟一番，也把个回信与他，使他晓得没甚汤水。”程虎道：“也说得是。”当夜安歇无话。

次早起身，又行了一日。第三日，赶到太湖县，见了洪教头。洪恭在茶坊内坐下，各叙寒温。原来洪恭向来娶下个小老婆，唤做细姨，最是帮家做活，看蚕织绢，不辞辛苦，洪恭十分宠爱。只是一件，那妇人是勤苦作家的人，水也不舍得一杯与人吃的。前次程彪、程虎兄弟来时，洪恭虽然送在庵院安歇，却费了他朝暮两餐，被那妇人絮聒了好几日。今番二程又来，洪恭不敢延款了，又乏钱相赠；家中存得几匹好绢，洪恭要赠与二程，料是细姨不肯，自到房中，取了四匹，揣在怀里。刚出房门，被细姨撞见拦住道："老无知，你将这绢往那里去？"洪恭遮掩不过，只得央道："程家兄弟是我好朋友，今日远来别我还乡，无物表情，你只当权借这绢与我，休得违拗。"细姨道："老娘千辛万苦，织成这绢，不把来白送与人的。你自家有绢，自家做人情，莫要干涉老娘。"洪恭又道："他好意远来看我，酒也不留他吃三杯了，这四匹绢怎省得？我的娘，好歹让我做主这一遭儿。待送他转身，我自来陪你的礼。"说罢就走。

细姨扯住衫袖，道："你说他远来，有甚好意？前番白白里吃了两顿，今番又做指望。这几匹绢，老娘自家也不舍得做衣服穿，他有甚亲情往来，却要送他？他要绢时，只教他自与老娘取讨。"洪恭见小老婆执意不肯，又怕二程等久，只得发个狠，洒脱袖子，径奔出茶坊来。惹得细姨喉急，发起话来道："甚么没廉耻的光棍，非亲非眷，不时到人家蒿恼！各人要达时务便好。我们开茶坊的人家，有甚大出产？常言道：贴人不富自家穷。有我们这样老无知、老禽兽，不守本分，惯一招引闲神野鬼上门闹炒！看你没饭在锅里时节，有那个好朋友，把一斗五升来资助你？"故意走到屏风背后，千禽兽、万禽兽的骂。原来细姨在内争论时，二程一句句都听得了，心中十分焦燥。又听得后来骂詈，好没意思，不等洪恭作别，取了包裹便走。洪恭随后赶来，说道："小妾因两日有些反目，故此言语不顺，二位休得计较。这粗绢四匹，权折一饭之敬，休嫌微鲜。"程彪、程虎那里肯受，抵死推辞。洪恭只得取绢自回。细姨见有了绢，方才住口。正是：

从来阴性吝啬，一文割舍不得。

剥尽老公面皮，恶断朋友亲戚。

大抵妇人家勤俭惜财，固是美事，也要通乎人情。比如细姨一味悭吝，不存丈夫体面，他自躲在房室之内，做男子的免不得出外，如何做人？为此恩变为仇，招非揽祸，往往有之。所以古人说得好，道是：妻贤夫祸少，子孝父心宽。

闲话休题。再说程彪、程虎二人，初意来见洪教头，指望照前款留，他便细诉心腹，再求他荐到个好去处，又作道理。不期反受了一场辱骂，思量没处出气。所带汪革回书未投，想起书中有“别谕……候秋凉践约”等话，不知何事？心中正恨汪革，“何不陷他谋叛之情，两处气都出了？好计，好计！只一件，这书上原无实证，难以出首，除非如此如此。”二人离了太湖县，行至江州，在城外觅个旅店，安放行李。

次日，弟兄两个改换衣装，到宣抚衙门前踅了一回。回来吃了早饭，说道：“多时不曾上浔阳楼，今日何不去一看？”两个锁上房门，带了些散碎银两，径到浔阳楼来。那楼上游人无数，二人倚栏观看，忽有人扯着程彪的衣袂，叫道：“程大哥，几时到此？”程彪回头看，认得是府内惯缉事的，诨名叫做张光头。程彪慌忙叫兄弟程虎，一齐作揖，说道：“一言难尽。且同坐吃三杯，慢慢的告诉。”当下三人拣副空座头坐下，分付酒保取酒来饮。张光头道：“闻知二位在安庆汪家做教师，甚好际遇！”程彪道：“甚么际遇？几乎弄出大事来！”便附耳低言道：“汪革久霸一乡，渐有谋叛之意。从我学弓马战阵，庄客数千，都教演精熟了，约太湖洪教头洪恭，秋凉一同举事。教我二人纠合忠义军旧人为内应，我二人不从，逃走至此。”张光头道：“有甚证验？”程虎道：“见有书札，托我回复洪恭，我不曾替他投递。”张光头道：“书在何处？借来一看。”程彪道：“在下处。”三人饮了一回，还了酒钱。张光头直跟二程到下处，取书看了。道：“这是机密重情，不可泄漏。不才即当禀知宣抚司，二位定有重赏。”说罢，作别去了。

次日，张光头将此事密密的禀知宣抚使刘光祖。光祖即捕二程兄弟置狱，取其口词并汪革复洪恭书札，密地飞报枢密府。枢密府官大惊！商量道：“汪革见在本府候用，何不擒来鞫问？”差人去拿汪革时，汪革已自走了。原来汪革素性轻财好义，枢密府里的人，一个个和他相好，闻得风声，预先报与他知道，因此汪革连夜逃回。枢密府官见拿汪革不着，愈加心慌，便上表奏闻天子。天子降诏，责令宣抚使捕汪革、洪恭等。宣抚司移文安庆李太守，转行太湖、宿松二县，拿捕反贼。

却说洪恭在太湖县广有耳目，闻风先已逃避无获。只有汪革家私浩大，一时难走。此时宿松县令正缺，只有县尉姓何，名能，是他权印。奉了郡檄，点起士兵二百余人，望麻地进发。行未十里，何县尉在马上思量道：“闻得汪家父子骁勇，更兼冶户鱼户，不下千余，我这一去，可不枉送了性命？”乃与士兵都头商议，向山谷僻处屯住数日，回来禀知李太守，道：“汪革反谋，果是真的。庄上器械精利，整备拒捕。小官寡不敌众，只得回军。伏乞钧旨，别差勇将前去，方可成功。”

李公听信了，便请都监郭择商议。郭择道：“汪革武断一乡，目无官府，已非一日。若说反叛，其情未的。据称拒捕，何曾见官兵杀伤？依起愚见，不须动兵，小将不才，情愿挺身到彼，观其动静。若彼无叛情，要他亲到府中分辨；他若不来，剿除未晚。”李公道：“都监所言极当，即烦一行。须体察仔细，不可被他瞒过。”郭择道：“小将理会得。”李公又问道：“将军此行，带多少人去？”郭择道：“只亲随十余人足矣。”李公道：“下官将一人帮助。”即唤缉捕使臣王立到来。王立朝上唱个喏，立于旁边。李公指着道：“此人胆力颇壮，将军同他去时，缓急有用。”原来郭择与汪革素有交情，此行轻身而往，本要劝谕汪革，周全其事。不期太守差王立同去，“他倚着上官差遣，便要夸才卖智。七嘴八张，连我也不好做事了。”欲待推辞，不要他去，又怕太守疑心，只得领诺，怏怏而别。

次早，王立抓扎停当，便去催促郭择起身。又向郭择道：“郡中捕贼文书，须要带去。汪革这厮，来便来；不来时，小人同着都监一条麻绳，扣他颈皮。王法无亲，那怕他走上天去！”郭择早有三分不乐，便道：“文书虽带在此，一时不可说破，还要相机而行。”王立定要讨文书来看，郭择只得与他看了。王立便要拿起，却是郭择不肯，自己收过，藏在袖里。当日郭择和王立都骑了马，手下跟随的不上二十个人，离了郡城，望宿松而进。

却说汪革自临安回家，已知枢密院行文消息，正不知这场是非，从何而起。却也自恃没有反叛实迹，跟脚牢实，放心得下。前番何县尉领兵来捕，虽不曾到麻地，已自备细知道，这番如何不打探消息？闻知郡中又差郭都监来，带不满二十人，只怕是诱敌之计，预戒庄客，大作准备。分付儿子汪世雄，埋伏壮丁伺候，“倘若官兵来时，只索抵敌。”却说世雄妻张氏，乃太湖县盐贾张四郎之女，平日最有智数，见其夫装束，问知其情，乃出房对汪革说道：“公公素以豪侠名，积渐为官府所忌。若其原非反叛，官府亦自知之。为今之计，不若挺身出辨，得罪犹小，尚可保全家门。倘一有拒捕之名，弄假成真，百口难诉，悔之无及矣。”汪革道：“郭都监，吾之故人，来时定有商量。”遂不从张氏之言。

再说郭择到了麻地，径至汪革门首。汪革早在门外迎候，说道：“不知都监驾临荒僻，失于远接。”郭择道：“郭某此来，甚非得已，信之必然相谅。”两个揖让升厅，分宾坐定，各叙寒温。郭择看见两厢廊庄客往来不绝，明晃晃摆着刀枪，心下颇怀悚惧。又见王立跟定在身旁，不好细谈。汪革开言问道：“此位何人？”郭择道：“此乃太守相公所遣王观察也。”汪革起身，重与王立作揖，道：“失瞻，休罪！”便请王立在厅侧小阁儿内坐下，差个主管相陪。其余从人俱在门首空房中安扎。

一时间备下三席大酒：郭择客位一席，汪革主位相陪一席，王立另自一席。余从满盘肉，大瓮酒，尽他醉饱。饮酒中间，汪革又移席书房中小坐，却细叩郭择来意。郭择隐却郡檄内言语，只说道：“太守相公深知信之被诬，命郭某前来劝谕。信之若藏身不出，便是无丝有线了；若肯至郡分辨，郭某一力担当。”汪革道：“且请宽饮，却又理会。”郭择真心要周全汪革，乘王立不在眼前，正好说话，连次催并汪革决计。汪革见逼得慌，愈加疑惑。

此时六月天气，暑气蒸人，汪革要郭择解衣畅饮，郭择不肯。郭择连次要起身，汪革也不放，只管斟着大觥相劝。自巳牌至申牌时分，席还不散。郭择见天色将晚，恐怕他留宿，决意起身。说道：“适郭某所言，出于至诚，并无半字相欺。从与不从，早早裁决，休得两相担误。”汪革带着半醉，唤郭择的表字道：“希颜是我故人，敢不吐露心腹：某无辜受谤，不知所由。今即欲入郡参谒，又恐郡守不分皂白，阿附上官，强入人罪，鼠雀贪生，人岂不惜命？今有楮券四百，聊奉希颜表意，为我转限两三个月。我当向临安借贵要之力，与枢密院讨个人情。上面先说得停妥，方敢出头。希颜念吾平日交情，休得推委。”郭择本不欲受，只恐汪革心疑生变，乃佯笑道：“平昔相知，自当效力，何劳厚赐？暂时领受，容他日璧还。”却待舒手去接那楮券，谁知王观察王立站在窗外，听得汪革将楮券送郭择，自己却没甚贿赂，带着九分九厘醉态，不觉大怒！拍窗大叫道：“好都监！枢密院奉圣旨着本郡取谋反犯人，乃受钱转限，谁人敢担这干系？”

原来汪世雄率领壮丁，正伏在壁后。听得此语，即时跃出，将郭择一索捆番，骂道：“吾父与你何等交情，如何藏匿圣旨文书，吃骗吾父入郡，陷之死地？是何道理？”王立在窗外听见势头不好，早转身便走。正遇着一条好汉，提着朴刀拦住。那人姓刘，名青，绰号“刘千斤”，乃汪革手下第一个心腹家奴，喝道：“贼子那里走！”王立拨出腰刀厮斗，夺路向前，早被刘青左臂上砍上一刀，王立负痛而奔，刘青紧步赶上。只听得庄外喊声大举，庄客将从人乱砍，尽皆杀死。王立肩胛上又中了一朴刀，情知逃走不脱，便随刀仆地，妆做僵死。庄客将挠钩拖出，和众死尸一堆儿堆向墙边。汪革当厅坐下，汪世雄押郭择，当面搜出袖内文书一卷。汪革看了大怒！喝教斩首。郭择叩头求饶，道："此事非关小人，都因何县尉妄禀拒捕，以致太守发怒。小人奉上官差委，不得已而来。若得何县尉面对明白，小人虽死不恨。"汪革道："留下你这驴头也罢，省得那狗县尉没有了证见。"分付："权锁在耳房中。"教汪世雄即时往炭山冶坊等处，凡壮丁都要取齐听令。

却说炭山都是村农，怕事，闻说汪家造反，一个个都向深山中藏躲。只有冶坊中大半是无赖之徒，一呼而集，约有三百余人，都到庄上，杀牛宰马，权做赏军。庄上原有骏马三匹，日行数百里，价值千金。那马都有名色，叫做：惺惺骝、小骢骡、番婆子。又平日结识得四个好汉，都是胆勇过人的。那四个？龚四八、董三、董四、钱四二。其时也都来庄上，开怀饮酒，直吃到四更尽，五更初。众人都醉饱了，汪革扎缚起来，真像个好汉：

头总旋风髻，身穿白锦袍；鞝鞋兜脚紧，裹肚系身牢。多带穿杨箭，高擎斩铁刀。雄威真罕见，麻地显英豪。

汪革自骑着番婆子，控马的用着刘青，又是一个不良善的，怎生模样？

刚须环眼威风凛，八尺长躯一片锦。
千斤铁臂敢相持，好汉逢他打寒噤。

汪革引着一百人为前锋。董三、董四、钱四二共引三百人为中军。汪世雄骑着小骢骡，却教龚四八骑着惺惺骝相随，引一百余人，押着郭都监为后队。分发已定，连放三个大铳，一齐起身，望宿松进发，要拿何县尉。正是：

人无害虎心，虎有伤人意。
离城约五里之近，天色大明。

只见钱四二跑上前向汪革说道："要拿一个县尉，何须惊天动地！只消数人突然而入，缚了他来就是。"汪革道："此言有理。"就教钱四二押着大队屯住，单领董三、董四、刘青和二十余人前行。望见城濠边一群小儿连臂而歌，歌曰：

二六佳人姓汪，偷个船儿过江。

过江能几日？一杯热酒难当。

歌之不已。汪革策马近前叱之，忽然不见，心下甚疑。

到县前时，已是早衙时分，只见静悄悄地，绝无动静。汪革却待下马，只见一个直宿的老门子，从县里面唱着哩嗹花儿的走出，被刘青一把拿住，问道："何县尉在那里？"老门子答道："昨日往东村勾摄公事未回。"汪革就教他引路。径出东门，约行二十余里，来到一所大庙，唤做福应侯庙，乃是一邑之香火。本邑奉事甚谨，最有灵应。老门子指道："每常官府下乡，只在这庙里歇宿，可以问之。"汪革下马入庙。庙祝见人马雄壮，刀仗鲜明，正不知甚人，唬得尿流屁滚，跪地迎接。汪革问他县尉消息，庙祝道："昨晚果然在庙安歇，今日五更起马，不知去向。"汪革方信老门子是实话，将他放了。就在庙里打了中火，遣人四下踪迹县尉，并无的信。看看捱至申牌时分，汪革心中十分焦燥，教取火来，把这福应侯庙烧做白地，引众仍回旧路。刘青道："县尉虽然不在，却有妻小在官廨中。若取之为质，何愁县尉不来？"汪革点头道："是。"行至东门，尚未昏黑，只见城门已闭。却是王观察王立不曾真死，负痛逃命入城，将事情一一禀知巡检。那巡检唬得面如土色，一面分付闭了城门，防他罗唣；一面申报郡中，说汪革杀人造反，早早发兵剿捕。

再说汪革见城门闭了，便欲放火攻门。忽然一阵怪风，从城头上旋将下来。那风好不利害！吹得人毛骨俱悚，惊得那匹番婆子也直立嘶鸣，倒退几步。汪革在马上大叫一声，直跌下地来。正是：

未知性命如何，先见四肢不举。

刘青见汪革坠马，慌忙扶起看时，不言不语，好似中恶模样，不省人事。刘青只得抱上雕鞍，董三、董四左右防护，刘青控马而行。转到南门，却好汪世雄引着二三十人，带着火把接应，合为一处。又行二里，汪革方才苏醒。叫道："怪哉！分明见一神人，身长数丈，头如车轮，白袍金甲，身坐城堵上，脚垂至地，神兵簇拥，不计其数，旗上明写'福应侯'三字。那神人舒左脚踢我下马，想是神道怪我烧毁其庙，所以为祸也。明早引大队到来，白日里攻打，看他如何？"汪世雄道："父亲还不知道，钱四二恐防累及，已有异心，不知与众人如何商议了，他先洋洋而去，以后众人陆续走散，三停中已去了二停。父亲不如回到家中再作计较。"汪革听罢，懊恨不已。

行至屯兵之地，见龚四八，所言相同。郭择还锁押在彼，汪革一时性起，拔出佩刀，将郭择劈做两截。引众再回麻地坡来，一路上又跑散了许多人。到庄点点人数，止存六十余人。汪革叹道："吾素有忠义之志，忽为奸人所陷，无由自明。初意欲擒拿县尉，究问根由，报仇雪耻；因借府库之资，招徕豪杰，跌宕江淮，驱除这些贪官污吏，使威名盖世；然后就朝廷恩抚，为国家出力，建万世之功业。今吾志不就，命也。"对龚四八等道："感众兄弟相从不舍，吾何忍负累！今罪犯必死，此身已不足惜。众兄弟何不将我绑去送官，自脱其祸？"龚四八等齐声道："哥哥说那里话！我等平日受你看顾大恩，今日患难之际，生死相依，岂有更变！哥哥休将钱四二一例看待。"汪革道："虽然如此，这麻地坡是个死路，若官兵一到，没有退步。大抵朝廷之事，虎头蛇尾，且暂为逃难之计。倘或天天可怜，不绝尽汪门宗祀，此地还是我子孙故业。不然，我汪革魂魄，亦不复到此矣！"言讫，扑簌簌两行泪下。汪世雄放声大哭，龚四八等皆泣下，不能仰视。汪革道："天明恐有军马来到，事不宜迟矣。天荒湖有渔户可依，权且躲避。"乃尽出金珠，将一半付与董三、董四，教他变姓易名，往临安行都为贾，布散流言，说何县尉迫胁汪革，实无反情，只当公道不平，逢人分析。那一半付与龚四八，教他领了三岁的孙子，潜往吴郡藏匿。"官府只虑我北去通虏，决不疑在近地。事平之后，径到严州遂安县，寻我哥哥汪师中，必然收留。"乃将三匹名马分赠三人。龚四八道："此马毛色非凡，恐被人识破，不可乘也。"汪革道："若遗与他人，有损无益。"提起大刀，一刀一匹，三刀尽皆杀死。庄前庄后，放起一把无情火，必必剥剥，烧得烈焰腾天。汪革与龚、董三人，就火光中洒泪分别。世雄妻张氏，见三岁的孩儿去了，大哭一场，自投于火而死。若汪革早听其言，岂有今日？正是：良药苦口，忠言逆耳。有智妇人，赛过男子。汪革伤感不已，然无可奈何了。天色将明，分付庄客："不愿跟随的，听其自便。"引了妻儿老少，和刘青等心腹三十余人，径投望江县天荒湖来。取五只渔船，分载人口，摇向芦苇深处藏躲。

话分两头。却说安庆李太守见了宿松县申文，大惊！忙备文书各上司处申报；一面行文各县，招集民兵剿贼。江淮宣抚司刘光祖将事情装点大了，奏闻朝廷。旨意倒下枢密院："着本处统帅约会各郡军马，合力剿捕，毋致蔓延。”刘光祖各郡调兵，到者约有四五千之数。已知汪革烧毁房舍，逃入天荒湖内。又调各处船兵，水陆并进。又支会平江一路，用兵邀截，以防走逸。那领兵官无非是都监、提辖、县尉、巡检之类，素闻汪革骁勇，党与甚众，人有畏怯之心。陆军只屯住在望江城外，水军只屯在里湖港口，抢掳民财，消磨粮饷，那个敢下湖捕贼？

住了二十余日，湖中并无动静。有几个大胆的乘个小划船，哨探出去，望见芦苇中烟火不绝，远远的鼓声敲响，不敢近视，依旧划转。又过几日，烟火也没了，鼓声也不闻了。水哨禀知军官，移船出港，筛锣擂鼓，摇旗呐喊而前，荡入湖中。连打鱼的小船都四散躲过，并不见一只。向芦苇烟起处搜看时，鬼脚迹也没一个了。但见几只破船上堆却木屑和草根，煨得船板焦黑。浅渚上有两三面大鼓，鼓上缚着羊，连羊也饿得半死了。原来鼓声是羊蹄所击，烟火乃木屑。汪革从湖入江，已顺流东去，正不知几时了。军官惧罪，只得将船追去。

行出江口，只见五个渔船，一字儿泊在江边，船上立着个汉子。有人认得这船是天荒湖内的渔船，拢船去拿那汉子查问时，那汉子噙着眼泪，告诉道：“小人姓樊，名速，川中人氏。因到此做些小商贩，买卖已毕，与一个乡亲同坐一只大船，三日前来此江口，撞着这五个渔船。船上许多好汉，自称汪十二爷，要借我大船安顿人口，将这五个小渔船相换。我不肯时，腰间拔出雪样的刀来便要杀害，只得让与他去了。你看这个小船，怎过得川江？累我重复觅船，好不苦也！”船上两个军官商量道：“眼见得换船的汪十二爷，便是汪革了。他人众已散，只有两只大船，容易算计了，且放心赶去。”行至采石矶

边，见江面上摆列战舰无数，却是太平郡差出军官，领水军把截采石，盘诘行船，恐防反贼汪革走逸。打听的实，两处军官相会。安庆军官说起汪革在湖中逃走入江，劫上两只大客船，装载家小之事。“料他必从此过，小将跟寻下来，如何不见？”采石军官听说，大惊顿足道：“我被这奸贼瞒过了也！前两日辰牌时分，果有两只大客船，船中满载家小，其人冠带来谒，自称姓王，名中一，为蜀中参军，任满赴行都升补。想来‘汪’字半边是‘王’字，‘革’字下截是‘中一’二字，此人正是汪革。今已过去，不知何往矣！”两处军官度道：“失了汪革正贼，料瞒不过。”只得从实申报上司。上司见汪革踪迹神出鬼没，愈加疑虑，请枢密院悬下赏格，画影图形，各处张挂：“有能擒捕汪革者，给赏一万贯，官升三级；获其嫡亲家属一口者，赏三千贯，官升一级。”

却说汪革乘着两只客船，径下太湖。过了数日，闻知官府挨捕紧急，料是藏躲不了，将客船凿沉湖底，将家小寄顿一个打鱼人家，多将金帛相赠，约定一年后来取。却教刘青跟随儿子汪世雄，间道往无为州漕司出首，说：“父亲原无反情，特为县尉何能陷害，见今逃难行都，乞押去追寻，免致兴兵调饷。此乃保全家门之计，不可迟滞。”世雄被父亲所逼，只得去了。漕司看了汪世雄首词，问了备细，差官锁押到临安府，挨获汪革；一面禀知枢密等院衙门去讫。

却说汪革发脱家小，单单剩得一身，改换衣装，径望临安而走。在城外住了数日，不见儿子世雄消息，想起城北厢官白正，系向年相识，乃夜入北关，叩门求见。白正见是汪革，大惊，便欲走避。汪革扯住说道：“兄长勿疑，某此来束手投罪，非相累也。”白正方才心稳，开言问道：“官府捕足下甚急，何为来此？”汪革将冤情告诉了一遍：“如今愿借兄长之力，得诣阙自明，死亦无恨。”白正留汪革住了一宿，次早报知枢密府，遂下于大理院狱中。狱官拷问他家属何在，及同党之人姓名。汪革道：“妻小都死于火中，只有一子名世雄，一向在外做客，并不知情。庄丁俱是村民，各各逃命去讫，亦不记姓名。”狱官严刑拷讯，终不肯说。

却说白正不愿领赏，纪功升官，心下十分可怜汪革，一应狱中事体，替他周旋。临安府闻说反贼汪革投到，把做异事传播。董三、董四知道了，也来暗地与他使钱，大尹院上官吏都得了贿赂，汪革稍得宽展，遂于狱中上书。大略云：

臣汪革，于某年某月投匦献策，愿倡率两淮忠义，为国家前驱破虏，恢复中原。臣志在报国如此，岂有贰心？不知何人谤臣为反，又不知所指何事？愿得其人与臣面质，使臣心迹明白，虽死犹生矣。”天子见其书，乃诏九江府押送程彪、程虎二人，到行都并下大理鞫问。其时无为州漕司文书亦到，汪世雄也来了。

那会审一日，好不热闹！汪革父子相会，一段悲伤，自不必说，看见对头，却是二程兄弟，出自意外，到吃一惊！方晓得这场是非的来历。刑官审问时，二程并无他话，只指汪革所寄洪恭之书为据。汪革辨道：“书中所约秋凉践约，原欲置买太湖县湖荡，并非另情。”刑官道：“洪恭已在逃了，有何对证？”汪世雄道：“闻得洪恭见在宣城居住，只拿他来审，便知端的。”刑官一时不能决，权将四人分头监候，行文宁国府去了。

不一日，本府将洪恭解到。刘青在外面已自买嘱解子，先将程彪、程虎根由备细与洪恭说了。洪恭料得没事，大着胆进院。遂将写书推荐二程，约汪革来看湖荡，及汪家赍发薄了，二人不悦，并赠绢不受之故，始末根由，说了一遍。“汪革回书，被程彪、程虎藏匿不付。两头怀恨，遂造此谋，诬陷平人，更无别故。”堂上官录了口词，向狱中取出汪家父子、二程兄弟面证。程彪、程虎见洪恭说得的实了，无言可答。汪革又将何县尉停泊中途，诈称拒捕，以致上司激怒等因，说了一遍。

问官再四推鞫无异，又且得了贿赂，有心要周旋其事。当时判出审单，略云：

审得犯人一名汪革，颇有侠名，原无反状。始因二程之私怨，妄解书词；继因何尉之讹言，遂开兵衅。察其本谋，实非得已。但不合不行告辨，纠合凶徒，擅杀职官郭择及士兵数人。情虽可原，罪实难宥。思其束手自投，显非抗拒。但行凶非止一人，据革自供当时逃散，不记姓名；而郡县申文，已有刘青名字。合行文本处访拿治罪，不可终成漏网。革子世雄，知情与否，亦难悬断。然观无为州首词与同恶相济者不侔，似宜准自首例，姑从末减。汪革照律该凌迟处死，仍枭首示众，决不待时。汪世雄杖脊发配二千里外。程彪、程虎首事妄言，杖脊发配一千里外。俱俟凶党刘青等到后发遣。洪恭供明释放。县尉何能捕贼无才，罢官削籍。

狱具，覆奏天子。圣旨依拟。刘青一闻这个消息，预先漏与狱中，只劝汪革服毒自尽。

汪革这一死，正应着宿松城下小儿之歌。他说“二六佳人姓汪”，汪革排行十二也；“偷个船儿过江”，是指劫船之事；“过江能几日？一杯热酒难当”，汪革今日将热酒服毒，果应其言矣。古来说，童谣乃天上荧惑星化成小儿，预言祸福。看起来汪革虽不曾成什么大事，却被官府大惊小怪，起兵调将，骚扰几处州郡，名动京师，忧及天子，便有童谣预兆，亦非偶然也。

闲话休题。再说汪革死后，大理院官验过，仍将死尸枭首，悬挂国门。刘青先将尸骸藏过，半夜里偷其头去藁葬于临安北门十里之外。次日私对董三说知其处，然后自投大理院，将一应杀人之事，独自承认。又自诉偷葬主人之情。大理院官用刑严讯，备诸毒苦，要他招出葬尸处，终不肯言。是夜，受苦不过，死于狱中。后人有诗赞云：

从容就狱申王法，慷慨捐生报主恩。
多少朝中食禄者，几人殉义似刘青？

大理院官见刘青死了，就算个完局，狱中取出汪世雄及程彪、程虎，决断发配。董三、董四在外，已自使了手脚，买嘱了行杖的，汪世雄皮肤也不曾伤损，程彪、程虎着实吃了大亏。又兼解子也受了买嘱，一路上将他两个难为，行至中途，程彪先病故了，只将程虎解去，不知下落。那解汪世雄的得了许多银两，刚行得三四百里，将他纵放。汪世雄躲在江湖上，使枪棒卖药为生。不在话下。

再说董三、董四收拾了本钱，往姑苏寻着了龚四八，领了小孩子；又往太湖打鱼人家，寻了汪家老小。三个人扮作仆者模样，一路跟随，直送至严州遂安县汪师中处。汪孚问知详细，感伤不已，拨宅安顿。龚、董等都移家附近居住，却有汪孚卫护，地方上谁敢道个不字？

过了半载，事渐冷了。汪师中遣龚四八、董四二人，往麻地坡查理旧时产业。那边依旧有人造炭冶铁，问起缘故，却是钱四二为主，倡率乡民做事，就顶了汪革的故业。只有天荒湖渔户不肯从顺。董四大怒，骂道：“这反覆不义之贼，恁般享用得好，心下何安？我拼着性命，与汪信之哥哥报仇。”提了朴刀，便要寻钱四二赌命。龚四八止住道：“不可，不可。他既在此做事，乡民都帮助他的。寡不敌众，枉惹人笑。不如回复师中，再作道理。”

二人转至宿松，何期正在郭都监门首经过。有认得董四的，闲着口，对郭都监的家人郭兴说道：“这来的矮胖汉，便是汪革的心腹帮手，叫做董学，排行第四。”郭兴听罢，心下想道：“家主之仇，如何不报？”让一步过去，出其不意，从背心上狠的一拳，将董四抑倒，急叫道：“拿得反贼汪革手下杀人的凶徒在此！”宅里奔出四五条汉子出来，街坊上人一拥都来，唬得龚四八不敢相救，一道烟走了。郭兴招引地方将董四背剪绑起，头发都捋得干干净净，一步一棍，解到宿松县来。此时新县官尚未到任，何县尉又坏官去了，却是典史掌印。不敢自专，转解到安庆李太守处。李太守因前番汪革反情不实，轻事重报，被上司埋怨了一场，不胜懊悔。今日又说起汪革，头也疼将起来，反怪地方多事，骂道：“汪革杀人一事，奉圣旨处分了当。郭择性命已偿过了，如何又生事扰害？那典史与他起解，好不晓事！”嘱教将董四放了。郭兴和地方人等，一场没趣而散。董四被郭家打伤，负痛奔回遂安县去。

却说龚四八先回。将钱四二占了炭冶生业，及董四被郭家拿住之事，细说一遍。汪孚度道：“必然解郡。”却待差人到安庆去替他用钱营干，忽见董四光着头奔回，诉说如此如此，“若非李太守好意，性命不保。”汪孚道：“据官府口气，此事已撇过一边了。虽然董四哥吃了些亏，也得了个好消息。”又过几日，汪孚自引了家童二十余人，来到麻地坡，寻钱四二，与他说话。钱四二闻知汪孚自来，如何敢出头？带着妻子连夜逃走去了，到撇下房屋家计。汪孚道：“这不义之物，不可用之。”赏与本地炭户等，尽他搬运，房屋也都拆去了。汪孚买起木料，烧砖造瓦，另盖起楼房一所。将汪革先前炭冶之业，一一查清，仍旧汪氏管业；又到天荒湖拘集渔户，每人赏赐布钞，以收其心。这七十里天荒湖，仍为汪氏之产。又央人向郡中上下使钱，做汪孚出名，批了执照。汪孚在麻地坡住了十个多月，百事做得停停当当，留下两个家人掌管，自己回遂安去。

不一日，哲宗皇帝晏驾。新天子即位，颁下诏书，大赦天下，汪世雄才敢回家，到遂安拜见了伯伯汪师中，抱头而哭。闻得一家骨肉无恙，母子重逢；小孩儿已长成了，是汪孚取名，叫做汪千一；汪世雄心中一悲一喜。过了数日，汪世雄禀过伯伯：“同董三到临安走遭，要将父亲骸骨奔归埋葬。”汪孚道：“此是大孝之事，我如何阻当？但须早去早回。此间武强山广有隙地，风水尽好，我先与你葺理葬事。”汪世雄和董三去了，一路无事。不一日，负骨而回，重备棺木殡殓，择日安葬。

事毕，汪孚向侄儿说道：“麻地坡产业虽好，你父亲在彼，挫了威风。又地方多有仇家，龚四八和董三、董四多有人认得了，你去住不得了。我当初为一句闲话上，触了你父亲，别口气走向麻地坡去了，以致弄出许多事来。今日将我的产业尽数让你，一来是见成事业，二来你父亲坟茔在此，也好看管。也教你父亲在九泉之下，消了这口怨气。那麻地坡产业，我自移家往彼居住，不怕谁人奈何得我。”汪世雄拜谢了伯伯。当日汪孚将遂安房产帐目，尽数交付汪世雄明白，童仆也分下一半，自己领了家小，向麻地坡一路而去。从此遂安与宿松，分做二宗，往来不绝。汪世雄凭藉伯伯的财势，地方无不信服。只为妻张氏赴火身死，终身不娶，专以训儿为事。后来汪千一中了武举，直做到亲军指挥使之职。子孙繁盛无比。这段话本，叫做《汪信之一死救全家》。后人有诗赞云：

烈烈轰轰大丈夫，出门空手立家模。
情真义士多帮手，赏薄宵人起异图。
仗剑报仇因迫吏，挺身就狱为全孥。
汪孚让宅真高谊，千古传名事岂诬？

第三十六卷　沈小霞相会出师表

闲向书斋阅古今，偶逢奇事感人心。

忠臣翻受奸臣制，肮脏英雄泪满襟。

休解绶，慢投簪，从来日月岂常阴？

到头祸福终须应，天道还分贞与淫。

话说国朝嘉靖年间，圣人在位，风调雨顺，国泰民安。只为用错了一个奸臣，浊乱了朝政，险些儿不得太平。那奸臣是谁？姓严，名嵩，号介溪，江西分宜人氏。以柔媚得幸，交通宦官，先意迎合，精勤斋醮，供奉青词，由此骤致贵显。为人外装曲谨，内实猜刻。谗害了大学士夏言，自己代为首相，权尊势重，朝野侧目。儿子严世蕃，由官生直做得到工部侍郎。他为人更狠，但有些小人之才：博闻强记，能思善算。介溪公最听他的说话，凡疑难大事，必须与他商量，朝中有“大丞相”“小丞相”之称。他父子济恶，招权纳贿，卖官鬻爵。官员求富贵者，以重赂献之，拜他门下做干儿子，即得超迁显位。由是不肖之人，奔走如市。科道衙门，皆其心腹牙爪。但有与他作对的，立见奇祸：轻则杖谪，重则杀戮，好不利害！除非不要性命的，才敢开口说句公道话儿；若不是真正关龙逢、比干，十二分忠君爱国的，宁可误了朝廷，岂敢得罪宰相？其时，有无名子感慨时事，将《神童诗》改成四句云：

少小休勤学，钱财可立身。

君看严宰相，必用有钱人。

又改四句，道是：

天子重权豪，开言惹祸苗。

万般皆下品，只有奉承高。

只为严嵩父子恃宠贪虐，罪恶如山，引出一个忠臣来，做出一段奇奇怪怪的事迹，留下一段轰轰烈烈的话柄，一时身死，万古名扬。正是：

家多孝子亲安乐，国有忠臣世泰平。

那人姓沈，名炼，别号青霞，浙江绍兴人氏。其人有文经武纬之才，济世安民之志。从幼慕诸葛孔明之为人，孔明文集上有《前出师表》《后出师表》，沈炼平日爱诵之，手自抄录数百遍，室中到处粘壁。每逢酒后，便高声背诵，念到"鞠躬尽瘁，死而后已"，往往长叹数声，大哭而罢。以此为常，人都叫他是狂生。嘉靖戊戌年，中了进士，除授知县之职。他共做了三处知县，那三处？溧阳、茌平、清丰。这三任官做得好，真个是：

吏肃惟遵法，官清不爱钱。

豪强皆敛手，百姓尽安眠。

因他生性伉直，不肯阿奉上官，左迁绵衣卫经历。一到京师，看见严家赃秽狼藉，心中甚怒。

忽一日值公宴，见严世蕃倨傲之状，已自九分不像意。饮至中间，只见严世蕃狂呼乱叫，旁若无人；索巨觥飞酒，饮不尽者罚之。这巨觥约容酒斗余，两坐客惧世蕃威势，没人敢不吃。只有一个马给事，天性绝饮，世蕃固意将巨觥飞到他面前。马给事再三告免，世蕃不依。马给事略沾唇，面便发赤，眉头打结，愁苦不胜。世蕃自去下席，亲手揪了他的耳朵，将巨觥灌之。那给事出于无奈，闷着气，一连几口吸尽。不吃也罢，才吃下时，觉得天在下，地在上，墙壁都团团转动，头重脚轻，站立不住。世蕃拍手呵呵大笑。沈炼一肚子不平之气，忽然揎袖而起，抢那只巨觥在手，斟得满满的，走到世蕃面前说道："马司谏承老先生赐酒，已沾醉不能为礼。下官代他酬老先生一杯。"世蕃愕然，方欲举手推辞，只见沈炼声色俱厉道："此杯别人吃得，你也吃得，别人怕着你，我沈炼不怕你！"也揪了世蕃的耳朵灌去，世蕃一饮而尽。沈炼掷杯于案，一般拍手呵呵大笑。唬得众官员面如土色，一个个低着头，不敢则声。世蕃假醉，先辞去了。沈炼也不送，坐在椅上叹道："咳！'汉贼不两立！''汉贼不两立！'"一连念了七八句。这句书也是《出师表》上的说话，他把严家比着曹操父子。众人只怕世蕃听见，到替他捏两把汗。沈炼全不为意，又取酒连饮几杯，尽醉方散。

睡到五更醒来，想道："严世蕃这厮，被我使气，逼他饮酒，他必然记恨，来暗算我。一不做，二不休，有心只是一怪，不如先下手为强。我想严嵩父子之恶，神人怨怒，只因朝廷宠信甚固。我官卑职小，言而无益；欲待觑个机会，方才下手。如今等不及了，只当做张子房在博浪沙中椎击秦始皇，虽然击他不中，也好与众人做个榜样。”就枕头上思想疏稿，想到天明有了。起来焚香盥手，写就表章。表上备说严嵩父子招权纳贿，穷凶极恶，欺君误国十大罪，乞诛之以谢天下。圣旨下道：“沈炼谤讪大臣，沽名钓誉，着锦衣卫重打一百，发出口外为民。”严世蕃差人分付锦衣卫官校，定要将沈炼打死。喜得堂上官是个有主意的人，那人姓陆，名炳，平时极敬重沈公的节气；况且又是属

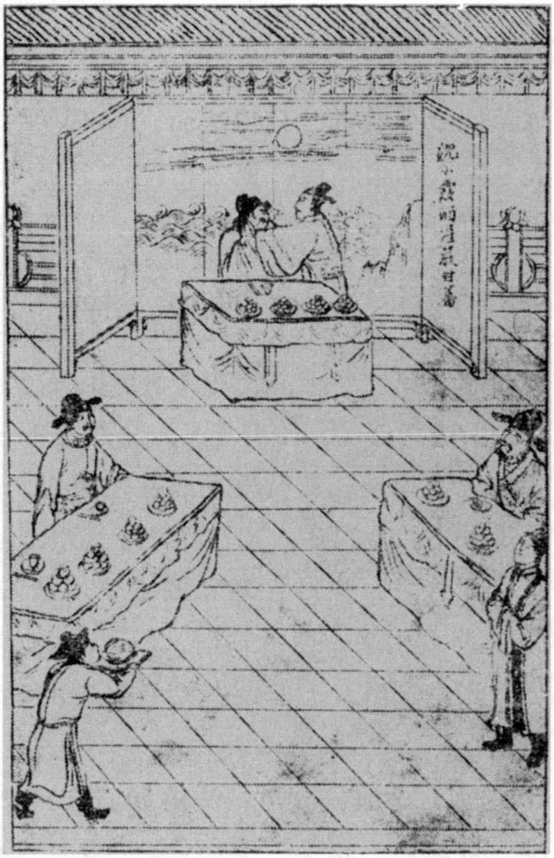

官，相处得好的。因此反加周全，好生打个出头棍儿，不甚利害。户部注籍保安州为民。沈炼带着棒疮，即时收拾行李，带领妻子，雇着一辆车儿，出了国门，望保安进发。

原来沈公夫人徐氏，所生四个儿子。长子沈襄，本府廪膳秀才，一向留家。次子沈衮、沈褒，随任读书。幼子沈袠，年方周岁。嫡亲五口儿上路，满朝文武，惧怕严家，没一个敢来送行。有诗为证：

一纸封章忤庙廊，萧然行李入遐荒。

相知不敢攀鞍送，恐触权奸惹祸殃。

一路上辛苦，自不必说，且喜到了保安州了。那保安州属宣府，是个边远地方，不比内地繁华。异乡风景，举目凄凉；况兼连日阴雨，天昏地黑，倍加惨戚。欲赁间民房居住，又无相识指引，不知何处安身是好。正在傍徨之际，只见一人打个小伞前来。看见路旁行李，又见沈炼一表非俗，立住了脚，相了一回，问道：“官人尊姓？何处来的？”沈炼道：“姓沈，从京师来。”那人道：“小人闻得京中有个沈经历，上本要杀严嵩父子，莫非

官人就是他么?”沈炼道:“正是。”那人道:“仰慕多时,幸得相会。此非说话之处,寒家离此不远,便请携宝眷同行,到寒家权下,再作区处。”沈炼见他十分殷勤,只得从命。行不多路,便到了。看那人家,虽不是个大大宅院,却也精致。那人揖沈炼至于中堂,纳头便拜。沈炼慌忙答礼,问道:“足下是谁?何故如此相爱?”那人道:“小人姓贾,名石,是宣府卫一个舍人。哥哥是本卫千户,先年身故,无子,小人应袭。为严贼当权,袭职者都要重赂,小人不愿为官,托赖祖荫,有数亩薄田,务农度日。数日前闻阁下弹劾严氏,此乃天下忠臣义士也。又闻编管在此,小人渴欲一见,不意天遣相遇,三生有幸!”说罢又拜下去。沈公再三扶起,便教沈衮、沈褒与贾石相见。贾石教老婆迎接沈奶奶到内宅安置。交卸了行李,打发车夫等去了。分付庄客宰猪买酒,管待沈公一家。贾石道:“这等雨天,料阁下也无处去,只好在寒家安歇了。请安心多饮几杯,以宽劳顿。”沈炼谢道:“萍水相逢,便承款宿,何以当此?”贾石道:“农庄粗粝,休嫌简慢。”当日宾主酬酢,无非说些感慨时事的说话。两边说得情投意合,只恨相见之晚。

过了一宿。次早,沈炼起身,向贾石说道:“我要寻所房子,安顿老小,有烦舍人指引。”贾石道:“要什么样的房子?”沈炼道:“只像宅上这一所,十分足意了,租价但凭尊教。”贾石道:“不妨事。”出去踅了一回,转来道:“赁房尽有,只是龌龊低洼,急切难得中意的。阁下不若就在草舍权住几时,小人领着家小自到外家去住。等阁下还朝,小人回来,可不稳便?”沈炼道:“虽承厚爱,岂敢占舍人之宅?此事决不可!”贾石道:“小人虽是村农,颇识好歹。慕阁下忠义之士,想要执鞭坠镫,尚且不能;今日天幸降临,权让这几间草房与阁下作寓,也表得我小人一点敬贤之心。不须推逊。”话毕,慌忙分付庄客,推个车儿,牵个马儿,带个驴儿,一伙子将细软家私搬去;其余家常动使家火,都留与沈公日用。沈炼见他慨爽,甚不过意,愿与他结义为兄弟。贾石道:“小人是一介村农,怎敢僭扳贵宦?”沈炼道:“大丈夫意气相许,那有贵贱?”贾石小沈炼五岁,就拜沈炼为兄。沈炼教两个儿子拜贾石为义叔,贾石也唤妻子出来都相见了,做了一家儿亲戚。贾石陪过沈炼吃饭已毕,便引着妻子到外舅李家去讫。自此,沈炼只在贾石宅子内居住。时人有诗叹贾舍人借宅之事,诗曰:

倾盖相逢意气真,移家借宅表情亲。

世间多少亲和友，竞产争财愧死人！

却说保安州父老，闻知沈经历为上本参严阁老，贬斥到此，人人敬仰，都来拜望，争识其面。也有运柴运米相助的，也有携酒肴来请沈公吃的，又有遣子弟拜于门下听教的。沈炼每日间与地方人等，讲论忠孝大节及古来忠臣义士的故事。说到关心处，有时毛发倒竖，拍案大叫；有时悲歌长叹，涕泪交流。地方若老若小，无不耸听欢喜。或时唾骂严贼，地方人等齐声附和；其中若有不开口的，众人就骂他是不忠不义。一时高兴，以后率以为常。又闻得沈经历文武全材，都来合他去射箭。沈炼教把稻草扎成三个偶人，用布包裹，一写“唐奸相李林甫”，一写“宋奸相秦桧”，一写“明奸相严嵩”，把那三个偶人做个射鹄。假如要射李林甫的，便高声骂道：“李贼看箭！”秦贼、严贼，都是如此。北方人性直，被沈经历哄得热闹了，全不虑及严家知道。

自古道：若要人不知，除非己莫为。世间只有权势之家报新闻的极多，早有人将此事报知严嵩父子。严嵩父子深以为恨，商议要寻个事头杀却沈炼，方免其患。适值宣大总督员缺，严阁老分付吏部，教把这缺与他门下干儿子杨顺做去。吏部依言，就将杨侍郎杨顺差往宣大总督。杨顺往严府拜辞，严世蕃置酒送行。席间屏人而语，托他要查沈炼过失。杨顺领命，唯唯而去。正是：

合成毒药惟需酒，铸就钢刀待举手。

可怜忠义沈经历，还向偶人夸大口！

却说杨顺到任不多时，适遇大同鞑虏俺答引众入寇应州地方，连破了四十余堡，掳去男妇无算。杨顺不敢出兵救援，直待鞑虏去后，方才遣兵调将，为追袭之计。一般筛锣击鼓，扬旗放炮，都是鬼弄，那曾看见半个鞑子的影儿？杨顺情知失机惧罪，密谕将士：“搜获避兵的平民，将他剃头斩首，充做鞑虏首级，解往兵部报功。”那一时，不知杀死了多少无辜的百姓！沈炼闻知其事，心中大怒！写书一封，教中军官送与杨顺。中军官晓得沈经历是个揽祸的太岁，书中不知写甚么说话，那里肯与他送。沈炼就穿了青衣小帽，在军门伺候杨顺出来，亲自投递。杨顺接来看时，书中大略说道：一人功名事极小，百姓性命事极大。杀平民以冒功，于心何忍？况且遇鞑贼，止于掳掠；遇我兵，反加杀戮，是将帅之恶，更甚于鞑虏矣！书后又附诗一首，诗云：

杀生报主意何如？解道“功成万骨枯”。

试听沙场风雨夜，冤魂相唤觅头颅。

杨顺见书大怒，扯得粉碎。

却说沈炼又做了一篇祭文，率领门下子弟，备了祭礼，望空祭奠那些冤死之鬼。又作《塞下吟》云：

云中一片虏烽高，出塞将军已著劳。

不斩单于诛百姓，可怜冤血染霜刀。

又诗云：

本为求生来避虏，谁知避虏反戕生！

早知虏首将民假，悔不当时随虏行。

杨总督标下有个心腹指挥，姓罗，名铠，抄得此诗并祭文，密献于杨顺。杨顺看了，愈加怨恨，遂将第一首诗改窜数字，诗曰：

云中一片虏烽高，出塞将军枉著劳。

何似借他除佞贼，不须奏请上方刀。

写就密书，连改诗封固，就差罗铠送与严世蕃。书中说：“沈炼怨恨相国父子，阴结死士剑客，要乘机报仇。前番鞑虏入寇，他吟诗四句，诗中有借虏除佞之语，意在不轨。”世蕃见书大惊！即请心腹御史路楷商议。路楷曰：“不才若往按彼处，当为相国了当这件大事。”世蕃大喜！即分付都察院：“便差路楷巡按宣大。”临行，世蕃治酒款别，说道：“烦寄语杨公，同心协力，若能除却这心腹之患，当以侯伯世爵相酬，决不失信于二公也。”路楷领诺。不一日，奉了钦差敕命，来到宣府到任，与杨总督相见了。路楷遂将世蕃所托之语，一一对杨顺说知。杨顺道：“学生为此事，朝思暮想，废寝忘餐。恨无良策，以置此人于死地。”路楷道：“彼此留心。一来休负了严公父子的付托，二来自家富贵的机会，不可错过。”杨顺道：“说得是！倘有可下手处，彼此相报。”当日相别去了。

杨顺思想路楷之言，一夜不睡。次早坐堂，只见中军官报道：“今有蔚州卫拿获妖贼二名，解到辕门外，伏听钧旨。”杨顺道：“唤进来。”解官磕了头，递上文书。杨顺拆开看了，呵呵大笑。这二名妖贼，叫做阎浩、杨胤夔，系妖人萧芹之党。

原来萧芹是白莲教的头儿，向来出入虏地，惯以烧香惑众，哄骗虏酋俺答，说自家有奇术，能咒人使人立死，喝城使城立颓。虏酋愚甚，被他哄动，尊为国师。其党数百人，自为一营。俺答几次入寇，都是萧芹等为之向导，中国屡受其害。先前史侍郎做总督时，遣通事重赂虏中头目脱脱，对他说道："天朝情愿与你通好，将俺家布粟换你家马，名为'马市'。两下息兵罢战，各享安乐，此是美事。只怕萧芹等在内作梗，和好不终。那萧芹原是中国一个无赖小人，全无术法，只是狡伪，哄诱你家抢掠地方，他于中取事。郎主若不信，可要萧芹试其术法。委的喝得城颓，咒得人死，那时合当重用；若咒人人不死，喝城城不颓，显是欺诳，何不缚送天朝？天朝感郎主之德，必有重赏。'马市'一成，岁岁享无穷之利，煞强如抢掠的勾当。"脱脱点头道："是。"对郎主俺答说了。俺答大喜！约会萧芹，要将千骑随之，从右卫而入，试其喝城之技。萧芹自知必败，改换服色，连夜脱身逃走，被居庸关守将盘诘，并其党乔源、张攀隆等拿住，解到史侍郎处。招称妖党甚众，山陕畿南，处处俱有，一向分头缉捕。

今日阎浩、杨胤夔亦是数内有名妖犯。杨总督看见获解到来，一者也算他上任一功，二者要借这个题目，牵害沈炼，如何不喜？当晚就请路御史来后堂商议，道："别个题目摆布沈炼不了，只有白莲教通虏一事，圣上所最怒。如今将妖贼阎浩、杨胤夔招中窜入沈炼名字，只说浩等平日师事沈炼，沈炼因失职怨望，教浩等煽妖作幻，勾虏谋逆。天幸今日被擒，乞赐天诛，以绝后患。先用密禀禀知严家，教他叮嘱刑部作速覆本。料这番沈炼之命，必无逃矣。"路楷拍手道："妙哉，妙哉！"

两个当时就商量了本稿，约齐了同时发本。严嵩先见了本稿及禀贴，便教严世蕃传语刑部。那刑部尚书许论，是个罢软没用的老儿，听见严府分付，不敢怠慢，连忙覆本，一依杨、路二人之议。圣旨倒下：妖犯着本处巡按御史即时斩决。杨顺荫一子锦衣卫千户；路楷纪功，升迁三级，俟京堂缺推用。

话分两头。却说杨顺自发本之后，便差人密地里拿沈炼下于狱中。慌得徐夫人和沈衮、沈褒没做理会，急寻义叔贾石商议。贾石道："此必杨、路二贼为严家报仇之意。既然下狱，必然诬陷以重罪。两位公子及今逃窜远方，待等严家势败，方可出头。若住在此处，杨、路二贼，决不干休。"沈衮道："未曾看得父亲下落，如何好去？"贾石道："尊大人犯了对头，决无保全之理。公子以宗祀为重，岂可拘于小孝，自取灭绝之祸？可劝令堂老夫人，早为远害全身之计。尊大人处，贾某自当央人看觑，不烦悬念。"

二沈便将贾石之言，对徐夫人说知。徐夫人道：“你父亲无罪陷狱，何忍弃之而去？贾叔叔虽然相厚，终是个外人。我料杨、路二贼奉承严氏，亦不过与你爹爹作对，终不然累及妻子？你若畏罪而逃，父亲倘然身死，骸骨无收，万世骂你做不孝之子，何颜在世为人乎？”说罢，大哭不止。沈衮、沈褒齐声恸哭。贾石闻知徐夫人不允，叹惜而去。

过了数日，贾石打听的实，果然扭入白莲教之党，问成死罪。沈炼在狱中大骂不止。杨顺自知理亏，只恐临时处决，怕他在众人面前毒骂，不好看相，预先问狱官责取病状，将沈炼结果了性命。贾石将此话报与徐夫人知道，母子痛哭，自不必说。又亏贾石多有识熟人情，买出尸首，嘱付狱卒：“若官府要枭示时，把个假的答应。”却瞒着沈衮兄弟，私下备棺盛殓，埋于隙地。事毕，方才向沈衮说道：“尊大人遗体已得保全，直待事平之后，方好指点与你知道，今犹未可泄漏。”沈衮兄弟感谢不已。贾石又苦口劝他弟兄二人逃走，沈衮道：“极知久占叔叔高居，心上不安。奈家母之意，欲待是非稍定，搬回灵柩，以此迟延不决。”贾石怒道：“我贾某生平，为人谋而尽忠。今日之言，全是为你家门户，岂因久占住房，说发你们起身之理？既嫂嫂老夫人之意已定，我亦不敢相强。但我有一小事，即欲远出，有一年半载不回，你母子自小心安住便了。”觑着壁上贴得有前、后《出师表》各一张，乃是沈炼亲笔楷书，贾石道：“这两幅字可揭来送我，一路上做个纪念。他日相逢，以此为信。”沈衮就揭下二纸，双手折迭，递与贾石。贾石藏于袖中，流泪而别。原来贾石算定杨、路二贼设心不善，虽然杀了沈炼，未肯干休。自己与沈炼相厚，必然累及，所以预先逃走，在河南地方宗族家权时居住。不在话下。

却说路楷见刑部覆本，有了圣旨，便于狱中取出阎浩、杨胤夔斩讫，并要割沈炼之首，一同枭示。谁知沈炼真尸已被贾石买去了，官府也那里辨验得出？不在话下。

再说杨顺看见止于荫子，心中不满，便向路楷说道：“当初严东楼话我事成之日，以侯伯爵相酬。今日失言，不知何故？”路楷沉思半晌，答道“沈炼是严家紧对头，今止诛其身，不曾波及其子，斩草不除根，萌芽再发。相国不足我们之意，想在于此。”杨顺道：“若如此，何难之有？如今复上个本，说沈炼虽诛，其子亦宜知情，还该坐罪，抄没家私。庶国法可伸，人心知惧。再访他同射草人的几个狂徒，并借屋与他住的，一齐拿来治罪。

出了严家父子之气，那时却将前言取赏，看他有何推托？”路楷道：“此计大妙！事不宜迟，乘他家属在此，一网而尽，岂不快哉！只怕他儿子知风逃避，却又费力。”杨顺道：“高见甚明。”一面写表申奏朝廷，再写禀帖到严府知会，自述孝顺之意；一面预先行牌保安州知州，着用心看守犯属，勿容逃逸，只等旨意批下，便去行事。诗曰：

破巢完卵从来少，削草除根势或然。

可惜忠良遭屈死，又将家属媚当权。

再过数日，圣旨下了。州里奉着宪牌，差人来拿沈炼家属；并查平素往来诸人姓名，一一挨拿。只有贾石名字，先经出外，只得将在逃开报。此见贾石见机之明也。时人有诗赞云：

义气能如贾石稀，全身远避更知几。

任他罗网空中布，争奈仙禽天外飞。

却说杨顺见拿到沈衮、沈褒，亲自鞫问，要他招承通虏实迹。二沈高声叫屈，那里肯招？被杨总督严刑拷打，打得体无完肤。沈衮、沈褒熬炼不过，双双死于杖下。可怜少年公子，都入枉死城中。其同时拿到犯人，都坐个同谋之罪，累死者何止数十人！幼子沈袠尚在襁褓，免罪，随着母徐氏，另徙在云州极边，不许在保安居住。

路楷又与杨顺商议道：“沈炼长子沈襄，是绍兴有名秀才；他时得地，必然衔恨于我辈。不若一并除之，永绝后患。亦要相国知我用心。”杨顺依言，便行文书到浙江，把做钦犯，严提沈襄来问罪。又会付心腹经历金绍，择取有才干的差人，赍文前去；嘱他中途伺便，便行谋害，就所在地方，讨个病状回缴。事成之日，差人重赏；

金绍许他荐本超迁。金绍领了台旨，汲汲而回，着意的选两名积年干事的公差，无过是张千、李万。金绍唤他到私衙，赏了他酒饭，取出私财二十两相赠。张千、李万道："小人安敢无功受赐？"金绍道："这银两不是我送你的，是总督杨爷赏你的，教你赍文到绍兴去拿沈襄。一路不要放松他，须要如此如此，这般这般，回来还有重赏。若是怠慢，总督老爷衙门不是取笑的，你两个自去回话。"张千、李万道："莫说总督老爷钧旨，就是老爷分付，小人怎敢有违？"收了银两，谢了金经历，在本府领下公文，疾忙上路，往南进发。

却说沈襄号小霞，是绍兴府学廪膳秀才。他在家久闻得父亲以言事获罪，发出口外为民，甚是挂怀。欲亲到保安州一看，因家中无人主管，行止两难。忽一日，本府差人到来，不由分说，将沈襄锁缚，解到府堂。知府教把文书与沈襄看了备细，就将回文和犯人交付原差，嘱他一路小心。沈襄此时方知父亲及二弟，俱已死于非命；母亲又远徙极边，放声大哭。哭出府门，只见一家老小，都在那里搅做一团的啼哭。原来文书上有"奉旨抄没"的话，本府已差县尉封锁了家私，将人口尽皆逐出。沈小霞听说，真是苦上加苦，哭得咽喉无气。霎时间，亲戚都来与小霞话别。明知此去多凶少吉，少不得说几句劝解的言语。小霞的丈人孟春元取出一包银子，送与二位公差，求他路上看顾女婿。公差嫌少不受。孟氏娘子又添上金簪子一对，方才收了。沈小霞带着哭，会付孟氏道："我此去死多生少，你休为我忧念，只当我已死一般，在爷娘家过活。你是书礼之家，谅无再醮之事，我也放心得下。"指着小妻闻淑女，说道："只这女子，年纪幼小，又无处着落，合该教他改嫁。奈我三十无子，他却有两个半月的身孕，他日倘生得一男，也不绝了沈氏香烟。娘子，你看我平日夫妻面上，一发带他到丈家去住几时。等待十月满足，生下或男或女，那时凭你发遣他去便了。"话声未绝，只见闻氏淑女说道："官人说那里话！你去数千里之外，没个亲人朝夕看觑，怎生放下？大娘自到孟家去，奴家情愿蓬首垢面，一路伏侍官人前行。一来官人免致寂寞，二来也替大娘分得些忧念。"沈小霞道："得个亲人做伴，我非不欲；但此去多分不幸，累你同死他乡，何益？"闻氏道："老爷在朝为官，官人一向在家，谁人不知？便诬陷老爷有些不是的勾当，家乡隔绝，岂是同谋？妾帮着官人到官申辩，决然罪不至死。就使官人下狱，还留贱妾在外，尚好照管。"孟氏也放丈夫不下，听得闻氏说得有理，极力撺掇丈夫带淑女同去。沈小霞平日素爱淑女有才有智，又见孟氏苦劝，只得依允。

当夜，众人齐到孟春元家，歇了一夜。次早，张千、李万催趱上路。闻氏换了一身布衣，将青布裹头，别了孟氏，背着行李，跟着沈小霞便走。那时分别之苦，自不必说。一路行来，闻氏与沈小霞寸步不离；茶汤饭食，都亲自搬取。张千、李万初时还好言好语，过了扬子江，到徐州起早，料得家乡已远，就做出嘴脸来，呼幺喝六，渐渐难为他夫妻两个来了。闻氏看在眼里，私对丈夫说道："看那两泼差人，不怀好意。奴家女流之辈，不识路径，若前途有荒僻旷野的所在，须是用心提防。"沈小霞虽然点头，心中还只是半疑不信。

又行了几日，看见两个差人不住的交头接耳，私下商量说话；又见他包裹中有倭刀一口，其白如霜，忽然心动，害怕起来。对闻氏说道："你说这泼差人其心不善，我也觉得有七八分了。明日是济宁府界上，过了府去，便是大行山、梁山泺，一路荒野，都是响马出入之所。倘到彼处，他们行凶起来，你也救不得我，我也救不得你，如何是好？"闻氏道："既然如此，官人有何脱身之计，请自方便。留奴家在此，不怕那两个泼差人生吞了我！"沈小霞道："济宁府东门内，有个冯主事，丁忧在家。此人最有侠气，是我父亲极相厚的同年。我明日去投奔他，他必然相纳。只怕你妇人家，没志量打发这两个泼差人，累你受苦，于心何安？你若有力量支持他，我去也放胆；不然，与你同生同死，也是天命当然，死而无怨。"闻氏道："官人有路尽走，奴家自会摆布，不劳挂念。"这里夫妻暗地商量，那张千、李万辛苦了一日，吃了一肚酒，齁齁的熟睡，全然不觉。

次日，早起上路。沈小霞问张千道："前去济宁还有多少路？"张千道："只四十里，半日就到了。"沈小霞道："前去济宁东门内冯主事，是我年伯。他先前在京师时，借过我父亲二百两银子，有文契在此。他管过北新关，正有银子在家。我若去取讨前欠，他见我是落难之人，必然慨付。取得这项银两，一路上盘缠也得宽裕，免致吃苦。"张千意思有些作难，李万随口应承了，向张千耳边说道："我看这沈公子是忠厚之人，况爱妾、行李都在此处，料无他故。放他去走一遭，取得银两，都是你我二人的造化，有何不可？"张千道："虽然如此，到饭店安歇行李，我守住小娘子在店上，你紧跟着同去，万无一失。"

话休絮烦。看看已牌时分，早到济宁城外。拣个洁净店儿，安放了行李。沈小霞便道："你二位同我到东门走遭，转来吃饭未迟。"李万道："我同你去。或者他家留酒饭，也不见得。"闻氏故意对丈夫道："常言道：人面逐高低，世情看冷暖。冯主事虽然欠下老爷银两，见老爷死了，你又在难中，谁肯唾手交还？枉自讨个厌贱，不如吃了饭赶路为上。"沈小霞道："这里进城到东门不多路，好歹去走一遭，不折了什么便宜。"李万贪了这二百两银子，一力撺掇该去。沈小霞分付闻氏道："耐心坐坐，若转得快时，便是没想头了；他若好意留款，必然有些赍发，明日雇个轿儿抬你去。这几日在牲口上坐，看你好生不惯。"闻氏觑个空，向丈夫丢个眼色。又道："官人早回，休教奴久待则个。"李万笑道："去多少时，有许多说话，好不老气！"闻氏见丈夫去了，故意招李万转来，嘱付道："若冯家留饭，坐得久时，千万劳你催促一声。"李万答应道："不消分付。"比及李万下阶时，沈小霞已走了一段路了。李万托着大意，又且济宁是他惯走的熟路，东门冯主事家，他也认得，全不疑惑。走了几步，又里急起来，觑个毛坑上，自在方便了，慢慢的望东门而去。

却说沈小霞回头看时，不见了李万，做一口气急急的跑到冯主事家。也是小霞合当有救，正值冯主事独自在厅。两人京中旧时识熟，此时相见，吃了一惊！沈襄也不作揖，扯住冯主事衣袂道："借一步说话。"冯主事已会意，便引到书房里面。沈小霞放声大哭，冯主事道："年侄，有话快说，休得悲伤，误其大事。"沈小霞哭诉道："父亲被严贼屈陷，已不必说了；两个舍弟随任的，都被杨顺、路楷杀害；只有小侄在家，又行文本府，提去问罪。一家宗祀，眼见灭绝。又两个差人，心怀不善，只怕他受了杨、路二贼之嘱，到前途大行、梁山等处暗算了性命。寻思一计，脱身来投老年伯。老年伯若有计相庇，我亡父在天之灵，必然感激。若老年伯不能遮护小侄，便就此触阶而死，死在老年伯面前，强似死于奸贼之手。"冯主事道："贤侄，不妨。我家卧室之后，有一层复壁，尽可藏身，他人搜检不到之处。今送你在内权住数日，我自有道理。"沈襄拜谢道："老年伯便是重生父母。"冯主事亲执沈襄之手，引入卧房之后，揭开地板一块，有个地道。从此钻下，约走五六十步，便有亮光，有小小廊屋三间，四面皆楼墙围裹，果是人迹不到之处。每日茶饭，都是冯主事亲自送入。他家法极严，谁人敢泄漏半个字？正是：

深山堪隐豹，柳密可藏鸦。

不须愁汉吏，自有鲁朱家。

且说这一日，李万上了毛坑，望东门冯家而来。到于门首，问老门公道："主事老爷在家么？"老门公道："在家里。"又问道："有个穿白的官人，来见你老爷，曾相见否？"老门公道："正在书房里吃饭哩。"李万听说，一发放心。看看等到未牌，果然厅上走一个穿白的官人出来。李万急上前看时，不是沈襄。那官人径自出门去了。李万等得不耐烦，肚里又饥，不免问老门公道："你说老爷留饭的官人，如何只管坐了去，不见出来？"老门公道："方才出去的不是？"李万道："老爷书房中还有客没有？"老门公道："这到不知。"李万道："方才那穿白的是甚人？"老门公道："是老爷的小舅，常常来的。"李万道："老爷如今在那里？"老门公道："老爷每常饭后，定要睡一觉，此时正好睡哩。"李万听得话不投机，心下早有二分慌了。便道："不瞒大伯说，在下是宣大总督老爷差来的。今有绍兴沈公子名唤沈襄，号沈小霞，系钦提人犯。小人提押到于贵府，他说与你老爷有同年叔侄之谊，要来拜望。在下同他到宅，他进宅去了，在下等候多时，不见出来，想必还在书房中。大伯，你还不知道？烦你去催促一声，教他快快出来，要赶路走。"老门公故意道："你说的是甚么说话？我一些不懂。"李万耐了气，又细细的说一遍。老门公当面的一啐，骂道："见鬼！何常有什么沈公子到来？老爷在丧中，一概不接外客。这门上是我的干纪，出入都是我通禀。你却说这等鬼话！你莫非是白日撞么？强装么公差名色，掏摸东西的。快快请退，休缠你爷的帐！"李万听说，愈加着急，便发作起来道："这沈襄是朝廷要紧的人犯，不是当要的！请你老爷出来，我自有话说。"老门公道："老爷正瞌睡，没甚事，谁敢去禀！你这獠子，好不达时务！"说罢，洋洋的自去了。

李万道："这个门上老儿好不知事，央他传一句话甚作难？想沈襄定然在内，我奉军门钧帖，不是私事，便闯进去怕怎的？"李万一时粗莽，直撞入厅来，将照壁拍了又拍，大叫道："沈公子好走动了。"不见答应。一连叫唤了数声，只见里头走出一个年少的家童，出来问道："管门的在那里？放谁在厅上喧嚷？"李万正要叫住他说话，那家童在照壁后张了张儿，向西边走去了。李万道："莫非书房在那西边？我且自去看看，怕怎的！"从厅后转西走去，原来是一带长廊。李万看见无人，只顾望前而行。只见屋宇深邃，门户错杂，颇有妇人走动。李万不敢纵步，依旧退回厅上，听得外面乱嚷，李万到门首看时，却是张千来寻李万不见，正和门公在那里斗口。张千一见了李万，不由分说，便骂道："好伙计！只贪图酒食，不干正事！巳牌时分进城，如今申牌将尽，还在此闲荡！不催趱犯人出城去，待怎么？"李万道："呸！那有什么酒食？连人也不见个影儿！"张千道："是你同他进城的。"李万道："我只登了个东，被蛮子上前了几步，跟他不上。一直赶到这里，门上说有个穿白的官人在书房中留饭，我说定是他了。等到如今不见出来，门上人又不肯通报，清水也讨不得一杯吃。老哥，烦你在此等候等候，替我到下处医了肚皮再来。"张千道："有你这样不干事的人！是甚么样犯人，却放他独自行走！就是书房中，少不得也随他进去。如今知他在里头不在里头？还亏你放慢线儿讲话。这是你的干纪，不关我事！"说罢便走。李万赶上扯住道："人是在里头，料没处去。大家在此帮说句话儿，催他出来，也是个道理。你是吃饱的人，如何去得这等要紧？"张千道："他的小老婆在下处，方才虽然嘱付店主人看守，只是放心不下。这是沈襄穿鼻的索儿，有他在，不怕沈襄不来。"李万道："老哥说得是。"当下张千先去了。

李万忍着肚饥守到晚，并无消息。看看日没黄昏，李万腹中饿极了，看见间壁有个点心店儿，不免脱下布衫，抵当几文钱的火烧来吃。去不多时，只听得扛门声响；急跑来看，冯家大门已闭上了。李万道："我做了一世的公人，不曾受这般呕气。主事是多大的官儿！门上直恁作威作势？也有那沈公子好笑，老婆、行李都在下处，既然这里留宿，信也该寄一个出来。事已如此，只得在房檐下胡乱过一夜，天明等个知事的管家出来，与他说话。"此时十月天气，虽不甚冷，半夜里起一阵风，簌簌的下几点微雨，衣服都沾湿了，好生凄楚！

捱到天明雨止，只见张千又来了，却是闻氏再三再四催逼他来的。张千身边带了公文解批，和李万商议，只等开门，一拥而入，在厅上大惊小怪，高声发话。老门公拦阻不住，一时间家中大小都聚集来，七嘴八张，好不热闹！街上人听得宅里闹炒，也聚拢来，围住大门外闲看。惊动了那有仁有义、守孝在家的冯主事，从里面踱将出来。且说冯主事怎生模样：头带栀子花匾摺孝头巾，身穿反摺缝稀眼粗麻衫，腰系麻绳，足着草履。众家人听得咳嗽响，道一声："老爷来了。"都分立在两边。主事出厅问道：“为甚事在此喧嚷？”张千、李万上前施礼道：“冯爷在上，小的是奉宣大总督爷公文来的，到绍兴拿得钦犯沈襄，经由贵府。他说是冯爷的年侄，要来拜望，小的不敢阻挡，容他进见。自昨日上午到宅，至今不见出来，有误程限，管家们又不肯代禀。伏乞老爷天恩，快些打发上路。”张千便在胸前取出解批和官文呈上。冯主事看了，问道：“那沈襄可是沈经历沈炼的儿子么？”李万道：“正是。”冯主事掩着两耳，把舌头一伸，说道：“你这班配军，好不知利害！那沈襄是朝廷钦犯，尚犹自可；他是严相国的仇人，那个敢容纳他在家？他昨日何曾到我家来？你却乱话。官府闻知，传说到严府去，我是当得起他怪的？你两个配军，自不小心，不知得了多少钱财，买放了要紧人犯，却来图赖我！”叫家童与他乱打那配军出去，把大门闭了，不要惹这闲是非，严府知道不是当要！冯主事一头骂，一头走进宅去了。大小家人，奉了主人之命，推的推，扠的扠，霎时间被众人拥出大门之外。闭了门，兀自听得嘈嘈的乱骂。

张千、李万面面相觑，开了口，合不得；伸了舌，缩不进。张千埋怨李万道：“昨日是你一力撺掇，教放他进城，如今你自去寻他。”李万道：“且不要埋怨，和你去问他老婆，或者晓得他的路数，再来抓寻便了。”张千道：“说得是，他是恩爱的夫妻。昨夜汉子不回，那婆娘暗地流泪，巴巴的独坐了两三个更次。他汉子的行藏，老婆岂有不知？”两个一头说话，飞奔出城，复到饭店中来。

却说闻氏在店房里听得差人声音，慌忙移步出来，问道：“我官人如何不来？”张千指李万道：“你只问他就是。”李万将昨日往毛厕出恭，走慢了一步，到冯主事家起先如此如此，以后这般这般，备细说了。张千道：“今早空肚皮进城，就吃了这一肚寡气。你丈夫想是真个不在他家了。必然还有个去处，难道不对小娘子说的？小娘子趁早说来，我们好去抓寻。”说犹未了，只见闻氏噙着眼泪，一双手扯住两个公人叫道：“好，好！还我丈夫来！”张千、李万道：“你丈夫自要去拜什么年伯，我们好意容他去走走，不知走向那里去了，连累我们在此着急，没处抓寻。你到问我要丈夫，难道我们藏过了他？说得好笑！”将衣袂掣开，气忿忿地对虎一般坐下。闻氏到走在外面，拦住出路，双足顿地，放声大哭，叫起屈来。

老店主听得，忙来解劝。闻氏道：“公公有所不知：我丈夫三十无子，娶奴为妾。奴家跟了他二年了，幸有三个多月身孕。我丈夫割舍不下，因此奴家千里相从，一路上寸步不离。昨日为盘缠缺少，要去见那年伯，是李牌头同去的。昨晚一夜不回，奴家已自疑心。今早他两个自回，一定将我丈夫谋害了。你老人家替我做主，还我丈夫便罢休！”老店主道：“小娘休得急性。那排长与你丈夫前日无怨，往日无仇，着甚来由要坏他性命？”闻氏哭声转哀道：“公公，你不知道。我丈夫是严阁老的仇人，他两个必定受了严府的嘱托来的，或是他要去严府请功。公公，你详情他千乡万里，带着奴家到此，岂有没半句说话，突然去了？就是他要走时，那同去的李牌头，怎肯放他？你要奉承严府，害了我丈夫不打紧，教奴家孤身妇女，看着何人？公公，这两个杀人的贼徒，烦公公带着奴家同他去官府处叫冤。”张千、李万被这妇人一哭一诉，就要分析几句，没处插嘴。老店主听见闻氏说得有理，也不免有些疑心，到可怜那妇人起来，只得劝道：“小娘子说便是这般说，你丈夫未曾死也不见得，好歹再等候他一日。”闻氏道：“依公公等候一日不打紧，那两个杀人的凶身，乘机走脱了，这干系却是谁当？”张千道：“若果然谋害了你丈夫，要走脱时，我弟兄两个又到这里则甚？”闻氏道：“你欺负我妇人家没张智，又要指望奸骗我。好好的说，我丈夫的尸首在那里？少不得当官也要还我个明白。”老店官见妇人口嘴利害，再不敢言语。

店中闲看的，一时间聚了四五十人。闻说妇人如此苦切，人人恼恨那两个差人，都道：“小娘子要去叫冤，我们引你到兵备道去。”闻氏向着众人深深拜福，哭道：“多承列位路见不平，可怜我落难孤身，指引则个。这两个凶徒，相烦列位替奴家拿他同去，莫放他走了。”众人道：“不妨事，在我们身上。”张千、李万欲向众人分剖时，未说得一言半字，众人便道：“两个排长不消辨得，虚则虚，实则实；若是没有此情，随着小娘子到官，怕他则甚！”妇人一头哭，一头走。众人拥着张千、李万，搅做一阵的，都到兵备道前。道里尚未开门。

那一日，正是放告日期。闻氏束了一条白布裙，径抢进栅门，看见大门上架着那大鼓，鼓架上悬着个槌儿，闻氏抢槌在手，向鼓上乱挝，挝得那鼓振天的响。唬得中军官失了三魂，把门吏丧了长魄，一齐跑来，将绳缚住，喝道：“这妇人好大胆！”闻氏哭倒在地，口称：“泼天冤枉！”只见门内幺喝之声，开了大门，王兵备坐堂，问：“击鼓者何人？”中军官将妇人带进。闻氏且哭且诉，将家门不幸遭变，一家父子三口死于非命，只剩得丈夫沈襄，昨日又被公差中途谋害，有枝有叶的细说了一遍。王兵备唤张千、李万上来，问其缘故。张千、李万说一句，妇人就剪一句；妇人说得句句有理，张千、李万抵搪不过。王兵备思想到："那严府势大，私谋杀人之事，往往有之，此情难保其无。"便差中军官押了三人，发去本州勘审。

那知州姓贺，奉了这项公事，不敢怠慢。即时扣了店主人到来，听四人的口词。妇人一口咬定：二人谋害他丈夫。李万招称："为出恭慢了一步，因而相失。"张千、店主人都据实说了一遍。知州委决不下，那妇人又十分哀切，像个真情；张千、李万又不肯招认。想了一回，将四人闭于空房，打轿去拜冯主事，看他口气若何。

冯主事见知州来拜，急忙迎接归厅。茶罢，贺知州提起沈襄之事，才说得"沈襄"二字，冯主事便掩着双耳道："此乃严相公仇家，学生虽有年谊，平素实无交情。老公祖休得下问，恐严府知道，有累学生。"说罢，站起身来道："老公祖既有公事，不敢留坐了。"贺知州一场没趣，只得作别。在轿上想道："据冯公如此惧怕严府，沈襄必然不在他家。或者被公人所害也不见得；或者去投冯公，见拒不纳，别走个相识人家去了，亦未可知。"

回到州中，又取出四人来。问闻氏道："你丈夫除了冯主事，州中还认得有何人？"闻氏道："此地并无相识。"知州道："你丈夫是甚么时候去的？那张千、李万几时来回复你的说话？"闻氏道："丈夫是昨日未吃午饭前就去的，却是李万同出店门，到申牌时分，张千假说催趱上路，也到城中去了，天晚方回来。张千兀自向小妇人说道：'我李家兄弟跟着你丈夫冯主事家歇了，明日我早去催他出城。'今早张千去了一个早晨，两人双双而回，单不见了丈夫，不是他谋害了是谁？若是我丈夫不在冯家，昨日李万就该追寻了，张千也该着忙，如何将好言语稳住小妇人？其情可知，一定张千、李万两个在路上预先约定，却教李万乘夜下手；今早张千进城，两个乘早将尸首埋藏停当，却来回复我小妇人。望青天爷爷明鉴！"贺知州道："说得是。"张千、李万正要分辨，知州相公喝道："你做公差，所干何事？若非用计谋死，必然得财买放，有何理说？"喝教手下将那张、李重责三十，打得皮开肉绽，鲜血迸流。张千、李万只是不招。妇人在旁，只顾哀哀的痛哭。知州相公不忍，便讨夹棍将两个公差夹起。那公差其实不曾谋死，虽然负痛，怎生招得？一连上了两夹，只是不招。知州相公再要夹时，张、李受苦不过，再三哀求道："沈襄实未曾死，乞爷爷立个限期，差人押小的挨寻沈襄，还那闻氏便了。"知州也没有定见，只得勉从其言。闻氏且发尼姑庵住下；差四名民壮，锁押张千、李万二人，追寻沈襄，五日一比；店主释放宁家。将情由具申详兵备道，道里依缴了。

张千、李万一条铁链锁着，四名民壮，轮番监押。带得几两盘缠，都被民壮搜去为酒食之费；一把倭刀，也当酒吃了。那临清去处又大，茫茫荡荡，来千去万，那里去寻沈公子？也不过一时脱身之法。闻氏在尼姑庵住下，刚到五日，准准的又到州里去啼哭，要生要死。州守相公没奈何，只苦得批较差人张千、李万。一连比了十数限，不知打了多少竹批，打得爬走不动。张千得病身死，单单剩得李万，只得到尼姑庵来拜求闻氏道："小的情急，不得不说了。其实奉差来时，有经历金绍，口传杨总督钧旨，教我中途害你丈夫，就所在地方，讨个结状回报。我等口虽应承，怎肯行此不仁之事？不知你丈夫何故，忽然逃走，与我们实实无涉。青天在上，若半字虚情，全家祸灭！如今官府五日一比，兄弟张千已自打死，小的又累死，也是冤枉！你丈夫的确未死，小娘子他日夫妻相逢有日。只求小娘子休去州里啼啼哭哭，宽小的比限，完全狗命，便是阴德。"闻氏道："据你说不曾谋害我丈夫，也难准信。既然如此说，奴家且不去禀官，容你从容查访。只是你们自家要上紧用心，休得怠慢。"李万喏喏连声而去。有诗为证：

白金廿两酿凶谋，谁料中途已失囚。
锁打禁持熬不得，尼庵苦向妇人求。

官府立限缉获沈襄，一来为他是总督衙门的紧犯，二来为妇人日日哀求，所以上紧严比。今日也是那李万不该命绝，恰好有个机会。却说总督杨顺，御史路楷，两个日夜商量，奉承严府，指望旦夕封侯拜爵。谁知朝中有个兵科给事中吴时来，风闻杨顺横杀平民冒功之事，把他尽情劾奏一本，并劾路楷朋奸助恶。嘉靖爷正当设醮祝厘，见说杀害平民，大伤和气，龙颜大怒，着锦衣卫扭解来京问罪。严嵩见圣怒不测，一时不及救护，到底亏他于中调停，止于削爵为民。可笑杨顺、路楷杀人媚人，至此徒为人笑，有何益哉？再说贺知州听得杨总督去任，已自把这公事看得冷了；又闻氏连次不来哭禀，两个差人又死了一个，只剩得李万，又苦苦哀求不已。贺知州分付打开铁链，与他个广捕文书，只教他用心缉访，明是放松之意。

李万得了广捕文书，犹如捧了一道赦书，连连磕了几个头，出得府门，一道烟走了。身边又无盘缠，只得求乞而归。不在话下。

却说沈小霞在冯主事家复壁之中，住了数月，外边消息无有不知，都是冯主事打听将来，说与小霞知道。晓得闻氏在尼姑庵寄居，暗暗欢喜。过了年余，已知张千、李万都逃了，这公事渐渐懒散。冯主事特地收拾内书房三间，安放沈襄在内读书，只不许出外，外人亦无有知者。冯主事三年孝满，为有沈公子在家，也不去起复做官。

光阴似箭，一住八年。值严嵩一品夫人欧阳氏卒，严世蕃不肯扶柩还乡，唆父亲上本留己侍养，却于丧中簇拥姬妾，日夜饮酒作乐。嘉靖爷天性至孝，访知其事，心中甚是不悦。时有方士蓝道行，善扶鸾之术。天子召见，教他请仙，问以辅臣贤否。蓝道行奏道："臣所召乃是上界真仙，正直无阿。万一箕下判断有忤圣心，乞恕微臣之罪。"嘉靖爷道："朕正愿闻。天心正论，与卿何涉？岂有罪卿之理？"蓝道行书符念咒，神箕自动，写出十六个字来。道是：

高山番草，父子阁老。

日月无光，天地颠倒。

嘉靖爷爷看了，问蓝道行道："卿可解之？"蓝道行奏道："微臣愚昧未解。"嘉靖爷道："朕知其说。'高山'者，'山'字连'高'，乃是'嵩'字；'番草'者，'番'字'草'头，乃是'蕃'字。此指严嵩、严世蕃父子二人也。朕久闻其专权误国，今仙机示朕，朕当即为处分，卿不可泄于外人。"蓝道行叩头，口称："不敢！"受赐而出。从此嘉靖爷渐渐疏了严嵩。

有御史邹应龙，看见机会可乘，遂劾奏："严世蕃凭借父势，卖官鬻爵，许多恶迹，宜加显戮。其父严嵩溺爱恶子，植党蔽贤，宜亟赐休退，以清政本。"嘉靖爷见疏大喜！即升应龙为通政右参议。严世蕃下法司，拟成充军之罪；严嵩回籍。未几，又有江西巡按御史林润，复奏严世蕃不赴军伍，居家愈加暴横，强占民间田产，畜养奸人，私通倭虏，谋为不轨。得旨，三法司提问，问官勘实覆奏。严世蕃即时处斩，抄没家财；严嵩发养济院终老。被害诸臣，尽行昭雪。

冯主事得此喜信，慌忙报与沈襄知道，放他出来，到尼姑庵访问那闻淑女。夫妇相见，抱头而哭。闻氏离家时，怀孕三月，今在庵中生下一孩子，已十岁了。闻氏亲自教他念书，五经皆已成诵，沈襄欢喜无限！冯主事方上京补官，教沈襄同去讼理父冤，闻氏暂迎归本家园上居住。沈襄从其言。

到了北京，冯主事先去拜了通政司邹参议，将沈炼父子冤情说了，然后将沈襄讼冤本稿送与他看。邹应龙一力担当。次日，沈襄将奏本往通政司挂号投递。圣旨下：沈炼忠而获罪，准复原官，仍进一级，以旌其直；妻子召还原籍；所没入财产，府县官照数给还；沈襄食廪年久，准贡，敕授知县之职。沈襄复上疏谢恩，疏中奏道："臣父炼向在保安，因目击宣大总督杨顺杀戮平民冒功，吟诗感叹。适值御史路楷阴受严世蕃之嘱，巡按宣大，与杨顺合谋，陷臣父于极刑，并杀臣弟二人，臣亦几于不免。冤尸未葬，危宗几绝，受祸之惨，莫如臣家！今严世蕃正法，而杨顺、路楷安然保首领于乡，使边廷万家之怨骨，衔恨无伸；臣家三命之冤魂，含悲莫控。恐非所以肃刑典而慰人心也。"圣旨准奏，复提杨顺、路楷到京，问成死罪，监刑部牢中待决。

沈襄来别冯主事，要亲到云州，迎接母亲和兄弟沈袠到京，依傍冯主事寓所相近居住；然后往保安州访求父亲骸骨，负归埋葬。冯主事道："老年嫂处，适才已打听个消息，在云州康健无恙。令弟沈袠，已在彼游庠了。下官当遣人迎之。尊公遗体要紧，贤侄速往访问，到此相会令堂可也。"

沈襄领命，径往保安。一连寻访两日，并无踪迹。第三日，因倦，借坐人家门首。有老者从内而出，延进草堂吃茶。见堂中挂一轴子，乃楷书诸葛孔明两次《出师表》也。表后但写年月，不着姓名。沈小霞看了又看，目不转睛。老者道："客官为何看之？"沈襄道："动问老丈，此字是何人所书？"老者道："此乃吾亡友沈青霞之笔也。"沈小霞道："为何留在老丈处？"老者道："老夫姓贾，名石，当初沈青霞编管此地，就在舍下作寓。老夫与他八拜之交，最相契厚。不料后遭奇祸，老夫惧怕连累，也往河南逃避。带得这二幅《出师表》，裱成一幅，时常展视，如见吾兄之面。杨总督去任后，老夫方敢还乡。嫂嫂徐夫人和幼子沈袠，徙居云州，老夫时常去看他。近日闻得严家势败，吾兄必当昭雪，已曾遣人去云州报信。恐沈小官人要来移取父亲灵柩，老夫将此轴悬挂在中堂，好教他认认父亲遗笔。"沈小霞听罢，连忙拜倒在地，口称"恩叔"。

贾石慌忙扶起道："足下果是何人？"沈小霞道："小侄沈襄，此轴乃亡父之笔也。”贾石道：“闻得杨顺这厮，差人到贵府来提贤侄，要行一网打尽之计。老夫只道也遭其毒手，不知贤侄何以得全？”沈小霞将临清事情，备细说了一遍。贾石口称“难得”，便分付家童治饭款待。沈小霞问道：“父亲灵柩，恩叔必知，乞烦指引一拜。”贾石道：“你父亲屈死狱中，是老夫偷尸埋葬，一向不敢对人说知。今日贤侄来此，搬回故土，也不枉老夫一片用心。”说罢，刚欲出门，只见外面一位小官人骑马而来。贾石指道：“遇巧！遇巧！恰好令弟来也。”那小官便是沈衮。下马相见，贾石指沈小霞道：“此位乃大令兄，讳襄的便是。”此日弟兄方才识面，恍如梦中相会，抱头而哭。

贾石领路，三人同到沈青霞墓所。但见乱草迷离，土堆隐起。贾石引二沈拜了，二沈俱哭倒在地。贾石劝了一回道：“正要商议大事，休得过伤。”二沈方才收泪。贾石道：“二哥、三哥当时死于非命，也亏了狱卒毛公存仁义之心，可怜他无辜被害，将他尸藁葬于城西三里之外。毛公虽然已故，老夫亦知其处。若扶令先尊灵柩回去，一起带回，使他父子魂魄相依，二位意下何如？”二沈道：“恩叔所言，正合愚弟兄之意。”当日又同贾石到城西看了，不胜悲感。次日，另备棺木，择吉破土，重新殡殓。三人面色如生，毫不朽败，此乃忠义之气所致也。二沈悲哭，自不必说。当时备下车仗，抬了三个灵柩，别了贾石起身。临别，沈襄对贾石道：“这一轴《出师表》，小侄欲问恩叔取去，供养祠堂，幸勿见拒。”贾石慨然许了，取下挂轴相赠。二沈就草堂拜谢，垂泪而别。沈襄先奉灵柩到张家湾，觅船装载。

沈襄复身又到北京，见了母亲徐夫人，回复了说话；拜谢了冯主事，起身。此时，京中官员无不追念沈青霞忠义，怜小霞母子扶柩远归，也有送勘合的，也有赠赙金的，也有馈赆仪的。沈小霞只受勘合一张，余俱不受。到了张家湾，另换了官座船。驿递起人夫一百名牵缆，走得好不快。不一日，来到临清。沈襄分付座船：“暂泊河下。”单身入城，到冯主事家，投了主事平安书信，园上领了闻氏淑女并十岁儿子下船。先参了灵柩，后见了徐夫人。那徐氏见了孙儿如此长大，喜不可言。当初只道灭门绝户，如今依旧有子有孙；昔日冤家，皆恶死见报。天理昭然，可见做恶人的到底吃亏，做好人的到底便宜。

闲话休题。到了浙江绍兴府，孟春元领了女儿孟氏，在二十里外迎接。

一家骨肉重逢，悲喜交集。将丧船停泊马头，府县官员都在吊孝。旧时家产，已自清查给还。二沈扶柩葬于祖茔，重守三年之制，无人不称大孝。抚按又替沈炼建造表忠祠堂，春秋祭祀。亲笔《出师表》一轴，至今供奉在祠堂之中。

服满之日，沈襄到京受职，做了知县，为官清正，直升到黄堂知府。闻氏所生之子，少年登科，与叔叔沈衮同年进士。子孙世世书香不绝。

冯主事为救沈襄一事，京中重其义气，累官至吏部尚书。忽一日，梦见沈青霞来拜说道："上帝怜某忠直，已授北京城隍之职。屈年兄为南京城隍，明日午时上任。"冯主事觉来，甚以为疑。至日午，忽见轿马来迎，无疾而逝。二公俱已为神矣！有诗为证，诗曰：

生前忠义骨犹香，魂魄为神万古扬。
料得奸魂沉地狱，皇天果报自昭彰。

警世通言

叙

野史尽真乎？曰：不必也。尽赝乎？曰：不必也。然则去其赝而存其真乎？曰：不必也。《六经》《语》《孟》，谭者纷如，归于令人为忠臣，为孝子，为贤牧，为良友，为义夫，为节妇，为树德之士，为积善之家，如是而已矣。经书著其理，史传述其事，其揆一也。理著而世不皆切磋之彦，事述而世不皆博雅之儒。于是乎村夫稚子、里妇估儿，以甲是乙非为喜怒，以前因后果为劝惩，以道听途说为学问。而通俗演义一种遂足以佐经书史传之穷。而或者曰："村醪市脯，不入宾筵，乌用是齐东娓娓者为？"呜呼！大人子虚，曲终奏雅，顾其旨何如耳？人不必有其事，事不必丽其人。其真者可以补金匮石室之遗，而赝者亦必有一番激扬劝诱、悲歌感慨之意。事真而理不赝，即事赝而理亦真，不害于风化，不谬于圣贤，不戾于诗书经史。若此者，其可废乎？里中儿代庖而创其指，不呼痛，或怪之，曰："吾顷从玄妙观听说《三国志》来，关云长刮骨疗毒，且谈笑自若，我何痛为？"夫能使里中儿顿有刮骨疗毒之勇，推此说孝而孝，说忠而忠，说节义而节义，触性性通，导情情出。视彼切磋之彦，貌而不情；博雅之儒，文而丧质。所得竟未知孰赝而孰真也。

陇西君，海内畸士，与余相遇于栖霞山房。倾盖莫逆，各叙旅况。因出其新刻数卷佐酒，且曰："尚未成书，子盍先为我命名？"余阅之，大抵如僧家因果说法度世之语，譬如村醪市脯，所济者众。遂名之曰《警世通言》而从臾其成时。

天启甲子腊月，豫章无碍居士题

第一卷　俞伯牙摔琴谢知音

浪说曾分鲍叔金，谁人辨得伯牙琴？

于今交道奸如鬼，湖海空悬一片心。

古来论交情至厚莫如管鲍。管是管夷吾，鲍是鲍叔牙。他两个同为商贾，得利均分；时管夷吾多取其利，叔牙不以为贪，知其贫也。后来管夷吾被囚，叔牙脱之，荐为齐相。这样朋友，才是个真正相知。这相知有几样名色：恩德相结者，谓之知己；腹心相照者，谓之知心；声气相求者，谓之知音，总来叫做相知。今日听在下说一桩俞伯牙的故事。列位看官们，要听者，洗耳而听；不要听者，各随尊便。正是：

知音说与知音听，不是知音不与谈。

话说春秋战国时，有一名公，姓俞名瑞字伯牙，楚国郢都人氏，即今湖广荆州府之地也。那俞伯牙身虽楚人，官星却落于晋国，仕至上大夫之位。因奉晋主之命，来楚国修聘。伯牙讨这个差使，一来是个大才，不辱君命；二来就便省视乡里，一举两得。当时从陆路至于郢都，朝见了楚王，致了晋主之命。楚王设宴款待，十分相敬。那郢都乃是桑梓之地，少不得去看一看坟墓，会一会亲友。然虽如此，各事其主，君命在身，不敢迟留，公事已毕，拜辞楚王。楚王赠以黄金采缎，高车驷马。伯牙离楚一十二年，思想故国江山之胜，欲得恣情观览，要打从水路大宽转而回。乃假奏楚王道："臣不幸有犬马之疾，不胜车马驰骤，乞假臣舟楫，以便医药。"楚王准奏，命水师拨大船二只，一正一副，正船单坐晋国来使，副船安顿仆从行李，都是兰桡画桨，锦帐高帆，甚是齐整。群臣直送到江头而别。

只因览胜探奇，不顾山遥水远。

伯牙是个风流才子，那江山之胜，正投其怀。张一片风帆，凌千层碧浪，看不尽遥山叠翠，远水澄清。不一日，行至汉阳江口。时当八月十五日中秋之夜，偶然风狂浪涌，大雨如注，舟楫不能前进，泊于山崖之下。不多时，风恬浪静，雨止云开，现出一轮明月。那雨后之月，其光倍常。伯牙在船舱中，独坐无聊，命童子："焚香炉内，待我抚琴一操，以遣情怀。"童子焚香罢，捧琴囊置于案间。伯牙开囊取琴，调弦转轸，弹出一曲。曲犹未终，指下"刮刺"的一声响，琴弦断了一根。伯牙大惊，叫童子去问船头："这住船所在是甚么去处？"船头答道："偶因风雨，停泊于山脚之下，虽然有些草树，并无人家。"伯牙惊讶，想道："是荒山了。若是城郭村庄，或有聪明好学之人，盗听吾琴，所以琴声忽变，有弦断之异。这荒山下，那得有听琴之人？哦，我知道了，想是有仇家差来刺客；不然，或是贼盗伺候更深，登舟劫我财物。"叫左右："与我上崖搜检一番。不在柳阴深处，定在芦苇丛中！"

左右领命，唤齐众人，正欲搭跳上崖，忽听岸上有人答应道："舟中大人，不必见疑；小子并非奸盗之流，乃樵夫也。因打柴归晚，值骤雨狂风，雨具不能遮蔽，潜身岩畔。闻君雅操，少住听琴。"伯牙大笑道："山中打柴之人，也敢称'听琴'二字！此言未知真伪，我也不计较了。左右的，叫他去罢。"那人不去，在崖上高声说道："大人出言谬矣！岂不闻'十室之邑，必有忠信。''门内有君子，门外君子至。'大人若欺负山野中没有听琴之人，这夜静更深，荒崖下也不该有抚琴之客了。"伯牙见他出言不俗，或者真是个听琴的，亦未可知。止住左右不要罗唣，走近舱门，回嗔作喜的问道："崖上那位君子，既是听琴，站立多时，可知道我适才所弹何曲？"那人道："小子若不知，却也不来听琴了。方才大人所弹，乃孔仲尼叹颜回，谱入琴声。其词云：'可惜颜回命蚤亡，教人思想鬓如霜。只因陋巷箪瓢乐，'到这一句，就绝了琴弦，不曾抚出第四句来，小子也还记得：'留得贤名万古扬。'"

伯牙闻言，大喜道："先生果非俗士，隔崖窎远，难以问答。"命左右："掌跳，看扶手，请那位先生登舟细讲。"左右掌跳，此人上船，果然是个樵夫：头戴箬笠，身披草衣，手持尖担，腰插板斧。脚踏芒鞋。手下人那知言谈好歹，见是樵夫，下眼相看："咄，那樵夫！下舱去，见我老爷叩头。问你甚么言语，小心答应，官尊着哩！"樵夫却是个有意思的，道："列位不须粗鲁，待我解衣相见。"除了斗笠，头上是青布包巾；脱了蓑衣，身上是蓝布衫儿；搭膊拴腰，露出布裩下截。那时不慌不忙，将蓑衣、斗笠、尖担、板斧，俱安放舱门之外，脱下芒鞋，甩去泥水，重复穿上，步入舱来。

官舱内公座上灯烛辉煌，樵夫长揖而不跪，道："大人施礼了。"俞伯牙是晋国大臣，眼界中那有两接的布衣，下来还礼，恐失了官体，既请下船，又不好叱他回去。伯牙没奈何，微微举手道："贤友免礼罢。"叫童子看坐的。童子取一张机坐儿置于下席。伯牙全无客礼，把嘴向樵夫一努道："你且坐了。"你我之称，怠慢可知。那樵夫亦不谦让，俨然坐下。

伯牙见他不告而坐，微有嗔怪之意，因此不问姓名，亦不呼手下人看茶。默坐多时，怪而问之："适才崖上听琴的，就是你么？"樵夫答言："不敢。"伯牙道："我且问你，既来听琴，必知琴之出处。此琴何人所造？抚他有甚好处？"正问之时，船头来禀话："风色顺了，月明如昼，可以开船。"伯牙分付："且慢些！"樵夫道："承大人下问，小子若讲话絮烦，恐担误顺风行舟。"伯牙笑道："惟恐你不知琴理。若讲得有理，就不做官，亦非大事，何况行路之迟速乎！"樵夫道："既如此，小子方敢僭谈。此琴乃伏羲氏所琢，见五星之精，飞坠梧桐，凤皇来仪。凤乃百鸟之王，非竹实不食，非梧桐不栖，非醴泉不饮。伏羲氏知梧桐乃树中之良材，夺造化之精气，堪为雅乐，令人伐之。其树高三丈三尺，按三十三天之数，截为三段，分天、地、人三才。取上一段叩之，其声太清，以其过轻而废之；取下一段叩之，其声太浊，以其过重而废之；取中一段叩之，其声清浊相济，轻重相兼。送长流水中，浸七十二日，按七十二候之数，取起阴干，选良时吉日，用高手匠人刘子奇斫成乐器。此乃瑶池之乐，故名瑶琴。长三尺六寸一分，按周天三百六十一度；前阔八寸，按八节；后阔四寸，按四时；厚二寸，按两仪。有金童头、玉女腰、仙人背、龙池、凤沼、玉轸、金徽。那徽有十二，按十二月；又有一中徽，按闰月。先是五条弦在上，外按五行：金、木、水、火、土；内按五音：宫、商、角、徵、羽。尧舜时操五弦琴，歌'南风'诗，天下大治。后因周文王被囚于羑里，吊子伯邑考，添弦一根，清幽哀怨，谓之文弦。后武王伐纣，前歌后舞，添弦一根，激烈发扬，谓之武弦。先是宫、商、角、徵、羽五弦，后加二弦，称为文武七弦琴。此琴有六忌、七不弹、八绝。何为六忌：

一忌大寒，二忌大暑，三忌大风，四忌大雨，五忌迅雷，六忌大雪。

何为七不弹？

闻丧者不弹，奏乐不弹，事冗不弹，不净身不弹，衣冠不整不弹，不焚香不弹，不遇知音者不弹。

何为八绝？总之，清奇幽雅，悲壮悠长。此琴抚到尽美尽善之处，啸虎闻而不吼，哀猿听而不啼。乃雅乐之好处也。”

伯牙听见他对答如流，犹恐是记问之学。又想道：“就是记问之学，也亏他了。我再试他一试。”此时已不似在先你我之称了，又问道：“足下既知乐理，当时孔仲尼鼓琴于室中，颜回自外入，闻琴中有幽沉之声，疑有贪杀之意，怪而问之。仲尼曰：‘吾适鼓琴，见猫方捕鼠，欲其得之，又恐其失之。此贪杀之意，遂露于丝桐。’始知圣门音乐之理，入于微妙。假如下官抚琴，心中有所思念，足下能闻而知之否？”樵夫道：“《毛诗》云：‘他人有心，予忖度之。’大人试抚弄一过，小子任心猜度。若猜不着时，大人休得见罪。”伯牙将断弦重整，沉思半晌，其意在于高山，抚琴一弄。樵夫赞道：“美哉洋洋乎，大人之意，在高山也！”伯牙不答。又凝神一会，将琴再鼓，其意在于流水。樵夫又赞道：“美哉汤汤乎，志在流水！”只两句，道着了伯牙的心事。

伯牙大惊，推琴而起，与子期施宾主之礼，连呼：“失敬！失敬！石中有美玉之藏，若以衣貌取人，岂不误了天下贤士！先生高名雅姓？”樵夫欠身而答：“小子姓钟，名徽，贱字子期。”伯牙拱手道：“是钟子期先生。”子期转问：“大人高姓？荣任何所？”伯牙道：“下官俞瑞，仕于晋朝，因修聘上国而来。”子期道：“原来是伯牙大人。”伯牙推子期坐于客位，自己主席相陪，命童子点茶。茶罢，又命童子取酒共酌。伯牙道：“借此攀话，休嫌简亵。”子期称：“不敢。”童子取过瑶琴，二人入席饮酒。伯牙开言又问：“先生声口是楚人了，但不知尊居何处？”子期道：“离此不远，地名马安山集贤村，便是荒居。”伯牙点头道：“好个集贤村。”又问：“道艺何为？”子期道：“也就是打柴为生。”伯牙微笑道：“子期先生，下官也不该僭言。似先生这等抱负，何不求取功名，立身于廊庙，垂名于竹帛；却乃赍志林泉，混迹樵牧，与草木同朽？窃为先生不取也。”子期道：“实不相瞒，舍间上有年迈二亲，下无手足相辅，采樵度日，以尽父母之余年。虽位为三公之尊，不忍易我一日之养也。”伯牙道：“如此大孝，一发难得。”二人杯酒酬酢了一会。子期宠辱无惊，伯牙愈加爱重。又问子期：“青春多少？”子期道：“虚度二十有七。”伯牙道：“下官年长一旬。子期若不见弃，结为兄弟相称，不负知音契友。”子期笑道：“大人差矣！大人乃上国名公，钟徽乃穷乡贱子，怎敢仰扳，有辱俯就。”伯牙道：“相识满天下，知心能几人？下官碌碌风尘，得与高贤结契，实乃生平之万幸。若以富贵贫贱为嫌，觑俞瑞为何等人乎？”遂命童子重添炉火，再爇名香，就船舱中与子期顶礼八拜。伯牙年长为兄，子期为弟，今后兄弟相称，生死不负。拜罢，复命取暖酒再酌。子期让伯牙上坐，伯牙从其言。换了杯箸，子期下席，兄弟相称，彼此谈心叙话。正是：

合意客来心不厌，知音人听话偏长。

谈论正浓，不觉月淡星稀，东方发白。船上水手都起身收拾篷索，整备开船。子期起身告辞，伯牙捧一杯酒递与子期，把子期之手，叹道：“贤弟，我与你相见何太迟，相别何太早！”子期闻言，不觉泪珠滴于杯中。子期一饮而尽，斟酒回敬伯牙。二人各有眷恋不舍之意。伯牙道：“愚兄余情不尽，意欲曲延贤弟同行数日，未知可否？”子期道：“小人非不欲相从，怎奈二亲年老，‘父母在，不远游。’”伯牙道：“既是二位尊人在堂，回去告过二亲，到晋阳来看愚兄一看，这就是‘游必有方’了。”子期道：“小弟不敢轻诺而寡信，许了贤兄，就当践约。万一禀命于二亲，二亲不允，使仁兄悬望于数千里之外，小弟之罪更大矣。”伯牙道：“贤弟真所谓至诚君子。也罢，明年还是我来看贤弟。”子期道：“仁兄明岁何时到此？小弟好伺候尊驾。”伯牙屈指道：“昨夜是中秋节，今日天明，是八月十六日了。贤弟，我来仍在仲秋中五六日奉访。若过了中旬，迟到季秋月分，就是爽信，不为君子。”叫童子分付记室：“将钟贤弟所居地名及相会的日期，登写在日记簿上。”子期道：“既如此，小弟来年仲秋中五六日，准在江边侍立拱候，不敢有误。天色已明，小弟告辞了。”伯牙道：“贤弟且住。”命童子取黄金二笏，不用封帖，双手捧定道：“贤弟，些须薄礼，权为二位尊人甘旨之费。斯文骨肉，勿得嫌轻。”子期不敢谦让，即时收下。再拜告别，含泪出舱，取尖担挑了蓑衣、斗笠，插板斧于腰间，掌跳搭扶手上崖。伯牙直送至船头，各各洒泪而别。

不题子期回家之事。再说俞伯牙点鼓开船，一路江山之胜，无心观览，心心念念，只想着知音之人。又行几日，舍舟登岸。经过之地，知是晋国上大夫，不敢轻慢，安排车马相送。直至晋阳，回复了晋主，不在话下。

光阴迅速，过了秋冬，不觉春去夏来。伯牙心怀子期，无日忘之。想着中秋节近，奏过晋主，给假还乡。晋主依允。伯牙收拾行装，仍打大宽转，从水路而行。下船之后，分付水手，但是湾泊所在，就来通报地名。事有偶然，刚刚八月十五夜，水手禀复，此去马安山不远。伯牙依稀还认得去年泊船相会子期之处，分付水手，将船湾泊，水底抛锚，崖边钉橛。其夜晴明，船舱内一线月光，射进朱帘。伯牙命童子将帘卷起，步出舱门，立于船头之上，仰观斗柄。水底天心，万顷茫然，照如白昼。思想去岁与知己相逢，雨止月明；今夜重来，又值良夜。他约定江边相候，如何全无踪影，莫非爽信？又等了一会，想道：“我理会得了。江边来往船只颇多，我今日所驾的，不是去年之船了，吾弟急切如何认得？去岁我原为抚琴惊动知音，今夜仍将瑶琴抚弄一曲。吾弟闻之，必来相见。”命童子取琴桌安放船头，焚香设座。伯牙开囊，调弦转轸，才泛音律，商弦中有哀怨之声。伯牙停琴不操：“呀！商弦哀声凄切，吾弟必遭忧在家。去岁曾言父母年高，若非父丧，必是母亡。他为人至孝，事有轻重，宁失信于我，不肯失信于亲，所以不来也。来日天明，我亲上崖探望。”叫童子收拾琴桌，下舱就寝。伯牙一夜不睡，真个巴明不明，盼晓不晓。看看月移帘影，日出山头，伯牙起来梳洗整衣，命童子携琴相随，又取黄金十镒带去：“傥吾弟居丧，可为赙礼。”踹跳登崖，行于樵径，约莫十数里，出一谷口，伯牙站住。童子禀道：“老爷为何不行？”伯牙道：“山分南北，路列东西。从山谷出来，两头都是大路，都去得，知道那一路往集贤村去？等个识路之人，问明了他，方才可行。”伯牙就石上少憩，童儿退立于后。不多时，左手官路上有一老叟，髯垂玉线，发挽银丝，箬冠野服，左手举藤杖，右手携竹篮，徐步而来。伯牙起身整衣，向前施礼。那老者不慌不忙，将右手竹篮轻轻放下，双手举藤杖还礼，道："先生有何见教？"伯牙道："请问两头路，那一条路，往集贤村去的？"老者道："那两头路，就是两个集贤村。左手是上集贤村，右手是下集贤村，通衢三十里官道。先生从谷出来，正当其半，东去十五里，西去也是十五里。不知先生要往那一个集贤村？"伯牙默默无言，暗想道："吾弟是个聪明人，怎么说话这等糊涂！相会之日，你知道此间有两个集贤村，或上或下，就该说个明白了。"

伯牙却才沉吟，那老者道："先生这等吟想，一定那说路的，不曾分上下，总说了个集贤村，教先生没处抓寻了。"伯牙道："便是。"老者道："两个集贤村中，有一二十家庄户，大抵都是隐遁避世之辈。老夫在这山里，多住了几年，正是：土居三十载，无有不亲人。这些庄户，不是舍亲，就是敝友。先生到集贤村必是访友，只说先生所访之友，姓甚名谁，老夫就知他住处了。"伯牙道："学生要往钟家庄去。"老者闻"钟家庄"三字，一双昏花眼内，扑簌簌掉下泪来，道："先生别家可去，若说钟家庄，不必去了。"伯牙惊问："却是为何？"老者道："先生到钟家庄，要访何人？"伯牙道："要访子期。"老者闻言，放声大哭道："子期钟徽，乃吾儿也。去年八月十五采樵归晚，遇晋国上大夫俞伯牙先生。讲论之间，意气相投。临行赠黄金二笏，吾儿买书攻读，老拙无才，不曾禁止。旦则采樵负重，暮则诵读辛勤，心力耗废，染成怯疾，数月之间，已亡故了。"伯牙闻言，五内崩裂，泪如涌泉，大叫一声，傍山崖跌倒，昏绝于地。钟公用手搀扶，回顾小童道："此位先生是谁？"小童低低附耳道："就是俞伯牙老爷。"钟公道："元来是吾儿好友。"扶起伯牙苏醒。伯牙坐于地下，口吐痰涎，双手捶胸，恸哭不已，道："贤弟呵，我昨夜泊舟，还说你爽信，岂知已为泉下之鬼！你有才无寿了！"钟公拭泪相劝。伯牙哭罢起来，重与钟公施礼。不敢呼老丈，称为老伯，以见通家兄弟之音。伯牙道："老伯，令郎还是停柩在家，还是出瘗郊外了？"钟公道："一言难尽！亡儿临终，老夫与拙荆坐于卧榻之前。亡儿遗语嘱付道：'修短由天，儿生前不能尽人子事亲之道，死后乞葬于马安山江边。与晋大夫俞伯牙有约，欲践前言耳。'老夫不负亡儿临终之言。适才先生来的小路之右，一丘新土，即吾儿钟徽之冢。今日是百日之忌，老夫提一陌纸钱，往坟前烧化，何期与先生相遇！"伯牙道："既如此，奉陪老伯，坟前一拜。"命小童代太公提了竹篮。钟公策杖引路，伯牙随后，小童跟定，复进谷口。果见一丘新土，在于路左。伯牙整衣下拜："贤弟在世为人聪明，死后为神灵应。愚兄此一拜，诚永别矣！"拜罢，放声又哭。惊动山前山后、山左山右黎民百姓，不问行的住的，远的近的，闻得朝中大臣来祭钟子期，回绕坟前，争先观看。伯牙却不曾摆得祭礼，无以为情，命童子把瑶琴取出囊来，放于祭石台上，盘膝坐于坟前，挥泪两行，抚琴一操。那些看者，闻琴韵铿锵，鼓掌大笑而散。伯牙问："老伯，下官抚琴，吊令郎贤弟，悲不能已，众人为何而笑？"钟公道："乡野之人，不知

音律，闻琴声以为取乐之具，故此长笑。"伯牙道："原来如此。老伯可知所奏何曲？"钟公道："老夫幼年也颇习。如今年迈，五官半废，模糊不懂久矣。"伯牙道："这就是下官随心应手一曲短歌，以吊令郎者，口诵于老伯听之。"钟公道："老夫愿闻。"伯牙诵云："忆昔去年春，江边曾会君。今日重来访，不见知音人。但见一抔土，惨然伤我心！伤心伤心复伤心，不忍泪珠纷。来欢去何苦，江畔起愁云。子期子期兮，你我千金义，历尽天涯无足语，此曲终兮不复弹，三尺瑶琴为君死！"

伯牙于衣夹间取出解手刀，割断琴弦，双手举琴，向祭石台上，用力一摔，摔得玉轸抛残，金徽零乱。钟公大惊，问道："先生为何摔碎此琴？"伯牙道：

摔碎瑶琴凤尾寒，子期不在对谁弹！

春风满面皆朋友，欲觅知音难上难。

钟公道："原来如此，可怜！可怜！"

伯牙道："老伯高居，端的在上集贤村，还是下集贤村？"钟公道："荒

居在上集贤村第八家就是。先生如今又问他怎的？”伯牙道：“下官伤感在心，不敢随老伯登堂了。随身带得有黄金二镒，一半代令郎甘旨之奉，一半买几亩祭田，为令郎春秋扫墓之费。待下官回本朝时，上表告归林下。那时却到上集贤村，迎接老伯与老伯母，同到寒家，以尽天年。吾即子期，子期即吾也，老伯勿以下官为外人相嫌。”说罢，命小僮取出黄金，亲手递与钟公，哭拜于地。钟公答拜，盘桓半晌而别。

这回书，题作《俞伯牙摔琴谢知音》。后人有诗赞云：

势利交怀势利心，斯文谁复念知音！
伯牙不作锺期逝，千古令人说破琴。

第二卷　庄子休鼓盆成大道

富贵五更春梦，功名一片浮云。眼前骨肉亦非真，恩爱翻成仇恨。

莫把金枷套颈，休将玉锁缠身。清心寡欲脱凡尘，快乐风光本分。

这首《西江月》词，是个劝世之言，要人割断迷情，逍遥自在。且如父子天性，兄弟手足，这是一本连枝，割不断的。儒、释、道三教虽殊，总抹不得“孝”“弟”二字。至于生子生孙，就是下一辈事，十分周全不得了。常言道得好：

儿孙自有儿孙福，莫与儿孙作马牛。

若论到夫妇，虽说是红线缠腰，赤绳系足，到底是剜肉粘肤，可离可合。常言又说得好：

夫妻本是同林鸟，巴到天明各自飞。

近世人情恶薄，父子兄弟到也平常，儿孙虽是疼痛，总比不得夫妇之情。他溺的是闺中之爱，听的是枕上之言。多少人被妇人迷惑，做出不孝不弟的事来。这断不是高明之辈。

如今说这庄生鼓盆的故事，不是唆人夫妻不睦，只要人辨出贤愚，参破真假，从第一着迷处，把这念头放淡下来，渐渐六根清净，道念滋生，自有受用。昔人看田夫插秧，咏诗四句，大有见解。诗曰：

手把青秧插野田，低头便见水中天。

六根清净方为稻，退步原来是向前。

话说周末时，有一高贤，姓庄，名周，字子休，宋国蒙邑人也。曾仕周为漆园吏。师事一个大圣人，是道教之祖，姓李，名耳，字伯阳。伯阳生而白发，人都呼为老子。庄生常昼寝，梦为蝴蝶，栩栩然于园林花草之间，其意甚适。醒来时，尚觉臂膊如两翅飞动，心甚异之。以后不时有此梦。庄生一日在老子座间讲《易》之暇，将此梦诉之于师。却是个大圣人，晓得三生来历，向庄生指夙世因由。那庄生原是混沌初分时一个白蝴蝶，天一生水，二生木，木荣花茂，那白蝴蝶采百花之精，夺日月之秀，得了气候，长生不死，翅如车轮。后游于瑶池，偷采蟠桃花蕊，被王母娘娘位下守花的青鸾啄死。其神不散，托生于世，做了庄周。因他根器不凡，道心坚固，师事老子，学清净无为之教。今日被老子点破了前生，如梦初醒，自觉两腋风生，有栩栩然蝴蝶之意，把世情荣枯得丧，看做行云流水，一丝不挂。老子知他心下大悟，把《道德》五千字的秘诀，倾囊而授。庄生嘿嘿诵习修炼，遂能分身隐形，出神变化。从此弃了漆园吏的前程，辞别老子，周游访道。

他虽宗清净之教，原不绝夫妇之伦，一连娶过三遍妻房。第一妻，得疾夭亡；第二妻，有过被出；如今说的是第三妻，姓田，乃田齐族中之女。庄生游于齐国，田宗重其人品，以女妻之。那田氏比先前二妻，更有姿色，肌肤若冰雪，绰约似神仙。庄生不是好色之徒，却也十分相敬，真个如鱼似水。楚威王闻庄生之贤，遣使持黄金百镒，文锦千端，安车驷马，聘为上相。庄生叹道："牺牛身被文绣，口食刍菽，见耕牛力作辛苦，自夸其荣。及其迎入太庙，刀俎在前，欲为耕牛而不可得也。"遂却之不受。挈妻归宋，隐于曹州之南华山。

一日，庄生出游山下，见荒冢累累，叹道："老少俱无辨，贤愚同所归。人归冢中，冢中岂能复为人乎？"嗟咨了一回。再行几步，忽见一新坟，封土未干。一年少妇人，浑身缟素，坐于此冢之傍，手运齐纨素扇，向冢连扇不已。庄生怪而问之："娘子，冢中所葬何人？为何举扇扇土？必有其故。"那妇人并不起身，运扇如故，口中莺啼燕语，说出几句不通道理的话来。正是：

听时笑破千人口，说出加添一段羞。

那妇人道："冢中乃妾之拙夫，不幸身亡，埋骨于此。生时与妾相爱，死不能舍，遗言教妾如要改适他人，直待葬事毕后，坟土干了，方才可嫁。妾思新筑之土，如何得就干，因此举扇扇之。"庄生含笑，想道："这妇人好性急！亏他还说生前相爱。若不相爱的，还要怎么？"乃问道："娘子，要这新土干燥极易。因娘子手腕娇软，举扇无力，不才愿替娘子代一臂之劳。"那妇人方才起身，深深道个万福："多谢官人！"双手将素白纨扇，递与庄生。庄生行起道法，举手照冢顶连扇数扇，水气都尽，其土顿干。妇人笑容可掬，谢道："有劳官人用力。"将纤手向鬓傍拔下一股银钗，连那纨扇送庄生，权为相谢。庄生却其银钗，受其纨扇。妇人欣然而去。

庄子心下不平，回到家中，坐于草堂，看了纨扇，口中叹出四句：

不是冤家不聚头，冤家相聚几时休？

早知死后无情义，索把生前恩爱勾。

田氏在背后，闻得庄生嗟叹之语，上前相问。那庄生是个有道之士，夫妻之间亦称为先生。田氏道："先生有何事感叹？此扇从何而得？"庄生将妇人扇冢，要土干改嫁之言述了一遍。"此扇即扇土之物。因我助力，以此相赠。"田氏听罢，忽发忿然之色，向空中把那妇人千不贤、万不贤骂了一顿，对庄生道："如此薄情之妇，世间少有！"庄生又道出四句：

生前个个说恩深，死后人人欲扇坟。

画龙画虎难画骨，知人知面不知心。

田氏闻言大怒。自古道：怨废亲，怒废礼。那田氏怒中之言，不顾体面，向庄生面上一啐，说道："人类虽同，贤愚不等。你何得轻出此语，将天下妇道家看作一例？却不道歉人带累好人。你却也不怕罪过！"庄生道："莫要弹空说嘴。假如不幸，我庄周死后，你这般如花似玉的年纪，难道捱得过三年五载？"田氏道："忠臣不事二君，烈女不更二夫。那见好人家妇女吃两家茶，睡两家床？若不幸轮到我身上，这样没廉耻的事，莫说三年五载，就是一世也成不得，梦儿里也还有三分的志气！"庄生道："难说！难说！"田氏口出詈语道："有志妇人胜如男子。似你这般没仁没义的，死了一个，又讨一个，出了一个，又纳一个，只道别人也是一般见识。我们妇道家一鞍一马，到是站得脚头定的，怎么肯把话与他人说，惹后世耻笑！你如今又不死，直恁枉杀了人！"就庄生手中夺过纨扇，扯得粉碎。庄生道："不必发怒，只愿得如此争气甚好！"自此无话。

过了几日，庄生忽然得病，日加沉重。田氏在床头，哭哭啼啼。庄生道："我病势如此，永别只在早晚。可惜前日纨扇扯碎了，留得在此，好把与你扇坟！"田氏道："先生休要多心！妾读书知礼，从一而终，誓无二志。先生若不见信，妾愿死于先生之前，以明心迹。"庄生道："足见娘子高志，我庄某死亦瞑目。"说罢，气就绝了。田氏抚尸大哭。少不得央及东邻西舍，制备衣衾棺椁殡殓。田氏穿了一身素缟，真个朝朝忧闷，夜夜悲啼。每想着庄生生前恩爱，如痴如醉，寝食俱废。山前山后庄户，也有晓得庄生是个逃名的隐士，来吊孝的，到底不比城市热闹。

到了第七日，忽有一少年秀士，生得面如傅粉，唇若涂朱，俊俏无双，风流第一。穿扮的紫衣玄冠，绣带朱履，带着一个老苍头，自称楚国王孙，向年曾与庄子休先生有约，欲拜在门下，今日特来相访。见庄生已死，口称："可惜！"慌忙脱下色衣，叫苍头于行囊内取出素服穿了，向灵前四拜道："庄先生，弟子无缘，不得面会侍教。愿为先生执百日之丧，以尽私淑之情。"说罢，又拜四拜，洒泪而起，便请田氏相见。田氏初次推辞。王孙道："古礼，通家朋友，妻妾都不相避，何况小子与庄先生有师弟之约。"田氏只得步出孝堂，与楚王孙相见，叙了寒温。田氏一见楚王孙人才标致，就动了怜爱之心，只恨无由厮近。楚王孙道："先生虽死，弟子难忘思慕。欲借尊居，暂住百日，一来守先师之丧，二者先师留下有什么著述，小子告借一观，以领遗训。"田氏道："通家之谊，久住何妨。"当下治饭相款。饭罢，田氏将庄子所著《南华真经》及《老子道德》五千言，和盘托出，献与王孙。王孙殷勤感谢。草堂中间占了灵位，楚王孙在左边厢安顿。田氏每日假以哭灵为由，就左边厢，与王孙攀话。日渐情熟，眉来眼去，情不能已，楚王孙只有五分，那田氏到有十分。所喜者深山隐僻，就做差了些事，没人传说；所恨者新丧未久，况且女求于男，难以启齿。

又捱了几日，约莫有半月了。那婆娘心猿意马，按捺不住，悄地唤老苍头进房，赏以美酒，将好言抚慰。从容问："你家主人曾婚配否？"老苍头道："未曾婚配。"婆娘又问道："你家主人要拣什么样人物才肯婚配？"老苍头带醉道："我家王孙曾有言，若得像娘子一般丰韵的，他就心满意足。”婆娘道：“果有此话？莫非你说谎？”老苍头道：“老汉一把年纪，怎么说谎？”婆娘道：“我央你老人家为媒说合，若不弃嫌，奴家情愿服事你主人。”老苍头道：“我家主人也曾与老汉说来，道一段好姻缘，只碍师弟二字，恐惹人议论。”婆娘道：“你主人与先夫原是生前空约，没有北面听教的事，算不得师弟。又且山僻荒居，邻舍罕有，谁人议论？老人家是必委曲成就，教你吃杯喜酒。”老苍头应允。临去时，婆娘又唤转来嘱付道：“若是说得允时，不论早晚，便来房中回复奴家一声，奴家在此专等。”老苍头去后，婆娘悬悬而望。孝堂边张了数十遍，恨不能一条细绳缚了那俏后生俊脚，扯将入来，搂做一处。将及黄昏，那婆娘等得个不耐烦，黑暗里走入孝堂，听左边厢声息。忽然灵座上作响，婆娘吓了一跳，只道亡灵出现，急急走转内室，取灯火来照，原来是老苍头吃醉了，直挺挺的卧于灵座桌上。婆娘又不敢嗔责他，又不敢声唤他，只得回房，捱更捱点，又过了一夜。

次日，见老苍头行来步去，并不来回复那话儿。婆娘心下发痒，再唤他进房，问其前事。老苍头道：“不成！不成！”婆娘道：“为何不成？莫非不曾将昨夜这些话剖豁明白？”老苍头道：“老汉都说了。我家王孙也说得有理，他道：‘娘子容貌，自不必言。未拜师徒，亦可不论。但有三件事未妥，不好回复得娘子。’”婆娘道：“那三件事？”老苍头道：“我家王孙道：‘堂中见摆着个凶器，我却与娘子行吉礼，心中何忍，且不雅相。二来庄先生与娘子是恩爱夫妻，况且他是个有道德的名贤，我的才学万分不及，恐被娘子轻薄。三来我家行李尚在后边未到，空手来此，聘礼筵席之费，一无所措。为此三件，所以不成。’”婆娘道：“这三件都不必虑。凶器不是生根的，屋后还有一间破空房，唤几个庄客抬他出去就是，这是一件了。第二件，我先夫那里就是个有道德的名贤？当初不能正家，致有出妻之事，人称其薄德。楚威王慕其虚名，以厚礼聘他为相，他自知才力不胜，逃走在此。前月独行山下，遇一寡妇，将扇扇坟，待坟土干燥，方才嫁人。拙夫就与他调戏，夺他纨扇，替他扇土，将那把纨扇带回，是我扯碎了。临死时几日还为他淘了一场气，又什么恩爱！你家主人青年好学，进不可量。况他乃是王孙之贵，奴家亦是田宗之女，门地相当。今日到此，姻缘天合。第三件，聘礼筵席之费，奴家做主，谁人要得聘礼？筵席也是小事。奴家更积得私房白金二十两，赠与你主人，做一套新衣服。你再去道达，若成就时，今夜是合婚吉日，便要成亲。”老苍头收了二十两银子，回复楚王孙。楚王孙只得顺从。老苍头回复了婆娘。

那婆娘当时欢天喜地，把孝服除下，重勾粉面，再点朱唇，穿了一套新鲜色衣。叫苍头顾唤近山庄客，扛抬庄生尸柩，停于后面破屋之内，打扫草堂，准备做合婚筵席。有诗为证：

俊俏孤孀别样娇，王孙有意更相挑。
一鞍一马谁人语？今夜思将快婿招。

是夜，那婆娘收拾香房，草堂内摆得灯烛辉煌，楚王孙簪缨袍服，田氏锦袄绣裙，双双立于花烛之下，一对男女，如玉琢金装，美不可说。交拜已毕，千恩万爱的，携手入于洞房，吃了合杯。正欲上床解衣就寝，忽然楚王孙眉头双皱，寸步难移，登时倒于地下，双手磨胸，只叫心疼难忍。田氏心爱王孙，顾不得新婚廉耻，近前抱住，替他抚摩，问其所以。王孙痛极不语，口吐涎沫，奄奄欲绝。老苍头慌做一堆。田氏道：“王孙平日曾有此症候否？”老苍头代言：“此症平日常有。或一二年发一次，无药可治，只有一物，用之立效。”田氏急问：“所用何物？”老苍头道：“太医传一奇方，必得生人脑髓热酒吞之，其痛立止。平日此病举发，老殿下奏过楚王，拨一名死囚来，缚而杀之，取其脑髓。今山中如何可得？其命合休矣！”田氏道：“生人脑髓，必不可致。第不知死人的可用得么？”老苍头道：“太医说，凡死未满四十九日者，其脑尚未干枯，亦可取用。”田氏道：“吾夫死方二十余日，何不斫棺而取之？”老苍头道：“只怕娘子不肯。”田氏道：“我与王孙成其夫妇，妇人以身事夫，自身尚且不惜，何有于将朽之骨乎？”

即命老苍头伏侍王孙，自己寻了砍柴板斧，右手提斧，左手携灯，往后边破屋中，将灯檠放于棺盖之上，觑定棺头，双手举斧，用力劈去。妇人家气力单微，如何劈得棺开？有个缘故，那庄周是达生之人，不肯厚殓，桐棺三寸，一斧就劈去了一块木头，再一斧去，棺盖便裂开了。只见庄生从棺内叹口气，推开棺盖，挺身坐起。田氏虽然心狠，终是女流，吓得腿软筋麻，心头乱跳，斧头不觉坠地。庄生叫：“娘子扶起我来。”那婆娘不得已，只得扶庄生出棺。庄生携灯，婆娘随后同进房来。婆娘心知房中有楚王孙主仆二人，捏两把汗，行一步，反退两步。比及到房中看时，铺设依然灿烂，那主仆二人，阒然不见。婆娘心下虽然暗暗惊疑，却也放下了胆，巧言抵饰，向庄生道：“奴家自你死后，日夕思念。方才听得棺中有声响，想古人中多有还魂之事，望你复活，所以用斧开棺。谢天谢地，果然重生！实乃奴家之万幸也！”庄生道：“多谢娘子厚意。只是一件，娘子守孝未久，为何锦袄绣裙？”婆娘又解释道：“开棺见喜，不敢将凶服冲动，权用锦绣，以取吉兆。”庄生道：“罢了！还有一节，棺木何不放在正寝，却撇在破屋之内，难道也是吉兆？”婆娘无言可答。庄生又见杯盘罗列，也不问其故，教暖酒来饮。

庄生放开大量，满饮数觥。那婆娘不达时务，指望煨热老公，重做夫妻，紧挨着酒壶，撒娇撒痴，甜言美语，要哄庄生上床同寝。庄生饮得酒大醉，索纸笔写出四句：

从前了却冤家债，你爱之时我不爱。

若重与你做夫妻，怕你巨斧劈开天灵盖。

那婆娘看了这四句诗，羞惭满面，顿口无言。庄生又写出四句：

夫妻百夜有何恩？见了新人忘旧人。

甫得盖棺遭斧劈，如何等待扇干坟！

庄生又道：“我则教你看两个人。”庄生用手将外面一指，婆娘回头而看，只见楚王孙和老苍头踱将进来，婆娘吃了一惊。转身不见了庄生；再回头时，连楚王孙主仆都不见了。

那里有什么楚王孙、老苍头，此皆庄生分身隐形之法也。那婆娘精神恍惚，自觉无颜，解腰间绣带，悬梁自缢，呜呼哀哉！这到是真死了。庄生见田氏已死，解将下来，就将劈破棺木盛放了他，把瓦盆为乐器，鼓之成韵，倚棺而作歌。歌曰：

大块无心兮，生我与伊。我非伊夫兮，伊非我妻。偶然邂逅兮，一室同居。大限既终兮，有合有离。人之无良兮，生死情移。真情既见兮，不死何为！伊生兮拣择去取，伊死兮还返空虚。伊吊我兮，赠我以巨斧；我吊伊兮，慰伊以歌词。斧声起兮我复活，歌声发兮伊可知！噫嘻，敲碎瓦盆不再鼓，伊是何人我是谁？

庄生歌罢，又吟诗四句：

你死我必埋，我死你必嫁。

我若真个死，一场大笑话！

庄生大笑一声，将瓦盆打碎，取火从草堂放起，屋宇俱焚，连棺木化为灰烬。只有《道德经》《南华经》不毁，山中有人检取，传流至今。

庄生遨游四方，终身不娶。或云遇老子于函谷关，相随而去，已得大道成仙矣。诗云：

杀妻吴起太无知，荀令伤神亦可嗤。
请看庄生鼓盆事，逍遥无碍是吾师。

第三卷　王安石三难苏学士

海鳌曾欺井内蛙，大鹏张翅绕天涯。

强中更有强中手，莫向人前满自夸。

这四句诗，奉劝世人虚己下人，勿得自满。古人说得好，道是："满招损，谦受益。"俗谚又有四不可尽的话。那"四不可尽"？

势不可使尽，福不可享尽。

便宜不可占尽，聪明不可用尽。

你看如今有势力的，不做好事，往往任性使气，损人害人，如毒蛇猛兽，人不敢近。他见别人惧怕，没奈他何，意气扬扬，自以为得计。却不知八月潮头，也有平下来的时节。危滩急浪中，趁着这刻儿顺风，扯了满篷，望前只顾使去，好不畅快。不思去时容易，转时甚难。当时夏桀、商纣，贵为天子，不免窜身于南巢，悬头于太白。那桀、纣有何罪过？也无非倚贵欺贱，恃强凌弱，总来不过是使势而已。假如桀、纣是个平民百姓，还造得许多恶业否？所以说势不可使尽。

怎么说福不可享尽？常言道：惜衣有衣，惜食有食。又道：人无寿夭，禄尽则亡。晋时石崇太尉，与皇亲王恺斗富，以酒沃釜，以蜡代薪；锦步障大至五十里；坑厕间皆用绫罗供帐，香气袭人；跟随家僮，都穿火浣布衫，一衫价值千金；买一妾，费珍珠十斛。后来死于赵王伦之手，身首异处。此乃享福太过之报。

怎么说便宜不可占尽？假如做买卖的错了分文入己，满脸堆笑。却不想小经纪若折了分文，一家不得吃饱饭，我贪此些须小便宜，亦有何益？昔人有占便宜诗云：

我被盖你被，你毡盖我毡。你若有钱我共使，我若无钱用你钱。上山时你扶我脚，下山时我靠你肩。我有子时做你婿，你有女时伴我眠。你依此誓时，我死在你后；我违此誓时，你死在我前。

若依得这诗时，人人都要如此，谁是呆子，肯束手相让？就是一时得利，暗中损福折寿，自己不知。所以佛家劝化世人，吃一分亏，受无量福。有诗为证：

得便宜处欣欣乐，不遂心时闷闷忧。

不讨便宜不折本，也无欢乐也无愁。

说话的，这三句都是了。则那聪明二字，求之不得，如何说聪明不可用尽？见不尽者，天下之事；读不尽者，天下之书；参不尽者，天下之理。宁可懵懂而聪明，不可聪明而懵懂。如今且说一个人，古来第一聪明的。他聪明了一世，懵懂在一时，留下花锦般一段话文，传与后生小子恃才夸己的看样。那第一聪明的是谁：

吟诗作赋般般会，打诨猜谜件件精。

不是仲尼重出世，定知颜子再投生。

话说宋神宗皇帝在位时，在一名儒，姓苏名轼，字子瞻，别号东坡，乃四川眉州眉山人氏。一举成名，官拜翰林学士。此人天资高妙，过目成诵，出口成章，有李太白之风流，胜曹子建之敏捷。在宰相荆公王安石先生门下，荆公甚重其才。东坡自恃聪明，颇多讥诮。荆公因作《字说》，一字解作一义，偶论东坡的坡字，从土从皮，谓坡乃土之皮。东坡笑道："如相公所言，滑字乃水之骨也。"一日，荆公又论及鲵字，从鱼从儿，合是鱼子；四马曰驷，天虫为蚕，古人制字，定非无义。东坡拱手进言："鸠字九鸟，可知有故？"荆公认以为真，欣然请教。东坡笑道："《毛诗》云：'鸣鸠在桑，其子七兮。'连娘带爷，共是九个。"荆公默然，恶其轻薄，左迁为湖州刺史。正是：

是非只为多开口，烦恼皆因巧弄唇。

东坡在湖州做官，三年任满朝京，作寓于大相国寺内。想当时因得罪于荆公，自取其咎，常言道："未去朝天子，先来谒相公。"分付左右备脚色手本，骑马投王丞相府来。离府一箭之地，东坡下马步行而前。见府门首许多听事官吏，纷纷站立，东坡举手问道："列位，老太师在堂上否？"守门官上前答道："老爷昼寝未醒，且请门房少坐。"从人取交床在门房中，东坡坐下，将门半掩。不多时，相府中有一少年人，年方弱冠，戴缠鬃大帽，穿青绢直摆，摇手洋洋，出府下阶。众官吏皆躬身揖让，此人从东向西而去。东坡命从人去问相府中适才出来者何人，从人打听明白回复，是丞相老爷府中掌书房的，姓徐。东坡记得荆公书房中宠用的有个徐伦，三年前还未冠，今虽冠了，面貌依然。叫从人："既是徐掌家，与我赶上一步，快请他转来。"从人飞奔去了，赶上徐伦，不敢于背后呼唤，从傍边抢上前去，垂手侍立于街傍，道："小的是湖州府苏爷的长班。苏爷在门房中，请徐老爹相见，有句话说。"徐伦问："可是长胡子的苏爷？"从人道："正是。"东坡是个风流才子，见人一团和气，平昔与徐伦相爱，时常写扇送他。徐伦听说是苏学士，微微而笑，转身便回。从人先到门房，回复徐掌家到了。徐伦进门房来见苏爷，意思要跪下去，东坡用手搀住。这徐伦立身相府，掌内书房，外府州县首领官员到京参谒丞相，知会徐伦，俱有礼物、单帖通名，今日见苏爷怎么就要下跪？因苏爷久在丞相门下往来，徐伦自小书房答应，职任烹茶，就如旧主人一般，一时大不起来。苏爷却全他的体面，用手搀住道："徐掌家，不要行此礼。"徐伦道："这门房中不是苏爷坐处，且请进府到东书房待茶。"

这东书房，便是王丞相的外书房了，凡门生知友往来，都到此处。徐伦引苏爷到东书房，看了坐，命童儿烹好茶伺候。"禀苏爷，小的奉老爷遣差往太医院取药，不得在此伏侍，怎么好？"东坡道："且请治事。"徐伦去后，东坡见四壁书橱关闭有锁，文几上只有笔砚，更无余物。东坡开砚匣，看了砚池，是一方绿色端砚，甚有神采，砚上余墨未干。方欲掩盖，忽见砚匣下露出些纸角儿。东坡扶起砚匣，乃是一方素笺，叠做两摺。取而观之，原来是两句未完的诗稿，认得荆公笔迹，题是《咏菊》。东坡笑道："士别三日，换眼相待。昔年我曾在京为官时，此老下笔数千言，不由思索。三年后也就不同了，正是江淹才尽，两句诗不曾终韵。"念了一遍，"呀，原来连这两句诗都是乱道。"这两句诗怎么样写：

西风昨夜过园林，吹落黄花满地金。

东坡为何说这两句诗是乱道？一年四季，风各有名：春天为和风，夏天为薰风，秋天为金风，冬天为朔风，和、薰、金、朔四样风配着四时。这诗首句说西风，西方属金，金风乃秋令也，那金风一起，梧叶飘黄，群芳零落。第二句说："吹落黄花满地金。"黄花即菊花。此花开于深秋，其性属火，敢与秋霜鏖战，最能耐久，随你老来焦干枯烂，并不落瓣。说个"吹落黄花满地金"，岂不是错误了？兴之所发，不能自已，举笔舐墨，依韵续诗二句：

秋花不比春花落，说与诗人仔细吟。

写便写了，东坡愧心复萌："倘此老出书房相待，见了此诗，当面抢白，不像晚辈体面。"欲待袖去以灭其迹，又恐荆公寻诗不见，带累徐伦。思算不妥，只得仍将诗稿折叠，压于砚匣之下，盖上砚匣，步出书房。到大门首，取脚色手本，付与守门官吏嘱付道："老太师出堂，通禀一声，说苏某在此伺候多时。因初到京中，文表不曾收拾，明日早朝赍过表章，再来谒见。"说罢，骑马回下处去了。

不多时，荆公出堂。守门官吏虽蒙苏爷嘱付，没有纸包相送，那个与他禀话，只将脚色手本和门簿缴纳。荆公也只当常规，未用观看，心下记着菊花诗二句未完韵。恰好徐伦从太医院取药回来，荆公唤徐伦送置东书房，荆公也随后入来。坐定，揭起砚匣，取出诗稿一看，问徐伦道："适才何人到此？"徐伦跪下，禀道："湖州府苏爷伺候老爷，曾到。"荆公看其字迹，也认得是苏学士之笔，口中不语，心下踌躇："苏轼这个小畜生，虽遭挫折，轻薄之性不改！不道自己学疏才浅，敢来讥讪老夫！明日早朝，奏过官里，将他削职为民。"又想道："且住，他也不晓得黄州菊花落瓣，也怪他不得。"叫徐伦取湖广缺官册籍来看，单看黄州府，余官俱在，只缺少个团练副使，荆公暗记在心，命徐伦将诗稿贴于书房柱上。

明日早朝，密奏天子，言苏轼才力不及，左迁黄州团练副使。天下官员到京上表章，升降勾除，各自安命。惟有东坡心中不服，心下明知荆公为改诗触犯，公报私仇，没奈何，也只得谢恩。朝房中才卸朝服，长班禀道："丞相爷出朝。"东坡露堂一恭。荆公肩舆中举手道："午后老夫有一饭。"东坡领命。回下处修书，打发湖州跟官人役，兼本衙管家，往旧任接取家眷黄州相会。

午牌过后，东坡素服角带，写下新任黄州团练副使脚色手本，乘马来见丞相领饭。门吏通报，荆公分付请进到大堂拜见。荆公待以师生之礼，手下点茶。荆公开言道："子瞻左迁黄州，乃圣上主意，老夫爱莫能助，子瞻莫错怪老夫否？"东坡道："晚学生自知才力不及，岂敢怨老太师！"荆公笑道："子瞻大才，岂有不及！只是到黄州为官，闲暇无事，还要读书博学。"东坡目穷万卷，才压千人，今日劝他读书博学，还读什么样书？口中称谢道："承老太师指教。"心下愈加不服。荆公为人至俭，肴不过四器，酒不过三杯，饭不过一箸。东坡告辞，荆公送下滴水檐前，携东坡手道：“老夫幼年灯窗十载，染成一症，老年举发，太医院看是痰火之症，虽然服药，难以除根，必得阳羡茶，方可治。有荆溪进贡阳羡茶，圣上就赐与老夫。老夫问太医院官如何烹服，太医院官说须用瞿塘中峡水。瞿塘在蜀，老夫几欲差人往取，未得其便，兼恐所差之人未必用心。子瞻桑梓之邦，倘尊眷往来之便，将瞿塘中峡水，携一瓮寄与老夫，则老夫衰老之年，皆子瞻所延也。”东坡领命，回相国寺。次日辞朝出京，星夜奔黄州道上。

黄州合府官员知东坡天下有名才子，又是翰林谪官，出郭远迎。选良时吉日公堂上任。过月之后，家眷方到。东坡在黄州与蜀客陈季常为友，不过登山玩水，饮酒赋诗，军务民情，秋毫无涉。

光阴迅速，将及一载。时当重九之后，连日大风。一日风息，东坡兀坐书斋，忽想：“定惠院长老曾送我黄菊数种，栽于后园，今日何不去赏玩一番？”足犹未动，恰好陈季常相访。东坡大喜，便拉陈慥同往后园看菊。到得菊花棚下，只见满地铺金，枝上全无一朵，唬得东坡目瞪口呆，半晌无语。陈慥问道：“子瞻见菊花落瓣，缘何如此惊诧？”东坡道：“季常有所不知。平常见此花只是焦干枯烂，并不落瓣。去岁在王荆公府中，见他《咏菊》诗二句道：‘西风昨夜过园林，吹落黄花满地金。’小弟只道此老错误了，续诗二句道：‘秋花不比春花落，说与诗人仔细吟。’却不知黄州菊花果然落瓣！此老左迁小弟到黄州，原来使我看菊花也。”陈慥笑道：“古人说得好：

广知世事休开口，纵会人前只点头。

假若连头俱不点，一生无恼亦无愁。

东坡道：“小弟初然被谪，只道荆公恨我摘其短处，公报私仇，谁知他到不错，我到错了。真知灼见者，尚且有误，何况其他！吾辈切记，不可轻易说人笑人，正所谓经一失长一智耳。”东坡命家人取酒，与陈季常就落花之下，席地而坐。正饮酒间，门上报道：“本府马太爷拜访，将到。”东坡分付：“辞了他罢。”是日，两人对酌闲谈，至晚而散。

次日，东坡写了名帖，答拜马太守，马公出堂迎接。彼时没有迎宾馆，就在后堂分宾而坐。茶罢，东坡因叙出去年相府错题了菊花诗，得罪荆公之事。马太守微笑道：“学生初到此间，也不知黄州菊花落瓣。亲见一次，此时方信。可见老太师学问渊博，有包罗天地之抱负。学士大人一时忽略，陷于不知，何不到京中太师门下赔罪一番，必然回嗔作喜。”东坡道：“学生也要去，恨无其由。”太守道：“将来有一事方便，只是不敢轻劳。”东坡问何事。太守道：“常规，冬至节必有贺表到京，例差地方官一员。学士大人若不嫌琐屑，假进表为由，到京也好。”东坡道：“承堂尊大人用情，学生愿往。”太守道：“这道表章，只得借重学士大笔。”东坡应允。

别了马太守回衙，想起荆公嘱付要取瞿塘中峡水的话来。初时心中不服，连这取水一节，置之度外，如今却要替他出力做这件事，以赎妄言之罪。但此事不可轻托他人。现今夫人有恙，思想家乡，既承贤守公美意，不若告假亲送家眷还乡，取得瞿塘中峡水，庶为两便。黄州至眉州，一水之地，路正从瞿塘三峡过。那三峡？西陵峡、巫峡、归峡。西陵峡为上峡，巫峡为中峡，归峡为下峡。那西陵峡又唤做瞿塘峡，在夔州府城之东，两崖对峙，中贯一江，滟滪堆当其口，乃三峡之门，所以总唤做瞿塘三峡。此三峡共长七百余里，两崖连山无阙，重峦叠嶂，隐天蔽日，风无南北，惟有上下。自黄州到眉州，总有四千余里之程，夔州适当其半。东坡心下计较：“若送家眷直到眉州，往回将及万里，把贺冬表又担误了。我如今有个道理，叫做公私两尽。从陆路送家眷至夔州，却令家眷自回，我在夔州换船下峡，取了中峡之水，转回黄州，方往东京。可不是公私两尽？”算计已定，对夫人说知，收拾行李，辞别了马太守。衙门上悬一个告假的牌面，择了吉日，准备车马，唤集人夫，合家起程。一路无事，自不必说。

才过夷陵州，早是高唐县。

驿卒报好音，夔州在前面。

东坡到了夔州，与夫人分手，嘱付得力管家，一路小心伏侍夫人回去。东坡讨个江船，自夔州开发，顺流而下。原来这滟滪堆，是江口一块孤石，亭亭独立，夏即浸没，冬即露出。因水满石没之时，舟人取途不定，故又名犹豫堆。俗谚云：

犹豫大如象，瞿塘不可上；

犹豫大如马，瞿塘不可下。

东坡在重阳后起身，此时尚在秋后冬前。又其年是闰八月，迟了一个月的节气，所以水势还大。上水时，舟行甚迟，下水时却甚快。东坡来时正怕迟慢，所以舍舟从陆。回时乘着水势，一泻千里，好不顺溜。东坡看见那峭壁千寻，沸波一线，想要做一篇《三峡赋》，结构不就。因连日鞍马困倦，凭几构思，不觉睡去，不曾分付得水手打水。及至醒来问时，已是下峡，过了中峡了。东坡分付：“我要取中峡之水，快与我拨转船头。”水手禀道：“老爷，三峡相连，水如瀑布，船如箭发。若回船便是逆水，日行数里，用力甚难。”东坡沉吟半晌，问：“此地可以泊船，有居民否？”水手禀道：“上二峡悬崖峭壁，船不能停。到归峡，山水之势渐平，崖上不多路，就有市井街。”东坡叫泊了船，分付苍头：“你上崖去看有年长知事的居民，唤一个上来，不要声张惊动了他。”苍头领命，登崖不多时，带一个老人上船，口称居民

叩头。东坡以美言抚慰：“我是过往客官，与你居民没有统属，要问你一句话。那瞿塘三峡，那一峡的水好？”老者道：“三峡相连，并无阻隔，上峡流于中峡，中峡流于下峡，昼夜不断。一般样水，难分好歹。”东坡暗想道：“荆公胶柱鼓瑟。三峡相连，一般样水，何必定要中峡？”叫手下给官价与百姓买个干净磁瓮，自己立于船头，看水手将下峡水满满的汲一瓮，用柔皮纸封固，亲手佥押，即刻开船，直至黄州。拜了马太守，夜间草成贺冬表，送去府中。马太守读了表文，深赞苏君大才。赍表官就佥了苏轼名讳，择了吉日，与东坡饯行。

东坡赍了表文，带了一瓮蜀水，星夜来到东京，仍投大相国寺内。天色还早，命手下抬了水瓮，乘马到相府来见荆公。荆公正当闲坐，闻门上通报：“黄州团练使苏爷求见。”荆公笑道：“已经一载矣！”分付守门官：“缓着些出去，引他东书房相见。”守门官领命。荆公先到书房，见柱上所贴诗稿，经年尘埃迷目，亲手于鹊尾瓶中，取拂尘将尘拂去，俨然如旧。荆公端坐于书房。却说守门官延捱了半晌，方请苏爷。东坡听说东书房相

见，想起改诗的去处，面上赧然，勉强进府，到书房见了荆公下拜。荆公用手相扶道："不在大堂相见，惟思远路风霜，休得过礼。"命童儿看坐。东坡坐下，偷看诗稿贴于对面。荆公用拂尘往左一指道："子瞻，可见光阴迅速，去岁作此诗，又经一载矣！"东坡起身拜伏于地，荆公用手扶住道："子瞻为何？"东坡道："晚学生甘罪了！"荆公道："你见了黄州菊花落瓣么？"东坡道："是。"荆公道："目中未见此一种，也怪不得子瞻。"东坡道："晚学生才疏识浅，全仗老太师海涵。"茶罢，荆公问道："老夫烦足下带瞿塘中峡水，可有么？"东坡道："见携府外。"

荆公命堂候官两员，将水瓮抬进书房，荆公亲以衣袖拂拭。纸封打开，命童儿茶灶中煨火，用银铫汲水烹之。先取白定碗一只，投阳羡茶一撮于内，候汤如蟹眼，急取起倾入，其茶色半晌方见。荆公问："此水何处取来？"东坡道："巫峡。"荆公道："是中峡了。"东坡道："正是。"荆公笑道："又来欺老夫了！此乃下峡之水，如何假名中峡？"东坡大惊，述土人之言"三峡相连，一般样水""晚学生误听了，实是取下峡之水。老太师何以辨之？"荆公道："读书人不可轻举妄动，须是细心察理。老夫若非亲到黄州，看过菊花，怎么诗中敢乱道黄花落瓣？这瞿塘水性，出于《水经补注》：上峡水性太急，下峡太缓，惟中峡缓急相半。太医院官乃明医，知老夫乃中脘变症，故用中峡水引经。此水烹阳羡茶，上峡味浓，下峡味淡，中峡浓淡之间。今见茶色半晌方见，故知是下峡。"东坡离席谢罪。

荆公道："何罪之有！皆因子瞻过于聪明，以致疏略如此。老夫今日偶然无事，幸子瞻光顾。一向相处，尚不知子瞻学问真正如何，老夫不自揣量，要考子瞻一考。"东坡欣然答道："晚学生请题。"荆公道："且住！老夫若遽然考你，只说老夫恃了一日之长。子瞻到先考老夫一考，然后老夫请教。"东坡鞠躬道："晚学生怎么敢？"荆公道："子瞻既不肯考老夫，老夫却不好僭妄。也罢，叫徐伦把书房中书橱尽数与我开了。左右二十四橱，书皆积满。但凭于左右橱内上中下三层，取书一册，不拘前后，念上文一句，老夫答下句不来，就算老夫无学。"东坡暗想道："这老甚迂阔，难道这些书都记在腹内？虽然如此，不好去考他。"答应道："这个晚学生不敢！"荆公道："咳！道不得个'恭敬不如从命'了！"东坡使乖，只拣尘灰多处，料久不看，也忘记了，任意抽书一本，未见签题，揭开居中，随口念一句道：

"如意君安乐否？"荆公接口道："'窃已啖之矣。'可是？"东坡道："正是。"荆公取过书来，问道："这句书怎么讲？"东坡不曾看得书上详细，暗想："唐人讥则天后，曾称薛敖曹为如意君，或者差人问候，曾有此言。只是下文说'窃已啖之矣'，文理却接上面不来。"沉吟了一会，又想道："不要惹这老头儿，千虚不如一实。"答应道："晚学生不知。"荆公道："这也不是什么秘书，如何就不晓得？这是一桩小故事。汉末灵帝时，长沙郡武岗山后有一狐穴，深入数丈。内有九尾狐狸二头，日久年深，皆能变化，时常化作美妇人，遇着男子往来，诱入穴中行乐。小不如意，分而食之。后有一人姓刘名玺，善于采战之术，入山采药，被二妖所掳。夜晚求欢，刘玺用抽添火候工夫，枕席之间，二狐快乐，称为如意君。大狐出山打食，则小狐看守。小狐出山，则大狐亦如之。日就月将，并无忌惮，酒后，露其本形。刘玺有恐怖之心，精力衰倦。一日，大狐出山打食，小狐在穴，求其云雨，不果其欲。小狐大怒，生啖刘玺于腹内。大狐回穴，心记刘生，问道：'如意君安乐否？'小狐答道：'窃已啖之矣。'二狐相争追逐，满山喊叫。樵人窃听，遂得其详，记于《汉末全书》。子瞻想未涉猎？"东坡道："老太师学问渊深，非晚辈浅学可及！"

荆公微笑道："这也算考过老夫了。老夫还席，也要考子瞻一考，子瞻休得吝教！"东坡道："求老太师命题平易。"荆公道："考别件事，又道老夫作难。久闻子瞻善于作对，今年闰了个八月，正月立春，十二月又是立春，是个两头春。老夫就将此为题，出句求对，以观子瞻妙才。"命童儿取纸笔过来，荆公写出一对道："一岁二春双八月，人间两度春秋。"东坡虽是妙才，这对出得跷蹊，一时寻对不出，羞颜可掬，面皮通红了。荆公问道："子瞻从湖州至黄州，可从苏州润州经过么？"东坡道："此是便道。"荆公："苏州金阊门外，至于虎丘，这一带路，叫做山塘，约有七里之遥，其半路名为半塘。润州古名铁瓮城，临于大江，有金山、银山、玉山，这叫做三山。俱有佛殿僧房，想子瞻都曾游览？"东坡答应道："是。"荆公道："老夫再将苏润二州，各出一对，求子瞻对之。苏州对云：

七里山塘，行到半塘三里半。

润州对云：

铁瓮城西，金、玉、银山三宝地。

东坡思想多时，不能成对，只得谢罪而出。荆公晓得东坡受了些腌臜，终惜其才，明日奏过神宗天子，复了他翰林学士之职。

后人评这篇话道：以东坡天才，尚然三被荆公所屈，何况才不如东坡者！因作诗戒世云：

项托曾为孔子师，荆公反把子瞻嗤。
为人第一谦虚好，学问茫茫无尽期。

第四卷　吕大郎还金完骨肉

毛宝放龟悬大印，宋郊渡蚁占高魁。

世人尽说天高远，谁识阴功暗里来。

话说浙江嘉兴府长水塘地方，有一富翁，姓金名钟，家财万贯，世代都称员外，性至悭吝。平生常有五恨，那五恨？

一恨天，二恨地，三恨自家，四恨爹娘，五恨皇帝。

恨天者，恨他不常常六月，又多了秋风冬雪，使人怕冷，不免费钱买衣服来穿。恨地者，恨他树木生得不凑趣，若是凑趣，生得齐整如意，树本就好做屋柱，枝条大者，就好做梁，细者就好做椽，却不省了匠人工作。恨自家者，恨肚皮不会作家，一日不吃饭，就饿将起来。恨爹娘者，恨他遗下许多亲眷朋友，来时未免费茶费水。恨皇帝者，我的祖宗分授的田地，却要他来收钱粮。不止五恨，还有四愿，愿得四般物事。那四般物事？

一愿得邓家铜山，二愿得郭家金穴，三愿得石崇的聚宝盆，四愿得吕纯阳祖师点石为金这个手指头。

因有这四愿、五恨，心常不足，积财聚谷，日不暇给，真个是数米而炊，称柴而爨。因此乡里起他一个异名，叫做金冷水，又叫金剥皮。尤不喜者是僧人。世间只有僧人讨便宜，他单会布施俗家的东西，再没有反布施与俗家之理。所以金冷水见了僧人，就是眼中之钉，舌中之刺。

他住居相近处，有个福善庵。金员外生年五十，从不晓得在庵中破费一文的香钱。所喜浑家单氏，与员外同年同月同日，只不同时，他偏吃斋好善。金员外喜他的是吃斋，恼他的是好善。因四十岁上，尚无子息，单氏瞒过了丈夫，将自己钗梳二十余金，布施与福善庵老僧，教他妆佛诵经，祈求子嗣。佛门有应，果然连生二子，且是俊秀。因是福善庵祈求来的，大的小名福儿，小的小名善儿。单氏自得了二子之后，时常瞒了丈夫，偷柴偷米，送与福善庵，供养那老僧。金员外偶然察听了些风声，便去咒天骂地，夫妻反目，直聒得一个不耐烦方休。如此也非止一次，只为浑家也是个硬性，闹过了，依旧不理。

其年夫妻齐寿，皆当五旬。福儿年九岁，善儿年八岁，踏肩生下来的，都已上学读书，十全之美。到生辰之日，金员外恐有亲朋来贺寿，预先躲出。单氏又凑些私房银两，送与庵中打一坛斋醮，一来为老夫妇齐寿，二来为儿子长大，了还愿心。日前也曾与丈夫说过来，丈夫不肯，所以只得私房做事。其夜，和尚们要铺设长生佛灯，叫香火道人至金家，问金阿妈要几斗糙米，单氏偷开了仓门，将米三斗，付与道人去了。随后金员外回来，单氏还在仓门口封锁，被丈夫窥见了，又见地下狼藉些米粒，知是私房做事。欲要争嚷，心下想道："今日生辰好日，况且东西去了，也讨不转来，干拌去了涎沫。"只推不知，忍住这口气。一夜不睡，左思右想道："叵耐这贼秃常时来蒿恼我家，到是我看家的一个耗鬼。除非那秃驴死了，方绝其患。"恨无计策。

到天明时，老僧携着一个徒弟来回覆醮事，原来那和尚也怕见金冷水，且站在门外张望。金老早已瞧见，眉头一皱，计上心来。取了几文钱，从侧门走出市心，到山药铺里赎些砒霜。转到卖点心的王三郎店里，王三郎正蒸着一笼熟粉，摆一碗糖馅，要做饼子。金冷水袖里摸出八文钱撇在柜台上道："三郎收了钱，大些的饼子与我做四个，馅却不要下少了。你只捏着窝儿，等我自家下馅则个。"王三郎口虽不言，心下想道："有名的金冷水，金剥皮，自从开这几年点心铺子，从不见他家半文之面。今日好利市，也撰他八个钱。他是好便宜的，便等他多下些馅去，扳他下次主顾。"王三郎向笼中取出雪团样的熟粉，真个捏做窝儿，递与金冷水说道："员外请尊便。"金冷水却将砒霜末悄悄的撒在饼内，然后加馅，做成饼子。如此一连做了四个，热烘烘的放在袖里，离了王三郎店，望自家门首踱将进来。那两个和尚，正在厅中吃茶，金老欣然相揖。揖罢，入内对浑家道："两个师父侵早到来，恐怕肚里饥饿。适才邻舍家邀我吃点心，我见饼子热得好，袖了他四个来，何不就请了两个师父？"单氏深喜丈夫回心向善，取个朱红楪子，把四个饼子装做一楪，叫丫鬟托将出去。那和尚见了员外回家，不敢久坐，已无心吃饼了。见丫鬟送出来，知是阿妈美意，也不好虚得，将四个饼子装做一袖，叫声聒噪，出门回庵而去。金老暗暗欢喜，不在话下。

却说金家两个学生，在社学中读书，放了学时，常到庵中顽耍。这一晚，又到庵中。老和尚想道："金家两位小官人，时常到此，没有什么请得他。今早金阿妈送我四个饼子还不曾动，放在橱柜里，何不将来熯热了，请他吃一杯茶？"当下分付徒弟在橱柜里，取出四个饼子，厨房下熯得焦黄，热了两杯浓茶，摆在房里，请两位小官人吃茶。两个学生顽耍了半晌，正在肚饥，见了热腾腾的饼子，一人两个，都吃了。不吃时犹可，吃了呵，分明是一块火烧着心肝，万杆枪攒却腹肚，两个一时齐叫肚疼。跟随的学童慌了，要扶他回去，奈两个疼做一堆，跑走不动。老和尚也着了忙，正不知什么意故，只得叫徒弟一人背了一个，学童随着，送回金员外家，二僧自去了。金家夫妇这一惊非小，慌忙叫学童问其缘故。学童道："方才到福善庵吃了四个饼子，便叫肚疼起来。那老师父说，这饼子原是我家今早把与他吃的。他不舍得吃，将来恭敬两位小官人。"金员外情知跷蹊了，只得将砒霜实情对阿妈说知。单氏心下越慌了，便把凉水灌他，如何灌得醒！须臾七窍流血，呜呼哀哉，做了一对殇鬼。

单氏千难万难，祈求下两个孩儿，却被丈夫不仁，自家毒死了。待要厮骂一场，也是枉然。气又忍不过，苦又熬不过，走进内房，解下束腰罗帕，悬梁自缢。金员外哭了儿子一场，方才收泪，到房中与阿妈商议说话，见梁上这件打秋千的东西，唬得半死，登时就得病上床，不勾七日，也死了。金氏族家，平昔恨那金冷水、金剥皮悭吝，此时天赐其便，大大小小，都蜂拥而来，将家私抢个罄尽。此乃万贯家财、有名的金员外一个终身结果，不好善而行恶之报也。有诗为证：

饼内砒霜那得知？害人番害自家儿。

举心动念天知道，果报昭彰岂有私！

方才说金员外只为行恶上，拆散了一家骨肉。如今再说一个人，单为行善上，周全了一家骨肉。正是：

善恶相形，祸福自见；

戒人作恶，劝人为善。

话说江南常州府无锡县东门外，有个小户人家，兄弟三人，大的叫做吕玉，第二的叫做吕宝，第三的叫做吕珍。吕玉娶妻王氏，吕宝娶妻杨氏，俱有姿色。吕珍年幼未娶。王氏生下一个孩子，小名喜儿，方才六岁，跟邻舍家儿童出去看神会，夜晚不回。夫妻两个烦恼，出了一张招子，街坊上叫了数日，全无影响。吕玉气闷，在家里坐不过，向大户家借了几两本钱，往太仓嘉定一路，收些棉花布匹，各处贩卖，就便访问儿子消息。每年正二月出门，到八九月回家，又收新货。走了四个年头，虽然趁些利息，眼见得儿子没有寻处了，日久心慢，也不在话下。到第五个年头，吕玉别了王氏，又去做经纪。何期中途遇了个大本钱的布商，谈论之间，知道吕玉买卖中通透，拉他同往山西脱货，就带绒货转来发卖，于中有些用钱相谢。吕玉贪了蝇头微利，随着去了。及至到了山西，发货之后，遇着连岁荒歉，讨赊帐不起，不得脱身。吕玉少年久旷，也不免行户中走了一两遍，走出一身风流疮，服药调治，无面回家，挨到三年，疮才痊好，讨清了帐目。那布商因为稽迟了吕玉的归期，加倍酬谢。吕玉得了些利物，等不得布商收货完备，自己贩了些粗细绒褐，相别先回。

一日早晨，行至陈留地方，偶然去坑厕出恭，见坑板上遗下个青布搭膊。检在手中，觉得沉重。取回下处打开看时，都是白物，约有二百金之数。吕玉想道："这不意之财，虽则取之无碍，倘或失主追寻不见，好大一场气闷。古人见金不取，拾带重还。我今年过三旬，尚无子嗣，要这横财何用?！"忙到坑厕左近伺候，只等有人来抓寻，就将原物还他。等了一日，不见人来。次日只得起身。又行三五百余里，到南宿州地方。其日天晚，下一个客店，遇着一个同下的客人，闲论起江湖生意之事。那客人说起自不小心，五日前侵晨到陈留县解下搭膊登东，偶然官府在街上过，心慌起身，却忘记了那搭膊，里面有二百两银子。直到夜里脱衣要睡，方才省得。想着过了一日，自然有人拾去了，转去寻觅，也是无益，只得自认悔气罢了。吕玉便问："老客尊姓？高居何处？"客人道："在下姓陈，祖贯徽州，今在扬州闸上开个粮食铺子。敢问老兄高姓？"吕玉道："小弟姓吕，是常州无锡县人，扬州也是顺路，相送尊兄到彼奉拜。"客人也不知详细，答应道："若肯下顾最好。"次早，二人作伴同行。

不一日，来到扬州闸口。吕玉也到陈家铺子，登堂作揖，陈朝奉看坐献茶。吕玉先提起陈留县失银子之事，盘问他搭膊模样，是个深蓝青布的，一头有白线缉一个陈字。吕玉心下晓然，便道："小弟前在陈留拾得一个搭膊，到也相像，把来与尊兄认看。"陈朝奉见了搭膊，道："正是。"搭膊里面银两，原封不动。吕玉双手递还陈朝奉。陈朝奉过意不去，要与吕玉均分，吕玉不肯。陈朝奉道："便不均分，也受我几两谢礼，等在下心安。"吕玉那里肯受。陈朝奉感激不尽，慌忙摆饭相款，思想："难得吕玉这般好人，还金之恩，无门可报。自家有十二岁一个女儿，要与吕君扳一脉亲往来，第不知他有儿子否？"饮酒中间，陈朝奉问道："恩兄，令郎几岁了？"吕玉不觉掉下泪来，答道："小弟只有一儿，七年前为看神会，失去了，至今并无下落。荆妻亦别无生育。如今回去，意欲寻个螟蛉之子，出去帮扶生理，只是难得这般凑巧的。"陈朝奉道："舍下数年之间，将三两银子，买得一个小厮，貌颇清秀，又且乖巧，也是下路人带来的。如今一十三岁了，伴着小儿在学堂中上学。恩兄若看得中意时，就送与恩兄伏侍，也当我一点薄敬。"吕玉道："若肯相借，当奉还身价。"陈朝奉道："说那里话来！只恐恩兄不用时，小弟无以为情。"当下便教掌店的，去学堂中唤喜儿到来。吕玉听得名字与他儿子相同，心中疑惑。须臾，小厮唤到，穿一领芜湖青布的道袍，生得果然清秀，习惯了学堂中规矩，见了吕玉，朝上深深唱个喏。吕玉心下便觉得欢喜，仔细认出儿子面貌来，四岁时，因跌损左边眉角，结一个小疤儿。有这点可认，吕玉便问道："几时到陈家的？"那小厮想一想道："有六七年了。"又问他："你原是那里人？谁卖你在此？"那小厮道："不十分详细。只记得爹叫做吕大，还有两个叔叔在家。娘姓王，家在无锡城外。小时被人骗出，卖在此间。"吕玉听罢，便抱那小厮在怀，叫声："亲儿！我正是无锡吕大！是你的亲爹了。失了你七年，何期在此相遇！"正是：

水底捞针针已得，掌中失宝宝重逢。

筵前相抱殷勤认，犹恐今朝是梦中。

小厮眼中流下泪来。吕玉伤感，自不必说。

吕玉起身拜谢陈朝奉："小儿若非府上收留，今日安得父子重会？"陈朝奉道："恩兄有还金之盛德，天遣尊驾到寒舍，父子团圆。小弟一向不知是令郎，甚愧怠慢。”吕玉又叫喜儿拜谢了陈朝奉。陈朝奉定要还拜，吕玉不肯，再三扶住，受了两礼，便请喜儿坐于吕玉之傍。陈朝奉开言：“承恩兄相爱，学生一女年方十二岁，欲与令郎结丝萝之好。”吕玉见他情意真恳，谦让不得，只得依允。是夜父子同榻而宿，说了一夜的说话。

次日，吕玉辞别要行，陈朝奉留住，另设个大席面，管待新亲家、新女婿，就当送行。酒行数巡，陈朝奉取出白金二十两，向吕玉说道：“贤婿一向在舍有慢，今奉些须薄礼相赎，权表亲情，万勿固辞。”吕玉道：“过承高门俯就，舍下就该行聘定之礼，因在客途，不好苟且，如何反费亲家厚赐？决不敢当！”陈朝奉道：“这是学生自送与贤婿的，不干亲翁之事。亲翁若见却，就是不允这头亲事了。”吕玉没得说，只得受了，叫儿子出席拜谢。陈朝奉扶起道：“些微薄礼，何谢之有。”喜儿又进去谢了丈母。当日开怀畅饮，至晚而散。吕玉想道：“我因这还金之便，父子相逢，诚乃天意。又攀了这头好亲事，似锦上添花。无处报答天地，有陈亲家送这二十两银子，也是不意之财，何不择个洁净僧院，籴米斋僧，以种福田？”主意定了。

次早，陈朝奉又备早饭。吕玉父子吃罢，收拾行囊，作谢而别，唤了一只小船，摇出闸外。约有数里，只听得江边鼎沸，原来坏了一只人载船，落水的号呼求救，崖上人招呼小船打捞，小船索要赏犒，在那里争嚷。吕玉想道：“救人一命，胜造七级浮屠。比如我要去斋僧，何不舍这二十两银子做赏钱，教他捞救，见在功德。”当下对众人说：“我出赏钱，快捞救。若救起一船人性命，把二十两银子与你们。”众人听得有二十两银子赏钱，小船如蚁而来。连崖上人，也有几个会水性的，赴水去救。须臾之间，把一船人都救起。吕玉将银子付与众人分散。水中得命的，都千恩万谢。只见内中一人，看了吕玉叫道：“哥哥那里来？”吕玉看他，不是别人，正是第三个亲弟吕珍。吕玉合掌道：“惭愧，惭愧！天遣我捞救兄弟一命。”忙扶上船，将干衣服与他换了。吕珍纳头便拜，吕玉答礼，就叫侄儿见了叔叔，把还金遇子之事，述了一遍，吕珍惊讶不已。吕玉问道：“你却为何到此？”吕珍道：“一言难尽。自从哥哥出门之后，一去三年。有人传说哥哥在山西害了疮毒身故。二哥察访得实，嫂嫂已是成服戴孝，兄弟只是不信。二哥近日又要逼嫂嫂嫁人，嫂嫂不从，因此教兄弟亲到山西访问哥哥消息，不期于此相会。又遭覆溺，得哥哥捞救，天与之幸！哥哥不可怠缓，急急回家，以安嫂嫂之心，迟则怕有变了。”吕玉闻说惊慌，急叫家长开船，星夜赶路。正是：

心忙似箭惟嫌缓，船走如梭尚道迟！

再说王氏闻丈夫凶信，初时也疑惑，被吕宝说得活龙活现，也信了，少不得换了些素服。吕宝心怀不善，想着哥哥已故，嫂嫂又无所出，况且年纪后生，要劝他改嫁，自己得些财礼。教浑家杨氏与阿姆说，王氏坚意不从。又得吕珍朝夕谏阻，所以其计不成。王氏想道：“千闻不如一见。虽说丈夫已死，在几千里之外，不知端的。”央小叔吕珍是必亲到山西，问个备细。如果然不幸，骨殖也带一块回来。吕珍去后，吕宝愈无忌惮，又连日赌钱输了，没处设法。偶有江西客人丧偶，要讨一个娘子，吕宝就将嫂嫂与他说合。那客人也访得吕大的浑家有几分颜色，情愿出三十两银子。吕宝得了银子，向客人道：“家嫂有些妆乔，好好里请他出门，定然不肯。今夜黄昏时分，唤了人轿，悄地到我家来，只看戴孝髻的，便是家嫂，更不须言语，扶他上轿，连夜开船去便了。”客人依计而行。

却说吕宝回家，恐怕嫂嫂不从，在他跟前不露一字，却私下对浑家做个手势道：“那两脚货，今夜要出脱与江西客人去了。我生怕他哭哭啼啼，先躲出去。黄昏时候，你劝他上轿，日里且莫对他说。”吕宝自去了，却不曾说明孝髻的事。原来杨氏与王氏妯娌最睦，心中不忍，一时丈夫做言，没奈他何。欲言不言，直挨到酉牌时分，只得与王氏透个消息：“我丈夫已将姆姆嫁与江西客人，少停，客人就来取亲，教我莫说。我与姆姆情厚，不好瞒得。你房中有甚细软家私，须先收拾，打个包裹，省得一时忙乱。”王氏啼哭起来，叫天叫地起来。杨氏道：“不是奴苦劝姆姆，后生家孤孀，终久不了。吊桶已落在井里，也是一缘一会，哭也没用。”王氏道：“婶婶说那里话！我丈夫虽说已死，不曾亲见。且待三叔回来，定有个真信。如今逼得我好苦！”说罢又哭。杨氏左劝右劝，王氏住了哭，说道：“婶婶，既要我嫁人，罢了，怎好戴孝髻出门？婶婶寻一顶黑髻与奴换了。”杨氏又要忠丈夫之托，又要姆姆面上讨好，连忙去寻黑髻来换。也是天数当然，旧髻儿也寻不出一顶。王氏道：“你是在家的，暂时换你头上的髻儿与我。明早你教叔叔铺里取一顶来换了就是。”杨氏道：“使得。”便除下髻来递与姆姆。王氏将自己孝髻除下，换与杨氏戴了。王氏又换了一身色服。黄昏过后，江西客人引着灯笼火把，抬着一顶花花轿，吹手虽有一副，不敢吹打，如风似雨，飞奔吕家来。吕宝已自与了他暗号，众人推开大门，只认戴孝髻的就抢。杨氏嚷道：“不是！”众人那里管三七二十一，抢上轿时，鼓手吹打，轿夫飞也似抬去了。

一派笙歌上客船，错疑孝髻是姻缘。

新人若向新郎诉，只怨亲夫不怨天。

王氏暗暗叫谢天谢地，关了大门，自去安歇。

次日天明，吕宝意气扬扬，敲门进来。看见是嫂嫂开门，吃了一惊。房中不见了浑家，见嫂子头上戴的是黑髻，心中大疑，问道：“嫂嫂，你婶子那里去了？”王氏暗暗好笑，答道：“昨夜被江西蛮子抢去了。”吕宝道：“那有这话？且问嫂嫂如何不戴孝髻？”王氏将换髻的缘故，述了一遍。吕宝捶胸只是叫苦，指望卖嫂子，谁知到卖了老婆！江西客人已是开船去了，三十两银子，昨晚一夜就赌输了一大半，再要娶这房媳妇子，今生休想。复又思量，一不做，二不休，有心是这等，再寻个主顾把嫂子卖了，还有讨老婆的本钱。

方欲出门，只见门外四五个人，一拥进来，不是别人，却是哥哥吕玉，兄弟吕珍，侄子喜儿，与两个脚家，驮了行李货物进门。吕宝自觉无颜，后门逃出，不知去向。王氏接了丈夫，又见儿子长大回家，问其缘故。吕玉从头至尾，叙了一遍。王氏也把江西人抢去婶婶，吕宝无颜，后门走了一段情节叙出。吕玉道：“我若贪了这二百两非意之财，怎勾父子相见？若惜了那二十两银子，不去捞救覆舟之人，怎能勾兄弟相逢？若不遇兄弟时，怎知家中信息？今日夫妻重会，一家骨肉团圆，皆天使之然也。逆弟卖妻，也是自作自受，皇天报应，的然不爽！”自此益修善行，家道日隆。后来喜儿与陈员外之女做亲，子孙繁衍，多有出仕贵显者。诗云：

本意还金兼得子，立心卖嫂反输妻。

世间惟有天工巧，善恶分明不可欺。

第五卷　李谪仙醉草吓蛮书

堪羡当年李谪仙，吟诗斗酒有连篇。
蟠胸锦绣欺时彦，落笔风云迈古贤。
书草和番威远塞，词歌倾国媚新弦。
莫言才子风流尽，明月长悬采石边。

话说唐玄宗皇帝朝，有个才子，姓李，名白，字太白，乃西梁武昭兴圣皇帝李暠九世孙，西川锦州人也。其母梦长庚入怀而生，那长庚星又名太白星，所以名字俱用之。那李白生得姿容美秀，骨格清奇，有飘然出世之表。十岁时，便精通书史，出口成章，人都夸他锦心绣口，又说他是神仙降生，以此又呼为李谪仙。有杜工部赠诗为证：

昔年有狂客，号尔谪仙人。
笔落惊风雨，诗成泣鬼神。
声名从此大，汩没一朝伸。
文采承殊渥，流传必绝伦。

李白又自称青莲居士。一生好酒，不求仕进，志欲遨游四海，看尽天下名山，尝遍天下美酒。先登峨眉，次居云梦，复隐于徂徕山竹溪，与孔巢父等六人，日夕酣饮，号为竹溪六逸。有人说湖州乌程酒甚佳，白不远千里而往，到酒肆中，开怀畅饮，旁若无人。时有迦叶司马经过，闻白狂歌之声，遣从者问其何人。白随口答诗四句：

青莲居士谪仙人，酒肆逃名三十春。
湖州司马何须问，金粟如来是后身。

迦叶司马大惊，问道："莫非蜀中李谪仙么？闻名久矣！"遂请相见，留饮十日，厚有所赠，临别，问道：“以青莲高才，取青紫如拾芥，何不游长安应举？”李白道：“目今朝政紊乱，公道全无，请托者登高第，纳贿者获科名。非此二者，虽有孔孟之贤，晁董之才，无由自达。白所以流连诗酒，免受盲试官之气耳。”迦叶司马道：“虽则如此，足下谁人不知？一到长安，必有人荐拔。”

李白从其言，乃游长安。一日到紫极宫游玩，遇了翰林学士贺知章，通姓道名，彼此相慕。知章遂邀李白于酒肆中，解下金貂，当酒同饮。至夜不舍，遂留李白于家中下榻，结为兄弟。次日，李白将行李搬至贺内翰宅，每日谈诗饮酒，宾主甚是相得。

时光荏苒，不觉试期已迫。贺内翰道：“今春南省试官，正是杨贵妃兄杨国忠太师，监视官乃太尉高力士，二人都是爱财之人。贤弟却无金银买嘱他，便有冲天学问，见不得圣天子。此二人与下官皆有相识，下官写一封札子去，预先嘱托，或者看薄面一二。”李白虽则才大气高，遇了这等时势，况且内翰高情，不好违阻。贺内翰写了柬帖，投与杨太师、高力士。二人接开看了，冷笑道：“贺内翰受了李白金银，却写封空书在我这里讨白人情。到那日专记，如有李白名字卷子，不问好歹，即时批落。”时值三月三日，大开南省，会天下才人，尽呈卷子。李白才思有余，一笔挥就，第一个交卷。杨国忠见卷子上有李白名字，也不看文字，乱笔涂抹道：“这样书生，只好与我磨墨。”高力士道：“磨墨也不中，只好与我着袜脱靴。”喝令将李白推抢出去。正是：

不愿文章中天下，只愿文章中试官！

李白被试官屈批卷子，怨气冲天，回至内翰宅中，立誓：“久后吾若得志，定教杨国忠磨墨，高力士与我脱靴，方才满愿。”贺内翰劝白：“且休烦恼，权在舍下安歇。待三年，再开试场，别换试官，必然登第。”终日共李白饮酒赋诗。

日往月来，不觉一载。忽一日，有番使赍国书到。朝廷差使命急宣贺内翰陪接番使，在馆驿安下。次日，阁门舍人接得番使国书一道。玄宗敕宣翰林学士，拆开番书，全然不识一字，拜伏金阶启奏：“此书皆是鸟兽之迹，臣等学识浅短，不识一字。”天子闻奏，将与南省试官杨国忠开读。杨国忠开看，双目如盲，亦不晓得。天子宣问满朝文武，并无一人晓得，不知书上有何吉凶言语。龙颜大怒，喝骂朝臣：“枉有许多文武，并无一个饱学之士与朕分忧。此书识不得，将何回答发落番使？却被番邦笑耻，欺侮南朝，必动干戈，来侵边界，如之奈何！敕限三日，若无人识此番书，一概停俸；六日无人，一概停职；九日无人，一概问罪。别选贤良，共扶社稷。”圣旨一出，诸官默默无言，再无一人敢奏。天子转添烦恼。

贺内翰朝散回家，将此事述于李白。白微微冷笑："可惜我李某去年不曾及第为官，不得与天子分忧。”贺内翰大惊道："想必贤弟博学多能，辨识番书，下官当于驾前保奏。”次日，贺知章入朝，越班奏道："臣启陛下，臣家有一秀才，姓李名白，博学多能，要辨番书，非此人不可。”天子准奏，即遣使命，赍诏前去内翰宅中，宣取李白。李白告天使道："臣乃远方布衣，无才无识，今朝中有许多官僚，都是饱学之儒，何必问及草莽？臣不敢奉诏，恐得罪于朝贵。”说这句“恐得罪于朝贵”，隐隐刺着杨、高二人，使命回奏。天子初问贺知章："李白不肯奉诏，其意云何？”知章奏道："臣知李白文章盖世，学问惊人。只为去年试场中，被试官屈批了卷子，羞抢出门，今日教他白衣入朝，有愧于心。乞陛下赐以恩典，遣一位大臣再往，必然奉诏。”玄宗道："依卿所奏。钦赐李白进士及第，着紫袍金带、纱帽象简见驾。就烦卿自往迎取，卿不可辞！”

贺知章领旨回家，请李白开读，备述天子惓惓求贤之意。李白穿了御赐袍服，望阙拜谢，遂骑马随贺内翰入朝。玄宗于御座专待李白，李白至金阶拜舞，山呼谢恩，躬身而立。天子一见李白，如贫得宝，如暗得灯，如饥得食，如旱得云，开金口，动玉音，道："今有番国赍书，无人能晓，特宣卿至，为朕分忧。”白躬身奏道："臣因学浅，被太师批卷不中，高太尉将臣推抢出门。今有番书，何不令试官回答，却乃久滞番官在此？臣是批黜秀才，不能称试官之意，怎能称皇上之意？”天子道："朕自知卿，卿其勿辞！”遂命侍臣捧番书赐李白观看。李白看了一遍，微微冷笑，对御座前将唐音译出，宣读如流。番书云：

渤海国大可毒书达唐朝官家。自你占了高丽，与俺国逼近，边兵屡屡侵犯吾界，想出自官家之意。俺如今不可耐者，差官来讲和，可将高丽一百七十六城，让与俺国，俺有好物事相送。太白山之菟，南海之昆布，栅城之鼓，扶馀之鹿，鄚颉之豕，率宾之马，沃州之绵，湄沱河之鲫，九都之李，乐游之梨，你官家都有分。若还不肯，俺起兵来厮杀，且看那家胜败！

众官听得读罢番书，不觉失惊，面面相觑，尽称“难得”。天子听了番书，龙情不悦，沉吟良久，方问两班文武：“今被番家要兴兵抢占高丽，有何策可以应敌？”两班文武，如泥塑木雕，无人敢应。贺知章启奏道：“自太宗皇帝三征高丽，不知杀了多少生灵，不能取胜，府库为之虚耗。天幸盖苏文死了，其子男生兄弟争权，为我乡导。高宗皇帝遣老将李勣、薛仁贵统百万雄兵，大小百战，方才殄灭。今承平日久，无将无兵，倘干戈复动，难保必胜。兵边祸结，不知何时而止？愿吾皇圣鉴！”天子道：“似此如何回答他？”知章道：“陛下试问李白，必然善于辞命。”天子乃召白问之。李白奏道：“臣启陛下，此事不劳圣虑，来日宣番使入朝，臣当面回答番书，与他一般字迹，书中言语，羞辱番家，须要番国可毒拱手来降。”天子问：“可毒何人也？”李白奏道：“渤海风俗，称其王曰可毒，犹回纥称可汗，吐番称赞普，六诏称诏，诃陵称悉莫威，各从其俗。”天子见其应对不穷，圣心大悦，即日拜为翰林学士。遂设宴于金銮殿，宫商迭奏，琴瑟喧阗，嫔妃进酒，彩女传杯。御音传示：“李卿，可开怀畅饮，休拘礼法。”李白尽量而饮，不觉酒浓身软。天子令内官扶于殿侧安寝。次日五鼓，天子升殿。

净鞭三下响，文武两班齐。

李白宿醒犹未醒，内官催促进朝。百官朝见已毕，天子召李白上殿，见其面尚带酒容，两眼兀自有朦胧之意。天子分付内侍，教御厨中造三分醒酒酸鱼羹来。须臾，内侍将金盘捧到鱼羹一碗。天子见羹气太热，御手取牙箸调之良久，赐与李学士。李白跪而食之，顿觉爽快。是时百官见天子恩幸李白，且惊且喜，惊者怪其破格，喜者喜其得人。惟杨国忠、高力士愀然有不乐之色。圣旨宣番使入朝，番使山呼见圣已毕。李白紫衣纱帽，飘飘然有神仙凌云之态，手捧番书立于左侧柱下，朗声而读，一字无差，番使大骇。李白道：“小邦失礼，圣上洪度如天，置而不较，有诏批答，汝宜静听！”番官战战兢兢，跪于阶下。天子命设七宝床于御座之傍，取于阗白玉砚，象管兔毫笔，独草龙香墨，五色金花笺，排列停当，赐李白近御榻前，坐锦墩草诏。李白奏道：“臣靴不净，有污前席，望皇上宽恩，赐臣脱靴结袜而登。”天子准奏，命一小内侍：“与李学士脱靴。”李白又奏道：“臣有一言，乞陛下赦臣狂妄，臣方敢奏。”天子道：“任卿失言，朕亦不罪。”李白奏道：“臣前入试春闱，被杨太师批落，高太尉赶逐，今日见二人押班，臣之神气不旺。乞玉音分付杨国忠与臣捧砚磨墨，高力士与臣脱靴结袜，臣意气始得自豪。举笔草诏，口代天言，方可不辱君命。”天子用人之际，恐拂其意，只得传旨，教杨国忠捧砚，高力士脱靴。二人心里暗暗自揣，前日科场中轻薄了他，“这样书生，只好与我磨墨脱靴。”今日恃了天子一时宠幸，就来还话，报复前仇。出于无奈，不敢违背圣旨，正是敢怒而不敢言。常言道：

冤家不可结，结了无休歇。

侮人还自侮，说人还自说。

李白此时昂昂得意，蹰袜登褥，坐于锦墩。杨国忠磨得墨浓，捧砚侍立。论来爵位不同，怎么李学士坐了，杨太师到侍立？因李白口代天言，天子宠以殊礼；杨太师奉旨磨墨，不曾赐坐，只得侍立。李白左手将须一拂，右手举起中山兔颖，向五花笺上，手不停挥，须臾，草就吓蛮书。字画齐整，并无差落，献于龙案之上。天子看了大惊，都是照样番书，一字不识。传与百官看了，各各骇然。天子命李白诵之。李白就御座前朗诵一遍：

大唐开元皇帝诏谕渤海可毒：自昔石卵不敌，蛇龙不斗。本朝应运开天，抚有四海，将勇卒精，甲坚兵锐。颉利背盟而被擒，弄赞铸鹅而纳誓；新罗奏织锦之颂，天竺致能言之鸟，波斯献捕鼠之蛇，拂菻进曳马之狗；白鹦鹉来自诃陵，夜光珠贡于林邑；骨利干有名马之纳，泥婆罗有良酢之献。无非畏威怀德，买静求安。高丽拒命，天讨再加，传世九百，一朝殄灭，岂非逆天之咎徵，衡大之明鉴与！况尔海外小邦，高丽附国，比之中国，不过一郡，士马刍粮，万分不及。若螳怒是逞，鹅骄不逊，天兵一下，千里流血，君同颉利之俘，国为高丽之续。方今圣度汪洋，恕尔狂悖，急宜悔祸，勤修岁事，毋取诛僇，为四夷笑。尔其三思哉！故谕。

天子闻之大喜，再命李白对番官面宣一通，然后用宝入函。李白仍叫高太尉着靴，方才下殿，唤番官听诏。李白重读一遍，读得声韵铿锵，番使不敢则声，面如土色，不免山呼拜舞辞朝。贺内翰送出都门，番官私问道：“适才读诏者何人？”内翰道：“姓李名白，官拜翰林学士。”番使道：“多大的官，使太师捧砚，太尉脱靴？”内翰道：“太师大臣，太尉亲臣，不过人间之极贵。那李学士乃天上神仙下降，赞助天朝，更有何人可及！”番使点头而别，归至本国，与国王述之。国王看了国书，大惊，与国人商议，天朝有神仙赞助，如何敌得，写了降表，愿年年进贡，岁岁来朝。此是后话。

话分两头，却说天子深敬李白，欲重加官职。李白启奏：“臣不愿受职，愿得逍遥散诞，供奉御前，如汉东方朔故事。”天子道：“卿既不受职，朕所有黄金白璧，奇珍异宝，惟卿所好。”李白奏道：“臣不愿受金玉，愿得从陛下游幸，日饮美酒三千觞，足矣！”天子知李白清高，不忍相强。从此时时赐宴，留宿于金鸾殿中，访以政事，恩幸日隆。一日，李白乘马游长安街，忽听得锣鼓齐鸣，见一簇刀斧手，拥着一辆囚车行来。白停骖问之，乃是并州解到失机将官，今押赴东市处斩。那囚车中，囚着个美丈夫，生得甚是英伟，叩其姓名，声如洪钟，答道：“姓郭名子仪。”李白相他容貌非凡，他日必为国家柱石，遂喝住刀斧手：“待我亲往驾前保奏。”众人知是李谪仙学士，御手调羹的，谁敢不依。李白当时回马，直叩宫门，求见天子，讨了一道赦敕，亲往东市开读，打开囚车，放出子仪，许他带罪立功。子仪拜谢李白活命之恩，异日衔环结草，不敢忘报。此事阁过不题。

是时，宫中最重木芍药，是扬州贡来的。如今叫做牡丹花，唐时谓之木芍药。宫中种得四本，开出四样颜色。那四样？

大红、深紫、浅红、通白。

玄宗天子移植于沉香亭前，与杨贵妃娘娘赏玩，诏梨园子弟奏乐。天子道：“对妃子，赏名花，新花安用旧曲？”遽命梨园长李龟年召李学士入宫。有内侍说道：“李学士往长安市上酒肆中去了。”龟年不往九街，不走三市，一径寻到长安市去。只听得一个大酒楼上，有人歌云：

三杯通大道，一斗合自然。

但得酒中趣，勿为醒者传。

李龟年道：“这歌的不是李学士是谁？”大踏步上楼梯来，只见李白独占一个小小座头，桌上花瓶内供一枝碧桃花，独自对花而酌，已吃得酩酊大醉，手执巨觥，兀自不放。龟年上前道：“圣上在沉香亭宣召学士，快去！”众酒客闻得有圣旨，一时惊骇，都站起来闲看。李白全然不理，张开醉眼，向龟年念一句陶渊明的诗，道是：

我醉欲眠君且去。

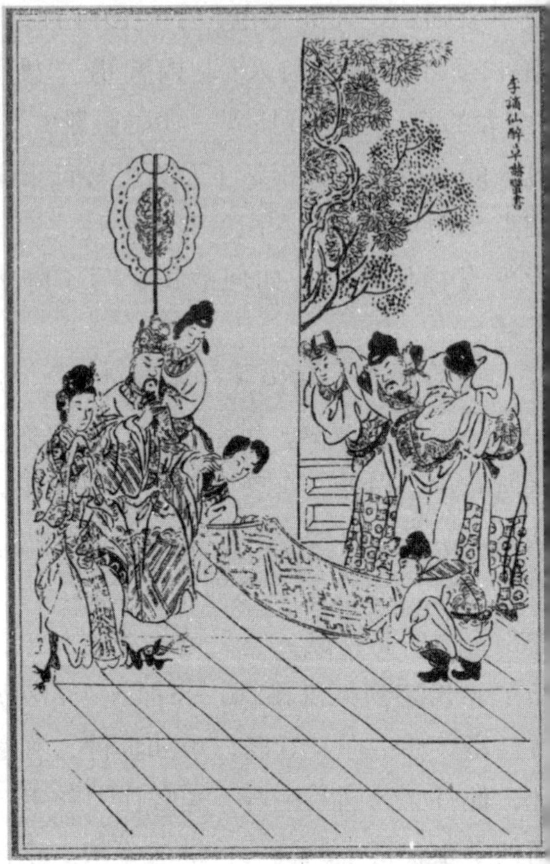

念了这句诗，就瞑然欲睡。李龟年也有三分主意，向楼窗往下一招，七八个从者，一齐上楼，不由分说，手忙脚乱，抬李学士到于门前，上了玉花骢，众人左扶右持，龟年策马在后相随，直跑到五凤楼前。天子又遣内侍来催促了，敕赐走马入宫。龟年遂不扶李白下马，同内侍帮扶，直至后宫，过了兴庆池，来到沉香亭。天子见李白在马上双眸紧闭，兀自未醒，命内侍铺紫氍毹于亭侧，扶白下马少卧。亲往省视，见白口流涎沫，天子亲以龙袖拭之。贵妃奏道：“妾闻冷水沃面，可以解醒。”乃命内侍汲兴庆池水，使宫女含而喷之。白梦中惊醒，见御驾，大惊，俯伏道：“臣该万死！臣乃酒中之仙，幸陛下恕臣！”天子御手搀起道：“今日同妃子赏名花，不可无新词，所以召卿，可作《清平调》三章。”

李龟年取金花笺授白，白带醉一挥，立成三首。其一曰：

云想衣裳花想容，春风拂槛露华浓。

若非群玉山头见，会向瑶台月下逢。

其二曰：

一枝红艳露凝香，云雨巫山枉断肠。

借问汉宫谁得似？可怜飞燕倚新妆！

其三曰：

名花倾国两相欢，长得君王带笑看。

解释春风无限恨，沉香亭北倚栏杆。

天子览词，称美不已：“似此天才，岂不压倒翰林院许多学士。”即命龟年按调而歌，梨园众子弟丝竹并进，天子自吹玉笛以和之。歌毕，贵妃敛绣巾，再拜称谢。天子道：“莫谢朕，可谢学士也！”贵妃持玻璃七宝杯，亲酌西凉葡萄酒，命宫女赐李学士饮。天子敕赐李白遍游内苑，令内侍以美酒随后，恣其酣饮。自是宫中内宴，李白每每被召，连贵妃亦爱而重之。

高力士深恨脱靴之事，无可奈何。一日，贵妃重吟前所制《清平调》三首，倚栏叹羡。高力士见四下无人，乘间奏道：“奴婢初意娘娘闻李白此词，怨入骨髓，何反拳拳如是？”贵妃道：“有何可怨？”力士奏道：“‘可怜飞燕倚新妆’，那飞燕姓赵，乃西汉成帝之后。则今画图中，画着一个武士，手托金盘，盘中有一女子，举袖而舞，那个便是赵飞燕。生得腰肢细软，行步轻盈，若人手执花枝颤颤然，成帝宠幸无比。谁知飞燕私与燕赤凤相通，匿于复壁之中，成帝入宫，闻壁衣内有人咳嗽声，搜得赤凤杀之。欲废赵后，赖其妹合德力救而止，遂终身不入正宫。今日李白以飞燕比娘娘，此乃谤毁之语，娘娘何不熟思？”原来贵妃那时以胡人安禄山为养子，出入宫禁，与之私通，满宫皆知，只瞒得玄宗一人。高力士说飞燕一事，正刺其心。贵妃于是心下怀恨，每于天子前说李白轻狂使酒，无人臣之礼。天子见贵妃不乐李白，遂不召他内宴，亦不留宿殿中。李白情知被高力士中伤，天子存疏远之意，屡次告辞求去，天子不允。乃益纵酒自废，与贺知章、李适之、汝阳王琎、崔宗之、苏晋、张旭、焦遂为酒友，时人呼为饮中八仙。

却说玄宗天子心下实是爱重李白，只为宫中不甚相得，所以疏了些儿。见李白屡次乞归，无心恋阙，乃向李白道：“卿雅志高蹈，许卿暂还，不日再来相召。但卿有大功于朕，岂可白手还山？卿有所需，朕当一一给与。”李白奏道：“臣一无所需，但得杖头有钱，日沽一醉足矣。”天子乃赐金牌一面，牌上御书：“敕赐李白为天下无忧学士，逍遥落托秀才，逢坊吃酒，遇库支钱，府给千贯，县给五百贯。文武官员军民人等，有失敬者，以违诏论。”又赐黄金千两，锦袍玉带，金鞍龙马，从者二十人。白叩头谢恩。天子又赐金花二朵，御酒三杯，于驾前上马出朝。百官俱给假，携酒送行，自长安街直接到十里长亭，樽罍不绝。只有杨太师、高太尉二人怀恨不送。内中惟贺内翰等酒友七人，直送至百里之外，流连三日而别。李白集中有

《还山别金门知己诗》，略云：

恭承丹凤诏，欻起烟萝中。
一朝去金马，飘落成飞蓬。
闲来东武吟，曲尽情未终。
书此谢知己，扁舟寻钓翁。

李白锦衣纱帽，上马登程，一路只称锦衣公子。果然逢坊饮酒，遇库支钱。不一日，回至锦州，与许氏夫人相见。官府闻李学士回家，都来拜贺，无日不醉。日往月来，不觉半载。一日白对许氏说，要出外游玩山水。打扮做秀才模样，身边藏了御赐金牌，带了一个小仆，骑一健驴，任意而行。府县酒资，照牌供给。忽一日，行到华阴界上，听得人言华阴县知县贪财害民，李白生计，要去治他。来到县前，令小仆退去，独自倒骑着驴子，于县门首连打三回。那知县在厅上取问公事，观见了，连声："可恶，可恶！怎敢调戏父母官！"速令公吏人等拿至厅前取问。李白微微诈醉，连问不答。知县令狱卒押入牢中，待他酒醒，着他好生供状，来日决断。狱卒将李白领入牢中，见了狱官，掀髯长笑。狱官道："想此人是风颠的？"李白道："也不风，也不颠。"狱官道："既不风颠，好生供状。你是何人？为何到此骑驴，搪突县主？"李白道："要我供状，取纸笔来。"狱卒将纸笔置于案上，李白扯狱官在一边说道："让开一步待我写。"狱官笑道："且看这风汉写出甚么来！"李白写道：

供状锦州人，姓李单名白。弱冠广文章，挥毫神鬼泣。长安列八仙，竹溪称六逸。曾草吓蛮书，声名播绝域。玉辇每趋陪，金銮为寝室。啜羹御手调，流涎御袍拭。高太尉脱靴，杨太师磨墨。天子殿前尚容乘马行，华阴县里不许我骑驴入？请验金牌，便知来历。

写毕，递与狱官看了，狱官唬得魂惊魄散，低头下拜道："学士老爷，可怜小人蒙官发遣，身不由己，万望海涵赦罪！"李白道："不干你事，只要你对知县说，我奉金牌圣旨而来，所得何罪，拘我在此？"狱官拜谢了，即忙将供状呈与知县，并述有金牌圣旨。知县此时如小儿初闻霹雳，无孔可钻，只得同狱官到牢中参见李学士，叩头哀告道："小官有眼不识泰山，一时冒犯，乞赐怜悯！"在职诸官，闻知此事，都来拜求，请学士到厅上正面坐下，众官庭参已毕。李白取出金牌，与众官看，牌上写道："学士所到文武官员军民人等，有不敬者，以违诏论。”“汝等当得何罪？”众官看罢圣旨，一齐低头礼拜：“我等都该万死。”李白见众官苦苦哀求，笑道：“你等受国家爵禄，如何又去贪财害民？如若改过前非，方免汝罪。”众官听说，人人拱手，个个遵依，不敢再犯。就在厅上大排筵宴，管待学士饮酒三日方散。自是知县洗心涤虑，遂为良牧。此事闻于他郡，都猜道朝廷差李学士出外私行观风考政，无不化贪为廉，化残为善。

李白遍历赵、魏、燕、晋、齐、梁、吴、楚，无不流连山水，极诗酒之趣。后因安禄山反叛，明皇车驾幸蜀，诛国忠于军中，缢贵妃于佛寺。白避乱隐于庐山，永王璘时为东南节度使，阴有乘机自立之志，闻白大才，强逼下山，欲授伪职，李白不从，拘留于幕府。未几，肃宗即位于灵武，拜郭子仪为天下兵马大元帅，克复两京。有人告永王璘谋叛，肃宗即遣子仪移兵讨之。永王兵败，李白方得脱身，逃至浔阳江口，被守江把总擒拿，把做叛党，解到郭元帅军前。子仪见是李学士，即喝退军士，亲解其缚，置于上位，纳头便拜道：“昔日长安东市，若非恩人相救，焉有今日？”即命治酒压惊，连夜修本，奏上天子，为李白辨冤，且追叙其吓蛮书之功，荐其才可以大用。此乃施恩而得报也。正是：

两叶浮萍归大海，人生何处不相逢。

时杨国忠已死，高力士亦远贬他方，玄宗皇帝自蜀迎归为太上皇，亦对肃宗称李白奇才。肃宗乃征白为左拾遗。

白叹宦海沉迷，不得逍遥自在，辞而不受。别了郭子仪，遂泛舟游洞庭岳阳，再过金陵，泊舟于采石江边。是夜，月明如昼。李白在江头畅饮，忽闻天际乐声嘹亮，渐近舟次，舟人都不闻，只有李白听得。忽然江中风浪大作，有鲸鱼数丈，奋鬣而起，仙童二人，手持旌节，到李白面前，口称：“上帝奉迎星主还位。”舟人都惊倒。须臾苏醒，只见李学士坐于鲸背，音乐前导，腾空而去。明日将此事告于当涂县令李阳冰，阳冰具表奏闻，天子敕建李谪仙祠于采石山上，春秋二祭。

到宋太平兴国年间，有书生于月夜渡采石江，见锦帆西来，船头上有白牌一面，写“诗伯”二字。书生遂朗吟二句道：

谁人江上称诗伯？锦绣文章借一观！

舟中有人和云：

夜静不堪题绝句，恐惊星斗落江寒。

书生大惊，正欲傍舟相访，那船泊于采石之下。舟中人紫衣纱帽，飘然若仙，径投李谪仙祠中。书生随后求之祠中，并无人迹，方知和诗者即李白也。至今人称“酒仙”“诗伯”，皆推李白为第一云：

吓蛮书草见天才，天子调羹亲赐来。

一自骑鲸天上去，江流采石有余哀。

第六卷　钝秀才一朝交泰

蒙正窑中怨气，买臣担上书声。丈夫失意惹人轻，才入荣华称庆。

红日偶然阴翳，黄河尚有澄清。浮云眼底总难凭，牢把脚跟立定。

这首《西江月》，大概说人穷通有时，固不可以一时之得意，而自夸其能；亦不可以一时之失意，而自坠其志。唐朝甘露年间，有个王涯丞相，官居一品，权压百僚，僮仆千数，日食万钱，说不尽荣华富贵。其府第厨房与一僧寺相邻，每日厨房中涤锅净碗之水，倾向沟中，其水从僧寺中流出。一日寺中老僧出行，偶见沟中流水中有白物，大如雪片，小如玉屑。近前观看，乃是上白米饭，王丞相厨下锅里碗里洗刷下来的。长老合掌念声"阿弥陀佛，罪过，罪过！"随口吟诗一首：

春时耕种夏时耘，粒粒颗颗费力勤。

舂去细糠如剖玉，炊成香饭似堆银。

三餐饱食无余事，一口饥时可疗贫。

堪叹沟中狼藉贱，可怜天下有穷人！

长老吟诗已罢，随唤火工道人，将笊篱笊起沟内残饭，向清水河中涤去污泥，摊于筛内，日色晒干，用磁缸收贮，且看几时满得一缸。不勾三四个月，其缸已满。两年之内，共积得六大缸有余。那王涯丞相只道千年富贵，万代奢华；谁知乐极生悲，一朝触犯了朝廷，阖门待勘，未知生死。其时宾客散尽，僮仆逃亡，仓廪尽为仇家所夺。王丞相至亲二十三口，米尽粮绝，担饥忍饿，啼哭之声，闻于邻寺。长老听得，心怀不忍。只是一墙之隔，除非穴墙可以相通。长老将缸内所积饭干浸软，蒸而馈之。王涯丞相吃罢，甚以为美，遣婢子问老僧，他出家之人，何以有此精食？老僧道："此非贫僧家常之饭，乃府上涤釜洗碗之余，流出沟中，贫僧可惜有用之物，弃之无用，将清水洗尽，日色晒干，留为荒年贫丐之食，今日谁知仍济了尊府之急。正是一饮一啄，莫非前定。”王涯丞相听罢，叹道：“我平昔暴殄天物如此，安得不败？今日之祸，必然不免。”其夜遂伏毒而死。当初富贵时节，怎知道有今日！正是：贫贱常思富贵，富贵又履危机。此乃福过灾生，自取其咎。假如今人贫贱之时，那知后日富贵？即如荣华之日，岂信后来苦楚？如今在下再说个先忧后乐的故事。列位看官们，内中倘有胯下忍辱的韩信，妻不下机的苏秦，听在下说这段评话，各人回去硬挺着头颈过日，以待时来，不要先坠了志气。有诗四句：

秋风衰草定逢春，尺蠖泥中也会伸。

画虎不成君莫笑，安排牙爪始惊人。

话说国朝天顺年间，福建延平府将乐县，有个宦家，姓马，名万群，官拜吏科给事中。因论太监王振专权误国，削籍为民。夫人早丧，单生一子，名曰马任，表字德称；十二岁游庠，聪明饱学。说起他聪明，就如颜子渊闻一知十；论起他饱学，就如虞世南五车腹笥。真个文章盖世，名誉过人。马给事爱惜如良金美玉，自不必言。里中那些富家儿郎，一来为他是黄门的贵公子，二来道他经解之才，早晚飞黄腾达，无不争先奉承。其中更有两个人奉承得要紧，真个是：

冷中送暖，闲里寻忙。出外必称弟兄，使钱那问尔我。偶话店中酒美，请饮三杯；才夸妓馆容娇，代包一月。掇臀捧屁，犹云手有余香；随口蹋痰，惟恐人先着脚。说不尽谄笑胁肩，只少个出妻献子。

一个叫黄胜，绰号黄病鬼；一个叫顾祥，绰号飞天炮仗。他两个祖上也曾出仕，都是富厚之家，目不识丁，也顶个读书的虚名。把马德称做个大菩萨供养，扳他日后富贵往来。那马德称是忠厚君子，彼以礼来，此以礼往，见他殷勤，也遂与之为友。黄胜就把亲妹六媖，许与德称为婚。德称闻此女才貌双全，不胜之喜，但从小立个誓愿：

若要洞房花烛夜，必须金榜挂名时。

马给事见他立志高明，也不相强，所以年过二十，尚未完娶。

时值乡试之年，忽一日，黄胜、顾祥邀马德称向书铺中去买书，见书铺隔壁有个算命店，牌上写道：

要知命好丑，只问张铁口！

马德称道：“此人名为‘铁口’，必肯直言。”买完了书，就过间壁，与那张先生拱手道：“学生贱造，求教！”先生问了八字，将五行生克之数，五星虚实之理，推算了一回，说道：“尊官若不见怪，小子方敢直言。”马德称道：“君子问灾不问福，何须隐讳！”黄胜、顾祥两个在傍，只怕那先生不知好歹，说出话来冲撞了公子。黄胜便道：“先生仔细看看，不要轻谈！”顾祥道：“此位是本县大名士，你只看他今科发解，还是发魁？”先生道：“小子只据理直讲，不知准否，贵造‘偏才归禄’，父主峥嵘，论理必生于贵宦之家。”黄顾二人拍手大笑道：“这就准了。”先生道：“五星中‘命缠奎壁’，文章冠世。”二人又大笑道：“好先生，算得准，算得准！”先生道：“只嫌二十二岁交这运不好，官煞重重，为祸不小。不但破家，亦防伤命。若过得三十一岁，后来到有五十年荣华。只怕一丈阔的水缺，双脚跳不过去。”黄胜就骂起来道：“放屁，那有这话！”顾祥伸出拳来道：“打这厮，打歪他的铁嘴！”马德称双手拦住道：“命之理微，只说他算不准就罢了，何须计较。”黄顾二人，口中还不干净，却得马德称抵死劝回。那先生只求无事，也不想算命钱了。正是：阿谀人人喜，直言个个嫌。

那时连马德称也只道自家唾手功名，虽不深怪那先生，却也不信。谁知三场得意，榜上无名。自十五岁进场，到今二十一岁，三科不中。若论年纪还不多，只为进场屡次了，反觉不利。又过一年，刚刚二十二岁。马给事一个门生，又参了王振一本。王振疑心座主指使而然，再理前仇，密唆朝中心腹，寻马万群当初做有司时罪过，坐赃万两，着本处抚按追解。马万群本是个清官，闻知此信，一口气得病数日身死。马德称哀戚尽礼，此心无穷。却被有司逢迎上意，逼要万两赃银交纳。此时只得变卖家产，但是有税契可查者，有司径自估价官卖。只有续置一个小小田庄，未曾起税，官府不知。马德称恃顾祥平昔至交，只说顾家产业，央他暂时承认。又有古董书籍等项，约数百金，寄与黄胜家中去讫。却说有司官将马给事家房产田业尽数变卖，未足其数，兀自吹毛求疵不已。马德称扶柩在坟堂屋内暂住。忽一日，顾祥遣人来言，府上余下田庄，官府已知，瞒不得了。马德称无可奈何，只得入官。后来闻得反是顾祥举首，一则恐后连累，二则博有司的笑脸。德称知人情奸险，付之一笑。过了岁余，马德称往黄胜家索取寄顿物件，连走数次，俱不相接，结末遣人送一封帖来。马德称拆开看时，没有书柬，止封帐目一纸。内开某月某日某事用银若干，某该合认，某该独认。如此非一次，随将古董书籍等项估计扣除，不还一件。德称大怒，当了来人之面，将帐目扯碎，大骂一场：“这般狗彘之辈，再休相见！”从此亲事亦不题起。黄胜巴不得杜绝马家，正中其怀。正合着西汉冯公的四句，道是：

一贵一贱，交情乃见；

一生一死，乃见交情。

马德称在坟屋中守孝，弄得衣衫蓝缕，口食不周。“当初父亲存日，也曾周济过别人，今日自己遭困，却谁人周济我？”守坟的老王撺掇他把坟上树木倒卖与人，德称不肯。老王指着路上几棵大柏树道：“这树不在冢傍，卖之无妨。”德称依允，讲定价钱，先倒一棵下来，中心都是虫蛀空的，不值钱了。再倒一棵，亦复如此。德称叹道：“此乃命也！”就教住手。那两棵树只当烧柴，卖不多钱，不两日用完了。身边只剩得十二岁一个家生小厮，央老王作中，也卖与人，得银五两。这小厮过门之后，夜夜小遗起来，主人不要了，退还老王处，索取原价。德称不得已，情愿减退了二两身价卖了。好奇怪！第二遍去就不小遗了。这几夜小遗，分明是打落德称这二两银子，不在话下。

光阴似箭，看看服满。德称贫困之极，无门可告，想起有个表叔在浙江杭州府做二府，湖州德清县知县也是父亲门生，不如去投奔他，两人之中，也有一遇。当下将几件什物家火，托老王卖充路费。浆洗了旧衣旧裳，收拾做一个包裹，搭船上路，直至杭州。问那表叔，刚刚十日之前，已病故了。随到德清县投那个知县时，又正遇这几日为钱粮事情，与上司争论不合，使性要回去，告病关门，无由通报。正是：

时来风送滕王阁，运去雷轰荐福碑！

德称两处投人不着，想得南京衙门做官的多有年家。又趁船到京口，欲要渡江，怎奈连日大西风，上水船寸步难行，只得往句容一路步行而去，径往留都。且数留都那几个城门：

神策、金川、仪凤门，怀远、清凉到石城；三山、聚宝连通济，洪武、朝阳定太平。

马德称由通济门入城，到饭店中宿了一夜。次早往部科等各衙门打听，往年多有年家为官的，如今升的升了，转的转了，死的死了，坏的坏了，一无所遇。乘兴而来，却难尽兴而返。流连光景，不觉又是半年有余，盘缠俱已用尽，虽不学伍大夫吴门乞食，也难免吕蒙正僧院投斋。忽一日，德称投斋到大报恩寺，遇见个相识乡亲，问其乡里之事。方知本省宗师按临岁考，德称在先服满时因无礼物送与学里师长，不曾动得起复文书及游学呈子，也不想如此久客于外。如今音信不通，教官径把他做避考申黜。千里之遥，无由辨复。真是：

屋漏更遭连夜雨，船迟又遇打头风。

德称闻此消息，长叹数声，无面回乡，意欲觅个馆地，权且教书糊口，再作道理。谁知世人眼浅，不识高低，闻知异乡公子如此形状，必是个浪荡之徒；便有锦心绣肠，谁人信他，谁人请他！又过了几时，和尚们都怪他蒿恼。语言不逊，不可尽说。幸而天无绝人之路，有个运粮的赵指挥，要请个门馆先生同往北京，一则陪话，二则代笔，偶与承恩寺主持商议。德称闻知，想道："乘此机会，往北京一行，岂不两便。"遂央僧举荐。那俗僧也巴不得遣那穷鬼起身，就在指挥面前称扬德称好处，且是束修甚少。赵指挥是武官，不管三七二十一，只要省，便约德称在寺，投刺相见，择日请了下船同行。德称口如悬河，宾主颇也得合。不一日到黄河岸口，德称偶然上岸登东。忽听发一声响，犹如天崩地裂之形。慌忙起身看时，吃了一惊，原来河口决了。赵指挥所统粮船三分四散，不知去向。但见水势滔滔，一望无际。

德称举目无依，仰天号哭，叹道："此乃天绝我命也，不如死休！"方欲投入河流，遇一老者相救，问其来历。德称诉罢，老者恻然怜悯，道："看你青春美质，将来岂无发迹之期！此去短盘至北京，费用亦不多，老夫带得有三两荒银，权为程敬。"说罢，去摸袖里，却摸个空，连呼"奇怪！"仔细看时，袖底有一孔，那老者赶早出门，不知在那里遇着剪绺的剪去了。老者嗟叹道："古人云：'得咱心肯日，是你运通时。'今日看起来，就是心肯，也有个天数。非是老夫吝惜，乃足下命运不通所致耳。欲屈足下过舍下，又恐路远不便。"乃邀德称到市心里，向一个相熟的主人家借银五钱为赠。德称深感其意，只得受了，再三称谢而别。

德称想这五钱银子，如何盘缠得许多路。思量一计，买下纸笔，一路卖字。德称写作俱佳，争奈时运未利，不能讨得文人墨士赏鉴，不过村坊野店胡乱买几张糊壁，此辈晓得什么好歹，那肯出钱。德称有一顿没一顿，半饥半饱，直捱到北京城里，下了饭店。问店主人借缙绅看查，有两个相厚的年伯，一个是兵部尤侍郎，一个是左卿曹光禄。当下写了名刺，先去谒曹公。曹公见其衣衫不整，心下不悦，又知是王振的仇家，不敢招架，送下小小程仪就辞了。再去见尤侍郎，那尤公也是个没意思的，自家一无所赠，写一封柬帖荐在边上陆总兵处。店主人见有这封书，料有际遇，将五两银子借为盘缠。谁知正值北虏也先为寇，大掠人畜，陆总兵失机，扭解来京问罪，连尤侍郎都罢官去了。德称在塞外耽搁了三四个月，又无所遇，依旧回到京城旅寓。

店主人折了五两银子，没处取讨，又欠下房钱饭钱若干，索性做个宛转，倒不好推他出门，想起一个主意来。前面胡同有个刘千户，其子八岁，要访个下路先生教书，乃荐德称。刘千户大喜，讲过束修二十两。店主人先支一季束修自己收受，准了所借之数。刘千户颇尽主道，送一套新衣服，迎接德称到彼坐馆。自此饔餐不缺，且训诵之暇，重温经史，再理文章。刚刚坐彀三个月，学生出起痘来，太医下药不效，十二朝身死。刘千户单只此子，正在哀痛，又有刻薄小人对他说道："马德称是个降祸的太岁，耗气的鹤神，所到之处，必有灾殃。赵指挥请了他就坏了粮船，尤侍郎荐了他就坏了官职。他是个不吉利的秀才，不该与他亲近。"刘千户不想自儿死生有命，到抱怨先生带累了。

各处传说，从此京中起他一个异名，叫做"钝秀才"。凡钝秀才街上过去，家家闭户，处处关门。但是早行遇着钝秀才的一日没采，做买卖的折本，寻人的不遇，告官的理输，讨债的不是厮打定是厮骂，就是小学生上学也被先生打几下手心。有此数项，把他做妖物相看，倘然狭路相逢，一个个吐口涎沫，叫句吉利方走。可怜马德称衣冠之胄，饱学之才，今日时运不利，弄得日无饱餐，夜无安宿。同时有个浙中吴监生，性甚硬直，闻知钝秀才之名，不信有此事，特地寻他相会。延至寓所，叩其胸中所学，甚有接待之意。坐席犹未暖，忽得家书报家中老父病故，踉跄而别，转荐与同乡吕鸿胪。吕公请至寓所，待以盛馔，方才举箸，忽然厨房中火起，举家惊慌逃奔。德称因腹馁缓行了几步，被地方拿他做火头，解去官司，不由分说，下了监铺。幸吕鸿胪是个有天理的人，替他使钱，免其枷责。从此钝秀才其名益著，无人招接，仍复卖字为生：

惯与裱家书寿轴，喜逢新岁写春联。

夜间常在祖师庙、关圣庙、五显庙这几处安身。或与道人代写疏头，趁几文钱度日。

话分两头，却说黄病鬼黄胜，自从马德称去后，初时还怕他还乡，到

宗师行黜，不见回家，又有人传信，道是随赵指挥粮船上京，被黄河水决，已覆没矣。心下坦然无虑，朝夕逼勒妹子六媖改聘。六媖以死自誓，决不二夫。到天顺晚年乡试，黄胜夤缘贿赂，买中了秋榜，里中奉承者填门塞户。闻知六媖年长未嫁，求亲者日不离门。六媖坚执不从，黄胜也无可奈何。到冬底，打叠行囊往北京会试。马德称见了乡试录，已知黄胜得意，必然到京，想起旧恨，羞与相见，预先出京躲避。谁知黄胜不耐功名，若是自家学问上挣来的前程，倒也理之当然，不放在心里。他原来买来的举人，小人乘君子之器，不觉手之舞之，足之蹈之。又将银五十两买了个勘合，驰驿到京，寻了个大大的下处，且不去温习经史，终日穿花街过柳巷，在院子里表子家行乐。常言道："乐极悲生"，嫖出一身广疮。科场渐近，将白金百两送太医，只求速愈。太医用轻粉劫药，数日之内，身体光鲜，草草完场而归。不够半年，疮毒大发，医治不痊，呜呼哀哉，死了。

既无兄弟，又无子息，族间都来抢夺家私。其妻王氏又没主张，全赖六媖一身，内支丧事，外应亲族，按谱立嗣，众心俱悦服无言。六媖自家也分得一股家私，不下数千金。想起丈夫覆舟消息，未知真假，费了多少盘缠，各处遣人打听下落。有人自北京来，传说马德称未死，落莫在京，京中都呼为"钝秀才"。六媖是个女中丈夫，甚有劈着，收拾起辎重银两，带了丫鬟僮仆，雇下船只，一径来到北京寻取丈夫。访知马德称在真定府龙兴寺大悲阁写《法华经》，乃将白金百两，新衣数套，亲笔作书，缄封停当，差老家人王安赍去，迎接丈夫。分付道："我如今便与马相公援例入监，请马相公到此读书应举，不可迟滞。"王安到龙兴寺，见了长老，问："福建马相公何在？"长老道："我这里只有个'钝秀才'，并没有什么马相公。"王安道："就是了，烦引相见。"和尚引到大悲阁下，指道："傍边桌上写经的，不是钝秀才？”王安在家时曾见过马德称几次，今日虽然蓝缕，如何不认得？一见德称便跪下磕头。马德称却在贫贱患难之中，不料有此，一时想不起来，慌忙扶住，问道：“足下何人？”王安道：“小的是将乐县黄家，奉小姐之命，特来迎接相公，小姐有书在此。”德称便问：“你小姐嫁归何宅？”王安道：“小姐守志至今，誓不改适。因家相公近故，小姐亲到京中来访相公，要与相公入粟北雍，请相公早办行期。”德称方才开缄而看，原来是一首诗，诗曰：

何事萧郎恋远游？应知乌帽未笼头。

图南自有风云便，且整双箫集凤楼。

德称看罢，微微而笑。王安献上衣服银两，且请起程日期。德称道：“小姐盛情，我岂不知？只是我有言在先：‘若要洞房花烛夜，必须金榜挂名时。’向因贫困，学业久荒。今幸有余资可供灯火之费，且待明年秋试得意之后，方敢与小姐相见。”王安不敢相逼，求赐回书。德称取写经余下的茧丝一幅，答诗四句：

逐逐风尘已厌游，好音刚喜见伻头。

嫦娥夙有攀花约，莫遣箫声出凤楼。

德称封了诗，付与王安。王安星夜归京，回复了六媖小姐。开诗看毕，叹惜不已。

其年天顺爷爷正遇“土木之变”，皇太后权请郕王摄位，改元景泰。将奸阉王振全家抄没，凡参劾王振吃亏的加官赐荫。黄小姐在寓中得了这个消息，又遣王安到龙兴寺报与马德称知道。德称此时虽然借寓僧房，图书满案，鲜衣美食，已不似在先了。和尚们晓得是马公子马相公，无不钦敬。其年正是三十二岁，交逢好运，正应张铁口先生推算之语。可见：

万般皆是命，半点不由人。

德称正在寺中温习旧业，又得了王安报信，收拾行囊，别了长老赴京，另寻一寓安歇。黄小姐拨家僮二人伏侍，一应日用供给，络绎馈送。德称草成表章，叙先臣马万群直言得祸之由，一则为父亲乞恩昭雪，一则为自己辨复前程。圣旨倒下，准复马万群原官，仍加三级；马任复学复廪；所抄没田产，有司追给。德称差家僮报与小姐知道。黄小姐又差王安送银两到德称寓中，叫他廪例入粟。明春就考了监元，至秋会魁，就于寓中整备喜筵，与黄小姐成亲。来春又中了第十名会魁，殿试二甲，考选庶吉士。

上表给假还乡，焚黄谒墓，圣旨准了。夫妻衣锦还乡，府县官员出郭迎接。往年抄没田宅，俱用官价赎还，造册交割，分毫不少。宾朋一向疏失者，此日奔走其门如市。只有顾祥一人自觉羞惭，迁往他郡去讫。时张铁口先生尚在，闻知马公子得第荣归，特来拜贺，德称厚赠之而去。后来马任直做到礼、兵、刑三部尚书，六媖小姐封一品夫人。所生二子，俱中甲科，簪缨不绝。至今延平府人，说读书人不得第者，把“钝秀才”为比。后人有诗叹云：

十年落魄少知音，一日风云得称心。

秋菊春桃时各有，何须海底去捞针。

第七卷　老门生三世报恩

买只牛儿学种田，结间茅屋向林泉。
也知老去无多日，且向山中过几年。
为利为官终幻客，能诗能酒总神仙。
世间万物俱增价，老去文章不值钱。

这八句诗，乃是达者之言，末句说："老去文章不值钱"，这一句，还有个评论。大抵功名迟速，莫逃乎命，也有早成，也有晚达。早成者未必有成，晚达者未必不达。不可以年少而自恃，不可以年老而自弃。这老少二字，也在年数上，论不得的。假如甘罗十二岁为丞相，十三岁上就死了，这十二岁之年，就是他发白齿落、背曲腰弯的时候了，后头日子已短，叫不得少年。又如姜太公八十岁还在渭水钓鱼，遇了周文王以后车载之，拜为师尚父；文王崩，武王立，他又秉钺为军师，佐武王伐纣，定了周家八百年基业，封于齐国。又教其子丁公治齐，自己留相周朝，直活到一百二十岁方死。你说八十岁一个老渔翁，谁知日后还有许多事业，日子正长哩！这等看将起来，那八十岁上还是他初束发，刚顶冠，做新郎，应童子试的时候，叫不得老年。世人只知眼前贵贱，那知去后日长日短？见个少年富贵的奉承不暇，多了几年年纪，蹉跎不遇，就怠慢他，这是短见薄识之辈。譬如农家，也有早谷，也有晚稻，正不知那一种收成得好？不见古人云：

东园桃李花，早发还先萎。
迟迟涧畔松，郁郁含晚翠。

闲话休提。却说国朝正统年间，广西桂林府兴安县有一秀才，复姓鲜于，名同，字大通。八岁时曾举神童，十一岁游庠，超增补廪。论他的才学，便是董仲舒、司马相如也不看在眼里；真个是胸藏万卷，笔扫千军。

论他的志气，便像冯京、商辂连中三元，也只算他便袋里东西；真个是足蹑风云，气冲牛斗。何期才高而数奇，志大而命薄。年年科岁，岁岁观场，不能得朱衣点额，黄榜标名。到三十岁上，循资该出贡了。他是个有才有志的人，贡途的前程是不屑就的。思量穷秀才家，全亏学中年规这几两廪银，做个读书本钱。若出了学门，少了这项来路，又去坐监，反费盘缠。况且本省比监里又好中，算计不通。偶然在朋友前露了此意，那下首该贡的秀才，就来打话要他让贡，情愿将几十金酬谢。鲜于同又得了这个利息，自以为得计。第一遍是个情，第二遍是个例，人人要贡，个个争先。

鲜于同自三十岁上让贡起，一连让了八遍，到四十六岁兀自沉埋于泮水之中，驰逐于青衿之队。也有人笑他的，也有人怜他的，又有人劝他的。那笑他的他也不睬，怜他的他也不受，只有那劝他的，他就勃然发怒起来道："你劝我就贡，止无过道俺年长，不能个科第了；却不知龙头属于老成，梁皓八十二岁中了状元，也替天下有骨气肯读书的男子争气。俺若情愿小就时，三十岁上就了，肯用力钻刺，少不得做个府佐县正，昧着心田做去，尽可荣身肥家。只是如今是个科目的世界，假如孔夫子不得科第，谁说他胸中才学？若是三家村一个小孩子，粗粗里记得几篇烂旧时文，遇了个盲试官，乱圈乱点，睡梦里偷得个进士到手，一般有人拜门生，称老师，谭天说地，谁敢出个题目将带纱帽的再考他一考么？不止于此，做官里头还有多少不平处，进士官就是个铜打铁铸的，撒漫做去，没有敢说他不字；科贡官，兢兢业业，捧了卵子过桥，上司还要寻趁他。此乃按院复命，参论的但是进士官，凭你叙得极贪极酷，公道看来，拿问也还透头，说到结末，生怕断绝了贪酷种子，道：'此一臣者，官箴虽玷，但或念初任，或念年青，尚可望其自新，策其末路，姑照浮躁或不及例降调。'不勾几年工夫，依旧做起。倘拼得些银子央要道挽回，不过对调个地方，全然没事。科贡的官一分不是，就当做十分。悔气遇着别人有势有力，没处下手，随你清廉贤宰，少不得借重他替进士顶缸。有这许多不平处，所以不中进士，再做不得官。俺宁可老儒终身，死去到阎王面前高声叫屈，还博个来世出头。岂可屈身小就，终日受人懊恼，吃顺气丸度日！"遂吟诗一首，诗曰：

从来资格困朝绅，只重科名不重人。

楚士凤歌诚恐殆，叶公龙好岂求真。

若还黄榜终无分，宁可青衿老此身。

铁砚磨穿豪杰事，春秋晚遇说平津。

汉时有个平津侯，复姓公孙名弘，五十岁读《春秋》，六十岁对策第一，做到丞相封侯。鲜于同后来六十一岁登第，人以为诗谶，此是后话。

却说鲜于同自吟了这八句诗，其志愈锐。怎奈时运不利，看看五十齐头，“苏秦还是旧苏秦”，不能勾改换头面。再过几年，连小考都不利了。每到科举年份，第一个拦场告考的就是他，讨了多少人的厌贱。到天顺六年，鲜于同五十七岁，鬓发都苍然了，兀自挤在后生家队里，谈文讲艺，娓娓不倦。那些后生见了他，或以为怪物，望而避之；或以为笑具，就而戏之。这都不在话下。

却说兴安县知县，姓蒯名遇时，表字顺之，浙江台州府仙居县人氏。少年科甲，声价甚高。喜的是谈文讲艺，商古论今。只有件毛病，爱少贱老，不肯一视同仁。见了后生英俊，加意奖借；若是年长老成的，视为朽物，口呼“先辈”，甚有戏侮之意。其年乡试届期，宗师行文，命县里录科。蒯知县将合县生员考试，弥封阅卷，自恃眼力，从公品第，黑暗里拔了一个第一，心中十分得意，向众秀才面前夸奖道：“本县拔得个首卷，其文大有吴越中气脉，必然连捷，通县秀才，皆莫能及。”众人拱手听命，却似汉皇筑坛拜将，正不知拜那一个有名的豪杰。比及拆号唱名，只见一人应声而出，从人丛中挤将上来。你道这人如何？

一矮又矮，胖又胖，须鬓黑白各一半。破儒巾，欠时样，蓝衫补孔重重绽。你也瞧，我也看，若还冠带像胡判。不枉夸，不枉赞，“先辈”今朝说嘴惯。休羡他，莫自叹，少不得大家做老汉。不须营，不须干，序齿轮流做领案。

那案首不是别人，正是那五十七岁的怪物、笑具，名叫鲜于同。合堂秀才哄然大笑，都道：“鲜于‘先辈’，又起用了。”连蒯公也自羞得满面通红，顿口无言。一时间看错文字，今日众人属目之地，如何番悔！忍着一肚子气，胡乱将试卷拆完。喜得除了第一名，此下一个个都是少年英俊，还有些嗔中带喜。是日蒯公发放诸生事毕，回衙闷闷不悦，不在话下。

却说鲜于同少年时本是个名士，因淹滞了数年，虽然志不曾灰，却也是：

泽畔屈原吟独苦，洛阳季子面多惭。

今日出其不意，考个案首，也自觉有些兴头。到学道考试，未必爱他文字，亏了县家案首，就搭上一名科举，喜孜孜去赴省试。众朋友都在下处看经书，温后场。只有鲜于同平昔饱学，终日在街坊上游玩。旁人看见，都猜道：“这位老相公，不知是送儿子孙儿进场的？事外之人，好不悠闲自在！”若晓得他是科举的秀才，少不得要笑他几声。

日居月诸，忽然八月初七日，街坊上大吹大擂，迎试官进贡院。鲜于同观看之际，见兴安县蒯公，正征聘做《礼记》房考官。鲜于同自想，我与蒯公同经，他考过我案首，必然爱我的文字，今番遇合，十有八九。谁知蒯公心里不然，他又是一个见识道：“我取个少年门生，他后路悠远，官也多做几年，房师也靠得着他。那些老师宿儒，取之无益。”又道：“我科考时不合昏了眼，错取了鲜于‘先辈’，在众人前老大没趣。今番再取中了他，却不又是一场笑话。我今阅卷，但是三场做得齐整的，多应是夙学之士，年纪长了，不要取他。只拣嫩嫩的口气，乱乱的文法，歪歪的四六，怯怯的策论，愦愦的判语，那定是少年初学。虽然学问未充，养他一两科，年还不长，且脱了鲜于同这件干纪。”算计已定，如法阅卷，取了几个不整不齐，略略有些笔资的，大圈大点，呈上主司。主司都批了“中”字。到八月廿八日，主司同各经房在至公堂上拆号填榜。《礼记》房首卷是桂林府兴县学生，复姓鲜于，名同，习《礼记》，又是那五十七的怪物、笑具侥幸了。蒯公好生惊异。主司见蒯公有不乐之色，问其缘故。蒯公道：“那鲜于同年纪已老，恐置之魁列，无以压服后生，情愿把一卷换他。”主司指堂上匾额，道：“此

堂既名为'至公堂'，岂可以老少而私爱憎乎？自古龙头属于老成，也好把天下读书人的志气鼓舞一番。"遂不肯更换，判定了第五名正魁，蒯公无可奈何。正是：

> 饶君用尽千般力，命里安排动不得。
> 本心拣取少年郎，依旧取将老怪物。

蒯公立心不要中鲜于"先辈"，故此只拣不整齐的文字才中。那鲜于同是宿学之士，文字必然整齐，如何反投其机？原来鲜于同为八月初七日看了蒯公入帘，自谓遇合十有八九。回归寓中多吃了几杯生酒，坏了脾胃，破腹起来。勉强进场，一头想文字，一头泄泻，泻得一丝两气，草草完篇。二场三场，仍复如此，十分才学，不曾用得一分出来。自谓万无中式之理，谁知蒯公到不要整齐文字，以此竟占了个高魁。也是命里否极泰来，颠之倒之，自然凑巧。那兴安县刚刚只中他一举人。当日鹿鸣宴罢，众同年序齿，他就居了第一。各房考官见了门生，俱各欢喜，惟蒯公闷闷不悦。鲜于同感蒯公两番知遇之恩，愈加殷勤，蒯公愈加懒散。上京会试，只照常规，全无作兴加厚之意。明年鲜于同五十八岁，会试，又下第了。相见蒯公，蒯公更无别语，只劝他选了官罢。鲜于同做了四十余年秀才，不肯做贡生官，今日才得一年乡试，怎肯就举人职，回家读书，愈觉有兴。每闻里中秀才会文，他就袖了纸墨笔砚，捱入会中同做。凭众人耍他，笑他，嗔他，厌他，总不在意。做完了文字，将众人所作看一遍，欣然而归，以此为常。

光阴荏苒，不觉转眼三年，又当会试之期。鲜于同时年六十有一，年齿虽增，矍铄如旧。在北京第二遍会试，在寓所得其一梦。梦见中了正魁，会试录上有名，下面却填做《诗经》，不是《礼记》。鲜于同本是个宿学之士，那一经不通？他功名心急，梦中之言，不由不信，就改了《诗经》应试。事有凑巧，物有偶然。蒯知县这官清正，行取到京，钦授礼科给事中之职。其年又进会试经房。蒯公不知鲜于同改经之事，心中想到："我两遍错了主意，取了鲜于'先辈'做了首卷，今番会试，他年纪一发长了。若《礼记》房里又中了他，这才是终身之玷。我如今不要看《礼记》，改看了《诗经》卷子，那鲜于'先辈'中与不中，都不干我事。"比及入帘阅卷，遂请看《诗》五房卷。蒯公又想道："天下举子像鲜于'先辈'的，谅也非止一人，我不中鲜于同，又中了别的老儿，可不是'躲了雷公，遇了霹雳'！我晓得了，但凡老师宿儒，经旨必然十分透彻，后生家专工四书，经义必然不精。如今到不要取四经整齐，但是有些笔资的，不妨题旨影响，这定是少年之辈了。”阅卷进呈，等到揭晓，《诗》五房头卷，列在第十名正魁。拆号看时，却是桂林府兴安县学生，复姓鲜于，名同，习《诗经》，刚刚又是那六十一岁的怪物、笑具！气得蒯遇时目睁口呆，如槁木死灰模样。

早知富贵生成定，悔却从前枉用心。

蒯公又想道：“论起世上同名姓的尽多，只是桂林府兴安县却没有两个鲜于同，但他向来是《礼记》，不知何故又改了《诗经》，好生奇怪？”候其来谒，叩其改经之故。鲜于同将梦中所见，说了一遍。蒯公叹息连声道：“真命进士，真命进士！”自此蒯公与鲜于同师生之谊，比前反觉厚了一分。殿试过了，鲜于同考在二甲头上，得选刑部主事。人道他晚年一第，又居冷局，替他气闷，他欣然自如。

却说蒯遇时在礼科衙门直言敢谏，因奏疏里面触突了大学士刘吉，被吉寻他罪过，下于诏狱。那时刑部官员，一个个奉承刘吉，欲将蒯公置之死地。却好天与其便，鲜于同在本部一力周旋看觑，所以蒯公不致吃亏。又替他纠合同年，在各衙门恳求方便，蒯公遂得从轻降处。蒯公自想道：“‘着意种花花不活，无心栽柳柳成阴。’若不中得这个老门生，今日性命也难保。”乃往鲜于“先辈”寓所拜谢。鲜于同道：“门生受恩师三番知遇，今日小小效劳，止可少答科举而已，天高地厚，未酬万一！”当日师生二人欢饮而别。自此不论蒯公在家在任，每年必遣人问候，或一次或两次，虽俸金微薄，表情而已。

光阴荏苒，鲜于同只在部中迁转，不觉六年，应升知府。京中重他才品，敬他老成，吏部立心要寻个好缺推他，鲜于同全不在意。偶然仙居县有信至，蒯公的公子蒯敬共与豪户查家争坟地疆界，嚷骂了一场。查家走失了个小厮，赖蒯公子打死，将人命事告官。蒯敬共无力对理，一径逃往云南父亲任所去了。官府疑蒯公子逃匿，人命真情，差人雪片下来提人，家属也监了几个，阖门惊惧。鲜于同查得台州正缺知府，乃央人讨这地方。吏部知台州原非美缺，既然自己情愿，有何不从，即将鲜于同推升台州府知府。鲜于同到任三日，豪家已知新太守是蒯公门生，特讨此缺而来，替他解纷，必有偏向之情。先在衙门谣言放刁，鲜于同只推不闻。蒯家家属诉冤，鲜于同亦佯为不理。密差的当捕人访缉查家小厮，务在必获。约过两月有余，那小厮在杭州拿到。鲜于太守当堂审明，的系自逃，与蒯家无干。当将小厮责取查家领状。蒯氏家属，即行释放。期会一日，亲往坟所踏看疆界。查家见小厮已出，自知所讼理虚，恐结讼之日必然吃亏。一面央大分上到太守处说方便，一面又央人到蒯家，情愿把坟界相让讲和。蒯家事已得白，也不愿结冤家。鲜于太守准了和息，将查家薄加罚治，申详上司，两家莫不心服。正是：

只愁堂上无明镜，不怕民间有鬼奸。

鲜于太守乃写书信一通，差人往云南府回覆房师蒯公。蒯公大喜，想道："'树荆棘得刺，树桃李得荫'，若不曾中得这个老门生，今日身家也难保。"遂写恳切谢启一通，遣儿子蒯敬共赍回，到府拜谢。鲜于同道："下官暮年淹蹇，为世所弃，受尊公老师三番知遇，得掇科目，常恐身先沟壑，大德不报。今日恩兄被诬，理当暴白。下官因风吹火，小效区区，止可少酬老师乡试提拔之德，尚欠情多多也！"因为蒯公子经纪家事，劝他闭户读书，自此无话。

鲜于同在台州做了三年知府，声名大振，升在徽宁道做兵宪，累升河南廉使，勤于官职。年至八旬，精力比少年兀自有余，推升了浙江巡抚。鲜于同想道："我六十一岁登第，且喜儒途淹蹇，仕途到顺溜，并不曾有风波。今官至抚台，恩荣极矣。一向清勤自矢，不负朝廷。今日急流勇退，理之当然。但受蒯公三番知遇之恩，报之未尽，此任正在房师地方，或可少效涓埃。"乃择日起程赴任。一路迎送荣耀，自不必说。不一日，到了浙江省城。此时蒯公也历任做到大参地位，因病目不能理事，致政在家。闻得鲜于"先辈"又做本省开府，乃领了十二岁孙儿，亲到杭州谒见。蒯公虽是房师，到小于鲜于公二十余岁。今日蒯公致政在家，又有了目疾，龙钟可怜。鲜于公年已八旬，健壮如牛，位至开府。可见发达不在于迟早，蒯公叹息了许多。正是：

松柏何须羡桃李，请君点检岁寒枝。

且说鲜于同到任以后，正拟遣人问候蒯公，闻说蒯参政到门，喜不自胜，倒屣而迎，直请到私宅，以师生礼相见。蒯公唤十二岁孙儿："见了老公祖。"鲜于公问："此位是老师何人？"蒯公道："老夫受公祖活命之恩，犬子昔日难中，又蒙昭雪，此恩直如覆载。今天幸福星又照吾省。老夫衰病，不久于世，犬子读书无成，只有此孙，名曰蒯悟，资性颇敏，特携来相托，求老公祖青目一二。”鲜于公道：“门生年齿，已非仕途人物，正为师恩酬报未尽，所以强颜而来。今日承老师以令孙相托，此乃门生报德之会也。鄙思欲留令孙在敝衙同小孙辈课业，未审老师放心否？”蒯公道：“若蒙老公祖教训，老夫死亦瞑目！”遂留两个书童服事蒯悟在都抚衙内读书，蒯公自别去了。那蒯悟资性过人，文章日进。就是年之秋，学道按临，鲜于公力荐神童，进学补廪，依旧留在衙门勤学。三年之后，学业已成。鲜于公道：“此子可取科第，我亦可以报老师之恩矣。”乃将俸银三百两赠与蒯悟为笔砚之资，亲送到台州仙居县。适值蒯公三日前一病身亡，鲜于公哭奠已毕。问：“老师临终亦有何言？”蒯敬共道：“先父遗言，自己不幸少年登第，因而爱少贱老，偶尔暗中摸索，得了老公祖大人。后来许多年少的门生，贤愚不等，升沉不一，俱不得其气力，全亏了老公祖大人一人，始终看觑。我子孙世世不可怠慢老成之士！”鲜于公呵呵大笑道：“下官今日三报师恩，正要天下人晓得扶持了老成人也有用处，不可爱少而贱老也！”说罢，作别回省，草上表章，告老致仕。得旨予诰，驰驿还乡，优悠林下。每日训课儿孙之暇，同里中父老饮酒赋诗。后八年，长孙鲜于涵乡榜高魁，赴京会试，恰好仙居县蒯悟是年中举，也到京中。两人三世通家，又是少年同窗，并在一寓读书。比及会试揭晓，同年进士，两家互相称贺。

鲜于同自五十七岁登科，六十一岁登甲，历仕二十三年，腰金衣紫，锡恩三代。告老回家，又看了孙儿科第，直活到九十七岁，整整的四十年晚运。至今浙江人肯读书，不到六七十岁还不丢手，往往有晚达者。后人有诗叹云：

利名何必苦奔忙，迟早须臾在上苍。
但学蟠桃能结果，三千余岁未为长。

第八卷　宋小官团圆破毡笠

不是姻缘莫强求，姻缘前定不须忧。

任从波浪翻天起，自有中流稳渡舟。

话说正德年间，苏州府昆山县大街，有一居民，姓宋，名敦，原是宦家之后。浑家卢氏，夫妻二口，不做生理，靠着祖遗田地，见成收些租课为活。年过四十，并不曾生得一男半女。宋敦一日对浑家说："自古道'养儿待老，积谷防饥'。你我年过四旬，尚无子嗣，光阴似箭，眨眼头白。百年之事，靠着何人？"说罢，不觉泪下。卢氏道："宋门积祖善良，未曾作恶造业；况你又是单传，老天决不绝你祖宗之嗣。招子也有早晚，若是不该招时，便是养得长成，半路上也抛撇了，劳而无功，枉添许多悲泣。"宋敦点头道是。方才拭泪未干，只听得坐启中有人咳嗽，叫唤道："玉峰在家么？"原来苏州风俗，不论大家、小家，都有个外号，彼此相称。玉峰就是宋敦的外号。宋敦侧耳而听，叫唤第二句，便认得声音，是刘顺泉。那刘顺泉双名有才，积祖驾一只大船，揽载客货，往各省交卸。趁得好些水脚银两，一个十全的家业，团团都做在船上。就是这只船本也值几百金，浑身是香楠木打造的。江南一水之地，多有这行生理。那刘有才是宋敦最契之友，听得是他声音，连忙趋出坐启，彼此不须作揖，拱手相见，分坐看茶，自不必说。宋敦道："顺泉今日如何得暇？"刘有才道："特来与玉峰借件东西。"宋敦笑道："宝舟缺什么东西，到与寒家相借？"刘有才道："别的东西不来干渎，只这件是宅上有余的，故此敢来启口。"宋敦道："果是寒家所有，决不相吝。"刘有才不慌不忙，说出这件东西。正是：

背后并非擎诏，当前不是围胸，鹅黄细布密针缝，净手将来借奉。

还愿曾装冥钞，祈神并衬威容，名山古刹几相从，染下炉香浮动。

原来宋敦夫妻二口，因难于得子，各处烧香祈嗣，做成黄布袱、黄布袋，装裹佛马楮钱之类。烧过香后，悬挂于家中佛堂之内，甚是志诚。刘有才长于宋敦五年，四十六岁了，阿妈徐氏亦无子息。闻得徽州有盐商求嗣，新建陈州娘娘庙于苏州阊门之外，香火甚盛，祈祷不绝，刘有才恰好有个方便，要驾船往枫桥接客，意欲进一炷香，却不曾做得布袱布袋，特特与宋家告借。其时说出缘故，宋敦沉思不语。刘有才道："玉峰莫非有吝惜之心么？若污坏时，一个就赔两个。"宋敦道："岂有此理！只是一件，既然娘娘庙灵显，小子亦欲附舟一往，只不知几时去？"刘有才道："即刻便行。"宋敦道："布袱布袋，拙荆另有一副，共是两副，尽可分用。"刘有才道："如此甚好。"宋敦入内，与浑家说知欲往郡城烧香之事，刘氏也欢喜。宋敦于佛堂挂壁上取下两副布袱布袋，留下一副自用，将一副借与刘有才。刘有才道："小子先往舟中伺候，玉峰可快来。船在北门大坂桥下，不嫌怠慢时，吃些见成素饭，不消带米。"宋敦应允。当下忙忙的办下些香烛、纸马、阡张、定段，打叠包裹，穿了一件新联就的洁白湖绸道袍，赶出北门下船。趁着顺风，不勾半日，七十里之程，等闲到了，舟泊枫桥，当晚无话。有诗为证：

月落乌啼霜满天，江枫渔火对愁眠。

姑苏城外寒山寺，夜半钟声到客船。

次日起个黑早，在船中洗盥罢，吃了些素食，净了口手，一对儿黄布袱驮了冥财，黄布袋安插纸马、文疏，挂于项上，步到陈州娘娘殿前，刚刚天晓，庙门虽开，殿门还关着。二人在两廊游绕，观看了一遍，果然造得齐整。正在赞叹，"呀"的一声，殿门开了，就有庙祝出来迎接进殿。其时香客未到，烛架尚虚，庙祝放下琉璃灯来，取火点烛，讨文疏替他通陈祷告。二人焚香礼拜已毕，各将几十文钱，酬谢了庙祝，化纸出门。刘有才再要邀宋敦到船，宋敦不肯。当下刘有才将布袱、布袋交还宋敦，各各称谢而别，刘有才自往枫桥接客去了。宋敦看天色尚早，要往娄门趁船回家。刚欲移步，听得墙下呻吟之声，近前看时，却是矮矮一个芦席棚，搭在庙垣之侧，中间卧着个有病的老和尚，恹恹欲死，呼之不应，问之不答。宋敦心中不忍，停眸而看。傍边一人走来说道："客人，你只管看他则甚？要便做个好事了去。"宋敦道："如何做个好事？"那人道："此僧是陕西来的，七十八岁了。他说一生不曾开荤，每日只诵《金刚经》。三年前在此募化建庵，没有施主。搭这个芦席棚儿住下，诵经不辍。这里有个素饭店，每日只上午一餐，过午就不用了。也有人可怜他，施他些钱米，他就把来还了店上的饭钱，不留一文。近日得了这病，有半个月不用饮食了。两日前还开口说得话，我们问他：‘如此受苦，何不早去罢？’他说：‘因缘未到，还等两日。’今早连话也说不出了，早晚待死。客人若可怜他时，买一只薄薄棺材，焚化了他，便是做好事。他说‘因缘未到’，或者这因缘就在客人身上。”宋敦想道：“我今日为求嗣而来，做一件好事回去，也得神天知道。”便问道：“此处有棺材店么？”那人道：“出巷陈三郎家就是。”宋敦道：“烦足下同往一看。”

那人引路到陈家来，陈三郎正在店中支分解匠锯木。那人道：“三郎，我引个主顾作成你。”三郎道：“客人若要看寿板，小店有真正婺源加料双拼的在里面。若要见成的，就店中但凭拣择。”宋敦道：“要见成的。”陈三郎指着一副道：“这是头号，足价三两。”宋敦未及还价，那人道：“这个客官是买来舍与那芦席棚内老和尚做好事的，你也有一半功德，莫要讨虚价。”陈三郎道：“既是做好事的，我也不敢要多，照本钱一两六钱罢，分毫少不得了。”宋敦道：“这价钱也是公道了。”想起汗巾角上带得一块银子，约有五六钱重，烧香剩下，不上一百铜钱，总凑与他，还不勾一半。“我有处了，刘顺泉的船在枫桥不远。”便对陈三郎道：“价钱依了你，只是还要到一个朋友处借办，少顷便来。”陈三郎到罢了，说道：“任从客便。”那人怫然不乐道：“客人既发了个好心，却又做脱身之计，你身边没有银子，来看则甚？……”说犹未了，只见街上人纷纷而过，多有说这老和尚，可怜半月前还听得他念经之声，今早呜呼了。正是：

三寸气在千般用，一旦无常万事休。

那人道：“客人不听得说么？那老和尚已死了，他在地府睁眼等你断送哩！”宋敦口虽不语，心下复想道：“我既是看定了这具棺材，倘或往枫桥去，刘顺泉不在船上，终不然呆坐等他回来。况且常言得‘价一不择主’，倘别有个主顾，添些价钱，这副棺木买去了，我就失信于此僧了。罢罢！”便取出银子，刚刚一块，讨等来一称，叫声惭愧！原来是块元宝，看时像少，称时便多，到有七钱多重，先教陈三郎收了。将身上穿的那一件新联就的洁白湖绸道袍脱下，道：“这一件衣服，价在一两之外，倘嫌不值，权时相抵，待小子取赎。若用得时，便乞收算。”陈三郎道：“小店大胆了，莫怪计较。”将银子、衣服收过了。宋敦又在髻上拔下一根银簪，约有二钱之重，交与那人，道：“这枝簪，相烦换些铜钱，以为殡殓杂用。”当下店中看的人都道：“难得这位做好事的客官，他担当了大事去。其余小事，我们地方上也该凑出些钱钞相助。”众人都凑钱去了。宋敦又复身到芦席边，看那老僧，果然化去，不觉双眼垂泪，分明如亲戚一般，心下好生酸楚，正不知什么缘故，不忍再看，含泪而行。到娄门时，航船已开，乃自唤一只小船，当日回家。

浑家见丈夫黑夜回来，身上不穿道袍，面又带忧惨之色，只道与人争竞，忙忙的来问。宋敦摇首道：“话长哩！”一径走到佛堂中，将两副布袱布袋挂起，在佛前磕了个头，进房坐下，讨茶吃了，方才开谈，将老和尚之事备细说知。浑家道：“正该如此！”也不嗔怪。宋敦见浑家贤慧，到也回愁作喜。是夜夫妻二口睡到五更，宋敦梦见那老和尚登门道谢，道：“檀越命合无子，寿数亦止于此矣！因檀越心田慈善，上帝命延寿半纪。老僧与檀越又有一段因缘，愿投宅上为儿，以报盖棺之德。”卢氏也梦见一个金身罗汉走进房里，梦中叫喊起来，连丈夫也惊醒了。各言其梦，似信似疑，嗟叹不已。正是：

种瓜还得瓜，种豆还得豆。

劝人行好心，自作还自受。

从此卢氏怀孕，十月满足，生下一个孩儿。因梦见金身罗汉，小名金郎，官名就叫宋金。夫妻欢喜，自不必说。此时刘有才也生一女，小名宜春。各各长成，有人撺掇两家对亲，刘有才到也心中情愿，宋敦却嫌他船户出身，不是名门旧族，口虽不语，心中有不允之意。那宋金方年六岁，宋敦一病不起，呜呼哀哉了。自古道：家中百事兴，全靠主人命。十个妇人，敌不得一个男子。自从宋敦故后，卢氏掌家，连遭荒歉，又里中欺他孤寡，科派户役，卢氏撑持不定，只得将田房渐次卖了，赁屋而居。初时，还是诈穷，以后坐吃山崩，不上十年，弄做真穷了，卢氏亦得病而亡。断送了毕，宋金只剩得一双赤手，被房主赶逐出屋，无处投奔。且喜从幼学得一件本事，会写会算。偶然本处一个范举人选了浙江衢州府江山县知县，正要寻个写算的人。有人将宋金说了，范公就教人引来。见他年纪幼小，又生得齐整，心中甚喜。叩其所长，果然书通真草，算善归除。当日就留于书房之中，取一套新衣与他换过，同桌而食，好生优待。择了吉日，范知县与宋金下了官船，同往任所。正是：

冬冬画鼓催征棹，习习和风荡锦帆。

却说宋金虽然贫贱，终是旧家子弟出身，今日做范公门馆，岂肯卑污苟贱，与童仆辈和光同尘，受其戏侮。那些管家们欺他年幼，见他做作，愈有不然之意。自昆山起程，都是水路，到杭州便起旱了。众人撺掇家主道："宋金小厮家，在此写算服事老爷，还该小心谦逊，他全不知礼。老爷优待他忒过分了，与他同坐同食。舟中还可混帐，到陆路中火歇宿，老爷也要存个体面。小人们商议，不如教他写一纸靠身文书，方才妥贴。到衙门时，他也不敢放肆为非。"范举人是棉花做的耳朵，就依了众人言语，唤宋金到舱，要他写靠身文书。宋金如何肯写？逼勒了多时，范公发怒，喝教剥去衣服，喝出船去。众苍头拖拖拽拽，剥的干干净净，一领单布衫，赶在岸上，气得宋金半晌开口不得。只见轿马纷纷伺候范知县起陆，宋金噙着双泪，只得回避开去。身边并无财物，受饿不过，少不得学那两个古人：

伍相吹箫于吴门，韩王寄食于漂母。

日间街坊乞食，夜间古庙栖身。还有一件，宋金终是旧家子弟出身，任你十分落泊，还存三分骨气，不肯随那叫街丐户一流，奴言婢膝，没廉没耻。讨得来便吃了，讨不来忍饿，有一顿没一顿。过了几时，渐渐面黄肌瘦，全无昔日丰神。正是：

好花遭雨红俱褪，芳草经霜绿尽凋。

时值暮秋天气，金风催冷，忽降下一场大雨，宋金食缺衣单，在北新关关王庙中担饥受冻，出头不得。这雨自辰牌直下至午牌方止。宋金将腰带收紧，挪步出庙门来，未及数步，劈面遇着一人。宋金睁眼一看，正是父亲宋敦的最契之友，叫做刘有才，号顺泉的。宋金无面目见"江东父老"，不敢相识，只得垂眼低头而走。那刘有才早已看见，从背后一手挽住，叫道："你不是宋小官么？为何如此模样？"宋金两泪交流，叉手告道："小侄衣衫不齐，不敢为礼了。承老叔垂问。"如此如此，这般这般，将范知县无礼之事，告诉了一遍。刘翁道："'恻隐之心，人皆有之。'你肯在我船上相帮，管教你饱暖过日。"宋金便下跪，道："若得老叔收留，便是重生父母。"当下刘翁引着宋金到于河下，刘翁先上船，对刘妪说知其事。刘妪道："此乃两得其便，有何不美。"刘翁就在船头上招宋小官上船。于自身上脱下旧布道袍，教他穿了，引他到后艄，见了妈妈徐氏，女儿宜春在傍，也相见了。宋金走出船头，刘翁道：“把饭与宋小官吃。”刘妪道：“饭便有，只是冷的。”宜春道：“有热茶在锅内。”宜春便将瓦罐子舀了一罐滚热的茶。刘妪便在厨柜内取了些腌菜，和那冷饭，付与宋金道：“宋小官，船上买卖，比不得家里，胡乱用些罢！”宋金接得在手。又见细雨纷纷而下，刘翁叫女儿：“后艄有旧毡笠，取下来与宋小官戴。”宜春取旧毡笠看时，一边已自绽开。宜春手快，就盘髻上拔下针线将绽处缝了，丢在船篷之上，叫道：“拿毡笠去戴。”宋金戴了破毡笠，吃了茶淘冷饭。刘翁教他收拾船上家火，扫抹船只，自往岸上接客，至晚方回，一夜无话。次日，刘翁起身，见宋金在船头上闲坐，心中暗想：“初来之人，莫惯了他。”便吆喝道：“个儿郎吃我家饭，穿我家衣，闲时搓些绳，打些索，也有用处，如何空坐？”宋金连忙答应道：“但凭驱使，不敢有违！”刘翁便取一束麻皮，付与宋金，教他打索子。正是：

在他矮檐下，怎敢不低头。

宋金自此朝夕小心，辛勤做活，并不偷懒。兼之写算精通，凡客货在船，都是他记帐，出入分毫不爽。别船上交易，也多有央他去拿算盘，登帐簿，客人无不敬而爱之，都夸道：“好个宋小官，少年伶俐。”刘翁、刘妪见他小心得用，另眼相待，好衣好食的管顾他，在客人面前，认为表侄。宋金亦自以为得所，心安体适，貌日丰腴，凡船户中无不欣羡。光阴似箭，不觉二年有余。刘翁一日暗想：“自家年纪渐老，止有一女，要求个贤婿以靠终身。似宋小官一般，到也十全之美。但不知妈妈心下如何？”是夜与妈妈饮酒半醺，女儿宜春在傍，刘翁指着女儿对妈妈道：“宜春年纪长成，未有终身之托，奈何？”刘妪道：“这是你我靠老的一桩大事，你如何不上紧？”刘翁道：“我也日常在念，只是难得个十分如意的。像我船上宋小官恁般本事人才，千中选一，也就不能勾了。”刘妪道：“何不就许了宋小官？”刘翁假意道：“妈妈说那里话！他无家无倚，靠着我船上吃饭，手无分文，怎好把女儿许他？”刘妪道：“宋小官是宦家之后，况系故人之子。当初他老子存时，也曾有人议过亲来，你如何忘了？今日虽然落薄，看他一表人才，又会写，又会算，招得这般女婿，须不辱了门面，我两口儿老来也得所靠。”刘翁道：“妈妈，你主意已定否？”刘妪道：“有什么不定？”刘翁道：“如此甚好！”原来刘有才平昔是个怕婆的，久已看上了宋金，只愁妈妈不肯；今见妈妈慨然，十分欢喜，当下便唤宋金，对着妈妈面许了他这头亲事。宋金初时也谦逊不当，见刘翁夫妇一团美意，不要他费一分钱钞，只索顺从刘翁。往阴阳生家选择周堂吉日，回复了妈妈，将船驾回昆山。先与宋小官上头，做一套绸绢衣服与他穿了，浑身新衣、新帽、新鞋、新袜，妆扮得宋金一发标致：

虽无子建才八斗，胜似潘安貌十分。

刘妪也替女儿备办些衣饰之类。吉日已到，请下两家亲戚，大设喜筵，将宋金赘入船上为婿。次日，诸亲作贺，一连吃了三日喜酒。宋金成亲之后，夫妻恩爱，自不必说。从此船上生理，日兴一日。

光阴似箭，不觉过了一年零两个月。宜春怀孕日满，产下一女。夫妻爱惜如金，轮流怀抱。期岁方过，此女害了痘疮，医药不效，十二朝身死。宋金痛念爱女，哭泣过哀，七情所伤，遂得个痨瘵之疾。朝凉暮热，饮食渐减，看看骨露肉消，行迟走慢。刘翁、刘妪初时还指望他病好，替他迎医问卜。延至一年之外，病势有加无减，三分人，七分鬼，写也写不动，算也算不动。到做了眼中之钉，巴不得他死了干净，却又不死。两个老人家懊悔不迭，互相抱怨起来。当初只指望半子靠老，如今看这货色，不死不活，分明一条烂死蛇缠在身上，摆脱不下。把个花枝般女儿，误了终身，怎生是了？为今之计，如何生个计较，送开了那冤家，等女儿另招个佳婿，方才称心。两口儿商量了多时，定下个计策，连女儿都瞒过了，只说有客货在于江西，移船往载。行至池州五溪地方，到一个荒僻的所在，但见孤山寂寂，远水滔滔，野岸荒崖，绝无人迹。是日小小逆风，刘公故意把舵使歪，船便向沙岸上阁住，却教宋金下水推舟。宋金手迟脚慢，刘公就骂道：“痨病鬼！没气力使船时，岸上野柴也砍些来烧烧，省得钱买。”宋金自觉惶愧，取了砟刀，挣扎到岸上砍柴去了。刘公乘其未回，把舵用力撑动，拨转船头，挂起满风帆，顺流而下。

不愁骨肉遭颠沛，且喜冤家离眼睛。

且说宋金上岸打柴，行到茂林深处，树木虽多，那有气力去砍伐，只得拾些儿残柴，割些败棘，抽取枯藤，束做两大捆，却又没有气力背负得去。心生一计，再取一条枯藤，将两捆野柴穿做一捆，露出长长的藤头，用手挽之而行，如牧童牵牛之势。行了一时，想起忘了砟刀在地，又复身转去，取了砟刀，也插入柴捆之内，缓缓的拖下岸来。到于泊舟之处，已不见了船。但见江烟沙岛，一望无际。宋金沿江而上，且行且看，并无踪影。看看红日西沉，情知为丈人所弃。上天无路，入地无门，不觉痛切于心，放声大哭，哭得气咽喉干，闷绝于地，半晌方苏。忽见岸上一老僧，正不知从何而来，将拄杖卓地，问道："檀越伴侣何在？此非驻足之地也！"宋金忙起身作礼，口称姓名："被丈人刘翁脱赚，如今孤苦无归，求老师父提挈，救取微命。"老僧道："贫僧茅庵不远，且同往暂住一宵，来日再做道理。"宋金感谢不已，随着老僧而行。约莫里许，果见茅庵一所。老僧敲石取火，煮些粥汤，把与宋金吃了，方才问道："令岳与檀越有何仇隙？愿问其详。"宋金将入赘船上，及得病之由，备细告诉一遍。老僧道："老檀越怀恨令岳乎？"宋金道："当初求乞之时，蒙彼收养婚配；今日病危见弃，乃小生命薄所致，岂敢怀恨他人？"老僧道："听子所言，真忠厚之士也。尊恙乃七情所伤，非药饵可治，惟清心调摄可以愈之。平日间曾奉佛法诵经否？"宋金道："不曾。"老僧于袖中取出一卷相赠，道："此乃《金刚般若经》，我佛心印。贫僧今教授檀越，若日诵一遍，可以息诸妄念，却病延年，有无穷利益。"宋金原是陈州娘娘庙前老和尚转世来的，前生专诵此经。今日口传心受，一遍便能熟诵，此乃是前因不断。宋金和老僧打坐，闭眼诵经，将次天明，不觉睡去。及至醒来，身坐荒草坡间，并不见老僧及茅庵在那里，《金刚经》却在怀中，开卷能诵。宋金心下好生诧异，遂取池水净口，将经朗诵一遍，觉万虑消释，病体顿然健旺，方知圣僧显化相救，亦是夙因所致也。宋金向空叩头，感谢龙天保佑。然虽如此，此身如大海浮萍，没有着落，信步行去，早觉腹中饥馁。望见前山林木之内，隐隐似有人家，不免再温旧稿，向前乞食。只因这一番，有分教宋小官凶中化吉，难过福来。正是：

　　路逢尽处还开径，水到穷时再发源。

宋金走到前山一看，并无人烟，但见枪、刀、戈，戟，遍插林间。宋金心疑不决，放胆前去，见一所败落土地庙，庙中有大箱八只，封锁甚固，上用松茅遮盖。宋金暗想："此必大盗所藏，布置枪刀，乃惑人之计。来历虽则不明，取之无碍。"心生一计，乃折取松枝插地，记其路径，一步步走出林来，直至江岸。也是宋金时亨运泰，恰好一只大船，因逆浪冲坏了舵，停泊于岸下修舵。宋金假作慌张之状，向船上人说道："我陕西钱金也，随吾叔父走湖广为商，道经于此，为强贼所劫，叔父被杀，我只说是随跟的小主郎，久病乞哀，暂容残喘。贼乃遣伙内一人，与我同住土地庙中，看守货物，他又往别处行劫去了。天幸同伙之人，昨夜被毒蛇咬死，我得脱身在此，幸方便载我去。”舟人闻言，不甚信。宋金又道：“见有八巨箱在庙内，皆我家财物。庙去此不远，多央几位上岸，抬归舟中，愿以一箱为谢。必须速往，万一贼徒回转，不惟无及于事，且有祸患！”众人都是千里求财的，闻说有八箱货物，一个个欣然愿往。当时聚起十六筹后生，准备八副绳索杠棒，随宋金往土地庙来。果见巨箱八只，其箱甚重，每二人抬一箱，恰好八杠。宋金将林子内枪刀收起藏于深草之内，八个箱子都下了船。舵已修好了，舟人问宋金道：“老客今欲何往？”宋金道：“我且往南京省亲。”舟人道：“我的船正要往瓜州，却喜又是顺便。”当下开船，约行五十余里，方歇。众人奉承陕西客有钱，到凑出银子，买酒买肉，与他压惊称贺。次日西风大起，挂起帆来，不几日，到了瓜州停泊。那瓜州到南京只隔十来里江面，宋金召唤了一只渡船。将箱笼只拣重的抬下七个，把一个箱子送与舟中众人，以践其言。众人自去开箱分用，不在话下。宋金渡到龙江关口，寻了店主人家住下。唤铁匠对了钥匙，打开箱看时，其中充牣，都是金玉珍宝之类。原来这伙强盗积之有年，不是取之一家，获之一时的。宋金先把一箱所蓄，鬻之于市，已得数千金。恐主人生疑，迁寓于城内，买家奴伏侍，身穿罗绮，食用膏粱。余六箱，只拣精华之物留下，其他都变卖，不下数万金。就于南京仪凤门内买下一所大宅，改造厅堂园亭，制办日用家火，极其华整。门前开张典铺，又置买田庄数处，家僮数十房，出色管事者千人。又畜美童四人，随身答应。满京城都称他为钱员外，出乘舆马，入拥金资。自古道：居移气，养移体。宋金今日财发身发，肌肤充悦，容采光泽，绝无向来枯瘠之容，寒酸之气。正是：

人逢运至精神爽，月到秋来光彩新。

话分两头。且说刘有才那日哄了女婿上岸，拨转船头，顺风而下，瞬息之间，已行百里，老夫妇两口暗暗欢喜。宜春女犹然不知，只道丈夫还在船上，煎好了汤药，叫他吃时，连呼不应。还道睡着在船头，自要去唤他。却被母亲劈手夺过药瓯，向江中一泼，骂道：“痨病鬼在那里？你还要想他！”宜春道：“真个在那里？”母亲道：“你爹见他病害得不好，恐沾染他人，方才哄他上岸打柴，径自转船来了。”宜春一把扯住母亲，哭天哭地叫道：“还我宋郎来。”刘公听得艄内啼哭，走来劝道：“我儿，听我一言，妇道家嫁人不着，一世之苦。那害痨的死在早晚，左右要拆散的，不是你因缘了，到不如早些开交干净，免致担误你青春。待做爹的另拣个好郎君，完你终身，休想他罢！”宜春道：“爹做的是什么事！都是不仁不义、伤天理的勾当。宋郎这头亲事，原是二亲主张。既做了夫妻，同生同死，岂可翻悔？就是他病势必死，亦当待其善终，何忍弃之于无人之地？宋郎今日为奴而死，奴决不独生。爹若可怜见孩儿，快转船上水，寻取宋郎回来，免被傍人讥谤。”刘公道：“那害痨的不见了船，定然转往别处村坊乞食去了，寻之何益？况且下水顺风，想去已百里之遥，一动不如一静，劝你息了心罢！”

宜春见父亲不允，放声大哭，走出船舷，就要跳水，喜得刘妈手快，一把拖住。宜春以死自誓，哀哭不已。两个老人家不道女儿执性如此，无可奈何，准准的看守了一夜，次早只得依顺他，开船上水。风水俱逆，弄了一日，不勾一半之路，这一夜啼啼哭哭又不得安稳。第三日申牌时分，方到得先前阁船之处。宜春亲自上岸寻取丈夫，只见沙滩上乱柴二捆，砟刀一把，认得是船上的刀。眼见得这捆柴，是宋郎驮来的，物在人亡，愈加疼痛，不肯心死，定要往前寻觅，父亲只索跟随同去。走了多时，但见树黑山深，杳无人迹。刘公劝他回船，又啼哭了一夜。第四日黑早，再教父亲一同上岸寻觅，都是旷野之地，更无影响，只得哭下船来，想道：“如此荒郊，教丈夫何处乞食？况久病之人，行走不动，他把柴刀抛弃沙崖，一定是赴水自尽了。”哭了一场，望着江心又跳，早被刘公拦住。宜春道：“爹妈养得奴的身，养不得奴的心。孩儿左右是要死的，不如放奴早死，以见宋郎之面。”两个老人家见女儿十分痛苦，甚不过意，叫道：“我儿，是你爹妈不是了，一时失于计较，干出这事。差之在前，懊悔也没用了。你可怜我年老之人，止生得你一人，你若死时，我两口儿性命也都难保。愿我儿恕了爹妈之罪，宽心度日，待做爹的写一招子，于沿江市镇各处粘贴。倘若宋郎不死，见我招帖，定可相逢；若过了三个月无信，凭你做好事，追荐丈夫，做爹的替你用钱，并不吝惜。”宜春方才收泪谢道：“若得如此，孩儿死也瞑目。”刘公即时写个寻婿的招帖，粘于沿江市镇墙壁触眼之处。

过了三个月，绝无音耗。宜春道：“我丈夫果然死了。”即忙制备头梳麻衣，穿着一身重孝，设了灵位祭奠，请九个和尚，做了三昼夜功德。自将簪珥布施，为亡夫祈福。刘翁、刘妪爱女之心无所不至，并不敢一些违拗，闹了数日方休。兀自朝哭五更，夜哭黄昏。邻船闻之，无不感叹。有一班相熟的客人，闻知此事，无不可惜宋小官，可怜刘小娘者。宜春整整的哭了半年六个月方才住声。刘公对阿妈道："女儿这几日不哭，心下渐渐冷了，好劝他嫁人，终不然我两个老人家守着个孤孀女儿，缓急何靠？"刘妪道："阿老见得是，只怕女儿不肯，须是缓缓的偎他。"又过了月余，其时十二月二十四日，刘翁回船到昆山过年，在亲戚家吃醉了酒，乘其酒兴来劝女儿道："新春将近，除了孝罢。"宜春道："丈夫是终身之孝，怎样除得？"刘翁睁着眼道："什么终身之孝！做爹的许你带时便带，不许你带时，就不容你带。"刘妪见老儿口重，便来收科道："再等女儿带过了残岁，除夜做碗羹饭起了灵，除孝罢。"宜春见爹妈话不投机，便啼哭起来，道："你两口儿合计害了我丈夫，又不容我带孝，无非要我改嫁他人。我岂肯失节以负宋郎，宁可带孝而死，决不除孝而生。"刘翁又待发作，被婆子骂了几句，劈颈的推向船舱睡了。宜春依先又哭了一夜。到月尽三十日，除夜，宜春祭奠了丈夫，哭了一会。婆子劝住了，三口儿同吃夜饭，爹妈见女儿荤酒不闻，心中不乐，便道："我儿！你孝是不肯除了，略吃点荤腥，何妨得？少年人不要弄弱了元气。"宜春道："未死之人，苟延残喘，连这碗素饭也是多吃的，还吃甚荤菜？"刘妪道："既不用荤，吃杯素酒儿，也好解闷。"宜春道："一滴何曾到九泉，想着死者，我何忍下咽。"说罢，又哀哀的哭将起来，连素饭也不吃就去睡了。刘公夫妇料想女儿志不可夺，从此再不强他。后人有诗赞宜春之节，诗曰：

闺中节烈古今传，船女何曾阅简编？
誓死不移金石志，《柏舟》端不愧前贤。

话分两头，再说宋金住在南京一年零八个月，把家业挣得十全了，却教管家看守门墙，自己带了三千两银子，领了四个家人，两个美童，雇了一只航船，径至昆山来访刘翁、刘妪。邻舍人家说道："三日前往仪真去了。"宋金将银两贩了布匹，转至仪真，下个有名的主家，上货了毕。次日，去河口寻着了刘家船只，遥见浑家在船艄麻衣素妆，知其守节未嫁，伤感不已。回到下处，向主人王公说道："河下有一舟妇，带孝而甚美，我已访得是昆山刘顺泉之船，此妇即其女也。吾丧偶已将二年，欲求此女为继室。"遂于袖中取出白金十两奉与王公，道："此薄意权为酒资，烦老翁执伐。成事之日，更当厚谢。若问财礼，虽千金吾亦不吝。"王公接银欢喜径往船上邀刘翁到一酒馆，盛设相款，推刘翁于上坐。刘翁大惊，道："老汉操舟之人，何劳如此厚待？必有缘故。”王公道：“且吃三杯，方敢启齿。”刘翁心中愈疑，道：“若不说明，必不敢坐。”王公道：“小店有个陕西钱员外，万贯家财，丧偶将二载，慕令爱小娘子美貌，欲求为继室。愿出聘礼千金，特央小子作伐，望勿见拒。”刘翁道：“舟女得配富室，岂非至愿！但吾儿守节甚坚，言及再婚，便欲寻死。此事不敢奉命，盛意亦不敢领。”便欲起身。王公一手扯住，道：“此设亦出钱员外之意，托小子做个主人。既已费了，不可虚之，事虽不谐，无害也。”刘翁只得坐了。饮酒中间，王公又说起：“员外相求，出于至诚，望老翁回舟，从容商议。”刘翁被女儿几遍投水吓坏了，只是摇头，略不统口，酒散各别。

王公回家，将刘翁之语，述与员外。宋金方知浑家守志之坚，乃对王公说道：“姻事不成也罢了，我要雇他的船载货往上江出脱，难道也不允？”王公道：“天下船载天下客，不消说，自然从命。”王公即时与刘翁说了雇船之事，刘翁果然依允。宋金乃分付家童，先把铺陈行李发下船来，货且留岸上，明日发也未迟。宋金锦衣貂帽，两个美童，各穿绿绒直身，手执熏炉如意跟随。刘翁夫妇认做陕西钱员外，不复相识。到底夫妇之间，与他人不同，宜春在艄尾窥视，虽不敢便信是丈夫，暗暗地惊怪，道：“有七八分厮像。”只见那钱员外才上得船，便向船艄说道：“我腹中饥了，要饭吃，若是冷的，把些热茶淘来罢！”宜春已自心疑。那钱员外又吆喝童仆道：“个儿郎吃我家饭，穿我家衣，闲时搓些绳，打些索，也有用处，不可空坐！”这几句分明是宋小官初上船时刘翁分付的话，宜春听得，愈加疑心。少顷，刘翁亲自捧茶奉钱员外，员外道：“你船艄上有一破毡笠，借我用之。”刘翁愚蠢，全不省事，径与女儿讨那破毡笠。宜春取毡笠付与父亲，口中微吟四句：

毡笠虽然破，经奴手自缝。
因思戴笠者，无复旧时容。

钱员外听艄后吟诗，嘿嘿会意，接笠在手，亦吟四句：

仙凡已换骨，故乡人不识。
虽则锦衣还，难忘旧毡笠。

是夜宜春对翁妪道：“舱中钱员外，疑即宋郎也。不然何以知吾船有破毡笠？且面庞相肖，语言可疑，可细叩之。”刘翁大笑道：“痴女子！那宋家痨病鬼，此时骨肉俱消矣！就使当年未死，亦不过乞食他乡，安能致此富盛乎？”刘妪道：“你当初怪爹娘劝你除孝改嫁，动不动跳水求死。今见客人富贵，便要认他是丈夫，倘你认他不认，岂不可羞？”宜春满面羞惭，不敢开口。刘翁便招阿妈到背处道：“阿妈你休如此说，姻缘之事，莫非天数。前日王店主请我到酒馆中饮酒，说陕西钱员外，愿出千金聘礼，求我女儿为继室。我因女儿执性，不曾统口。今日难得女儿自家心活，何不将机就机，把他许配钱员外，落得你我下半世受用。”刘妪道：“阿老见得是。那钱员外来雇我家船只，或者其中有意。阿老明日可往探之。”刘翁道：“我自有道理。”

次早，钱员外起身，梳洗已毕，手持破毡笠于船头上翻覆把玩。刘翁启口而问道：“员外，看这破毡笠则甚？”员外道：“我爱那缝补处，这行针线，必出自妙手。”刘翁道：“此乃小女所缝，有何妙处。前日王店主传员外之命，曾有一言，未知真否？”钱员外故意问道：“所传何言？”刘翁道“他说员外丧了孺人，已将二载，未曾继娶，欲得小女为婚。”员外道：“老翁愿也不愿？”刘翁道：“老汉求之不得，但恨小女守节甚坚，誓不再嫁，所以不敢轻诺。”员外道：“令婿为何而死？”刘翁道：“小婿不幸得了个痨瘵之疾，其年因上岸打柴未还，老汉不知，错开了船，以后曾出招帖寻访了三个月，并无动静，多是投江而死了。”员外道：“令婿不死，他遇了个异人，病都好了，反获大财致富。老翁若要会令婿时，可请令爱出来！”此时宜春侧耳而听，一闻此言，便哭将起来，骂道：“薄幸钱郎！我为你带了三年重孝，受了千辛万苦，今日还不说实话，待怎么？”宋金也堕泪道：“我妻！快来相见！”夫妻二人抱头大哭。刘翁道：“阿妈，眼见得不是什么钱员外了，我与你须索去谢罪！”刘翁、刘妪走进舱来，施礼不迭。宋金道：“丈人、丈母，不须恭敬，只是小婿他日有病痛时，莫再脱赚。”两个老人家羞惭满面。

宜春便除了孝服，将灵位抛向水中。宋金便唤跟随的童仆来与主母磕头。翁、妪杀鸡置酒，管待女婿，又当接风，又是庆贺筵席。安席已毕，刘翁叙起女儿自来不吃荤酒之意，宋金惨然下泪，亲自与浑家把盏，劝他开荤。随对翁、妪道：“据你们设心脱赚，欲绝吾命，恩断义绝，不该相认了。今日勉强吃你这杯酒，都看你女儿之面。”宜春道：“不因这番脱赚，你何由发迹？况爹妈日前也有好处，今后但记恩，莫记怨。”宋金道：“谨依贤妻尊命。我已立家于南京，田园富足，你老人家可弃了驾舟之业，随我到彼，同享安乐，岂不美哉！”翁、妪再三称谢，是夜无话。

次日，王店主闻知此事，登船拜贺，又吃了一日酒。宋金留家童三人于王店主家发布取帐，自己开船先往南京大宅子，住了三日，同浑家到昆山故乡扫墓，追荐亡亲。宗族亲党各有厚赠。此时范知县已罢官在家，闻知宋小官发迹还乡，恐怕街坊撞见没趣，躲向乡里，有月余不敢入城。宋金完了故乡之事，重回南京，阖家欢喜，安享富贵，不在话下。

再说宜春见宋金每早必进佛堂拜佛诵经，问其缘故。宋金将老僧所传《金刚经》却病延年之事，说了一遍。宜春亦起信心，要丈夫教会了，夫妻同诵，到老不衰，后享寿各九十余，无疾而终。子孙为南京世富之家，亦有发科第者。后人评云：

刘老儿为善不终，宋小官因祸得福。
《金刚经》消除灾难，破毡笠团圆骨肉。

第九卷　玉堂春落难逢夫

公子初年柳陌游，玉堂一见便绸缪。

黄金数万皆消费，红粉双眸枉泪流。

财货拐，仆驹休，犯法洪同狱内囚。

按临骢马冤愆脱，百岁姻缘到白头。

话说正德年间，南京金陵城有一人，姓王，名琼，别号思竹；中乙丑科进士，累官至礼部尚书。因刘瑾擅权，劾了一本，圣旨发回原籍。不敢稽留，收拾轿马和家眷起身。王爷暗想：有几两俸银，都借在他人名下，一时取讨不及。况长子南京中书，次子时当大比，踌躇半晌，乃呼公子三官前来。那三官双名景隆，字顺卿，年方一十七岁；生得眉目清新，丰姿俊雅；读书一目十行，举笔即便成文，元是个风流才子。王爷爱惜胜如心头之气、掌上之珍。当下王爷唤至，分付道："我留你在此读书，叫王定讨帐，银子完日，作速回家，免得父母牵挂。我把这里帐目，都留与你。"叫王定过来，"我留你与三叔在此读书讨帐，不许你引诱他胡行乱为。吾若知道，罪责非小。"王定叩头说："小人不敢。"次日收拾起程，王定与公子送别，转到北京，另寻寓所安下。公子谨依父命，在寓读书。王定讨帐，不觉三月有余，三万银帐，都收完了。公子把底帐扣算，分厘不欠。分付王定，选日起身。公子说："王定，我们事体俱已完了，我与你到大街上各巷口闲耍片时，来日起身。"王定遂即锁了房门，分付主人家用心看着生口。房主说："放心，小人知道。"二人离了寓所，至大街观看皇都景致。但见：

人烟凑集，车马喧阗。人烟凑集，合四山五岳之音；车马喧阗，尽六部九卿之辈。做买做卖，总四方土产奇珍；闲荡闲游，靠万岁太平洪福。处处胡同铺锦绣，家家杯斝醉笙歌。

公子喜之不尽，忽然又见五七个宦家子弟，各拿琵琶、弦子，欢乐饮酒。公子道："王定，好热闹去处！"王定说："三叔，这等热闹，你还没到那热闹去处哩！"二人前至东华门，公子睁眼观看，好锦绣景致。只见门彩金凤，柱盘金龙。王定道："三叔，好么？"公子说："真个好所在！"又走前面去，问王定："这是那里？"王定说："这是紫金城。"公子往里一视，只见城内瑞气腾腾，红光闪闪。看了一会，果然富贵无过于帝王，叹息不已。离了东华门往前，又走多时，到一个所在，见门前站着几个女子，衣服整齐。公子便问："王定，此是何处？"王定道："此是酒店。"乃与王定进到酒楼上，公子坐下。看那楼上有五七席饮酒的，内中一席有两女子坐着同饮。公子看那女子，人物清楚，比门前站的更胜几分。公子正看中间，酒保将酒来，公子便问："此女是那里来的？"酒保说："这是一秤金家丫头翠香、翠红。"三官道："生得清气。"酒保说："这等就说标致？他家里还有一个粉头，排行三姐，号玉堂春，有十二分颜色。鸨儿索价太高，还未梳栊。"公子听说留心，叫王定还了酒钱，下楼去，说："王定，我与你春院胡同走走。"王定道："三叔不可去，老爷知道怎了？"公子说："不妨，看一看就回。"乃走至本司院门首。果然是：

花街柳巷，绣阁朱楼。家家品竹弹丝，处处调脂弄粉。黄金买笑，无非公子王孙；红袖邀欢，都是妖姿丽色。正疑香雾弥天霭，忽听歌声别院娇。总然道学也迷魂，任是真僧须破戒。

公子看得眼花撩乱，心内踌躇，不知那是一秤金的门。正思中间，有个卖瓜子的小伙叫做金哥走来，公子便问："那是一秤金的门？"金哥说："大叔莫不是要耍？我引你去。"王定便道："我家相公不嫖，莫错认了。"公子说："但求一见。"那金哥就报与老鸨知道，老鸨慌忙出来迎接，请进待茶。王定见老鸨留茶，心下慌张，说："三叔可回去罢！"老鸨听说，问道："这位何人？"公子说："是小价。"鸨子道："大哥，你也进来吃茶去，怎么这等小器！"公子道："休要听他。"跟着老鸨往里就走。王定道："三叔不要进去，俺老爷知道，可不干我事。"在后边自言自语，公子那里听他，竟到了里面坐下。老鸨叫丫头看茶。茶罢，老鸨便问："客官贵姓？"公子道："学生姓王，家父是礼部正堂。"老鸨听说，拜道："不知贵公子，失瞻休罪。"公子道："不碍，休要计较。久闻令爱玉堂春大名，特来相访。"老鸨道："昨有一位客官，要梳栊小女，送一百两财礼，不曾许他。"公子道："一百两财礼小哉！学生不敢夸大话，除了当今皇上，往下也数家父。就是家祖，也做过侍郎。”老鸨听说，心中暗喜。便叫：“翠红，请三姐出来见尊客！”翠红去不多时，回话道：“三姐身子不健，辞了罢。”老鸨起身带笑说：“小女从幼养娇了，直待老婢自去唤他。”王定在傍喉急，又说：“他不出来就罢了，莫又去唤。”老鸨不听其言，走进房中，叫：“三姐，我的儿，你时运到了！今有王尚书的公子特慕你而来。”玉堂春低头不语，慌得那鸨儿便叫：“我儿，王公子好个标致人物，年纪不上十六七岁，囊中广有金银。你若打得上这个主儿，不但名声好听，也勾你一世受用。”玉姐听说，即时打扮，来见公子。临行，老鸨又说：“我儿，用心奉承，不要怠慢他。”玉姐道：“我知道了。”公子看玉堂春果然生得好：

鬓挽乌云，眉弯新月；肌凝瑞雪，脸衬朝霞。袖中玉笋尖尖，裙下金莲窄窄。雅淡梳妆偏有韵，不施脂粉自多姿。便数尽满院名姝，总输他十分春色。

玉姐偷看公子，眉清目秀，面白唇红，身段风流，衣裳清楚，心中也是暗喜。当下玉姐拜了公子。老鸨就说：“此非贵客坐处，请到书房小叙。”公子相让，进入书房，果然收拾得精致，明窗净几，古画古炉。公子却无心细看，一心只对着玉姐。鸨儿帮衬，教女儿捱着公子肩下坐了，分付丫鬟摆酒。王定听见摆酒，一发着忙，连声催促三叔回去。老鸨丢个眼色与丫头：“请这大哥到房里吃酒。”翠香、翠红道：“姐夫请进房里，我和你吃钟喜酒。”王定本不肯去，被翠红二人，拖拖拽拽扯进去坐了，甜言美语，劝了几杯酒。初时还是勉强，以后吃得热闹，连王定也忘怀了，索性放落了心，且偷快乐。

正饮酒中间，听得传语公子叫王定。王定忙到书房，只见杯盘罗列，本司自有答应乐人，奏动乐器，公子开怀乐饮。王定走近身边，公子附耳低言：“你到下处取二百两银子，四匹尺头，再带散碎银二十两，到这里来。”王定道：“三叔要这许多银子何用？”公子道：“不要你闲管。”王定没奈何，只得来到下处，开了皮箱，取出五十两元宝四个，并尺头、碎银，再到本司院说：“三叔，有了。”公子看也不看，都教送与鸨儿，说：“银两、尺头，权为令爱初会之礼。这二十两碎银，把做赏人杂用。”王定只道公子要讨那三姐回去，用许多银子；听说只当初会之礼，吓得舌头吐出三寸。却说鸨儿一见许多东西，就叫丫头转过一张空桌。王定将银子、尺头，放在桌上，鸨儿假意谦让了一回，叫玉姐：“我儿，拜谢了公子。”又说：“今日是王公子，明日就是王姐夫了。”叫丫头收了礼物进去：“小女房中还备得有小酌，请公子开怀畅饮。”公子与玉姐肉手相搀，同至香房，只见围屏小桌，果品珍羞，俱已摆设完备。公子上坐，鸨儿自弹弦子，玉堂春清唱侑酒。弄得三官骨松筋痒，神荡魂迷。王定见天色晚了，不见三官动身，连催了几次。丫头受鸨儿之命，不与他传。王定又不得进房，等了一个黄昏，翠红要留他宿歇，王定不肯，自回下处去了。公子直饮到二鼓方散。玉堂春殷勤伏侍公子上床，解衣就寝，真个男贪女爱，倒凤颠鸾，彻夜交情，不在话下。

天明，鸨儿叫厨下摆酒煮汤，自进香房，追红讨喜，叫一声：“王姐夫，可喜！可喜！”丫头、小厮都来磕头。公子分付王定，每人赏银一两。翠香、翠红各赏衣服一套，折钗银三两。王定早晨本要来接公子回寓，见他撒漫使钱，有不然之色。公子暗想：“在这奴才手里讨针线，好不爽利，索性将皮箱搬到院里，自家便当。”鸨儿见皮箱来了，愈加奉承。真个朝朝寒食，夜夜元宵，不觉住了一个多月。老鸨要生心科派，设一大席酒，搬戏演乐，专请三官、玉姐二人赴席。鸨子举杯敬公子说：“王姐夫，我女儿与你成了夫妇，地久天长，凡家中事务，望乞扶持。”那三官心里只怕鸨子心里不自在，看那银子犹如粪土，凭老鸨说谎，欠下许多债负，都替他还。又打若干首饰酒器，做若干衣服，又许他改造房子。又造百花楼一座，与玉堂春做卧房。随其科派，件件许了。正是：

酒不醉人人自醉，色不迷人人自迷。

急得家人王定手足无措，三回五次，催他回去。三官初时含糊答应，以后逼急了，反将王定痛骂。王定没奈何，只得到求玉姐劝他。玉姐素知虔婆利害，也来苦劝公子道：“‘人无千日好，花有几时红？’你一日无钱，他番了脸来，就不认得你。”三官此时手内还有钱钞，那里信他这话。王定暗想：“心爱的人还不听他，我劝他则甚？”又想：“老爷若知此事，如何了得！不如回家报与老爷知道，凭他怎么裁处，与我无干。”王定乃对三官说：“我在北京无用，先回去罢！”三官正厌王定多管，巴不得他开身，说：“王定，你去时，我与你十两盘费，你到家中禀老爷，只说帐未完，三叔先使我来问安。”玉姐也送五两，鸨子也送五两。王定拜别三官而去。正是：

各人自扫门前雪，莫管他家瓦上霜。

且说三官被酒色迷住，不想回家，光阴似箭，不觉一年。亡八淫妇，终日科派。莫说上头、做生、讨粉头、买丫鬟，连亡八的寿圹都打得到，三官手内财空。亡八一见无钱，凡事疏淡，不照常答应奉承。又住了半月，一家大小作闹起来。老鸨对玉姐说：“‘有钱便是本司院，无钱便是养济院。’王公子没钱了，还留在此做甚！那曾见本司院举了节妇，你却呆守那穷鬼做甚？”玉姐听说，只当耳边之风。一日三官下楼往外去了，丫头来报与鸨子。鸨子叫玉堂春下来：“我问你，几时打发王三起身？”玉姐见话不投机，复身向楼上便走。鸨子随即跟上楼来，说：“奴才，不理我么？”玉姐说：“你们这等没天理，王公子三万两银子，俱送在我家。若不是他时，我家东也欠债，西也欠债，焉有今日这等足用？”鸨子怒发，一头撞去，高叫：“三儿打娘哩！”亡八听见，不分是非，便拿了皮鞭，赶上楼来，将玉姐堂跌在楼上，举鞭乱打，打得髻偏发乱，血泪交流。

且说三官在午门外，与朋友相叙，忽然面热肉颤，心下怀疑，即辞归，径走上百花楼。看见玉姐如此模样，心如刀割，慌忙抚摩，问其缘故。玉姐睁开双眼，看见三官，强把精神挣着说：“俺的家务事，与你无干！”三官说：“冤家，你为我受打，还说无干？明日辞去，免得累你受苦。”玉姐说：“哥哥，当初劝你回去，你却不依我。如今孤身在此，盘缠又无，三千余里，怎生去得？我如何放得心？你若不能还乡，流落在外，又不如忍气且住几日。”三官听说，闷倒在地。玉姐近前抱住公子，说：“哥哥，你今后休要下楼去，看那亡八、淫妇怎么样行来？”三官说：“欲待回家，难见父母兄嫂；待不去，又受不得亡八冷言热语。我又舍不得你，待住，那亡八、淫妇只管打你。”玉姐说：“哥哥，打不打你休管他，我与你是从小的儿女夫妻，你岂可一旦别了我！”看看天色又晚，房中往常时丫头秉灯上来，今日火也不与了。玉姐见三官痛伤，用手扯到床上睡了，一递一声长吁短气。三官与玉姐说：“不如我去罢！再接有钱的客官，省你受气。”玉姐说：“哥哥，那亡八、淫妇，任他打我，你好歹休要起身。哥哥在时，奴命在，你真个要去，我只一死。”二人直哭到天明。起来，无人与他碗水。玉姐叫丫头：“拿钟茶来与你姐夫吃。”鸨子听见，高声大骂：“大胆奴才，少打。叫小三自家来取。”那丫头、小厮都不敢来。玉姐无奈，只得自己下楼，到厨下盛碗饭，泪滴滴自拿上楼去，说：“哥哥，你吃饭来。”公子才要吃，又听得下边骂，待不吃，玉姐又劝。公子方才吃得一口，那淫妇在楼下说：“小三，大胆奴才，那有巧媳妇做出无米粥？”三官分明听得他话，只索隐忍。

正是：

囊中有物精神旺，手内无钱面目惭。

却说亡八恼恨玉姐，待要打他，倘或打伤了，难教他挣钱；待不打他，他又恋着王小三。十分逼的小三极了，他是个酒色迷了的人，一时他寻个自尽，倘或尚书老爷差人来接，那时把泥做也不干。左思右算，无计可施。鸨子说："我自有妙法，叫他离咱们去。明日是你妹子生日，如此如此，唤做'倒房计'。"亡八说："到也好。"鸨子叫丫头楼上问："姐夫吃了饭还没有？"鸨子上楼来说："休怪！俺家务事，与姐夫不相干。"又照常摆上了酒。吃酒中间，老鸨忙陪笑道："三姐，明日是你姑娘生日，你可禀王姐夫，封上人情，送去与他。"玉姐当晚封下礼物。第二日清晨，老鸨说："王姐夫早起来，趁凉可送人情到姑娘家去。"大小都离司院，将半里，老鸨故意吃一惊，说："王姐夫，我忘了锁门，你回去把门锁上。"公子不知鸨子用计，回来锁门不题。

且说亡八从那小巷转过来，叫："三姐，头上吊了簪子。"哄的玉姐回头，那亡八把头口打了两鞭，顺小巷流水出城去了。三官回院，锁了房门，忙往外赶，看不见玉姐，遇着一伙人，公子躬身便问："列位曾见一起男女，往那里去了？"那伙人不是好人，却是短路的。见三官衣服齐整，心生一计，说："才往芦苇西边去了。"三官说："多谢列位。"公子往芦苇里就走。这人哄的三官往芦苇里去了，即忙走在前面等着。三官至近，跳起来喝一声，却去扯住三官，齐下手剥去衣服帽子，拿绳子捆在地上。三官手足难挣，昏昏沉沉，捱到天明，还只想了玉堂春，说："姐姐，你不知在何处去，那知我在此受苦！"

不说公子有难，且说亡八、淫妇拐着玉姐，一日走了一百二十里地，野店安下。玉姐明知中了亡八之计，路上牵挂三官，泪不停滴。

再说三官在芦苇里，口口声声叫救命。许多乡老近前看见，把公子解了绳子，就问："你是那里人？"三官害羞，不说是公子，也不说嫖玉堂春，浑身上下又无衣服，眼中吊泪说："列位大叔，小人是河南人，来此小买卖，不幸遇着歹人，将一身衣服尽剥去了，盘费一文也无。"众人见公子年少，舍了几件衣服与他，又与了他一顶帽子。三官谢了众人，拾起破衣穿了，拿破帽子戴了。又不见玉姐，又没了一个钱，还进北京来，顺着房檐，低着头，从早至黑，水也没得口，三官饿的眼黄，到天晚寻宿，又没人家下他。有人说："想你这个模样子，谁家下你？你如今可到总铺门口去，有觅人打梆子，早晚勤谨，可以度日。"三官径至总铺门首，只见一个地方来雇人打更。三官向前叫："大叔，我打头更。"地方便问："你姓甚么？"公子说："我是王小三。"地方说："你打二更罢！失了更，短了筹，不与你钱，还要打哩！"三官是个自在惯了的人，贪睡了，晚间把更失了。地方骂："小三，你这狗骨头，也没造化吃这自在饭，快着走。"三官自思无路，乃到孤老院里去存身。正是：

一般院子里，苦乐不相同。

却说那亡八、鸨子，说："咱来了一个月，想那王三必回家去了，咱们回去罢。"收拾行李，回到本司院。只有玉姐每日思想公子，寝食俱废。鸨子上楼来，苦苦劝说："我的儿，那王三已是往家去了，你还想他怎么？北京城内多少王孙公子，你只是想着王三不接客，你可知道我的性子，自讨分晓，我再不说你了。"说罢自去了。玉姐泪如雨滴，想王顺卿手内无半文钱，不知怎生去了？"你要去时，也通个信息，免使我苏三常常挂牵。不知何日再得与你相见。"

不说玉姐想公子，且说公子在北京院讨饭度日。北京大街上有个高手王银匠，曾在王尚书处打过酒器。公子在虔婆家打首饰物件，都用着他。一日往孤老院过，忽然看见公子，唬了一跳，上前扯住，叫："三叔！你怎么这等模样？"三官从头说了一遍，王银匠说："自古狠心亡八！三叔，你今到寒家，清茶淡饭，暂住几日，等你老爷使人来接你。"三官听说大喜，随跟至王匠家中。王匠敬他是尚书公子，尽礼管待，也住了半月有余。他媳妇见短，不见尚书家来接，只道丈夫说谎，乘着丈夫上街，便发说话："自家一窝子男女，那有闲饭养他人；好意留吃几日，各人要自达时务，终不然在此养老送终。"三官受气不过，低着头，顺着房檐往外出来，信步而行。走至关王庙，猛省关圣最灵，何不诉他？乃进庙，跪于神前，诉以亡八、鸨儿负心之事。拜祷良久，起来闲看两廊画的三国功劳。

却说庙门外街上，有一个小伙儿叫云："本京瓜子，一分一桶；高邮鸭蛋，半分一个。"此人是谁？是卖瓜子的金哥。金哥说道："原来是年景消疏，买卖不济。当时本司院有王三叔在时，一时照顾二百钱瓜子，转的来，我父母吃不了。自从三叔回家去了，如今谁买这物？二三日不曾发市，怎么过？我到庙里歇歇再走。"金哥进庙里来，把盘子放在供桌上，跪下磕了头。三官却认得是金哥，无颜见他，双手掩面，坐于门限侧边。金哥磕了头，起来，也来门限上坐下。三官只道金哥出庙去了，放下手来，却被金哥认出，说："三叔！你怎么在这里？"三官含羞带泪，将前事道了一遍。金哥说："三叔休哭，我请你吃些饭。"三官说："我得了饭。"金哥又问："你这两日，没见你三婶来？"三官说："久不相见了！金哥，我烦你到本司院密密的与三婶说，我如今这等穷，看他怎么说，回来复我。"金哥应允，端起盘，往外就走。三官又说："你到那里看风色，他若想我，你便题我在这里如此。若无真心疼我，你便休话，也来回我。他这人家有钱的另一样待，无钱的另一样待。"金哥说："我知道。"辞了三官，往院里来，在于楼外边立着。

说那玉姐手托香腮，将汗巾拭泪，声声只叫："王顺卿，我的哥哥！你不知在那里去了？"金哥说："呀，真个想三叔哩！"咳嗽一声，玉姐听见问："外边是谁？"金哥上楼来，说："是我。我来买瓜子与你老人家磕哩！"玉姐眼中吊泪，说："金哥，纵有羊羔美酒，吃不下，那有心绪磕瓜仁！"金哥说："三婶，你这两日怎么淡了？"玉姐不理。金哥又问："你想三叔，还想谁？你对我说，我与你接去。"玉姐说："我自三叔去后，朝朝思想，那里又有谁来？我曾记得一辈古人。"金哥说："是谁？"玉姐说："昔有个亚仙女，郑元和为他黄金使尽，去打莲花落。后来收心勤读诗书，一举成名。那亚仙风月场中显大名。我常怀亚仙之心，怎得三叔他像郑元和方好。"金哥听说，口中不语，心内自思："王三到也与郑元和相像了，虽不打莲花落，也在孤老院讨饭吃。"金哥乃低低把三婶叫了一声，说："三叔如今在庙中安歇，叫我密密的报与你，济他些盘费，好上南京。"玉姐唬了一惊："金哥休要哄我。"金哥说："三婶，你不信，跟我到庙中看看去。"玉姐说："这里到庙中有多少远？"金哥说："这里到庙中有三里地。"玉姐说："怎么敢去？"又问："三叔还有甚话？"金哥说："只是少银子钱使用，并没甚话。"玉姐说："你去对三叔说，十五日在庙里等我。"金哥去庙里回复三官，就送三官到王匠家中，"倘若他家不留你，就到我家里去。"幸得王匠回家，又留住了公子不题。

却说老鸨又问："三姐！你这两日不吃饭，还是想着王三哩！你想他，他不想你。我儿好痴，我与你寻个比王三强的，你也新鲜些。"玉姐说："娘！我心里一件事不得停当。"鸨子说："你有甚么事？"玉姐说："我当初要王三的银子，黑夜与他说话，指着城隍爷爷说誓，如今待我还了愿，就接别人。”老鸨问：“几时去还愿？”玉姐道：“十五日去罢。”老鸨甚喜，预先备下香烛纸马。等到十五日，天未明，就叫丫头起来：“你与姐姐烧下水洗脸。”玉姐也怀心，起来梳洗，收拾私房银两，并钗钏首饰之类，叫丫头拿着纸马，径往城隍庙里去。进的庙来，天还未明，不见三官在那里。那晓得三官却躲在东廊下相等。先已看见玉姐，咳嗽一声。玉姐就知，叫丫头烧了纸马，“你先去，我两边看看十帝阎君。”玉姐叫了丫头转身，径来东廊下寻三官。三官见了玉姐，羞面通红。玉姐叫声：“哥哥王顺卿，怎么这等模样？”两下抱头而哭。玉姐将所带有二百两银子东西，付与三官，叫他置办衣帽，买骡子，再到院里来，“你只说是从南京才到，休负奴言。”二人含泪各别。玉姐回至家中，鸨子见了，欣喜不胜，说：“我儿还了愿了？”玉姐说：“我还了旧愿，发下新愿。”鸨子说：“我儿，你发下甚么新愿？”玉姐说：“我要再接王三，把咱一家子死的灭门绝户，天火烧了。”鸨子说：“我儿这愿，忒发得重了些。”从此欢天喜地不题。

且说三官回到王匠家，将二百两东西，递与王匠。王匠大喜，随即到了市上，买了一身衲帛衣服，粉底皂靴，绒袜，瓦楞帽子，青丝绦，真川扇，皮箱，骡马，办得齐整。把砖头瓦片，用布包裹，假充银两，放在皮箱里面。收拾打扮停当，雇了两个小厮跟随，就要起身。王匠说：“三叔！略停片时，小子置一杯酒饯行。”公子说：“不劳如此，多蒙厚爱，异日须来报恩。”三官遂上马而去。

妆成圈套入衎衕，鸨子焉能不强从。
亏杀玉堂垂念永，固知红粉亦英雄。

却说公子辞了王匠夫妇，径至春院门首。只见几个小乐工，都在门首说话。忽然看见三官气象一新，唬了一跳，飞风报与老鸨。老鸨听说，半晌不言：“这等事怎么处？向日三姐说，他是宦家公子，金银无数，我却不信，逐他出门去了。今日到带有金银，好不惶恐人也！”左思右想，老着脸走出来见了三官，说：“姐夫从何而至？”一手扯住马头。公子下马唱了半个喏，就要行，说：“我伙计都在船中等我。”老鸨陪笑道：“姐夫好狠心也。就是寺破僧丑，也看佛面，纵然要去，你也看看玉堂春。”公子道：“向日那几两银子值甚的，学生岂肯放在心上？我今皮箱内，见有五万银子，还有几船货物，伙计也有数十人。有王定看守在那里。”鸨子一发不肯放手了。

公子恐怕掣脱了，将机就机，进到院门坐下。鸨儿分付厨下忙摆酒席接风。三官茶罢，就要走，故意搧出两锭银子来，都是五两头细丝。三官检起，袖而藏之。鸨子又说："我到了姑娘家，酒也不曾吃，就问你，说你往东去了，寻不见你，寻了一个多月，俺才回家。"公子乘机便说："亏你好心，我那时也寻不见你。王定来接我，我就回家去了。我心上也欠挂着玉姐，所以急急而来。"老鸨忙叫丫头去报玉堂春。丫头一路笑上楼来，玉姐已知公子到了，故意说："奴才笑甚么？"丫头说："王姐夫又来了。"玉姐故意唬了一跳，说："你不要哄我！"不肯下楼。老鸨慌忙自来，玉姐故意回脸往里睡。鸨子说："我的亲儿！王姐夫来了，你知道么？"玉姐也不语，连问了四五声，只不答应。这一时待要骂，又用着他。扯一把椅子拿过来，一直坐下，长吁了一声气。玉姐见他这模样，故意回过头起来，双膝跪在楼上，说："妈妈！今日饶我这顿打。"老鸨忙扯起来说："我儿！你还不知道，王姐夫又来了，拿有五万两花银，船上又有货物并伙计数十人，比前加倍。你可去见他，好心奉承。"玉姐道："发下新愿了，我不去接他。"鸨子道："我儿！发愿只当取笑。"一手挽玉姐下楼来，半路就叫："王姐夫，三姐来了。"三官见了玉姐，冷冷的作了一揖，全不温存。老鸨便叫丫头摆桌，取酒斟上一钟，深深万福，递与王姐夫："权当老身不是。可念三姐之情，休走别家，教人笑话。"三官微微冷笑，叫声："妈妈，还是我的不是。"老鸨殷勤劝酒，公子吃了几杯，叫声多扰，抽身就走。翠红一把扯住，叫："玉姐，与俺姐夫陪个笑脸。"老鸨说："王姐夫，你忒做绝了。丫头，把门顶了，休放你姐夫出去。"叫丫头把那行李抬在百花楼去。就要楼下重设酒席，笙琴细乐，又来奉承。吃了半更，老鸨说："我先去了，让你夫妻二人叙话。"三官、玉姐正中其意，携手登楼。

如同久旱逢甘雨，好似他乡遇故知。

二人一晚叙话，正是：欢娱嫌夜短，寞寂恨更长。不觉鼓打四更，公子爬将起来，说："姐姐！我走罢！"玉姐说："哥哥！我本欲留你多住几日，只是留君千日，终须一别。今番作急回家，再休惹闲花野草。见了二亲，用意攻书。倘或成名，也争得这一口气。"玉姐难舍王公子，公子留恋玉堂春。玉姐说："哥哥，你到家，只怕娶了家小不念我。"三官说："我怕你在北京另接一人，我再来也无益了。"玉姐说："你指着圣贤爷说了誓愿。"两人双膝跪下。公子说："我若南京再娶家小，五黄六月害病死了我。”玉姐说：“苏三再若接别人，铁锁长枷永不出世。”就将镜子拆开，各执一半，日后为记。玉姐说：“你败了三万两银子，空手而回，我将金银首饰器皿，都与你拿去罢。”三官说：“亡八、淫妇知道时，你怎打发他？”玉姐说：“你莫管我，我自有主意。”玉姐收拾完备，轻轻的开了楼门，送公子出去了。

天明，鸨儿起来，叫丫头烧下洗脸水，承下净口茶，“看你姐夫醒了时，送上楼去。问他要吃甚么，我好做去。若是还睡，休惊醒他。”丫头走上楼去，见摆设的器皿都没了，梳妆匣也出空了，撇在一边。揭开帐子，床上空了半边。跑下楼，叫：“妈妈罢了！”鸨子说：“奴才，慌甚么？惊着你姐夫。”丫头说：“还有甚么姐夫？不知那里去了。俺姐姐回脸往里睡着。”老鸨听说，大惊，看小厮、骡脚都去了，连忙走上楼来，喜得皮箱还在。打开看时，都是砖头瓦片。鸨儿便骂：“奴才！王三那里去了？我就打死你！为何金银器皿他都偷去了？”玉姐说：“我发过新愿了，今番不是我接他来的。”鸨子说：“你两个昨晚说了一夜说话，一定晓得他去处。”亡八就去取皮鞭，玉姐拿个首帕，将头扎了，口里说：“待我寻王三还你。”忙下楼来，往外就走。鸨子、乐工恐怕走了，随后赶来。玉姐行至大街上，高声叫屈：“图财杀命！”只见地方都来了。鸨子说：“奴才，他到把我金银首饰尽情拐去，你还放刁！”亡八说：“由他，咱到家里算帐。”玉姐说：“不要说嘴，咱往那里去？那是我家？我同你到刑部堂上讲讲，恁家里是公侯宰相，朝郎驸马，你那里的金银器皿？万物要平个理。一个行院人家，至轻至贱，那有甚么大头面，戴往那里去坐席？王尚书公子在我家，费了三万银子，谁不知道？他去了，就开手；你昨日见他有了银子，又去哄到家里，图谋了他行李，不知将他下落在何处？列位做个证见。”说得鸨子无言可答。亡八说：“你叫王三拐去我的东西，你反来图赖我。”玉姐舍命就骂：“亡八、淫妇，你图财杀人，还要说嘴？见今皮箱都打开在你家里，银子都拿过了。那王三官不是你谋杀了是那个？”鸨子说：“他那里有甚么银子？都是砖头瓦片哄人。”玉姐说：“你亲口说带有五万银子，如何今日又说没有？”两下厮闹。众人晓得三官败过三万银子是真的，谋命的事未必，都将好言劝解。玉姐说：“列位，你既劝我不要到官，也得我骂他几句，出这口气。”众人说：“凭你骂罢！”玉姐骂道：

你这亡八是喂不饱的狗，鸨子是填不满的坑。不肯思量做生理，只是排局骗别人。奉承尽是天罗网，说话皆是陷人坑。只图你家长兴旺，那管他人贫不贫。八百好钱买了我，与你挣了多少银。我父叫做周彦亨，大同城里有名人。买良为贱该甚罪？兴贩人口问充军。哄诱良家子弟犹自可，图财杀命罪非轻！你一家万分无天理，我且说你两三分。

众人说："玉姐，骂得勾了。"鸨子说："让你骂许多时，如今该回去了。"玉姐说："要我回去，须立个文书执照与我。"众人说："文书如何写？"玉姐说："要写'不合买良为娼，及图财杀命'等话。"亡八那里肯写。玉姐又叫起屈来。众人说："买良为娼，也是门户常事。那人命事不的实，却难招认。我们只主张写个赎身文书与你罢！"亡八还不肯。众人说："你莫说别项，只王公子三万银子也勾买三百个粉头了。玉姐左右心不向你了，舍了他罢！"众人都到酒店里面，讨了一张绵纸，一人念，一人写，只要亡八、鸨子押花。玉姐道："若写得不公道，我就扯碎了。"众人道："还你停当。"写道："立文书本司乐户苏淮，同妻一秤金，向将钱八百文，讨大同府人周彦亨女玉堂春在家，本望接客靠老，奈女不愿为娼……"写到"不愿为娼"，玉姐说："这句就是了。须要写收过王公子财礼银三万两。"亡八道："三儿，你也拿些公道出来，这一年多费用去了，难道也算？"众人道："只写二万罢。"又写道：

有南京公子王顺卿，与女相爱，淮得过银二万两，凭众议作赎身财礼。今后听凭玉堂春嫁人，并与本户无干。立此为照。

后写"正德年月日，立文书乐户苏淮同妻一秤金"。见人有十余人，众人先押了花。苏淮只得也押了，一秤金也画个十字。玉姐收讫。又说："列位老爹！我还有一件事，要先讲个明。"众人曰："又是甚事？"玉姐曰："那百花楼，原是王公子盖的，拨与我住。丫头原是公子买的，要叫两个来伏侍我。以后米面、柴薪、菜蔬等项，须是一一供给，不许措勒短少，直待我嫁人方止。"众人说："这事都依着你。"玉姐辞谢先回。亡八又请众人吃过酒饭方散。正是：

周郎妙计高天下，赔了夫人又折兵。

话说公子在路，夜住晓行，不数日，来到金陵自家门首下马。王定看见，唬了一惊。上前把马扯住，进的里面。三官坐下，王定一家拜见了。三官就问："我老爷安么？"王定说："安。""大叔、二叔、姑爷、姑娘何如？”王定说：“俱安。”又问：“你听得老爷说我家来，他要怎么处？”王定不言，长吁一口气，只看看天。三官就知其意：“你不言语，想是老爷要打死我。”王定说：“三叔，老爷誓不留你，今番不要见老爷了，私去看看老奶奶和姐姐、兄嫂，讨些盘费，他方去安身罢！”公子又问：“老爷这二年，与何人相厚？央他来与我说个人情。”王定说：“无人敢说。只除是姑娘、姑爹，意思间稍题题，也不敢直说。”三官道：“王定，你去请姑爹来，我与他讲这件事。”王定即时去请刘斋长、何上舍到来。叙礼毕，何、刘二位说：“三舅，你在此，等俺两个与咱爷讲过，使人来叫你。若不依时，捎信与你，作速逃命。”

二人说罢，竟往潭府来见了王尚书。坐下，茶罢，王爷问何上舍：“田庄好么？”上舍答道：“好！”王爷又问刘斋长：“学业何如？”答说：“不敢，连日有事，不得读书。”王爷笑道：“‘读书过万卷，下笔如有神。’秀才将何为本？‘家无读书子，官从何处来？’今后须宜勤学，不可将光阴错过。”刘斋长唯唯谢教。何上舍问：“客位前这墙几时筑的？一向不见。”王爷笑曰：“我年大了，无多田产，日后恐怕大的二的争竞，预先分为两分。”二人笑说：“三分家事，如何只做两分？三官回来，叫他那里住？”王爷闻说，心中大恼：“老夫平生两个小儿，那里又有第三个？”二人齐声叫：“爷，你如何不疼三官王景隆？当初还是爷不是，托他在北京讨帐，无有一个去接寻。休说三官十六七岁，北京是花柳之所；就是久惯江湖，也迷了心。”二人双膝跪下，吊下泪来。王爷听说：“没下稍的狗畜生，不知死在那里了，再休题起了！”正说间，二位姑娘也到。众人都知三官到家，只哄着王爷一人。王爷说：“今日不请都来，想必有甚事情？”即叫家奴摆酒。何静庵欠身打一躬曰：“你闺女昨晚作一梦，梦三官王景隆身上蓝缕，叫他姐姐救他性命。三更鼓做了这个梦，半夜捶床捣枕哭到天明，埋怨着我不接三官，今日特来问问三舅的信音。”刘心斋亦说：“自三舅在京，我夫妇日夜不安，今我与姨夫凑些盘费，明日起身去接他回来。”王爷含泪道：“贤婿，家中还有两个儿子，无他又待怎生？”何、刘二人往外就走。王爷向前扯住问：“贤婿何故起身？”二人说：“爷撒手，你家亲生子还是如此，何况我女婿也？”大小儿女放声大哭，两个哥哥一齐下跪，女婿也跪在地上，奶奶在后边吊下泪来。引得王爷心动，亦哭起来。

王定跑出来说：“三叔，如今老爷在那里哭你，你好过去见老爷，不要待等恼了。”王定推着公子进前厅跪下说：“爹爹！不孝儿王景隆今日回了。”那王爷两手擦了泪眼，说：“那无耻畜生，不知死的往那里去了。北京城街上最多游食光棍，偶与畜生面庞厮像，假充畜生来家，哄骗我财物，可叫小厮拿送三法司问罪！”那公子往外就走。二位姐姐赶至二门首拦住，说：“短命的，你待往那里去？”三官说：“二位姐姐，开放条路与我逃命罢！”二位姐姐不肯撒手，推至前来双膝跪下，两个姐姐手指说：“短命的！娘为你痛得肝肠碎，一家大小为你哭得眼花，那个不牵挂！”众人哭在伤情处，王爷一声喝住众人不要哭，说：“我依着二位姐夫，收了这畜生，可叫我怎么处他？”众人说：“消消气再处。”王爷摇头。奶奶说：“凭我打罢。”王爷说：“可打多少？”众人说：“任爷爷打多少。”王爷道：“须依我说，不可阻我，要打一百。”大姐、二姐跪下说：“爹爹严命，不敢阻当，容你儿代替罢！”大哥、二哥每人替上二十，大姐、二姐每人亦替二十。王爷说：“打他二十。”大姐、二姐说：“叫他姐夫也替他二十，只看他这等黄瘦，一棍打在哪里？等他膘满肉肥，那时打他不迟。”王爷笑道：“我儿，你也说得是。想这畜生，天理已绝，良心已丧，打他何益？我问你：‘家无生活计，不怕斗量金。’我如今又不做官了，无处挣钱，作何生意以为糊口之计？要做买卖，我又无本钱与你。二位姐夫问他那银子还有多少？”何、刘便问：“三舅银子还有多少？”王定抬过皮箱打开，尽是金银首饰器皿等物。王爷大怒，骂：“狗畜生！你在哪里偷的这东西？快写首状，休要玷辱了门庭。”三官高叫：“我爹爹息怒，听不肖儿一言。”遂将初遇玉堂春，后来被鸨儿如何哄骗尽了，如何亏了王银匠收留，又亏了金哥报信，玉堂春私将银两赠我回乡，这些首饰器皿，皆玉堂春所赠，备细述了一遍。王爷说，骂道：“无耻狗畜生！自家三万银子都花了，却要娼妇的东西，可不羞杀了人。”三官说：“儿不曾强要他的，是他情愿与我的。”王爷说：“这也罢了，看你姐夫面上，与你一个庄子，你自去耕地布种。”公子不言。王爷怒道：“王景隆，你不言怎么说？”公子说：“这事不是孩儿做的。”王爷说：“这事不是你做的，你还去嫖院罢！”三官说：“儿要读书。”王爷笑曰：“你已放荡了，心猿意马，读甚么书？”公子说：“孩儿此回笃志用心读书。”王爷说：“既知读书好，缘何这等胡为？”何静庵立起身来说：“三舅受了艰难苦楚，这下来改过迁善，料想要用心读书。”王爷说：“就依你众人说，送他到书房里去，叫两个小厮去伏侍他。”即时就叫小厮送三官往书院里去。两个姐夫又来说：

“三舅久别，望老爷留住他，与小婿共饮则可。”王爷说：“贤婿，你如此乃非教子之方，休要纵他。”二人道：“老爷言之最善。”于是翁婿大家痛饮，尽醉方归。这一出父子相会，分明是：

月被云遮重露彩，花遭霜打又逢春。

却说公子进了书院，清清独坐，只见满架诗书，笔山砚海。叹道：“书呵！相别日久，且是生涩。欲待不看，焉得一举成名，却不辜负了玉姐言语；欲待读书，心猿放荡，意马难收。”公子寻思一会，拿着书来读了一会，心下只是想着玉堂春。忽然鼻闻甚气，耳闻甚声，乃问书童道：“你闻这书里甚么气？听听甚么响？”书童说：“三叔，俱没有。”公子道：“没有？呀，原来鼻闻乃是脂粉气，耳听即是筝板声。”公子一时思想起来：“玉姐当初嘱付我，是甚么话来？叫我用心读书。我如今未曾读书，心意还丢他不下，坐不安，寝不宁，茶不思，饭不想，梳洗无心，神思恍忽。”公子自思：“可怎么处他？”走出门来，只见大门上挂着一联对子：“十年受尽窗前苦，一举成名天下闻。”“这是我公公作下的对联。他中举会试，官到侍郎。后来咱爹爹在此读书，官到尚书。我今在此读书，亦要攀龙附凤，以继前人之志。”又见二门上有一联对子：“不受苦中苦，难为人上人。”公子急回书房，看见《风月机关》《洞房春意》，公子自思：“乃是此二书乱了我的心。”将一火而焚之。破镜分钗，俱将收了。心中回转，发志勤学。

一日书房无火，书童往外取火。王爷正坐，叫书童。书童近前跪下。王爷便问：“三叔这一会用功不曾？”书童说：“禀老爷得知，我三叔先时通不读书，胡思乱想，体瘦如柴。这半年整日读书，晚上读至三更方才睡，五更就起，直至饭后，方才梳洗，口虽吃饭，眼不离书。”王爷道：“奴才！你好说谎，我亲自去看他。”书童叫：“三叔，老爷来了。”公子从从容容迎接父亲，王爷暗喜。观他行步安详，可以见他学问，王爷正面坐下，公子拜见。王爷曰：“我限的书你看了不曾？我出的题你做了多少？”公子说：“爹爹严命，限儿的书都看了，题目都做完了，但有余力旁观子史。”王爷说：“拿文字来我看。”公子取出文字。王爷看他所作文课，一篇强如一篇，心中甚喜，叫：“景隆，去应个儒士科举罢！”公子说：“儿读了几日书，敢望中举？”王爷说：“一遭中了虽多，两遭中了甚广。出去观观场，下科好中。”王爷就写书与提学察院，许公子科举。竟到八月初九日，进过头场，写出文字与父亲看。王爷喜道：“这七篇，中有何难？”到二场三场俱完，王爷又看他后场，喜道："不在散举，决是魁解。"

话分两头。却说玉姐自上了百花楼，从不下梯。是日闷倦，叫丫头："拿棋子过来，我与你下盘棋。"丫头说："我不会下。"玉姐说："你会打双陆么？"丫头说："也不会。"玉姐将棋盘、双陆一皆撇在楼板上。丫头见玉姐眼中吊泪，即忙掇过饭来，说："姐姐，自从昨晚没用饭，你吃个点心。"玉姐拿过分为两半。右手拿一块吃，左手拿一块与公子。丫头欲接又不敢接。玉姐猛然睁眼见不是公子，将那一块点心掉在楼板上。丫头又忙掇过一碗汤来，说："饭干燥，吃些汤罢！"玉姐刚呷得一口，泪如涌泉，放下了，问："外边是甚么响？"丫头说："今日中秋佳节，人人玩月，处处笙歌，俺家翠香、翠红姐都有客哩！"玉姐听说，口虽不言，心中自思："哥哥今已去了一年了。"叫丫头拿过镜子来照了一照，猛然唬了一跳："如何瘦的我这模样？"把那镜丢在床上，长吁短叹，走至楼门前，叫丫头："拿椅子过来，我在这里坐一坐。"坐了多时，只见明月高升，谯楼敲转，玉姐叫丫头："你可收拾香烛过来，今日八月十五日，乃是你姐夫进三场日子，我烧一炷香保佑他。"玉姐下楼来，当天井跪下，说："天地神明，今日八月十五日，我哥王景隆进了三场，愿他早占鳌头，名扬四海。"祝罢，深深拜了四拜。有诗为证：

对月烧香祷告天，何时得泄腹中冤。

王郎有日登金榜，不枉今生结好缘。

却说西楼上有个客人，乃山西平阳府洪同县人，拿有整万银子，来北京贩马。这人姓沈名洪，因闻玉堂春大名，特来相访。老鸨见他有钱，把翠香打扮当作玉姐，相交数日，沈洪方知不是，苦求一见。是夜丫头下楼取火，与玉姐烧香。小翠红忍不住多嘴，就说了："沈姐夫，你每日间想玉姐，今夜下楼，在天井内烧香，我和你悄悄地张他。"沈洪将三钱银子买嘱了丫头，悄然跟到楼下，月明中，看得仔细。等他拜罢，趋出唱喏。玉姐大惊，问："是甚么人？"答道："在下是山西沈洪，有数万本钱，在此贩马，久慕玉姐大名，未得面睹。今日得见，如拨云雾见青天。望玉姐不弃，同到西楼一会。"玉姐怒道："我与你素不相识，今当夤夜，何故自夸财势，妄生事端？"沈洪又哀告道："王三官也只是个人，我也是个人。他有钱，我亦有钱，那些儿强似我？"说罢，就上前要搂抱玉姐，被玉姐照脸啐一口，急急上楼关了门，骂丫头："好大胆，如何放这野狗进来？"沈洪没意思自去了。玉姐思想起来，分明是小翠香、小翠红这两个奴才报他。又骂：“小淫妇，小贱人，你接着得意孤老也好了，怎该来罗唣我？”骂了一顿，放声悲哭：“但得我哥哥在时，那个奴才敢调戏我！”又气又苦，越想越毒。正是：

可人去后无日见，俗子来时不待招。

却说三官在南京乡试终场，闲坐无事，每日只想玉姐。南京一般也有本司院，公子再不去走。到了二十九关榜之日，公子想到三更以后，方才睡着。外边报喜的说：“王景隆中了第四名。”三官梦中闻信，起来梳洗，扬鞭上马。前拥后簇，去赴鹿鸣宴。父母、兄嫂、姐夫、姐姐，喜做一团。连日做庆贺筵席。公子谢了主考，辞了提学，坟前祭扫了，起了文书：“禀父母得知，儿要早些赴京，到僻静去处安下，看书数月，好入会试。”父母明知公子本意牵挂玉堂春，中了举，只得依从。叫大哥、二哥来：“景隆赴京会试，昨日祭扫，有多少人情？”大哥说：“不过三百余两。”王爷道：“那只勾他人情的，分外再与他一二百两拿去。”二哥说：“禀上爹爹，用不得许多银子。”王爷说：“你那知道，我那同年门生，在京颇多，往返交接，非钱不行。等他手中宽裕，读书也有兴。”叫景隆收拾行装，有知心同年，约上两三位。分付家人到张先生家看了良辰。公子恨不的一时就到北京，邀了几个朋友，雇了一只船，即时拜了父母，辞别兄嫂。两个姐夫邀亲朋至十里长亭，酌酒作别。公子上的船来，手舞足蹈，莫知所之。众人不解其意，他心里只想着玉姐玉堂春。不则一日，到了济宁府，舍舟起岸，不在话下。

再说沈洪自从中秋夜见了玉姐，到如今朝思暮想，废寝忘餐，叫声“二位贤姐，只为这冤家害的我一丝两气，七颠八倒，望二位可怜我孤身在外，举眼无亲，替我劝化玉姐，叫他相会一面，虽死在九泉之下，也不敢忘了二位活命之恩。”说罢，双膝跪下。翠香、翠红说：“沈姐夫，你且起来，我们也不敢和他说这话。你不见中秋夜骂的我们不耐烦。等俺妈妈来，你央浼他。”沈洪说：“二位贤姐，替我请出妈妈来。”翠香姐说：“你跪着我，再磕一百二十个大响头。”沈洪慌忙跪下磕头。翠香即时就去，将沈洪说的言语述与老鸨。老鸨到西楼见了沈洪，问：“沈姐夫唤老身何事？”沈洪说：“别无他事，只为不得玉堂春到手。你若帮衬我成就了此事，休说金银，便是杀身难保。”老鸨听说，口内不言，心中自思：“我如今若许了他，倘三儿不肯，教我如何？若不许他，怎哄出他的银子？”沈洪见老鸨踌躇不语，便看翠红。翠红丢了一个眼色，走下楼来，沈洪即跟他下去。翠红说：“常言‘姐爱俏，鸨爱钞’。你多拿些银子出来打动他，不愁他不用心。他是使大钱的人，若少了，他不放在眼里。”沈洪说：“要多少？”翠香说：“不要少了！就把一千两与他，方才成得此事。”也是沈洪命运该败，浑如鬼迷一般，即依着翠香，就拿一千两银子来，叫：“妈妈，财礼在此。”老鸨说：“这银子，老身权收下，你却不要性急，待老身慢慢的偎他。”沈洪拜谢说：“小子悬悬而望。”正是：

请下烟花诸葛亮，欲图风月玉堂春。

且说十三省乡试榜都到午门外张挂，王银匠邀金哥说：“王三官不知中了不曾？”两个跑在午门外南直隶榜下，看解元是《书经》，往下第四个乃王景隆。王匠说：“金哥好了，三叔已中在第四名。”金哥道：“你看看的确，怕你识不得字。”王匠说：“你说话好欺人，我读书读到《孟子》，难道这三个字也认不得，随你叫谁看。”金哥听说大喜。二人买了一本乡试录，走到本司院里去报玉堂春说：“三叔中了。”玉姐叫丫头将试录拿上楼来，展开看了，上刊“第四名王景隆”，注明“应天府儒士，《礼记》”。玉姐步出楼门，叫丫头忙排香案，拜谢天地。起来先把王匠谢了，转身又谢金哥。唬得亡八、鸨子魂不在体，商议到：“王三中了举，不久到京，白白地要了玉堂春去，可不人财两失？三儿向他孤老，决没甚好言语，搬斗是非，教他报往日之仇，此事如何了？”鸨子说：“不若先下手为强。”亡八说：“怎么样下手？”老鸨说：“咱已收了沈官人一千两银子，如今再要了他一千，贱些价钱卖与他罢。”亡八道：“三儿不肯如何？”鸨子说：“明日杀猪宰羊，买一桌纸钱，假说东岳庙看会，烧了纸，说了誓，合家从良，再不在烟花巷里。小三若闻知从良一节，必然也要往岳庙烧香。叫沈官人先安轿子，径抬往山西去。公子那时就来，不见他的情人，心下就冷了。”亡八说：“此计大妙。”即时暗暗地与沈洪商议，又要了他一千银子。

次早，丫头报与玉姐：“俺家杀猪宰羊，上岳庙哩。”玉姐问：“为何？”丫头道：“听得妈妈说：‘为王姐夫中了，恐怕他到京来报仇，今日发愿，合家从良。’”玉姐说：“是真是假？”丫头说：“当真哩！昨日沈姐夫都辞去了。如今再不接客了。”玉姐说：“既如此，你对妈妈说，我也要去烧香。”老鸨说：“三姐，你要去，快梳洗，我唤轿儿抬你。”玉姐梳妆打扮，同老鸨出的门来。正见四个人，抬着一顶空轿。老鸨便问："此轿是雇的？"这人说："正是。"老鸨说："这里到岳庙要多少雇价？"那人说："抬去抬来，要一钱银子。"老鸨说："只是五分。"那人说："这个事小，请老人家上轿。"老鸨说："不是我坐，是我女儿要坐。"玉姐上轿，那二人抬着，不往东岳庙去，径往西门去了。走有数里，到了上高转折去处，玉姐回头，看见沈洪在后骑着个骡子。玉姐大叫一声："咗！想是亡八、鸨子盗卖我了！"玉姐大骂："你这些贼狗奴，抬我往那里去？"沈洪说："往那里去？我为你去了二千两银子，买你往山西家去。"玉姐在轿中号啕大哭，骂声不绝。那轿夫抬了飞也似走。行了一日，天色已晚。沈洪寻了一座店房，排合卺美酒，指望洞房欢乐。谁知玉姐题着便骂，触着便打。沈洪见店中人多，恐怕出丑，想道："瓮中之鳖，不怕他走了，权耐几日，到我家中，何愁不从。"于是反将好话奉承，并不去犯他。玉姐终日啼哭，自不必说。

却说公子一到北京，将行李上店，自己带两个家人，就往王银匠家，探问玉堂春消息。王匠请公子坐下："有见成酒，且吃三杯接风，慢慢告诉。"王匠就拿酒来斟上。三官不好推辞，连饮了三杯。又问："玉姐敢不知我来？"王匠叫："三叔开怀，再饮三杯！"三官说："勾了，不吃了。"王匠说："三叔久别，多饮几杯，不要太谦。"公子又饮了几杯，问："这几日曾见玉姐不曾？"王匠又叫："三叔且莫问此事，再吃三杯。"公子心疑，站起说："有甚或长或短，说个明白，休闷死我也！"王匠只是劝酒。

却说金哥在门首经过，知道公子在内，进来磕头叫喜。三官问金哥："你三婶近日何如？"金哥年幼多嘴说："卖了。"三官急问说："卖了谁？"王匠瞅了金哥一眼，金哥缩了口。公子坚执盘问，二人瞒不过，说："三婶卖了。"公子问："几时卖了？"王匠说："有一个月了。"公子听说，一头撞在尘埃，二人忙扶起来。公子问金哥："卖到那里去了？"金哥说："卖与山西客人沈洪去了。"三官说："你那三婶就怎么肯去？"金哥叙出："鸨儿假意从良，杀猪宰羊上岳庙，哄三婶同去烧香，私与沈洪约定，雇下轿子抬去，不知下落。"公子说："亡八盗卖我玉堂春，我与他算帐！"那时叫金哥跟着，带领家人，径到本司院里，进的院门，亡八眼快，跑去躲了。公子问众丫头："你家玉姐何在？"无人敢应。公子发怒，房中寻见老鸨，一把揪住，叫家人乱打。金哥劝住。公子就走在百花楼上，看见锦帐罗帏，越加怒恼。把箱笼尽行打碎，气得痴呆了。问："丫头，你姐姐嫁那家去？可老实说，饶你打。”丫头说：“去烧香，不知道就偷卖了他。”公子满眼落泪，说：“冤家，不知是正妻，是偏妾？”丫头说：“他家里自有老婆。”公子听说，心中大怒，恨骂亡八、淫妇不仁不义！丫头说：“他今日嫁别人去了，还疼他怎的？”公子满眼流泪。

正说间，忽报朋友来访。金哥劝：“三叔休恼，三婶一时不在了，你纵然哭他，他也不知道。今有许多相公在店中相访，闻公子在院中，都要来。”公子听说，恐怕朋友笑话，即便起身回店。公子心中气闷，无心应举，意欲束装回家。朋友闻知，都来劝说：“顺卿兄，功名是大事，表子是末节，那里有为表子而不去求功名之理？”公子说：“列位不知，我奋志勤学，皆为玉堂春的言语激我。冤家为我受了千辛万苦，我怎肯轻舍？”众人叫：“顺卿兄，你倘联捷，幸在彼地，见之何难？你若回家，忧虑成病，父母悬心，朋友笑耻，你有何益？”三官自思言之最当，倘或侥幸，得到山西，平生愿足矣，数言劝醒公子。会试日期已到，公子进了三场，果中金榜二甲第八名，刑部观政。三个月，选了真定府理刑官。即遣轿马迎请父母兄嫂。父母不来，回书说：“教他做官勤慎公廉，念你年长未娶，已聘刘都堂之女，不日送至任所成亲。”公子一心只想玉堂春，全不以聘娶为喜。正是：

已将路柳为连理，翻把家鸡作野鸳。

且说沈洪之妻皮氏，也有几分颜色，虽然三十余岁，比二八少年，也还风骚。平昔间嫌老公粗蠢，不会风流，又出外日多，在家日少，皮氏色性太重，打熬不过。间壁有个监生，姓赵名昂，自幼惯走花柳场中，为人风月。近日丧偶，虽然是纳粟相公，家道已在消乏一边。一日，皮氏在后园看花，偶然撞见赵昂，彼此有心，都看上了。赵昂访知巷口做歇家的王婆，在沈家走动识熟，且是利口，善于做媒说合。乃将白银二十两，贿赂王婆，央他通脚。皮氏平昔间不良的口气，已有在王婆肚里；况且今日你贪我爱，一说一上，幽期密约，一墙之隔，梯上梯下，做就了一点不明不白的事。赵昂一者贪皮氏之色，二者要骗他钱财。枕席之间，竭力奉承。皮氏心爱赵昂，但是开口，无有不从，恨不得连家当都津贴了他。不上一年，倾囊倒箧，骗得一空。初时只推事故，暂时挪借；借去后，分毫不还。皮氏只愁老公回来盘问时，无言回答。一夜与赵昂商议，欲要跟赵昂逃走他方。赵昂道：“我又不是赤脚汉，如何走得？便走了，也不免吃官司。只除暗地谋杀了沈洪，做个长久夫妻，岂不尽美。”皮氏点头不语。

却说赵昂有心打听沈洪消息，晓得他讨了院妓玉堂春一路回来，即忙报与皮氏知道，故意将言语触恼皮氏。皮氏怨恨不绝于声，问：“如今怎么样对付他说好？”赵昂道：“一进门时，你便数他不是，与他寻闹，叫他领着娼根另住，那时凭你安排了。我央王婆赎得些砒霜在此，觑便放在食器内，把与他两个吃。等他双死也罢，单死也罢！”皮氏说：“他好吃的是辣面。”赵昂说：“辣面内正好下药。”两人圈套已定，只等沈洪入来。

不一日，沈洪到了故乡，叫仆人和玉姐暂停门外。自己先进门，与皮氏相见，满脸陪笑说：“大姐休怪，我如今做了一件事。”皮氏说：“你莫不是娶了个小老婆？”沈洪说：“是了。”皮氏大怒，说：“为妻的整年月在家守活孤孀，你却花柳快活，又带这泼淫妇回来，全无夫妻之情。你若要留这淫妇时，你自在西厅一带住下，不许来缠我；我也没福受这淫妇的拜，不要他来。”昂然说罢，啼哭起来，拍台拍凳，口里“千亡八，万淫妇”骂不绝声。沈洪劝解不得，想道：“且暂时依他言语，在西厅住几日，落得受用。等他消了时，却领玉堂春与他磕头。”沈洪只道浑家是吃醋，谁知他有了私情，又且房计空虚了，正怕老公进房，借此机会，打发他另居。正是：

你向东时我向西，各人有意自家知。

不在话下。

却说玉堂春曾与王公子设誓，今番怎肯失节于沈洪？腹中一路打稿“我若到这厌物家中，将情节哭诉他大娘子，求他做主，以全节操。慢慢的寄信与三官，教他将二千两银子来赎我去，却不好。”及到沈洪家里，闻知大娘不许相见，打发老公和他往西厅另住，不遂其计，心中又惊又苦。沈洪安排床帐在厢房，安顿了苏三。自己却去窝伴皮氏，陪吃夜饭。被皮氏三回五次催赶，沈洪说：“我去西厅时，只怕大娘着恼。”皮氏说：“你在此，我反恼；离了我眼睛，我便不恼。”沈洪唱个淡喏，谢声“得罪”，出了房门，径望西厅而来。原来玉姐乘着沈洪不在，检出他铺盖撇在厅中，自己关上房门自睡了。任沈洪打门，那里肯开。却好皮氏叫小段名到西厅看老公睡也不曾。沈洪平日原与小段名有情，那时扯在铺上，草草合欢，也当春风一度。事毕，小段名自去了。沈洪身子困倦，一觉睡去，直至天明。

却说皮氏这一夜等赵昂不来，小段名回后，老公又睡了。番来复去，一夜不曾合眼。天明早起，赶下一轴面，煮熟分作两碗。皮氏悄悄把砒霜散在面内，却将辣汁浇上，叫小段名送去西厅，“与你爹爹吃。”小段名送至西厅，叫道：“爹爹！大娘欠你，送辣面与你吃。”沈洪见是两碗，就叫：“我儿，送一碗与你二娘吃。”小段名便去敲门。玉姐在床上问：“做甚么？”小段名说：“请二娘起来吃面。”玉姐道：“我不要吃。”沈洪说：“想是你二娘还要睡，莫去闹他。”沈洪把两碗都吃了，须臾而尽。小段名收碗去了。沈洪一时肚疼，叫道：“不好了，死也死也！”玉姐还只认假意，看看声音渐变，开门出来看时，只见沈洪九窍流血而死。正不知甚么缘故，慌慌的高叫：“救人！”只听得脚步响，皮氏早到，不等玉姐开言，就变过脸，故意问道：“好好的一个人，怎么就死了？想必你这小淫妇弄死了他，要去嫁人？”玉姐说：“那丫头送面来，叫我吃，我不要吃，并不曾开门。谁知他吃了，便肚疼死了。必是面里有些缘故。”皮氏说：“放屁！面里若有缘故，必是你这小淫妇做下的，不然，你如何先晓得这面是吃不得的，不肯吃？你说并不曾开门，如何却在门外？这谋死情由，不是你，是谁？”说罢，假哭起“养家的天”来。家中僮仆、养娘都乱做一堆。

皮氏就将三尺白布摆头，扯了玉姐往知县处叫喊。正直王知县升堂，唤进问其缘故。皮氏说：“小妇人皮氏，丈夫叫沈洪，在北京为商，用千金娶这娼妇叫做玉堂春为妾。这娼妇嫌丈夫丑陋，因吃辣面，暗将毒药放入，丈夫吃了，登时身死。望爷爷断他偿命。”王知县听罢，问：“玉堂春，你怎么说？”玉姐说：“爷爷，小妇人原籍北直隶大同府人氏，只因年岁荒旱，父亲把我卖在本司院苏家，卖了三年后，沈洪看见，娶我回家。皮氏嫉妒，暗将毒药藏在面中，毒死丈夫性命。反倚刁泼，展赖小妇人。”知县听玉姐说了一会，叫：“皮氏，想你见那男人弃旧迎新，你怀恨在心，药死亲夫，此情理或有之。”皮氏说：“爷爷！我与丈夫，从幼的夫妻，怎忍做这绝情的事。这苏氏原是不良之妇，别有个心上之人，分明是他药死，要图改嫁。望青天爷爷明镜。”知县乃叫苏氏，“你过来，我想你原系娼门，你爱那风流标致的人，想是你见丈夫丑陋，不趁你意，故此把毒药药死是实。”叫皂隶：“把苏氏与我夹起来。”玉姐说：“爷爷！小妇人虽在烟花巷里，跟了沈洪又不曾难为半分，怎下这般毒手？小妇人果有恶意，何不在半路谋害？既到了他家，他怎容得小妇人做手脚？这皮氏昨夜就赶出丈夫，不许他进房。今早的面，出于皮氏之手，小妇人并无干涉。”王知县见他二人各说有理。叫皂隶："暂把他二人寄监，我差人访实再审。"二人进了南牢不题。

却说皮氏差人密密传与赵昂，叫他快来打点。赵昂拿着沈家银子，与刑房吏一百两，书手八十两，掌案的先生五十两，门子五十两，两班皂隶六十两，禁子每人二十两，上下打点停当。封了一千两银子，放在坛内，当酒送与王知县。知县受了。次日清晨升堂，叫皂隶把皮氏一起提出来。不多时到了，当堂跪下。知县说："我夜来一梦，梦见沈洪说：'我是苏氏药死，与那皮氏无干。'"玉堂春正待分辨，知县大怒，说："人是苦虫，不打不招。"叫皂隶："与我拶起着实打，问他招也不招？他若不招，就活活敲死。"玉姐熬刑不过，说："愿招。"知县说："放下刑具。"皂隶递笔与玉姐画供。知县说："皮氏召保在外，玉堂春收监。"皂隶将玉姐手肘脚镣，带进南牢。禁子、牢头都得了赵上舍银子，将玉姐百般凌辱。只等上司详允之后就递罪状，结果他性命。正是：

安排缚虎擒龙计，断送愁鸾泣凤人。

且喜有个刑房吏，姓刘名志仁，为人正直无私，素知皮氏与赵昂有奸，都是王婆说合。数日前撞见王婆在生药铺内赎砒霜，说："要药老鼠。"刘志仁就有些疑心。今日做出人命来，赵监生使着沈家不疼的银子来衙门打点，把苏氏买成死罪，天理何在？踌躇一会，"我下监去看看。"那禁子正在那里逼玉姐要灯油钱。志仁喝退众人，将温言宽慰玉姐，问其冤情。玉姐垂泪拜诉来历。志仁见四傍无人，遂将赵监生与皮氏私情及王婆赎药始末，细说一遍。分付："你且耐心守困，待后有机会，我指点你去叫冤。日逐饭食，我自供你。"玉姐再三拜谢。禁子见刘志仁做主，也不敢则声。此话阁过不题。

却说公子自到真定府为官，兴利除害，吏畏民悦。只是想念玉堂春，无刻不然。一日正在烦恼，家人来报，老奶奶家中送新奶奶来了。公子听说，接进家小。见了新人，口中不言，心内自思："容貌到也齐整，怎及得玉堂春风趣？"当时摆了合欢宴，吃下合卺杯，毕姻之际，猛然想起多娇，"当初指望白头相守，谁知你嫁了沈洪，这官诰却被别人承受了。"虽然陪伴了刘氏夫人，心里还想着玉姐，因此不快。当夜中了伤寒。又想当初与玉姐别时，发下誓愿，各不嫁娶。心下疑惑，合眼就见玉姐在傍。刘夫人遣人到处祈禳，府县官都来问安，请名药切脉调治。一月之外，才得痊可。

公子在任年余，官声大著，行取到京。吏部考选天下官员，公子在部点名已毕，回到下处，焚香祷告天地，只愿山西为官，好访问玉堂春消息。须臾马上人来报："王爷点了山西巡按。"公子听说，两手加额："趁我平生之愿矣。"次日领了敕印，辞朝，连夜起马，往山西省城上任讫。即时发牌，先出巡平阳府。公子到平阳府，坐了察院，观看文卷。见苏氏玉堂春问了重刑，心内惊慌，其中必有跷蹊。随叫书吏过来："选一个能干事的，跟着我私行采访。你众人在内，不可走漏消息。"

公子时下换了素巾青衣，随跟书吏，暗暗出了察院。雇了两个骡子，往洪同县路上来。这赶脚的小伙，在路上闲问："二位客官往洪同县有甚贵干？"公子说："我来洪同县要娶个妾，不知谁会说媒？"小伙说："你又说娶小，俺县里一个财主，因娶了个小，害了性命。"公子问："怎的害了性命？"小伙说："这财主叫沈洪，妇人叫做玉堂春，他是京里娶来的。他那大老婆皮氏与那邻家赵昂私通，怕那汉子回来知道，一服毒药把沈洪药死了。这皮氏与赵昂反把玉堂春送到本县，将银买嘱官府衙门，将玉堂春屈打成招，问了死罪，送在监里。若不是亏了一个外郎，几时便死了。"公子又问："那玉堂春如今在监死了？"小伙说："不曾。"公子说："我要娶个小，你说可投着谁做媒？"小伙说："我送你往王婆家去罢，他极会说媒。"公子说："你怎么知道他会说媒？"小伙说："赵昂与皮氏都是他做牵头。"公子说："如今下他家里罢。"小伙竟引到王婆家里，叫声："干娘！我送个客官在你家来，这客官要娶个小，你可与他说媒。"王婆说："累你，我转了钱来，谢你。"小伙自去了。公子夜间与王婆攀话。见他能言快语，是个积年的马泊六了。到天明，又到赵监生前后门看了一遍，与沈洪家紧壁相通，可知做事方便。回来吃了早饭，还了王婆店钱。说："我不曾带得财礼，到省下回来，再作商议。"公子出的门来，雇了骡子，星夜回到省城，到晚进了察院，不题。

次早，星火发牌，按临洪同县。各官参见过，分付就要审录。王知县回县，叫刑房吏书，即将文卷审册，连夜开写停当，明日送审不题。

却说刘志仁与玉姐写了一张冤状，暗藏在身，到次日清晨，王知县坐在监门首，把应解犯人点将出来。玉姐披枷带锁，眼泪纷纷。随解子到了察院门首，伺候开门。巡捕官回风已毕，解审牌出。公子先唤苏氏一起。玉姐口称冤枉，探怀中诉状呈上。公子抬头见玉姐这般模样，心中凄惨，叫听事官接上状来。公子看了一遍，问说："你从小嫁沈洪，可还接了几年客？”玉姐说：“爷爷，我从小接着一个公子，他是南京礼部尚书三舍人。”公子怕他说出丑处，喝声：“住了，我今只问你谋杀人命事，不消多讲。”玉姐说：“爷爷，若杀人的事，只问皮氏便知。”公子叫皮氏问了一遍。玉姐又说了一遍。公子分付刘推官道：“闻知你公正廉能，不肯玩法徇私，我来到任，尚未出巡，先到洪同县访得这皮氏药死亲夫，累苏氏受屈，你与我把这事情用心问断。”说罢，公子退堂。

刘推官回衙，升堂，就叫：“苏氏，你谋杀亲夫，是何意故？”玉姐说：“冤屈！分明是皮氏串通王婆，和赵监生合计毒死男子，县官要钱，逼勒成招。今日小妇拚死诉冤，望青天爷爷做主。”刘爷叫皂隶把皮氏采上来，问：“你与赵昂奸情可真么？”皮氏抵赖没有。刘爷即时拿赵昂和王婆到来面对，用了一番刑法，都不肯招。刘爷又叫小段名：“你送面与家主吃，必然知情！”喝教夹起。小段名说：“爷爷，我说罢！那日的面，是俺娘亲手盛起，叫小妇人送与爹爹吃。小妇人送到西厅，爹叫新娘同吃。新娘关着门，不肯起身，回道：‘不要吃。’俺爹自家吃了，即时口鼻流血死了。”刘爷又问赵昂奸情，小段名也说了。赵昂说：“这是苏氏买来的硬证。”刘爷沉吟了一会，把皮氏这一起分头送监，叫一书吏过来：“这起泼皮奴才，苦不肯招。我如今要用一计，用一个大柜，放在丹墀内，凿几个孔儿，你执纸笔暗藏在内，不要走漏消息。我再提来问他，不招，即把他们锁在柜左柜右，看他有甚么说话，你与我用心写来。”刘爷分付已毕，书吏即办一大柜，放在丹墀，藏身于内。刘爷又叫皂隶，把皮氏一起提来再审。又问：“招也不招？”赵昂、皮氏、王婆三人齐声哀告，说：“就打死小的，那里招？”

刘爷大怒，分付："你众人各自去吃饭来，把这起奴才着实拷问。把他放在丹墀里，连小段名四人锁于四处，不许他交头接耳。"皂隶把这四人锁在柜的四角，众人尽散。

却说皮氏抬起头来，四顾无人，便骂："小段名！小奴才！你如何乱讲？今日再乱讲时，到家中活敲杀你！"小段名说："不是夹得疼，我也不说。"王婆便叫："皮大姐，我也受这刑杖不过，等刘爷出来，说了罢。"赵昂说："好娘，我那些亏着你，倘捱出官司去，我百般孝顺你，即把你做亲母。"王婆说："我再不听你哄我。叫我圆成了，认我做亲娘，许我两石麦，还欠八升；许我一石米，都下了糠秕；段衣两套，止与我一条蓝布裙；许我好房子，不曾得住。你干的事，没天理，教我只管与你熬刑受苦。"皮氏说："老娘，这遭出去，不敢忘你恩。捱过今日不招，便没事了。"柜里书吏把他说的话尽记了，写在纸上。刘爷升堂，先叫打开柜子。书吏跑将出来，众人都唬软了。刘爷看了书吏所录口词，再要拷问，三人都不打自招。赵昂从头依直写得明白。各各画供已完，递至公案。刘爷看了一遍，问苏氏："你可从幼为娼，还是良家出身？"苏氏将苏淮买良为贱，先遇王尚书公子，挥金三万，后被老鸨一秤金赶逐，将奴赚卖与沈洪为妾，一路未曾同睡，备细说了。刘推官情知王公子就是本院，提笔定罪：

皮氏凌迟处死，赵昂斩罪非轻。王婆赎药是通情，杖责段名示警。王县贪酷罢职，追赃不恕衙门。苏淮买良为贱合充军，一秤金三月立枷罪定。

刘爷做完申文，把皮氏一起俱已收监。次日亲捧招详，送解察院，公子依拟。留刘推官后堂待茶，问："苏氏如何发放？"刘推官答言："发还原籍，择夫另嫁。"公子屏去从人，与刘推官吐胆倾心，备述少年设誓之意："今日烦贤府密地差人送至北京王银匠处暂居，足感足感。"刘推官领命奉行，自不必说。

却说公子行下关文，到北京本司院提到苏淮、一秤金依律问罪。苏淮已先故了。一秤金认得是公子，还叫王姐夫，被公子喝教重打六十，取一百斤大枷枷号。不勾半月，呜呼哀哉！正是：

万两黄金难买命，一朝红粉已成灰。

再说公子一年任满，复命还京。见朝已过，便到王匠处问信。王匠说有金哥伏侍，在顶银胡同居住。公子即往顶银胡同，见了玉姐，二人放声大哭。公子已知玉姐守节之美，玉姐已知王御史就是公子，彼此称谢。公子说：“我父母娶了刘氏夫人，甚是贤德，他也知道你的事情，决不妒忌。”当夜同饮同宿，浓如胶漆。次日，王匠、金哥都来磕头贺喜。公子谢二人昔日之恩，分付：本司院苏淮家当原是玉堂春置办的，今苏淮夫妇已绝，将遗下家财，拨与王匠、金哥二人管业，以报其德。上了个省亲本，辞朝，和玉堂春起马共回南京。到了自家门首，把门人急报老爷说：“小老爷到了。”老爷听说甚喜。公子进到厅上，排了香案，拜谢天地，拜了父母兄嫂，两位姐夫、姐姐都相见了。又引玉堂春见礼已毕。玉姐进房，见了刘氏说：“奶奶坐上，受我一拜。”刘氏说：“姐姐怎说这话？你在先，奴在后。”玉姐说：“奶奶是名门宦家之子，奴是烟花，出身微贱。”公子喜不自胜，当日正了妻妾之分，姊妹相称，一家和气。公子又叫：“王定，你当先在北京三番四复规谏我，乃是正理。我今与老老爷说，将你做老管家。”以百金赏之。后来王景隆官至都御史，妻妾俱有子，至今子孙繁盛。有诗叹云：

> 郑氏元和已著名，三官嫖院是新闻。
> 风流子弟知多少，夫贵妻荣有几人？

第十卷　唐解元一笑姻缘

三通鼓角四更鸡，日色高升月色低。

时序秋冬又春夏，舟车南北复东西。

镜中次第人颜老，世上参差事不齐。

若向其间寻稳便，一壶浊酒一餐齑。

这八句诗乃吴中一个才子所作，那才子姓唐，名寅，字伯虎，聪明盖地，学问包天，书画音乐，无有不通；词赋诗文，一挥便就。为人放浪不羁，有轻世傲物之志。生于苏郡，家住吴趋。做秀才时，曾效连珠体，做《花月吟》十余首，句句中有花有月。如："长空影动花迎月，深院人归月伴花。""云破月窥花好处，夜深花睡月明中"等句，为人称颂。本府太守曹凤见之，深爱其才。值宗师科考，曹公以才名特荐。那宗师姓方，名志，鄞县人。最不喜古文辞。闻唐寅恃才豪放，不修小节，正要坐名黜治。却得曹公一力保救，虽然免祸，却不放他科举。直至临场，曹公再三苦求，附一名于遗才之末。是科遂中了解元。伯虎会试至京，文名益著，公卿皆折节下交，以识面为荣。有程詹事典试，颇开私径卖题，恐人议论，欲访一才名素著者为榜首，压服众心，得唐寅甚喜，许以会元。伯虎性素坦率，酒中便向人夸说："今年我定做会元了。"众人已闻程詹事有私，又忌伯虎之才，哄传主司不公，言官风闻动本，圣旨不许程詹事阅卷，与唐寅俱下诏狱问革。伯虎还乡，绝意功名，益放浪诗酒，人都称为唐解元。得唐解元诗文字画，片纸尺幅，如获重宝。其中惟画，尤其得意。平日心中喜怒哀乐，都寓之于丹青。每一画出，争以重价购之。有《言志》诗一绝为证：

不炼金丹不坐禅，不为商贾不耕田。

闲来写幅丹青卖，不使人间作业钱。

却说苏州六门：葑、盘、胥、阊、娄、齐。那六门中只有阊门最盛，乃舟车辐辏之所。真个是：

翠袖三千楼上下，黄金百万水东西。

五更市贩何曾绝，四远方言总不齐。

唐解元一日坐在阊门游船之上，就有许多斯文中人，慕名来拜，出扇求其字画。解元画了几笔水墨，写了几首绝句。那闻风而至者，其来愈多。解元不耐烦，命童子且把大杯斟酒来。解元倚窗独酌，忽见有画舫从旁摇过，舫中珠翠夺目，内有一青衣小鬟，眉目秀艳，体态绰约，舒头船外，注视解元，掩口而笑。须臾船过，解元神荡魂摇，问舟子："可认得去的那只船么？"舟人答言："此船乃无锡华学士府眷也。"解元欲尾其后，急呼小艇不至，心中如有所失。正要教童子去觅船，只见城中一只船儿，摇将出来。他也不管那船有载没载，把手相招，乱呼乱喊。那船渐渐至近，舱中一人，走出船头，叫声："伯虎，你要到何处去？这般要紧！"解元打一看时，不是别人，却是好友王雅宜。便道："急要答拜一个远来朋友，故此要紧，兄的船往哪里去？"雅宜道："弟同两个舍亲到茅山去进香，数日方回。"解元道："我也要到茅山进香，正没有人同去，如今只得要趁便了。"雅宜道："兄若要去，快些回家收拾，弟泊船在此相候。"解元道："就去罢了，又回家做什么！"雅宜道："香烛之类，也要备的。"解元道："到那里去买罢！"遂打发童子回去，也不别这些求诗画的朋友，径跳过船来，与舱中朋友叙了礼，连呼："快些开船。"舟子知是唐解元，不敢怠慢，即忙撑篙摇橹。行不多时，望见这只画舫就在前面。解元分付船上，随着大船而行。众人不知其故，只得依他。

次日到了无锡，见画舫摇进城里。解元道："到了这里，若不取惠山泉也就俗了。"叫船家移舟去惠山取了水，原到此处停泊，明日早行。"我们到城里略走一走，就来下船。"舟子答应自去。解元同雅宜三四人登岸，进了城，到那热闹的所在，撇了众人，独自一个去寻那画舫。却又不认得路径，东行西走，并不见些踪影。走了一回，穿出一条大街上来，忽听得吆喝之声。解元立住脚看时，只见十来个仆人前引一乘暖轿，自东而来，女从如云。自古道："有缘千里能相会。"那女从之中，阊门所见青衣小鬟，正在其内。解元心中欢喜，远远相随，直到一座大门楼下，女使出迎，一拥而入。询之傍人，说是华学士府，适才轿中乃夫人也。解元得了实信，问路出城，恰好船上取了水才到。少顷，王雅宜等也来了。问："解元那里去了？教我们寻得不耐烦！”解元道：“不知怎的，一挤就挤散了，又不认得路径，问了半日，方能到此。”并不题起此事。至夜半，忽于梦中狂呼，如魇魅之状。从人皆惊，唤醒问之。解元道：“适梦中见一金甲神人，持金杵击我，责我进香不虔。我叩头哀乞，愿斋戒一月，只身至山谢罪！天明，汝等开船自去，吾且暂回，不得相陪矣！”雅宜等信以为真。

至天明，恰好有一只小船来到，说是苏州去的。解元别了众人，跳上小船。行不多时，推说遗忘了东西，还要转去。袖中摸几文钱，赏了舟子，奋然登岸。到一饭店，办下旧衣、破帽，将衣巾换讫，如穷汉之状。走至华府典铺内，以典钱为由，与主管相见。卑词下气，问主管道：“小子姓康，名宣，吴县人氏，颇善书，处一个小馆为生。近因拙妻亡故，又失了馆，孤身无活，欲投一大家充书办之役，未知府上用得否？倘收用时，不敢忘恩！”因于袖中取出细楷数行，与主管观看。主管看那字，写得甚是端楷可爱，答道：“待我晚间进府禀过老爷，明日你来讨回话。”是晚，主管果然将字样禀知学士。学士看了，夸道：“写得好，不似俗人之笔，明日可唤来见我。”次早，解元便到典中，主管引进解元拜见了学士。学士见其仪表不俗，问过了姓名住居，又问：“曾读书么？”解元道：“曾考过几遍童生，不得进学，经书还都记得。”学士问是何经，解元虽习《尚书》，其实五经俱通的，晓得学士习《周易》，就答应道：“《易经》。”学士大喜道：“我书房中写帖的不缺，可送公子处作伴读。”问他要多少身价，解元道：“身价不敢领，只要求些衣服穿。待后老爷中意时，赏一房好媳妇足矣！”学士更喜，就叫主管于典中寻几件随身衣服与他换了，改名华安。送至书馆，见了公子。公子教华安抄写文字，文字中有字句不妥的，华安私加改窜。公子见他改得好，大惊道："你原来通文理，几时放下书本的？"华安道："从来不曾旷学，但为贫所迫耳。"公子大喜，将自己日课教他改削。华安笔不停挥，真有点铁成金手段。有时题义疑难，华安就与公子讲解；若公子做不出时，华安就通篇代笔。

先生见公子学问骤进，向主人夸奖。学士讨近作看了，摇头道："此非孺子所及，若非抄写，必是倩人。"呼公子诘问其由，公子不敢隐瞒，说道"曾经华安改窜。"学士大惊，唤华安到来出题面试。华安不假思索，援笔立就，手捧所作呈上。学士见其手腕如玉，但左手有枝指。阅其文，词意兼美，字复精工，愈加欢喜，道："你时艺如此，想古作亦可观也！"乃留内书房掌书记。一应往来书札，授之以意，辄令代笔，烦简曲当，学士从未曾增减一字。宠信日深，赏赐比众人加厚。华安时买酒食与书房诸童子共享，无不欢喜。因而潜访前所见青衣小鬟，其名秋香，乃夫人贴身伏侍，顷刻不离者。计无所出，乃因春暮，赋《黄莺调》以自叹：

风雨送春归，杜鹃愁，花乱飞，青苔满院朱门闭。孤灯半垂，孤衾半敧，萧萧孤影汪汪泪。忆归期，相思未了，春梦绕天涯。

学士一日偶到华安房中，见壁间之词，知安所题，甚加称奖。但以为壮年鳏处，不无感伤，初不意其有所属意也。适典中主管病故，学士令华安暂摄其事。月余，出纳谨慎，毫忽无私。学士欲遂用为主管，嫌其孤身无室，难以重托，乃与夫人商议，呼媒婆欲为娶妇。华安将银三两，送与媒婆，央他禀知夫人说："华安蒙老爷夫人提拔，复为置室，恩同天地。但恐外面小家之女，不习里面规矩。倘得于侍儿中择一人见配，此华安之愿也！"媒婆依言禀知夫人，夫人对学士说了。学士道："如此诚为两便。但华安初来时，不领身价，原指望一房好媳妇；今日又做了府中得力之人，倘然所配未中其意，难保其无他志也。不若唤他到中堂，将许多丫鬟听其自择。"夫人点头道是。

当晚夫人坐于中堂，灯烛辉煌，将丫鬟二十余人各盛饰装扮，排列两边，恰似一班仙女，簇拥着王母娘娘在瑶池之上。夫人传命唤华安，华安进了中堂，拜见了夫人。夫人道："老爷说你小心得用，欲赏你一房妻小，这几个粗婢中，任你自择。"叫老姆姆携烛下去照他一照。华安就烛光之下，看了一回，虽然尽有标致的，那青衣小鬟不在其内。华安立于傍边嘿然无语。夫人叫道："老姆姆，你去问华安：'那一个中你的意？就配与你。'"华安只不开言。夫人心中不乐，叫："华安，你好大眼孔，难道我这些丫头就没个中你意的？"华安道："复夫人，华安蒙夫人赐配，又许华安自择，这是旷古隆恩，粉身难报；只是夫人随身侍婢还来不齐，既蒙恩典，愿得尽观。"夫人笑道："你敢是疑我有吝啬之意。也罢！房中那四个一发唤出来与他看看，满他的心愿！"原来那四个是有执事的，叫做：

春媚、夏清、秋香、冬瑞。

春媚，掌首饰脂粉；夏清，掌香炉茶灶；秋香，掌四时衣服；冬瑞，掌酒果食品。管家老姆姆传夫人之命，将四个唤出来。那四个不及更衣，随身妆束。秋香依旧青衣。老姆姆引出中堂，站立夫人背后。室中蜡炬，光明如昼，华安早已看见了，昔日丰姿，宛然在目。还不曾开口，那老姆姆知趣，先来问道："可看中了谁？"华安心中明晓得是秋香，不敢说破，只将手指道："若得穿青这一位小娘子，足遂生平。"夫人回顾秋香，微微而笑，叫华安且出去。华安回典铺中，一喜一惧，喜者机会甚好，惧者未曾上手，惟恐不成。偶见月明如昼，独步徘徊，吟诗一首：

徙倚无聊夜卧迟，绿杨风静鸟栖枝。
难将心事和人说，说与青天明月知。

次日，夫人向学士说了。另收拾一所洁净房室，其床帐家火，无物不备。又合家童仆奉承他是新主管，担东送西，摆得一室之中，锦片相似。择了吉日，学士和夫人主婚，华安与秋香中堂双拜，鼓乐引至新房，合卺成婚，男欢女悦，自不必说。夜半，秋香向华安道："与君颇面善，何处曾相会来？"华安道："小娘子自去思想。"又过了几日，秋香忽问华安道："向日阊门游船中看见的可就是你？"华安笑道："是也！"秋香道："若然，君非下贱之辈，何故屈身于此？"华安道："吾为小娘子傍舟一笑，不能忘情，所以从权相就。"秋香道："妾昔见诸少年拥君，出素扇纷求书画，君一概不理，倚窗酌酒，旁若无人。妾知君非凡品，故一笑耳！"华安道："女子家能于流俗中识名士，诚红拂、绿绮之流也！"秋香道："此后于南门街上，似又会一次。"华安笑道："好利害眼睛！果然，果然！"秋香道："你既非下流，实是甚么样人？可将真姓名告我。"华安道："我乃苏州唐解元也，与你三生有缘，得谐所愿。今夜既然说破，不可久留，欲与你图谐老之策，你肯随我去否？"秋香道："解元为贱妾之故，不惜辱千金之躯，妾岂敢不惟命是从！”华安次日将典中帐目细细开了一本簿子，又将房中衣服首饰及床帐器皿另开一帐，又将各人所赠之物亦开一帐，纤毫不取。共是三宗帐目，锁在一个护书箧内，其钥匙即挂在锁上。又于壁间题诗一首：

拟向华阳洞里游，行踪端为可人留。
愿随红拂同高蹈，敢向朱家惜下流。
好事已成谁索笑？屈身今去尚含羞。
主人若问真名姓，只在康宣两字头。

是夜雇了一只小船，泊于河下。黄昏人静，将房门封锁，同秋香下船，连夜望苏州去了。

天晓，家人见华安房门封锁，奔告学士。学士教打开看时，床帐什物一毫不动，护书内帐目开载明白。学士沉思，莫测其故。抬头一看，忽见壁上有诗八句，读了一遍，想：“此人原名不是康宣。”又不知甚么意故，来府中住许多时，若是不良之人，财上又分毫不苟。又不知那秋香如何就肯随他逃走，如今两口儿又不知逃在那里？“我弃此一婢，亦有何难。只要明白了这桩事迹。”便叫家童唤捕人来，出信赏钱，各处缉获康宣、秋香。杳无影响。过了年余，学士也放过一边了。

忽一日学士到苏州拜客，从阊门经过。家童看见书坊中有一秀才坐而观书，其貌酷似华安，左手亦有枝指，报与学士知道。学士不信，分付此童再去看个详细，并访其人名姓。家童复身到书坊中，那秀才又和着一个同辈说话，刚下阶头。家童乖巧，悄悄随之。那两个转湾向潼子门下船去，仆从相随共有四五人。背后察其形相，分明与华安无二，只是不敢唐突。家童回转书坊，问店主：“适来在此看书的是什么人？”店主道：“是唐伯虎解元相公。今日是文衡山相公舟中请酒去了。”家童道：“方才同去的那一位可就是文相公么？”店主道：“那是祝枝山，也都是一般名士。”家童一一记了，回复了华学士。学士大惊，想道：“久闻唐伯虎放达不羁，难道华安就是他？明日专往拜谒，便知是否。”

次日写了名帖，特到吴趋坊拜唐解元。解元慌忙出迎，分宾而坐。学士再三审视，果肖华安。及捧茶，又见手白如玉，左有枝指，意欲问之，难于开口。茶罢，解元请学士书房中小坐，学士有疑未决，亦不肯轻别，遂同至书房。见其摆设齐整，啧啧叹羡。少停酒至，宾主对酌多时。学士开言道：“贵县有个康宣，其人读书不遇，甚通文理。先生识其人否？”解元唯唯。学士又道：“此人去岁曾佣书于舍下，改名华安。先在小儿馆中伴读，后在学生书房管书柬，后又在小典中为主管。因他无室，教他于贱婢中自择，他择得秋香成亲。数日后夫妇俱逃，房中日用之物一无所取，竟不知其何故？学生曾差人到贵处察访，并无其人，先生可略知风声么？”解元又唯唯。学士见他不明不白，只是胡答应，忍耐不住，只得又说道：“此人形容颇肖先生模样，左手亦有枝指，不知何故？”解元又唯唯。少顷，解元暂起身入内。学士翻看桌上书籍，见书内有纸一幅，题诗八句，读之，即壁上之诗也。解元出来，学士执诗问道：“这八句诗乃华安所作，此字亦华安之笔，如何有在尊处？必有缘故，愿先生一言以决学生之疑。”解元道：“容少停奉告。”学士心中愈闷道：“先生见教过了，学生还坐，不然即告辞矣！”解元道：“禀复不难，求老先生再用几杯薄酒。”学士又吃了数杯，解元巨觥奉劝。学士已半酣，道：“酒已过分，不能领矣！学生惓惓请教，止欲剖胸中之疑，并无他念。”解元道：“请用一箸粗饭。”饭后献茶，看看天晚，童子点烛到来。学士愈疑，只得起身告辞。解元道：“请老先生暂挪贵步，当决所疑。”命童子秉烛前引，解元陪学士随后共入后堂。

堂中灯烛辉煌，里面传呼：“新娘来！”只见两个丫鬟，伏侍一位小娘子，轻移莲步而出，珠珞重遮，不露娇面。学士惶悚退避，解元一把扯住衣袖，道：“此小妾也，通家长者，合当拜见，不必避嫌。”丫鬟铺毡，小娘子向上便拜，学士还礼不迭。解元将学士抱住，不要他还礼。拜了四拜，学士只还得两个揖，甚不过意。拜罢，解元携小娘子近学士之旁，带笑问道：“老先生请认一认，方才说学生颇似华安，不识此女亦似秋香否？”学士熟视大笑，慌忙作揖，连称得罪！解元道：“还该是学生告罪！”二人再至书房。解元命重整杯盘，洗盏更酌。酒中学士复叩其详，解元将阊门舟中相遇始末细说一遍，各各抚掌大笑。学士道："今日即不敢以记室相待，少不得行子婿之礼。"解元道："若要甥舅相行，恐又费丈人妆奁耳。"二人复大笑。是夜，尽欢而别。

学士回到舟中，将袖中诗句置于桌上，反覆玩味："首联道'拟向华阳洞里游'，是说有茅山进香之行了，'行踪端为可人留'，分明为中途遇了秋香，担阁住了。第二联'愿随红拂同高蹈，改向朱家惜下流'，他屈身投靠，便有相挈而逃之意。第三联'好事已成谁索笑？屈身今去尚含羞'，这两句明白。末联'主人若问真名姓，只在康宣两字头。'康字与唐字头一般，宣字与寅字头无二，是影着唐寅二字，我自不能推详耳。他此举虽似情痴，然封还衣饰，一无所取，乃礼义之人，不枉名士风流也。"学士回家，将这段新闻向夫人说了，夫人亦骇然。于是厚具装奁，约值千金，差当家老姆姆押送唐解元家。从此两家遂为亲戚，往来不绝。至今吴中把此事传作风流话柄。有唐解元《焚香默坐歌》，自述一生心事，最做得好！歌曰：

焚香嘿坐自省己，口里喃喃想心里。
心中有甚害人谋？口中有甚欺心语？
为人能把口应心，孝弟忠信从此始。
其余小德或出入，焉能磨涅吾行止。
头插花枝手把杯，听罢歌童看舞女。
食色性也古人言，今人乃以为之耻。
及至心中与口中，多少欺人没天理。
阴为不善阳掩之，则何益矣待劳耳。
请坐且听吾语汝，凡人有生必有死。
死见阎君面不惭，才是堂堂好男子。

第十一卷　白娘子永镇雷峰塔

山外青山楼外楼，西湖歌舞几时休？

暖风薰得游人醉，直把杭州作汴州。

话说西湖景致，山水鲜明。晋朝咸和年间，山水大发，汹涌流入西门。忽然水内有牛一头见，浑身金色。后水退，其牛随行至北山，不知去向。哄动杭州市上之人，皆以为显化。所以建立一寺，名曰金牛寺。西门，即今之涌金门，立一座庙，号金华将军。当时有一番僧，法名浑寿罗，到此武林郡云游，玩其山景，道："灵鹫山前小峰一座忽然不见，原来飞到此处。"当时人皆不信。僧言："我记得灵鹫山前峰岭，唤做灵鹫岭，这山洞里有个白猿，看我呼出为验。"果然呼出白猿来。山前有一亭，今唤做冷泉亭。又有一座孤山，生在西湖中。先曾有林和靖先生在此山隐居，使人搬挑泥石，砌成一条走路，东接断桥，西接栖霞岭，因此唤作孤山路。又唐时有刺史白乐天，筑一条路，南至翠屏山，北至栖霞岭，唤做白公堤，不时被山水冲倒，不只一番，用官钱修理。后宋时苏东坡来做太守，因见有这两条路被水冲坏，就买木石，起人夫筑得坚固。六桥上朱红栏杆，堤上栽种桃柳，到春景融和，端的十分好景，堪描入画，后人因此只唤做苏公堤。又孤山路畔，起造两条石桥，分开水势，东边唤做断桥，西边唤做西宁桥。真乃：

隐隐山藏三百寺，依稀云锁二高峰。

说话的，只说西湖美景，仙人古迹。俺今日且说一个俊俏后生，只因游玩西湖，遇着两个妇人，直惹得几处州城，闹动了花街柳巷。有分教才人把笔，编成一本风流话本。单说那子弟，姓甚名谁？遇着甚般样的妇人？惹出甚般样事？有诗为证：

清明时节雨纷纷，路上行人欲断魂。

借问酒家何处有，牧童遥指杏花村。

话说宋高宗南渡，绍兴年间，杭州临安府过军桥黑珠巷内，有一个宦家，姓李，名仁。见做南廊阁子库募事官，又与邵太尉管钱粮。家中妻子有一个兄弟许宣，排行小乙。他爹曾开生药店，自幼父母双亡，却在表叔李将仕家生药铺做主管，年方二十二岁。那生药店开在官巷口。忽一日，许宣在铺内做买卖，只见一个和尚来到门首，打个问讯，道："贫僧是保叔塔寺内僧，前日已送馒头并卷子在宅上。今清明节近，追修祖宗，望小乙官到寺烧香，勿误。"许宣道："小子准来。"和尚相别去了。许宣至晚归姐夫家去。原来许宣无有老小，只在姐姐家住。当晚与姐姐说："今日保叔塔和尚来请烧箱子，明日要荐祖宗，走一遭了来。"次日早起买了纸马、蜡烛、经幡、钱垛一应等项，吃了饭，换了新鞋袜；衣服，把箱子、钱马使条袱子包了，径到官巷口李将仕家来。李将仕见，问许宣何处去，许宣道："我今日要去保叔塔烧箱子，追荐祖宗，乞叔叔容暇一日。"李将仕道："你去便回。"

许宣离了铺中，入寿安坊，花市街，过井亭桥，往清河街后钱塘门，行石函桥，过放生碑，径到保叔塔寺。寻见送馒头的和尚，忏悔过疏头，烧了箱子，到佛殿上看众僧念经。吃斋罢，别了和尚，离寺迤逦闲走，过西宁桥、孤山路、四圣观，来看林和靖坟，到六一泉闲走。不期云生西北，雾锁东南，落下微微细雨，渐大起来。正是清明时节，少不得天公应时，催花雨下，那阵雨下得绵绵不绝。许宣见脚下湿，脱下了新鞋袜，走出四圣观来寻船，不见一只。正没摆布处，只见一个老儿摇着一只船过来。许宣暗喜，认时，正是张阿公。叫道："张阿公，搭我则个。"老儿听得叫，认时，原来是许小乙。将船摇近岸来，道："小乙官，着了雨，不知要何处上岸？"许宣道："涌金门上岸。"

这老儿扶许宣下船，离了岸，摇近丰乐楼来。摇不上十数丈水面，只见岸上有人叫道："公公，搭船则个。"许宣看时，是一个妇人，头戴孝头髻，乌云畔插着些素钗梳，穿一领白绢衫儿，下穿一条细麻布裙。这妇人肩下一个丫鬟，身上穿着青衣服，头上一双角髻，戴两条大红头须，插着两件着饰，手中捧着一个包儿，要搭船。那老张对小乙官道："因风吹火，用力不多，一发搭了他去。"许宣道："你便叫他下来。"老儿见说，将船傍了岸边，那妇人同丫鬟下船，见了许宣，起一点朱唇，露两行碎玉，向前道一个万福。许宣慌忙起身答礼。那娘子和丫鬟舱中坐定了，娘子把秋波频转，瞧着许宣。许宣平生是个老实之人，见了此等如花似玉的美妇人，傍边又是个俊俏美女样的丫鬟，也不免动念。那妇人道："不敢动问官人，高姓尊讳？"许宣答道："在下姓许，名宣，排行第一。"妇人道："宅上何处？"许宣道："寒舍住在过军桥黑珠儿巷，生药铺内做买卖。"那娘子问了一回，许宣寻思道："我也问他一问。"起身道："不敢拜问娘子高姓？潭府何处？"那妇人答道："奴家是白三班白殿直之妹，嫁了张官人，不幸亡过了，见葬在这雷岭。为因清明节近，今日带了丫鬟，往坟上祭扫了方回。不想值雨，若不是搭得官人便船，实是狼狈。"又闲讲了一回，迤逦船摇近岸。只见那妇人道："奴家一时心忙，不曾带得盘缠在身边，万望官人处借些船钱还了，并不有负。"许宣道："娘子自便，不妨，些须船钱，不必计较。"还罢船钱，那雨越不住，许宣挽了上岸。那妇人道："奴家只在箭桥双茶坊巷口，若不弃时，可到寒舍拜茶，纳还船钱。"许宣道："小事何消挂怀。天色晚了，改日拜望。"说罢，妇人共丫鬟自去。

许宣入涌金门，从人家屋檐下到三桥街，见一个生药铺，正是李将仕兄弟的店。许宣走到铺前，正见小将仕在门前。小将仕道："小乙哥，晚了那里去？"许宣道："便是去保叔塔烧篭子，着了雨，望借一把伞则个。"将仕见说，叫道："老陈，把伞来与小乙官去。"不多时，老陈将一把雨伞撑开，道："小乙官，这伞是清湖八字桥老实舒家做的，八十四骨，紫竹柄的好伞，不曾有一些儿破，将去休坏了！仔细，仔细！"许宣道："不必分付。"接了伞，谢了将仕，出羊坝头来，到后市街巷口。只听得有人叫道："小乙官人。"许宣回头看时，只见沈公井巷口小茶坊屋檐下，立着一个妇人，认得正是搭船的白娘子。许宣道："娘子如何在此？"白娘子道："便是雨不得住，鞋儿都踏湿了。教青青回家取伞和脚下。又见晚下来，望官人搭几步则个。"许宣和白娘子合伞到坝头，道："娘子到那里去？"白娘子道："过桥投箭桥去。"许宣道："小娘子，小人自往过军桥去，路又近了，不若娘子把伞将去，明日小人自来取。"白娘子道："却是不当，感谢官人厚意！"许宣沿人家屋檐下冒雨回来，只见姐夫家当直王安拿着钉靴雨伞来接不着，却好归来。到家内吃了饭。当夜思量那妇人，翻来覆去睡不着。梦中共日间见的一般，情意相浓。不想金鸡叫一声，却是南柯一梦。正是：

心猿意马驰千里，浪蝶狂蜂闹五更。

到得天明起来，梳洗罢，吃了饭，到铺中，心忙意乱，做些买卖也没心想。到午时后，思量道："不说一谎，如何得这伞来还人？"当时许宣见老将仕坐在柜上，向将仕说道："姐夫叫许宣归早些，要送人情，请暇半日。"将仕道："去了，明日早些来！"许宣唱个喏，径来箭桥双茶坊巷口寻问白娘子家里。问了半日，没一个认得。正踌躇间，只见白娘子家丫鬟青青，从东边走来。许宣道："姐姐，你家何处住？讨伞则个。"青青道："官人随我来。"许宣跟定青青，走不多路，道："只这里便是。"许宣看时，见一所楼房，门前两扇大门，中间四扇看街槅子眼，当中挂顶细密朱红帘子，四下排着十二把黑漆交椅，挂四幅名人山水古画。对门乃是秀王府墙。那丫头转入帘子内，道："官人请入里面坐。"许宣随步入到里面，那青青低低悄悄叫道："娘子，许小乙官人在此。"白娘子里面应道："请官人进里面拜茶。"许宣心下迟疑，青青三回五次催许宣进去。许宣转到里面，只见四扇暗槅子窗，揭起青布幕，一个坐起，桌上放一盆虎须菖蒲，两边也挂四幅美人，中间挂一幅神像，桌上放一个古铜香炉花瓶。那小娘子向前深深的道一个万福，道："夜来多蒙小乙官人应付周全，识荆之初，甚是感谢不浅！"许宣道："些微何足挂齿。"白娘子道："少坐拜茶。"茶罢，又道："片时薄酒三杯，表意而已。"许宣方欲推辞，青青已自把菜蔬、果品流水排将出来。许宣道："感谢娘子置酒，不当厚扰。"饮至数杯，许宣起身道："今日天色将晚，路远，小子告回。"娘子道："官人的伞，舍亲昨夜转借去了，再饮几杯，着人取来。"许宣道："日晚，小子要回。"娘子道："再饮一杯。"许宣道："饮馔好了，多感，多感！"白娘子道："既是官人要回，这伞相烦明日来取则个。"许宣只得相辞了回家。

至次日，又来店中做些买卖，又推个事故，却来白娘子家取伞。娘子见来，又备三杯相款。许宣道："娘子还了小子的伞罢，不必多扰。"那娘子道："既安排了，略饮一杯。"许宣只得坐下。那白娘子筛一杯酒，递与许宣，启樱桃口，露榴子牙，娇滴滴声音，带着满面春风，告道："小官人在上，真人面前说不得假话。奴家亡了丈夫，想必和官人有宿世姻缘，一见便蒙错爱。正是你有心，我有意。烦小乙官人寻一个媒证，与你共成百年姻眷，不枉天生一对，却不是好？”许宣听那妇人说罢，自己寻思：“真个好一段姻缘，若取得这个浑家，也不枉了。我自十分肯了，只是一件不谐，思量我日间李将仕家做主管，夜间在姐夫家安歇，虽有些少东西，只好办身上衣服，如何得钱来娶老小？”自沉吟不答。只见白娘子道：“官人何故不回言语？”许宣道：“多感过爱，实不相瞒，只为身边窘迫，不敢从命。”娘子道：“这个容易，我囊中自有余财，不必挂念。”便叫青青道：“你去取一锭白银下来。”只见青青手扶栏杆，脚踏胡梯，取下一个包儿来，递与白娘子。娘子道：“小乙官人，这东西将去使用，少欠时再来取。”亲手递与许宣。许宣接得包儿，打开看时，却是五十两雪花银子。藏于袖中，起身告回。青青把伞来还了许宣，许宣接得相别，一径回家，把银子藏了。当夜无话。

明日起来，离家到官巷口，把伞还了李将仕。许宣将些碎银子，买了一只肥好烧鹅、鲜鱼、精肉、嫩鸡、果品之类，提回家来。又买了一樽酒，分付养娘、丫鬟安排整下。那日却好姐夫李募事在家，饮馔俱已完备，来请姐夫和姐姐吃酒。李募事却见许宣请他，到吃了一惊，道：“今日做甚么子坏钞？日常不曾见酒盏儿面，今朝作怪！”三人依次坐定饮酒。酒至数杯，李募事道：“尊舅，没事教你坏钞做甚么？”许宣道：“多谢姐夫，切莫笑话，轻微何足挂齿。感谢姐夫、姐姐管雇多时，一客不烦二主人，许宣如今年纪长成，恐虑后无人养育，不是了处。今有一头亲事在此说起，望姐夫、姐姐与许宣主张，结果了一生终身也好。”姐夫、姐姐听得说罢，肚内暗自寻思，道：“许宣日常一毛不拔，今日坏得些钱钞，便要我替他讨老小？”夫妻二人，你我相看，只不回话。吃酒了，许宣自做买卖。过了三两日，许宣寻思道：“姐姐如何不说起？”忽一日，见姐姐问道：“曾向姐夫商量也不曾？”姐姐道：“不曾。”计宣道：“如何不曾商量？”姐姐道：“这个事不比别样的事，仓卒不得，又见姐夫这几日面色心焦，我怕他烦恼，不敢问他。”许宣道：“姐姐，你如何不上紧？这个有甚难处？你只怕我教姐夫出钱，故此不理。”许宣便起身到卧房中，开箱取出白娘子的银来，把与姐姐，道：“不必推故，只要姐夫做主。”姐姐道：“吾弟多时在叔叔家中做主管，积趱得这些私房，可知道要娶老婆！你且去，我安在此。”

却说李募事归来，姐姐道：“丈夫，可知小舅要娶老婆，原来自趱得些私房，如今教我倒换些零碎使用，我们只得与他完就这亲事则个。”李募事听得说道：“原来如此，得他积得些私房也好。拿来我看！”做妻的连忙将出银子，递与丈夫。李募事接在手中，番来覆去，看了上面凿的字号，大叫一声：“苦！不好了，全家是死！”那妻吃了一惊，问道：“丈夫，有甚么利害之事？”李募事道：“数日前邵太尉库内封记锁押俱不动，又无地穴得人，平空不见了五十锭大银。见今着落临安府提捉贼人，十分紧急，没有头路得获，累害了多少人。出榜缉捕，写着字号、锭数，‘有人捉获贼人、银子者，赏银五十两；知而不首，及窝藏贼人者，除正犯外，全家发边远充军。’这银子与榜上字号不差，正是邵太尉库内银子。即今捉捕十分紧急。正是火到身边，顾不得亲眷，自可去拨。明日事露，实难分说。不管他偷的、借的，宁可苦他，不要累我。只得将银子出首，免了一家之害。”老婆见说了，合口不得，目睁口呆。

当时拿了这锭银子，径到临安府出首。那大尹闻知这话，一夜不睡。次日，火速差缉捕使臣何立。何立带了伙伴，并一班眼明手快的公人，径到官巷口李家生药店提捉正贼许宣。到得柜边，发声喊，把许宣一条绳子绑缚了，一声锣，一声鼓，解上临安府来。正值韩大尹升厅，押过许宣，当厅跪下，喝声：“打！”许宣道：“告相公，不必用刑，不知许宣有何罪？”大尹焦躁道：“真赃正贼，有何理说！还说无罪？邵太尉府中不动封锁，不见了一号大银五十锭，见有李募事出首，一定这四十九锭也在你处。想不动封皮，不见了银子，你也是个妖人！不要打……”喝教：“拿些秽血来！”许宣方知是这事，大叫道：“不是妖人，待我分说！”大尹道：“且住！你且说这银子从何而来？”许宣将借伞、讨伞的上项事，一一细说一遍。大尹道：“白娘子是甚么样人？见住何处？”许宣道：“凭他说，是白三班白殿直的亲妹子，如今见住箭桥边双茶坊巷口，秀王墙对黑楼子高坡儿内住。”那大尹随即便叫缉捕使臣何立押领许宣，去双茶坊巷口捉拿本妇前来。

何立等领了钧旨，一阵做公的径到双茶坊巷口秀王府墙对黑楼子前看时，门前四扇看阶，中间两扇大门，门外避藉陛，坡前却是垃圾，一条竹子横夹着。何立等见了这个模样，到都呆了！当时就叫捉了邻人，上首是做花的后大，下首是做皮匠的孙公。那孙公摆忙的吃他一惊，小肠气发，跌倒在地。众邻舍都走来，道：“这里不曾有甚么白娘子。这屋不五六年前有一个毛巡检合家时病死了，青天白日常有鬼出来买东西，无人敢在里头住。几日前，有个疯子立在门前唱喏。”何立教众人解下横门竹竿，里面冷清清地，起一阵风，卷出一道腥气来。众人都吃了一惊，倒退几步。许宣看了，则声不得，一似呆的。做公的数中，有一个能胆大，排行第二，姓王，专好酒吃，都叫他做“好酒王二”。王二道：“都跟我来。”发声喊，一齐哄将入去，看时，板壁、坐起、桌凳都有。来到胡梯边，教王二前行，众人跟着，一齐上楼。楼上灰尘三寸厚，众人到房门前，推开房门一望，在上挂着一张帐子，箱笼都有，只见一个如花似玉穿着白的美貌娘子，坐在床上。众人看了，不敢向前。众人道：“不知娘子是神是鬼？我等奉临安大尹钧旨，唤你去与许宣执证公事。”那娘子端然不动。“好酒王二”道：“众人都不敢向前，怎的是了？你可将一坛酒来，与我吃了，做我不着，捉他去见大尹。”众人连忙叫两三个下去，提一坛酒来与王二吃。王二开了坛口，将一坛酒吃尽了，道：“做我不着！”将那空坛望着帐子内打将去。不打万事皆休，才然打去，只听得一声响，却是青天里打一个霹雳，众人都惊倒了！起来看时，床上不见了那娘子，只见明晃晃一堆银子。众人向前看了，道：“好了。”计数四十九锭。众人道：“我们将银子去见大尹也罢。”扛了银子，都到临安府。何立将前事禀覆了大尹。大尹道：“定是妖怪了。也罢，邻人无罪宁家。”差人送五十锭银子与邵太尉处，开个缘由，一一禀覆过了。许宣照“不应得为而为之事”，理重者决杖，免刺，配牢城营做工，满日疏放。牢城营乃苏州府管下，李募事因出首许宣，心上不安，将邵太尉给赏的五十两银子，尽数付与小舅作为盘费。李将仕与书二封，一封与押司范院长，一封与吉利桥下开客店的王主人。许宣痛哭一场，拜别姐夫、姐姐，带上行枷，两个防送人押着，离了杭州，到东新桥，下了航船。不一日，来到苏州。先把书去见了范院长并王主人。王主人与他官府上下使了钱，打发两个公人去苏州府，下了公文，交割了犯人，讨了回文，防送人自回。范院长、王主人保领许宣不入牢中，就在王主人门前楼上歇了。许宣心中闷癖，壁上题诗一首：

独上高楼望故乡，愁看斜日照纱窗。

平生自是真诚士，谁料相逢妖媚娘！

白白不知归甚处？青青岂识在何方？

抛离骨肉来苏地，思想家中寸断肠！

有话即长，无话即短。不觉光阴似箭，日月如梭，又在王主人家住了半年之上。忽遇九月下旬，那王主人正在门首闲立，看街上人来人往，只见远远一乘轿子，傍边一个丫鬟跟着，道："借问一声：此间不是王主人家么？"王主人连忙起身，道："此间便是。你寻谁人？"丫鬟道："我寻临安府来的许小乙官人。"主人道："你等一等，我便叫了他出来。"这乘轿子便歇在门前。王主人便入去，叫道："小乙哥，有人寻你。"许宣听得，急走出来，同主人到门前看时，正是青青跟着，轿子里坐着白娘子。许宣见了，连声叫道："死冤家！自被你盗了官库银子，带累我吃了多少苦，有屈无伸，如今到此地位，又赶来做甚么？可羞死人！"那白娘子道："小乙官人，不要怪我，今番特来与你分辩这件事。我且到主人家里面与你说。"白娘子叫青青取了包裹下轿。许宣道："你是鬼怪，不许入来。"挡住了门不放他。那白娘子与主人深深道了个万福，道："奴家不相瞒，主人在上，我怎的是鬼怪？衣裳有缝，对日有影。不幸先夫去世，教我如此被人欺负！做下的事是先夫日前所为，非干我事。如今怕你怨畅我。特地来分说明白了，我去也甘心。"主人道："且教娘子入来，坐了说。"那娘子道："我和你到里面，对主人家的妈妈说。"门前看的人自都散了。许宣入到里面，对主人家并妈妈道："我为他偷了官银子事，如此如此，因此教我吃场官司。如今又赶到此，有何理说？"白娘子道："先夫留下银子，我好意把你，我也不知怎的来的。"许宣道："如何做公的捉你之时，门前都是垃圾？就帐子里一响，不见了你？"白娘子道："我听得人说，你为这银子捉了去，我怕你说出我来，捉我到官，妆幌子羞人不好看。我无奈何，只得走去华藏寺前姨娘家躲了，使人担垃圾堆在门前，把银子安在床上，央邻舍与我说谎。"许宣道："你却走了去，教我吃官事！"白娘子道："我将银子安在床上，只指望要好，那里晓得有许多事情？我见你配在这里，我便带了些盘缠，搭船到这里寻你。如今分说都明白了，我去也。敢是我和你前生没有夫妻之分！"那王主人道："娘子许多路来到这里，难道就去？且在此间住几日，却理会。"青青道："既是主人家再三劝解，娘子且住两日。当初也曾许嫁小乙官人。"白娘子随口便道："羞杀人！终不成奴家没人要？只为分别是非而来。"王主人道："既然当初许嫁小乙哥，却又回去！且留娘子在此。"打发了轿子，不在话下。

过了数日，白娘子先自奉承好了主人的妈妈，那妈妈劝主人与许宣说合，选定十一月十一日成亲，共百年偕老。光阴一瞬，早到吉日良时。白娘子取出银两，央王主人办备喜筵，二人拜堂结亲。酒席散后，共入纱厨，白娘子放出迷人声态，颠鸾倒凤，百媚千娇，喜得许宣如遇神仙，只恨相见之晚。正好欢娱，不觉金鸡三唱，东方渐白。正是：

欢娱嫌夜短，寂寞恨更长。

自此日为始，夫妻二人如鱼似水，终日在王主人家快乐昏迷缠定。

日往月来，又早半年光景。时临春气融和，花开如锦，车马往来，街坊热闹。许宣问主人家道："今日如何人人出去闲游，如此喧嚷？"主人道："今日是二月半，男子妇人，都去看卧佛。你也好去承天寺里闲走一遭。"许宣见说，道："我和妻说一声，也去看一看。"许宣上楼来，和白娘子说："今日二月半，男子、妇人都去看卧佛，我也看一看就来。有人寻说话，回说不在家，不可出来见人。"白娘子道："有甚好看，只在家中却不好？看他做甚么？"许宣道："我去闲耍一遭就回，不妨。"许宣离了店内，有几个相识同走，到寺里看卧佛。绕廊下各处殿上观看了一遭。方出寺来，见一个先生，穿着道袍，头戴逍遥巾，腰系黄丝绦，脚着熟麻鞋，坐在寺前卖药，散施符水。许宣立定了看。那先生道："贫道是终南山道士，到处云游，散施符水，救人病患灾厄，有事的向前来。"那先生在人丛中看见许宣头上一道黑气，必有妖怪缠他，叫道："你近来有一妖怪缠你，其害非轻。我与你二道灵符，救你性命。一道符，三更烧，一道符放在自头发内。"许宣接了符，纳头便拜，肚内道："我也八九分疑惑那妇人是妖怪，真个是实。"谢了先生，径回店中。

至晚，白娘子与青青睡着了，许宣起来道："料有三更了。"将一道符放在自头发内，正欲将一道符烧化，只见白娘子叹一口气道："小乙哥和我许多时夫妻，尚兀自不把我亲热，却信别人言语，半夜三更，烧符来压镇我！你且把符来烧看！"就夺过符来，一时烧化，全无动静。白娘子道："却如何？说我是妖怪！"许宣道："不干我事，卧佛寺前一云游先生知你是妖怪。"白娘子道："明日同你去看他一看，如何模样的先生。"

次日，白娘子清早起来，梳妆罢，戴了钗环，穿上素净衣服，分付青青看管楼上。夫妻二人来到卧佛寺前。只见一簇人团团围着那先生，在那里散符水。只见白娘子睁一双妖眼，到先生面前喝一声："你好无礼！出家人枉在我丈夫面前说我是一个妖怪，书符来捉我！"那先生回言："我行的是五雷天心正法，凡有妖怪，吃了我的符，他即变出真形来。"那白娘子道："众人在此，你且书符来我吃看。"那先生书一道符，递与白娘子；白娘子接过符来，便吞下去。众人都看，没些动静。众人道："这等一个妇人，如何说是妖怪？"众人把那先生齐骂，那先生骂得口睁眼呆，半晌无言，惶恐满面。白娘子道："众位官人在此，他捉我不得，我自小学得个戏术，且把先生试来与众人看。"只见白娘子口内喃喃的不知念些甚么，把那先生却似有人擒的一般，缩做一堆，悬空而起。众人看了，齐吃一惊。许宣呆了。娘子道："若不是众位面上，把这先生吊他一年。"白娘子喷口气，只见那先生依然放下，只恨爹娘少生两翼，飞也似走了。众人都散了。夫妻依旧回来。不在话下。日逐盘缠，都是白娘子将出来用度。正是：

夫唱妇随，朝欢暮乐。

不觉光阴似箭，又是四月初八日，释迦佛生辰。只见街市上人抬着柏亭浴佛，家家布施。许宣对王主人道："此间与杭州一般。"只见邻舍边一个小的，叫做铁头，道："小乙官人，今日承天寺里做佛会，你去看一看。"许宣转身到里面，对白娘子说了。白娘子道："甚么好看，休去！"许宣道："去走一遭，散闷则个。"娘子道："你要去，身上衣服旧了，不好看，我打扮你去。"叫青青取新鲜时样衣服来。许宣着得不长不短，一似像体裁的，戴一顶黑漆头巾，脑后一双白玉环，穿一领青罗道袍，脚着一双皂靴，手中拿一把细巧百摺描金美人珊瑚坠上样春罗扇。打扮得上下齐整，那娘子分付一声，如莺声巧啭，道："丈夫早早回来，切勿教奴记挂！"许宣叫了铁头相伴，径到承天寺来看佛会。人人喝采："好个官人！"只听得有人说道："昨夜周将仕典当库内，不见了四五千贯金珠细软物件，见今开单告官挨查，没捉人处。"许宣听得，不解其意，自同铁头在寺。其日烧香官人、子弟、男女人等，往往来来，十分热闹。许宣道："娘子教我早回，去罢。"转身，人丛中不见了铁头，独自个走出寺门来。只见五六个人似公人打扮，腰里挂着牌儿，数中一个看了许宣，对众人道："此人身上穿的，手中拿的，好似那话儿。"数中一个认得许宣的道："小乙官，扇子借我一看。"许宣不知是计，将扇递与公人。那公人道："你们看这扇子扇坠，与单上开的一般！"从人喝声："拿了！"就把许宣一索子绑了，好似：

数只皂雕追紫燕，一群饿虎啖羊羔。

许宣道："众人休要错了，我是无罪之人。"众公人道："是不是，且去府前周将仕家分解！他店中失去五千贯金珠细软，白玉绦环，细巧百折扇，珊瑚坠子，你还说无罪？真赃正贼，有何分说！实是大胆汉子，把我们公人作等闲看成。见今头上、身上、脚上，都是他家物件，公然出外，全无忌惮！"许宣方才呆了，半晌不则声。许宣道："原来如此！不妨，不妨，自有人偷得。"众人道："你自去苏州府厅上分说。"

次日大尹升厅，押过许宣见了。大尹审问："盗了周将仕库内金珠宝物在于何处？从实供来，免受刑法拷打。"许宣道："禀上相公做主，小人穿的衣服物件皆是妻子白娘子的，不知从何而来。望相公明镜详辨则个！"大尹喝道："你妻子今在何处？"许宣道："见在吉利桥下王主人楼上。"大尹即差缉捕使臣袁子明，押了许宣，火速捉来。差人袁子明来到王主人店中，主人吃了一惊，连忙问道："做甚么？"许宣道："白娘子在楼上么？"主人道："你同铁头早去承天寺里，去不多时，白娘子对我说道：'丈夫去寺中闲耍，教我同青青照管楼上。此时不见回来，我与青青去寺前寻他去也，望乞主人替我照管。'出门去了，到晚不见回来。我只道与你去望亲戚，到今日不见回来。"众公人要王主人寻白娘子，前前后后，遍寻不见。袁子明将王主人捉了，见大尹回话。大尹道："白娘子在何处？"王主人细细禀覆了，道："白娘子是妖怪。"大尹一一问了，道："且把许宣监了。"王主人使用了些钱，保出在外，伺候归结。

且说周将仕正在对门茶坊内闲坐，只见家人报道："金珠等物都有了，在库阁头空箱子内。"周将仕听，慌忙回家看时，果然有了。只不见了头巾、绦环、扇子并扇坠。周将仕道："明是屈了许宣，平白地害了一个人，不好。"暗地里到与该房说了，把许宣只问个小罪名。

却说邵太尉使李募事到苏州干事，来王主人家歇。主人家把许宣来到这里，又吃官事，一一从头说了一遍。李募事寻思道："看自家面上亲眷，如何看做落？"只得与他央人情，上下使钱。一日，大尹把许宣一一供招明白，都做在白娘子身上，只做"不合不出首妖怪"等事，杖一百，配三百六十里，押发镇江府牢城营做工。李募事道："镇江去便不妨。我有一个结拜的叔叔，姓李，名克用，在针子桥下开生药店。我写一封书，你可去投托他。"许宣只得问姐夫借了些盘缠，拜谢了王主人并姐夫，就买酒饭与两个公人吃，收拾行李起程。王主人并姐夫送了一程，各自回去了。

且说许宣在路，饥餐渴饮，夜住晓行，不则一日，来到镇江。先寻李克用家，来到针子桥生药铺内。只见主管正在门前卖生药，老将仕从里面走出来，两个公人同许宣慌忙唱个喏道："小人是杭州李募事家中人，有书在此。"主管接了，递与老将仕。老将仕拆开看了，道："你便是许宣？"许宣道："小人便是。"李克用教三人吃了饭，分付当直的同到府中，下了公文，使用了钱，保领回家，防送人讨了回文，自归苏州去了。许宣与当直一同到家中，拜谢了克用，参见了老安人。克用见李募事书，说道："许宣原是生药店中主管。"因此留他在店中做买卖，夜间教他去五条巷卖豆腐的王公楼上歇。克用见许宣药店中十分精细，心中欢喜。原来药铺中有两个主管，一个张主管，一个赵主管。赵主管一生老实本分，张主管一生克剥

奸诈，倚着自老了，欺侮后辈。见又添了许宣，心中不悦，恐怕退了他，反生奸计，要嫉妒他。忽一日，李克用来店中闲看，问："新来的做买卖如何？"张主管听了，心中道："中我机谋了！"应道："好便好了，只有一件。……"克用道："有甚么一件？"老张道："他大主买卖肯做，小主儿就打发去了，因此人说他不好。我几次劝他，不肯依我。"老员外说："这个容易，我自分付他便了，不怕他不依。"赵主管在傍听得此言，私对张主管说道："我们都要和气，许宣新来，我和你照管

他才是。有不是，宁可当面讲，如何背后去说他？他得知了，只道我们嫉妒。”老张道：“你们后生家，晓得甚么！”天已晚了，各回下处。赵主管来许宣下处，道：“张主管在员外面前嫉妒你，你如今要愈加用心，大主、小主儿买卖，一般样做。”许宣道：“多承指教！我和你去闲酌一杯。”二人同到店中，左右坐下。酒保将要饭果碟摆下，二人吃了几杯。赵主管说：“老员外最性直，受不得触。你便依随他生性，耐心做买卖。”许宣道：“多谢老兄厚爱，谢之不尽！”又饮了两杯，天色晚了。赵主管道：“晚了路黑难行，改日再会。”许宣还了酒钱，各自散了。

许宣觉道有杯酒醉了，恐怕冲撞了人，从屋檐下回去。正走之间，只见一家楼上推开窗，将熨斗播灰下来，都倾在许宣头上。立住脚，便骂道：“谁家泼男女不生眼睛，好没道理！”只见一个妇人慌忙走下来，道：“官人休要骂，是奴家不是，一时失误了，休怪！”许宣半醉，抬头一看，两眼相观，正是白娘子。许宣怒从心上起，恶向胆边生，无明火焰腾腾高起三千丈，掩纳不住，便骂道：“你这贼贱妖精！连累得我好苦，吃了两场官事！”恨小非君子，无毒不丈夫。正是：

踏破铁鞋无觅处，得来全不费工夫。

许宣道：“你如今又到这里，却不是妖怪？”赶将入去，把白娘子一把拿住，道：“你要官休，私休？”白娘子陪着笑面，道：“丈夫，一夜夫妻百夜恩，和你说来事长。你听我说，当初这衣服都是我先夫留下的，我与你恩爱深重，教你穿在身上。恩将仇报，反成吴越。”许宣道：“那日我回来寻你，如何不见了？主人都说你同青青来寺前看我，因何又在此间？”白娘子道：“我到寺前，听得说你被捉了去，教青青打听不着，只道你脱身走了。怕来捉我，教青青连忙讨了一只船，到建康府娘舅家去。昨日才到这里。我也道连累你两场官事，也有何面目见你！你怪我也无用了，情意相投，做了夫妻，如今好端端，难道走开了？我与你情似泰山，恩同东海，誓同生死。可看日常夫妻之面，取我到下处，和你百年偕老，却不是好！”许宣被白娘子一骗，回嗔作喜，沉吟了半晌，被色迷了心胆，留连之意，不回下处，就在白娘子楼上歇了。次日，来上河五条巷王公楼家，对王公说：“我的妻子同丫鬟从苏州来到这里。”一一说了，道：“我如今搬回来一处过活。”王公道：“此乃好事，如何用说。”当日把白娘子同青青搬来王公楼上。

次日，点茶请邻舍。第三日，邻舍又与许宣接风，酒筵散了，邻舍各自回去，不在话下。第四日，许宣早起梳洗已罢，对白娘子说："我去拜谢东西邻舍，去做买卖去也。你同青青只在楼上照管，切勿出门！"分付已了，自到店中做买卖，早去晚回。

不觉光阴迅速，日月如梭，又过一月。忽一日，许宣与白娘子商量，去见主人李员外妈妈家眷。白娘子道："你在他家做主管，去参见了他，也好日常走动。"到次日，雇了轿子，径进里面，请白娘子上了轿，叫王公挑了盒儿，丫鬟青青跟随，一齐来到李员外家。下了轿子，进到里面，请员外出来。李克用连忙来见，白娘子深深道个万福，拜了两拜，妈妈也拜了两拜，内眷都参见了。原来李克用年纪虽然高大，却专一好色，见了白娘子有倾国之姿，正是：

三魂不附体，七魄在他身。

那员外目不转睛看白娘子。当时安排酒饭管待，妈妈对员外道："好个伶俐的娘子！十分容貌，温柔和气，本分老成。"员外道："便是，杭州娘子生得俊俏。"酒饮罢了，白娘子相谢自回。李克用心中思想："如何得这妇人共宿一宵？"眉头一簇，计上心来，道："六月十三是我寿诞之日，不要慌，教这妇人着我一个道儿。"

不觉乌飞兔走，才过端午，又是六月初间。那员外道："妈妈，十三日是我寿诞，可做一个筵席，请亲眷朋友闲耍一日，也是一生的快乐。"当日亲眷、邻友、主管人等，都下了请帖。次日，家家户户都送烛、面、手帕物件来。十三日都来赴筵，吃了一日。次日，是女眷们来贺寿，也有廿来个。且说白娘子也来，十分打扮，上着青织金衫儿，下穿大红纱裙，戴一头百巧珠翠金银首饰。带了青青，都到里面，拜了生日，参见了老安人。东阁下排着筵席。原来李克用吃虱子留后腿的人，因见白娘子容貌，设此一计，大排筵席。各各传杯弄盏，酒至半酣，却起身脱衣净手。李员外原来预先分付腹心养娘道："若是白娘子登东，他要进去，你可另引他到后面僻净房内去。"李员外设计已定，先自躲在后面。正是：

不劳钻穴逾墙事，稳做偷香窃玉人。

只见白娘子真个要去净手，养娘便引他到后面一间僻净房内去，养娘自回。那员外心中淫乱，捉身不住，不敢便走进去，却在门缝里张。不张万事皆休，则一张，那员外大吃一惊，回身便走，来到后边，望后倒了。

不知一命如何，先觉四肢不举！

那员外眼中不见如花似玉体态，只见房中蟠着一条吊桶来粗大白蛇，两眼一似灯盏，放出金光来。惊得半死，回身便走，一绊一跤。众养娘扶起看时，面青口白。主管慌忙用安魂定魄丹服了，方才醒来。老安人与众人都来看了，道："你为何大惊小怪做甚么？"李员外不说其事，说道："我今日起得早了，连日又辛苦了些，头风病发晕倒了。"扶去房里睡了。众亲眷主席，饮了几杯，酒筵散罢，众人作谢回家。

白娘子回到家中思想，恐怕明日李员外在铺中对许宣说出本相来。便生一条计，一头脱衣服，一头叹气。许宣道："今日出去吃酒，因何回来叹气？"白娘子道："丈夫，说不得，李员外原来假做生日，其心不善。因见我起身登东，他躲在里面，欲要奸骗我，扯裙扯裤来调戏我。欲待叫起来，众人都在那里，怕妆幌子。被我一推倒地，他怕羞没意思，假说晕倒了。这惶恐那里出气！"许宣道："既不曾奸骗你，他是我主人家，出于无奈，只得忍了这遭，休去便了。"白娘子道："你不与我做主，还要做人？"许宣道："先前多承姐夫写书教我投奔他家，亏他不阻，收留在家做主管，如今教我怎的好？"白娘子道："男子汉，我被他这般欺负，你还去他家做主管？"许宣道："你教我何处去安身？做何生理？"白娘子道："做人家主管也是下贱之事，不如自开一个生药铺。"许宣道："亏你说，只是那讨本钱？"白娘子道："你放心，这个容易。我明日把些银子，你先去赁了间房子，却又说话。"且说今是古，古是今，各处有这等出热的，间壁有一个人，姓蒋，名和，一生出热好事。次日，许宣问白娘子讨了些银子，教蒋和去镇江渡口马头上，赁了一间房子，买下一付生药厨柜，陆续收买生药。十月前后，俱已完备，选日开张药店，不去做主管。那李员外也自知惶恐，不去叫他。

许宣自开店来，不匡买卖一日兴一日，普得厚利。正在门前卖生药，只见一个和尚将着一个募缘簿子，道："小僧是金山寺和尚，如今七月初七日，是英烈龙王生日，伏望官人到寺烧香，布施些香钱。"许宣道："不必写名，我有一块好降香，舍与你拿去烧罢。"即便开柜取出，递与和尚。和尚接了，道："是日望官人来烧香。"打一个问讯去了。白娘子看见，道："你这杀才，把这一块好香与那贼秃去换酒肉吃！”许宣道：“我一片诚心舍与他，花费了也是他的罪过。”不觉又是七月初七日，许宣正开得店，只见街上闹热，人来人往。帮闲的蒋和道：“小乙官，前日布施了香，今日何不去寺内闲走一遭？”许宣道：“我收拾了，略待略待，和你同去。”蒋和道：“小人当得相伴。”许宣连忙收拾了，进去对白娘子道：“我去金山寺烧香，你可照管家里则个。”白娘子道：“无事不登三宝殿，去做甚么？”许宣道：“一者不曾认得金山寺，要去看一看；二者前日布施了，要去烧香。”白娘子道：“你既要去，我也挡你不得，只要依我三件事。”许宣道：“那三件？”白娘子道：“一件，不要去方丈内去；二件，不要与和尚说话；三件，去了就回。来得迟，我便来寻你也。”许宣道：“这个何妨，都依得。”

当时换了新鲜衣服鞋袜，袖了香盒，同蒋和径到江边，搭了船，投金山寺来。先到龙王堂烧了香，绕寺闲走了一遍，同众人信步来到方丈门前。许宣猛省道：“妻子分付我休要进方丈内去。”立住了脚不进去。蒋和道：“不妨事。他自在家中，回去只说不曾去便了。”说罢，走入去看了一回，便出来。且说方丈当中座上，坐着一个有德行的和尚，眉清目秀，圆顶方袍，看了模样，的是真僧。一见许宣走过，便叫侍者：“快叫那后生进来。”侍者看了一回，人千人万，乱滚滚的，又不记得他，回说：“不知他走那边去了？”和尚见说，持了禅杖，自出方丈来，前后寻不见。复身出寺来看，只见众人都在那里等风浪静了落船。那风浪越大了，道：“去不得。”正看之间，只见江心里一只船，飞也似来得快。许宣对蒋和道：“这般大风浪，过不得渡，那只船如何到来得快？”正说之间，船已将近。看时，一个穿白的妇人，一个穿青的女子来到岸边。仔细一认，正是白娘子和青青两个。许宣这一惊非小。白娘子来到岸边，叫道：“你如何不归？快来上船！”许宣却欲上船，只听得有人在背后喝道：“业畜！在此做甚么？”许宣回头看时，人说道：“法海禅师来了！”禅师道：“业畜，敢再来无礼，残害生灵！老僧为你特来。”白娘子见了和尚，摇开船，和青青把船一翻，两个都翻下水底去了。许宣回身看着和尚便拜：“告尊师，救弟子一条草命！”禅师道：“你如何遇着这妇人？”许宣把前项事情从头说了一遍。禅师听罢，道：“这妇人正是妖怪，汝可速回杭州去。如再来缠汝，可到湖南净慈寺里来寻我。”有诗四句：

本是妖精变妇人，西湖岸上卖娇声。

汝因不识遭他计，有难湖南见老僧。

许宣拜谢了法海禅师，同蒋和下了渡船，过了江，上岸归家。白娘子同青青都不见了，方才信是妖精。到晚来，教蒋和相伴过夜。心中昏闷，一夜不睡。

次日早起，叫蒋和看着家里，却来到针子桥李克用家，把前项事情告诉了一遍。李克用道："我生日之时，他登东，我撞将去，不期见了这妖怪，惊得我死去。我又不敢与你说这话。既然如此，你且搬来我这里住着，别作道理。"许宣作谢了李员外，依旧搬到他家。不觉住过两月有余。

忽一日，立在门前，只见地方总甲分付排门人等，俱要香花灯烛，迎接朝廷恩赦。原来是宋高宗策立孝宗，降赦通行天下，只除人命大事，其余小事，尽行赦放回家。许宣遇赦，欢喜不胜，吟诗一首，诗云：

感谢吾皇降赦文，网开三面许更新。

死时不作他邦鬼，生日还为旧土人。

不幸逢妖愁更甚，何期遇宥罪除根？

归家满把香焚起，拜谢乾坤再造恩。

许宣吟诗已毕，央李员外衙门上下打点，使用了钱，见了大尹，给引还乡。拜谢东邻西舍，李员外、妈妈、合家大小、二位主管，俱拜别了。央帮闲的蒋和买了些土物，带回杭州。

来到家中，见了姐夫、姐姐，拜了四拜。李募事见了许宣，焦躁道："你好生欺负人，我两遭写书教你投托人，你在李员外家娶了老小，不直得寄封书来教我知道，直恁的无仁无义！"许宣说："我不曾娶妻小。"姐夫道："见今两日前，有一个妇人，带着一个丫鬟，道是你的妻子。说你七月初七日去金山寺烧香，不见回来，那里不寻到。直到如今，打听得你回杭州，同丫鬟先到这里，等你两日了。"教人叫出那妇人和丫鬟，见了许宣。许宣看见，果是白娘子、青青。许宣见了，目睁口呆，吃了一惊。不在姐夫、姐姐面前说这话本，只得任他埋怨了一场。李募事教许宣共白娘子去一间房内去安身。许宣见晚了，怕这白娘子，心中慌了，不敢向前，朝着娘子跪在地下，道："不知你是何神何鬼？可饶我的性命！"白娘子道："小乙哥，是何道理？我和你许多时夫妻，又不曾亏负你，如何说这等没力气的话？"

许宣道："自从和你相识之后，带累我吃了两场官司。我到镇江府，你又来寻我。前日金山寺烧香，归得迟了，你和青青又直赶来，见了禅师，便跳下江里去了。我只道你死了，不想你又先到此。望乞可怜见，饶我则个！"白娘子圆睁怪眼，道："小乙官，我也只是为好，谁想到成怨本！我与你平生夫妇，共枕同衾，许多恩爱。如今却信别人闲言语，教我夫妻不睦。我如今实对你说，若听我言语，喜喜欢欢，万事皆休。若生外心，教你满城皆为血水，人人手攀洪浪，脚踏浑波，皆死于非命。"惊得许宣战战兢兢，半晌无言可答，不敢走近前去。青青劝道："官人，娘子爱你杭州人生得好，又喜你恩情深重。听我说，与娘子和睦了，休要疑虑。"许宣吃两个缠不过，叫道："却是苦耶！"只见姐姐在天井里乘凉，听得叫苦，连忙来到房前，只道他两个儿厮闹，拖了许宣出来。白娘子关上房门自睡。许宣把前因后事，一一对姐姐了告诉了一遍。却好姐夫乘凉归房，姐姐道："他两口儿厮闹了，如今不知睡了也未，你且去张一张了来。"李募事走到房前看时，里头黑了，半亮不亮，将舌头弄破纸窗，不张万事皆休，一张时，见一条吊桶来大的蟒蛇，睡在床上，伸头在天窗内乘凉，鳞甲内放出白光来，照得房内如同白日。吃了一惊，回身便走。来到房中，不说其事。道："睡了，不见则声。"许宣躲在姐姐房中，不敢出头，姐夫也不问他。

过了一夜，次日，李募事叫许宣出去，到僻静处，问道："你妻子从何娶来？实实的对我说，不要瞒我！自昨夜亲眼看见他是一条大白蛇，我怕你姐姐害怕，不说出来。"许宣把从头事，一一对姐夫说了一遍。李募事道"既是这等，白马庙前一个呼蛇戴先生，如法捉得蛇。我同你去接他。"二人取路来到白马庙前，只见戴先生正立在门口。二人道："先生拜揖。"先生道："有何见谕？"许宣道："家中有一条大蟒蛇，相烦一捉则个！"先生道："宅上何处？"许宣道："过军将桥黑珠儿巷内李募事家便是。"取出一两银子道："先生收了银子，待捉得蛇，另又相谢。"先生收了道："二位先回，小子便来。"李募事与许宣自回，那先生装了一瓶雄黄药水，一直来到黑珠儿巷内，问李募事家。人指道："前面那楼子内便是。"先生来到门前，揭起帘子，咳嗽一声，并无一个人出来。敲了半晌门，只见一个小娘子出来问道："寻谁家？"先生道："此是李募事家么？"小娘子道："便是。"先生道"说宅上有一条大蛇，却才二位官人来请小子捉蛇。"小娘子道："我家那有大蛇？你差了。”先生道：“官人先与我一两银子，说捉了蛇后，有重谢。”白娘子道：“没有，休信他们哄你。”先生道：“如何作耍？”白娘子三回五次发落不去，焦躁起来，道：“你真个会捉蛇？只怕你捉他不得！”戴先生道：“我祖宗七八代呼蛇捉蛇，量道一条蛇有何难捉！”娘子道：“你说捉得，只怕你见了要走！”先生道：“不走，不走！如走，罚一锭白银。”娘子道：“随我来。”到天井内，那娘子转个弯，走进去了。那先生手中提着瓶儿，立在空地上。不多时，只见刮起一阵冷风，风过处，只见一条吊桶来大的蟒蛇，连射将来，正是：

人无害虎心，虎有伤人意。

且说那戴先生吃了一惊，望后便倒，雄黄罐儿也打破了。那条大蛇张开血红大口，露出雪白齿，来咬先生。先生慌忙爬起来，只恨爹娘少生两脚，一口气跑过桥来，正撞着李募事与许宣。许宣道：“如何？”那先生道：“好教二位得知。”把前项事从头说了一遍。取出那一两银子，付还李募事道：“若不生这双脚，连性命都没了。二位自去照顾别人。”急急的去了。许宣道：“姐夫，如今怎么处？”李募事道：“眼见实是妖怪了，如今赤山埠前张成家欠我一千贯钱。你去那里静处讨一间房儿住下。那怪物不见了你，自然去了。”许宣无计可奈，只得应承。同姐夫到家时，静悄悄的，没些动静。李募事写了书帖，和票子做一封，教许宣往赤山埠去。只见白娘子叫许宣到房中，道：“你好大胆，又叫甚么捉蛇的来！你若和我好意，佛眼相看；若不好时，带累一城百姓受苦，都死于非命！”

许宣听得，心寒胆战，不敢则声。将了票子，闷闷不已。来到赤山埠前，寻着了张成，随即袖中取票时，不见了。只叫得苦，慌忙转步，一路寻回来的，那里见！正闷之间，来到净慈寺前。忽地里想起那金山寺长老法海禅师曾分付来：“倘若那妖怪再来杭州缠你，可来净慈寺内来寻我。如今不寻，更待何时！”急入寺中，问监寺道：“动问和尚，法海禅师曾来刹也未？”那和尚道：“不曾到来。”许宣听得说不在，越闷。折身便回来长桥堍下，自言自语道：“时衰鬼弄人，我要性命何用？”看着一湖清水，却待要跳！正是：

阎王判你三更到，定不容人到四更。

许宣正欲跳水，只听得背后有人叫道：“男子汉何故轻生！死了一万口，只当五千双，有事何不问我？”许宣回头看时，正是法海禅师，背驮衣钵，手提禅杖，原来真个才到。也是不该命尽，再迟一碗饭时，性命也休了。许宣见了禅师，纳头便拜，道：“救弟子一命则个！”禅师道：“这业畜在何处？”许宣把上项事一一诉了，道：“如今又直到这里，求尊师救度一命。”禅师于袖中取出一个钵盂，递与许宣，道：“你若到家，不可教妇人得知，悄悄地将此物劈头一罩，切勿手轻，紧紧的按住，不可心慌。你便回去。”

且说许宣，拜谢了禅师回家。只见白娘子正坐在那里，口内喃喃的骂道：“不知甚人挑拨我丈夫和我做冤家，打听出来，和他理会！”正是有心等了没心的，许宣张得他眼慢，背后悄悄的望白娘子头上一罩，用尽平生气力纳住，不见了女子之形，随着钵盂慢慢的按下，不敢手松，紧紧的按住。只听得钵盂内道：“和你数载夫妻，好没一些儿人情！略放一放！”许宣正没了结处，报道：“有一个和尚，说道：‘要收妖怪。’”许宣听得，连忙教李募事请禅师进来。来到里面，许宣道：“救弟子则个！”不知禅师口里念的甚么，念毕，轻轻的揭起钵盂，只见白娘子缩做七八寸长，如傀儡人像，双眸紧闭，做一堆儿伏在地下。禅师喝道：“是何业畜妖怪，怎敢缠人？可说备细！”白娘子答道：“禅师，我是一条大蟒蛇，因为风雨大作，来到西湖上安身，同青青一处。不想遇着许宣，春心荡漾，按纳不住，一时冒犯天条，却不曾杀生害命，望禅师慈悲则个！”禅师又问：“青青是何怪？”白娘子道：“青青是西湖内第三桥下潭内千年成气的青鱼，一时遇着，拖他为伴。他不曾得一日欢娱，并望禅师怜悯！”禅师道：“念你千年修炼，免你一死，可现本相！”白娘子不肯。禅师勃然大怒，口中念念有词，大喝道：“揭谛何在？快与我擒青鱼怪来，和白蛇现形，听吾发落！”须臾，庭前起一阵狂风，风过处，只闻得豁剌一声响，半空中坠下一个青鱼，有一丈多长，向地拨剌的连跳几跳，缩做尺余长一个小青鱼。看那白娘子时，也复了原形，变了三尺长一条白蛇，兀自昂头看着许宣。禅师将二物置于钵盂之内，扯下褊衫一幅，封了钵盂口，拿到雷峰寺前，将钵盂放在地下，令人搬砖运石，砌成一塔。后来许宣化缘，砌成了七层宝塔。千年万载，白蛇和青鱼不能出世。

且说禅师押镇了，留偈四句：

西湖水干，江湖不起；

雷峰塔倒，白蛇出世。

法海禅师言偈毕，又题诗八句，以劝后人：

奉劝世人休爱色，爱色之人被色迷。

心正自然邪不扰，身端怎有恶来欺。

但看许宣因爱色，带累官司惹是非。

不是老僧来救护，白蛇吞了不留些。

法海禅师吟罢，各人自散。惟有许宣情愿出家，礼拜禅师为师，就雷峰塔披剃为僧。修行数年，一夕坐化去了。众僧买龛烧化，造一座骨塔，千年不朽。临去世时，亦有诗四句，留以警世，诗曰：

祖师度我出红尘，铁树开花始见春。

化化轮回重化化，生生转变再生生。

欲知有色还无色，须识无形却有形。

色即是空空即色，空空色色要分明。

第十二卷　宿香亭张浩遇莺莺

闲向书斋阅古今，生非草木岂无情。

佳人才子多奇遇，难比张生遇李莺。

话说西洛有一才子，姓张，名浩，字巨源，自儿曹时清秀异众。既长，才擒蜀锦，貌莹寒冰，容止可观，言词简当。承祖父之遗业，家藏镪数万，以财豪称于乡里。贵族中有慕其门第者，欲结婚姻；虽媒妁日至，浩正色拒之。人谓浩曰："君今冠矣，男子二十而冠，何不求名家令德女子配君，其理安在？"浩曰："大凡百岁姻缘，必要十分美满。某虽非才子，实慕佳人。不遇出世娇姿，宁可终身鳏处。且俟功名到手之日，此愿或可遂耳！"缘此至弱冠之年，犹未纳室。浩性喜厚自奉养，所居连檐重阁，洞户相通，华丽雄壮，与王侯之家相等。浩犹以为隘窄，又于所居之北，创置一园。中有：

风亭月榭，杏坞桃溪；云楼上倚晴空，水阁下临清泚。横塘曲岸，露偃月虹桥；朱槛雕栏，叠生云怪石。烂熳奇花艳蕊，深沉竹洞花房。飞异域佳禽，植上林珍果。绿荷密锁寻芳路，翠柳低笼斗草场。

浩暇日，多与亲朋宴息其间。西都风俗，每至春时，园圃无大小，皆修莳花木，洒扫亭轩，纵游人玩赏，以此递相夸逞，士庶为常。浩闾巷有名儒廖山甫者，学行俱高，可为师范，与浩情爱至密。浩喜园馆新成，花木茂盛，一日，邀山甫闲步其中，行至宿香亭共坐。时当仲春，桃李正芳，牡丹花放，嫩白妖红，环绕亭砌。浩谓山甫曰："淑景明媚，非诗酒莫称韶光。今日幸无俗事，先饮数杯，然后各赋一诗，咏目前景物。虽园圃消疏，不足以当君之盛作，若得一诗，可以永为壮观。"山甫曰："愿听指挥。"浩喜，即呼小童，具饮器、笔砚于前。酒三行，方欲索题，忽遥见亭下花间，有流莺惊飞而起。山甫曰："莺语堪听，何故惊飞？"浩曰："此无他，料必有游人偷折花耳。邀先生一往观之。”遂下宿香亭，径入花阴，蹑足潜身，寻踪而去。过太湖石畔，芍药栏边，见一垂鬟女子，年方十五，携一小青衣，倚栏而立。但见：

新月笼眉，春桃拂脸，意态幽花未艳，肌肤嫩玉生光。莲步一折，着弓弓扣绣鞋儿；螺髻双垂，插短短紫金钗子。似向东君夸艳态，倚栏笑对牡丹丛！

浩一见之，神魂飘荡，不能自持。又恐女子惊避，引山甫退立花阴下，端详久之，真出世色也。告山甫曰：“尘世无此佳人，想必上方花月之妖！”山甫曰：“花月之妖，岂敢昼见？天下不乏美妇人，但无缘者自不遇耳。”浩曰：“浩阅人多矣，未尝见此殊丽。使浩得配之，足快平生。兄有何计，使我早遂佳期，则成我之恩，与生我等矣！”山甫曰：“以君之门第才学，欲结婚姻，易如反掌，何须如此劳神！”浩曰：“君言未当，若不遇其人，宁可终身不娶。今既遇之，即顷刻亦难捱也。媒妁通问，必须岁月，将无已在枯鱼之肆乎！”山甫曰：“但患不谐，苟得谐，何患晚也。请询其踪迹，然后图之。”浩此时情不自禁，遂整巾正衣，向前而揖。女子敛袂答礼。浩启女子曰：“贵族谁家？何因至此？”女子笑曰：“妾乃君家东邻也。今日长幼赴亲族家会，惟妾不行。闻君家牡丹盛开，故与青衣潜启隙户至此。”浩闻此语，乃知李氏之女莺莺也，与浩童稚时曾共扶栏之戏。再告女子曰：“敝园荒芜，不足寓目，幸有小馆，欲备肴酒，尽主人接邻里之欢，如何？”女曰：“妾之此来，本欲见君。若欲开樽，决不敢领。愿无及乱，略诉此情。”浩拱手鞠躬而言曰：“愿闻所谕！”女曰：“妾自幼年慕君清德，缘家有严亲，礼法所拘，无因与君聚会。今君犹未娶，妾亦垂髫，若不以丑陋见疏，为通媒妁，使妾异日奉箕帚之末，立祭祀之列，奉侍翁姑，和睦亲族，成两姓之好，无七出之玷，此妾之素心也。不知君心还肯从否？”浩闻此言，喜出望外，告女曰：“若得与丽人偕老，平生之乐事足矣。但未知缘分何如耳？”女曰：“两心既坚，缘分自定。君果见许，愿求一物为定，使妾藏之异时，表今日相见之情。”浩仓卒中无物表意，遂取系腰紫罗绣带，谓女曰：“取此以待定议。”女亦取拥项香罗，谓浩曰：“请君作诗一篇，亲笔题于罗上，庶几他时可以取信。”浩心转喜，呼童取笔砚，指栏中未开牡丹为题，赋诗一绝于香罗之上，诗曰：

沉香亭畔露凝枝，敛艳含娇未放时。

自是名花待名手，风流学士独题诗。

女见诗大喜，取香罗在手，谓浩曰："君诗句清妙，中有深意，真才子也。此事切宜缄口，勿使人知，无忘今日之言，必遂他时之乐。父母恐回，妾且归去。"道罢，莲步却转，与青衣缓缓而去。浩时酒兴方浓，春心淫荡，不能自遏，自言："下坡不赶，次后难逢。争忍弃人归去？杂花影下，细草如茵，略效鸳鸯，死亦无恨！"遂奋步赶上，双手抱持。女子顾恋恩情，不忍移步绝裾而去，正欲启口致辞，含羞告免。忽自后有人言曰："相见已非正礼，此事决然不可！若能用我一言，可以永谐百岁。"浩舍女回视，乃山甫也。女子已去。山甫曰："但凡读书，盖欲知礼别嫌。今君诵孔圣之书，何故习小人之态？若使女子去迟，父母先回，必询究其所往，则女祸延及于君。岂可恋一时之乐，损终身之德。请君三思，恐成后悔！"浩不得已，怏怏复回宿香亭上，与山甫尽醉散去。

自此之后，浩但当歌不语，对酒无欢，月下长吁，花前偷泪。俄而绿暗红稀，春光将暮。浩一日独步闲斋，反覆思念，一段离愁，方恨无人可诉。忽有老尼惠寂自外而来，乃浩家香火院之尼也。浩礼毕，问曰："吾师何来？"寂曰："专来传达书信。"浩问："何人致意于我？"寂移坐促席请浩曰："君东邻李家女子莺莺，再三申意。"浩大惊，告寂曰："宁有是事，吾师勿言！"寂曰："此事何必自隐？听寂拜闻：李氏为寂门徒二十余年，其家长幼相信。今日因往李氏诵经，知其女莺莺染病，寂遂劝令勤服汤药。莺屏去侍妾，私告寂曰：'此病岂药所能愈耶！'寂再三询其仔细，莺遂说及园中与君相见之事，又出罗巾上诗，向寂言：'此即君所作也。'令我致意于君，幸勿相忘，以图后会。盖莺与寂所言也，君何用隐讳耶？"浩曰："事实有之，非敢自隐。但虑传扬遐迩，取笑里闾。今日吾师既知，使浩如何而可？"寂曰："早来既知此事，遂与莺父母说及莺亲事，答云：'女儿尚幼，未能干家。'观其意在二三年后，方始议亲。更看君缘分如何？"言罢，起身谓浩曰："小庵事冗，不及款话，如日后欲寄音信，但请垂谕！"遂相别去。

自此香闺密意，书幌幽怀，皆托寂私传。光阴迅速，倏忽之间，已经一载。节过清明，桃李飘零，牡丹半折。浩倚栏凝视，睹物思人，情绪转添。久之，自思去岁此时，相逢花畔，今岁花又重开，玉人难见。沉吟半晌，不若折花数枝，托惠寂寄莺莺同赏。遂召寂至，告曰："今折得花数枝，烦吾师持往李氏，但云吾师所献。若见莺莺，作浩起居：去岁花开时，相见于西栏畔；今花又开，人犹间阻。相忆之心，言不可尽。愿似叶如花，年年长得相见。”寂曰：“此事易为，君可少待。”遂持花去。逾时复来，浩迎问：“如何？”寂于袖中取彩笺小柬，告浩曰：“莺莺寄君，切勿外启！”寂乃辞去。浩启封视之，曰：

妾莺莺拜启：相别经年，无日不怀思忆。前令乳母以亲事白于父母，坚意不可。事须后图，不可仓卒。愿君无忘妾，妾必不负君！姻若不成，誓不他适。其他心事，询寂可知。昨夜宴花前，众皆欢笑，独妾悲伤。偶成小词，略诉心事。君读之，可以见妾之意。读毕毁之，切勿外泄！

词曰：

红疏绿密时喧，还是困人天。相思极处，凝睛月下，洒泪花前。誓约已知俱有愿，奈目前两处悬悬！鸾凰未偶，清宵最苦，月色先圆。

浩览毕，敛眉长叹，曰：“好事多磨，信非虚也！”展放案上，反覆把玩，不忍释手。感刻寸心，泪下如雨。又恐家人见疑，询其所因，遂伏案掩面，偷声潜泣。良久，举首起视，见日影下窗，瞑色已至。浩思适来书中言：“心事讯寂可知”，今抱愁独坐，不若询访惠寂，究其仔细，庶几少解情怀。遂徐步出门，路过李氏之家。时夜色已阑，门户皆闭，浩至此，想像莺莺，心怀爱慕，步不能移，指李氏之门曰：“非插翅步云，安能入此？”方徘徊未进，忽见旁有隙户半开，左右寂无一人。浩大喜曰：“天赐此便，成我佳期。远托惠寂，不如潜入其中，探问莺莺消息。”浩为情爱所重，不顾礼法，蹑足而入。既到中堂，匿身回廊之下。左右顾盼，见：

闲庭悄悄，深院沉沉。静中闻风响丁当，暗里见流萤聚散。更筹渐急，窗中风弄残灯；夜色已阑，阶下月移花影。香闺想在屏山后，远似巫阳千万重。

浩至此，茫然不知所往。独立久之，心中顿省。自思设若败露，为之奈何？不惟身受苦楚，抑且玷辱祖宗，此事当款曲图之。不期隙户已闭，返转回廊，方欲寻路复归，忽闻室中有低低而唱者。浩思深院净夜，何人独歌？遂隐住侧身，静听所唱之词，乃《行香子》词：

雨后风微，绿暗红稀。燕巢成蝶绕残枝，杨花点点，永日迟迟，动离怀，牵别恨，鹧鸪啼。　　辜负佳期，虚度芳时。为甚褪尽罗衣？

宿香亭下，红芍栏西。当时情，今日恨，有谁知！

但觉如雏莺啭翠柳阴中，彩凤鸣碧梧枝上。想是清夜无人，调韵转美。浩审词察意，若非莺莺，谁知宿香亭之约？但得一见其面，死亦无悔。方欲以指击窗，询问仔细，忽有人叱浩曰：“良士非媒不聘，女子无故不婚。今女按板于窗中，小子逾墙到厅下，皆非善行，玷辱人伦。执诣有司，永作淫奔之戒。”

浩大惊退步，失脚堕于砌下，久之方醒。开目视之，乃伏案昼寝于书窗之下，时日将晡矣。浩曰：“异哉梦也！何显然如是？莫非有相见之期，故先垂吉兆告我？”方心绪扰扰未定，惠寂复来，浩讯其意。寂曰：“适来只奉小柬而去，有一事偶忘告君。莺莺传语，他家所居房后，乃君家之东墙也，高无数尺。其家初夏二十日，亲族中有婚姻事，是夕举家皆往，莺托病不行。令君至期，于墙下相待，欲逾墙与君相见，君切记之。”惠寂且去，浩欣喜之心，言不能尽。

屈指数日，已至所约之期。浩遂张帷幄，具饮馔，器用玩好之物，皆列于宿香亭中。日既晚，悉逐僮仆出外，惟留一小鬟。反闭园门，倚梯近墙，屏立以待。未久，夕阳消柳外，暝色暗花间，斗柄指南，夜传初鼓。浩曰：“惠寂之言岂非谑我乎？……”语犹未绝，粉面新妆，半出短墙之上，浩举目仰视，乃莺莺也。急升梯扶臂而下，携手偕行，至宿香亭上。明烛并坐，细视莺莺，欣喜转盛。告莺曰：“不谓丽人果肯来此！”莺曰：“妾之此身，异时欲作闺门之事，今日宁肯诳语！”浩曰：“肯饮少酒，共庆今宵佳会可乎？”莺曰：“难禁酒力，恐来朝获罪于父母。”浩

曰："酒既不饮，略歇如何？"莺笑倚浩怀，娇羞不语。浩遂与解带脱衣，入鸳帏共寝。但见：

宝炬摇红，麝烟吐翠。金缕绣屏深掩，绀纱斗帐低垂。并连鸳枕，如双双比目同波；共展香衾，似对对春蚕作茧。向人尤殢春情事，一搦纤腰怯未禁。

须臾，香汗流酥，相偎微喘。虽楚王梦神女，刘阮入桃源，相得之欢，皆不能比。少顷，莺告浩曰："夜色已阑，妾且归去。"浩亦不敢相留，遂各整衣而起。浩告莺曰："后会未期，切宜保爱！"莺曰："去岁偶然相遇，犹作新诗相赠，今夕得侍枕席，何故无一言见惠？岂非猥贱之躯，不足当君佳句？"浩笑谢莺曰："岂有此理！谨赋一绝：

华胥佳梦徒闻说，解佩江皋浪得声。
一夕东轩多少事，韩生虚负窃香名。

莺得诗，谓浩曰："妾之此身，今已为君所有，幸终始成之。"遂携手下亭，转柳穿花，至墙下，浩扶策莺升梯而去。

自此之后，虽音耗时通，而会遇无便。经数日，忽惠寂来告曰："莺莺致意，其父守官河朔，来日挈家登程，愿君莫忘旧好。候回日，当议秦晋之礼！"惠寂辞去。浩神悲意惨，度日如年，抱恨怀愁，俄经二载。一日，浩季父召浩语曰："吾闻不孝以无嗣为大，今汝将及当立之年，犹未纳室，虽未至绝嗣，而内政亦不可缺。此中有孙氏者，累世仕宦，家业富盛，其女年已及笄，幼奉家训，习知妇道。我欲与汝主婚，结亲孙氏。今若失之，后无令族。"浩素畏季父赋性刚暴，不敢抗拒，又不敢明言李氏之事，遂通媒妁，与孙氏议姻。

择日将成，而莺莺之父任满方归。浩不能忘旧情，乃遣惠寂密告莺曰："浩非负心，实被季父所逼，复与孙氏结亲，负心违愿，痛彻心髓！"莺谓寂曰："我知其叔父所为，我必能自成其事。"寂曰："善为之！"遂去。莺启父母曰："儿有过恶，玷辱家门，愿先启一言，然后请死！"父母惊骇，询问："我儿何自苦如此？"莺曰："妾自幼岁慕西邻张浩才名，曾以此身私许偕老。曾令乳母白父母欲与浩议姻，当日尊严不蒙允许。今闻浩与孙氏结婚，弃妾此身，将归何地？然女行已失，不可复嫁他人，此愿若违，含笑自绝！"父母惊谓莺曰："我止有一女，所恨未能选择佳婿。若早知，可以商议。今浩既已结婚，为之奈何！"莺曰："父母许以儿归浩，则妾自能措置。”父曰：“但愿亲成，一切不问。”莺曰：“果如是，容妾诉于官府。”遂取纸作状，更服旧妆，径至河南府讼庭之下。龙图阁待制陈公方据案治事，见一女子执状向前。公停笔问曰：“何事？”莺莺敛身跪告曰：“妾诚诳妄，上渎高明，有状上呈。”公令左右取状展视云：

告状妾李氏：切闻语云：‘女非媒不嫁。’此虽至论，亦有未然，何也？昔文君心喜司马，贾午志慕韩寿，此二女皆有私奔之名，而不受无媒之谤。盖所归得人，青史标其令德，注在篇章，使后人断其所为，免委身于庸俗。妾于前岁慕西邻张浩才名，已私许之偕老。言约已定，誓不变更。今张浩忽背前约，使妾呼天叩地，无所告投！切闻律设大法，礼顺人情。若非判府龙图明断，孤寡终身何恃！为此冒耻渎尊，幸望台慈，特赐予决！谨状。

陈公读毕，谓莺莺曰：“汝言私约已定，有何为据？”莺取怀中香罗并花笺上二诗，皆浩笔也。陈公命追浩至公庭，责浩与李氏既已约婚，安可再婚孙氏？浩仓卒但以叔父所逼为辞，实非本心。再讯莺曰：“尔意如何？”莺曰：“张浩才名，实为佳婿。使妾得之，当克勤妇道。实龙图主盟之大德。”陈公曰：“天生才子佳人，不当使之孤另，我今曲与汝等成之。”遂于状尾判云：

花下相逢，已有终身之约；中道而上，竟乖偕老之心。在人情既出至诚，论律文亦有所禁。宜从先约，可断后婚。

判毕，谓浩曰：“吾今判合与李氏为婚。”二人大喜，拜谢相公恩德，遂成夫妇，偕老百年。后生二子，俱擢高科。话名《宿香亭张浩遇莺莺》：

当年崔氏赖张生，今日张生仗李莺。
同是风流千古话，西厢不及宿香亭。

第十三卷　杜十娘怒沉百宝箱

扫荡残胡立帝畿，龙翔凤舞势崔嵬。

左环沧海天一带，右拥太行山万围。

戈戟九边雄绝塞，衣冠万国仰垂衣。

太平人乐华胥世，永永金瓯共日辉。

这首诗，单夸我朝燕京建都之盛。说起燕都的形势，北倚雄关，南压区夏，真乃金城天府，万年不拔之基。当先洪武爷扫荡胡尘，定鼎金陵，是为南京。到永乐爷从北平起兵靖难，迁于燕都，是为北京。只因这一迁，把个苦寒地面，变作花锦世界。自永乐爷九传至于万历爷，此乃我朝第十一代的天子。这位天子，聪明神武，德福兼全，十岁登基，在位四十八年，削平了三处寇乱。那三处？日本关白平秀吉，西夏哱承恩，播州杨应龙。平秀吉侵犯朝鲜，哱承恩、杨应龙是土官谋叛，先后削平。远夷莫不畏服，争来朝贡。真个是：

一人有庆民安乐，四海无虞国太平。

话中单表万历二十年间，日本国关白作乱，侵犯朝鲜。朝鲜国王上表告急，天朝发兵泛海往救。有户部官奏准，目今兵兴之际，粮饷未充，暂开纳粟入监之例。原来纳粟入监的，有几般便宜：好读书，好科举，好中，结末来又有个小小前程结果。以此宦家公子，富室子弟，到不愿做秀才，都去援例做太学生。自开了这例，两京太学生，各添至千人之外。内中有一人，姓李，名甲，字干先，浙江绍兴府人氏。父亲李布政所生三儿，惟甲居长。自幼读书在庠，未得登科，援例入于北雍。因在京坐监，与同乡柳遇春监生同游教坊司院内，与一个名姬相遇，那姬姓杜，名媺，排行第十，院中都称为杜十娘，生得：

浑身雅艳，遍体娇香。两弯眉画远山青，一对眼明秋水润。脸如莲萼，分明卓氏文君；唇似樱桃，何减白家樊素。可怜一片无瑕玉，误落风尘花柳中。

那杜十娘自十三岁破瓜，今一十九岁，七年之内，不知历过了多少公子王孙，一个个情迷意荡，破家荡产而不惜。院中传出四句口号来，道是：

坐中若有杜十娘，斗筲之量饮千觞。
院中若识杜老媺，千家粉面都如鬼。

却说李公子，风流年少，未逢美色，自遇了杜十娘，喜出望外，把花柳情怀，一担儿挑在他身上。那公子俊俏庞儿，温存性儿，又是撒漫的手儿，帮衬的勤儿，与十娘一双两好，情投意合。十娘因见鸨儿贪财无义，久有从良之志。又见李公子忠厚志诚，甚有心向他。奈李公子惧怕老爷，不敢应承。虽则如此，两下情好愈密，朝欢暮乐，终日相守，如夫妇一般；海誓山盟，向无他志，真个：

恩深似海恩无底，义重如山义更高。

再说杜妈妈女儿被李公子占住，别的富家巨室，闻名上门，求一见而不可得。初时李公子撒漫用钱，大差大使，妈妈胁肩谄笑，奉承不暇。日往月来，不觉一年有余，李公子囊箧渐渐空虚，手不应心，妈妈也就怠慢了。老布政在家闻知儿子嫖院，几遍写字来唤他回去。他迷恋十娘颜色，终是延挨。后来闻知老爷在家发怒，越不敢回。古人云："以利相交者，利尽而疏。"那杜十娘与李公子真情相好，见他手头愈短，心头愈热。妈妈也几遍教女儿打发李甲出院，见女儿不统口，又几遍将言语触突李公子，要激怒他起身。公子性本温克，词气愈和。妈妈没奈何，日逐只将十娘叱骂道："我们行户人家，吃客穿客，前门送旧，后门迎新；门庭闹如火，钱帛堆成垛。自从那李甲在此，混帐一年有余，莫说新客，连旧主顾都断了，分明接了个钟馗老，连小鬼也没得上门。弄得老娘一家人家，有气无烟，成什么模样！"杜十娘被骂，耐性不住，便回答道："那李公子不是空手上门的，也曾费过大钱来。"妈妈道："彼一时，此一时，你只教他今日费些小钱儿，把与老娘办些柴米，养你两口也好。别人家养的女儿便是摇钱树，千生万活；偏我家晦气，养了个退财白虎，开了大门，七件事般般都在老身心上。到替你这小贱人白白养着穷汉，教我衣食从何处来？你对那穷汉说：有本事出几两银子与我，到得你跟了他去，我别讨个丫头过活却不好？"十娘道："妈妈，这话是真是假？"妈妈晓得李甲囊无一钱，衣衫都典尽了，料他没处设法。便应道："老娘从不说谎，当真哩。"十娘道："娘，你要他许多银子？"妈妈道："若是别人，千把银子也讨了，可怜那穷汉出不起，只要他三百两，我自去讨一个粉头代替。只一件，须是三日内交付与我，左手交银，右手交人。若三日没有银时，老身也不管三七二十一，公子不公子，一顿孤拐，打那光棍出去，那时莫怪老身！"十娘道："公子虽在客边乏钞，谅三百金还措办得来。只是三日忒近，限他十日便好。"妈妈想道："这穷汉一双赤手，便限他一百日，他那里来银子。没有银子，便铁皮包脸，料也无颜上门。那时重整家风，媺儿也没得话讲。"答应道："看你面，便宽到十日。第十日没有银子，不干老娘之事。"十娘道："若十日内无银，料他也无颜再见了。只怕有了三百两银子，妈妈又翻悔起来。"妈妈道："老身年五十一岁了，又奉十斋，怎敢说谎？不信时与你拍掌为定。若翻悔时，做猪做狗。"

从来海水斗难量，可笑虔婆意不良。

料定穷儒囊底竭，故将财礼难娇娘。

是夜，十娘与公子在枕边，议及终身之事。公子道："我非无此心。但教坊落籍，其费甚多，非千金不可。我囊空如洗，如之奈何！"十娘道："妾已与妈妈议定只要三百金，便须十日内措办。郎君游资虽罄，然都中岂无亲友可以借贷？倘得如数，妾身遂为君之所有，省受这虔婆之气。"公子道："亲友中为我留恋行院，都不相顾。明日只做束装起身，各家告辞，就开口假贷路费，凑聚将来，或可满得此数。"起身梳洗，别了十娘出门。十娘道："用心作速，专听佳音。"公子道："不须分付。"

公子出了院门，来到三亲四友处，假说起身告别，众人到也欢喜。后来叙到路费欠缺，意欲借贷。常言道："说着钱，便无缘。"亲友们就不招架。他们也见得是，道李公子是风流浪子，迷恋烟花，年许不归，父亲都为他气坏在家。他今日抖然要回，未知真假。倘或说骗盘缠到手，又支还脂粉钱，父亲知道，将好意翻成恶意，始终只是一怪，不如辞了干净。便回道："目今正值空乏，不能相济，惭愧！惭愧！"人人如此，个个皆然，并没有个慷慨丈夫，肯统口许他一十、二十两。李公子一连奔走了三日，分毫无获，又不敢回决十娘，权且含糊答应。到第四日又没想头，就羞回院中。平日间有了杜家，连下处也没有了，今日就无处投宿，只得往同乡柳监生寓所借歇。柳遇春见公子愁容可掬，问其来历。公子将杜十娘愿嫁之情，备细说了。遇春摇首道：“未必，未必。那杜嫩曲中第一名姬，要从良时，怕没有十斛明珠，千金聘礼？那鸨儿如何只要三百两？想鸨儿怪你无钱使用，白白占住他的女儿，设计打发你出门。那妇人与你相处已久，又碍却面皮，不好明言。明知你手内空虚，故意将三百两卖个人情，限你十日。若十日没有，你也不好上门；便上门时，他会说你笑你，落得一场亵渎，自然安身不牢。此乃烟花逐客之计。足下三思，休被其惑。据弟愚意，不如早早开交为上。”公子听说，半晌无言，心中疑惑不定。遇春又道：“足下莫要错了主意。你若真个还乡，不多几两盘费，还有人搭救。若是要三百两时，莫说十日，就是十个月也难。如今的世情，那肯顾缓急二字的。那烟花也算定你没处告债，故意设法难你。”公子道：“仁兄所见良是。”口里虽如此说，心中割舍不下。依旧又往外边东央西告，只是夜里不进院门了。公子在柳监生寓中，一连住了三日，共是六日了。

杜十娘连日不见公子进院，十分着紧，就教小厮四儿街上去寻。四儿寻到大街，恰好遇见公子。四儿叫道：“李姐夫，娘在家里望你。”公子自觉无颜，回复道：“今日不得功夫，明日来罢。”四儿奉了十娘之命，一把扯住，死也不放，道：“娘叫咱寻你，是必同去走一遭。”李公子心上也牵挂着表子，没奈何，只得随四儿进院。见了十娘，嘿嘿无言。十娘问道：“所谋之事如何？”公子眼中流下泪来。十娘道：“莫非人情淡薄，不能足三百之数么？”公子含泪而言，道出二句：

不信上山擒虎易，果然开口告人难。

一连奔走六日，并无铢两，一双空手，羞见芳卿，故此这几日不敢进院。今日承命呼唤，忍耻而来，非某不用心，实是世情如此。”十娘道：“此言休使虔婆知道。郎君今夜且住，妾别有商议。”十娘自备酒肴，与公子欢饮。睡至半夜，十娘对公子道：“郎君果不能办一钱耶？妾终身之事，当如何也？”公子只是流涕，不能答一语。渐渐五更天晓，十娘道：“妾所卧絮褥内藏有碎银一百五十两，此妾私蓄，郎君可持去。三百金，妾任其半，郎君亦谋其半，庶易为力。限只四日，万勿迟误。”十娘起身将褥付公子，公子惊喜过望，唤童儿持褥而去。径到柳遇春寓中，又把夜来之情与遇春说了。将褥拆开看时，絮中都裹着零碎银子，取出兑时果是一百五十两。遇春大惊道：“此妇真有心人也。既系真情，不可相负。吾当代为足下谋之。”公子道：“倘得玉成，决不有负。”当下柳遇春留李公子在寓，自出头各处去借贷。两日之内，凑足一百五十两交付公子道："吾代为足下告债，非为足下，实怜杜十娘之情也。"

李甲拿了三百两银子，喜从天降，笑逐颜开，欣欣然来见十娘，刚是第九日，还不足十日。十娘问道："前日分毫难借，今日如何就有一百五十两？"公子将柳监生事情，又述了一遍。十娘以手加额道："使吾二人得遂其愿者，柳君之力也。"两个欢天喜地，又在院中过了一晚。次日，十娘早起，对李甲道："此银一交，便当随郎君去矣。舟车之类，合当预备。妾昨日于姊妹中借得白银二十两，郎君可收下为行资也。"公子正愁路费无出，但不敢开口，得银甚喜。说犹未了，鸨儿恰来敲门叫道："媺儿，今日是第十日了。"公子闻叫，启户相延道："承妈妈厚意，正欲相请。"便将银三百两放在桌上。鸨儿不料公子有银，嘿然变色，似有悔意，十娘道："儿在妈妈家中八年，所致金帛，不下数千金矣。今日从良美事，又妈妈亲口所订，三百金不欠分毫，又不曾过期。倘若妈妈失信不许，郎君持银去，儿即刻自尽。恐那时人财两失，悔之无及也。"鸨儿无词以对，腹内筹画了半晌，只得取天平兑准了银子，说道："事已如此，料留你不住了。只是你要去时，即今就去。平时穿戴衣饰之类，毫厘休想。"说罢，将公子和十娘推出房门，讨锁来就落了锁。此时九月天气，十娘才下床，尚未梳洗，随身旧衣，就拜了妈妈两拜。李公子也作了一揖。一夫一妇，离了虔婆大门。

鲤鱼脱却金钩去，摆尾摇头再不来。

公子教十娘且住片时："我去唤个小轿抬你，权往柳荣卿寓所去，再作道理。"十娘道："字中诸姊妹平昔相厚，理宜话别。况前日又承他借贷路费，不可不一谢也。"乃同公子到各姊妹处谢别，姊妹中惟谢月朗、徐素素与杜家相近，尤与十娘亲厚。十娘先到谢月朗家，月朗见十娘秃髻旧衫，惊问其故，十娘备述来因。又引李甲相见，十娘指月朗道："前日路资，是此位姐姐所贷，郎君可致谢。"李甲连连作揖。月郎便教十娘梳洗，一面去请徐素素来家相会。十娘梳洗已毕，谢、徐二美人各出所有，翠钿金钏，瑶簪宝珥，锦袖花裙，鸾带绣履，把杜十娘装扮得焕然一新，备酒作庆贺筵席。月朗让卧房与李甲、杜媺二人过宿。次日，又大排筵席，遍请院中姊妹。凡十娘相厚者，无不毕集。都与他夫妇把盏称喜。吹弹歌舞，各逞其长，务要尽欢，直饮至夜分。十娘向众姊妹一一称谢。众姊妹道："十姊为风流领袖，今从郎君去，我等相见无日。何日长行，姊妹们尚当奉送。"

月朗道："候有定期，小妹当来相报。但阿姊千里间关，同郎君远去，囊箧萧条，曾无约束，此乃吾等之事。当相与共谋之，勿令姊有穷途之虑也。"众姊妹各唯唯而散。

是晚，公子和十娘仍宿谢家。至五鼓，十娘对公子道："吾等此去，何处安身？郎君亦曾计议有定着否？"公子道："老父盛怒之下，若知娶妓而归，必然加以不堪，反致相累。展转寻思，尚未有万全之策。"十娘道："父子天性，岂能终绝。既然仓卒难犯，不若与郎君于苏杭胜地，权作浮居。郎君先回，求亲友于尊大人面前劝解和顺，然后携妾于归，彼此安妥。"公子道："此言甚当。"次日，二人起身辞了谢月郎，暂往柳监生寓中，整顿行装。杜十娘见了柳遇春，倒身下拜，谢其周全之德："异日我夫妇必当重报。"遇春慌忙答礼道："十娘钟情所欢，不以贫窭易心，此乃女中豪杰。仆因风吹火，谅区区何足挂齿！"三人又饮了一日酒。次早，择了出行吉日，雇倩轿马停当。十娘又遣童儿寄信，别谢月朗。临行之际，只见肩舆纷纷而至，乃谢月朗与徐素素拉众姊妹来送行。月朗道："十姊从郎君千里间关，囊中消索，吾等甚不能忘情。今合具薄贶，十姊可检收，或长途空乏，亦可少助。"说罢，命从人挈一描金文具至前，封锁甚固，正不知什么东西在里面。十娘也不开看，也不推辞，但殷勤作谢而已。须臾，舆马齐集，仆夫催促起身。柳监生三杯别酒，和众美人送出崇文门外，各各垂泪而别。正是：

他日重逢难预必，此时分手最堪怜。

再说李公子同杜十娘行至潞河，舍陆从舟，却好有瓜洲差使船转回之便，讲定船钱，包了舱口。比及下船时，李公子囊中并无分文余剩。你道杜十娘把二十两银子与公子，如何就没了？公子在院中嫖得衣衫蓝缕，银子到手，未免在解库中取赎几件穿着，又制办了铺盖，剩来只勾轿马之费。公子正当愁闷，十娘道："郎君勿忧，众姊妹合赠，必有所济。"乃取钥开箱。公子在傍自觉惭愧，也不敢窥觑箱中虚实。只见十娘在箱里取出一个红绢袋来，掷于桌上道："郎君可开看之。"公子提在手中，觉得沉重，启而观之，皆是白银，计数整五十两。十娘仍将箱子下锁，亦不言箱中更有何物。但对公子道："承众姊妹高情，不惟途路不乏，即他日浮寓吴越间，亦可稍佐吾夫妻山水之费矣。"公子且惊且喜道："若不遇恩卿，我李甲流落他乡，死无葬身之地矣！此情此德，白头不敢忘也。"自此每谈及往事，公子必感激流涕。十娘亦曲意抚慰，一路无话。

不一日，行至瓜洲，大船停泊岸口。公子别雇了民船，安放行李。约明日侵晨，剪江而渡。其时仲冬中旬，月明如水，公子和十娘坐于舟首。公子道："自出都门，困守一舱之中，四顾有人，未得畅语。今日独据一舟，更无避忌。且已离塞北，初近江南，宜开怀畅饮，以舒向来抑郁之气，恩卿以为何如？"十娘道："妾久疏谈笑，亦有此心，郎君言及，足见同志耳。"公子乃携酒具于船首，与十娘铺毡并坐，传杯交盏，饮至半酣，公子执卮对十娘道："恩卿妙音，六院推首。某相遇之初，每闻绝调，辄不禁神魂之飞动。心事多违，彼此郁郁，鸾鸣凤奏，久矣不闻。今清江明月，深夜无人，肯为我一歌否？"十娘兴亦勃发，遂开喉顿嗓，取扇按拍，呜呜咽咽，歌出元人施君美《拜月亭》杂剧上"状元执盏与婵娟"一曲，名《小桃红》。真个：

声飞霄汉云皆驻，响入深泉鱼出游。

却说他舟有一少年，姓孙，名富，字善赉，徽州新安人氏。家资巨万，积祖扬州种盐。年方二十，也是南雍中朋友。生性风流，惯向青楼买笑，红粉追欢；若嘲风弄月，到是个轻薄的头儿。事有偶然，其夜亦泊舟瓜洲渡口，独酌无聊。急听得歌声嘹亮，凤吟鸾吹，不足喻其美。起立船头，伫听半晌，方知声出邻舟。正欲相访，音响倏已寂然。乃遣仆者潜窥踪迹，访于舟人。但晓得是李相公雇的船，并不知歌者来历。孙富想道："此歌者必非良家，怎生得他一见？"展转寻思，通宵不寐。挨至五更，忽闻江风大作。及晓，彤云密布，狂雪飞舞。怎见得，有诗为证：

千山云树灭，万径人踪绝。

扁舟蓑笠翁，独钓寒江雪。

因这风雪阻渡，舟不得开。孙富命艄公移船，泊于李家舟之傍。孙富貂帽狐裘，推窗假作看雪。值十娘梳洗方毕，纤纤玉手，揭起舟傍短帘，自泼盂中残水，粉容微露，却被孙富窥见了，果是国色天香。魂摇心荡，迎眸注目，等候再见一面，杳不可得。沉思久之，乃倚窗高吟高学士《梅花诗》二句，道：

雪满山中高士卧，月明林下美人来。

李甲听得邻舟吟诗，舒头出舱，看是何人。只因这一看，正中了孙富之计。孙富吟诗，正要引李公子出头，他好乘机攀话。当下慌忙举手，就问："老兄尊姓何讳？"李公子叙了姓名乡贯，少不得也问那孙富，孙富也叙过了。又叙了些太学中的闲话，渐渐亲熟。孙富便道："风雪阻舟，乃天遣与尊兄相会，实小弟之幸也。舟次无聊，欲同尊兄上岸，就酒肆中一酌，少领清诲，万望不拒。"公子道："萍水相逢，何当厚扰？"孙富道："说那里话！'四海之内，皆兄弟也。'"喝教艄公打跳，童儿张伞，迎接公子过船，就于船头作揖。然后让公子先行，自己随后，各各登跳上涯。行不数步，就有个酒楼，二人上楼，拣一副洁净座头，靠窗而坐。酒保列上酒肴。孙富举杯相劝，二人赏雪饮酒。先说些斯文中套话，渐渐引入花柳之事。二人都是过来之人，志同道合，说得入港，一发成相知了。孙富屏去左右，低低问道："昨夜尊舟清歌何人也？"李甲正要卖弄在行，遂实说道："此乃北京名姬杜十娘也。"孙富道："既系曲中姊妹，何以归兄？"公子遂将初遇杜十娘，如何相好，后来如何要嫁，如何借银讨他，始末根由，备细述了一遍。孙富道："兄携丽人而归，固是快事，但不知尊府中能相容否？"公子道："贱室不足虑。所虑者，老父性严，尚费踌躇耳！"孙富将机就机，便问道："既是尊大人未必相容，兄所携丽人，何处安顿？亦曾通知丽人，共作计较否？"公子攒眉而答道："此事曾与小妾议之。"孙富欣然问道："尊宠必有妙策。"公子道："他意欲侨居苏杭，流连山水。使小弟先回，求亲友宛转于家君之前。俟家君回嗔作喜，然后图归，高明以为何如？"孙富沉吟半晌，故作愀然之色，道："小弟乍会之间，交浅言深，诚恐见怪。"公子道："正赖高明指教，何必谦逊？"孙富道："尊大人位居方面，必严帷薄之嫌，平时既怪兄游非礼之地，今日岂容兄娶不节之人。况且贤亲贵友，谁不迎合尊大人之意者？兄枉去求他，必然相拒。就有个不识时务的进言于尊大人之前，见尊大人意思不允，他就转口了。兄进不能和睦家庭，退无词以回复尊宠。即使留连山水，亦非长久之计。万一资斧困竭，岂不进退两难！"公子自知手中只有五十金，比时费去大半，说到资斧困竭，进退两难，不觉点头道是。孙富又道："小弟还有句心腹之谈，兄肯俯听否？"公子道："承兄过爱，更求尽言。"孙富道："疏不间亲，还是莫说罢。"公子道："但说何妨。"孙富道："自古道妇人水性无常，况烟花之辈，少真多假。他既系六院名姝，相识定满天下。或者南边原有旧约，借兄之力，挈带而来，以为他适之地。"公子道："这个恐未必然。"孙富道："即不然，江南子弟，最工轻薄，兄留丽人独居，难保无逾墙钻穴之事。若挈之同归，愈增尊大人之怒。为兄之计，未有善策。况父子天伦，必不可绝。若为妾而触父，因妓而弃家，海内必以兄为浮浪不经之人。异日妻不以为夫，弟不以为兄，同袍不以为友，兄何以立于天地之间？兄今日不可不熟思也！”

公子闻言，茫然自失，移席问计：“据高明之见，何以教我？”孙富道：“仆有一计，于兄甚便。只恐兄溺枕席之爱，未必能行，使仆空费词说耳！”公子道：“兄诚有良策，使弟再睹家园之乐，乃弟之恩人也。又何惮而不言耶？”孙富道：“兄飘零岁余，严亲怀怒，闺阁离心，设身以处兄之地，诚寝食不安之时也。然尊大人所以怒兄者，不过为迷花恋柳，挥金如土，异日必为弃家荡产之人，不堪承继家业耳。兄今日空手而归，正触其怒。兄倘能割衽席之爱，见机而作，仆愿以千金相赠。兄得千金以报尊大人，只说在京授馆，并不曾浪费分毫，尊大人必然相信。从此家庭和睦，当无间言。须臾之间，转祸为福，兄请三思。仆非贪丽人之色，实为兄效忠于万一也。”李甲原是没主意的人，本心惧怕老子，被孙富一席话，说透胸中之疑，起身作揖道：“闻兄大教，顿开茅塞。但小妾千里相从，义难顿绝，容归与商之。得其心肯，当奉复耳。”孙富道：“说话之间，宜放婉曲。彼既忠心为兄，必不忍使兄父子分离，定然玉成兄还乡之事矣。”二人饮了一回酒，风停雪止，天色已晚。孙富教家僮算还了酒钱，与公子携手下船。正是：

逢人且说三分话，未可全抛一片心。

却说杜十娘在舟中，摆设酒果，欲与公子小酌，竟日未回，挑灯以待。公子下船，十娘起迎，见公子颜色匆匆，似有不乐之意，乃满斟热酒劝之。公子摇首不饮，一言不发，竟自床上睡了。十娘心中不悦，乃收拾杯盘，为公子解衣就枕。问道：“今日有何见闻，而怀抱郁郁如此？”公子叹息而已，终不启口。问了三四次，公子已睡去了。十娘委决不下，坐于床头而不能寐。到夜半，公子醒来，又叹一口气。十娘道：“郎君有何难言之事，频频叹息？”公子拥被而起，欲言不语者几次，扑簌簌掉下泪来。十娘抱持公子于怀间，软言抚慰道：“妾与郎君情好，已及二载，千辛万苦，历尽艰难，得有今日。然相从数千里，未曾哀戚。今将渡江，方图百年欢笑，如何反起悲伤，必有其故。夫妇之间，死生相共，有事尽可商量，万勿讳也。”公子再被逼不过，只得含泪而言道：“仆天涯穷困，蒙恩卿不弃，委曲相从，诚乃莫大之德也。但反覆思之，老父位居方面，拘于礼法，况素性方严，恐添嗔怒，必加黜逐。你我流荡，将何底止？夫妇之欢难保，父子之伦又绝。日间蒙新安孙友邀饮，为我筹及此事，寸心如割。”十娘大惊道：“郎君意将如何？”公子道：“仆事内之人，当局而迷。孙友为我画一计颇善，但恐恩卿不从耳！”十娘道：“孙友者何人？计如果善，何不可从？”公子道：“孙友名富，新安盐商，少年风流之士也。夜间闻子清歌，因而问及。仆告以来历，并谈及难归之故，渠意欲以千金聘汝。我得千金，可藉口以见吾父母；而恩卿亦得所天。但情不能舍，是以悲泣。”说罢，泪如雨下。十娘放开两手，冷笑一声道：“为郎君画此计者，此人乃大英雄也。郎君千金之资，既得恢复；而妾归他姓，又不致为行李之累。发乎情，止乎礼，诚两便之策也。那千金在那里？”公子收泪道：“未得恩卿之诺，金尚留彼处，未曾过手。”十娘道：“明早快快应承了他，不可挫过机会。但千金重事，须得兑足交付郎君之手，妾始过舟，勿为贾竖子所欺。”

时已四鼓，十娘即起身挑灯梳洗道：“今日之妆，乃迎新送旧，非比寻常。”于是脂粉香泽，用意修饰，花钿绣袄，极其华艳，香风拂拂，光采照人。装束方完，天色已晓。孙富差家童到船头候信。十娘微窥公子，欣欣似有喜色，乃催公子快去回话，及早兑足银子。公子亲到孙富船中，回复依允。孙富道：“兑银易事，须得丽人妆台为信。”公子又回复了十娘，十娘即指描金文具道：“可便抬去。”孙富喜甚，即将白银一千两，送到公子船中。十娘亲自检看，足色足数，分毫无爽，乃手把船舷，以手招孙富。孙富一见，魂不附体。十娘启朱唇，开皓齿道：“方才箱子可暂发来，内有李郎路引一纸，可检还之也。”孙富视十娘已为瓮中之鳖，即命家童送那描金文具，安放船头之上。十娘取钥开锁，内皆抽替小箱。十娘叫公子抽第一层来看，只见翠羽明珰，瑶簪宝珥，充牣于中，约值数百金。十娘遽投之江中。李甲与孙富及两船之人，无不惊诧。又命公子再抽一箱，乃玉箫金管。又抽一箱，尽古玉紫金玩器，约值数千金。十娘尽投之于大江中。岸上之人，观者如堵。齐声道：“可惜！可惜！”正不知什么缘故。最后又抽一箱，箱中复有一匣。开匣视之，夜明之珠，约有盈把。其他祖母绿、猫儿眼，诸般异宝，目所未睹，莫能定其价之多少。众人齐声喝采，喧声如雷。十娘又欲投之于江。李甲不觉大悔，抱持十娘恸哭，那孙富也来劝解。

十娘推开公子在一边，向孙富骂道：“我与李郎备尝艰苦，不是容易到此。汝以奸淫之意，巧为谗说，一旦破人姻缘，断人恩爱，乃我之仇人。

我死而有知，必当诉之神明，尚妄想枕席之欢乎！”又对李甲道：“妾风尘数年，私有所积，本为终身之计。自遇郎君，山盟海誓，白首不渝。前出都之际，假托众姊妹相赠，箱中韫藏百宝，不下万金。将润色郎君之装，归见父母，或怜妾有心，收佐中馈，得终委托，生死无憾。谁知郎君相信不深，惑于浮议，中道见弃，负妾一片真心。今日当众目之前，开箱出视，使郎君知区区千金，未为难事。妾椟中有玉，恨郎眼内无珠。命之不辰，风尘困瘁，甫得脱离，又遭弃捐。今众人各有耳目，共作证明，妾不负郎君，郎君自负妾耳！”于是众人聚观者，无不流涕，都唾骂李公子负心薄幸。公子又羞又苦，且悔且泣，方欲向十娘谢罪，十娘抱持宝匣，向江心一跳。众人急呼捞救，但见云暗江心，波涛滚滚，杳无踪影。可惜一个如花似玉的名姬，一旦葬于江鱼之腹。

三魂渺渺归水府，七魄悠悠入冥途。

当时旁观之人，皆咬牙切齿，争欲拳殴李甲和那孙富。慌得李孙二人，手足无措，急叫开船，分途遁去。李甲在舟中，看了千金，转忆十娘，终日愧悔，郁成狂疾，终身不痊。孙富自那日受惊，得病卧床月余，终日见杜十娘在傍诟骂，奄奄而逝。人以为江中之报也。

却说柳遇春在京坐监完满，束装回乡，停舟瓜步。偶临江净脸，失坠铜盆于水，觅渔人打捞。及至捞起，乃是个小匣儿。遇春启匣观看，内皆明珠异宝，无价之珍。遇春厚赏渔人，留于床头把玩。是夜梦见江中一女子，凌波而来，视之，乃杜十娘也。近前万福，诉以李郎薄幸之事。又道：“向承君家慷慨，以一百五十金相助，本意息肩之后，徐图报答，不意事无终始。然每怀盛情，悒悒未忘。早间曾以小匣托渔人奉致，聊表寸心，从此不复相见矣。”言讫，猛然惊醒，方知十娘已死，叹息累日。

后来评论此事，以为孙富谋夺美色，轻掷千金，固非良士。李甲不识杜十娘一片苦心，碌碌蠢才，无足道者。独谓十娘千古女侠，岂不能觅一佳侣，共跨秦楼之凤，乃错认李公子，明珠美玉，投于盲人，以致恩变为仇，万种恩情，化为流水，深可惜也！有诗叹云：

不会风流莫妄谈，单单情字费人参。

若将情字能参透，唤作风流也不惭。

第十四卷　王娇鸾百年长恨

天上乌飞兔走，人间古往今来。昔年歌管变荒台，转眼是非兴败。

须识闹中取静，莫因乖过成呆。不贪花酒不贪财，一世无灾无害。

话说江西饶州府余干县长乐村，有一小民叫做张乙。因贩些杂货到于县中，夜深投宿城外一邸店，店房已满，不能相容。间壁锁下一空房，却无人住。张乙道："店主人何不开此房与我？"主人道："此房中有鬼，不敢留客。"张乙道："便有鬼，我何惧哉！"主人只得开锁，将灯一盏，扫帚一把，交与张乙。张乙进房，把灯放稳，挑得亮亮的。房中有破床一张，尘埃堆积，用打帚扫净，展上铺盖，讨些酒饭吃了，推转房门，脱衣而睡。梦见一美色妇人，衣服华丽，自来荐枕，梦中纳之。及至醒来，此妇宛在身边。张乙问是何人。此妇道："妾乃邻家之妇，因夫君远出，不能独宿，是以相就。勿多言，又当自知。"张亦不再问。天明，此妇辞去。至夜又来，欢好如初。如此三夜。

店主人见张客无事，偶话及此房内曾有妇人缢死，往往作怪，今番却太平了。张乙听在肚里。至夜，此妇仍来，张乙问道："今日店主人说这房中有缢死女鬼，莫非是你？"此妇并无惭讳之意，答道："妾身是也！然不祸于君，君幸勿惧。"张乙道："试说其详。"此妇道："妾乃娼女，姓穆，行廿二，人称我为廿二娘。与余干客人杨川相厚，杨许娶妾归去，妾将私财百金为助。一去三年不来，妾为鸨儿拘管，无计脱身，挹郁不堪，遂自缢而死。鸨儿以所居售人，今为旅店。此房，昔日妾之房也，一灵不泯，犹依栖于此。杨川与你同乡，可认得么？"张乙道："认得。"此妇道："今其人安在？"张乙道："去岁已移居饶州南门，娶妻开店，生意甚足。"妇人嗟叹良久，更无别语。又过了二日，张乙要回家，妇人道："妾愿始终随君，未识许否？"张乙道："倘能相随，有何不可。"妇人道："君可制一小木牌，题曰：'廿二娘神位'，置于箧中。但出牌呼妾，妾便出来。"张乙许之。妇人道："妾尚有白金五十两埋于此床之下，没人知觉，君可取用。"张掘地果得白金一瓶，心中甚喜。过了一夜。

次日张乙写了牌位，收藏好了，别店主而归。到于家中，将此事告与浑家。浑家初时不喜，见了五十两银子，遂不嗔怪。张乙于东壁立了廿二娘神主，其妻戏往呼之，白日里竟走出来，与妻施礼。妻初时也惊讶，后遂惯了，不以为事。夜来张乙夫妇同床，此妇亦来，也不觉床之狭窄。过了十余日，此妇道："妾尚有夙债在于郡城，君能随我去索取否？"张利其所有，一口应承。即时雇船而行，船中供下牌位。此妇同行同宿，全不避人。不则一日，到了饶州南门，此妇道："妾往杨川家讨债去。"张乙方欲问之，此妇倏已上岸。张随后跟去，见此妇竟入一店中去了。问其店，正杨川家也。张久候不出。忽见杨举家惊惶，少顷哭声振地。问其故，店中人云："主人杨川向来无病，忽然中恶，九窍流血而死！"张乙心知廿二娘所为，嘿然下船，向牌位苦叫，亦不见出来了。方知有夙债在郡城，乃杨川负义之债也。有诗叹云：

王魁负义曾遭谴，李益亏心亦改常。
请看杨川下梢事，皇天不佑薄情郎。

方才说穆廿二娘事，虽则死后报冤，却是鬼自出头，还是渺茫之事。如今再说一件故事，叫做《王娇鸾百年长恨》，这个冤更报得好。此事非唐非宋，出在国朝天顺初年。广西苗蛮作乱，各处调兵征剿，有临安卫指挥王忠所领一枝浙兵，违了限期，被参降调河南南阳卫中所千户，即日引家小到任。王忠年六十余，止一子王彪，颇称骁勇，督抚留在军前效用。到有两个女儿，长曰娇鸾，次曰娇凤。鸾年十八，凤年十六。凤从幼育于外家，就与表兄对姻，只有娇鸾未曾许配。夫人周氏，原系继妻。周氏有嫡姐，嫁曹家，寡居而贫，夫人接他相伴甥女娇鸾，举家呼为曹姨。娇鸾幼通书史，举笔成文。因爱女慎于择配，所以及笄未嫁，每每临风感叹，对月凄凉。惟曹姨与鸾相厚，知其心事，他虽父母亦不知也。

一日清明节届，和曹姨及侍儿明霞后园打秋千耍子。正在闹热之际，忽见墙缺处有一美少年，紫衣唐巾，舒头观看，连声喝采！慌得娇鸾满脸通红，推着曹姨的背，急回香房。侍女也进去了。生见园中无人，逾墙而入，秋千架子尚在，余香仿佛，正在凝思。忽见草中一物，拾起看时，乃三尺线绣香罗帕也，生得此如获珍宝。闻有人声自内而来，复逾墙而出，仍立于墙缺边。看时，乃是侍儿来寻香罗帕的。生见其三回五转，意兴已倦，微笑而言：“小娘子，罗帕已入人手，何处寻觅？”侍儿抬头见是秀才，便上前万福，道：“相公想已检得，乞即见还，感德不尽！”那生道：“此罗帕是何人之物？”侍儿道：“是小姐的。”那生道：“既是小姐的东西，还得小姐来讨，方才还他。”侍儿道：“相公府居何处？”那生道：“小生姓周，名廷章，苏州府吴江县人，父亲为本学司教，随任在此，与尊府只一墙之隔。”原来卫署与学宫基址相连，卫

叫做东衙，学叫做西衙。花园之外，就是学中的隙地。侍儿道：“贵公子又是近邻，失瞻了。妾当禀知小姐，奉命相求。”廷章道：“敢闻小姐及小娘子大名？”侍儿道：“小姐名娇鸾，主人之爱女，妾乃贴身侍婢明霞也。”廷章道：“小生有小诗一章，相烦致于小姐，即以罗帕奉还。”明霞本不肯替他寄诗，因要罗帕入手，只得应允。廷章道：“烦小娘子少待。”廷章去不多时，携诗而至，桃花笺叠成方胜。明霞接诗在手，问：“罗帕何在？”廷章笑道：“罗帕乃至宝，得之非易，岂可轻还？小娘子且将此诗送与小姐看了，待小姐回音，小生方可奉璧。”明霞没奈何，只得转身。

只因一幅香罗帕，惹起千秋“长恨歌”。

话说鸾小姐自见了那美少年，虽则一时惭愧，却也挑动个情字。口中不语，心下踌躇道：“好个俊俏郎君，若嫁得此人，也不枉聪明一世。”忽见明霞气忿忿的入来，娇鸾问：“香罗帕有了么？”明霞口称怪事：“香罗帕却被西衙周公子收着，就是墙缺内喝采的那紫衣郎君。”娇鸾道：“与他讨了

就是。”明霞道：“怎么不讨！也得他肯还！”娇鸾道：“他为何不还？”明霞道：“他说‘小生姓周，名廷章，苏州府吴江人氏，父为司教，随任到此。’与吾家只一墙之隔。既是小姐的香罗帕，必须小姐自讨。”娇鸾道：“你怎么说？”明霞道：“我说待妾禀知小姐，奉命相求。他道，有小诗一章，烦吾传递，待有回音，才把罗帕还我。”明霞将桃花笺递与小姐。娇鸾见了这方胜，已有三分之喜，拆开看时，乃七言绝句一首：

帕出佳人分外香，天公教付有情郎。

殷勤寄取相思句，拟作红丝入洞房。

娇鸾若是个有主意的，拚得弃了这罗帕，把诗烧却，分付侍儿，下次再不许轻易传递，天大的事都完了。奈娇鸾一来是及瓜不嫁，知情慕色的女子；二来满肚才情不肯埋没，亦取薛涛笺答诗八句：

妾身一点玉无瑕，生自侯门将相家。

静里有亲同对月，闲中无事独看花。

碧梧只许来奇凤，翠竹那容入老鸦。

寄语异乡孤另客，莫将心事乱如麻。

明霞捧诗方到后园，廷章早在缺墙相候。明霞道：“小姐已有回诗了，可将罗帕还我。”廷章将诗读了一遍，益慕娇鸾之才，必欲得之，道：“小娘子耐心，小生又有所答。”再回书房，写成一绝：

居傍侯门亦有缘，异乡孤另果堪怜。

若容鸾凤双栖树，一夜箫声入九天。

明霞道：“罗帕又不还，只管寄什么诗？我不寄了。”廷章袖中出金簪一根道：“这微物奉小娘子，权表寸敬，多多致意小姐。”明霞贪了这金簪，又将诗回复娇鸾。娇鸾看罢，闷闷不悦。明霞道：“诗中有甚言语触犯小姐？”娇鸾道：“书生轻薄，都是调戏之言。”明霞道：“小姐大才，何不作一诗骂之，以绝其意。”娇鸾道：“后生家性重，不必骂，且好言劝之可也。”再取薛笺题诗八句：

独立庭际傍翠阴，侍儿传语意何深。

满身窍玉偷香胆，一片撩云拨雨心。

丹桂岂容稚子折，珠帘那许晓风侵。

劝君莫想阳台梦，努力攻书入翰林。

自此一倡一和，渐渐情熟，往来不绝。明霞的足迹不断后园，廷章的眼光不离墙缺。诗篇甚多，不暇细述。时届端阳，王千户治酒于园亭家宴。廷章于墙缺往来，明知小姐在于园中，无由一面，侍儿明霞亦不能通一语。正在气闷，忽撞见卫卒孙九，那孙九善作木匠，长在卫里服役，亦多在学中做工。廷章遂题诗一绝封固了，将青蚨二百赏孙九买酒吃，托他寄与衙中明霞姐。孙九受人之托，忠人之事，伺候到次早，才觑个方便，寄得此诗于明霞。明霞递于小姐，拆开看之，前有叙云：端阳日园中望娇娘子不见，口占一绝奉寄：

配成彩线思同结，倾就蒲觞拟共斟。

雾隔湘江欢不见，锦葵空有向阳心。

后写“松陵周廷章拜稿。”娇娘看了，置于书几之上。适当梳头，未及酬和。忽曹姨走进香房，看见了诗稿，大惊道：“娇娘既有西厢之约，可无东道之主，此事如何瞒我？”娇鸾含羞答道：“虽有吟咏往来，实无他事，非敢瞒姨娘也。”曹姨道：“周生江南秀士，门户相当，何不教他遣媒说合，成就百年姻缘，岂不美乎？”娇鸾点头道：“是。”梳妆已毕，遂答诗八句：

深锁香闺十八年，不容风月透帘前。

绣衾香暖谁知苦？锦帐春寒只爱眠。

生怕杜鹃声到耳，死愁蝴蝶梦来缠。

多情果有相怜意，好倩冰人片语传。

廷章得诗，遂假托父亲周司教之意，央赵学究往王千户处求这头亲事。王千户亦重周生才貌，但娇鸾是爱女，况且精通文墨，自己年老，一应卫中文书笔札，都告着女儿相帮，少他不得，不忍弃之于他乡，以此迟疑未许。廷章知姻事未谐，心中如刺，乃作书寄于小姐。前写“松陵友弟廷章拜稿”：

自睹芳容，未宁狂魄。夫妇已是前生定，至死靡他；媒妁传来今日言，为期未决。遥望香闺深锁，如唐玄宗离月宫而空想嫦娥；要从花圃戏游，似牵牛郎隔天河而苦思织女。倘复迁延于月日，必当夭折于沟渠。生若无缘，死亦不瞑。勉成拙律，深冀哀怜。

诗曰：

未有佳期慰我情，可怜春价值千金。

闷来窗下三杯酒，愁向花前一曲琴。

人在琐窗深处好，闷回罗帐静中吟。

孤栖一样昏黄月，肯许相携诉寸心？

娇鸾看罢，即时复书。前写“虎衙爱女娇鸾拜稿”：

轻荷点水，弱絮飞帘。拜月亭前，懒对东风听杜宇；画眉窗下，强消长昼刺鸳鸯。人正困于妆台，诗忽坠于香案。启观来意，无限幽怀。自怜薄命佳人，恼杀多情才子。一番信到，一番使妾倍支吾；几度诗来，几度令人添寂寞。休得跳东墙学攀花之手，可以仰北斗驾折桂之心。眼底无媒，书中有女。自此衷情封去札，莫将消息问来人。谨和佳篇，仰祈深谅！

诗曰：

秋月春花亦有情，也知身价重千金。
虽窥青琐韩郎貌，羞听东墙崔氏琴。
痴念已从空里散，好诗惟向梦中吟。
此生但作干兄妹，直待来生了寸心。

廷章阅书，赞叹不已，读诗至末联，“此生但作干兄妹”，忽然想起一计道：“当初张珙申纯皆因兄妹得就私情。王夫人与我同姓，何不拜之为姑？便可通家往来，于中取事矣！”遂托言西衙窄狭，且是喧闹，欲借卫署后园观书。周司教自与王千户开口。王翁道：“彼此通家，就在家下吃些见成茶饭，不烦馈送。”周翁感激不尽，回向儿子说了。廷章道：“虽承王翁盛意，非亲非故，难以打搅。孩儿欲备一礼，拜认周夫人为姑。姑侄一家，庶乎有名。”周司教是糊涂之人，只要讨些小便宜，道：“任从我儿行事。”廷章又央人通了王翁夫妇，择个吉日，备下彩缎书仪，写个表侄的名刺，上门认亲，极其卑逊，极其亲热。王翁是个武人，只好奉承，遂请入中堂，教奶奶都相见了。连曹姨也认做姨娘，娇鸾是表妹，一时都请见礼。王翁设宴后堂，权当会亲。一家同席，廷章与娇鸾，暗暗欢喜，席上眉来眼去，自不必说，当日尽欢而散。

姻缘好恶犹难问，踪迹亲疏已自分。

次日王翁收拾书室，接内侄周廷章来读书。却也晓得隔绝内外，将内宅后门下锁，不许妇女入于花园。廷章供给，自有外厢照管。虽然搬做一家，音书来往反不便了。娇鸾松筠之志虽存，风月之情已动。况既在席间，眉来眼去，怎当得园上凤隔鸾分。愁绪无聊，郁成一病，朝凉暮热，茶饭不沾。王翁迎医问卜，全然不济。廷章几遍到中堂问病，王翁只教致意，不令进房。廷章心生一计，因假说："长在江南，曾通医理。表妹不知所患何症，待侄儿认脉便知。"王翁向夫人说了，又教明霞，道达了小姐，方才迎入。廷章坐于床边，假以看脉为由，抚摩了半晌。其时王翁夫妇俱在，不好交言。只说得一声保重，出了房门，对王翁道："表妹之疾，是抑郁所致，常须于宽敞之地，散步陶情，更使女伴劝慰，开其郁抱，自当勿药。"王翁敬信周生，更不疑惑，便道："衙中只有园亭，并无别处宽敞。"廷章故意道："若表妹不时要园亭散步，恐小侄在彼不便，暂请告归。"王翁道："既为兄妹，复何嫌阻？"即日教开了后门，将锁钥付曹姨收管，就教曹姨陪侍女儿，任情闲耍，明霞伏侍，寸步不离，自以为万全之策矣。

却说娇鸾原为思想周郎致病，得他抚摩一番，已自欢喜。又许散步园亭，陪伴伏侍者，都是心腹之人，病便好了一半。每到园亭，廷章便得相见，同行同坐。有时亦到廷章书房中吃茶，渐渐不避嫌疑，挨肩擦背。廷章捉个空，向小姐恳求，要到香闺一望。娇鸾目视曹姨，低低向生道："锁钥在彼，兄自求之。"廷章已悟。次日廷章取吴绫二端，金钏一副，央明霞献与曹姨。姨问鸾道："周公子厚礼见惠，不知何事？"娇鸾道："年少狂生，不无过失，渠要姨包容耳！"曹姨道："你二人心事，我已悉知。但有往来，决不泄漏！"因把钥匙付与明霞。鸾心大喜，遂题一绝，寄廷章云：

暗将私语寄英才，倘向人前莫乱开。

今夜香闺春不锁，月移花影玉人来。

廷章得诗，喜不自禁。是夜黄昏已罢，谯鼓方声，廷章悄步及于内宅，后门半启，捱身而进。自那日房中看脉出园上来，依稀记得路径，缓缓而行。但见灯光外射，明霞候于门侧。廷章步进香房，与鸾施礼，便欲搂抱，鸾将生挡开，唤明霞快请曹姨来同坐。廷章大失所望，自陈苦情，责其变卦，一时急泪欲流。鸾道："妾本贞姬，君非荡子。只因有才有貌，所以相爱相怜。妾既私君，终当守君之节；君若弃妾，岂不负妾之诚？必矢明神，誓同白首，若还苟合，有死不从。"说罢，曹姨适至，向廷章谢日间之惠。廷章遂央姨为媒，誓谐伉俪，口中咒愿如流而出。曹姨道："二位贤甥，既要我为媒，可写合同婚书四纸，将一纸焚于天地，以告鬼神；一纸留于吾手，以为媒证；你二人各执一纸，为他日合卺之验。女若负男，疾雷震死；

男若负女，乱箭亡身。再受阴府之愆，永堕酆都之狱。”生与鸾听曹姨说得痛切，各各欢喜。遂依曹姨所说，写成婚书誓约。先拜天地，后谢曹姨。姨乃出清果醇醪，与二人把盏称贺。三人同坐饮酒，直至三鼓，曹姨别去。生与鸾携手上床，雨云之乐可知也。五鼓，鸾促生起身，嘱付道：“妾已委身于君，君休负恩于妾。神明在上，鉴察难逃。今后妾若有暇，自遣明霞奉迎，切莫轻行，以招物议。”廷章字字应承，留恋不舍。鸾急教明霞送出园门。是日鸾寄生二律云：

昨夜同君喜事从，芙蓉帐暖语从容。
贴胸交股情偏好，拨雨撩云兴转浓。
一枕凤鸾声细细，半窗花月影重重。
晓来窥视鸳鸯枕，无数飞红扑绣绒。

其一

衾翻红浪效绸缪，乍抱郎腰分外羞。
月正圆时花正好，云初散处雨初收。
一团恩爱从天降，万种情怀得自由。
寄语今宵中夕夜，不须欹枕看牵牛。

其二

廷章亦有酬答之句。自此鸾疾尽愈，门锁竟弛。或三日，或五日，鸾必遣明霞召生，来往既频，恩情愈笃。

如此半年有余。周司教任满，升四川峨眉县尹。廷章恋鸾之情，不肯同行，只推身子有病，怕蜀道艰难；况学业未成，师友相得，尚欲留此读书，周司教平昔纵子，言无不从。起身之日，廷章送父出城而返。鸾感廷章之留，是日邀之相会，愈加亲爱。如此又半年有余。其中往来诗篇甚多，不能尽载。廷章一日阅邸报，见父亲在峨眉不服水土，告病回乡。久别亲闱，欲谋归觐，又牵鸾情爱，不忍分离。事在两难，忧形于色。鸾探知其故，因置酒劝生道：“夫妇之爱，瀚海同深；父子之情，高天难比。若恋私情而忘公义，不惟君失子道，累妾亦失妇道矣！”曹姨亦劝道：“今日暮夜之期，原非百年之算。公子不如暂回乡故，且觐双亲。倘于定省之间，即议婚姻之事，早完誓愿，免致情牵。”廷章心犹不决。娇鸾教曹姨竟将公子欲归之情，对王翁说了。此日正是端阳，王翁治酒与廷章送行，且致厚赆。廷章义不容已，只得收拾行李。是夜，鸾另置酒香闺，邀廷章重伸前誓，再订婚期。曹姨亦在坐，千言万语，一夜不睡。临别，又问廷章住居之处。廷章道："问做甚么？"鸾道："恐君不即来，妾便于通信耳。"廷章索笔写出四句：

思亲千里返姑苏，家住吴江十七都。

须问南麻双漾口，延陵桥下督粮吴。

廷章又解说："家本吴姓，祖当里长督粮，有名督粮吴家，周是外姓也。此字虽然写下，欲见之切，度日如岁。多则一年，少则半载，定当持家君柬帖，亲到求婚，决不忍闺阁佳人，悬悬而望。"言罢，相抱而泣。将次天明，鸾亲送生出园，有联句一律：

绸缪鱼水正投机，无奈思亲使别离。廷章

花圃从今谁待月？兰房自此懒围棋。娇鸾

惟忧身远心俱远，非虑文齐福不齐。廷章

低首不言中自省，强将别泪整蛾眉。娇鸾

须臾天晓，鞍马齐备。王翁又于中堂设酒，妻女毕集，为上马之饯，廷章再拜而别。鸾自觉悲伤欲泣，潜归内室，取乌丝笺题诗一律，使明霞送廷章上马，伺便投之。章于马上展看云：

同携素手并香肩，送别那堪双泪悬。

郎马未离青柳下，妾心先在白云边。

妾持节操如姜女，君重纲常类闵骞。

得意匆匆便回首，香闺人瘦不禁眠。

廷章读之泪下，一路上触景兴怀，未尝顷刻忘鸾也。

闲话休叙，不一日，到了吴江家中，参见了二亲，一门欢喜。原来父亲已与同里魏同知家议亲，正要接儿子回来行聘完婚。生初时有不愿之意，后访得魏女美色无双，且魏同知十万之富，妆奁甚丰。慕财贪色，遂忘前盟。过了半年，魏氏过门，夫妻恩爱，如鱼似水，竟不知王娇鸾为何人矣。

但知今日新妆好，不顾情人望眼穿。

却说娇鸾一时劝廷章归省，是他贤慧达理之处。然已去之后，未免怀思。白日凄凉，黄昏寂寞。灯前有影相亲，帐底无人共语。每遇春花秋月，不觉梦断魂劳，捱过一年，杳无音信。忽一日明霞来报道："姐姐可要寄书与周姐夫么？"娇鸾道："那得这方便？"明霞道："适才孙九说临安卫有人来此下公文。临安是杭州地方，路从吴江经过，是个便道。"娇鸾道："既有便，可教孙九嘱付那差人不要去了。”即时修书一封，曲叙别离之意。嘱他早至南阳，同归故里，践婚姻之约，成终始之交。书多不载。书后有诗十首。录其一云：

端阳一别杳无音，两地相看对月明。
暂为椿萱辞虎卫，莫因花酒恋吴城。
游仙阁内占离合，拜月亭前问死生。
此去愿君心自省，同来与妾共调羹。

封皮上又题八句：

此书烦递至吴衙，门面春风足可夸。
父列当今宣化职，祖居自古督粮家。
已知东宅邻西宅，犹恐南麻混北麻。
去路逢人须借问，延陵桥在那村些？

又取银钗二股，为寄书之赠。书去了七个月，并无回耗。时值新春，又访得前卫有个张客人要往苏州收货。娇鸾又取金花一对，央孙九送与张客，求他寄书。书意同前。亦有诗十首。录其一云：

春到人间万物鲜，香闺无奈别魂牵。
东风浪荡君尤荡，皓月团圆妾未圆。
情洽有心劳白发，天高无计托青鸾。
衷肠万事凭谁诉？寄与才郎仔细看。

封皮上题一绝：

苏州咫尺是吴江，吴姓南麻世督粮。
嘱付行人须着意，好将消息问才郎。

张客人是志诚之士，往苏州收货已毕，赍书亲到吴江。正在长桥上问路，恰好周廷章过去。听得是河南声音，问的又是南麻督粮吴家，情知娇鸾书信，怕他到彼，知其再娶之事。遂上前作揖通名，邀往酒馆三杯，拆开书看了。就于酒家借纸笔。匆匆写下回书，推说父亲病未痊，方侍医药，所以有误佳期。不久即图会面，无劳注想。书后又写：“路次借笔不备，希谅！”张客收了回书，不一日，回到南阳，付孙九回复鸾小姐。鸾拆书看了，虽然不曾定个来期，也当画饼充饥，望梅止渴。过了三四个月，依旧杳然无闻。娇鸾对曹姨道：“周郎之言欺我耳！”曹姨道：“誓书在此，皇天鉴知！周郎独不怕死乎？”忽一日，闻有临安人到，乃是娇鸾妹子娇凤生了孩儿，遣人来报喜。娇鸾彼此相形，愈加感叹。且喜又是寄书的一个顺便，再修书一封托他。这是第三封书，亦有诗十首。末一章云：

叮咛才子莫蹉跎，百岁夫妻能几何？
王氏女为周氏室，文官子配武官娥。
三封心事烦青鸟，万斛闲愁锁翠蛾。
远路尺书情未尽，相思两处恨偏多。

封皮上亦写四句：

此书烦递至吴江，粮督南麻姓字香。
去路不须驰步问，延陵桥下暂停航。

鸾自此寝废餐忘，香消玉减，暗地泪流，恹恹成病。父母欲为择配，娇鸾不肯，情愿长斋奉佛。曹姨劝道："周郎未必来矣，毋拘小信，自误青春。"娇鸾道："人而无信，是禽兽也。宁周郎负我，我岂敢负神明哉？"光阴荏苒，不觉已及三年。娇鸾对曹姨说道："闻说周郎已婚他族，此信未知真假。然三年不来，其心肠亦改变矣。但不得一实信，吾心终不死！"曹姨道："何不央孙九亲往吴江一遭，多与他些盘费。若周郎无他更变，使他等候同来，岂不美乎？"娇鸾道："正合吾意，亦求姨娘一字，促他早早登程可也。"当下娇鸾写就古风一首。其略云：

忆昔清明佳节时，与君邂逅成相知。
嘲风弄月通来往，拨动风情无限思。
侯门曳断千金索，携手挨肩游画阁。
好把青丝结死生，盟山誓海情不薄。
白云渺渺草青青，才子思亲欲别情。
顿觉桃脸无春色，愁听传书雁几声。
君行虽不排鸾驭，胜似征蛮父兄去。
悲悲切切断肠声，执手牵衣理前誓。
与群成就鸾凤友，切莫苏城恋花柳。
自君之去妾攒眉，脂粉慵调发如帚。
姻缘两地相思重，雪月风花谁与共？
可怜夫妇正当年，空使梅花蝴蝶梦。
临风对月无欢好，凄凉枕上魂颠倒。
一宵忽梦汝娶亲，来朝不觉愁颜老。

盟言愿作神雷电，九天玄女相传遍。
只归故里未归泉，何故音容难得见？
才郎意假妾意真，再驰驿使陈丹心。
可怜三七羞花貌，寂寞香闺思不禁。

曹姨书中亦备说女甥相思之苦，相望之切。二书共作一封。封皮亦题四句：

荡荡名门宰相衙，更兼粮督镇南麻。
逢人不用停舟问，桥跨延陵第一家。

孙九领书，夜宿晓行，直至吴江延陵桥下。犹恐传递不的，直候周廷章面送。廷章一见孙九，满脸通红，不问寒温，取书纳于袖中，竟进去了。少顷教家童出来回复道："相公娶魏同知家小姐，今已二年。南阳路远，不能复来矣！回书难写，仗你代言。这幅香罗帕乃初会鸾姐之物，并合同婚书一纸，央你送还，以绝其念。本欲留你一饭，诚恐老爹盘问嗔怪。白银五钱权充路费，下次更不劳往返！"孙九闻言大怒，掷银于地不受，走出大门，骂道："似你短行薄情之人，禽兽不如！可怜负了鸾小姐一片真心，皇天断然不佑你！"说罢，大哭而去。路人争问其故，孙老儿数一数二的逢人告诉。自此周廷章无行之名，播于吴江，为衣冠所不齿。正是：

平生不作亏心事，世上应无切齿人。

再说孙九回至南阳，见了明霞，便悲泣不已。明霞道："莫非你路上吃了苦？莫非周家郎君死了？"孙九只是摇头，停了半晌，方说备细，如此如此："他不发回书，只将罗帕婚书送还，以绝小姐之念。我也不去见小姐了。"说罢，拭泪汉息而去。明霞不敢隐瞒，备述孙九之语。娇鸾见了这罗帕，已知孙九不是个谎话，不觉怨气填胸，怒色盈面。就请曹姨至香房中，告诉了一遍。曹姨将言劝解，娇鸾如何肯听！整整的哭了三日三夜，将三尺香罗帕，反覆观看，欲寻自尽。又想道："我娇鸾名门爱女，美貌多才。若嘿嘿而死，却便宜了薄情之人。"乃制绝命诗三十二首及《长恨歌》，一篇云：

倚门默默思重重，自叹双双一笑中。
情惹游丝牵嫩绿，恨随流水缩残红。
当时只道春回准，今日方知色是空。
回首凭栏情切处，闲愁万里怨东风。

余诗不载。其《长恨歌》略云：

《长恨歌》，为谁作？题起头来心便恶。朝思暮想无了期，再把鸾笺诉情薄。妾家原在临安路，麟阁功勋受恩露；后因亲老失军机，降调南阳卫千户。深闺养育娇鸾身，不曾举步离中庭。岂知二九灾星到，忽随女伴妆台行。秋千戏蹴方才罢，忽惊墙角生人话；含羞归去香房中，仓忙寻觅香罗帕。罗帕谁知入君手，空令梅香往来走。得蒙君赠香罗诗，恼妾相思淹病久。感君拜母结妹兄，来词去简饶恩情。只恐恩情成苟合，两曾结发同山盟。山盟海誓还不信，又托曹姨作媒证。婚书写定烧苍穹，始结于飞在天命。情交二载甜如蜜，才子思亲忽成疾；妾心不忍君心愁，反劝才郎归故籍。叮咛此去姑苏城，花街莫听阳春声。一睹慈颜便回首，香闺可念人孤另。嘱付殷勤别才子，弃旧怜新任从尔。那知一去意忘还，终日思君不如死！有人来说君重婚，几番欲信仍难凭。后因孙九去复返，方知伉俪谐文君。此情恨杀薄情者，千里姻缘难割舍。到手恩情都负之，得意风流在何也？莫论妾愁长与短，无处箱囊诗不满。题残锦札五千张，写秃毛锥三百管。玉闺人瘦娇无力，佳期反作长相忆。枉将八字推子平，空把三生卜《周易》。从头一一思量起，往日交情不亏汝。既然恩爱如浮云，何不当初莫相与？莺莺燕燕皆成对，何独天生我无配。娇凤妹子少二年，适添孩儿已三岁。自惭轻弃千金躯，伊欢我独心孤悲。先年誓愿今何在？举头三尺有神祇。君往江南妾江北，千里关山远相隔。若能两翅忽然生，飞向吴江近君侧。初交你我天地知，今来无数人扬非。虎门深锁千金色，天教一笑遭君机。恨君短行归阴府，譬似皇天不生我。从今书递故人收，不望回音到中所。可怜铁甲将军家，玉闺养女娇如花。只因颇识琴书味，风流不久归黄沙。白罗丈二悬高梁，飘然眼底魂茫茫。报道一声娇鸾缢，满城笑杀临安王。妾身自愧非良女，擅把闺情贱轻许。相思债满还九泉，九泉之下不饶汝。当初宠妾非如今，我今怨汝如海深。自知妾意皆仁意，谁想君心似兽心！再将一幅罗鲛绡，殷勤远寄郎家遥。自叹兴亡皆此物，杀人可恕情难饶。反覆叮咛只如此，往日闲愁今日止。君今肯念旧风流，饱看娇鸾书一纸。

书已写就，欲再遣孙九。孙九咬牙怒目，决不肯去。正无其便，偶值父亲痰火病发，唤娇鸾替他检阅文书。娇鸾看文书里面有一宗乃勾本卫逃军者，其军乃吴江县人。鸾心生一计，乃取从前倡和之词，并今日《绝命诗》及《长恨歌》汇成一帙，合同婚书二纸，置于帙内，总作一封，入于官文书内，封筒上填写“南阳卫掌印千户王投下直隶苏州府吴江县当堂开拆”，打发公差去了，王翁全然不知。是晚，娇鸾沐浴更衣，哄明霞出去烹茶，关了房门，用杌子填足，先将白练挂于梁上，取原日香罗帕，向咽喉扣住，接连白练，打个死结，蹬开杌子，两脚悬空，煞时间，三魂漂渺，七魄幽沉，刚年二十一岁。始终一幅香罗帕，成也萧何败也何！明霞取茶来时，见房门闭紧，敲打不开，慌忙报与曹姨。曹姨同周老夫人打开房门看了，这惊非小。王翁也来了，合家大哭，竟不知什么意故。少不得买棺殓葬。此事阁过休题。

再说吴江阙大尹接得南阳卫文书，拆开看时，深以为奇，此事旷古未闻。适然本府赵推官随察院樊公祉按临本县。阙大尹与赵推官是金榜同年，因将此事与赵推官言及。赵推官取而观之，遂以奇闻报知樊公。樊公将诗歌及婚书反覆详味，深惜娇鸾之才，而恨周廷章之薄幸。乃命赵推官密访其人，次日，擒拿解院，樊公亲自诘问。廷章初时抵赖，后见婚书有据，不敢开口。樊公喝教重责五十收监。行文到南阳卫查娇鸾曾否自缢。不一日文书转来，说娇鸾已死。樊公乃于监中吊取周廷章到察院堂上，樊公骂道：“调戏职官家子女，一罪也；停妻再娶，二罪也；因奸致死，三罪也。婚书上说：‘男若负女，万箭亡身。’我今没有箭射你，用乱棒打杀你，以为薄幸男子之戒！”喝教合堂皂快齐举竹批乱打。下手时宫商齐响，着体处血肉交飞；顷刻之间，化为肉酱，满城人无不称快。周司教闻知，登时气死。魏女后来改嫁。向贪新娶之财色，而没恩背盟，果何益哉！有诗叹云：

一夜恩情百夜多，负心端的欲如何？
若云薄幸无冤报，请读当年《长恨歌》。

第十五卷　况太守断死孩儿

春花秋月足风流，不分红颜易白头。

试把人心比松柏，几人能为岁寒留？

这四句诗，泛论春花秋月，恼乱人心，所以才子有悲秋之辞，佳人有伤春之咏。往往诗谜写恨，目语传情；月下幽期，花间密约；但图一刻风流，不顾终身名节。这是两下相思，各还其债，不在话下。又有一等男贪而女不爱，女爱而男不贪。虽非两相情愿，却有一片精诚。如冷庙泥神，朝夕焚香拜祷，也少不得灵动起来。其缘短的，合而终暌；倘缘长的，疏而转密。这也是风月场中所有之事，亦不在话下。又有一种男不慕色，女不情春，志比精金，心如坚石，没来由被旁人播弄，设圈设套，一时失了把柄，堕其术中，事后悔之无及。如宋时玉通禅师，修行了五十年，因触了知府柳宣教，被他设计，教妓女红莲假扮寡妇借宿，百般诱引，坏了他的戒行。这般会合，那些个男欢女爱，是偶然一念之差。如今再说个诱引寡妇失节的，却好与玉通禅师的故事做一对儿。正是：

未离恩山休问道，尚沉欲海莫参禅。

话说宣德年间，南直隶扬州府仪真县有一民家，姓丘，名元吉。家颇饶裕。娶妻邵氏，姿容出众，兼有志节。夫妇甚相爱重。相处六年，未曾生育，不料元吉得病身亡。邵氏年方二十三岁，哀痛之极，立志守寡，终身永无他适。不觉三年服满，父母家因其年少，去后日长，劝他改嫁。叔公丘大胜，也叫阿妈来委曲譬喻他几番。那邵氏心如铁石，全不转移，设誓道："我亡夫在九泉之下，邵氏若事二姓，更二夫，不是刀下亡，便是绳上死！"众人见他主意坚执，谁敢再去强他！自古云："呷得三斗醋，做得孤孀妇。"孤孀不是好守的。替邵氏从长计较，到不如明明改个丈夫，虽做不得上等之人，还不失为中等，不到得后来出丑。正是：

作事必须踏实地，为人切莫务虚名。

邵氏一口说了满话，众人中贤愚不等，也有啧啧夸奖他的，也有似疑不信，睁着眼看他的。谁知邵氏立心贞洁，闺门愈加严谨。止有一侍婢，叫做秀姑，房中作伴，针指营生；一小厮叫做得贵，年方十岁，看守中门，一应薪水买办，都是得贵传递。童仆已冠者，皆遣出不用。庭无闲杂，内外肃然。如此数年，人人信服。那个不说邵大娘少年老成，治家有法。光阴如箭，不觉十周年到来。邵氏思念丈夫，要做些法事追荐。叫得贵去请叔公丘大胜来商议，延七众僧人，做三昼夜功德。邵氏道："奴家是寡妇，全仗叔公过来主持道场。"大胜应允。

语分两头，却说邻近新搬来一个汉子，姓支，名助，原是破落户，平昔不守本分，不做生理，专一在街坊上赶热管闲事过活。闻得人说邵大娘守寡贞洁，且是青年标致，天下难得，支助不信，不论早暮，常在丘家门首闲站。果然门无杂人，只有得贵小厮买办出入。支助就与得贵相识，渐渐熟了。闲话中问得贵："闻得你家大娘生得标致，是真也不？"得贵生于礼法之家，一味老实，遂答道："标致是真。"又问道："大娘也有时到门前看街么？"得贵摇手道："从来不曾出中门，莫说看街，罪过，罪过！"一日得贵正买办素斋的东西，支助撞见，又问道："你家买许多素口为甚么？"得贵道："家主十周年，做法事要用。"支助道："几时？"得贵道："明日起，三昼夜，正好辛苦哩！"支助听在肚里，想道："既追荐丈夫，他必然出来拈香，我且去偷看看，什么样嘴脸？真像个孤孀也不？"

却说次日，丘大胜请到七众僧人，都是有戒行的，在堂中排设佛像，鸣铙击鼓，诵经礼忏，甚是志诚。丘大胜勤勤拜佛。邵氏出来拈香，昼夜各只一次，拈过香，就进去了。支助趁这道场热闹，几遍混进去看，再不见邵氏出来。又问得贵，方知日间只昼食拈香一遍。支助到第三日，约莫昼食时分，又踅进去，闪在槅子傍边隐着。见那些和尚都穿着袈裟，站在佛前吹打乐器，宣和佛号；香火道人在道场上手忙脚乱的添香换烛。本家止有得贵，只好往来答应，那有工夫照管外边。就是丘大胜同着几个亲戚，也都呆看和尚吹打，那个来稽查他。少顷，邵氏出来拈香，被支助看得仔细。常言："若要俏，添重孝。"缟素妆束，加倍清雅。分明是：

广寒仙子月中出，姑射神人雪里来。

支助一见，遍体酥麻了，回家想念不已。是夜，道场完满，众僧直至天明方散。邵氏依旧不出中堂了。支助无计可施，想道："得贵小厮老实，我且用心下钓子。"其时五月端五日，支助拉得贵回家，吃雄黄酒。得贵道："我不会吃酒，红了脸时，怕主母嗔骂！"支助道："不吃酒，且吃只粽子。"得贵跟支助家去，支助教浑家剥了一盘粽子，一碟糖，一碗肉，一碗鲜鱼，两双箸，两个酒杯，放在桌上。支助把酒壶便筛。得贵道："我说过不吃酒，莫筛罢！"支助道："吃杯雄黄酒应应时令，我这酒淡，不妨事！"得贵被央不过，只得吃了。支助道："后生家莫吃单杯，须吃个成双。"得贵推辞不得，又吃了一杯。支助自吃了一回，夹七夹八说了些街坊上的闲话，又斟一杯劝得贵，得贵道："醉得脸都红了，如今真个不吃了。"支助道："脸左右红了，多坐一时回去，打甚么紧？只吃这一杯罢，我再不劝你了。"得贵前后共吃了三杯酒。他自幼在丘家被邵大娘拘管得严，何曾尝酒的滋味，今日三杯落肚，便觉昏醉。支助乘其酒兴，低低说道："得贵哥！我有句闲话问你。"得贵道："有甚话尽说。"支助道："你主母孀居已久，想必风情亦动。倘得个汉子同眠同睡，可不喜欢？从来寡妇都牵挂着男子，只是难得相会。你引我去试他一试何如？若得成事，重重谢你。"得贵道："说甚么话！亏你不怕罪过！我主母极是正气，闺门整肃，日间男子不许入中门，夜间同使婢持灯照顾四下，各门锁讫，然后去睡。便要引你进去，何处藏身？地上使婢不离身畔，闲话也说不得一句，你却恁地乱讲！"支助道："既如此，你的房门可来照么？"得贵道："怎么不来照？"支助道："得贵哥，你今年几岁了？"得贵道："十七岁了。"支助道："男子十六岁精通，你如今十七岁，难道不想妇人？"得贵道："便想也没用处。"支助道："放着家里这般标致的，早暮在眼前，好不动兴！"得贵道："说也不该，他是主母，动不动非打则骂，见了他，好不怕哩！亏你还敢说取笑的话。"支助道："你既不肯引我去，我教导你一个法儿，作成你自去上手何如？"得贵摇手道："做不得，做不得！我也没有这样胆！"支助道："你莫管做得做不得，教你个法儿，且去试他一试。若得上手，莫忘我今日之恩。"得贵一来乘着酒兴，二来年纪也是当时了，被支助说得心痒。便问道："你且说如何去试他？"支助道："你夜睡之时，莫关了房门，由他开着，如今五月，天气正热，你却赤身仰卧，把那话儿弄得硬硬的，待他来照门时，你只推做睡着了。他若看见，必然动情。一次两次，定然打熬不过，上门就你。"得贵道"倘不来如何？"支助道："拼得这事不成，也不好嗔责你，有益无损。"得贵道："依了老哥的言语，果然成事，不敢忘报。"须臾酒醒，得贵别了，是夜依计而行。正是：

商成灯下瞒天计，拨转闺中匪石心。

论来邵氏家法甚严，那得贵长成十七岁，嫌疑之际，也该就打发出去，另换个年幼的小厮答应，岂不尽善。只为得贵从小走使服的，且又粗蠢又老实。邵氏自己立心清正，不想到别的情节上去，所以因循下来。却说是夜，邵氏同婢秀姑点灯出来照门，见得贵赤身仰卧，骂："这狗奴才，门也不关，赤条条睡着，是甚么模样？"叫秀姑与他扯上房门。若是邵氏有主意，天明后叫得贵来，说他夜里懒惰放肆，骂一场，打一顿，得贵也就不敢了。他久旷之人，却似眼见希奇物，寿增一纪，绝不做声。得贵胆大了，到夜来，依前如此。邵氏同婢又去照门，看见又骂道："这狗才一发不成人了，被也不盖！"叫秀姑替他把卧单扯上，莫惊醒他。此时便有些动情，奈有秀姑在傍碍眼。到第三日，得贵出外撞见了支助，支助就问他曾用计否？得贵老实，就将两夜光景都叙了。支助道："他叫丫头替你盖被，又教莫惊醒你，便有爱你之意，今夜决有好处。"其夜得贵依原开门，假睡而待。邵氏有意，遂不叫秀姑跟随。自己持灯来照，径到得贵床前，看见得贵赤身仰卧，那话儿如枪一般。禁不住春心荡漾，欲火如焚。自解去小衣，爬上床去。还只怕惊醒了得贵，悄悄地跨在身上，从上而压下。得贵忽然抱住，番身转来，与之云雨：

一个久疏乐事，一个初试欢情。一个认着故物肯轻抛，一个尝了甜头难遽放。一个饥不择食，岂嫌小厮粗丑；一个狎恩恃爱，那怕主母威严。分明恶草藤萝，也共名花登架去。可惜清心冰雪，化为春水向东流。十年清白已成虚，一夕垢污难再洗。

事毕，邵氏问得贵道："我苦守十年，一旦失身于你，此亦前生冤债，你须谨口，莫泄于人，我自有看你之处。"得贵道："主母分付，怎敢不依！"

自此夜为始，每夜邵氏以看门为由，必与得贵取乐而后入。又恐秀姑知觉，到放个空，教得贵连秀姑奸骗了。邵氏故意欲责秀姑，却教秀姑引进得贵以塞其口。彼此河同水密，各不相瞒，得贵感支助教导之恩，时常与邵氏讨东讨西，将来奉与支助。支助指望得贵引进，得贵怕主母嗔怪，不敢开口。支助几遍讨信，得贵只是延捱下去。过了三五个月，邵氏与得贵如夫妇无异。也是数该败露，邵氏当初做了六年亲，不曾生育；如今才得三五月，不觉便胸高腹大，有了身孕。恐人知觉不便，将银与得贵教他悄地赎贴坠胎的药来，打下私胎，免得日后出丑。得贵一来是个老实人，不晓得坠胎是甚么药；二来自得支助指教，以为恩人，凡事直言无隐。今日这件私房关目，也去与他商议。那支助是个棍徒，见得贵不肯引进自家，心中正在忿恨，却好有这个机会，便是生意上门。心生一计，哄得贵道："这药只有我一个相识人家最效，我替你赎去！"乃往药铺中赎了固胎散四服，与得贵带回，邵氏将此药做四次吃了，腹中未见动静。叫得贵再往别处赎取好药。得贵又来问支助："前药如何不效？"支助道："打胎只是一次，若一次打不下，再不能打了。况这药，只此一家最高，今打不下，必是胎受坚固；若再用狼虎药去打，恐伤大人之命。"得贵将此言对邵氏说了，邵氏信以为然。

到十月将满，支助料是分娩之期，去寻得贵说道："我要合补药，必用一血孩子。你主母今当临月，生下孩子，必然不养，或男或女，可将来送我。你亏我处多，把这一件谢我，亦是不费之惠，只瞒过主母便是。"得贵应允。过了数日，果生一男，邵氏将男溺死，用蒲包裹来，教得贵密地把去埋了。得贵答应晓得，却不去埋，背地悄悄送与支助。支助将死孩收讫，一把扯住得贵，喝道："你主母是丘元吉之妻，家主已死多年，当家寡妇，这孩子从何而得？今番我去出首。"得贵慌忙掩住他口，说道："我把你做恩人，每事与你商议，今日何反面无情？"支助变着脸道："干得好事！你强奸主母，罪该凌迟，难道叫句恩人就罢了？既知恩当报恩，你作成得我什么事？你今若要我不开口，可问主母讨一百两银子与我，我便隐恶而扬善；若然没有，决不干休！见有血孩作证，你自到官司去辨，连你主母做不得人。我在家等你回话，你快去快来！"急得得贵眼泪汪汪，回家料瞒不过，只得把这话对邵氏说了。邵氏埋怨道："此是何等东西，却把做礼物送人！坑死了我也！"说罢，流泪起来。得贵道："若是别人，我也不把与他，因他是我的恩人，所以不好推托。"邵氏道："他是你什么恩人？"得贵道："当初我赤身仰卧，都是他教我的方法来调引你，没有他时，怎得你我今日恩爱？他说要血孩合补药，我好不奉他？谁知他不怀好意！"邵氏道："你做的事，忒不即溜。当初是我一念之差，堕在这光棍术中，今已悔之无及。若不将银买转孩子，他必然出首，那时难以换回。"只得取出四十两银子，教得贵拿去与那光棍赎取血孩，背地埋藏，以绝祸根。得贵老实，将四十两银子，双手递与支助，说道："只有这些，你可将血孩还我罢！"支助得了银子，贪心不足，思想："此妇美貌，又且囊中有物。借此机会，倘得捱身入马，他的家事在我掌握之中，岂不美哉！"乃向得贵道："我说要银子，是取笑话。你当真送来，我只得收受了。那血孩我已埋讫。你可在主母前引荐我与他相处，倘若见允，我替他持家，无人敢欺负他，可不两全其美？不然，我仍在地下掘起孩子出首。限你五日内回话。"得贵出于无奈，只得回家述与邵氏。邵氏大怒道："听那光棍放屁，不要理他！"得贵遂不敢再说。

却说支助将血孩用石灰腌了，仍放蒲包之内，藏于隐处。等了五日，不见得贵回话。又捱了五日，共是十日。料得产妇也健旺了，乃往丘家门首，伺候得贵出来，问道："所言之事济否？"得贵摇头道："不济，不济！"支助更不问第二句，望门内直闯进去，得贵不敢拦阻，到走往街口远远的打听消息。邵氏见有人走进中堂，骂道："人家内外各别，你是何人，突入吾室？"支助道："小人姓支，名助，是得贵哥的恩人。"邵氏心中已知，便道："你要寻得贵，在外边去，此非你歇脚之所！"支助道："小人久慕大娘，有如饥渴。小人纵不才，料不在得贵哥之下，大娘何必峻拒？"邵氏听见话不投机，转身便走。支助赶上，双手抱住，说道："你的私孩，现在我处，若不从我，我就首官。"邵氏忿怒无极，只恨摆脱不开，乃以好言哄之，道："日里怕人知觉，到夜时，我叫得贵来接你。"支助道："亲口许下，切莫失信！"放开了手，走几步，又回头，说道："我也不怕你失信！"一直出外去了。气得邵氏半晌无言，珠泪纷纷而坠。推转房门，独坐凳子上，左思右想，只是自家不是。当初不肯改嫁，要做上流之人；如今出乖露丑，有何颜见诸亲之面？又想道："日前曾对众发誓：'我若事二姓，更二夫，不是刀下亡，便是绳上死。'我今拚这性命，谢我亡夫于九泉之下，却不干净！"秀姑见主母啼哭，不敢上前解劝。守住中门，专等得贵回来。得贵在街上望见支助去了，方才回家。见秀姑问："大娘呢？"秀姑指道："在里面。"得贵推开房门看主母。

却说邵氏取床头解手刀一把，欲要自刎，担手不起。哭了一回，把刀放在桌上。在腰间解下八尺长的汗巾，打成结儿，悬于梁上，要把颈子套进结去，心下展转凄惨，禁不住呜呜咽咽的啼哭。忽见得贵推门而进，抖然触起他一点念头："当初都是那狗才做圈做套，来作弄我，害了我一生名节！”说时迟，那时快，只就这点念头起处，仇人相见，分外眼睁。提起解手刀，望得贵当头就劈。那刀如风之快，恼怒中，气力倍加，把得贵头脑劈做两界，血流满地，登时呜呼了。邵氏着了忙，便引颈受套，两脚蹬开凳子，做一个秋千把戏：

地下新添冤恨鬼，人间少了俏孤孀。

常言："赌近盗，淫近杀。"今日只为一个"淫"字，害了两条性命。

且说秀姑平昔惯了，但是得贵进房，怕有别事，就远远闪开。今番半晌不见则声，心中疑惑。去张望时，只见上吊一个，下横一个，吓得秀姑软做一团。按定了胆，把房门款上，急跑到叔公丘大胜家中报信。丘大胜大惊，转报邵氏父母，同到丘家，关上大门，将秀姑盘问致死缘由。元来秀姑不认得支助，连血孩诈去银子四十两的事，都是瞒着秀姑的。以此秀姑只将邵氏得贵平昔奸情叙了一遍。"今日不知何故两个都死了？"三番四复问他，只如此说。邵公、邵母听说奸情的话，满面羞惭，自回去了，不管其事，丘大胜只得带秀姑到县里出首知县验了二尸，一名得贵，刀劈死的；一名邵氏，缢死的。审问了秀姑口辞。知县道："邵氏与得贵奸情是的，主仆之分已废。必是得贵言语触犯，邵氏不忿，一时失手，误伤人命，情慌自缢，更无别情。"责令丘大胜殡殓，秀姑知情，问杖官卖。

再说支助自那日调戏不遂回家，还想赴夜来之约。听说弄死了两条人命，吓了一大跳，好几时不敢出门。一日早起，偶然检着了石灰腌的血孩，连蒲包拿去抛在江里。遇着一个相识叫做包九，在仪真闸上当夫头，问道："支大哥，你抛的是甚么东西？"支助道："腌几块牛肉，包好了，要带出去吃的，不期臭了。九哥，你两日没甚事，到我家吃三杯。"包九道："今日忙些个，苏州府况钟老爷驰驿复任，即刻船到，在此趱夫哩！"支助道："既如此，改日再会。"支助自去了。

却说况钟原是吏员出身，礼部尚书胡濙荐为苏州府太守，在任一年，百姓呼为"况青天"。因丁忧回籍，圣旨夺情起用，特赐驰驿赴任。船至仪真闸口，况爷在舱中看书，忽闻小儿啼声，出自江中，想必溺死之儿，差人看来，回报："没有。"如此两度。况爷又闻啼声，问众人皆云不闻。况爷口称怪事，推窗亲看，只见一个小小蒲包，浮于水面。况爷叫水手捞起，打开看了，回复："是一个小孩子。"况爷问："活的？死的？"水手道："石灰腌过的，像死得久了。"况爷想道："死的如何会啼？况且死孩子，抛掉就罢了，何必灰腌，必有缘故。”叫水手，把这死孩连蒲包放在船头上：“如有人晓得来历，密密报我，我有重赏。”水手奉钧旨，拿出船头。恰好夫头包九看见小蒲包，认得是支助抛下的，“他说是臭牛肉，如何却是个死孩？”遂进舱禀况爷：“小人不晓得这小孩子的来历，却认得抛那小孩子在江里这个人，叫做支助。”况爷道：“有了人，就有来历了。”一面差人密拿支助，一面请仪真知县到察院中同问这节公事。

况爷带了这死孩，坐了察院，待得知县来时，支助也拿到了。况爷上坐，知县坐于左手之旁。况爷因这仪真不是自己属县，不敢自专，让本县推问。那知县见况公是奉过敕书的，又且为人古怪，怎敢僭越。推逊了多时，况爷只得开言，叫：“支助，你这石灰腌的小孩子，是那里来的？”支助正要抵赖，却被包九在旁指实了。只得转口道：“小的见这脏东西在路旁不便，将来抛向江里，其实不知来历。”况爷问包九：“你看见他在路旁检的么？”包九道：“他抛下江里，小的方才看见。问他什么东西，他说是臭牛肉。”况爷大怒道：“既假说臭牛肉，必有瞒人之意！”喝教手下选大毛板，先打二十再问。况爷的板子利害，二十板抵四十板还有余，打得皮开肉绽，鲜血迸流，支助只是不招。况爷喝教夹起来。况爷的夹棍也利害，第一遍，支助还熬过；第二遍就熬不得了，招道：“这死孩是邵寡妇的。寡妇与家童得贵有奸，养下这私胎来。得贵央小的替他埋藏，被狗子爬了出来，故此小的将来抛在江里。”况爷见他言词不一。又问：“你肯替他埋藏必然与他家通情。”支助道：“小的并不通情，只是平日与得贵相熟。”况爷道：“他埋藏只要朽烂，如何把石灰腌着？”支助支吾不来，只得磕头道：“青天爷爷，这石灰其实是小的腌的。小的知邵寡妇家殷实，欲留这死孩去需索他几两银子。不期邵氏与得贵都死了。小的不遂其愿，故此抛在江里。”况爷道：“那妇人与小厮果然死了么？”知县在旁边起身打一躬，答应道：“死了，是知县亲验过了。”况爷道：“如何便会死？”知县道：“那小厮是刀劈死的，妇人是自缢的。知县也曾细详，他两个奸情已久，主仆之分久废。必是小厮言语触犯，那妇人一时不忿，提刀劈去，误伤其命，情慌自缢，别无他说。”况爷肚里踌躇：“他两个既然奸密，就是语言小伤，怎下此毒手！早间死孩儿啼哭，必有缘故。”遂问道：“那邵氏家还有别人么？”知县道：“还有个使女，叫做秀姑，官卖去了。”况爷道：“官卖，一定就在本地。烦贵县差人提来一审，便知端的。”知县忙差快手去了。

不多时，秀姑拿到，所言与知县相同。况爷踌躇了半晌，走下公座，指着支助，问秀姑道："你可认得这个人？"秀姑仔细看了一看，说道："小妇人不识他姓名，曾认得他嘴脸。"况爷道："是了，他和得贵相熟，必然曾同得贵到你家来。你可实说，若半句含糊，便上拶！"秀姑道："平日间实不曾见他上门，只是结末来，他突入中堂，调戏主母，被主母赶去。随后得贵方来，主母正在房中啼哭，得贵进房，不多时两个就都死了！"况爷喝骂支助："光棍！你不曾与得贵通情，如何敢突入中堂？这两条人命，都因你起！"叫手下："再与我夹起来。"支助被夹昏了，不由自家做主，从头至尾，如何教导得贵哄诱主母，如何哄他血孩到手诈他银子，如何挟制得贵要他引入同奸，如何闯入内室抱住求奸，被他如何哄脱了，备细说了一遍："后来死的情由，其实不知。"况爷道："这是真情了。"放了夹，叫书吏取了口词明白。知县在旁，自知才力不及，惶恐无地。

况爷提笔，竟判审单："审得支助，奸棍也。始窥寡妇之色，辄起邪心；既乘弱仆之愚，巧行诱语。开门裸卧，尽出其谋；固胎取孩，悉堕其术。求奸未能，转而求利；求利未厌，仍欲求奸。在邵氏一念之差，盗铃尚思掩耳；乃支助几番之诈，探箧加以逾墙。以恨助之心恨贵，恩变为仇；于杀贵之后自杀，死有余愧。主仆既死勿论，秀婢已杖何言。惟是恶魁，尚逃法网。包九无心而遇，腌孩有故而啼，天若使之，罪难容矣！宜坐致死之律，兼追所诈之赃。"况爷念了审单，连支助亦甘心服罪。况爷将此事申文上司，无不夸奖大才，万民传颂，以为包龙图复出，不是过也。这一家小说，又题做：《况太守断死孩儿》。有诗为证：

俏邵娘见欲心乱，蠢得贵福过灾生。
支赤棍奸谋似鬼，况青天折狱如神。

醒世恒言

叙

六经国史而外，凡著述皆小说也。而尚理或病于艰深，修词或伤于藻绘，则不足以触里耳而振恒心。此《醒世恒言》四十种，所以继《明言》《通言》而刻也。明者，取其可以导愚也；通者，取其可以适俗也；恒则习之而不厌，传之而可久。三刻殊名，其义一耳。夫人居恒动作言语不甚相悬，一旦弄酒，则叫号踯躅，视堑如沟，度城如槛。何则？酒浊其神也。然而斟酌有时，虽毕吏部、刘太常未有时时如滥泥者。岂非醒者恒而醉者暂乎？繇此推之，惕孺为醒，下石为醉；却嘑为醒，食嗟为醉；剖玉为醒，题石为醉。又推之，忠孝为醒，而悖逆为醉；节俭为醒，而淫荡为醉；耳和目章、口顺心贞为醒，而即聋从昧、与顽用嚚为醉。人之恒心，亦可思已。从恒者吉，背恒者凶。心恒心，言恒言，行恒行。入夫妇而不惊，质天地而无怍。下之巫医可作，而上之善人、君子、圣人亦可见。恒之时义大矣哉！自昔浊乱之世，谓之天醉。天不自醉人醉之，则天不自醒人醒之。以醒天之权与人，而以醒人之权与言。言恒而人恒，人恒而天亦得其恒，万世太平之福，其可量乎！则兹刻者，虽与《康衢》《击壤》之歌并传不朽可矣。崇儒之代，不废二教，亦谓导愚适俗，或有藉焉。以二教为儒之辅可也，以《明言》《通言》《恒言》为六经国史之辅，不亦可乎？若夫淫谈亵语，取快一时，贻秽百世，夫先自醉也，而又以狂药饮之，吾不知视此"三言"者得失何如也？

天启丁卯中秋陇西可一居士题于白下之栖霞山房

第一卷　两县令竞义婚孤女

风水人间不可无，也须阴骘两相扶。

时人不解苍天意，枉使身心着意图。

话说近代浙江衢州府，有一人姓王名奉，哥哥姓王名春。弟兄各生一女：王春的女儿名唤琼英，王奉的叫做琼真。琼英许配本郡一个富家潘百万之子潘华，琼真许配本郡萧别驾之子萧雅，都是自小聘定的。琼英年方十岁，母亲先丧，父亲继殁。那王春临终之时，将女儿琼英托与其弟，嘱咐道："我并无子嗣，只有此女，你把做嫡女看成。待其长成，好好嫁去潘家。你嫂嫂所遗房奁衣饰之类，尽数与之。有潘家原聘财礼置下庄田，就把与他做脂粉之费。莫负吾言！"嘱罢，气绝。殡葬事毕，王奉将侄女琼英接回家中，与女儿琼真做伴。

忽一年元旦，潘华和萧雅不约而同到王奉家来拜年。那潘华生得粉脸朱唇，如美女一般，人都称玉孩童。萧雅一脸麻子，眼眍齿龅，好似飞天夜叉模样。一美一丑，相形起来，那标致的越觉美玉增辉，那丑陋的越觉泥涂无色。况且潘华衣服炫丽，有心卖富，脱一通换一通。那萧雅是老实人家，不以穿着为事。常言道：佛是金装，人是衣装。世人眼孔浅的多，只有皮相，没有骨相。王家若男若女，若大若小，那一个不欣羡潘小官人美貌，如潘安再出，暗暗地颠唇簸嘴，批点那飞天夜叉之丑。王奉自己也看不过，心上好不快活。

不一日，萧别驾卒于任所，萧雅奔丧，扶柩而回。他虽是个世家，累代清官，家无余积，自别驾死后，日渐消索。潘百万是个暴富，家事日盛一日。王奉忽起一个不良之心，想道："萧家甚空，女婿又丑。潘家又富，女婿又标致。何不把琼英琼真暗地兑转，谁人知道？也不教亲生女儿在穷汉家受苦。"主意已定，到临嫁之时，将琼真充做侄女，嫁与潘家，哥哥所遗衣饰庄田之类，都把他去。却将琼英反为己女，嫁与那飞天夜叉为配，自己薄薄备些妆奁嫁送，琼英但凭叔叔做主，敢怒而不敢言。谁知嫁后，那潘华自恃家富，不习诗书，不务生理，专一嫖赌为事。父亲累训不从，气愤而亡。潘华益无顾忌，日逐与无赖小人酒食游戏。不上十年，把百万家资败得罄尽，寸土俱无。丈人屡次周给他，如炭中沃雪，全然不济。结末迫于冻馁，瞒着丈人，要引浑家去投靠人家为奴。王奉闻知此信，将女儿琼真接回家中养老，不许女婿上门。潘华流落他乡，不知下落。那萧雅勤苦攻书，后来一举成名，直做到尚书地位，琼英封一品夫人。有诗为证：

目前贫富非为准，久后穷通未可知。

颠倒任君瞒昧做，鬼神昭鉴定无私。

看官，你道为何说这王奉嫁女这一事？只为世人但顾眼前，不思日后。只要损人利己，岂知人有百算，天只有一算。你心下想得滑碌碌的一条路，天未必随你走哩！还是平日行善为高。今日说一段话本，正与王奉相反，唤做《两县令竞义婚孤女》。这桩故事，出在梁、唐、晋、汉、周五代之季。其时周太祖郭威在位，改元广顺。虽居正统之尊，未就混一之势，四方割据称雄者，还有几处，共是五国、三镇。那五国：

周郭威　　南汉刘晟　　北汉刘旻

南唐李昇　　蜀孟知祥

那三镇？

吴越钱镠　　湖南周行逢　　荆南高季昌。

单说南唐李氏有国，辖下江州地方。内中单表江州德化县一个知县，姓石，名璧，原是抚州临川县人氏，流寓建康。四旬之外，丧了夫人，又无儿子，止有八岁亲女月香，和一个养娘随任。那官人为官清正，单吃德化县中一口水。又且听讼明决，雪冤理滞，果然政简刑清，民安盗息。退堂之暇，就抱月香坐于膝上，教他识字，又或叫养娘和他下棋、蹴抔，百般顽耍，他从旁教导。只为无娘之女，十分爱惜。一日，养娘和月香在庭中蹴那小小球儿为戏。养娘一脚踢起，去得势重了些，那球击地而起，连跳几跳的溜溜滚去，滚入一个地穴里。那地穴约有二三尺深，原是埋缸贮水的所在，养娘手短搅他不着，正待跳下穴中去拾取球儿，石璧道：“且住！”问女儿月香道：“你有甚计较，使球儿自走出来么？”月香想了想，便道：“有计了！”即教养娘去提过一桶水来，倾在穴内，那球便浮在水面。

再倾一桶，穴中水满，其球随水而出。石璧本是要试女孩儿的聪明，见其取水出球，智意过人，不胜之喜。

闲话休叙。那官人在任不上二年，谁知命里官星不现，飞祸相侵。忽一夜仓中失火，急去救时，已烧损官粮千余石。那时米贵，一石值一贯五百。乱离之际，军粮最重。南唐法度，凡官府破耗军粮至三百石者，即行处斩。只为石璧是个清官，又且火灾天数，非关本官私弊，上官都替他分解保奏。唐主怒犹未息，将本官削职，要他赔偿。估价共该一千五百余两，把家私变卖，未尽其半。石璧被本府软监，追逼不过，郁成一病，数日而死。遗下女儿和养娘二口，少不得着落牙婆官卖，取价偿官。这等苦楚，分明是：

屋漏更遭连夜雨，船迟又遇打头风。

却说本县人有个百姓，叫做贾昌，昔年被人诬陷，坐假人命事，问成死罪在狱。亏石知县到任，审出冤情，将他释放，贾昌衔保家活命之恩，无从报效。一向在外为商，近日方回，正值石知县身死，即往抚尸恸哭，备办衣衾棺木，与他殡殓，合家挂孝，买地营茔。又闻得所欠官粮尚多，欲待替他赔补几分，怕钱粮干系，不敢开端惹祸。见说小姐和养娘都着落牙婆官卖，慌忙带了银子，到李牙婆家，问要多少身价。李牙婆取出朱批的官票来看：养娘十六岁，只判得三十两；月香十岁，到判了五十两。却是为何？月香虽然年小，容貌秀美可爱，养娘不过粗使之婢，故此判价不等。贾昌并无吝色，身边取出银包，兑足了八十两纹银，交付牙婆，又谢他五两银子，即时领取二人回家。李牙婆把两个身价，交纳官库。地方呈明石知县家财人口变卖都尽，上官只得在别项那移赔补，不在话下。

却说月香自从父亲死后，没一刻不啼啼哭哭。今日又不认得贾昌是什么人，买他归去，必然落于下贱，一路痛哭不已。养娘道：“小姐，你今番到人家去，不比在老爷身边，只管啼哭，必遭打骂！”月香听说，愈觉悲伤。谁知贾昌一片仁义之心，领到家中，与老婆相见，对老婆说：“此乃恩人石相公的小姐，那一个就是伏侍小姐的养娘。我当初若没有恩人，此身死于缧绁。今日见他小姐，如见恩人之面。你可另收拾一间香房，教他两个住下，好茶好饭供待他，不可怠慢。后来倘有亲族来访，那时送还，也尽我一点报效之心。不然之时，待他长成，就本县择个门当户对的人家，一夫一妇，嫁他出去，恩人坟墓也有个亲人看觑。那养娘依旧教他伏侍小姐，等他两个作伴，做些女工，不要他在外答应。”月香生成伶俐，见贾昌如此吩咐老婆，慌忙上前万福道：“奴家卖身在此，为奴为婢，理之当然。蒙恩人抬举，此乃再生之恩。乞受奴一拜，收为义女。”说罢，即忙下跪。贾昌哪里肯要他拜，别转了头，忙教老婆扶起道：“小人是老相公的子民，这蝼蚁之命，都出老相公所赐。就是这位养娘，小人也不敢怠慢，何况小姐！小人怎敢妄自尊大。暂时屈在寒家，只当宾客相待。望小姐勿责怠慢，小人夫妻有幸。”月香再三称谢。贾昌又吩咐家中男女，都称为石小姐。那小姐称贾昌夫妇，但呼贾公贾婆，不在话下。

原来贾昌的老婆，素性不甚贤慧，只为看上月香生得清秀乖巧，自己无男无女，有心要收他做个螟蛉女儿，初时甚是欢喜，听说宾客相待，先有三分不耐烦了。却灭不得石知县的恩，没奈何依着丈夫言语，勉强奉承。后来贾昌在外为商，每得好绸好绢，先尽上好的寄与石小姐做衣服穿。比及回家，先问石小姐安否。老婆心下渐渐不平。又过些时，把马脚露出来了。但是贾昌在家，朝饔夕餐，也还成个规矩，口中假意奉承几句。但背了贾昌时，茶不茶，饭不饭，另是一样光景了。养娘常叫出外边杂差杂使，不容他一刻空闲。又每日间限定石小姐要做若干女工针指还他。倘手迟脚慢，便去捉鸡骂狗，口里好不干净。正是：

人无千日好，花无百日红。

养娘受气不过，禀知小姐，欲待等贾公回家，告诉他一番。月香断然不肯，说道：“当初他用钱买我，原不指望他抬举。今日贾婆虽有不到之处，却与贾公无干。你若说他，把贾公这段美情都没了。我与你命薄之人，只索忍耐为上。”忽一日，贾公做客回家，正撞着养娘在外汲水，面庞比前甚是黑瘦了。贾公道：“养娘，我只教你服侍小姐，谁要你汲水？且放着水桶另叫人来担罢！”养娘放了水桶，动了个感伤之念，不觉滴下几点泪来。贾公要盘问时，他把手拭泪，忙忙地奔进去了。贾公心中甚疑，见了老婆，问道：“石小姐和养娘没有甚事么？”老婆回言：“没有。”初归之际，事体多头，也就搁过一边。又过了几日，贾公偶然到近处人家走动，回来不见老婆在房，自往厨下去寻他说话。正撞见养娘从厨下来，也没有托盘，右手拿一大碗饭，左手一只空碗，碗上顶一碟腌菜叶儿。贾公有心闪在隐处看时，养娘走进石小姐房中去了。贾公不省得这饭是谁吃的，一些荤腥也没有，那时不往厨下，竟悄悄的走在石小姐房前，向门缝里张时，只见石小姐将这碟腌菜叶儿过饭，心中大怒，便与老婆闹将起来。老婆道：“荤腥尽有，我又不是不舍得与他吃。那丫头自不来担，难道要老娘送进房去不成？”贾公道：“我原说过来，石家的养娘，只教他在房中与小姐作伴。我家厨下走使的又不少，谁要他出房担饭！前日那养娘噙着两眼泪在外街汲水，我已疑心，是必家中把他难为了，只为匆忙，不曾细问得。原来你恁地无恩无义，连石小姐都怠慢！见放着许多荤菜，却教他吃白饭，是甚道理？我在家尚然如此，我出外时，可知连饭也没得与他们吃饱。我这番回来，见他们着实黑瘦了。”老婆道：“别人家丫头，那要你恁般疼他。养得白白壮壮，你可收用他做小老婆么？”贾公道：“放屁！说的是什么话！你这样不通理的人，我不与你讲嘴。自明日为始，我教当直的每日另卖一分肉菜供给他两口，不要在家火中算帐，省得夺了你的口食，你又不欢喜。”老婆自家觉得有些不是，口里也含含糊糊的哼了几句，便不言语了。从此贾公吩咐当直的，每日肉菜分做两份；却叫厨下丫头们，各自安排送饭，这几时，好不齐整。正是：

人情若比初相识，到底终无怨恨心。

贾昌因牵挂石小姐，有一年多不出外经营。老婆却也做意修好，相忘于无言。月香在贾公家，一住五年，看看长成。贾昌意思要密访个好主儿，嫁他出去了，方才放心，自家好出门做生理。这也是贾公的心事，背地里自去勾当，晓得老婆不贤，又与他商量怎的？若是凑巧时，赔些妆奁嫁出去了，可不干净。何期姻缘不偶。内中也有缘故：但是出身低微的，贾公又怕辱莫了石知县，不肯俯就；但是略有些名目的，哪个肯要百姓人家的养娘为妇，所以好事难成。贾公见姻事不就，老婆又和顺了，家中供给又立了常规，舍不得耽搁生意，只得又出外为商。未行数日之前，预先叮咛老婆有十来次，只教好生看待石小姐和养娘两口。又请石小姐出来，再三抚慰，连养娘都用许多好言安放。又吩咐老婆道：“他骨气也比你重几百分哩，你切莫慢他。若是不依我言语，我回家时，就不与你认夫妻了！”又唤当直的和厨下丫头，都吩咐遍了，方才出门。

临岐费尽叮咛语，只为当初受德深。

却说贾昌的老婆，一向被老公在家作兴石小姐和养娘，心下好生不乐，没奈何，只得由他，受了一肚子的腌臜昏闷之气。一等老公出门，三日之后，就使起家主母的势来。寻个茶迟饭晏小小不是的题目，先将厨下丫头试法，连打几个巴掌，骂道："贱人，你是我手内用钱讨的，如何恁地托大？你恃了那个小主母的势头，却不用心服侍我。家长在家日，纵容了你；如今他出去了，少不得要还老娘的规矩。除却老娘外，那个该服侍的？要饭吃时，等他自担，不要你们献勤，却担误老娘的差使！"骂了一回，就乘着热闹中，唤过当直的，吩咐将贾公派下另一分肉菜钱干折进来，不要买了。当直的不敢不依。且喜月香能甘淡薄，全不介意。又过了些时，忽一日，养娘担洗脸水，迟了些，水已凉了。养娘不合哼了一句，那婆娘听得了，特地叫来发作道："这水不是你担的，别人烧着汤，你便胡乱用些罢！当初在牙婆家，那个烧汤与你洗脸？"养娘耐嘴不住，便回了几句言语道："谁要他们担水烧汤？我又不是不曾担水过的，两只手也会烧火。下次我自担水自烧，不费厨下姐姐们力气便了！"那婆娘提醒了他当初曾担水过这句话，便骂道："小贱人！你当先担得几桶水，便在外面做身做分，哭与家长知道，连累老娘受了百般呕气。今日老娘要讨个帐儿，你既说会担水，会烧火，把两件事都交在你身上。每日常用的水，都要你担，不许缺乏。是火，都是你烧，若是难为了柴，老娘却要计较。且等你知心知意的家长回家时，你再啼啼哭哭告诉他便了，也不怕他赶了老娘出去。"月香在房中，听得贾婆发作自家的丫头，慌忙移步上前，万福谢罪，招称许多不是，叫贾婆莫怪。养娘道："果是婢子不是了！只求看小姐面上，不要计较。"那老婆愈加忿怒，便道："什么小姐，小姐？是小姐，不到我家来了。我是个百姓人家，不晓得小姐是什么品级，你动不动把来压老娘。老娘骨气虽轻，不受人压量的。今日要说个明白，就是小姐，也说不得费了大钱讨的。少不得老娘是个主母，贾婆也不是你叫的。"月香听得话不投机，含着眼泪，自进房去了。那婆娘吩咐厨中，不许叫"石小姐"，只叫他"月香"名字。又吩咐养娘，只在厨下专管担水烧火，不许进月香房中。月香若要饭吃时，得他自到厨房来取。其夜，又叫丫头搬了养娘的被窝到自己房中去。月香坐个更深，不见养娘进来，只得自己闭门而睡。又过几日，那婆娘唤月香出房，却教丫头把他的房门锁了。月香没了房，只得在外面盘旋，夜间就同养娘一铺睡。睡起时，就叫他拿东拿西，役使他起来。在他矮檐下，怎敢不低头。月香无奈何，只得伏低伏小。那婆娘见月香随顺了，心中暗喜，蓦地开了他房门的锁，把他房中搬得一空，凡丈夫一向寄来的好绸好缎，曾做不曾做得，都迁入自己箱笼，被窝也收起了不还他。月香暗暗叫苦，不敢则声。

忽一日，贾公书信回来，又寄许多东西与石小姐。书中嘱咐老婆："好生看待，不久我便回来。"那婆娘把东西收起，思想道："我把石家两个丫头作贱勾了，丈夫回来，必然厮闹。难道我惧怕老公，重新奉承他起来不成？那老亡八把这两个瘦马养着，不知作何结束。他临行之时，说道若不依他言语，就不与我做夫妻了。一定他起了什么不良之心。那月香好副嘴脸，年已长成，倘或有意留他，也不见得，那时我争风吃醋便迟了。人无远虑，必有近忧。一不做，二不休，索性把他两个卖去他方，老亡八回来也只一怪，拚得厮闹一场罢了，难道又去赎他回来不成？好计，好计！"正是：

眼孔浅时无大量，心田偏处有奸谋。

当下那婆娘吩咐当直的："与我唤那张牙婆到来，我有话说。"不一时，当直的将张婆引到。贾婆教月香和养娘都相见了，却发付他开去。对张婆说道："我家六年前，讨下这两个丫头。如今大的忒大了，小的又娇娇的，做不得生活，都要卖他出去，你与我快寻个主儿。"原来当先官卖之事，是李牙婆经手。此时李婆已死，官私做媒，又推张婆出尖了。张婆道："那年纪小的，正有个好主儿在此，只怕大娘不肯。"贾婆道："有甚不肯？"张婆道："就是本县大尹老爷复姓钟离，名义，寿春人氏，亲生一位小姐，许配德安县高大尹的长公子，在任上行聘的，不日就要来娶亲了，本县嫁装都已备得十全，只是缺少一个随嫁的养娘。昨日大尹老爷唤老媳妇当官吩咐过了，老媳妇正没处寻。宅上这位小娘子，正中其选。只是异乡之人，怕大娘不舍得与他。"贾婆想道："我正要寻个远方的主顾，来得正好！况且知县相公要了人去，丈夫回来，料也不敢则声。"便道："做官府家的陪嫁，胜似在我家十倍，我有什么不舍得。只是不要亏了我的原价便好。"张婆道："原价许多？"贾婆道："十来岁时，就是五十两讨的，如今饭钱又丢一主在身上了。"张婆道："吃的饭是算不得帐。这五十两银子在老媳妇身上。"贾婆道："那一个老丫头也替我觅个人家便好。他两个是一伙儿来的，去了一个，那一个也养不住了。况年纪一二十之外，又是要老公的时候，留他甚么！"张婆道："那个要多少身价？"贾婆道："原是三十两银子讨的。"牙婆道："粗货儿，直不得这许多。若是减得一半，老媳妇倒有个外甥在身边，三十岁了，老媳妇原许下与他娶一房妻小的，因手头不宽展，捱下去，这到是雌雄一对儿。”贾婆道：“既是你的外甥，便让你五两银子。”张婆道：“连这小娘子的媒礼在内，让我十两罢。”贾婆道：“也不为大事，你且说合起来。”张婆道：“老媳妇如今先去回复知县相公。若讲得成时，一手交钱，一手就要交货的。”贾婆道：“你今晚还来不？”张婆道：“今晚还要与外甥商量，来不及了，明日早来回话。多分两个都要成的。”说罢别去，不在话下。

却说大尹钟离义到任有一年零三个月了。前任马公，是顶那石大尹的缺。马公升任去后，钟离义又是顶马公的缺。钟离大尹与德安高大尹原是个同乡。高大尹生下二子，长曰高登，年十八岁；次曰高升，年十六岁。这高登便是钟离公的女婿。自来钟离公未曾有子，止生此女，小字瑞枝，年方一十七岁，选定本年十月望日出嫁。此时九月下旬，吉期将近。钟离公吩咐张婆，急切要寻个陪嫁。张婆得了贾家这头门路，就去回复大尹。大尹道：“若是人物好时，就是五十两也不多。明日库上来领价，晚上就要过门的。”张婆道：“领相公钧旨。”当晚回家，与外甥赵二商议，有这相应的亲事，要与他完婚，赵二先欢喜了一夜。次早，赵二便去整理衣褶，准备做新郎。张婆在家中，先凑足了二十两身价，随即到县取知县相公钧帖，到库上兑了五十两银子，来到贾家，把这两项银子交付与贾婆，分疏得明明白白。贾婆都收下了。少顷，县中差两名皂隶，两个轿夫，抬着一顶小轿，到贾家门首停下。贾家初时都不通月香晓得，临期竟打发他上轿。月香正不知教他哪里去，和养娘两个，叫天叫地，放声大哭。贾婆不管三七二十一，和张婆两个，你一推，我一搠，搠他出了大门。张婆方才说明：“小娘子不要啼哭了。你家主母，将你卖与本县知县相公处做小姐的陪嫁，此去好不富贵！官府衙门，不是耍处，事到其间，哭也无益。”月香只得收泪，上轿而去。轿夫抬进后堂，月香见了钟离义，还只万福。张婆在旁道：“这就是老爷了，须下个大礼。”月香只得磕头，立起身来，不觉泪珠满面。张婆教他拭干了泪眼，引入私衙，见了夫人和瑞枝小姐。问其小名，对以“月香”。夫人道：“好个‘月香’二字！不必更改，就发他服侍小姐。”钟离公厚赏张婆，不在话下。

可怜宦室娇香女，权作闺中使令人。

张婆出衙，已是酉牌时分，再到贾家，只见那养娘正思想小姐，在厨下痛哭。贾婆对他说道：“我今把你嫁与张妈妈的外甥，一夫一妇，比月香倒胜几分，莫要悲伤了。”张婆也劝慰了一番。赵二在混堂内洗了个净浴，打扮得帽儿光光，衣衫簇簇，自家提一碗灯笼前来接亲。张婆就教养娘拜别了贾婆。那养娘原是个大脚，张婆扶着步行到家，与外甥成亲。

话休絮烦。再说月香小姐自那日进了钟离相公衙内，次日，夫人吩咐新来婢子，将中堂打扫。月香领命，携帚而去。钟离义梳洗已毕，打点早衙理事，步出中堂，只见新来婢子呆呆的把着一把扫帚，立于庭中。钟离公暗暗称怪，悄地上前看时，原来庭中有一个土穴，月香对了那穴，汪汪流泪。钟离公不解其故，走入中堂，唤月香上来，问其缘故。月香愈加哀泣，口称不敢。钟离公再三诘问，月香方才收泪而言道：“贱妾幼时，父亲曾于此地教妾蹴球为戏，误落球于此穴。父亲问妾道：‘你可有计较，使球自出于穴，不须拾取？’贱妾答云：‘有计。’即遣养娘取水灌之，水满球浮，自出穴外。父亲谓妾聪明，不胜之喜。今虽年久，尚然记忆，睹物伤情，不觉哀泣。愿相公俯赐矜怜，勿加罪责！”钟离公大惊道：“汝父姓甚名谁？你幼时如何得到此地？须细细说与我知。”月香道：“妾父姓石名璧，六年前在此做县尹。只为天火烧仓，朝廷将父革职，勒令赔偿，父亲病郁而死。有司将妾和养娘官卖到本县贾公家。贾公向被冤系，感我父活命之恩，故将贱妾甚相看待，抚养至今。因贾公出外为商，其妻不能相容，将妾转卖于此。只此实情，并无欺隐。”

今朝诉出衷肠事，铁石人知也泪垂。

钟离公听罢，正是兔死狐悲，物伤其类。“我与石璧一般是个县尹，他只为遭时不幸，遇了天灾，亲生女儿就沦于下贱。我若不闻不见，倒也罢了，天教他到我衙里，我若不扶持他，同官体面何存！石公在九泉之下，以我为何如人！”当下请夫人上堂，就把月香的来历细细叙明。夫人道：“似这等说，他也是个县令之女，岂可贱婢相看。目今女孩儿嫁期又逼，相公何以处之？”钟离公道：“今后不要月香服役，可与女孩儿姊妹相称。下官自有处置。”即时修书一封，差人送到亲家高大尹处。高大尹拆书观看，原来是求宽嫁娶之期。书上写道：

婚男嫁女，虽父母之心；舍己成人，乃高明之事。近因小女出阁，预置媵婢月香。见其颜色端丽，举止安详，心窃异之。细访来历，乃知即两任前石县令之女。石公廉吏，因仓火失官丧躯，女亦官卖，转展售于寒家。同官之女，犹吾女也。此女年已及笄，不惟不可屈为媵婢，且不可使吾女先此女而嫁。仆今急为此女择婿，将以小女薄奁嫁之。令郎姻期，少待改卜。特此拜恳，伏惟情谅。钟离义顿首。

高大尹看了道：“原来如此！此长者之事，吾奈何使钟离公独擅其美！”即时回书云：

鸾凤之配，虽有佳期；狐兔之悲，岂无同志。在亲翁既以同官之女为女，在不佞宁不以亲翁之心为心？三复示言，令人悲恻。此女廉吏血胤，无惭阀阅，愿亲家即赐为儿妇，以践始期。令爱别选高门，庶几两便。昔蘧伯玉耻独为君子，仆今者愿分亲翁之谊。高原顿首。

使者将回书呈与钟离公看了。钟离公道：“高亲家愿娶孤女，虽然义举，但吾女他儿，久已聘定，岂可更改？还是从容待我嫁了石家小姐，然后另备妆奁，以完吾女之事。”当下又写书一封，差人再达高亲家。高公开书读道：

娶无依之女，虽属高情；更已定之婚，终乖正道。小女与令郎，久谐凤卜，准拟鸾鸣。在令郎停妻而娶妻，已违古礼；使小女舍婿而求婿，难免人非。请君三思，必从前议。义惶恐再拜。

高公读毕，叹道：“我一时思之不熟，今闻钟离公之言，惭愧无地。我如今有个两尽之道，使钟离公得行其志，而吾亦同享其名。万世而下，以为美谈。”即时复书云：

以女易女，仆之慕谊虽殷；停妻娶妻，君之引礼甚正。仆之次男高升，年方十七，尚未缔姻。令爱归我长儿，石女属我次子，佳儿佳妇，两对良姻。一死一生，千秋高谊。妆奁不须求备，时日且喜和同。伏冀俯从，不须改卜。原惶恐再拜。

钟离公得书，大喜道："如此处分，方为双美。高公义气，真不愧古人，吾当拜其下风矣。"当下即与夫人说知，将一副妆奁，剖为两份，衣服首饰，稍稍增添，二女一般，并无厚薄。到十月望前两日，高公安排两乘花花细轿，笙箫鼓吹，迎接两位新人。钟离公先发了嫁妆去后，随唤出瑞枝、月香两个女儿，教夫人吩咐他为妇之道，二女拜别而行。月香感念钟离公夫妇恩德，十分难舍，号哭上轿。一路趱行，自不必说。到了县中，恰好凑着吉日良时，两对小夫妻，如花如锦，拜堂合卺。高公夫妇欢喜无限。正是：

百年好事从今定，一对姻缘天上来。

再说钟离公嫁女三日之后，夜间忽得一梦，梦见一位官人，幞头象简，立于面前，说道："吾乃月香之父石璧是也。生前为此县大尹，因仓粮失火，赔偿无措，郁郁而亡。上帝察其清廉，悯其无罪，敕封吾为本县城隍之神。月香吾之爱女，蒙君高谊，拔之泥中，成其美眷，此乃阴德之事，吾已奏闻上帝。君命中本无子嗣，上帝以公行善，赐公一子，昌大其门。君当致身高位，安享遐龄。邻县高公与君同心，愿娶孤女，上帝嘉悦，亦赐二子高官厚禄，以酬其德。君当传与世人，广行方便，切不可凌弱暴寡，利己损人。天道昭昭，纤毫洞察！"说罢，再拜。钟离公答拜起身，忽然踏了衣服前幅，跌上一交，猛然惊醒，乃是一梦。即时说与夫人知道，夫人亦嗟呀不已。待等天明，钟离公打轿到城隍庙中焚香作礼，捐出俸资百两，命道士重新庙宇，将此事勒碑，广谕众人。又将此梦备细写书报与高公知道，高公把书与两个儿子看了，各各惊讶。钟离夫人年过四十，忽然得孕生子，取名天赐。后来钟离义归宋，仕至龙图阁大学士，寿享九旬。子天赐，为大宋状元。高登、高升俱仕宋朝，官至卿宰。此是后话。

且说贾昌在客中，不久回来，不见了月香小姐和那养娘，询知其故，与婆娘大闹几场。后来知得钟离相公将月香为女，一同小姐嫁与高门，贾昌无处用情，把银二十两，要赎养娘送还石小姐。那赵二恩爱夫妻，不忍分拆，情愿做一对投靠，张婆也禁他不住。贾昌领了赵二夫妻，直到德安县，禀知大尹高公。高公问了备细，进衙又问媳妇月香，所言相同。遂将赵二夫妻收留，以金帛厚酬贾昌，贾昌不受而归。从此贾昌恼恨老婆无义，立誓不与他相处，另招一婢，生下两男。此亦作善之报也！后人有诗叹云：

人家嫁娶择高门，谁肯周全孤女婚？
试看两公阴德报，皇天不负好心人。

第二卷　三孝廉让产立高名

紫荆枝下还家日，花萼楼中合被时。

同气从来兄与弟，千秋羞咏《豆萁诗》。

这首诗，为劝人兄弟和顺而作。用着三个故事，看官听在下一一分剖。

第一句说："紫荆枝下还家日。"昔时有田氏兄弟三人，从小同居合爨。长的娶妻叫田大嫂，次的娶妻叫田二嫂，妯娌和睦，并无闲言。惟第三的年小，随着哥嫂过日。后来长大娶妻，叫田三嫂。那田三嫂为人不贤，恃着自己有些妆奁，看见夫家一锅里煮饭，一桌上吃食，不用私钱，不动私秤，便私房要吃些东西，也不方便，日夜在丈夫面前撺掇："公堂钱库田产，都是伯伯们掌管，一出一入，你全不知道。他是亮里，你是暗里，用一说十，用十说百，哪里晓得？目今虽说同居，到底有个散场。若还家道消乏下来，只苦得你年幼的。依我说，不如早早分析，将财产三分拨开，各人自去营运，不好么？"田三一时被妻言所惑，认为有理，央亲戚对哥哥说，要分析而居。田大、田二初时不肯，被田三夫妇内外连连催逼，只得依允，将所有房产钱谷之类，三分拨开，分毫不多，分毫不少。只有庭前一棵大紫荆树，积祖传下，极其茂盛，既要析居，这树归着那一个？可惜正在开花之际，也说不得了。田大至公无私，议将此树砍倒，将粗本分为三截，每人各得一截，其余零枝碎叶，论秤分开。商议已妥，只待来日动手。次日天明，田大唤了两个兄弟，同去砍树。到得树边看时，枝枯叶萎，全无生气。田大把手一推，其树应手而倒，根芽俱露。田大住手，向树大哭。两个兄弟道："此树值得甚么？兄长何必如此痛惜。"田大道："吾非哭此树也。思我兄弟三人，产于一姓，同爷合母，比这树枝枝叶叶，连根而生，分开不得。根生本，本生枝，枝生叶，所以荣盛。昨日议将此树分为三截，树不忍活活分离，一夜自家枯死。我兄弟三人若分离了，亦如此树枯死，岂有荣盛之日，吾所以悲哀耳！”田二、田三闻哥哥所言，至情感动：“可以人而不如树乎？”遂相抱做一堆，痛哭不已。大家不忍分析，情愿依旧同居合爨。三房妻子听得堂前哭声，出来看时，方知其故。大嫂、二嫂各各欢喜，惟三嫂不愿，口出怨言，田三要将妻逐出，两个哥哥再三劝住。三嫂羞惭，还房自缢而死，此乃自作孽不可活。这话搁过不提。再说田大可惜那棵紫荆树，再来看时其树无人整理，自然端正，枝枯再活，花萎重新，比前更加烂熳。田大唤两个兄弟来看了，各人嗟呀不已。自此田氏累世同居。有诗为证：

紫荆花下说三田，人合人离花亦然。

同气连枝原不解，家中莫听妇人言。

第二句说：“花萼楼中合被时。”那花萼楼在陕西长安城中，大唐玄宗皇帝所建。玄宗皇帝就是唐明皇，他原是唐家宗室，因为韦氏乱政，武三思专权，明皇起兵诛之，遂即帝位。有五个兄弟，皆封王爵，时号“五王”。明皇友爱甚笃，起一座大楼，取《诗经·棠棣》之义，名曰花萼，时时召五王登楼欢宴。又制成大幔，名为“五王帐”。帐中长枕大被，明皇和五王时常同寝其中。有诗为证：

羯鼓频敲玉笛催，朱楼宴罢夕阳微。

宫人秉烛通宵坐，不信君王夜不归。

第四句说：“千秋羞咏《豆萁诗》”。后汉魏王曹操长子曹丕，篡汉称帝。有弟曹植，字子建，聪明绝世，操生时最所宠爱，几遍欲立为嗣而不果。曹丕衔其旧恨，欲寻事而杀之。一日，召子建问曰：“先帝每夸汝诗才敏捷，朕未曾面试。今限汝七步之内，成诗一首。如若不成，当坐汝欺诳之罪。”子建未及七步，其诗已成，中寓规讽之意。诗曰：

煮豆燃豆萁，豆在釜中泣。

本是同根生，相煎何太急。

曹丕见诗感泣，遂释前恨。后人有诗为证：

从来宠贵起猜疑，七步诗成亦可为。

堪叹釜萁仇未已，六朝骨肉尽诛夷。

说话的，为何今日讲这两三个故事？只为自家要说那三孝廉让产立高名。这段话文不比曹丕忌刻，也没子建风流，胜如紫荆花下三田，花萼楼中诸李。随你不和顺的弟兄，听着在下讲这节故事，都要学好起来。正是：

要知天下事，须读古人书。

这故事出在东汉光武年间，那时天下乂安，万民乐业，朝有梧凤之鸣，野无谷驹之叹。原来汉朝取士之法，不比今时，他不以科目取士，惟凭州郡选举。虽则有博学宏词、贤良方正等科，惟以孝廉为重。孝者，孝弟；廉者，廉洁。孝则忠君，廉则爱民。但是举了孝廉，便得出身做官。若依了今日的事势，州县考个童生，还有几十封荐书。若是举孝廉时，不知多少份上钻刺，依旧是富贵子弟钻去了。孤寒的便有曾参之孝，伯夷之廉，休想扬名显姓。只是汉时法度甚妙，但是举过某人孝廉，其人若果然有才有德，不拘资格，骤然升擢，连举主俱纪录受赏；若所举不得其人，后日或贪财坏法，轻则罪黜，重则抄没，连举主一同受罪。那荐人的，与所荐之人休戚相关，不敢胡乱。所以公道大明，朝班清肃。不在话下。

且说会稽郡阳羡县，有一人姓许，名武，字长文。十五岁上，父母双亡，虽然遗下些田产童仆，奈门户单微，无人帮助。更兼有两个兄弟，一名许晏，年方九岁，一名许普，年方七岁，都则幼小无知，终日赶着哥哥啼哭。那许武日则躬率童仆，耕田种圃，夜则挑灯读书。但是耕种时，二弟虽未胜耰锄，必使从旁观看。但是读书时，把两小兄弟，坐于案旁，将句读亲口传授，细细讲解，教以礼让之节，成人之道。稍不率教，辄跪于家庙之前，痛自督责，说自己德行不足，不能化诲，愿父母有灵，启牖二弟，涕泣不已。直待兄弟号泣请罪，方才起身，并不以疾言倨色相加也。室中只用铺陈一副，兄弟三人同睡。如此数年，二弟俱已长成，家事亦渐丰盛。有人劝许武娶妻，许武答道："若娶妻，便当与二弟别居。笃夫妇之爱，而忘手足之情，吾不忍也。"由是昼则同耕，夜则同读，食必同器，宿必同床。乡里传出个大名，都称为"孝悌许武"。又传出几句口号，道是：

阳羡许季长，耕读昼夜忙。

教诲二弟俱成行，不是长兄是父娘。

时州牧郡守，俱闻其名，交章荐举，朝廷征为议郎。下诏会稽郡，太守奉旨，檄下县令，刻日劝驾。许武迫于君命，料难推阻，吩咐两个兄弟："在家躬耕力学，一如我在家之时，不可懈惰废业，有负先人遗训。"又嘱咐奴仆："俱要小心安分，听两个家主役使，早起夜眠，共扶家业。"嘱咐已毕，收拾行装，不用官府车辆，自己雇了脚力登车，只带一个童儿，望长安进发。不一日，到京朝见受职。长安城中，闻得孝悌许武之名，争来拜访识荆，此时望重朝班，名闻四野。朝中大臣探听得许武尚未婚娶，多欲以女妻之者。许武心下想道："我兄弟三人，年皆强壮，皆未有妻。我若先娶，殊非为兄之道。况我家世耕读，侥幸备员朝署，便与缙绅大家为婚，那女子自恃家门，未免娇贵之气。不惟坏了我儒素门风，异日我两个兄弟娶了贫贱人家女子，妯娌之间，怎生相处？从来兄弟不睦，多因妇人而起，我不可不防其渐也。"腹中虽如此踌论，却是说不出的话。只得权辞以对，说家中已定下糟糠之妇，不敢停妻再娶，恐被宋弘所笑。众人闻之，愈加敬重。况许武精于经术，朝廷有大政事，公卿不能决，往往来请教他。他引古证今，议论悉中窾要。但是许武所议，众人皆以为确不可易，公卿倚之为重。不数年间，累迁至御史大夫之职。忽一日，思想二弟在家，力学多年，不见州郡荐举，诚恐怠荒失业，意欲还家省视。遂上疏，其略云：

臣以菲才，遭逢圣代，致位通显，未谋报称，敢图暇逸？但古人云："人生百行，孝弟为先。""不孝有三，无后为大。"先父母早背，域兆未修；臣弟二人，学业未立；臣三十未娶。五伦之中，乃缺其三。愿赐臣假，暂归乡里。倘念臣犬马之力，尚可鞭笞，奔驰有日。

天子览奏，准给假暂归，命乘传衣锦还乡，复赐黄金二十斤为婚礼之费。许武谢恩辞朝，百官俱于郊外送行。正是：

报道锦衣归故里，争夸白屋出公卿。

许武既归，省视先茔已毕，便乃纳还官诰，只推有病，不愿为官。过了些时，从容召二弟至前，询其学业之进退。许晏、许普应答如流，理明词畅，许武心中大喜。再稽查田宅之数，比前恢廓数倍，皆二弟勤俭之所积也。武于是遍访里中良家女子，先与两个兄弟定亲，自己方才娶妻，续又与二弟婚配。约莫数月，忽然对二弟说："吾闻兄弟有析居之义。今吾与汝，皆已娶妇，田产不薄，理宜各立门户。"二弟唯唯惟命。乃择日治酒，遍召里中父老，三爵已过，乃告以析居之事。因悉召僮仆至前，将所有家财，一一分剖。首取广宅自予，说道："吾位为贵臣，门宜棨戟，体面不可不肃。汝辈力田耕作，得竹庐茅舍足矣。"又阅田地之籍，凡良田悉归之己，将硗薄者量给二弟，说道："我宾客众盛，交游日广，非此不足以供吾用。汝辈数口之家，但能力作，只此可无冻馁，吾不欲汝多财以损德也。"又悉取奴仆之壮健伶俐者，说道："吾出入跟随，非此不足以给使令。汝辈合力耕作，正须此愚蠢者作伴，老弱馈食足矣，不须多人费汝衣食也。"众父老一向知许武是个孝弟之人，这番分财，定然辞多就少，不想他般般件件，自占便宜，两个小兄弟所得，不及他十分之五，全无谦让之心，大有欺凌之意。众人心中甚是不平。有几个刚直老人气忿不过，竟自去了。有个心直口快的，便想要开口，说公道话，与两个小兄弟做乔主张。其中又有个老成的，背地里捏手捏脚，教他莫说，以此罢了。那教他莫说的，也有些见识，他道："富贵的人，与贫贱的人，不是一般肚肠。许武已做了显官，不得当初了。常言道：疏不间亲。你我终是外人，怎管得他家事？就是好言相劝，料未必听从，枉费了唇舌，倒挑拨他兄弟不和。倘或做兄弟的肯让哥哥，十分之美，你我又呕这闲气则甚？若做兄弟的心上不甘，必然争论。等他争论时节，我们替他做个主张，却不是好！"正是：

事非干己休多管，话不投机莫强言。

原来许晏、许普，自从蒙哥哥教诲，知书达礼，全以孝悌为重。见哥哥如此分析，以为理之当然，绝无几微不平的意思。许武分拨已定，众人皆散。许武居中住了正房，其左右小房，许晏、许普各住一边，每日率领家奴下田耕种，暇则读书，时时将疑义叩问哥哥，以此为常。妯娌之间，也学他兄弟三人一般和顺。从此里中父老，人人薄许武之所为，都可怜他两个兄弟，私下议论道："许武是个假孝廉，许晏、许普才是个真孝廉。他思念父母面上，一体同气，听其教诲，唯唯诺诺，并不违拗，岂不是孝？他又重义轻财，任分多分少，全不争论，岂不是廉？"起初里中传个好名，叫做"孝悌许武"，如今抹落了武字，改做"孝悌许家"，把许晏、许普弄出一个大名来。那汉朝清议极重，又传出几句口号，道是：

假孝廉，做官员；真孝廉，出口钱。假孝廉，据高轩；真孝廉，守茅檐。假孝廉，富田园；真孝廉，执锄镰。真为玉，假为瓦；瓦为厦，玉抛野。不宜真，只宜假。

那时明帝即位，下诏求贤，令有司访问笃行有学之士，登门礼聘，传驿至京。诏书到会稽郡，郡守分谕各县。县令平昔已知许晏、许普让产不争之事，又值父老公举他真孝真廉，行过其兄，就把二人申报本郡。郡守和州牧皆素闻其名，一同举荐。县令亲到其门，下车投谒，手捧玄缠束帛，备陈天子求贤之意。许晏、许普，谦让不已。许武道："幼学壮行，君子本分之事。吾弟不可固辞。"二人只得应诏，别了哥嫂，乘传到于长安，朝见天子。拜舞已毕，天子金口玉言，问道："卿是许武之弟乎？"晏、普叩头应诏。天子又道：“闻卿家有孝悌之名。卿之廉让，有过于兄，朕心嘉悦。”晏、普叩头道：“圣运龙兴，辟门访落，此乃帝王盛典。郡县不以臣晏、臣普为不肖，有溷圣聪。臣幼失怙恃，承兄武教训，兢兢自守，耕耘诵读之外，别无他长。臣等何能及兄武之万一。”天子闻对，嘉其谦德，即日俱拜为内史。不五年间，皆至九卿之位。居官虽不如乃兄赫赫之名，然满朝称为廉让。

忽一日，许武致家书于二弟。二弟拆开看之，书曰：

> 匹夫而膺辟召，仕宦而至九卿，此亦人生之极荣也。二疏有言：“知足不辱，知止不殆。”既无出类拔萃之才，宜急流勇退，以避贤路。

晏、普得书，即日同上疏辞官，天子不许。疏三上，天子问宰相宋均道：“许晏、许普壮年入仕，备位九卿，朕待之不薄，而屡屡求退，何也？”宋均奏道：“晏、普兄弟二人，天性孝友。今许武久居林下，而晏、普并驾天衢，其心或有未安。”天子道：“朕并召许武，使兄弟三人同朝辅政何如？”宋均道：“臣察晏、普之意，出于至诚。陛下不若姑从所请，以遂其高，异日更下诏征之。或访先朝故事，就近与一大郡，以展其未尽之才，因使便道归省，则陛下好贤之诚，与晏、普友爱之义，两得之矣！”天子准奏，即拜许晏为丹阳郡太守，许普为吴郡太守，各赐黄金二十斤，宽假三月，以尽兄弟之情。许晏、许普谢恩辞朝，公卿俱出郭，到十里长亭，相饯而别。晏、普二人，星夜回到阳羡，拜见了哥哥，将朝廷所赐黄金，尽数献出。许武道：“这是圣上恩赐，吾何敢当！”教二弟各自收去。次日，许武备下三牲祭礼，率领二弟到父母坟茔拜奠了毕，随即设宴遍召里中父老。许氏三兄弟，都

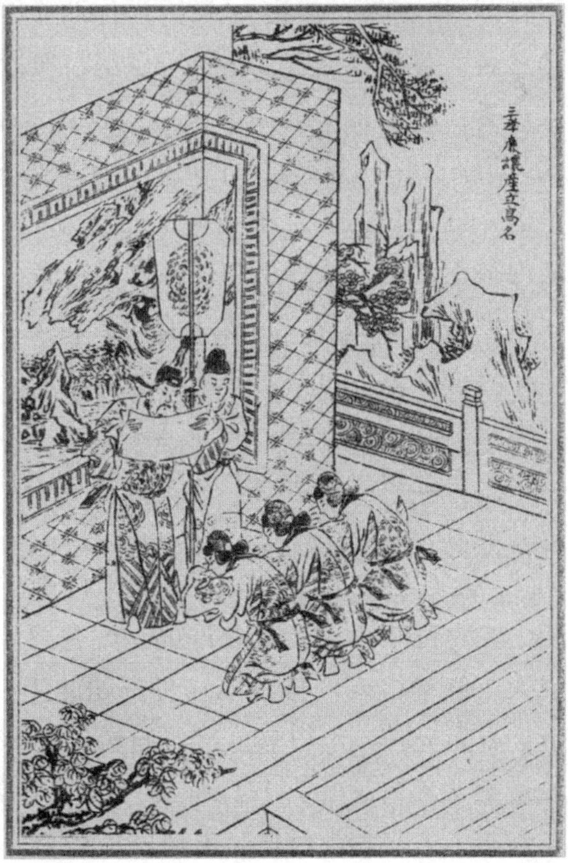

做了大官，虽然他不以富贵骄人，自然声势赫奕，闻他呼唤，尚不敢不来，况且加个“请”字，那时众父老来得愈加整齐。许武手捧酒卮，亲自劝酒。众人都道：“长文公与二哥三哥接风之酒，老汉辈安敢僭先！”比时风俗淳厚，乡党序齿，许武出仕已久，还叫一句“长文公”，那两个兄弟，又下一辈了，虽是九卿之贵，乡尊故旧，依旧称“哥”。许武道：“下官此席，专屈诸乡亲下降，有句肺腑之言奉告。必须满饮三杯，方敢奉闻。”众人被劝，只得吃了。许武教两个兄弟次第把盏，各敬一杯。众人饮罢，齐声道：“老汉辈承贤昆玉厚爱，借花献佛，也要奉敬。”许武等三人，亦各饮讫。众人道：“适才长文公所论金玉之言，老汉辈恭听已久，愿得示下。”许武叠两个指头，说将出来。言无数句，使听者毛骨耸然。正是：

斥鷃不知大鹏，河伯不知海若。

圣贤一段苦心，庸夫岂能测度。

许武当时未曾开谈，先流下泪来。吓得众人惊惶无措，两个兄弟慌忙跪下，问道：“哥哥何事悲伤？”许武道：“我的心事，藏之数年，今日不得不言。”指着晏、普道：“只因为你两个名誉未成，使我做违心之事，冒不韪之名，有玷于祖宗，贻笑于乡里，所以流泪。”遂取出一卷册籍，把与众人观看：原来是田地屋宅及历年收敛米粟布帛之数。众人还未晓其意。许武又道：“我当初教育两个兄弟，原要他立身修道，扬名显亲。不想我虚名早著，遂先显达。二弟在家，躬耕力学，不得州郡征辟。我欲效古人祁大夫内举不避亲，诚恐不知二弟之学行者，说他因兄而得官，误了终身名节。我故倡为析居之议，将大宅良田，强奴巧婢，悉据为己有。度吾弟素敦爱敬，决不争竞。吾暂冒贪饕之迹，吾弟方有廉让之名。果蒙乡里公评，荣膺征聘。今位列公卿，官常无玷，吾志已遂矣。这些田房奴婢，都是公共之物，吾岂可一人独享！这几年以来，所收米谷布帛，分毫不敢妄用，尽数开载在那册籍上。今日交付二弟，表为兄的向来心迹，也教众乡尊得知。”众父老到此，方知许武先年析产一片苦心，自愧见识低微，不能窥测，齐声称叹不已。只有许晏、许普哭倒在地，道：“做兄弟的蒙哥哥教训成人，侥幸得有今日。谁知哥哥如此用心！是弟辈不肖，不能自致青云之上，有累兄长。今日若非兄长自说，弟辈都在梦中。兄长盛德，从古未有。只是弟辈不肖之罪，万分难赎。这些小家财，原是兄长苦挣来的，合该兄长管业。弟辈衣食自足，不消兄长挂念。”许武道：“做哥的力田有年，颇知生殖。况且宦情已淡，便当老于耰锄，以终天年。二弟年富力强，方司民社，宜资庄产，以终廉节。”晏、普又道：“哥哥为弟辈而自污。弟辈既得名，又欲得利，是天下第一等贪夫了，不惟玷辱了祖宗，亦且玷辱了哥哥。万望哥哥收回册籍，聊减弟辈万一之罪！”

众父老见他兄弟三人交相掖让，你不收，我不受，一齐向前劝道：“贤昆玉所言，都则一般道理。长文公若独得了这田产，不见得向来成全两位这一段苦心。两位若径受了，又负了令兄长文公这一段美意。依老汉辈愚见，宜作三股均分，无厚无薄，这才见兄友弟恭，各尽其道。”他三个兀自你推我让。那父老中有前番那几个刚直的，挺身向前，厉声说道：“吾等适才处分，甚得中正之道，若再推逊，便是矫情沽誉了。把这册籍来，待老汉与你分剖！”许武弟兄三人，更不敢多言，只得凭他主张。当时将田产配搭三股分开，各自管业。中间大宅，仍旧许武居住。左右屋宇窄狭，以所在粟帛之数补偿晏、普，他日自行改造。其僮婢，亦皆分派。众父老都称为公平。许武等三人施礼作谢，邀入正席饮酒，尽欢而散。许武心中终以前番析产之事为歉，欲将所得良田之半，立为义庄，以赡乡里。许晏、许普闻知，亦各出己产相助。里中人人叹服。又传出几句口号来，道是：

真孝廉，惟许武；谁继之？晏与普。弟不争，兄不取。作义庄，赡乡里。呜呼孝廉谁可比！

晏、普感兄之义，又将朝廷所赐黄金，大市牛酒，日日邀里中父老与哥哥会饮。如此三月，假期已满，晏、普不忍与哥哥分别，各要纳还官诰。许武再三劝谕，责以大义，二人只得听从，各携妻小赴任。却说里中父老，将许武一门孝悌之事，备细申闻郡县，郡县为之奏闻。圣旨命有司旌表其门，称其里为孝悌里。后来三公九卿，交章荐许武德行绝伦，不宜逸之田野。累诏起用，许武只不奉诏。有人问其缘故，许武道：“两弟在朝居位之时，吾曾讽以知足知止。我若今日复出应诏，是自食其言了。况方今朝廷之上，是非相激，势利相倾，恐非缙绅之福，不如躬耕乐道之为愈耳！”人皆服其高见。再说晏、普到任，守其乃兄之教，各以清节自励，大有政声。后闻其兄高致，不肯出山，弟兄相约，各将印绶纳还，奔回田里，日奉其兄为山水之游，尽老百年而终。许氏子孙昌茂，累代衣冠不绝，至今称为“孝弟许家”云。后人作歌叹道：

今人兄弟多分产，古人兄弟亦分产。
古人分产成弟名，今人分产但嚣争。
古人自污为孝义，今人自污争微利。
孝义名高身并荣，微利相争家共倾。
安得尽居孝弟里，却把阋墙人愧死。

三言二拍

我国古代流传颇广的短篇小说集

（清）冯梦龙 凌蒙初 编著

辽海出版社

叁

目　录

醒世恒言（续）

初刻拍案惊奇

第三卷　卖油郎独占花魁

年少争夸风月，场中波浪偏多。有钱无貌意难和，有貌无钱不可。

就是有钱有貌，还须着意揣摩。知情识趣俏哥哥，此道谁人赛我。

这首词名为《西江月》，是风月机关中撮要之论。常言道：妓爱俏，妈爱钞。所以子弟行中，有了潘安般貌，邓通般钱，自然上和下睦，做得烟花寨内的大王，鸳鸯会上的主盟。然虽如此，还有个两字经儿，叫做帮衬。帮者，如鞋之有帮；衬者，如衣之有衬。但凡做小娘的，有一分所长，得人衬贴，就当十分。若有短处，曲意替他遮护，更兼低声下气，送暖偷寒，逢其所喜，避其所讳，以情度情，岂有不爱之理。这叫做帮衬。风月场中，只有会帮衬的最讨便宜，无貌而有貌，无钱而有钱。假如郑元和在卑田院做了乞儿，此时箧俱空，容颜非旧，李亚仙于雪天遇之，便动了一个恻隐之心，将绣襦包裹，美食供养，与他做了夫妻，这岂是爱他之钱，恋他之貌？只为郑元和识趣知情，善于帮衬，所以亚仙心中舍他不得。你只看亚仙病中想马板肠汤吃，郑元和就把个五花马杀了，取肠煮汤奉之。只这一节上，亚仙如何不念其情！后来郑元和中了状元，李亚仙封为汧国夫人。《莲花落》打出万年策，卑田院做了白玉堂。一床锦被遮盖，风月场中反为美谈。这是：

运退黄金失色，时来铁也生光。

话说大宋自太祖开基，太宗嗣位，历传真、仁、英、神、哲，共是七代帝王，都则偃武修文，民安国泰。到了徽宗道君皇帝，信任蔡京、高俅、杨戬、朱勔之徒，大兴苑囿，专务游乐，不以朝政为事，以致万民嗟怨。金虏乘之而起，把花锦般一个世界，弄得七零八落。直至二帝蒙尘，高宗泥马渡江，偏安一隅，天下分为南北，方得休息。其中数十年，百姓受了多少苦楚。正是：

甲马丛中立命，刀枪队里为家。

杀戮如同戏耍，抢夺便是生涯。

内中单表一人，乃汴梁城外安乐村居住，姓莘，名善，浑家阮氏。夫妻两口，开个六陈铺儿。虽则粜米为生，一应麦豆茶酒油盐杂货，无所不备，家道颇颇得过。年过四旬，止生一女，小名叫做瑶琴。自小生得清秀，更且资性聪明。七岁上，送在村学中读书，日诵千言。十岁时，便能吟诗作赋。曾有《闺情》一绝，为人传诵。诗云：

朱帘寂寂下金钩，香鸭沉沉冷画楼。

移枕怕惊鸳并宿，挑灯偏恨蕊双头。

到十二岁，琴、棋、书、画，无所不通。若题起女工一事，飞针走线，出人意表。此乃天生伶俐，非教习之所能也。莘善因为自家无子，要寻个养女婿，来家靠老。只因女儿灵巧多能，难乎其配，所以求亲者颇多，都不曾许。不幸遇了金虏猖獗，把汴城围困，四方勤工之师虽多，宰相主了和议，不许厮杀，以致虏势愈甚，打破了京城，劫迁了二帝。那时城外百姓，一个个亡魂丧胆，携老扶幼，弃家逃命。

却说莘善领着浑家阮氏和十二岁的女儿，同一般逃难的，背着包裹，结队而走。

忙忙如丧家之犬，急急如漏网之鱼。担渴担饥担劳苦，此行谁是家乡；叫天叫地叫祖宗，惟愿不逢鞑虏。正是：宁为太平犬，莫作乱离人！

正行之间，谁想鞑子倒不曾遇见，却逢着一阵败残的官兵。他看见许多逃难的百姓，多背得有包裹，假意呐喊道："鞑子来了！"沿路放起一把火来。此时天色将晚，吓得众百姓落荒乱窜，你我不相顾。他就乘机抢掠，若不肯与他，就杀害了。这是乱中生乱，苦上加苦。却说莘氏瑶琴被乱军冲突，跌了一交，爬起来，不见了爹娘。不敢叫唤，躲在道旁古墓之中，过了一夜。到天明，出外看时，但见满目风沙，死尸横路，昨日同时避难之人，都不知所往。瑶琴思念父母，痛哭不已。欲待寻访，又不认得路径，只得望南而行，哭一步，捱一步。约莫走了二里之程，心上又苦，腹中又饥。望见土房一所，想必其中有人，欲待求乞些汤饮。及至向前，却是破败的空屋，人口俱逃难去了。瑶琴坐于土墙之下，哀哀而哭。自古道：无巧不成话。恰好有一人从墙下而过，那人姓卜，名乔，正是莘善的近邻。

平昔是个游手游食，不守本分，惯吃白食，用白钱的主儿，人都称他是卜大郎。也是被官军冲散了同伙，今日独自而行。听得啼哭之声，慌忙来看。瑶琴自小相认，今日患难之际，举目无亲，见了近邻，分明见了亲人一般，即忙收泪，起身相见，问道："卜大叔，可曾见我爹妈么？"卜乔心中暗想："昨日被官军抢去包裹，正没盘缠。天生这碗衣饭送来与我，正是奇货可居。"便扯个谎道："你爹和妈寻你不见，好生痛苦，如今前面去了。吩咐我道：'倘或见我女儿，千万带了他来，送还了我。'许我厚谢。"瑶琴虽是聪明，正当无可奈何之际，君子可欺以其方，遂全然不疑，随着卜乔便走。正是：

情知不是伴，事急且相随。

卜乔将随身带的干粮，把些与他吃了，吩咐道："你爹妈连夜走的，若路上不能相遇，直要过江到建康府，方可相会。一路上同行，我权把你当女儿，你权叫我做爹。不然，只道我收留迷失子女，不当稳便。"瑶琴依允。从此陆路同步，水路同舟，爹女相称。到了建康府，路上又闻得金兀术四太子，引兵渡江，眼见得建康不得宁息。又闻得康王即位，已在杭州驻跸，改名临安。遂趁船到润州，过了苏常嘉湖，直到临安地面，暂且饭店中居住。也亏卜乔，自汴京至临安，三千余里，带那莘瑶琴下来，身边藏下些散碎银两，都用尽了，连身上外盖衣服，脱下准了店钱，止剩得莘瑶琴一件活货，欲行出脱。访得西湖上烟花王九妈家要讨养女，遂引九妈到店中，看货还钱。九妈见瑶琴生得标致，讲了财礼五十两，卜乔兑足了银子，将瑶琴送到王家。原来卜乔有智，在王九妈前只说："瑶琴是我亲生之女，不幸到你门户人家，须是款款的教训，他自然从愿，不要性急。"在瑶琴面前，又只说："九妈是我至亲，权时把你寄顿他家。待我从容访知你爹妈下落，再来领你。"以此，瑶琴欣然而去。

可怜绝世聪明女，堕落烟花罗网中。

王九妈新讨了瑶琴，将他浑身衣服，换个新鲜，藏于曲楼深处。终日好茶好饭，去将息他，好言好语，去温暖他。瑶琴既来之，则安之。住了几日，不见卜乔回信。思量爹妈，噙着两行珠泪，问九妈道："卜大叔怎不来看我？"九妈道："那个卜大叔？"瑶琴道："便是引我到你家的那个卜大郎。"九妈道："他说是你的亲爹。"瑶琴道："他姓卜，我姓莘。"遂把汴梁逃难，失散了爹妈，中途遇见了卜乔，引到临安，并卜乔哄他的说话，细述一遍。九妈道："原来恁地！你是个孤身女儿无脚蟹，我索性与你说明罢！那姓卜的把你卖在我家，得银五十两去了。我们是门户人家，靠着粉头过活。家中虽有三四个养女，并没个出色的。爱你生得齐整，把做个亲女儿相待。待你长成之时，包你穿好吃好，一生受用。"瑶琴听说，方知被卜乔所骗，放声大哭，九妈劝解，良久方止。自此九妈将瑶琴改做王美，一家都称为美娘教他吹弹歌舞，无不尽善。长成一十四岁，娇艳非常。临安城中，这些富豪公子，慕其容貌，都备着厚礼求见。也有爱清标的，闻得他写作俱高，求诗求字的，日不离门，弄出天大的名声出来，不叫他美娘，叫他做花魁娘子。西湖上子弟编出一只《挂枝儿》，单道那花魁娘子的好处：

小娘中，谁似得王美儿的标致，又会写，又会画，又会做诗，吹弹歌舞都余事。常把西湖比西子，就是西子比他也还不如。哪个有福的汤着他身儿，也情愿一个死！

只因王美有了个盛名，十四岁上就有人来讲梳弄。一来王美不肯，二来王九妈把女儿做金子看成，见他心中不允，分明奉了一道圣旨，并不敢违拗。又过了一年，王美年方十五。原来门户中梳弄也有个规矩。十三岁太早，谓之试花，皆因鸨儿爱财，不顾痛苦；那子弟也只博个虚名，不得十分畅快取乐。十四岁谓之开花，此时天癸已至，男施女受，也算当时了。到十五谓之摘花，在平常人家还算年小，惟有门户人以为过时。王美此时未曾梳弄，西湖上子弟又编出一只《挂枝儿》来：

王美儿，似木瓜，空好看，十五岁还不曾与人汤一汤。有名无实成何干，便不是石女，也是二行子的娘。若还有个好好的羞羞也，如何熬得这些时痒！

王九妈听得这些风声，怕坏了门面，来劝女儿接客。王美执意不肯，说道："要我会客时，除非见了亲生爹妈。他肯做主时，方才使得！"王九妈心里又恼他，又不舍得难为他，捱了好些时。偶然有个金二员外，大富之家，情愿出三百两银子，梳弄美娘。九妈得了这主大财，心生一计，与金二员外商议，若要他成就，除非如此如此，金二员外意会了。其日八月十五日，只说请王美湖上看潮，请至舟中，三四个帮闲，俱是会中之人，猜拳行令，做好做歉，将美娘灌得烂醉如泥。扶到王九妈家楼中，卧于床上，不省人事。此时天气和暖，又没几层衣服，妈儿亲手服侍，欲待挣扎，争奈手足俱软，由他轻薄了一回。直待绿暗红飞，方始雨收云散。正是：

雨中花蕊方开罢，镜里娥眉不似前。

五鼓时，美娘酒醒，已知鸨儿用计，破了身子。自怜红颜命薄，遭此强横，起来解手，穿了衣服，自在床边一个斑竹榻上，朝着里壁睡了，暗暗垂泪。金二员外来亲近他时，被他劈头劈脸，抓有几个血痕。金二员外好生没趣，捱得天明，对妈儿说声："我去也！"妈儿要留他时，已自出门去了。从来梳弄的子弟，早起时，妈儿进房贺喜，行户中都来称庆，还要吃几日喜酒。那子弟多则住一二月，最少也住半月二十日，只有金二员外侵早出门，是从来未有之事。王九妈连叫诧异，披衣起身上楼，只见美娘卧于榻上，满眼流泪。九妈要哄他上行，连声招许多不是，美娘只不开口，九妈只得下楼去了。美娘哭了一日，茶饭不沾。从此托病，不肯下楼，连客也不肯会面了。

九妈心下焦燥，欲待把他凌虐，又恐他烈性不从，反冷了他的心肠。欲待由他，本是要他赚钱，若不接客时，就养到一百岁也没用。踌躇数日，无计可施。忽然想起，有个结义妹子，叫做刘四妈，时常往来。他能言快语，与美娘甚说得着，何不接取他来，下个说词。若得他回心转意，大大的烧个利市。当下叫保儿去请刘四妈到前楼坐下，诉以衷情。刘四妈道："老身是个女随何，雌陆贾，说得罗汉思情，嫦娥想嫁。这件事都在老身身上。"九妈道："若得如此，做姐的情愿与你磕头。你多吃杯茶去，免得说话时口干。"刘四妈道："老身天生这副海口，便说到明日，还不干哩。"

刘四妈吃了几杯茶，转到后楼，只见楼门紧闭，刘四妈轻轻的叩了一下，叫声："侄女！"美娘听得是四妈声音，便来开门。两下相见了，四妈靠桌朝下而坐，美娘旁坐相陪。四妈看他桌上铺着一幅细绢，才画得个美人的脸儿，还未曾着色。四妈称赞道："画得好！真是巧手！九阿姐不知怎生样造化，偏生遇着你这一个伶俐女儿。又好人物，又好技艺，就是堆上几千两黄金，满临安走遍，可寻出个对儿么？"美娘道："休得见笑，今日甚风吹得姨娘到来？"刘四妈道："老身时常要来看你，只为家务在身，不得空闲。闻得你恭喜梳弄了，今日偷空而来，特特与九阿姐叫喜。"美儿听得提起梳弄二字，满脸通红，低着头不来答应。刘四妈知他害羞，便把椅儿掇上一步，将美娘的手儿牵着，叫声："我儿！做小娘的，不是个软壳鸡蛋，怎的这般嫩得紧？似你恁地怕羞，如何赚得大主银子？"美娘道："我要银子做甚？”四妈道：“我儿，你便不要银子，做娘的看得你长大成人，难道不要出本？自古道：靠山吃山，靠水吃水。九阿姐家有几个粉头，哪一个赶得上你的脚跟来？一园瓜，只看得你是个瓜种。九阿姐待你也不比其他，你是聪明伶俐的人，也须识些轻重。闻得你自梳弄之后，一个客也不肯相接，是甚么意儿？都像你的意时，一家人口，似蚕一般，哪个把桑叶喂他？做娘的抬举你一分，你也要与他争口气儿，莫要反讨众丫头们批点。”美娘道：“由他批点，怕怎的！”刘四妈道：“阿呀！批点是个小事，你可晓得门户中的行径么？”美娘道：“行径便怎的？”刘四妈道：“我们门户人家，吃着女儿，穿着女儿，用着女儿，侥幸讨得一个像样的，分明是大户人家置了一所良田美产。年纪幼小时，巴不得风吹得大，到得梳弄过后，便是田产成熟，日日指望花利到手受用。前门迎新，后门送旧，张郎送米，李郎送柴，往来热闹，才是个出名的姊妹行家。”美娘道：“羞答答，我不做这样事！”刘四妈掩着口，格的笑了一声，道：“不做这样事，可是由得你的？一家之中，有婊妈做主，做小娘的若不依他教训，动不动一顿皮鞭，打得你不生不死，那时不怕你不走他的路儿。九阿姐一向不难为你，只可惜你聪明标致，从小娇养的，要惜你的廉耻，存你的体面。方才告诉我许多话，说你不识好歹，放着鹅毛不知轻，顶着磨子不知重，心下好生不悦，教老身来劝你。你若执意不从，惹他性起，一时翻过脸来，骂一顿，打一顿，你待走上天去？凡事只怕个起头。若打破了头时，朝一顿，暮一顿，那时熬这些痛苦不过，只得接客。却不把千金声价弄得低微了，还要被姊妹中笑话。依我说，吊桶已自落在他井里，挣不起了。不如千欢万喜，倒在娘的怀里，落得自己快活。”美娘道：“奴是好人家儿女，误落风尘。倘得婊娘主张从良，胜造九级浮图。若要我倚门献笑，送旧迎新，宁甘一死，

决不情愿！”刘四妈道：“我儿，从良是个有志气的事，怎么说道不该！只是从良也有几等不同。”美娘道：“从良有甚不同之处？”刘四妈道：“有个真从良，有个假从良；有个苦从良，有个乐从良；有个趁好的从良，有个没奈何的从良；有个了从良，有个不了的从良。我儿耐心听我分说。如何叫做真从良？大凡才子必须佳人，佳人必须才子，方成佳配。然而好事多磨，往往求之不得。幸然两下相逢，你贪我爱，割舍不下，一个愿讨，一个愿嫁，好像捉对的蚕蛾，死也不放。这个谓之真从良。怎么叫做假从良？有等子弟爱着小娘，小娘却不爱那子弟。本心不愿嫁他，只把个嫁字儿哄他心热，撒漫使钱。比及成交，却又推故不就。又有一等痴心的子弟，明晓得小娘心肠不对他，偏要娶他回去，拚着一主大钱，动了妈儿的火，不怕小娘不肯。勉强进门，心中不顺，故意不守家规，小则撒泼放肆，大则公然偷汉。人家容留不得，多则一年，少则半载，依旧放他出来，为娼接客。把从良二字，只当个撰钱的题目。这个谓之假从良。如何叫做苦从良？一般样子弟爱小娘，小娘不爱那子弟，却被他以势凌之。妈儿惧祸，已自许了。做小娘的，身不由主，含泪而行。一入侯门，如海之深，家法又严，抬头不得，半妾半婢，忍死度日。这个谓之苦从良。如何叫做乐从良？做小娘的，正当择人之际，偶然相交个子弟，见他情性温和，家道富足，又且大娘子乐善，无男无女，指望他日过门，与他生育，就有主母之分。以此嫁他，图个日前安逸，日后出身。这个谓之乐从良。如何叫做趁好的从良？做小娘的，风花雪月，受用已够，趁这盛名之下，求之者众，任我拣择个十分满意的嫁他，急流勇退，及早回头，不致受人怠慢。这个谓之趁好的从良。如何叫做没奈何的从良？做小娘的，原无从良之意，或因官司逼迫，或因强横欺瞒，又或因债负太多，将来赔偿不起，憋口气，不论好歹，得嫁便嫁，买静求安，藏身之法。这谓之没奈何的从良。如何叫做了从良？小娘半老之际，风波历尽，刚好遇个老成的孤老，两下志同道合，收绳卷索，白头到老。这个谓之了从良。如何叫做不了的从良？一般你贪我爱，火热的跟他，却是一时之兴，没有个长算。或者尊长不容，或者大娘妒忌，闹了几场，发回妈家，追取原价。又有个家道凋零，养他不活，苦守不过，依旧出来赶趁。这谓之不了的从良。”美娘道：“如今奴家要从良，还是怎地好？”刘四妈道：“我儿，老身教你个万全之策。”美娘道：“若蒙教导，死不忘恩！”刘四妈道：“从良一事，入门为净。况且你身子已被人捉弄过了，就是今夜嫁人，叫不得个黄花女儿。千错万错，不该落于此地，这就是你命中所招了。做娘的费了一片心机，若不帮他几年，趁过千把银子，怎肯放你出门？还有一件，你便要从良，也须拣个好主儿，这些臭嘴臭脸的，难道就跟他不成？你如今一个客也不接，晓得哪个该从，那个不该从？假如你执意不肯接客，做娘的没奈何，寻个肯出钱的主儿，卖你去做妾，这也叫做从良。那主儿或是年老的，或是貌丑的，或是一字不识的村牛，你却不肮脏了一世？比着把你撂在水里，还有扑通的一声响，讨得旁人叫一声可惜。依着老身愚见，还是俯从人愿，凭着做娘的接客。似你恁般才貌，等闲的料也不敢相扳，无非是王孙公子，贵客豪门，也不辱莫了你。一来风花雪月，趁着年少受用；二来作成妈儿起个家事；三来使自己也积趱些私房，免得日后求人。过了十年五载，遇个知心着意的，说得来，话得着，那时老身与你做媒，好模好样的嫁去，做娘的也放得你下了。可不两得其便？”美娘听说，微笑而不言。刘四妈已知美娘心中活动了，便道：“老身句句是好话。你依着老身的话时，后来还要感激我哩。”说罢，起身。王九妈伏在楼门之外，一句句都听得的。美娘送刘四妈出房门劈面撞着了九妈，满面羞惭，缩身进去。王九妈随着刘四妈，再到前楼坐下。刘四妈道：“侄女十分执意，被老身右说左说，一块硬铁看看溶做热汁。你如今快快寻个覆帐的主儿，他必然肯就。那时做妹子的再来贺喜。”王九妈连连称谢。是日备饭相待，尽醉而别。后来西湖上子弟们又有只《挂枝儿》，单说那刘四妈说词一节：

刘四妈，你的嘴舌儿好不厉害！便是女随何，雌陆贾，不信有这大才。说着长，道着短，全没些破败。就是醉梦中，被你说得醒；就是聪明的，被你说得呆。好个烈性的姑姑，也被你说得他心地改。

再说王美娘才听了刘四妈一席话儿，思之有理。以后有客求见，欣然相接。覆帐之后，宾客如市，捱三顶五，不得空闲，声价愈重，每一晚白银十两，兀自你争我夺。王九妈赚了若干钱钞，欢喜无限。美娘也留心要拣个心满意足，急切难得。正是：

易求无价宝，难得有情郎。

话分两头。再说临安城清波门里，有个开油店的朱十老，三年前过继一个小厮，也是汴京逃难来的，姓秦名重。母亲早丧，父亲秦良十三岁上将他卖了，自己在上天竺去做香火。朱十老因年老无嗣，又新死了妈妈，把秦重做亲子看成，改名朱重，在店中学做卖油生意。初时父子坐店甚好，后因十老得了腰痛的病，十眠九坐，劳碌不得，另招个伙计，叫做邢权，在店相帮。光阴似箭，不觉四年有余。朱重长成一十七岁，生得一表人才，虽然已冠，尚未娶妻。那朱十老家有个侍女，叫做兰花，年已二十之外，有心看上了朱小官人，几遍的倒下钩子去勾搭他。谁知朱重是个老实人，又且兰花龌龊丑陋，朱重也看不上眼，以此落花有意，流水无情。那兰花见勾搭朱小官人不上，别寻主顾，就去勾搭那伙计邢权。邢权是望四之人，没有老婆，一拍就上。两个暗地偷情，不止一次。反怪朱小官人碍眼，思量寻事赶他出门。邢权与兰花两个，里应外合，使心设计。兰花便在朱十老面前假意撇清，说："小官人几番调戏，好不老实！"朱十老平时与兰花也有一手，未免有拈酸之意。邢权又将店中卖下的银子藏过，在朱十老面前说道："朱小官在外赌博，不长进，柜里银子几次短少，都是他偷去了。"初次朱十老还不信，接连几次，朱十老年老糊涂，没有主意，就唤朱重过来，责骂了一场。朱重是个聪明的孩子，已知邢权与兰花的计较，欲待分辨，惹起是非不小，万一老者不听，枉做恶人。心生一计，对朱十老说道："店中生意淡薄，不消得二人。如今让邢主管坐店，孩儿情愿挑担子出去卖油。卖得多少，每日纳还，可不是两重生意？"朱十老心下也有许可之意，又被邢权说道："他不是要挑担出去，几年上偷银子做私房，身边积趱有余了，又怪你不与他定亲，心下怨怅，不愿在此相帮，要讨个出场，自去娶老婆，做人家哩。"朱十老叹口气道："我把他做亲儿看成，他却如此歹意，皇天不祐！罢，罢，不是自身骨血，到底粘连不上，由他去罢！"遂将三两银子，把与朱重，打发出门，寒夏衣服和被窝都教他拿去，这也是朱十老好处。朱重料他不肯收留，拜了四拜，大哭而别。正是：

孝己杀身因谤语，申生丧命为谗言。

亲生儿子犹如此，何怪螟蛉受枉冤。

原来秦良上天竺做香火，不曾对儿子说知。朱重出了朱十老之门，在众安桥下赁了一间小小房儿，放下被窝等件，买巨锁儿锁了门，便往长街短巷，访求父亲。连走几日，全没消息，没奈何，只得放下。在朱十老家四年，赤心忠良，并无一毫私蓄，只有临行时打发这三两银子，不够本钱，做什么生意好？左思右量，只有油行买卖是熟间。这些油坊多曾与他识熟，还去挑个卖油担子，是个稳足的道路。当下置办了油担家火，剩下的银两，都交付与油坊取油。那油坊里认得朱小官是个老实好人，况且小小年纪，当初坐店，今朝挑担上街，都因邢伙计挑拨他出来，心中甚是不平，有心扶持他，只拣窨清的上好净油与他，签子上又明让他些。朱重得了这些便宜，自己转卖与人，也放些宽，所以他的的油比别人分外容易出脱。每日尽用些利息，又且俭吃俭用，积下东西来，置办些日用家业，及身上衣服之类，并无妄废。心中只有一件事未了，牵挂着父亲，思想："向来叫做朱重，谁知我是姓秦！倘或父亲来寻访之时，也没有个因由。"遂复姓为秦。说话的，假如上一等人，有前程的，要复本姓，或具札子奏过朝廷，或关白礼部、太学、国学等衙门，将册籍改正，众所共知。一个卖油的，复姓之时，谁人晓得？他有个道理，把盛油的桶儿，一面大大写个秦字，一面写汴梁二字，将油桶做个标识，使人一览而知。以此临安市上，晓得他本姓，都呼他为秦卖油。时值二月天气，不暖不寒，秦重闻知昭庆寺僧人，要起个九昼夜功德，用油必多，遂挑了油担来寺中卖油。那些和尚们也闻知秦卖油之名，他的油比别人又好又贱，单单作成他。所以一连这九日，秦重只在昭庆寺走动。正是：

刻薄不赚钱，忠厚不折本。

这一日是第九日了。秦重在寺出脱了油，挑了空担出寺。其日天气晴朗，游人如蚁。秦重绕河而行，遥望十景塘桃红柳绿，湖内画船箫鼓，往来游玩，观之不足，玩之有余。走了一回，身子困倦，转到昭庆寺右边，望个宽处，将担儿放下，坐在一块石上歇脚。近侧有个人家，面湖而住，金漆篱门，里面朱栏内，一丛细竹。未知堂室何如，先见门庭清整。只见里面三四个戴巾的从内而出，一个女娘后面相送。到了门首，两下把手一拱，说声请了，那女娘竟进去了。秦重定睛观之，此女容颜娇丽，体态轻盈，目所未睹，准准的呆了半晌，身子都酥麻了。他原是个老实小官，不知有烟花行径，心中疑惑，正不知是什么人家。方正疑思之际，只见门内又走出个中年的妈妈，同着一个垂髫的丫头，倚门闲看。那妈妈一眼瞧着油担，便道："阿呀！方才要去买油，正好有油担子在这里，何不与他买些？"那丫鬟取了油瓶出来，走到油担子边，叫声："卖油的！"秦重方才知觉，回言道："没有油了！妈妈要用油时，明日送来。"那丫鬟也识得几个字，看见油桶上写个秦字，就对妈妈道："卖油的姓秦。"妈妈也听得人闲讲，有个秦卖油，做生意甚是忠厚。遂吩咐秦重道："我家每日要油用，你肯挑来时，与你做个主顾。”秦重道：“承妈妈作成，不敢有误。”那妈妈与丫鬟进去了。秦重心中想道：“这妈妈不知是那女娘的什么人？我每日到他家卖油，莫说赚他利息，图个饱看那女娘一回，也是前生福分。”正欲挑担起身，只见两个轿夫，抬着一顶青绢幔的轿子，后边跟着两个小厮，飞也似跑来。到了其家门首，歇下轿子，那小厮走进里面去了。秦重道：“却又作怪。着他接什么人？”少顷之间，只见两个丫鬟，一个捧着猩红的毡包，一个拿着湘妃竹攒花的拜匣，都交付与轿夫，放在轿座之下。那两个小厮手中，一个抱着琴囊，一个捧着几个手卷，腕上挂碧玉箫一枝，跟着起初的女娘出来。女娘上了轿，轿夫抬起望旧路而去。丫鬟小厮，俱随轿步行。秦重又得亲炙一番，心中愈加疑惑，挑了油担子，洋洋的去。

不过几步，只见临河有一个酒馆。秦重每常不吃酒，今日见了这女娘，心下又欢喜，又气闷，将担子放下，走进酒馆，拣个小座头坐了。酒保问道：“客人还是请客，还是独酌？”秦重道：“有上好的酒，拿来独饮三杯。时新果子一两碟，不用荤菜。”酒保斟酒时，秦重问道：“那边金漆篱门内是什么人家？”酒保道：“这是齐衙内的花园，如今王九妈住下。”秦重道：“方才看见有个小娘子上轿，是什么人？”酒保道：“这是有名的粉头，叫做王美娘，人都称为花魁娘子。他原是汴京人，流落在此。吹弹歌舞，琴棋书画，件件皆精。来往的都是大头儿，要十两放光才宿一夜哩！可知小可的也近他不得。当初住在涌金门外，因楼房狭窄，齐舍人与他相厚，半载之前，把这花园借与他住。”秦重听得说是汴京人，触了个乡思之念，心中更有一倍光景。吃了数杯，还了酒钱，挑了担子，一路走，一路的肚中打稿道：“世间有这样美貌的女子，落于娼家，岂不可惜！”又自家暗笑道：“若不落于娼家，我卖油的怎生得见！”又想一回，越发痴起来了，道：“人生一世，草生一秋。若得这等美人搂抱了睡一夜，死也甘心。”又想一回道：“呸！我终日挑这油担子，不过日进分文，怎么想这等非分之事！正是癞蛤蟆在阴沟里想着天鹅肉吃，如何到口？”又想一回道：“他相交的，都是公子王孙。我卖油的，纵有了银子，料他也不肯接我。”又想一回道：“我闻得做老鸨的，专要钱钞。就是个乞儿，有了银子，他也就肯接了，何况我做生意的清清白白之人。若有了银子，怕他不接！只是哪里这几两银子？”一路上胡思乱想，自言自语。你道天地间有这等痴人，一个小经纪的，本钱只有三两，却要把十两银子去嫖那名妓，可不是个春梦？自古道：有志者事竟成。被他千思万想，想出一个计策来。他道："从明日为始，逐日将本钱扣出，余下的积趱上去。一日积得一分，一年也有三两六钱之数。只消三年，这事便成了。若一日积得二分，只消得年半。若再多得些，一年也差不多了。"想来想去，不觉走到家里，开锁进门。只因一路上想着许多闲事，回来看了自家的睡铺，惨然无欢，连夜饭也不要吃，便上了床。这一夜翻来覆去，牵挂着美人，哪里睡得着。

只因月貌花容，引起心猿意马。

捱到天明，爬起来，就装了油担，煮早饭吃了，匆匆挑了油担子，一径走到王九妈家去。进了门，却不敢直入，舒着头，往里面张望。王九妈恰才起床，还蓬着头，正吩咐保儿买饭菜。秦重认得声音，叫声："王妈妈！"九妈往外一张，见是秦卖油，笑道："好忠厚人！果然不失信。"便叫他挑担进来，称了一瓶，约有五斤多重，公道还钱，秦重并不争论。王九妈甚是欢喜，道："这瓶油，只够我家两日用。但隔一日，你便送来，我不往别处去买了。"秦重应诺，挑担而出。只恨不曾遇见花魁娘子："且喜扳下主顾，少不得一次不见，二次见，二次不见，三次见。只是一件，特为王九妈一家挑这许多路来，不是做生意的勾当。这昭庆寺是顺路，今日寺中虽然不做功德，难道寻常不用油的？我且挑担去问他。若扳得各房头做个主顾，只消走钱塘门这一路，那一担油尽够出脱了。"秦重挑担到寺内问时，原来各房和尚也正想着秦卖油，来得正好，多少不等，各各买他的油。秦重与各房约定，也是间一日便送油来用。这一日是个双日，自此日为始，但是单日，秦重别街道上做买卖；但是双日，就走钱塘门这一路。一出钱塘门，先到王九妈家里，以卖油为名，去看花魁娘子。有一日会见，也有一日不会见。不见时费了一场思想，便见时也只添了一层思想。正是：

天长地久有时尽，此恨此情无尽期。

再说秦重到了王九妈家多次，家中大大小小，没一个不认得是秦卖油。时光迅速，不觉一年有余。日大日小，只拣足色细丝，或积三分，或积二分，再少也积下一分。凑得几钱，又打做大块头。日积月累，有了一大包银子，零星凑集，连自己也不知多少。其日是单日，又值大雨，秦重不出去做买卖，看了这一大包银子，心中也自喜欢。"趁今日空闲，我把他上一上天平，见个数目。"打个油伞，走到对门成倾银铺里，借天平兑银。那银匠好不轻薄，想着："卖油的多少银子，要架天平？只把个五两头等子与他，还怕用不着头纽哩！”秦重把银子包解开，都是散碎银两，大凡成锭的见少，散碎的就见多。银匠是小辈，眼孔极浅，见了许多银子，别是一番面目，想道：“人不可貌相，海水不可斗量。”慌忙架起天平，搬出若大若小许多法码。秦重尽包而兑，一厘不多，一厘不少，刚刚一十六两之数，上秤便是一斤。秦重心下想道：“除去了三两本钱，余下的做一夜花柳之费，还是有余。”又想道：“这样散碎银子，怎好出手？拿出来也被人看低了！见成倾银店中方便，何不倾成锭儿，还觉冠冕。”当下兑足十两，倾成一个足色大锭，再把一两八钱，倾成水丝一小锭。剩下四两二钱之数，拈一小块，还了火钱，又将几钱银子，置下镶鞋净袜，新褶了一顶万字头巾。回到家中，把衣服浆洗得干干净净，买几根安息香，薰了又薰。拣个晴朗好日，侵早打扮起来。

虽非富贵豪华客，也是风流好后生。

秦重打扮得齐齐整整，取银两藏于袖中，把房门锁了，一径望王九妈家而来，那一时好不高兴。及至到了门首，愧心复萌，想道：“时常挑了担子在他家卖油，今日忽地去做嫖客，如何开口？”正在踌躇之际，只听得呀的一声门响，王九妈走将出来。见了秦重，便道：“秦小官今日怎的不做生意，打扮得恁般济楚，往哪里去贵干？”事到其间，秦重只得老着脸，上前作揖，妈妈也不免还礼。秦重道：“小可并无别事，专来拜望妈妈。”那鸨儿是老积年，见貌辨色，见秦重恁般装束，又说拜望，“一定是看上了我家那个丫头，要嫖一夜，或是会一个房。虽然不是个大势主菩萨，搭在篮里便是菜，捉在篮里便是蟹，赚他钱把银子买葱菜，也是好的。”便满脸堆下笑来，道：“秦小官拜望老身，必有好处。”秦重道：“小可有句不识进退的言语，只是不好启齿。”王九妈道：“但说何妨，且请到里面客座里细讲。”秦重为卖油虽曾到王家整百次，这客座里交椅，还不曾与他屁股做个相识，今日是个会面之始。王九妈到了客坐，不免分宾而坐，向着内里唤茶。少顷，丫鬟托出茶来，看时却是秦卖油，正不知什么缘故妈妈恁般相待，格格低了头只管笑。王九妈看见，喝道：“有甚好笑？对客全没些规矩。”丫鬟止住笑，收了茶杯自去。王九妈方才开言问道：“秦小官有甚话，要对老身说？”秦重道：“没有别话。要在妈妈宅上请一位姐姐吃杯酒儿。”九妈道：“难道吃寡酒？一定要嫖了。你是个老实人，几时动这风流之兴？”秦重道：“小可的积诚，也非止一日。”九妈道：“我家这几个姐姐，都是你认得的，不知你中意哪一位？”秦重道：“别个都不要，单单要与花魁娘子相处一宵。”九妈只道取笑他，就变了脸道：“你出言无度，莫非奚落老娘么？”秦重道：“小可是个老实人，岂有虚情。”九妈道：“粪桶也有两个耳朵，你岂不晓得我家美儿的身价！倒了你卖油的灶，还不够半夜歇钱哩！不如将就拣一个适兴罢。”秦重把头一缩，舌头一伸，道：“恁的好卖弄！不敢动问，你家花魁娘子一夜歇钱要几千两？”九妈见他说耍话，却又回嗔作喜，带笑而言道：“哪要许多？只要得十两敲丝，其他东道杂费，不在其内。”秦重道：“原来如此，不为大事。”袖中摸出这秃秃里一大锭放光细丝银子，递与鸨儿道：“这一锭十两重，足色足数，请妈妈收着。”又摸出一小锭来，也递与鸨儿，又道：“这一小锭，重有二两，相烦备个小东。望妈妈成就小可这件好事，生死不忘，日后再有孝顺。”九妈见了这锭大银，已自不忍释手，又恐怕他一时高兴，日后没了本钱，心中懊悔，也要尽他一句才好。便道：“这十两银子，你做经纪的人，积趱不易，还要三思而行。”秦重道：“小可主意已定，不要你老人家费心。”

九妈把这两锭银子收于袖中，道：“是便是了，还有许多烦难哩！”秦重道：“妈妈是一家之主，有甚烦难？”九妈道：“我家美儿，往来的都是王孙公子，富室豪家，真个是‘谈笑有鸿儒，往来无白丁’。他岂不认得你是做经纪的秦小官，如何肯接你？”秦重道：“但凭妈妈怎的委曲宛转，成全其事，大恩不敢有忘！”九妈见他十分坚心，眉头一皱，计上心来，扯开笑口道：“老身已替你排下计策，只看你缘法如何。做得成，不要喜；做不成，不要怪。美儿昨日在李学士家陪酒，还未曾回。今日是黄衙内约下游湖。明日是张山人一班清客，邀他做诗社。后日是韩尚书的公子，数日前送下东道在这里。你且到大后日来看。还有句话，这几日你且不要来我家卖油，预先留下个体面。又有句话，你穿着一身的布衣布裳，不像个上等嫖客。再来时，换件绸缎衣服，教这些丫头们认不出你是秦小官，老娘也好与你装谎。”秦重道：“小可一一理会得。”说罢，作别出门。且歇这三日生理，不去卖油，到典铺里买了一件见成半新半旧的绸衣，穿在身上，到街坊闲走，演习斯文模样。正是：

未识花院行藏，先习孔门规矩。

丢过那三日不提。到第四日，起个清早，便到王九妈家去。去得太早，门还未开，意欲转一转再来。这番装扮希奇，不敢到昭庆寺去，恐怕和尚门批点，且到十景塘散步。良久又踅转来，王九妈家门已开了。那门前却安顿得有轿马，门内有许多仆从，在那里闲坐。秦重虽然老实，心下到也乖巧，且不进门，悄悄的招那马夫问道："这轿马是谁家的？"马夫道："韩府里来接公子的。"秦重已知韩公子夜来留宿，此时还未曾别。重复转身，到一个饭店之中，吃了些现成茶饭，又坐了一回，方才到王家探信。只见门前轿马已自去了。进得门时，王九妈迎着，便道："老身得罪，今日又不得工夫了。恰才韩公子拉去东庄赏早梅，他是个长嫖，老身不好违拗。闻得说来日还要到灵隐寺，访个棋师赌棋哩！齐衙内又来约过两三次了，这是我家房主，又是辞不得的。他来时，或三日五日的住了去，连老身也定不得个日子。秦小官，你真个要嫖，只索耐心再等几日。不然，前日的尊赐，分毫不动，要便奉还。"秦重道："只怕妈妈不作成。若还迟，终无失，就是一万年，小可也情愿等着。"九妈道："恁地时，老身便好张主。"秦重作别，方欲起身，九妈又道："秦小官人，老身还有句话。你下次若来讨信，不要早了，约莫申牌时分，有客没客，老身把个实信与你。倒是越晏些越好，这是老身的妙用，你休错怪。"秦重连声道："不敢，不敢！"这一日秦重不曾做买卖。次日，整理油担，挑往别处去生理，不走钱塘门一路。每日生意做完，傍晚时分就打扮齐整，到王九妈家探信。只是不得功夫，又空走了一月有余。

那一日是十二月十五，大雪方霁，西风过后，积雪成冰，好不寒冷，却喜地下干燥。秦重做了大半日买卖，如前妆扮，又去探信。王九妈笑容可掬，迎着道："今日你造化，已是九分九厘了。"秦重道："这一厘是欠着什么？"九妈道："这一厘么？正主儿还不在家。"秦重道："可回来么？"九妈道："今日是俞太尉家赏雪，筵席就备在湖船之内。俞太尉是七十岁的老人家，风月之事，已是没分，原说过黄昏送来。你且到新人房里，吃杯烫风酒，慢慢的等他。"秦重道："烦妈妈引路。"

王九妈引着秦重，弯弯曲曲，走过许多房头，到一个所在，不是楼房，却是个平屋三间，甚是高爽。左一间是丫鬟的空房，一般有床榻桌椅之类却是备官铺的；右一间是花魁娘子卧室，锁着在那里，两旁又有耳房；中间客坐上面挂一幅名人山水，香几上博山古铜炉，烧着龙涎香饼，两旁书桌，摆设些古玩，壁上贴许多诗稿。秦重愧非文人，不敢细看。心下想道："外房如此整齐，内室铺陈，必然华丽，今夜尽我受用。十两一夜，也不为多！”九妈让秦小官坐于客位，自己主位相陪。少顷之间，丫鬟掌灯过来，抬下一张八仙桌儿，六碗时新果子，一架攒盒佳肴美酝，未曾到口，香气扑人。九妈执盏相劝：“今日众小女都有客，老身只得自陪，请开怀畅饮几杯。”秦重酒量本不高，况兼正事在心，只吃半杯。吃了一会，便推不饮。九妈道：“秦小官想必饿了，且用些饭再吃酒。”丫鬟捧着雪花白米饭，一吃一添，放于秦重面前，就是一盏杂和汤。鸨儿量高，不用饭，以酒相陪。秦重吃了一碗，就放箸。九妈道：“夜长哩，再请些。”秦重又添了半碗。丫鬟提个行灯来，说：“浴汤热了，请客官洗浴。”秦重原是洗过澡来的，不敢推托，只得又到浴堂，肥皂香汤，洗了一遍，重复穿衣入坐。九妈命撤去肴盒，用暖锅下酒。此时黄昏已绝，昭庆寺里的钟都撞过了，美娘尚未回来。

玉人何处贪欢耍？等得情郎望眼穿！

常言道：等人心急。秦重不见婊子回家，好生气闷。却被鸨儿夹七夹八，说些风话劝酒，不觉又过了一更天气。只听得外面热闹闹的，却是花魁娘子回家。丫鬟先来报了，九妈连忙起身出迎，秦重也离坐而立。只见美娘吃得大醉，侍女扶将进来，到于门首，醉眼朦胧，看见房中灯烛辉煌，杯盘狼藉，立住脚问道：“谁在这里吃酒？”九娘道：“我儿，便是我向日与你说的那秦小官人。他心中慕你，多时的送过礼来。因你不得工夫，耽搁他一月有余了。你今日幸而得空，做娘的留他在此伴你。”美娘道：“临安郡中，并不闻说起有什么秦小官人！我不去接他。”转身便走。九妈双手托开，即忙拉住道：“他是个至诚好人，娘不误你。”美娘只得转身，才跨进房门，抬头一看那人，有些面善，一时醉了，急急叫不出来，便道：“娘，这个人我认得他的，不是有名称的子弟，接了他，被人笑话。”九妈道：“我儿，这是涌金门内开缎铺的秦小官人。当初我们住在涌金门时，想你也曾会过，故此面善。你莫识认错了。做娘的见他来意志诚，一时许了他，不好失信。你看做娘的面上，胡乱留他一晚。做娘的晓得不是了，明日却与你陪礼。”一头说，一头推着美娘的肩头向前。美娘拗妈妈不过，只得进房相见。正是：

千般难出虔婆口，万般难脱虔婆手。

饶君纵有万千般，不如跟着虔婆走。

这些言语，秦重一句句都听得，佯为不闻。美娘万福过了，坐于侧首。

子细看着秦重，好生疑惑，心里甚是不悦，嘿嘿无言。唤丫鬟将热酒来，斟着大钟。鸨儿知道他敬客，却自家一饮而尽。九妈道："我儿醉了，少吃些么！"美儿那里依他，答应道："我不醉！"一连吃上十来杯。这是酒后之酒，醉中之醉，自觉立脚不住。唤丫鬟开了卧房，点上银釭，也不卸头，也不解带，踢脱了绣鞋，和衣上床，倒身而卧。鸨儿见女儿如此做作，甚不过意，对秦重道："小女平日惯了，他专会使性。今日他心中不知为什么有些不自在，却不干你事，休得见怪！"秦重道："小可岂敢！"鸨儿又劝了秦重几杯酒，秦重再三告止。鸨儿送入卧房，向耳畔吩咐道："那人醉了，放温存些。"又叫道："我儿起来，脱了衣服，好好的睡。"美娘已在梦中，全不答应，鸨儿只得去了。丫鬟收拾了杯盘之类，抹了桌子，叫声："秦小官人，安置罢！"秦重道："有热茶要一壶。"丫鬟泡了一壶浓茶，送进房里，带转房门，自去耳房中安歇。秦重看美娘时，面对里床，睡得正熟，把锦被压于身下。秦重想酒醉之人，必然怕冷，又不敢惊醒他。忽见阑干上又放着一床大红纻丝的锦被，轻轻的取下，盖在美娘身上。把银灯挑得亮亮的，取了这壶热茶，脱鞋上床，捱在美娘身边，左身抱着茶壶在怀，右手搭在美娘身上，眼也不敢闭一闭。正是：

未曾握雨携云，也算偎香倚玉。

却说美娘睡到半夜，醒将转来，自觉酒力不胜，胸中似有满溢之状。爬起来，坐在被窝中，垂着头，只管打干哕。秦重慌忙也坐起来，知他要吐，放下茶壶，用手抚摩其背。良久，美娘喉间忍不住了，说时迟，那时快，美娘放开喉咙便吐。秦重怕污了被窝，把自己的道袍袖子张开，罩在他嘴上。美娘不知所以，尽情一呕，呕毕，还闭着眼，讨茶嗽口。秦重下床，将道袍轻轻脱下，放在地平之上。摸茶壶还是暖的，斟上一瓯香喷喷的浓茶，递与美娘。美娘连吃了二碗，胸中虽然略觉豪燥，身子兀自倦怠，仍旧倒下，向里睡去了。秦重脱下道袍，将吐下一袖的腌臜，重重裹着，放于床侧，依然上床，拥抱似初。美娘那一觉直睡到天明方醒，覆身转来，见傍边睡着一人，问道："你是哪个？"秦重答道："小可姓秦。"美娘想起夜来之事，恍恍惚惚，不甚记得真了，便道："我夜来好醉！"秦重道："也不甚醉。"又问："可曾吐么？"秦重道："不曾。"美娘道："这样还好。"又想一想道："我记得曾吐过的，又记得曾吃过茶来，难道做梦不成？"秦重方才说道："是曾吐来。小可见小娘子多了杯酒，也防着要吐，把茶壶暖在怀里。小娘子果然吐后讨茶，小可斟上，蒙小娘子不弃，饮了两瓯。”美娘大惊道：“脏巴巴的，吐在那里？”秦重道：“恐怕小娘子污了被褥，是小可把袖子盛了。”美娘道：“如今在哪里？”秦重道：“连衣服裹着，藏过在那里。”美娘道：“可弄坏了你一件衣服。”秦重道：“这是小可的衣服，有幸得沾小娘子的余沥。”美娘听说，心下想道：“有这般识趣的人！”心里已有四五分欢喜了。

此时天色大明，美娘起身，下床小解。看着秦重，猛然想起是秦卖油，遂问道：“你实对我说，是什么样人？为何昨夜在此？”秦重道：“承花魁娘子下问，小子怎敢妄言。小可实是常来宅上卖油的秦重。”遂将初次看见送客，又看见上轿，心下想慕之极，及积趱嫖钱之事，备细述了一遍。“夜来得亲近小娘子一夜，三生有幸，心满意足。”美娘听说，愈加可怜，道：“我昨夜酒醉，不曾招接得你。你干折了多少银子，莫不懊悔？”秦重道：“小娘子天上神仙，小可惟恐服侍不周，但不见责，已为万幸，况敢有非意之望！”美娘道：“你做经纪的人，积下些银两，何不留下养家？此地不是你来往的。”秦重道：“小可单只一身，并无妻小。”美娘顿了一顿，便道：“你今日去了，他日还来么？”秦重道：“只这昨宵相亲一夜，已慰生平，岂敢又作痴想！”美娘想道：“难得这好人，又忠厚，又老实，又且知情识趣，隐恶扬善，千百中难遇此一人。可惜是市井之辈，若是衣冠子弟，情愿委身事之。”正在沉吟之际，丫鬟捧洗脸水进来，又是两碗姜汤。秦重洗了脸，因夜来未曾脱帻，不用梳头，呷了几口姜汤，便要告别。美娘道：“少住不妨，还有话说。”秦重道：“小可仰慕花魁娘子，在旁多站一刻，也是好的。但为人岂不自揣？夜来在此，实是大胆，惟恐他人知道，有玷芳名。还是早些去了安稳。”美娘点了一点头，打发丫鬟出房，忙忙的开了减妆，取出二十两银子，送与秦重道：“昨夜难为了你，这银两权奉为资本，莫对人说。”秦重那里肯受。美娘道：“我的银子，来路容易。这些须酬你一宵之情，休得固逊。若本钱缺少，异日还有助你之处。那件污秽的衣服，我叫丫鬟湔洗干净了还你罢！”秦重道：“粗衣不烦小娘子费心，小可自会湔洗。只是领赐不当。”美娘道：“说哪里话！”将银子𢫫在秦重袖内，推他转身。秦重料难推却，只得受了，深深作揖，卷了脱下这件龌龊道袍，走出房门。打从鸨儿房前经过，鸨儿看见，叫声：“妈妈！秦小官去了！”王九妈正在净桶上解手，口中叫道：“秦小官，如何去得恁早？”秦重道：“有些贱事，故日特来称谢！”不说秦重去了，且说美娘与秦重虽然没点相干，见他一片诚心，去后好不过意。这一日因害酒，辞了客在家将息，千个万个孤老都不想，倒把秦重整整的想了一日。有《挂枝儿》为证：

俏冤家，须不是串花家的子弟，你是个做经纪本分人儿，哪匡你会温存，能软款，知心知意。料你不是个使性的，料你不是个薄情的。几番待放下思量也，又不觉思量起。

话分两头，再说邢权在朱十老家，与兰花情热，见朱十老病废在床，全无顾忌，十老发作了几场。两个商量出一条计策来，俟夜静更深，将店中资本席卷，双双的逃之夭夭，不知去向。次日天明，十老方知，央及邻里，出了个失单，寻访数日，并无动静。深悔当日不合为邢权所惑，逐了朱重，如今日久见人心。闻说朱重，赁居众安桥下，挑担卖油，不如仍旧收拾他回来，老死有靠。只怕他记恨在心，教邻舍好生劝他回家，但记好，莫记恶。秦重一闻此言，即日收拾了家伙，搬回十老家里。相见之间，痛哭了一场。十老将所存囊橐，尽数交付秦重。秦重自家又有二十余两本钱，重整店面，坐柜卖油。因在朱家，仍称朱重，不用秦字。不上一月，十老病重，医治不痊，呜呼哀哉！朱重捶胸大恸，如亲父一般，殡殓成服，七七做了些好事。朱家祖坟在清波门外，朱重举丧安葬，事事成礼，邻里皆称其厚德。

事定之后，仍先开铺。原来这油铺是个老店，从来生意原好，却被邢权刻剥存私，将主顾弄断了多少。今见朱小官在店，谁家不来作成？所以生理比前越盛。朱重单身独自，急切要寻个老成帮手。有个惯做中人的，叫做金中，忽一日引着一个五十余岁的人来。原来那人正是莘善，在汴梁城外安乐村居住。因那年避乱南奔，被官兵冲散了女儿瑶琴，夫妻两口，凄凄惶惶，东逃西窜，胡乱的过了几年。今日闻临安兴旺，南渡人民，大半安插在彼。诚恐女儿流落此地，特来寻访，又没消息。身边盘缠用尽，欠了饭钱，被饭店中终日赶逐，无可奈何。偶然听见金中说起朱家油铺，要寻个卖油帮手，自己曾开过六陈铺子，卖油之事，都则在行。况朱小官原是汴京人，又是乡里，故此央金中引荐到来。朱重问了备细，乡人见乡人，不觉感伤。“既然没处投奔，你老夫妻两口，只住在我身边，只当个乡亲相处，慢慢的访着令爱消息，再作区处。”当下取两贯钱把与莘善，去还了饭钱，连浑家阮氏也领将来，与朱重相见了。收拾一间空房，安顿他老夫妇在内。两口儿也尽心竭力，内外相帮，朱重甚是欢喜。光阴似箭，不觉一年有余。多有人见朱小官年长未娶，家道又好，做人又志诚，情愿白白把女儿送他为妻。朱重因见了花魁娘子十分容貌，等闲的不看在眼，立心要访求个出色的女子，方才肯成亲。以此日复一日，担耽下去。正是：

曾观沧海难为水，除却巫山不是云。

再说王美娘在九妈家，盛名之下，朝欢暮乐，真个口厌肥甘，身嫌锦绣。然虽如此，每遇不如意之处，或是子弟们任情使性，吃醋挑槽，或自己病中醉后，半夜三更，没人疼热，就想起秦小官人的好处来，只恨无缘再会。也是他桃花运尽，合当变更，一年之后，生出一段事端来。

却说临安城中，有个吴八公子，父亲吴岳，见为福州太守。这吴八公子，打从父亲任上回来，广有金银，平昔间也喜赌钱吃酒，三瓦两舍走动。闻得花魁娘子之名，未曾识面，屡屡遣人来约，欲要嫖他。王美娘闻他气质不好，不愿相接，托故推辞，非止一次。那吴八公子也曾和着闲汉们亲到王九妈家几番，都不曾会。其时清明节届，家家扫墓，处处踏青。美娘因连日游春困倦，且是积下许多诗画之债，未曾完得，吩咐家中："一应客来，都与我辞去。"闭了房门，焚起一炉好香，摆设文房四宝，方欲举笔，只听得外面沸腾，却是吴八公子，领着十余个狼仆，来接美娘游湖。因见鸨儿每次回他，在中堂行凶，打家打伙，直闹到美娘房前，只见房门锁闭。原来妓家有个回客法儿，小娘躲在房内，却把房门反锁，支吾客人，只推不在。那老实的就被他哄过了，吴八子是惯家，这些套子，怎地瞒得。吩咐家人扭断了锁，把房门一脚踢开。美娘躲身不迭，被公子看见，不由分说，教两个家人，左右牵手，从房内直拖出房外来，口中兀自乱嚷乱骂。王九妈欲待上前陪礼解劝，看见势头不好，只得闪过。家中大小，躲得没半个影儿。吴家狼仆牵着美娘，出了王家大门，不管他弓鞋窄小，望街上飞跑。八公子在后，扬扬得意。直到西湖口，将美娘扠下了湖船，方才放手。美娘十二岁到王家，锦绣中养成，珍宝般供养，何曾受恁般凌贱，下了船，对着船头，掩面大哭。吴八公子见了，放下面皮，气忿忿的像关云长单刀赴会，一把交椅，朝外而坐，狠仆侍立于旁。一面吩咐开船，一面数一数二的发作一个不住："小贱人，小娼根！不受人抬举！再哭时，就讨打了！"美娘那里怕他，哭之不已。船至湖心亭，吴八公子吩咐摆盒在亭子内，自己先上去了，却吩咐家人："叫那小贱人来陪酒。"美娘抱住了栏杆，那里肯去，只是嚎哭。吴八公子也觉没兴，自己吃了几杯淡酒，收拾下船，自来扯美娘。美娘双脚乱跳，哭声愈高。吴八公子大怒，教狠仆拔去簪珥。美娘蓬着头，跑到船头上，就要投水，被家童们扶住。公子道：“你撒赖便怕你不成！就是死了，也只费得我几两银子，不为大事。只是送你一条性命，也是罪过。你住了啼哭时，我就放你回去，不难为你。”美娘听说放他回去，真个住了哭。八公子吩咐移船到清波门外僻静之处，将美娘绣鞋脱下，去其裹脚，露出一对金莲，如两条玉笋相似。教狠仆扶他上岸，骂道：“小贱人！你有本事，自走回家，我却没人相送。”说罢，一篙子撑开，再向湖中而去。正是：

焚琴煮鹤从来有，惜玉怜香几个知！

美娘赤了脚，寸步难行，思想：“自己才貌两全，只为落于风尘，受此轻贱。平昔枉自结识许多王孙贵客，急切用他不着，受了这般凌辱。就是回去，如何做人？到不如一死为高。只是死得没些名目，枉自享个盛名，到此地位，看着村庄妇人，也胜我十二分。这都是刘四妈这个花嘴，哄我落坑堕堑，致有今日！自古红颜薄命，亦未必如我之甚！”越思越苦，放声大哭。事有偶然，却好朱重那日到清波门外朱十老的坟上，祭扫过了，打发祭物下船，自己步回，从此经过。闻得哭声，上前看时，虽然蓬头垢面，那玉貌花容，从来无两，如何不认得？吃了一惊，道：“花魁娘子，如何这般模样？”美娘哀哭之际，听得声音厮熟，止啼而看，原来正是知情识趣的秦小官！美娘当此之际，如见亲人，不觉倾心吐胆，告诉他一番。朱重心中十分疼痛，亦为之流泪。袖中带得有白绫汗巾一条，约有五尺多长，取出劈半扯开，奉与美娘裹脚，亲手与他拭泪。又与他挽起青丝，再三把好言宽解。等待美娘哭定，忙去唤个暖轿，请美娘坐了，自己步送，直到王九妈家。九妈不得女儿消息，在四处打探，慌迫之际，见秦小官送女儿回来，分明送一颗夜明珠还他，如何不喜！况且鸨儿一向不见秦重挑油上门，多曾听得人说，他承受了朱家的店业，手头活动，体面又比前不同，自然刮目相待。又见女儿这等模样，问其缘故，已知女儿吃了大苦，全亏了秦小官，深深拜谢，设酒相待。日已向晚，秦重略饮数杯，起身作别。美娘如何肯放，道：“我一向有心于你，恨不得你见面。今日定然不放你空去！”鸨儿也来扳留，秦重喜出望外。是夜，美娘吹弹歌舞，曲尽生平之技，奉承秦重。秦重如做了一个游仙好梦，喜得魄荡魂消，手舞足蹈。夜深酒阑，二人相挽就寝。云雨之事，其美满更不必言。

一个是足力后生，一个是惯情女子。这边说，三年怀想，费几多役梦劳魂；那边说，一载相思，喜侥幸粘皮贴肉。一个谢前番帮衬，合今番恩上加恩；一个谢今夜总成，比前夜爱中添爱。红粉妓倾翻粉盒，罗帕留痕；卖油郎打泼油瓶，被窝沾湿。可笑村儿干折本，做成小丫弄风流。

云雨已罢，美娘道："我有句心腹之言与你说，你休得推托。"秦重道："小娘子若用得着小可时，就赴汤蹈火，亦所不辞，岂有推托之理。"美娘道："我要嫁你！"秦重笑道："小娘子就嫁一万个，也还数不到小可头上，休得取笑，枉自折了小可的食料。"美娘道："这话实是真心，怎说取笑二字！我自十四岁被妈妈灌醉，梳弄过了，此时便要从良。只为未曾相处得人，不辨好歹，恐误了终身大事。以后相处的虽多，都是豪华之辈，酒色之徒，但知买笑追欢的乐意，那有怜香惜玉的真心。看来看去，只有你是个志诚君子，况闻你尚未娶亲。若不嫌我烟花贱质，情愿举案齐眉，白头奉侍。你若不允之时，我就将三尺白罗，死于君前，表白我一片诚心。也强如昨日死于村郎之手，没名没目，惹人笑话。"说罢，呜呜的哭将起来。秦重道："小娘子休得悲伤。小可承小娘子错爱，将天就地，求之不得，岂敢推托。只是小娘子千金身价，小可家贫力薄，如何摆布，也是力不从心了。"美娘道："这却不妨。不瞒你说，我只为从良一事，预先积趱些东西，寄顿在外。赎身之费，一毫不费你心力。"秦重道："就是小娘子自己赎身，平昔住惯了高堂大厦，享用了锦衣玉食，在小可家，如何过活？"美娘道："布衣蔬食，死而无怨！"秦重道："小娘子虽然，只怕妈妈不从！"美娘道："我自有道理。"如此如此，这般这般，两个直说到天明。

原来黄翰林的衙内，韩尚书的公子，齐太尉的舍人，这几个相知的人家，美娘都寄顿得有箱笼。美娘只推要用，陆续取到密地，约下秦重，教他收置在家。然后一乘轿子，抬到刘四妈家，诉以从良之事。刘四妈道："此事老身前日原说过的。只是年纪还早，又不知你要从哪一个？"美娘道："姨娘，你莫管是甚人，少不得依着姨娘的言语，是个真从良，乐从良，了从良；不是那不真、不假、不了、不绝的勾当。只要姨娘肯开口时，不愁妈妈不允。做侄女的没别孝顺，只有十两金子，奉与姨娘，胡乱打些钗子。是必在妈妈前做个方便，事成之时，媒礼在外。"刘四妈看见这金子，笑得艮儿没缝，便道："自家儿女，又是美事，如何要你的东西！这金子权时领下，只当与你收藏，此事都在老身身上。只是你的娘，把你当个摇钱之树，等闲也不轻放你出去，怕不要千把银子！那主儿可是肯出手的么？也得老身见他一见，与他讲道方好。"美娘道："姨娘莫管闲事，只当你侄女自家赎身便了。"刘四妈道："妈妈可晓得你到我家来？"美娘道："不晓得。"四妈道："你且在我家便饭，待老身先到你家，与妈妈讲，讲得通时，然后来报你。"

刘四妈雇乘轿子，抬到王九妈家，九妈相迎入内。刘四妈问起吴八公子之事，九妈告诉了一遍。四妈道："我们行户人家，到是养成个半低不高的丫头，尽可赚钱，又且安稳。不论什么客就接了，倒是日日不空的。侄女只为声名大了，好似一块鲞鱼落地，马蚁儿都要钻他，虽然热闹，却也不得自在。说便许多一夜，也只是个虚名。那些王孙公子来一遍，动不动有几个帮闲，连宵达旦，好不费事。跟随的人又不少，个个要奉承得他到，一些不到之处，口里就出粗啧罗啧的骂人，还要弄损你家伙，又不好告诉他家主，受了若干闷气。况且山人墨客，诗社棋社，少不得一月之内，又有几时官身。这些富贵子弟，你争我夺，依了张家，违了李家，一边喜，少不得一边怪了。就是吴八公子这一个风波，吓杀人的，万一失嗟，却不连本送了。官宦人家，和他打官司不成，只索忍气吞声。今日还亏着你家时运高，太平没事，一个霹雳空中过去了。倘然山高水低，悔之无及。妹子闻得吴八公子不怀好意，还要与你家索闹。侄女的性气又不好，不肯奉承人，第一这乃是个惹祸之本。"九妈道："便是这件，老身好不担忧。就是这吴八公子，也是有名有称的人，又不是下贱之人，这丫头抵死不肯接他，惹出这场寡气。当初他年纪小时，还听人教训。如今有了个虚名，被这些富贵子弟夸他奖他，惯了他性情，骄了他气质，动不动自作自主。逢着客来，他要接便接。他若不情愿时，便是九牛也休想牵得他转。"刘四妈道："做小娘的略有些身份，都则如此。"王九妈道："我如今与你商议，倘若有个肯出钱的，不如卖了他去，倒得干净，省得终身担着鬼胎过日。"刘四妈道："此言甚妙！卖了他一个，就讨得五六个。若凑巧撞得着相应的，十来个也讨得的。这等便宜事，如何不做？"王九妈道："老身也曾算计过来。那些有势有力的不肯出钱，专要讨人便宜。及至肯出几两银子的，女儿又嫌好道歉，做张做智的不肯。若有好主儿，妹子做媒，作成则个。倘若这丫头不肯时节，还求你撺掇。这丫头做娘的话也不听，只你说得他信，话得他转。”刘四妈呵呵大笑道：“做妹子的此来，正为与侄女做媒。你要许多银子便肯放他出门？”九妈道：“妹子，你是明理的人，我们这行户中，只有贱买，哪有贱卖？况且美儿数年盛名满临安，谁不知他是花魁娘子！难道三百四百，就容他走动？少不得要他千金。”刘四妈道：“待妹子去讲，若肯出这个数目，做妹子的便来多口。若合不着时，就不来了。”临行时，又故意问道：“侄女今日在哪里？”王九妈道：“不要说起，自从那日吃了吴八公子的亏，怕他还来淘气，终日里抬个轿子，各宅去分诉。前日在齐太尉家，昨日在黄翰林家，今日又不知在哪家去了。”刘四妈道：“有了你老人家做主，按定了坐盘星，也不容侄女不肯。万一不肯时，做妹子自会劝他。只是寻得主顾来，你却莫要捉班做势。”九妈道：“一言既出，并无他说！”九妈送至门首。刘四妈叫声咶噪，上轿去了。这才是：

数黑论黄雌陆贾，说长话短女随何。

若还都像虔婆口，尺水能兴万丈波。

刘四妈回到家中，与美娘说道：“我对你妈妈如此说，这般讲，你妈妈已自肯了。只要银子见面，这事立地便成！”美娘道：“银子已曾办下，明日姨娘千万到我家来，玉成其事。不要冷了场，改日又费讲。”四妈道：“既然约定，老身自然到宅。”美娘别了刘四妈，回家一字不题。次日午牌时分，刘四妈果然来了。王九妈问道：“所事如何？”四妈道：“十有八九，只不曾与侄女说过。”四妈来到美娘房中，两下相叫了，讲了一回说话。四妈道：“你的主儿到了不曾？那话儿在哪里？”美娘指着床头道：“在这几只皮箱里。”美娘把五六只皮箱一时都开了，五十两一封，搬出十三四封来，又把些金珠宝玉算价，足够千金之数。把个刘四妈惊得眼中出火，口内流涎，想道：“小小年纪，这等有肚肠！不知如何设法，积下许多东西？我家这几个粉头，一般接客，赶得着他哪里！不要说不会生发，就是有几文钱在荷包里，闲时买瓜子磕，买糖儿吃，两条脚带破了，还要做妈的与他买布哩！偏生九阿姐造化，讨得着年时赚了若干钱钞，临出门还有这一主大财，又是取诸宫中，不劳余力。”这是心中暗想之语，却不曾说出来。美娘见刘四妈沉吟，只道他作难索谢，慌忙又取出四匹潞绸，两股宝钗，一对凤头玉簪，放在桌上，道：“这几件东西，奉与姨娘为伐柯之敬。”刘四妈欢天喜地对王九妈说道：“侄女情愿自家赎身，一般身价，并不短少分毫，比着孤老赎身更好，省得闲汉们从中说合，费酒费浆，还要加一加二的谢他！”王九妈听得说女儿皮箱内有许多东西，到有个咈然之色。你道却是为何？世间只有鸨儿最狠，做小娘的设法些东西，都送到他手里，才是快活。也有做些私房在箱笼内，鸨儿晓得些风声，专等女儿出门，拱开锁钥，翻箱倒笼取个罄空。只为美娘盛名之下，相交都是大头儿，替做娘的挣得钱钞，又且性格有些古怪，等闲不敢触犯他。故此卧房里面，鸨儿的脚也不搠进去，谁知他如此有钱！刘四妈见九妈颜色不善，便猜着了，连忙道：“九阿姐，你休得三心两意。这些东西，就是侄女自家积下的，也不是你本分之钱。他若肯花费时，也花费了；或是他不长进，把来津贴了得意的孤老，你也哪里知道？这还是他做家的好处。况且小娘自己手中没有钱钞，临到从良之际，难道赤身赶他出门？少不得头上脚下都要收拾得光鲜，等他好去别人家做人。如今他自家拿得出这些东西，料然一丝一线不费你的心。这一主银子，是你完完全全别在腰胯里的。他就赎身出去，怕不是你女儿？倘然他挣得好时，时朝月节，怕他不来孝顺你？就是嫁了人时，他又没有亲爹亲娘，你也还去做得着他的外婆，受用处正有哩！”只这一套话，说得王九妈心中爽然，当下应允。刘四妈就去搬出银子，一封封兑过，交付与九妈，又把这些金珠宝玉，逐件指物作价，对九妈说道：“这都是做妹子的故意估下他些价钱，若换与人，还便宜得几十两银子。”王九妈虽同是个鸨儿，到是个老实头儿，凭刘四妈说话，无有不纳。

刘四妈见王九妈收了这主东西，便叫亡八写了婚书，交付与美儿。美儿道：“趁姨娘在此，奴家就拜别了爹妈出门，借姨娘家住一两日，择吉从良，未知姨娘允否？”刘四妈得了美娘许多谢礼，生怕九妈翻悔，巴不得美娘出了他门，完成一事，说道：“正该如此！”当下美娘收拾了房中自己的梳台拜匣皮箱铺盖之类，但是鸨儿家中之物，一毫不动。收拾已完，随着四妈出房，拜别了假爹假妈，和那姨娘行中，都相叫了。王九妈一般哭了几声。美娘唤人挑了行李，欣然上轿，同刘四妈到刘家去。四妈出一间幽静的好房，顿下美娘行李，众小娘都来与美娘叫喜。是晚，朱重差莘善到刘四妈家讨信，已知美娘赎身出来。择了吉日，笙箫鼓乐娶亲。刘四妈就做大媒送亲，朱重与花魁娘子花烛洞房，欢喜无限。

虽然旧事风流，不减新婚佳趣。

次日，莘善老夫妇请新人相见，各各相认，吃了一惊。问起根由，至亲三口，抱头而哭。朱重方才认得是丈人、丈母，请他上坐，夫妻二人重新拜见。亲邻闻知，无不骇然。是日，整备筵席，庆贺两重之喜，饮酒尽欢而散。三朝之后，美娘教丈夫备下几副厚礼，分送旧相知各宅，以酬其寄顿箱笼之恩，并报他从良信息，此是美娘有始有终处。王九妈、刘四妈家，各有礼物相送，无不感激。满月之后，美娘将箱笼打开，内中都是黄白之资，吴绫、蜀锦，何止百计，共有三千余金，都将钥匙交付丈夫，慢慢的买房置产，整顿家当。油铺生理，都是丈人莘公管理。不上一年，把家业挣得花锦般相似，驱奴使婢，甚有气象。

朱重感谢天地神明保佑之德，发心于各寺庙喜舍合殿油烛一套，供琉璃灯油三个月，斋戒沐浴，亲往拈香礼拜。先从昭庆寺起，其他灵隐、法相、净慈、天竺等寺，以次而行。就中单说天竺寺，是观音大士的香火，有上天竺、中天竺、下天竺，三处香火俱盛，却是山路，不通舟楫。朱重叫从人挑了一担香烛，三担清油，自己乘轿而往。先到上天竺来，寺僧迎接上殿，老香火秦公点烛添香。此时朱重居移气，养移体，仪容魁岸，非复幼时面目，秦公那里认得他是儿子。只因油桶上有个大大的秦字，又有汴梁二字，心中甚以为奇。也是天然凑巧，刚刚到上天竺，偏用着这两只油桶。朱重拈香已毕，秦公托出茶盘，主僧奉茶。秦公问道："不敢动问施主，这油桶上为何有此三字？"朱重听得问声，带着汴梁人的土音，忙问道："老香火，你问他怎么？莫非也是汴梁人么？"秦公道："正是。"朱重道："你姓甚名谁？为何在此出家？共有几年了？"秦公把自己姓名、乡里，细细告诉："某年上避兵来此，因无活计，将十三岁的儿子秦重，过继与朱家，如今有八年之远。一向为年老多病，不曾下山问得信息。"朱重一把抱住，放声大哭道："孩儿便是秦重！向在朱家挑油买卖，正为要访求父亲下落，故此于油桶上，写'汴梁秦'三字，做个标识。谁知此地相逢，真乃天与其便！"众僧见他父子别了八年，今朝重会，各各称奇。朱重这一日，就歇在上天竺，与父亲同宿，各叙情节。次日，取出中天竺、下天竺两个疏头换过，内中朱重，仍改做秦重，复了本姓。两处烧香礼拜已毕，转到上天竺，要请父亲回家，安乐供养。秦公出家已久，吃素持斋，不愿随儿子回家。秦重道："父亲别了八年，孩儿有缺侍奉。况孩儿新娶媳妇，也得他拜见公公方是。"秦公只得依允。秦重将轿子让与父亲乘坐，自己步行，直到家中。秦重取出一套新衣，与父亲换了，中堂设座，同妻莘氏双双参拜。亲家莘公、亲母阮氏，齐来见礼。此日大排筵席，秦公不肯开荤，素酒素食。次日，邻里敛财称贺，一则新婚，二则新娘子家眷团圆，三则父子重逢，四则秦小官归宗复姓，共是四重大喜，一连又吃了几日喜酒。秦公不愿家居，思想上天竺故处清净出家。秦重不敢违亲之志，将银二百两，于上天竺另造净室一所，送父亲到彼居住。其日用供给，按月送去。每十日亲往候问一次，每一季同莘氏往候一次。那秦公活到八十余，端坐而化，遗命葬于本山。此是后话。

却说秦重和莘氏，夫妻偕老，生下两个孩儿，俱读书成名。至今风月中市语，凡夸人善于帮衬，都叫做“秦小官”，又叫“卖油郎”。有诗为证：

春来处处百花新，蜂蝶纷纷竞采春。

堪爱豪家多子弟，风流不及卖油人。

第四卷　灌园叟晚逢仙女

连宵风雨闭柴门，落尽深红只柳存。

欲扫苍苔且停帚，阶前点点是花痕。

这首诗为惜花而作。昔唐时有一处士姓崔，名玄微，平昔好道，不娶妻室，隐于洛东。所居庭院宽敞，遍植花卉竹木。构一室在万花之中，独处于内。童仆都居苑外，无故不得辄入。如此三十余年，足迹不出园门。时值春日，院中花木盛开，玄微日夕徜徉其间。一夜，风清月朗，不忍舍花而睡，乘着月色，独步花丛中。忽见月影下一青衣冉冉而来，玄微惊讶道："这时节哪得有女子到此行动？"心下虽然怪异，又说道："且看他到何处去。"那青衣不往东，不往西，径至玄微面前，深深道个万福。玄微还了礼，问道："女郎是谁家宅眷？因何深夜至此？"那青衣启一点朱唇，露两行碎玉道："儿家与处士相近。今与女伴过上东门，访表姨，欲借处士院中暂憩，不知可否？"玄微见来得奇异，欣然许之。青衣称谢，原从旧路转去。不一时，引一队女子，分花约柳而来，与玄微一一相见。玄微就月下仔细看时，一个个姿容媚丽，体态轻盈，或浓或淡，妆束不一。随从女郎，尽皆妖艳，正不知从哪里来的。相见毕，玄微邀进室中，分宾主坐下。开言道："请问诸位女娘姓氏。今访何姻戚，乃得光降敝园？"一衣绿裳者答道："妾乃杨氏。"指一穿白的道："此位李氏。"又指一衣绛服的道："此位陶氏。"遂逐一指示。最后到一绯衣小女，乃道："此位姓石，名阿措。我等虽则异姓，俱是同行姊妹。因封家十八姨，数日云欲来相看，不见其至。今夕月色甚佳，故与姊妹们同往候之。二来素蒙处士爱重，妾等顺便相谢。"玄微方待酬答，青衣报道："封家姨至！"众皆惊喜出迎，玄微闪过半边观看。众女子相见毕，说道："正要来看十八姨，为主人留坐，不意姨至，足见同心。"各向前致礼。十八姨道："屡欲来看卿等，俱为使命所阻，今乘间至此。”众女道：“如此良夜，请姨宽坐，当以一尊为寿。”遂授旨青衣去取。十八姨问道：“此地可坐否？”杨氏道：“主人甚贤，地极清雅。”十八姨道：“主人安在？”玄微趋出相见。举目看十八姨，体态飘逸，言词泠泠有林下风气。近其旁，不觉寒气侵肌，毛骨悚然。逊入堂中，侍女将桌椅已是安排停当。请十八姨居于上席，众女挨次而坐，玄微末位相陪。不一时，众青衣取到酒肴，摆设上来，佳肴异果，罗列满案；酒味醇浓，其甘如饴，俱非人世所有。此时月色倍明，室中照耀，如同白日。满座芳香，馥馥袭人。宾主酬酢，杯觥交杂。酒至半酣，一红裳女子满斟大觥，送与十八姨道：“儿有一歌，请为歌之。”歌云：

绛衣披拂露盈盈，淡染胭脂一朵轻。

自恨红颜留不住，莫怨春风道薄情。

歌声清婉，闻者皆凄然。又一白衣女子送酒道：“儿亦有一歌。”歌云：

皎洁玉颜胜白雪，况乃当年对芳月。

沉吟不敢怨春风，自叹容华暗消歇。

其音更觉惨切。那十八姨性颇轻佻，却又好酒，多了几杯，渐渐狂放。听了二歌，乃道：“值此芳辰美景，宾主正欢，何遽作伤心语？歌旨又深刺予，殊为慢客。须各罚以大觥，当另歌之。”遂手斟一杯递来，酒醉手软，持不甚牢，杯才举起，不想袖在箸上一兜，扑碌的连杯打翻。这酒若翻在别个身上，却又罢了，恰恰里尽泼在阿措身上。阿措年娇貌美，性爱整齐，穿的却是一件大红簇花绯衣。那红衣最忌的是酒，才沾滴点，其色便改，怎经得这一大杯酒！况且阿措也有七八分酒意，见污了衣服，作色道：“诸姊妹有所求，吾不畏尔！”即起身往外就走。十八姨也怒道：“小女弄酒，敢与吾为抗耶？”亦拂衣而起。众女子留之不住，齐劝道：“阿措年幼，醉后无状，望勿记怀，明日当率来请罪！”相送下阶，十八姨忿忿向东而去。众女子与玄微作别，向花丛中四散而走。玄微欲观其踪迹，随后送之。步急苔滑，一跌跌倒，挣起身来看时，众女子俱不见了。心中想道：“是梦却又未曾睡卧。若是鬼，又衣裳楚楚，言语历历。是人，如何又倏然无影？”胡猜乱想，惊疑不定。回入堂中，桌椅依然摆设，杯盘一毫已无，惟觉余馨满室。虽异其事，料非祸祟，却也无惧。

到次晚，又往花中步玩。见诸女子已在，正劝阿措往十八姨处请罪。阿措怒道：“何必更恳此老妪？有事只求处士足矣！”众皆喜道：“妹言甚善。”齐向玄微道：“吾姊妹皆住处士苑中，每岁多被恶风所扰，居止不安，常求十八姨相庇。昨阿措误触之，此后应难取力。处士倘肯庇护，当有微报耳。”玄微道：“某有何力，得庇诸女？”阿措道：“但求处士每岁元旦，作一朱幡，上图日月五星之文，立于苑东，吾辈则安然无恙矣！今岁已过，请于此月二十一日平旦，微有东风，即立之，可免本日之难。”玄微道：“此乃易事，敢不如命。”齐声谢道：“得蒙处士慨允，必不忘德！”言讫而别，其行甚疾，玄微随之不及，忽一阵香风过处，各失所在。玄微欲验其事，次日即制办朱幡。候至廿一日，清早起来，果然东风微拂，急将幡竖立苑东。少顷，狂风振地，飞沙走石，自洛南一路，摧林折树；惟苑中繁花不动。玄微方晓诸女皆众花之精也。绯衣名阿措，即安石榴也。封十八姨，乃风神也。到次晚，众女各裹桃李花数斗来谢道：“承处士脱某等大难，无以为报。饵此花英，可延年却老。愿长如此卫护某等，亦可致长生。”玄微依其言服之，果然容颜转少，如三十许人，后得道仙去。有诗为证：

洛中处士爱栽花，岁岁朱幡绘采茶。

学得餐英堪不老，何须更觅枣如瓜。

列位莫道小子说风神与花精往来，乃是荒唐之语。那九州四海之中，目所未见，耳所未闻，不载史册，不见经传，奇奇怪怪，跷跷蹊蹊的事，不知有多多少少。就是张华的《博物志》，也不过志其一二；虞世南的行书厨，也包藏不得许多。此等事甚是平常，不足为异。然虽如此，又道是子不语怪，且搁过一边。只那惜花致福，损花折寿，乃见在功德，须不是乱道。列位若不信时，还有一段《灌园叟晚逢仙女》的故事，待小子说与列位看官们听。若平日爱花的，听了自然将花分外珍重；内中或有不惜花的，小子就将这话劝他，惜花起来，虽不能得道成仙，亦可以消闲遣闷。

你道这段话文出在哪个朝代？何处地方？就在大宋仁宗年间，江南平江府东门外长乐村中。这村离城只去二里之远，村上有个老者，姓秋，名先，原是庄家出身，有数亩田地，一所草房。妈妈水氏已故，别无儿女。那秋先从幼酷好栽花种果，把田业都撇弃了，专于其事。若偶觅得种异花，就是拾着珍宝，也没有这般欢喜。随你极紧要的事出外，路上逢着人家有树花儿，不管他家容不容，便陪着笑脸，挨进去求玩。若平常花木，或家里也在正开，还转身得快。倘然是一种名花，家中没有的，虽或有，已开过了，便将正事撇在半边，依依不舍，永日忘归。人都叫他是花痴。或遇见卖花的有株好花，不论身边有钱无钱，一定要买。无钱时便脱身上衣服去解当。也有卖花的知他僻性，故高其价，也只得忍贵买回。又有那破落户晓得他是爱花的，各处寻觅好花折来，把泥假捏个根儿哄他，少不得也买。有恁般奇事，将来种下，依然肯活。日积月累，遂成了一个大园。那园周围编竹为篱，篱上交缠蔷薇、荼蘼、木香、刺梅、木槿、棣棠、金雀，篱边遍下蜀葵、凤仙、鸡冠、秋葵、莺粟等种。更有那金萱、百合、剪春罗、剪秋罗、满地娇、十样锦、美人蓼、山踯躅、高良姜、白蛱蝶、夜落金钱、缠枝牡丹等类，不可枚举。遇开放之时，烂如锦屏。远篱数步，尽植名花异卉。一花未谢，一花又开。向阳设两扇柴门，门内一条竹径，两边都结柏屏遮护。转过柏屏，便是三间草堂，房虽草覆，却高爽宽敞，窗槅明亮。堂中挂一幅无名小画，设一张白木卧榻。桌凳之类，色色洁净，打扫得地下无纤毫尘垢。堂后精舍数间，卧室在内。那花卉无所不有，十分繁茂，真个四时不谢，八节长春。但见：

梅标清骨，兰挺幽芳，茶呈雅韵，李谢浓妆，杏娇疏雨，菊傲严霜。水仙冰肌玉骨，牡丹国色天香。玉树亭亭阶砌，金莲冉冉池塘。芍药芳姿少比，石榴丽质无双。丹桂飘香月窟，芙蓉冷艳寒江。梨花溶溶夜月，桃花灼灼朝阳。山茶花宝珠称贵，蜡梅花磬口方香。海棠花西府为上，瑞香花金边最良。玫瑰杜鹃，烂如云锦，绣球郁李，点缀风光。说不尽千般花卉，数不了万种芬芳。

篱门外，正对着一个大湖，名为朝天湖，俗名荷花荡。这湖东连吴淞江，西通震泽，南接庞山湖。湖中景致，四时晴雨皆宜。秋先于岸旁堆土作堤，广植桃柳，每至春时，红绿间发，宛似西湖胜景。沿湖遍插芙蓉，湖中种五色莲花，盛开之日，满湖锦云烂熳，香气袭人，小舟荡桨采菱，歌声泠泠。遇斜风微起，偎船竞渡，纵横如飞。柳下渔人，舣船晒网，也有戏鱼的，结网的，醉卧船头的，没水赌胜的，欢笑之音不绝。那赏莲游人，画船箫管鳞集，至黄昏回棹，灯火万点，间以星影萤光，错落难辨。深秋时，霜风初起，枫林渐染黄碧，野岸衰柳芙蓉，杂间白苹红蓼，掩映水际，芦苇中鸿雁群集，嘹呖干云，哀声动人。隆冬天气，彤云密布，六花飞舞，上下一色。那四时景致，言之不尽。有诗为证：

朝天湖畔水连天，不唱渔歌即采莲。

小小茅堂花万种，主人日日对花眠。

按下散言。且说秋先每日清晨起来，扫净花底落叶，汲水逐一灌溉，到晚上又浇一番。若有一花将开，不胜欢跃，或暖壶酒儿，或烹瓯茶儿，向花深深作揖，先行浇奠，口称花万岁三声，然后坐于其下，浅斟细嚼。酒酣兴到，随意歌啸。身子倦时，就以石为枕，卧在根旁。自半含至盛开，未尝暂离。如见日色烘烈，乃把棕拂蘸水沃之。遇着月夜，便连宵不寐。倘值了狂风暴雨，即披蓑顶笠，周行花间检视，遇有欹枝，以竹扶之，虽夜间，还起来巡看几次。若花到谢时，则累日叹息，常至堕泪。又不舍得那些落花，以棕拂轻轻拂来，置于盘中，时尝观玩。直至干枯，装入净瓮，满瓮之日，再用茶酒浇奠。惨然若不忍释。然后亲捧其瓮，深埋长堤之下，谓之“葬花”。倘有花片，被雨打泥污的，必以清水再四涤净，然后送入湖中，谓之“浴花”。

平昔最恨的是攀枝折朵。他也有一段议论，道：“凡花一年只开得一度，四时中只占得一时，一时中又只占得数日。他熬过了三时的冷淡，才讨得这数日的风光。看他随风而舞，迎人而笑，如人正当得意之境，忽被摧残。巴此数日甚难，一朝折损甚易，花若能言，岂不嗟叹？况就此数日间，先犹含蕊，后复零残，盛开之时，更无多了。又有蜂采鸟啄虫钻，日炙风吹，雾迷雨打，全仗人去护惜他，却反恣意拗折，于心何忍！且说此花自芽生根，自根生本，强者为干，弱者为枝，一干一枝，不知养成了多少年月。及候至花开，供人清玩，有奇不美，定要折他？花一离枝，再不能上枝，枝一去干，再不能附干，如人死不可复生，刑不可复赎，花若能言，岂不悲泣？又想他折花的，不过择其巧干，爱其繁枝，插之瓶中，置之席上，或供宾客片时侑酒之欢，或助婢妾一日梳妆之饰，不思客觞可饱玩于花下，闺妆可借巧于人工。手中折了一枝，树上就少了一枝，今年伐了此干，明年便少了此干。何如延其性命，年年岁岁，玩之无穷乎？还有未开之蕊，随花而去，此蕊竟槁灭枝头，与人之童夭何异？又有原非爱玩，趁兴攀折，既折之后，拣择好歹，逢人取讨，即便与之，或随路弃掷，略不顾惜。如人横祸枉死，无处申冤，花若能言，岂不痛恨？”

他有了这段议论，所以生平不折一枝，不伤一蕊。就是别人家园上，他心爱着那一种花儿，宁可终日看玩，假饶那花主人要取一枝一朵来赠他，他连称罪过，决然不要。若有旁人要来折花者，只除他不看见罢了，他若见时，就把言语再三劝止。人若不从其言，他情愿低头下拜，代花乞命。人虽叫他是花痴，多有可怜他一片诚心，因而住手者，他又深深作揖称谢。又有小厮们要折花卖钱的，他便将钱与之，不教折损。或他不在时，被人折损，他来见有损处，必凄然伤感，取泥封之，谓之“医花”。为这件上，所以自己园中不轻易放人游玩。偶有亲戚邻友要看，难好回时，先将此话讲过，才放进去。又恐秽气触花，只许远观，不容亲近。倘有不达时务的，捉空摘了一花一蕊，那老头便要面红颈赤，大发喉急，下次就打骂他，也不容进去看了。后来人都晓得他的性子，就一叶儿也不敢摘动。

大凡茂林深树，便是禽鸟的巢穴，有花果处，越发千百为群。如单食果实，到还是小事，偏偏只拣花蕊啄伤。惟有秋先却将米谷置于空处饲之，又向禽鸟祈祝。那禽鸟却也有知觉，每日食饱，在花间低飞轻舞，宛啭娇啼，并不损一朵花蕊，也不食一个果实。故此产的果品最多，却又大而甘美。每熟时就先望空祭了花神，然后敢尝。又遍送左近邻家试新，余下的方鬻，一年倒有若干利息。那老者因得了花中之趣，自少至老，五十余年，略无倦意，筋骨愈觉强健，粗衣淡饭，悠悠自得。有得赢余，就把来周济村中贫乏。自此合村无不敬仰，又呼为秋公。他自称为灌园叟。有诗为证：

朝灌园兮暮灌园，灌成园上百花鲜。

花开每恨看不足，为爱看园不肯眠。

话分两头。却说城中有一人姓张，名委，原是个宦家子弟，为人奸狡诡谲，残忍刻薄，恃了势力，专一欺邻吓舍，扎害良善。触着他的，风波立至，必要弄得那人破家荡产，方才罢手。手下用一班如狼似虎的奴仆，又有几个助恶的无赖子弟，日夜合做一块，到处闯祸生灾，受其害者无数。不想却遇了一个又狠似他的，轻轻捉去，打得个臭死。及至告到官司，又被那人弄了些手脚，反问输了。因妆了幌子，自觉无颜，带了四五个家人，同那一班恶少，暂在庄上遣闷。那庄正在长乐村中，离秋公家不远。一日早饭后，吃得半酣光景，向村中闲走，不觉来到秋公门首。只见篱上花枝鲜媚，四围树木繁翳，齐道：“这所在倒也幽雅！是哪家的？”家人道：“此是种花秋公园上，有名叫做花痴。”张委道：“我常闻得说庄边有什么秋老儿，种得异样好花，原来就住在此。我们何不进去看看！”家人道：“这老儿有些古怪，不许人看的。”张委道：“别人或者不肯，难道我也是这般？快去敲门！”那时园中牡丹盛开，秋公刚刚浇灌完了，正将着一壶酒儿，两碟果品，在花下独酌，自取其乐。饮不上三杯，只听得呼呼的敲门响，放下酒杯，走出来开门。一看，见站着五六个人，酒气直冲。秋公料道必是要看花的，便拦住门口，问道："列位有甚事到此？"张委道："你这老儿不认得我么？我乃城里有名的张衙内。那边张家庄便是我家的。闻得你园中好花甚多，特来游玩。"秋公道："告衙内，老汉也没种甚好花，不过是桃杏之类，都已谢了，如今并没别样花卉。"张委睁起双眼道："这老儿恁般可恶！看看花儿打甚紧？却便回我没有，难道吃了你的？"秋公道："不是老汉说谎，果然没有。"张委那里肯听，向前叉开手，当胸一拟，秋公站立不牢，踉踉跄跄，直撞过半边，众人一齐拥进。秋公见势头凶恶，只得让他进去，把篱门掩上，随着进来，向花下取过酒果，站在旁边。众人看那四边花草甚多，惟有牡丹最盛。那花不是寻常玉楼春之类，乃五种有名异品。那五种？

黄楼子、绿蝴蝶、西瓜穰、舞青猊、大红狮头。

这牡丹乃花中之王，惟洛阳为天下第一。有"姚黄""魏紫"名色，一本价值五千。你道因何独盛于洛阳？只为昔日唐朝有个武则天皇后，淫乱无道，宠幸两个官儿，名唤张易之、张昌宗，于冬月之间，要游后苑，写出四句诏来，道：

来朝游上苑，火速报春知。
百花连夜发，莫待晓风吹。

不想武则天原是应运之主，百花不敢违旨，一夜发蕊开花。次日驾幸后苑，只见千红万紫，芳菲满目，单有牡丹花有些志气，不肯奉承女主、幸臣，要一根叶儿也没有。则天大怒，遂贬于洛阳。故此洛阳牡丹冠于天下。有一只《玉楼春》词，单赞牡丹花的好处。词云：

名花绰约东风里，占断韶华都在此。芳心一片可人怜，春色三分愁雨洗。　　玉人尽日恹恹地，猛被笙歌惊破睡。起临妆镜似娇羞，近日伤春输与你。

那花正种在草堂对面，周围以湖石拦之，四边竖个木架子，上覆布幔，遮蔽日色。花本高有丈许，最低亦有六七尺，其花大如丹盘，五色灿烂，光华夺目。众人齐赞："好花！"张委便踏上湖石去嗅那香气。秋先极怪的是这节，乃道："衙内站远些看，莫要上去！"张委恼他不容进来，心下正要寻事，又听了这话，喝道："你那老儿住在我庄边，难道不晓得张衙内名头么？有恁样好花，故意回说没有。不计较就勾了，还要多言，哪见得闻一闻就坏了花？你便这般说，我偏要闻。”遂把花逐朵攀下来，一个鼻子凑在花上去嗅。那秋老在旁，气得敢怒而不敢言。也还道略看一回就去，谁知这厮故意卖弄道：“有恁样好花，如何空过？须把酒来赏玩。”吩咐家人快去取。秋公见要取酒来赏，更加烦恼，向前道：“所在蜗窄，没有坐处。衙内止看看花儿，酒还到贵庄上去吃。”张委指着地上道：“这地下尽好坐。”秋公道：“地上龌龊，衙内如何坐得？”张委道：“不打紧，少不得有毡条遮衬。”不一时，酒肴取到，铺下毡条，众人团团围坐，猜拳行令，大呼小叫，十分得意。只有秋公骨笃了嘴，坐在一边。

那张委看见花木茂盛，就起个不良之念，思想要吞占他的。斜着醉眼，向秋公道：“看你这蠢老儿不出，到会种花，却也可取，赏你一杯酒。”秋公哪里有好气答他，气忿忿的道：“老汉天性不会饮酒，衙内自请。”张委又道：“你这园可卖么？”秋公见口声来得不好，老大惊讶，答道：“这园是老汉的性命，如何舍得卖？”张委道：“什么性命不性命！卖与我罢了。你若没去处，一发连身归在我家，又不要做别事，单单替我种些花木，可不好么？”众人齐道：“你这老儿好造化，难得衙内恁般看顾，还不快些谢恩！”秋公看见逐步欺负上来，一发气得手足麻软，也不去睬他。张委道：“这老儿可恶！肯不肯，如何不答应我？”秋公道：“说过不卖了，怎的只管问？”张委道：“放屁！你若再说句不卖，就写帖儿，送到县里去。”秋公气不过，欲要抢白几句，又想一想，他是有势力的人，却又醉了，怎与他一般样见识？且哄了去再处。忍着气答道：“衙内总要买，也须从容一日，岂是一时急骤的事。”众人道：“这话也说得是。就在明日罢。”此时都已烂醉，齐立起身，家人收拾家伙先去。秋公恐怕折花，预先在花边防护。那张委真个走向前，便要踹上湖石去采。秋先扯住道：“衙内，这花虽是微物，但一年间不知废多少工夫，才开得这几朵，不争折损了，深为可惜。况折去不过一二日就谢的，何苦作这样罪过。”张委喝道：“胡说！有甚罪过？你明日卖了，便是我家之物，就都折尽，与你何干！”把手去推开。秋公揪住死也不放，道：“衙内便杀了老汉，这花决不与你摘的。”众人道：“这老儿其实可恶！衙内采朵花儿，值什么大事，装出许多模样！难道怕你就不摘了？”遂齐走上前乱摘。把那老儿急得叫屈连天，舍了张委，拚命去拦阻。扯了东边，顾不得西首，顷刻间摘下许多。秋老心疼肉痛，骂道：“你这班贼男女，无事登门，将我欺负，要这性命何用！”赶向张委身边，撞个满怀，去得势猛，张委又多了几杯酒，把脚不住，翻筋斗跌倒。众人都道：“不好了！衙内打坏也！”齐将花撇下，一赶过来，要打秋公。内中有一个老成些的，见秋公年纪已老，恐打出事来，劝住众人，扶起张委。张委因跌了这跤，心中转恼，赶上前打得个只蕊不留，撒作遍地，意犹未足，又向花中践踏一回。可惜好花！正是：

老拳毒手交加下，翠叶娇花一旦休。

好似一番风雨恶，乱红零落没人收。

当下只气得个秋公怆地呼天，满地乱滚。邻家听得秋公园中喧嚷，齐跑进来。看见花枝满地狼藉，众人正在行凶，邻里尽吃一惊，上前劝住。问知其故，内中到有两三个是张委的租户，齐替秋公陪个不是，虚心冷气，送出篱门。张委道：“你们对那老贼说，好好把园送我，便饶了他。若说半个不字，须教他仔细着！”恨恨而去。邻里们见张委醉了，只道酒话，不在心上。复身转来，将秋公扶起，坐在阶沿上，那老儿放声号恸。众邻里劝慰了一番，作别出去，与他带上篱门，一路行走。内中也有怪秋公平日不容看花的，便道：“这老官儿真是个忒煞古怪，所以有这样事，也得他经一遭儿，警戒下次！”内中又有直道的道：“莫说这没天理的话！自古道：种花一年，看花十日。那看的但觉好看，赞声好花罢了，怎得知种花的烦难。只这几朵花，正不知费了许多辛苦，才培植得恁般茂盛，如何怪得他爱惜！”

不提众人。且说秋公不舍得这些残花，走向前将手去捡起来看，见践踏得凋残零落，尘垢沾污，心中凄惨，又哭道：“花阿！我一生爱护，从不曾损坏一瓣一叶，那知今日遭此大难！”正哭之间，只听得背后有人叫道：“秋公为何恁般痛哭？”秋公回头看时，乃是一个女子，年约二八，姿容美丽，雅淡梳妆，却不认得是谁家之女。乃收泪问道：“小娘子是哪家？至此何干？”那女子道：“我家住在左近，因闻你园中牡丹花茂盛，特来游玩，不想都已谢了！”秋公题起牡丹二字，不觉又哭起来。女子道：“你且说有甚苦情，如此啼哭？”秋公将张委打花之事说出。那女子笑道：“原来为此缘故！你可要这花原上枝头么？”秋公道：“小娘子休得取笑！哪有落花返枝的理？”女子道：“我祖上传得个落花返枝的法术，屡试屡验。”秋公听说，化悲为喜道：“小娘子真个有这法术么？”女子道：“怎的不真？”秋公倒身下拜道："若得小娘子施此妙术，老汉无以为报，但每一种花开，便来相请赏玩。"女子道："你且莫拜，去取一碗水来。"秋公慌忙跳起去取水，心下又转道："如何有这样妙法？莫不是见我哭泣，故意取笑？"又想道："这小娘子从不相认，岂有要我之理！还是真的。"急舀了一碗清水出来，抬头不见了女子，只见那花都已在枝头，地下并无一瓣遗存。起初每本一色，如今却变做红中间紫，淡内添浓，一本五色俱全，比先更觉鲜妍。有诗为证：

曾闻湘子将花染，又见仙姬会返枝。

信是至诚能动物，愚夫犹自笑花痴。

当下秋公又惊又喜道："不想这小娘子果然有此妙法。"只道还在花丛中，放下水，前来作谢。园中团团寻遍，并不见影。乃道："这小娘子如何就去了？"又想道："必定还在门口，须上去求他，传了这个法儿。"一径赶至门边，那门却又掩着。拽开看时，门首坐着两个老者，就是左近邻家，一个唤做虞公，一个叫做单老，在那里看渔人晒网。见秋公出来，齐立起身拱手道："闻得张衙内在此无理，我们恰往田头，没有来问得。"秋公道："不要说起，受了这班泼男女的殴气。亏得一位小娘子走来，用个妙法，救起许多花朵，不曾谢得他一声，径出来了。二位可看见往哪一边去的？"二老闻言，惊讶道："花坏了，有甚法儿救得？这女子去几时了？"秋公道："刚方出来。"二老道："我们坐在此好一回，并没个人走动，哪见什么女子？"秋公听说，心下恍悟道："恁般说，莫不这位小娘子是神仙下降？"二老问道："你且说怎的救起花儿？"秋公将女子之事叙了一遍。二老道："有如此奇事！待我们去看看。"秋公将门拴上，一齐走至花下，看了连声称异道："这定然是个神仙，凡人哪有此法力！"秋公即焚起一炉好香，对天叩谢。二老道："这也是你平日爱花心诚，所以感动神仙下降。明日索性倒教张衙内这几个泼男女看看，羞杀了他！"秋公道："莫要！莫要！此等人即如恶犬，远远见了就该避之，岂可还引他来？"二老道："这话也有理。"秋公此时非常欢喜，将先前那瓶酒热将起来，留二老在花下玩赏，至晚而别。二老回去一传，合村人都晓得，明日俱要来看，还恐秋公不许。谁知秋公原是有意思的人，因见神仙下降，遂有出世之念，一夜不寐，坐在花下存想。想至张委这事，忽地开悟道："此皆我平日心胸褊窄，故外侮得至。若神仙汪洋度量，无所不容，安得有此！"至次早，将园门大开，任人来看。

先有几个进来打探，见秋公对花而坐，但吩咐道："任凭列位观看，切莫要采便了。"众人得了这话，互相传开，那村中男子妇女，无有不至。

按下此处。且说张委至次早，对众人道："昨日反被老贼撞了一跤，难道轻恕了不成？如今再去要他这园。不肯时，多教些人从，将花木尽打个稀烂，方出这气！"众人道："这园在衙内庄边，不怕他不肯。只是昨日不该把花都打坏，还留几朵，后日看看便是。"张委道："这也罢了，少不得来年又发。我们快去，莫要使他停留长智。"众人一齐起身，出得庄门，就有人说："秋公园上神仙下降，落下的花，原都上了枝头，却又变做五色。"张委不信道："这老贼有何好处，能感神仙下降？况且不前不后，刚刚我们打坏，神仙就来，难道这神仙是养家的不成？一定是怕我们又去，故此诌这话来央人传说，见得他有神仙护卫，使我们不摆布他。"众人道："衙内之言极是。"顷刻，到了园门口，见两扇柴门大开，往来男女络绎不绝，都是一般说话。众人道："原来真有这等事！"张委道："莫管他，就是神仙见坐着，这园少不得要的。"湾湾曲曲，转到草堂前，看时，果然话不虚传。这花却也奇怪，见人来看，姿态愈艳，光采倍生，如对人笑的一般。张委心中虽十分惊讶，那吞占念头，全然不改。看了一回，忽地又起一个恶念，对众人道："我们且去。"齐出了园门。众人问道："衙内如何不与他要园？"张委道："我想得个好策在此，不消与他说得，这园明日就归于我。"众人道："衙内有何妙算？"张委道："见今贝州王则谋反，专行妖术。枢密府行下文书来，普天下军州严禁左道，捕缉妖人，本府见出三千贯赏钱，募人出首。我明日就将落花上枝为由，教张霸到府，首他以妖术惑人。这个老儿熬刑不过，自然招承下狱，这园必定官卖，那时谁个敢买他的？少不得让与我。还有三千贯赏钱哩！"众人道："衙内好计！事不宜迟，就去打点起来。"

当时即进城，写下首状。次早，教张霸到平江府出首。这张霸是张委手下第一出尖的人，衙门情熟，故此用他。大尹正在缉访妖人，听说此事，合村男女都见的，不由不信。即差缉捕使臣带领几个做公的，押张霸作眼，前去捕获。张委将银布置停当，让张霸与缉捕使臣先行，自己与众子弟随后也来。缉捕使臣一径到秋公园上，那老儿还道是看花的，不以为意，众人发一声喊，赶上前一索捆翻。秋公吃这一吓不小，问道："老汉有何罪犯？望列位说个明白。"众人口口声声，骂做妖人反贼，不由分诉，拥出门来。邻里看见，无不失惊，齐上前询问。缉捕使臣道："你们还要问么？他所犯的事也不小，只怕连村人都有分哩！"那些愚民，被这大话一吓，心中害怕，尽皆洋洋走开，惟恐累及。只有虞公、单老，同几个平日与秋公相厚的，远远跟来观看。

且说张委俟秋公去后，便与众子弟来锁园门。恐还有人在内，又检点一过，将门锁上，随后赶至府前。缉捕使臣已将秋公解进，跪在月台上，见旁边又跪着一人，却不认得是谁。那些狱卒都得了张委银子，已备下诸般刑具伺候。大尹喝道："你是何处妖人，敢在此地方上将妖术煽惑百姓？有几多党羽？从实招来！"秋公闻言，恰如黑暗中闻个火炮，正不知从何处起的，禀道："小人家世住于长乐村中，并非别处妖人，也不晓得什么妖术。"大尹道："前日你用妖术使落花上枝，还敢抵赖！"秋公见说到花上，情知是张委的缘故，即将张委要占园打花，并仙女下降之事，细诉一遍。不想那大尹性是偏执的，那里肯信，乃笑道："多少慕仙的，修行至老，尚不能得遇神仙，岂有因你哭，花仙就肯来？既来了，必定也留个名儿，使人晓得，如何又不别而去？这样话哄哪个！不消说得，定然是个妖人，快夹起来！"狱卒们齐声答应，如狼虎一般，蜂拥上来，揪翻秋公，扯腿拽脚，刚要上刑，不想大尹忽然一个头晕，险些儿跌下公座，自觉头目森森，坐身不住，吩咐上了枷杻，发下狱中监禁，明日再审。狱卒押着，秋公一路哭泣出来，看见张委，道："张衙内，我与你前日无怨，往日无仇，如何下此毒手，害我性命？"张委也不答应，同了张霸和那一班恶少，转身就走。虞公、单老，接着秋公，问知其细，乃道："有这等冤枉的事！不打紧，明日同合村人，具张连名保结，管你无

事！”秋公哭道：“但愿得如此便好。”狱卒喝道：“这死囚还不走！只管哭什么！”秋公含着眼泪进狱。邻里又寻些酒食，送至门上。那狱卒谁个拿与他吃，竟接来自去受用。到夜间，将他上了囚床，就如活死人一般，手足不能少展。心中苦楚，想道：“不知那位神仙救了这花，却又被那厮借此陷害。神仙呵！你若怜我秋先，亦来救拔性命，情愿弃家入道。”一头正想，只见前日那仙女，冉冉而至。秋公急叫道：“大仙救拔弟子秋先则个！”仙女笑道：“汝欲脱离苦厄么？”上前把手一指，那枷鋜纷纷自落。秋先爬起来，向前叩头道：“请问大仙姓氏。”仙女道：“吾乃瑶池王母座下司花女，怜汝惜花志诚，故令诸花返本。不意反资奸人谗口。然亦汝命中合有此灾，明日当脱。张委损花害人，花神奏闻上帝，已夺其算。助恶党羽，俱降大灾。汝宜笃志修行，数年之后，吾当度汝。”秋先又叩首道：“请问上仙修行之道。”仙子道：“修仙径路甚多，须认本源。汝原以惜花有功，今亦当以花成道。汝但饵百花，自能身轻飞举。”遂教其服食之法。秋先稽首叩谢起来，便不见了仙子。抬头观看，却在狱墙之上，以手招道：“汝亦上来，随我出去。”秋先便向前攀援了一大回，还只到得半墙，甚觉吃力。渐渐至顶，忽听得下边一棒锣声，喊道：“妖人走了，快拿下！”秋公心下惊慌，手酥脚软，倒撞下来，撒然惊觉，原在囚床之上。想起梦中言语，历历分明，料必无事，心中稍宽。正是：

但存方寸无私曲，料得神明有主张。

且说张委见大尹已认做妖人，不胜欢喜，乃道：“这老儿许多清奇古怪，今夜且请在囚床上受用一夜，让这园儿与我们乐罢！”众人都道：“前日还是那老儿之物，未曾尽兴。今日是大爷的了，须要尽情欢赏。”张委道：“言之有理！”遂一齐出城，教家人整备酒肴，径至秋公园上，开门进去。那邻里看见是张委，心下虽然不平，却又惧怕，谁敢多口。且说张委同众子弟走至草堂前，只见牡丹枝头一朵不存，原如前日打下时一般，纵横满地，众人都称奇怪。张委道：“看起来，这老贼果系有妖法的。不然，如何半日上倏尔又变了？难道也是神仙打的？”有一个子弟道：“他晓得衙内要赏花，故意弄这法儿来羞我们。”张委道：“他便弄这法儿，我们就赏落花。”当下依原铺设毡条，席地而坐，放开怀抱恣饮，也把两瓶酒赏张霸到一边去吃。看看饮至日色挫西，俱有半酣之意。忽地起一阵大风，那风好利害：

善聚庭前草，能开水上萍。

腥闻群虎啸，响合万松声。

那阵风却把地下这些花朵吹得都直竖起来，眨眼间俱变做一尺来长的女子。众人大惊，齐叫道："怪哉！"言还未毕，那些女子迎风一幌，尽已长大，一个个姿容美丽，衣服华艳，团团立做一大堆。众人因见恁般标致，通看呆了。内中一个红衣女子却又说起话来，道："吾姊妹居此数十余年，深蒙秋公珍重护惜。何意蓦遭狂奴，俗气熏炽，毒手摧残，复又诬陷秋公，谋吞此地。今仇在目前，吾姊妹曷不戮力击之，上报知己之恩，下雪摧残之耻，不亦可乎？"众女郎齐声道："阿妹之言有理！须速下手，毋使潜遁！"说罢，一齐举袖扑来，那袖似有数尺之长，如风翻乱飘，冷气入骨。众人齐叫有鬼，撇了家伙，望外乱跑，彼此各不相顾。也有被石块打脚的，也有被树枝抓面的，也有跌而复起，起而复跌的，乱了多时，方才收脚。点检人数都在，单不见了张委、张霸二人。此时风已定了，天色已昏，这班子弟各自回家，恰像拣得性命一般，抱头鼠窜而去。家人喘息定了，唤几个生力庄客，打起火把，复身去抓寻。直到园上，只听得大梅树下有呻吟之声。举火看时，却是张霸被梅根绊倒，跌破了头，挣扎不起，庄客着两个先扶张霸归去。众人周围走了一遍，但见静悄悄的万籁无声。牡丹棚下，繁花如故，并无零落。草堂中杯盘狼藉，酒羹淋漓。众人莫不吐舌称奇，一面收拾家伙，一面重复照看。这园子又不多大，三回五转，毫无踪影。难道是大风吹去了？女鬼吃去了？正不知躲在哪里。延捱了一会，无可奈何，只索回去过夜，再作计较。方欲出门，只见门外又有一伙人，提着行灯进来。不是别人，却是虞公、单老，闻知众人遇鬼之事，又闻说不见了张委，在园上抓寻，不知是真是假，合着三邻四舍，进园观看。问明了众庄客，方知此事果真，二老惊诧不已。教众庄客且莫回去，"老汉们同列位还去抓寻一遍。"众人又细细照看了一下，正是兴尽而归，叹了口气，齐出园门。二老道："列位今晚不来了么？老汉们告过，要把园门落锁。没人看守得，也是我们邻里的干系。"此时庄客们，蛇无头而不行，已不似先前声势了，答应道："但凭，但凭。"两边人犹未散，只见一个庄客在东边墙角下叫道："大爷有了！"众人蜂拥而前。庄客指道："那槐枝上挂的，不是大爷的软翅纱巾么？"众人道："既有了巾儿，人也只在左近。"沿墙照去，不多几步，只叫得声："苦也！"原来东角转弯处，有个粪窖，窖中一人，两脚朝天，不歪不斜，刚刚倒插在内。庄客认得鞋袜衣服，正是张委，顾不得臭秽，只得上前打捞起来。虞、单二老暗暗念佛，和邻舍们自回。众庄客抬了张委，在湖边洗净。先有人报去庄上，合家大小，哭哭啼啼，准备棺衣入殓，不在话下。其夜，张霸破头伤重，五更时亦死。此乃作恶的见报，正是：

两个凶人离世界，一双恶鬼赴阴司。

次日，大尹病愈升堂，正欲吊审秋公之事，只见公差禀道："原告张霸同家长张委，昨晚都死了。"如此如此，这般这般。大尹大惊，不信有此异事。须臾间，又见里老乡民，共有百十人，连名具呈前事，诉说秋公平日惜花行善，并非妖人；张委设谋陷害，神道报应。前后事情，细细分剖。大尹因昨日头晕一事，亦疑其枉，到此心下豁然，还喜得不曾用刑。即于狱中吊出秋公，当堂释放。又给印信告示，与他园门张挂，不许闲人损他花木。众人叩谢出府，秋公向邻里作谢，一路同回。虞、单二老，开了园门，同秋公进去。秋公见牡丹茂盛如初，伤感不已。众人治酒，与秋公压惊；秋公又答席，一连吃了数日酒席。闲话休题。自此之后，秋公日饵百花，渐渐习惯，遂谢绝了烟火之物。所鬻果实之资，悉皆布施。不数年间，发白更黑，颜色转如童子。一日正值八月十五，丽日当天，万里无瑕，秋公正在花下肩中，忽然祥风微拂，彩云如蒸，空中音乐嘹亮，异香扑鼻，青鸾白鹤，盘旋翔舞，渐至庭前。云中正立着司花女，两边幢幡宝盖，仙女数人，各奏乐器。秋公看见，扑翻身便拜。司花女道："秋先，汝功行圆满，吾已奏闻上帝，有旨封汝为护花使者，专管人间百花，令汝拔宅上升。但有爱花惜花的，加之以福，残花毁花的，降之以灾！"秋公向空叩首谢恩讫，随着众仙登云，草堂花木，一齐冉冉升起，向南而去。虞公、单老和那合村之人都看见的，一齐下拜。还见秋公在云中举手谢众人，良久方没。此地遂改名升仙里，又谓之百花村。

园公一片惜花心，道感仙姬下界临。

草木同升随拔宅，淮南不用炼黄金。

第五卷　钱秀才错占凤凰俦

渔船载酒日相随，短笛芦花深处吹。

湖面风收云影散，水天光照碧琉璃。

这首诗是宋时杨备游太湖所作。这太湖在吴郡西南三十余里之外。你道有多少大？东西二百里，南北一百二十里，周围五百里，广三万六千顷，中有山七十二峰，襟带三州。哪三州？

苏州　　湖州　　常州。

东南诸水皆归。一名震泽，一名具区，一名笠泽，一名五湖。何以谓之五湖？东通长洲松江，南通乌程霅溪，西通义兴荆溪，北通晋陵滆湖，东通嘉兴韭溪，水凡五道，故谓之五湖。那五湖之水，总是震泽分流，所以谓之太湖。就太湖中，亦有五湖名色，曰：菱湖、游湖、莫湖、贡湖、胥湖。五湖之外，又有三小湖：扶椒山东曰梅梁湖，杜圻之西鱼查之东曰金鼎湖，林屋之东曰东皋里湖。吴人只称做太湖。那太湖中七十二峰，惟有洞庭两山最大。东洞庭曰东山，西洞庭曰西山，两山分峙湖中。其余诸山，或远或近，若浮若沉，隐见出没于波涛之间。有元人许谦诗为证：

周回万水入，远近数州环。

南极疑无地，西浮直际山。

三江归海表，一径界河间。

白浪秋风疾，渔舟意尚闲。

那东西两山在太湖中间，四面皆水，车马不通。欲游两山者，必假舟楫，往往有风波之险。昔宋时宰相范成大在湖中遇风，曾作诗一首：

白雾漫空白浪深，舟如竹叶信浮沉。

科头宴起吾何敢，自有山川印此心。

话说两山之人，善于货殖，八方四路，去为商为贾。所以江湖上有个口号，叫做“钻天洞庭”。内中单表西洞庭有个富家，姓高，名赞，少年惯走湖广，贩卖粮食。后来家道殷实了，开起两个解库，托着四个伙计掌管，自己只在家中受用。浑家金氏，生下男女二人，男名高标，女名秋芳。那秋芳反长似高标二岁。高赞请个积年老教授在家馆谷，教着两个儿女读书。那秋芳资性聪明，自七岁读书，至十二岁，书史皆通，写作俱妙。交十三岁，就不进学堂，只在房中习学女工，描鸾刺凤。看看长成十六岁，出落得好个女儿，美艳非常。有《西江月》为证：

面似桃花含露，体如白雪团成。眼横秋水黛眉清，十指尖尖春笋。

袅娜休言西子，风流不让崔莺。金莲窄窄瓣儿轻，行动一天丰韵。

高赞见女儿人物整齐，且又聪明，不肯将他配个平等之人，定要拣个读书君子，才貌兼全的配他。聘礼厚薄到也不论，若对头好时，就赔些妆奁嫁去，也自情愿。有多少豪门富室，日来求亲的，高赞访得他子弟才不压众，貌不超群，所以不曾许允。虽则洞庭在水中央，三州通道，况高赞又是个富家，这些做媒的四处传扬，说高家女子，美貌聪明，情愿赔钱出嫁，只要择个风流佳婿。但有一二分才貌的，哪一个不挨风缉缝，央媒说合。说时夸奖得潘安般貌，子建般才，乃至访实，都只平常。高赞被这伙做媒的哄得不耐烦了，对那些媒人说道：“今后不须言三语四。若果有人才出众的，便与他同来见我。合得我意，一言两决，可不快当！”自高赞出了这句言语，那些媒人就不敢轻易上门。正是：

眼见方为的，传言未必真。

试金今有石，惊破假银人。

话分两头。却说苏州府吴江县平望地方，有一秀士，姓钱名青，字万选。此人饱读诗书，广知今古，更兼一表人才。也有《西江月》为证：

出落唇红齿白，生成眼秀眉清。风流不在着衣新，俊俏行中首领。

下笔千言立就，挥毫四坐皆惊。青钱万选好声名，一见人人起敬。

钱生家世书香，产微业薄，不幸父母早丧，愈加零替。所以年当弱冠，无力娶妻，止与老仆钱兴相依同住。钱兴日逐做些小经纪供给家主，每每不敷，一饥两饱。幸得其年游庠，同县有个表兄，住在北门之外，家道颇富，就延他在家读书。那表兄姓颜，名俊，字伯雅，与钱生同庚生，都则一十八岁，颜俊只长得三个月，以此钱生呼之为兄。父亲已逝，止有老母在堂，亦未曾定亲。说话的，那钱青因家贫未娶；颜俊是富家之子，如何一十八岁，还没老婆？其中有个缘故。那颜俊有个好高之病，立誓要拣个绝美的女子，方与他缔姻，所以急切不能成就。况且颜俊自己又生得十分丑陋。怎见得？亦有《西江月》为证：

面黑浑如锅底，眼圆却似铜铃。痘疤密摆泡头钉，黄发蓬松两鬓。

牙齿真金镀就，身躯顽铁敲成。又开五指鼓锤能，枉了名呼颜俊。

那颜俊虽则丑陋，最好妆扮，穿红着绿，低声强笑，自己以为美。更兼他腹中全无滴墨，纸上难成片语，偏好攀今掉古，卖弄才学。钱青虽知不是同调，却也借他馆地，为读书之资，每事左凑着他。故此颜俊甚是喜欢，事事商议而行，甚说得着。话休絮烦。一日，正是十月初旬天气，颜俊有个门房远亲，姓尤，名辰，号少梅。为人生意行中，颇颇伶俐，也领借颜俊些本钱，在家开个果子店营运过活。其日在洞庭山贩了几担橙橘回来，装做一盘，到颜家送新。他在山上闻得高家选婿之事，说话中间偶然对颜俊叙述，也是无心之谈。谁知颜俊到有意了，想道："我一向要觅一头好亲事，都不中意。不想这段姻缘却落在那里！凭着我这恁般才貌，又有家私，若央媒去说，再增添几句好话，怕道不成？"那日一夜睡不着。天明起来，急急梳洗了，到尤辰家里。尤辰刚刚开门出来，见了颜俊，便道："大官人为何今日起得恁早？"颜俊道："便是有些正事，欲待相烦，恐老兄出去了，特特早来。"尤辰道："不知大官人有何事见委？请里面坐了领教。"颜俊到坐启下，作了揖，分宾而坐。尤辰又道："大官人但有所委，必当效力，只怕用小子不着。"颜俊道："此来非为别事，特求少梅作伐。"尤辰道："大官人作成小子赚花红钱，最感厚意。不知说的是哪一头亲事？"颜俊道："就是老兄昨日说的洞庭西山高家这头亲事，于家下甚是相宜，求老兄作成小子则个！"尤辰格的笑了一声道："大官人莫怪小子直言。若是第二家，小子也就与你去说了。若是高家，大官人作成别人做媒罢！"颜俊道："老兄为何推托？这是你说起的，怎么又叫我去寻别人？"尤辰道："不是小子推托，只为高老有些古怪，不容易说话，所以迟疑。"颜俊道："别件事，或者有些东扯西拽，东掩西遮，东三西四，不容易说话。这做媒乃是冰人撮合，一天好事，除非他女儿不要嫁人便罢休，不然，少不得男媒女妁。随他古怪，然须知媒人不可怠慢，你怕他怎的！还是你故意作难，不肯总成我这桩美事。这也不难，我就央别人去说。说成了时，休想吃我的喜酒！"说罢，连忙起身。

那尤辰领借了颜俊家本钱，平日奉承他的，见他有咈然不悦之意，即忙回船转舵道："大官人莫要性急，且请坐下，再细细商议。"颜俊道："肯去说便去，不肯去就罢了，有甚话商量得？"口里虽则是恁般说了，身子却又转来坐下。尤辰道："不是我故意作难，那老儿真个古怪。别家相媳妇，他偏要相女婿，但得他当面看得中意，才将女儿许他。有这些难处，只怕劳而无功，故此不敢把这个难题目包揽在身上。"颜俊道："依你说，也极容易。他要当面看我时，就等他看个眼饱。我又不残疾，怕他怎地！"尤辰不觉呵呵大笑道："大官人，不是冲撞你说。大官人虽则不丑，更有比大官人胜过几倍的，他还看不上眼哩！大官人若是不把与他见面，这事纵没一分二分，还有一厘二厘。若是当面一看，便万分难成了！"颜俊道："常言无谎不成媒。你与我包荒，只说十二分人才，或者该是我的姻缘，一说便就，不要面看，也不可知。"尤辰道："倘若要看时，却怎地？"颜俊道："且到那时，再有商量。只求老兄速去一言。"尤辰道："既蒙吩咐，小子好歹去走一遭便了。"颜俊临起身，又叮咛道："千万，千万！说得成时，把你二十两这纸借契先奉还了，媒礼花红在外。"尤辰道："当得，当得！"颜俊别去。不多时，就教人封上五钱银子，送与尤辰，为明日买舟之费。颜俊那一夜在床上又睡不着，想道："倘他去时不尽其心，葫芦提回复了我，可不枉走一遭！再差一个伶俐家人跟随他去，听他讲甚言语。好计，好计！"等待天明，便唤家童小乙来，跟随尤大舍往山上去说亲。小乙去了，颜俊心中牵挂，即忙梳洗，往近处一个关圣庙中求签，卜其事之成否。当下焚香再拜，把签筒摇了几摇，扑的跳出一签。拾起看时，却是第七十三签。壁上写得有签诀四句，云：

忆昔兰房分半钗，而今忽把信音乖。
痴心指望成连理，到底谁知事不谐。

颜俊才学虽则不济，这几句签诀，文义显浅，难道好歹不知？求得此签，心中大怒，连声道："不准，不准！"撒袖出庙门而去。回家中坐了一会，想道："此事有甚不谐？难道真个嫌我丑陋，不中其意？男子汉须比不得妇人，只是出得人前罢了。一定要选个陈平、潘安不成？"一头想，一头取镜子自照。侧头侧脑的看了一回，良心不昧，自己也看不过了。把镜子向桌上一撇，叹了一口寡气，呆呆而坐，准准的闷了一日不提。

且说尤辰是日同小乙驾了一只三橹快船，趁着无风静浪，咿呀的摇到西山高家门首停泊，刚刚是未牌时分。小乙将名帖递了，高公出迎，问其来意，说是与令爱作伐。高赞问是何宅。尤辰道："就是敝县一个舍亲，家业也不薄，与宅上门户相当。此子年方十八，读书饱学。"高赞道："人品生得如何？老汉有言在前，定要当面看过，方敢应承。"尤辰见小乙紧紧靠在椅子后边，只得不老实扯个大谎，便道："若论人品，更不必言。堂堂一躯，十全之相。况且一肚文才，十四岁出去考童生，县里就高高取上一名。这几年为丁了父忧，不曾进院，所以未得游庠。有几个老学，看了舍亲的文字，都许他京解之才。就是在下，也非惯于为媒的，因年常在贵山买果，偶闻令爱才貌双全，老翁又慎于择婿，因思舍亲正合其选，故此斗胆轻造。"高赞闻言，心中甚喜："便道：令亲果然有才有貌，老汉敢不从命？但老汉未曾经目，终不放心。若是足下引令亲过寒家一会，更无别说。"尤辰道："小子并非谬言，老翁他日自知。只是舍亲是个不出书房的小官人，或者未必肯到宅上。就是小子撺掇来时，若成得亲事还好，万一不成，舍亲何面目回转！小子必然讨他抱怨了。"高赞道："既然人品十全，岂有不成之理？老夫生性是这般小心过度的人，所以必要着眼。若是令亲不屑下顾，待老汉到宅，足下不意之中，引令亲来一观，却不妥贴？"尤辰恐怕高赞身到吴江，访出颜俊之丑，即忙转口道："既然尊意决要会面，小子还同舍亲奉拜，不敢烦尊驾动履。"说罢告别。高公哪里肯放，忙教整酒肴相款。吃到更余，高公留宿。尤辰道："小舟带有铺陈，明日要早行，即今奉别。等舍亲登门，却又相扰。"高公取舟金一封相送，尤辰作谢下船。次早顺风，拽起饱帆，不够大半日就到了吴江。颜俊正呆呆的站在门前望信，一见尤辰回家，便迎住问道："有劳老兄往返，事体如何？"尤辰把问答之言，细述一遍。"他必要面会，大官人如何处置？"颜俊嘿然无言。尤辰便道："暂别再会。"自回家去了。颜俊到里面，唤过小乙来问其备细，只恐尤辰所言不实。小乙说来果是一般。颜俊沉吟了半晌，心生一计，再走到尤辰家，与他商议。不知说的是甚么计策？正是：

为思佳偶情如火，索尽枯肠夜不眠。
自古姻缘皆分定，红丝岂是有心牵。

颜俊对尤辰道："适才老兄所言，我有一计在此，也不打紧。"尤辰道："有何好计？"颜俊道："表弟钱万选，向在舍下同窗读书，他的才貌比我胜几分儿。明日我央及他同你去走一遭，把他只说是我，哄过一时。待行过了聘，不怕他赖我的姻事！”尤辰道：“若看了钱官人，万无不成之理。只怕钱官人不肯。”颜俊道：“他与我至亲，又相处得极好，只央他点一遍名儿，有甚亏他处！料他决然无辞。”说罢，作别回家。其夜，就到书房中陪钱万选夜饭，酒肴比常分外整齐。钱万选愕然道：“日日相扰，今日何劳盛设？”颜俊道：“且吃三杯，有小事相烦贤弟则个。只是莫要推故。”钱万选道：“小弟但可效劳之处，无不从命。只不知甚么样事？”颜俊道：“不瞒贤弟说，对门开果子店的尤少梅，与我作伐，说的女家，是洞庭西山高家。一时间夸了大口，说我十分才貌。不想说得忒高兴了，那高老定要先请我去面会一会，然后行聘。昨日商议，若我自去，恐怕不应了前言，一来少梅没趣，二来这亲事就难成了。故此要劳贤弟认了我的名色，同少梅一行，瞒过那高老，玉成这头亲事，感恩不浅，愚兄自当重报。”钱万选想了一想，道：“别事犹可，这事只怕行不得。一时便哄过了，后来知道，你我都不好看相。”颜俊道：“原只要哄过这一时。若行聘过了，就晓得也何怕他。他又不认得你是什么人，就怪也只怪得媒人，与你什么相干？况且他家在洞庭西山，百里之隔，一时也未必知道。你但放心前去，倒不要畏缩。”钱万选听了，沉吟不语。欲待从他，不是君子所为；欲待不从，必然取怪，这馆就处不成了，事在两难。颜俊见他沉吟不决，便道：“贤弟，常言道：天摊下来，自有长的撑住。凡事有愚兄在前，贤弟休得过虑。”钱万选道：“虽然如此，只是愚弟衣衫褴褛，不称仁兄之相。”颜俊道：“此事愚兄早已办下了。”是夜无话。

次日，颜俊早起，便到书房中，唤家童取出一皮箱衣服，都是绫罗绸绢时新花样的翠颜色，时常用龙涎庆真饼熏得扑鼻之香，交付钱青行时更换，下面净袜丝鞋，只有头巾不对，即时与他折了一顶新的。又封着二两银子送与钱青道：“薄意权充纸笔之用，后来还有相酬。这一套衣服，就送与贤弟穿了。日后只求贤弟休向人说，泄漏其事。今日约定了尤少梅，明日早行。”钱青道：“一依尊命。这衣服小弟暂时借穿，回时依旧纳还。这银子一发不敢领了。”颜俊道：“古人车马轻裘，与朋友共，就没有此事相劳，那几件粗衣奉与贤弟穿了，不为大事。这些须薄意，不过表情，辞时反教愚兄惭愧。”钱青道：“既是仁兄盛情，衣服便勉强领下。那银子断然不敢。”颜俊道：“若是贤弟固辞，便是推托了。”钱青方才受了。颜俊是日约会尤少梅。尤辰本不肯担这干纪，只为不敢得罪于颜俊，勉强应承。颜俊预先备下船只，及船中供应食物和铺陈之类，又拨两个安童服待，连前番跟去的小乙，共是三人。绢衫毡包，极其华整，隔夜俱已停当。又吩咐小乙和安童到彼，只当自家大官人称呼，不许露出个钱字。过了一夜，侵早起来催促钱青梳洗穿着。钱青贴里贴外，都换了时新华丽衣服，行动香风拂拂，比前更觉标致。

分明荀令留香去，疑是潘郎掷果回。

颜俊请尤辰到家，同钱青吃了早饭，小乙和安童跟随下船。又遇了顺风，片帆直吹到洞庭西山。天色已晚，舟中过宿。次日，早饭过后，约莫高赞起身；钱青全柬写颜俊名字拜帖，谦逊些，加个晚字。小乙捧帖，到高家门首投下，说："尤大舍引颜宅小官人特来拜见。"高家仆人认得小乙的，慌忙通报。高赞传言快请。假颜俊在前，尤辰在后，步入中堂。高赞一眼看见那个小后生，人物轩昂，衣冠济楚，心中已自三分欢喜。叙礼已毕，高赞看椅上坐，钱青自谦幼辈，再三不肯，只得东西昭穆坐下。高赞肚里暗暗欢喜："果然是个谦谦君子。"坐定，先是尤辰开口，称谢前日相扰。高翁答言多慢，接口就问道："此位就是令亲颜大官人？前日不曾问得贵表。"钱青道："年幼无表。"尤辰代言："舍亲表字伯雅。伯仲之伯，雅俗之雅。"高赞道："尊名尊字，俱称其实。"钱青道："不敢！"高赞又问起家世。钱青一一对答，出词吐气，十分温雅。高赞想道："外才已是美了，不知他学问如何。且请先生和儿子出来相见，盘他一盘，便见有学无学。"献茶二道，吩咐家人："书馆中请先生和小舍出来见客。"去不多时，只见五十多岁一个儒者，引着一个垂髫学生出来。众人一齐起身作揖。高赞一一通名："这位是小儿的业师，姓陈，见在府庠。这就是小儿高标。"钱青看那学生，生得眉清目秀，十分俊雅，心中想道："此子如此，其姊可知。颜兄好造化哩！"又献了一道茶，高赞便对先生道："此位尊客是吴江颜伯雅，年少高才。"那陈先生已会了主人之意，便道："吴江是人才之地，见高识广，定然不同。请问贵邑有三高祠，还是那三个？"钱青答言："范蠡、张翰、陆龟蒙。"又问："此三人何以见得他高处？"钱青一一分疏出来。两个遂互相盘问了一回。钱青见那先生学问平常，故意谈天说地，讲古论今，惊得先生一字俱无，连称道："奇才，奇才！"把一个高赞就喜得手舞足蹈。忙唤家人，悄悄吩咐备饭，要整齐些。家人闻言，即时拽开桌子，排下五色果品。高赞取杯箸安席，钱青答敬谦让了一回，照前昭穆坐下。三汤十菜，添案小吃，顷刻间，摆满了桌子，真个咄嗟而办。你道为何如此便当？原来高赞的妈妈金氏，最爱其女，闻得媒人引颜小官人到来，也伏在遮堂背后张看。看见一表人才，语言响亮，自家先中意，料高老必然同心，故此预先准备筵席，一等吩咐，流水的就搬出来。宾主共是五位，酒后饭，饭后酒，直吃到红日衔山。钱青和尤辰起身告辞，高赞心中甚不忍别，意欲攀留数日，钱青哪里肯住。高赞留了几次，只得放他起身。钱青先别了陈先生，口称承教，次与高公作谢道："明日早行，不得再来告别。"高赞道："仓卒怠慢，勿得见罪。"小学生也作揖过了。金氏已备下几色哽程相送，无非是酒米鱼肉之类，又有一封舟金。高赞扯尤辰到背处，说道："颜小官人才貌，更无他说。若得少梅居间成就，万分之幸。"尤辰道："小子领命。"高赞直送上船，方才分别。当夜夫妻两口，说了颜小官人一夜。正是：

不须玉杵千金聘，已许红绳两足缠。

再说钱青和尤辰，次日开船，风水不顺，直到更深，方才抵家。颜俊兀自秉烛夜坐，专听好音。二人叩门而入，备述昨朝之事。颜俊见亲事已成，不胜之喜，忙忙的就本月中择个吉日行聘。果然把那二十两借契送还了尤辰，以为谢礼。就拣了十二月初三日成亲。高赞得意了女婿，况且妆奁久已完备，并不推阻。日往月来，不觉十一月下旬，吉期将近。原来江南地方娶亲，不行古时亲迎之礼，都是女亲家和阿舅自送上门。女亲家谓之'送娘'，阿舅谓之"抱嫁"。高赞为选中了乘龙快婿，到处夸扬，今日定要女婿上门亲迎，准备大开筵宴，遍请远近亲邻吃喜酒。先遣人对尤辰说知，尤辰吃了一惊，忙来对颜俊说了。颜俊道："这番亲迎，少不得我自去走遭。"尤辰跌足道："前日女婿上门，他举家都看个够，行乐图也画得出在那里。今番又换了一个面貌，教做媒的如何措辞？好事定然中变！连累小子必然受辱！"颜俊听说，反抱怨起媒人来道："当初我原说过来，该是我姻缘，自然成就。若第一次上门时，自家去了，哪见得今日进退两难！都是你捉弄我，故意说得高老十分古怪，不要我去，教钱家表弟替了。谁知高老甚是好情，一说就成，并不作难。这是我命中注定，该做他家的女婿，岂因见了钱表弟方才肯成？况且他家已受聘礼，他的女儿就是我的人了，敢道个不字么？你看我今番自去，他怎生发付我？难道赖我的亲事不成？"尤辰摇着头道："成不得！人也还在他家，你狠到哪里去？若不肯把人送上轿，你也没奈何他！"颜俊道："多带些人从去，肯便肯，不肯时打进去，抢将回来。便告到官司，有生辰吉帖为证，只是赖婚的不是，我并没差处。”尤辰道：“大官人休说满话！常言道：恶龙不斗地头蛇。你的从人虽多，怎比得坐地的有增无减。万一弄出事来，缠到官司，那老儿诉说，求亲的是一个，娶亲的又是一个。官府免不得与媒人诘问，刑罚之下，小子只得实说，连钱大官人前程干系，不是要处！”颜俊想了一想道：“既如此，索性不去了。劳你明日去回他一声，只说前日已曾会过了，敝县没有亲迎的常规，还是从俗送亲罢。”尤辰道：“一发成不得。高老因看上了佳婿，到处夸其才貌。那些亲邻专等亲迎之时，都要来厮认，这是断然要去的！”颜俊道：“如此，怎么好？”尤辰道：“依小子愚见，更无别策，只得再央令表弟钱大官人走遭，索性哄他到底。哄得新人进门，你就靠家大了，不怕他又夺了去。结姻之后，纵然有话，也不怕他了。”颜俊顿了一顿口道：“话到有理。只是我的亲事，倒作成别人去风光。央及他时，还有许多作难哩！”尤辰道：“事到其间，不得不如此了。风光只在一时，怎及得大官人终身受用！”

颜俊又喜又恼。当下别了尤辰，回到书房，对钱青说道：“贤弟，又要相烦一事。”钱青道：“不知兄又有何事？”颜俊道：“出月初三，是愚兄毕姻之期，初二日就要去亲迎。原要劳贤弟一行，方才妥当。”钱青道：“前日代劳，不过泛然之事。今番亲迎，是个大礼，岂是小弟代得的，这个断然不可！”颜俊道：“贤弟所言虽当，但因初番会面，他家已认得了，如今忽换我去，必然疑心，此事恐有变卦。不但亲事不成，只恐还要成讼，那时连贤弟也有干系。却不是为小妨大，把一天好事自家弄坏了？若得贤弟亲迎回来，成就之后，不怕他闲言闲语。这是个权宜之术。贤弟须知，塔尖上功德，休得固辞。”钱青见他说得情辞恳切，只索依允。颜俊又唤过吹手及一应接亲人从，都吩咐了说话，不许漏泄风声，取得亲回，都有重赏。众人谁敢不依。到了初二日侵晨，尤辰便到颜家相帮，安排亲迎礼物，及上门各项赏赐，都封得停停当当。其钱青所用，及儒巾圆领丝绦皂靴，并皆齐备。又分派各船食用，大船二只，一只坐新人，一只媒人共新郎同坐；中船四只，散载众人；小船四只，一者护送，二者以备杂差。十余只船，筛锣掌号，一齐开出湖去，一路流星炮仗，好不兴头。正是：

门阑多喜气，女婿近乘龙。

船到西山，已是下午。约莫离高家半里停泊，尤辰先到高家报信。一面安排亲迎礼物，及新人乘坐百花彩轿，灯笼火把，共有数百。钱青打扮整齐，另有青绢暖轿，四抬四绰，笙箫鼓乐，径望高家而来。那山中远近人家，都晓得高家新女婿才貌双全，竞来观看，挨肩并足，如看神会故事的一般热闹。钱青端坐轿中，美如冠玉，无不喝采。有妇女曾见过秋芳的，便道："这般一对夫妻，真个郎才女貌！高家拣了许多女婿，今日果然被他拣着了。"不提众人。且说高赞家中，大排筵席，亲朋满坐，未及天晚，堂中点得画烛通红。只听得乐声聒耳，门上人报道："娇客轿子到门了！"傧相披红插花，忙到轿前作揖，念了诗赋，请出轿来。众人谦恭揖让，延至中堂奠雁。行礼已毕，然后诸亲一一相见。众人见新郎标致，一个个暗暗称羡。献茶后，吃了茶果点心，然后定席安位。此日新女婿与寻常不同，面南专席，诸亲友环坐相陪，大吹大擂的饮酒。随从人等，外厢另有款待。且说钱青坐于席上，只听得众人不住声的赞他才貌，贺高老选婿得人。钱青肚里暗笑道："他们好似见鬼一般，我好像做梦一般，做梦的醒了，也只扯淡。那些见神见鬼的，不知如何结末哩。我今日且落得受用。"又想道："我今日做替身，担了虚名，不知实受还在几时。料想不能如此富贵。"转了这一念，反觉得没兴起来，酒也懒吃了。高赞父子，轮流敬酒，甚是殷勤。钱青怕担误了表兄的正事，急欲抽身。高赞固留，又坐了一回。用了汤饭，仆从的酒都吃完了，约莫四鼓，小乙走在钱青席边，催促起身。钱青教小乙把赏封给散，起身作别。高赞量度已是五鼓时分，赔嫁妆奁俱已点检下船，只待收拾新人上轿。只见船上人都走来说："外边风大，难以行船，且消停一时，等风头缓了好走。"原来半夜里便发了大风。那风刮得好厉害！只见：

山间拔木扬尘，湖内腾波起浪。

只为堂中鼓乐喧阗，全不觉得，高赞叫乐人住了吹打听时，一片风声，吹得怪响，众皆愕然。急得尤辰只把脚跳，高赞心中大是不乐。只得重请入席，一面差人在外专看风色。看看天晓，那风越狂起来，刮得彤云密布，雪花飞舞。众人都起身看着天，做一块儿商议。一个道："这风还不像就住的。"一个道："半夜起的风，原要半夜里住。"又一个道："这等雪天，就是没风也怕行不得。"又一个道："只怕这雪还要大哩。"又一个道："风太急了，住了风，只怕湖胶。"又一个道："这太湖不愁他胶断，还怕的是风雪。"众人是恁般闲讲，高老和尤辰好生气闷。又捱一会，吃了早饭，风愈狂，雪愈大，料想今日过湖不成。错过了吉日良时，残冬腊月，未必有好日了。况且笙箫鼓乐，乘兴而来，怎好教他空去，事在千难万难之际。座间有个老者，唤做周全，是高赞老邻，平日最善处分乡里之事，见高赞沉吟无计，便道："依老汉愚见，这事一些不难。"高赞道："足下计将安在？"周全道："既是选定日期，岂可错过？令婿既已到宅，何不就此结亲？趁这筵席，做了花烛。等风息，从容回去，岂非全美！"众人齐声道："最好！"高赞正有此念，却喜得周老说话投机。当下便吩咐家人，准备洞房花烛之事。却说钱青虽然身子在此，本是个局外之人。起初风大风小，也还不在他心上。忽见周全发此议论，暗暗心惊，还道高老未必听他。不想高老欣然应允，老大着忙，暗暗叫苦。欲央尤少梅代言，谁想尤辰平昔好酒，一来天气寒冷，二来心绪不佳，斟着大杯，只顾吃，吃得烂醉如泥，在一壁厢空椅子上打鼾去了。钱青只得自家开口道："此百年大事，不可草草。不妨另择个日子，再来奉迎。"高赞哪里肯依，便道："翁婿一家，何分彼此！况贤婿尊人已不在堂，可以自专。"说罢，高赞入内去了。钱青又对各位亲邻，再三央及，不愿在此结亲。众人都是奉承高老的，哪一个不极口赞成。钱青此时无可奈何，只推出恭，到外面时，却叫颜小乙与他商议。小乙心上也道不该，只教钱秀才推辞，此外别无良策。钱青道："我已辞之再四，其奈高老不从！若执意推辞，反起其疑。我只要委曲周全你家主一桩大事，并无欺心，若有苟且，天地不容！"主仆二人，正在讲话，众人都攒拢来道："此是美事，令岳意已决矣，大官人不须疑虑！"钱青嘿然无语，众人揖钱青请进。午饭已毕，重排喜筵。傧相披红喝礼，两位新人打扮登堂，照依常规行礼，结了花烛。正是：

百年姻眷今宵就，一对夫妻此夜新。

得意事成失意事，有心人遇没心人。

其夜酒阑人散，高赞老夫妇亲送新郎进房。伴娘替新娘卸了头面，几遍催新郎安置，钱青只不答应，正不知什么意故，只得服侍新娘先睡，自己出房去了。丫鬟将房门掩上，又催促官人上床。钱青心上如小鹿乱撞，勉强答应一句道："你们先睡。"丫鬟们乱了一夜，各自倒东歪西去打瞌睡。钱青本待秉灯达旦，一时不曾讨得几支蜡烛。到烛尽时，又不好声唤，忍着一肚子闷气，和衣在床外侧身而卧，也不知女孩儿头东头西。次早清清天亮，便起身出外，到舅子书馆中去梳洗。高赞夫妻只道他少年害羞，亦不为怪。是日雪虽住了，风尚不息。高赞且做庆贺筵席，钱青吃得酩酊大醉，坐到更深进房，女孩儿又先睡了。钱青打熬不过，依旧和衣而睡，连小娘子的被窝儿也不敢触着。又过一晚，早起时，见风势稍缓，便要起身。高赞定要留过三朝，方才肯放。钱青拗不过，只得又吃了一日酒。座间背地里和尤辰说起夜间和衣而卧之事，尤辰口虽答应，心下未必准信。事已如此，只索由他。却说女孩儿秋芳，自结亲之夜，偷眼看那新郎，生得果然齐整，心中暗暗欢喜。一连两夜，都则衣不解带，不解其故。“莫非怪我先睡了，不曾等待得他？”此是第三夜了，女孩儿预先吩咐丫鬟，只等官人进房，先请他安息。丫鬟奉命，只等新郎进来，便替他解衣科帽。钱青见不是头，除了头巾，急急的跳上床去，贴着床里自睡，仍不脱衣。女孩儿满怀不乐，只得也和衣睡了。又不好告诉爹娘。到第四日，天气晴和，高赞预先备下送亲船只，自己和老婆亲送女孩儿过湖。娘女共是一船，高赞与钱青、尤辰又是一船。船头俱挂了杂彩，鼓乐振天，好生闹热。只有小乙受了家主之托，心中甚不快意，驾个小小快船，赶路先行。

话分两头。且说颜俊自从打发众人迎亲去后，悬悬而望。到初二日半夜，听得刮起大风大雪，心上好不着忙。也只道风雪中船行得迟，只怕错了时辰，哪想到过不得湖？一应花烛筵席，准备十全，等了一夜，不见动静，心下好闷。想道：“这等大风，到是不曾下船还好。若在湖中行动，老大担忧哩！”又想道：“若是不曾下船，我岳丈知道错过吉期，岂肯胡乱把女儿送来，定然要另选个日子。又不知几期吉利，可不闷杀了人！”又想道：“若是尤少梅能事时，在岳丈前撺掇，权且迎来，那时我哪管时日利与不利，且落得早些受用。”如此胡思乱想，坐不安席，不住在门前张望。到第四日风息，料道决有佳音。等到午后，只见小乙先回报道：“新娘已取来了，不过十里之遥。”颜俊问道：“吉期挫过，他家如何肯放新人下船？”小乙道：“高家只怕错过好日，定要结亲。钱大官人替东人权做新郎三日了。”颜俊道：“既结了亲，这三夜钱大官人难道竟在新人房里睡的？”小乙道：“睡是同睡的，却不曾动弹。那钱大官人是看得熟鸭蛋伴得小娘眠的。”颜俊骂道：“放屁！哪有此理！我托你何事？你如何不叫他推辞，却做下这等勾当？”小乙道：“家人也说过来。钱大官人道：‘我只要周全你家之事，若有半点欺心，天神鉴察！’”颜俊此时：

怒从心上起，恶向胆边生。

一把掌将小乙打在一边，气忿忿地奔出门外，专等钱青来厮闹。

恰好船已拢岸，钱青终有细腻，预先嘱咐尤辰伴住高老，自己先跳上岸。只为自反无愧，理直气壮，昂昂的步到颜家门首。望见颜俊，笑嘻嘻的正要上前作揖，告诉衷情。谁知颜俊以小人之心，度君子之腹，此际便是仇人相见，分外眼睁，不等开言，便扑的一头撞去，咬定牙根，狠狠的骂道："天杀的！你好快活！"说声未毕，叉开五指，将钱青和巾和发，扯做一把，乱踢乱打，口里不绝声的道："天杀的！好欺心！别人费了钱财，把与你见成受用！"钱青口中也自分辩。颜俊打骂忙了，哪里听他半个字儿。家人也不敢上前相劝，钱青吃打慌了，但呼救命。船上人听得闹吵，都上岸来看。只见一个丑汉，将新郎痛打，正不知甚么意故，都走拢来解劝，哪里劝得他开。高赞盘问他家人，那家人料瞒不过，只得实说了。高赞不闻犹可，一闻之时，心头火起，大骂尤辰无理，做这等欺三瞒四的媒人，说骗人家女儿，也扭着尤辰乱打起来。高家送亲的人，也自心怀不平，一齐动手要打那丑汉。颜家的家人回护家主，就与高家从人对打。先前颜俊和钱青是一对厮打，以后高赞和尤辰是两对厮打，结末两家家人，扭做一团厮打。看的人重重叠叠，越发多了，街道拥塞难行。却似：

九里山前摆阵势，昆阳城下赌输赢。

事有凑巧，其时本县大尹，恰好送了上司回轿，至于北门，见街上震天喧嚷，却是厮打的，停了轿子，喝教拿下。众人见知县相公拿人，都则散了，只有颜俊兀自扭住钱青，高赞兀自扭住尤辰，纷纷告诉，一时不得其详。大尹都教带到公庭，逐一细审，不许搀口。见高赞年长，先叫他上堂诘问。高赞道："小人是洞庭山百姓，叫做高赞，为女择婿，相中了女婿才貌，将女许配。初三日，女婿上门亲迎，因被风雪所阻，小人留女婿在家，完了亲事。今日送女到此，不其遇了这个丑汉，将小人的女婿毒打。小人问期缘故，却是那丑汉买嘱媒人，要哄骗小人的女儿为婚，却将那姓钱的后生，冒名到小人家里。老爷只问媒人，便知奸弊。"大尹道："媒人唤做甚名字？可在这里么？"高赞道："叫做尤辰，见在台下。"大尹喝退高赞，唤尤辰上来，骂道："弄假成真，以非为是，都是你弄出这个伎俩！你可实实供出，免受重刑！"尤辰初时还只含糊抵赖，大尹发怒，喝教取夹棍伺候。尤辰虽然市井，从未熬刑，只得实说。起初颜俊如何央小人去说亲，高赞如何作难，要选才貌，后来如何央钱秀才冒名去拜望，直到结亲

始末，细细述了一遍。大尹点头道：“这是实情了。颜俊这厮费了许多事，却被别人夺了头筹，也怪不得发恼。只是起先设心哄骗的不是。”便教颜俊，审其口词。颜俊已听得尤辰说了实话，又见知县相公词气温和，只得也叙了一遍，两口相同。大尹结末唤钱青上来，一见钱青青年美貌，且被打伤，便有几分爱他怜他之意。问道：“你是个秀才，读孔子之书，达周公之礼，如何替人去拜望迎亲，同谋哄骗，有乖行止？”钱青道：“此事原非生员所愿。只为颜俊是生员表兄，生员家贫，又馆谷于他家，被表兄再四央求不过，勉强应承。只道一时权宜，玉成其事。”大尹道：“住了！你既为亲情而往，就不该与那女儿结亲了。”钱青道：“生员原只代他亲迎，只为一连三日大风，太湖之隔，不能行舟，故此高赞怕误了婚期，要生员就彼花烛。”大尹道：“你自知替身，就该推辞了。”颜俊从旁磕头道：“青天老爷！只看他应承花烛，便是欺心。”大尹喝道：“不要多嘴，左右扯他下去。”再问钱青：“你那时应承做亲，难道没有个私心？”钱青道：“只问高赞便知，生员再三推辞，高赞不允。生员若再辞时，恐彼生疑，误了表兄的大事，故此权成大礼。虽则三夜同床，生员和衣而睡，并不相犯。”大尹呵呵大笑道：“自古以来，只有一个柳下惠坐怀不乱。那鲁男子就自知不及，风雪之中，就不肯放妇人进门了。你少年子弟，血气未定，岂有三夜同床，并不相犯之理？这话哄得哪那一个！”钱青道：“生员今日自陈心迹，父母老爷未必相信。只教高赞去问自己的女儿，便知真假。”大尹想道：“那女儿若有私情，如何肯说实话。”当下想出个主意来，便教左右唤到老实稳婆一名，到舟中试验高氏是否处女，速来回话。不一时，稳婆来复知县相公，那高氏果是处子，未曾破身。颜俊在阶下听说高氏还是处子，便叫喊道："既是小的妻子不曾破坏，小的情愿成就！"大尹又道："不许多嘴！"再叫高赞道："你心下愿将女儿配哪一个？"高赞道："小人初时原看中了钱秀才，后来女儿又与他做了花烛。虽然钱秀才不欺暗室，与小女即无夫妇之情，已定了夫妇之义。若教女儿另嫁颜俊，不惟小人不愿，就是女儿也不愿。"大尹道："此言正合吾意。"钱青心下到不肯，便道："生员此行，实是为公不为私。若将此女归了生员，把生员三夜衣不解带之意全然没了。宁可令此女别嫁，生员决不敢冒此嫌疑，惹人谈论！"大尹道："此女若归他人，你过湖这两番替人诓骗，便是行止有亏，干碍前程了。今日与你成就亲事，乃是遮掩你的过失。况你的心迹已自洞然，女家两相情愿，有何嫌疑？休得过让，我自有明断。"遂举笔判云：

高赞相女配夫，乃其常理；颜俊借人饰己，实出奇闻。东床已招佳选，何知以羊易牛；西邻纵有责言，终难指鹿为马。两番渡湖，不让传书柳毅；三宵隔被，何惭秉烛云长。风伯为媒，天公作合。佳男配了佳妇，两得其宜；求妻到底无妻，自作之孽。高氏断归钱青，不须另做花烛。颜俊既不合设骗局于前，又不合奋老拳于后。事已不谐，姑免罪责。所费聘仪，合助钱青，以赎一击之罪。尤辰往来煽诱，实启衅端，重惩示儆。

判讫，喝教左右，将尤辰重责三十板，免其画供，竟行逐出，盖不欲使钱青冒名一事彰闻于人也。高赞和钱青拜谢。一干人出了县门，颜俊满面羞惭，敢怒而不敢言，抱头鼠窜而去，有好几月不敢出门。尤辰自回家将息棒疮不提。

却说高赞邀钱青到舟中，反殷勤致谢道："若非贤婿才行俱全，上官起敬，小女几乎错配匪人。今日到要屈贤婿同小女到舍下少住几时。不知贤婿宅上还有何人？"钱青道："小婿父母俱亡，别无亲人在家。"高赞道："既如此，一发该在舍下住了，老夫供给读书，贤婿意下如何？"钱青道："若得岳父扶持，足感盛德。"是夜开船离了吴江，随路宿歇，次日早到西山。一山之人闻知此事，皆当新闻传说。又知钱青存心忠厚，无不钦仰。后来钱青一举成名，夫妻偕老。有诗为证：

丑脸如何骗美妻，作成表弟得便宜。
可怜一片吴江月，冷照鸳鸯湖上飞。

第六卷　乔太守乱点鸳鸯谱

自古姻缘天定，不由人力谋求。有缘千里也相投，对面无缘不偶。
仙境桃花出水，宫中红叶传沟。三生簿上注风流，何用冰人开口。

这首《西江月》词，大抵说人的婚姻，乃前生注定，非人力可以勉强。今日听在下说一桩意外姻缘的故事，唤做《乔太守乱点鸳鸯谱》。这故事出在那个朝代？何处地方？那故事出在大宋景祐年间，杭州府有一人姓刘，名秉义，是个医家出身。妈妈谈氏，生得一对儿女。儿子唤做刘璞，年当弱冠，一表非俗，已聘下孙寡妇的女儿珠姨为妻。那刘璞自幼攻书，学业已就。到十六岁上，刘秉义欲令他弃了书本，习学医业。刘璞立志大就，不肯改业，不在话下。女儿小名慧娘，年方一十五岁，已受了邻近开生药铺裴九老家之聘。那慧娘生得姿容艳丽，意态妖娆，非常标致。怎见得？但见：

蛾眉带秀，凤眼含情，腰如弱柳迎风，面似娇花拂水。体态轻盈，汉家飞燕同称；性格风流，吴国西施并美。蕊宫仙子谪人间，月殿嫦娥临下界。

不提慧娘貌美。且说刘公见儿子长大，同妈妈商议，要与他完姻。方待教媒人到孙家去说，恰好裴九老也教媒人来说，要娶慧娘。刘公对媒人道："多多上复裴亲家，小女年纪尚幼，一些妆奁未备。须再过几时，待小儿完姻过了，方及小女之事。目下断然不能从命！"媒人得了言语，回覆裴家。那裴九老因是老年得子，爱惜如珍宝一般，恨不能风吹得大，早些儿与他毕了姻事，生男育女。今日见刘公推托，好生不喜。又央媒人到刘家说道："令爱今年一十五岁，也不算做小了。到我家来时，即如女儿一般看待，决不难为。就是妆奁厚薄，但凭亲家，并不计论。万望亲家曲允则个。"刘公立意先要与儿子完姻，然后嫁女，媒人往返了几次，终是不允。裴九老无奈，只得忍耐。当时若是刘公允了，却不省好些事体，止因执意

不从，到后生出一段新闻，传说至今。正是：

只因一着错，满盘俱是空。

却说刘公回脱了裴家，央媒人张六嫂到孙家去说儿子的姻事。原来孙寡妇母家姓胡，嫁的丈夫孙恒，原是旧家子弟。自十六岁做亲，十七岁就生下一个女儿，唤名珠姨。才隔一岁，又生个儿子，取名孙润，小字玉郎。两个儿女，方在襁褓中，孙恒就亡过了。亏孙寡妇有些节气，同着养娘，守这两个儿女，不肯改嫁，因此人都唤他是孙寡妇。光阴迅速，两个儿女，渐渐长成。珠姨便许了刘家，玉郎从小聘定善丹青徐雅的女儿文哥为妇。那珠姨、玉郎都生得一般美貌，就如良玉碾成，白粉团就一般。加添资性聪明，男善读书，女工针指。还有一件，不但才貌双美，且又孝悌兼全。闲话休题。

且说张六嫂到孙家传达刘公之意，要择吉日娶小娘子过门。孙寡妇母子相依，满意欲要再停几时，因想男婚女嫁，乃是大事，只得应承。对张六嫂道："上覆亲翁亲母，我家是孤儿寡妇，没甚大妆奁嫁送，不过随常粗布衣裳，凡事不要见责。"张六嫂复了刘公。刘公备了八盒羹果礼物并吉期送到孙家。孙寡妇受了吉期，忙忙的制办出嫁东西。看看日子已近，母子不忍相离，终日啼啼哭哭。谁想刘璞因冒风之后，出汗虚了，变为寒症，人事不省，十分危笃。吃的药就如泼在石上，一毫没用。求神问卜，俱说无救。吓得刘公夫妻魂魄都丧，守在床边，吞声对泣。刘公与妈妈商议道："孩儿病势恁样沉重，料必做亲不得。不如且回了孙家，等待病痊，再择日罢。"刘妈妈道："老官儿，你许多年纪了，这样事难道还不晓得？大凡病人势凶，得喜事一冲就好了。未曾说起的还要去相求，如今现成事体，怎么反要回他？"刘公道："我看孩儿病体，凶多吉少。若娶来家冲得好时，此是万千之喜，不必讲了；倘或不好，可不害了人家子女有个晚嫁的名头？”刘妈妈道：“老官，你但顾了别人，却不顾自己。你我费了许多心机，定得一房媳妇。谁知孩儿命薄，临做亲却又患病起来。今若回了孙家，孩儿无事，不消说起。万一有些山高水低，有甚把臂，那原聘还了一半，也算是他们忠厚了。却不是人财两失？”刘公道：“依你便怎样？”刘妈妈道：“依着我，吩咐了张六嫂，不要题起孩儿有病，竟娶来家，就如养媳妇一般。若孩儿病好，另择吉结亲。倘然不起，媳妇转嫁时，我家原聘并各项使费，少不得班足了，放他出门，却不是个万全之策？”刘公耳朵原是棉花做的，就依着老婆，忙去叮嘱张六嫂不要泄漏。自古道，若要不知，除非莫为。刘公便瞒着孙家，哪知他紧间壁的邻家姓李，名荣，曾在人家管过解库，人都叫做李都管。为人极是刁钻，专一打听人家的细事，喜谈乐道。因他做主管时，得了些不义之财，手中有钱，所居与刘家基址相连，意欲强买刘公房子，刘公不肯，为此两下面和意不和，巴不能刘家有些事故，幸灾乐祸。晓得刘璞有病危急，满心欢喜，连忙去报知孙家。孙寡妇听见女婿病凶，恐防误了女儿，即使养娘去叫张六嫂来问。张六嫂欲待不说，恐怕刘璞有变，孙寡妇后来埋怨；欲要说了，又怕刘家见怪。事在两难，欲言又止。孙寡妇见他半吞半吐，越发盘问得急了。张六嫂隐瞒不过，乃说：“偶然伤风，原不是十分大病，将息到做亲时，料必也好了。”孙寡妇道：“闻得他病势十分沉重，你怎说得这般轻易？这事不是当要的。我受了千辛万苦，守得这两个儿女成人，如珍宝一般！你若含糊赚了我女儿时，少不得和你性命相搏，那时不要见怪。”又道：“你去到刘家说，若果然病重，何不待好了，另择日子。总是儿女年纪尚小，何必恁般忙迫？问明白了，快来回报一声。”张六嫂领了言语，方欲出门，孙寡妇又叫转道：“我晓得你决无实话回我的，我令养娘同你去走遭，便知端的！”张六嫂见说教养娘同去，心中着忙道：“不消得，好歹不误大娘之事。”孙寡妇哪里肯听，教了养娘些言语，跟张六嫂同去。张六嫂搠脱不得，只得同到刘家。恰好刘公走出门来，张六嫂欺养娘不认得，便道：“小娘子少待，等我问句话来。”急走上前，拉刘公到一边，将孙寡妇适来言语细说。又道：“他因放心不下，特教养娘同来讨个实信，却怎的回答？”刘公听见养娘来看，手足无措，埋怨道：“你怎不阻挡住了？却与他同来！”张六嫂道：“再三拦阻，如何肯听！教我也没奈何。如今且留他进去坐了，你们再去从长计较回他，不要连累我后日受气。”说还未毕，养娘已走过来。张六嫂就道：“此间便是刘老爹。”养娘深深道个万福。刘公还了礼道：“小娘子请里面坐。”一齐进了大门，到客坐内。刘公道：“六嫂，你陪小娘子坐着，待我教老荆出来。”张六嫂道：“老爹自便。”刘公急急走到里面，一五一十，学于妈妈。又说：“如今养娘在外，怎地回他？倘要进来探看孩儿，却又如何掩饰？不如改了日子罢！”妈妈道：“你真是个死货！他受了我家的聘，便是我家的人了，怕他怎的？不要着忙，自有道理。”便教女儿慧娘：“你去将新房中收拾整齐，留孙家妇女吃点心。”慧娘答应自去。刘妈妈即走向外边，与养娘相见毕，问道：“小娘子下顾，不知亲母有甚话说？”养娘道：“俺大娘闻得大官人有恙，放心不下，特教男女来问候。二来上复老爹大娘：若大官人病体初痊，恐未可做亲，不如再停几时，等大官人身子健旺，另拣日罢。”刘妈妈道：“多承亲母过念，大官人虽是身子有些不快，却是偶然伤风，原非大病。若要另择日子，这断不能够的。我们小人家的买卖，千难万难，方才支持得停当。如错过了，却不又费一番手脚。况且有病的人，正要得喜事来冲，他病也易好。常见人家要省事时，选借这病来见喜，何况我家吉期送已多日，亲戚都下了贴儿请吃喜筵，如今忽地换了日子，他们不道你家不肯，必认做我们讨媳妇不起。传说开去，却不被人笑耻，坏了我家名头。烦小娘子回去上复亲母，不必担忧，我家干系大哩！”养娘道：“大娘话虽说得是。请问大官人睡在何处？待男女候问一声，好家去回报大娘，也教他放心！”刘妈妈道：“适来服了发汗的药，正熟睡在那里，我与小娘子代言罢。事体总在刚才所言了，更无别说。”张六嫂道：“我原说偶然伤风，不是大病。你们大娘，不肯相信，又要你来。如今方见老身不是说谎的了。”养娘道：“既如此，告辞罢，”便要起身。刘妈妈道：“哪有此理！说话忙了，茶也还没有吃，如何便去？”即邀到里边，又道：“我房里腌腌臜臜，到在新房里坐罢。”引入房中，养娘举目看时，摆设得十分齐整。刘妈妈又道：“你看我家诸事齐备，如何肯又改日子？就是做了亲，大官人倒还要留在我房中歇宿，等身子全愈了，然后同房哩！”养娘见他整备得停当，信以为实。当下刘妈妈教丫鬟将出点心茶来摆上，又教慧娘也来相陪。养娘心中想道：“我家珠姨是极标致的了，不想这女娘也恁般出色！”吃了茶，作别出门。临行，刘妈妈又再三嘱咐张六嫂：“是必来复我一声！”

养娘同着张六嫂回到家中，将上项事说与主母。孙寡妇听了，心中到没了主意，想道："欲待允了，恐怕女婿真个病重，变出些不好来，害了女儿。将欲不允，又恐女婿果是小病已愈，误了吉期。"疑惑不定，乃对张六嫂道："六嫂，待我酌量定了，明早来取回信罢。"张六嫂道："正是，大娘从容计较计较，老身明早来也。"说罢自去。且说孙寡妇与儿子玉郎商议："这事怎生计较？"玉郎道："想起来还是病重，故不要养娘相见。如今必要回他另择日子，他家也没奈何，只得罢休。但是空费他这番东西，见得我家没有情义，倘后来病好相见之间，觉道没趣。若依了他们时，又恐果然有变，那时进退两难，懊悔却便迟了。依着孩儿，有个两全之策在此，不知母亲可听？"孙寡妇道："你且说是甚两全之策。"玉郎道："明早教张六嫂去说，日子便依着他家，妆奁一毫不带。见喜过了，到第三朝就要接回，等待病好，连妆奁送去。是恁样，纵有变故，也不受他们笼络，这却不是两全其美？"孙寡妇道："你真是个孩子家见识！他们一时假意应承娶去，过了三朝，不肯放回，却怎么处？"玉郎道："如此怎好？"孙寡妇又想了一想道："除非明日教张六嫂依此去说，临期教姐姐闪过一边，把你假扮了送去。皮箱内原带一副道袍鞋袜，预防到三朝，容你回来，不消说起。倘若不容，且住在那里，看个下落。倘有三长两短，你取出道袍穿了，竟自走回，哪个扯得你住！"玉郎道："别事便可，这事却使不得！后来被人晓得，教孩儿怎生做人？"孙寡妇见儿子推却，心中大怒道："纵别人晓得，不过是耍笑之事，有甚大害！"玉郎平昔孝顺，见母亲发怒，连忙道："待孩儿去便了。只不会梳头，却怎么好？"孙寡妇道："我教养娘服侍你去便了。"计较已定，次早张六嫂来讨回音，孙寡妇与他说如此如此，恁般恁般。"若依得，便娶过去。依不得，便另择日罢！"张六嫂复了刘家，一一如命。你道他为何就肯了？只因刘璞病势愈重，恐防不妥，单要哄媳妇到了家里，便是买卖了。故此将错就错，更不争长竞短。哪知孙寡妇已先参透机关，将个假货送来，刘妈妈反做了：

周郎妙计高天下，赔了夫人又折兵。

话休烦絮。到了吉期，孙寡妇把玉郎妆扮起来，果然与女儿无二，连自己也认不出真假。又教习些女人礼数。诸色好了，只有两件难以遮掩，恐怕露出事来。哪两件？第一件是足与女子不同。那女子的尖尖趫趫，凤头一对，露在湘裙之下，莲步轻移，如花枝招展一般。玉郎是个男子汉，一只脚比女子的有三四只大，虽然把扫地长裙遮了，教他缓行细步，终是有些蹊跷。这也还在下边，无人来揭起裙儿观看，还隐藏得过。第二件是耳上的环儿。此乃女子平常时所戴，爱轻巧的，也少不得戴对丁香儿，那极贫小户人家，没有金的银的，就是铜锡的，也要买对儿戴着。今日玉郎扮做新人，满头珠翠，若耳上没有环儿，可成模样么？他左耳还有个环眼，乃是幼时恐防难养穿过的，那右眼却没眼儿，怎生戴得？孙寡妇左思右想，想出一个计策来。你道是甚计策？他教养娘讨个小小膏药，贴在右耳。若问时，只说环眼生着疳疮，戴不得环子，露出左耳上眼儿掩饰。打点停当，将珠姨藏过一间房里，专候迎亲人来。

到了黄昏时候，只听得鼓乐喧天，迎亲轿子已到门首。张六嫂先入来，看见新人打扮得如天神一般，好不欢喜。眼前不见玉郎，问道："小官人怎地不见？"孙寡妇道："今日忽然身子有些不健，睡在那里，起来不得。"那婆子不知就里，不来再问。孙寡妇将酒饭犒赏了来人，宾相念起诗赋，请新人上轿。玉郎兜上方巾，向母亲作别。孙寡妇一路假哭，送出门来。上了轿子，教养娘跟着，随身只有一只皮箱，更无一毫妆奁。孙寡妇又叮嘱张六嫂道："与你说过，三朝就要送回的，不要失信！"张六嫂连声答应道："这个自然！"

不提孙寡妇。且说迎亲的，一路笙箫聒耳，灯烛辉煌，到了刘家门首。宾相进来说道："新人将已出轿，没新郎迎接，难道教他独自拜堂不成？"刘公道："这却怎好？不要拜罢！"刘妈妈道："我有道理，教女儿陪拜便了。"即令慧娘出来相迎。宾相念了阑门诗赋，请新人出了轿子，养娘和张六嫂两边扶着。慧娘相迎，进了中堂，先拜了天地，次及公姑亲戚。双双却是两个女人同拜，随从人没一个不掩口而笑。都相见过了，然后姑嫂对拜。刘妈妈道："如今到房中去与孩儿冲喜。"乐人吹打，引新人进房，来至卧床边，刘妈妈揭起帐子，叫道："我的儿，今日娶你媳妇来家冲喜，你须挣扎精神则个。"连叫三四次，并不则声。刘公将灯照时，只见头儿歪在半边，昏迷去了。原来刘璞病得身子虚弱，被鼓乐一震，故此迷昏。当下老夫妻手忙脚乱，掐住人中，即教取过热汤，灌了几口，出了一身冷汗，方才苏醒。刘妈妈教刘公看着儿子，自己引新人进新房中去。揭起方巾，打一看时，美丽如画，亲戚无不喝采。只有刘妈妈心中反觉苦楚，他想："媳妇恁般美貌，与儿子正是一对儿。若得双双奉侍老夫妻的暮年，也不枉一生辛苦。谁想他没福，临做亲却染此大病，十分中到有九分不妙。倘有一差两误，媳妇少不得归于别人，岂不目前空喜！"

不提刘妈妈心中之事。且说玉郎也举目看时，许多亲戚中，只有姑娘生得风流标致，想道："好个女子，我孙润可惜已定了妻子。若早知此女恁般出色，一定要求他为妇。"这里玉郎方在赞羡，谁知慧娘心中也想道："一向张六嫂说他标致，我还未信，不想话不虚传。只可惜哥哥没福受用，今夜教他孤眠独宿。若我丈夫像得他这样美貌，便称我的生平了，只怕不能够哩！"不提二人彼此欣羡。刘妈妈请众亲戚赴过花红筵席，各自分头歇息。傧相乐人，俱已打发去了。张六嫂没有睡处，也自归家。玉郎在房，养娘与他卸了首饰，秉烛而坐，不敢便寝。刘妈妈与刘公商议道："媳妇初到，如何教他独宿？可教女儿去陪伴。"刘公道："只怕不稳便，由他自睡罢。"刘妈妈不听，对慧娘道："你今夜陪伴嫂嫂在新房中去睡，省得他怕冷静。"慧娘正爱着嫂嫂，见说教他相伴，恰中其意。刘妈妈引慧娘到新房中道："娘子，只因你官人有些小恙，不能同房，特令小女来陪你同睡。"玉郎恐露出马脚，回道："奴家自来最怕生人，到不消罢。"刘妈妈道："呀！你们姑嫂年纪相彷，即如姊妹一般，正好相处，怕怎的！你若嫌不稳时，各自盖着条被儿，便不妨了。"对慧娘道："你去收拾了被窝过来。"慧娘答应而去。玉郎此时，又惊又喜。喜的是心中正爱着姑娘标致，不想天与其便，刘妈妈令来陪卧，这事便有几分了。惊的是恐他不允，一时叫喊起来，反坏了自己之事。又想道："此番挫过，后会难逢。看这姑娘年纪已在当时，情窦料也开了，须用计缓缓撩拨热了，不怕不上我钓！"心下正想，慧娘教丫鬟拿了被儿同进房来，放在床上。刘妈妈起身，同丫鬟自去。慧娘将房门闭上，走到玉郎身边，笑容可掬，乃道："嫂嫂，适来见你一些东西不吃，莫不饿了？"玉郎道："到还未饿。"慧娘又道："嫂嫂，今后要甚东西，可对奴家说知，自去拿来，不要害羞不说。"玉郎见他意儿殷勤，心下暗喜，答道："多谢姑娘美情。"慧娘见灯上结着一个大大花儿，笑道："嫂嫂，好个灯花儿，正对着嫂嫂，可知喜也！"玉郎也笑道："姑娘休得取笑，还是姑娘的喜信。"慧娘道："嫂嫂话儿到会耍人。"两个闲话一回。

慧娘道："嫂嫂，夜深了，请睡罢。"玉郎道："姑娘先请。"慧娘道："嫂嫂是客，奴家是主，怎敢僭先！"玉郎道："这个房中还是姑娘是客。"慧娘笑道："恁样占先了。"便解衣先睡。养娘见两下取笑，觉道玉郎不怀好意，低低说道："官人，你须要斟酌，此事不是当耍的。倘大娘知了，连我也不好。"玉郎道："不消嘱咐，我自晓得！你自去睡。"养娘便去旁边打个铺儿睡下。玉郎起身携着灯儿，走到床边，揭起帐子照看，只见慧娘卷着被儿，睡在里床，见玉郎将灯来照，笑嘻嘻的道："嫂嫂，睡罢了，照怎的？"玉郎也笑道："我看姑娘睡在那一头，方好来睡。"把灯放在床前一只小桌儿上，解衣入帐，对慧娘道："姑娘，我与你一头睡了，好讲话耍子。"慧娘道："如此最好！"玉郎钻下被里，卸了上身衣服，下体小衣却穿着，问道："姑娘，今年青春了？"慧娘道："一十五岁。"又问："姑娘许的是哪一家？"慧娘怕羞，不肯回信。玉郎把头捱到他枕上，附耳道："我与你一般是女儿家，何必害羞。"慧娘方才答道："是开生药铺的裴家。"又问道："可见说佳期还在何日？"慧娘低低道："近日曾教媒人再三来说，爹道奴年纪尚小，回他们再缓几时哩。"玉郎笑道："回了他家，你心下可不气恼么？"慧娘伸手把玉郎的头推下枕来，道："你不是个好人！哄了我的话，便来耍人。我若气恼时，你今夜心里还不知怎地恼着哩！"玉郎依旧又捱到枕上道："你且说我有甚恼？"慧娘道："今夜做亲没有个对儿，怎地不恼？"玉郎道："如今有姑娘在此，便是个对儿了，又有甚恼？"慧娘笑道："恁样说，你是我的娘子了。"玉郎道："我年纪长似你，丈夫还是我。"慧娘道："我今夜替哥哥拜堂，就是哥哥一般，还该是我。"玉郎道："大家不要争，只做个女夫妻罢！"两个说风话耍子，愈加亲热……

且说养娘恐怕玉郎弄出事来，卧在旁边铺上，眼也不合。听着他们初时还说话笑耍，次后只听得床棱摇曳，气喘吁吁，已知二人成了那事，暗暗叫苦。到次早起来，慧娘自向母亲房中梳洗。养娘替玉郎梳妆，低低说道："官人，你昨夜恁般说了，却又口不应心，做下那事！倘被他们晓得，却怎处？"玉郎道："又不是我去寻他，他自送上门来，教我怎生推却！"养娘道："你须拿住主意便好。"玉郎道："你想恁样花一般的美人，同床而卧，便是铁石人也打熬不住，叫我如何忍耐得过！你若不泄漏时，更有何人晓得？"妆扮已毕，来刘妈妈房里相见。刘妈妈道："儿，环子也忘戴了。"养娘道："不是忘了，因右耳上环眼生了痞疮，戴不得，还贴着膏药哩。"刘妈妈道："原来如此。"玉郎依旧来至房中坐下，亲戚女眷都来相见，张六嫂也到，慧娘梳裹罢，也到房中，彼此相视而笑。是日刘公请内外亲戚吃庆喜筵席，大吹大擂，直饮到晚，各自辞别回家。慧娘依旧来伴玉郎，这一夜颠鸾倒凤，海誓山盟，比昨倍加恩爱。看看过了三朝，二人行坐不离。倒是养娘捏着两把汗，催玉郎道："如今已过三朝，可对刘大娘说，回去罢！"

玉郎与慧娘正火一般热，哪想回去，假意道："我怎好启齿说要回去，须是母亲叫张六嫂来说便好。"养娘道："也说得是。"即便回家。

却说孙寡妇虽将儿子假妆嫁去，心中却怀着鬼胎，急切不见张六嫂来回复。眼巴巴望到第四日，养娘回家，连忙来问。养娘将女婿病凶，姑娘陪拜，夜间同睡相好之事，细细说知。孙寡妇跌足叫苦道："这事必然做出来也！你快去寻张六嫂来。"养娘去不多时，同张六嫂来家。孙寡妇道："六嫂前日讲定的，三朝便送回来，今已过了，劳你去说，快些送我女儿回来！"张六嫂得了言语，同养娘来至刘家。恰好刘妈妈在玉郎房中闲话，张六嫂将孙家要接新人的话说知。玉郎、慧娘不忍割舍，到暗暗道："但愿不允便好。"谁想刘妈妈真个说道："六嫂，你媒也做老了，难道恁样事还不晓得？从来可有三朝媳妇便归去的理么？前日他不肯嫁来，这也没奈何。今既到我家，便是我家的人了，还像得他意？我千难万难，娶得个媳妇，到三朝便要回去，说也不当人子。既如此不舍得，何不当初莫许人家？他也有儿子，少不也要娶媳妇，看三朝可肯放回家去？闻得亲母是个知礼之人，亏他怎样说了出来？"一番言语，说得张六嫂哑口无言，不敢回复孙家。那养娘恐怕有人闯进房里，冲破二人之事，到紧紧守着房门，也不敢回家。

且说刘璞自从结亲这夜，惊出那身冷汗来，渐渐痊可。晓得妻子已娶来家，人物十分标致，心中欢喜，这病愈觉好得快了。过了数日，挣扎起来，半眠半坐，日渐健旺，即能梳裹，要到房中来看浑家。刘妈妈恐他初愈，不耐行动，叫丫鬟扶着，自己也随在后，慢腾腾的走到新房门口。养娘正坐在门槛之上，丫鬟道："让大官人进去。"养娘立起身来，高声叫道："大官人进来了！"玉郎正搂着慧娘调笑，听得有人进来，连忙走开。刘璞掀开门帘跨进房来。慧娘道："哥哥，且喜梳洗了。只怕还不宜劳动。"刘璞道："不打紧！我也暂时走走，就去睡的。"便向玉郎作揖。玉郎背转身，道了个万福。刘妈妈道："我的儿，你且慢作揖么！"又见玉郎背立，便道："娘子，这便是你官人。如今病好了，特来见你，怎么到背转身子？"走向前，扯近儿子身边，道："我的儿，与你恰好正是个对儿。"刘璞见妻子美貌非常，甚是快乐。真个是人逢喜事精神爽，那病平去了几分。刘妈妈道："儿去睡了罢，不要难为身子。"原叫丫鬟扶着，慧娘也同进去。玉郎见刘璞虽然是个病容，却也人材齐整，暗想道："姐姐得配此人，也不辱抹了。"又想道："如今姐夫病好，倘然要来同卧，这事便要决撒，快些回去罢。"到晚上对慧娘道："你哥哥病已好了，我须住身不得。你可撺掇母亲送我回家，换姐姐过来，这事便隐过了。若再住时，事必败露！"慧娘道："你要归家，也是易事。我的终身，却怎么处？"玉郎道："此事我已千思万想，但你已许人，我已聘妇，没甚计策挽回，如之奈何？"慧娘道："君若无计娶我，誓以魂魄相随，决然无颜更事他人！"说罢，呜呜咽咽哭将起来。玉郎与他试了眼泪道："你且勿烦恼，容我再想。"自此两相留恋，把回家之事到搁起一边。一日午饭已过，养娘向后边去了，二人将房门闭上，商议那事，长算短算，没个计策，心下苦楚，彼此相抱暗泣。

且说刘妈妈自从媳妇到家之后，女儿终日行坐不离，刚到晚，便闭上房门去睡，直至日上三竿，方才起身，刘妈妈好生不乐。初时认做姑嫂相爱，不在其意。已后日日如此，心中老大疑惑。也还道是后生家贪眠懒惰，几遍要说，因想媳妇初来，尚未与儿子同床，还是个娇客，只得耐住。那日也是合当有事。偶在新房前走过，忽听得里边有哭泣之声。向壁缝中张时，只见媳妇共女儿互相搂抱，低低而哭。刘妈妈见如此做作，料道这事有些蹊跷。欲待发作，又想儿子才好，若知得，必然气恼，权且耐住。便掀门帘进来，门却闭着。叫道："快些开门！"二人听见是妈妈声音，拭干眼泪，忙来开门。刘妈妈走将进去，便道："为甚青天白日，把门闭上，在内搂抱啼哭？"二人被问，惊得满面通红，无言对答。刘妈妈见二人无言，一发是了，气得手足麻木，一手扯着慧娘道："做得好事！且进来和你说话。"扯到后边一间空屋中来。丫鬟看见，不知为甚，闪在一边。刘妈妈闪进了屋里，将门闩上，丫鬟伏在门上张时，见妈妈寻了一根木棒，骂道："贱人！快快实说，便饶你打骂。若一句含糊，打下你这下半截来！"慧娘初时抵赖。妈妈道："贱人！我且问你：他来得几时，有甚恩爱割舍不得，闭着房门，搂抱啼哭？"慧娘对答不来。妈妈拿起棒子要打，心中却又不舍得。慧娘料是隐瞒不过，想道："事已至此，索性说个明白，求爹妈辞了裴家，配与玉郎。若不允时，拚个自尽便了！"乃道："前日孙家晓得哥哥有病，恐误了女儿，要看下落，叫爹妈另自择日。因爹妈执意不从，故把儿子玉郎假妆嫁来。不想母亲叫孩儿陪伴，遂成了夫妇。恩深义重，誓必图百年偕老。今见哥哥病好，玉郎恐怕事露，要回去换姐姐过来。孩儿思想，一女无嫁二夫之理，叫玉郎寻门路娶我为妻。因无良策，又不忍分离，故此啼哭。不想被母亲看见。只此便是实话。"刘妈妈听罢，怒气填胸，把棒撇在一边，双足乱跳，骂道：“原来这老乞婆恁般欺心，将男作女哄我！怪道三朝便要接回。如今害了我女儿，须与他干休不得！拚这老性命结识这小杀才罢！”开了门，便赶出来。慧娘见母亲去打玉郎，心中着忙，不顾羞耻，上前扯住。被妈妈将手一推，跌在地上，爬起时，妈妈已赶向外边去了。慧娘随后也赶将来，丫鬟亦跟在后边。且说玉郎见刘妈妈扯去慧娘，情知事露，正在房中着急。只见养娘进来道：“官人，不好了！弄出事来也！适在后边来，听得空屋中乱闹。张看时，见刘大娘拿大棒子拷打姑娘，逼问这事哩！”玉郎听说打着慧娘，心如刀割，眼中落下泪来，没了主意。养娘道：“今若不走，少顷便祸到了！”玉郎即忙除下簪钗，挽起一个角儿，皮箱内开出道袍鞋袜穿起，走出房来，将门带上，离了刘家，带跌奔回家里。正是：

拆破玉笼飞彩凤，顿开金锁走蛟龙。

孙寡妇见儿子回来，恁般慌急，又惊又喜，便道：“如何这般模样？”养娘将上项事说知。孙寡妇埋怨道：“我叫你去，不过权宜之计，如何却做出这般没天理事体！你若三朝便回，隐恶扬善，也不见得事败。可恨张六嫂这老虔婆，自从那日去了，竟不来复我。养娘，你也不回家走遭，教我日夜担愁！今日弄出事来，害这姑娘，却怎么处？要你不肖子何用！”玉郎被母亲嗔责，惊愧无地。养娘道：“小官人也自要回的，怎奈刘大娘不肯。我因恐他们做出事来，日日守着房门，不敢回家。今日暂走到后边，便被刘大娘撞破。幸喜得急奔回来，还不曾吃亏。如今且叫小官人躲过两日，他家没甚话说，便是万千之喜了。”孙寡妇真个教玉郎闪过，等候他家消息。

且说刘妈妈赶到新房门口，只见门闭着，见道玉郎还在里面，在外骂道：“天杀的贼贱才！你把老娘当做什么样人，敢来弄空头，坏我的女儿！今日与你性命相搏，方见老娘手段。快些走出来！若不开时，我就打进来了！”正骂时，慧娘已到，便去扯母亲进去。刘妈妈骂道：“贱人，亏你羞也不羞，还来劝我！”尽力一摔，不想用力猛了，将门靠开，母子两个都跌进去，搅做一团。刘妈妈骂道：“好天杀的贼贱才，到放老娘这一跤！”即忙爬起寻时，哪里见个影儿。那婆子寻不见玉郎，乃道：“天杀的好见识！走得好！你便走上天去，少不得也要拿下来！”对着慧娘道：“如今做下这等丑事，倘被裴家晓得，却怎地做人？”慧娘哭道：“是孩儿一时不是，做差这事。但求母亲怜念孩儿，劝爹爹怎生回了裴家，嫁着玉郎，犹可挽回前失。倘若不允，有死而已！”说罢，哭倒在地。刘妈妈道：“你说得好自在话儿！他家下财纳聘，定着媳妇，今日平白地要休这亲事，谁个肯么？倘然问因甚事故要休这亲，叫你爹怎生对答！难道说我女儿自寻了一个汉子不成？”慧娘被母亲说得满面羞惭，将袖掩着痛哭。刘妈妈终是禽犊之爱，见女儿恁般啼哭，却又恐哭伤了身子，便道：“我的儿，这也不干你事，都是那老虔婆设这没天理的诡计，将那杀才乔妆嫁来。我一时不知，叫你陪伴，落了他圈套。如今总是无人知得，把来搁过一边，全你的体面，这才是个长策。若说要休了裴家，嫁那杀才，这是断然不能！”慧娘见母亲不允，愈加啼哭，刘妈妈又怜又恼，到没了主意。

正闹间，刘公正在人家看病回来，打房门口经过，听得房中啼哭，乃是女儿的声音，又听得妈妈话响，正不知为着甚的，心中疑惑，忍耐不住，揭开门帘，问道：“你们为甚恁般模样？”刘妈妈将前项事一一细说，气得刘公半晌说不出话来。想了一想，到把妈妈埋怨道：“都是你这老乞婆害了女儿！起初儿子病重时，我原要另择日子，你便说长道短，生出许多话来，执意要那一日。次后孙家教养娘来说，我也罢了，又是你弄嘴弄舌，哄着他家。及至娶来家中，我说待他自睡罢，你又偏生推女儿伴他。如今伴得好么！”刘妈妈因玉郎走了，又不舍得女儿，难为一肚子气，正没发脱，见老公倒前倒后，数说埋怨，急得暴躁如雷，骂道：“老亡八！依你说起来，我的孩儿应该与这杀才骗的！”一头撞个满怀。刘公也在气恼之时，揪过来便打。慧娘便来解劝。三人搅做一团，滚做一块，分拆不开。丫鬟着了忙，奔到房中报与刘璞道：“大官人，不好了！大爷大娘在新房中相打哩！”刘璞在榻上爬起来，走至新房，向前分解。老夫妻见儿子来劝，因惜他病体初愈，恐劳碌了他，方才罢手。犹兀自老亡八老乞婆相骂。刘璞把父亲劝出外边，乃问：“妹子为甚在这房中厮闹？娘子怎又不见？”慧娘被问，心下惶愧，掩面而哭，不敢则声。刘璞焦躁道：“且说为着甚的？”刘婆方把那事细说，将刘璞气得面如土色。停了半晌，方道：“家丑不可外扬，倘若传到外边，被人耻笑。事已至此，且再作区处。”刘妈妈方才住口，走出房来。慧娘挣住不行，刘妈妈一手扯着便走，取巨锁将门锁上。来至房里，慧娘自觉无颜，坐在一个壁角边哭泣。正是：

饶君掬尽湘江水，难洗今朝满面羞。

且说李都管听得刘家喧嚷，伏在壁上打听，虽然晓得些风声，却不知其细底。次早，刘家丫鬟走出门前，李都管招到家中问他。那丫鬟初时不肯说，李都管取出四五十钱来与他道："你若说了，送这钱与你买东西吃。"丫鬟见了铜钱，心中动火，接过来藏在身边，便从头至尾，尽与李都管说知。李都管暗喜道："我把这丑事报与裴家，撺掇来闹吵一场，他定无颜在此居住，这房子可不归于我了？"忙忙的走至裴家，一五一十报知，又添些言语，激恼裴九老。那九老夫妻因前日娶亲不允，心中正恼着刘公。今日听见媳妇做下丑事，如何不气！一径赶到刘家，唤出刘公来发话道："当初我央媒来说要娶亲时，千推万阻，道女儿年纪尚小，不肯应承，护在家中，私养汉子。若早依了我，也不见得做出事来。我是清清白白的人家，决不要这样败坏门风的好东西。快还了我昔年聘礼，另自去对亲，不要误我孩儿的大事。"将刘公嚷得面上一回红，一回白。想道："我家昨夜之事，他如何今早便晓得了？这也怪异！"又不好承认，只得赖道："亲家，这是哪里说起，造恁般言语污辱我家？倘被外人听得，只道真有这事，你我体面何在！"裴九老便骂道："打脊贱才！真个是老亡八。女儿现做着恁般丑事，哪个不晓得了？亏你还长着鸟嘴，在我面前遮掩。"赶近前把手向刘公脸上一揿道："老亡八！羞也不羞！待我送个鬼脸儿与你戴了见人。"刘公被他羞辱不过，骂道："老杀才，今日为甚赶上门来欺我？"便一头撞去，把裴九老撞倒在地，两下相打起来。里边刘妈妈与刘璞听得外面嚷喧，出来看时，却是裴九老与刘公厮打，急向前拆开。裴九老指着骂道："老亡八打得好！我与你到府里去说话。"一路骂出门去了。刘璞便问父亲："裴九因甚清早来厮闹？"刘公把他言语学了一遍。刘璞道："他家如何便晓得了？此甚可怪。"又道："如今事已彰扬，却怎么处？"刘公又想起裴九老恁般耻辱，心中转恼，顿足道："都是孙家老乞婆，害我家坏了门风，受这样恶气！若不告他，怎出得这气？"刘璞劝解不住。刘公央人写了状词，望着府前奔来，正值乔太守早堂放告。这乔太守虽则关西人，又正直，又聪明，怜才爱民，断狱如神，府中都称为乔青天。

却说刘公刚到府前，劈面又遇着裴九老。九老见刘公手执状词，认做告他，便骂道："老亡八，纵女做了丑事，到要告我。我同你去见太爷。"上前一把扭住，两下又打将起来。两张状词，都打失了。二人结做一团，直至堂上。乔太守看见，喝叫各跪一边，问道："你二人叫甚名字？为何结扭相打？”二人一齐乱嚷。乔太守道：“不许搀越！那老儿先上来说。”裴九老跪上去诉道：“小人叫做裴九，有个儿子裴政，从幼聘下边刘秉义的女儿慧娘为妻，今年都已十五岁了。小人因是老年爱子，要早与他完姻。几次央媒去说，要娶媳妇，那刘秉义只推女儿年纪尚小，勒掯不许。谁想他纵女卖奸，恋着孙润，暗招在家，要图赖亲事。今早到他家里说，反把小人殴辱。情极了，来爷爷台下投生，他又赶来扭打。求爷爷作主，救小人则个！”乔太守听了，道：“且下去！”唤刘秉义上去问道：“你怎么说？”刘公道：“小人有一子一女。儿子刘璞，聘孙寡妇女儿珠姨为妇，女儿便许裴九的儿子。向日裴九要娶时，一来女儿尚幼，未曾整备妆奁；二来正与儿子完姻，故此不允。不想儿子临婚时，忽地患起病来。不敢叫与媳妇同房，令女儿陪伴嫂子。哪知孙寡妇欺心，藏过女儿，却将儿子孙润假妆过来，倒强奸了小人女儿。正要告官，这裴九却得知了，登门打骂。小人气忿不过，与他争嚷，实不是图赖他的婚姻。”乔太守见说男扮为女，甚以为奇，乃道：“男扮女妆，自然有异，难道你认他不出？”刘公道：“婚嫁乃是常事，哪曾有男子假扮之理，却去辨他真假？况孙润面貌，美如女子，小人夫妻见了，已是万分欢喜，有甚疑惑？”乔太守道：“孙家即以女许你为媳，因甚却又把儿子假妆？其中必有缘故。”又道：“孙润还在你家么？”刘公道：“已逃回去了。”乔太守即差人去拿孙寡妇母子三人，又差人去唤刘璞、慧娘兄妹俱来听审。不多时，都已拿到。

乔太守举目看时，玉郎姊弟，果然一般美貌，面庞无二。刘璞却也人物俊秀，慧娘艳丽非常。暗暗欣羡道：“好两对青年儿女！”心中便有成全之意。乃问孙寡妇：“因甚将男作女，哄骗刘家，害他女儿？”孙寡妇乃将女婿病重，刘秉义不肯更改吉期，恐怕误了女儿终身，故把儿子妆去冲喜，三朝便回，是一时权宜之策。不想刘秉义却教女儿陪卧，做出这事。乔太守道：“原来如此！”问刘公道：“当初你儿子既是病重，自然该另换吉期。你执意不肯，却主何意？假若此时依了孙家，哪见得女儿有此丑事？这都是你自起衅端，连累女儿。”刘公道：“小人一时不合听了妻子说话，如今悔之无及！”乔太守道：“胡说！你是一家之主，却听妇人言语。”又唤玉郎、慧娘上去说：“孙润，你以男假女，已是不该。却又奸骗处女，当得何罪？”玉郎叩头道：“小人虽然有罪，但非设意谋求，乃是刘亲母自遣其女陪伴小人。”乔太守道：“他因不知你是男子，故令他来陪伴，乃是美意，你怎不推却？”玉郎道：“小人也曾苦辞，怎奈坚执不从。”乔太守道：“论起法来，本该打一顿板子才是。姑念你年纪幼小，又系两家父母酿成，权且饶恕。”玉郎叩头泣谢。乔太守又问慧娘：“你事已做错，不必说起。如今还是要归裴氏？要归孙润？实说上来。”慧娘哭道：“贱妾无媒苟合，节行已亏，岂可更事他人？况与孙润恩义已深，誓不再嫁。若爷爷必欲判离，贱妾即当自尽，决无颜苟活，贻笑他人。”说罢，放声大哭。乔太守见他情词真恳，甚是怜惜，且喝过一边。唤裴九老吩咐道：“慧娘本该断归你家，但已失身孙润，节行已亏。你若娶回去，反伤门风，被人耻笑。他又蒙二夫之名，各不相安。今判与孙润为妻，全其体面。令孙润还你昔年聘礼，你儿子另自聘妇罢！”裴九老道：“媳妇已为丑事，小人自然不要。但孙润破坏我家婚姻，今原归于他，反周全了奸夫、淫妇，小人怎得甘心！情愿一毫原聘不要，求老爷断媳妇另嫁别人，小人这口气也还消得一半。”乔太守道：“你既已不愿娶他，何苦又作此冤家！”刘公亦禀道：“爷爷，孙润已有妻子，小人女儿岂可与他为妾？”乔太守初时只道孙润尚无妻子，故此斡旋。见刘公说已有妻，乃道：“这却怎么处？”对孙润道：“你既有妻子，一发不该害人闺女了！如今置此女于何地？”玉郎不敢答应。乔太守又道：“你妻子是何等人家？可曾过门么？”孙润道：“小人妻子是徐雅女儿，尚未过门。”乔太守道：“这等易处了。”叫道：“裴九，孙润原有妻未娶，如今他既得了你媳妇，我将他妻子断偿你的儿子，消你之忿！”裴九老道：“老爷明断，小人怎敢违逆？但恐徐雅不肯。”乔太守道：“我作了主，谁敢不肯！你快回家引儿子过来，我差人去唤徐雅带女儿来当堂匹配。”裴九老忙即归家，将儿子裴政领到府中。徐雅同女儿也唤到了。乔太守看时，两家男女却也相貌端正，是个对儿。乃对徐雅道：“孙润因诱了刘秉义女儿，今已判为夫妇。我今作主，将你女儿配与裴九儿子裴政。限即日三家俱便婚配回报，如有不伏者，定行重治。”徐雅见太守作主，怎敢不依，俱各甘伏。乔太守援笔判道：

弟代姊嫁，姑伴嫂眠。爱女爱子，情在理中。一雌一雄，变出意外。移干柴近烈火，无怪其燃；以美玉配明珠，适获其偶。孙氏子因姊而得妇，搂处子不用逾墙；刘氏女因嫂而得夫，怀吉士初非炫玉。相悦为婚，礼以义起。所厚者薄，事可权宜。使徐雅别婿裴九之儿，许裴政改娶孙郎之配。夺人妇人亦夺其妇，两家恩怨，总息风波；独

乐乐不若与人乐，三对夫妻，各谐鱼水。人虽兑换，十六两原只一斤；亲是交门，五百年决非错配。以爱及爱，伊父母自作冰人；非亲是亲，我官府权为月老。已经明断，各赴良期。

乔太守写毕，叫押司当堂朗诵与众人听了。众人无不心服，各各叩头称谢。乔太守在库上支取喜红六段，教三对夫妻披挂起来，唤三起乐人，三顶花花轿儿，抬了三位新人。新郎及父母，各自随轿而出。此事闹动了杭州府，都说好个行方便的太守，人人诵德，个个称贤。自此各家完亲之后，都无说话。李都管本欲唆孙寡妇、裴九老两家与刘秉义讲嘴，鹬蚌相持，自己渔人得利。不期太守善于处分，反作成了孙玉郎一段良姻，街坊上当做一件美事传说，不以为丑，他心中甚是不乐。未及一年，乔太守又取刘璞、孙润，都做了秀才，起送科举。李都管自知愧惭，安身不牢，反躲避乡居。后来刘璞、孙润同榜登科，俱任京职，仕途有名，扶持裴政亦得了官职，一门亲眷，富贵非常。刘璞官直至龙图阁学士，连李都管家宅反归并于刘氏。刁钻小人，亦何益哉！后人有诗，单道李都管为人不善，以为后戒。诗云：

为人忠厚为根本，何苦刁钻欲害人！
不见古人卜居者，千金只为买乡邻。

又有一诗，单夸乔太守此事断得甚好：

鸳鸯错配本前缘，全赖风流太守贤。
锦被一床遮尽丑，乔公不枉叫青天。

第七卷　陈多寿生死夫妻

世事纷纷一局棋，输赢未定两争持。

须臾局罢棋收去，毕竟谁赢谁是输？

这四句诗，是把棋局比着那世局。世局千腾万变，转盼皆空，政如下棋的较胜争强，眼红喉急。分明似孙庞斗智，赌个你死我活。又如刘项争天下，不到乌江不尽头。及至局散棋收，付之一笑。所以高人隐士，往往寄兴棋枰，消闲玩世。其间吟咏，不可胜述。只有国朝曾棨状元应制诗做得甚好，诗曰：

两君相敌立双营，坐运神机决死生。

十里封疆驰骏马，一川波浪动金兵。

虞姬歌舞悲垓下，汉将旌旗逼楚城。

兴尽计穷征战罢，松阴花影满棋枰。

此诗虽好，又有人驳他，说虞姬汉将一联，是个套话。第七句说兴尽计穷，意趣便萧索了。应制诗是进御的，圣天子重瞳观览，还该要有些气象。同时洪熙皇帝御制一篇，词意宏伟，远出寻常，诗曰：

二国争强各用兵，摆成队伍定输赢。

马行曲路当先道，将守深营戒远征。

乘险出车收散卒，隔河飞炮下重城。

等闲识得军情事，一着功成定太平。

今日为何说这下棋的话？只为有两个人家，因这几着棋子，遂为莫逆之交，结下儿女姻亲，后来变出花锦般一段说话，正是：

夫妻不是今生定，五百年前结下因。

话说江西分宜县，有两个庄户人家，一个叫做陈青，一个叫做朱世远，两家东西街对面居住。论起家事，虽然不算大富长者，靠祖上遗下些田业，尽可温饱有余。那陈青与朱世远，皆在四旬之外，累代邻居，志同道合，都则本分为人，不管闲事，不惹闲非。每日吃了酒饭，出门相见，只是一盘象棋，消闲遣日。有时迭为宾主，不过清茶寡饭，不设酒肴，以此为常。那些三邻四舍，闲时节也到两家去看他下棋顽耍。其中有个王三老，寿有六旬之外。少年时也自欢喜象棋，下得颇高。近年有个火症，生怕用心动火，不与人对局了。日常无事，只以看棋为乐，早晚不倦。说起来，下棋的最怕旁人观看。常言道：旁观者清，当局者迷。倘或旁观的口嘴不紧，遇煞着处溜出半句话来，赢者反输，输者反赢。欲待发恶，不为大事；欲待不抱怨，又忍气不过。所以古人说得好：

观棋不语真君子，把酒多言是小人。

可喜王三老偏有一德，未曾分局时，绝不多口。到胜负已分，却分说哪一着是先手，所以赢；那一着是后手，所以输。朱陈二人倒也喜他讲论，不以为怪。

一日，朱世远在陈青家下棋，王三老亦在座。吃了午饭，重整棋枰，方欲再下，只见外面一个小学生踱将进来。那学生怎生模样？

面如敷粉，唇若涂朱，光着靛一般的青头，露着玉一样的嫩手，仪容清雅，步履端详：却疑天上仙童，不信人间小子。

那学生正是陈青的儿子，小名多寿，抱了书包，从外而入。跨进坐启，不慌不忙，将书包放下椅子之上，先向王三老叫声公公，深深的作了个揖。王三老欲待回礼，陈青就坐上一把按住道："你老人家不须多礼，却不怕折了那小厮一世之福？"王三老道："说哪里话！"口中虽是恁般说，被陈青按住，只把臀儿略起了一起，腰儿略曲了一曲，也算受他半礼了。那小学生又向朱世远叫声伯伯，作揖下去。朱世远还礼时，陈青却是对坐，隔了一张棋桌，不便拖拽，只得也作揖相陪。小学生见过了二位尊客，才到父亲跟前唱喏，立起身来，禀道："告爹爹，明日是重阳节日，先生放学回去了，直过两日才来。吩咐孩儿回家，不许顽耍，限着书，还要读哩！"说罢，在椅子上取了书包，端端正正，走进内室去了。王三老和朱世远见那小学生行步舒徐，语音清亮，且作揖次第，甚有礼数，口中夸奖不绝。王三老便问："令郎几岁了？"陈青答应道："是九岁。"王三老道："想着昔年汤饼会时，宛如昨日。倏忽之间，已是九年。真个光阴似箭，争教我们不老！"又问朱世远道："老汉记得宅上令爱也是这年生的。"朱世远道："果然，小女多福，如今也是九岁了。”王三老道：“莫怪老汉多口，你二人做了一世的棋友，何不扳做儿女亲家？古时有个朱陈村，一村中只有二姓，世为婚姻。如今你二人之姓，适然相符，应是天缘。况且好男好女，你知我见，有何不美？”朱世远已自看上了小学生，不等陈青开口，先答应道：“此事最好！只怕陈兄不愿，若肯俯就，小子再无别言。”陈青道：“既蒙朱兄不弃寒微，小子是男家，有何推托？就烦三老作伐。”王三老道：“明日是个重阳日，阳九不利。后日大好个日子，老夫便当登门。今日一言为定，出自二位本心。老汉只图吃几杯见成喜酒，不用谢媒。”陈青道：“我说个笑话你听。玉皇大帝要与人皇对亲，商量道：‘两亲家都是皇帝，也须得个皇帝为媒才好。’乃请灶君皇帝往下界去说亲。人皇见了灶君，大惊道：‘那做媒的怎的这般样黑？’灶君道：‘从来媒人那有白做的！’”王三老和朱世远都笑起来。朱陈二人又下棋到晚方散。只因一局输赢子，定了三生男女缘。

次日，重阳节无话。到初十日，王三老换了一件新开折的色衣，到朱家说亲。朱世远已自与浑家柳氏说过，夸奖女婿许多好处。是日一诺无辞，财礼并不计较，他日嫁送，称家之有无，各不责备便了。王三老即将此言回复陈青。陈青甚喜，择了个和合吉日，下礼为定。朱家将庚帖回来，吃了一日喜酒。从此亲家相称，依先下棋来往。时光迅速，不觉过了六年。陈多寿年一十五岁，经书皆通。指望他应试，登科及第，光耀门楣。何期运限不佳，忽然得了个恶疾，叫做癞。初时只道疥癣，不以为意。一年之后，其疾大发，形容改变，弄得不像模样了。

肉色焦枯，皮毛皴裂。浑身毒气，发成斑驳奇疮；遍体虫钻，苦杀晨昏作痒。任他凶疥癣，只比三分；不是大麻疯，居然一样。粉孩儿变作虾蟆相，少年郎活像老鼋头。搔爬十指带脓腥，龌龊一身皆恶臭。

陈青单单生得这个儿子，把做性命看成，见他这个模样，如何不慌。连象棋也没心情下了，求医问卜，烧香还愿，无所不为。整整的乱了一年，费过了若干钱钞，病势不曾减得分毫。老夫妻两口愁闷，自不必说。朱世远为着半子之情，也一般着忙，朝暮问安，不离门限。延捱过三年之外，绝无个好消息。朱世远的浑家柳氏，闻知女婿得个恁般的病症，在家里哭哭啼啼，抱怨丈夫道：“我女儿又不腌臭起来，为甚忙忙的九岁上就许了人家？如今却怎么好！索性那癞吓蟆死了，也出脱了我女儿。如今死不死，活不活，女孩儿年纪看看长成，嫁又嫁他不得，赖又赖他不得，终不然看着那癞子守活孤孀不成！这都是王三那老乌龟，一力撺掇，害了我女儿终身！”把王三老千乌龟，万乌龟的骂，哭一番，骂一番。朱世远原有怕婆之病，凭他夹七夹八，自骂自止，并不敢开言。一日，柳氏偶然收拾橱柜子，看见了象棋盘和那棋子，不觉勃然发怒，又骂起丈夫来，道：“你两个老忘八，只为这儿着象棋上说得着，对了亲，赚了我女儿，还要留这祸胎怎的！”一头说，一头走到门前，把那象棋子乱撒在街上，棋盘也掼做几片。朱世远是本分之人，见浑家发性，拦他不住，洋洋的躲开去了。女儿多福又怕羞，不好来劝，任他絮聒个不耐烦，方才罢休。

自古道：

隔墙须有耳，窗外岂无人。

柳氏镇日在家中骂媒人，骂老公，陈青已自晓得些风声，将信未信。到满街撒了棋子，是甚意故，陈青心下了了。与浑家张氏两口儿商议道：“以己之心，度人之心，我自家晦气，儿子生了这恶疾，眼见得不能痊可，却教人家把花枝般女儿伴这癞子做夫妻，真是罪过。料女儿也必然怨伤，便强他进门，终不和睦，难指望孝顺。当初定这房亲事，都是好情，原不曾费甚大财。千好万好，总只一好，有心好到底了，休得为好成歉。从长计较，不如把媳妇庚帖送还他家，任他别缔良姻。倘然皇天可怜，我孩儿有病痊之日，怕没有老婆？好歹与他定房亲事。如今害得人家夫妇反目，哭哭啼啼，絮絮聒聒，我也于心何忍！”计议已定，忙到王三老家来。王三老正在门首，同几个老人家闲坐白话。见陈青到，慌忙起身作揖，问道：“令郎两日尊恙好些么？”陈青摇首道：“不济。正有句话，要与三老讲，屈三老到寒舍一行。”王三老连忙随着陈青到他家坐启内，分宾坐下。献茶之后，三老便问：“大郎有何见教？”陈青将自己坐椅掇近三老，四膝相凑，吐露衷肠。先叙了儿子病势如何的厉害，次叙着朱亲家夫妻如何的抱怨。这句话王三老却也闻知一二，口中只得包慌：“只怕没有此事！”陈青道：“小子岂敢乱言！今日小子倒也不怪敝亲家。只是自己心中不安，情愿将庚帖退还，任从朱宅别选良姻。此系两家稳便，并无勉强。”王三老道：“只怕使不得！老汉只管撮合，那有拍开之理。足下异日翻悔之时，老汉却当不起。”陈青道：“此事已与拙荆再四商量过了，更无翻悔。就是当先行过须薄礼，也不必见还。”王三老道：“既然庚帖返去，原聘也必然还璧。但吉人天相，令郎尊恙，终有好日，还要三思而行。”陈青道：“就是小儿侥幸脱体，也是水底捞针，不知何日到手，岂可耽搁人家闺女？”说罢，袖中取出庚帖，递与王三老，眼中不觉流下泪来。王三老亦自惨然，道：“既是大郎主意已定，老汉只得奉命而行。然虽如此，料令亲家是达礼之人，必然不允。”陈青收泪而答道：“今回是陈某自己情愿，并非舍亲家相逼。若舍亲家踌躕之际，全仗三老撺掇一声，说陈某中心计较，不是虚情。”三老连声道：“领命，领命！”

当下起身，到于朱家。朱世远迎接，讲礼而坐。未及开言，朱世远连声唤茶。这也有个缘故，那柳氏终日在家中千乌龟万乌龟指名骂媒人，王三老虽然不闻，朱世远却于心有愧，只恐三老见怪，所以殷勤唤茶。谁知柳氏恨杀王三老做错了媒，任丈夫叫唤，不肯将茶出来，此乃妇人小见。坐了一会，王三老道：“有句不识进退的话，特来与大郎商量。先告过，切莫见怪。”原来朱世远也是行一，里中都称他做朱大郎。朱世远道：“有话尽说。你老人家有甚差错，岂有见怪之理。”王三老方才把陈青所言退亲之事，备细说了一遍。“此乃令亲家主意，老汉但传言而已，但凭大郎主张。”朱世远终日被浑家聒絮得不耐烦，也巴不能个一搠两开，只是自己不好启齿。得了王三老这句言语，分明是朝廷新颁下一道赦书，如何不喜？当下便道：“虽然陈亲家贤哲，诚恐后来翻悔，反添不美。”王三老道：“老汉都曾讲过。他主意已决，不必怀疑，宅上庚帖，亦交付在此，大郎请收过。”朱世远道：“聘礼未还，如何好收他的庚帖？”王三老道：“他说些须薄聘，不

须提起。是老汉多口，说道既然庚帖返去，原聘必然返璧。”朱世远道：“这是自然之理。先曾受过他十二两银子，分毫不敢短少。还有银钗二股，小女收留，容讨出一并奉还。这庚帖权收在你老人家处。”王三老道：“不妨事，就是大郎收下。老汉暂回，明日来领取聘物，却到令亲处回话。”说罢分别。有诗为证：

月老系绳今又解，冰人传语昔皆讹。
分宜好个王三老，成也萧何败也何。

朱世远随即入内，将王三老所言退亲之事，述与浑家知道。柳氏喜不自胜。自己私房银子也搜括将出来，把与丈夫，凑足十二两之数，却与女孩儿多福讨那一对银钗。却说那女儿虽然不读诗书，却也天生志气。多时听得母亲三言两语，絮絮聒聒，已自心慵意懒。今日与他讨取聘钗，明知是退亲之故，并不答应一字，径走进卧房，闭上门儿，在里面啼哭。朱世远终是男子之辈，见貌辨色，已知女孩儿心事，对浑家道：“多福心下不乐，想必为退亲之故。你须慢慢偎他，不可造次。万一逼得他紧，做出些没下稍勾当，悔之何及！”柳氏听了丈夫言语，真个去敲那女儿的房门，低声下气的叫道：“我儿，钗子肯不肯由你，何须使性？你且开了房门，有话时，好好与做娘的讲，做娘的未必不依你。”那女儿初时不肯开门，柳氏连叫了几次，只得拔了门闩，叫声：“开在这里了！”自向兀子上气忿忿的坐了。柳氏另掇个兀子傍着女儿坐了，说道：“我儿，爹娘为将你许错了对头，一向愁烦。喜得男家愿退，许了一万个利市，求之不得。那癞子终无好日，可不误了你终身之事？如今把聘钗还了他家，恩断义绝。似你恁般容貌，怕没有好人家来求你？我儿休要执性，快把钗儿出来还了他罢。”女儿全不做声，只是流泪。柳氏偎了半晌，看见女儿如此模样，又款款的说道：“我儿，做爹娘的都只是为好，替你计较。你愿与不愿，直直的与我说，恁般自苦自知，教爹娘如何过意？”女儿恨穷道：“为好，为好！要讨那钗子也尚早！”柳氏道：“呵呀！两股钗儿，连头连脚，也重不上二三两，什么大事。若另许个富家，金钗玉钗都有。”女儿道：“那希罕金钗玉钗！从没见好人家女子吃两家茶。贫富苦乐，都是命中注定。生为陈家妇，死为陈家鬼，这银钗我要随身殉葬的，休想还他！”说罢，又哀哀的哭将起来。柳氏没奈何，只得对丈夫说，女儿如此如此，“这门亲多是退不成了。”朱世远与陈青肺腑之交，原不肯退亲。只为浑家絮聒不过，所以巴不得撒开，落得耳边清净。谁想女儿恁般烈性，又是一重欢喜，便道："恁的时，休教苦坏了女孩儿。你与他说明，依旧与陈门对亲便了。"柳氏将此言对女儿说了，方才收泪。正是：

三冬不改孤松操，万苦难移烈女心。

当晚无话。次日，朱世远不等王三老到来，却自己走到王家，把女儿执意不肯之情，说了一遍，依旧将庚帖送还。王三老只称："难得，难得！"随即往陈青家回话，如此这般。陈青退此亲事，十分不忍。听说媳妇守志不从，愈加欢喜，连连向王三老作揖道："劳动，劳动！然虽如此，只怕小儿病症不痊，终难配合。此事异日还要烦三老开言。"王三老摇手道："老汉今番说了这一遍，以后再不敢奉命了。"闲话休题。

却说朱世远见女儿不肯悔亲，在女婿头上愈加着忙，各处访问名医国手，赔着盘缠，请他来看治。那医家初时来看，定说能医，连病人服药，也有些兴头。到后来不见功效，渐渐的懒散了。也有讨着荐书到来，说大话，夸大口，索重谢，写包票，都只有头无尾。日复一日，不觉又捱了二年有余。医家都说是个痼疾，医不得的了。多寿叹口气，请爹妈到来，含泪而言道："丈人不允退亲，访求名医用药，只指望我病有痊可之期。如今服药无效，眼见得没有好日。不要赚了人家儿女，孩儿决意要退这头亲事了！"陈青道："前番说了一场，你丈人、丈母都肯，只为你媳妇执意不从，所以又将庚帖送来。"多寿道："媳妇若晓得孩儿愿退，必然也放下了。"妈妈张氏道："孩儿，且只照顾自家身子，休牵挂这些闲事。"多寿道："退了这头亲，孩儿心下到放宽了一件。"陈青道："待你丈人来时，你自与他讲便了。"说犹未了，丫鬟报道："朱亲家来看女婿。"妈妈躲过。陈青邀入内书房中，多寿与丈人相见，口中称谢不尽。朱世远见女婿三分像人，七分像鬼，好生不悦。茶罢，陈青推故起身。多寿吐露衷肠，说起自家病势不痊，难以完婚，决要退亲之事。袖中取出柬帖一幅，乃是预先写下的四句诗。朱世远展开念道：

命犯孤辰恶疾缠，好姻缘是恶姻缘。

今朝撒手红丝去，莫误他人美少年。

原来朱世远初次退亲，甚非本心，只为浑家逼迫不过。今番见女婿恁般病体，又有亲笔诗句，口气决绝，不觉也动了这个念头，口里虽道："说哪里话！还是将息贵体要紧。"却把那四句诗褶好，藏于袖中，即便抽身作别。陈青在坐启下接着，便道："适才小儿所言，出于至诚，望亲家委曲劝谕令爱俯从则个。庚帖仍旧纳还。"朱世远道："既然贤乔梓谆谆吩咐，权时收下，再容奉复。"陈青送出门前。朱世远回家，将女婿所言与浑家说了。柳氏道："既然女婿不要媳妇时，女孩儿守他也是扯淡。你把诗意解说与女儿听，料他必然回心转意。"朱世远真个把那柬帖递与女儿，说："陈家小官人病体不痊，亲自向我说，决要退婚，这四句诗便是他的休书了。我儿也自想终身之事，休得执迷。"多福看了诗句，一言不发，回到房中，取出笔砚，就在那诗后也写四句：

运蹇虽然恶疾缠，姻缘到底是姻缘。

从来妇道当从一，敢惜如花美少年。

自古道：好事不出门，恶事扬千里。只为陈小官自家不要媳妇，亲口回绝了丈人，这句话就传扬出去。就有张家嫂、李家婆，一班靠撮合山养家的，抄了若干表号，到朱家议亲。说的都是名门富室，聘财丰盛。虽则媒人之口，不可尽信，却也说得柳氏肚里热蓬蓬的，分明似钱玉莲母亲，巴不得登时撇了王家，许了孙家。谁知女儿多福，心如铁石，并不转移。看见母亲好茶好酒款待媒人，情知不为别件。丈夫病症又不痊，爹妈又不容守节，左思右算，不如死了干净。夜间灯下取出陈小官人诗句，放在桌上，反复看了一回，约莫哭了两个更次，乘爹妈睡熟，解下束腰的罗帕，悬梁自缢。正是：

三寸气在千般用，一日无常万事休。

此际已是三更时分。也是多福不该命绝，朱世远在睡梦之中，恰像有人推醒，耳边只闻得女儿呜呜的哭声，吃了一惊，擦一擦眼睛，摇醒了浑家，说道："适才闻得女孩儿啼哭，莫非做出些事来？且去看他一看。"浑家道："女孩儿好好的睡在房里，你却说鬼话。要看时，你自去看，老娘要睡觉哩！"朱世远披衣而起，黑暗里开了房门，摸到女儿卧房门首，双手推门不开。连唤几声，女孩儿全不答应，只听得喉间痰响，其声异常。当下心慌，尽生平之力，一脚把房门踢开，已见桌上残灯半明不灭，女儿悬梁高挂，就如走马灯一般，团团而转。朱世远吃了一惊非小，忙把灯儿剔明，高叫："阿妈快来，女孩儿缢死了！"柳氏梦中听得此言，犹如冷雨淋身，穿衣不及，驮了被儿，就哭儿哭肉的跑到女儿房里来。朱世远终是男子汉，有些智量，早已把女儿放下，抱在身上，将膝盖紧紧的抵住后门，缓缓的解开颈上的死结，用手轻摩。柳氏一头打寒颤，一头叫唤。约莫半个时辰，渐渐魄返魂回，微微转气。柳氏口称谢天谢地，重到房中穿了衣服，烧起热水来，灌下女儿喉中，渐渐苏醒。睁开双眼，看见爹妈在前，放声大哭。爹妈道："我儿！蝼蚁尚且贪生，怎的做此短见之事？"多福道："孩儿一死，便得完名全节，又唤转来则甚？就是今番不死，迟和早少不得是一死。到不如放孩儿早去，也省得爹妈费心，譬如当初不曾养下孩儿一般。"说罢，哀哀的哭之不已。朱世远夫妻两口，再三劝解不住，无可奈何。

比及天明，朱世远教浑家窝伴女儿在床眠息，自己径到城隍庙里去抽签。签语云：

时运未通亨，年来祸害侵。

云开终见日，福寿自天成。

细详签意，前二句已自准了。第三句云开终见日，是否极泰来之意。末句福寿自天成，女儿名多福，女婿名多寿，难道陈小官人病势还有好日？一夫一妇，天然成配？心中好生委决不下。回到家中，浑家兀自在女儿房里坐着。看见丈夫到来，慌忙摇手道："不要则声！女儿才停了哭，睡去了。"朱世远夜来剔灯之时，看见桌上一副柬帖，无暇观看。其时取而观之，原来就是女婿所写诗句，后面又有一诗，认得女儿之笔。读了一遍，叹口气道："真烈女也！为父母者，正当玉成其美，岂可以非理强之。"遂将城隍庙签词，说与浑家道："福寿天成，神明嘿定。若私心更改，皇天必不护祐。况女孩儿吟诗自誓，求死不求生，我们如何看守得他多日。倘然一个眼睚，女儿死了时节，空负不义之名，反作一场笑话。据吾所见，不如把女儿嫁与陈家，一来表得我们好情，二来遂了女儿之意，也省了我们干纪。不知妈妈心下如何？"柳氏被女儿吓坏了，心头兀自突突的跳，便答应道："随你作主，我管不得这事。"朱世远道："此事还须央王三老讲。"

事有凑巧，这里朱世远走出门，恰好王三老在门首走过。朱世远就迎住了，请到家中坐下，将前后事情，细细述了一遍。"如今欲把女儿嫁去，专求三老一言。"王三老道："老汉曾说过，只管撮合，不管撒开。今日大郎所言，是仗义之事，老汉自当效劳。"朱世远道："小女儿见了小婿之诗，曾和得一首，情见乎词。若还彼处推托，可将此诗送看。"王三老接了柬帖，即便起身。只为两亲家紧对门居住，左脚跨出了朱家，右脚就跨进了陈家，甚是方便。陈青听得王三老到来，只认是退亲的话，慌忙迎接，问道：“三老今日光降，一定朱亲家处有言。”王三老道：“正是。”陈青道：“今番退亲，出于小儿情愿，亲家那边料无别说。”王三老道：“老汉今日此来，不是退亲，倒是要做亲。”陈青道：“三老休要取笑。”王三老就将朱宅女儿如何寻死，他爹妈如何心慌，留女儿在家，恐有不测，情愿送来伏侍小官人。“老汉想来，此亦两便之事。令亲家处脱了干纪，获其美名。你贤夫妇又得人帮助，令郎早晚也有个着意之人照管，岂不美哉！”陈青道：“虽承亲家那边美意，还要问小儿心下允否。”王三老就将柬帖所和诗句呈于陈青道：“令媳和得有令郎之诗。他十分烈性，令郎若不允从，必然送了他性命，岂不可惜！”陈青道：“早晚便来回复。”当下陈青先与浑家张氏商议了一回，道：“媳妇如此烈性，必然贤孝。得他来贴身看觑，夫妇之间，比爹娘更觉周备。万一度得个种时，就是孩儿无命，也绝不了我陈门后代。我两个做了主，不怕孩儿不依。”当下双双两口，到书房中，对儿子多寿说知此事。多寿初时推却，及见了所和之诗，顿口无言。陈青已知儿子心肯，回复了王三老。择卜吉日，又送些衣饰之类。那边多福知是陈门来娶，心安意肯。至期，笙箫鼓乐，娶过门来。街坊上听说陈家癞子做亲，把做新闻传说道：“癞虾蟆也有吃天鹅肉的日子。”又有刻薄的闲汉，编成口号四句：

伯牛命短偏多寿，娇香女儿偏逐臭。
红绫被里合欢时，粉花香与脓腥斗。

闲话休题，却说朱氏自过门之后，十分和顺。陈小官人全得他殷勤伏侍。怎见得？

着意殷勤，尽心伏侍。熬汤煮药，果然味必亲尝；早起夜眠，真个衣不解带。身上东疼西痒，时时抚摩；衣裳血臭脓腥，勤勤煎洗。分明傅母育娇儿，只少开胸喂乳；又似病姑逢孝妇，每思割股烹羹。雨云休想欢娱，岁月岂辞劳苦。唤娇妻有名无实，怜美妇少乐多忧。

如此两年，公姑无不欢喜。只是一件，夫妇日间孝顺无比，夜里各被各枕，分头而睡，并无同衾共枕之事。

张氏欲得他两个配合雌雄，却又不好开言。忽一日进房，见媳妇不在，便道：“我儿，你枕头龌龊了，我拿去与你拆洗。”又道：“被儿也龌龊了。”做一包儿卷了出去，只留一床被、一个枕头在床，明明要他夫妇二人共枕同衾，生儿度种的意思。谁知他夫妇二人，肚里各自有个主意。陈小官人肚里道："自己十死九生之人，不是个长久夫妻，如何又去污损了人家一个闺女？"朱小娘子肚里又道："丈夫恁般病体，血气全枯，怎经得女色相侵？"所以一向只是各被各枕，分头而睡。是夜只有一床被，一个枕，却都是朱小娘子的卧具。每常朱小娘子伏侍丈夫先睡，自己灯下还做针指，直待公婆都睡了，方才就寝。当夜多寿与母亲取讨枕被，张氏推道："浆洗未干，胡乱同宿一夜罢。"朱氏将自己枕头让与丈夫安置。多寿又怕污了妻子的被窝，和衣而卧。多福亦不解衣，依旧两头各睡。次日，张氏晓得了，反怪媳妇做格，不去勾搭儿子干事，把一团美意，看做不良之心，捉鸡骂狗，言三语四，影射的发作了一场。朱氏是个聪明女子，有何难解？惟恐伤了丈夫之意，只作不知，暗暗偷泪。陈小官人也理会得了几分，甚不过意。

如此又捱过了一个年头。当初十五岁上得病，十六岁病凶，十九岁上退亲不允，二十一岁上做亲。自从得病到今，将近十载，不生不死，甚是闷人。闻得江南新到一个算命的瞎子，叫做灵先生，甚肯直言。央他推算一番，以决死期远近。原来陈多寿自得病之后，自嫌丑陋，不甚出门。今日特为算命，整整衣冠，走到灵先生铺中来。那先生排成八字，推了五星运限，便道："这贵造是宅上何人？先告过了，若不见怪，方敢直言。"陈小官人道："但求据理直言，不必忌讳。"先生道："此造四岁行运，四岁到十三，童限不必说起。十四岁至二十三，此十年大忌，该犯恶症，半死不生。可曾见过么？"陈小官人道："见过了。"先生道："前十年，虽是个水缺，还跳得过。二十四到三十三，这一运更不好。船遇危波亡桨柁，马逢峭壁断缰绳，此乃夭折之命。有好八字再算一个，此命不足道也！"小官人闻言，惨然无语。忙把命金送与先生，作别而行。腹内寻思，不觉泪下。想着："那先生算我前十年已自准了，后十年运限更不好，一定是难过。我死不打紧，可怜贤德娘子伏侍了我三年，并无一宵之好。如今又连累他受苦怎的？我今苟延性命，与死无二，便多活几年，没甚好处。不如早早死了，出脱了娘子。他也得趁少年美貌，别寻头路。"此时便萌了个自尽之念。顺路到生药铺上，赎了些砒霜，藏在身边。回到家中，不提起算命之事。至晚上床，却与朱氏叙话道："我与你九岁上定亲，指望长大来夫唱妇随，生男育女，把家当户。谁知得此恶疾，医治不痊。惟恐耽搁了娘子终身，两番情愿退亲。感承娘子美意不允，拜堂成亲。虽有三年之外，却是有名无实，并不敢污损了娘子玉体，这也是陈某一点存天理处。日后陈某死了，娘子别选良缘，也教你说得嘴响，不累你叫做二婚之妇。”朱氏道：“官人，我与你结发夫妻，苦乐同受。今日官人患病，即是奴家命中所招。同生同死，有何理说！别缔良姻这话，再也休题。”陈小官人道：“娘子烈性如此。但你我相守，终非长久之计。你服侍我多年，夫妻之情，已自过分。此恩料今生不能补报，来生定有相会之日。”朱氏道：“官人怎说这伤心话儿？夫妻之间，说甚补报？”两个你对我答，足足的说了半夜方睡。正是：

夫妻只说三分话，未可全抛一片心。

次日，陈小官人又与父母叙了许多说话，这都是办了个死字，骨肉之情，难割难舍的意思。看看至晚，陈小官人对朱氏说：“我要酒吃。”朱氏道：“你闲常怕发痒，不吃酒。今日如何要吃？”陈小官人道：“我今日心上有些不爽快，想酒，你与我热些烫一壶来。”朱氏为他夜来言语不祥，心中虽然疑惑，却不想到那话儿。当下问了婆婆讨了一壶上好酽酒，烫得滚热，取了一个小小杯儿，两碟小菜，都放在桌上。陈小官人道：“不用小杯，就是茶瓯吃一两瓯，到也爽利。”朱氏取了茶瓯，守着要斟。陈小官人道：“慢着，待我自斟。我不喜小菜，有果子讨些下酒。”把这句话遣开了朱氏，揭开了壶盖，取出包内砒霜，向壶中一倾，忙斟而饮。朱氏走了几步，放心不下，回头一看，见丈夫手慌脚乱，做张做智，老大疑惑，恐怕有些跷蹊。慌忙转来，已自呷了一碗，又斟上第二碗。朱氏见酒色不佳，按住了瓯子，不容丈夫上口。陈小官人道：“实对你说，这酒内下了砒霜。我主意要自尽，免得累你受苦。如今已吃下一瓯，必然无救。索性得我尽醉而死，省得费了工夫。”说罢，又夺了第二碗吃了。朱氏道：“奴家有言在前，与你同生同死。既然官人服毒，奴家义不独生。”遂夺酒壶在手，骨都都吃个罄尽。此时陈小官人腹中作耗，也顾不得浑家之事。须臾之间，两个做一对儿跌倒。时人有诗叹此事云：

病中只道欢娱少，死后方知情义深。
相爱相怜相殉死，千金难买两同心。

却说张氏见儿子要吃酒，妆了一碟巧糖，自己送来。在房门外，便听得服毒二字，吃了一惊，三步做两步走。只见两口儿都倒在地下，情知古怪，着了个忙，叫起屈来。陈青走到，见酒壶里面还剩有砒霜。平昔晓得一个单方，凡服砒霜者，将活羊杀了，取生血灌之，可活。也是二人命中有救，恰好左邻是个卖羊的屠户，连忙唤他杀羊取血。此时朱世远夫妻都到了。陈青夫妇自灌儿子，朱世远夫妇自灌女儿。两个亏得灌下羊血，登时呕吐，方才苏醒。余毒在腹中，兀自皮肤迸裂，流血不已。调理月余，方才饮食如故。有这等异事！朱小娘子自不必说，那陈小官人害了十年癞症，请了若干名医，用药全无功效。今日服了毒酒，不意中正合了以毒攻毒这句医书，皮肤内迸出了许多恶血，毒气泄尽，连癞疮渐渐好了。比及将息平安，疮痂脱尽，依旧头光面滑，肌细肤荣。走到人前，连自己爹娘都认不得。分明是脱皮换骨，再投了一个人身。此乃是个义夫节妇一片心肠，感动天地，所以毒而不毒，死而不死，因祸得福，破泣为笑。城隍庙签诗所谓“云开终见日，福寿自天成”，果有验矣。陈多寿夫妇俱往城隍庙烧香拜谢，朱氏将所聘银钗布施作供。王三老闻知此事，率了三邻四舍，提壶挈盒，都来庆贺，吃了好几日喜酒。

陈多寿是年二十四岁，重新读书，温习经史。到三十三岁登科，三十四岁及第。灵先生说他十年必死之运，谁知一生好事，偏在这几年之中。从来命之理微，常人岂能参透？言祸言福，未可尽信也。

再说陈青和朱世远从此亲情愈高，又下了几年象棋，寿并八十余而终。陈多寿官至佥宪，朱氏多福，恩爱无比。生下一双儿女，尽老百年，至今子孙繁盛。这回书唤作《生死夫妻》。诗曰：

从来美眷说朱陈，一局棋枰缔好姻。

只为二人多节义，死生不解赖神明。

第八卷　刘小官雌雄兄弟

衣冠未必皆男子，巾帼如何定妇人？

历数古今多怪事，高山为谷海生尘。

且说国朝成化年间，山东有一男子，姓桑，名茂，是个小家之子。垂髫时，生得红白细嫩。一日，父母教他往村中一个亲戚人家去，中途遇了大雨，闪在冷庙中躲避。那庙中先有一老妪也在内躲雨，两个做一堆儿坐地。那雨越下越大了，出头不得。老妪看见桑茂标致，将言语调他。桑茂也略通些情窍，只道老妪要他干事。临上交时，原来老妪腰间到有本钱，把桑茂后庭弄将起来。事毕，雨还未止。桑茂终是孩子家，便问道："你是妇道，如何有那话儿？"老妪道："小官，我实对你说，莫要泄漏于他人。我不是妇人，原是个男子。从小缚做小脚，学那妇道妆扮，习成低声哑气，做一手好针线，潜往他乡，假称寡妇，央人引进豪门巨室行教。女眷们爱我手艺，便留在家中，出入房闱，多与妇女同眠，恣意行乐。那妇女相处情厚，整月留宿，不放出门。也有闺女贞娘，不肯胡乱的，我另有媚药儿，待他睡去，用水喷在面上，他便昏迷不醒，任我行事。及至醒来，我已得手。他自怕羞辱，不敢声张，还要多赠金帛送我出门，嘱咐我莫说。我今年四十七岁了，走得两京九省，到处娇娘美妇，同眠同卧，随身食用，并无缺乏，从不曾被人识破！"桑茂道："这等快活好事，不知我可学得么？"老妪道："似小官恁般标致，扮妇女极像样了。你若肯投我为师，随我一路去，我就与你缠脚，教导你做针线，引你到人家去，只说是我外甥女儿，得便就有良遇。我一发把媚药方儿传授与你，包你一世受用不尽！"桑茂被他说得心痒，就在冷庙中四拜，投老妪为师。也不去访亲访眷，也不去问爹问娘，等待雨止，跟着老妪便走。那老妪一路与桑茂同行同宿。出了山东境外，就与桑茂三绺梳头，包裹中取出女衫换了，脚头缠紧，套上一双窄窄的尖头鞋儿，看来就像个女子，改名郑二姐。后来年长到二十二岁上，桑茂要辞了师父，自去行动。师父吩咐道："你少年老成，定有好人相遇。只一件，凡得意之处，不可久住。多则半月，少则五日，就要换场，免露形迹。还一件，做这道儿，多见妇人，少见男子，切忌与男子相近交谈。若有男子人家，预先设法躲避。倘或被他看出破绽，性命不保。切记，切记！"桑茂领教，两下分别。

后来桑茂自称郑二娘，各处行游哄骗。也走过一京四省，所奸妇女，不计其数。到三十二岁上，游到江西一个村镇，有个大户人家女眷留住，传他针线。那大户家妇女最多，桑茂迷恋不舍，住了二十余日不去。大户有个女婿，姓赵，是个纳粟监生。一日，赵监生到岳母房里作揖，偶然撞见了郑二娘，爱其俏丽，嘱咐妻子接他来家。郑二娘不知就里，欣然而往。被赵监生邀入书房，拦腰抱住，定要求欢。郑二娘抵死不肯，叫喊起来。赵监生本是个粗人，惹得性起，不管三七二十一，竟按倒在床上去解他裤裆。郑二娘挡抵不开，被赵监生一手插进，摸着那活儿，方知是个男人女扮。当下叫起家人，一索捆翻，解到官府。用刑严讯，招称真姓真名，及向来行奸之事，污秽不堪。府县申报上司，都道是从来未有之变。具疏奏闻，刑部以为人妖败俗，律所不载，拟成凌迟重辟，决不待时。可怜桑茂假充了半世妇人，讨了若干便宜，到头来死于赵监生之手。正是：

福善祸淫天有理，律轻情重法无私。

方才说的是男人妆女败坏风化的。如今说个女人妆男，节孝兼全的来正本，恰似：

薰莸不共器，尧桀好相形。

毫厘千里谬，认取定盘星。

这话本也出在本朝宣德年间，有一老者，姓刘，名德，家住河西务镇上。这镇在运河之旁，离北京有二百里之地，乃各省出入京都的要路。舟楫聚泊，如蚂蚁一般；车音马迹，日夜络绎不绝。上有居民数百余家，边河为市，好不富庶。那刘德夫妻两口，年纪六十有余，并无弟兄子女。自己有几间房屋，数十亩田地，门首又开一个小酒店儿。刘公平昔好善，极肯周济人的缓急。凡来吃酒的，偶然身边银钱缺少，他也不十分计较。或有人多把与他，他便够了自己价银，余下的定然退还，分毫不肯苟取。有晓得的，问道："这人错与你的，落得将来受用，如何反把来退还？"刘公说："我身没有子嗣，多因前生不曾修得善果，所以今世罚做无祀之鬼，岂可又为恁样欺心的事！倘然命里不该时，错得一分到手，或是变出些事端，或是染患些疾病，反用去几钱，却不到折便宜？不若退还了，何等安逸。"因他做人公平，一镇的人无不敬服，都称为刘长者。一日，正值隆冬天气，朔风凛冽，彤云密布，降下一天大雪。原来那雪：

能穿帏幕，善度帘栊。乍飘数点，俄惊柳絮飞扬；狂舞一番，错认梨花乱坠。声从竹叶传来，香自梅枝递至。塞外征人穿冻甲，山中隐士拥寒衾。王孙绮席倒金尊，美女红炉添兽炭。

刘公因天气寒冷，暖起一壶热酒，夫妻两个向火对饮。吃了一回，起身走到门首看雪。只见远远一人背着包裹，同个小厮迎风冒雪而来。看看至近，那人扑的一跤，跌在雪里，挣扎不起。小厮便向前去搀扶。年小力微，两个一拖，反向下边跌去，都滚做一个肉饺儿。爬了好一会，方才得起。刘公擦摩老眼看时，却是六十来岁的老儿，行缠绞脚，八搭麻鞋，身上衣服甚是褴褛。这小厮到也生得清秀，脚下穿一双小布裿靴。那老儿把身上雪片抖净，向小厮道："儿，风雪甚大，身上寒冷，行走不动。这里有酒店在此，且买一壶来荡荡寒再行。"便走入店来，向一副座头坐下，把包裹放在桌上，小厮坐于旁边。刘公去暖一壶热酒，切一盘牛肉，两碟小菜，两副杯箸，做一盘儿托过来摆在桌上。小厮捧过壶来，斟上一杯，双手递与父亲，然后筛与自己。刘公见他年幼，有些礼数，便问道："这位是令郎么？"那老儿道："正是小犬。"刘公道："今年几岁了？"答道："乳名申儿，十二岁了。"又问道："客官尊姓？是往哪里去的？恁般风雪中行走。"那老儿答道："老汉方勇，是京师龙虎卫军士，原籍山东济宁。今要回去取讨军庄盘缠，不想下起雪来。"问主人家尊姓，刘公道："在下姓刘，招牌上近河，便是贱号。"又道："济宁离此尚远，如何不寻个脚力，却受这般辛苦？"答道："老汉是个穷军，哪里雇得起脚力！只得慢慢的捱去罢了。"刘公举目看时，只见他单把小菜下酒，那盘牛肉，全然不动。问道："长官父子想都是奉斋么？"答道："我们当军的人，吃什么斋！"刘公道："既不奉斋，如何不吃些肉儿？"答道："实不相瞒，身边盘缠短少，吃小菜饭儿，还恐走不到家。若用了这大菜，便去了几日的口粮，怎生得到家里？"刘公见他说得恁样穷乏，心中惨然，便道："这般大雪，腹内得些酒肉，还可挡得风寒，你只管用，我这里不算账罢了。"老军道："主人家休得取笑！哪有吃了东西，不算账之理？”刘公道：“不瞒长官说，在下这里，比别家不同。若过往客官，偶然银子缺少，在下就肯奉承。长官既没有盘缠，只算我请你罢了。”老军见他当真，便道：“多谢厚情，只是无功受禄，不当人子。老汉转来，定当奉酬。”刘公道：“四海之内，皆兄弟也。这些小东西，值得几何，怎说这奉酬的话！”老汉方才举箸。刘公又盛过两碗饭来，道：“一发吃饱了好行路。”老军道：“忒过分了！”父子二人正在饥馁之时，拿起饭来，狼餐虎咽，尽情一饱。这才是：

救人须救急，施人须当厄。

渴者易为饮，饥者易为食。

当下吃完酒饭，刘公又叫妈妈斟两杯热茶来吃了。老军便腰间取出银子来还饭钱。刘公连忙推住道：“刚才说过，是我请你的，如何又要银子？恁样时，倒像在下说法卖这盘肉了。你且留下，到前途去盘缠。”老军便住了手，千恩万谢，背上包裹，作辞起身。走出门外，只见那雪越发大了，对面看不出人儿。被寒风一吹，倒退了几步。小厮道：“爹，这样大雪，如何行走？”老军道：“便是没奈何，且捱到前途，觅个宿店歇罢。”小厮眼中便流下泪来。刘公心中不忍，说道：“长官，这般风寒大雪，着甚要紧，受此苦楚！我家空房床铺尽有，何不就此安歇，等天晴了走，也未迟。”老军道：“若得如此，甚好。只是打搅不当。”刘公道：“说哪里话！谁人是顶着房子走的？快些进来，不要打湿了身上。”老军引着小厮，重新进门。刘公领去一间房里，把包裹放下。看床上时，席子草荐都有。刘公还恐怕他寒冷，又取出些稻草来，放在上面。老军打开包裹，将出被窝铺下。此时天气尚早，准顿好了，同小厮走出房去。刘公已将店面关好，同妈妈向火。看见老军出房，便叫道：“方长官，你若冷时，有火在此，烘一烘暖活也好。”老军道：“好倒好，只是奶奶在那里，恐不稳便。”刘公道：“都是老人家了，不妨得。”老汉方才同小厮走过来，坐于火边。那时比前又加识熟，便称起号来。说：“近河，怎么只有老夫妻两位？想是令郎们另居么？”刘公道：“不瞒你说，老拙夫妻今年都痴长六十四岁，从来不曾生育，那里得有儿子？”老军道：“何不承继一个，服侍你老年也好。”刘公答道：“我心里初时也欲得如此。因常见人家承继来的，不得他当家替力，反惹闷气，不如没有的倒得清净。总要时，急切不能有个中意的，故此休了这念头。若得你令郎这样一个，却便好了。只是如何得能够？”两个闲话一回。看看已晚，老军讨了个灯火，叫声安置，同儿子到客房中来安歇。对儿子说："儿，今日天幸得遇这样好人。若没有他时，冻也要冻死了。明日莫管天晴下雪，早些走罢。打搅他，心上不安。"小厮道："爹说得是。"父子上床安息。

不想老军受了些风寒，到下半夜，火一般热起来，口内只是气喘，讨汤水吃。这小厮家夜晚间又在客店里，哪处去取。巴到天明，起来开房门看时，那刘公夫妻还未曾起身。他又不敢惊动，原把门儿掩上，守在床前。少顷，听得外面刘公咳嗽声响，便开门走将出来。刘公一见，便道："小官儿，如何起得恁早？"小厮道："告公公得知，不想爹爹昨夜忽然发起热来，口中不住吁喘，要讨口水吃，故此起得早些。"刘公道："嗳呀！想是他昨日受些寒了。这冷水怎么吃得？待我烧些热汤与你。"小厮道："怎好又劳公公？"刘公便教妈妈烧起一大壶滚汤。刘公送房里，小厮扶起来吃了两碗。老军睁眼观看，见刘公在旁，谢道："难为你老人家，怎生报答？"刘公走近前道："休恁般说。你且安心自在，盖热了，发出些汗来便好了。"小厮放倒下去，刘公便扯被儿与盖好。见那被儿单薄，说道："可知道着了寒！如何这被恁薄？怎能发得汗出？"妈妈在门口听见，即去取出一条大絮被来道："老官儿，有被在此，你与他盖好了。这般冷天气，不是当耍的。"小厮便来接去，刘公与他盖得停当，方才走出。少顷，梳洗过，又走进来，问："可有汗么？"小厮道："我才摸时，并无一些汗气。"刘公道："若没汗时，这寒气是感的重的了。须请个太医来用药，表他的汗出来方好。不然，这风寒怎能够发泄？"小厮道："公公，身伴无钱，将何请医服药？"刘公道："不消你费心，有我在此。"小厮听说，即便叩头道："多蒙公公厚恩，救我父亲。今生若不能补报，死当为犬马偿恩。"刘公连忙扶起道："快不要如此，既在此安宿，我便是亲人了，岂忍坐视！你自去房中服侍，老汉与你迎医。"其日雪止天霁，街上的积雪被车马践踏，尽为泥泞，有一尺多深。刘公穿了木屐，出街头望了一望，复身进门。小厮看刘公转进来，知道不去了，噙着两行珠泪，方欲上前叩问。只见刘公从后屋牵出个驴儿骑了，出门而去，小厮方才放心。且喜太医住得还近，不多时便到了。那太医也骑个驴儿，家人背着药箱，随在后面，到门首下了。刘公请进堂中，吃过茶，然后引至房里。此时老军已是神思昏迷，一毫人事不省。太医诊了脉，说道："这是个双感伤寒，风邪已入于腠理。伤寒书上有两句歌云：'两感伤寒不须治，阴阳毒遍七朝期。’此乃不治之症。别个医家，便要说还可以救得。学生是老实的，不敢相欺，这病下药不得了。”小厮见说，惊得泪如雨下，拜倒在地上，道：“先生可怜我父子是个异乡之人，怎生用贴药救得性命，决不忘恩！”太医扶起道：“不是我作难，其实病人已犯实，教我也无奈。”刘公道：“先生，常言道：药医不死病，佛度有缘人。你且不要拘泥古法，尽着自家意思，大了胆医去。或者他命不该绝，就好了也未可知。万一不好，决无归怨你之理。”先生道：“既是长者恁般说，且用一贴药看。若吃了发得汗出，便有可生之机，速来报我，再将药与他吃。若没汗时，这病就无救了，不消来覆我。”教家人开了药箱，撮了一贴药剂，递与刘公道：“用生姜为引，快煮与他吃。这也是万分之一，莫做指望。”刘公接了药，便去封出一百文钱，递与太医道：“些少药资，权为利市。”太医必不肯受而去。刘公夫妻两口，亲自把药煎好，将到房中与小厮相帮，扶起吃了，将被没头没脑的盖下，小厮在旁守候。刘公因此事忙乱一朝，把店中生意都耽搁了，连饭也没工夫去煮。直到午上，方吃早膳。刘公去唤小厮吃饭，那小厮见父亲病重，心中慌急，哪里要吃，再三劝慰，才吃了半碗。看看到晚，摸那老军身上，并无一些汗点。那时连刘公也慌张起来，又去请太医时，不肯来了。准准到第七日，呜呼哀哉！正是：

三寸气在千般用，一日无常万事休。

可怜那小厮申儿哭倒在地。刘公夫妇见他哭的悲切，也涕泪交流，扶起劝道：“方小官，死者不可复生，哭之无益。你且将息自己身子。”小厮双膝跪下哭告道：“儿不幸，前年丧母，未能入土，故与父谋归原籍，求取些银两来殡葬。不想逢此大雪，路途艰楚。得遇恩人，赐以酒饭，留宿在家，以为万千之幸。谁料皇天不祐，父忽骤病。又蒙恩人延医服药，日夜看视，胜如骨肉。只指望痊愈之日，图报大恩，那知竟不能起，有负盛意！此间举目无亲，囊乏钱钞，衣棺之类，料不能办。欲求恩人借数尺之土，把父骸掩盖，儿情愿终身为奴仆，以偿大德。不识恩人肯见允否？”说罢，拜伏在地。刘公扶起道：“小官人休虑！这送终之事，都在于我，岂可把来藁葬？”小厮又哭拜道：“得求隙地埋骨，已出望外，岂敢复累恩人费心坏钞！此恩此德，教儿将何补报？”刘公道：“这是我平昔的志愿，哪望你的报偿！”当下忙忙的取了银子，便去买办衣衾棺木。唤两个土工来，收拾入殓过了。又备羹饭祭奠，焚化纸钱。那小厮悲恸，自不必说。就抬到屋后空地上埋葬好了，又立一个碑额，上写“龙虎卫军士方勇之墓”。诸事停当，小厮向刘公夫妇叩头拜谢。过了两日，刘公对小厮道：“我欲要教你回去，访问个亲族来，搬丧回乡，又恐怕你年纪幼小，不认得路途。你且暂住我家，俟有识熟的在此经过，托他带回故乡，然后徐图运柩回去。不知你的意下何如？”小厮跪下泣告道：“儿受公公如此大恩，地厚天高，未曾报得，岂敢言归！且恩人又无子嗣，儿虽不才，倘蒙不弃，收充奴仆，朝夕服侍，少效一点孝心。万一恩人百年之后，亦堪为坟前拜扫之人。那时到京取回先母遗骨，同父骸葬于恩人墓道之侧，永守于此，这便是儿之心愿。”刘公夫妇大喜道：“若得你肯如此，乃天赐与我为嗣！岂有为奴仆之理，今后当以父子相称。”小厮道：“既蒙收留，即今日就拜了爹妈。”便掇两把椅儿居中放下，请老夫妇坐了，四双八拜，认为父子。遂改姓为刘，刘公又不忍没其本姓，就将方字为名，唤做刘方。自此日夜辛勤，帮家过活，奉侍刘公夫妇，极其尽礼孝敬。老夫妇也把他如亲生一般看待。有诗为证：

刘方非亲是亲，刘德无子有子。

小厮事死事生，老军虽死不死。

时光似箭，不觉刘方在刘公家里已过了两个年头。时值深秋，大风大雨，下了半月有余，那运河内的水，暴涨有十来丈高下，犹如白沸汤一般，又紧又急。往来的船只，坏了无数。一日午后，刘方在店中收拾，只听得人声鼎沸。他只道是什么火发，忙来观看，见岸上人捱挤不开，都望着河中。急走上前来看时，却是上流头一只大客船，被风打坏，淌将下来，船上之人，飘溺已去大半。余下的抱桅攀舵，呼号哀泣，只叫：“救人！”那岸上看的人，虽然有救捞之念，只是风水厉害，谁肯从井救人。眼盼盼看他一个个落水，口中只好叫句“可怜”而已。忽然一阵大风，把那船吹近岸旁。岸上人一齐喊声：“好了！”顷刻挠挠钩子二十多张，一齐都下，搭住那船，救起十数多人，各自分头投店内。有一个少年，年纪不上二十，身上被挠钩摘伤几处，行走不动，倒在地下，气息将绝，尚紧紧抱住一只竹箱，不肯放舍。刘方在旁睹景伤情，触动了自己往年冬间之事，不觉流下泪来，想道：“此人之苦，正与我一般。我当时若没有刘公时，父子尸骸不知归于何处矣！这人今日却便没人怜救了。且回去与爹妈说知，救其性命。”急急转家，把上项事报知刘公夫妇，意欲扶他回家调养。刘公道：“此是阴德美事，为人正该如此。”刘妈妈道：“何不就同他来家？”刘方道：“未曾禀过爹妈，怎敢擅便？”刘公道：“说哪里话！我与你同去。”父子二人，行至岸口，只见众人正围着那少年观看。刘公分开众人，挨身而入，叫道：“小官人！你挣扎着，我扶你到家去将息。”那少年睁眼看了一看，点点头儿。刘公同刘方向前挽扶，一个年幼力弱，一个老年衰迈，全不济事。旁边转过一个轩眨刺的后生道：“老人家闪开，待我来！”向前一抱，轻轻的就扶了起来。那后生在右，刘公在左，两旁挟住胳膊便走。少年虽然说话不出，心下却甚明白，把嘴努着竹箱。刘方道：“这箱子待我与你驮去。”把来背在肩上，在前开路。众人闪在两边，让他们前行，随后便都跟来看。内中认得刘公的，便道：“还是刘长者有些义气。这个异乡落难之人，在此这一回，并没有个慈悲的肯收留去，偏他一晓的了便搀扶回家。这样人，真个世间少有！只可惜无个儿子，这也是天公没分晓！”又有道：“他虽没有亲儿，如今承继这刘方，甚是孝顺，比嫡亲的尤胜，这也算是天报他了。”那不认得的，见他老夫妻自来搀扶一个小厮，与他驮了竹箱，就认做那少年的亲族。以后见土人纷纷传说，方才晓得，无不赞叹其义。还有没肚子的人，称量他那竹箱内有物无物，财多财少。此乃是人面相似，人心不同，不在话下。

且说刘公同那后生扶少年到家，向一间客房里放下。刘公叫声“劳动”，后生自去。刘方把竹箱就放在少年之旁。刘妈妈连忙去取干衣，与他换下湿衣，然后扶在铺上。原来落水人吃不得热酒，刘公晓得这道数，教妈妈取酽酒略温一下，尽着少年痛饮，就取刘方的卧被，与他盖了。夜间就教刘方伴他同卧。到次早。刘公进房来探问。那少年已觉健旺，连忙挣扎起来，要下床称谢。刘公急止住道：“莫要劳动，调养身子要紧！”那少年便向枕上叩头道：“小子乃垂死之人，得蒙公公救拔，实乃再生父母，但不知公公尊姓？”刘公道：“老拙姓刘。”少年道：“原来与小子同姓。”刘公道：“官人哪里人氏？”少年答道：“小子刘奇，山东张秋人氏。二年前，随父三考在京。不幸遇了时疫，数日之内，父母俱丧。无力扶柩还乡，只得将来火化。”指着竹箱道：“奉此骸骨归葬，不想又遭此大难。自分必死，天幸得遇恩人，救我之命。只是行李俱失，一无所有，将何报答大恩？”刘公道：“官人差矣！不忍之心，人皆有之。救人一命，胜造七级浮屠。若说报答，便是为利了，岂是老汉的本意！”刘奇见说，愈加感激。将息了两日，便能起身，向刘公夫妇叩头泣谢。那刘奇为人温柔俊雅，礼貌甚恭，刘公夫妇十分爱他，早晚好酒好食管待。刘奇见如此殷勤，心上好生不安，欲要辞归，怎奈钩伤之处溃烂成疮，步履不便，身边又无盘费，不能行动，只得暂且住下。正是：

不恋故乡生处好，受恩深处便为家。

却说刘方与刘奇年貌相仿，情投契合，各把生平患难细说。二人因念出处相同，遂结拜为兄弟，友爱如嫡亲一般。一日，刘奇对刘方道："贤弟如此青年美质，何不习些书史？"刘方道："弟甚有此志，只是无人教导。"刘奇道："不瞒贤弟说，我自幼攻书，博通今古，指望致身青云，不幸先人弃后，无心于此。贤弟肯读书时，寻些书本来，待我指引便了。"刘方道："若得如此，乃弟之幸也。"连忙对刘公说知。刘公见说是个饱学之士，肯教刘方读书，分外欢喜，即便去买许多书籍。刘奇罄心指教，那刘方颖悟过人，一诵即解。日里在店中看管，夜间挑灯而读。不过数月，经书词翰，无不精通。

且说刘奇在刘公家中住有半年，彼此相敬相爱，胜如骨肉。虽然依傍得所，只是终日坐食，心有不安。此时疮口久愈，思想要回故土，来对刘公道："多蒙公公夫妇厚恩，救活残喘，又搅扰半年，大恩大德，非口舌可谢。今欲暂辞公公，负先人骸骨归葬。服阕之后，当图报效。"刘公道："此乃官人的孝心，怎好阻当。但不知几时起行。"刘奇道："今日告过公公，明早就走。"刘公道："既如此，待我去觅个便船与你。"刘奇道："水路风波险恶，且乏盘缠，还从陆路行罢。"刘公道："陆路脚力之费，数倍于舟，且又劳碌。"刘奇道："小子不用脚力，只是步行。"刘公道："你身子怯弱，如何走得远路。"刘奇道："公公，常言说得好，有银用银，无银用力。小子这样穷人，还怕得什么辛苦！"刘公想了一想道："这也易处。"便教妈妈整备酒肴，与刘奇送行。饮至中间，刘公泣道："老拙与官人萍水相逢，聚首半年，恩同骨肉，实是不忍分离。但官人送尊人入土，乃人子大事，故不好强留。只是自今一别，不知后日可能得再见了？"说罢，歔欷不胜，刘妈妈与刘方尽皆泪下。刘奇也泣道："小子此行，实非得已。俟服一满，即星夜驰来奉候，幸勿过悲。"刘公道："老拙夫妇年近七旬，如风中之烛，早朝难保。恐君服满来时，在否不可知矣！倘若不弃，送尊人入土之后，即来看我，也是一番相知之情。"刘奇道："既蒙吩咐，敢不如命。"一宿晚景不提。到了次早清晨，刘妈妈又整顿酒饭与他吃了。刘公取出一个包裹，放在桌上，又叫刘方在后边牵出那小驴儿来，对刘奇道："此驴畜养已久，老汉又无远行，少有用处，你就乘它去罢，省得路上雇倩。这包裹内是一床被窝，几件粗布衣裳，以防路上风寒。"又在袖中摸一包银子交与道："这三两银子，将就盘缠，亦可到得家了。但事完之后，即来走走，万勿爽信。"刘奇见了许多厚赠，泣拜道："小子受公公如此厚恩，今生料不能报，俟来世为犬马以酬万一。"刘公道："何出此言！"当下将包裹竹箱都装在牲口身上，作别起身。刘公夫妇送出门首，洒泪而别。刘方不忍分舍，又送十里之外，方才分手。正是：

萍水相逢骨肉情，一朝分袂泪俱倾。

骊驹唱罢劳魂梦，人在长亭共短亭。

且说刘奇一路夜住晓行，饥餐渴饮，不一日来到山东故乡。哪知去年这场大风大雨，黄河泛溢，张秋村镇，尽皆漂溺，人畜庐舍，荡尽无遗。举目遥望时，几十里田地，绝无人烟。刘奇无处投奔，只得寄食旅店，思想欲将骸骨埋葬于此，却又无处依栖，何以营生。须寻了个着落之处，然后举事。遂往各市镇乡村访问亲旧，一无所遇。住了月余，这三两银子盘费将尽，心下着忙："若用完了这银子，就难行动了。不如原往河西务去求恩人一搭空地，埋了骨殖，倚傍在彼处，还是个长策。"算还店钱，上了牲口，星夜赶来。到了刘公门首，下了牲口，看时只见刘方正在店中，手里拿着一本书儿在那里观看。刘奇叫了一声："贤弟！公公、妈妈一向好么？"刘方抬头看时，却是刘奇，把书撇下，忙来接住牲口，牵入家中，卸了行李，作揖道："爹妈日夜在此念兄，来得正好！"一齐走入堂中。刘公夫妇看见，喜从天降，便道："官人，想杀我也！"刘奇上前倒身下拜。刘公还礼不迭。见罢，问道："尊人之事，想已毕了。"刘奇细细泣诉前因。又道："某故乡已无处容身，今复携骸骨而来，欲求一搭余地葬埋，就拜公公为父，依傍于此，朝夕奉侍，不知尊意允否？"刘公道："空地尽有，任凭取择。但为父子，恐不敢当！"刘奇道："若公公不屑以某为子，便是不允之意了。"即便请刘公夫妇上坐，拜为父子，将骸骨也葬于屋后地上。自此兄弟二人，并力同心，勤苦经营，家业渐渐兴隆。奉侍父母，备尽人子之礼。合镇的人，没一个不欣羡刘公无子而有子，皆是阴德之报。

时光迅速，倏忽又经年余。父子正安居乐业，不想刘公夫妇，年纪老了，筋力衰倦，患起病来。二子日夜伏侍，夜不解带。求神罔效，医药无功，看看待尽。二子心中十分悲切，又恐伤了父母之心，惟把言语安慰，背地吞声而泣。刘公自知不起，呼二子至床前吩咐道：“我夫妻老年孤孑，自谓必作无祀之鬼，不意天地怜念，赐汝二人与我为嗣。名虽义子，情胜嫡血。我死无遗恨矣！但我去世之后，汝二人务要同心经业，共守此薄产。我于九泉亦得瞑目！”二子哭拜受命。又延两日，夫妻相继而亡。二子怆地呼天，号淘痛哭，恨不得以身代替。置办衣衾棺椁，极其从厚，又请僧人做九昼夜功果超荐。入

殓之后，兄弟商议筑起一个大坟，要将三家父母合葬一处。刘方遂至京中，将母柩迎来，择了吉日，以刘公夫妇葬于居中，刘奇迁父母骸骨葬于左边，刘方父母葬在右边，三坟拱列，如连珠相似。那合镇的人，一来慕刘公向日忠厚之德，二来敬他弟兄之孝，尽来相送。

话休絮烦。且说刘奇二人，自从刘公亡后，同眠同食，情好愈笃。把酒店收了，开起一个布店来。四方过往客商来买货的，见二人少年志诚，物价公道，传播开去，慕名来买者，挨挤不开。一二年间，挣下一个老大家业，比刘公时已多数倍。讨了两房家人，两个小厮，动用家伙器皿，甚是次第。哪镇上有几个富家，见二子家业日裕，少年未娶，都央媒来与之议姻。刘奇心上已是欲得，只是刘方却执意不愿。刘奇劝道：“贤弟今年一十有九，我已二十有二，正该及时求配，以图生育，接续三家宗祀，不知贤弟为何不愿。”刘方答道：“我与兄方在壮年，正好经营生理，何暇去谋此事。况我弟兄向来友爱，何等安乐！万一娶了一个不好的，反是一累，不如不娶为上。”刘奇道：“不然，常言说得好，无妇不成家。你我俱

在店中支持了生意时，里面绝然无人照管。况且交友渐广，设有个客人到来，中馈无人主持，成何体面。此还是小事，当初义父以我二人为子时，指望子孙绍他宗祀，世守此坟。今若不娶，必然湮绝，岂不负其初念，何颜见之泉下！”再三陈说，刘方只把言支吾，终不肯应承。刘奇见兄弟不允，自己又不好独娶。一日，偶然到一相厚朋友钦大郎家中去探望。两个偶然言及姻事，刘奇乃把刘方不肯之事，细细说与。又道：“不知舍弟是甚主意。”钦大郎笑道：“此事浅而易见。他与兄共创家业，况他是先到，兄是后来，不忿得兄先娶，故此假意推托。”刘奇道：“舍弟乃仁义端直之士，决无此意！”钦大郎道：“令弟少年英俊，岂不晓得夫妇之乐，恁般推阻。兄若不信，且教个人私下去见他，先与之为媒，包你一说就是。”刘奇被人言所惑，将信将疑，作别而回。恰好路上遇见两个媒婆，正要到刘奇家说亲，所说的是本镇开绸缎店崔三朝奉家。叙起年庚，正与刘方相合。刘奇道：“这门亲，正对我家二官人。只是他有些古怪，人面前就害羞。你只悄地去对他说，若说得成时，自当厚酬。我且不归去，坐在巷口油店里等你回话。”两个媒婆应声而去。不一时，回复刘奇道：“二官人果是古怪，老媳妇恁般撺掇，只是不允。再说时，他喉急起来，好教媳妇们老大没趣。”

刘奇方才信刘方不肯是个真心，但不知什么意故。一日，见梁上燕儿营巢，刘奇遂题一词于壁上，以探刘方之意。词云：

营巢燕，双双雄，朝暮衔泥辛苦同。若不寻雌继壳卵，巢成毕竟巢还空。

刘方看见，笑诵数次，亦援笔和一首于后。词曰：

营巢燕，双双飞，天设雌雄事久期。雌兮得雄愿已足，雄兮将雌胡不知。

刘奇见了此词，大惊道：“据这词中之意，吾弟乃是个女子了。怪道他恁般娇弱，语音纤丽，夜间睡卧，不脱内衣，连袜子也不肯去，酷暑中还穿着两层衣服。原来他却学木兰所为！”虽然如此，也还疑惑，不敢去轻易发言。又到钦大郎家中，将词念与他听。钦大郎道：“这词意明白，令弟确然不是男子。但与兄数年同榻，难道看他不出？”刘奇叙他向来并未曾脱衣之事。钦大郎道：“恁般一发是了！如今兄当以实问之，看他如何回答。”刘奇道：“我与他恩义甚重，情如同胞，安忍启口。”钦大郎道：“他若果然是个女子，与兄成配，恩义两全，有何不可。”谈论已久，钦大郎将出酒肴款待，两人对酌，竟不觉至晚。刘奇回至家时，已是黄昏时候。刘方迎着，见他已醉，扶进房中问道："兄从何处饮酒，这时方归？"刘奇答道："偶在钦兄家小饮，不觉话长坐久。"口中虽说，细细把他详视。当初无心时，全然不觉是女。此时已是有心辨他真假，越看越像是个女子。刘奇虽无邪念，心上却要见个明白，又不好直言。乃道："今日见贤弟所和燕子词甚佳，非愚兄所能及。但不知贤弟可能再和一首否？"刘方笑而不答，取过纸笔来，一挥就成。词曰：

营巢燕，声声叫，莫使青年空岁月。可怜和氏璧无瑕，何事楚君终不纳？

刘奇接来看了，便道："原来贤弟果是女子！"刘方闻言，羞得满脸通红，未及答言。刘奇又道："你我情同骨肉，何必避讳。但不识贤弟昔年因甚如此妆束？"刘方道："妾初因母丧，随父还乡，恐途中不便，故为男扮。后因父殁，尚埋浅土，未得与母同葬，妾故不敢改形，欲求一安身之地，以厝先灵。幸得义父遗此产业，父母骸骨，得以归土。妾是时意欲说明。因思家事尚微，恐兄独力难成，故复迟迟。今见兄屡劝妾婚配，故不得不自明耳。"刘奇道："原来贤弟用此一段苦心，成全大事。况我与你同榻数年，不露一毫圭角，真乃节孝兼全，女中丈夫，可敬可羡！但弟词中已有俯就之意，我亦决无他娶之理。萍水相逢，周旋数载，昔为兄弟，今为夫妇，此岂人谋，实由天合。倘蒙一诺，便订百年。不知贤弟意下如何？"刘方道："此事妾亦筹之熟矣！三宗坟墓，俱在于此，妾若适他人，父母三尺之土，朝夕不便省视。况义父义母，看待你我犹如亲生，弃此而去，亦难恝然。兄若不弃陋质，使妾得侍箕帚，供奉三姓香火，妾之愿也。但无媒私合，于礼有亏。惟兄裁酌而行，免受旁人谈议，则全美矣！"刘奇道："贤弟高见，即当处分。"是晚两人便分房而卧。次早，刘奇与钦大郎说了，请他大娘为媒，与刘方说合。刘方已自换了女妆。刘奇备办衣饰，择了吉日，先往三个坟墓上祭告过了，然后花烛成亲，大排筵席，广请邻里。那时哄动了河西务一镇，无不称为异事，赞叹刘家一门孝义贞烈。刘奇成亲之后，夫妇相敬如宾，挣起大大家事，生下五男二女，至今子孙蕃盛，遂为巨族。人皆称为刘方三义村云。有诗为证：

无情骨肉成吴越，有义天涯作至亲。

三义村中传美誉，河西千载想奇人。

第九卷　苏小妹三难新郎

聪明男子做公卿，女子聪明不出身。

若许裙钗应科举，女儿哪见逊公卿。

自混沌初辟，乾道成男，坤道成女，虽则造化无私，却也阴阳分位。阳动阴静，阳施阴受，阳外阴内。所以男子主四方之事，女子主一室之事。主四方之事的，顶冠束带，谓之丈夫；出将入相，无所不为，须要博古通今，达权知变。主一室之事的，三绺梳头，两截穿衣，一日之计，止无过饔飧井臼；终身之计，止无过生男育女。所以大家闺女，虽曾读书识字，也只要他识些姓名，记些帐目。他又不应科举，不求名誉，诗文之事，全不相干。然虽如此，各人资性不同。有等愚蠢的女子，教他识两个字，如登天之难。有等聪明的女子，一般过目成诵，不教而能。吟诗与李、杜争强，作赋与班、马争胜，这都是山川秀气，偶然不钟于男而钟于女。且如汉有曹大家，他是个班固之妹，代兄续成汉史。又有个蔡琰，制《胡笳十八拍》，流传后世。晋时有个谢道韫，与诸兄咏雪，有柳絮随风之句，诸兄都不及他。唐时有个上官婕妤，中宗皇帝教他品第朝臣之诗，臧否一一不爽。至于大宋妇人，出色的更多。就中单表一个叫作李易安，一个叫作朱淑真。他两个都是闺阁文章之伯，女流翰苑之才。论起相女配夫，也该对个聪明才子。争奈月下老错注了婚籍，都嫁了无才无学之人，每每怨恨之情，形于笔札。有诗为证：

鸥鹭鸳鸯作一池，曾知羽翼不相宜。

东君不与花为主，何似休生连理枝！

那李易安有《伤秋》一篇，调寄《声声慢》：

寻寻觅觅，冷冷清清，凄凄惨惨戚戚。乍暖还寒时候，正难将息。三杯两盏淡酒，怎敌他晚来风力！雁过也，总伤心，却是旧时相识。

满地黄花堆积，憔悴损，如今有谁忺摘。守着窗儿，独自怎生得黑！梧桐更兼细雨，到黄昏，点点滴滴。这次第，怎一个愁字了得！

朱淑真时值秋间，丈夫出外，灯下独坐无聊，听得窗外雨声滴点，吟成一绝：

哭损双眸断尽肠，怕黄昏到又昏黄。

那堪细雨新秋夜，一点残灯伴夜长！

后来刻成诗集一卷，取名《断肠集》。说话的，为何单表那两个嫁人不着的？只为如今说一个聪明女子，嫁着一个聪明的丈夫，一唱一和，遂变出若干的话文。正是：

说来文士添佳兴，道出闺中作美谈。

话说四川眉州，古时谓之蜀郡，又曰嘉州，又曰眉山。山有蟆顺、峨眉，水有岷江、环湖。山川之秀，钟于人物，生出个博学名儒来，姓苏，名洵，字允明，别号老泉。当时称为老苏。老苏生下两个孩儿，大苏、小苏。大苏名轼，字子瞻，别号东坡；小苏名辙，字子由，别号颍滨。两子都有文经武纬之才，博古通今之学，同科及第，名重朝廷，俱拜翰林学士之职。天下称他兄弟，谓之二苏。称他父子，谓之三苏。这也不在话下。更有一桩奇处，那山川之秀，偏萃于一门，两个儿子未为希罕，又生个女儿，名曰小妹，其聪明绝世无双，真个闻一知二，问十答十。因他父兄都是个大才子，朝谈夕讲，无非子史经书，目见耳闻，不少诗词歌赋。自古道：近朱者赤，近墨者黑。况且小妹资性过人十倍，何事不晓。十岁上随父兄居于京师寓中，有绣球花一树，时当春月，其花盛开。老泉赏玩了一回，取纸笔题诗，才写得四句，报说："门前客到！"老泉搁笔而起。小妹闲步到父亲书房之内，看见桌上有诗四句：

天巧玲珑玉一邱，迎眸烂熳总清幽。

白云疑向枝间出，明月应从此处留。

小妹览毕，知是咏绣球花所作，认得父亲笔迹，遂不待思索，续成后四句云：

瓣瓣折开蝴蝶翅，团团围就水晶球。

假饶借得香风送，何羡梅花在陇头。

小妹题诗依旧放在桌上，款步归房。老泉送客出门，复转书房，方欲续完前韵，只见八句已足，读之词意俱美。疑是女儿小妹之笔，呼而问之，写作果出其手。老泉叹道：“可惜是个女子！若是个男儿，可不又是制科中一个有名人物！”自此愈加珍爱其女，恣其读书博学，不复以女工督之。

看看长成一十六岁，立心要妙选天下才子，与之为配，急切难得。忽一日，宰相王荆公着堂候官请老泉到府与之叙话。原来王荆公讳安石，字介甫，未得第时，大有贤名。平时常不洗面，不脱衣，身上虱子无数。老泉恶其不近人情，异日必为奸臣，曾作《辩奸论》以讥之，荆公怀恨在心。后来见他大苏、小苏连登制科，遂舍怨而修好。老泉亦因荆公拜相，恐妨二子进取之路，也不免曲意相交。正是：

古人结交在意气，今人结交为势利。

从来势利不同心，何如意气交情深。

是日，老泉赴荆公之召，无非商量些今古，议论了一番时事，遂取酒对酌，不觉忘怀酩酊。荆公偶然夸奖：“小儿王雱，读书只一遍，便能背诵。”老泉带酒答道：“谁家儿子读两遍！”荆公道：“倒是老夫失言，不该班门弄斧。”老泉道：“不惟小儿只一遍，就是小女也只一遍。”荆公大惊道：“只知令郎大才，却不知有令爱。眉山秀气，尽属公家矣！”老泉自悔失言，连忙告退。荆公命童子取出一卷文字，递与老泉道：“此乃小儿王雱窗课，相烦点定。”老泉纳于袖中，唯唯而出。回家睡至半夜，酒醒，想起前事：“不合自夸女孩儿之才。今介甫将儿子窗课属吾点定，必为求亲之事。这头亲事，非吾所愿，却又无计推辞。”沉吟到晓，梳洗已毕，取出王雱所作，次第看之，真乃篇篇锦绣，字字珠玑，又不觉动了个爱才之意。“但不知女儿缘分如何？我如今将这文卷与女儿观之，看他爱也不爱。”遂隐下姓名，吩咐丫鬟道："这卷文字，乃是个少年名士所呈，求我点定。我不得闲暇，转送与小姐，教他到批阅完时，速来回话。"丫鬟将文字呈上小姐，传达太老爷吩咐之语。小妹滴露研朱，从头批点，须臾而毕。叹道："好文字！此必聪明才子所作。但秀气泄尽，华而不实，恐非久长之器。"遂于卷面批云：

新奇藻丽，是其所长；含蓄雍容，是其所短。取巍科则有余，享大年则不足。

后来王雱十九岁中了头名状元，未几夭亡，可见小妹知人之明，这是后话。

却说小妹写罢批语，叫丫鬟将文卷纳还父亲。老泉一见大惊："这批语如何回复得介甫！必然取怪。"一时污损了卷面，无可奈何，却好堂候官到门："奉相公钧旨，取昨日文卷，面见太爷，还有话禀。"老泉此时，手足无措，只得将卷面割去，重新换过，加上好批语，亲手交与堂候官收讫。堂候官道："相公还吩咐得有一言动问：贵府小姐曾许人否？倘未许人，相府愿谐秦晋。"老泉道："相府议亲，老夫岂敢不从。只是小女貌丑，恐不足当金屋之选。相烦好言达上，但访问自知，并非老夫推托。"堂候官领命，回复荆公。荆公看见卷面换了，已有三分不悦。又恐怕苏小姐容貌真个不扬，不中儿子之意，密地差人打听。原来苏东坡学士常与小妹互相嘲戏。东坡是一嘴胡子，小妹嘲云：

口角几回无觅处，忽闻毛里有声传。

小妹额颅凸起，东坡答嘲云：

未出庭前三五步，额头先到画堂前。

小妹又嘲东坡下颏之长云：

去年一点相思泪，至今流不到腮边。

东坡因小妹双眼微抠，复答云：

几回拭脸深难到，留却汪汪两道泉。

访事的得了此言，回复荆公，说："苏小姐才调委实高绝，若论容貌，也只平常。"荆公遂将姻事搁起不提。然虽如此，却因相府求亲一事，将小妹才名播满了京城。以后闻得相府亲事不谐，慕名来求者，不计其数。老泉都教呈上文字，把与女孩儿自阅。也有一笔涂倒的，也有点不上两三句的。就中只有一卷文字做得好，看他卷面写有姓名，叫做秦观。小妹批四句云：

今日聪明秀才，他年风流学士。

可惜二苏同时，不然横行一世。

这批语明说秦观的文才，在大苏小苏之间，除却二苏，没人及得。老泉看了，已知女儿选中了此人。吩咐门上："但是秦观秀才来时，快请相见。余的都与我辞去。"谁知众人呈卷的，都在讨信，只有秦观不到。却是为何？那秦观秀才字少游，他是扬州府高邮人。腹饱万言，眼空一世，生平敬服的，只有苏家兄弟，以下的都不在意。今日慕小妹之才，虽然炫玉求售，又怕损了自己的名誉，不肯随行逐队，寻消问息。老泉见秦观不到，反央人去秦家寓所致意，少游心中暗喜。又想道："小妹才名得于传闻，未曾面试。又闻得他容貌不扬，额颅凸出，眼睛凹进，不知是何等鬼脸。如何得见他一面，方才放心。"打听得三月初一日，要在岳庙烧香，趁此机会，改换衣装，觑个分晓。正是：

眼见方为的，传闻未必真。

若信传闻语，枉尽世间人。

从来大人家女眷入庙进香，不是早，定是夜。为甚么？早则人未来，夜则人已散。秦少游到三月初一日五更时分，就起来梳洗，打扮个游方道人模样，头裹青布唐巾，耳后露两个石碾的假玉环儿，身穿皂布道袍，腰系黄绦，足穿净袜草履，项上挂一串拇指大的数珠，手中托一个金漆钵盂，侵早就到东岳庙前伺候。天色黎明，苏小姐轿子已到。少游走开一步，让他轿子入庙，歇于左廊之下。小妹出轿上殿，少游已看见了，虽不是妖娆美丽，却也清雅幽闲，全无俗韵。"但不知他才调真正如何？"约莫焚香已毕，少游却循廊而上，在殿左相遇。少游打个问讯云：

小姐有福有寿，愿发慈悲。

小妹应声答云：

道人何德何能，敢求布施！

少游又问讯云：

愿小姐身如药树，百病不生。

小妹一头走，一头答应：

随道人口吐莲花，半文无舍。

少游直跟到轿前，又问讯云：

小娘子一天欢喜，如何撒手宝山？

小妹随口又答云：

风道人恁地贪痴，哪得随身金穴！

小妹一头说，一头上轿。少游转身时，口中喃出一句道：“‘风道人’得对‘小娘子’，万千之幸！”小妹上了轿，全不在意。跟随的老院子，却听得了，怪这道人放肆，方欲回身寻闹，只见廊下走出一个垂髫的俊童，对着那道人叫道：“相公这里来更衣。”那道人便先走，童儿后随。老院子将童儿肩上悄地捻了一把，低声问道：“前面是哪个相公？”童儿道：“是高邮秦少游相公。”老院子便不言语。回来时，就与老婆说知了。这句话就传入内里，小妹才晓得那化缘的道人是秦少游假妆的，付之一笑，嘱咐丫鬟们休得多口。

话分两头。且说秦少游那日饱看了小妹容貌不丑，况且应答如响，其才自不必言。择了吉日，亲往求亲，老泉应允，少不得下财纳币。此是二月初旬的事。少游急欲完婚，小妹不肯。他看定秦观文字，必然中选。试期已近，欲要象简乌纱，洞房花烛，少游只得依他。到三月初三礼部大试之期，秦观一举成名，中了制科。到苏府来拜丈人，就禀复完婚一事。因寓中无人，欲就苏府花烛。老泉笑道：“今日挂榜，脱白挂绿，便是上吉之日，何必另选日子。只今晚便在小寓成亲，岂不美哉！”东坡学士从旁赞成。是夜与小妹双双拜堂，成就了百年姻眷。正是：

聪明女得聪明婿，大登科后小登科。

其夜月明如昼。少游在前厅筵宴已毕，方欲进房，只见房门紧闭，庭中摆着小小一张桌儿，桌上排列纸墨笔砚，三个封儿，三个盏儿，一个是玉盏，一个是银盏，一个瓦盏。青衣小鬟守立旁边。少游道：“相烦传语小姐，新郎已到，何不开门？”丫鬟道：“奉小姐之命，有三个题目在此，三试俱中式，方准进房。这三个纸封儿便是题目在内。”少游指着三个盏道：“这又是甚的意思？”丫鬟道：“那玉盏是盛酒的，那银盏是盛茶的，那瓦盏是盛寡水的。三试俱中，玉盏内美酒三杯，请进香房。两试中了，一试不中，银盏内清茶解渴，直待来宵再试。一试中了，两试不中，瓦盏内呷口淡水，罚在外厢读书三个月。”少游微微冷笑道：“别个秀才来应举时，就要告命题容易了。下官曾应过制科，青钱万选，莫说三个题目，就是三百个，我何惧哉！”丫鬟道：“俺小姐不比平常盲试官，之乎者也应个故事而已，他的题目好难哩！第一题，是绝句一首，要新郎也做一首，合了出题之意，方为中式。第二题四句诗，藏着四个古人，猜得一个也不差，方为中式。到第三题，就容易了，止要做个七字对儿，对得好便得饮美酒进香房了。”少游道：“请第一题。”丫鬟取第一个纸封拆开，请新郎自看。少游看时，封着花笺一幅，写诗四句道：

铜铁投洪冶，蝼蚁上粉墙。

阴阳无二义，天地我中央。

少游想道：“这个题目，别人做定猜不着。则我曾假扮做云游道人，在岳庙化缘，去相那苏小姐。此四句乃含着‘化缘道人’四字，明明嘲我。”遂于月下取笔写诗一首于题后云：

“化”工何意把春催？“缘”到名园花自开。

“道”是东风原有主，“人”人不敢上花台。

丫鬟见诗完，将第一幅花笺折做三叠，从窗隙中塞进，高叫道：“新郎交卷，第一场完。”小妹览诗，每句顶上一字，合之乃“化缘道人”四字，微微而笑。少游又开第二封看之，也是花笺一幅，题诗四句：

强爷胜祖有施为，凿壁偷光夜读书。

缝线路中常忆母，老翁终日倚门闾。

少游见了，略不凝思，一一注明。第一句是孙权，第二句是孔明，第三句是子思，第四句是太公望。丫鬟又从窗隙递进。少游口虽不语，心下想道：“两个题目，眼见难我不倒，第三题是个对儿，我五六岁时便会对句，不足为难。”拆开第三幅花笺，内出对云：

闭门推出窗前月。

初看时觉道容易，仔细想来，这对出得尽巧，若对得平常了，不见本事。左思右想，不得其对。听得谯楼三鼓将阑，构思不就，愈加慌迫。却说东坡此时尚未曾睡，且来打听妹夫消息。望见少游在庭中团团而步，口里只管吟哦“闭门推出窗前月”七个字，右手做推窗之势。东坡想道：“此必小妹以此对难之，少游为其所困矣！我不解围，谁为撮合？”急切思之，亦未有好对。庭中有花缸一只，满满的贮着一缸清水，少游步了一回，偶然倚缸看水。东坡望见，触动了他灵机，道：“有了！”欲待教他对了，诚恐小妹知觉，连累妹夫体面，不好看相。东坡远远站着咳嗽一声，就地下取小小砖片，投向缸中。那水为砖片所激，跃起几点，扑在少游面上。水中天光月影，纷纷淆乱。少游当下晓悟，遂援笔对云：

投石冲开水底天。

丫鬟交了第三遍试卷，只听呀的一声，房门大开。内又走出一个侍儿，手捧银壶，将美酒斟于玉盏之内，献上新郎，口称：“才子请满饮三杯，权当花红赏劳。”少游此时意气扬扬，连进三盏，丫鬟拥入香房。这一夜，佳人才子，好不称意。正是：

欢娱嫌夜短，寂寞恨更长。

自此夫妻和美，不在话下。后少游宦游浙中，东坡学士在京，小妹思想哥哥，到京省视。东坡有个禅友，叫做佛印禅师，尝劝东坡急流勇退。一日寄长歌一篇，东坡看时，却也写得怪异，每二字一连，共一百三十对字。你道写的是甚字？

野野　鸟鸟　啼啼　时时　有有　思思　春春　气气　桃桃
花花　发发　满满　枝枝　莺莺　雀雀　相相　呼呼　唤唤
岩岩　畔畔　花花　红红　似似　锦锦　屏屏　堪堪　看看
山山　秀秀　丽丽　山山　前前　烟烟　雾雾　起起　清清
浮浮　浪浪　促促　潺潺　轸轸　水水　景景　幽幽　深深
处处　好好　追追　游游　傍傍　水水　花花　似似　雪雪
梨梨　花花　光光　皎皎　洁洁　玲玲　珑珑　似似　坠坠
银银　花花　折折　最最　好好　柔柔　茸茸　溪溪　畔畔
草草　青青　双双　蝴蝴　蝶蝶　飞飞　来来　到到　落落
花花　林林　里里　鸟鸟　啼啼　叫叫　不不　休休　为为
忆忆　春春　光光　好好　杨杨　柳柳　枝枝　头头　春春
色色　秀秀　时时　常常　共共　饮饮　春春　浓浓　酒酒

似似　醉醉　闲闲　行行　春春　色色　里里　相相　逢逢
竞竞　忆忆　游游　山山　水水　心心　息息　悠悠　归归
去去　来来　休休　役役

东坡看了两三遍，一时念将不出，只是沉吟。小妹取过，一览了然，便道："哥哥，此歌有何难解。待妹妹念与你听。"即时朗诵云：

野鸟啼，野鸟啼时时有思。有思春气桃花发，春气桃花发满枝。满枝莺雀相呼唤，莺雀相呼唤岩畔。岩畔花红似锦屏，花红似锦屏堪看。堪看山，山秀丽，秀丽山前烟雾起。山前烟雾起清浮，清浮浪促潺柃水。浪促潺柃水景幽，景幽深处好，深处好追游。追游傍水花，傍水花似雪。似雪梨花光皎洁。梨花光皎洁玲珑，玲珑似坠银花折。似坠银花折最好，最好柔茸溪畔草。柔茸溪畔草青青，双双蝴蝶飞来到。蝴蝶飞来到落花，落花林里鸟啼叫。林里鸟啼叫不休，不休为忆春光好。为忆春光好杨柳，杨柳枝枝春色秀。枝头春色秀时常共饮，时常共饮春浓酒。春浓酒似醉，似醉闲行春色里。闲行春色里相逢，相逢竞忆游山水。竞忆游山水心息，心息悠悠归去来，归去来休休役役。

东坡听念，大惊道："吾妹敏悟，吾所不及！若为男子，官位必远胜于我矣！"遂将佛印原写长歌，并小妹所定句读，都写出来，做一封儿寄与少游，因述自己再读不解，小妹一览而知之故。少游初看佛印所书，亦不能解。后读小妹之句，如梦初觉，深加愧叹。答以短歌云：

未及梵僧歌，词重而意复。
字字如联珠，行行如贯玉。
想妆惟一览，顾我劳三复。
裁诗思远寄，因以真类触。
汝其审思之，可表予心曲。

短歌后制成叠字诗一首，却又写得古怪：

别离时闻漏转静，期归阻久伊思忆

少游书信到时，正值东坡与小妹在湖上看采莲。东坡先拆书看了，递与小妹，问道："汝能解否？"小妹道："此诗乃彷佛印禅师之体也。"即念云：

静思伊久阻归期，久阻归期忆别离。
忆别离时闻漏转，时闻漏转静思伊。

东坡叹道："吾妹真绝世聪明人也！今日采莲胜会，可即事各和一首，寄与少游，使知你我今日之游。"东坡诗成，小妹亦就。小妹诗云：

一阕新歌声嗽玉，

采津杨绿在人莲。

东坡诗云：

力微醒时已暮酒，

飞如马去归花赏。

照少游诗念出，小妹叠字诗，道是：

采莲人在绿杨津，在绿杨津一阕新。

一阕新歌声嗽玉，歌声嗽玉采莲人。

东坡叠字诗，道是：

赏花归去马如飞，去马如飞酒力微。

酒力微醒时已暮，醒时已暮赏花归。

二诗寄去，少游读罢，叹赏不已。其夫妇酬和之诗甚多，不能详述。后来少游以才名被征为翰林学士，与二苏同官。一时郎舅三人，并居史职，古所稀有。于是宣仁太后亦闻苏小妹之才，每每遣内官赐以绢帛或饮馔之类，索他题咏。每得一篇，宫中传诵，声播京都。其后小妹先少游而卒，少游思念不置，终身不复娶云。有诗为证：

文章自古说三苏，小妹聪明胜丈夫。

三难新郎真异事，一门秀气世间无。

第十卷　卢太学诗酒傲公侯

卫河东岸浮丘高，竹舍云居隐凤毛。
遂有文章惊董贾，岂无名誉驾刘曹。
秋天散步青山郭，春日催诗白兔毫。
醉倚湛卢时一啸，长风万里破洪涛。

这首诗，系本朝嘉靖年间一个才子所作。那才子是谁？姓卢，名楠，字少，一字子赤，大名府浚县人也。生得丰姿潇洒，气宇轩昂，飘飘有出尘之表。八岁即能属文，十岁便娴诗律，下笔数千言，倚马可待。人都道他是李青莲再世，曹子建后身。一生好酒任侠，放达不羁，有轻财傲物之志。真个名闻天下，才冠当今。与他往来的，俱是名公巨卿。又且世代簪缨，家资巨富；日常供奉，拟于王侯。所居在城外浮邱山下，第宅壮丽，高耸云汉。后房粉黛，一个个声色兼妙，又选小奚秀美者数人，教成吹弹歌曲，日以自娱。至于僮仆厮养，不计其数。宅后又构一园，大可两三顷，凿池引水，叠石为山，制度极其精巧，名曰啸圃。大凡花性喜暖，所以名花俱出南方，那北地天气严寒，花到其地，大半冻死，因此至者甚少。设或到得一花一草，必为巨珰大畹所有，他人亦不易得。这浚县又是个拗处，比京都更难，故宦家园亭虽有，俱不足观。偏卢楠立心要胜似他人，不惜重价，差人四外构取名花异卉，怪石奇峰，落成这园，遂为一邑之胜。真个景致非常！但见：

楼台高峻，庭院清幽，山叠岷峨怪石，花栽阆苑奇葩。水阁遥通行坞，风轩斜透松寮。回塘曲槛，层层碧浪漾琉璃；叠嶂层峦，点点苍苔铺翡翠。牡丹亭畔，孔雀双栖；芍药栏边，仙禽对舞。萦纡松径，绿阴深处小桥横；屈曲花岐，红艳丛中乔木耸。烟迷翠黛，意淡如无；雨洗青螺，色浓似染。木兰舟荡漾芙蓉水际，秋千架摇拽垂杨影里。

朱槛画栏相掩映，湘帘绣幕两交辉。

卢楠日夕吟花课鸟，笑傲其间，虽南面王乐，亦不是过。凡朋友去相访，必留连尽醉方止。倘遇着个声气相投，知音的知己，便兼旬累月，款留在家，不肯轻放出门。若有人患难来投奔的，一一都有赍发，决不令其空过。因此四方慕名来者，络绎不绝，真个是：

座上客常满，尊中酒不空。

卢楠只因才学高广，以为掇青紫如拾针芥。那知文福不齐，任你锦绣般文章，偏生不中试官之意，一连走上几次，不能够飞黄腾达。他道世无识者，遂绝意功名，不图进取。惟与骚人剑客，羽士高僧，谈禅理，论剑术，呼卢浮白，放浪山水，自称浮丘山人。曾有五言古诗云：

逸翮奋霄汉，高步蹑天关。

褰衣在椒涂，长风吹海澜。

琼树系游镳，瑶华代朝餐。

恣情戏灵景，静啸喈鸣鸾。

浮世信淆浊，焉能濡羽翰！

话分两头。却说浚县知县，姓汪，名岑，少年连第，贪酷无比，性复猜刻。又酷好杯中之物，若擎着酒杯，便直饮到天明。自到浚县，不曾遇着对手。平昔也晓得卢楠是个才子，当今推重，交游甚广；又闻得邑中园亭，推他家为最；酒量又推尊第一。因这三件，有心要结识他，做个相知。差人去请来相会。你道有这般好笑的事么？别个秀才要去结交知县，还要捱风缉缝，央人引进，拜在门下，认为老师。四时八节，馈送礼物，希图以小博大。若知县自来相请，便似朝廷征聘一般，何等荣耀！还把名帖粘在壁上，夸炫亲友。这虽是不肖者所为，有气节的未必如此；但知县相请，也没有不肯去的。偏有卢楠比他人不同，知县一连请了五六次，只当做耳边风，全然不睬，只推自来不入公门。你道因甚如此？那卢楠才高天下，眼底无人，天生就一副侠肠傲骨，视功名如敝屣，等富贵犹浮云。就是王侯卿相，不曾来拜访，要请去相见，他也断然不肯先施，怎肯轻易去见个县官？真个是天子不得臣，诸侯不得友，绝品的高人。这卢楠已是个清奇古怪的主儿，撞着知县又是个耐烦琐碎的冤家，请人请到四五次不来，也只索罢了，偏生只管去缠帐。见卢楠决不肯来，却到情愿自去就教。又恐卢楠他出，先差人将帖子订期。差人领了言语，一直径到卢家，把帖子递与门公，说道："本县老爷，有紧要话，差我来传达你相公，相烦引进。"门公不敢怠慢，即引到园上，来见家主。差人随进园门，尽目看时，只见水光绕绿，山色送青，竹木扶疏，交相掩映。林中禽鸟，声如鼓吹。那差人从不曾见这般景致，今日到此，恍如登了洞天仙府，好生欢喜，想道："怪道老爷要来游玩，原来有恁地好景！我也是有些缘分，方得至此观玩这番，也不枉为人一世。"遂四下行走，恣意饱看。湾湾曲曲，穿过几条花径，走过数处亭台，来到了个所在。周围尽是梅花，一望如雪，霏霏馥馥，清香沁人肌骨。中间显出一座八角亭子，朱甍碧瓦，画栋雕梁，亭中悬一个扁额，大书"玉照亭"三字。下边坐着三四个宾客，赏花饮酒，旁边五六个标致青衣，调丝品竹，按板而歌。有高太史《梅花诗》为证：

琼姿只合在瑶台，谁向江南处处栽。
雪满山中高士卧，月明林下美人来。
寒依疏影萧萧竹，春掩残香漠漠苔。
自去渔郎无好韵，东风愁寂几回开！

门公同差人站在门外，候歌完了，先将帖子禀知，然后差人向前说道："老爷令小人多多拜上相公，说既相公不屑到县，老爷当来拜访。但恐相公他出，又不相值，先差小人来期个日子，好来请教。二来闻府上园亭甚好，顺便就要游玩。"大凡事当凑就不起，那卢楠见知县频请不去，恬不为怪，却又情愿来就教，未免转过念头，想："他虽然贪鄙，终是个父母官儿，肯屈已敬贤，亦是可取。若又峻拒不许，外人只道我心胸褊狭，不能容物了。"又想道："他是个俗吏，这文章定然不晓得的。那诗律旨趣深奥，料必也没相干。若论典籍，他又是个后生小子，徼幸在睡梦中偷得这进士到手，已是心满意足，谅来还未曾识面。至于理学、禅宗，一发梦想所不到了。除此之外，与他谈论，有甚意味，还是莫招揽罢。"却又念其来意惓惓，如拒绝了，似觉不情。正沉吟间，小童斟上酒来。他触境情生，就想到酒上，道："倘会饮酒，亦可免俗。"问来人道："你本官可会饮酒么？"答道："酒是老爷的性命，怎么不会饮？"卢楠又问："能饮得多少？"答道："但见拿着酒杯，整夜吃去，不到酩酊不止，也不知有几多酒量。"卢楠心中喜道："原来这俗物，却会饮酒，单取这节罢！"随教童子取个帖儿，付与来人道："你本官既要来游玩，趁此梅花盛时，就是明日罢！我这里整备酒盒相候。"差人得了言语，原同门公一齐出来，回到县里，将帖子回覆了知县。知县大喜。正要明日到卢楠家去看梅花，不想晚上人来报新按院到任，连夜起身往府，不能如意，差人将个帖儿辞了。知县到府，接着按院，伺行香过了，回到县时，往还数日，这梅花已是：

纷纷玉瓣堆香砌，片片琼英绕画栏。

汪知县因不曾赴梅花之约，心下怏怏，指望卢楠另来相邀。谁知卢楠出自勉强，见他辞了，即撇过一边，那肯又来相请。看看已到仲春时候，汪知县又想到卢楠园上去游春，差人先去致意。那差人来到卢家园中，只见园林织锦，堤草铺茵，莺啼燕语，蝶乱蜂忙，景色十分艳丽。须臾，转到桃蹊上，那花浑如万片丹霞，千重红锦，好不烂熳！有诗为证：

桃花开遍上林春，耀服繁华色艳浓。

含笑动人心意切，几多消息五更风。

卢楠正与宾客在花下击鼓催花，豪歌狂饮，差人执帖子上前说知。卢楠乘着酒兴对来人道："你快回去与本官说，若有高兴，即刻就来，不必另约。"众宾客道："使不得！我们正在得趣之时，他若来了，就有许多文绉绉，怎能尽兴？还是改日罢。"卢楠道："说得有理，便是明日。"遂取个帖子，打发来人，回复知县。你道天下有这样不巧的事！次日汪知县刚刚要去游春，谁想夫人有五个月身孕，忽然小产起来，晕倒在地，血污浸渍身子。吓得知县已是六神无主，还有甚心肠去吃酒，只得又差人辞了卢楠。这夫人一病直至三月下旬，方才稍可。那时卢楠园中牡丹开放，冠绝一县。真是好花！有《牡丹诗》为证：

洛阳千古斗春芳，富贵真夸浓艳妆。

一自《清平》传唱后，至今人尚说花王。

汪知县为夫人这病，乱了半个多月，情绪不佳，终日只把酒来消闷，连政事也懒得去理。次后闻得卢家牡丹茂盛，想要去赏玩，因两次失约，不好又来相期，差人送三两书仪，就致看花之意。卢楠日子便期了，却不肯受这书仪。璧返数次，推辞不脱，只得受了。那日天气晴爽，汪知县打帐早衙完了就去，不道刚出私衙，左右来报："吏科给事中某爷告养亲归家，在此经过。"正是要道之人，敢不去奉承么？急忙出郭迎接，馈送下程，设宴款待。只道一两日就行，还可以看得牡丹，那知某给事，又是好胜的人，教知县陪了游览本县胜景之处，盘桓七八日方行。等到去后，又差人约卢楠时，那牡丹已萎谢无遗，卢楠也向他处游玩山水，离家两日矣！

不觉春尽夏临，倏忽间又早六月中旬，汪知县打听卢楠已是归家，在园中避暑，又令人去传达，要赏莲花。那差人径至卢家，把帖儿教门公传进。须臾间，门公出来说道："相公有话，唤你当面去吩咐。"差人随着门公，直到一个荷花池畔，看那池团团约有十亩多大，堤上绿槐碧柳，浓阴蔽日；池曲红妆翠盖，艳色映人。有诗为证：

凌波仙子斗新妆，七窍虚心吐异香。
何似花神多薄幸，故将颜色恼人肠。

原来那池也有个名色，唤做"滟碧池"。池心中有座亭子，名曰"锦云亭"。此亭四面皆水，不设桥梁，以采莲舟为渡，乃卢楠纳凉之处。门公与差人下了采莲舟，荡动画桨，顷刻到了亭边，系舟登岸。差人举目看那亭子，周围朱栏画槛，翠幔纱窗；荷香馥馥，清风徐徐；水中金鱼戏藻，梁间紫燕寻巢；鸥鹭争飞叶底，鸳鸯对浴岸旁。去那亭中看时，只见藤床湘簟，石榻竹儿，瓶中供千叶碧莲，炉内焚百和名香。卢楠科头跣足，斜据石榻。面前放一帙古书，手中执着酒杯。旁边冰盘中，列着金桃雪藕，沉李浮瓜，又有几味案酒。一个小厮捧壶，一个小厮打扇。他便看几行书，饮一杯酒，自取其乐。差人未敢上前，在侧边暗想道："同是父母生长，他如何有这般受用！就是我本官中过进士，还有许多劳碌，怎及得他的自在！"卢楠抬头看见，即问道："你就是县里差来的么？"差人应道："小人正是。"卢楠道："你那本官到也好笑，屡次订期定日，却又不来。如今又说要看荷花，恁样不爽利，亏他怎地做了官！我也没有许多闲工夫与他缠帐，任凭他有兴便来，不奈烦又约日子。"差人道："老爷多拜上相公，说久仰相公高才，如渴思浆，巴不得来请教，连次皆为不得已事羁住，故此失约。还求相公期个日子，小人好去回话。"卢楠见来人说话伶俐，却也听信了他，乃道："既如此，竟在后日。"差人得了言语，讨个回帖，同门公依旧下船，划到柳阴堤下上岸，自去回复了知县。那汪知县至后日早衙，发落了些公事，约莫午牌时候，起身去拜卢楠。谁想正值三伏之时，连日酷热非常，汪知县已受了些暑气，这时却又在正午，那轮红日犹如一团烈火，热得他眼中火冒，口内烟生。刚到半路，觉道天旋地转，从桥上直撞下来，险些儿闷死在地。从人急忙救起，抬回县中，送入私衙，渐渐苏醒。吩咐差人辞了卢楠，一面请太医调治。足足里病了一个多月，方才出堂理事，不在话下。且说卢楠一日在书房中，查点往来礼物，检着汪知县这封书仪，想道：“我与他水米无交，如何白白里受他的东西？须把来消豁了，方才干净！”到八月中，差人来请汪知县中秋夜赏月。那知县却也正有此意，见来相请，好生欢喜。取回帖打发来人，说：“多拜上相公，至期准赴。”那知县乃一县之主，难道刚刚只有卢楠请他赏月不成？少不得初十边，就有乡绅同僚中相请，况又是个好饮之徒，可有不去的理么？定然一家家挨次都到，至十四这日，辞了外边酒席，于衙中整备家宴，与夫人在庭中玩赏。那晚月色分外皎洁，比寻常更是不同。有诗为证：

玉宇淡悠悠，金波彻夜流。

最怜圆缺处，曾照古今愁。

风露孤轮影，山河一气秋。

何人吹铁笛？乘醉倚南楼。

夫妻对酌，直饮到酩酊，方才入寝。那知县一来是新起病的人，元神未复；二来连日沉酣糟粕，趁着酒兴，未免走了酒字下这道儿；三来这晚露坐夜深，着了些风寒。三合凑又病起来。眼见得卢楠赏月之约，又虚过了。调摄数日，方能痊可。那知县在衙中无聊，量道卢楠园中桂花必盛，意欲借此排遣。适值有个江南客来打抽丰，送两大坛惠山泉酒，汪知县就把一坛，差人转送与卢楠。卢楠见说是美酒，正中其怀，无限欢喜，乃道：“他的政事文章，我也一概勿论，只这酒中，想亦是知味的了。”即写帖请汪知县后日来赏桂花。有诗为证：

凉影一帘分夜月，天宫万斛动秋风。

淮南何用歌《招隐》？自可淹留桂树丛。

自古道：一饮一啄，莫非前定。像汪知县是个父母官，肯屈已去见个士人，岂不是件异事。谁知两下机缘未到，临期定然生出事故，不能相会。这番请赏桂花，汪知县满意要尽竟日之欢，罄夙昔仰想之诚。不料是日还在眠床上，外面就传板进来报：“山西理刑赵爷行取入京，已至河下！”恰正是汪知县乡试房师，怎敢怠慢？即忙起身梳洗，出衙上轿，往河下迎接，设宴款待。你想两个得意师生，没有就相别之理，少不得盘桓数日，方才转身。这桂花已是：

飘残金粟随风舞，零乱天香地满铺。

却说卢楠索性刚直豪爽，是个傲上矜下之人，见汪知县屡次卑词尽敬，以其好贤，遂有俯交之念。时值九月末旬，园中菊花种数甚多，内中惟有三种为贵。那三种？

鹤翎、剪绒、西施。

每一种各有几般颜色，花大而媚，所以贵重。有《菊花诗》为证：

不共春风斗百芳，自甘篱落傲秋霜。

园林一片萧疏景，几朵依稀散晚香。

卢楠因想汪知县几遍要看园景，却俱中止，今趁此菊花盛时，何不请来一玩？也不枉他一番敬慕之情。即写帖儿，差人去请次日赏菊。家人拿着帖子，来到县里，正值知县在堂理事，一径走到堂上跪下，把帖子呈上，禀道："家相公多拜上老爷，园中菊花盛开，特请老爷明日赏玩。"汪知县正想要去看菊，因屡次失约，难好启齿；今见特地来请，正是挖耳当招，深中其意。看了帖子，乃道："拜上相公，明日早来领教。"那家人得了言语，即便归家回覆家主道："汪老爷拜上相公，明日绝早就来。"那知县说"明日早来"，不过是随口的话，那家人改做"绝早就来"，这也是一时错讹之言。不想因这句错话上，得罪于知县，后来把天大家私弄得罄尽，险些儿连性命都送了。正是：

舌为利害本，口是祸福门。

当下卢楠心下想道："这知县也好笑，那见赴人筵席，有个绝早就来之理。"又想道："或者慕我家园亭，要尽竟日之游。"吩咐厨夫："大爷明日绝早就来，酒席须要早些完备。"那厨夫听见知县早来，恐怕临时误事，隔夜就手忙足乱收拾。卢楠到次早吩咐门上人："今日若有客来，一概相辞，不必通报！"又将个名帖，差人去邀请知县。不到朝食时，酒席都已完备，排设在燕喜堂中。上下两席，并无别客相陪。那酒席铺设得花锦相似！正是：

富家一席酒，穷汉半年粮。

且说知县那日早衙，投文已过，也不退堂，就要去赴酌。因见天色太早，恐酒席未完，吊一起公事来问。那公事却是新拿到一班强盗，专在卫河里打劫来往客商，因都在娼家宿歇，露出马脚，被捕人拿住。解到本县，当下一讯都招。内中一个叫做石雪哥，又扳出本县一个开肉铺的王屠，也是同伙，即差人去拿到。知县问道："王屠！石雪哥招称你是同伙，赃物俱窝顿你家，从实供招，免受刑罚。"王屠禀道："爷爷！小人是个守法良民，就在老爷马足下开个肉铺生理，平昔间就街市上不十分行走，那有这事。

莫说与他是个同伙，就是他面貌，从不曾识认。老爷不信，拘邻里来问平日所行所为，就明白了。”知县又叫石雪哥道：“你莫要诬陷平人，若审出是扳害的，本时就打死你这奴才！”石雪哥道：“小的并非扳害，真实是同伙。”王屠叫道：“我认也认不得你，如何是同伙？”石雪哥道：“王屠！我与你一向同做伙计，怎么诈不认得？就是今日，本心原要出脱你的，只为受刑不过，一时间说了出来，你不可怪我！”王屠叫屈连天道：“这是那里说起？”知县喝交一齐夹起来。可怜王屠夹得死而复苏，不肯招承。这强盗咬定是个同伙，虽夹死终不改口。是巳牌时分，夹到日已倒西，两下各执一词，难以定招。此时知县一心要去赴宴，已不耐烦，遂依着强盗口词，葫芦提将王屠问成斩罪，其家私尽作赃物入官。画供已毕，一齐发下死囚牢里，即起身上轿，到卢楠家去吃酒不提。

你道这强盗为甚死咬定王屠是个同伙？那石雪哥当初原是个做小经纪的人，因染了时疫症，把本钱用完，连几件破家伙，也卖来吃在肚里。及至病好，却没本钱去做生意，只存得一只锅儿，要把去卖几十文钱来营运度日。旁边却又有些破的，生出一个计较，将锅煤拌着泥儿涂好，做个草标儿，提上街去卖。转了半日，都嫌是破的，无人肯买。落后走到王屠对门开米铺的田大郎门首，叫住要买。那田大郎是个近觑眼，却看不出损处，一口就还八十文钱。石雪哥也就肯了。田大郎将钱递与石雪哥，接过手刚在那里数明，不想王屠在对门看见，叫道：“大郎！你且仔细看看，莫要买了破的！”这是嘲他眼力不济，乃一时戏谑之言。谁知田大郎真个重新仔细一看，看出那个破损处来，对王屠道：“早是你说，不然几乎被他哄了，果然是破的。”连忙讨了铜钱，退还锅子。石雪哥初时买成了，心中正在欢喜；次后讨了钱去，心中痛恨王屠，恨不得与他性命相搏。只为自己货儿果然破损，没个因头，难好开口，忍着一肚子恶气，提着锅子转身。临行时，还把王屠怒目而视，巴不能等他问一声，就要与他厮闹。那王屠出自无心，那个去看他。石雪哥见不来招揽，只得自去。不想心中气闷，不曾照管得，脚下绊上一跤，把锅子打做千百来块，将王屠就恨入骨髓。思想没了生计，欲要寻条死路，诈那王屠，却又舍不得性命。没甚计较，就学做夜行人，到也顺溜，手到擒来。做了年余，嫌这生意微细，合入大队里，在卫河中巡绰，得来大碗酒、大块肉，好不快活！那时反又感激王屠起来。他道是：“当日若没有王屠这一句话，卖成这只锅子，有了本钱，这时只做小生意过日，那有恁般快活！”及至恶贯满盈，被拿到官，情真罪当，料无生理，却又想起昔年的事来：“那日若不是他说破，卖这几十文钱做生意度日，不见致有今日。”所以扳害王屠，一口咬定，死也不放。故此他便认得王屠，王屠却不相认。后来直到秋后典刑，齐绑在法场上，王屠问道：“今日总是死了，你且说与我有甚冤仇，害我致此？说个明白，死也甘心！”石雪哥方把前情说出。王屠连喊冤枉，要辨明这事。你想此际有那个来采你？只好含冤而死。正是：

只因一句闲言语，断送堂堂六尺躯。

闲话休题。且说卢楠早上候起，已至巳牌，不见知县来到，又差人去打听，回报说在那里审问公事。卢楠心上就有三四分不乐，道：“既约了绝早就来，如何这时候还问公事？”停了一回，还不见到，又差人去打听，来报说：“这件公事还未问完哩，”卢楠不乐有六七分了，想道：“是我请他的不是，只得耐这次罢。”俗语道得好，等人性急。略过一回，又差人去打听，这人行无一箭之远，又差一人前去，顷刻就差上五六个人去打听。少停一齐转来回覆说：“正在堂上夹人，想这事急切未得完哩。”卢楠听见这话，凑成十分不乐，心中大怒道：“原来这俗物一无可取，却只管来缠帐，几乎错认了！如今幸尔还好。”即令家人撤开下面这桌酒席，走上前居中向外而坐，叫道：“快把大杯洒热酒来，洗涤俗肠！”家人都禀道：“恐大爷一时来到。”卢楠睁起眼喝道：“哇！还说甚大爷？我这酒可是与俗物吃的么？”家人见家主发怒，谁敢再言，只得把大杯斟上，厨下将肴馔供出。小奚在堂中宫商迭奏，丝竹并呈。卢楠饮了数杯，又讨出大碗，一连吃上十数多碗。吃得性起，把巾服都脱去了，跣足蓬头，踞坐于椅上，将肴馔撤去，止留果品案酒，又吃上十来大碗。连果品也赏了小奚，惟饮寡酒，又吃上几碗。卢楠酒量虽高，原吃不得急酒，因一时恼怒，连饮了几十碗，不觉大醉，就靠在桌上齁齁睡去。家人谁敢去惊动，整整齐齐，都站在两旁伺候。里边卢楠便醉了，外面管园的却不晓得。远远望见知县头踏来，急忙进来通报。到了堂中，看见家主已醉，到吃一惊道：“大爷已是到了，相公如何先饮得这个模样？”众家人听得知县来到，都面面相觑，没做理会，齐道：“那桌酒便还在，但相公不能够醒，却怎好？”管园的道：“且叫醒转来，扶醉陪他一陪也罢。终不然特地请来，冷淡他去不成！”众家人只得上前叫唤，喉咙都喊破了，如何得醒？渐渐听得人声喧杂，料道是知县进来，慌了手脚，四散躲过，单单撇下卢楠一人。只因这番，有分教：佳宾贤主，变为百世冤家；好景名花，化作一场春梦。正是：

盛衰有命天为主，
祸福无门人自生。

且说汪知县离了县中，来到卢家园门首，不见卢楠迎接，也没有一个家人俟候。从人乱叫：“门上有人么？快去通报，大爷到了！”并无一人答应。知县料是管门的已进去报了，遂吩咐：“不必呼唤！”竟自进去。只见门上一个扁额，白地翠书“啸圃”两个大字。进了园门，一带都是柏屏，转过湾来，又显出一座门楼，上书“隔凡”二字。过了此门，便是一条松径。绕出松林，打一看时，但见山岭参差，楼台缥缈，草木萧疏，花竹围环。知县见布置精巧，景色清幽，心下暗喜道：“高人胸次，自是不同。”但不闻得一些人声，又不见卢楠相迎，未免疑惑。也还道是园中径路错杂，或者从别道往外迎我，故此相左。一行人在园中，任意东穿西走，反去寻觅主人。次后来到一个所在，却是三间大堂。一望菊花数百，霜英灿烂，枫叶万树，拥若丹霞，橙橘相亚，累累如金。池边芙蓉千百株，颜色或深或浅，绿水红葩，高下相映，鸳鸯、凫鸭之类，戏狎其下。汪知县想道：“他请我看菊，必在这个堂中了。”径至堂前下轿。走入看时，那里见甚酒席，惟有一人蓬头跣足，居中向外而坐，靠在桌上打齁，此外更无一个人影。从人赶向前乱喊：“老爷到了，还不起来！”汪知县举目看他身上服色不像以下之人，又见旁边放着葛巾野服，吩咐且莫叫唤，看是何等样人。那常来下帖的差人，向前仔细一看，认得是卢楠，禀道：“这就是卢相公，醉倒在此！”汪知县闻言，登时紫涨了面皮，心下大怒道：“这厮恁般无理！故意哄我上门羞辱。”欲

得教从人将花木打个希烂，又想不是官体，忍着一肚子恶气，急忙上轿，吩咐回县。轿夫抬起，打从旧路，直至园门首，依原不见一人。那些皂快，没一个不摇首咋舌道："他不过是个监生，如何将官府恁般藐视？这也是件异事！"知县在轿上听见，自觉没趣，恼怒愈加。想道："他总然才高，也是我的治下，曾请过数遍，不肯来见，情愿就见，又馈送银酒，我亦可为折节敬贤之至矣！他却如此无理，将我侮慢。且莫说我是父母官，即便平交，也不该如此！"到了县里，怒气不息，即便退入私衙不提。且说卢楠这些家人、小厮，见知县去后，方才出头，到堂中看家主时，睡得正浓，直至更余方醒。众人说道："适才相公睡后，大爷就来，见相公睡着，便起身而去。"卢楠道："可有甚话说？"众人道："小人们恐难好答应，俱走过一边，不曾看见。"卢楠道："正该如此！"又懊悔道："是我一时性急，不曾吩咐闭了园门，却被这俗物直至此间，践污了地上。"教管园的明早快挑水，将他进来的路径扫涤干净。又着人寻访常来下帖的差人，将向日所送书仪，并那坛泉酒，发还与他。那差人不敢隐匿，遂即到县里去缴还。不在话下。

却说汪知县退到衙中，夫人接着，见他怒气冲天，问道："你去赴宴，如何这般气恼？"汪知县将其事说知。夫人道："这都是自取，怪不得别人！你是个父母官，横行直撞，少不得有人奉承；如何屡屡卑污苟贱，反去请教子民。他总是有才，与你何益？今日讨恁般怠慢，可知好么！"汪知县又被夫人抢白了几句，一发怒上加怒，坐在交椅上，气愤愤的半晌无语。夫人道："何消气得，自古道：破家县令。"只这四个字，把汪知县从睡梦中唤醒，放下了怜才敬士之心，顿提起生事害人之念。当下口中不语，心下踌躇，寻思计策安排卢生："必置之死地，方泄吾恨！"当夜无话。汪知县早衙已过，次日唤一个心腹令史进衙商议。那令史姓谭，名遵，颇有才干，惯与知县通赃过付，是一个积年滑吏。当下知县先把卢楠得罪之事叙过，次说要访他过恶参之，以报其恨。谭遵道："老爷要与卢楠作对，不是轻举妄动的。须寻得一件没躲闪的大事，坐在他身上，方可完得性命。那参访一节，恐未必了事，在老爷反有干碍。"汪知县道："却是为何？"谭遵道："卢楠与小人原是同里，晓得他多有大官府往来，且又家私豪富。平昔虽则恃才狂放，却没甚违法之事。总然拿了，少不得有天大分上到上司处挽回，决不至死的田地。那时怀恨挟仇，老爷岂不反受其累？"汪知县道："此言虽是，但他恁般放肆，定有几件恶端。你去细细访来，我自有处！”谭遵答应出来，只见外边缴进原送卢楠的书仪、泉酒，知县见了，转觉没趣。无处出气，迁怒到差人身上，说道：“不该收他的回来！”打了二十毛板，就将银、酒都赏了差人。正是：

劝君莫作伤心事，世上应多切齿人。

话分两头。却说浮邱山脚下有个农家，叫做钮成，老婆金氏。夫妻两口，家道贫寒，却又少些行止，因此无人肯把田与他耕种，历年只在卢楠家做长工过日。二年前，生了个儿子，那些一般做工的，同卢家几个家人，斗分子与他贺喜。论起钮成恁般穷汉，只该辞了才是。十分情不可却，称家有无，胡乱请众人吃三杯，可也罢了。不想他却弄空头，装好汉，写身子与卢楠家人卢才，抵借二两银子，整个大大筵席，款待众人。邻里尽送汤饼，热烘烘倒像个财主家行事。外边正吃得快活，那得知孩子隔日被猫惊了，这时了帐，十分败兴，不能够尽欢而散。

那卢才肯借银子与钮成，原怀着个不良之念。你道为何？因见钮成老婆有三四分颜色，指望以此为由，要勾搭这婆娘。谁知缘分浅薄，这婆娘情愿白白里与别人做些交易，偏不肯上卢才的桩儿，反去学向老公说卢才怎样来调戏。钮成认做老婆是贞节妇人，把卢才恨入骨髓，立意要赖他这项银子。卢才踅了年余，见这婆娘妆乔做样，料道不能勾上钩，也把念头休了，一味索银。两下面红了好几场，只是没有。有人教卢才个法儿道：“他年年在你家做长工，何不耐到发工银时，一并扣清，可不干净？”卢才依了此言，再不与他催讨。等到十二月中，打听了发银日子，紧紧伺候。那卢楠田产广多，除了家人，顾工的也有整百。每年至十二月中预发来岁工银。到了是日，众长工一齐进去领银。卢楠恐家人们作弊，短少了众人的，亲自唱名亲发，还赏一顿酒饭，吃个醉饱，叩谢而出。刚至宅门口，卢才一把扯住钮成，问他要银。那钮成一则还钱肉痛，二则怪他调戏老婆，乘着几杯酒兴，反撒赖起来，将银塞在兜肚里，骂道：“狗奴才！只欠得这丢银子，便生心来欺负老爷！今日与你性命相博！”当胸撞一个满怀。卢才不曾提防，踉踉跄跄，倒退了十数步，几乎跌上一跤。恼动性子，赶上来便打。那句“狗奴才”却又犯了众怒，家人们齐道：“这厮恁般放泼！总使你的理直，到底是我家长工，也该让我们一分。怎地欠了银子，反要行凶？打这狗亡八！”齐拥上前乱打。常言道，双拳不敌四手。钮成独自一个，如何抵当得许多人，着实受了一顿拳脚。卢才看见银子藏在兜肚中，扯断带子，夺过去了。众长工再三苦劝，方才住手，推着钮成回家。不道卢柟在书房中隐隐听得门首喧嚷，唤管门的查问。他的家法最严，管门的恐怕连累，从实禀说。卢柟即叫卢才进去，说道："我有示在先，家人不许擅放私债，盘算小民。如有此等，定行追还原券，重责逐出。你怎么故违我法，却又截抢工银，行凶打他？这等放肆可恶！"登时追出兜肚银子并那纸文契，打了二十，逐出不用。吩咐管门的："钮成来时，着他来见我，领了银券去。"管门的连声答应出来。不提。

且说钮成刚吃饱得酒食，受了这顿拳头脚尖，银子原被夺去，转思转恼，愈想愈气。到半夜里火一般发热起来，觉道心头胀闷难过，次日便爬不起来。到第二日早上，对老婆道："我觉得身子不好，莫不要死？你快去叫我哥哥来商议。"自古道无巧不成书。原来钮成有个嫡亲哥子钮文，正卖与令史谭遵家为奴。金氏平昔也曾到谭遵家几次，路径已熟，故此教他去叫。当下金氏听见老公说出要死的话，心下着忙，带转门儿，冒着风寒，一径往县中去寻钮文。

那谭遵四处察访卢柟的事过，并无一件；知县又再三催促，到是个两难之事。这一日正坐在公廨中，只见一个妇人慌慌张张的走入来，举目看时，不是别人，却是家人钮文的弟妇。金氏向前道了万福，问道："请问令史，我家伯伯可在么？"谭遵道："到县门前买小菜就来，你有甚事恁般惊惶？"金氏道："好教令史得知：我丈夫前日与卢监生家人卢才费口，夜间就病起来，如今十分沉重，特来寻伯伯去商量。"谭遵闻言，不胜欢喜。忙问道："且说为甚与他家费口？"金氏即将与卢才借银起，直至相打之事，细细说了一遍。谭遵道："原来恁地！你丈夫没事便罢，有些山高水低，急来报知，包在我身上，与你出气！还要他一注大财乡，够你下半世快活。"金氏道："若得令史张主，可知好么。"正说间，钮文已回。金氏将这事说知，一齐同去。临出门，谭遵又嘱咐道："如有变故，速速来报！"钮文应允。离了县中，不消一个时辰，早到家中。推门进去，不见一些声息。到床上看时，把二人吓做一跳。——原来直僵僵挺在上面，不知死过几时了。金氏便号淘大哭起来。正是：

夫妻本是同林鸟，大限来时各自飞。

那些东邻西舍听得哭声，都来观看，齐道："虎一般的后生，活活打死了。可怜！可怜！”钮文对金氏说道：“你且莫哭，同去报与我主人，再作区处。”金氏依言，锁了大门，嘱咐邻里看觑则个，跟着钮文就走。那邻里中商议道：“他家一定去告状了！地方人命重情，我们也须呈明，脱了干系。”随后也往县里去呈报。其时远近村坊尽知钮成已死，早有人报与卢楠。那卢楠原是疏略之人，两日钮成不去领这银券，连其事却也忘了，及至闻了此信，即差人去寻获卢才送官。那知卢才听见钮成死了，料道不肯干休，已先逃之夭夭。不在话下。

且说钮文、金氏，一口气跑到县里，报知谭遵。谭遵大喜，悄悄的先到县中禀了知县。出来与二人说明就里，教了说话，流水写起状词，单告卢楠强占金氏不遂，将钮成擒归打死。教二人击鼓叫冤。钮文依了家主，领着金氏，不管三七念一，执了一块木柴，把鼓乱敲，口内一片声叫喊：“救命！”衙门差役，自有谭遵吩咐，并无拦阻。汪知县呼得击鼓，即时升堂，唤钮文、金氏至案前。才看状词，恰好地邻也到了。知县专心在卢楠身上，也不看地邻呈子是怎样情由，假意问了几句，不等发房，即时出签，差人捉卢楠立刻赴县。公差又受了谭遵的叮嘱，道：“大爷恼得卢楠要紧，你们此去，只除妇女、孩子，其余但是男子汉，尽数拿来。”众皂快素知知县与卢监生有仇，况且是个大家，若还人少，进不得他家大门，遂聚起三兄四弟，共有四五十人，分明是一群猛虎。此时隆冬日短，天已傍晚，彤云密布，朔风凛冽，好不寒冷！谭遵要奉承知县，陪出酒浆，与众人先发个兴头。一家点起一根火把，飞奔至卢家门首，发一声喊，齐抢入去，逢着的便拿。家人们不知为甚，吓得东倒西歪，儿啼女哭，没奔一头处。卢楠娘子正同着丫头们，在房中围炉向火，忽闻得外面人声鼎沸，只道是漏了火，急叫丫鬟们观看。尚未动步，房门口早有家人报道：“大娘，不好了！外边无数人执着火把，打进来也！”卢楠娘子还认做强盗来打劫，惊得三十六个牙齿矻磴磴的相打，慌忙叫丫鬟快闭上房门。言犹未了，一片火光，早已拥入房里。那些丫头们奔走不迭，只叫：“大王爷饶命！”众人道：“胡说！我们是本县大爷差来拿卢楠的。什么大王爷！”卢楠娘子见说这话，就明白向日丈夫怠慢了知县，今日寻事故来摆布。便道：“既是公差，难道不知法度的？我家总有事在县，量来不过户婚田土的事罢了，须不是大逆不道，如何白日里不来，黑夜间率领多人，明火执杖，打入房帏，乘机抢劫？明日到公堂上去讲，该得何罪？”众公差道：“只要还了我卢楠，但凭到公堂上去讲！”遂满房遍搜一过，只拣器皿宝玩，取勾像意，方才出门。又打到别个房里，把姬妾们都惊得躲入床底下去。各处搜到，不见卢楠，料想必在园上，一齐又赶入去。卢楠正与四五个宾客，在暖阁上饮酒，小优两旁吹唱，恰好差去拿卢才的家人，在那里回话，又是两个乱喊上楼报道：“相公，祸事到也！”卢楠带醉问道：“有何祸事？”家人道：“不知为甚，许多人打进大宅抢劫东西，逢着的便被拿住，今已打入相公房中去了！”众宾客被这一惊，一滴酒也无了，齐道：“这是为何？可去看来！”便要起身。卢楠全不在意，反拦住道：“由他自抢，我们且吃酒，莫要败兴，快斟热酒来！”家人跌足道：“相公！外边恁般慌乱，如何还要饮酒！”说声未了，忽见楼前一派火光闪烁，众公差齐拥上楼。吓得那几个小优满楼乱滚，无处藏躲。卢楠大怒，喝道：“甚么人，敢到此放肆！”叫人快拿。众公差道：“本县大爷请你说话，只怕拿不得的！”一条索子，套在颈里，道：“快走！快走！”卢楠道：“我有何事，这等无礼！偏不去！”众公差道：“老实说：向日请便请你不动，如今拿到要拿去的！”牵着索子，推的推，扯的扯，拥下楼来。家人共拿了十四五个。众人还想连宾客都拿，内中有人认得，俱是贵家公子，又是有名头秀才，遂不敢去惹他。一行人离了园中，一路闹炒炒直至县里。这几个宾客，放心不下，也随来观看。躲过的家人，也自出头，奉着主母之命，将了银两，赶来央人使用打探。不在话下。

且说汪知县在堂等候，堂前灯笼火把，照耀浑如白昼，四下绝不闻一些人声。众公差押卢楠等，直至丹墀下。举目看那知县，满面杀气，分明坐下个阎罗天子。两行隶卒排列，也与牛头夜叉无二。家人们见了这个威势，一个个胆战心惊。众公差跑上堂禀道：“卢楠一起拿到了！”将一干人带上月台，齐齐跪下。钮文、金氏另跪在一边。惟有卢楠挺然居中而立。汪知县见他不跪，仔细看了一看，冷笑道：“是一个土豪！见了官府，犹恁般无状！在外安得不肆行无忌。我且不与你计较，暂请到监里去坐一坐。”卢楠倒走上三四步，横挺着身子说道：“就到监里去坐也不妨。只要说个明白，我得何罪，昏夜差人抄没？”知县道：“你强占良人妻女不遂，打死钮成，这罪也不小！”卢楠闻言，微微笑道：“我只道有甚天大事情，原来为钮成之事。据你说止不过要我偿他命罢了，何须大惊小怪。但钮成原系我家佣奴，与家人卢才口角而死，却与我无干；即使是我打死，亦无死罪之律。若必欲借彼证此，横加无影之罪，以雪私怨，我卢楠不难屈承，只怕公论难泯！”汪知县大怒道：“你打死平人，昭然耳目，却冒认为奴，污蔑问官，抗拒不跪。公堂之上，尚敢如此狂妄，平日豪横，不问可知矣！今且勿论人命真假，只抗逆父母官，该得何罪？”喝教拿下去打。众公差齐声答应，赶向前一把揪翻。卢楠叫道：“士可杀而不可辱，我卢楠堂堂汉子，何惜一死，却要用刑？任凭要我认那一等罪，无不如命，不消责罚！”众公差那里由他做主，按倒在地，打了三十。知县喝教住了，并家人齐发下狱中监禁。钮成尸首着地方买棺盛殓，发至官坛候验。钮文、金氏干证人等，召保听审。卢楠打得血肉淋漓，两个家人扶着，一路大笑走出仪门。这几个朋友上前相迎，家人们还恐怕来拿，远远而立，不敢近身。众友问道：“为甚事，就到杖责？”卢楠道：“并无别事，汪知县公报私仇，借家人卢才的假人命，装在我名下，要加个小小死罪！”众友惊骇道：“不信有此等奇冤！”内中一友叫道：“不打紧！待小弟回去，与家父说了，明日拉合县乡绅孝廉，与县公讲明，料县公难灭公论，自然开释。”卢楠道：“不消兄等费心，但凭他怎地摆布罢了！只有一件紧事，烦到家间说一声，教把酒多送几坛到狱中来。”众友道：“如今酒也该少饮。”卢楠笑道：“人生贵在适意，贫富荣辱，俱身外之事，于我何有！难道因他要害我，就不饮酒了？这是一刻也少不得的！”正在那里说话，一个狱卒推着背道：“快进狱去，有话另日再说！”那狱卒不是别人，叫做蔡贤，也是汪知县得用之人。卢楠睁起眼喝道：“咄！可恶！我自说话，与你何干？”蔡贤也焦躁道：“呵呀！你如今是个在官人犯了，这样公子气质，且请收起，用不着了。”卢楠大怒道：“什么在官人犯，就不进去，便怎么！”蔡贤还要回话，有几个老成的，将他推开，做好做歹，劝卢楠进了监门，众友也各自回去。卢楠家人自归家回复主母。不在话下。

原来卢楠出衙门时，谭遵紧随在后察访，这些说话，一句句听得明白，进衙报与知县。知县到次早只说有病，不出堂理事。众乡官来时，门上人连帖也不受。至午后忽地升堂，唤齐金氏一干人犯，并仵作人等，监中吊出卢楠主仆，径去检验钮成尸首。那仵作人已知县主之意，轻伤尽报做重伤，地邻也理会得知县要与卢楠作对，齐咬定卢楠打死。知县又哄卢楠将出钮成佣工文券，只认做假的，尽皆扯碎，严刑拷逼，问成死罪。又加二十大板，长枷手扭，下在死囚牢里。家人们一概三十，满徒三年，召保听候发落。金氏、钮文干证人等，发回宁家。尸棺俟详转定夺。将招由叠成文案，并卢楠抗逆不跪等情，细细开载在内，备文申报上司。虽众乡绅力为申理，知县执意不从。有诗为证：

县令从来可破家，冶长非罪亦堪嗟。

福堂今日容高士，名圃无人理百花。

且说卢楠本是贵介之人，生下一个脓窠疮儿，就要请医家调治的，如何经得这等刑杖？到得狱中，昏迷不醒。幸喜合监的人，知他是个有钱主儿，奉承不暇，流水把膏药末药送来。家中娘子又请太医来调治，外修内补，不够一月，平服如旧。那些亲友，络绎不绝，到监中候问。狱卒人等，已得了银子，欢天喜地，由他们直进直出，并无拦阻。内中单有蔡贤是知县心腹，如飞禀知县主，魆地到监点闸，搜出五六人来，却都是有名望的举人秀士，不好将他难为，教人送出狱门。又把卢楠打上二十。四五个狱卒，一概重责。那狱卒们明知是蔡贤的缘故，咬牙切齿！因是县主得用之人，谁敢与他计较。那卢楠平日受用的高堂大厦，锦衣玉食，眼内见的是竹木花卉，耳中闻的是笙箫细乐；到了晚间，娇姬美妾，倚翠偎红，似神仙般散诞的人。如今坐于狱中，住的却是钻头不进半塌不倒的房子；眼前见的无非死犯重囚，言事嘈杂，面目凶顽，分明一班妖魔色怪；耳中闻的不过是脚镣手杻铁链之声；到了晚间，提铃喝号，击柝鸣锣，唱那歌儿，何等凄惨！他虽是豪迈之人，见了这般景象，也未免睹物伤情。恨不得胁下顷刻生出两个翅膀来，飞出狱中。又恨不得提把板斧，劈开狱门，连众犯也都放走。一念转着受辱光景，毛发倒竖，恨道："我卢楠做了一世好汉，却送在这个恶贼手里！如今陷于此间，怎能够出头日子。总然挣得出去，亦有何颜面见人！要这性命何用？不如寻个自尽，到得干净！"又想道："不可！不可！昔日成汤文王，有夏台羑里之囚；孙膑、马迁有刖足腐刑之辱。这几个都是圣贤，尚忍辱待时，我卢楠岂可短见！"却又想道："我卢楠相知满天下，身列缙绅者也不少，难道急难中就坐观成败？还是他们不晓得我受此奇冤？须索写书去通知，教他们到上司处挽回。"遂写起若干书启，差家人分头投递那些相知。也有见任，也有林下，见了书札，无不骇然；也有直达汪知县，要他宽罪的；也有托上司开招的。那些上司官，一来也晓得卢楠是当今才子，有心开释，都把招详驳下县里。回书中又露个题目，教卢楠家属前去告状，转批别衙门开招出罪。卢楠得了此信，心中暗喜，却教家人往各上司诉冤，果然都批发本府理刑勘问。理刑官先已有人致意。不在话下。

却说汪知县几日间连接数十封书札，都是与卢楠求解的。正在踌躇，忽见各上司招详，又都驳转。过了几日，理刑厅又行牌到县，吊卷提人。已明知上司有开招放他之意，心下老大惊惧，想道："这厮果然神通广大，身子坐在狱中，怎么各处关节已是布置到了？若此番脱漏出去，如何饶得我过！一不做，二不休，若不斩草除根，恐有后患。"当晚差谭遵下狱，教狱卒蔡贤拿卢楠到隐僻之处，遍身鞭朴，打勾半死，推倒在地，缚了手足，把土囊压住口鼻。那消一个时辰，呜呼哀哉！可怜满腹文章，到此冤沉狱底。正是：

英雄常抱千年恨，风木寒烟空断魂。

话分两头。却说浚县有个巡捕县丞，姓董，名绅，贡士出身，任事强干，用法平恕，见汪知县将卢楠屈陷大辟，十分不平。只因官卑职小，不好开口。每下狱查点，便与卢楠谈论，两下遂成相知。那晚恰好也进监巡视，不见了卢楠。问众狱卒时，都不肯说。恼动性子，一片声喝打，方才低低说："大爷差谭令史来讨气绝，已拿向后边去了。"董县丞大惊道："大爷乃一县父母，那有此事？必是你们这些奴才，索诈不遂，故此谋他性命！快引我去寻来！"众狱卒不敢违逆，直引至后边一条夹道中。劈面撞着谭遵、蔡贤，喝教拿住。上前观看，只见卢楠仰在地上，手足尽皆绑缚，面上压个土囊。董县丞叫左右提起土囊，高声叫唤，也是卢楠命不该死，渐渐苏醒。与他解去绳索，扶至房中，寻些热汤吃了，方能说话。乃将谭遵指挥蔡贤打骂谋害情由说出。董县丞安慰一番，教人服事他睡下。然后带谭遵，二人到于厅上。思想："这事虽然是县主之意，料今败露，也不敢承认；欲要拷问谭遵，又想他是县主心腹，只道我不存体面，反不为美。"单唤过蔡贤，要他招承与谭遵索诈不遂，同谋卢楠性命。那蔡贤初时只推县主所遣，不肯招承。董县丞大怒，喝教夹起来。那众狱卒因蔡贤向日报县主来闸监，打了板子，心中怀恨，寻过一副极短极紧的夹棍，才套上去，就喊叫起来，连称："愿招！"董县丞即便教住了。众狱卒恨着前日的毒气，只做不听见，倒务命收紧，夹得蔡贤叫爹叫娘，连祖宗十七八代尽叫出来。董县丞连声喝住，方才放了。把纸笔要他亲供，蔡贤只得依着董县丞说话供招。董县丞将来袖过，吩咐众狱卒："此二人不许擅自释放，待我见过大爷，然后来取。"起身出狱回衙，连夜备了文书。次早汪知县升堂，便去亲递。汪知县因不见谭遵回覆，正在疑惑；又见董县丞呈说这事，暗吃一惊，心中虽恨他冲破了网，却又奈何他不得。看了文书，只管摇头："恐没这事！"董县丞道："是晚生亲眼见的，怎说没有？堂尊若不信，唤二人对证便了。那谭遵犹可恕，这蔡贤最是无理，连堂尊也还污蔑；若不究治，何以惩戒后人！"汪知县被道着心事，满面通红，生怕传扬出去，坏了名声，只得把蔡贤问徒发遣。自此怀恨董县丞，寻两件风流事过，参与上司，罢官而去。此是后话不提。

再说汪知县因此谋不谐，遂具揭呈，送各上司；又差人往京中传送要道之人。大抵说：卢楠恃富横行乡党，结交势要，打死平人，抗送问官，营谋关节，希图脱罪。把情节做得十分利害，无非要张扬其事，使人不敢救援。又教谭遵将金氏出名，连夜刻起冤单，遍处粘帖。布置停当，然后备文起解到府。那推官原是没担当懦怯之辈，见汪知县揭帖并金氏冤单，果然恐怕是非，不敢开招，照旧申报上司。大凡刑狱，经过理刑问结，别官就不敢改动。卢楠指望这番脱离牢狱，谁道反坐实了一重死案。依旧发下浚县狱中监禁。还指望知县去任，再图昭雪。那知汪知县因扳翻了个有名富豪，京中多道他有风力，到得了个美名，行取入京，升为给事之职。他已居当道，卢楠总有通天摄地的神通，也没人敢翻他招案。有一巡按御史樊某，怜其冤枉，开招释罪。汪给事知道，授意与同科官，劾樊巡按一本，说他得了贿赂，卖放重囚，罢官回去。着府县原拿卢楠下狱。因此后来上司虽知其冤，谁肯舍了自己官职，出他的罪名。光阴迅速，卢楠在狱不觉又是十有余年，经了两个县官。那时金氏、钮文，虽都病故，汪给事却升了京堂之职，威势正盛，卢楠也不做出狱指望。不道灾星将退，那年又选一个新知县到任。只因这官人来，有分教：

此日重阴方启照，今朝甘露不成霜。

却说浚县新任知县姓陆，名光祖，乃浙江嘉兴府平湖县人氏。那官人胸藏锦绣，腹隐珠玑；有经天纬地之才，济世安民之术。出京时，汪公曾把卢楠的事相嘱，心下就有些疑惑，想道："虽是他旧任之事，今已年久，与他还有甚相干？谆谆教谕，其中必有缘故！"到任之后，访问邑中乡绅，都为称枉，叙其得罪之由。陆公还恐卢楠是个富家，央浼下的，未敢全信。又四下暗暗体访，所说皆同。乃道："既为民上，岂可以私怨罗织，陷人大辟？"欲要申文到上司，与他昭雪。又想道："若先申上司，必然行查驳勘，便不能决截了事；不如先开释了，然后申报。”遂吊出那宗卷来，细细查看，前后招由，并无一毫空隙。反复看了几次，想道：“此事不得卢才，如何结案？”乃出百金为信赏钱，立限与捕役要拿卢才。不一月，忽然获到，将严刑究讯，审出真情。遂援笔批云：

审得钮成以领工食银于卢楠家，为卢才叩债，以致争斗，则钮成为卢氏之雇工人也明矣。雇工人死，无家翁偿命之理。况放债者才，叩债者才，厮打者亦才，释才坐楠，律何称焉？才遁不到官，累及家翁，死有余辜，拟抵不枉。卢楠久陷于狱，亦一时之厄也！相应释放。云云。

当日监中取出卢楠，当堂打开枷杻，释放回家。合衙门人无不惊骇，就是卢楠也出自意外，甚以为异。陆公备起申文，把卢才起衅根由，并受枉始末，一一开叙，亲至府中，相见按院呈递。按院看了申文，道他擅行开释，必有私弊，问道：“闻得卢楠家中甚富，贤令独不避嫌乎？”陆公道：“知县但知奉法，不知避嫌。但知问其枉不枉，不知问其富不富。若是不枉，夷齐亦无生理。若是枉，陶朱亦无死法。”按院见说得词正理直，更不再问，乃道：“昔张公为廷尉，狱无冤民，贤令近之矣！敢不领教。”陆公辞谢而出。不提。

且说卢楠回至家中，合门庆幸，亲友尽来相贺。过了数日，卢楠差人打听陆公已是回县，要去作谢，他却也素位而行，换了青衣小帽。娘子道：“受了陆公这般大德大恩，须备些礼物去谢他便好！”卢楠说：“我看陆公所为，是有肝胆的豪杰，不比那龌龊贪利的小辈。若送礼去，反轻亵他了。”娘子道：“怎见得是反为轻亵？”卢楠道：“我沉冤十余载，上官皆避嫌不肯见原。陆公初莅此地，即廉知枉，毅然开释，此非有十二分才知，十二分胆识，安能如此！今若以利报之，正所谓故人知我，我不知故人也，如何使得！”即轻身而往。陆公因他是个才士，不好轻慢，请到后堂相见。卢楠见了陆公，长揖不拜。陆公暗以为奇，也还了一礼。遂教左右看坐。门子就扯把椅子，放在旁边。看官，你道有恁样奇事！那卢楠乃久滞的罪人，亏陆公救拔出狱，此是再生恩人，就磕穿头，也是该的，他却长揖不拜。若论别官府见如此无礼，心上定然不乐了。那陆公毫不介意，反又命坐，可见他度量宽洪，好贤极矣！谁想卢楠见教他旁坐，倒不悦起来，说道：“老父母，但有死罪的卢楠，没有旁坐的卢楠。”陆公闻言，即走下来，重新叙礼，说道："是学生得罪了！"即逊他上坐。两下谈今论古，十分款洽，只恨相见之晚，遂为至友。有诗为证：

昔闻长揖大将军，今见卢生抗陆君。

夕释桁阳朝上坐，丈夫意气薄青云。

话分两头。却说汪公闻得陆公释了卢楠，心中不忿，又托心腹，连按院劾上一本。按院也将汪公为县令时，挟怨诬人始末，细细详辩一本。倒下圣旨，将汪公罢官回去，按院照旧供职，陆公安然无恙。那时谭遵已省察在家，专一挑写词状。陆公廉访得实，参了上司，拿下狱中，问边远充军。卢楠从此自谓余生，绝意仕进，益放于诗酒；家事渐渐沦落，绝不为意。再说陆公在任，分文不要，爱民如子；况又发奸摘隐，剔清利弊，奸宄慑伏，盗贼屏迹，合县遂有神明之称，声名振于都下。只因不附权要，止迁南京礼部主事。离任之日，士民攀辕卧辙，泣声盈道，送至百里之外。那卢楠直送五百余里，两下依依不舍，欷歔而别。后来陆公累官至南京吏部尚书，卢楠家已赤贫，乃南游白下，依陆公为主。陆公待为上宾，每日供其酒资一千，纵其游玩山水。所到之处，必有题咏，都中传诵。一日游采石李学士祠，遇一赤脚道人，风致飘然，卢楠邀之同饮。道人亦出葫芦中玉液以酌卢楠。楠饮之，甘美异常！问道："此酒出于何处？"道人答道："此酒乃贫道所自造也。贫道结庵于庐山五老峰下，居士若能同游，当恣君斟酌耳！"卢楠道："既有美酝，何惮相从！"即刻到李学士祠中，作书寄谢陆公，不携行李，随着那赤脚道人而去。陆公见书，叹道："翛然而来，翛然而去，以乾坤为逆旅，以七尺为蜉蝣，真狂士也！"屡遣人于庐山五老峰下访之，不获。后十年，陆公致政归田，朝廷遣官存问。陆公使其次子往京谢恩，从人遇之于京都，寄问陆公安否。或云遇仙成道矣。后人有诗赞云：

命蹇英雄不自由，独将诗酒傲公侯。

一丝不挂飘然去，赢得高名万古留。

后人又有一诗警戒文人，莫学卢公以傲取祸。诗曰：

酒癖诗狂傲骨兼，高人每得俗人嫌。

劝人休蹈卢公辙，凡事还须学谨谦。

第十一卷　李汧公穷邸遇侠客

世事纷纷如弈棋，输赢变幻巧难窥。

但存方寸公平理，恩怨分明不用疑。

话说唐玄宗天宝年间，长安有一士人，姓房，名德，生得方面大耳，伟干丰躯。年纪三十以外，家贫落魄，十分淹蹇，全亏着浑家贝氏纺织度日。时遇深秋天气，头上还裹着一顶破头巾，身上穿着一件旧葛衣。那葛衣又逐缕缕绽开了，却与蓑衣相似。思想：天气渐寒，这模样怎生见人？知道老婆余得两匹布儿，欲要讨来做件衣服。谁知老婆原是小家子出身，器量最狭，却又配着一副悍毒的狠心肠。那张嘴头子，又巧于应变，赛过刀一般快，凭你什么事，高来高就，低来低对，死的也说得活起来，活的也说得死了去，是一个翻唇弄舌的婆娘。那婆娘看见房德没甚活路，靠他吃死饭，常把老公欺负。房德因不遇时，说嘴不响，每事只得让他，渐渐有几分惧内。是日贝氏正在那里思想，老公恁般的狼狈，如何得个好日？却又怨父母，嫁错了对头，赚了终身。心下正是十分烦恼，恰好触在气头上，乃道："老大一个汉子，没处寻饭吃，靠着女人过日。如今连衣服都要在老娘身上出豁，说出来可不羞么？"房德被抢白了这两句，满面羞惭。事在无奈，只得老着脸，低声下气道："娘子，一向深亏你的气力，感激不尽！但目下虽是落薄，少不得有好的日子，权借这布与我，后来发积时，大大报你的情罢！"贝氏摇手道："你的甜话儿哄得我多年了，信不过。这两匹布，老娘自要做件衣服过寒的，休得指望。"房德布又取不得，反讨了许多没趣。欲待厮闹一场，因怕老婆嘴舌又利，喉咙又响，恐被邻家听见，反妆幌子。敢怒而不敢言，别口气撞出门去，指望寻个相识告借。

走了大半日，一无所遇。那天却又与他做对头，偏生的忽地发一阵风雨起来。这件旧葛衣被风吹得飕飕如落叶之声，就长了一身寒栗子，冒着风雨，奔向前面一古寺中躲避。那寺名为云华禅寺。房德跨进山门看时，已先有个长大汉子，坐在左廊槛上。殿中一个老僧诵经。房德就向右廊槛上坐下，呆呆的看着天上，那雨渐渐止了，暗道："这时不走，只怕少刻又大起来。"却待转身，忽掉过头来，看见墙上画了一只禽鸟，翎毛儿、翅膀儿、足儿、尾儿，件件皆有，单单不画鸟头。天下有恁样空脑子的人，自己饥寒尚且难顾，有甚心肠，却评品这画的鸟来！想道："常闻得人说：画鸟先画头。这画法怎与人不同？却又不画完，是甚意故？"一头想，一头看，转觉这鸟画得可爱，乃道："我虽不晓此道，谅这鸟头也没甚难处，何不把来续完。"即往殿上与和尚借了一枝笔，蘸得墨饱，走来将鸟头画出，却也不十分丑，自觉欢喜道："我若学丹青，到可成得！"刚画时，左廊那汉子就捱过来观看，把房德上下仔细一相，笑容可掬，向前道："秀才！借一步说话。"房德道："足下是谁？有甚见教？"那汉道："秀才不消细问，同在下去，自有好处，"房德正在困穷之乡，听见说有好处，不胜之喜，将笔还了和尚，把破葛衣整一整，随那汉子前去。此时风雨虽止，地上好生泥泞，却也不顾。离了云华寺，直走出升平门，到乐游原旁边，这所在最是冷落。那汉子向一小角门上连叩三声。停了一回，有个人开门出来，也是个长大汉子，看见房德，亦甚欢喜，上前声喏。房德中心疑道："这两个汉子，是何等样人？不知请我来有甚好处？"问道："这里是谁家？"二汉答道："秀才到里边便晓得。"房德跨入门里，二汉原把门撑上，引他进去。及到里面，荆蓁满目，衰草漫天，乃是个败落花园。湾湾曲曲，转到一个半塌不倒的亭子上，里边又走出十四五个汉子，一个个身长臂大，面貌狰狞，见了房德，满面堆下笑来，道："秀才请进。"房德暗自惊骇道："这班人来得跷蹊，且看他有甚话说。"众人迎进亭中，相见已毕，逊在板凳上坐下，问道："秀才尊姓？"房德道："小生姓房。不知列位有何说话？"起初同行那汉道："实不相瞒，我众弟兄乃江湖上豪杰，专做这件没本钱的生意。只为俱是一勇之夫，前日几乎弄出事来。故此对天祷告，要觅个足智多谋的好汉，让他做个大哥，听其指挥。适来云华寺墙上画不完的禽鸟，便是众弟兄对天祷告，设下的誓愿，取羽翼俱全，单少头儿的意思。若合该兴隆，天遣个英雄好汉，补足这鸟，便迎请来为头。等候数日，未得其人。且喜天随人愿，今日遇见秀才恁般魁伟相貌，一定智勇兼备，正是真命寨主了！众兄弟今后任凭调度，保个终身安稳快活，可不好么？"对众人道："快去宰杀牲口，祭拜天地！”内中有三四个，一溜烟跑向后边去了。房德闻言道：“原来这班人，却是一伙强盗！我乃清清白白的人，如何做恁样事？”答道：“列位壮士在上，若要我做别事则可，这一桩实不敢奉命！”众人道：“却是为何？”房德道：“我乃读书之人，还要巴个出身日子，怎肯干这等犯法的勾当？”众人道：“秀才所言差矣！方今杨国忠为相，卖官鬻爵，有钱的，便做大官；除了钱时，就是李太白恁样高才，也受了他的恶气，不能得中，若非辨识番书，恐此时还是个白衣秀士哩。不是冒犯秀才说，看你身上这般光景，也不像有钱的，如何指望官做？不如从了我们，大碗酒，大块肉，整套穿衣，论秤分金，且又让你做个掌盘，何等快活散诞！倘若有些气象时，据着个山寨，称孤道寡，也繇得你。”房德沉吟未答。那汉又道：“秀才十分不肯时，也不敢相强。但只是来得去不得，不从时，便要坏你性命，这却莫怪！”都向靴里飕的拔出刀来，吓得房德魂不附体，倒退十数步来道：“列位莫动手！容再商量。”众人道：“从不从，一言而决，有甚商量？”房德想道：“这般荒僻所在，若不依他，岂不白白送了性命，有那个知得？且哄过一时，到明日脱身去出首罢！”算计已定，乃道：“多承列位壮士见爱，但小生平昔胆怯，恐做不得此事。”众人道：“不打紧，初时便胆怯，做过几次，就不觉了。”房德道：“既如此，只得顺从列位。”众人大喜，把刀依旧纳在靴中道：“即今已是一家，皆以弟兄相称了。快将衣服来与大哥换过，好拜天地！”便进去捧出一套锦衣，一顶新唐巾，一双新靴，房德着扮起来，威仪比前更是不同。众人齐声喝采道：“大哥这个人品，莫说做掌盘，就是皇帝，也做得过！”

古语云：不见可欲，使心不乱。房德本是个贫士，这般华服，从不曾着体；如今忽地焕然一新，不觉动其念，把众人那班说话，细细一味，转觉有理。想道：“如今果是杨国忠为相，贿赂公行，不知埋没了多少高才绝学。像我恁样平常学问，真个如何能够官做？若不得官，终身贫贱，反不如这班人受用了。”又想起：“见今恁般深秋天气，还穿着破葛衣，与浑家要匹布儿做件衣服，尚不能够；及至仰告亲识，又并无一个肯慨然周济。看起来到是这班人义气，与他素无相识，就把如此华美衣服与我穿着，又推我为主。便依他们胡做一场，到也落得半世快活！”却又想道：“不可！不可！倘被人拿住，这性命就休了！”正在胡思乱想，把肠子搅得七横八竖，疑惑不定，只见众人忙摆香案，抬出一口猪，一腔羊，当天排列，连房德共是十八个好汉，一齐跪下，拈香设誓，歃血为盟。祭过了天地，又与房德八拜为交，各叙姓名。少顷摆上酒肴，请房德坐了第一席。肥甘美酝，恣意饮啖。房德日常不过黄齑淡饭，尚且自不全，间或觅得些酒肉，也不能够趁心醉饱。今日这番受用，喜出望外。且又众人轮流把盏，大哥前，大哥后，奉承得眉花眼笑。起初还在欲为未为之间，到此时便肯死心塌地，做这桩事了。想道："或者我命里合该有些造化，遇着这班弟兄扶助，真个弄出大事业来也未可知。若是小就时，只做两三次，寻了些财物，即便罢手，料必无人晓得。然后去打杨国忠的关节，觅得个官儿，岂不美哉！万一败露，已是享用过头，便吃刀吃剐，亦所甘心，也强如担饥受冻，一生做个饿莩！"有诗为证：

风雨萧萧夜正寒，扁舟急桨上危滩。

也知此去波涛恶，只为饥寒二字难。

众人杯来盏去，直吃到黄昏时候。一人道："今日大哥初聚，何不就发个利市？"众人齐声道："言之有理！还是到那一家去好？"房德道："京都富家，无过是延平门王元宝这老儿为最；况且又在城外，没有官兵巡逻。前后路径，我皆熟惯。只这一处，就抵得十数家了，不知列位以为何如？"众人喜道："不瞒大哥说，这老儿我们也在心久了。只因未得其便，不想却与大哥暗合，足见同心！"即将酒席收过，取出硫磺焰硝火把器械之类，一齐扎缚起来。但见：

白布罗头，鞋兜脚。脸上抹黑搽红，手内提刀持斧。裤裩刚过膝，牢拴裹肚；衲袄却齐腰，紧缠搭膊。一队么魔来世界，数群虎豹入山林。

众人结束停当，捱至更余天气，出了园门，将门反撑好了，如疾风骤雨而来。这延平门离乐游原约有六七里之远，不多时就到了。且说王元宝乃京兆尹王杻的族兄，家有敌国之富，名闻天下。玄宗天子亦尝召见。三日前被小偷窃了若干财物，告知王杻，责令不良人捕获，又拨三十名健儿防护。不想房德这班人晦气，正撞在网里。当下众强盗取出火种，引着火把，照耀浑如白昼，轮起刀斧，一路砍门进去。那些防护健儿并家人等，俱从睡梦中惊醒，鸣锣呐喊，各执棍棒上前擒拿。庄前庄后邻家闻得，都来救护。这班强盗见人已众了，心下慌张，便放起火来，夺路而走。王家人分一半救火，一半追赶上去，团团围住。众强盗拚命死战，戳伤了几个庄客，终是寡不敌众，被打翻数人，余皆尽力奔脱。房德亦在打翻数内，一齐绳穿索缚，等到天明，解进京兆尹衙门，王杻发下畿尉推问。那畿尉姓李，名勉，字玄卿，乃宗室之子。素性忠贞尚义，有经天纬地之才，济世安民之志。只为李林甫、杨国忠相继为相，妒贤嫉能，病国殃民，屈在下僚，不能施展其才。这畿尉品级虽卑，却是个刑名官儿，凡捕到盗贼，俱属鞠讯；上司刑狱，悉委推勘。故历任的畿尉，定是酷吏，专用那周兴、来俊臣、索元礼遗下有名色的极刑。是那几般名色？有《西江月》为证：

犊子悬车可畏，驴儿拔橛堪哀！凤凰晒翅命难挨，童子参禅魂捽。

玉女登梯最惨，仙人献果伤哉！猕猴钻火不招来，换个夜叉望海。

那些酷吏，一来仗刑立威；二来或是权要嘱托希承其旨，每事不问情真情枉，一味严刑锻炼，罗织成招。任你铜筋铁骨的好汉，到此也胆丧魂惊，不知断送了多少忠臣义士！惟有李勉与他尉不同，专尚平恕，一切惨酷之刑，置而不用，临事务在得情，故此并无冤狱。那一日正值早衙，京尹发下这件事来，十来个强盗，五六个戳伤庄客，跪做一庭；行凶刀斧，都堆在阶下。李勉举目看时，内中惟有房德，人材雄伟，丰彩非凡，想道："恁样一条汉子，如何为盗？"心下就怀个矜怜之念。当下先唤巡逻的，并王家庄客，问了被劫情由；然后又问众盗姓名，逐一细鞫。俱系当下就擒，不待用刑，尽皆款伏。又招出党羽窟穴，李勉即差不良人前去捕缉。问至房德，乃匍匐到案前，含泪而言道："小人自幼业儒，原非盗辈。止因家贫无措，昨到亲戚处告贷，为雨阻于云华寺中，被此辈以计诱威逼入伙，出于无奈！"遂将画鸟及入伙前后事，一一细诉。李勉已是惜其材貌，又见他说得情词可悯，便有意释放他。却又想："一伙同罪，独放一人，公论难泯。况是上司所委，如何回覆？除非如此如此。"乃假意叱喝下去，吩咐俱上了枷杻，禁于狱中，俟拿到余党再问。砍伤庄客，遣回调理。巡逻人记功有赏。

发落众人去后，即唤狱卒王太进衙。——原来王太昔年因误触了本官，被诬构成死罪，也亏李勉审出，原在衙门服役。那王太感激李勉之德，凡有委托，无不尽力，为此就参他做押狱之长。——当下李勉吩咐道："适来强人内有个房德，我看此人相貌轩昂，言词挺拔，是个未遇时的豪杰。有心要出脱他，因碍着众人，不好当堂明放。托在你身上，觑个方便，纵他逃走。"取过三两一封银子，教他递与，赠为盘费，速往远处潜避，莫在近边，又为人所获。王太道："相公吩咐，怎敢有违？但恐遗累众狱卒，却如何处？"李勉道："你放他去后，即引妻小，躲入我衙中，将申文俱做于你的名下，众人自然无事。你在我左右，做个亲随，岂不强如做这贱役？"王太道："因得相公收留，在衙伏侍，万分好了！"将银袖过，急急出衙，来到狱中，对小牢子道："新到囚犯，未经刑杖，莫教聚于一处，恐弄出些事来。"小牢子依言，遂将众人四散分开。王太独引房德置在一个僻静之处，把本官美意，细细说出，又将银两交与。房德不胜感激道："烦禁长哥致谢相公，小人今生若不能补报，死当作犬马酬恩！"王太道："相公一片热肠救你，那指望报答？但愿你此去，改行从善，莫负相公起死回生之德！"房德道："多感禁长哥指教，敢不佩领。"捱到傍晚，王太眼同众牢子将众犯尽上囚床，第一个先从房德起，然后挨次而去。王太觑众人正手忙脚乱之时，捉空踅过来，将房德放起，开了枷锁，又把自己旧衣帽与他穿了，引至监门口。且喜内外更无一人来往，急忙开了狱门，扨他出去。房德拽开脚步，不顾高低，也不敢回家，挨出城门，连夜而走。心中思想："多感畿尉相公救了性命，如今投兀谁好？想起当今惟有安禄山，最为天子宠任，收罗豪杰，何不投之？"遂取路直至范阳。恰好遇着个故友严庄，为范阳长史，引见禄山。那时安禄山久蓄异志，专一招亡纳叛，见房德生得人材出众，谈吐投机，遂留于部下。房德住了几时，暗地差人迎取妻子到彼，不在话下。正是：

挣破天罗地网，撇开闷海愁城。

得意尽夸今日，回头却认前生。

且说王太当晚，只推家中有事要回，吩咐众牢子好生照管，将钥匙交付明白。出了狱门，来至家中，收拾囊箧，悄悄领着妻子，连夜躲入李勉衙中，不提。且说众牢子到次早放众囚水火，看房德时，枷锁撇在半边，不知几时逃去了。众人都惊得面如土色，叫苦不迭道："恁样紧紧上的刑具，不知这死囚怎地挣脱逃走了？却害我们吃屈官司！又不知从何处去的？"四面张望墙壁，并不见块砖瓦落地，连泥屑也没有一些。齐道："这死囚昨日还哄畿尉相公，说是初犯，到是个积年高手。"内中一人道："我去报知王狱长，教他快去禀官，作急缉获！"那人一口气跑到王太家，见门闭着，一片声乱敲，那里有人答应。间壁一个邻家走过来，道："他家昨夜乱了两个更次，想是搬去了。"牢子道："并不见王狱长说起迁居，那有这事？"邻家道：

"无过止这间屋儿，如何敲不应？难道睡死不成！"牢子见说得有理，尽力把门拟开，原来把根木子反撑的，里边止有几件粗重家伙，并无一人。牢子道："却不作怪！他为甚么也走了？这死囚莫不到是他卖放的？休管是不是，且都推在他身上罢了！"把门依旧带上，也不回狱，径望畿尉衙门前来。恰好李勉早衙理事，牢子上前禀知。李勉佯惊道："向来只道王太小心，不想恁般大胆，敢卖放重犯！料他也只躲在左近，你们四散去缉访，获到者自有重赏。"牢子叩头而出。李勉备文报府，王鉷以李勉疏虞防闲，以不职奏闻天子，罢官为民。一面悬榜，捕获房德、王太。李勉即日纳还官诰，收拾起身，将王太藏于女人之中，带回家去。

不因济困扶危意，肯作藏亡匿罪人？

李勉家道素贫，却又爱做清官，分文不敢妄取。及至罢任，依原是个寒士。归到乡中，亲率童仆，躬耕而食。家居二年有余，贫困转剧，乃别了夫人，带着王太并两个家奴，寻访故知。由东都一路，直至河北。闻得故人颜杲卿新任常山太守，遂往谒之。路经柏乡县过，这地方离常山尚有二百余里。李勉正行间，只见一行头踏，手持白棒，开道而来，呵喝道："县令相公来，还不下马！"李勉引过半边回避。王太远远望见那县令，上张皂盖，下乘白马，威仪济济，相貌堂堂。仔细认时，不是别个，便是昔年释放的房德。乃道："相公不消避得，这县令就是房德。"李勉闻言，心中甚喜，道："我说那人是个未遇时的豪杰，今却果然，但不知怎地就得了官职？"欲要上前去问，又道："我若问时，此人只道晓得他在此做官，来与索报了，莫问罢！"吩咐王太禁声，把头回转，让他过去。那房德渐渐至近，一眼觑见李勉背身而立，王太也在旁边，又惊又喜。连忙止住从人，跳下马来，向前作揖道："恩相见了房德，如何不唤一声，反掉转头去？险些儿错过！"李勉还礼道："恐妨足下政事，故不敢相通。"房德道："说那里话，难得恩相至此，请到敝衙少叙。"李勉此时，鞍马劳倦，又见其意殷勤，答道："既承雅情，当暂话片时。"遂上马并辔而行，王太随在后面。不一时到了县中，直至厅前下马。房德请李勉进后堂，转过左边一个书院中来，吩咐从人不必跟入，止留一个心腹干办陈颜，在门口伺候，一面着人整备上等筵席。将李勉四个牲口，发于后槽喂养，行李即教王太等搬将入去。又教人传话衙中，唤两个家人来伏侍。那两个家人，一个教做路信，一个教做支成，都是房德为县尉时所买。且说房德为何不要从人入去？只因他平日冒称是宰相房玄龄之后，在人前夸炫家世，同僚中不知他的来历，信以为真，把他十分敬重。今日李勉来至，相见之间，恐题起昔日为盗这段情由，怕众人闻得，传说开去，被人耻笑，做官不起，因此不要从人进去。这是他用心之处。当下李勉步入里边去看时，却是向阳一带三间书室，侧边又是两间厢房。这书室庭户虚敞，窗槅明亮，正中挂一幅名人山水，供一个古铜香炉，炉内香烟馥郁。左边设一张湘妃竹榻，右边架上堆满若干图书。沿窗一只几上，摆列文房四宝。庭中种填许多花木，铺设得十分清雅，这所在乃是县官休沐之处，故尔恁般齐整。

且说房德让李勉进了书房，忙忙的掇过一把椅子，居中安放，请李勉坐下，纳头便拜。李勉急忙扶住道："足下如何行此大礼？"房德道："某乃待死之囚，得恩相超拔，又赐赠盘缠，遁逃至此，方有今日。恩相即某之再生父母，岂可不受一拜！"李勉是个忠正之人，见他说得有理，遂受了两拜。房德拜罢起来，又向王太礼谢，引他二人到厢房中坐地。又叮咛道："倘隶卒询问时，切莫与他说昔年之事！"王太道："不消吩咐，小人理会得。"房德复身到书房中，扯把椅儿，打横相陪，道："深蒙相公活命之恩，日夜感激，未能酬报！不意天赐至此相会。"李勉道："足下一时被陷，吾不过因便斡旋，何德之有？乃承如此垂念。"献茶已毕，房德又道："请问恩相，升在何任，得过敝邑？"李勉道："吾因释放足下，京尹论以不职，罢归乡里。家居无聊，故遍游山水，以畅襟怀。今欲往常山，访故人颜太守，路经于此。不想却遇足下，且已得了官职，甚慰鄙意。"房德道："原来恩相因某之故，累及罢官，某反苟颜窃禄于此，深切惶愧！"李勉道："古人为义气上，虽身家尚然不顾，区区卑职，何足为道！但不识足下别后，归于何处，得宰此邑？"房德道："某自脱狱，逃至范阳，幸遇故人，引见安节使，收于幕下，甚蒙优礼。半年后，即署此县尉之职。近以县主身故，遂表某为令。自愧谫陋匪才，滥叨民社，还要求恩相指教！"李勉虽则不在其位，却素闻安禄山有反叛之志。今见房德乃是他表举的官职，恐其后来党逆，故就他请教上，把言语去规训道："做官也没甚难处，但要上不负朝廷，下不害百姓；遇着死生利害之处，总有鼎镬在前，斧锧在后，亦不能夺我之志。切勿为匪人所惑，小利所诱，顿尔改节，虽或侥幸一时，实是贻笑千古！足下立定这个主意，莫说为此县令，就是宰相，亦尽可做得过！"房德谢道："恩相金玉之言，某当终身佩铭！"两下一递一答，甚说得来。少顷，路信来禀：“筵宴已完，请爷入席。”房德起身，请李勉至后堂，看时乃是上下两席。房德教从人将下席移过左旁，李勉见他要旁坐，乃道：“足下如此相叙，反觉不安，还请坐转。”房德道：“恩相在上，侍坐已是僭妄，岂敢抗礼？”李勉道：“吾与足下今已为声气之友，何必过谦！”遂令左右，依旧移在对席。从人献过杯箸，房德安席定位。庭下承应乐人，一行儿摆列奏乐。那筵席杯盘罗列，非常丰盛：

虽无炮凤烹龙，也极山珍海错。

当下宾主欢洽，开怀畅饮，更余方止。王太等另在一边款待，自不必说。此时二人转觉亲热，携手而行，同归书院。房德吩咐路信，取过一副供奉上司的铺盖，亲自施设裀褥，提携溺器。李勉扯住道：“此乃仆从之事，何劳足下自为。”房德道：“某受相公大恩，即使生生世世，执鞭随镫，尚不能报万一，今不过少尽其心，何足为劳！”铺设停当，又教家人另放一榻，在旁相陪。李勉见其言词诚恳，以为信义之士，愈加敬重。两下挑灯对坐，彼此倾心吐胆，各道生平志愿，情投契合，遂为至交，只恨相见之晚。直至夜分，方才就寝。次日同僚官闻得，都来相访。相见之间，房德只说：“是昔年曾蒙识荐，故此有恩！”同僚官又在县主面上讨好，各备筵席款待。话休烦絮。房德自从李勉到后，终日饮酒谈论，也不理事，也不进衙，其侍奉趋承，就是孝子事亲，也没这般尽礼。李勉见恁样殷勤，诸事俱废，反觉过意不去，住了十来日，作辞起身。房德那里肯放，说道：“恩相至此，正好相聚，那有就去之理！须是多住几月，待某拨夫马送至常山便了。”李勉道：“承足下高谊，原不忍言别。但足下乃一县之主，今因我在此，耽误了许多政务，倘上司知得，不当稳便。况我去心已决，强留于此，反不适意！”房德料道留他不住，乃道：“恩相既坚执要去，某亦不好苦留。只是从此一别，后会无期，明日容治一樽，以尽竟日之欢，后日早行何如？”李勉道：“既承雅意，只得勉留一日。”房德留住了李勉，唤路信跟着回到私衙，要收拾礼物馈送。只因这番，有分教李畿尉险些儿送了性命。正是：

祸兮福所倚，福兮祸所伏。

所以恬淡人，无营心自足。

话分两头。却说房德老婆贝氏，昔年房德落薄时，让他做主惯了；到今做了官，每事也要乔主张。此番见老公唤了两个家人出去，一连十数日不进衙，只道瞒了他做甚事体，十分恼恨。这日见老公来到衙里，便待发作。因要探口气，满脸反堆下笑来，问道："外边有何事，久不退衙？"房德道："不要说起，大恩人在此，几乎当面错过。幸喜我眼快瞧着，留得到县里，故此盘桓了这几日。特来与你商量，收拾些礼物送他。"贝氏道："那里什么大恩人？"房德道："哎呀！你如何忘了？便是向年救命的畿尉李相公，只为我走了，带累他罢了官职，今往常山去访颜太守，路经于此。那狱卒王太也随在这里。"贝氏道："原来是这人么？你打算送他多少东西？"房德道："我个大恩人，乃再生父母，须得重重酬报！"贝氏道："送十匹绢可少么？"房德呵呵大笑道："奶奶到会说耍话，恁地一个恩人，这十匹绢送他家人也少！"贝氏道："胡说！你做了个县官，家人尚没处一注赚十匹绢，一个打抽丰的，如何家人便要许多？老娘还要算计哩！如今做我不着，再加十匹，快些打发起身！"房德道："奶奶怎说出恁样没气力的话来？他救了我性命，又赍赠盘缠，又坏了官职，这二十匹绢当得甚的？"贝氏从来鄙吝，连这二十匹绢，还不舍得的，只为是老公救命之人，故此慨然肯出，他已算做天大的事了。房德兀自嫌少，心中便有些不悦，故意道："一百匹何如？"房德道："这一百匹只勾送王太了。"贝氏见说一百匹还只够送王太，正不知要送李勉多少，十分焦躁道："王太送了一百匹，畿尉极少也送得五百匹哩！"房德道："五百匹还不够！"贝氏怒道："索性凑足一千何如？"房德道："这便差不多了。"贝氏听了这话，向房德劈面一口涎沫，道："啐，想是你失心风了！做得几时官，交多少东西与我？却来得这等大落！恐怕连老娘身子卖来，还凑不上一半哩！那里来许多绢送人？"房德看见老婆发喉急，便道："奶奶有话好好商量，怎就着恼。"贝氏嚷道："有甚商量，你若有，自去送他，莫向我说。"房德道："十分少，只得在库上撮去。"贝氏道："啧！啧！你好天大的胆儿！库藏乃朝廷钱粮，你敢私自用得的！倘一时上司查核，那时怎地回答？"房德闻言，心中烦恼道："话虽有理，只是恩人又去的急，一时没处设法，却怎生处？"坐在旁边踌躇。

谁想贝氏见老公执意要送恁般厚礼，就是割身上肉，也没这样疼痛，连肠子也急做千百段！顿起不良之念，乃道："看你枉做了个男子汉，这些事没有决断，如何做得大官？我有个捷径法儿在此，到也一劳永逸。"房德认做好话，忙问道："你有甚么法儿？"贝氏答道："自古有言，大恩不报。

不如今夜觑个方便，结果了他性命，岂不干净！”只这句话，恼得房德稳耳根通红，喝道：“你这不贤妇！当初只为与你讨匹布儿做件衣服不肯，以致出去求告相识，被这班人诱去入伙，险些儿送了性命！若非这恩人，舍了自己官职，释放出来，安得今日夫妻相聚？你不劝我行些好事，反教伤害恩人，于心何忍！”贝氏一见老公发怒，又陪着笑道：“我是好话，怎到发恶？若说得有理，你便听了；没理时，便不要听，何消大惊小怪。”房德道：“你且说有甚理？”贝氏道：“你道昔年不肯把布与你，至今恨我么？你且想，我自十七岁随了你，日逐所需，哪一件不亏我支持？难道这两匹布，真个不舍得？因闻得当初有个苏秦，未遇时，合家佯为不礼，激励他做到六国丞相。我指望学这故事，也把你激发。不道你时运不济，却遇这强盗，又没苏秦那般志气，就随他们胡做，弄出事来。此乃你自作之孽，与我什么相干？那李勉当时岂真为义气上放你么？”房德道：“难道是假意？”贝氏笑道：“你枉自有许多聪明，这些事便见不透。大凡做刑名官的，多有贪酷之人；就是至亲至戚，犯到手里，尚不肯顺情；何况他与你素无相识，且又情真罪当，怎肯舍了自己官职，轻易纵放了重犯？无非闻说你是个强盗头儿，定有赃物窝顿，指望放了暗地去孝顺，将些去买上嘱下，这官又不坏，又落些入己。不然，如何一伙之中，独独纵你一个？那里知道你是初犯的穷鬼，竟一溜烟走了，他这官又罢休。今番打听着在此做官，可可的来了。”房德摇首道：“没有这事。当初放我，乃一团好意，何尝有丝毫别念。如今他自往常山，偶然遇见，还怕误我公事，把头掉转，不肯相见，并非特地来相见，不要疑坏了人。”贝氏又叹道：“他说往常山乃是假话，如何就信以为真？且不要论别件，只他带着王太同行，便见其来意了。”房德道：“带王太同行便怎么？”贝氏道：“你也忒杀懵懂！那李勉与颜太守是相识，或者去相访是真了；这王太乃京兆府狱卒，难道也与颜太守有旧去相访？却跟着同走。若说把头掉转不来招揽，此乃冷眼觑你可去相迎。正是他奸巧之处，岂是好意？如果真要到常山，怎肯又住这几多时。”房德道：“他那里肯住，是我再三苦留下的。”贝氏道：“这也是他用心处，试你待他的念头诚也不诚。”房德原是没主意的人，被老婆这班话一耸，渐生疑惑，沉吟不语。贝氏又道：“总来这恩是报不得的！”房德道：“如何报不得？”贝氏道：“今若报得薄了，他一时翻过脸来，将旧事和盘托出，那时不但官儿了帐，只怕当做越狱强盗拿去，性命登时就送。若报得厚了，他做下额子，不常来取索，如照旧馈送，自不必说；稍不满欲，依然揭起旧案，原走不脱，可不是到底终须一结。自古道：先下手为强。今若不依我言，事到其彼，悔之晚矣！”房德闻说至此，暗暗点头，心肠已是变了。又想了一想，乃道：“如今原是我要报他恩德，他却从无一字题起，恐没这心肠。”贝氏笑道：“他还不曾见你出手，故不开口，到临期自然有说话的。还有一件，他此来这番，纵无别话，你的前程，已是不能保了。”房德道：“却是为何？”贝氏道：“李勉至此，你把他万分亲热，衙门中人不知来历，必定问他家人。那家人肯替你遮掩？少不得以直告之。你想衙门人的口嘴，好不利害，知得本官是强盗出身，定然当做新闻，互相传说。同僚们知得，虽不敢当面笑你，背后诽议也经不起。就是你也无颜再存坐得住！这个还算小可的事。那李勉与颜太守既是好友，到彼难道不说？自然一一道知其详。闻得这老儿最是古怪，且又是他属下，倘被遍河北一传，连夜走路，还只算迟了。那时可不依旧落薄，终身怎处？如今急急下手，还可免得颜太守这头出丑。”房德初时，原怕李勉家人走漏了消息，故此暗地叮咛王太。如今老婆说出许多利害，正投其所忌，遂把报恩念头，撇向东洋大海，连称：“还是奶奶见得到，不然，几乎反害自己。但他来时，合衙门人通晓得，明日不见了，岂不疑惑？况那尸首也难出脱！”贝氏道：“这个何难？少停出衙，止留几个心腹人答应，其余都打发去了。将他主仆灌醉，到夜静更深，差人刺死。然后把书院放了一把火烧了，明日寻出些残尸剩骨，假哭一番，衣棺盛殓。那时人只认是火烧死的，有何疑惑？”房德大喜道：“此计甚妙！”便要起身出衙。那婆娘晓得老公心是活的，恐两下久坐长谈，说得入港，又改过念头，乃道：“总则天色还早，且再过一回出去。”房德依着老婆，真个住下。有诗为证：

猛虎口中剑，长蛇尾上针。
两般犹未毒，最毒妇人心。

自古道：隔墙须有耳，窗外岂无人。房德夫妻在房说话时，那婆娘一味不舍得这绢匹，专意撺唆老公害人，全不提防有人窥听。况在私衙中，料无外人来往，恣意调唇弄舌。不想家人路信，起初闻得贝氏焦躁，便覆在间壁墙上听他们争多竞少，直至放火烧屋，一句句听得十分仔细，到吃了一惊。想道：“原来我主曾做过强盗，亏这官人救了性命，今反恩将仇报，天理何在？看起来这般大恩人，尚且如此，何况我奴仆之辈。倘稍有过失，这性命一发死得快了！此等残薄之人，跟他何益。”又想道：“常言救人一命，胜造七级浮屠。何不救了这四人，也是一点阴骘。”却又想到：“若放他们走了，料然不肯饶我，不如也走了罢！”遂取些银两，藏在身边，觑个空，悄悄闪出私衙，一径奔入书院。只见支成在厢房中烹茶，坐于槛上，执着扇子打盹，也不去惊醒他。竟踅入书室，看王太时，却都不在；止有李勉正襟据案而坐，展玩书籍。路信走近案前，低低道：“相公，你祸事到了！还不快走，更待几时？”李勉被这惊不小，急问：“祸从何来？”路信扯到半边，将适才所闻，一一细说。又道：“小人因念相公无辜受害，特来通报，如今不走，少顷便不能免祸了！”李勉听了这话，惊得身子犹如吊在冰桶里，把不住的寒颤，向着路信倒身下拜道：“若非足下仗义救我，李勉性命定然休矣！大恩大德，自当厚报，决不学此负心之人。”急得路信答拜不迭，道：“相公不要高声，恐支成听得，走漏了消息，彼此难保！”李勉道：“但我走了，遗累足下，于心何安？”路信道：“小人又无妻室，待相公去后，亦自远遁，不消虑得。”李勉道：“既如此，何不随我同往常山？”路信道：“相公肯收留，小人情愿执鞭随镫。”李勉道：“你乃大恩人，怎说此话？”遂叫王太，一连十数声，再没一人答应。跌足叫苦道：“他们都往那里去了？”路信道：“待小人去寻来。”李勉又道：“马匹俱在后槽，却怎处？”路信道：“也等小人去哄他带来。”急出书室，回头看支成已不在槛上打盹了。路信即走入厢房中观看，却也不在。原来支成登东厕去了。路信只道被他听得，进衙去报房德，心下慌张，复转身向李勉道：“相公，不好了！想被支成听见，去报主人了，快走罢！等不及管家矣。”李勉又吃了一惊，半句话也应答不出，弃下行李，光身子，同着路信踉踉跄跄抢出书院。做公的见了李勉，坐下的都站起来。李勉两步并作一步，奔出了仪门外。见有三骑马系着，是俟候县令、主簿、县尉出入的。路信心生一计，对马夫道：“李相公要往西门拜客，快带马来！”那马夫晓得李勉是县主贵客，且又县主管家吩咐，怎敢不依，连忙牵过两骑。李勉刚刚上马，王太撞至马前，手中提着一双麻鞋，问道：“相公往何处去？”路信接口道：“相公要往西门拜客，你们通到那里去了？”王太道：“因麻鞋坏了，上街去买，相公拜那个客？”路信道：“你跟来罢了，问怎的？”又叫马夫带那骑马与他乘坐，齐出县门，马夫在后跟随。路信吩咐道：“顷刻就来，不消你随了。”那马夫真个住下。离了县中，李勉加上一鞭，那马如飞而走。王太见家主恁般慌促，且不知要拜甚客。行不上一箭之地，两个家人，也各提着麻鞋而来，望见家主，便闪在半边，问道："相公往那里去？"李勉道："你且莫问，快跟来便了。"话还未了，那马已跑向前去，二人负命的赶，如何跟得上。看看近西门，早有两人骑着牲口，从一条巷中横冲出来。路信举目观看，不是别人，却是干办陈颜，同着一个令史。二人见了李勉，滚鞍下马声喏。路信见景生情，急叫道："李相公管家们还少牲口，何不借陈干办的暂用？"李勉暗地意会，遂收缰勒马道："如此甚好！"路信向陈颜道："李相公要去拜客，暂借你的生口与管家一乘，少顷便来！"二人巴不能奉承得李勉欢喜，指望在本官面前，增添些好言语，可有不肯的理么？连声答应道："相公要用，只管乘去。"等了一回，两个家人带跌的赶到，走得汗淋气喘。陈颜二人将鞭缰递与两个家人上了马，随李勉趱出城门。纵开丝缰，二十个马蹄，如撒钹相似，循着大道，望常山一路飞奔去了！正是：

折破玉龙飞彩凤，顿开金锁走蛟龙。

话分两头。且说支成上了东厕转来，烹了茶，捧进书室，却不见了李勉。只道在花木中行走，又遍寻一过，也没个影儿，想道："是了，一定两日久坐在此，心中不舒畅，往外闲游去了。"约莫有一个时辰，还不见进来。走出书院去观看，刚至门口，劈面正撞着家主。原来房德被老婆留住，又坐了一大回，方起身打点出衙，恰好遇见支成。问："可见路信么？"支成道："不见，想随李相公出外闲走去了。"房德心中疑虑，正待差支成去寻觅，只见陈颜来到。房德问道："曾见李相公么？"陈颜道："方才在西门遇见。路信说要往那里去拜客。连小人的牲口，都借与他管家乘坐。一行共五个马，飞跑如云，正不知有甚紧事。"房德听罢，料是路信走漏消息，暗地叫苦。也不再问，复转身，原入私衙，报与老婆知得。那婆娘听说走了，到吃一惊道："罢了！罢了！这祸一发来得速矣。"房德见老婆也着了急，慌得手足无措，埋怨道："未见得他怎地！都是你说长道短，如今到弄出事来了。"贝氏道："不要慌！自古道：一不做，二不休。事到其间，说不得了。料他去也不远，快唤几个心腹人，连夜追赶前去，扮作强盗，一齐砍了，岂不干净！"房德随唤陈颜进衙，与他计较。陈颜道："这事行不得，一则小人们只好趋承奔走，那杀人勾当，从不曾习惯；二则倘一时有人救应拿住，反送了性命。小人到有一计在此，不消劳师动众，教他一个也逃不脱！"房德欢喜道："你且说有甚妙策？"陈颜道："小人间壁，一月前有一个异人搬来居住，不言姓名，也不做甚生理，每日出去吃得烂醉方归。小人见他来历跷蹊，行迹诡秘，有心去察他动静。忽一日，有一豪士青布锦袍，跃马而来，从者数人，径到此人之家，留饮三日方去。小人私下问那从者宾主姓名，都不肯说。有一个人悄对小人说：‘那人是个剑侠，能飞剑取人之头，又能飞行，顷刻百里；且是极有义气，曾与长安市上代人报仇，白昼杀人，潜踪于此。’相公何不备些礼物前去，只说被李勉陷害，求他报仇。若得应允，便可了事，可不好么？”房德道：“此计虽好，只恐他不肯。”陈颜道：“他见相公是一县之主，屈己相求，定不推托。还怕连礼物也未必肯受哩！”贝氏在屏风后听得，便道：“此计甚妙！快去求之。”房德道：“将多少礼物送他？”陈颜道：“他是个义士，重情不重物，得三百金足矣。”贝氏一力撺掇，就备了三百金礼物。

天色傍晚，房德易了便服，陈颜、支成相随，也不乘马，悄悄的步行到陈颜家里。原来却住在一条冷巷中，不上四五家邻舍，好不寂静。陈颜留房德到里边坐下，点起灯火，向壁缝中张看，那人还未曾回。走出门口观望，等了一回，只见那人又是烂醉，东倒西歪的，撞入屋里去了。陈颜奔入报知，房德起身就走。陈颜道：“相公须打点了一班说话，更要屈膝与他，这事方谐。”房德点头道：“是。”一齐到了门首，向门上轻轻扣上两下。那人开门出问：“是谁？”陈颜低声哑气答道：“本县知县相公，在此拜访义士。”那人带醉说道：“咱这里没有什么义士。”便要关门。陈颜道：“且莫闭门，还有句说话。”那人道：“咱要紧去睡，谁个耐烦！有话明日来说。”房德道：“略话片时，即便相别。”那人道：“既如此，到里面来。”三人跨进门内，掩上门儿，引过一层房子，乃是小小客坐，点将灯烛荧煌。房德即倒身下拜道：“不知义士驾临敝邑，有失迎迓。今日幸得识荆，深慰平生。”那人将手扶住道：“足下一县之主，如何行此大礼？岂不失了体面。况咱并非什么义士，不要错认了。”房德道：“下官专来拜访义士，安有差错之理！”教陈颜、支成将礼物献上，说道：“些小薄礼，特献义士为斗酒之资，望乞哂留。”那人笑道：“咱乃闾阎无赖，四海为家，无一技一能，何敢当义士之称？这些礼物也没用处，快请收去！”房德又躬身道：“礼物虽微，出自房某一点血诚，幸勿峻拒。”那人道：“足下蓦地屈身匹夫，且又赐恁般厚礼，却是为何？”房德道：“请义士收了，方好相告。”那人道：“咱虽贫贱，誓不取无名之物。足下若不说明白，断然不受！”房德假意哭拜于地道：“房某负戴大冤久矣！今仇在目前，无能雪耻。特慕义士是个好男子，有聂政、荆轲之技，故敢斗胆，叩拜阶下。望义士怜念房某含冤负屈，少展半臂之力，刺死此贼，生死不忘大德！”那人摇手道：“我说足下认错了，咱资身尚且无策，安能为人谋大事？况杀人勾当，非通小可，设或被人听见这话，反连累咱家，快些请回！”言罢转身，先向外而走。房德上前，一把扯道：“闻得义士素抱忠义，专一除残祛暴，济困扶危，有古烈士之风。今房某身抱大冤，义士反不见怜，料想此仇永不能报矣！”道罢，又假意啼哭。那人冷眼瞧了这个光景，只道是真情，方道：“足下真个有冤么？”房德道：“若没大冤，怎敢来求义士？”那人道：“既恁样，且坐下，将冤抑之事并仇家姓名，今在何处，细细说来。可行则行，可止则止。”两下遂对面而坐，陈颜、支成站于旁边。房德捏出一段假情，反说：“李勉昔年诬指为盗，百般毒刑拷打，陷于狱中，几遍差狱卒王太谋害性命，皆被人知觉，不致于死。幸亏后官审明释放，得官此邑。今又与王太同来挟制，索诈千金，意犹未足；又串通家奴，暗地行刺事露，适来连此奴挈去，奔往常山，要唆颜太守来摆布。”把一片说话，妆点得十分利害。那人听毕，大怒道：“原来足下受此大冤，咱家岂忍坐视！足下且请回县，在咱身上，今夜往常山一路，找寻此贼，为足下报仇！夜半到衙中复命。”房德道：“多感义士高义！某当秉烛以待。事成之日，另有厚报。”那人作色道：“咱一生路见不平，拔刀相助，那个希图你的厚报？这礼物咱也不受。”说犹未绝，飘然出门，其去如风，须臾不见了。房德与众人惊得目睁口呆，连声道：“真异人也！”权将礼物收回，待他复命时再送。有诗为证：

报仇凭一剑，重义藐千金。
谁谓奸雄舌，能违烈士心？

话分两头。且说王太同两个家人，见家主出了城门，又不拜客，只管乱跑，正不知为甚缘故。一口气就行了三十余里，天色已晚，却又不寻店宿歇。那晚乃是十三，一轮明月，早已升空。趁着月色，不顾途路崎岖，负命而逃，常恐后面有人追赶；在路也无半句言语，只管趱向前去。约莫有二更天气，共行了六十多里，来到一个村镇，已是井陉县地方。那时走得口中又渴，腹内又饥，马也渐渐行走不动。路信道：“来路已远，料得无事了，且就此觅个宿处，明日早行。”李勉依言，径投旅店。谁想夜深了，家家闭户关门，无处可宿。直到市梢头，见一家门儿半开半掩，还在那里收拾家伙，遂一齐下马，走入店门。将牲口卸了鞍辔，系在槽边喂料。路信道："主人家，拣一处洁净所在，与我们安歇。"店家答道："不瞒客官说，小店房头，没有个不洁净的，如今也止空得一间在此。"教小二掌灯引入房中。李勉向一条板凳上坐下，觉得气喘吁吁。王太忍不住问道："请问相公，那房县主惓惓苦留，后日拨夫马相送，从容而行，有何不美？却反把自己行李弃下，犹如逃难一般，连夜奔走，受这般劳碌！路管家又随着我们同来，是甚意故？"李勉叹口气道："汝那知就里？若非路管家，我与汝死无葬身之地矣！今幸得脱虎口，已谢天不尽了。顾得什么行李、辛苦？"王太惊问其故。李勉方待要说，不想店主人见他们五人五骑，深夜投宿，一毫行李也无，疑是歹人，走进来盘问脚色，说道："众客长做甚生意？打从何处来，这时候到此？"李勉一肚子气恨，正没处说，见店主相问，答道："话头甚长，请坐下了，待我细诉。"乃将房德为盗犯罪，怜其才貌，暗令王太释放，以致罢官；及客游遇见，留回厚款，今日午后，忽然听信老婆谗言，设计杀害，亏路信报知逃脱，前后之事，细说一遍。王太听了这话，连声唾骂："负心之贼！"店主人也不胜嗟叹。王太道："主人家，相公鞍马辛苦，快些催酒饭来吃了，睡一觉好赶路。"店主人答应出去。只见床底下忽地钻出一个大汉，浑身结束，手持匕首，威风凛凛，杀气腾腾。吓得李勉主仆魂不附体，一齐跪倒，口称："壮士饶命！"那人一把扶起李勉道："不必慌张，自有话说。咱乃义士，平生专抱不平，要杀天下负心之人。适来房德假捏虚情，反说公诬陷，谋他性命，求咱来行刺。那知这贼子恁般狼心狗肺，负义忘恩！早是公说出前情，不然，险些误杀了长者。"李勉连忙叩下头去，道："多感义士活命之恩！"那人扯住道："莫谢莫谢，咱暂去便来。"即出庭中，耸身上屋，疾如飞鸟，顷刻不见。主仆都惊得吐了舌，缩不上去，不知再来还有何意。怀着鬼胎，不敢睡卧，连酒饭也吃不下。有诗为证：

奔走长途气上冲，忽然床下出青锋。

一番衷曲殷勤诉，唤醒奇人睡梦中。

再说房德的老婆，见丈夫回来，大事已就，礼物原封不动，喜得满脸都是笑靥。连忙整备酒席，摆在堂上，夫妻秉烛以待，陈颜也留在衙中。俟候到三更时分，忽听得庭前宿鸟惊鸣，落叶乱坠，一人跨入堂中。房德举目看时，恰便是那个义士，打扮得如天神一般，比前大似不同。且惊且喜，向前迎接。那义士全不谦让，气愤愤的大踏步走入去，居中坐下。房德夫妻叩拜称谢，方欲启问，只见那义士怒容可掬，飕地掣出匕首，指着骂道："你这负心贼子！李畿尉乃救命大恩人，不思报效，反听妇人之言，背恩反噬。既已事露逃去，便该悔过，却又架捏虚词，哄咱行刺。若非他道出真情，连咱也陷于不义。剐你这负心贼一万刀，方出咱这点不平之气！"房德未及措辨，头已落地。惊得贝氏慌做一堆，平时且是会话会讲，到此心胆俱裂，一张嘴犹如胶漆粘牢，动弹不得。义士指着骂道："你这泼贱狗妇！不劝丈夫为善，反教他伤害恩人，我且看你肺肝是怎样生的！"托地跳起身来，将贝氏一脚踢翻，左脚踏住头发，右膝捺住两腿。这婆娘连叫："义士饶命！今后再不敢了。"那义士骂道："泼贱淫妇！咱也到肯饶你，只是你不肯饶人。"提起匕首向胸膛上一刀，直剖到脐下。将匕首衔在口中，双手拍开，把五脏六腑，抠将出来，血沥沥提在手中，向灯下照看。道："咱只道这狗妇肺肝与人不同，原来也只如此，怎生恁般狠毒！"遂撇过一边，也割下首级，两颗头结做一堆，盛在革囊之中。揩抹了手中血污，藏了匕首，提起革囊，步出庭中，逾垣而去。

说时义胆包天地，话起雄心动鬼神。

再说李勉主仆在旅店中，守至五更时分，忽见一道金光，从庭中飞入，众人一齐惊起，看时正是那义士，放下革囊，说道："负心贼已被咱刳腹屠肠，今携其首在此！"向革囊中取出两颗首级。李勉又惊又喜，倒身下拜道："足下高义，千古所无！请示姓名，当图后报。"义士笑道："咱自来没有姓名，亦不要人酬报。顷咱从床下而来，日后设有相逢，竟以'床下义士'相呼便了。"道罢，向怀中取一包药儿，用小指甲挑了少许，弹于首级断处。举手一拱，早已腾上屋檐，挽之不及，须臾不知所往。李勉见弃下两个人头，心中慌张，正在摆布。可霎作怪！看那人头时，渐渐缩小，须臾化为一搭清水，李勉方才放心。坐至天明，路信取些钱钞，还了店家，收拾马匹上路。说话的，据你说，李勉共行了六十多里方到旅店，这义士又无牲口，如何一夜之间，往返如风？这便是前面说起，顷刻能飞行百里，乃剑侠常事耳。那义士受房德之托，不过黄昏时分，比及追赶，李勉还在途中驰骤，未曾栖息。他先一步埋伏等候，一往一来，有风无影，所以伏于床下，店中全然不知。此是剑术妙处。

且说李勉当夜无话，次日起身，又行了两日，方到常山，径入府中，

拜谒太守，故人相见，喜随颜开，遂留于衙署中安歇。颜太守也见没有行李，心中奇怪，问其缘故。李勉将前事一一诉出，不胜骇异。过了两日，柏乡县将县宰夫妻被杀缘由，申文到府。原来是夜陈颜、支成同几个奴仆，见义士行凶，一个个惊号鼠窜，四散潜躲，直至天明，方敢出头。只见两个没头尸首，横在血泊里，五脏六腑，都抠在半边，首级不知去向，桌上器皿，一毫不失。一家叫苦连天，报知主簿、县尉，俱吃一惊，齐来验过。细询其情，陈颜只得把房德要害李勉，央人行刺始末说出。主簿、县尉，即点起若干做公的，各执兵器，押陈颜作眼，前去捕获刺客。那时哄动合县人民，都跟来看。到了陈颜间壁，打将入去，惟有几间空房，那见一个人影。主簿与县尉商议申文，已晓得李勉是颜太守的好友，从实申报，在他面上，怕有干碍；二则又见得县主薄德，乃将真情隐过。只说半夜被盗越入私衙，杀死县令夫妇，窃去首级，无从捕获。两下周全其事。一面买棺盛殓。颜太守依拟，申文上司。那时河北一路，是安禄山专制，知得杀了房德，岂不去了一个心腹，倒下回文，着令严加缉获。李勉闻了这个消息，恐怕缠到身上，遂作别颜太守，回归长安故里。恰好王鉷坐事下狱，凡被劾罢官，尽皆起任。李勉原起畿尉，不上半年，即升监察御史。

一日，在长安街上行过，只见一人身衣黄衫，坐下白马，两个胡奴跟随，望着节导中乱撞，从人呵喝不住。李勉举目观看，却是昔日那床下义士，遂滚鞍下马，鞠恭道："义士别来无恙？"那义士笑道："亏大人还认得咱家。"李勉道："李某日夜在心，安有不识之理？请到敝衙少叙。"义士道：

"咱另日竟诚来拜，今日不敢从命。倘大人不弃，同到敝寓一话何如？"李勉欣然相从，并马而行，来到庆元坊，一个小角门内入去。过了几重门户，忽然显出一座大宅院，厅堂屋舍，高耸云汉。奴仆趋承，不下数百。李勉暗暗点头道："真是个异人！"请入堂中，重新见礼，分宾主而坐。顷刻摆下筵席，丰富胜于王侯。唤出家乐在庭前奏乐，一个个都是明眸皓齿，绝色佳人。义士道："随常小饭，不足以供贵人，幸勿怪。"李勉满口称谢。当下二人席间谈论些古今英雄之事，至晚而散。次日李勉备了些礼物，再来拜访时，止存一所空宅，不知搬向何处去了。嗟叹而回。后来李勉官至中书门下平章事，封为汧国公。王太、路信亦扶持做个小小官职。诗云：

从来恩怨要分明，将怨酬恩最不平。

安得剑仙床下士，人间遍取不平人！

第十二卷　徐老仆义愤成家

犬马犹然知恋主，况于列在生人。为奴一日主人身，情恩同父子，名分等君臣。　　主若虐奴非正道，奴如欺主伤伦。能为义仆是良民，盛衰无改节，史册可传神。

说这唐玄宗时，有一官人姓萧，名颖士，字茂挺，兰陵人氏。自幼聪明好学，该博三教九流，贯串诸子百家。上自天文，下至地理，无所不通，无有不晓。真个胸中书富五车，笔下句高千古。年方一十九岁，高掇巍科，名倾朝野，是一个广学的才子。家中有个仆人，名唤杜亮。那杜亮自萧颖士数龄时，就在书房中服事起来。若有驱使，奋勇直前，水火不避。身边并无半文私蓄。陪伴萧颖士读书时，不待吩咐，自去千方百计，预先寻觅下果品饮馔供奉。有时或烹瓯茶儿，助他清思；或暖杯酒儿，节他辛苦。整夜直服事到天明，从不曾打个瞌睡。如见萧颖士读到得意之处，他在旁也十分欢喜。那萧颖士般般皆好，件件俱美，只有两桩儿毛病。你道是那两桩？第一件乃是恃才傲物，不把人看在眼内。才登仕籍，便去冲撞了当朝宰相。那宰相若是个有度量的，还恕得他过，又正冲撞了是第一个忌才的李林甫。那李林甫混名叫做李猫，平昔不知坏了多少大臣，乃是杀人不见血的刽子手。却去惹他，可肯轻轻放过？被他略施小计，险些连性命都送了。又亏着座主搭救，止削了官职，坐在家里。第二件是性子严急，却像一团烈火，片语不投，即暴躁如雷，两太阳星直爆。奴仆稍有差误，便加捶挞。他的打法，又与别人不同。有甚不同？别人责治家奴，定然计其过犯大小，讨个板子，教人行杖，或打一十，或打二十，分个轻重。惟有萧颖士，不论事体大小，略触着他的性子，便连声喝骂，也不用什么板子，也不要人行杖，亲自跳起身来，一把揪翻，随分掣着一件家火，没头没脑乱打。凭你什么人劝解，他也全不作准，直要打个气息。若不像意，还要咬上几口，方才罢手。因是恁般利害，奴仆们惧怕，都四散逃去，单单存得一个杜亮。论起萧颖士，止存得这个家人种儿，每事只该将就些才是。谁知他是天生的性儿，使惯的气儿，打溜的手儿，竟没丝毫更改，依然照旧施行。起先奴仆众多，还打了那个，空了这个。到得秃秃里独有杜亮时，反觉打得勤些。论起杜亮，遇着这般难理会的家主，也该学众人逃走去罢了，偏又寸步不离，甘心受他的责罚。常常打得皮开肉绽，头破血淋，也再无一点退悔之念，一句怨恨之言。打罢起来，整一整衣裳，忍着疼痛，依原在旁答应。说话的，据你说，杜亮这等奴仆，莫说千中选一，就是走尽天下，也寻不出个对儿。这萧颖士又非黑漆皮灯，泥塞竹管，是那一窍不通的蠢物。他须是身登黄甲，位列朝班，读破万卷，明理的才人，难道恁般不知好歹，一味蛮打，没一点仁慈改悔之念不成？看官有所不知，常言道得好，江山易改，禀性难移。那萧颖士平昔原爱杜亮小心驯谨，打过之后，深自懊悔道："此奴随我多年，并无十分过失，如何只管将他这样毒打？今后断然不可！"到得性发之时，不觉拳脚又轻轻的生在他身上去了。这也不要单怪萧颖士性子急躁，谁教杜亮刚闻得叱喝一声，恰如小鬼见了钟馗一般，扑秃的两条腿就跪倒在地！萧颖士本来是个好打人的，见他做成这个要打局面，少不得奉承几下。

杜亮有个远族兄弟杜明，就住在萧家左边，因见他常打得这个模样，心下到气不过，撺掇杜亮道："凡做奴仆的，皆因家贫力薄，自难成立，故此投靠人家。一来图个现成衣服，二来指望家主有个发迹日子，带挈风光，摸得些东西做个小小家业，快活下半世。像阿哥如今随了这措大，早晚辛勤服事，竭力尽心，并不见一些好处，只落得常受他凌辱痛楚。恁样不知好歉的人，跟他有何出息？他家许多人都存住不得，各自四散去了。你何不也别了他，另寻头路？有多少不如你的，投了大官府人家，吃好穿好，还要作成趁一贯两贯。走出衙门前，谁不奉承！那边才叫：'某大叔，有些小事相烦。'还未答应时，这边又叫：'某大叔，我也有件事儿劳动。'真个应接不暇，何等兴头。若是阿哥这样肚里又明白，笔下又来得，做人且又温存小心，走到势要人家，怕道不是重用？你那措大，虽然中个进士，发利市就与李丞相作对，被他弄来坐在家中，料道也没个起官的日子，有何撇不下，定要与他缠帐？"杜亮道："这些事，我岂不晓得？若有此念，早已去得多年了，何待吾弟今日劝谕。古语云：良臣择主而事，良禽择木而栖。奴仆虽是下贱，也要择个好使头。像我主人，止是性子躁急，除此之外，只怕舍了他，没处再寻得第二个出来。”杜明道：“满天下无数官员宰相，贵戚豪家，岂有反不如你主人这个穷官？”杜亮道：“他们有的，不过是爵位、金银二事。”杜明道：“只这两桩尽够了，还要怎样？”杜亮道：“那爵位乃虚花之事，金银是臭污之物，有甚希罕？如何及得我主人这般高才绝学，拈起笔来，顷刻万言，不要打个稿儿。真个烟云缭绕，华彩缤纷。我所恋恋不舍者，单爱他这一件耳！”杜明听得说出爱他的才学，不觉呵呵大笑，道：“且问阿哥，你既爱他的才学，到饥时可将来当得饭吃，冷时可作得衣穿么？”杜亮道：“你又说笑话，才学在他腹中，如何济得我的饥寒？”杜明道：“原来又救不得你的饥，又遮不得你的寒，爱他何用？当今有爵位的，尚然只喜趋权附势，没一个肯怜才惜学。你我是个下人，但得饱食暖衣，寻觅些钱钞做家，乃是本等。却这般迂阔，爱什么才学，情愿受其打骂，可不是个呆子？”杜亮笑道：“金银我命里不曾带来，不做这个指望，还只是守旧。”杜明道：“想是打得你不爽利，故此尚要捱他的棍棒。”杜亮道：“多承贤弟好情，可怜我做兄的。但我主这般博奥才学，总然打死，也甘心服事他！”遂不听杜明之言，仍旧跟随萧颖士。不想今日一顿拳头，明日一顿棒子，打不上几年，把杜亮打得渐渐遍身疼痛，口内吐血，成了个伤痨症候。初时还勉强趋承，以后打熬不过，半眠半起。又过几时，便久卧床席。那萧颖士见他呕血，情知是打上来的，心下十分懊悔！还指望有好的日子，请医调治，亲自煎汤送药。捱了两月，呜呼哀哉！萧颖士想起他平日的好处，只管涕泣，备办衣棺埋葬。萧颖士日常亏杜亮服事惯了，到得死后，十分不便，央人四处寻觅仆从，因他打人的名头出了，那个肯来跟随？就有个肯跟他的，也不中其意。有时读书到忘怀之处，还认做杜亮在旁，抬头不见，便掩卷而泣。后来萧颖士知得了杜亮当日不从杜明这班说话，不觉气咽胸中，泪如泉涌，大叫一声：“杜亮！我读了一世的书，不曾遇着个怜才之人，终身沦落。谁想你到是我的知己，却又有眼无珠，枉送了你性命，我之罪也！”言还未毕，口中的鲜血，往外直喷，自此也成了个呕血之疾。将书籍尽皆焚化，口中不住的喊叫杜亮，病了数月，也归大梦。遗命教迁杜亮与他同葬。有诗为证：

纳贿趋权步步先，高才曾见几人怜？

当路若能如杜亮，草莱安得有遗贤。

说话的，这杜亮爱才恋主，果是千古奇人。然看起来，毕竟还带些腐气，未为全美。若有别桩希奇故事，异样话文，再讲回出来。列位看官稳坐着，莫要性急，适来小子道这段小故事，原是入话，还未曾说到正传。那正传却也是个仆人，他比杜亮更是不同，曾独力与孤孀主母，挣起个天大家事，替主母嫁三个女儿，与小主人娶两房娘子，到得死后，并无半文私蓄，至今名垂史册。待小子慢慢的道来，劝谕那世间为奴仆的，也学这般尽心尽力，帮家做活，传个美名；莫学那样背恩反噬，尾大不掉的，被人唾骂。

你道这段话文，出在那个朝代？什么地方？原来就在本朝嘉靖爷年间，浙江严州府淳安县，离城数里，有个乡村，名曰锦沙村。村上有一姓徐的庄家，恰是弟兄三人。大的名徐言，次的名徐召，各生一子。第三个名徐哲，浑家颜氏，却倒生得二男三女。他弟兄三人，奉着父亲遗命，合锅儿吃饭，并力的耕田。挣下一头牛儿，一骑马儿。又有一个老仆，名叫阿寄，年已五十多岁，夫妻两口，也生下一个儿子，还只有十来岁。那阿寄就是本村生长，当先因父母丧了，又无力殡殓，故此卖身在徐家。为人忠谨小心，朝起晏眠，勤于种作。徐言的父亲大得其力，每事优待。到得徐言辈掌家，见他年纪有了，便有些厌恶之意。那阿寄又不达时务，遇着徐言弟兄行事有不到处，便苦口规谏。徐哲尚肯服善，听他一两句；那徐言、徐召是个自作自用的性子，反怪他多嘴擦舌，高声叱喝，有时还要奉承几下消食拳头。阿寄的老婆劝道：“你一把年纪的人了，诸事只宜退缩算。他们是后生家世界，时时新，局局变，由他去主张罢了；何苦的定要多口，常讨恁样凌辱。”阿寄道：“我受老主之恩，故此不得不说。”婆子道：“累说不听，这也怪不得你了。”自此阿寄听了老婆言语，缄口结舌，再不干预其事，也省了好些耻辱。正合着古人两句言语，道是：

闭口深藏舌，安身处处牢。

不则一日，徐哲忽地患了个伤寒症候，七日之间，即便了帐。那时就哭杀了颜氏母子，少不得衣棺盛殓，做些功果追荐。过了两月，徐言与徐召商议道：“我与你各只一子，三兄弟到有两男三女，一分就抵着我们两分。便是三兄弟在时，一般耕种，还算计不就。何况他已死了，我们日夜吃辛吃苦挣来，却养他一窝子吃死饭的。如今还是小事，到得长大起来，你我儿子配婚了，难道不与他婚男嫁女，岂不比你我反多去四分。意欲即今三股分开，撇脱了这条烂死蛇，由他们有得吃，没得吃，可不与你我没干涉了。只是当初老官儿遗嘱，教道莫要分开。今若违他言语，被人谈论，却怎么处？”那时徐召若是个有仁心的，便该劝徐言休了这念才是。谁知他的念头，一发起得久了，听见哥子说出这话，正合其意。乃答道：“老官儿虽有遗嘱，不过是死人说话了，须不是圣旨，违背不得的；况且我们的家事，那个外人敢来谈论！”徐言连称有理。即将田产家私，都暗地配搭停当，只拣不好的留与侄子。徐言又道：“这牛马却怎地分？”徐召沉吟半晌，乃道：“不难！那阿寄夫妻年纪已老，渐渐做不动了，活时到有三个吃死饭的，死了又要赔两口棺木，把他也当作一股，派与三房里，卸了这干系，可不是好。”

计议已定，到次日备些酒肴，请过几个亲邻坐下，又请出颜氏，并两个侄儿。那两个孩子，大的才得七岁，唤做福儿，小的五岁，叫做寿儿，随着母亲，直到堂前，连颜氏也不知为甚缘故。只见徐言弟兄立起身来道：“列位高亲在上，有一言相告：昔年先父原没甚所遗，多亏我弟兄挣得些小产业，只望弟兄相守到老，传至子侄这辈分析。不幸三舍弟近日有此大变，弟妇又是个女道家，不知产业多少；况且人家消长不一，到后边多挣得，分与舍侄便好，万一消乏了，那时只道我们有甚私弊，欺他孤儿寡妇，反伤骨肉情义了。故此我兄弟商量，不如趁此完美之时，分作三股，各自领去营运，省得后来争多竞少。特请列位高亲来作眼。”遂向袖中摸出三张分书来，说道：“总是一样配搭，至公无私，只劳列位着个花押。”颜氏听说要分开自做人家，眼中扑簌簌珠泪交流，哭道：“二位伯伯，我是个孤孀妇人，儿女又小，就是没脚蟹一般，如何撑持的门户？昔日公公原吩咐莫要分开，还是二位伯伯总管在那里，扶持小儿女大了，但凭胡乱分些便罢，决不敢争多竞少！”徐召道：“三娘子，天下无有不散筵席，就合上一千年，少不得有个分开日子。公公乃过世的人了，他的说话，那里作得准。大伯昨日要把牛马分与你，我想侄儿又小，那个去看养，故分阿寄来帮扶。他年纪虽老，筋力还健，赛过一个后生家种作哩！那婆子绩麻纺线，也不是吃死饭的。这孩子再耐他两年，就可下得田了，你不消愁得！”颜氏见他弟兄如此，明知已是做就，料道拗他不过，一味啼哭。那些亲邻看了分书，虽晓得分得不公道，都要做好好先生，那个肯做闲冤家，出尖说话？一齐着了花押，劝慰颜氏收了进去，入席饮酒。有诗为证：

分书三纸语从容，人畜均分禀至公。
老仆不如牛马用，拥孤孀妇泣西风。

却说阿寄，那一早差他买东买西，请张请李，也不晓得又做甚事体。恰好在南村去请个亲戚，回来时里边事已停妥。刚至门口，正遇着老婆。那婆子恐他晓得了这事，又去多言多语，扯到半边，吩咐道："今日是大官人分拨家私，你休得又去闲管，讨他的怠慢！"阿寄闻言，吃了一惊，说道："当先老主人遗嘱，不要分开，如何见三官人死了，就撇开这孤儿寡妇，教他如何过活？我若不说，再有何人肯说？"转身就走。婆子又扯住道："清官也断不得家务事，适来许多亲邻，都不开口；你是他手下人，又非甚么高年族长，怎好张主？"阿寄道："话虽有理，但他们分的公道，便不开口；若有些欺心，就死也说不得，也要讲个明白。"又问道："可晓得分我在那一房？"婆子道："这到不晓得。"阿寄走到堂前，见众人吃酒，正在高兴，不好遽然问得，站在旁边。间壁一个邻家抬头看见，便道："徐老官，你如今分在三房里了。他是孤孀娘子，须是竭力帮助便好。"阿寄随口答道："我年纪已老，做不动了。"口中便说，心下暗转道："原来拨我在三房里，一定他们道我没用了，借手推出的意思。我偏要争口气，挣个事业起来，也不被人耻笑。"遂不问他们分析的事，一径转到颜氏房门口，听得在内啼哭。阿寄立住脚听时，颜氏哭道："天啊！只道与你一竹竿到底白头相守，那里说起半路上就抛撇了，遗下许多儿女，无依无靠！还指望倚仗做伯伯的扶养长大，谁知你骨肉未寒，便分拨开来。如今教我没投没奔，怎生过日？"又哭道："就是分的田产，他们通是亮里，我是暗中，凭他们分派，那里知得好歹。只一件上，已是他们的肠子狠了。那牛儿可以耕田，马儿可雇倩与人，只拣两件有利息的拿了去！却推两个老头儿与我，反要费我的衣食！"那老儿听了这话，猛然揭起门帘叫道："三娘！你道老奴单费你的衣食，不及马牛的力么？"颜氏猛地里被他钻进来说这句话，到惊了一跳，收泪问道："你怎地说？"阿寄道："那牛马每年耕种雇倩，不过有得数两利息，还要赔个人喂养跟随。若论老奴，年纪虽有，精力未衰，路还走得，苦也受得。那经商道业，虽不曾做，也都明白。三娘急急收拾些本钱，待老奴出去做些生意，一年几转，其利岂不胜似马牛数倍！就是我的婆子，平昔又勤于纺织，亦可少助薪水之费。那田产莫管好歹，把来放租与人，讨几担谷子，做了桩主。三娘同姐儿们，也做些活计，将就度日，不要动那贷本。营运数年，怕不挣起个事业？何消愁闷！”颜氏见他说得有些来历，乃道：“若得你如此出力，可知好哩。但恐你有了年纪，受不得辛苦。”阿寄道：“不瞒三娘说，老便老，健还好，眠得迟，起的早，只怕后生家还赶我不上哩。这到不消虑得。”颜氏道：“你打帐做甚生意？”阿寄道：“大凡经商，本钱多便大做，本钱少便小做。须到外边去，看临期着便，见景生情，只拣有利息的就做，不是在家论得定的。”颜氏道：“说得有理，待我计较起来。”阿寄又讨出分书，将分下的家火，照单逐一点明，搬在一处，然后走至堂前答应。众亲邻直饮至晚方散。

次日，徐言即唤个匠人，把房子两下夹断，教颜氏另自开个门户出入。颜氏一面整顿家中事体，自不必说；一面将簪钗衣饰，悄悄教阿寄去变卖，共凑了十二两银子。颜氏把来交与阿寄道：“这些少东西，乃我养命之资，一家大小俱在此上，今日交付与你，大利息原不指望，但得细微之利也就够了。临事务要斟酌，路途亦宜小心。切莫有始无终，反被大伯们耻笑！”口中便说，不觉泪随言下。阿寄道：“但请放心，老奴自有见识在此，管情不负所托。”颜氏又问道：“还是几时起身？”阿寄回道：“本钱已有了，明早就行。”颜氏道：“可要拣个好日？”阿寄道：“我出去做生意，便是好日了，何必又拣？”即把银子藏在兜肚之中，走到自己房里，向婆子道：“明早要出门去做生意，可将旧衣旧裳，打叠在这一处。”原来阿寄止与主母计议，连老婆也不通他知得。这婆子见蓦地说出那句话，也觉骇然，问道：“你往何处去？做甚生意？”阿寄方把前事说与。那婆子道：“阿呀！这是哪里说起！你虽然一把年纪，那生意行中，从不曾着脚，却去弄虚头，说大话，兜揽这帐。孤孀娘子的银两，是苦恼东西，莫要把去弄出个话靶，连累他没得过用，岂不终身抱怨。不如依着我，快快送还三娘，拚得早起晏眠，多吃些苦儿，照旧耕种帮扶，彼此到得安逸。”阿寄道：“婆子家晓道什么？只管胡言乱语！那见得我不会做生意，弄坏了事，要你未风先雨。”遂不听老婆，自去收拾了衣服、被窝，却没个被囊，只得打个包儿；又做起一个缠袋，准备些干粮；又到市上买了顶雨伞，一双麻鞋。打点完备，次早先到徐言、徐召二家说道：“老奴今日要往远处做生意，家中无人照管，虽则各分门户，还要二位官人早晚看顾。”徐言二人听了，不觉暗笑，答道：“这到不消你叮嘱，只要赚了银子回来，送些人事与我们。”阿寄道：“这个自然。”转到家中，吃了饭食，作别了主母，穿上麻鞋，背着包裹、雨伞，又吩咐老婆，早晚须要小心。临出门，颜氏又再三叮咛，阿寄点头答应，大踏步去了。

且说徐言弟兄等阿寄转身后，都笑道："可笑那三娘子好没见识，有银子做生意，却不与你我商量，倒听阿寄这老奴才的说话。我想他生长已来，何曾做惯生意？哄骗孤孀妇人的东西，自去快活。这本钱可不白白送落！"徐召道："便是当初合家时，却不把出来营运，如今才分得，即教阿寄做客经商。我想三娘子又没甚妆奁，这银两定然是老官儿存日，三兄弟克剥下的，今日方才出豁。总之，三娘子瞒着你我做事，若说他不该如此，反道我们妒忌了。且待阿寄折本回来，那时去笑他。"正是：

云端看厮杀，毕竟孰输赢？

路遥知马力，日久见人心。

再说阿寄离了家中，一路思想："做甚生理便好？"忽地转着道："闻得贩漆这项道路，颇有利息，况在近处，何不去试他一试？"定了主意，一直至庆云山中。原来采漆之处，原有个牙行，阿寄就行家住下。那贩漆的客人，却也甚多，都是挨次儿打发。阿寄想道："若慢慢的挨去，可不耽搁了日子，又费去盘缠！"心生一计，捉个空扯主人家到一村店中，买三杯请他，说道："我是个小贩子，本钱短少，守日子不起的。望主人家看乡里分上，怎地设法先打发我去。哪一次来，大大再整个东道请你！"也是数合当然，那主人家却正撞着是个贪杯的，吃了他的软口汤，不好回得，一口应承。当晚就往各村户凑足其数，装裹停当。恐怕客人们知得嗔怪，到寄在邻家放下。次日起个五更，打发阿寄起身。那阿寄发利市，就得了便宜，好不喜欢。

教脚夫挑出新安江口，又想道："杭州离此不远，定卖不起价钱。"遂雇船直到苏州。正遇在缺漆之时，见他的货到，犹如宝贝一般，不勾三日，卖个干净。一色都是见银，并无一毫赊帐。除去盘缠使用，足足赚对合有余。暗暗感谢天地，即忙收拾起身。又想道："我今空身回去，须是趁船，这银两在身边，反担干系。何不再贩些别样货去，多少寻些利息也好。"打听得枫桥籼米到得甚多，登时落了几分价钱，乃道："这贩米生意，量来必不吃亏。"遂籴了六十多担籼米，载到杭州出脱。那时乃七月中旬，杭州有一个月不下雨，稻苗都干坏了，米价腾涌。阿寄这载米，又值在巧里，每一挑长了二钱，又赚十多两银子。自言自语道："且喜做来生意，颇颇顺溜，想是我三娘福分到了！"却又想道："既在此间，怎不去问问漆价？若与苏州相去不远，也省好些盘缠。"细细访问时，比苏州更反胜。你道为何？原来贩漆的，都道杭州路近价贱，俱往远处去了，杭州到时常短缺。常言道：货无大小，缺者便贵。故此比别处反胜。阿寄得了这个消息，喜之不胜，星夜赶到庆云山。只备下些小人事，送与主人家，依旧又买三杯相请。那主人家得了些小便宜，喜逐颜开，一如前番，悄悄先打发他转身。到杭州也不消三两日，就都卖完。计算本利，果然比起先这一帐又多几两，只是少了那回头货的利息。乃道："下次还到远处去。"与牙人算清了帐目，收拾起程。想道："出门好几时了，三娘必然挂念，且回去回覆一声，也教他放心。"又想道："总是收漆要等候两日，何不先到山中，将银子教主人家一面先收，然后回家，岂不两便！"定了主意，到山中把银两付与牙人，自己赶回家去。正是：

先收漆货两番利，初出茅庐第一功。

且说颜氏自阿寄去后，朝夕悬挂，常恐他消折了这些本钱，怀着鬼胎。耳根边又听得徐言兄弟在背后颠唇簸嘴，愈加烦恼。一日正在房中闷坐，忽见两个儿子乱喊进来道："阿寄回家了！"颜氏闻言，急走出房，阿寄早已在面前，他的老婆也随在背后。阿寄上前，深深唱个大喏。颜氏见了他，反增着一个蹬心拳头，胸前突突的乱跳，诚恐说出句扫兴话来。便问道："你做的是什么生意？可有些利钱？"那阿寄叉手不离方寸，不慌不忙的说道："一来感谢天地保佑，二来托赖三娘洪福，做的却是贩漆生意，赚得五六倍利息。如此如此，这般这般。恐怕三娘放心不下，特归来回覆一声！"颜氏听罢，喜从天降，问道："如今银子在那里？"阿寄道："已留与主人家收漆，不曾带回，我明早就要去的。”那时合家欢天喜地。阿寄住了一晚，次日清早起身，别了颜氏，又往庆云山去了。

且说徐言弟兄，那晚在邻家吃社酒醉倒，故此阿寄归家，全不晓得。到次日齐走过来，问道：“阿寄做生意归来，趁了多少银子？”颜氏道：“好教二伯伯知得，他一向贩漆营生，倒觅得五六倍利息。”徐言道：“好造化！恁样赚钱时，不够几年，便做财主哩。”颜氏道：“伯伯休要笑话，免得饥寒便够了。”徐召道：“他如今在那里？出去了几多时？怎么也不来见我？这样没礼！”颜氏道：“今早原就去了。”徐召道：“如何去得恁般急速？”徐言又问道：“那银两你可曾见见数么？”颜氏道：“他说俱留在行家买货，没有带回。”徐言呵呵笑道：“我只道本利已在手上了，原来还是空口说白话，眼饱肚中肌。耳边到说得热哄哄，还不知本在何处？利在那里？便信以为真。做经纪的人，左手不托右手，岂有自己回家，银子反留在外人。据我看起来，多分这本钱弄折了，把这鬼话哄你！”徐召也道：“三娘子，论起你家做事，不该我们多口。但你终是女眷家，不知外边世务，既有银两，也该与我二人商量，买几亩田地，还是长策。那阿寄晓得做甚生理？却瞒着我们，将银子与他出去瞎撞。我想那银两，不是你的妆奁，也是三兄弟的私蓄，须不是偷来的，怎看得恁般轻易！”二人一吹一唱，说得颜氏心中哑口无言，心下也生疑惑，委决不下。把一天欢喜，又变为万般闷愁。按下此处不提。

再说阿寄这老儿急急赶到庆云山中，那行家已与他收完，点明交付。阿寄此番不在苏杭发卖，径到兴化地方，利息比这两处又好。卖完了货，却听得那边米价一两三担，斗斛又大。想起杭州见今荒歉，前次粜客贩的去，尚赚了钱，今在出处贩去，怕不有一两个对合。遂装上一大载米至杭州，准准粜了一两二钱一石，斗斛上多来，恰好顶着船钱使用。那时到山中收漆，便是大客人了，主人家好不奉承。一来是颜氏命中合该造化，二来也亏阿寄经营伶俐，凡贩的货物，定获厚利。一连做了几帐，长有二千余金。看看捱着残年，算计道：“我一个孤身老儿，带着许多财物，不是要处！倘有差跌，前功尽弃。况且年近岁逼，家中必然悬望，不如回去，商议置买些田产，做了根本，将余下的再出来运弄。”此时他出路行头，诸色尽备，把银两逐封紧紧包裹，藏在顺袋中。水路用舟，陆路雇马，晏行早歇，十分小心。非止一日，已到家中，把行李驮入。婆子见老公回了，便去报知颜氏。那颜氏一则以喜，一则以惧。所喜者，阿寄回来；所惧者，未知生意长短若何。因向日被徐言弟兄奚落了一场，这番心里比前更是着急。三步并作两步，奔至外厢，望见这堆行李，料道不像个折本的，心上就安了一半。终是忍不住，便问道："这一向生意如何？银两可曾带回？"阿寄近前见了个礼，说道："三娘不要急，待我慢慢的细说。"教老婆顶上中门，把行李尽搬至颜氏房中打开，将银子逐封交与颜氏。颜氏见着许多银两，喜出望外，连忙开箱启笼收藏。阿寄方把往来经营的事说出。颜氏因怕惹是非，徐言当日的话，一句也不说与他知道，但连称："都亏你老人家气力了，且去歇息则个。"又吩咐："倘大伯们来问起，不要与他讲真话。"阿寄道："老奴理会得。"正话间，外面呼呼声叩门，原来却是徐言弟兄听见阿寄归了，特来打探消耗。阿寄上前作了两个揖。徐言道："前日闻得你生意十分旺相，今番又趁若干利息？"阿寄道："老奴托赖二位官人洪福，除了本钱盘费，干净趁得四五十两。"徐召道："阿呀！前次便说有五六倍利了，怎地又去了许多时，反少起来？"徐言道："且不要问他趁多趁少，只是银子今日可曾带回？"阿寄道："已交与三娘了。"二人便不言语，转身出去。

再说阿寄与颜氏商议，要置买田产，悄地央人寻觅。大抵出一个财主，生一个败子。那锦沙村有个晏大户，家私豪富，田产广多；单生一子名为世保，取世守其业的意思。谁知这晏世保，专于嫖赌，把那老头儿活活气死。合村的人道他是个败子，将"晏世保"三字，顺口改为"献世保"。那献世保同着一班无藉，朝欢暮乐，弄完了家中财物，渐渐摇动产业。道是零星卖来不够用，索性卖一千亩，讨价三千余两，又要一注儿交银。那村中富者虽有，一时凑不起许多银子，无人上桩。延至岁底，献世保手中越觉干逼，情愿连一所庄房，只要半价。阿寄偶然闻得这个消息，即寻中人去讨个经帐，恐怕有人先成了去，就约次日成交。献世保听得有了售主，好不欢喜。平日一刻也不着家的，偏这日足迹不敢出门，呆呆的等候中人同往。且说阿寄料道献世保是爱吃东西的，清早便去买下佳肴美酝，唤个厨夫安排。又向颜氏道："今日这场交易，非同小可！三娘是个女眷家，两位小官人又幼，老奴又是下人，只好在旁说话，难好与他抗礼。须请间壁大官人弟兄来作眼，方是正理。"颜氏道："你就过去请一声。"阿寄即到徐言门首，弟兄正在那里说话。阿寄道："今日三娘买几亩田地，特请二位官人来张主！”二人口中虽然答应，心内又怪颜氏不托他寻觅，好生不乐。徐言说道：“既要买田，如何不托你我，又教阿寄张主，直至成交，方才来说？只是这村中，没有什么零星田卖。”徐召道：“不必猜疑，少顷便见着落了。”二人坐于门首，等至午前光景，只见献世保同着几个中人，两个小厮，拿着拜匣，一路拍手拍脚的笑来，望着间壁门内齐走进去。徐言弟兄看了，倒吃一吓，都道：“咦！好作怪！闻得献世保要卖一千亩田，实价三千余两，不信他家有许多银子？难道献世保又零卖一二十亩？”疑惑不定。随后跟入，相见已罢，分宾而坐。阿寄向前说道：“晏官人，田价昨日已是言定，一依吩咐，不敢断少。晏官人也莫要节外生枝，又更他说。”献世保乱嚷道：“大丈夫做事，一言已出，驷马难追！若又有他说，便不是人养的了！”阿寄道：“既如此，先立了文契，然后兑银。”那纸墨笔砚，准备得停停当当，拿过来就是。献世保拈起笔，尽情写了一纸绝契，又道：“省得你不放心，先画了花约，何如？”阿寄道：“如此更好！”徐言兄弟看那契上，果是一千亩田，一所庄房，实价一千五百两。吓得二人面面相觑，伸出了舌头，半日也缩不上去。都暗想道：“阿寄生意总是趁钱，也趁不得这些！莫不是做强盗打劫的，或是掘着了藏？好生难猜。”中人着完花押，阿寄收进去交与颜氏。他已先借下一副天秤法马，提来放在桌上，与颜氏取出银子来兑，一色都是粉块细丝。徐言、徐召眼内放出火来，喉间烟也直冒，恨不得推开众人，通抢回去！不一时兑完，摆出酒肴，饮至更深方散。次日，阿寄又向颜氏道：“那庄房甚是宽大，何不搬在那边居住？收下稻子，也好照管。”颜氏晓得徐言弟兄妒忌，也巴不能远开一步。便依他说话，选了新正初六，迁入新房。阿寄又请个先生，教他两位小官人读书。大的名徐宽，次的名徐宏，家中收拾得十分次第。那些村中人见颜氏买了一千亩田，都传说掘了藏，银子不计其数，连坑厕说来都是银的，谁个不来趋奉。再说阿寄将家中整顿停当，依旧又出去经营。这番不专于贩漆，但闻有利息的便做。家中收下米谷，又将来腾那。十年之外，家私巨富。那献世保的田宅，尽归于徐氏。门庭热闹，牛马成群，婢仆雇工人等，也有整百，好不兴头！正是：

富贵本无根，尽从勤里得。

请观懒惰者，面带饥寒色。

那时颜氏三个女儿，都嫁与一般富户。徐宽、徐宏也各婚配。一应婚嫁礼物，尽是阿寄支持，不费颜氏丝毫气力。他又见田产广多，差役烦重，与徐宽弟兄，俱纳个监生，优免若干田役。

颜氏与阿寄儿子完了姻事，又见那老儿年纪衰迈，留在家中照管，不肯放他出去，又派个马儿与他乘坐。那老儿自经营以来，从不曾私吃一些好饮食，也不曾自私做一件好衣服。寸丝尺帛，必禀命颜氏，方才敢用。且又知礼数，不论族中老幼，见了必然站起。或乘马在途中遇着，便跳下来闪在路旁，让过去了，然后又行。因此远近亲邻，没一人不把他敬重。就是颜氏母子，也如尊长看承。那徐言、徐召，虽也挣起些田产，比着颜氏，尚有天渊之隔，终日眼红颈赤。那老儿揣知二人意思，劝颜氏各助百金之物。又筑起一座新坟，连徐哲父母，一齐安葬。那老儿整整活到八十，患起病来，颜氏要请医人调治，那老儿道："人年八十，死乃分内之事，何必又费钱钞。"执意不肯服药。颜氏母子，不住在床前看视，一面准备衣衾棺椁。病了数日，势渐危笃，乃请颜氏母子到房中坐下，说道："老奴牛马力已少尽，死亦无恨。只有一事，越分张主，不要见怪！"颜氏垂泪道："我母子全亏你气力，方有今日。有甚事体，一凭吩咐，决不违拗！"那老儿向枕边摸出两纸文书，递与颜氏道："两位小官人，年纪已长，后日少不得要分析。倘那时嫌多道少，便伤了手足之情。故此老奴久已将一应田房财物等件，分均停当。今日交付与二位小官人，各自去管业。"又叮嘱道："那奴仆中难得好人，诸事须要自己经心，切不可重托！"颜氏母子，含泪领命。他的老婆、儿子，都在床前啼啼哭哭，也嘱咐了几句。忽地又道："只有大官人、二官人，不曾面别，终是欠事，可与我去请来。"颜氏即差个家人去请。徐言、徐召说道："好时不直得帮扶我们，临死却来思想，可不扯淡！不去！不去！"那家人无法，只得转身。却见徐宏亲自奔来相请，二人灭不个侄儿面皮，勉强随来。那老儿已说话不出，把眼看了两看，点点头儿，奄然而逝！他的老婆、儿媳啼哭，自不必说。只这颜氏母子俱放声号恸，便是家中大小男女，念他平日做人好处，也无不下泪。惟有徐言、徐召反有喜色。可怜那老儿：

> 辛勤好似蚕成茧，茧老成丝蚕命休。
>
> 又似采花蜂酿蜜，甜头到底被人收。

颜氏母子哭了一回，出去支持殡殓之事。徐言、徐召看见棺木坚固，衣衾整齐，扯徐宽弟兄到一边，说道："他是我家家人，将就些罢了，如何要这般好断送？就是当初你家公公与你父亲，也没恁般齐整！”徐宽道：“我家全亏他挣起这些事业，若薄了他，内心上也打不过去！”徐召笑道：“你老大的人，还是个呆子！这是你母子命中合该有此造化，岂真是他本事挣来的哩。还有一件，他做了许多年数，克剥的私房，必然也有好些，怕道没得结果，你却挖出肉里钱来，与他备后事。”徐宠道：“不要冤枉坏人！我看他平日，一厘一毫，都清清白白交与母亲，并不见有什么私房。”徐召又说道：“做的私房，藏在那里，难道把与你看不成？若不信时，如今将那房中一检，极少也有整千银子！”徐宽道：“总有也是他挣下的，好道拿他的不成？”徐言道：“虽不拿他的，见个明白也好。”徐宽弟兄被二人说得疑疑惑惑，遂听了他，也不通颜氏知道，一齐走至阿寄房中。把婆子们哄了出去，闭上房门，开箱倒笼，遍处一搜，只有几件旧衣旧裳，那有分文钱钞。徐召道：“一定藏在儿子房里，也去一检！”寻出一包银子，不上二两，包中有个帐儿。徐宽仔细看时，还是他儿子娶妻时，颜氏助作三两银子，用剩下的。徐宏道：“我说他没有什么私房，却定要来看！还不快收拾好了，倘被人撞见，反道我们器量小了。”徐言、徐召自觉乏趣，也不别颜氏，径自去了。徐宽又把这事学向母亲，愈加伤感，令合家挂孝，开丧受吊，多修功果追荐。七终之后，即安葬于新坟旁边，祭葬之礼，每事从厚。颜氏主张，将家产分一股与他儿子，自去成家立业，奉养其母；又教儿子们以叔侄相称。此亦见颜氏不泯阿寄恩义的好处。那合村的人，将阿寄生平行谊，具呈府县，要求旌奖，以劝后人。府县又查勘的实，申报上司，具疏奏闻，朝廷旌表其间。至今徐氏子孙繁衍，富冠淳安。诗云：

年老筋衰逊马牛，千金致产出人头。

托孤寄命真无愧，羞杀苍头不义侯。

第十三卷　蔡瑞虹忍辱报仇

酒可陶情适性，兼能解闷消愁。三杯五盏乐悠悠，痛饮翻能损寿。

谨厚化成凶险，精明变作昏流。禹疏仪狄岂无由？狂药使人多咎。

这首词名为《西江月》，是劝人节饮之语。今日说一位官员，只因贪杯上，受了非常之祸。话说这宣德年间，南直隶淮安府淮安卫，有个指挥姓蔡，名武。家资富厚，婢仆颇多。平昔别无所好，偏爱的是杯中之物，若一见了酒，连性命也不相顾，人都叫他做“蔡酒鬼”。因这件上，罢官在家。不但蔡指挥会饮，就是夫人田氏，却也一般善酗，二人也不像个夫妻，到像两个酒友。偏生奇怪，蔡指挥夫妻都会饮酒，生得三个儿女，却又滴酒不闻。那大儿蔡韬，次子蔡略，年纪尚小；女儿到有一十五岁，生时因见天上有一条虹霓，五色灿烂，正环在他家屋上，蔡武以为祥瑞，遂取名叫做瑞虹。那女子生得有十二分颜色，善能描龙画凤，刺绣拈花。不独花工伶俐，且有智识才能，家中大小事体，到是他掌管。因见父母日夕沉湎，时常规谏，蔡指挥哪里肯依！

话分两头。且说那时有个兵部尚书赵贵，当年未达时，住在淮安卫间壁，家道甚贫，勤苦读书，夜夜直读到鸡鸣方卧。蔡武的父亲老蔡指挥，爱他苦学，时常送柴送米。资助赵贵后来连科及第，直做到兵部尚书。思念老蔡指挥昔年之情，将蔡武特升了湖广荆襄等处游击将军。是一个上好的美缺，特地差人将文凭送与蔡武。蔡武心中欢喜，与夫人商议，打点择日赴任。瑞虹道：“爹爹！依孩儿看起来，此官莫去做罢！”蔡武道：“却是为何？”瑞虹道：“做官的一来图名，二来图利，故此千乡万里远去。如今爹爹在家，日日只是吃酒，并不管一毫别事。倘若到任上也是如此，哪个把银子送来，岂不白白里干折了盘缠辛苦，路上还要担惊受怕。就是没得银子趁，也只算是小事，还有别样要紧事体，担干系哩！”蔡武道：“除了没银子趁罢了，还有甚么干系？”瑞虹道：“爹爹！你一向做官时，不知见过多少了，难道这样事到不晓得？那游击官儿，在武职里便算做美任；在文官上司里，不过是个守令官，不时衙门伺候，东迎西接，都要早起晏眠。我想你平日在家，单管吃酒，自在惯了；倘到那里，依原如此，岂不受上司责罚！这也还不算利害，或是信地盗贼生发，差拨去捕获；或者别处地方有警，调遣去出征。那时不是马上，定是舟中，身披甲胄，手执戈矛，在生死关系之际，倘若一般终日吃酒，岂不把性命送了？不如在家安闲自在，快活过了日子，却去讨这样烦恼吃！”蔡武道：“常言说得好，酒在心头，事在肚里。难道我真个单吃酒不管正事不成？只为家中有你掌管，我落得快活。到了任上，你替我不得时，自然着急，不消你担隔夜忧。况且这样美缺，别人用银子谋干，尚不能够；如今承赵尚书一片好意，特地差人送上大门，我若不去做，反拂了这段来意。我自有主意在此，你不要阻当！”瑞虹见父亲立意要去，便道：“爹爹既然要去，把酒来戒了，孩儿方才放心。”蔡武道：“你晓得我是酒养命的，如何全戒得，只是少吃几杯罢！”遂说下几句口号：

老夫性与命，全靠水边酉。
宁可不吃饭，岂可不饮酒。
今听汝忠言，节饮知谨守。
每常十遍饮，今番一加九。
每常饮十升，今番只一斗。
每常一气吞，今番分两口。
每常床上饮，今番下地走。
每常到三更，今番二更后。
再要裁减时，性命不直狗。

且说蔡武次日即教家人蔡勇，在淮关写了一只民座船，将衣饰细软，都打叠带去。粗重家伙，封锁好了，留一房家人看守。其余童仆尽随往任所。又买了许多好酒，带路上去吃。择了吉日，备猪羊祭河，作别亲戚，起身下船。稍公扯起篷，由扬州一路进发。你道稍公是何等样人？那稍公叫做陈小四，也是淮安府人，年纪三十已外。雇着一班水手，共有七人，唤做白满、李湲子、沈铁甏、秦小元、胡蛮二、余蛤蚆、凌歪嘴。这班人都是凶恶之徒，专在河路上谋劫客商。不想今日蔡武晦气，下了他的船只。陈小四起初见发下许多行李，眼中已是放出火来；及至家小下船，又一眼瞧见瑞虹美艳，心中愈加着魂。暗暗算计："且远一步儿下手，省得在近处，容易露人眼目。"不一日，将到黄州，乃道："此去正好行事了，且与众兄弟们说知。"走到稍上，对众水手道："舱中一注大财乡，不可错过，乘今晚取了罢！"众人笑道："我们有心多日了，因见阿哥不说起，只道让同乡分上，不要了。"陈小四道："因一路来，没个好下手处，造化他多活了这几日。"众人道："他是个武官出身，从人又众，不比其他，须要用心。"陈小四道："他出名的蔡酒鬼，有什么用？少停，等他吃酒到更深，放开手砍他娘罢了！只饶了这小姐，我要留他做个押舱娘子。"商议停当。少顷，到黄州江口泊住，买了些酒肉，安排起来，众水手吃个醉饱。扬起满帆，舟如箭放。那一日正是十五，刚到黄昏，一轮明月，如同白昼。至一空阔之处，陈小四道："众兄弟，就此处罢，莫向前了！"霎时间，下篷抛锚，各执器械，先向前舱而来。迎头遇着一个家人，那家人见势头来得凶险，叫声："老爷不好了！"说时迟，那时快，叫声未绝，顶门上已遭一斧，翻身跌倒，那些家人，一个个都抖衣而颤，哪里动弹得。被众强盗刀砍斧切，连排价杀去！且说蔡武自从下船之后，初时几日，酒还少吃，以后觉道无聊，夫妻依先大酌，瑞虹劝谏不止。那一晚与夫人开怀畅饮，酒量已吃到九分，忽听得前舱发喊。瑞虹急叫丫鬟来看，那丫鬟吓得寸步难移，叫道："老爷，前舱杀人哩！"蔡奶奶惊得魂不附体，刚刚立起身来，众凶徒已赶进舱。蔡武兀自朦胧醉眼，喝道："我老爹在此，那个敢？"沈铁甏早把蔡武一斧砍倒。众男女一齐跪下，道："金银任凭取去，但求饶命！"众人道："两件俱是要的。"陈小四道："也罢！看乡里情上，饶他砍头，与他个全尸罢了！"即教快取索子。两个奔向后艄，取出索子，将蔡武夫妻二子，一齐绑起，止空瑞虹。蔡武哭对瑞虹道："不听你言，致有今日！"声犹未绝，都撺向江中去了。其余丫鬟等婢，一刀一个，杀个干净。有诗为证：

金印将军酒量高，绿林暴客气雄豪。

无情波浪兼天涌，疑是胥江起怒涛。

瑞虹见合家都杀，独不害他，料必然来污辱，奔出舱门，望江中便跳。陈小四放下斧头，双手抱住道："小姐不要惊恐！还你快活。"瑞虹大怒，骂道："你这班强盗，害了我全家，尚敢污辱我么！快快放我自尽。"陈小四道："你这花容月貌，教我如何舍得？"一头说，一头抱入后舱。瑞虹口中千强盗，万强盗，骂不绝口。众人大怒道："阿哥，那里不寻了一个妻子，却受这贱人之辱！"便要赶进来杀。陈小四拉住道："众兄弟，看我分上饶他罢！明日与你陪情。"又对瑞虹道："快些住口，你若再骂时，连我也不能相救！"瑞虹一头哭，心中暗想："我若死了，一家之仇，那个去报？且含羞忍辱，待报仇之后，死亦未迟！"方才住口，跌足又哭。陈小四安慰一番。众人已把尸首尽抛入江中，把船揩抹干净，扯起满蓬，又驶到一个沙洲边，将箱笼取出，要把东西分派。陈小四道："众兄弟且不要忙，趁今日十五团圆之夜，待我做了亲，众弟兄吃过庆喜筵席，然后自由自在均分，岂不美哉！"众人道："也说得是。"连忙将蔡武带来的好酒，打开几坛，将那些食物东西，都安排起来，团团坐在舱中，点得灯烛辉煌，取出蔡武许多银酒器，大家痛饮。陈小四又抱出瑞虹坐在旁边道："小姐！我与你郎才女貌，做对夫妻，也不辱抹了你。今夜与我成亲，图个白头到老。"瑞虹掩着面只是哭。众人道："我众兄弟各人敬阿嫂一杯酒。"便筛过一杯，送在面前。陈小四接在手中，拿向瑞虹口边道："多谢众弟兄之敬，你略略沾些儿。"瑞虹那里采他，把手推开。陈小四笑道："多谢列位美情，待我替娘子饮罢！"拿起来一饮而尽。秦小元道："哥不要吃单杯，吃个双双到老！"又送过一杯，陈小四又接来吃了，也筛过酒，逐个答还。吃了一会，陈小四被众人劝送，吃到八九分醉了。众人道："我们畅饮，不要难为新人。哥！先请安置罢。"陈小四道："既如此，列位再请宽坐，我不陪了。"抱起瑞虹，取了灯火，径入后舱。放下瑞虹，掩上舱门，便来与他解衣。那时瑞虹身不由主，被他解脱干净，抱向床中，任情取乐。可惜千金小姐，落在强徒之手。

暴雨摧残娇蕊，狂风吹损柔芽。
那是一宵恩爱，分明夙世冤家。

不提陈小四。且说众人在舱中吃酒，白满道："陈四哥此时正在乐境了。"沈铁甏道："他便乐，我们却有些不乐。"秦小元道："我们有甚不乐。"沈铁甏道："同样做事，他到独占了第一件便宜。明日分东西时，可肯让一些么？"李癞子道："你道是乐，我想这一件，正是不乐之处哩。"众人道："为何不乐？"李癞子道："常言说的好，斩草不除根，萌芽依旧发。杀了他一家，恨不得把我们吞在肚里，方才快活，岂肯安心与陈四哥做夫妻？倘到人烟凑聚所在，叫喊起来，众人性命，可不都送在他的手里！”众人尽道：“说得是，明日与陈四哥说明，一发杀却，岂不干净！”答道：“陈四哥今夜得了甜头，怎肯杀他？”白满道：“不要与陈四哥说知，悄悄竟行罢。”李癞子道：“若瞒着他杀了，弟兄情上就到不好开交。我有个两得其便的计儿在此：趁陈四哥睡着，打开箱笼，将东西均分，四散去快活。陈四哥已受用了一个妙人，多少留几件与他，后来露出事来，止他自己受累，与我众人无干。或者不出丑，也是他的造化，恁样又不伤了弟兄情分，又连累我们不着，可不好么？”众人齐称道：“好！”立起身把箱笼打开，将出黄白之资，衣饰器皿，都均分了，只拣用不着的留下几件。各自收拾，打了包裹，把舱门关闭，将船使到一个通官路所在泊住，一齐上岸，四散而去！

篋中黄白皆公器，被底红香偏得意。

蜜房割去别人甜，狂蜂犹抱花心睡。

且说陈小四专意在瑞虹身上，外边众人算计，全然不知。直至次日巳牌时分，方才起身来看，一人不见，还只道夜来中酒睡着。走至艄上，却又不在。再到前舱去看，那里有个人的影儿？惊骇道：“他们通往何处去了？”心内疑惑，复走到舱中，看那箱笼，俱已打开，逐只检看，并无一物，止一只内存些少东西，并书帖之类。方明白众人分去，敢怒而不敢言，想道：“是了！他们见我留着这小姐，恐后事露，故都悄然散去。”又想道：“我如今独自个又行不得这船，住在此又非长策，倒是进退两难！欲待上涯，村中觅个人儿帮行，到有人烟之处，恐怕这小姐喊叫出来，这性命便休了。势在骑虎，留他不得了，不如斩草除根罢！”提起一柄板斧，抢入后舱。瑞虹还在床上啼哭，虽则泪痕满面，愈觉千娇百媚。那贼徒看了，神荡魂迷，臂垂手软，把杀人肠子，顿时熔化。一柄板斧，扑秃的落在地下。又腾身上去，捧着瑞虹淫媾。可怜嫩蕊娇花，怎当得风狂雨骤！那贼徒恣意轻薄了一回，说道：“娘子，我晓的你劳碌了，待我去收拾些饮食与你将息！”跳起身，往艄上打火煮饭。忽地又想起道：“我若迷恋这女子，性命定然断送；欲要杀他，又不忍下手。罢！罢！只算我晦气，弃了这船，也向别处去过日。倘有采头，再觅注钱财，原挣个船儿，依旧快活。那女子留在船中，有命时便遇人救了，也算我一点阴骘。”却又想道：“不好！不好！如不除他，终久是个祸根。只饶他一刀，与他全尸罢！”煮些饭食吃饱，将平日所积囊资，并留下的些小东西，叠成一个大包，放在一边。寻了一条索子，打个圈儿，赶入舱来。这时瑞虹恐又来淫污，已是穿起衣服，向着里床垂泪，思算报仇之策，不提防这贼徒来谋害。说时迟，那时快，这贼徒奔近前，左手托起头儿，右手就将索子套上。瑞虹方待喊叫，被他随手扣紧，尽力一收，瑞虹疼痛难忍，手足乱动，扑的跳了几跳，直挺挺横在床上便不动了。那贼徒料是已死，即放了手，到外舱拿起包裹，提着一根短棍，登跳上涯，大踏步而去！正是：

虽无并枕欢娱，落得一身干净。

原来瑞虹命不该绝，喜得那贼打的是个单结，虽然被这一收时，气绝昏迷，才放下手，结就松开，不比那吊死的越坠越紧。咽喉间有了一线之隙，这点气回复透出，便不致于死。渐渐苏醒，只是遍体酥软，动掸不得，倒像被按摩的捏了个醉杨妃光景。喘了一回，觉的颈下难过，勉强挣起手扯开，心内苦楚，暗哭道："阿爹当时若听了我的言语，那有今日？只不知与这伙贼徒，前世有甚冤业，合家遭此惨祸！"又哭道："我指望忍辱偷生，还图个报仇雪耻，不道这贼原放我不过。我死也罢了，但是冤沉海底，安能瞑目！"转思转哭，愈想愈哀。正哭之间，忽然艄上，扑通的一声响亮，撞得这船幌上几幌，睡的床铺，险些攧翻。瑞虹被这一惊，哭也倒止住了。侧耳听时，但闻隔船人声喧闹，打号撑篙，本船不见一些声息。疑惑道："这班强盗为何被人撞了船，却不开口？莫非那船也是同伙？"又想道："或者是捕盗船儿，不敢与他争论。"便欲喊叫，又恐不能了事。方在惶惑之际，船仓中忽地有人大惊小怪，又齐拥入后舱。瑞虹还道是这班强盗，暗道："此番性命定然休矣！"只听众人说道："不知何处官府，打劫的如此干净？人样也不留一个！"瑞虹听了这话，已知不是强盗了，挣扎起身，高喊："救命！"众人赶向前看时，见是美貌女子，扶持下床，问他被劫情由。瑞虹未曾开言，两眼泪珠先下。乃将父亲官爵籍贯，并被难始末，一一细说。又道："列位大哥，可怜我受屈无伸，乞引到官司告理，擒获强徒正法，也是一点阴骘。"众人道："原来是位小姐，可恼受着苦了！但我们都做主不得，须请老爹来与你计较。"内中一个便跑去相请。不多时，一人跨进舱中，众人齐道："老爹来也！"瑞虹举目看那人面貌魁梧，服饰齐整，见众人称他老爹，料必是个有身家的，哭拜在地。那人慌忙扶住道："小姐何消行此大礼？有话请起来说。"瑞虹又将前事细说一遍，又道："求老爹慨发慈悲，救护我难中之人，生死不忘大德！”那人道：“小姐不消烦恼！我想这班强盗，去路还未远，即今便同你到官司呈告，差人四处追寻，自然逃走不脱。”瑞虹含泪而谢。那人吩咐手下道：“事不宜迟，快扶蔡小姐过船去罢！”众人便来搀扶。瑞虹寻过鞋儿穿起，走出舱门观看，乃是一只双开篷顶号货船。过得船来。请入舱中安息。众水手将贼船上家伙东西，尽情搬个干净，方才起篷开船。

你道那人是谁？原来姓卞，名福，汉阳府人氏。专在江湖经商，挣起一个老大家业，打造这只大船。众水手俱是家人。这番在下路脱了粮食，装回头货归家，正趁着顺风行走，忽地被一阵大风，直打向到岸边去。艄公把舵务命推挥，全然不应，径向贼船上当艄一撞。见是座船，恐怕拿住费嘴，好生着急。合船人手忙脚乱，要撑开去，不道又搁在浅处，牵扯不动，故此打号用力。因见座船上没个人影，卞福以为怪异，教众水手过船来看。已后闻报，止有一个美女子，如此如此，要求搭救。卞福即怀下不良之念，用一片假情，哄得过船，便是买卖了，那里是真心肯替他伸冤理枉。那瑞虹起初因受了这场惨毒，正无门伸诉，所以一见卞福，犹如见了亲人一般，求他救济，又见说出那班言语，便信以为真，更不疑惑。到得过船心定，想起道：“此来差矣！我与这客人非亲非故，如何指望他出力，跟着同走？虽承他一力当担，又未知是真是假。倘有别样歹念，怎生是好？”方在疑虑，只见卞福，自去安排着佳肴美酿，承奉瑞虹，说道：“小姐你一定饿了，且吃些酒食则个。”瑞虹想着父母，那里下得咽喉。卞福坐在旁边，甜言蜜语，劝了两小杯，开言道：“小子有一言商议，不知小姐可肯听否？”瑞虹道：“老客有甚见谕？”卞福道：“适来小子一时义愤，许小姐同到官司告理，却不曾算到自己这一船货物。我想那衙门之事，原论不定日子的。倘或牵缠半年六月，事体还不能完妥，货物又不能脱去，岂不两下耽搁。不如小姐且随我回去，先脱了货物，然后另换一个小船，与你一齐下来理论这事，就盘桓几年，也不妨得。更有一件，你我是个孤男寡女，往来行走，必惹外人谈议，总然彼此清白，谁人肯信？可不是无丝有线？况且小姐举目无亲，身无所归；小子虽然是个商贾，家里颇颇得过，若不弃嫌，就此结为夫妇。那时报仇之事，水里水去，火里火去，包在我身上，一个个缉获来，与你出气，但未知尊意若何？”瑞虹听了这片言语，暗自心伤，簌簌的泪下，想道：“我这般命苦！又遇着不良之人。只是落在他套中，料难摆脱。”乃叹口气道：“罢！罢！父母冤仇事大，辱身事小。况已被贼人玷污，总今就死也算不得贞节了。且待报仇之后，寻个自尽，以洗污名可也！”踌躇已定，含泪答道：“官人果然真心肯替奴家报仇雪耻，情愿相从！只要设个誓愿，方才相信。”卞福得了这句言语，喜不自胜，连忙跪下设誓道：“卞福若不与小姐报仇雪耻，翻江而死！”道罢起来，吩咐水手：“就前途村镇停泊，买办鱼肉酒果之类，合船吃杯喜酒。”到晚成就好事。

不则一日，已至汉阳。谁想卞福老婆，是个拈酸的领袖，吃醋的班头，卞福平昔极惧怕的。不敢引瑞虹到家，另寻所在安下，叮嘱手下人不许泄漏。内中又有个请风光博笑脸的，早去报知。那婆娘怒气冲天，要与老公厮闹。却又算计，没有许多闲工夫淘气。倒一字不提，暗地教人寻下掠贩的，期定日期，一手交钱，一手交人。到了是日，那婆娘把卞福灌得烂醉，反锁在房。一乘轿子，抬至瑞虹住处。掠贩的已先在彼等候，随那婆娘进去，教人报知瑞虹说：“大娘来了！”瑞虹无奈，只得出来相迎。掠贩的在旁，细细一观，见有十二分颜色，好生欢喜。那婆娘满脸堆笑，对瑞虹道：“好笑官人，作事颠倒，既娶你来家，如何又撇在此，成何体面。外人知得，只道我有甚缘故。适来把他理怨一场，特地自来接你回去，有甚衣饰，快些收拾！”瑞虹不见卞福，心内疑惑，推辞不去。那婆娘道：“既不愿同住，且去闲玩几日，也见得我亲来相接之情。”瑞虹见这句说得有理，便不好推托，进房整饰。那婆娘一等他转了身，便与掠贩的议定身价，教家人在外兑了银两，唤乘轿子，哄瑞虹坐下，轿夫抬起，飞也似走，直至江边一个无人所在，掠贩的引至船边歇下。瑞虹情知中了奸计，放声号哭，要跳向江中。怎当掠贩的两边扶挟，不容转动。遂推入舱中，打发了中人、轿夫，急忙解缆开船，扬着满帆而去。且说那婆娘卖了瑞虹，将屋中什物收拾归去，把门锁上，回到家中，卞福正还酣睡。那婆娘三四个把掌打醒，数说一回，打骂一回，整整闹了数日，卞福脚影不敢出门。一日捉空踅到瑞虹住处，看见锁了门户，吃了一惊，询问家人，方知被老婆卖去久矣！只气得发昏章第十一。那卞福只因不曾与瑞虹报仇，后来果然翻江而死，应了向日之誓。那婆娘原是个不成才的烂货，自丈夫死后，越发恣意把家私贴完，又被奸夫拐去，卖与烟花门户。可见天道好还，丝毫不爽。有诗为证：

忍耻偷生为父仇，谁知奸计觅风流。

劝人莫设虚言誓，湛湛青天在上头。

再说瑞虹被掠贩的纳在船中，一味悲号。掠贩的劝慰道："不必啼泣，还你此去丰衣足食，自在快活！强如在卞家受那大老婆的气。"瑞虹也不理他，心内暗想："欲待自尽，怎奈大仇未报；将为不死，便成淫荡之人。"踌躇千百万遍，终是报仇心切，只得宁耐，看个居止下落，再作区处。行不多路，已是天晚泊船。掠贩的逼他同睡，瑞虹不从，和衣缩在一边。掠贩的便来搂抱，瑞虹乱喊杀人。掠贩的恐被邻船听得，弄出事来，放手不迭，再不敢去缠他。径载到武昌府，转卖与乐户王家。那乐户家里先有三四个粉头，一个个打扮的乔乔画画，傅粉涂脂，倚门卖俏。瑞虹到了其家，看见这般做作，转加苦楚。又想道："我今落在烟花地面，报仇之事，已是绝望，还有何颜在世！"遂立意要寻死路，不肯接客，偏又作怪，但是瑞虹走这条门路，就有人解救，不致伤身。乐户与鸨子商议道："他既不肯接客，留之何益！倘若三不知，做出把戏，倒是老大利害，不如转货与人，另寻个罢！"常言道：事有凑巧，物有偶然。恰好有一绍兴人，姓胡，名悦，因武昌太守是他亲戚，特来打抽丰，倒也作成寻觅了一大注钱财。那人原是贪花恋酒之徒，住的寓所，近着妓家，闲时便去串走，也曾见过瑞虹是个绝色丽人，心内着迷，几遍要来入马。因是瑞虹寻死觅活，不能到手。今番听得乐户有出脱的消息，情愿重价娶为偏房。也是有分姻缘，一说就成。

胡悦娶瑞虹到了寓所，当晚整备着酒肴，与瑞虹叙情。那瑞虹只是啼哭，不容亲近。胡悦再三劝慰不止，倒没了主意，说道："小娘子，你在娼家，或者道是贱事，不肯接客；今日与我成了夫妇，万分好了，还有甚苦情，只管悲恸？你且说来，若有疑难事体，我可以替你分忧解闷；倘事情重大，这府中太爷，是我舍亲，就转托他与你料理，何必自苦如此！"瑞虹见他说话有些来历，方将前事，一一告诉。又道："官人若能与奴家寻觅仇人，报冤雪耻，莫说得为夫妇，便做奴婢，亦自甘心！"说罢又哭。胡悦闻言答道："原来你是好人家子女，遭此大难，可怜！可怜！但这事非一时可毕，待我先教舍亲出个广捕，到处挨缉；一面同你到淮安告官，拿众盗家属追比，自然有个下落。"瑞虹拜倒在地道："若得官人如此用心，生生世世，衔结报效。"胡悦扶起道："既为夫妇，事同一体，何必出此言！"遂携手入寝。那知胡悦也是一片假情哄骗。过了几日，只说已托太守出广捕缉获去了。瑞虹信以为实，千恩万谢。又住了数日，雇下船只，打叠起身，正遇着顺风顺水，那消十日，早至镇江，另雇小船回家。把瑞虹的事，搁过一边，毫不提起。瑞虹大失所望，但到此地位，无可奈何，遂吃了长斋，日夜暗祷天地，要求报冤。在路非止一日，已到家中。胡悦老婆见娶个美人回来，好生妒忌，时常厮闹。瑞虹总不与他争论，也不要胡悦进房，这婆娘方才少解。

原来绍兴地方，惯做一项生意：凡有钱能干的，便到京中买个三考吏名色，钻谋好地方选一个佐贰官出来，俗名唤做“飞过海”。——怎么叫做“飞过海”？大凡吏员考满，依次选去，不知等上几年。若用了钱，挖选在别人前面，指日便得做官，这谓之“飞过海”。还有独自无力，四五个合做伙计，一人出名做官，其余坐地分赃。到了任上，先备厚礼，结好堂官，叨揽事管，些小事体，经他衙里，少不得要诈一两五钱。到后觉道声息不好，立脚不住，就悄地逃之夭夭。十个里边，难得一两个来去明白，完名全节。所以天下衙官，大半都出绍兴。那胡悦在家住了年余，也思量到京干这桩事体。更兼有个相知，见在当道，写书相约，有扶持他的意思，一发喜之不胜。即便处置了银两，打点起程。单虑妻妾在家不睦，与瑞虹计议，要带他同往，许他谋选彼处地方，访觅强盗踪迹。瑞虹已被骗过一次，虽然不信，也还希冀出外行走，或者有个机会，情愿同去。胡悦老婆知得，翻天作地，与老公相打相骂，胡悦全不作准。择了吉日，雇得船只，同瑞虹径自起身。一路无话，直至京师，寻寓所安顿了瑞虹。次日整备礼物，去拜那相知官员。谁想这官人一月前暴病身亡，合家慌乱，打点扶柩归乡。胡悦没了这个倚靠，身子就酥了半边。思想银子带得甚少，相知又死，这官职怎能弄得到手？欲待原复归去，又恐被人笑耻，事在两难，狐疑未决。寻访同乡一个相识商议，这人也是走那道儿的，正少了银两，不得完成，遂设计哄骗胡悦，包揽替他图个小就。设或短少，寻人借债。胡悦合该晦气，被他花言巧语，说得热闹，将所带银两一包儿递与。那人把来完成了自己官职，悄地一溜烟径赴任去了。胡悦止剩得一双空手，日逐时需，渐渐欠缺。寄书回家取索盘缠，老婆正恼着他，哪肯应付分文。自此流落京师，逐日东走西撞，与一班京花子合了伙计，骗人财物。一日商议要大大寻一注东西，但没甚为由，却想到瑞虹身上，要把来认作妹子，做个美人局。算计停当，胡悦又恐瑞虹不肯，生出一段说话哄他道："我向日指望到此，选得个官职，与你去寻访仇人。不道时运乖蹇，相知已死，又被那天杀的骗去银两，沦落在此，进退两难。欲待回去，又无处设法盘缠。昨日与朋友们议得个计策，到也尽通。"瑞虹道："是甚计策？"胡悦道："只说你是我的妹子，要与人为妾。倘有人来相看，你便见他一面。等哄得银两到手，连夜悄然起身，他们那里来寻觅？顺路先到淮安，送你到家，访问强徒，也了我心上一件未完事。"瑞虹初时本不欲得，次后听说顺路送归家去，方才许允。胡悦讨了瑞虹一个肯字，欢喜无限，教众光棍四处去寻主顾。正是：

安排地网天罗计，专待落坑堕堑人。

话分两头。却说浙江温州府有一秀士，姓朱，名源，年纪四旬以外，尚无子嗣。娘子几遍劝他取个偏房，朱源道："我功名淹蹇，无意于此。"其年秋榜高登，到京会试。谁想福分未齐，春闱不第，羞归故里。与几个同年相约，就在京中读书，以待下科。那同年中晓得朱源还没有儿子，也苦劝他娶妾。朱源听了众人说话，教人寻觅。刚有了这句口风，那些媒人互相传说，几日内便寻下若干头脑，请朱源逐一相看拣择，没有个中得意的。众光棍缉着那个消息，即来上桩，夸称得瑞虹姿色绝世无双，古今罕有。哄动朱源期下日子，亲去相看。此时瑞虹身上衣服，已不十分整齐，胡悦教众光棍借来妆饰停当。众光棍引了朱源到来，胡悦向前迎迓，礼毕就坐，献过一杯茶，方请出瑞虹站在遮堂门边。朱源走上一步，瑞虹侧着身子，道个万福，朱源即忙还礼。用目仔细一觑，端的娇艳非常，暗暗喝采道："真好个美貌女子！"瑞虹也见朱源人材出众，举止闲雅，暗道："这官人到好个仪表，果是个斯文人物，但不知甚么悔气，投在网中！"心下存了个懊悔之念，略站片时，转身进去。众光棍从旁衬道："相公，何如？可是我们不说谎么？"朱源点头微笑道："果然不谬。可到小寓议定财礼，择吉行聘便了。"道罢起身，众人接脚随去，议了一百两财礼。朱源也闻得京师骗局甚多，恐怕也落了套儿，讲过早上行礼，到晚即要过门。众光棍又去与胡悦商议，胡悦沉吟半晌，生出一计。恐瑞虹不肯，教众人坐下，先来与他计较道："适来这举人已肯上桩，只是当日便要过门，难做手脚。如今只得将计就计，依着他送你过去。少不得备下酒肴，你慢慢的饮至五更时分，我同众人便打入来，叫破地方，只说强占有夫妇女，就引你回来，声言要往各衙门呈告。他是个举人，怕干碍前程，自然反来求伏。那时和你从容回去，岂不美哉！”瑞虹闻言，愀然不乐，答道：“我前生不知作下甚业，以至今世遭许多磨难？如何又做恁般没天理的事害人？这个断然不去。”胡悦道：“娘子，我原不欲如此，但出于无奈，方走这条苦肉计，千万不要推托！”瑞虹执意不从，胡悦就双膝跪下道：“娘子！没奈何将就做这一遭，下次再不敢相烦了。”瑞虹被逼不过，只得应允。胡悦急急跑向外边，对众人说知就里。众人齐称妙计，回覆朱源，选起吉日，将银两兑足，送与胡悦收了。众光棍就要把银两分用，胡悦道：“且慢着，等待事妥，分也未迟。”到了晚间，朱源叫家人雇乘轿子，去迎瑞虹，一面吩咐安排下酒馔等候。不一时，已是娶到。两下见过了礼，邀入房中，叫家人管待媒人酒饭，自不必说。

单讲朱源同瑞虹到了房中，瑞虹看时，室中灯烛辉煌，设下酒席。朱源在灯下细观其貌，比前更加美丽，欣欣自得，道声：“娘子请坐。”瑞虹羞涩不敢答应，侧身坐下。朱源叫小厮斟过一杯酒，恭恭敬敬递至面前放下，说道：“小娘子，请酒。”瑞虹也不敢开言，也不回敬。朱源知道他是怕羞，微微而笑。自己斟一杯，对席相陪。又道：“小娘子，我与你已为夫妇，何必害羞！多少沾一盏儿，小生候干。”瑞虹只是低头不应。朱源想道：“他是女儿家，一定见小厮们在此，所以怕羞。”即打发出外，掩上门儿，走至身边道：“想是酒寒了，可换些热的饮一杯，不要拂了我的敬意。”遂另斟一杯，递与瑞虹。瑞虹看了这个局面，转觉羞惭，蓦然伤感。想起幼时父母何等珍惜，今日流落至此，身子已被玷污，大仇又不能报，又强逼做这般丑态骗人，可不辱没祖宗。柔肠一转，泪珠簌簌乱下。朱源看见流泪，低低道：“小娘子，你我千里相逢，天缘会合，有甚不足，这般愁闷？莫不宅上有甚不堪之事，小娘子记挂么？”连叩数次，并不答应。觉得其容转戚，朱源又道：“细观小娘子之意，必有不得已事，何不说与我知，倘可效力，决不推故！”瑞虹又不则声。朱源到没做理会，只得自斟自饮。吃够半酣，听谯楼已打二鼓。朱源道：“夜深了，请歇息罢！”瑞虹也全然不睬。朱源又不好催逼，到走去书桌上，取过一本书儿观看，陪他同坐。瑞虹见朱源殷勤相慰，不去理他，并无一毫愠怒之色。转过一念道：“看这举人到是个盛德君子，我当初若遇得此等人，冤仇申雪久矣！”又想道：“我看胡悦这人，一味花言巧语，若专靠在他身上，此仇安能得报？他今明明受过这举人之聘，送我到此，何不将计就计，就跟着他，这冤仇或者到有报雪之期。”左思右想，疑惑不定。朱源又道：“小娘子请睡罢！”瑞虹故意又不答应。朱源依然将书观看，看看三鼓将绝，瑞虹主意已定。朱源又催他去睡，瑞虹才道：“我如今方才是你家的人了。”朱源笑道：“难道起初还是别家的人么？”瑞虹道：“相公那知就里，我本是胡悦之妾，只因流落京师，与一班光棍生出这计，哄你银子。少顷即打入来，抢我回去，告你强占良人妻女。你怕干碍前程，还要买静求安。”朱源闻言大惊道：“有恁般异事！若非小娘子说出，险些落在套中。但你既是胡悦之妾，如何又泄漏与我？”瑞虹哭道：“妾有大仇未报，观君盛德长者，必能为妾伸雪，故愿以此身相托！”朱源道：“小娘子有何冤抑，可细细说来，定当竭力为你图之。”瑞虹乃将前后事泣诉，连朱源亦自惨然下泪。正说之间，已打四更。瑞虹道：“那一班光棍，不久便到，相公若不早避，必受其累！”朱源道：“不要着忙！有同年寓所，离此不远，他房屋尽自深邃。且到那边暂避过一夜，明日另寻所在，远远搬去，有何患哉！”当下开门，悄地唤家人点起灯火，径到同年寓所，敲开门户。那同年见半夜而来，又带着个丽人，只道是来历不明的，甚以为怪。朱源一一道出，那同年即移到外边去睡，让朱源住于内厢。一面叫家人们相帮，把行李等件，尽皆搬来，止存两间空房。不在话下。

且说众光棍一等瑞虹上轿，便逼胡悦将出银两分开。买些酒肉，吃到五更天气，一齐赶至朱源寓所，发声喊，打将入去。但见两间空屋，那有一个人影。胡悦倒吃了一惊，说道：“他如何晓得？预先走了！”对众光棍道：“一定是你们倒勾结来捉弄我的，快快把银两还了便罢！”众光棍大怒，也翻转脸皮，说道：“你把妻子卖了，又要来打抢，反说我们有甚勾当，须与你干休不得！”将胡悦攒盘打够臭死。恰好五城兵马经过，结扭到官，审出骗局实情，一概三十，银两追出入官，胡悦短递回籍。有诗为证：

牢笼巧设美人局，美人原不是心腹。

赔了夫人又打臀，手中依旧光陆秃。

且说朱源自娶了瑞虹，彼此相敬相爱，如鱼似水。半年之后，即怀六甲。到得十月满足，生下一个孩子，朱源好不喜欢，写书报知妻子。光阴迅速，那孩子早又周岁。其年又值会试，瑞虹日夜向天祷告，愿得丈夫黄榜题名，早报蔡门之仇。场后开榜，朱源果中了六十五名进士，殿试三甲，该选知县。恰好武昌县缺了县官，朱源就讨了这个缺。对瑞虹道："此去仇人不远，只怕他先死了，便出不得你的气；若还在时，一个个拿来沥血祭献你的父母，不怕他走上天去！"瑞虹道："若得相公如此用心，奴家死亦瞑目！"朱源一面差人回家，接取家小在扬州伺候，一同赴任；一面候吏部领凭。不一日领了凭限，辞朝出京。原来大凡吴、楚之地作宦的，都在临清张家湾雇船，从水路而行，或径赴任所，或从家乡而转，但从其便。那一路都是下水，又快又稳。况带着家小，若没有勘合脚力，陆路一发不便了。每常有下路粮船运粮到京，交纳过后，那空船回去，就揽这行生意，假充座船，请得个官员坐舱，那船头便去包揽他人货物，图个免税之利。这也是个旧规。却说朱源同了小奶奶到临清雇船，看了几个舱口，都不称怀，只有一只整齐，中了朱源之意。船头递了姓名手本，磕头相见。管家搬行李安顿舱内，请老爷、奶奶下船，烧了神福，船头指挥众人开船。瑞虹在舱中，听得船头说话，是淮安声音，与贼头陈小四一般无二。问丈夫什么名字，朱源查那手本写着："船头吴金叩首。"姓名都不相同，可知没相干了。再听他声口越听越象，转展生疑，放心不下，对丈夫说了，假托吩咐说话，唤他近舱。瑞虹闪于背后，斯认其面貌，又与陈小四无异，只是姓名不同。好生奇怪，欲待盘问，又没个因由。偶然这一日，朱源的座师船到，过船去拜访，那船头的婆娘进舱来拜见奶奶，送茶为敬。瑞虹看那妇人：

　　虽无十分颜色，也有一段风流。

瑞虹有心问那妇人道："你几岁了？"那妇人答道："二十九岁了。"又问："那里人氏？"答道："池阳人氏。"瑞虹道："你丈夫不像个池阳人。"那妇人道："这是小妇人的后夫。"瑞虹道："你几岁死过丈夫的？"那妇人道："小妇人夫妇为运粮到此，拙夫一病身亡。如今这拙夫是武昌人氏，原在船上做帮手，丧事中亏他一力相助。小妇人孤身无倚，只得就从了他，顶着前夫名字，完这场差使。"瑞虹问在肚里，暗暗点头。将香帕赏他，那妇人千恩万谢的去了。瑞虹等朱源下船，将这话述与他听了。眼见吴金即是陈小四，正是贼头。朱源道："路途之间，不可造次，且耐着他到地方上施行，还要在他身上追究余党。"瑞虹道："相公所见极明，只是仇人相见，分外眼睁，这几日何如好过！"恨不得借滕王阁的顺风，一阵吹到武昌！

　　饮恨亲冤已数年，枕戈思报叹无缘。

同舟敌国今相遇，又隔江山路几千。

却说朱源舟至扬州，那接取大夫人的还未曾到，只得停泊码头等候，瑞虹心上一发气闷。等到第三日，忽听得岸上鼎沸起来。朱源叫人问时，却是船头与岸上两个汉子扭做一团厮打。只听得口口声声说道："你干得好事！"朱源见小奶奶气闷，正没奈何，今番且借这个机会，敲那贼头几个板子，权发利市。当下喝教水手："与我都拿过来！"原来这班水手，与船头面和意不和，也有个缘故。——当初陈小四缢死了瑞虹，弃船而逃，没处投奔，流落到池阳地面，偶值吴金这只粮船起运，少个帮手。陈小四就上了他的船。见吴金老婆像个爱吃枣儿汤的，岂不正中下怀，一路行奸卖俏，搭识上了。两个如胶似漆，反多那老公碍眼。船过黄河，吴金害了个寒症，陈小四假意殷勤，赎药调理。那药不按君臣，一服见效，吴金死了！妇人身边取出私财，把与陈小四，只说借他的东西，断送老公。过了一两个七，又推说欠债无偿，就将身子白白的嫁了他。虽然备些酒食，暖住了众人，却也中心不伏。为此缘由，所以面和意不和。听得舱里叫一声："都拿过来！"蜂拥的上岸，将三个人一齐扣下船来，跪于将军柱边。朱源问道："为何厮打？"船头禀道："这两个人原是小人合本撑船伙计，因盗了资本，背地逃走，两三年不见面。今日天遣相逢，小人与他取讨，他倒图赖小人，两个来打一个。望老爷与小人做主！"朱源道："你二人怎么说？"那两个汉子道："小人并没此事，都是一派胡言！"朱源道："难道一些影儿也没有，平地就厮打起来？"那两个汉子道："有个缘故：当初小的们虽曾与他合本撑船，只为他迷恋了个妇女，小的们恐误了生意，把自己本钱收起，各自营运，并不曾欠他分毫。"朱源道："你两个叫什么名字？"那两个汉子不曾开口，倒是陈小四先说道："一个叫沈铁甏，一个叫秦小元。"朱源却待再问，只见背后有人扯拽，回头看时，却是丫鬟，悄悄传言，说道："小奶奶请老爷说话。"朱源走进后舱，见瑞虹双行流泪，扯住丈夫衣袖，低声说道："那两个汉子的名字，正是那贼头一伙同谋打劫的人，不可放他走了！"朱源道："原来如此！事到如今，等不得到武昌了。"慌忙写了名帖，吩咐打轿，喝叫地方，将三人一串儿缚了，自去拜扬州太守，告诉其事。太守问了备细，且教把三个贼徒收监，次日面审。朱源回到船中，众水手已知陈小四是个强盗，也把谋害吴金的情节，细细禀知。朱源又把这些缘由，备写一封书帖，送与太守，并求究问余党。太守看了，忙出飞签，差人拘那妇人，一并听审。扬州城里传遍了这出新闻，又是强盗，又是奸淫事情，有妇人在内，那一个不来观看。临审之时，府前好不热闹！正是：

好事不出门，恶事传千里。

却说太守坐堂，吊出三个贼徒，那妇人也提到了，跪于阶下。陈小四看见那婆娘也到，好生惊怪，道："这厮打小事，如何连累家属？"只见太守却不叫吴金名字，竟叫陈小四，吃这一惊非小，凡事逃那实不过，叫一声不应，再叫一声不得不答应了。太守相公冷笑一声道："你可记得三年前蔡指挥的事么？天网恢恢，疏而不漏。今日有何理说！"三个人面面相觑，却似鱼胶粘口，一字难开。太守又问："那时同谋还有李湲子、白满、胡蛮二、凌歪嘴、余蛤蚆，如今在那里？"陈小四道："其时虽在那里，一些财帛也不曾分受，都是他这几个席卷而去，只问他两个便知。"沈铁甏、秦小元道："小的虽然分得些金帛，却不像陈小四强奸了他家小姐。"太守已知就里，恐碍了朱源体面，便喝住道："不许闲话！只问你那几个贼徒，今在何处？"秦小元说："当初分了金帛，四散去了。闻得李湲子、白满随着山西客人，贩买绒货；胡蛮二、凌歪嘴、余蛤蚆三人，逃在黄州撑船过活。小的们也不曾相会。"太守相公又叫妇人上前问道："你与陈小四奸密，毒杀亲夫，遂为夫妇，这也是没得说了。"妇人方欲抵赖，只见阶下一班水手都上前禀话，如此如此，这般这般，说得那妇人顿口无言。太守相公大怒，喝教选上号毛板，不论男妇，每人且打四十，打得皮开肉绽，鲜血迸流。当下录了口词，三个强盗通问斩罪，那妇人问了凌迟。齐上刑具，发下死囚牢里。一面出广捕，挨获白满、李湲子等。太守问了这件公事，亲到船上答拜朱源，就送审词与

看。朱源感谢不尽，瑞虹闻说，也把愁颜放下七分。

又过几日，大奶奶已是接到，瑞虹相见。一妻一妾，甚是和睦。大奶奶又见儿子生得清秀，愈加欢喜。不一日，朱源于武昌上任，管事三日，便差的当捕役缉访贼党胡蛮二等。果然胡蛮二、凌歪嘴在黄州江口撑船，手到拿来。招称："余蛤蚆一年前病死，白满、李湲子见跟陕西客人，在省城开铺。"朱源权且收监，待拿到余党，一并问罪。省城与武昌县相去不远，捕役去不多日，把白满、李湲子二人一索子捆来，解到武昌县。朱源取了口词，每人也打四十，备了文书，差的当公人，解往扬州府里，以结前卷。朱源做了三年县宰，治得那武昌县道不拾遗，犬不夜吠，行取御史，就出差淮扬地方。瑞虹嘱咐道："这班强盗，在扬州狱中，连岁停刑，想未曾决。相公到彼，可了此一事，就与奴家沥血祭奠父亲，并两个兄弟。一以表奴家之诚，二以全相公之信。还有一事，我父亲当初曾收用一婢，名唤碧莲，曾有六个月孕，因母亲不容，就嫁出与本处一个朱裁为妻。后来闻得碧莲所生，是个男儿。相公可与奴家用心访问。若这个儿子还在，可主张他复姓，以续蔡门宗祀，此乃相公万代阴功！"说罢，放声大哭，拜倒在地。朱源慌忙扶起道："你方才所说二件，都是我的心事。我若到彼，定然不负所托，就写书信报你得知。"瑞虹再拜称谢。

再说朱源赴任淮、扬，这是代天子巡狩，又与知县到任不同。真个：

号令出时霜雪凛，威风到处鬼神惊。

其时七月中旬，未是决囚之际。朱源先出巡淮安，就托本处府县访缉朱裁及碧莲消息，果然访着。那儿子已八岁了，生得堂堂一貌。府县奉了御史之命，好不奉承。即日香汤沐浴，换了衣履，送在军卫供给，申文报知察院。朱源取名蔡续，特为起奏一本，将蔡武被祸事情，备细达于圣聪。"蔡氏当先有汗马功劳，不可令其无后。今有幼子蔡续，合当归宗，俟其出幼承袭。其凶徒陈小四等，秋后处决。"圣旨准奏了。其年冬月，朱源亲自按临扬州，监中取出陈小四与吴金的老婆，共是八个，一齐绑赴法场，剐的剐，斩的斩，干干净净。正是：

善有善报，恶有恶报。若还不报，时辰未到。

朱源吩咐刽子手，将那几个贼徒之首，用漆盘盛了，就在城隍庙里设下蔡指挥一门的灵位，香花灯烛，三牲祭醴，把几颗人头，一字儿摆开。朱源亲制祭文拜奠。又于本处选高僧做七七功德，超度亡魂。又替蔡续整顿个家事，嘱付府县青目。其母碧莲一同居住，以奉蔡指挥岁时香火。朱裁另给银两别娶。诸事俱已停妥，备细写下一封家书，差个得力承舍，赍回家中，报知瑞虹。瑞虹见了书中之事，已知蔡氏有后，诸盗尽已受刑，沥血奠祭。举手加额，感谢天地不尽！是夜，瑞虹沐浴更衣，写下一纸书信，寄谢丈夫；又去拜谢了大奶奶。回房把门拴上，将剪刀自刺其喉而死。其书云：

贱妾瑞虹百拜相公台下：虹身出武家，心娴闺训。男德在义，女德在节；女而不节，行禽何别！虹父韬伶不戒，曲蘖迷神。诲盗亡身，祸及母弟，一时并命！妾心胆俱裂，浴泪弥年。然而隐忍不死者，以为一人之廉耻小，阖门之仇怨大。昔李将军忍耻降虏，欲得当以报汉；妾虽女流，志窃类此。不幸历遭强暴，衷怀未申。幸遇相公，拔我于风波之中，谐我以琴瑟之好。识荆之日，便许复仇。皇天见怜，宦游早遂。诸奸贯满，相次就缚；而且明正典刑，沥血设飨。蔡氏已绝之宗，复蒙披根见本，世禄复延。相公之为德于衰宗者，天高地厚，何以喻兹。妾之仇已雪而志以遂矣！失节贪生，贻玷阀阅，妾且就死，以谢蔡氏之宗于地下。儿子年已六岁，嫡母怜爱，必能成立。妾虽死之日，犹生之年。姻缘有限，不获面别，聊寄一笺，以表衷曲。

大奶奶知得瑞虹死了，痛惜不已，殡殓悉从其厚。将他遗笔封固，付承舍寄往任上。朱源看了，哭倒在地，昏迷半晌方醒。自此患病，闭门者数日，府县都来候问。朱源哭诉情由，人人堕泪；俱夸瑞虹节孝，今古无比。不在话下。后来朱源差满回京，历官至三边总制。瑞虹所生之子，名曰朱懋，少年登第，上疏表陈生母蔡瑞虹一生之苦，乞赐旌表。圣旨准奏，特建节孝坊，至今犹在。有诗赞云：

报仇雪耻是男儿，谁道裙钗有执持。

堪笑硁硁真小谅，不成一事枉嗟咨。

第十四卷　杜子春三入长安

想多情少宜求道，想少情多易入迷。

总是七情难断灭，爱河波浪更堪悲。

话说隋文帝开皇年间，长安城中，有个子弟姓杜，双名子春，浑家韦氏，家住城南，世代在扬州做盐商营运。真有万万贯家资，千千顷田地。哪杜子春倚藉着父祖资业，那晓得稼穑艰难。且又生性豪侠，要学那石太尉的奢华，孟尝君的气概。宅后造起一座园亭，重价构取名花异卉，巧石奇峰，妆成景致。曲房深院中，置买歌儿舞女，艳妾妖姬，居于其内。每日开宴园中，广召宾客。你想那扬州乃是花锦地面，这些浮浪子弟，轻薄少年，却又尽多。有了杜子春恁样撒漫财主，再有那个不来！虽无食客三千，也有帮闲几百。相交了这般无藉，肯容你在家受用不成？少不得引诱到外边游荡。杜子春心性又是活的，有何不可？但见：

轻车怒马，春野游行；走狗擎鹰，秋田较猎。青楼买笑，缠头那惜千缗；博局呼卢，一掷常输十万。画船箫管，恣意逍遥；选胜探奇，任情散诞。风月场中都总管，烟花寨内大主盟。

杜子春将银子认做没根的，如土块一般挥霍。那韦氏又是掏得水出的女儿家，也只晓得穿好吃好，不管闲帐。看看家中金银搬完，屯盐卖完，手中干燥，央人四处借债。扬州城中那个不晓得杜子春是个大财主，才说得声，东也挜至，西也送至，又落得几时脾胃。到得没处借时，便去卖田园，货屋宅。那些债主，见他产业摇动，都来取索。那时江中芦洲也去了，海边盐场也脱了，只有花园住宅，不舍得与人，到把衣饰器皿变卖。他是用过大钱的，这些少银两，犹如吃碗泡茶，顷刻就完了。你想杜子春自幼在金银堆里滚大起来，使滑的手，若一刻没得银用，便过不去。难道用完了这项，却就罢休不成？少不得又把花园、住宅出脱。大凡东西多的时节，便觉用之不尽；若到少来，偏觉得易完。卖了房屋，身子还未搬出，银两早又使得干净。那班朋友，见他财产已完，又向旺处去了，谁个再来趋奉！就是奴仆，见家主弄到恁般地位，赎身的赎身，逃走的逃走，去得半个不留。姬妾女婢，标致的准了债去，貌丑的卖来用度，也自各散去讫。单单剩得夫妻二人搬向，几间接脚屋里居住，渐渐衣服凋敝，米粮欠缺。莫说平日受恩的不来看觑他，就是杜子春自己也无颜见人，躲在家中。正是：

床头黄金尽，壮士无颜色。

杜子春在扬州做了许多时豪杰，一朝狼狈，再无面目存坐得住，悄悄的归去长安祖居，投托亲戚。原来杜陵韦曲二姓，乃是长安巨族，宗支十分蕃盛。也有为官作宦的，也有商贾经营的，排家都是至亲至戚，因此子春起这念头。也不指望他资助，若肯借贷，便好度日。岂知亲眷们都道，子春泼天家计，尽皆弄完，是个败子，借贷与他，断无还日。为此只推着没有，并无一个应承。便十二分至戚，情不可却，也有周济些的。怎当得子春这个大手段，就是热锅头上，洒着一点水，济得甚事！好几日，饭不得饱吃，东奔西趁，没个头脑。偶然打向西门经过，时值十二月天气，大雪初晴，寒威凛烈，一阵西风，正从门圈子里刮来，身上又无绵衣，肚中又饿，刮起一身鸡皮栗子，把不住的寒颤。叹口气道：“我杜子春岂不枉然！平日攀这许多好亲好眷，今日见我沦落，便不礼我，怎么受我恩的也做这般模样？要结那亲眷何用？要施那仁义何用？我杜子春也是一条好汉，难道就没再好的日子？”正在那里自言自语，偶有一老者从旁走过，见他叹气，便立住脚问道：“郎君为何这般长叹？”杜子春看那老者，生得：

童颜鹤发，碧眼庞眉。声似铜钟，须如银线。戴一顶青绢唐巾，披一领茶褐道袍，腰系丝绦，脚穿麻履。若非得道仙翁，定是修行长者。

杜子春这一肚子气恼，正莫发脱处，遇着这老者来问，就从头备诉一遍。那老者道：“俗语有云：世情看冷暖，人面逐高低。你当初有钱是个财主，人自然趋奉你；今日无钱，是个穷鬼，便不礼你，又何怪哉！虽然如此，天不生无禄之人，地不长无根之草。难道你这般汉子，世间就没个慷慨仗义的人周济你的？只是你目下须得银子几何，才够用度？”子春道：“只三百两足矣。”老者道：“量你好大手段，这三百两干得甚事？再说多些。”子春道：“三千两。”老者摇手道：“还要增些。”子春道：“若得三万两，我依旧到扬州去做财主了。只是难讨这般好施主。”老者道：“我老人家虽不甚富，却也一生专行好事，便助你三万两。”袖里取出三百个钱，递与子春聊备一饭之费。“明日午时，可到西市波斯馆里会我，郎君勿误！”那老者说罢，径一直去了。子春心中暗喜道：“我终日求人，一个个不肯周济，只道一定饿死。谁知遇着这老者发个善心，一送便送我三万两，岂不是天上吊下来的造化！如今且将他赠的钱，买些酒饭吃了，早些安睡。明日午时，到波斯馆里，领他银子去！”走向一个酒店中，把三百钱都先递与主人家，放开怀抱，吃个醉饱，回至家中去睡。却又想道：“我杜子春聪明一世，懵懂片时。我家许多好亲好眷，尚不礼我，这老者素无半面之识，怎么就肯送我银子？况且三万两，不是当耍的，便作石头也老重一块。量这老者有多大家私，便把三万两送我？若不是见我嗟叹，特来宽慰我的，必是作耍我的，怎么信得他？明日一定是不该去！”却又想道：“我细看那老者，倒像个至诚的。我又不曾与他求乞，他没有银子送我便罢了，说那谎话怎的？难道是舍真财，调假谎，先送我三百个钱，买这个谎说？明日一定是该去。去也是，不去也是。”想了一会，笑道：“是了，是了！那里是三万两银子，敢只把三万个钱送我，总是三万之数，也不见得。俗谚道得好：饥时一粒，胜似饱时一斗。便是三万个钱，也值三十多两，够我好几日用度，岂可不去？”子春被这三万银子在肚里打搅，整整一夜不曾得睡。巴到天色将明，不想精神困倦，到一觉睡去。及至醒来，早已日将中了，忙忙的起来梳洗。他若是个有见识的，昨日所赠之钱，还留下几文，到这早买些点心吃了去也好。只因他是松溜的手儿，撒漫的性儿，没钱便烦恼；及至钱入手时，这三百文又不在他心上了。况听见有三万银子相送，已喜出望外，那里算计至此。他的肚皮，两日到饿服了，却也不在心上。梳裹完了，临出门又笑道：“我在家也是闲，那波斯馆又不多远，做我几步气力不着，便走走去何妨。若见那老者，不要说起那银子的事，只说昨夜承赐铜钱，今日特来相谢，大家心照，岂不美哉！”原来波斯馆，都是四夷进贡的人，在此贩卖宝货，无非明珠美玉，文犀瑶石，动是上千上百的价钱，叫做金银窠里。子春一心想着要那老者的银子，又怕他说谎，这两只脚虽则有气没力的，一步步荡到波斯馆来，一只眼却紧紧望那老者在也不在。到得馆前，正待进门，恰好那老者从里面出来，劈头撞见。那老者嗔道：“郎君为甚的爽约？我在辰时到此，渐渐的日影挫西，还不见来，好守得不耐烦！你岂不晓得秦末张子房曾遇黄石公于圯桥之上，约后五日五更时分，到此传授兵书。只因子房来迟，又约下五日。直待走了三次，半夜里便去等候，方才传得三略之法，辅佐汉高祖平定天下，封为留侯。我便不如黄石公，看你怎做得张子房？敢是你疑心我没银子把你么？我何苦讨你的疑心。你且回去，我如今没银子了！”只这一句话，吓得子春面如土色，懊悔不及。恰像折翅的老鹤，两只手不觉直掉了下去。想道：“三万银子到手快了，怎么恁样没福，到熟睡了去，弄到这时候！如今他却不肯了。”又想道：“他若也像黄石公肯再约日子，情愿隔夜找个铺儿睡在此伺候！”又想道：“这老官儿既有心送我银子，早晚总是一般的，又吊什么古今，论什么故事？”又想道：“还是他没有银子，故把这话来遮掩。”正在胡猜乱想，那老者恰像在他腹中走过一遭的，便晓得了，乃道：“我本待再约个日子，也等你走几遭儿则是，你疑我道一定没有银子，故意弄这腔调。罢！罢！罢！有心做个好事，何苦又要你走，可随我到馆里来。”子春见说原与他银子，又像一个跳虎拨着关捩子直竖起来。急松松跟着老者径到西廊下第一间房内，开了壁厨，取出银子，一划都是五十两一个元宝大锭，整整的六百个，便是三万两，摆在子春面前，精光耀目。说道：“你可将去，再做生理，只不要负了我相赠的一片意思。”你道杜子春好不莽撞，也不问他姓甚名谁，家居那里，刚刚拱手，说得一声：“多谢！多谢！”便雇三十来个脚夫，竟把银子挑回家去。杜子春到明日绝早，就去买了一匹骏马，一付鞍辔，又做几件时新衣服，便去夸耀众亲眷，说道：“据着你们待我，我已饿死多时了。谁想天无绝人之路，却又有做方便的送我好几万银子。我如今依旧往扬州去做盐商，特来相别。有一首《感怀诗》在此，请政。”诗云：

九叩高门十不应，耐他凌辱耐他憎。
如今骑鹤扬州去，莫问腰缠有几星。

那些亲眷们一向讪笑杜子春这个败子，岂知还有发迹之日。这些时见了那首《感怀诗》，老大的好没颜色。却又想道：“长安城中，那有这等一舍便舍三万两的大财主？难道我们都不晓得？一定没有这事。”也有说他祖上埋下的银子，想被他掘着了。也有说道，莫非穷极无计，交结了响马强盗头儿，这银子不是打劫客商的，便是偷窃库藏的，都在半信半不信之间。这也不在话下。

且说子春那银子装上几车，出了东都门，径上扬州而去。路上不则一日，早来到扬州家里。浑家韦氏迎着道："看你气色这般光彩，行里又这般沉重，多分有些钱钞。但不知那一个亲眷借贷你的？"子春笑道："银倒有数万，却一分也不是亲眷的。"备细将西门下叹气，波斯馆里赠银的情节，说了一遍。韦氏便道："世间难得这等好人！可曾问他甚么名姓？等我来生也好报答他的恩德。"子春却呆了一晌，说道："其时我只看见银子，连那老者也不看见，竟不曾问得。我如今谨记你的言语，倘或后来再赠我的银子时节，我必先问他名姓便了。"那子春平时的一起宾客，闻得他自长安还后，带得好几万银子来，依旧做了财主，无不趋奉，似蝇攒蚁附一般。因而撺掇他重妆气象，再整风流。只他是使过上百万银子的，这三万两能够几时挥霍，不及两年，早已罄尽无余了。渐渐卖了马骑驴，卖了驴步走，熬枯受淡，度过日子。岂知坐吃山空，立吃地陷，终是没有来路。日久岁长，怎生捱得！悔道："千错万错，我当初出长安别亲眷这日，送什么《感怀诗》，分明与他告绝了，如今还有甚嘴脸好去干求他？便是干求，料他也决不礼我。弄得我有家难奔，有国难投，教我怎处？"韦氏道："倘或前日赠银子的老儿尚在，再赠你些，也不见得。"子春冷笑道："你别痴心妄想！知那个老儿生死若何？贫富若何？怎么还望他赠银子！只是我那亲眷都是肺腑骨肉，到底割不断的。常言：傍生不如傍熟。我如今没奈何，只得还至长安去，求那亲眷。"正是：

　　要求生活计，难惜脸皮羞。

杜子春重到长安，好不卑词屈体，去求那众亲眷。岂知亲眷们如约会的一般，都说道："你还去求那顶尖的大财主，我们有甚力量扶持得你起？"只这冷言冷语，带讥带讪的，教人怎么当得！险些把子春一气一个死。忽一日打从西门经过，劈面遇着老者，子春不胜感愧，早把一个脸都挣得通红了。那老者问道："看你气色，像个该得一注横财的。只是身上衣服，怎么这般褴褛？莫非又消乏了？"子春谢道："多蒙老翁送我三万银子，我只说是用不尽的。不知略撒漫，便没有了。想是我流年不利，故此没福消受，以至如此！"老者道："你家好亲好眷，遍满长安，难道更没周济你的？"子春听见说亲眷周济这句话，两个眉头，就攒着一堆，答道："亲眷虽多，一个个都是一钱不舍的悭吝鬼，怎比得老翁这般慷慨！"老者道："我如今本当再赠你些才是，只是你三万银子不勾用得两年，若活了一百岁，教我那里去讨那百多万赠你？休怪！休怪！”把手一拱，望西去了。正是：须将有日思无日，休想今人似昔人。

那老者去后，子春叹道：“我受了亲眷们许多讪笑，怎么那老者最哀怜我的，也发起说话来？敢是他硬做好汉，送了我三万银子，如今也弄得手头干了。只是除了他，教我再望着那一个搭救。”正在那里自言自语，岂知老者去不多远，却又转来，说道：“人家败子也尽有，从不见你这个败子的头儿。三万银子，恰像三个铜钱，霎霎眼就弄完了。论起你恁样会败，本不该周济你了；只是除了我，再有谁周济你的？你依旧饥寒而死，却不枉了前一番功果。常言道：杀人须见血，救人须救彻。还只是废我几两银子不着，救你这条穷命！”袖里又取出三百个铜钱，递与子春道：“你可将去买些酒饭吃，明日午时仍到波斯馆西廊下相会。既道是三万银子不勾用度，今次须送你十万两。只是要早来些，莫似前番又要我等你！”且莫说那老者发这样慈悲心，送过了三万，还要送他十万；倒也亏杜子春好一副厚面皮，明日又去领受他的。

当下子春见老者不但又肯周济，且又比先反增了七万，喜出望外，双手接了三百铜钱，深深作了个揖起来，举举手，大踏步就走。一直径到一个酒店中，依然把三百个钱做一垛儿先付与酒家。走上酒楼，拣副座头坐下，酒保把酒肴摆将过来。子春一则从昨日至今，还没饭在肚里；二则又有十万银子到手，欢喜过望，放下愁怀，恣意饮啖。那酒家只道他身边还有铜钱，嗄饭案酒，流水搬来。子春又认做三百钱内之物，并不推辞，尽情吃个醉饱，将剩下东西，都赏了酒保。那酒保们见他手段来得大落，私下议道：“这人身上便褴褛，到好个撒漫主顾！”子春下楼，向外便走。酒家道：“算明了酒钱去！”子春只道三百钱还吃不了，乃道：“余下的赏你罢，不要算了！”酒家道：“这人好混帐，吃透了许多东西，倒说这样冠冕话。”子春道：“这却不干我事，你自送我吃的。”彻身又走，酒家上前一把扯住道：“说得好自在！难道再多些，也是送你吃的？”两下争嚷起来。旁边走过几个邻里相劝，问：“吃透多少？”酒家把帐一算，说：“还该二百。”子春呵呵大笑道：“我只道多吃了几万，恁般着忙！原来止得二百文，乃是小事，何足为道。”酒家道：“正是小事，快些数了撒开。”子春道：“却恨今日带得钱少，我明日送来还你。”酒家道：“认得你是那个，却赊与你？”杜子春道：“长安城中，谁不晓得我城南杜子春是个大财主？莫说这二百文，再多些，决不少你的。若不相托，写个票儿在此，明日来取。”众人见他自称为大财主，都忍不住笑，把他上下打料。内中有个闻得他来历的，在背后笑道：“原来是这个败子，只怕财主如今轮不着你了。”子春早又听见，便道：“老丈休得见笑！今日我便是这个嘴脸，明午有个相识，送我十万银子，怕我不依旧做财主么？”众人闻得这话，一发都笑倒了，道：“你这人莫不是风了，天下那有送十万银子的相识？在那里？”酒家道：“我也不管你有十万廿万，只还了我二百钱走路。”子春道：“要！便明日多赏了你两把，今日却一文没有。”酒家道：“你是甚么鸟人？吃了东西，不肯还钱。”当胸揪住，却待要打。子春正摔脱不开，只听有人说叫道：“莫要打！有话讲理。”分开众人，捱身进来。子春睁睛观看，正是西门老者，忙叫道：“老翁来得恰好！与我评一评理。”老者问道：“你们为何揪住这位郎君厮闹？”酒家道：“他吃透了二百钱酒，却要白赖，故此取索。”子春道：“老翁所赐三百文，先付与他，然后饮酒，他自要多把东西与人吃，干我甚事？今情愿明日多还他些，执意不肯，反要打我。老翁！你且说谁个的理直？”老者向酒家道：“既是先交钱后饮酒，如何多把与他吃？这是你自己不是。”又对子春道：“你在穷困之乡，也不该吃这许多。如今通不许多说，我存得二百钱在此，与你两下和了罢！”袖里摸出钱来，递与酒家。酒家连称多谢。子春道：“又蒙老翁周全，无可为报。若不相弃，就此小饮三杯，奉酬何如？”老者微微笑道：“不消得，改日扰你罢！”向众人道声请了，原复转身而去。子春也自归家。这一夜，子春心下想道：“我在贫窘之中，并无一个哀怜我的，多亏这老儿送我三万银子，如今又放我十万。就是今日，若不遇他来周全，岂不受这酒家罗唣？明日到波斯馆里，莫说有银子，就做没有，也不可不去。况他前次既不说谎，难道如今却又弄谎不成？”巴

不到明日，一径的投波斯馆来，只见那老者已先在彼，依旧引入西廊下房内，搬出二千个元宝锭，便是十万两，交付子春收讫。叮嘱道："这银子难道不许你使用，但不可一造的用尽了，又来寻我。"子春谢道："我杜子春若再败时，老翁也不必看觑我了！"即便顾了车马，将银子装上，向老者叫声聒噪，押着而去。

原来偷鸡猫儿到底不改性的，刚刚挑得银子到家，又早买了鞍马，做了衣服，去辞别那众亲眷，说道："多承指示，教我去求那大财主。果然财主手段，略不留难，又送了我十万两银子。我如今有了本钱，便住在城中，也有坐位了。只是我杜子春天生败子，岂不玷辱列位高亲？不如仍往扬州与盐商合伙，到也稳便。"这个说话，明明是带着刺儿的。那亲眷们却也受了子春一场呕气，敢怒而不敢言。且说子春，整备车马，将那十万银子，载的载，驮的驮，径往扬州。韦氏看见许多车马，早知道又弄了些银子回来了，便问道："这行李莫非又是西门老儿资助你的？"子春道："不是那老儿，难道还有别个？"韦氏道："可曾问得名姓么？"子春睁着眼道："哎呀！他在波斯馆里搬出十万银子时节，明明记得你的吩咐，正待问他，却被他婆儿气，再四叮嘱我，好做生理，切不可浪费了，我不免回答他几句。其时一地的元宝锭，又要顾车顾马，看他装载；又要照顾地下，忙忙的收拾不迭，怎讨得闲工夫，又去问他名姓。虽然如此，我也甚是懊悔！万一我杜子春旧性发作，依先用完了，怎么又好求他？却不是天生定该饿死的。"韦氏笑道："你今有了十万银子，还怕穷哩！"元来子春初得银子时节，甚有做人家的意思。及到扬州，豪心顿发，早把穷愁光景尽皆忘了。莫说旧时那班帮兴不帮败的朋友，又来撺哄；只那韦氏出自大家，不把银子放在眼里的，也只图好看，听其所为。真个银子越多，用度越广，不上三年，将这十万两荡得干干净净，倒比前次越穷了些。韦氏埋怨道："我教你问那老儿名姓，你偏不肯问，今日如何？"子春道："你埋怨也没用。那老儿送了三万，又送十万，便问得名姓，也不好再求他。只是那老儿不好求，亲眷又不好求，难道杜子春便是这等坐守死了！我想长安城南祖居，尽值上万多银子。众亲眷们都是图谋的。我既穷了，左右没有面孔在长安住，还要这宅子怎么？常言道：有千年产，没千年主。不如将来变卖，且作用度，省得靠着米囤却饿死了！"这叫做杜子春三入长安，岂不是天生的一条的痴汉！有诗为证：

莫恃黄金积满阶，等闲费尽几时来？

十年为侠成何济，万里投人谁见哀！

却表子春到得长安，再不去求众亲眷，连那老儿也怕去见他。只住在城南宅子里，请了几个有名的经纪，将祖遗的厅房、土库几所，下连基地，时值价银一万两，二面议定，亲笔填了文契，托他绝卖。只道这价钱是瓮中捉鳖，手到拿来；岂知亲眷们量他穷极，故意要死他的货，偏不肯买。那经纪都来回了，子春叹道："我杜子春直恁的命低！似这寸金田地，偏有卖主，没有受主。敢则经纪们不济，须自家出去寻个头脑。"刚刚到得大街上，早望见那老者在前面来了，连忙的躲在众人丛里，思量避他。岂知那老者却从背后一把曳住袖子，叫道："郎君，好负心也！"只这一声，羞得杜子春再无容身之地。老者道："你全不记在西门叹气之日乎！老夫虽则凉薄，也曾两次助你好几万银子，且莫说你怎么样报我，难道喏也唱不得一个？见了我到躲了去。我何不把这银子料在水里，也呯地响一声！"子春谢罪道："我杜子春单只不会做人家，心肝是有的，宁不知感老翁大恩！只是两次银子，都一造的荡废，望见老翁，不胜惭愧，就恨不得立时死了。以此躲避，岂敢负心！"那老者便道："既是这等，则你回心转意，肯做人家，我还肯助你！"子春道："我这一次，若再改了，就对天设下个誓来。"老者笑道："誓到不必设，你只把做人家的勾当，说与我听着。"子春又道："我祖上遗下海边上盐场若干所，城里城外冲要去处，店房若干间，长江上下芦洲若干里，良田若干顷，极是有利息的。我当初要银钱用，都澜贱的典卖与人了。我若有了银子，尽数取赎回来，不消两年，便可致富。然后兴建义庄，开辟义冢，亲故们羸老的养膳他，幼弱的抚育他，孤孀的存恤他，流离颠沛的拯救他，尸骸暴露的收埋他，我于名教复圆矣！"老者道："你果有此心，我依旧助你。"便向袖里一摸，却又摸出三百个钱，递与子春，约道："明日午时到波斯馆里来会我，再早些便好！"子春因前次受了酒家之气，今番也不去吃酒，别了老者，一径回去。一头走，一头思想道："我杜子春天生莽汉，幸遇那老者两次赠我银子，我不曾问得他名姓，被妻子埋怨一个不了。如今这次，须不可不问。"只待天色黎明，便投波斯馆去。在门上坐了一会，方才那老者走来，此时尚是辰牌时分。老者喜道："今日来得恰好！我想你说的做人家勾当，若银子少时，怎济得事？须把三十万两助你。算来三十万，要六千个元宝锭，便数也数得一日，故此要你早些来。”便引子春入到西廊下房内，只一搬，搬出六千个元宝锭来，交付明白，叮嘱道：“老夫一生家计，尽在此了。你若再败时节，也不必重来见我。”子春拜谢道：“敢问老翁高姓大名？府上那里？”老者道：“你待问我怎的？莫非你思量报我么？”子春道：“承老翁前后共送了四十三万，这等大恩，还有甚报得？只是狗马之心，一毫难尽。若老翁要宅子住，小子卖契尚在袖里，便敢相奉。”老者笑道：“我若要你这宅子，我只守了自家的银子却不好。”子春道：“我杜子春贫乏了，平时亲识没有一个看顾我的，独有老翁三次周济。想我杜子春若无可用之处，怎肯便舍这许多银子？倘或要用我杜子春，敢不水里水里去，火里火里去！”老者点着头道：“用便有用你去处，只是尚早。且待你家道成立，三年之后，来到华山云台峰上，老君祠前，双桧树下，见我便了！”有诗为证：

四十三万等闲轻，末路犹然讳姓名。

他日云台虽有约，不知何事用狂生？

却说子春把那三十万银子，扛回家去，果然这一次顿改初心，也不去整备鞍马，也不去制备衣服，也不去辞别亲眷，悄悄的雇了车马，收拾停当，径往扬州。原来有了银子，就是天上打一个霹雳，满京城无有不知的。那亲眷们都说道：“他有了三十万银子，一般财主体面，况又沾亲，岂可不去饯别！”也有说道：“他没了银子时节，我们不曾礼他，怎么有了银子便去饯别？这个叫做前倨后恭，反被他小觑了我们！”到底愿送者多，不愿送者少，少的拗不过多的，一齐备了酒出东都门外，与杜子春饯别。只见酒到三巡，子春起来谢道：“列位高亲光送，小子信口诌得个曲儿，回敬一杯，休得见笑！”你道是什么曲儿？原来都是叙述穷若无处求人的意思，只教那亲眷们听着，坐又坐不住，去又去不得，倒是不来送行也罢了，何苦自讨这场没趣！曲云：

我生来是富家，从幼的喜奢华，财物撒漫贱如沙。觑着囊资渐寡，看看手内光光乍，看看身上丝丝挂。欢娱博得叹和嗟，枉教人作话靶。

待求人难上难，说求人最感伤。朱门走遍自徬徨，没半个钱儿到掌。若没有城西老者宽洪量，三番相赠多情况，这微躯已丧路途旁，请列位高亲主张。

子春唱罢，拍手大笑，向众亲眷说声请了，洋洋而去。心里想道：“我当初没银子时节，去访那亲眷们，莫说请酒，就是一杯茶也没有；今日见我有了银子，便都设酒出门外送我。原来银子这般不可少的，我怎么将来容易荡费了！”一路上好生感叹。到得扬州，韦氏只道他止卖得些房价在身，不够撒漫，故此服饰舆马，比前十分收敛。岂知子春在那老者眼前，立下个做人家的誓愿，又被众亲眷们这席酒识破了世态，改转了念头，早把那扶兴不扶败的一起朋友，尽皆谢绝，影也不许他上门。方才陆续的将典卖过盐场、客店、芦洲、稻田，逐一照了原价，取赎回来。果然本钱大，利钱也大，不上两年，依旧泼天巨富。又在两淮南北，直到瓜州地面，造起几所义庄，庄内各有义田、义学、义冢。不论孤寡老弱，但是要养育的，就给衣食供膳他；要讲读的，就请师傅教训他；要殡殓的，就备棺椁埋葬他。莫说千里内外，感被恩德，便是普天下，那一个不赞道：“杜子春这等败了，还挣起人家，才做得家成，又干了多少好事，岂不是天生的豪杰！”

原来子春牢记那老者期约在心，刚到三年，便把家事一齐交付与妻子韦氏，说道：“我杜子春三入长安，若没那老者相助，不知这副穷骨头死在那里。他约我家道成立，三年之外，可到华山云台峰上，老君祠前，双桧树下，与他相见，却有用着我的去处。如今已是三年时候，须索到华山去走一遭。”韦氏答道：“你受他这等大恩，就如重生父母一般，莫说要用着你，便是要用我时，也说不得了。况你贫穷之日，留我一个在此，尚能支持；如今现有天大家私，又不怕少了我吃的，又不怕少了我穿的。你只管放心，自去便了。”当日整治一杯别酒，亲出城西饯送子春上路。

竹叶杯中辞少妇，莲花峰上访真人。

子春别了韦氏，也不带从人，独自一个上了牲口，径往华山路上前去。原来天下名山，无如五岳。你道那五岳？

中岳嵩山　东岳泰山　北岳恒山　南岳衡山　西岳华山。

这五岳都是神仙窟宅。五岳之中，惟华山最高。四面看来，都是方的，如刀斧削成一片，故此俗人称为“削成山”。到了华山顶上，别有一条小路，最为艰险，须要攀藤附葛而行。约莫五十余里，才是云台峰。子春抬头一望，早见两株桧树，青翠如盖，中间显出一座血红的山门，门上竖着扁额，乃是“太上老君之祠”六个老大的金字。此时乃七月十五，中元令节，天气尚热，况又许多山路，走得子春浑身是汗，连忙拭净敛容，向前顶礼仙像。只见那老者走将出来，比前大是不同，打扮得似神仙一般。但见他：

戴一顶玲珑碧玉星冠，被一领织锦绛绡羽衣，黄丝绶腰间婉转，

红云履足下蹒跚。颏下银须洒洒，鬓边华发斑斑。两袖香风飘瑞霭，
一双光眼露朝星。

那老者遥问道："郎君果能不负前约，远来相访乎！"子春上前纳头拜了两拜，躬身答道："我这身子，都是老翁再生的。既蒙相约，岂敢不来！但不知老翁有何用我杜子春之处？"老者道："若不用你，要你冲炎冒暑来此怎的！"便引着子春进入老君祠后。这所在，乃是那老者炼药去处。子春举目看时，只见中间一所大堂，堂中一座药灶，玉女九人环灶而立，青龙白虎分守左右。堂下一个大瓮，有七尺多高，瓮口有五尺多阔，满瓮贮着清水。西壁下铺着一张豹皮。老者教子春靠壁向东盘膝坐下，却去提着一壶酒，一盘食来。你道盘中是甚东西？乃是三个白石子。子春暗暗想道："这硬石子怎生好吃？"原来煮熟的，就如芋头一般，味尤甘美。子春走了许多山路，正在饥渴之际，便把酒食都吃尽了。其时红日沉西，天色傍晚。那老者吩咐道："郎君不远千里，冒暑而来，所约用你去处，单在于此。须要安神定气，坐到天明。但有所见，皆非实境。任他怎生样凶险，怎生样苦毒，都只忍着，不可开言！"吩咐已毕，自向药灶前去，却又回头叮嘱道："郎君切不可忘了我的吩咐，便是一声也则不得的。牢记！牢记！"子春应允。刚把身子坐定，鼻息调得几口，早看见一个将军，长有一丈五六，头戴凤翅金盔，身穿黄金铠甲，带领着四五千人马，鸣锣击鼓，呐喊摇旗，拥上堂来，喝问："西壁下坐着的是谁？总么不回避我？快通名姓！"子春全不答应。激得将军大怒，喝教人攒箭射来，也有用刀夹背斫的，也有用枪当心戳的，好不利害！子春谨记老者吩咐，只是忍着，并不做声。那将军没奈何他，引着兵马也自去了。金甲将军才去，又见一条大蟒蛇，长可十余丈，将尾缠住子春，以口相向，焰焰的吐出两个舌尖，抵入鼻子孔中。又见一群狼虎，从头上扑下，咆哮之声，振动山谷，那獠牙就如刀锯一般锋利，遍体咬伤，流血满地。又见许多凶神恶鬼，都是铜头铁角，狰狞可畏，跳跃而前。子春任他百般簸弄，也只是忍着。猛地里又起一阵怪风，刮得天昏地黑，大雨如注，堂下水涌起来，直漫到胸前。轰天的霹雳，当头打下，电火四掣，须发都烧。子春一心记着老者吩咐，只不做声，渐渐的雷收雨息，水也退去。子春暗暗喜道："如今天色已霁，想再没有甚么惊吓我了。"岂知前次那金甲大将军，依旧带领人马，拥上堂来，指着子春喝道："你这云台山妖民，到底不肯通名姓，难道我就奈何不得你？"便令军

士，疾去扬州，擒他妻子韦氏到来。说声未毕，韦氏已到，按在地上，先打三百杀威棒，打得个皮开肉绽，鲜血迸流。韦氏哀叫道："贱妾虽无容德，奉事君子有年，岂无伉俪之情？乞赐一言，救我性命！"子春暗想老者吩咐，说是"随他所见，皆非实境，安知不是假的？况我受老者大恩，便真是妻子，如何顾得！"并不开言。激得将军大怒，遂将韦氏千刀万剐。韦氏一头哭，一头骂，只说："枉做了半世夫妻，忍心至此！我在九泉之下，誓必报冤！"子春只做不听得一般。将军怒道："这贼妖术已成，留他何用？便可一并杀了！"只见一个军士，手提大刀，走上前来，向子春颈上一挥，早已身首分为两处。你看杜子春，刚才挣得成家，却又死于非命，岂不痛惜可怜！

游魂渺渺归何处？遗业忙忙付甚人？

那子春颈上被斫了一刀，已知身死，早有夜叉在，领了他魂魄竟投十地阎君殿下。都道："子春是个云台峰上妖民，合该押赴酆都地狱，遍受百般苦楚，身躯靡烂！"原来被业风一吹，依然如旧。却又领子春魂魄，托生在宋州原任单父县丞，叫做王勘家做个女儿。从小多灾多病，针灸汤药，无时间断。渐渐长成，容色甚美。只是说不出一句言语来，是个哑的。同乡有个进士，叫做卢佗，因慕他美貌，要求为妻。王家推辞哑的，不好相许。卢佗道："与我做媳妇，只要有容有德，岂在说话？便是哑，不强似长舌的！"却便下了财礼，迎取过门，夫妻甚是相得。早生下儿子，已经两岁，生得眉清目秀，红的是唇，白的是齿，真个可爱！忽一日卢佗抱着抚弄，却问王氏道："你看这样儿子，生得好么？"王氏笑而不答。卢佗怒道："我与你结发三载，未尝肯出一声。这是明明鄙贱着我，还说甚恩情那里，总要儿子何用？"倒提着两只脚，向石块上只一扑，可怜掌上明珠，扑做一团肉酱。子春却忘记了王家哑女儿，就是他的前身。看见儿子被丈夫活活扑死了，不胜爱惜，刚叫得一个"噫"字，岂知药灶里迸出一道火光，连这所大堂险些烧了。其时天已将明，那老者忙忙向前提着子春的头发，将他浸在水瓮里，良久方才火息。老者跌脚叹道："人有七情，乃是喜、怒、忧、惧、爱、恶、欲。我看你六情都尽，惟有爱情未除。若再忍得一刻，我的丹药已成，和你都升仙了，难得如此！"子春懊悔无地，走到堂上，看那药灶时，只见中间贯着手臂大一根铁柱，不知仙药都飞在那里去了。老者脱了衣服，跳入灶中，把刀在铁柱上，刮得些药末下来，教子春吃了，遂打发下山。子春伏地谢罪，说道："我杜子春不才，有负老师嘱付，如今情愿跟着老师出家，只望哀怜弟子，收留在山上罢！"老者摇手道："我这所在，如何留得你？可速回去，不必多言！"子春道："既然老师不允，容弟子改过自新，三年之后，再来效用。"老者道："你若修得心尽时，就在家里也好成道。若修心不尽，便来随我，亦有何益。慎之！勉之！"子春领命，拜别下山。不则一日，已至扬州。韦氏接着，问道："那老者要你去，有何用处？"子春道："不要说起，是我不才，负了这老翁一片美情！"韦氏问其缘故，子春道："他是个得道之人，教我看守丹灶，嘱付不许开言。岂知我一时见识不定，失口叫了一个'噫'字，把他数十年辛勤修命的丹药，都弄走了。他道我再忍得一刻，他的丹药成就，连我也做了神仙。这不是坏了他的事，连我的事也坏了？以此归来，重加修省。"韦氏道："你为甚却道这'噫'字？"子春将所见之事，细细说出，夫妻不胜嗟叹。自此之后，子春把天大家私，丢在脑后，日夕焚香打坐，涤虑凝神，一心思想神仙路上。但遇孤孀贫苦之人，便动千动百的舍与他，虽不比当初败废，却也渐渐的十不存一。倏忽之间，又是三年。一日对韦氏说道："如今待要再往云台求见那老者，超脱尘凡。所余家私，尽着勾你用度，譬如我已死，不必更想念了！"那韦氏也是有根器的，听见子春要去，绝无半点留念，只说道："那老者为何肯舍这许多银子送你，明明是看你有神仙之分，故来点化，怎么还不省得？"明早要与子春饯行。岂知子春这晚题下一诗，留别韦氏，已潜自往云台去了。诗云：

骤兴骤败人皆笑，旋死旋生我自惊。
从今撒手离尘网，长啸一声归白云！

你道子春为何不与韦氏面别？只因三年斋戒，一片诚心，要从扬州步行到彼，恐怕韦氏差拨伴当跟随，整备车马送他，故此悄地出了门去。两只脚上，都走起茧子来，方才到得华州地面。上了华山，径奔老君祠下，但见两株桧树，比前越加葱翠。堂中绝无人影，连那药灶也没些踪迹。子春叹道："一定我杜子春不该做神仙，师父不来点化我了！虽然如此，我发了这等一个愿心，难道不见师父就去了不成？今日死也死在这里，断然不回去了！"便住在祠内，草衣木食，整整过了三年。守那老者不见，只得跪在仙像前叩头祈告云：

窃惟弟子杜子春，下土愚民，尘凡浊骨。奔逐货利之场，迷恋身色之内。蒙本师慨发慈悲，指皈大道，奈弟子未断爱情，难成正果。遣归修省，三载如初。再叩丹台，一诚不二。洗心涤虑，六根净清无为；养性修真，万缘去除都尽。伏愿道缘早启，仙驭速临。拔凡骨于尘埃，开迷踪于觉路。云云。

子春正在神前祷祝，忽然祠后走出一个人来，叫道："郎君，你好至诚也！"子春听见有人说话，抬起头来看时，却正是那老者，又惊又喜，向前叩头道："师父，想杀我也！弟子到此盼望三年，怎的再不能一面？"老者笑道："我与你朝夕不离，怎说三年不见？"子春道："师父既在此间，弟子缘何从不看见？"老者道："你且看座上神像，比我如何？"子春连忙走近老君神像之前，定睛细看，果然与老者全无分别。乃知向来所遇，即是太上老君，便伏地请罪。谢道："弟子肉眼怎生认得？只望我师哀怜弟子，早传大道！"老君笑道："我因怕汝处世日久，尘根不断，故假摄七种情缘，历历试汝。今汝心下已皆清净，又何言哉！我想汉时淮南王刘安，专好神仙，真感得八公下界，与他修合丹药。炼成之日，合宅同升，连那鸡儿、狗儿，啜了鼎中药末，也得相随而去，至今鸡鸣天上，犬吠云间。既是你已做神仙，岂有妻子偏不得道。我这有神丹三丸，特相授汝，可留其一，持归与韦氏服之。教他免堕红尘，早登紫府。"子春再拜，受了神丹，却又禀道："我弟子贫穷时节，投奔长安亲眷，都道我是败子，并无一个慈悲我的。如今弟子要同妻韦氏，再往长安，将城南祖居舍为太上仙祠，祠中祷造丈六金身，供奉香火。待众亲眷聚集，晓喻一番，也好打破他们这重魔障。不知我师可容许我弟子否？"老君赞道："善哉！善哉！汝既有此心，待金像铸成之日，吾当显示神通，挈汝升天，未为晚也！"正是：

　　十年一觉扬州梦，赢得人间败子名。

话分两头。却说韦氏自子春去后，却也一心修道，屏去繁华，将所遗家私尽行布施，只在一个女道士观中，投斋度日。满扬州人见他夫妻云游的云游，乞丐的乞丐，做出这般行径，都莫知其故。忽一日子春回来，遇着韦氏，两个俱是得道之人，自然不言而喻。便把老君所授神丹，付与韦氏服了，只做抄化模样，径赴长安去投见那众亲眷。呈上一个疏簿，说把城南祖居，舍作太上老君神庙，特募黄金十万两，铸造丈六天身，供奉殿上。要劝那众亲眷，共结善缘。其时亲眷都笑道："他两次得了横财，尽皆废败，这不必说了。后次又得一大注，做了人家。如何三年之后，白白的送与人去？只他丈夫也罢了，怎么韦氏平时既不谏阻，又把分拨与他用度的，亦皆散舍？岂不夫妻两个都是薄福之人，消受不起，致有今日？眼见得这座祖宅，还值万数银子，怎么又要舍作道院，别来募化黄金，兴铸仙像！这等痴人，便是募得些些，左右也被人骗去，我们礼他则甚！”尽都闭了大门，推辞不管闲事。子春夫妻含笑而归。那亲眷们都量定杜子春夫妻，断然铸不起金像的，故此不肯上疏。岂知半月之后，子春却又上门，递进一个请帖儿，写着道：

> 子春不自量力，谨舍黄金六千斤，铸造老君仙像。仰仗众缘，法相完成，拟于明日奉像升座。特备小斋，启请大德，同观胜事，幸勿他辞！

那亲眷们看见，无不惊讶，叹道：“怎么就出得这许多金子？又怎么铸造得这等神速？”连忙差人前去打听，只见众亲眷门上和满都城士庶人家，都是同日，有一个杜子春亲送请帖，也不知杜子春有多少身子。都道：“这事有些跷蹊！”到次日，没一个不来。到得城南，只见人山人海，填街塞巷，合城男女，都来随喜。早望见门楼已都改造过了，造得十分雄壮，上头写着栲栳大金字，是“太上行宫”四个字。进了门楼，只见殿宇廊庑，一划的金碧辉煌，耀睛夺目，俨如天宫一般。再到殿上看时，真个黄金铸就的丈六天身，庄严无比。众亲眷看了，无不摇首咋舌道：“真个他弄起恁样大事业！但不知这些金子是何处来的？”又见神座前，摆下一大盘蔬菜，一卮子酒，暗暗想道：“这定是他办的斋了。纵便精洁，无过有一两器，不消一个人，便一口吃完了。怎么下个请帖，要遍斋许多人众？你道好不古怪！”只见子春夫妇，但遇着一个到金像前瞻礼的，便捧过斋来请他吃些，没个不吃，没个不赞道甘美！那亲眷们正在惊叹之际，忽见金像顶上，透了一道神光，化做三朵白云，中间的坐了老君，左边坐了杜子春，右边坐了韦氏，从殿上出来，升到空里，约莫离地十余丈高，只见子春举手与人众作别，说道：“横眼凡民，只知爱惜钱财，焉知大道！但恐三灾横至，四大崩摧，积下家私，抛于何处？可不省哉！可不惜哉！”晓喻方毕，只听得一片笙箫仙乐，响振虚空，旌节导前，幡盖拥后，冉冉升天而去！满城士庶，无不望空合掌顶礼。有诗为证：

> 千金散尽贫何惜，一念皈依死不移。
> 慷慨丈夫终得道，白云朵朵上天梯。

第十五卷　汪大尹火焚宝莲寺

削发披缁修道，烧香礼佛心虔。不宜潜地去胡缠，致使清名有玷。

念佛持斋把素，看经打坐参禅。逍遥散诞胜神仙，万贯腰缠不羡。

话说昔日杭州金山寺，有一僧人，法名至慧，从幼出家，积资富裕。一日在街坊上行走，遇着了一个美貌妇人，不觉神魂荡漾，遍体酥麻，恨不得就抱过来，一口水咽下肚去。走过了十来家门面，尚回头观望，心内想道："这妇人不知是甚样人家？却生得如此美貌！若得与他同睡一夜，就死甘心！"又想道："我和尚一般是父娘生长，怎地剃掉了这几茎头发，便不许亲近妇人。我想当初佛爷，也是扯淡！你要成佛作祖，止戒自己罢了，却又立下这个规矩，连后世的人都戒起来。我们是个凡夫，那里打熬得过！却可恨昔日置律法的官员，你们做官的出乘驷马，入罗红颜，何等受用！也该体恤下人，积点阴骘，偏生与和尚做尽对头，设立恁样不通理的律令！如何和尚犯奸，便要责杖，难道和尚不是人身？就是修行一事，也出于各人本心，岂是捉缚加拷得的！"又归怨父母道："当时既是难养，索性死了，倒也干净！何苦送来做了一家货，今日教我寸步难行。恨着这口怨气，不如还了俗去，娶个老婆，生男育女，也得夫妻团聚。"又想起做和尚的不耕而食，不织而衣，住下高堂精舍，烧香吃茶，恁般受用，放掉不下。一路胡思乱想，行一步，懒一步，慢腾腾的荡至寺中。昏昏闷坐，未到晚便去睡卧，心上记挂这美貌妇人，难得到手，长吁短叹，怎能合眼。想了一回，又叹口气道："不知这佳人姓名居止，我却在此痴想，可不是个呆子！"又想道："不难！不难！女娘弓鞋小脚，料来行不得远路，定然只在近处。拚几日工夫，到那答地方，寻访消息，或者姻缘有分，再得相遇，也未可知。那时暗地随去，认了住处，寻个熟脚，务要弄他到手！"算计已定，盼望天明，起身洗盥，取出一件新做的绸绢褊衫，并着干鞋净袜，打扮得轻轻薄薄，走出房门。正打从观音殿前经过，暗道："我且问问菩萨，此去可能得遇？"遂双膝跪到，拜了两拜。向桌上拿过签筒，摇了两三摇，扑的跳出一根，取起看时，乃是第十八签，注着上上二字。记得这四句签诀上云：

天生与汝有姻缘，今日相逢岂偶然。
莫惜勤劳问贪懒，管教目下胜从前。

求了这签，喜出望外，道："据这签诀上，明明说只在早晚相遇，不可错过机会。"又拜了两拜，放下签筒，急急到所遇之处。见一妇人，冉冉而来；仔细一觑，正是昨日的欢喜冤家，身伴并无一人跟随。这时又惊又喜，想道："菩萨的签，果然灵验，此番必定有些好处！"紧紧的跟在后边。那妇人向着侧边一个门面，揭起班竹帘儿，跨脚入去，却又掉转头，对他嘻嘻的微笑，把手相招。这和尚一发魂飞天外，喜之不胜。用目四望，更无一人往来，慌忙也揭起帘儿径钻进去问讯。那妇人也不还礼，绰起袖子望头上一扑，把僧帽打下地来。又赶上一步，举起尖翘翘小脚儿一蹴，谷碌碌直滚开在半边，口里格格的冷笑。这和尚惟觉得麝兰扑鼻。说道："娘子休得取笑！"拾取帽子戴好。那妇人道："你这和尚，青天白日，到我家来做甚？"至慧道："多感娘子错爱，见招至此，怎说这话！"此时色胆如天，也不管他肯不肯，向前搂抱，将衣服乱扯。那妇人笑道："你这贼秃！真是不见妇人面的，怎的就恁般粗卤！且随我进来。"弯弯曲曲，引入房中。彼此解衣，抱向一张榻上行事。刚刚肤肉相凑，只见一个大汉，手提钢斧，抢入房来，喝道："你是何处秃驴？敢至此奸骗良家妇女！"吓得至慧战做一团，跪到在地下道："是小僧有罪了！望看佛爷面上，乞饶狗命，回寺去诵十部《法华经》，保佑施主福寿绵长！"这大汉那里肯听，照顶门一斧，砍翻在地。你道被他一斧，还是死也不死？原来想极成梦，并非实境。这和尚撒然惊觉，想起梦中被杀光景，好生害怕。乃道："偷情路险，莫去惹他，不如本分还俗，倒得安稳。"自此即蓄发娶妻，不上三年，痨瘵而死。离寺之日，曾作诗云：

少年不肯戴儒冠，强把身心赴戒坛。
雪夜孤眠双足冷，霜天剃发髑髅寒。
朱楼美女应无分，红粉佳人不许看。
死后定为惆怅鬼，西天依旧黑漫漫。

适来说这至慧和尚，虽然破戒还俗，也还算做完名全节。如今说一件故事，也是佛门弟子，只为不守清规，弄出一场大事，带累佛面无光，山门失色。这话文出在何处？出在广西南宁府永淳县，在城有个宝莲寺。这寺还是元时所建，累世相传，房廊屋舍，数百多间，田地也有上千余亩。钱粮广盛，衣食丰富，是个有名的古刹。本寺住持，法名佛显，以下僧众，约有百余，一个个都分派得有职掌。凡到寺中游玩的，便有个僧人来相迎，先请至净室中献茶，然后陪侍遍寺随喜一过，又摆设茶食果品，相待十分尽礼。虽则来者必留，其中原分等则。若遇官宦富豪，另有一般延款，这也不必细说。大凡僧家的东西，赛过吕太后的筵宴，不是轻易吃得的。却是为何？那和尚们名虽出家，利心比俗人更狠。这几瓯清茶，几碟果品，便是钓鱼的香饵；不管贫富，就送过一个疏簿，募化钱粮。不是托言塑佛妆金，定是说重修殿宇；再没话讲，便把佛前香灯油为名。若遇着肯舍的，便道是可扰之家，面前千般谄谀，不时去说骗；设遇着不肯舍的，就道是鄙吝之徒，背后百样诋毁，走过去还要唾几口涎沫。所以僧家再无个餍足之期。又有一等人，自己亲族贫乏，尚不肯周济分文，到得此辈募缘，偏肯整几两价布施，岂不是舍本从末的痴汉！有诗为证：

人面不看看佛面，平人不施施僧人。

若念慈悲分缓急，不如济苦与怜贫。

惟有宝莲寺与他处不同，时常建造殿宇楼阁，并不启口向人募化。为此远近士庶，都道此寺和尚善良，分外敬重，反肯施舍，比募缘的，倒胜数倍。况兼本寺相传有个子孙堂，极是灵应，若去烧香求嗣的，真个祈男得男，祈女得女。你道是怎地样这般灵感？原来子孙堂两傍，各设下净室十数间，中设床帐，凡祈嗣的，须要壮年无病的妇女，斋戒七日，亲到寺中拜祷，向佛讨筶。如讨得圣筶，就宿于净室中一宵，每房只宿一人。若讨不得圣筶，便是举念不诚，和尚替他忏悔一番，又斋戒七日，再来祈祷。那净室中四面严密，无一毫隙缝，先教其家夫、男仆，周遭点检一过。任凭拣择停当，至晚送妇女进房安歇，亲人仆从睡在门外看守，为此并无疑惑。那妇女回去，果然便能怀孕，生下男女，且又魁伟肥大，疾病不生。因有这些效验，不论士宦民庶眷属，无有不到子孙堂求嗣。就是邻邦隔县闻知，也都来祈祷。这寺中每日人山人海，好不热闹，布施的财物不计其数。有人问那妇女，当夜菩萨有甚显应。也有说梦佛送子的，也有说梦罗汉来睡的，也有推托没有梦的，也有羞涩不肯说的，也有祈后再不往的，也有四时不常去的。你且想：佛菩萨昔日自己修行，尚然割恩断爱，怎肯管民间情欲之事，夜夜到这寺里托梦送子？可不是个乱话！只为这地方，元是信巫不信医的，故此因邪入邪，认以为真，迷而不悟，白白里送妻女到寺，与这班贼秃受用。正是：

分明断肠草，错认活人丹。

原来这寺中僧人，外貌假作谦恭之态，却到十分贪淫奸恶。那净室虽然紧密，俱有暗道可入，俟至钟声定后，妇女睡熟，便来奸宿。那妇女醒觉时，已被轻薄，欲待声张，又恐反坏名头，只得忍羞而就。一则妇女身无疾病，且又斋戒神清；二则僧人少年精壮，又重价修合种子丸药，送与本妇吞服，故此多有胎孕，十发九中。那妇女中识廉耻的，好似哑子吃黄连，苦在心头，不敢告诉丈夫。有那一等无耻淫荡的，倒借此为由，不时取乐。如此浸淫，不知年代。

也是那班贼秃恶贯已盈，天遣一位官人前来。那官人是谁？就是本县新任大尹，姓汪，名旦，祖贯福建泉州晋江县人氏。少年科第，极是聪察。晓得此地夷汉杂居，土俗慓悍，最为难治。莅任之后，摘伏发隐，不畏豪横。不上半年，治得县中奸宄敛迹，盗贼潜踪，人民悦服。访得宝莲寺有祈嗣灵应之事，心内不信。想道："既是菩萨有灵，只消祈祷，何必又要妇女在寺宿歇，其中定有情弊。但未见实迹，不好轻举妄动，须到寺亲验一番，然后相机而行。"择了九月朔日，特至宝莲寺行香，一行人从簇拥到寺前。汪大尹观看那寺，周围都是粉墙包裹，墙边种植高槐古柳，血红的一座朱漆门楼，上悬金书扁额，题着"宝莲禅寺"四个大字。山门对过，乃是一带照墙，傍墙停下许多空轿。山门内外，烧香的往来挤拥，看见大尹到来，四散走去。那些轿夫，也都手忙脚乱，将轿抬开。汪大尹吩咐左右，莫要惊动他们。住持僧闻知本县大爷亲来行香，撞起钟鼓，唤齐僧众，齐到山门口跪接。汪大尹直至大雄宝殿，方才下轿。看那寺院，果然造得齐整，但见：

层层楼阁，叠叠廊房。大雄殿外，彩云缭绕罩朱扉；接众堂前，瑞气氤氲笼碧瓦。老桧修篁，掩映画梁雕栋；苍松古柏，荫遮曲槛回栏。果然净土人间少，天下名山僧占多。

汪大尹向佛前拈香礼拜，暗暗祷告，要究求嗣弊窦。拜罢，佛显率众僧向前叩见，请入方丈坐下。献茶已毕，汪大尹向佛显道："闻得你合寺僧人，焚修勤谨，戒行精严，都亏你主持之功。可将年贯开来，待我申报上司，请给度牒与你，就署为本县僧官，永持此寺！”佛显闻言，喜出意外，叩头称谢。汪大尹又道：“还闻得你寺中祈嗣，最是灵感，可有这事么？”佛显禀道：“本寺有个子孙堂，果然显应的！”汪大尹道：“祈嗣的可要做甚斋醮？”佛显道：“并不要设斋诵经，止要求嗣妇女，身无疾病，举念虔诚，斋戒七日，在佛前祷祝，讨得圣筶，就旁边净室中安歇，祈得有梦，便能生子。”汪大尹道：“妇女家在僧寺安歇，只怕不便。”佛显道：“这净室中，四围紧密，一女一室，门外就是本家亲人守护，并不许一个闲杂人往来，原是稳便的。”汪大尹道：“原来如此！我也还无子嗣，但夫人不好来得。”佛显道：“老爷若要求嗣，只消亲自拈香祈祷，夫人在衙斋戒，也能灵验。”汪大尹道：“民俗都要在寺安歇，方才有效，怎地夫人不来也能灵验？”佛显道：“老爷乃万民之主，况又护持佛法，一念之诚，便与天地感通，岂是常人可比！”你道佛显为何不要夫人前来？俗语道得好：贼人心虚。他做了这般勾当，恐夫人来时，随从众多，看出破绽，故此阻当。谁知这大尹也是一片假情，探他的口气。当下汪大尹道：“也说得是。待我另日竭诚来拜，且先去游玩一番。”即起身教佛显引导，从大殿旁穿过，便是子孙堂。那些烧香男女，听说知县进来，四散潜躲不迭。汪大尹看这子孙堂，也是三间大殿，雕梁绣柱，画栋飞甍，金碧耀目。正中间一座神厨，内供养着一尊女神，珠冠璎珞，绣袍彩帔，手内抱着一个孩子，旁边又站四五个男女，这神道便叫做子孙娘娘。神厨上黄罗绣幔，两下银钩挂开，舍下的神鞋，五色相兼，约有数百余双。绣幡宝盖，重重叠叠，不知其数。架上画烛火光，照彻上下。炉内香烟喷薄，贯满殿庭。左边供的又是送子张仙，右边便是延寿星官。汪大尹向佛前作个揖，四下闲走一回，又教佛显引去观宿歇妇女的净室。原来那房子是逐间隔断，上面天花顶板，下边尽铺地平，中间床帏桌椅，摆设得甚是济楚。汪大尹四遭细细看觑，真个无丝毫隙缝，就是鼠虫蚂蚁，无处可匿。汪大尹寻不出破绽，原转出大殿上轿。佛显又率众僧到山门外跪送。

汪大尹在轿上一路沉吟道：“看这净室，周回严密，不像个有情弊的。但一块泥塑木雕的神道，怎地如此灵感？莫不有甚邪神，托名诳惑？”左想右算，忽地想出一个计策。回至县中，唤过一个令史，吩咐道：“你悄地去唤两名妓女，假妆做家眷，今晚送至宝莲寺宿歇。预备下朱、墨汁两碗，夜间若有人来奸宿，暗涂其头，明早我亲至寺中查勘，切不可走漏消息！”令史领了言语，即去接了两个相熟表子来家，唤做张媚姐、李婉儿。令史将前事说与，两个妓女见说县主所差，怎敢不依？捱到傍晚，妓女妆束做良家模样，顾下两乘轿子，仆从扛抬铺盖，把朱墨汁藏在一个盒子中，跟随于后，一齐至宝莲寺内。令史拣了两间净室，安顿停当，留下家人，自去回复县主。不一时，和尚教小沙弥来掌灯送茶。是晚祈嗣的妇女，共有十数余人，那个来查考这两个妓女是不曾烧香讨笞过的。须臾间，钟鸣鼓响，已是起更时分，众妇女尽皆入寝，亲戚人等，各在门外看守。和尚也自关闭门户进去不提。

且说张媚姐掩上门儿，将银朱碗放在枕边，把灯挑得明亮，解衣上床，心中有事，不敢睡着，不时向帐外观望。约莫一更天气，四下人声静悄，忽听得床前地平下格格的响，还道是扇虫作耗，抬头看时，见一扇地平板渐渐推过在一边，地下钻出一个人头，直立起来，乃是一个和尚。到把张媚姐吓了一跳，暗道：“原来这些和尚，设下恁般贼计，奸骗良家妇女。怪道县主用这片心机。”且不做声，看那和尚轻手轻脚，走去吹灭灯火，步到床前，脱卸衣服，揭开帐幔，捱入被中。张媚姐只做睡着。那和尚到了被里，腾身上去，款款托起双股，就弄起来。张媚姐假作梦中惊醒，说道：“你是何人？黄夜至此淫污！”举手推他下去。那和尚双手紧紧搂抱，说道：“我是金身罗汉，今特来送子与你！”口中便说，下边恣意狂荡。那和尚颇有本领，云雨之际，十分勇猛。张媚姐是个宿妓，也还当他不起，顽得个气促声喘。趁他情浓深处，伸手蘸了银朱，向和尚头上尽都抹到。这和尚只道是爱他，全然不觉。一连要了两次，方才起身下床，递过一个包儿道：“这是调经种子丸，每服三钱，清晨滚汤送下，连服数日，自然胎孕坚固，生育快易。”说罢而去。张媚姐身子已是烦倦，朦胧合眼，觉得身边又有人捱来。这和尚更是粗卤，张媚姐还道是初起的和尚，推住道：“我顽了两次，身子疲倦，正要睡卧，如何又来？怎地这般不知餍足？”和尚道：“娘子不要错认了，我是方才到的新客，滋味还未曾尝，怎说不知餍足？”张媚姐看见和尚轮流来宿，心内惧怕，说道：“我身体怯弱，不惯这事，休得只管胡缠！”和尚道：“不打紧，我有绝妙春意丸在此，你若服了，就通宵顽耍，也不妨得！”即伸手向衣服中，摸个纸包递与。张媚姐恐怕药中有毒，不敢吞服。也把银朱涂了他头上。那和尚比前的又狠，直戏到鸡鸣时候方去。

原把地平盖好不提。

再说李婉儿才上得床，不想灯火被火蛾儿扑灭，却也不敢合眼。更余时候，忽然床后簌簌的声响，早有一人扯起帐子，钻上床来，捱身入被，把李婉儿双关抱紧，一张口就凑过来做嘴。李婉儿伸手去摸他头上，乃是一个精光葫芦，却又性急，便蘸着墨汁满头摩弄，问道："你是那一房长老？"这和尚并不答言，径来行事。李婉儿年纪比张媚姐还小几年，性格风骚，经着这件东西，又惊又喜，想道："一向闻得和尚极有本事，我还未信，不想果然。"不觉兴动，遂耸身而就。这场云雨，端的快畅：

一个是空门释子，一个是楚馆佳人。空门释子，假作罗汉真身；楚馆佳人，错认良家少妇。一个似积年石臼，经几多碎捣零舂；一个似新打木桩，尽耐得狂风骤浪。一个不管佛门戒律，但姿欢娱；一个虽奉县主叮咛，且图快乐。浑似阿难菩萨逢魔女，犹如玉通和尚戏红莲。

云雨刚毕，床后又钻一个来，低低说道："你们快活得够了，也该让我来顽顽！难道定要十分尽兴。"那和尚微微冷笑，起身自去。后来的和尚到了被中，轻轻款款，把李婉儿满身抚摸。李婉儿假意推托不肯，和尚捧住亲个嘴道："娘子想是适来被他顽倦了，我有春意丸在此，与你发兴。"遂嘴对嘴吐过药来，李婉儿咽下肚去，觉得香气透鼻，交接之间，体骨酥软，十分得趣。李婉儿虽然淫乐，不敢有误县主之事，又蘸了墨汁，向和尚头上周围摸转，说道："倒好个光头。"和尚道："娘子，我是个多情知趣的妙人，不比那一班粗蠢东西，若不弃嫌，常来走走。"李婉儿假意应承。云雨之后，一般也送一包种子丸药。到鸡鸣时分，珍重而别。正是：

偶然僧俗一宵好，难算夫妻百夜恩。

话分两头。且说那夜汪大尹得了令史回话，至次日五鼓出衙，唤起百余名快手民壮，各带绳索器械，径到宝莲寺前。吩咐伏于两旁，等候呼唤，随身止带十数余人。此时天已平明，寺门未开，教左右敲开。里边住持佛显知得县主来到，衣服也穿不及，又唤起十数个小和尚，急急赶出迎接。直到殿前下轿，汪大尹也不拜佛，径入方丈坐下，佛显同众僧叩见。汪大尹讨过众僧名簿查点。佛显教道人撞起钟鼓，唤集众僧。那些和尚都从睡梦中惊醒，闻得知县在方丈中点名，个个慌忙奔走，不一时都已到齐。汪大尹教众僧把僧帽尽皆除去，那些和尚怎敢不依，但不晓得有何缘故？当时不除，到也罢了，才取下帽子，内中显出两个血染的红顶，一双墨涂的黑顶。汪大尹喝令左右，将四个和尚锁住，推至面前跪下，问道：“你这四人为何头上涂抹红朱、黑墨？”那四僧还不知是那里来的，面面相觑，无言可对，众和尚也各骇异。汪大尹连问几声，没奈何，只得推称同伴中取笑，并非别故。汪大尹笑道：“我且唤取笑的人来，与你执证。”即教令史去唤两个妓女。谁知都被那和尚们盘桓了一夜，这时正好熟睡。那令史和家人险些敲折臂膊，喊破喉咙，方才惊觉起身，跟至方丈中跪下。汪大尹问道：“你二人夜来有何所见？从实说来。”二妓各将和尚轮流奸宿，并赠春意种子丸药，及朱、墨涂顶前后事，一一细说。袖中摸出种子春意丸呈上。众僧见事已败露，都吓得胆战心惊，暗暗叫苦！那四个和尚，一味叩头乞命。汪大尹喝道：“你这班贼驴！焉敢假托神道，哄诱愚民，奸淫良善！如今有何理说？”佛显心生一计，教众僧徐徐跪下，禀道：“本寺僧众，尽守清规。止有此四人贪淫奸恶，屡训不悛。正欲合词呈治，今幸老爷察出，罪实该死！其余实是无干，望老爷超拔。”汪大尹道：“闻得昨晚求嗣的甚众，料必室中都有暗道。这四个奸淫的，如何不到别个房里，恰恰都聚在一处，入我彀中？难道有这般巧事？”佛显又禀道：“其实净室惟此两间有个私路，别房俱各没有。”汪大尹道：“这也不难，待我唤众妇女来问，若无所见，便与众僧无干！”即差左右，将祈嗣妇女，尽皆唤至盘问。异口同声，俱称并无和尚奸宿。汪大尹晓得他怕羞不肯实说，喝令左右搜检身边，各有种子丸一包。汪大尹笑道：“既无和尚奸宿，这种子丸是何处来的？”众妇人个个

羞得是面红颈赤。汪大尹又道："想是春意丸，你们通服过了。"众妇人一发不敢答应。汪大尹更不穷究，发令回去。那些妇女的丈夫亲属，在旁听了，都气得遍身麻木，含着羞耻，领回不提。佛显见搜出了众妇女种子丸，又强辨是入寺时所送。两个妓女又执是奸后送的。汪大尹道："事已显露，还要抵赖！"教左右唤进民壮快手人等，将寺中僧众，尽都绑缚。止空了香公道人，并两个幼年沙弥。佛显初时意欲行凶，因看手下人众，又有器械，遂不敢动手。汪大尹一面分付令史将两个妓女送回。起身上轿，一行人押着众僧在前。那时哄动了一路居民，都随来观看。汪大尹回到县中，当堂细审，用起刑具。众和尚平日本是受用之人，如何熬得？才套上夹棍，就从实招称。汪大尹录了口词，发下狱中监禁，准备文书，申报上司，不在话下。

且说佛显来到狱中，与众和尚商议一个计策，对禁子凌志说道："我们一时做下不是，悔之无及！如今到了此处，料然无个出头之期。但今早拿时，都是空身，把甚么来使用？我寺中向来积下的钱财甚多，若肯悄地放我三四人回寺取来，禁牌的常例，自不必说，分外再送一百两雪花！"那凌志见说得热闹动火，便道："我们同辈人多，不由一人作主，这百金四散分开，所得几何，岂不是有名无实？如出得二百两与众人，另外我要一百两偏手，若肯出这数，即今就同你去！"佛显一口应承道："但凭禁牌吩咐罢了，怎敢违拗！"凌志即与众禁子说知，私下押着四个和尚回寺，到各房搜括，果然金银无数。佛显先将三百两交与凌志。众人得了银子，一个个眉花眼笑。佛显又道："列位再少待片时，待我收拾几床铺盖进去，夜间也好睡卧。"众人连称道："有理！"纵放他们去打叠。这四个和尚把寺中短刀斧头之类，裹在铺盖之中，收拾完备，教香公唤起几个脚夫，一同抬入监去。又买起若干酒肉，遍请合监上下，把禁子灌得烂醉，专等黄昏时候，动手越狱。正是：

打点劈开生死路，安排跳出鬼门关。

且说汪大尹，因拿出这个弊端，心中自喜。当晚在衙中秉烛而坐，定稿申报上司，猛地想起道："我收许多凶徒在监，倘有不测之变，如何抵挡？"即写朱票，差人遍召快手，各带兵器到县，直宿防卫。约莫更初时分，监中众僧，取出刀斧，一齐呐喊，砍翻禁子，打开狱门，把重囚尽皆放起，杀将出来，高声喊叫："有冤报冤，有仇报仇。只杀知县，不伤百姓。

让我者生，挡我者死！”其声震天动地。此时值宿兵快，恰好刚到，就在监门口战斗。汪大尹衙中闻得，连忙升堂。县旁百姓听得越狱，都执枪刀前来救护。和尚虽然拚命，都是短兵，快手俱用长枪，故此伤者甚多，不能得出。佛显知事不济，遂教众人住手，退入监中，把刀斧藏过。扬言道：“谋反的止是十数余人，都已当先被杀，我等俱不愿反，容至当堂禀明！”汪大尹见事已定，差刑房吏带领兵快，到监查验，将应有兵器，尽数搜出，当堂呈看。汪大尹大怒，向众人说道：“这班贼驴，淫恶滔天，事急又思谋反。我若莫有防备，不但我一人遭他凶手，连满城百姓，尽受荼毒了。若不尽诛，何以儆后？”唤过兵快，将出的刀斧，给散与他，吩咐道：“恶僧事虽不谐，久后终有不测，难以防制。可乘他今夜反狱，除一应人犯，留明日审问，其余众僧，各砍首级来报！”众人领了言语，点起火把，蜂拥入监。佛显见势头不好，连叫：“谋反不是我等！”言还未毕，头已落地。须臾之间，百余和尚，齐皆斩讫，犹如乱滚西瓜。正是：

善恶到头终有报，只争来早与来迟。

汪大尹次日吊出众犯，审问狱中缘何藏得许多兵器；众犯供出禁子凌志等得了银子，私放僧人回去，带进兵器等情。汪大尹问了详细，原发到狱，查点禁子凌志等，俱已杀死。遂连夜备文，申详上司，将宝莲寺尽皆烧毁。其审单云：

看得僧佛显等，心沉欲海，恶炽火坑。用智设机，计哄良家祈嗣；穿墉穴地，强邀信女通情。紧抱着娇娥，兀的是菩萨从天降；难推去和尚，则索道罗汉梦中来。可怜嫩蕊新花，拍残狂蝶；却恨温香软玉，抛掷终风。白练受污，不可洗也；黑夜忍辱，安敢言乎！乃使李婉儿朱抹其顶，又遣张媚姐墨涅其颠。红艳欲流，想长老头横冲经水；黑煤如染，岂和尚颈倒浸墨池。收送福堂，波罗蜜自做甘受；陷入色界，磨兜坚有口难言。乃藏刀剑于皮囊，寂灭翻成贼虐；顾动干戈于圜棘，慈悲变作强梁。夜色正昏，护法神通开犴狴；钟声甫定，金刚勇力破拘挛。釜中之鱼，既漏网而又跋扈；柙中之虎，欲走圹而先噬人。奸窈窕，淫良善，死且不宥；杀禁子，伤民壮，罪欲何逃！反狱奸淫，其罪已重；戮尸枭首，其法允宜。僧佛显众恶之魁，粉碎其骨；宝莲寺藏奸之薮，火焚其巢。庶发地藏之奸，用清无垢之佛。

这篇审单一出，满城传诵，百姓尽皆称快。往时之妇女，曾在寺求子，生男育女者，丈夫皆不肯认，大者逐出，小者溺死。多有妇女怀羞自缢，民风自此始正。各省直州府传闻此事，无不出榜戒谕，从今不许妇女入寺烧香。至今上司往往明文严禁，盖为此也！后汪大尹因此起名，遂钦取为监察御史。有诗为证：

子嗣原非可强求，况于入寺起淫偷。
从今勘破鸳鸯梦，泾渭分源莫混流。

第十六卷　马当神风送滕王阁

山藏异宝山含秀，沙有黄金沙放光。

好事若藏人肺腑，言谈语话不寻常。

这四句诗，单说着自古至今，有那一等怀才抱德，韬光晦迹的文人秀才，就比那奇珍异宝，良金美玉，藏于土泥之中；一旦出世，遇良工巧匠，切磋琢磨，方始成器。故“秀才”二字，不可乱称。秀者，江山之秀；才者，天下之才。但凡人胸中藏秀气，腹内有才识，出言吐语，自是一般。所以谓之不寻常。说话的，兀的说这才学则甚？因在下今日要说一桩“风送滕王阁”的故事。那故事出在大唐高宗朝间，有一秀士，姓王，名勃，字子安，祖贯山西晋州龙门人氏。幼有大才，通贯九经，诗书满腹。时处一十三岁，常随母舅游于江湖。一日从金陵欲往九江，路经马当山下，此乃九江第一险处。怎见得？有陆鲁望《马当山铭》为证：

山之险莫过于太行，水之险莫过于吕梁，合二险而为一，吾又闻乎马当。

王勃舟至马当，忽然风涛乱滚，碧波际天，云阴罩野，水响翻空。那船将次倾覆，满船的人尽皆恐惧，虔诚祷告江神，许愿保护。惟有王勃端坐船上，毫无惧色，朗朗读书。舟人怪异，问道：“满船之人，死在须臾，今郎君全无惧色，却是为何？”王勃笑道：“我命在天，岂在龙神！”舟人大惊道：“郎君勿出此言！”王勃道：“我当救此数人之命！”道罢，遂取纸笔，吟诗一首，掷于水中。须臾云收雾散，风浪俱息。其诗曰：

唐圣非狂楚，江渊异汨罗。

平生仗忠节，今日任风波。

此时满船人相贺道：“郎君奇才，能动江神，乃是获安。不然，诸人皆不免水厄。”王勃道：“生死在天，有何可避！”众人深服其言。少顷，船皆泊岸，舟人视时，即马当山也，舟人皆登岸。王勃上岸独自闲游，正行之间，只见当道路边，青松影里，绿桧阴中，见一古庙。王勃向前看时，上面有朱红漆牌，金篆书字，写着："敕赐中原水府行宫。"王勃一见，就身边取笔，吟诗一首于壁上。诗曰：

马当山下泊孤舟，岸侧芦花簇翠流。

忽睹朱门斜半掩，层层瑞气锁清幽。

诗罢，走入庙中。四下看时，真个好座庙宇。怎见得？有诗为证：

碧瓦连云起，朱门映日开。

一团金作栋，千片玉为街。

帝子亲书额，名人手篆碑。

庇民兼护国，风雨应时来。

王勃行至神前，焚香祝告已毕，又赏玩江景多时。正欲归舟，忽于江水之际，见一老叟，坐于块石之上。碧眼长眉，须鬓皤然，颜如莹玉，神清气爽，貌若神仙。王勃见而异之，乃整衣向前，与老人作揖。老叟道："子非王勃乎？"王勃大惊道："某与老叟素不相识，亦非亲旧，何以知勃名姓？"老叟道："我知之久矣！"王勃知老叟不是凡人，随拱手立于块石之侧。老叟命勃同坐，王勃不敢，再三相让方坐。老叟道："吾早来闻尔于船内作诗，义理可观。子有如此清才，何不进取，身达青云之上，而困于家食，受此旅况之凄凉乎？"王勃答道："家寒窘迫，缺乏盘费，不能特达，以此流落穷途，有失青云之望。"老叟道："来日重阳佳节，洪都阎府君欲作《滕王阁记》。子有绝世之才，何不竟往献赋，可获资财数千，且能垂名后世。"王勃道："此到洪都，有几多路程？"老叟道："水路共七百余里。"王勃道："今已晚矣！止有一夕，焉能得达？"老叟道："子但登舟，我当助清风一帆，使子明日早达洪都。"王勃再拜道："敢问老丈，仙耶？神耶？"老叟道："吾即中源水君，适来山上之庙，便是我的香火。"王勃大惊，又拜道："勃乃三尺童稚，一介寒儒，肉眼凡夫，冒渎尊神，请勿见罪！"老叟道："是何言也！但到洪都，若得润笔之金，可以分惠。"王勃道："果有所赠，岂敢自私。"老叟笑道："吾戏言耳！"须臾有一舟至，老叟令王勃乘之。勃乃再拜，辞别老叟上船。方才解缆张帆，但见祥风缥缈，瑞气盘旋，红光罩岸，紫雾笼堤。王勃骇然回视江岸老叟，不知所在，已失故地矣！只见：

风声飒飒，浪势淙淙。帆开若翅展，舟去似星飞。回头已失却千山，眨眼如趋百里。晨鸡未唱，须臾忽过鄱阳；漏鼓犹传，仿佛已临江右。这叫做：运去雷轰荐福碑，时来风送滕王阁。

顷刻天明，船头一望，果然已到洪都。王勃心下且惊且喜，吩咐舟人："只于此相等。"揽衣登岸，徐步入城，看那洪都果然好景。有诗为证：

洪都风景最繁华，仿佛参差十万家。

水绿山蓝花似锦，连城带阁锁烟霞。

是日正九月九日，王勃直诣帅府，正见本府阎都督果然开宴，遍请江左名儒，士夫秀士，俱会堂上。太守开筵命坐，酒果排列，佳肴满席，请各处来到名儒，分尊卑而坐。当日所坐之人，与阎公对席者，乃新除浓州牧学士宇文钧，其间亦有赴任官，亦有进士刘祥道、张禹锡等。其他文词超绝，抱玉怀珠者百余人，皆是当世名儒。王勃年幼，坐于座末。少顷，阎公起身对诸儒道："帝子旧阁，乃洪都绝景。是以相屈诸公至此，欲求大才，作此《滕王阁记》，刻石为碑，以记后来，留万世佳名，使不失其胜迹。愿诸名士勿辞为幸！"遂使左右朱衣吏人，捧笔砚纸至诸儒之前。诸人不敢轻受，一个让一个，从上至下，却好轮到王勃面前。王勃更不推辞，慨然受之。满座之人，见勃年幼，却又面生，心各不美。相视私语道："此小子是何氏之子？敢无礼如是耶！"此时阎公见王勃受纸，心亦快快。遂起身更衣，至一小厅之内。阎公口中不言，自思道："吾有婿乃长沙人也，姓吴，名子章，此人有冠世之才。今日邀请诸儒作此记，若诸儒相让，则使吾婿作此文，以光显门庭也！是何小子，辄敢欺在堂名儒，无分毫礼让！"吩咐吏人，观其所作，可来报知。良久，一吏报道："南昌故郡，洪都新府。"阎公道："此乃老生常谈，谁人不会！"一吏又报道："星分翼轸，地接衡庐。"阎公道："此故事也。"又一吏报道："襟三江而带五湖，控蛮荆而引瓯越。"阎公不语。又一吏报道："物华天宝，龙光射斗牛之墟；人杰地灵，徐孺下陈蕃之榻。"阎公道："此子意欲与吾相见也。"又一吏报道："雄州雾列，俊彩星驰。台隍枕夷夏之邦，宾主接东南之美。"阎公心中微动，想道："此子之才，信亦可人！"数吏分驰报句，阎公暗暗称奇。又一吏报道："落霞与孤鹜齐飞，秋水共长天一色。"阎公听罢，不觉以手拍几道："此子落笔若有神助，真天才也！"遂更衣复出至座前。宾主诸儒，尽皆失色。阎公视王勃道："观子之文，乃天下奇才也！"

欲邀勃上座。王勃辞道："待俚语成篇，然后请教。"须臾文成，呈上阎公。公视之大喜，遂令左右，从上至下，遍示诸儒，一个个面如土色，莫不惊伏，不敢拟议一字。其全篇刻在古文中，至今为人称诵。阎公乃自携王勃之手，坐于左席道："帝子之阁，风流千古；有子之文，使吾等今日雅会，亦得闻于后世。从此洪都风月，江山无价，皆子之力也！吾当厚报。"正说之间，忽有一人，离席而起，高声道："是何三尺童稚，将先儒遗文，伪言自己新作，瞒昧左右，当以盗论，兀自扬扬得意耶！"王勃闻言大惊。太守阎公举目视之，乃其婿吴子章也。子章道："此乃旧文，吾收之久矣！"阎公道："何以知之？"子章道："恐诸儒不信，吾试念一遍。"当下子章遂对众客之前，朗朗而诵，从头至尾，无一字差错。念毕，座间诸儒失色，阎公亦疑，众犹豫不决。王勃听罢，颜色不变，徐徐说道："观公之记问，不让杨修之学，子建之能，王平之阅市，张松之一览。"吴子章道："是乃先儒旧文，吾素所背诵耳。"王勃又道："公言先儒旧文，别有诗乎？"子章道："无诗。"道罢，王勃遂起身离席，对诸儒问道："此文果新文旧文乎？后有诗八句，诸公莫有记之者否？"问之再三，人皆不答。王勃乃拂纸如飞，有如宿构。其诗曰：

滕王高阁临江渚，珮玉鸣銮罢歌舞。
画栋朝飞南浦云，珠帘暮卷西山雨。
闲云潭影日悠悠，物换星移几度秋。
阁中帝子今何在？槛外长江空自流！

诗罢呈上，太守阎公，并座间诸儒、其婿吴子章看毕。王勃道："此新文旧文乎？"子章见之，大惭惶恐而退。众宾齐起坐向阎公道："王子之作性，令婿之记性，皆天下罕有，真可谓双璧矣！"阎公曰："诸公之言诚然也！"于是吴子章与王勃互相钦敬，满座欢然，饮宴至暮方散。众宾去后，阎公独留勃饮。次日王勃告辞，阎公乃赐五百缣及黄白酒器，共值千金，勃拜谢辞归。阎公使左右相送下船，舟人解缆而行。勃但闻水声潺潺，疾如风雨。诘旦，船复至马当山下，维舟泊岸，王勃将阎公所赠金帛，携至庙中，陈于中源水君之前，叩头称谢。起身，见壁上所题之诗，宛然如新。遂依前韵，复作诗一首：

好风一夜送轻舟，倏忽征帆达上流。
深感神功知夙契，来生愿得伴清幽。

王勃题诗已毕，步出南门，欲买牲牢酒礼以献。看岸边船已不见了，其舟人亦不知所在。正犹豫间，忽然祥云瑞霭，笼罩庙堂，香风起处，见一老人，坐于石矶之上，即前日所见中源水君。勃向前再拜，谢道："前得蒙上圣，助一帆之风，到于洪都，使勃得获厚利。勃当备牲牢酒礼，至庙下，拜谢尊神，以表吾心。"老人见说，俯首而笑："子适来言供备牲牢者，何牢也？吾闻少牢者羊，大牢者牛。礼：诸侯无故不杀牛，大夫无故不杀羊。吾岂可以一帆风，而受子之厚献乎！吾水府以好生为德，杀生以祀，吾亦不敢享也，更不必费子措置。适来观子庙下留题，有伴我清幽之意，吾亦甚喜。但子命数未终，凡限未绝，更俟数年，吾当图相会耳！"王勃遂稽首拜谢道："愿从尊命！然勃之寿算前程，可得闻乎？"老叟道："寿算者，阴府主之，不敢轻泄天机，而招阴祸。吾言子之穷通，无害也。吾观子之躯，神强而骨弱，气清体羸，况子脑骨亏陷，目睛不全。子虽有子建之才，高士之俊，终不能贵矣！况富贵乃神主之，人之一钟一粟，皆由分定，何况卿相乎？昔孔子大圣，为帝王师范，尚不免陈蔡之厄。所谓秀而不实者也！子但力行善事，而自有天曹注福，穷通寿夭，皆不足计矣！子切记之！"于是与勃作别。叟行数步，复又走回，对王勃道："吾有少意相托：子若过长芦之祠，当买阴帛，与我焚之。"王勃道："此何由也？"老叟道："吾昔负长芦之神薄债未偿，子可与吾偿之。"王勃道："非勃不舍，适来观上圣殿上，金钱堆积如山，何不以此还之？"老叟道："汝不知殿上之钱，皆是贪利酷求之人，害物私心之辈，损人益己，克众成家。偶一过此，妄求非福，神不危而心自危之。所以求献于庙。此乃枉物，譬如吾之赃矣，焉敢用哉！"王勃再拜

受教，老叟即化清风而去。王勃骇然，仍携金帛之类，离马当山，趁船径往长芦。每思神所说脑骨亏陷，目睛不全，终不能贵，心怀怏怏不乐。船至长芦，正思神叟所嘱化财还债之言，忽然寒风大作，雪浪翻空，群鸦绕船，噪声不绝。其鸦或歇桅橹，或落船头，船不能进。满船人莫不惊骇畏惧，王勃亦自骇然。乃问舟人："此是何处？"舟人道："此是长芦地方。"王勃听了，方想江神之言，遂焚香默祷江神，候风息上岸，买金钱答还。祝毕，香烟未绝，群鸦皆散，浪息风平。于是一船人莫不欣喜。次日，舟人以船泊岸，王勃买金钱十万下船，复至夜来风起之处焚化，船乃前进。后来罗隐先生到此，曾作八句诗道：

江神有意怜才子，倏忽威灵助去程。

一夕清风雷电疾，满碑佳句雪冰清。

直教丽藻传千古，不但雄名动两京。

不是明灵祐祠客，洪都佳景绝无声。

王勃亲远任海隅，策骑往省，至一驿舍，欲求暂歇。方询问驿吏，忽闻驿堂上一人口呼："王君，久不拜见，今日何由至此？"王勃闻言大惊，视之，略有面善，似曾相识，忘其姓名。只见其人道："王君何忘乎？昔日洪府相会，学士宇文钧也。"勃大喜，乃整衣而揖。遂邀王勃同坐，叙话间，命驿吏献茶。茶罢，学士道："某想昔日洪府之乐，安知今日有海道之忧，岂不悲哉！"王勃道："学士因何至此？"学士道："钧累任教授，后越阙为右司谏官。唐天子欲征高丽，钧直谏，触犯龙颜，将钧迁于海岛。千里独行，方悲寂寞，何期旅邸，得遇故人。某有《迁客诗》一首，为君诵之。"诗曰：

万里为迁客，孤舟泛渺茫。

湖田多种藕，海岛半收粮。

愿遂归秦计，劳收辟瘴方。

每思缄口者，帝德在君旁。

王勃道："有犯无隐，事君之礼。学士虽为迁客，直声播于千古矣！"遂答诗一首。诗曰：

食禄只忧贫，何名是直臣！

能言真为国，获罪岂惭人。

海驿程程远，霜髯日日新。

史官如下笔，应也泪沾巾。

当夜二人互相吟咏，至半夜同宿于驿舍。次日学士置酒管待王勃毕。至第三日学士邀勃同行，俄然天色下雨，复留海驿。二人谈论，终日不倦。至第五日，方始天晴，二人同下海船，饮食宿卧，皆于一处。船开数日，至大洋深波之中，忽然狂风怒吼，怪浪波番，其舟在水，飘飘如一叶，似欲倾覆，舟人皆大恐。学士宇文钧心中大惊，骇叹道："远谪海隅，不想又遭风波，此实命也！"王勃面不改容，因述昔年马当山遇风始末，并叙中源水君，两次相遇之语，真个是死生有命，富贵在天；风波虽有，不足介意！谈论方终，却见波涛暂息，风浪不生，舟人皆喜。满船之人，忽闻水上仙乐飘然而至，五色祥云从天降下，浮于水面，看看来到王勃船边，众人皆惊。只见祥云影里，幢幡宝盖，绛节旌旗，锦衣对对，绣袄攒攒，花帽双双，朱衣簇簇，两行摆开。前面有数十人，皆仙娥玉女，仙衣灼灼，玉珮珊珊。前有一青衣女童，手执碧符，遂呼王勃道："奉娘娘之命，特来召子！"王勃愕然，问女童道："娘娘是何人也？"女童道："乃掌天下水籍文薄、上仙高贵玉女吴彩鸾便是。今于蓬莱方丈，翠华居止，其内有马当山水君，举子文章贯古今，特来请子同往蓬莱方丈，作词文记，以表蓬莱之佳景。可速往，不可违娘娘之命！"王勃道："与君人神异途，焉有相召之言？我闻生死分定于天，寿算乃阴府所主，岂有玉女召我作文？何召之有？吾实不从！"道罢，女童道："君如不去，中源水君必自至矣！"道犹未了，只见一朵乌云，自东南角上而来，看看至近，到于船边，从空坠下。就水面之上，见一神人，头戴黄罗包巾，身穿百花绣袍，手仗除妖七星剑，高声大叫："王勃！吾奉蓬莱仙女敕，召汝作文词，何不往也？况中源水君亦在蓬莱赴会，今众仙等之久矣！子亦有仙骨之分，昔日你曾庙下题诗，愿伴清幽，岂可忘之！"王勃听言自思："马当山中源水君曾言日后遇于海岛，岂非前定乎？"遂忻然道："愿从命矣！"神人见说，遂召鬼卒牵马来至舟侧。王勃甚喜，亦忘深渊，意为平地。乃回身与学士及满船之人作别，牵衣出舱，望水面攀鞍上马。但见乌云惨惨，黑雾漫漫，云霄隐隐，满船之人及宇文钧学士无不惊骇。回视王勃，不知所在。须臾，雾散云收，风恬浪静，满船之人俱各无事，唯有王勃乃作神仙去矣！

从来才子是神仙，风送南昌岂偶然！

赋就滕王高阁句，便随仙仗伴中源。

初刻拍案惊奇

拍案惊奇凡例（计五则）

一、每回有题。旧小说造句皆妙，故元人即以之为剧。今《太和正音谱》所载剧名，半犹小说句也。近来必欲取两回之不侔者，比而偶之，遂不免窜削旧题，亦是点金成铁。今每回用二句自相对偶，仿《水浒》、《西游》旧例。

一、是编矢不为风雅罪人，故回中非无语涉风情，然止存其事之有者，蕴藉数语，人自了了；绝不作肉麻秽口，伤风化，损元气。此自笔墨雅道当然，非迂腐道学态也。

一、小说中诗词等类，谓之蒜酪。强半出自新构；间有采用旧者，取一时切景而及之，亦小说家旧例，勿嫌剽窃。

一、事类多近人情日用，不甚及鬼怪虚诞。正以画犬马难，画鬼魅易，不欲为其易而不足征耳。亦有一二涉于神鬼幽冥，要是切近可信，与一味驾空说谎，必无是事者不同。

一、是编主于劝戒，故每回之中，三致意焉。观者自得之，不能一一标出。

崇祯戊辰初冬　即空观主人识

第一卷　转运汉遇巧洞庭红　波斯胡指破鼍龙壳

词云：

日日深杯酒满，朝朝小圃花开。自歌自舞自开怀，且喜无拘无碍。青史几番春梦，红尘多少奇才。不须计较与安排，领取而今见在！

这首词乃宋朱希真所作，词寄《西江月》，单道着人生功名富贵，总有天数，不如图一个见前快活。试看往古来今，一部十七史中，多少英雄豪杰，该富的不得富，该贵的不得贵。能文的倚马千言，用不着时，几张纸盖不完酱瓿；能武的穿杨百步，用不着时，几竿箭煮不熟饭锅。极至那痴呆懵董生来有福分的，随他文字低浅，也会发科发甲；随他武艺庸常，也会大请大受。真所谓时也，运也，命也！俗语有两句道得好："命若穷，掘得黄金化作铜；命若富，拾着白纸变成布。"总来只听掌命司颠之倒之。所以吴彦高又有词云："造化小儿无定据，翻来覆去，倒横直竖，眼见都如许！"僧晦庵亦有词云："谁不愿黄金屋？谁不愿千钟粟？算五行不是这般题目。枉使心机闲计较，儿孙自有儿孙福。"苏东坡亦有词云："蜗角虚名，蝇头微利，算来着甚干忙？事皆前定，谁弱又谁强？"这几位名人说来说去，都是一个意思，总不如古语云："万事分已定，浮生空自忙。"说话的，依你说来，不须能文善武，懒惰的也只消天掉下前程；不须经商立业，败坏的也只消天挣与家缘，却不把人间向上的心都冷了？看官有所不知，假如人家出了懒惰的人，也就是命中该贱；出了败坏的人，也就是命中该穷。此是常理。却又自有转眼贫富出人意外，把眼前事分毫算不得准的哩。

且听说一人，乃宋朝汴京人氏，姓金，双名维厚，乃是经纪行中人。少不得朝晨起早，晚夕眠迟。睡醒来，千思想，万算计，拣有便宜的才做。

后来家事挣得从容了，他便思想一个久远方法：手头用来用去的，只是那散碎银子；若是上两块头好银，便存着不动。约得百两，便熔成一大锭，把一综红线结成一绦，系在锭腰，放在枕边，夜来摩弄一番，方才睡下。积了一生，整整熔成八锭；以后也就随来随去，再积不成百两，他也罢了。

金老生有四子。一日，是他七十寿旦，四子置酒上寿。金老见了四子跻跻跄跄，心中喜欢，便对四子说道："我靠皇天覆庇，虽则劳碌一生，家事尽可度日。况我平日留心，有熔成八大锭银子永不动用的，在我枕边，见将绒线做对儿结着。今将拣个好日子分与尔等，每人一对，做个镇家之宝。"四子喜谢，尽欢而散。

是夜金老带些酒意，点灯上床，醉眼模糊，望去八个大锭，白晃晃排在枕边。摸了几摸，哈哈地笑了一声，睡下去了。睡未安稳，只听得床前有人行走脚步响，心疑有贼；又细听着，恰像欲前不前，相让一般。床前灯火微明，揭帐一看，只见八个大汉身穿白衣，腰系红带，曲躬而前，曰："某等兄弟，天数派定，宜在君家听令。今蒙我翁过爱，抬举成人，不烦役使，珍重多年，冥数将满，待翁归天后，再觅去向。今闻我翁目下将以我等分役诸郎君，我等与诸郎君辈原无前缘，故此前来告别，往某县某村王姓某者投托。后缘未尽，还可一面。"语毕，回身便走。金老不知何事，吃了一惊，翻身下床，不及穿鞋，赤脚赶去。远远见八人出了房门。金老赶得性急，绊了房槛，扑的跌倒。飒然惊醒，乃是南柯一梦。急起挑灯明亮，点照枕边，已不见了八个大锭。细思梦中所言，句句是实，叹了一口气，哽咽了一会道："不信我苦积一世，却没分与儿子每受用，倒是别人家的？明明说有地方姓名，且慢慢跟寻下落则个。"一夜不睡。

次早起来，与儿子每说知。儿子中也有惊骇的，也有疑惑的。惊骇的道："不该是我们手里东西，眼见得作怪。"疑惑的道："老人家欢喜中说话，先许了我们；回想转来，一时间就不割舍得分散了，造此鬼话，也不见得。"金老见儿子们疑信不等，急急要验个实话。遂访至某县某村，果有王姓某者。叩门进去，只见堂前灯烛荧煌，三牲福物，正在那里献神。金老便开口问道："宅上有何事如此？"家人报知，请主人出来。主人王老见金老，揖坐了，问其来因。金老道："老汉有一疑事，特造上宅来问消息。今见上宅正在此献神，必有所谓，敢乞明示。"王老道："老拙偶因寒荆小恙买卜，先生道移床即好。昨寒荆病中，恍惚见八个白衣大汉腰系红束，对寒荆道：‘我等本在金家，今在彼缘尽，来投身宅上。’言毕，俱钻入床下。寒荆惊出了一身冷汗，身体爽快了。及至移床，灰尘中得银八大锭，多用红绒系腰，不知是那里来的。此皆神天福佑，故此买福物酬谢。今我丈来问，莫非晓得些来历么？”金老跌跌脚道：“此老汉一生所积，因前日也做了一梦，就不见了。梦中也道出老丈姓名居址的确，故得访寻到此。可见天数已定，老汉也无怨处。但只求取出一看，也完了老汉心事。”王老道：“容易。”笑嘻嘻走进去，叫安童四人，托出四个盘来。每盘两锭，多是红绒系束，正是金家之物。金老看了，眼睁睁无计所奈，不觉扑簌簌吊下泪来。抚摩一番道：“老汉直如此命薄，消受不得！”王老虽然叫安童仍旧拿了进去，心里见金老如此，老大不忍，另取三两零银封了，送与金老作别。金老道：“自家的东西尚无福，何须尊惠！”再三谦让，必不肯受。王老强纳在金老袖中。金老欲待摸出还了，一时摸个不着，面儿通红，又被王老央不过，只得作揖别了。直至家中，对儿子们一一把前事说了，大家叹息了一回。因言王老好处，临行送银三两，满袖摸遍，并不见有，只说路中掉了。却元来金老推逊时，王老往袖里乱塞，落在着外面一层袖中，袖有断线处，在王老家摸时，已自在脱线处落出在门槛边了，客去扫门，仍旧是王老拾得。可见一饮一啄，莫非前定。不该是他的东西，不要说八百两，就是三两也得不去；该是他的东西，不要说八百两，就是三两也推不出。原有的倒无了，原无的倒有了，并不由人计较。

而今说一个人在实地上行，步步不着，极贫极苦的，却在渺渺茫茫做梦不到的去处，得了一主没头没脑钱财，变成巨富。从来稀有，亘古新闻。有诗为证，诗曰：

分内功名匣里财，不关聪慧不关呆。
果然命是财官格，海外犹能送宝来。

话说国朝成化年间，苏州府长洲县阊门外有一人，姓文名实，字若虚。生来心思慧巧，做着便能，学着便会。琴棋书画，吹弹歌舞，件件粗通。幼年间，曾有人相他有巨万之富；他亦自恃才能，不十分去营求生产。坐吃山空，将祖上遗下千金家事，看看消下来。以后晓得家业有限，看见别人经商图利的，时常获利几倍，便也思量做些生意，却又百做百不着。

一日，见人说北京扇子好卖，他便合了一个伙计，置办扇子起来。上等金面精巧的，先将礼物求了名人诗画，免不得是沈石田、文衡山、祝枝山拓了几笔，便值上两数银子；中等的，自有一样乔人，一只手学写了这几家字画，也就哄得人过，将假当真的买了，他自家也兀自做得来的；下等的无金无字画，将就卖几十钱，也有对合利钱是看得见的。拣个日子装了箱儿，到了北京。岂知北京那年，自交夏来，日日淋雨不晴，并无一毫暑气，发市甚迟。交秋早凉，虽不见及时，幸喜天色却晴，有妆晃子弟要买把苏做的扇子，袖中笼着摇摆。来买时，开箱一看，只叫得苦。元来北京历沴却在七八月，更加日前雨湿之气，斗着扇上胶墨之性，弄做了个“合而言之”，揭不开了；用力揭开，东粘一层，西缺一片，但是有字有画值价钱者，一毫无用。止剩下等没字白扇，是不坏的，能值几何？将就卖了做盘费回家，本钱一空。频年做事，大概如此。不但自己折本，但是搭他作伴，连伙计也弄坏了。故此人起他一个混名，叫做“倒运汉”。不数年，把个家事干圆洁净了，连妻子也不曾娶得。终日间靠着些东涂西沫，东挨西撞，也济不得甚事。但只是嘴头子谄得来，会说会笑，朋友家喜欢他有趣，游耍去处少他不得，也只好趁口，不是做家的。况且他是大模大样过来的，帮闲行里，又不十分入得队。有怜他的，要荐他坐馆教学，又有诚实人家嫌他是个杂板令。高不凑，低不就。打从帮闲的、处馆的两项人见了他，也就做鬼脸，把“倒运”两字笑他，不在话下。

一日，有几个走海泛货的邻近，做头的无非是张大、李二、赵甲、钱乙一班人，共四十余人，合了伙将行。他晓得了，自家思忖道：“一身落魄，生计皆无。便附了他们航海，看看海外风光，也不枉人生一世。况且他们定是不却我的，省得在家忧柴忧米，也是快活。”正计较间，恰好张大踱将来。元来这个张大名唤张乘运，专一做海外生意，眼里认得奇珍异宝，又且秉性爽慨，肯扶持好人，所以乡里起他一个混，名叫“张识货”。文若虚见了，便把此意一一与他说了。张大道：“好，好。我们在海船里头不耐烦寂寞，若得兄去，在船中说说笑笑，有甚难过的日子？我们众兄弟料想多是喜欢的。只是一件，我们多有货物将去，兄并无所有，觉得空了一番往返，也可惜了。待我们大家计较，多少凑些出来助你，将就置些东西去也好。”文若虚便道：“多谢厚情，只怕没人如兄肯周全小弟。”张大道：“且说说看。”一竟自去了。

恰遇一个瞽目先生敲着“报君知”走将来，文若虚伸手顺袋里摸了一个钱，扯他一卦问问财气看。先生道：“此卦非凡，有百十分财气，不是小可。”文若虚自想道：“我只要搭去海外耍耍混过日子罢了，那里是我做得着的生意？要甚么赍助？就赍助得来，能有多少？便直恁地财爻动？这先生也是混帐。”只见张大气忿忿走来，说道：“说着钱，便无缘。这些人好笑，说道你去，无不喜欢；说到助银，没一个则声。今我同两个好的弟兄，拼凑得一两银子在此，也办不成甚货，凭你买些果子，船里吃罢。口食之类，是在我们身上。”若虚称谢不尽，接了银子。张大先行，道：“快些收拾，就要开船了。”若虚道：“我没甚收拾，随后就来。”手中拿了银子，看了又笑，笑了又看，道：“置得甚货么？”信步走去，只见满街上筐篮内盛着卖的：

红如喷火，巨若悬星。皮未皲，尚有余酸；霜未降，不可多得。元殊苏井诸家树，亦非李氏千头奴。较广似曰难兄，比福亦云具体。

乃是太湖中有一洞庭山，地暖土肥，与闽广无异，所以广橘福橘，播名天下。洞庭有一样橘树绝与他相似，颜色正同，香气亦同，止是初出时，味略少酸，后来熟了，却也甜美，比福橘之价，十分之一，名曰“洞庭红”。若虚看见了，便思想道：“我一两银子买得百斤有余，在船可以解渴，又可分送一二，答众人助我之意。”买成，装上竹篓，雇一闲的，并行李挑了下船。众人都拍手笑道：“文先生宝货来也！”文若虚羞惭无地，只得吞声上船，再也不敢提起买橘的事。

开得船来，渐渐出了海口，只见：银涛卷雪，雪浪翻银。湍转则日月似惊，浪动则星河如覆。三五日间，随风漂去，也不觉过了多少路程。忽至一个地方，舟中望去，人烟凑聚，城郭巍峨，晓得是到了甚么国都了。舟人把船撑入藏风避浪的小港内，钉了桩橛，下了铁锚，缆好了。船中人多上岸，打一看，原来是来过的所在，名曰吉零国。原来这边中国货物拿到那边，一倍就有三倍价；换了那边货物，带到中国也是如此。一往一回，却不便有八九倍利息，所以人都拚死走这条路。众人多是做过交易的，各有熟识经纪、歇家、通事人等，各自上岸找寻发货去了，只留文若虚在船中看船，路径不熟，也无走处。

正闷坐间，猛可想起道：“我那一篓红橘，自从至船中，不曾开看，莫不人气蒸烂了？趁着众人不在，看看则个。”叫那水手在舱板底下翻将起来，打开篓看时，面上多是好好的。放心不下，索性搬将出来，都摆在艎板上面。也是合该发迹，时来福凑，摆得满船红焰焰的，远远望来，就是万点火光，一天星斗。岸上走的人，都拢将来问道："是甚么好东西呀？"文若虚只不答应。看见中间有个把一点头的，拣了出来，掐破就吃。岸上看的一发多了，惊笑道："元来是吃得的！"就中有个好事的，便来问价："多少一个？"文若虚不省得他们说话，船上人却晓得，就扯个谎哄他，竖起一个指头，说："要一钱一颗。"那问的人揭开长衣，露出那兜罗锦红裹肚来，一手摸出银钱一个来，道："买一个尝尝。"文若虚接了银钱，手中等等看，约有两把重。心下想道："不知这些银子，要买多少，也不见秤秤，且先把一个与他看样。"拣个大些的，红得可爱的，递一个上去。只见那个人接上手，撅了一撅道："好东西呀！"扑地就劈开来，香气扑鼻，连旁边闻着的许多人，大家喝一声采。那买的不知好歹，看见船上吃法，也学他去了皮，却不分囊，一块塞在口里，甘水满咽喉，连核都不吐，吞下去了。哈哈大笑道："妙哉！妙哉！"又伸手到裹肚里，摸出十个银钱来，说："我要买十个进奉去。"文若虚喜出望外，拣十个与他去了。那看的人见那人如此买去了，也有买一个的，也有买两个、三个的，都是一般银钱。买了的，都千欢万喜去了。

元来彼国以银为钱，上有文采。有等龙凤文的，最贵重，其次人物，又次禽兽，又次树木，最下通用的，是水草。却都是银铸的，分两不异。适才买橘的，都是一样水草纹的，他道是把下等钱买了好东西去了，所以欢喜，也只是要小便宜心肠，与中国人一样。须臾之间，三停里卖了二停。有的不带钱在身边的，老大懊悔，急忙取了钱转来。文若虚已此剩不多了，拿一个班道："而今要留着自家用，不卖了。"其人情愿再增一个钱，四个钱买了二颗，口中哓哓说："悔气！来得迟了。"旁边人见他增了价，就埋怨道："我每还要买个，如何把价钱增长了他的？"买的人道："你不听得他方才说，兀自不卖了？"正在议论间，只见首先买十个的那一个人，骑了一匹青骢马，飞也似奔到船边，下了马，分开人丛，对船上大喝道："不要零卖！不要零卖！是有的俺多要买，俺家头目要买去进克汗哩。"看的人听见这话，便远远走开，站住了看。文若虚是个伶俐的人，看见来势，已此瞧科在眼里，晓得是个好主顾了。连忙把篓里尽数倾出来，止剩五十余颗。数了一数，又拿起班来说道："适间讲过要留着自用，不得卖了。今肯加些价钱，再让几颗去罢。适间已卖出两个钱一颗了。"其人在马背上拖下一大囊，摸出钱来，另是一样树木纹的，说道："如此钱一个罢了。"文若虚道："不情愿，只照前样罢了。"那人笑了一笑，又把手去摸出一个龙凤纹的来道："这样的一个如何？"文若虚又道："不情愿，只要前样的。"那人又笑道："此钱一个抵百个，料也没得与你，只是与你耍。你不要俺这一个，却要那等的，是个傻子！你那东西，肯都与俺了，俺再加你一个那等的，也不打紧。"文若虚数了一数，有五十二颗，准准的要了他一百五十六个水草银钱。那人连竹篓都要了，又丢了一个钱，把篓拴在马上，笑吟吟地一鞭去了。看的人见没得卖了，一哄而散。

文若虚见人散了，到舱里把一个钱秤一秤，有八钱七分多重；秤过数个都是一般。总数一数，共有一千个差不多。把两个赏了船家，其余收拾在包里了，笑一声道："那盲子好灵卦也！"欢喜不尽，只等同船人来对他说笑则个。

说话的，你说错了。那国里银子这样不值钱，如此做买卖？那久惯漂洋的带去多是绫罗缎匹，何不多卖了些银钱回来，一发百倍了？看官有所不知：那国里见了绫罗等物，都是以货交兑。我这里人也只是要他货物，才有利钱，若是卖他银钱时，他都把龙凤、人物的来交易，作了好价钱，分两也只得如此，反不便宜。如今是买吃口东西，他只认做把低钱交易，我却只管分两，所以得利了。说话的，你又说错了。依你说来，那航海的，何不只买吃口东西，只换他低钱，岂不有利？反着重本钱，置他货物怎地？看官，又不是这话。也是此人偶然有些横财，带去着了手；若是有心第二遭再带去，三五日不遇巧，等得希烂。那文若虚运未通时卖扇子就是榜样。扇子还是放得起的，尚且如此，何况果品？是这样执一论不得的。

闲话休题。且说众人领了经纪主人到船发货，文若虚把上头事说了一遍。众人都惊喜道："造化！造化！我们同来，到是你没本钱的先得了手也！"张大便拍手道："人都道他倒运，而今想是运转了！"便对文若虚道："你这些银钱此间置货，作价不多，除是转发在伙伴中，回他几百两中国货物，上去打换些土产珍奇，带转去有大利钱，也强如虚藏此银钱在身边，无个用处。"文若虚道："我是倒运的，将本求财，从无一遭不连本送的。今承诸公挈带，做此无本生意，偶然侥幸一番，真是天大造化了，如何还要生利钱，妄想甚么？万一如前再做折了，难道再有洞庭红这样好卖不成。"众人多道："我们用得着的是银子，有的是货物，彼此通融，大家有利，有何不可？"文若虚道："一年吃蛇咬，三年怕草索。说到货物，我就没胆气了。只是守了这些银钱回去罢。”众人齐拍手道：“放着几倍利钱不取，可惜！可惜！”随同众人一齐上去，到了店家交货明白，彼此兑换。约有半月光景，文若虚眼中看过了若干好东好西，他已自志得意满，不放在心上。

众人事体完了，一齐上船，烧了神福，吃了酒，开洋。行了数日，忽然间天变起来，但见：

乌云蔽日，黑浪掀天。蛇龙戏舞起长空，鱼鳖惊惶潜水底。艨艟泛泛，只如栖不定的数点寒鸦；岛屿浮浮，便似没不煞的几双水鹈。舟中是方扬的米簸，舷外是正熟的饭锅。总因风伯太无情，以致篙师多失色。

那船上人见风起了，扯起半帆，不问东西南北，随风势漂去。隐隐望见一岛，便带住篷脚，只看着岛边使来。看看渐近，恰是一个无人的空岛。但见：

树木参天，草莱遍地。荒凉径界，无非些兔迹狐踪；坦迤土壤，料不是龙潭虎窟。混茫内，未识应归何国辖；开辟来，不知曾否有人登。

船上人把船后抛了铁锚，将桩橛泥犁上岸去钉停当了，对舱里道：“且安心坐一坐，候风势则个。”

那文若虚身边有了银子，恨不得插翅飞到家里，巴不得行路，却如此守风呆坐，心里焦燥，对众人道：“我且上岸去岛上望望则个。”众人道：“一个荒岛，有何好看？”文若虚道：“总是闲着，何碍？”众人都被风颠得头晕，个个是呵欠连天，不肯同去。文若虚便自一个抖擞精神，跳上岸来。只因此一去，有分交：千年败壳精灵显，一介穷神富贵来，若是说话的同年生并时长，有个未卜先知的法儿，便双脚走不动，也拄个拐儿随他同去一番，也不枉的。

却说文若虚见众人不去，偏要发个狠，扳藤附葛，直走到岛上绝顶。那岛也苦不甚高，不费甚大力，只是荒草蔓延，无好路径。到得上边打一看时，四望漫漫，身如一叶，不觉凄然吊下泪来。心里道："想我如此聪明，一生命蹇，家业消亡，剩得只身，直到海外。虽然侥幸有得千来个银钱在囊内，知他命里是我的不是我的？今在绝岛中间，未到实地，性命也还是与海龙王合着的哩！"正在感怆，只见望去远远草丛中一物突高。移步往前一看，却是床大一个败龟壳。大惊道："不信天下有如此大龟！世上人那里曾看见？说也不信的。我自到海外一番，不曾置得一件海外物事，今我带了此物去，也是一件希罕的东西，与人看看，省得空口说着，道是苏州人会调谎。又且一件，锯将开来，一盖一板，各置四足，便是两张床，却不奇怪！"遂脱下两只裹脚接了，穿在龟壳中间，打个扣儿，拖了便走。

走至船边，船上人见他这等模样，都笑道："文先生那里又跎了纤来？"文若虚道："好教列位得知，这就是我海外的货了。"众人抬头一看，却便似一张无柱有底的硬脚床，吃惊道："好大龟壳！你拖来何干？"文若虚道："也是罕见的，带了他去。"众人笑道："好货不置一件，要此何用？"有的道："也有用处，有甚么天大的疑心事，灼他一卦，只没有这样大龟药。"又有的道："医家要煎龟膏，拿去打碎了煎起来，也当得几百个小龟壳。"文若虚道："不要管有用没用，只是希罕，又不费本钱，便带了回去。"当时叫个船上水手，一抬抬下舱来。初时山下空阔，还只如此；舱中看来，一发大了。若不是海船，也着不得这样狼犺东西。众人大家笑了一回，说道："到家时有人问，只说文先生做了偌大的乌龟买卖来了。"文若虚道："不要笑我，好歹有一个用处，决不是弃物。"随他众人取笑，文若虚只是得意。取些水来内外洗一洗净，抹干了，却把自己钱包行李都塞在龟壳里面，两头把绳一绊，却当了一个大皮箱子。自笑道："兀的不眼前就有用起了？"众人都笑将起来，道："好算计！好算计！文先生到底是个聪明人。"

当夜无词。次日风息了，开船一走，不数日，又到了一个去处，却是福建地方了。才住定了船，就有一伙惯伺候接海客的小经纪牙人，攒将拢来，你说张家好，我说李家好，拉的拉，扯的扯，嚷个不住。船上众人拣一个一向熟识的跟了去，其余的也就住了。

众人到了一个波斯胡人店中坐定。里面主人见说海客到了，连忙先发银子，唤厨户包办酒席几十桌，分付停当，然后踱将出来。这主人是个波斯国里人，姓个古怪姓，是玛瑙的玛字，叫名玛宝哈，专一与海客兑换珍宝货物，不知有多少万数本钱。众人走海过的，都是熟主熟客，只是文若虚不曾认得。抬眼看时，元来波斯胡住得在中华久了，衣服言动都与中华不大分别，只是剃眉剪须，深眼高鼻，有些古怪。出来见了众人，行宾主礼，坐定了。两杯茶罢，站起身来，请到一个大厅上。只见酒筵多完备了，且是摆得济楚。元来旧规，海船一到，主人家先折过这一番款待，然后发货讲价的。主人家手执着一付法浪菊花盘盏，拱一拱手道："请列位货单一看，好定坐席。"

看官，你道这是何意？元来波斯胡以利为重，只看货单上有奇珍异宝值得上万者，就送在先席；余者看货轻重，挨次坐去，不论年纪，不论尊卑，一向做下的规矩。船上众人，货物是贵的贱的，多的少的，你知我知，各自心照，差不多领了酒杯，各自坐了。单单剩得文若虚一个，呆呆站在那里。主人道："这位老客长不曾会面，想是新出海外的，置货不多了。"众人大家说道："这是我们好朋友，到海外耍去的。身边有银子，却不曾肯置货。今日没奈何，只得屈他在末席坐了。"文若虚满面羞惭，坐了末位。主人坐在横头。饮酒中间，这一个说道我有猫儿眼多少，那一个说我有祖母绿多少，你夸我逞。文若虚一发嘿嘿无言，自心里也微微有些懊悔道："我前日该听他们劝，置些货物来的是。今枉有几百银子在囊中，说不得一句说话。"又自叹了口气道："我原是一些本钱没有的，今已大幸，不可不知足。"自思自忖，无心发兴吃酒。众人猜拳行令，吃得狼藉。主人是个积年，看出文若虚不快活的意思，不好说破，虚劝了他几杯酒。众人都起身道："酒勾了，天晚了，趁早上船去，明日发货罢。"别了主人去了。

主人撤了酒席，收拾睡了。明日起个清早，先走到海岸船边来拜这伙客人。主人登舟，一眼瞅去，那舱里狼狼犺犺这件东西，早先看见了，吃了一惊道："这是那一位客人的宝货？昨日席上并不曾见说起，莫不是不要卖的？"众人都笑指道："此敝友文兄的宝货。"中有一人衬道："又是滞货。"主人看了文若虚一看，满面挣得通红，带了怒色，埋怨众人道："我与诸公相处多年，如何恁地作弄我？教我得罪于新客，把一个末座屈了他，是何道理！"一把扯住文若虚，对众客道："且慢发货，容我上岸谢过罪着。”众人不知其故。有几个与文若虚相知些的，又有几个喜事的，觉得有些古怪，共十余人，赶了上来，重到店中，看是如何。只见主人拉了文若虚，把交椅整一整，不管众人好歹，纳他头一位坐下了，道：“适间得罪得罪，且请坐一坐。”文若虚也心中镬铎，忖道：“不信此物是宝贝，这等造化不成？”

主人走了进去，须臾出来，又拱众人到先前吃酒去处，又早摆下几桌酒，为首一桌，比先更齐整。把盏向文若虚一揖，就对众人道：“此公正该坐头一席。你每枉自一船的货，也还赶他不来。先前失敬失敬。”众人看见，又好笑，又好怪，半信不信的一带儿坐了。酒过三杯，主人就开口道：“敢问客长，适间此宝可肯卖否？”文若虚是个乖人，趁口答应道：“只要有好价钱，为甚不卖？”那主人听得肯卖，不觉喜从天降，笑逐颜开，起身道：“果然肯卖，但凭分付价钱，不敢吝惜。”文若虚其实不知值多少，讨少了，怕不在行；讨多了，怕吃笑。忖了一忖，面红耳热，颠倒讨不出价钱来。张大便与文若虚丢个眼色，将手放在椅子背上，竖着三个指头，再把第二个指空中一撇，道：“索性讨他这些。”文若虚摇头，竖一指道：“这些我还讨不出口在这里。”却被主人看见道：“果是多少价钱！”张大捣一个鬼道：“依文先生手势，敢像要一万哩！”主人呵呵大笑道：“这是不要卖，哄我而已。此等宝物，岂止此价钱！”众人见说，大家目睁口呆，都立起了身来，扯文若虚去商议道：“造化！造化！想是值得多哩。我们实实不知如何定价，文先生不如开个大口，凭他还罢。”文若虚终是碍口识羞，待说又止。众人道：“不要不老气！”主人又催道：“实说说何妨？”文若虚只得讨了五万两。主人还摇头道：“罪过，罪过。没有此话。”扯着张大私问他道：“老客长们海外往来，不是一番了。人都叫你张识货，岂有不知此物就里的？必是无心卖他，奚落小肆罢了。”张大道：“实不瞒你说，这个是我的好朋友，同了海外玩耍的，故此不曾置货。适间此物，乃是避风海岛，偶然得来，不是出价置办的，故此不识得价钱。若果有这五万与他，勾他富贵一生，他也心满意足了。”主人道：“如此说，要你做个大大保人，当有重谢，万万不可翻悔！”遂叫店小二拿出文房四宝来，主人家将一张供单绵料纸折了一折，拿笔递与张大道：“有烦老客长做主，写个合同文书，好成交易。”张大指着同来一人道：“此位客人褚中颖，写得好。”把纸笔让与他。褚客磨得墨浓，展好纸，提起笔来写道：“立合同议单张乘运等。今有苏州客人文实，海外带来大龟壳一个，投至波斯玛宝哈店，愿出银五万两买成。议定立契之后，一家交货，一家交银，各无翻悔。有翻悔者，罚契上加一。合同为照。”一样两纸，后边写了年月日，下写张乘运为头，一连把在坐客人十来个写去，褚中颖因自己执笔，写了落末。年月前边，空行中间，将两纸凑着，写了骑缝一行，两边各半，乃是“合同议约”四字，下写“客人文实，主人玛宝哈”，各押了花押。单上有名的，从后头写起，写到张乘运，道：“我们押字钱重些，这买卖才弄得成。”主人笑道：“不敢轻。不敢轻。”

写毕，主人进内，先将银一箱抬出来，道：“我先交明白了用钱，还有说话。”众人攒将拢来。主人开箱，却是五十两一包，共总二十包，整整一千两，双手交与张乘运道：“凭老客长收明，分与众客罢。”众人初然吃酒、写合同，大家撺哄鸟乱，心下还有些不信的意思；如今见他拿出精晃晃白银来做用钱，方知是实。文若虚恰像梦里醉里，话都说不出来，呆呆地看。张大扯他一把道：“这用钱如何分散，也要文兄主张。”文若虚方说一句道：“且完了正事慢处。”只见主人笑嘻嘻的对文若虚说道：“有一事要与客长商议。价银现在里面阁儿上，都是向来兑过的，一毫不少，只消请客长一两位进去，将一包过一过目，兑一兑为准，其余多不消兑得。却又一说，此银数不少，搬动也不是一时功夫；况且文客官是个单身，如何好将下船去，又要泛海回还，有许多不便处。”文若虚想了一想道：“见教得极是。而今却待怎样？”主人道：“依着愚见，文客官目下回去未得。小弟此间有一个缎匹铺，有本三千两在内。其前后大小厅屋楼房，共百余间，也是个大所在，价值二千两，离此半里之地。愚见就把本店货物及房屋文契，作了五千两，尽行交与文客官，就留文客官在此住下了，做此生意。其银也做几遭搬了过去，不知不觉。日后文客官要回去，这里可以托心腹伙计看守，便可轻身往来。不然小店交出不难，文客官收贮却难也。愚意如此。”说了一遍，说得文若虚与张大跌足道：“果然是客纲客纪，句句有理。”文若虚道：“我家里原无家小，况且家业已尽了，就带了许多银子回去，没处安顿。依了此说，我就在这里，立起个家缘来，有何不可？此番造化，一缘一会，都是上天作成的，只索随缘做去。便是货物房产价钱，未必有五千，总是落得的。”便对主人说：“适间所言，诚是万全之算，小弟无不从命。”

主人便领文若虚进去阁上看，又叫张、褚二人：“一同来看看。其余列位不必了，请略坐一坐。”他四人进去。众人不进去的，个个伸头缩颈，你三我四说道：“有此异事！有此造化！早知这样，懊悔岛边泊船时节也不去走走，或者还有宝贝，也不见得。”有的道：“这是天大的福气，撞将来的，如何强得？”

正欣羡间，文若虚已同张、褚二客出来了。众人都问：“进去如何了？”张大道：“里边高阁，是个土库，放银两的所在，都是桶子存着。适间进去看了，十个大桶，每桶四千；又五个小匣，每个一千，共是四万五千。已将文兄的封皮记号封好了，只等交了货，就是文兄的了。”主人出来道：“房屋文书、缎匹帐目，俱已在此，凑足五万之数了。且到船上取货去。”一拥都到海船来。

文若虚于路对众人说：“船上人多，切勿明言！小弟自有厚报。”众人也只怕船上人知道，要分了用钱去，各各心照。文若虚到了船上，先向龟壳中把自己包裹被囊取出了，手摸一摸壳，口里暗道：“侥幸！侥幸！”主人便叫店内后生二人来抬此壳，分付道：“好生抬进去，不要放在外边。”船上人见抬了此壳去，便道：“这个滞货也脱手了，不知卖多少？”文若虚只不做声，一手提了包裹，往岸上就走。这起初同上来的几个，又赶到岸上，将龟壳从头至尾细细看了一遍，又向壳内张了一张，捽了一捽，面面相觑道：“好处在那里？”

主人仍拉了这十来个一同上去。到店里，说道：“而今且同文客官看了房屋铺面来。”众人与主人一同走到一处，正是闹市中间，一所好大房子。门前正中是个铺子，旁有一弄，走进转个湾，是两扇大石板门，门内大天井，上面一所大厅，厅上有一匾，题曰“来琛堂”。堂旁有两楹侧屋，屋内三面有橱，橱内都是绫罗各色缎匹。以后内房、楼房甚多。文若虚暗道：“得此为住居，王侯之家不过如此矣。况又有缎铺营生，利息无尽，便做了这里客人罢了，还思想家里做甚？”就对主人道：“好却好，只是小弟是个孤身，毕竟还要寻几房使唤的人才住得。”主人道：“这个不难，都在小店身上。”

文若虚满心欢喜，同众人走归本店来。主人讨茶来吃了，说道：“文客官今晚不消船里去，就在铺中住下了。使唤的人铺中现有，逐渐再讨便是。”众客人多道：“交易事已成，不必说了。只是我们毕竟有些疑心，此壳有何好处，值价如此？还要主人见教一个明白。”文若虚道：“正是，正是。”

主人笑道："诸公枉了海上走了多遭，这些也不识得！列位岂不闻说龙有九子乎？内有一种是鼍龙，其皮可以幔鼓，声闻百里，所以谓之鼍鼓。鼍龙万岁，到底蜕下此壳成龙。此壳有二十四肋，按天上二十四气；每肋中间节内有大珠一颗。若是肋未完全时节，成不得龙，蜕不得壳。也有生捉得他来，只好将皮幔鼓，其肋中也未有东西。直待二十四肋，肋肋完全，节节珠满，然后蜕了此壳变龙而去。故此是天然蜕下，气候俱到，肋节俱完的，与生擒活捉、寿数未满的不同，所以有如此之大。这个东西，我们肚中虽晓得，知他几时蜕下？又在何处地方守得他着？壳不值钱，其珠皆有夜光，乃无价之宝也！今天幸遇巧，得之无心耳。"众人听罢，似信不信。只见主人走将进去了一会，笑嘻嘻的走出来，袖中取出一西洋布的包来，说道："请诸公看看。"解开来，只见一团绵裹着寸许大一颗夜明珠，光彩夺目，讨个黑漆的盘，放在暗处，其珠滚一个不定，闪闪烁烁，约有尺余亮处。众人看了，惊得目睁口呆，伸了舌头收不进来。主人回身转来，对众客逐个致谢道："多蒙列位作成了。只这一颗，拿到咱国中，就值方才的价钱了；其余多是尊惠。"众人个个心惊，却是说过的话又不好翻悔得。主人见众人有些变色，取了珠子，急急走到里边。又叫抬出一个缎箱来，除了文若虚，每人送与缎子二端，说道："烦劳了列位，做两件道袍穿，也见小肆中薄意。"袖中又摸出细珠十数串，每送一串道："轻鲜，轻鲜，备归途一茶罢了。"文若虚处另是粗些的珠子四串，缎子八匹，道是："权且做几件衣服。"文若虚同众人欢喜作谢了。

主人就同众人送了文若虚到缎铺中，叫铺里伙计后生们都来相见，说道："今番是此位主人了。"主人自别了去，道："再到小店中去去来。"只见须臾间数十个脚夫扛了好些扛来，把先前文若虚封记的十桶五匣都发来了。文若虚搬在一个深密谨慎的卧房里头去处，出来对众人道："多承列位挈带，有此一套意外富贵，感谢不尽。"走进去把自家包裹内所卖洞庭红的银钱倒将出来，每人送他十个，止有张大与先前出银助他的两三个，分外又是十个，道："聊表谢意。"

此时文若虚把这些银钱看得不在眼里了。众人却是快活，称谢不尽。文若虚又拿出几十个来，对张大说："有烦老兄将此分与船上同行的人，每位一个，聊当一茶。小弟住在此间，有了头绪，慢慢到本乡来。此时不得同行，就此为别了。"张大道："还有一千两用钱，未曾分得，却是如何？须得文兄分开，方没得说。”文若虚道：“这倒忘了。”就与众人商议，将一百两散与船上众人，余九百两照现在人数，另外添出两股，派了股数，各得一股；张大为头的，褚中颖执笔的，多分一股。众人千欢万喜，没有说话。内中一人道：“只是便宜了这回回，文先生还该起个风，要他些不敷才是。”文若虚道：“不要不知足，看我一个倒运汉，做着便折本的，造化到来，平空地有此一主财爻。可见人生分定，不必强求。我们若非这主人识货；也只当得废物罢了；还亏他指点晓得，如何还好昧心争论？”众人都道：“文先生说得是。存心忠厚，所以该有此富贵。”大家千恩万谢，各各赍了所得东西，自到船上发货。

从此，文若虚做了闽中一个富商，就在那里取了妻小，立起家业。数年之间，才到苏州走一遭，会会旧相识，依旧去了。至今子孙繁衍，家道殷富不绝。正是：

运退黄金失色，时来顽铁生辉。

莫与痴人说梦，思量海外寻龟。

第二卷 姚滴珠避羞惹羞 郑月娥将错就错

诗云：

自古人心不同，尽道有如其面。

假饶容貌无差，毕竟心肠难变。

话说人生只有面貌最是不同，盖因各父母所生，千支万派，那能勾一模一样的？就是同父合母的兄弟，同胞双生的儿子，道是相像得紧，毕竟仔细看来，自有些少不同去处。却又作怪，尽有途路各别、毫无干涉的人，蓦地有人生得一般无二、假充得真的。从来正书上面说，孔子貌似阳虎以致匡人之围，是恶人像了圣人；传奇上边说，周坚死替赵朔以解下宫之难，是贱人像了贵人：是个解不得的道理。

按《西湖志余》上面，宋时有一事，也为面貌相像，骗了一时富贵，享用十余年，后来事败了的。却是靖康年间，金人围困汴梁，徽、钦二帝蒙尘北狩，一时后妃公主被虏去的甚多。内中有一公主名曰柔福，乃是钦宗之女，当时也被掳去。后来高宗南渡称帝，改号建炎。四年，忽有一女子诣阙自陈，称是柔福公主，自虏中逃归，特来见驾。高宗心疑道："许多随驾去的臣宰尚不能逃，公主鞋弓袜小，如何脱离得归来？"颁诏令旧时宫人看验，个个说道："是真的，一些不差。"及问他宫中旧事，对答来皆合；几个旧时的人，他都叫得姓名出来。只是众人看见一双足，却大得不像样，都道："公主当时何等小足，今却这等，止有此不同处。"以此回复圣旨。高宗临轩亲认，却也认得，诘问他道："你为何恁般一双脚了？"女子听得，啼哭起来，道："这些臊羯奴聚逐便如牛马一般。今乘间脱逃，赤脚奔走，到此将有万里，岂能尚保得一双纤足如旧时模样耶？"高宗听得，甚是惨然。颁诏特加号福国长公主，下降高世綮，做了驸马都尉。其时汪龙溪草制，词曰：“彭城方急，鲁元尝困于面驰；江左既兴，益寿宜充于禁脔。”那鲁元是汉高帝的公主，在彭城失散，后来复还的。益寿是晋驸马谢混的小名，江左中兴，元帝公主下降的。故把来比他两人甚为切当。自后夫荣妻贵，恩赉无算。

其时高宗为母韦贤妃在虏中，年年费尽金珠求赎，遥尊为显仁太后。和议既成，直到绍兴十二年自虏中回銮，听见说道：“柔福公主进来相见。”太后大惊道：“那有此话？柔福在虏中受不得苦楚，死已多年，是我亲看见的。那得又有一个柔福？是何人假出来的？”发下旨意，着法司严刑究问。法司奉旨，提到人犯，用起刑来。那女子熬不得，只得将真情招出道：“小的每本是汴梁一个女巫。靖康之乱，有宫中女婢逃出民间，见了小的每误认做了柔福娘娘，口中厮唤。小的每惊问，他便说小的每实与娘娘面貌一般无二。因此小的每有了心，日逐将宫中旧事问他，他日日衍说得心下习熟了，故大胆冒名自陈，贪享这几时富贵，道是永无对证的了。谁知太后回銮，也是小的每福尽灾生，一死也不枉了。”问成罪名。高宗见了招伏，大骂：“欺君贼婢！”立时押付市曹处决，抄没家私入官。总计前后锡赉之数，也有四十七万缗钱。虽然没结果，却是十余年间，也受用得勾了。只为一个容颜厮像，一时骨肉旧人都认不出来，若非太后复还，到底被他瞒过，那个再有疑心的？就是死在太后未还之先，也是他便宜多了。天理不容，自然败露。

今日再说一个容貌厮像，弄出好些奸巧希奇的一场官司来。正是：

自古唯传伯仲偕，谁知异地巧安排。

试看一样滴珠面，惟有人心再不谐。

话说国朝万历年间，徽州府休宁县荪田乡姚氏有一女，名唤滴珠，年方十六，生得如花似玉，美冠一方。父母俱在，家道殷富，宝惜异常，娇养过度。凭媒说合，嫁与屯溪潘甲为妻。看来世间听不得的最是媒人的口。他要说了穷，石崇也无立锥之地；他要说了富，范丹也有万顷之财。正是：富贵随口定，美丑趁心生，再无一句实话的。那屯溪潘氏虽是个旧姓人家，却是个破落户，家道艰难，外靠男子出外营生，内要女人亲操井臼，吃不得闲饭过日的了。这个潘甲虽是人物也有几分像样，已自弃儒为商，况且公婆甚是狠戾，动不动出口骂詈，毫没些好歹。滴珠父母误听媒人之言，道他是好人家，把一块心头的肉嫁了过来。少年夫妻却也过的恩爱，只是看了许多光景，心下好生不然，如常偷掩泪眼。潘甲晓得意思，把些好话偎他过日子。

却早成亲两月，潘父就发作儿子道："如此你贪我爱，夫妻相对，白白过世不成？如何不想去做生意？"潘甲无奈，与妻滴珠说了，两人哭一个不住，说了一夜话。次日潘父就逼儿子出外去了。滴珠独自一个，越发凄惶，有情无绪。况且是个娇养的女儿，新来的媳妇，摸头路不着，没个是处，终日闷闷过了。潘父潘母看见媳妇这般模样，时常急聒，骂道："这婆娘想甚情人？害相思病了！"滴珠生来在父母身边如珠似玉，何曾听得这般声气？不敢回言，只得忍着气，背地哽哽咽咽，哭了一会罢了。

一日，因滴珠起得迟了些个，公婆朝饭要紧，猝地答应不迭。潘公开口骂道："这样好吃懒做的淫妇，睡到这等日高才起来！看这自由自在模样，除非去做娼妓，倚门卖俏，撺哄子弟，方得这样快活像意。若要做人家，是这等不得！"滴珠听了，便道："我是好人家儿女，便做道有些不是，直得如此作贱说我！"大哭一场，没分诉处。到得夜里睡不着，越思量越恼，着："老无知！这样说话，须是公道上去不得。我忍耐不过，且跑回家去告诉爹娘，明明与他执论，看这话是该说的不该说的！亦且借此为名，赖在家多住几时，也省了好些气恼。"算计定了，侵晨未及梳洗，将一个罗帕兜头扎了，一口气跑到渡口来。说话的若是同时生，并年长，晓得他这去不尴尬，拦腰抱住，搿胸扯回，也不见得后边若干事件来。只因此去，天气却早，虽是已有行动的了，人踪尚稀，渡口悄然。这地方有一个专一做不好事的光棍，名唤汪锡，绰号"雪里蛆，"是个冻饿不怕的意思。也是滴珠合当悔气，撞着他独自个溪中乘了竹筏来到渡口，望见了个花朵般后生妇人，独立岸边，又见头不梳裹，满面泪痕，晓得有些古怪，在筏上问道："娘子要渡溪么？"滴珠道："正要过去。"汪锡道："这等，上我筏来。"一口叫："放仔细些！"一手去接他下来。上得筏，一篙撑开，撑到一个僻静去处，问道："娘子，你是何等人家？独自一个要到那里去？"滴珠道："我自要到苏田娘家去。你只送我到溪口上岸，我自认得路，管我别事做甚？"汪锡道："我看娘子头不梳，面不洗，泪眼汪汪，独身自走，必有跷蹊作怪的事。说得明白，才好渡你。"滴珠在个水中央了，又且心里急要回去，只得把丈夫不在家了、如何受气的上项事，一头说，一头哭，告诉了一遍。汪锡听了，便心下一想，转身道："这等说，却渡你去不得。你起得没好意了，放你上岸，你或是逃去，或是寻死，或是被别人拐了去，后来查出是我渡你的，我却替你吃没头官司。"滴珠道："胡说！我自是娘家去，如何是逃去。若我寻死路，何不投水，却过了渡去自尽不成？我又认得娘家路，没得怕人拐我！"汪锡道："却是信你不过。既要娘家去，我舍下甚近，你且上去这家中坐了，等我走去对你家说了，叫人来接你去，却不两边放心得下？"滴珠道："如此也好。"正是女流之辈，无大见识，亦且一时无奈，拗他不过，还只道好心，随了他来。

上得岸时，转湾抹角，到了一个去处。引进几重门户，里头房室甚是幽静清雅。但见：

> 明窗静几，锦帐文茵。庭前有数种盆花，坐内有几张素椅。壁间纸画周之冕，桌上砂壶时大彬。窄小蜗居，虽非富贵王侯宅；清闲螺径，也异寻常百姓家。

原来这个所在是这汪锡一个囤子，专一设法良家妇女到此，认作亲戚，拐那一等浮浪子弟好扑花行径的，引他到此，勾搭上了，或是片时取乐，或是迷了的，便做个外宅居住，赚他银子无数。若是这妇女无根蒂的，他等有贩水客人到，肯出一主大钱，就卖了去为娼。已非一日。今见滴珠行径，就起了个不良之心，骗他到此。那滴珠是个好人家儿女，心里尽爱清闲，只因公婆凶悍，不要说日逐做烧火、煮饭、熬锅、打水的事，只是油盐酱醋，他也拌得头疼了，见了这个干净精致所在，不知一个好歹，心下到有几分喜欢。那汪锡见他无有慌意，反添喜状，偶觉动火，走到跟前，双膝跪下求欢。滴珠就变了脸起来："这如何使得？我是好人家儿女，你原说留我到此坐着，报我家中，青天白日，怎地拐人来家，要行局骗？若逼得我紧，我如今真要自尽了！"说罢，看见桌上有点灯铁签，捉起来望喉间就刺。汪锡慌了手脚，道："再从容说话，小人不敢了。"元来汪锡只是拐人骗财，利心为重，色上也不十分要紧，恐怕真个做出事来，没了一场好买卖。吃这一惊，把那一点勃勃的春兴，丢在爪哇国里去了。

他走到后头去好些时，叫出一个老婆子来，道："王嬷嬷，你陪这里娘子坐坐，我到他家去报一声就来。"滴珠叫他转来，说明白了地方及父母名姓，叮嘱道："千万早些叫他们来，我自有重谢。"汪锡去了。那老嬷嬷去掇盆脸水，拿些梳头家火出来，叫滴珠梳洗。立在旁边呆看，插口问道："娘子何家宅眷？因何到此？”滴珠把上项事，是长是短，说了一遍。那婆子就故意跌跌脚道：“这样老杀才不识人！有这样好标致娘子做了媳妇，折杀了你不羞，还舍得出毒口骂他，也是个没人气的！如何与他一日相处？”滴珠说着心事，眼中滴泪。婆子便问道：“今欲何往？”滴珠道：“今要到家里告诉爹娘一番，就在家里权避几时，待丈夫回家再处。”婆子就道：“官人几时回家？”滴珠又垂泪道：“做亲两月，就骂着逼出去了，知他几时回来？没个定期。”婆子道：“好没天理！花枝般一个娘子，叫他独守，又要骂他。娘子，你莫怪我说，你而今就回去得几时，少不得要到公婆家去的。你难道躲得在娘家一世不成？这腌臜烦恼是日长岁久的，如何是了？”滴珠道：“命该如此，也没奈何了。”婆子道：“依老身愚见，只教娘子快活享福，终身受用。”滴珠道：“有何高见？”婆子道：“老身往来的是富家大户公子王孙，有的是斯文俊俏少年子弟。娘子，你不消问得的，只是看得中意的，拣上一个，等我对他说成了，他把你像珍玉一般看待，十分爱惜，吃自在食，著自在衣，纤手不动，呼奴使婢，也不枉了这一个花枝模样，强如守空房、做粗作、淘闲气万万倍了。”那滴珠是受苦不过的人，况且小小年纪，妇人水性，又想了夫家许多不好处，听了这一片话，心里动了，便道：“使不得，有人知道了，怎好？”婆子道：“这个所在，外人不敢上门，神不知，鬼不觉，是个极密的所在。你住两日起来，天上也不要去了。”滴珠道：“适间已叫那撑筏的，报家里去了。”婆子道：“那是我的干儿，恁地不晓事，去报这个冷信？”正说之间，只见一个人在外走进来，一手揪住王婆道：“好！好！青天白日，要哄人养汉，我出首去。”滴珠吃了一惊，仔细看来，却就是撑筏的那一个汪锡。滴珠见了道：“曾到我家去报不曾？”汪锡道：“报你家的鸟！我听得多时了也。王嬷嬷的言语是娘子下半世的受用，万全之策，凭娘子斟酌。”滴珠叹口气道：“我落难之人，走入圈套，没奈何了。只不要误了我的事。”婆子道：“方才说过的，凭娘子自拣，两相情愿，如何误得你？”滴珠一时没主意，听了哄语，又且房室精致，床帐齐整，恰便似：因过竹院逢僧话，偷得浮生半日闲。放心的悄悄住下。那婆子与汪锡两个殷殷勤勤，代替伏侍，要茶就茶，要水就水，惟恐一些不到处。那滴珠一发喜欢忘怀了。

过得一日，汪锡走出去，撞见本县商山地方一个大财主，叫得吴大郎。那大郎有百万家私，极是个好风月的人。因为平日肯养闲汉，认得汪锡，便问道："这几时有甚好乐地么？"汪锡道："好教朝奉得知，我家有个表侄女新寡，且生得娇媚，尚未有个配头，这却是朝奉店里货，只是价钱重哩。"大郎道："可肯等我一看否？"汪锡道："不难，只是好人家害羞，待我先到家，与他堂中说话，你劈面撞进来，看个停当便是。"吴大郎会意了。

汪锡先回来，见滴珠坐在房中，默然呆想。汪锡便道："小娘子便到堂中走走，如何闷坐在房里？"王婆子在后面听得了，也走出来道："正是。娘子外头来坐。"滴珠依言，走在外边来，汪锡就把房门带上了。滴珠坐了，道："嬷嬷，还不如等我归去休。"嬷嬷道："娘子不要性急，我们只是爱惜娘子人材，不割舍得你吃苦，所以劝你。你再耐烦些，包你有好缘分到也。"正说之间，只见外面闯进一个人来。你道他怎生打扮？但见：

> 头带一顶前一片后一片的竹筒巾儿，旁缝一对左一块右一块的蜜蜡金儿，身上穿一件细领大袖青绒道袍儿，脚下着一双低跟浅面红绫僧鞋儿。若非宋玉墙边过，定是潘安车上来。

一直走进堂中道："小汪在家么？"滴珠慌了，急掣身走，已打了个照面，急奔房门边来，不想那门先前出来时已被汪锡暗拴了，急没躲处。那王婆笑道："是吴朝奉，便不先开个声！"对滴珠道："是我家老主顾，不妨。"又对吴大郎道："可相见这位娘子。"吴大郎深深唱个喏下去，滴珠只得回了礼。偷眼看时，恰是个俊俏可喜的少年郎君，心里早看上了几分了。吴大郎上下一看，只见不施脂粉，淡雅梳妆，自然内家气象，与那胭花队里的迥别。他是个在行的，知轻识重，如何不晓得？也自酥了半边，道："娘子请坐。"滴珠终久是好人家出来的，有些羞耻，只叫王嬷嬷道："我们进去则个。"嬷嬷道："慌做甚么？"就同滴珠一面进去了。

片刻，王婆出来对吴大郎道："朝奉看得中意否？"吴大郎道："嬷嬷作成作成，不敢有忘。"王婆道："朝奉有的是银子，兑出千把来，娶了回去就是。"大郎道："又不是行院人家，如何要得许多？"嬷嬷道："不多。你看了这个标致模样，今与你做个小娘子，难道消不得千金？"大郎道："果要千金，也不打紧。只是我大孺人狠，专会作贱人，我虽不怕他，怕难为这小娘子，有些不便，取回去不得。"婆子道："这个何难？另税一所房子住了，两头做大可不是好？前日江家有一所花园空着，要典与人，老身替你问问看，如何？"大郎道："好便好，只是另住了，要家人使唤，丫鬟伏侍，另起烟爨，这还小事；少不得瞒不过家里了，终日厮闹，赶来要同住，却了不得。"婆子道："老身更有个见识，朝奉拿出聘礼，娶下了，就在此间成了亲。每月出几两盘缠，替你养着，自有老身伏侍陪伴。朝奉在家，推个别事出外，时时到此来往，密不通风，有何不好？"大郎笑道："这个却妙，这个却妙。"议定了财礼银八百两，衣服首饰办了送来自不必说，也合着千金。每月盘缠连房钱银十两，逐月交付。大郎都应允，慌忙去拿银子了。

王婆转进房里来，对滴珠道："适才这个官人，生得如何？"原来滴珠先前虽然怕羞，走了进去，心中却还舍不得，躲在黑影里张来张去，看得分明。吴大郎与王婆一头说话，一眼觑着门里，有时露出半面，若非是有人在面前，又非是一面不曾识，两下里就做起光来了。滴珠见王婆问他，他就随口问道："这是那一家？"王婆道："是徽州府有名的商山吴家，他又是吴家第一个财主——'吴百万'吴大朝奉。他看见你，好不喜欢哩！他要娶你回去，有些不便处；他就要娶你在此间住下，你心下如何？"滴珠心里喜欢这个干净卧房，又看上了吴大郎人物，听见说就在此间住，就像是他家里一般的，心下到有十分中意了。道："既到这里，但凭妈妈，只要方便些，不露风声便好。"婆子道："如何得露风声？只是你久后相处，不要把真情与他说，看得低了。只认我表亲，暗地快活便了。"

只见吴大郎抬了一乘轿，随着两个俊俏小厮，捧了两个拜匣，竟到汪锡家来。把银子交付停当了，就问道："几日成亲？"婆子道："但凭朝奉尊便，或是拣个好日，或是不必拣日，就是今夜也好。"吴大郎道："今日我家里不曾做得工夫，不好造次住得。明日我推说到杭州进香取帐，过来住起罢了，拣甚么日子？”吴大郎只是色心为重，等不得拣日。若论婚姻大事，还该寻一个好日辰。今卤莽乱做，不知犯何凶煞，以致一两年内，就拆散了。这是后话。

却说吴大郎交付停当，自去了，只等明日快活。婆子又与汪锡计较定了，来对滴珠说：“恭喜娘子，你事已成了。”就拿了吴家银子四百两，笑嘻嘻的道：“银八百两，你取一半，我两人分一半做媒钱。”摆将出来，摆得桌上白晃晃的。滴珠可也喜欢。说话的，你说错了，这光棍牙婆见了银子，如苍蝇见血，怎还肯人心天理分这一半与他？看官，有个缘故。他一者要在滴珠面前夸耀富贵，买下他心；二者总是在他家里，东西不怕他走那里去了，少不得逐渐哄出来，仍旧元在。若不与滴珠此东西，后来吴大郎相处了，怕他说出真情，要倒他们的出来，反为不美。这正是老虔婆神机妙算。

吴大郎次日果然打扮得一发精致，来汪锡家成亲。他怕人知道，也不用傧相，也不动乐人，只托汪锡办下两桌酒，请滴珠出来同坐，吃了进房。滴珠起初害羞，不肯出来，后来被强不过，勉强略坐得一坐，推个事故进房去，扑地把灯吹息，先自睡了，却不关门。婆子道：“还是女儿家的心性，害羞，须是我们凑他趣则个。”移了灯，照吴大郎进房去，仍旧把房中灯点起了，自家走了出去，把门拽上。吴大郎是个精细的人，把门拴了，移灯到床边，揭帐一看，只见兜头睡着。不敢惊动他，轻轻的脱了衣服，吹息了灯，衬进被窝里来。滴珠叹了一口气，缩做一团，被吴大郎甜言媚语，轻轻款款，扳将过来，腾的跨上去，滴珠颤笃笃的承受了。高高下下，往往来来，弄得滴珠浑身快畅，遍体酥麻。元来滴珠虽然嫁了丈夫两月，那是不在行的新郎，不曾得知这样趣味。吴大郎风月场中招讨使，被窝里事多曾占过先头的，温柔软款，自不必说。滴珠只恨相见之晚。两个千恩万爱，过了一夜。明日起来，王婆、汪锡都来叫喜，吴大郎各各赏赐了他。自此与姚滴珠快乐，隔个把月才回家去走走，又来住宿不题。

说话的，难道潘家不见了媳妇就罢了，凭他自在那里快活不成？看官，话有两头，却难这边说一句，那边说一句。如今且听说那潘家。自从那日早起不见媳妇煮朝饭，潘婆只道又是晏起，走到房前厉声叫他。见不则声，走进房里，把窗推开了，床里一看，并不见滴珠踪迹。骂道：“这贱淫妇那里去了？”出来与潘公说了。潘公道：“又来作怪！”料道是他娘家去，急忙走到渡口问人来。有人说道："绝大清早有一妇人渡河去，有认得的，道是潘家媳妇上筏去了。"潘公道："这妮子！昨日说了他几句，就待告诉他爹娘去。恁般心性泼剌！且等他娘家住，不要去接他采他，看他待要怎的？"忿忿地跑回去与潘婆说了。

将有十来日，姚家记挂女儿，办了几个盒子，做了些点心，差一男一妇，到潘家来问一个信。潘公道："他归你家十来日了，如何到来这里问信？"那送礼的人吃了一惊，道："说那里话？我家姐姐自到你家来，才得两月多，我家又不曾来接，他为何自归？因是放心不下，叫我们来望望，如何反如此说？"潘公道："前日因有两句口面，他使一个性子，跑了回家，有人在渡口见他的。他不到你家，到那里去？"那男女道："实实不曾回家，不要错认了"。潘公炮燥道："想是他来家说了甚么谎，您家要悔赖了别嫁人，故装出圈套，反来问信么？"那男女道："人在你家不见了，颠倒这样说，这事必定蹺蹊。"潘公听得"蹺蹊"两字，大骂："狗男女！我少不得当官告来，看你家赖了不成！"那男女见不是势头，盒盘也不出，仍旧挑了，走了回家，一五一十的对家主说了。姚公、姚妈大惊，啼哭起来道："这等说，我那儿敢被这两个老杀才逼死了？打点告状，替他要人去！"一面来与个讼师商量告状。

那潘公、潘婆死认定了姚家藏了女儿，叫人去接了儿子来家。两家都进状，都准了。那休宁县李知县行提一干人犯到官，当堂审问时，你推我，我推你，知县大怒，先把潘公夹起来。潘公道："现有人见他过渡的。若是投河而死，须有尸首踪影，明白是他家藏了赖人。"知县道："说得是。不见了人十多日，若是死了，岂无尸首？毕竟藏着的是。"放了潘公，再把姚公夹起来。姚公道："人在他家，去了两月多，自不曾归家来。若是果然当时走回家，这十来日间潘某何不着人来问一声，看一看下落？人长六尺，天下难藏。小的若是藏过了，后来就别嫁人，也须有人知道，难道是瞒得过的？老爷详察则个。"知县想了一想，道："也说得是。如何藏得过？便藏了，也成何用？多管是与人有奸，约的走了。"潘公道："小的媳妇虽是懒惰娇痴，小的闺门也严谨，却不曾有甚外情。"知县道："这等，敢是有人拐的走了，或是躲在亲眷家，也不见得。"便对姚公说："是你生得女儿不长进；况来踪去迹毕竟是你做爷的晓得，你推不得干挣。要你跟寻出来，同缉捕人役五日一比较。"就把潘公父子讨了个保，姚公肘押了出来。

姚公不见了女儿，心中已自苦楚，又经如此冤枉，叫天叫地，没个道理。只得帖个寻人招子，许下赏钱，各处搜求，并无影响。且是那个潘甲不见了妻子，没出气处，只是逢五逢十就来禀官比较捕人，未免连姚公陪打了好些板子。此事闹动了一个休宁县，城郭乡村，无不传为奇谈。亲戚之间，尽为姚公不平，却没个出豁。

却说姚家有个极密的内亲，叫做周少溪。偶然在浙江衢州做买卖，闲游柳巷花街。只见一个娼妇，站在门首献笑，好生面染。仔细一想，却与姚滴珠一般无二。心下想道：家里打了两年没头官司，他却在此！要上前去问个的确，却又忖道："不好，不好。问他未必肯说真情。打破了网，娼家行径没根蒂的，连夜走了，那里去寻？不如报他家中知道，等他自来寻访。"原来衢州与徽州虽是分个浙、直，却两府是联界的。苦不多日，到了，一一与姚公说知。姚公道："不消说得，必是遇着歹人，转贩为娼了。"叫其子姚乙密地拴了百来两银子，到衢州去赎身。又商量道："私下取赎，未必成事。"又在休宁县告明缘由，使用些银子，给了一张广缉文书在身，倘有不谐，当官告理。姚乙听命，姚公就央了周少溪作伴，一路往衢州来。那周少溪自有旧主人，替姚乙另寻了一个店楼，安下行李。周少溪指引他到这家门首来，正值他在门首。姚乙看见果然是妹子，连呼他小名数声；那娼妇只是微微笑看，却不答应。姚乙对周少溪道："果然是我妹子。只是连连叫他，并不答应，却像不认得我的。难道他在此快乐了，把个亲兄弟都不抬揽了？"周少溪道："你不晓得，凡娼家龟鸨，必是生狠的。你妹子既来历不明，他家必紧防漏泄，训戒在先。所以他怕人知道，不敢当面认帐。"姚乙道："而今却怎么通得个信？"周少溪道："这有何难？你做个要嫖他的，设了酒，将银一两送去，外加轿钱一包，招他到下处来，看个备细。是你妹子，密地相认了，再做道理。不是妹子，睡他娘一晚，放他去罢！"姚乙道："有理，有理。"周少溪在衢州久做客人，都是熟路，去寻一个小闲来，拿银子去，霎时一乘轿抬到下处。那周少溪忖道："果是他妹子，不好在此陪得。"推个事故，走了出来。姚乙也道是他妹子，有些不便，却也不来留周少溪。只见那轿里袅袅婷婷，走出一个娼妓来。但见：

> 一个道是妹子来，双眸注望；一个道是客官到，满面生春。一个疑道："何不见他走近身，急认哥哥？"一个疑道："何不见他迎着轿，忙呼姐姐？"

却说那姚乙向前看看，分明是妹子。那娼妓却笑容可掬，佯佯地道了个万福。姚乙只得请坐了，不敢就认，问道："姐姐，尊姓大名，何处人氏？"那娼妓答道："姓郑，小字月娥，是本处人氏。"姚乙看他说出话来一口衢音，声气不似滴珠，已自疑心了。那郑月娥就问姚乙道："客官何来？"姚乙道："在下是徽州府休宁县荪田姚某，父某人，母某人。"恰像那个查他的脚色，三代籍贯都报将来。也还只道果是妹子，他必然承认，所以如此。那郑月娥见他说话牢叨，笑了一笑道："又不曾盘问客官出身，何故通三代脚色？"姚乙满面通红，情知不是滴珠了。

摆上酒来，三杯两盏，两个对吃。郑月娥看见姚乙，只管相他面庞一会，又自言自语一会，心里好生疑惑，开口问道："奴自不曾与客官相会，只是前日门前见客官走来走去，见了我指手点脚的，我背地同姊妹暗笑。今承宠召过来，却又屡屡相觑，却像有些委决不下的事，是什么缘故？"姚乙把言语支吾，不说明白。那月娥是个久惯接客乖巧不过的人，看此光景，晓得有些尴尬，只管盘问。姚乙道："这话也长，且到床上再说。"两个人各自收拾上床睡了，免不得云情雨意，做了一番的事。那月娥又把前话提起，姚乙只得告诉他家里事如此如此，这般这般。"因见你厮像，故此假做请你，认个明白。那知不是。"月娥道："果然像否？"姚乙道："举止外像，一些不差，就是神色里边，有些微不像处。除是至亲骨肉，终日在面前的，用意体察，才看得出来。也算是十分像的了。若非是声音各别，连我方才也要认错起来。"月娥道："既是这等厮像，我就做你妹子罢。"姚乙道："又来取笑。"月娥道："不是取笑，我与你熟商量。你家不见了妹子，如此打官司，不得了结，毕竟得妹子到了官方住。我是此间良人家儿女，在姜秀才家为妾，大娘不容，后来连姜秀才贪利忘恩，竟把来卖与这郑妈妈家了。那龟儿、鸨儿不管好歹，动不动非刑拷打，我被他摆布不过，正要想个计策脱身。你如今认定我是你失去的妹子，我认定你是哥哥，两口同声当官去告理，一定断还归宗。我身既得脱，仇亦可雪，到得你家，当了你妹子，官事也好完了，岂非万全之算？"姚乙道："是到是，只是声音大不相同。且既到吾家，认做妹子，必是亲戚族属逐处明白，方像真的，这却不便。"月娥道："人只怕面貌不像，那个声音随他改换，如何做得准？你妹子相失两年，假如真在衢州，未必不与我一般乡语了。亲戚族属，你可教导我的。况你做起事来，还等待官司发落，日子长远，有得与你相处，乡音也学得你些。家里事务，日逐教我熟了，有甚难处？”姚乙心里先只要家里息讼要紧，细思月娥说话尽可行得，便对月娥道：“吾随身带有广缉文书，当官一告，断还不难。只要你一口坚认到底，却差池不得的。”月娥道：“我也为自身要脱离此处，趁此机会，如何好改得口？只是一件，你家妹夫何等样人？我可跟得他否？”姚乙道：“我妹夫是个做客的人，也还少年老实，你跟了他也好。”月娥道：“凭他怎么，毕竟还好似为娼。况且一夫一妻，又不似先前做妾，也不误了我事了。”姚乙又与他两个赌一个誓信，说：“两个同心做此事，各不相负；如有破泄者，神明诛之！”两人说得着，已觉道快活，又弄了一火，搂抱了睡到天明。

姚乙起来，不梳头就走去寻周少溪，连他都瞒了，对他说道：“果是吾妹子，如今怎处？”周少溪道：“这行院人家不长进，替他私赎，必定不肯。待我去纠合本乡人在此处的十来个，做张呈子到太守处呈了，人众则公，亦且你有本县广缉滴珠文书可验，怕不立刻断还？只是你再送几两银子过去，与他说道：‘还要留在下处几日。’使他不疑，我们好做事。”姚乙一一依言停当了。周少溪就合着一伙徽州人同姚乙到府堂，把前情说了一遍。姚乙又将县间广缉文书当堂验了。太守立刻签了牌，将郑家乌龟、老妈都拘将来。郑月娥也到公庭，一个认哥哥，一个认妹子。那众徽州人除周少溪外，也还有个把认得滴珠的，齐声说道：“是。”那乌龟分毫不知一个情由，劈地价来，没做理会，口里乱嚷。太守只叫：“掌嘴！”又研问他是那里拐来的。乌龟不敢隐讳，招道：“是姜秀才家的妾，小的八十两银子讨的是实，并非拐的。”太守又去拿姜秀才。姜秀才情知理亏，躲了不出见官。太守断姚乙出银四十两还他乌龟身价，领妹子归宗。那乌龟买良为娼，问了应得罪名，连姜秀才前程都问革了。郑月娥一口怨气发泄尽了。姚乙欣然领回下处，等衙门文卷叠成，银子交库给主，及零星使用，多完备了，然后起程。这几时落得与月娥同眠同起，见人说是兄妹，背地自做夫妻，枕边絮絮叨叨，把说话见识都教道得停停当当了。

在路不则一日，将到苏田，有人见他兄妹一路来了，拍手道：“好了，好了，这官司有结局了。”有的先到他家里报了的，父母俱迎出门来。那月娥装做个认得的模样，大剌剌走进门来，呼爷叫娘，都是姚乙教熟的。况且娼家行径，机巧灵变，一些不错。姚公道：“我的儿！那里去了这两年？累煞你爹也！”月娥假作哽咽痛哭，免不得说道：“爹妈这几时平安么？”姚公见他说出话来，便道："去了两年，声音都变了。"姚妈伸手过来，搜他的手出来，捻了两捻道："养得一手好长指甲了，去时没有的。"大家哭了一会，只有姚乙与月娥心里自明白。姚公是两年间官司累怕了，他见说女儿来了，心里放下了一个大疙搭，那里还辨仔细？况且十分相像，分毫不疑。至于来踪去迹，他已自晓在娼家赎归，不好细问得。巴到天明，就叫儿子姚乙同了妹子到县里来见官。

知县升堂，众人把上项事，说了一遍。知县缠了两年，已自明白，问滴珠道："那个拐你去的，是何等人？"假滴珠道："是一个不知姓名的男子，不由分说，逼卖与衢州姜秀才家。姜秀才转卖了出来，这先前人不知去向。"知县晓得事在衢州，隔省难以追求，只要完事，不去根究了，就抽签去唤潘甲并父母来领。那潘公、潘婆到官来，见了假滴珠道："好媳妇呀！就去了这些时。"潘甲见了道："惭愧！也还有相见的日子。"各各认明了，领了回去。出得县门，两亲家两亲妈，各自请罪，认个悔气，都道一桩事完了。

隔了一晚，次日，李知县升堂，正待把潘甲这宗文卷注销立案，只见潘甲又来告道："昨日领回去的，不是真妻子。"那知县大怒道："刁奴才！你累得丈人家也勾了，如何还不肯休歇？"喝令扯下去打了十板。那潘甲只叫冤屈。知县道："那衢州公文明白，你舅子亲自领回，你丈人、丈母认了不必说，你父母与你也当堂认了领去的，如何又有说话？"潘甲道："小人争讼，只要争小人的妻，不曾要别人的妻。今明明不是小人的妻，小人也不好要得，老爷也不好强小人要得。若必要小人将假作真，小人情愿不要妻子了。"知县道："怎见得不是？"潘甲道："面貌颇相似，只是小人妻子相与之间，有好些不同处了。"知县道："不要呆！敢是做过了娼妓一番，身分不比良家了。"潘甲道："老爷，不是这话。不要说日常夫妻间私语一句也不对，至于肌体隐微，有好些不同。小人心下自明白，怎好与老爷说得？若果然是妻子，小人与他才得两月夫妻，就分散了，巴不得见他，难道到说不是来混争闲非不成？老爷青天详察，主鉴不错。"知县见他说这一篇有情有理，大加惊诧，又不好自认断错，密密分付潘甲道："你且从容，不要性急。就是父母亲戚面前，俱且糊涂，不可说破，我自有处。"

李知县分付该房写告示出去遍贴，说道："姚滴珠已经某月某日追录到官，两家各息词讼，无得再行告扰！"却自密地悬了重赏，着落应捕十余人，四下分缉，若看了告示，有些动静，即便体察，拿来回话。

不说这里探访，且说姚珠与吴大郎相处两年，大郎家中看看有些知道，不肯放他等闲出来，踪迹渐来得稀了。滴珠身畔要讨个丫鬟伏侍，曾对吴大郎说，转托汪锡。汪锡拐带惯了的，那里想出银钱去讨？因思个便处，要弄将一个来。日前见歙县汪汝鸾家有个丫头，时常到溪边洗东西，想在心里。

一日，汪锡在外行走，闻得县前出告示，道滴珠已寻见之说，急忙里来对王婆说："不知那一个顶了缺，我们这个货，稳稳是自家的了。"王婆不信，要看个的实，一同来到县前，看了告示。汪锡未免指手划脚，点了又点，念与王婆听。早被旁边应捕看在眼里，尾了他去。到僻静处，只听得两个私下道："好了，好了，而今睡也睡得安稳了。"应捕魆地跳将出来道："你们干的好事！今已败露了，还走那里去？"汪锡慌了手脚道："不要恐吓我！且到店中坐坐去。"一同王婆，邀了应捕，走到酒楼上坐了吃酒。汪锡推讨嗄饭，一道烟走了。单剩个王婆与应捕坐了多时，酒肴俱不见来。走下问时，汪锡已去久了。应捕就把王婆拴将起来道："我与你去见官。"王婆跪下道："上下饶恕，随老妇到家取钱谢你。"那应捕只是见他们行迹跷蹊，故把言语吓着，其实不知甚么根由，怎当得虚心病的，露出马脚来。应捕料得有些滋味，押了他不舍，随去到得汪锡家里叩门。一个妇人走将出来开了，那应捕一看，着惊道："这是前日衢州解来的妇人！"猛然想道："这个必是真姚滴珠了。"也不说破，吃了茶，凭他送了些酒钱罢了。王婆自道无事，放下心了。

应捕明日竟到县中出首。知县添差应捕十来人，急命拘来。公差如狼似虎，到汪锡家里，门口发声喊，打将进去。急得王婆悬梁高了，把滴珠登时捉到公庭。知县看了道："便是前日这一个。"又飞一签令唤潘甲与妻子同来。那假的也来了，同在县堂，真个一般无二。知县莫辨，因令潘甲自认。潘甲自然明白，与真滴珠各说了些私语。知县唤起来研问明白，真滴珠从头供称被汪锡骗哄情由，说了一遍。知县又问："曾引人奸骗你不？"滴珠心上有吴大郎，只不说出，但道不知姓名。又叫那假滴珠上来，供称道："身名郑月娥，自身要报私仇，姚乙要完家讼，因言貌像伊妹，商量做此一事。"知县急拿汪锡，已经在逃了，做个照提，叠成文卷，连人犯解府。

却说汪锡自酒店逃去之后，撞着同伙程金，一同作伴，走到歙县地方，正见汪汝鸾家丫头在溪边洗裹脚，一手扯住他道：“你是我家使婢，逃了出来，却在此处！”便夺他裹脚，拴了就走，要扯上竹筏，那丫头大喊起来。汪锡将袖子掩住他口，丫头尚自呜哩呜喇的喊。程金便一把叉住喉咙。叉得手重，口头又不得通气，一霎呜呼哀哉了。地方人走将拢来，两个都擒住了，送到县里。那歙县方知县问了程金绞罪，汪锡充军，解上府来。正值滴珠一起也解到，一同过堂之时，真滴珠大喊道：“这个不是汪锡？”那太守姓梁，极是个正气的，见了两宗文卷，都为汪锡，大怒道：“汪锡是首恶，如何只问充军？”喝交皂隶，重责六十板，当下绝气。真滴珠给还原夫宁家，假滴珠官卖，姚乙认假作真，倚官拐骗人口，也问了一个太上老。只有吴大郎广有世情，闻知事发，上下使用，并无名字干涉，不致惹着，朦胧过了。

潘甲自领了姚滴珠仍旧完聚。那姚乙定了卫所，发去充军。拘妻签解，姚乙未曾娶妻，只见那郑月娥晓得了，大哭道：“这是我自要脱身泄气，造成此谋，谁知反害了姚乙！今我生死跟了他去，也不枉了一场话靶。”姚公心下不舍得儿子，听得此话，即便买出人来，诡名纳价，赎了月娥，改了姓氏，随了儿子做军妻解去。后来遇赦还乡，遂成夫妇。这也是郑月娥一点良心未泯处。姑嫂两个到底有些厮像，徽州至今传为笑谈。有诗为证：

一样良家走歧路，又向歧路转良家。

面庞怪道能相似，相法看来也不差。

第三卷　刘东山夸技顺城门　十八兄奇踪村酒肆

诗云：

弱为强所制，不在形巨细。
蝍蛆带是甘，何曾有长喙？

话说天地间，有一物必有一制，夸不得高，恃不得强。这首诗所言"蝍蛆"是甚么？就是那赤足蜈蚣，俗名"百脚"，又名百足之虫。这"带"又是甚么？是那大蛇，其形似带一般，故此得名。岭南多大蛇，长数十丈，专要害人。那边地方里居民，家家蓄养蜈蚣，有长尺余者，多放在枕畔或枕中。若有蛇至，蜈蚣便啧啧作声。放他出来，他鞠起腰来，首尾着力，一跳有一丈高，便搭住在大蛇七寸内，用那铁钩也似一对钳来钳住了，吸他精血，至死方休。这数十丈长、斗来大的东西，反缠死在尺把长、指头大的东西手里，所以古语道："蝍蛆甘带"，盖谓此也。

汉武帝延和三年，西胡月支国献猛兽一头，形如五六十日新生的小狗，不过比狸猫般大，拖一个黄尾儿。那国使抱在手里，进门来献。武帝见他生得猥琐，笑道："此小物，何谓猛兽？"使者对曰："夫威加于百禽者，不必计其大小。是以神麟为巨象之王，凤凰为大鹏之宗，亦不在巨细也。"武帝不信，乃对使者说："试叫他发声来朕听。"使者乃将手一指，此兽舐唇摇首一会，猛发一声，便如平地上起一个霹雳，两目闪烁，放出两道电光来。武帝登时颠出亢金椅子，急掩两耳，颤一个不住。侍立左右及羽林摆立仗下军士，手中所拿的东西悉皆震落。武帝不悦，即传旨意，教把此兽付上林苑中，待群虎食之。上林苑令遵旨，只见拿到虎圈边放下，群虎一见，皆缩做一堆，双膝跪倒。上林苑令奏闻，武帝愈怒，要杀此兽。明日连使者与猛兽皆不见了。猛悍到了虎豹，却乃怕此小物。所以人之膂力强弱，智术长短，没个限数。正是：强中更有强中手，莫向人前夸大口。

唐时有一个举子，不记姓名地方。他生得膂力过人，武艺出众，一生豪侠好义，真正路见不平，拔刀相助。他进京会试，不带仆从，恃着一身本事，鞴着一匹好马，腰束弓箭短剑，一鞭独行。一路收拾些雉兔野味，到店肆中宿歇，便安排下酒。

一日在山东路上，马跑得快了，赶过了宿头，至一村庄，天已昏黑，自度不可前进。只见一家人家开门在那里，灯光射将出来。举子下了马，一手牵着，挨近看时，只见进了门，便是一大空地，空地上有三四块太湖石叠着，正中有三间正房，有两间厢房，一老婆子坐在中间绩麻。听见庭中马足之声，起身来问。举子高声道："妈妈，小生是失路借宿的。"那老婆子道："官人，不方便，老身做不得主。"听他言词中间，带些凄惨，举子有些疑心，便问道："妈妈，你家男人多在那里去了？如何独自一个在这里？"老婆子道："老身是个老寡妇，夫亡多年，只有一子，在外做商人去了。"举子道："可有媳妇？"老婆子蹙着眉头道："是有一个媳妇，赛得过男子，尽挣得家住。只是一身大气力，雄悍异常；且是气性粗急，一句差池，经不得一指头，擦着便倒。老身虚心冷气，看他眉头眼后，常是不中意，受他凌辱的。所以官人借宿，老身不敢做主。"说罢，泪如雨下。举子听得，不觉双眉倒竖，两眼圆睁道："天下有如此不平之事！恶妇何在？我为尔除之。"遂把马拴在庭中太湖石上了，拔出剑来。老婆子道："官人不要太岁头上动土，我媳妇不是好惹的。他不习女工针指，每日午饭已毕，便空身走去山里寻几个獐鹿兽兔还家，腌腊起来，卖与客人，得几贯钱，常是一二更天气才得回来。日逐用度，只靠着他这些，所以老身不敢逆他。"举子按下剑，入了鞘，道："我生平专一欺硬怕软，替人出力。谅他一个妇女，到得那里？即是妈妈靠他度日，我饶他性命，不杀他，只痛打他一顿，教训他一番，使他改过性子便了。"老婆子道："他将次回来了，只劝官人莫惹事的好。"举子气忿忿的等着。只见门外一大黑影，一个人走将进来，将肩上叉口也似一件东西往庭中一摔，叫道："老嬷，快拿火来，收拾行货。"老婆子战战兢兢地道："是甚好物事呀？"把灯一照，吃了一惊，乃是一只死了的斑斓猛虎。说时迟，那时快，那举子的马在火光里，看见了死虎，惊跳不住起来。那人看见，便道："此马何来？"举子暗里看时，却是一个黑长妇人，见他模样，又背了个死虎来，忖道："也是个有本事的。"心里就有几分惧他。忙走去带开了马，缚住了，走向前道："小生是失路的举子，赶过宿头，幸到宝庄，见门尚未阖，斗胆求借一宿。"那妇人笑道："老嬷好不晓事！既是个贵人，如何更深时候，叫他在露天立着？"指着死虎道："贱婢今日山中，遇此泼花团，争持多时，才得了当，归得迟些个，有失主人之礼，贵人勿罪。"举子见他语言爽恺，礼度周全，暗道："也不是不可化诲的。"连应道："不敢，不敢。"妇人走进堂，提一把椅来，对举子道："该请进堂里坐，只是妇姑两人，都是女流，男女不可相混，屈在廊下一坐罢。"又掇张桌来，放在面前，点个灯来安下。然后下庭中来，双手提了死虎，到厨下去了。须臾之间，烫了一壶热酒，托出一个大盘来，内有热腾腾的一盘虎肉，一盘鹿脯，又有些腌腊雉兔之类五六碟，道："贵人休嫌轻亵则个。"举子见他殷勤，接了自斟自饮，须臾间酒尽肴完。举子拱手道："多谢厚款。"那妇人道："惶愧，惶愧。"便将了盘子来收拾桌上碗盏。举子乘间便说道："看娘子如此英雄，举止恁地贤明，怎么尊卑分上觉得欠些个？"那妇人将盘一搠，且不收拾，怒目道："适间老死魅曾对贵人说些甚谎么？"举子忙道："这是不曾，只是看见娘子称呼词色之间，甚觉轻倨，不像个婆媳妇道理。及见娘子待客周全，才能出众，又不像个不近道理的，故此好言相问一声。"那妇人见说，一把扯了举子的衣袂，一只手移着灯，走到太湖石边来道："正好告诉一番。"举子一时间挣扎不脱，暗道："等他说得没理时，算计打他一顿。"只见那妇人倚着太湖石，就在石上拍拍手道："前日有一事，如此如此，这般这般，是我不是，是他不是？"道罢，便把一个食指向石上一划道："这是一件了。"划了划，只见那石皮乱爆起来，已自抠去了一寸有余深。连连数了三件，划了三划，那太湖石上便似锥子凿成一个"川"字，斜看来又是"三"字，足足皆有寸余，就像镵刻的一般。那举子惊得浑身汗出，满面通红，连声道："都是娘子的是。"把一片要与他分个皂白的雄心，好像一桶雪水当头一淋，气也不敢抖了。

妇人说罢，擎出一张匡床来与举子自睡，又替他喂好了马，却走进去与老婆子关了门，息了火睡了。举子一夜无眠，叹道："天下有这等大力的人！早是不曾与他交手，不然性命休矣。"巴到天明，鞴了马，作谢了，再不说一句别的话，悄然去了。自后收拾了好些威风，再也不去惹闲事管，也只是怕逢着像他似的，吃了亏。

今日说一个恃本事说大话的，吃了好些惊恐，惹出一场话柄来。正是：

虎为百兽尊，百兽伏不动。

若逢狮子吼，虎又全没用。

话说国朝嘉靖年间，北直隶河间府交河县一人，姓刘名嵚，叫做刘东山，在北京巡捕衙门里当一个缉捕军校的头。此人有一身好本事，弓马熟娴，发矢再无空落，人号他连珠箭。随你异常狠盗，逢着他便如瓮中捉鳖，手到拿来，因此也积趱得有些家事。年三十余，觉得心里不耐烦做此道路，告脱了，在本县去别寻生理。

一日，冬底残年，赶着驴马十余头到京师转卖，约卖得一百多两银子。交易完了，至顺城门（即宣武门）雇骡归家。在骡马主人店中，遇见一个邻舍张二郎入京来，同在店买饭吃。二郎问道："东山何往？"东山把前事说了一遍，道："而今在此雇骡，今日宿了，明日走路。"二郎道："近日路上好难行，良乡、鄚州一带，盗贼出没，白日劫人。老兄带了偌多银子，没个做伴，独来独往，只怕着了道儿，须放仔细些！"东山听罢，不觉须眉开动，唇齿奋扬，把两只手捏了拳头，做一个开弓的手势，哈哈大笑道："二十年间，张弓追讨，矢无虚发，不曾撞个对手。今番收场买卖，定不到得折本。"店中满座听见他高声大喊，尽回头来看。也有问他姓名的，道："久仰，久仰。"二郎自觉有些失言，作别出店去了。

东山睡到五更头，爬起来，梳洗结束了，将银子紧缚裹肚内，扎在腰间，肩上挂一张弓，衣外挎一把刀，两膝下藏矢二十簇，拣一个高大的健骡，腾地骑上，一鞭前走。走了三四十里，来到良乡，只见后头有一人奔马赶来，遇着东山的骡，便按辔少驻。东山举目觑他，却是一个二十岁左右的美少年，且是打扮得好。但见：

黄衫毡笠，短剑长弓。箭房中新矢二十余枝，马额上红缨一大簇。裹腹闹装灿烂，是个白面郎君；恨人紧辔喷嘶，好匹高头骏骑！

东山正在顾盼之际，那少年遥叫道："我们一起走路则个。"就向东山拱手道："造次行途，愿问高姓大名。"东山答道："小可姓刘名嵚，别号东山，人只叫我是刘东山。"少年道："久仰先辈大名，如雷贯耳，小人有幸相遇。今先辈欲何往？"东山道："小可要回本籍交河县去。"少年道："恰好，恰好。小人家住临淄，也是旧族子弟，幼年颇曾读书，只因性好弓马，把书本丢了。三年前带了些资本，往京贸易，颇得些利息。今欲归家婚娶，正好与先辈作伴同路行去，放胆壮些。直到河间府城，然后分路。有幸，有幸。”东山一路看他腰间沉重，语言温谨，相貌俊逸，身材小巧，谅道不是歹人。且路上有伴，不至寂寞，心上也欢喜，道：“当得相陪。”是夜一同下了旅店，同一处饮食歇宿，如兄若弟，甚是相得。

明日，并辔出涿州。少年在马上问道：“久闻先辈最善捕贼，一生捕得多少？也曾撞着好汉否？”东山正要夸逞自家手段，这一问揉着痒处，且量他年小可欺，便侈口道：“小可生平，两只手一张弓，拿尽绿林中人，也不记其数，并无一个对手。这些鼠辈，何足道哉！而今中年心懒，故弃此道路。倘若前途撞着，便中拿个把儿你看手段！”少年但微微冷笑道：“原来如此。”就马上伸手过来。说道：“借肩上宝弓一看。”东山在骡上递将过来，少年左手把住，右手轻轻一拽就满，连放连拽，就如一条软绢带。东山大惊失色，也借少年的弓过来看看。那少年的弓，约有二十斤重，东山用尽平生之力，面红耳赤，不要说扯满，只求如初八夜头的月，再不能勾。东山惶恐无地，吐舌道：“使得好硬弓也！”便向少年道：“老弟神力，何至于此！非某所敢望也。”少年道：“小人之力，何足称神？先辈弓自太软耳。”东山赞叹再三，少年极意谦谨。晚上又同宿了。

至明日又同行。日西时过雄县，少年拍一拍马，那马腾云也似前面去了。东山望去，不见了少年，他是贼窠中弄老了的，见此行止，如何不慌？私自道：“天教我这番倒了架也！倘是个不良人，这样神力，如何敌得？势无生理。”心上正如十五个吊桶打水，七上八落的，没奈何，黯然行去。行得一二铺，遥望见少年在百步外，正弓挟矢，扯个满月，向东山道："久闻足下手中无敌，今日请先听箭风。"言未罢，飕的一声，东山左右耳根但闻肃肃如小鸟前后飞过，只不伤着东山。又将一箭引满，正对东山之面，大笑道："东山晓事人，腰间骡马钱快送我罢，休得动手。"东山料是敌他不过，先自慌了手脚，只得跳下鞍来，解了腰间所系银袋，双手捧着，膝行至少年马前，叩头道："银钱谨奉，好汉将去，只求饶命！"少年马上伸手提了银包，大喝道："要你性命做甚？快走！快走！你老子有事在此，不得同儿子前行了。"掇转马头，向北一道烟跑，但见一路黄尘滚滚，霎时不见踪影。

东山呆了半晌，捶胸跌足起来道："银钱失去也罢，叫我如何做人？一生好汉名头，到今日弄坏，真是张天师吃鬼迷了。可恨！可恨！"垂头丧气，有一步没一步的，空手归交河。到了家里，与妻子说知其事，大家懊恼一番。夫妻两个商量，收拾些本钱，在村郊开个酒铺，卖酒营生，再不去张弓挟矢了。又怕有人知道，坏了名头，也不敢向人说着这事，只索罢了。

过了三年，一日，正值寒冬天道，有词为证：

霜瓦鸳鸯，风帘翡翠，今年早是寒少。矮钉明窗，侧开朱户，断莫乱教人到。重阴未解，云共雪商量不了。青帐垂毡要密，红幕放围宜小。（词寄《天香》前）

却说冬日间，东山夫妻正在店中卖酒，只见门前来了一伙骑马的客人，共是十一个。个个骑的是自鞴的高骏马，鞍辔鲜明；身上俱紧束短衣，腰带弓矢刀剑。次第下了马，走入肆中来，解了鞍舆。刘东山接着，替他赶马归槽。后生自去剉草煮豆，不在话下。内中只有一个未冠的人，年纪可有十五六岁，身长八尺，独不下马，对众道："第十八自向对门住休。"众人都答应一声道："咱们在此少住，便来伏侍。"只见其人自走对门去了。

十人自来吃酒，主人安排些鸡、豚、牛、羊肉来做下酒。须臾之间，狼飧虎咽，算来吃勾有六七十斤的肉，倾尽了六七坛的酒。又教主人将酒肴送过对门楼上，与那未冠的人吃。众人吃完了店中东西，还叫未畅，遂开皮囊，取出鹿蹄、野雉、烧兔等物，笑道："这是我们的东道，可叫主人来同酌。"东山推逊一回，才来坐下。把眼去逐个瞧了一瞧，瞧到北面左手那一人，毡笠儿垂下，遮着脸不甚分明。猛见他抬起头来，东山仔细一看，吓得魂不附体，只叫得苦。你道那人是谁？正是在雄县劫了骡马钱去的那一个同行少年。东山暗想道：“这番却是死也！我些些生计，怎禁得他要起？况且前日一人尚不敌，今人多如此，想必个个一般英雄，如何是了？”心中忒忒的跳，真如小鹿儿撞，面向酒杯，不敢则一声。众人多起身与主人劝酒。坐定一会，见北面左手坐的那一个少年把头上毡笠一掀，呼主人道：“东山别来无恙么？往昔承挈同行周旋，至今想念。”东山面如土色，不觉双膝跪下道：“望好汉恕罪！”少年跳离席间，也跪下去，扶起来，挽了他手道：“快莫要作此状！快莫要作此状！羞死人。昔年俺们众兄弟在顺城门店中，闻卿自夸手段天下无敌，众人不平，却教小弟在途间作此一番轻薄事，与卿作耍，取笑一回。然负卿之约，不到得河间。魂梦之间，还记得与卿并辔任丘道上。感卿好情，今当还卿十倍。”言毕，即向囊中取出千金，放在案上，向东山道：“聊当别来一敬，快请收进。”东山如醉如梦，呆了一晌，怕又是取笑，一时不敢应承。那少年见他迟疑，拍手道：“大丈夫岂有欺人的事？东山也是个好汉，直如此胆气虚怯！难道我们弟兄直到得真个取你的银子不成？快收了去。”刘东山见他说话说得慷慨，料不是假，方才如醉初醒，如梦方觉，不敢推辞，走进去与妻子说了，就叫他出来同收拾了进去。

安顿已了，两人商议道：“如此豪杰，如此恩德，不可轻慢。我们再须杀牲开酒，索性留他们过宿顽耍几日则个。”东山出来称谢，就把此意与少年说了。少年又与众人说了，大家道：“既是这位弟兄故人，有何不可？只是还要去请问十八兄一声。”便一齐走过对门，与未冠的那一个说话，东山也随了去看。这些人见了那个未冠的，甚是恭谨，那未冠的待众人甚是庄重。众人把主人要留他们过宿顽耍的话说了，那未冠的说道：“好，不妨。只是酒醉饭饱，不要贪睡，负了主人殷勤之心；少有动静，俺腰间两刀有血吃了。”众人齐声道：“弟兄们理会得。”东山一发莫测其意。

众人重到肆中，开怀再饮。又携酒到对门楼上，众人不敢陪，只是十八兄自饮。算来他一个吃的酒肉，比得店中五个人。十八兄吃阑，自探囊中取出一个纯银笊篱来，煽起炭火做煎饼自啖，连啖了百余个。收拾了，大踏步出门去，不知所向。直到天色将晚，方才回来，重到对门住下，竟不到刘东山家来。众人自在东山家吃耍，走去对门相见，十八兄也不甚与他们言笑，大是倨傲。

东山疑心不已，背地扯了那同行少年问他道：“你们这个十八兄，是何等人？”少年不答应，反去与众人说了，各各大笑起来。不说来历，但高声吟诗曰：“杨柳桃花相间出，不知若个是春风？”吟毕，又大笑。住了三日，俱各作别了，结束上马。未冠的在前，其余众人在后，一拥而去。东山到底不明白，却是骤得了千来两银子，手头从容，又怕生出别事来，搬在城内，另做营运去了。后来见人说起此事，有识得的道：“详他两句语意，是个‘李’字；况且又称十八兄，想必未冠的那人，姓李，是个为头的了。看他对众的说话，他恐防有人暗算，故在对门两处住了，好相照察。亦且不与十人作伴同食，有个尊卑的意思。夜间独出，想又去做甚么勾当来，却也没处查他的确。”

那刘东山一生英雄，遇此一番，过后再不敢说一句武艺上头的话，弃弓折箭，只是守着本分营生度日，后来善终。可见人生一世，再不可自恃高强。那自恃的，只是不曾逢着狠主子哩。有诗单说这刘东山道：

生平得尽弓矢力，直到下场逢大敌。
人世休夸手段高，霸王也有悲歌日。

又有诗说这少年道：

英雄从古轻一掷，盗亦有道真堪述。
笑取千金偿百金，途中竟是好相识。

第四卷 程元玉店肆代偿钱 十一娘云岗纵谭侠

赞曰：

红线下世，毒哉仙仙。隐娘出没，跨黑白卫。香丸袅袅，游刃香烟。崔妾白练，夜半忽失。侠妪条裂，宅众神耳。贾妻断婴，离恨以豁。解洵娶妇，川陆毕具。三鬟携珠，塔户严扃。车中飞度，尺余一孔。

这一篇《赞》，都是序着从前剑侠女子的事。从来世间有这一家道术，不论男女，都有习他的。虽非真仙的派，却是专一除恶扶善；功行透了的，也就借此成仙。所以好事的，类集他做《剑侠传》；又有专把女子类成一书，做《侠女传》。前面这《赞》上说的，多是女子。

那红线就是潞州薛嵩节度家小青衣，因为魏博节度田承嗣养三千外宅儿男，要吞并潞州，薛嵩日夜忧闷。红线闻知，弄出剑术手段，飞身到魏博，夜漏三时，往返七百里，取了他床头金盒归来。明日，魏博搜捕金盒，一军忧疑，这里却教了使人送还他去。田承嗣一见惊慌，知是剑侠，恐怕取他首级，把邪谋都息了。后来，红线说出前世是个男子，因误用医药杀人，故此罚为女子，今已功成，修仙去了。这是红线的出处。

那隐娘姓聂，魏博大将聂锋之女。幼年撞上乞食老尼，摄去教成异术。后来嫁了丈夫，各跨一蹇驴，一黑一白。蹇驴是卫地所产，故又叫做"卫"。用时骑着，不用时就不见了，元来是纸做的。他先前在魏帅左右，魏帅与许帅刘昌裔不和，要隐娘去取他首级。不想那刘节度善算，算定隐娘夫妻该入境，先叫卫将早至城北候他，约道："但是一男一女，骑黑白二驴的便是，可就传我命拜迎。"隐娘到许，遇见如此，服刘公神明，便弃魏归许。魏帅知道了，先遣精精儿来杀他，反被隐娘杀了。又使妙手空空儿来。隐娘化为蠛蠓，飞入刘节度口中，教刘节度将于阗国美玉围在颈上。那空空儿三更来到，将匕首项下一划，被玉遮了，其声铿然，划不能透。空空儿羞道不中，一去千里，再不来了。刘节度与隐娘俱得免难。这是隐娘的出处。

那香丸女子同一侍儿住观音里，一书生闲步，见他美貌心动。旁有恶少年数人，就说他许多淫邪不美之行，书生贱之。及归家与妻言及，却与妻家有亲，是个极高洁古怪的女子，亲戚都是敬畏他的。书生不平，要替他寻恶少年出气，未行，只见女子叫侍儿来谢道："郎君如此好心，虽然未行，主母感恩不尽。"就邀书生过去，治酒请他独酌。饮到半中间，侍儿负一皮袋来，对书生道："是主母相赠的。"开来一看，乃是三四个人头，颜色未变，都是书生平日受他侮害的仇人。书生吃了一惊，怕有累及，急要逃去。侍儿道："莫怕，莫怕！"怀中取出一包白色有光的药来，用小指甲挑些些弹在头断处，只见头渐缩小，变成李子大。侍儿一个个撮在口中吃了，吐出核来，也是李子。侍儿吃罢，又对书生道："主母也要郎君替他报仇，杀这些恶少年。"书生谢道："我如何干得这等事？"侍儿进一香丸道："不劳郎君动手，但扫净书房，焚此香于炉中，看香烟那里去，就跟了去，必然成事。"又将先前皮袋与他道："有人头尽纳在此中，仍旧随烟归来，不要惧怕。"书生依言做去，只见香烟袅袅，行处有光，墙壁不碍。每到一处，遇一恶少年，烟绕颈三匝，头已自落，其家不知不觉，书生便将头入皮袋中。如此数处，烟袅袅归来，书生已随了来。到家尚未三鼓，恰如做梦一般。事完，香丸飞去。侍儿已来，取头弹药，照前吃了，对书生道："主母传语郎君：这是畏关。此关一过，打点共做神仙便了。"后来不知所往。这女子、书生都不知姓名，只传得有《香丸志》。

那崔妾是：唐贞元年间，博陵崔慎思应进士举，京中赁房居住。房主是个没丈夫的妇人，年止三十余，有容色。慎思遣媒道意，要纳为妻。妇人不肯，道："我非宦家之女，门楣不对，他日必有悔，只可做妾。"遂随了慎思。二年，生了一子。问他姓氏，只不肯说。一日，崔慎思与他同上了床，睡至半夜，忽然不见。崔生疑心有甚奸情事了，不胜忿怒，遂走出堂前。走来走去，正自傍徨，忽见妇人在屋上走下来，白练缠身，右手持匕首，左手提一个人头，对崔生道："我父昔年被郡守枉杀，求报数年未得，今事已成，不可久留。”遂把宅子赠了崔生，逾墙而去。崔生惊惶。少顷又来，道是再哺孩子些乳去。须臾出来，道：“从此永别。”竟自去了。崔生回房看看，儿子已被杀死，他要免心中记挂，故如此。所以说“崔妾白练”的话。

那侠妪的事，乃元雍妾修容自言。小时里中盗起，有一老妪来对他母亲说道：“你家从来多阴德，虽有盗乱，不必惊怕，吾当藏过你等。”袖中取出黑绫二尺，裂作条子，教每人臂上系着一条，道：“但随我来！”修容母子随至一道院，老妪指一个神像道：“汝等可躲在他耳中。”叫修容母子闭了眼，背了他进去。小小神像，他母子住在耳中，却像一间房子，毫不窄隘。老妪朝夜来看，饮食都是他送来。这神像耳孔，只有指头大小，但是饮食到来，耳孔便大起来。后来盗平，仍如前负了归家。修容要拜为师，誓修苦行，报他恩德。老妪说：“仙骨尚微。”不肯收他，后来不知那里去了。所以说“侠妪神耳”的说话。

那贾人妻的，与崔慎思妾差不多，但彼是余干县尉王立，调选流落，遇着美妇，道是元系贾人妻子，夫亡十年，颇有家私，留王立为婿，生了一子。后来，也是一日提了一人头回来，道：“有仇已报，立刻离京。”去了复来，说是：“再乳婴儿，以豁离恨。”抚毕便去。回灯褰帐，小儿身首已在两处。所以说“贾妻断婴”的话，却是崔妾也曾做过的。

那解洵是宋时武职官，靖康之乱，陷在北地，孤苦零落。亲戚怜他，替他另娶一妇为妻。那妇人妆奁丰厚，洵得以存活。偶逢重阳日，想起旧妻坠泪。妇人问知欲归本朝，便替他备办水陆之费。毕具，与他同行，一路水宿山行，防闲营护，皆得其力。到家，其兄解潜军功累积，已为大帅，相见甚喜，赠以四婢。解洵宠爱了，与妇人渐疏。妇人一日酒间责洵道：“汝不记昔年乞食魏时事乎？非我，已为饿殍。今一旦得志，便尔忘恩，非大丈夫所为。”洵已有酒意，听罢大怒，奋起拳头，连连打去。妇人忍着冷笑。洵又唾骂不止。妇人忽然站起，灯烛皆暗，冷气袭人，四妾惊惶仆地。少顷，灯烛复明，四妾才敢起来。看时，洵已被杀在地上，连头都没了，妇人及房中所有，一些不见踪影。解潜闻知，差壮勇三千人各处追捕，并无下落。这叫做“解洵娶妇”。

那三鬟女子，因为潘将军失却玉念珠，无处访寻，却是他与朋侪作戏，取来挂在慈恩寺塔院相轮上面。后潘家悬重赏，其舅王超问起，他许取还。

时寺门方开，塔户尚锁，只见他势如飞鸟，已在相轮上，举手示超。取了念珠下来，王超自去讨赏。明日女子已不见了。那车中女子又是怎说？因吴郡有一举子入京应举，有两少年引他到家，坐定，只见门迎一车进内，车中走出一女子，请举子试技。那举子只会着靴在壁上行得数步。女子叫坐中少年，各呈妙技：有的在壁上行，有的手撮椽子行，轻捷却像飞鸟。举子惊服，辞去。数日后，复见前两少年来借马，举子只得与他。明日，内苑失物，唯收得驮物的马，追问马主，捉举子到内侍省勘问。驱入小门，吏自后一推，倒落深坑数丈。仰望屋顶七八丈，唯见一孔，才开一尺有多。举子苦楚间，忽见一物如鸟，飞下到身边，看时却是前日女子，把绢重系举子肐膊讫，绢头系女子身上，女子腾身飞出宫城。去门数十里乃下，对举子云："君且归，不可在此！"举人乞食寄宿，得达吴地。这两个女子，便都有些盗贼意思，不比前边几个报仇雪耻，救难解危，方是修仙正路。然要晓世上有此一种人，所以历历可纪，不是脱空的说话。

而今再说一个有侠术的女子，救着一个落难之人，说出许多剑侠的议论，从古未经人道的，真是精绝。有诗为证：

念珠取却犹为戏，若似车中便累人。

试听韦娘一席话，须知正直乃为真。

话说徽州府有一商人，姓程名德瑜，表字元玉，禀性简默端重，不妄言笑，忠厚老成。专一走川、陕做客贩货，大得利息。一日，收了货钱，待要归家，与带去仆人收拾停当，行囊丰满，自不必说。自骑一匹马，仆人骑了牲口，起身行路。来过文阶道中，与一伙做客的人同落一个饭店，买酒饭吃。正吃之间，只见一个妇人骑了驴儿，也在店前下了，走将进来。程元玉抬头看时，却是三十来岁的模样，面颜也尽标致，只是装束气质，带些武气，却是雄纠纠的。饭店中的客人，个个颠头耸脑，看他说他，胡猜乱语，只有程元玉端坐不瞧。那妇人都看在眼里，吃罢了饭，忽然举起两袖，抖一抖道："适才忘带了钱来，今饭多吃过了主人的，却是怎好？"那店中先前看他这些人，都笑将起来，有的道："元来是个骗饭吃的。"有的道："敢是真的忘了？"有的道："看他模样，也是个江湖上人，不像个本分的，骗饭的事也有。"那店家后生见说没钱，一把扯住不放。店主又发作道："青天白日，难道有得你吃了饭不还钱不成！"妇人只说："不带得来，下次补还。"店主道："谁认得你！"正难分解，只见程元玉便走上前来，说道："看此娘子光景，岂是要少这数文钱的？必是真失带了出来，如何这等逼他？"就把手腰间去摸出一串钱来道："该多少，都是我还了就是。"店家才放了手，算一算帐，取了钱去。那妇人走到程元玉跟前，再拜道："公是个长者，愿闻高姓大名，好加倍奉还。"程元玉道："些些小事，何足挂齿！还也不消还得，姓名也不消问得。"那妇人道："休如此说。公去前面，当有小小惊恐，妾将在此处出些力气报公，所以必要问姓名，万勿隐讳。若要晓得妾的姓名，但记着韦十一娘便是。"程元玉见他说话有些尴尬，不解其故，只得把姓名说了。妇人道："妾在城西去探一个亲眷，少刻就到东来。"跨上驴儿，加上一鞭，飞也似去了。

程元玉同仆人出了店门，骑了牲口，一头走，一头疑心，细思适间之话，好不蹊跷。随又忖道："妇人之言，何足凭准！况且他一顿饭钱，尚不能预备，就有惊恐，他如何出力相报得？"以口问心，行了几里。只见途间一人，头带毡笠，身背皮袋，满身灰尘，是个惯走长路的模样，或在前，或在后，参差不一，时常撞见。程元玉在马上问他道："前面到何处可以宿歇？"那人道："此去六十里，有杨松镇，是个安歇客商的所在。近处却无宿头。"程元玉也晓得有个杨松镇，就问道："今日晏了些，还可到得那里么？"那人抬头把日影看了一看道："我到得，你到不得。"程元玉道："又来好笑了。我每是骑马的，反到不得；你是步行的，反说到得，是怎的说？"那人笑道："此间有一条小路，斜抄去二十里，直到河水湾，再二十里，就是镇上。若你等在官路上走，迂迂曲曲，差了二十多里，故此到不及。"程元玉道："果有小路快便，相烦指示同行，到了镇上买酒相谢。"那人欣然前行，道："这等，都跟我来。"

那程元玉只贪路近，又见这厮是个长路人，信着不疑，把适间妇人所言惊恐都忘了，与仆人策马，跟了那人前进。那一条路来，初时平坦好走，走得一里多路，地上渐渐多是山根顽石，驴马走甚不便。再行过去，有陡峻高山遮在前面，绕山走去，多是深密林子，仰不见天。程元玉主仆俱慌，埋怨那人道："如何走此等路？"那人笑道："前边就平了。"程元玉不得已，又随他走。再度过一个冈子，一发比前崎岖了。程元玉心知中计，叫声："不好！不好！"急掣转马头回走。忽然那人唿哨一声，山前涌出一干人来：

狰狞相貌，劣撅身躯。无非月黑杀人，不过风高放火。盗亦有道，大曾偷习儒者虚声；师出无名，也会剽窃将家实用。人间偶而呼为盗，世上于今半是君。

程元玉见不是头，自道必不可脱，慌慌忙忙下了马，躬身作揖道："所有财物，但凭太保取去；只是鞍马衣装，须留下做归途盘费则个。"那一伙强盗听了说活，果然只取包裹来，搜了银两去了。程元玉急回身寻时，那马散了缰，也不知那里去了；仆人躲避，一发不知去向。凄凄惶惶，剩得一身，拣个高冈立着，四周一望，不要说不见强盗出没去处，并那仆马消息，杳然无踪。四无人烟，且是天色看看黑将下来，没个道理，叹一声道："我命休矣！"

正急得没出豁，只听得林间树叶窣窣价声响。程元玉回头看时，却是一个人扳藤附葛而来，甚是轻便。走到面前，是个女子。程元玉见了个人，心下已放下了好些惊恐，正要开口问他，那女子忽然走到程元玉面前来，稽首道："儿乃韦十一娘弟子青霞是也。吾师知公有惊恐，特教我在此等候。吾师只在前面，公可往会。"程元玉听得说是韦十一娘，又与惊恐之说相合，心下就有些望他救答意思，略放胆大些了，随着青霞前往。行不到半里，那饭店里遇着的妇人来了，迎着道："公如此大惊，不早来相接，甚是有罪！公货物已取来，仆马也在，不必忧疑。"程元玉是惊坏了的，一时答应不出。十一娘道："公今夜不可前去，小庵不远，且到庵中一饭，就在此寄宿罢了；前途也去不得。"程元玉不敢违，随了去。

过了两个冈子，前见一山陡绝，四周并无联属，高峰插于云外，韦十一娘以手指道："此是云冈，小庵在其上。"引了程元玉，攀萝附木，一路走上。到了陡绝处，韦与青霞共来扶掖，数步一歇。程元玉气喘当不得，他两个就如平地一般。程元玉抬头看高处，恰似在云雾里；及到得高处，云雾又在下面了。约有十数里，方得石磴。磴有百来级，级尽方是平地，有茅堂一所，甚是清雅。请程元玉坐了，十一娘又另唤一女童出来，叫做缥云，整备茶果、山簌、松醪，请元玉吃。又叫整饭，意甚殷勤。程元玉方才性定，欠身道："程某自不小心，落了小人圈套，若非夫人相救，那讨性命？只是夫人有何法术制得他，讨得程某货物转来？"十一娘道："吾是剑侠，非凡人也。适间在饭店中，见公修雅，不像他人轻薄，故此相敬。及看公面上气色有滞，当有忧虞，故意假说乏钱还店，以试公心。见公颇有义气，所以留心，在此相候，以报公德。适间鼠辈无礼，已曾晓谕他过了。"

程元玉见说，不觉欢喜敬羡。他从小颇看史鉴，晓得有此一种法术，便问道："闻得剑术起自唐时，到宋时绝了。故自元朝到国朝，竟不闻有此事。夫人在何处学来的？"十一娘道："此术非起于唐，亦不绝于宋。自黄帝受兵符于九天玄女，便有此术。其臣风后习之，所以破得蚩尤。帝以此术神奇，恐人妄用，且上帝立戒甚严，不敢宣扬，但拣一二诚笃之人，口传心授。故此术不曾绝传，也不曾广传。后来张良募来击秦皇，梁王遣来刺袁盎，公孙述使来杀来、岑，李师道用来杀武元衡，皆此术也。此术既不易轻得，唐之藩镇羡慕仿效，极力延致奇踪异迹之人，一时罔利之辈，不顾好歹，皆来为其所用，所以独称唐时有此。不知彼辈诸人，实犯上帝大戒，后来皆得惨祸。所以彼时先师，复申前戒，大略：不得妄传人，妄杀人；不得替恶人出力害善人；不得杀人而居其名。此数戒最大。故赵元昊所遣刺客不敢杀韩魏公，苗傅、刘天彦所遣刺客不敢杀张德元，也是怕犯前戒耳。"程元玉道："史称黄帝与蚩尤战，不说有术；张良所募力士，亦不说术；梁王、公孙述、李师道所遣，皆说是盗，如何是术？"十一娘道："公言差矣！此正吾道所谓不居其名也。蚩尤生有异像，且挟奇术，岂是战阵可以胜得？秦始皇万乘之主，仆从仪卫，何等威焰？且秦法甚严，谁敢击他？也没有击了他，可以脱身的。至如袁盎官居近侍，来、岑身为大帅，武相位在台衡，或取之万众之中，直戕之辇毂之下，非有神术，怎做得成？且武元衡之死，并其颅骨也取了去，那时慌忙中，谁人能有此闲工夫？史传元自明白，公不曾详玩其旨耳。"

程元玉道："史书上果是如此。假如太史公所传刺客，想正是此术？至荆轲刺秦王，说他剑术生疏，前边这几个刺客，多是有术的了？"十一娘道："史迁非也。秦诚无道，亦是天命真主，纵有剑术，岂可轻施？至于专诸、聂政诸人，不过义气所使，是个有血性好汉，原非有术。若这等都叫做剑术，世间拚死杀人，自身不保的，尽是术了！"程元玉道："昆仑摩勒如何？"十一娘道："这是粗浅的了，聂隐娘、红线方是至妙的。摩勒用形，但能涉历险阻，试他矫健手段。隐娘辈用神，其机玄妙，鬼神莫窥，针孔可度，皮郛可藏，倏忽千里，往来无迹，岂得无术？"程元玉道："吾看《虬髯客传》，说他把仇人之首来吃了，剑术也可以报得私仇的？"十一娘道："不然。虬髯这事寓言，非真也。就是报仇，也论曲直；若曲在我，也是不敢用术报得的。"程元玉道："假如术家所谓仇，必是何等为最？"十一娘道："仇有几等，皆非私仇。世间有做守令官，虐使小民，贪其贿，又害其命的；世间有做上司官，张大威权，专好谄奉，反害正直的；世间有做将帅，只剥军饷，不勤武事，败坏封疆的；世间有做宰相，树置心腹，专害异己，使贤奸倒置的；世间有做试官，私通关节，贿赂徇私，黑白混淆，使不才侥幸，才士屈抑的：此皆吾术所必诛者也！至若舞文的滑吏，武断的土豪，自有刑宰主之；忤逆之子，负心之徒，自有雷部司之，不关我事。"程元玉曰："以前所言几等人，曾不闻有显受刺客剑仙杀戮的。"十一娘笑道："岂可使人晓得的？凡此之辈，杀之之道非一。重者或径取其首领及其妻子，不必说了；次者或入其咽，断其喉，或伤其心腹，其家但知为暴死，不知其故；又或用术摄其魂，使他颠蹶狂谬，失志而死；或用术迷其家，使他丑秽迭出，愤郁而死。其有时未到的，但假托神异梦寐，使他惊惧而已。"

程元玉道："剑可得试令吾一看否？"十一娘道："大者不可妄用，且怕惊坏了你。小者不妨试试。"乃呼青霞、缥云二女童至，吩咐道："程公欲观剑，可试为之，就此悬崖旋制便了。"二女童应诺。十一娘袖中摸出两个丸子，向空一掷，其高数丈，才坠下来，二女童即跃登树枝梢上，以手接着，毫发不差。各接一丸来一拂，便是雪亮的利刃。程元玉看那树枝，樛曲倒悬，下临绝壑，窅不可测。试一俯瞰，神魂飞荡，毛发森竖，满身生起寒栗子来。十一娘言笑自如，二女童运剑，为彼此击刺之状。初时犹自可辨，到得后来，只如两条白练，半空飞绕，并不看见有人。有顿饭时候，然后下来，气不喘，色不变。程元玉叹道："真神人也！"

时已夜深，乃就竹榻上施衾

褥，命程在此宿卧，仍加以鹿裘覆之。十一娘与二女童作礼而退，自到石室中去宿了。时方八月天气，程元玉拥裘伏衾，还觉寒冷，盖缘居处高了。

天未明，十一娘已起身，梳洗毕。程元玉也梳洗了，出来与他相见了，谢他不尽。十一娘道："山居简慢，恕罪则个。"又供了早膳。复叫青霞操弓矢下山寻野味作昼馔。青霞去了一会，无一件将来，回说："天气早，没有。"再叫缥云去。坐谭未久，缥云提了一雉一兔上山来。十一娘大喜，叫青霞快整治供客。程元玉疑问道："雉兔山中岂少？何乃难得如此？"十一娘道："山中元不少，只是潜藏难求。"程元玉笑道："夫人神术，何求不得，乃难此雉兔？"十一娘道："公言差矣！吾术岂可用来伤物命以充口腹乎？不唯神理不容，也如此小用不得。雉兔之类，原要挟弓矢，尽人力取之方可。"程元玉深加叹服。

须臾，酒至数行。程元玉请道："夫人家世，愿得一闻。"十一娘踧踖沉吟道："事多可愧。然公是忠厚人，言之亦不妨。妾本长安人，父母贫，携妾寄寓平凉，手艺营生。父亡，独与母居。又二年，将妾嫁同里郑氏子，母又转嫁了人去。郑子佻达无度，喜侠游，妾屡屡谏他，遂至反目。因弃了妾，同他一伙无籍人到边上立功去，竟无音耗回来了。伯子不良，把言语调戏我，我正色拒之。一日，潜走到我床上来，我提床头剑刺之，着了伤走了。我因思我是一个妇人，既与夫不相得，弃在此间，又与伯同居不便，且今伤了他，住在此不得了。曾有个赵道姑自幼爱我，他有神术，道我可传得，因是父母在，不敢自由，而今只索投他去。次日往见道姑，道姑欣然接纳。又道：'此地不可居。吾山中有庵，可往住之。'就挈我登一峰颠，较此处还险峻，有一团瓢在上，就住其中，教我法术。至暮，径下山去，只留我独宿，戒我道：'切勿饮酒及淫色。'我想道：'深山之中，那得有此两事？'口虽答应，心中不然，遂宿在团瓢中床上。至更余，有一男子逾墙而入，貌绝美。我遽惊起，问他不答，叱他不退。其人直前将拥抱我，我不肯从，其人求益坚。我抽剑欲击他，他也出剑相刺。他剑甚精利，我方初学，自知不及，只得丢了剑，哀求他道：'妾命薄，久已灰心，何忍乱我？且师有明戒，誓不敢犯。'其人不听，以剑加我颈，逼要从他。我引颈受之，曰：'要死便死，吾志不可夺！'其人收剑，笑道：'可知子心不变矣！'仔细一看，不是男子，原来就是赵道姑，作此试我的。因此道我心坚，尽把术来传了。我术已成，彼自远游，我便居此山中了。"程元玉听罢，愈加钦重。

日已将午，辞了十一娘要行。因问起昨日行装仆马，十一娘道："前途自有人送还，放心前去。"出药一囊送他，道："每岁服一丸，可保一年无病。"送程下山，直至大路方别。才别去，行不数步，昨日群盗将行李仆马已在路旁等候奉还。程元玉将银钱分一半与他，死不敢受；减至一金做酒钱，也必不受。问是何故，群盗道："韦家娘子有命，虽千里之外，不敢有违；违了他的，他就知道。我等性命要紧，不敢换货用。"程元玉再三叹息，仍旧装束好了，主仆取路前进。此后不闻十一娘音耗，已是十余年。

一日，程元玉复到四川。正在栈道中行，有一少年妇人，从了一个秀士行走，只管把眼来瞧他。程元玉仔细看来，也像个素相识的，却是再想不起，不知在那里会过。只见那妇人忽然叫道："程丈别来无恙乎？还记得青霞否？"程元玉方悟是韦十一娘的女童，乃与青霞及秀士相见。青霞对秀士道："此丈便是吾师所重程丈，我也多曾与你说过的。"秀士再与程叙过礼。程问青霞道："尊师今在何处？此位又是何人？"青霞道："吾师如旧。吾丈别后数年，妾奉师命嫁此士人。"程问道："还有一位缥云何在？"青霞道："缥云也嫁了人。吾师又另有两个弟子了。我与缥云，但逢着时节，才去问省一番。"程又问道："娘子今将何往？"青霞道："有些公事在此要做，不得停留。"说罢作别。看他意态甚是匆匆，一竟去了。

过了数日，忽传蜀中某官暴卒。某官性诡谲好名，专一暗地坑人夺人。那年进场做房考，又暗通关节，卖了举人，屈了真才，有像十一娘所说必诛之数。程元玉心疑道："分明是青霞所说做的公事了。"却不敢说破，此后再也无从相闻。此是吾朝成化年间事。秣陵胡太史汝嘉，有《韦十一娘传》。诗云：

侠客从来久，韦娘论独奇。
双丸虽有术，一剑本无私。
贤佞能精别，恩仇不浪施。
何当时假腕，铲尽负心儿！

第五卷　乌将军一饭必酬　陈大郎三人重会

诗曰：

每讶衣冠多盗贼，谁知盗贼有英豪？

试观当日及时雨，千古流传义气高。

话说世人最怕的是个“强盗”二字，做个骂人恶语。不知这也只见得一边。若论起来，天下那一处没有强盗：假如有一等做官的，误国欺君，侵剥百姓，虽然官高禄厚，难道不是大盗？有一等做公子的，倚靠着父兄势力，张牙舞爪，诈害乡民，受投献，窝赃私，无所不为，百姓不敢声冤，官司不敢盘问，难道不是大盗？有一等做举人秀才的，呼朋引类，把持官府，起灭词讼，每有将良善人家拆得烟飞星散的，难道不是大盗？只论衣冠中，尚且如此，何况做经纪客商、做公门人役？三百六十行中人尽有狼心狗行，狠似强盗之人在内，自不必说。所以当时李涉博士遇着强盗，有诗云：

暮雨萧萧江上村，绿林豪客夜知闻。

相逢何用藏名姓？世上于今半是君。

这都是叹笑世人的话。世上如此之人，就是至亲切友，尚且反面无情，何况一饭之恩，一面之识？倒不如《水浒》上说的人，每每自称好汉英雄，偏要在绿林中挣气，做出世人难到的事出来。盖为这绿林中也有一贫无奈，借此栖身的；也有为义气上杀了人，借此躲难的；也有朝廷不用，沦落江湖，因而结聚的。虽然只是歹人多，其间仗义疏财的，到也尽有。当年赵礼让肥，反得粟米之赠；张齐贤遇盗，更多金帛之遗；都是古人实事。

且说近来苏州有个王生，是个百姓人家。父亲王三郎，商贾营生，母亲李氏，又有个婶母杨氏却是孤孀无子的，几口儿一同居住。王生自幼聪明乖觉，婶母甚是爱惜他。不想年纪七八岁时，父母两口相继而亡。多亏这杨氏殡葬完备，就把王生养为己子，渐渐长成起来，转眼间又是十八岁了，商贾事体，是件伶俐。

一日，杨氏对他说道："你如今年纪长大，岂可坐吃山空？我身边有的家资，并你父亲剩下的，尽勾营运。待我凑成千来两，你到江湖上做些买卖，也是正经。"王生欣然道："这个正是我们本等。"杨氏就收拾起千金东西，交付与他。

王生与一班为商的计议定了，说南京好做生意，先将几百两银子置些苏州货物，拣了日子，雇下一只长路的航船，行李包裹多收拾停当，别了杨氏起身，到船烧了神福利市，就便开船。一路无话。

不则一日，早到京口，趁着东风过江。到了黄天荡内，忽然起一阵怪风，满江白浪掀天，不知把船打到一个甚么去处。天已昏黑了，船上人抬头一望，只见四下里多是芦苇，前后并无第二只客船。王生和那同船一班的人正在慌张，忽然芦苇里一声锣响，划出三四只小船来，每船上各有七八个人，一拥的跳过船来。王生等喘做一块，叩头讨饶，那伙人也不来和你说话，也不来害你性命，只把船中所有金银货物，尽数卷掳过船，叫声："聒噪。"双桨齐发，飞也似划将去了。满船人惊到魂飞魄散，目睁口呆。王生不觉的大哭起来，道："我直如此命薄！"就与同行的商量道："如今盘缠行李俱无，到南京何干？不如各自回家，再作计较。"唧唧哝哝了一会，天色渐渐明了。那时已自风平浪静，拨转船头望镇江进发。到了镇江，王生上岸，往一个亲眷人家借得几钱银子做盘费，到了家中。

杨氏见他不久就回，又且衣衫零乱，面貌忧愁，已自猜个八九分。只见他走到面前，唱得个喏，便哭倒在地。杨氏问他仔细，他把上项事说了一遍。杨氏安慰他道："儿呀，这也是你的命。又不是你不老成花费了，何须如此烦恼？且安心在家两日，再凑些本钱出去，务要趁出前番的来便是。"王生道："已后只在近处做些买卖罢，不担这样干系远处去了。"杨氏道："男子汉千里经商，怎说这话！"

住在家一月有余，又与人商量道："扬州布好卖。松江置买了布到扬州就带些银子籴了米回来，甚是有利。"杨氏又凑了几百两银子与他。到松江买了百来筒布，独自写了一只满风梢的船，身边又带了几百两籴米豆的银子，合了一个伙计，择日起行。

到了常州，只见前边来的船，只只气叹口渴道："挤坏了！挤坏了！"忙问缘故。说道："无数粮船，阻塞住丹阳路。自青年铺直到灵口，水泄不通。买卖船莫想得进。"王生道："怎么好？"船家道："难道我们上前去看他挤不成？打从孟河走他娘罢。"王生道："孟河路怕恍惚。"船家道："拚得只是日里行，何碍？不然守得路通，知在何日？"因遂依了船家，走孟河路。果然是天青日白时节，出了孟河。方欢喜道："好了，好了。若在内河里，几时能挣得出来？"正在快活间，只见船后头水响，一只三橹八桨船，飞也似赶来。看看至近，一挠钩搭住，十来个强人手执快刀、铁尺、金刚圈，跳将过来。元来孟河过东去就是大海，日里也有强盗的，惟有空船走得。今见是买卖船，又悔气恰好撞着了，怎肯饶过？尽情搬了去。怪船家手里还捏着橹，一铁尺打去，船家抛橹不及。王生慌忙之中把眼瞅去，认得就是前日黄天荡里一班人。王生口里喊道："大王！前日受过你一番了，今日如何又在此相遇？我前世直如此少你的？"那强人内中一个长大的说道："果然如此，还他些做盘缠。"就把一个小小包裹撩将过来，掉开了船，一道烟反望前边江里去了。

王生只叫得苦，拾起包裹，打开看时，还有十来两零碎银子在内。噙着眼泪冷笑道："且喜这番不要借盘缠，侥幸！侥幸！"就对船家说道："谁叫你走此路，弄得我如此？回去了罢。"船家道："世情变了，白日打劫的，谁人晓得？"只得转回旧路，到了家中，杨氏见来得快，又一心惊。王生泪汪汪地走到面前，哭诉其故。难得杨氏是个大贤之人，又眼里识人，自道侄儿必有发迹之日，并无半点埋怨，只是安慰他，教他守命，再做道理。

过得几时，杨氏又凑起银子，催他出去，道："两番遇盗，多是命里所招。命该失财，便是坐在家中，也有上门打劫的。不可因此两番，堕了家传行业！"王生只是害怕。杨氏道："侄儿疑心，寻一个起课的问个吉凶，讨个前路便是。"果然寻了一个先生到家，接连占卜了几处做生意，都是下卦，惟有南京是个上上卦。又道："不消到得南京，但往南京一路上去，自然财爻旺相。"杨氏道："我的儿，'大胆天下去得，小心寸步难行。'苏州到南京不上六七站路，许多客人往往来来，当初你父亲、你叔叔都是走熟的路。你也是悔气，偶然撞这两遭盗，难道他们专守着你一个，遭遭打劫不成？占卜既好，只索放心前去。"王生依言，仍旧打点动身。也是他前数注定，合当如此。正是：

篋底东西命里财，皆由鬼使共神差。

强徒不是无因至，巧弄他们送福来。

王生行了两日，又到扬子江中。此日一帆顺风，真个两岸万山如走马，直抵龙江关口。然后天晚，上岸不及了，打点湾船。他每是惊弹的鸟，傍着一只巡哨号船边拴好了船，自道万分无事，安心歇宿。到得三更，只听一声锣响，火把齐明，睡梦里惊醒。急睁眼时，又是一伙强人，跳将过来，照前搬个罄尽。看自己船时，不在原泊处所，已移在大江阔处来了。火中仔细看他们抢掳，认得就是前两番之人。王生硬着胆，扯住前日还他包裹这个长大的强盗，跪下道："大王，小人只求一死！"大王道："我等誓不伤人性命，你去罢了，如何反来歪缠？"王生哭道："大王不知，小人幼无父母，全亏得婶娘重托，出来为商。刚出来得三次，恰是前世欠下大王的，三次都撞着大王夺了去，叫我何面目见婶娘？也那里得许多银子还他？就是大王不杀我时，也要跳到江中死了，决难回去再见恩婶之面了。"说得伤心，大哭不住。那大王是个有义气的，觉得可怜他，便道："我也不杀你，银子也还你不成？我有道理。我昨晚劫得一只客船，不想都是打捆的苎麻，且是不少。我要他没用，我取了你银子，把这些与你做本钱去，也勾相当了。"王生出于望外，称谢不尽。那伙人便把苎麻乱抛过船来，王生船家慌忙并叠，不及细看，约莫有二三百捆之数。强盗抛完了苎麻，已自胡哨一声，转船去了。船家认着江中小港门，依旧把船移进宿了。

候天大明，王生道："这也是有人心的强盗，料道这些苎麻也有差不多千金了。他也是劫了去不好发脱，故此与我。我如今就是这样发行去卖，有人认出，反为不美，不如且载回家，打过了捆，改了样式，再去别处货卖么。”仍旧把船开江。下水船快，不多时，到了京口闸，一路到家。

见过婶婶，又把上项事一一说了。杨氏道：“虽没了银子，换了偌多苎麻来，也不为大亏。”便打开一捆来看。只见一层一层解到里边，捆心中一块硬的，缠束甚紧，细细解开，乃是几层绵纸，包着成锭的白金。随开第二捆，捆捆皆同，一船苎麻，共有五千两有余。乃是久惯大客商，江行防盗，假意货苎麻，暗藏在捆内，瞒人眼目的。谁知被强盗不问好歹劫来，今日却富了王生。那里杨氏与王生叫声：“惭愧！”虽然受两三番惊恐，却平白地得此横财，比本钱加倍了，不胜之喜。自此以后，出去营运，遭遭顺利，不上数年，遂成大富之家。这个虽然是王生之福，却是难得这大王一点慈心，可见强盗中未尝没有好人。

如今再说一个，也是苏州人，只因无心之中，结得一个好汉，后来以此起家，又得夫妻重会。有诗为证：

说时侠气凌霄汉，听罢奇文冠古今。

若得世人皆仗义，贪泉自可表清心。

却说景泰年间，苏州府吴江县有个商民，复姓欧阳，妈妈是本府崇明县曾氏，生下一女一儿。儿年十六岁，未婚；那女儿二十岁了，虽是小户人家，到也生得有些姿色，就赘本村陈大郎为婿。家道不富不贫，在门前开小小的一爿杂货店铺，往来交易，陈大郎和小舅两人管理。他们翁婿夫妻郎舅之间，你敬我爱，做生意过日。忽遇寒冬天道，陈大郎往苏州置些货物。在街上行走，只见纷纷洋洋，下着国家祥瑞。古人有诗说得好，道是：

尽道丰年瑞，丰年瑞若何？

长安有贫者，宜瑞不宜多！

那陈大郎冒雪而行，正要寻一个酒店沽酒暖寒，忽见远远地一个人走将来，你道是怎生模样？但见：

身上紧穿着一领青服，腰间暗悬着一把钢刀。形状带些威雄，面孔更无细肉。两颊无非“不亦悦”，遍身都是“德佁如”。

那个人生得身长七尺，膀阔三停，大大一个面庞，大半被长须遮了。可煞作怪，没有须的所在，又多有毛，长寸许，剩去眼睛外，把一个嘴脸遮得缝地也无了。正合着古人笑话：“髭髯不仁，侵扰乎其旁而不已，于是面之所余无几。”

陈大郎见了，吃了一惊，心中想道：“这人好生古怪！只不知吃饭时，如何处置这些胡须，露得个口出来？”又想道：“我有道理，拚得费钱把银子，请他到酒店中一坐，便看出他的行动来了。”他也只是见他异样，要作个耍，连忙躬身向前唱喏，那人还礼不迭。陈大郎道：“小可欲邀老丈酒楼小叙一杯。”那人是个远来的，况兼落雪天气，又饥又寒，听见说了，喜逐颜开，连忙道：“素昧平生，何劳厚意！”陈大郎捣个鬼道：“小可见老丈骨格非凡，必是豪杰，敢扳一话。”那人道：“却是不当。”口里如此说，却不推辞。两人一同上酒楼来。

陈大郎便问酒保打了几角酒，回了一腿羊肉，又摆上些鸡鱼肉菜之类。陈大郎正要看他动口，就举杯来相劝。只见那人接了酒盏放在桌上，向衣袖取出一对小小的银扎钩来，挂在两耳，将须毛分开扎起，拔刀切肉，恣其饮啖。又嫌杯小，问酒保讨个大碗，连吃了几壶，然后讨饭。饭到，又吃了十来碗。陈大郎看得呆了。那人起身拱手道：“多谢兄长厚情，愿闻姓名乡贯。”陈大郎道：“在下姓陈名某，本府吴江县人。”那人一一记了。陈大郎也求他姓名，他不肯还个明白，只说：“我姓乌，浙江人。他日兄长有事到敝省，或者可以相会。承兄盛德，必当奉报，不敢有忘。”陈大郎连称不敢。当下算还酒钱，那人千恩万谢，出门作别自去了。陈大郎也只道是偶然的说话，那里认真？归来对家中人说了，也有信他的，也有疑他说谎的，俱各笑了一场。不在话下。

又过了两年有余。陈大郎只为做亲了数年，并不曾生得男女，夫妻两个发心，要往南海普陀洛伽山观音大士处烧香求子，尚在商量未决。忽一日，欧公有事出去了，只见外边有一个人走进来叫道：“老欧在家么？”陈大郎慌忙出来答应，却是崇明县的褚敬桥。施礼罢，便问：“令岳在家否？”陈大郎道：“少出。”褚敬桥道：“令亲外太妈陆氏身体违和，特地叫我寄信，请你令岳母相伴几时。”大郎闻言，便进来说与曾氏知道。曾氏道：“我去便要去，只是你岳父不在，眼下不得脱身。”便叫过女儿、儿子来，分付道：“外婆有病，你每姊弟两人，可到崇明去伏侍几日。待你父亲归家，我就来换你们便了。”当下商议已定，便留褚敬桥吃了午饭，央他先去回复。

又过了两日，姊弟二人收拾停当，叫下一只堂船起行。那曾氏又分付道："与我上复外婆，须要宽心调理，可说我也就要来的。虽则不多日路，你两个年小，各要小心。"二人领诺，自望崇明去了。只因此一去，有分教：

绿林此日逢娇冶，红粉从今遇险危。

却说陈大郎自从妻、舅去后十日有余，欧公已自归来，只见崇明又央人寄信来，说道："前日褚敬桥回复道叫外甥们就来，如何至今不见？"那欧公夫妻和陈大郎，都吃了一大惊。便道："去已十日了，怎说不见？"寄信的道："何曾见半个影来？你令岳母到也好了，只是令爱、令郎是甚缘故？"陈大郎忙去寻那载去的船家问他。船家道："到了海滩边，船进去不得，你家小官人与小娘子说道：'上岸去，路不多远，我们认得的。你自去罢。'此时天色将晚，两个急急走了去，我自摇船回了。如何不见？"那欧公急得无计可施，便对妈妈道："我在此看家，你可同女婿探望丈母，就访访消息归来。"

他每两个心中慌忙无措，听得说了，便一刻也迟不得，急忙备了行李，雇了船只，第二日早早到了崇明。相见了陆氏妈妈，问起缘由，方知病体已渐痊可，只是外甥儿女毫不知些踪迹。那曾氏便是"心肝肉"的放声大哭起来。陆氏及邻舍妇女们惊来问信的，也不知陪了多少眼泪。

陈大郎是个性急的人，敲台拍凳的怒道："我晓得，都是那褚敬桥寄个甚么鸟信！是他趁伙打劫，用计拐去了。"便不管三七二十一，忿气走到褚家。那褚敬桥还不知甚么缘由，劈面撞着，正要问个来历，被他劈胸揪住，喊道："还我人来，还我人来！"就要扯他到官。此时已闹动街坊人，齐拥来看。那褚敬桥面如土色，嚷道："有何得罪，也须说个明白！"大郎道："你还要白赖！我好好的在家里，你寄甚么信，把我妻子、舅子拐在那里去了？"褚敬桥拍着胸膛道："真是冤天屈地，要好成歉。吾好意为你寄信，你妻子自不曾到，今日这话，却不知祸从天上来！"大郎道："我妻、舅已自来十二日了，怎不见到？"敬桥道："可又来！我到你家寄信时，今日算来十二日了。次日傍晚到得这里以后，并不曾出门，此时你妻、舅还在家未动身哩！我在何时拐骗？如今四邻八舍都是证见，若是我十日内曾出门到那里，这便都算是我的缘故。"众人都道："那有这事！这不撞着拐子，就撞着强盗了。不可冤屈了平人！"

陈大郎情知不关他事，只得放了手，忍气吞声跑回曾家。就在崇明县递了状词；又到苏州府进了状词，批发本县捕衙缉访；又各处粉墙上贴了招子，计出赏银二十两；又寻着原载去的船家，也拉他到巡捕处，寻了个保，押出挨查。仍旧到崇明与曾氏共住了二十余日，并无消息。不觉的残冬将尽，新岁又来，两人只得回到家中。欧公已知上项事了，三人哭做一堆，自不必说。别人家多欢欢喜喜过年，独有他家烦烦恼恼。

一个正月又匆匆的过了，不觉又是二月初头，依先没有一些影响。陈大郎猛然想着道："去年要到普陀进香，只为要求儿女，如今不想连儿女的母亲都不见了，我直如此命蹇！今月十九日是观音菩萨生日，何不到彼进香还愿？一来祈求的观音报应；二来看些浙江景致，消遣闷怀，就便做些买卖。"算计已定，对丈人说过，托店铺与他管了，收拾行李，取路望杭州来。过了杭州钱塘江，下了海船，到普陀上岸，三步一拜，拜到大士殿前。焚香顶礼已过，就将分离之事通诚了一番，重复叩头道："弟子虔诚拜祷，伏望菩萨大慈大悲，救苦救难，广大灵感，使夫妻再得相见！"拜罢下船，就泊在岩边宿歇。睡梦中见观音菩萨口授四句诗道：

合浦珠还自有时，惊危目下且安之。

姑苏一饭酬须重，人海茫茫信可期。

陈大郎飒然惊觉，一字不忘。他虽不甚精通文理，这几句却也解得。叹口气道："菩萨果然灵感！依他说话，相逢似有可望。但只看如此光景，那得能勾？"心下怏怏，那一饭的事，早已不记得了。

清早起来，开船归家。行不得数里，海面忽地起一阵飓风，吹得天昏地暗，连东西南北都不见了。舟人牢把船舵，凭风飘去。须臾之间，飘到一个岛边，早已风恬日朗。那岛上有小喽罗数百，正在那里使枪弄棒，比箭抡拳，一见有海船飘到，正是老鼠在猫口边过，如何不吃？便一伙的都抢下船来，将一船人身边银两行李尽数搜出。那多是烧香客人，所有不多，不满众意，提起刀来吓他要杀。陈大郎情急了，大叫："好汉饶命！"那些喽罗听得是东路声音，便问道："你是那里人？"陈大郎战兢兢道："小人是苏州人。"喽罗们便说道："既如此，且绑到大王面前发落，不可便杀。"因此连众人都饶了，齐齐绑到聚义厅来。陈大郎此时也不知是何主意，总之，这条性命，一大半是阎王家的了。闭着泪眼，口里只念："救苦救难观世音菩萨！"只见那厅上一个大王，慢慢地踱下厅来，将大郎细看了又看，大惊道："元来是吾故人到此，快放了绑！"陈大郎听得此话，才敢偷眼看那大王时节，正是两年前遇着多须多毛、酒楼上请他吃饭这个人。喽罗连忙解脱绳索，大王便扯一把交椅过来，推他坐了，纳头便拜道："小孩儿每不知进退，误犯仁兄，望乞恕罪！"陈大郎还礼不迭，说道："小人触冒山寨，理合就戮，敢有他言！"大王道："仁兄怎如此说？小可感仁兄雪中一饭之恩，于心不忘。屡次要来探访仁兄，只因山寨中多事不便。日前曾分付孩儿们，凡遇苏州客商，不可轻杀。今日得遇仁兄，天假之缘也。"陈大郎道："既蒙壮士不弃小人时，乞将同行众人包裹行李见还，早回家乡，誓当衔环结草。"大王道："未曾尽得薄情，仁兄如何就去？况且有一事要与仁兄慢讲。"回头分付小喽罗，宽了众人的绑，还了行李货物，先放还乡。众人欢天喜地，分明是鬼门关上放将转来，把头似捣蒜的一般，拜谢了大王，又谢了陈大郎，只恨爹娘少生了两只脚，如飞的开船去了。

大王便叫摆酒与陈大郎压惊。须臾齐备，摆上厅来。那酒肴内，山珍海味也有，人肝人脑也有。大王定席之后，饮了数杯，陈大郎开口问道："前日仓卒有慢，不曾备细请教得壮士大名，伏乞详示。"大王道："小可生在海边，姓乌名友，少小就有些膂力，众人推我为尊，权主此岛。因见我须毛太多，称我做乌将军。前日由海道到崇明县，得游贵府，与仁兄相会。小可不是铺啜之徒，感仁兄一饭，盖因我辈钱财轻，义气重，仁兄若非尘埃之中，深知小可，一个素不相识之人，如何肯欣然款纳？所谓'士为知己者死'，仁兄果我之知己耳！"大郎闻言，又惊又喜，心里想道："好侥幸也！若非前日一饭，今日连性命也难保。"又饮了数杯，大王开言道："动问仁兄，宅上有多少人口？"大郎道："只有岳父母、妻子、小舅，并无他人。"大王道："如今各平安否？"大郎下泪道："不敢相瞒，旧岁荆妻、妻弟一同往崇明探亲，途中有失，至今不知下落。"大王道："即是这等，尊嫂定是寻不出了。小可这里有个妇女也是贵乡人，年貌与兄正当，小可欲将他来奉仁兄箕帚，意下如何？"大郎恐怕触了大王之怒，不敢推辞。大王便大喊道："请将来！请将来！"只见一男一女，走到厅上。大郎定睛看时，原来不是别人，正是妻子与小舅，禁不住相持痛哭一场。大王便教增了筵席，三人坐了客位，大王坐了主位，说道："仁兄知尊嫂在此之故否？旧岁冬间，孩儿每往崇明海岸无人处，做些细商道路，见一男一女傍晚同行，拿着前来。小可问出根由，知是仁兄宅眷，忙令各馆别室，不敢相轻，于今两月有余。急忙里无个缘便，心中想道：'只要得邀仁兄一见，便可用小力送还。'今日不期而遇，天使然也！"三人感谢不尽。

那妻子与小舅私对陈大郎说道："那日在海滩上望得见外婆家了，打发了来船，姊弟正走间，遇见一伙人，捆缚将来，道是性命休矣！不想一见大王，查问来历，我等一一实对，便把我们另眼相看，我们也不知其故。今日见说，却记得你前年间曾言苏州所遇，果非虚话了。"陈大郎又想道："好侥幸也！前日若非一饭，今日连妻子也难保。"

酒罢起身，陈大郎道："妻父母望眼将穿。既蒙壮士厚恩完聚，得早还家为幸。"大王道："既如此，明日送行。"当夜送大郎夫妇在一个所在，送小舅在一个所在，各歇宿了。次日，又治酒相饯。三口拜谢了要行，大王又教喽罗托出黄金三百两，白银一千两，彩缎货物在外，不计其数。陈大郎推辞了几番道："重承厚赐，只身难以持归。"大王道："自当相送。"大郎只得拜受了。大王道："自此每年当一至。"大郎应允。大王相送出岛边，喽罗们已自驾船相等。他三人欢欢喜喜，别了登舟。那海中是强人出没的所在，怕甚风涛险阻！只两日，竟由海道中送到崇明上岸，那船自去了。

他三人竟走至外婆家来，见了外婆，说了缘故，老人家肉天肉地的叫，欢喜无极。陈大郎又叫了一只船，三人一同到家，欧公欧妈，见儿女、女婿都来，还道是睡里梦里！大郎便将前情告诉了一遍，各各悲欢了一场。欧公道："此果是乌将军义气。然若不遇飓风，何缘得到岛中？普陀大士真是感应！"大郎又说着大士梦中四句诗，举家叹异。

从此大郎夫妻年年到普陀进香，都是乌将军差人从海道迎送，每番多则千金，少则数百，必致重负而返。陈大郎也年年往他州外府，觅些奇珍异物奉承，乌将军又必加倍相答，遂做了吴中巨富之家，乃一饭之报也。后人有诗赞曰：

> 胯下曾酬一饭金，谁知剧盗有情深？
> 世间每说奇男子，何必儒林胜绿林！

第六卷 宣徽院仕女秋千会 清安寺夫妇笑啼缘

诗曰：

闻说氤氲使，专司夙世缘。
岂徒生作合，惯令死重还。
顺局不成幻，逆施方见权。
小儿称造化，于此信其然。

话说人世婚姻前定，难以强求，不该是姻缘的，随你用尽机谋，坏尽心术，到底没收场；及至该是姻缘的，虽是被人扳障，受人离间，却又散的弄出合来，死的弄出活来。从来传奇小说上边，如《倩女离魂》，活的弄出魂去，成了夫妻；如《崔护渴浆》，死的弄转魂来，成了夫妻。奇奇怪怪，难以尽述。

只如《太平广记》上边说，有一个刘氏子，少年任侠，胆气过人，好的是张弓挟矢、驰马试剑、飞觞蹴鞠诸事。交游的人，总是些剑客、博徒、杀人不偿命的亡赖子弟。一日游楚中，那楚俗习尚，正与相合，就有那一班儿意气相投的人，成群聚党，如兄若弟的往来。有人对他说道："邻人王氏女，美貌当今无比。"刘氏子就央中人为媒去求聘他。那王家道："虽然此人少年英勇，却闻得行径古怪，有些不务实，恐怕后来惹出事端，误了女儿终身。"坚执不肯。那女儿久闻得此人英风义气，到有几分慕他，只碍着爹娘做主，无可奈何。那媒人回复了刘氏子。刘氏子是个猛烈汉子，道："不肯便罢，大丈夫怕没有好妻！愁他则甚？"一些不放在心上。

又到别处闲游了几年。其间也就说过几家亲事，高不凑，低不就，一家也不曾成得，仍旧到楚中来。那邻人王氏女虽然未嫁，已许下人了，刘氏子闻知也不在心上。这些旧时朋友见刘氏子来了，都来访他，仍旧联肩叠背，日里合围打猎，猎得些獐鹿雉兔，晚间就烹炮起来，成群饮酒，没有三四鼓不肯休歇。

一日打猎归来，在郭外十余里一个林子里，下马少憩。只见树木阴惨，境界荒凉，有六七个坟堆，多是雨淋泥落，尸棺半露，也有棺木毁坏，尸骸尽见的。众人看了道："此等地面，亏是日间，若是夜晚独行，岂不怕人！"刘氏子道："大丈夫神钦鬼伏，就是黑夜，有何怕惧？你看我今日夜间，偏要到此处走一遭。"众人道："刘兄虽然有胆气，怕不能如此。"刘氏子道："你看我今夜便是。"众人道："以何物为信？"刘氏子就在古墓上取墓砖一块，题起笔来，把同来众人名字多写在上面，说道："我今带了此砖去，到夜间我独自送将来。"指着一个棺木道："放在此馆上，明日来看便是。我送不来，我输东道，请你众位。我送了来，你众位输东道，请我；见放着砖上名字，挨名派分，不怕少了一个。"众人都笑道："使得，使得。"说罢，只听得天上隐隐雷响，一齐上马回到刘氏子下处。又将射猎所得，烹宰饮酒。

霎时间雷雨大作，几个霹雳，震得屋宇都是动的。众人戏刘氏子道："刘兄，日间所言，此时怕铁好汉也不敢去。"刘氏子道："说那里话？你看我雨略住就走。"果然阵头过，雨小了，刘氏子持了日间墓砖出门就走。众人都笑道："你看他那里演帐演帐，回来捣鬼，我们且落得吃酒。"果然刘氏子使着酒性，一口气走到日间所歇墓边，笑道："你看这伙懦夫！不知有何惧怕，便道到这里来不得。"此时雷雨已息，露出星光微明，正要将砖放在棺上，只见棺上有一件东西蹲踞在上面。刘氏子摸一摸道："奇怪！是甚物件？"暗中手捻捻看，却像是个衣衾之类裹着甚东西。两手合抱将来，约有七八十斤重。笑道："不拘是甚物件，且等我背了他去，与他们看看，等他们就晓得，省得直到明日才信。"他自恃膂力，要吓这班人，便把砖放了，一手拖来，背在背上，大踏步便走。

到得家来，已是半夜。众人还在那里呼红叫六的吃酒。听得外边脚步响，晓得刘氏子已归，恰像负着重东西走的。正在疑惑间，门开处，刘氏子直到灯前，放下背上所负在地。灯下一看，却是一个簇新衣服的女人死尸，可也奇怪，挺然卓立，更不僵仆。一座之人猛然抬头见了，个个惊得屁滚尿流，有的逃躲不及。刘氏子再把灯细细照着死尸面孔，只见脸上脂粉新施，形容甚美，只是双眸紧闭，口中无气，正不知是甚么缘故。众人都怀惧怕道："刘兄恶取笑，不当人子！怎么把一个死人背在家里来吓人？快快仍背了出去！"刘氏子大笑道："此乃吾妻也！我今夜还要与他同衾共枕，怎么舍得负了出去？"说罢，就裸起双袖，一抱抱将上床来，与他做了一头，口对了口，果然做一被睡下了。他也只要在众人面前弄胆壮，故意如此做作。众人又怕又笑，说道："好无赖贼，直如此大胆不怕！拚得输东道与你罢了，何必做出此渗濑勾当？"刘氏子凭众人自说，只是不理，自睡了。众人散去。

刘氏子与死尸睡到了四鼓，那死尸得了生人之气，口鼻里渐渐有起气来。刘氏子骇异，忙把手摸他心头，却是温温的。刘氏子道："惭愧！敢怕还活转来？"正在疑虑间，那女人四肢兀自动了。刘氏子越吐着热气接他，果然翻个身活将起来，道："这是那里？我却在此！"刘氏子问其姓名，只是含羞不说。

须臾之间，天大明了，只见昨夜同席这干人有几个走来道："昨夜死尸在那里？原来有这样异事。"刘氏子且把被遮着女人，问道："有何异事？"那些人道："原来昨夜邻人王氏之女嫁人，梳妆已毕，正要上轿，忽然急心疼死了。未及殡殓，只听得一声雷响，不见了尸首，至今无寻处。昨夜兄背来死尸，敢怕就是？"刘氏子大笑道："我背来是活人，何曾是死尸！"众人道："又来调喉！"刘氏子扯开被与众人看时，果然是一个活人。众人道："又来奇怪！"因问道："小娘子谁氏之家？"那女子见人多了，便说出话来，道："奴是此间王家女。因昨夜一个头晕，跌倒在地，不知何缘在此？"刘氏子又大笑道："我昨夜原说道是吾妻，今说将来，便是我昔年求聘的了。我何曾吊谎？"众人都笑将起来道："想是前世姻缘，我等当为撮合。"

此话传闻出去，不多时王氏父母都来了，看见女儿是活的，又惊又喜。那女儿晓得就是前日求亲的刘生，便对父母说道："儿身已死，还魂转来，却遇刘生。昨夜虽然是个死尸，已与他同寝半夜，也难另嫁别人了，爹妈做主则个。"众人都撺掇道："此是天意，不可有违！"王氏父母遂把女儿招了刘氏子为婿，后来偕老。可见天意有定，如此作合。倘若这夜不是暴死、大雷，王氏女已是别家媳妇了；又非刘氏子试胆作戏，就是因雷失尸，也有何涉？只因是夙世前缘，故此奇奇怪怪，颠之倒之，有此等异事。

这是个父母不肯许的，又有一个父母许了又悔的，也弄得死了活转来，一念坚贞，终成夫妇，留下一段佳话，名曰《秋千会记》。正是：

精诚所至，金石为开。

贞心不寐，死后重谐。

这本话乃是元朝大德年间的事。那朝有个宣徽院使叫做孛罗。是个色目人，乃故相齐国公之子。生自相门，穷极富贵，第宅宏丽，莫与为比。却又读书能文，敬礼贤士，一时公卿间，多称诵他好处。他家住在海子桥西，与佥判奄都剌、经历东平王荣甫三家相联，通家往来。宣徽私居后，有花园一所，名曰杏园，取“春色满园关不住，一枝红杏出墙来”之意。那杏园中花卉之奇，亭榭之好，诸贵人家所不能仰望。每年春，宣徽诸妹诸女，邀院判、经历两家宅眷，于园中设秋千之戏，盛陈饮宴，欢笑竟日；各家亦隔一日设宴还答，自二月末至清明后方罢，谓之“秋千会”。

于时有个枢密院同佥帖木儿不花的公子，叫做拜住，骑马在花园墙外走过。只闻得墙内笑声，在马上欠身一望，正见墙内秋千竞蹴，欢哄方浓。遥望诸女，都是绝色。拜住勒住了马，潜身在柳阴中，恣意偷觑，不觉多时。那管门的老院公听见墙外有马铃响，走出来看，只见这一个骑马郎君呆呆地对墙里觑着。园公认得是同佥公子，走报宣徽，宣徽急叫人赶出来。那拜住才撞见园公时，晓得有人知觉，恐怕不雅，已自打上了一鞭，去得远了。

拜住归家来，对着母夸说此事，盛道宣徽诸女个个绝色。母亲解意，便道：“你我正是门当户对，只消遣媒来说亲，自然应允，何必望空羡慕？”

就央个媒婆到宣徽家来说亲。宣徽笑道："莫非是前日骑马看秋千的？吾正要择婿，教他到吾家来看看，才貌若果好，便当许亲。"媒婆归报同佥，同佥大喜，便叫拜住盛饰仪服，到宣徽家来。

宣徽相见已毕，看他丰神俊美，心里已有几分喜欢。但未知内蕴才学如何，思量试他，遂对拜住道："足下喜看秋千，何不以此为题，赋《菩萨蛮》一调？老夫要请教则个。"拜住请笔砚出来，一挥而就。词曰：

红绳画板柔荑指，东风燕子双双起。夸俊要争高，更将裙系牢。牙床和困睡，一任金钗坠。推起枕来迟，纱窗月上时。

宣徽见他才思敏捷，韵句铿锵，心下大喜，分付安排盛席款待。筵席完备，待拜住以子侄之礼，送了侧首坐下，自己坐了主席。饮酒中间，宣徽想道："适间咏秋千词，虽是流丽，或者是那日看过秋千，便已有此题咏，今日偶合着题目的。不然如何恁般来得快？真是七步之才也不过如此。待我再试他一试看。"恰好听得树上黄莺巧啭，就对拜住道："老夫再欲求教，将《满江红》调赋《莺》一首。望不吝珠玉，意下如何？"拜住领命，即席赋成，拂拭剡藤，挥洒晋字，呈上宣徽。词曰：

嫩日舒晴，韶光艳、碧天新霁。正桃腮半吐，莺声初试。孤枕乍闻弦索悄，曲屏时听笙簧细。爱绵蛮、柔舌韵东风，愈娇媚。　幽梦醒，闲愁泥。残杏褪，重门闭。巧音芳韵，十分流丽。入柳穿花来又去，欲求好友真无计。望上林，何日得双栖？心迢递。

宣徽看见词翰两工，心下已喜；及读到末句，晓得是见景生情，暗藏着求婚之意，不觉拍案大叫道："好佳作！真吾婿也！老夫第三夫人有个小女，名唤速哥失里，堪配君子，待老夫唤出相见则个。"就传云板请三夫人与小姐上堂。当下拜住拜见了岳母，又与小姐速哥失里相见了，正是秋千会里女伴中最绝色者。拜住不敢十分抬头，已自看得较切，不比前日墙外影响，心中喜乐不可名状。相见罢，夫人同小姐回步。

却说内宅女眷，闻得堂上请夫人、小姐时，晓得是看中了女婿。别位小姐都在门背后缝里张着，看见拜住一表非俗，个个称羡。见速哥失里进来，私下与他称喜道："可谓门阑多喜气，女婿近乘龙也。"合家赞美不置。拜住辞谢了宣徽，回到家中，与父母说知，就择吉日行聘。礼物之多，词翰之雅，喧传都下，以为盛事。谁知好事多磨，风云不测。台谏官员看见同佥富贵豪宕，上本参论他赃私，奉圣旨发下西台御史勘问，免不得收下监中。那同佥是个受用的人，怎吃得牢狱之苦？不多几日生起病来。元来元朝大臣在狱有病，例许题请释放。同佥幸得脱狱，归家调治，却病得重了，百药无效，不上十日，呜呼哀哉，举家号痛。谁知这病是惹的牢瘟，同佥既死，阖门染了此症，没几日就断送了一个，一月之内弄个尽绝，止剩得拜住一个不死。却又被西台追赃入官，家业不勾赔偿。真个转眼间冰消瓦解，家破人亡。

宣徽好生不忍，心里要收留拜住回家成亲，教他读书，以图出身。与三夫人商议，那三夫人是个女流之辈，只晓得炎凉世态，那里管甚么大道理？心里怫然不悦。元来宣徽别房虽多，惟有三夫人是他最宠爱的，家里事务都是他主持。所以前日看上拜住，就只把他的女儿许了，也是好胜处。今日见别人的女儿，多与了富贵之家，反是他女婿家里凋弊了，好生不伏气，一心要悔这头亲事，便与女儿速哥失里说知。速哥失里不肯，哭谏母亲道："结亲结义，一言订盟，终不可改。儿见诸姊妹家荣盛，心里岂不羡慕？但寸丝为定，鬼神难欺，岂可因他贫贱，便想悔赖前言？非人所为，儿誓死不敢从命！"宣微虽也道女儿之言有理，怎当得三夫人撒娇撒痴，把宣徽的耳朵掇了转来，那里管女儿肯不肯，别许了平章阔阔出之子僧家奴。拜住虽然闻得这事，心中懊恼，自知失势，不敢相争。

那平章家择日下聘，比前番同佥之礼更觉隆盛。三夫人道："争得气来，心下方才快活。"只见平章家拣下吉期，花轿到门。速哥失里不肯上轿，众夫人、众姊妹各来相劝。速哥失里大哭一场，含着眼泪，勉强上轿。到得平章家里，傧相念了诗赋，启请新人出轿。伴娘开帘，等待再三，不见抬身。攒头轿内看时，叫声："苦也！"元来速哥失里在轿中偷解缠脚纱带，缢颈而死，已此绝气了。慌忙报与平章，连平章没做道理处，叫人去报宣徽。那三夫人见说，儿天儿地哭将起来，急忙叫人追轿回来，急解脚缠，将姜汤灌下去，牙关紧闭，眼见得不醒。三夫人哭得昏晕了数次，无可奈何，只得买了一副重价的棺木，尽将平日房奁首饰珠玉及两番夫家聘物，尽情纳在棺内入殓，将棺木暂寄清安寺中。

且说拜住在家，闻得此变，情知小姐为彼而死。晓得柩寄清安寺中，要去哭他一番。是夜来到寺中，见了棺柩，不觉伤心，抚膺大恸，真是哭得三生诸佛都垂泪，满房禅侣尽长吁。哭罢，将双手扣棺道："小姐阴灵不远，拜住在此。"只听得棺内低低应道："快开了棺，我已活了。"拜住听得明白，欲要开时，将棺木四围一看，漆钉牢固，难以动手。乃对本房主僧说道："棺中小姐，原是我妻屈死。今棺中说道已活，我欲开棺，独自一人难以着力，须求师父们帮助。"僧道："此宣徽院小姐之棺，谁敢私开？开棺者须有罪。"拜住道："开棺之罪，我一力当之，不致相累，况且暮夜无人知觉。若小姐果活了，放了出来，棺中所有，当与师辈共分；若是不活，也等我见他一面，仍旧盖上，谁人知道？"那些僧人见说共分所有，他晓得棺中随殓之物甚厚，也起了利心；亦且拜住兴头时与这些僧人也是门徒施主，不好违拗。便将一把斧头，把棺盖撬将开来。只见划然一声，棺盖开处，速哥失里便在棺内坐了起来，见了拜住，彼此喜极。拜住便说道："小姐再生之庆，真是冥数，也亏得寺僧助力开棺。"小姐便脱下手上金钏一对及头上首饰一半，送与僧人，剩下的还直数万两。拜住与小姐商议道："本该报宣徽得知，只是恐怕有变。而今身边有财物，不如瞒着远去，只央寺僧买些漆来，把棺木仍旧漆好，不说出来，神不知，鬼不觉，此为上策。"寺僧受了重贿，无有不依，照旧把棺木漆得光净牢固，并不露一些风声。拜住遂挈了速哥失里，走到上都寻房居住。那时身边丰厚，拜住又寻了一馆，教着蒙古生数人，复有月俸，家道从容，尽可过日。夫妻两个，你恩我爱，不觉已过一年。也无人晓得他的事，也无人晓得甚么宣徽之女，同佥之子。

却说宣徽自丧女后，心下不快，也不去问拜住下落。好些时不见了他，只说是流离颠沛，连存亡不可保了。一日旨意下来，拜宣微做开平尹，宣徽带了家眷赴任。那府中事体烦杂，宣徽要请一个馆客做记室，代笔札之劳。争奈上都是个极北夷方，那里寻得个儒生出来？访有多日，有人对宣徽道："有一个士人，自大都挈家寓此，也是个色目人，设帐民间，极有学问。府君若要觅西宾，只有此人可以充得。"宣微大喜，差个人拿帖去，快请了来。

拜住看见了名帖，心知正是宣徽，忙对小姐说知了，穿着整齐，前来相见。宣徽看见，认得是拜住，吃了一惊，想道："我几时不见了他，道是流落死亡了，如何得衣服济楚，容色充盛如此？"不觉追念女儿，有些伤感起来。便对拜住道："昔年有负足下，反累爱女身亡，惭恨无极！今足下何因在此？曾有亲事未曾？"拜住道："重蒙垂念，足见厚情。小婿不敢相瞒，令爱不亡，见同在此。"宣微大惊道："那有此话！小女当日自缢，今尸棺见寄清安寺中，那得有个活的在此间？”拜住道：“令爱小姐与小婿实是夙缘未绝，得以重生。今见在寓所，可以即来相见，岂敢有诳！”

宣徽忙走进去与三夫人说了，大家不信。拜住又叫人去对小姐说了，一乘轿竟抬入府衙里来。惊得合家人都上前来争看，果然是速哥失里。那宣徽与三夫人不管是人是鬼，且抱着头哭做了一团。哭罢，定睛再看，看去身上穿戴的，还是殓时之物，行步有影，衣衫有缝，言语有声，料想真是个人了。那三夫人道：“我的儿，就是鬼，我也舍不得放你了！”

只有宣徽是个读书人见识，终是不信，疑心道：“此是屈死之鬼，所以假托人形，幻惑年少。”口里虽不说破，却暗地使人到大都清安寺问僧家的缘故。僧家初时抵赖，后见来人说道已自相逢厮认了，才把真心话一一说知。来人不肯便信，僧家把棺木撬开与他看，只见是个空棺，一无所有。回来报知宣徽道：“此情是实。”宣徽道：“此乃宿世前缘也！难得小姐一念不移，所以有此异事。早知如此，只该当初依我说，收养了女婿，怎见得有此多般？”三夫人见说，自觉没趣，懊悔无极，把女婿越看待得亲热，竟赘他在家中终身。

后来速哥失里与拜住生了三子。长子教化，仕至辽阳等处行中省左丞；次子忙古歹，幼子黑厮，俱为内怯薛带御器械。教化与忙古歹先死，黑厮直做到枢密院使。天兵至燕，元顺帝御清宁殿，集三宫皇后太子同议避兵。黑厮与丞相失列门哭谏道：“天下者，世祖之天下也，当以死守。”顺帝不听，夜半开建德门遁去，黑厮随入沙漠，不知所终。

平章府轿抬死女，清安寺漆整空棺。

若不是生前分定，几曾有死后重欢！

第七卷 韩秀才乘乱聘娇妻 吴太守怜才主姻簿

诗曰：

嫁女须求女婿贤，贫穷富贵总由天。

姻缘本是前生定，莫为炎凉轻变迁。

话说人生一世，沧海变为桑田，目下的贱贵穷通都做不得准的。如今世人一肚皮势利念头，见一个人新中了举人、进士，生得女儿，便有人抢来定他为媳；生得男儿，便有人捱来许他为婿。万一官卑禄薄，一旦夭亡，仍旧是个空公子、穷小姐，此时懊悔，已自迟了。尽有贫苦的书生，向富贵人家求婚，便笑他阴沟洞里思量天鹅肉吃；忽然青年高第，然后大家懊悔起来，不怨怅自己没有眼睛，便嗟叹女儿无福消受。所以古人会择婿的，偏拣着富贵人家不肯应允，却把一个如花似玉的爱女，嫁与那酸黄齑、烂豆腐的秀才，没有一人不笑他呆痴，道是“好一块羊肉，可惜落在狗口里了！”一朝天子招贤，连登云路，五花诰、七香车，尽着他女儿受用，然后服他先见之明。这正是：凡人不可貌相，海水不可斗量。只在论女婿的贤愚，不在论家势的贫富。当初韦皋、吕蒙正多是样子。

却说春秋时，郑国有一个大夫，叫做徐吾犯，父母已亡，止有一同胞妹子。那小姐年方十六，生得肌如白雪，脸似樱桃，鬓若堆鸦，眉横丹凤。吟得诗，作得赋，琴棋书画，女工针指，无不精通。还有一件好处，那一双娇滴滴的秋波，最会相人。大凡做官的与他哥哥往来，他常在帘中偷看，便识得那人贵贱穷通，终身结果，分毫没有差错，所以一发名重。当时却有大夫公孙楚聘他为妇，尚未成婚。

那公孙楚有个从兄，叫做公孙黑，官居上大夫之职，闻得那小姐貌美，便央人到徐家求婚。徐大夫回他已受聘了。公孙黑原是不良之徒，便倚着势力，不管他肯与不肯，备着花红酒礼，笙箫鼓乐，送上门来。徐大夫无计可施，次日备了酒筵，请他兄弟二人来，听妹子自择。公孙黑晓得要看女婿，便浓妆艳服而来，又自卖弄富贵，将那金银彩缎，排列一厅。公孙楚只是常服，也没有甚礼仪。旁人观看的，都赞那公孙黑，暗猜道："一定看中他了。"酒散，二人谢别而去。小姐房中看过，便对哥哥说道："公孙黑官职又高，面貌又美，只是带些杀气，他年决不善终，不如嫁了公孙楚，虽然小小有些折挫，久后可以长保富贵。"大夫依允，便辞了公孙黑，许了公孙楚。择日成婚已毕。

那公孙黑怀恨在心，奸谋又起，忽一日穿了甲胄，外里用便服遮着，到公孙楚家里来，欲要杀他，夺其妻子。已有人通风与公孙楚知道，疾忙执着长戈赶出。公孙黑措手不及，着了一戈，负痛飞奔出门，便到宰相公孙侨处告诉。此时大夫都聚，商议此事，公孙楚也来了。争辨了多时，公孙侨道："公孙黑要杀族弟，其情未知虚实。却是论官职，也该让他；论长幼，也该让他。公孙楚卑幼，擅动干戈，律当远窜。"当时定了罪名，贬在吴国安置。公孙楚回家，与徐小姐抱头痛哭而行。公孙黑得意，越发耀武扬威了。外人看见，都懊怅徐小姐不嫁得他，就是徐大夫也未免世俗之见。小姐全然不以为意，安心等守。

却说郑国有个上卿游吉，该是公孙侨之后轮着他为相。公孙黑思想夺他权位，日夜蓄谋，不时就要作起反来。公孙侨得知，便疾忙乘其未发，差官数了他的罪恶，逼他自缢而死。这正合着徐小姐"不善终"的话了。

那公孙楚在吴国住了三载，赦罪还朝，就代了那上大夫职位，富贵已极，遂与徐小姐偕老。假如当日小姐贪了上大夫的声势，嫁着公孙黑，后来做了叛臣之妻，不免守几十年之寡。即此可见目前贵贱都是论不得的。说话的，你又差了，天下好人也有穷到底的，难道一个个为官不成？俗语道得好："赊得不如现得。"何如把女儿嫁了一个富翁，且享此目前的快活。看官有所不知，就是会择婿的，也都要跟着命走。一饮一啄，莫非前定。却毕竟不如嫁了个读书人，到底不是个没望头的。

如今再说一个生女的富人，只为倚富欺贫，思负前约。亏得太守廉明，成其姻事。后来夫贵妻荣，遂成佳话。有诗一首为证：

当年红拂困闺中，有意相随李卫公。

日后荣华谁可及？只缘双目识英雄。

话说国朝正德年间，浙江台州府天台县有一秀才，姓韩名师愈，表字子文。父母双亡，也无兄弟，只是一身。他年十二岁上就游庠的，养成一肚皮的学问，真个是：

才过子建，貌赛潘安。胸中博览五车，腹内广罗千古。他日必为攀桂客，目前尚作采芹人。

那韩子文虽是满腹文章，却当不过家道消乏，在人家处馆，勉强糊口。所以年过二九，尚未有亲。一日遇着端阳节近，别了主人家回来，住在家里了数日，忽然心中想道："我如今也好议亲事了。据我胸中的学问，就是富贵人家把女儿匹配，也不冤屈了他。却是如今世人谁肯？"又想了一会，道："说便是这样说，难道与我一样的儒家，我也还对他的女儿不过？"当下开了拜匣，称出束脩银五钱，做个封筒封了，放在匣内，教书僮拿了随着，信步走到王媒婆家里来。

那王媒婆接着，见他是个穷鬼，也不十分动火他的。吃过了一盏茶，便开口问道："秀才官人，几时回家的？甚风吹得到此？"子文道："来家五日了，今日到此，有些事体相央。"便在家僮手中，接过封筒，双手递与王婆，道："薄意伏乞笑纳，事成再有重谢。"王婆推辞一番便接了，道："秀才官人，敢是要说亲么？"子文道："正是。家下贫穷，不敢仰攀富户，但得一样儒家女儿，可备中馈、延子嗣足矣。积下数年束脩，四五十金聘礼也好勉强出得。乞妈妈与我访个相应的人家。"王婆晓得穷秀才说亲，自然高来不成，低来不就的，却难推拒他，只得回复道："既承官人厚惠，且请回家，待老婢子慢慢的寻觅。有了话头，便来回报。"那子文自回家去了。

一住数日，只见王婆走进门来，叫道："官人在家么？"子文接着，问道："姻事如何？"王婆道："为着秀才官人，鞋子都走破了。方才问得一家，乃是县前许秀才的女儿，年纪十七岁。那秀才前年身死，娘子寡居在家里，家事虽不甚富，却也过得。说起秀才官人，到也有些肯了。只是说道：'我女儿嫁个读书人，尽也使得。但我们妇人家，又不晓得文字，目今提学要到台州岁考，待官人考了优等，就出吉帖便是。'"子文自恃才高，思忖此事十有八九，对王婆道："既如此说，便待考过议亲不迟。"当下买几杯白酒，请了王婆。自别去了。

子文又到馆中，静坐了一月余，宗师起马牌已到。那宗师姓梁，名士范，江西人。不一日，到了台州。那韩子文头上戴了紫菜的巾，身上穿了腐皮的衫，腰间系了芋艿的绦，脚下穿了木耳的靴，同众生员迎接入城。行香讲书已过，便张告示，先考府学及天台、临海两县。到期，子文一笔写完，甚是得意。出场来，将考卷誊写出来，请教了几个先达、几个朋友，无不叹赏。又自己玩了几遍，拍着桌子道："好文字！好文字！就做个案元帮补也不为过，何况优等？"又把文字来鼻头边闻一闻道："果然有些老婆香！"

却说那梁宗师是个不识文字的人，又且极贪，又且极要奉承乡官及上司。前日考过杭、嘉、湖，无一人不骂他的，几乎吃秀才们打了。曾编着几句口号道："道前梁铺，中人姓富，出卖生儒，不误主顾。"又有一个对道："公子笑欣欣，喜弟喜兄都入学；童生愁惨惨，恨祖恨父不登科。"又把《四书》成语，做着几股道："君子学道公则悦，小人学道尽信书。不学诗，不学礼，有父兄在，如之何其废之！诵其诗，读其书，虽善不尊，如之何其可也！"那韩子文是个穷儒，那有银子钻刺？十日发出案来，只见公子富翁都占前列了。你道那韩师愈的名字却在那里？正是：似"王"无一竖，如"川"却又眠。曾有一首《黄莺儿》词，单道那三等的苦处：

无辱又无荣，论文章是弟兄。鼓声到此如春梦。高才命穷，庸才运通。廪生到此便宜贡。且从容，一边站立，看别个赏花红。

那韩子文考了三等，气得目睁口呆。把那梁宗师乌龟亡八的骂了一场，不敢提起亲事，那王婆也不来说了。只得勉强自解，叹口气道："娶妻莫恨无良媒，书中有女颜如玉。"发落已毕，只得萧萧条条，仍旧去处馆，见了主人家及学生，都是面红耳热的，自觉没趣。

又过了一年有余，正遇着正德爷爷崩了，遗诏册立兴王。嘉靖爷爷就藩邸召入登基，年方一十五岁，妙选良家子女，充实掖庭。那浙江纷纷的讹传道："朝廷要到浙江各处点绣女。"那些愚民，一个个信了。一时间嫁女儿的，讨媳妇的，慌慌张张，不成礼体，只便宜了那些卖杂货的店家，吹打的乐人，服侍的喜娘，抬轿的脚夫，赞礼的傧相。还有最可笑的，传说道："十个绣女要一个寡妇押送。"赶得那七老八十的，都起身嫁人去了。但见：

十三四的男儿，讨着二十四五的女子；十二三的女子，嫁着三四十的男儿。粗蠢黑的面孔，还恐怕认做了绝世芳姿；宽定宕的东西，还恐怕认做了含花嫩蕊。自言节操凛如霜，做不得二夫烈女；不久形躯将就木，再拚个一度春风。

当时无名子有一首诗，说得有趣：

一封丹诏未为真，三杯淡酒便成亲。

夜来明月楼头望，唯有嫦娥不嫁人。

那韩子文恰好归家，看民间如此慌张，便闲步出门来玩景。只见背后一个人，将子文忙忙的扯一把，回头看时，却是开典当的徽州金朝奉。对着子文施个礼，说道："家下有一小女，今年十六岁了，若秀才官人不弃，愿纳为室。"说罢，也不管子文要与不要，摸出吉帖，望子文袖中乱摔。子文道："休得取笑。我是一贫如洗的秀才，怎承受得令爱起？"朝奉皱着眉道："如今事体急了，官人如何说此懈话？若略迟些，恐防就点了去。我们夫妻两口儿，只生这个小女，若远远的到北京了，再无相会之期，如何割舍得下？官人若肯俯从，便是救人一命。"说罢便思量要拜下去。

子文分明晓得没有此事，他心中正要妻子，却不说破。慌忙一把搀起道："小生囊中只有四五十金，就是不嫌孤寒，聘下令爱时，也不能彀就完姻事。"朝奉道："不妨，不妨。但是有人定下的，朝廷也就不来点了。只须先行谢吉之礼，待事平之后，慢慢的做亲。"子文道："这倒也使得。却是说开，后来不要翻悔！"那朝奉是情急的，就对天设起誓来，道："若有翻悔，就在台州府堂上受刑。"子文道："设誓倒也不必，只是口说无凭，请朝奉先回，小生即刻去约两个敝友，同到宝铺来，先请令爱一见，就求朝奉写一纸婚约，待敝友们都押了花字，一同做个证见。纳聘之后，或是令爱的衣裳，或是头发，或是指甲，告求一件，藏在小生处，才不怕后来变卦。"那朝奉只要成事，满担应承道："何消如此多疑！使得，使得，一唯尊命，只求快些。"一头走，一头说道："专望！专望！"自回铺子里去了。

韩子文便望学中，会着两个朋友，乃是张四维、李俊卿，说了缘故，写着拜帖，一同望典铺中来。朝奉接着，奉茶寒温已罢，便唤出女儿朝霞到厅。你道生得如何？但见：

眉如春柳，眼似秋波。几片夭桃脸上来，两枝新笋裙间露。即非倾国倾城色，自是超群出众人。

子文见了女子姿容，已自欢喜。一一施礼已毕，便自进房去了。子文又寻个算命先生合一合婚，说道："果是大吉，只是将婚之前，有些闲气。"那金朝奉一味要成，说道："大吉便自十分好了，闲气自是小事。"便取出一幅全帖，上写着道：

立婚约金声，系徽州人。生女朝霞，年十六岁，自幼未曾许聘何人。今有台州府天台县儒生韩子文礼聘为妻，实出两愿。自受聘之后，更无他说。张、李二公，与闻斯言。

嘉靖元年　月　日。立婚约金声，同议友人张安国、李文才。

写罢，三人都画了花押，付子文藏了。这也是子文见自己贫困，作此不得已之防，不想他日果有负约之事，这是后话。

当时便先择个吉日，约定行礼。到期，子文将所积束脩五十余金，粗粗的置几件衣服首饰，其余的都是现银，写着："奉申纳币之敬，子婿韩师愈顿首百拜。"又送张、李二人银各一两，就请他为媒，一同行聘，到金家铺来。那金朝奉是个大富之家，与妈妈程氏，见他礼不丰厚，虽然不甚喜欢，为是点绣女头里，只得收了。回盘甚是整齐。果然依了子文之言，将女儿的青丝头发，剪了一缕送来。子文一一收好，自想道："若不是这一番哄传，连妻子也不知几时定得。况且又有妻财之分。"心中甚是快活不题。

光阴似箭，日月如梭。暑往寒来，又是大半年光景。却早嘉靖二年，点绣女的讹传，已自息了。金氏夫妻见安平无事，不舍得把女儿嫁与穷儒，渐渐的懊悔起来。那韩子文行礼一番，已把囊中所积束脩用个罄尽，所以也不说起做亲。

一日，金朝奉正在当中算帐，只见一个客人跟着一个十七八孩子走进铺来，叫道："姊夫姊姊在家么？"原来是徽州程朝奉，就是金朝奉的舅子，领着亲儿阿寿，打从徽州来，要与金朝奉合伙开当的。金朝奉慌忙迎接，又引程氏、朝霞都相见了。叙过寒温，便教温酒来吃。程朝奉从容问道："外甥女如此长成得标致了，不知曾受聘未？本不该如此说，但犬子尚未有亲，姊夫不弃时，做个中表夫妻也好。"金朝奉叹口气道："便是呢，我女儿若把与内侄为妻，有甚不甘心处？只为旧年点绣女时，心里慌张，草草的将来许了一个什么韩秀才。那人是个穷儒，我看他满脸饿文，一世也不能够发迹。前年梁学道来，考了一个三老官，料想也中不成。教我女儿如何嫁得他？也只是我自己没福，如今也没得说了。"程朝奉沉吟了半晌，问道："姊夫姊姊，果然不愿与他么？"金朝奉道："我如何说谎？"程朝奉道：

"姊夫若是情愿把甥女与他，再也休题；若不情愿时，只须用个计策，要官府断离，有何难处？"金朝奉道："计将安出？"程朝奉道："明日待我台州府举一状词，告着姊夫。只说从幼中表约为婚姻，近因我羁滞徽州，姊夫就赖婚改适，要官府断与我儿便了。犬子虽则不才，也强如那穷酸饿鬼。"金朝奉道："好便好，只是前日有亲笔婚书及女儿头发在彼为证，官府如何就肯断与你儿？况且我先有一款不是了。"程朝奉道："姊夫真是不惯衙门事体！我与你同是徽州人，又是亲眷，说道从幼结儿女姻，也是容易信的。常言道：'有钱使得鬼推磨。'我们不少的是银子，拚得将来买上买下，再央一个乡官在太守处说了人情，婚约一纸，只须一笔勾消。剪下的发，知道是何人的？那怕他不如我愿！既有银子使用，你也自然不到得吃亏的。"金朝奉拍手道："妙哉！妙哉！明日就做。"当晚酒散，各自安歇了。

次日天明，程朝奉早早梳洗，讨些朝饭吃了。请个法家，商量定了状词，又寻一个姓赵的，写做了中证，同着金朝奉，取路投台州府来。这一来，有分教：

丽人指日归佳士，诡计当场受苦刑。

到得府前，正值新太守吴公弼升堂。不逾时抬出放告牌来，程朝奉随着牌进去。太守教义民官接了状词，从头看道：

告状人程元，为赖婚事：万恶金声，先年曾将亲女金氏许元子程寿为妻，六礼已备。讵恶远徙台州，背负前约，于去年月间，擅自改许天台县儒生韩师愈。赵孝等证。人伦所系，风化攸关，恳乞天台明断，使续前姻。上告。

原告：程元，徽州府歙县人。

被犯：金声，徽州府歙县人；韩师愈，台州府天台县人。

干证：赵孝，台州府天台县人。本府太爷施行。

太守看罢，便叫程元起来，问道："那金声是你甚么人？"程元叩头道："青天爷爷，是小人嫡亲姊夫。因为是至亲至眷，恰好儿女年纪相若，故此约为婚姻。"太守道："他怎么就敢赖你？"程元道："那金声搬在台州住了，小的却在徽州，路途先自遥远了。旧年相传点绣女，金声恐怕真有此事，就将来改适韩生。小的近日到台州探亲，正打点要完姻事，才知负约真情。他也只为情急，一时错做此事，小人却如何平白地肯让一个媳妇与别人了？若不经官府，那韩秀才如何又肯让与小人？万乞天台老爷做主！"太守见他说得有些根据，就将状子当堂批准。分付道：“十日内听审。”程元叩头出去了。

金朝奉知得状子已准，次日便来寻着张、李二生，故意做个慌张的景象，说道：“怎么好？怎么好？当初在下在徽州的时节，妻弟有个儿子，已将小女许嫁他。后来到贵府，正值点绣女事急，只为远水不救近火，急切里将来许了贵相知，原是二公为媒说合。不想如今妻弟到来，已将在下的姓名告在府间，如何处置？”那二人听得，便怒从心上起，恶向胆边生。骂道：“不知生死的老贼驴！你前日议亲的时节，誓也不知罚了许多，只看婚约是何人写的！如今却放出这个屁来！我晓得你嫌韩生贫穷，生此奸计。那韩生是才子，须不是穷到底的。我们动了三学朋友去见上司，怕不打断你这老驴的腿！管教你女儿一世不得嫁人！”金朝奉却待分辨，二人毫不理他，一气走到韩家来，对子文说知缘故。

那子文听罢，气得呆了半晌，一句话也说不出。又定了一会，张、李二人只是气愤愤的，要拉了子文合起学中朋友见官，倒是子文劝他道：“二兄且住，我想起来，那老驴既不愿联姻，就是夺得那女子来时，到底也不和睦。吾辈若有寸进，怕没有名门旧族来结丝罗？这一个富商，又非大家，直恁希罕！况且他有的是钱财，官府自然为他的。小弟家贫，也那有闲钱与他打官司？他年有了好处，不怕没有报冤的日子。有烦二兄去对他说，前日聘金原是五十两，若肯加倍赔还，就退了婚也得。”二人依言。

子文就开拜匣取了婚书吉帖与那头发，一同的望着典铺中来。张、李二人便将上项的言语说了一遍。金朝奉大喜道：“但得退婚，免得在下受累，那在乎这几十两银子！”当时就取过天平，将两个元宝共兑了一百两之数，交与张、李二人收着，就要子文写退婚书，兼讨前日婚约、头发。子文道：“且完了官府的事情，再来写退婚书及奉还原约未迟。而今官事未完，也不好轻易就是这样还得。总是银子也未就领去不妨。”程朝奉又取二两银子，送了张、李二生，央他出名归息。二生就讨过笔砚，写了息词，同着原告、被告、中证一行人进府里来。

吴太守方坐晚堂，一行人就将息词呈上。太守从头念一遍道：

劝息人张四维、李俊卿，系天台县学生。窃徽人金声，有女已受程氏之聘，因迁居天台，道途修阻，女年及笄，程氏音问不通，不得已再许韩生，以致程氏斗争成讼。兹金声愿还聘礼，韩生愿退婚姻，庶不致寒盟于程氏。维等忝为亲戚，意在息争，为此上禀。

原来那吴太守是闽中一个名家，为人公平正直，不爱那有“贝”字的财，只爱那无“贝”字的才。自从前日准过状子，乡绅就有书来，他心中已晓得是有缘故的了。当下看过息词，抬头看了韩子文风采堂堂，已自有几分欢喜。便教：“唤那秀才上来。”韩子文跪到面前，太守道：“我看你一表人才，决不是久困风尘的。就是我抬你为婿，也不枉了。你却如何轻聘了金家之女，今日又如何就肯轻易退婚？”那韩子文是个点头会意的人。他本等不做指望了，不想着太守心里为他，便转了口道：“小生如何舍得退婚！前日初聘的时节，金声朝天设誓，犹恐怕不足为信，复要金声写了亲笔婚约，张、李二生都是同议的，如今现有‘不曾许聘他人’句可证。受聘之后，又回却青丝发一缕，小生至今藏在身边，朝夕把玩，就如见我妻子一般。如今一旦要把萧郎做个路人看待，却如何甘心得过？程氏结姻，从来不曾见说。只为贫不敌富，所以无端生出是非。”说罢，便噙下泪来。恰好那吉帖、婚书、头发都在袖中，随即一并呈上。

太守仔细看了，便教将程元、赵孝远远的另押在一边去，先开口问金声道：“你女儿曾许程家么？”金声道：“爷爷，实是许的。”又问道：“既如此，不该又与韩生了。”金声道：“只为点绣女事急，仓卒中，不暇思前算后，做此一事，也是出于无奈。”又问道：“那婚约可是你的亲笔？”金声道：“是。”又问道：“那上边写道‘自幼不曾许聘何人’，却怎么说？”金声道：“当时只要成事，所以一一依他，原非实话。”太守见他言词反复，已自怒形于色。又问道：“你与程元结亲，却是几年几月几日？”

金声一时说不出来，想了一回，只得扭捏道是某年某月某日。

太守喝退了金声，又叫程元上来问道："你聘金家女儿，有何凭据？"程元道："六礼既行，便是凭据了。"又问道："原媒何在？"程元道："原媒自在徽州，不曾到此。"又道："你的媳妇的吉帖，拿与我看。"程元道："一时失带在身边。"太守冷笑了一声，又问道："你何年何月何日与他结姻的？"程元也想了一回，信口诌道是某年某月某日，与金声所说日期，分毫不相合了。太守心里已自了然，便再唤那赵孝上来问道："你做中证，却是那里人？"赵孝道："是本府人。"又问道："既是台州人，如何晓得徽州事体？"赵孝道："因为两家有亲，所以知道。"太守道："既如此，你可记得何年月日结姻的？"赵孝也约莫着说个日期，又与两人所言不相对了。原来他三人见投了息词，便道不消费得气力，把那答应官府的说话都不曾打得照会。谁想太爷一个个的盘问起来，那些衙门中人虽是受了贿赂，因惮太守严明，谁敢在旁边帮衬一句！自然露出马脚。

那太守就大怒道："这一班光棍奴才，敢如此欺公罔法！且不论没有点绣女之事，就是愚民惧怕时节，金声女儿若果有程家聘礼为证，也不消再借韩生做躲避之策了。如今韩生吉帖、婚书并无一毫虚谬；那程元却都是些影响之谈，况且既为完姻而来，岂有不与原媒同行之理？至于三人所说结姻年月日期，各自一样，这却是何缘故？那赵孝自是台州人，分明是你们要寻个中证，急切里再没有第三个徽州人可央，故此买他出来。这都只为韩生贫穷，便起不良之心，要将女儿改适内侄，一时通同合计，造此奸谋，再有何说？"便伸手抽出签来，喝叫把三人各打三十板。三人连声的叫苦。韩子文便跪上禀道："大人既与小生做主，成其婚姻，这金声便是小生的岳父了。不可结了冤仇，伏乞饶恕！"太守道："金声看韩生分上，饶他一半；原告、中证，却饶不得。"当下各各受责，只为心里不打点得，未曾用得杖钱，一个个打得皮开肉绽，叫喊连天。那韩子文、张安国、李文才三人在旁边，暗暗的欢喜。这正应着金朝奉往年所设之誓。

太守便将息词涂坏，提笔判曰：

韩子贫惟四壁，求淑女而未能；金声富累千箱，得才郎而自弃。只缘择婿者，原乏知人之鉴，遂使图婚者，爰生速讼之奸。程门旧约，两两无凭；韩氏新姻，彰彰可据。百金即为婚具，幼女准属韩生。金声、程元、赵孝构衅无端，各行杖警！

判毕，便将吉帖、婚书、头发一齐付与韩子文。一行人辞了太守出来。程朝奉做事不成，羞惭满面，却被韩子文一路千老驴万老驴的骂，又道："做得好事！果然做得好事！我只道打来是不痛的。"程朝奉只得忍气吞声，不敢回答一句。又害那赵孝打了屈棒，免不得与金朝奉共出遮羞钱与他，尚自喃喃呐呐的怨怅。这教做"赔了夫人又折兵"。当下各自散讫。

韩子文经过了一番风波，恐怕又有甚么变卦，便疾忙将这一百两银子，备了些催装速嫁之类，择个吉日，就要成亲，仍旧是张李二生请期通信。金朝奉见太守为他，不敢怠慢，欲待与舅子到上司做些手脚，又少不得经由府县的，正所谓敢怒而不敢言，只得一一听从。花烛之后，朝霞见韩生气宇轩昂，丰神俊朗，才貌甚是相当，那里管他家贫？自然你恩我爱，少年夫妇，极尽颠鸾倒凤之欢，倒怨怅父亲多事。真个是：早知灯是火，饭熟已多时。自此无话。

次年，宗师田洪录科，韩子文又得吴太守一力举荐，拔为前列。春秋两闱，联登甲第，金家女儿已自做了夫人。丈人思想前情，惭悔无及。若预先知有今日，就是把女儿与他为妾也情愿了。有诗为证：

蒙正当年也困穷，休将肉眼看英雄！

堪夸仗义人难得，太守廉明即古洪。

第八卷 陶家翁大雨留宾 蒋震卿片言得妇

诗曰：

一饮一啄，莫非前定。

一时戏语，终身话柄。

话说人生万事，前数已定。尽有一时间偶然戏耍之事，取笑之话，后边照应将来，却像是个谶语响卜，一毫不差。乃知当他戏笑之时，暗中已有鬼神做主，非偶然也。

只如宋朝崇宁年间，有一个姓王的公子，本贯浙西人，少年发科，到都下会试。一日将晚，到延利坊人家赴席，在一个小宅子前经过，见一女子生得十分美貌，独立在门内，徘徊凝望，却像等候甚么人的一般。王生正注目看他，只见前面一伙骑马的人喝拥而来，那女子避了进去。王生匆匆也行了，不曾问得这家姓张姓李。赴了席，吃得半醉归家，已是初更天气。复经过这家门首，望门内一看，只见门已紧闭，寂然无人声。王生嗤嗤傍左边墙脚下一带走去，意思要看他有后门没有，只见数十步外有空地丈余，小小一扇便门也关着在那里。王生想道："日间美人只在此中，怎能勾再得一见？"看了他后门，正在恋恋不舍，忽然隔墙丢出一片东西来，掉在地下一响。王生几乎被他打着，拾起来看，却是一块瓦片。此时皓月初升，光同白昼。看那瓦片时，有六个字在上面，写得："夜间在此相候！"王生晓得有些蹊跷，又带着几分酒意，笑道："不知是何等人约人做事的？待我耍他一耍。"就在墙上剥下些石灰粉来，写在瓦背上道："三更后可出来。"仍旧望墙里丢了进去，走开十来步，远远地站着，看他有何动静。

等了一会，只见一个后生走到墙边，低着头却像找寻甚么东西的，寻来寻去。寻了一回，不见甚么，对着墙里叹了一口气，有一步没一步的，佯佯走了去。王生在黑影里看得明白，便道："想来此人便是所约之人了，只不知里边是甚么人。好歹有个人出来，必要等着他。"等到三更，月色已高，烟雾四合，王生酒意已醒，看看渴睡上来，伸伸腰，打个呵欠，自笑道："睡到不去睡，管别人这样闲事！"正要举步归寓，忽听得墙边小门呀的一响，轧然开了，一个女子闪将出来。月光之下，望去看时，且是娉婷。随后一个老妈，背了一只大竹箱，跟着望外就走。王生迎将上去，看得仔细，正是日间独立门首这女子。那女子看见人来，一些不避，直到当面一看，吃了一惊道："不是，不是。"回转头来看老妈。老妈上前，擦擦眼，把王生一认，也道："不是，不是。快进去！"那王生倒将身拦在后门边了，一把扯住道："还思量进去！你是人家闺中女子，约人夜间在此相会，可是该的？我今声张起来，拿你见官，丑声传扬，叫你合家做人不成！我偶然在此遇着，也是我与你的前缘，你不如就随了我去。我是在此会试的举人，也不辱没了你。"那女子听罢，战抖抖的泪如雨下，没做道理处。老妈说道："若是声张，果是利害！既然这位官人是个举人，小娘子权且随他到下处再处。而今没奈何了，一会儿天明了，有人看见，却了不得！"那女子一头哭，王生一头扯扯拉拉，只得软软地跟他走到了下处，放他在一个小楼上面，连那老妈也就留了他伏侍。

女子性定，王生问他备细。女子道："奴家姓曹，父亲早丧，母亲只生得我一人，甚是爱惜，要将我许聘人家。我有个姑娘的儿子，从小往来，生得聪俊，心里要嫁他。这个老妈，就是我的奶娘。我央他对母亲说知此情，母亲嫌他家里无官，不肯依从。所以叫奶娘通情，说与他了，约他今夜以掷瓦为信，开门从他私奔。他亦曾还掷一瓦，叫三更后出来。及至出得门来，却是官人，倒不见他，不知何故。"王生笑把适才戏写掷瓦，及一男子寻觅东西不见，长叹走去的事，说了一遍。女子叹口气道："这走去的，正是他了。"王生笑道："却是我幸得撞着，岂非五百年前姻缘做定了？"女子无计可奈，见王生也自一表非俗，只得从了他，新打上的，恩爱不浅。到得会试过了，榜发，王生不得第，却恋着那女子，正在欢爱头上，不把那不中的事放在心里，只是朝欢暮乐。那女子前日带来竹箱中，多是金银宝物，王生缺用，就拿出来与他盘缠。迁延数月，王生竟忘记了归家。

王生的父亲在家盼望，见日子已久的，不见王生归来，遍问京中来的人，都说道：“他下处有一女人，相处甚是得意，那就肯回？”其父大怒，写着严切手书，差着两个管家，到京催他起身。又寄封书与京中同年相好的，叫他们遣个马票，兼请逼勒他出京，不许耽延。王生不得已，与女子作别，道：“事出无奈，只得且去，得便就来。或者禀明父亲，径来接你，也未可知。你须耐心同老妈在此寓所住着等我。”含泪而别。王生到得家中，父亲升任福建，正要起身，就带了同去。一时未便，不好说得女子之事，闷闷随去任所，朝夕思念不题。

且说京中女子同奶妈住在寓所守候，身边所带东西，王生在时已用去将有一半，今又两口在寓所食用，有出无入，看看所剩不多，王生又无信息。女子心下着忙，叫老妈打听家里母亲光景，指望重到家来与母亲相会。不想母亲因失了这女儿，终日啼哭，已自病死多时。那姑娘之子，次日见说舅母家里不见了女儿，恐怕是非缠在身上，逃去无踪了。女子见说，大哭了一场，与老妈商量道：“如今一身无靠，汴京到浙西也不多路，趁身边还有些东西，做了盘缠，到他家里去寻他。不然如何了当？”就央老妈雇了一只船，下汴京一路来。

行到广陵地方，盘缠已尽。那老妈又是高年，船上早晚感冒些风露，一病不起。那女子极得无投奔，只是啼哭。元来广陵即是而今扬州府，极是一个繁华之地。古人诗云：“烟花三月下扬州。”又道是：“二十四桥明月夜，玉人何处教吹箫？”从来仕宦官员、王孙公子要讨美妾的，都到广陵郡来拣择聘娶，所以填街塞巷，都是些媒婆撞来撞去。看见船上一个美貌女子啼哭，都攒将拢来问缘故。女子说道：“汴京下来，到浙西寻丈夫。不想此间奶母亡故，盘缠用尽，无计可施，所以啼哭。”内中一个婆子道：“何不去寻苏大商量？”女子道：“苏大是何人？”那婆子道：“苏大是此间好汉，专一替人出闲力的。”女子慌忙之中不知一个好歹，便出口道：“有烦指引则个。”

婆子去了一会，寻取一个人来。那一人到船边，问了详细，便去领得一干人来，抬了尸自上岸埋葬，算船钱打发船家。对女子道：“收拾行李到我家里，停住几日再处。”叫一乘轿来抬女子。女子见他处置有方，只道投着好人，亦且此身无主，放心随他去。谁知这人却是扬州一个大光棍，当机兵、养娼妓、接子弟的，是个烟花的领袖，乌龟的班头。轿抬到家，就有几个粉头出来相接作伴。女子情知不尴尬，落在套中，无处分诉。自此改名苏媛，做了娼妓了。

王生在福建随任两年，方回浙中。又值会试之期，束装北上，道经扬州。扬州司理乃是王生乡举同门，置酒相待，王生赴席。酒筵之间，官妓叩头送酒，只见内中一人，屡屡偷眼看王生不已。生亦举目细看，心里疑道："如何甚像京师曹氏女子？"及问姓名，全不相同；却再三看来，越看越是。酒半起身，苏媛捧觞上前劝生饮酒，觌面看得较切，口里不敢说出，心中想着旧事，不胜悲伤，禁不住两行珠泪，簌簌的落将下来，堕在杯中。生情知是了，也垂泪道："我道像你，原来果然是你。却是因何在此？"那女子把别后事情，及下汴寻生，盘缠尽了，失身为娼始末根缘，说了一遍，不觉大恸。生自觉惭愧，感伤流泪，力辞不饮，托病而起。随即召女子到自己寓所，各诉情怀，留同枕席。次日，密托扬州司理，追究苏大局良为娼，问了罪名，脱了苏媛乐籍，送生同行。后来与生生子，仕至尚书郎。想着起初只是一时拾得掷瓦，做此戏谑之事；谁知是老大一段姻缘，几乎把女子一生断送了！还亏得后来成了正果。

而今更有一段话文，只因一句戏言，致得两边错认，得了一个老婆，全始全终，比前话更为完美。有诗为证：

戏言偶尔作恢奇，谁道从中遇美妻？

假女婿为真女婿，失便宜处得便宜。

这一本话文乃是国朝成化年间，浙江杭州府余杭县有一个人，姓蒋名霆，表字震卿，本是儒家子弟，生来心性倜傥佻达，顽耍戏浪，不拘小节。最喜游玩山水，出去便是累月累日，不肯呆坐家中。一日想道："从来说山阴道上，千岩竞秀，万壑争流，是个极好去处。此去绍兴府隔得多少路，不去游一游？"恰好有乡里两个客商要过江南去贸易，就便搭了伴同行。过了钱塘江，搭了西兴夜船，一夜到了绍兴府城。两客自去做买卖，他便兰亭、禹穴、蕺山、鉴湖，没处不到，游得一个心满意足。两客也做完了生意，仍旧合伴同归。

偶到诸暨村中行走，只见天色看看傍晚，一路是些青畦绿亩，不见一个人家。须臾之间，天上洒下雨点来，渐渐下得密了。三人都不带得雨具，只得慌忙向前奔走，走得一个气喘。却见林子里露出一所庄宅来，三人远望道："好了，好了，且到那里躲一躲则个。"两步挪来一步，走到面前，却是一座双檐滴水的门坊。那两扇门，一扇关着，一扇半掩在那里。蒋震卿便上前，一手就去推门。二客道："蒋兄惯是莽撞，借这里只躲躲雨便了，知是甚么人家，便去敲门打户？"蒋震卿最好取笑，便大声道："何妨得！此乃是我丈人家里。"二客道："不要胡说惹祸！"

过了一会，那雨越下得大了。只见两扇门忽然大开，里头踱出一个老者来。看他怎生打扮：

头带斜角方巾，手持盘头拄拐。方巾内竹箨冠，罩着银丝样几茎乱发；拄拐上虬须节，握着干姜般五个指头。宽袖长衣，摆出浑如鹤步；高跟深履，踱来一似龟行。想来圯上可传书，应是商山随聘出。

原来这老者姓陶，是诸暨村中一个殷实大户，为人梗直忠厚，极是好客尚义认真的人。起初，傍晚正要走出大门来，看人关闭，只听得外面说话响，晓得有人在门外躲雨，故迟了一步，却把蒋震卿取笑的说话，一一听得明白。走进去对妈妈与合家说了，都道："有这样放肆可恶的！不要理他。"而今见下得雨大，晓得躲雨的没去处，心下过意不去，有心要出来留他们进去，却又怪先前说这讨便宜话的人。踌躇了一回，走出来，见是三个，就问道："方才说老汉是他丈人的，是那一个？"蒋震卿见问着这话，自觉先前失言，耳根通红。二客又同声将他埋怨道："原是不该。"老者看见光景，就晓得是他了。便对二客道："两位不弃老拙，便请到寒舍里面盘桓一盘桓。这位郎君依方才所说，他是吾子辈，与宾客不同，不必进来，只在此伺候罢。"二客方欲谦逊，被他一把扯了袖子，拽进大门。刚跨进槛内，早把两扇门扑的关好了。

二客只得随老者登堂，相见叙坐，各道姓名，及偶过避雨，说了一遍。那老者犹兀自气忿忿的道："适间这位贵友，途路之中，如此轻薄无状，岂是个全身远害的君子？二公不与他相交也罢了。"二客替他称谢道："此兄姓蒋，少年轻肆，一时无心失言，得罪老丈，休得计较！"老者只不释然。须臾，摆下酒饭相款，竟不提起门外尚有一人。二客自己非分取扰，已出望外，况见老者认真着恼，难道好又开口周全得蒋震卿，叫他一发请了进来不成？只得由他，且管自家食用。

那蒋震卿被关在大门之外，想着适间失言，老大没趣。独自一个栖栖在雨檐之下，黑魆魆地靠来靠去，好生冷落。欲待一口气走了去，一来雨黑，二来单身不敢前行，只得忍气吞声，耐了心性等着。只见那雨渐渐止了，轻云之中，有些月色上来。侧耳听着门内人声寂静了，便道："他们想已安寝，我却如何痴等？不如趁此微微月色，路径好辨，走了去吧！”又想一想道：“那老儿固然怪我，他们两个便直得如此撇下了我，只管自己自在不成？毕竟有安顿我处，便再等一等。”

正在踌躇不定，忽听得门内有人低低道：“且不要去！”蒋震卿心下道：“我说他们定不忘怀了我。”就应一声道：“晓得了，不去。”过了一会，又听得低低道：“有些东西拿出来，你可收拾好。”蒋震卿心下又道：“你看他两个，白白里打搅了他一餐，又拿了他的甚么东西，忒煞欺心！”却口里且答应道：“晓得了。”站住等着，只见墙上有两件东西扑搭地丢将出来，急走上前看时，却是两个被囊。提一提看，且是沉重；把手捻两捻，累累块块，像是些金银器物之类。蒋震卿恐怕有人开门来追寻，急负在背上，望前便走。走过百余步，回头看那门时，已离得略远了。站着脚再看动静，远望去，墙上两个人跳将下来。蒋震卿道：“他两个也来了。恐有人追，我只索先走，不必等他。”提起脚便走。望后边这两个，也不忙赶，只尾着他慢慢地走。蒋震卿走得少远，心下想道：“他两个赶着了，包里东西必要均分。趁他们还在后边，我且开囊看看，总是不义之物，落得先藏起他些好的。”立住了，把包囊打开，将黄金重货另包一囊，把钱布之类，仍旧放在被囊里，提了又走。又望后边两个人，却还未到。元来见他住也住，见他走也走，黑影里远远尾着，只不相近。如此行了半夜，只是隔着一箭之路。

看看天明了，那两个方才脚步走得急促，赶将上来。蒋震卿道：“正是来一路走。”走到面前把眼一看，吃了一惊，谁知不是昨日同行的两个客人，到是两个女子。一个头扎临清帕，身穿青绸衫，且是生得美丽；一个散挽头髻，身穿青布袄，是个丫鬟打扮。仔细看了蒋震卿一看，这一惊可也不小，急得忙闪了身子开来。蒋震卿上前，一把将美貌的女子劫住道：“你走那里去！快快跟了我去，到有商量；若是不从，我同你家去出首。”女子低首无言，只得跟了他走。

走到一个酒馆，蒋生拣个僻净楼房与他住下了。哄店家道是夫妻烧香，买早饭吃的。店家见一男一女，又有丫鬟跟随，并无疑心，自去支持早饭上来吃。蒋震卿对女子低声问他来历。那女子道：“奴家姓陶，名幼芳，就是昨日主人翁之女。母亲王氏。奴家幼年间许嫁同郡褚家，谁想他双目失明了，我不愿嫁他。有一个表亲之子王郎，少年美貌，我心下有意于他，与他订约日久，约定今夜私奔出来，一同逃去。今日日间不见回音，将到

晚时，忽听得爹爹进来大嚷，道是：‘门前有个人，口称这里是他丈人家里，胡言乱语，可恶！’我心里暗想：‘此必是我所约之郎到了。’急急收并资财，引这丫鬟拾翠为伴，逾墙出来。看见你在前面背囊而走，心里道：‘自然是了。’恐怕人看见，所以一路不敢相近。谁知跟到这里，却是差了。而今既已失却那人，又不好归去得，只得随着官人罢。也是出于无奈了。”蒋震卿大喜道：“此乃天缘已定，我言有验。且喜我未曾娶妻，你不要慌张，我同你家去便了。”蒋生同他吃了早饭，丫鬟也吃了，打发店钱，独讨一个船，也不等二客，一直同他随路换船，径到了余杭家里。家人来问，只说是路上礼聘来的。

那女子入门，待上接下，甚是贤能，与蒋震卿十分相得。过了一年，已生了一子。却提起父母，便凄然泪下。一日，对蒋震卿道：“我那时不肯从那瞽夫，所以做出这些冒礼勾当来。而今身已属君，可无悔恨。但只是双亲年老无靠，失我之后，在家必定忧愁。且一年有余，无从问个消息，我心里一刻不能忘，再如此思念几时，毕竟要生出病来了。我想父母平日爱我如珠似宝，而今便是他知道了，他只以见我为喜，定然不十分嗔怪的。你可计较，怎生通得一个信儿？”蒋震卿想了一回道：“此间有一个教学的先生，姓阮，叫阮太始，与我相好。他专在诸暨往来，待我与他商量看。”蒋震卿就走去，把这事始末根由，一五一十对阮太始说了。阮太始道：“此老是诸暨一个极忠厚长者，与学生也曾相会几番过的。待学生寻个便，到那里替兄委曲通知，周全其事，决不有误。”蒋震卿称谢了，来回浑家的话不题。

且说陶老是晚款留二客在家歇宿，次日，又拿早饭来吃了。二客千恩万谢，作别了起身。老者送出门来，还笑道："昨日狂生不知那里去宿了，也等他受些恓惶，以为轻薄之戒。"二客道："想必等不得，先去了。容学生辈寻着了他，埋怨他一番。老丈，再不必介怀！"老者道："老拙也是一时耐不得，昨日勾奈何他了，那里还挂在心上？"道罢，各自别作去了。

老者入得门时，只见一个丫鬟慌慌张张走到面前，喘做一团，道："阿爹，不好了！姐姐不知那里去了！"老者吃了一惊道："怎的说？"一步一颠，忙走进房中来。只见王妈妈儿天儿地的放声大哭，哭倒在地。老者问其详细。妈妈说道："昨夜好好在他房中睡的。今早因外边有客，我且照管灶下早饭，不曾见他起来。及至客去了，叫人请他来一处吃早饭，只见房中箱笼大开，连服侍的丫鬟拾翠也不见，不知那里去了！"老者大骇道："这却为何？"一个养娘便道："莫不昨日投宿这些人是个歹人，夜里拐的去了？"老者道："胡说！他们都是初到此地的，那两个宿了一夜，今日好好别了去的，如何拐得？这一个因是我恼他，连门里不放他进来，一发甚么相干？必是日前与人有约，今因见有客，趁哄打劫去了。你们平日看见姐姐有甚破碇么？"一个养娘道："阿爹此猜十有八九。姐姐只为许了个盲子，心中不乐，时时流泪。惟有王家某郎与姐姐甚说得来，时常叫拾翠与他传消递息的，想必约着跟他走了。"老者见说得有因，密地叫人到王家去访时，只见王郎好好的在家里，并无一些动静。老者没做理会处，自道："家丑不可外扬，切勿令传出去！褚家这盲子退得便罢，退不得，苦一个丫头不着还他罢了。只是身边没有了这个亲生女儿，好生冷静。"与那王妈妈说着，便哭一个不住。后来褚家盲子死了，感着老夫妻念头，又添上几场悲哭，道："便早死了年把，也不见得女儿如此！"

如是一年有多，只见一日门上递个名帖进来，却是余杭阮太始。老者出来接着道："甚风吹得到此？"阮太始道："久疏贵地诸友，偶然得暇，特过江来拜望一番。"老者便教治酒相待。饮酒中间，大家说些江湖上的新闻，也有可信的，也有可疑的。阮太始道："敝乡一年之前，也有一件新闻，这事却是实的。"老者道："何事？"阮太始道："有一个少年朋友，出来游耍归去，途路之间，一句戏话上边，得了一个妇人，至今做夫妻在那里。说道这妇人是贵乡的人，老丈曾晓得么？"老者道："可知这妇人姓甚么？"阮太始道："说道也姓陶。"那老者大惊道："莫非是小女么？"阮太始道："小名幼芳，年纪一十八岁；又有个丫头，名拾翠。”老者撑着眼道：“真是吾小女了。如何在他那里？”阮太始道：“老丈还记得雨中叩门，冒称是岳家，老丈闭他在门外，不容登堂的事么？”老者道：“果有这个事。此人平日元非相识，却又关在外边，无处通风，不知那晚小女如何却随了他去了？”阮太始把蒋生所言，一一告诉，说道：“一边妄言，一边发怒，一边误认，凑合成了这事。真是希奇！而今已生子了。老翁要见他么？”老者道：“可知要见哩！”

只见王妈妈在屏风后边，听得明明白白，忍不住跳将出来，不管是生是熟，大哭，拜倒在阮太始面前道：“老夫妇只生得此女，自从失去，几番哭绝，至今奄奄不欲生。若是客人果然致得吾女相见，必当重报。”阮太始道：“老丈与孺人固然要见令爱，只怕有些见怪令婿，令婿便不敢来见了。”老者道：“果然得见，庆幸不暇，还有甚么见怪？”阮太始道：“令婿也是旧家子弟，不辱没了令爱的。老丈既不嗔责，就请老丈同到令婿家里去一见便是。”

老者欣然治装，就同阮太始一路到余杭来。到了蒋家门首，阮太始进去，把以前说话备细说了。阮太始同蒋生出来接了老者，那女儿久不见父亲，也直接到中堂。阮太始暂避开了。父女相见，倒在怀中，大家哭倒。老者就要蒋生同女儿到家去。那女儿也要去见母亲，就一同到诸暨村来。母女两个相见了，又抱头大哭道：“只说此生再不得相会了，谁道还有今日？”哭得旁边养娘们个个泪出。哭罢，蒋生拜见丈人丈母，叩头请罪道：“小婿一时与同伴门外戏言，谁知岳丈认了真，致犯盛怒。又谁知令爱认了错，得谐私愿。小婿如今想起来，当初说此话时，何曾有分毫想到此地位的？都是偶然。望岳丈勿罪！”老者大笑道：“天教贤婿说出这话，有此凑巧。此正前定之事，何罪之有？”

正说话间，阮太始也封了一封贺礼，到门叫喜。老者就将彩帛银两拜求阮太始为媒，治酒大会亲族，重教蒋震卿夫妇拜天成礼，厚赠妆奁，送他还家，夫妻偕老。当时蒋生不如此戏要取笑，被关在门外，便一样同两个客人一处儿吃酒了，那里撞得着这老婆来？不知又与那个受用去了。可见前缘分定，天使其然。

此本说话，出在祝枝山《西樵野记》中，事体本等有趣。只因有个没见识的，做了一本《鸳衾记》，乃是将元人《玉清庵错送鸳鸯被》杂剧，与嘉定篦工徐达拐逃新人的事三四件，做了个扭名粮长，弄得头头不了，债债不清。所以今日依着本传，把此话文重新流传于世，使人简便好看。有诗为证：

片言得妇是奇缘，此等新闻本可传。

扭捏无端殊舛错，故将话本与重宣。

第九卷　卫朝奉狠心盘贵产　陈秀才巧计赚原房

诗曰：

人生碌碌饮贪泉，不畏官司不顾天。

何必广斋多忏悔？让人一着最为先。

这一首诗，单说世上人贪心起处，便是十万个金刚也降不住，明明的刑宪陈设在前，也顾不的。子列子有云："不见人，徒见金。"盖谓当这点念头一发，精神命脉，多注在这一件事上，那管你行得也行不得？

话说杭州府有一贾秀才，名实，家私巨万，心灵机巧，豪侠好义，专好结识那一班有义气的朋友。若是朋友中有那未娶妻的，家贫乏聘，他便捐资助其完配；有那负债还不起的，他便替人赔偿。又且路见不平，专要与那瞒心昧己的人作对。假若有人恃强，他便出奇计以胜之。种种快事，未可枚举。如今且说他一节助友赎产的话。

钱塘人有个姓李的人，虽习儒业，尚未游庠。家极贫窭，事亲至孝。与贾秀才相契，贾秀才时常周济他。一日，贾秀才邀李生饮酒。李生到来，心下怏怏不乐。贾秀才疑惑，饮了数巡，忍耐不住，开口问道："李兄有何心事，对酒不欢？何不使小弟相闻，或能分忧万一，未可知也。"李生叹气道："小弟有些心事，别个面前也不好说，我兄垂问，敢不实言？小弟先前曾有小房一所，在西湖口昭庆寺左侧，约值三百余金。为因负了寺僧慧空银五十两，积上三年，本利共该百金。那和尚却是好利的先锋，趋势的元帅，终日索债。小弟手足无措，只得将房子准与他，要他找足三百金之价。那和尚知小弟别无他路，故意不要房子，只顾索银。小弟只得短价将房准了，凭众处分，找得三十两银子。才交得过，和尚就搬进去住了。小弟自同老母搬往城中，赁房居住。今因主家租钱连年不楚，他家日来催小弟出屋，老母忧愁成病，以此烦恼。”贾秀才道：“原来如此，李兄何不早说？敢问所负彼家租价几何？”李生道：“每年四金，今共欠他三年租价。”贾秀才道：“此事一发不难。今夜且尽欢，明早自有区处。”当日酒散相别。

次日，贾秀才起个清早，往库房中取天平，兑勾了一百四十二两之数，着一个仆人跟了，径投李生处来。李生方才起身，梳洗不迭，忙叫老娘煮茶。没柴没火的，弄了一早起，煮不出一个茶。贾秀才会了他每的意，忙叫仆人请李生出来，讲一句话就行。李生出来道：“贾兄有何见教，俯赐宠临？”贾秀才叫仆人将过一个小手盒，取出两包银子来，对李生道：“此包中银十二两，可偿此处主人。此包中银一百三十两，兄可将去与慧空长老赎取原屋居住，省受主家之累，且免令堂之忧，并兄栖身亦有定所，此小弟之愿也。”李生道：“我兄说那里话！小弟不才，一母不能自赡，贫困当自受之。屡承周给，已出望外，复为弟无家可依，乃累仁兄费此重资，赎取原屋，即使弟居之，亦不安稳。荷兄高谊，敢领租价一十二金；赎屋之资，断不敢从命。”贾秀才道：“我兄差矣！我两人交契，专以义气为重，何乃以财利介意？兄但收之，以复故业，不必再却。”说罢，将银放在桌上，竟自出门去了。

李生慌忙出来，叫道：“贾兄转来，容小弟作谢。”贾秀才不顾，竟自去了。李生心下想道：“天下难得这样义友，我若不受他的，他心决反不快。且将去取赎了房子，若有得志之日，必厚报之！”当下将了银子，与母亲商议了，前去赎屋。

到了昭庆寺左侧旧房门首，进来问道：“慧空长老在么？”长老听得，只道是什么施主到来，慌忙出来迎接。却见是李生，把这足恭身分，多放做冷淡的腔子，半吞半吐的施了礼请坐，也不讨茶。李生却将那赎房的说话说了。慧空便有些变色道：“当初买屋时，不曾说过后来要取赎。就是要赎，原价虽只是一百三十两，如今我们又增造许多披屋，装折许多材料，值得多了。今官人须是补出这些帐来，任凭取赎了去。”这是慧空分明晓得李生拿不出银子，故意勒措他，实是何曾添造什么房子？又道是“人穷志窄”，李生听了这句话，便认为真，心下想道：“难道还又去要贾兄找足银子取赎不成？我原不愿受他银子赎屋，今落得借这个名头，只说和尚索价太重，不容取赎，还了贾兄银子，心下也到安稳。”即便辞了和尚，走到贾秀才家里来，备细述了和尚言语。贾秀才大怒道："叵耐这秃厮恁般可恶！僧家四大俱空，反要瞒心昧己，图人财利。当初如此卖，今只如此赎，缘何平白地要增价银？钱财虽小，情理难容！撞在小生手里，待作个计较处置他，不怕他不容我赎！"当时留李生吃了饭，别去了。

贾秀才带了两个家僮，径走到昭庆寺左侧来，见慧空家门儿开着，踱将进去。问着个小和尚，就道："师父陪客吃了几杯早酒，在楼上打盹。"贾秀才叫两个家僮住在下边，信步走到胡梯边，悄悄蓦将上去。只听得鼾齁之声，举目一看，看见慧空脱下衣帽熟睡。楼上四面有窗，多关着。贾秀才走到后窗缝里一张，见对楼一个年少妇人坐着做针指，看光景是一个大户人家。贾秀才低头一想道："计在此了。"便走过前面来，将慧空那僧衣僧帽穿着了，悄悄地开了后窗，嘻着脸与那对楼的妇人百般调戏，直惹得那妇人焦燥，跑下楼去。贾秀才也仍复脱下衣帽，放在旧处，悄悄下楼，自回去了。

且说慧空正睡之际，只听下边乒乓之声，一直打将进来。十来个汉子，一片声骂道："贼秃驴，敢如此无状！公然楼窗对着我家内楼，不知回避，我们一向不说；今日反大胆把俺家主母调戏！送到官司，打得他逼直，我们只不许他住在这里罢了！"慌得那慧空手足无措。霎时间，众人赶上楼来，将家火什物打得雪片，将慧空浑身衣服扯得粉碎。慧空道："小僧何尝敢向宅上看一看？"众人不由分说，夹嘴夹面只是打，骂道："贼秃！你只搬去便罢；不然时，见一遭打一遭，莫想在此处站一站脚！"将慧空乱叉出门外去。慧空晓得那人家是郝上户家，不敢分说，一溜烟进寺去了。

贾秀才探知此信，知是中计，暗暗好笑。过了两日，走去约了李生，说与他这些缘故，连李生也笑个不住。贾秀才即便将了一百三十两银子，同了李生，寻见了慧空，说要赎屋。慧空起头见李生一身，言不惊人，貌不动众，另是一般说话。今见贾秀才是个富户，带了家僮到来，况刚被郝家打慌了的，自思："留这所在，料然住不安稳，不合与郝家内楼相对，必时常要来寻我不是。由他赎了去，省了些是非罢。"便一口应承，兑了原银一百三十两，还了原契，房子付与李生自去管理。那慧空要讨别人便宜，谁知反吃别人弄了。此便是贪心太过之报。

后来贾生中了，直做到内阁学士；李生亦得登第做官。两人相契，至死不变。正是：

量大福也大，机深祸亦深。

慧空空昧己，贾实实仁心！

这却还不是正话。如今且说一段故事，乃在金陵建都之地，鱼龙变化之乡。那金陵城傍着石山筑起，故名石头城。城从水门而进，有那秦淮十里楼台之盛。那湖是昔年秦始皇开掘的，故名秦淮湖。水通着扬子江，早晚两潮，那大江中百般物件，每每随潮势流将进来。湖里有画舫名妓，笙箫嘹亮，仕女喧哗。两岸柳荫夹道，隔湖画阁争辉。花栏竹架，常凭韵客联吟；绣户珠帘，时露娇娥半面。酒馆十三四处，茶坊十七八家。端的是繁华盛地，富贵名邦。

说话的，只说那秦淮风景，没些来历。看官有所不知，在下就中单表近代一个有名的富郎陈秀才，名珩，在秦淮湖口居住，娶妻马氏，极是贤德，治家勤俭。陈秀才有两个所在：一所庄房，一所住居，都在秦淮湖口；庄房却在对湖。那陈秀才专好结客，又喜风月，逐日呼朋引类，或往青楼嫖妓，或落游船饮酒。帮闲的不离左右，筵席上必有红裙。清唱的时供新调，修痒的百样腾那，送花的日逐荐鲜，司厨的多方献异。又道是：利之所在，无所不趋。为因那陈秀才是个撒漫的都总管，所以那些众人多把做一场好买卖，齐来趋奉他。若是无钱悭吝的人，休想见着他每的影。那时南京城里没一个不晓得陈秀才的。陈秀才又吟得诗，作得赋，做人又极温存帮衬，合行院中姊妹，也没一个不喜欢陈秀才的。好不受用！好不快乐！果然是朝朝寒食，夜夜元宵。

光阴如隙驹，陈秀才风花雪月了七八年，将家私弄得干净快了。马氏每每苦劝，只是旧性不改。今日三，明日四，虽然不比日前的松快容易，手头也还掤凑得来。又花费了半年把，如今却有些急迫了。马氏倒也看得透，道："索性等他败完了，倒有个住场。"所以再不去劝他。陈秀才燥惯了脾胃，一时那里变得转？却是没银子使用，众人撺掇他写了一纸文契，往那三山街开解铺的徽州卫朝奉处借银三百两。那朝奉又是一个爱财的魔君，终是陈秀才的名头还大，卫朝奉不怕他还不起，遂将三百银子借与，三分起息。陈秀才自将银子依旧去花费，不题。

却说那卫朝奉平素是个极刻剥之人。初到南京时，只是一个小小解铺，他即有百般的昧心取利之法。假如别人将东西去解时，他却把那九六七银子，充作纹银，又将小小的等子称出，还要欠几分兑头。后来赎时，却把大大的天平兑将进去，又要你找足兑头，又要你补勾成色，少一丝时，他则不发货。又或有将金银珠宝首饰来解的，他看得金子有十分成数，便一模二样，暗地里打造来换了；粗珠换了细珠，好宝换了低石。如此行事，不能细述。那陈秀才这三百两债务，卫朝奉有心要盘他这所庄房，等闲再不叫人来讨。巴巴的盘到了三年，本利却好一个对合了，卫朝奉便着人到陈家来索债。陈秀才那时已弄得瓮尽杯干，只得收了心，在家读书。见说卫家索债，心里没做理会处，只得三回五次回说："不在家，待归时来讨。"又道是怕见的是怪，难躲的是债。是这般回了几次，他家也自然不信了。卫朝奉逐日着人来催逼，陈秀才则不出头。卫朝奉只是着人上门坐守，甚至以浊语相加，陈秀才忍气吞声。

正是有钱神也怕，到得无钱鬼亦欺。

早知今日来忍辱，却悔当初太燥脾。

陈秀才吃搅不过，没极奈何，只得出来与那原中说道："卫家那主银子，本利共该六百两，我如今一时间委实无所措置，隔湖这一所庄房，约值千余金之价，我意欲将来准与卫家，等卫朝奉找足我千金之价罢了。列位与我周全此事，自当相谢。"众人料道无银得还，只得应允了，去对卫朝奉说知。卫朝奉道："我已曾在他家庄里看过，这所庄子怎便值得这一千银子？也亏他开这张大口。就是只准那六百两，我也还道过分了些，你们众位怎说这样话？"原中道："朝奉，这座庄居，六百银子也不能勾得他。乘他此时窘迫之际，胡乱找他百把银子，准了他的庄，极是便宜。倘若有一个出钱主儿买了去，要这样美产就不能勾了。"卫朝奉听说，紫胀了面皮道："当初是你每众人总承我这样好主顾，放债，放债，本利丝毫不曾见面，反又要我拿出银子来。我又不等屋住，要这所破落房子做甚么？若只是这六百两时，便认亏些准了；不然时，只将银子还我。"就叫伴当每随了原中去说。

众人一齐多到陈家来，细述了一遍，气得那陈秀才目睁口呆。即待要发话，实是自己做差了事，又没对付处银子，如何好与他争执？只得赔个笑面道："若是千金不值时，便找勾了八百金也罢。当初创造时，实费了一千二三百金之数，今也论不得了。再烦列位去通小生的鄙意则个。"众人道："难，难，难。方才我们只说百把银子，卫朝奉兀自变了脸道：'我又不等屋住！若要找时，只是还我银子。'这般口气，相公却说个'八百两'三字，一万世也不成！”陈秀才又道：“财产重事，岂能一说便决？卫朝奉见头次索价太多，故作难色，今又减了二百之数，难道还有不愿之理？”众人吃央不过，只得又来对卫朝奉说了。卫朝奉也不答应，迸起了面皮，竟走进去，换了四五个伴当出来，对众人道：“朝奉叫我每陈家去讨银子，庄房之事，不要说起了。”

众人觉得没趣，只得又同了伴当到陈家来。众人也不回话，那几个伴当一片声道：“朝奉叫我们来坐在这里，等兑还了银子方去。”陈秀才听说，满面羞惭，敢怒而不敢言。只得对众人道：“可为我婉款了他家伴当回去，容我再作道理。”众人做歉做好，劝了他们回去。众人也各自散了。

陈秀才一肚皮的鸟气，没处出豁，走将进来，捶台拍凳，短叹长吁。马氏看了他这般光景，心下已自明白，故意道：“官人何不去花街柳陌，楚馆秦楼，畅饮酣酒，通宵遣兴？却在此处咨嗟愁闷，也觉得少些风月了。”陈秀才道：“娘子直恁地消遣小生。当初只为不听你的好言，忒看得钱财容易，致今日受那徽狗这般呕气。欲将那对湖庄房准与他，要他找我二百银子，叵耐他抵死不肯，只顾索债。又着数个伴当住在吾家坐守，亏得众人解劝了去，明早一定又来。难道我这所庄房止值得六百银子不成？如今却又没奈何了。”马氏道：“你当初撒漫时节，只道家中是那无底之仓，长流之水，上千的费用了去，谁知到得今日，要别人找这一二百银子却如此烦难。既是他不肯时，只索准与他罢了，闷做甚的？若像三年前时，再有几个庄子也准去了，何在乎这一个！”陈秀才被马氏数落一顿，嘿嘿无言。当夜心中不快，吃了些晚饭，洗了脚手睡了。又道是欢娱嫌夜短，寂寞恨更长。

陈秀才有这一件事在心上，翻来覆去，巴不到天明。及至五更鸡唱，身子困倦，朦胧思睡，只听得家僮三五次进来说道："卫家来讨银子一早起了。"陈秀才忍耐不住，一骨碌扒将起来，请拢了众原中，写了一纸卖契：将某处庄卖到某处银六百两。将出来交与众人。众人不比昨日，欣然接了去，回复卫朝奉。陈秀才虽然气愤不过，却免了门头不清净，也只索罢了。那卫朝奉也不是不要庄房，也不是真要银子，见陈秀才十分窘迫，只是逼债，不怕那庄子不上他的手。如今陈秀才果然吃逼不过，只得将庄房准了。卫朝奉称心满意，已无话说。

却说陈秀才自那准庄之后，心下好不懊恨，终日眉头不展，废寝忘餐。时常咬牙切齿道："我若得志，必当报之！"马氏见他如此，说道："不怨自己，反恨他人！别个有了银子，自然千方百计要寻出便益来，谁像你将了别人银子用得落得，不知曾干了一节什么正经事务，平白地将这样美产贱送了。难道是别人央及你的不成？"陈秀才道："事到如今，我岂不自悔？但作过在前，悔之无及耳。"马氏道："说得好听，怕口里不像心里，'自悔'两字，也是极难的。又道是：'败子若收心，犹如鬼变人。'这时节手头不足，只好缩了头坐在家里怨恨；有了一百二百银子，又好去风流撒漫起来。"陈秀才叹口气道："娘子兀自不知我的心事。人非草木，岂得无知！我当初实是不知稼穑，被人鼓舞，朝歌暮乐，耗了家私。今已历尽凄凉，受人冷淡，还想着'风月'两字，真丧心之人了！"马氏道："恁地说来，也还有些志气。我道你不到乌江心不死，今已到了乌江，这心原也该死了。我且问你，假若有了银子，你却待做些甚么？"陈秀才道："若有银子，必先恢复了这庄居，羞辱那徽狗一番，出一口气。其外或开个铺子，或置些田地，随缘度日，以待成名，我之愿也。若得千金之资，也就勾了。却那里得这银子来？只好望梅止渴，画饼充饥。"说罢往桌上一拍，叹一口气。

马氏微微的笑道："若果然依得这一段话时，想这千金有甚难处之事？"陈秀才见说得有些来历，连忙问道："银子在那里？还是去与人挪借，还是去与朋友们结会？不然银子从何处来？"马氏又笑道："若挪借时，又是一个卫朝奉了。世情看冷暖，人面逐高低。见你这般时势，那个朋友肯出银子与你结会？还是求着自家屋里，或者有些活路，也不可知。"陈秀才道："自家屋里求着兀谁的是？莫非娘子有甚扶助小生之处？望乞娘子提掇指点小生一条路头，真莫大之恩情也！"马氏道："你平时那一班同欢同赏、知音识趣的朋友，怎没一个来瞅睬你一瞅睬？元来今日原只好对着我说什么提掇也不提掇。我女流之辈，也没甚提掇你处，只要与你说一说过。”陈秀才道：“娘子怎还说这话？任凭措置。”马氏道：“你如今当真收心务实了么？”陈秀才道：“娘子怎还说这话？我陈珩若再向花柳丛中着脚时，永远前程不吉，死于非命！”马氏道：“既恁地说时，我便赎这庄子还你。”

说罢，取了钥匙直开到厢房里一条暗弄中，指着一个皮匣，对陈秀才道：“这些东西，你可将去赎庄，余下的，可原还我。”陈秀才喜自天来，却还有些半信不信，揭开看时，只见雪白的摆着银子，约有千余金之物。陈秀才看了，不觉掉下泪来。马氏道：“官人为何悲伤？”陈秀才道：“陈某不肖，将家私荡尽，赖我贤妻熬清守淡，积攒下偌多财物，使小生恢复故业，实是枉为男子，无地可自容矣！”马氏道：“官人既能改过自新，便是家门有幸。明日可便去赎取庄房，不必迟延了。”陈秀才当日欢喜无限，过了一夜。次日，着人请过旧日这几个原中去对卫朝奉说，要兑还六百银子，赎了庄房。卫朝奉却是得了便宜的，如何肯便与他赎？推说道：“当初准与我时，多是些败落房子，荒芜地基。我如今添造房屋，修理得锦锦簇簇；周回花木，栽植得整整齐齐。却便原是这六百银子赎了去，他倒安稳！若要赎时，如今当真要找足一千银子，便赎了去。”众人将此话回复了陈秀才。陈秀才道：“既是恁地，必须等我亲看一看，果然添造修理，估值几何，然后量找便了。”便同众人到庄里来，问说：“朝奉在么？”只见一个养娘说道：“朝奉却才解铺里去了。我家内眷在里面，官人们没事不进去罢。”众人道：“我们略在外边踏看一看不妨。”养娘放众人进去看了一遭，却见原只是这些旧屋，不过补得几处地板，筑得一两处漏点，修得三四根折栏杆，多是有数，看得见的，何曾添了甚么？

陈秀才回来，对众人道：“庄居一无所增，如何却要我找银子？当初我将这庄子抵债，要他找得二百银子，他乘我手中窘迫，贪图产业，百般勒掯，上了他手，今日又要反找，将猫儿食拌猫儿饭，天理何在？我陈某当初软弱，今日不到得与他作弄。众位可将这六百银子交与他，教他出屋还我。只这等，他已得了三百两利钱了。”众人本自不敢去对卫朝奉说，却见陈秀才搬出好些银子，已自酥了半边，把那旧日的奉承腔子重整起来，都应道：“相公说的是，待小人们去说。”众人将了银子去交与卫朝奉。卫朝奉只说少，不肯收；却是说众人不过，只得权且收了，却只不说出屋日期。

众人道他收了银子，大头已定，取了一纸收票来，回复了陈秀才，俱各散讫。

过了几日，陈秀才又着人去催促出房。卫朝奉却道："必要找勾了修理改造的银子便去，不然时，决不搬出。"催了几次，只是如此推托。陈秀才愤恨之极，道："这厮恁般恃强！若与他经官动府，虽是理上说我不过，未必处得畅快。慢慢地寻个计较处置他，不怕你不搬出去。当初呕了他的气，未曾泄得，他今日又来欺负人，此恨如何消得！"那时正是十月中旬天气，月明如昼，陈秀才偶然走出湖房上来步月，闲行了半晌。又道是无巧不成话，只见秦淮湖里上流头，黑洞洞退将一物事来。陈秀才注目一看，吃了一惊，原来一个死尸，却是那扬子江中流入来的。那尸却好流近湖房边来，陈秀才正为着卫朝奉一事踌躇，默然自语道："有计了！有计了！"便唤了家僮陈禄到来。

那陈禄是陈秀才极得用的人，为人忠直，陈秀才每事必与他商议。当时对他说道："我受那卫家狗奴的气，无处出豁，他又不肯出屋还我，怎得个计较摆布他便好？"陈禄道："便是官人也是富贵过来的人，又不是小家子，如何受这些狗蛮的气！我们看不过，常想与他性命相搏，替官人泄恨。"陈秀才道："我而今有计在此，你须依着我，如此如此而行，自有重赏。"陈禄不胜之喜，道："好计！好计！"唯唯从命，依计而行。当夜各散了。次日，陈禄穿了一身宽敞衣服，央了平日与主人家往来得好的陆三官做了媒人，引他望对湖去投靠卫朝奉。卫朝奉见他人物整齐，说话伶俐，收纳了，拨一间房与他歇落，叫他穿房入户使用，且是勤谨得用。过了月余，忽一日，卫朝奉早起寻陈禄叫他买柴，却见房门开着，看时不见在里面。到各处寻了一会，则不见他；又着人四处找寻，多回说不见。卫朝奉也不曾费了什么本钱在他身上，也不甚要紧。正要寻原媒来问他，只见陈秀才家三五个仆人到卫家说道："我家一月前，逃走了一个人，叫做陈禄，闻得陆三官领来投靠你家。快叫他出来随我们去，不要藏匿过了，我家主见告着状哩！"卫朝奉道："便是一月前一个人投靠我，也不晓得是你家的人。不知何故，前夜忽然逃去了，委实没这人在我家。"众人道："岂有又逃的理？分明是你藏匿过了，哄骗我们。既不在时，除非等我们搜一搜看。"卫朝奉托大道："便由你们搜，搜不出时，吃我几个面光。"众人一拥入来，除了老鼠穴中不搜过。卫朝奉正待发作，只见众人发声喊道："在这里了！"

卫朝奉不知是甚事头，近前来看，元来在土松处翻出一条死人腿。卫朝奉惊得目睁口呆，众人一片声道："已定是卫朝奉将我家这人杀害了，埋这腿在这里。去请我家相公到来，商量去出首。"

一个人慌忙去请了陈秀才到来。陈秀才大发雷霆，嚷道："人命关天，怎便将我家人杀害了？不去府里出首，更待何时！"叫众人提了人腿便走。卫朝奉扢搭搭地抖着，拦住了道："我的爷，委实我不曾谋害人命。"陈秀才道："放屁！这个人腿那来的？你只到官分辨去！"那富的人，怕的是见官，况是人命？只得求告道："且慢慢商量，如今凭陈相公怎地处分，饶我到官罢！怎吃得这个没头官司？"陈秀才道："当初图我产业，不肯找我银子的是你！今日占住房子，要我找价的也是你！恁般强横，今日又将我家人收留了，谋死了他！正好公报私仇，却饶不得！"卫朝奉道："我的爷，是我不是，情愿出屋还相公。"陈秀才道："你如何谎说添造房屋？你如今只将我这三百两利钱出来还我，修理庄居，写一纸伏辨与我，我们便净了口，将这只脚烧化了，此事便泯然无迹。不然时今日天清日白，在你家里搜出人腿来，众目昭彰，一传出去，不到得轻放过了你。"卫朝奉冤屈无伸，却只要没事，只得写了伏辨，递与陈秀才。又逼他兑还三百银子，催他出屋。卫朝奉没奈何，连夜搬往三山街解铺中去。这里自将腿藏过了。陈秀才那一口气，方才消得。你道卫家那人腿是那里来的？原来陈秀才十月半步月之夜，偶见这死尸退来，却叫家僮陈禄取下一条腿。次日只做陈禄去投靠卫家，却将那只腿悄地带入。乘他每不见，却将腿去埋在空处停当，依旧走了回家。这里只做去寻陈禄，将那人腿搜出，定要告官，他便慌张，没做理会处，只得出了屋去，又要他白送还这三百银子利钱。此陈秀才之妙计也。

陈秀才自此恢复了庄，便将余财十分作家，竟成富室。后亦举孝廉，不仕而终。陈禄走在外京多时，方才重到陈家来。卫朝奉有时撞着，情知中计，却是房契已还，当日一时急促中事，又没个把柄，无可申辨处。又毕竟不知人腿来历，到底怀着鬼胎，只得忍着罢了。这便是"陈秀才巧计赚原房"的话。有诗为证：

撒漫虽然会破家，欺贪克剥也难夸。
试看横事无端至，只为生平种毒赊。

我国古代流传颇广的短篇小说集

三言二拍

（清）冯梦龙　凌蒙初　编著

辽海出版社

肆

目 录

初刻拍案惊奇

二刻拍案惊奇

第十卷 张溜儿熟布迷魂局 陆蕙娘立决到头缘

诗曰：

深机密械总徒然，诡计奸谋亦可怜。

赚得人亡家破日，还成捞月在空川。

话说世间最可恶的是拐子。世人但说是盗贼，便十分防备他；不知那拐子，便与他同行同止也识不出弄喧捣鬼，没形没影的，做将出来，神仙也猜他不到，倒在怀里信他。直到事后晓得，已此追之不及了。这却不是出跳的贼精，隐然的强盗？

今说国朝万历十六年，浙江杭州府北门外一个居民，姓扈，年已望六。妈妈新亡，有两个儿子，两个媳妇，在家过活。那两个媳妇，俱生得有些颜色，且是孝敬公公。一日，爷儿三个多出去了，只留两个媳妇在家，闭上了门，自在里面做生活。那一日大雨淋漓，路上无人行走。日中时分，只听得外面有低低哭泣之声，十分凄惨悲咽，却是妇人声音。从日中哭起，直到日没，哭个不住。两个媳妇听了半日，忍耐不住，只得开门同去外边一看。正是：闭门家里坐，祸从天上来。若是说话的与他同时生，并肩长，便劈手扯住，不放他两个出去，纵有天大的事，也惹他不着。元来大凡妇人家，那闲事切不可管，动止最宜谨慎。丈夫在家时还好，若是不在时，只宜深闺静处，便自高枕无忧；若是轻易揽着个事头，必要缠出些不妙来。

那两个媳妇，当日不合开门出来，却见是一个中年婆娘，人物也到生得干净。两个见是个妇人，无甚妨碍，便动问道：“妈妈何来？为甚这般苦楚？可对我们说知则个。”那婆娘掩着眼泪道：“两位娘子听着：老妾在这城外乡间居住，老儿死了，止有一个儿子和媳妇。媳妇是个病块，儿子又十分不孝，动不动将老身骂詈，养赡又不周全，有一顿，没一顿的。今日别口气，与我的兄弟相约了去县里告他忤逆，他叫我前头先走，随后就来。谁想等了一日，竟不见到。雨又落得大，家里又不好回去，枉被儿子媳妇耻笑，左右两难。为此想起这般命苦，忍不住伤悲，不想惊动了两位娘子。多承两位娘子动问，不敢隐瞒，只得把家丑实告。”他两个见那婆娘说得苦恼，又说话小心，便道：“如此，且在我们家里坐一坐，等他来便了。”两个便扯了那婆子进去，说道：“妈妈宽坐一坐，等雨住了回去。自亲骨肉，虽是一时有些不是处，只宜好好宽解，不可便经官动府，坏了和气，失了体面。”那婆娘道：“多谢两位相劝，老身且再耐他几时。”一递一句，说了一回，天色早黑将下来。婆娘又道：“天黑了，只不见来，独自回去不得，如何好？”两个又道：“妈妈，便在我家歇一夜，何妨？粗茶淡饭，便吃了餐把，那里便费了多少？”那婆娘道：“只是打搅不当。”那婆娘当时就裸起双袖，到灶下去烧火，又与他两人量了些米煮夜饭。揩台抹凳，担汤担水，一揽包收，多是他上前替力。两个道：“等媳妇们伏侍，甚么道理要妈妈费气力？”妈妈道：“在家里惯了，是做时便倒安乐，不做时便要困倦。娘子们但有事，任凭老身去做不妨。”当夜洗了手脚，就安排他两个睡了，那婆娘方自去睡。次日清早，又是那婆娘先起身来，烧热了汤，将昨夜剩下米煮了早饭，拂拭净了椅桌。力力碌碌，做了一朝，七了八当。两个媳妇起身，要东有东，要西有西，不费一毫手脚，便有七八分得意了。便两个商议道：“那妈妈且是熟分肯做，他在家里不像意，我们这里正少个相帮。公公常说要娶个晚婆婆，我每劝公公纳了他，岂不两便？只是未好与那妈妈启得齿。但只留着他，等公公来再处。”

不一日，爷儿三个回来了，见家里有这个妈妈，便问媳妇缘故。两个就把那婆娘家里的事，依他说了一遍。又道：“这妈妈且是和气，又十分勤谨。他已无了老儿，儿子又不孝，无所归了。可怜！可怜！”就把妯娌商量的见识，叫两个丈夫说与公公知道。扈老道：“知他是甚样人家？便好如此草草！且留他住几时看。”口里一时不好应承，见这婆娘干净，心里也欲得的。又过两日，那老儿没搭煞，黑暗里已自和那婆娘摸上了。媳妇们看见了些动静，对丈夫道：“公公常是要娶婆婆，何不就与这妈妈成了这事？省得又去别寻头脑，费了银子。”儿子每也道：“说得是。”多去劝着父亲。媳妇们已自与那婆娘说通了，一让一个肯。摆个家筵儿，欢欢喜喜，大家吃了几杯，两口儿成合了。

过得两日，只见两个人问将来，一个说是妈妈的兄弟，一个说是妈妈的儿子，说道："寻了好几日，方问得着是这里。"妈妈听见走出来，那儿子拜跪讨饶，兄弟也替他请罪。那妈妈怒色不解，千咒万骂。扈老从中好言劝开。兄弟与儿子又劝他回去。妈妈又骂儿子道："我在这里吃口汤水，也是安乐的，倒回家里在你手中讨死吃？你看这家媳妇，待我如何孝顺？"儿子见说这话，已此晓得娘嫁了这老儿了。扈老便整酒留他两人吃。那儿子便拜扈老道："你便是我继父了。我娘喜得终身有托，万千之幸。"别了自去。似此两三个月中，往来了几次。

忽一日，那儿子来说："孙子明日行聘，请爹娘与哥嫂一门同去吃喜酒。"那妈妈回言道："两位娘子怎好轻易就到我家去？我与你爷、两位哥哥同来便了。"次日，妈妈同他父子去吃了一日喜酒，欢欢喜喜，醉饱回家。又过了一个多月，只见这个孙子又来登门，说道："明日毕姻，来请阖家尊长同观花烛。"又道："是必求两位大娘同来光辉一光辉。"两个媳妇巴不得要认妈妈家里，还悔道前日不去得，赔下笑来应承。

次日盛妆了，随着翁妈丈夫一同到彼。那妈妈的媳妇出来接着，是一个黄瘦有病的。日将下午，那儿子请妈妈同媳妇迎亲，又要请两位嫂子同去，说道："我们乡间风俗，是女眷都要去的。不然，只道我们不敬重新亲。"妈妈对儿子道："汝妻虽病，今日已做了婆婆了，只消自去，何必烦劳二位嫂子？"儿子道："妻子病中，规模不雅，礼数不周，恐被来亲轻薄。两位嫂子既到此了，何惜往迎这片时？使我们好看许多。"妈妈道："这也是。"那两个媳妇，也是巴不得去看看耍子的。妈妈就同他自己媳妇，四人作队儿，一伙下船去了。更余不见来，儿子道："却又作怪！待我去看一看来。"又去一回，那孙子穿了新郎衣服，也说道："公公宽坐，孙儿也出门望望去。"摇摇摆摆，踱了出来，只剩得爷儿三个在堂前灯下坐着。等候多时，再不见一个来了。肚里又饥，心下疑惑，两个儿子走进灶下看时，清灰冷火，全不像个做亲的人家。出来对父亲说了，拿了堂前之灯，到里面一照，房里空荡荡，并无一些箱笼衣衾之类，止有几张椅桌，空着在那里。心里大惊道："如何这等？"要问邻舍时，夜深了，各家都关门闭户了。三人却像热地上蝼蚁，钻出钻入。乱到天明，才问得个邻舍道："他每一班何处去了？"邻人多说不知。又问："这房子可是他家的？"邻人道："是城中杨衙里的，五六月前，有这一家子来租他的住，不知做些甚么。你们是亲眷，来往了多番，怎么倒不晓得细底，却来问我们？”问了几家，一般说话。有个把有见识的道：“定是一伙大拐子，你们着了他道儿，把媳妇骗的去了。”父子三人见说，忙忙若丧家之狗，踉踉跄跄跑回家去，分头去寻，那里有个去向？只得告了一纸状子，出个广捕，却是渺渺茫茫的事了。那扈老儿要讨晚婆，他道是白得的，十分便宜。谁知到为这婆子白白里送了两个后生媳妇！这叫做“贪小失大”，所以为人切不可做那讨便宜苟且之事。正是：

莫信直中直，须防仁不仁。

贪看天上月，失却世间珍。

这话丢过一边。如今且说一个拐儿，拐了一世的人，倒后边反着了一个道儿。这本话，却是在浙江嘉兴府桐乡县内，有一秀才，姓沈名灿若，年可二十岁，是嘉兴有名才子。容貌魁峨，胸襟旷达。娶妻王氏，姿色非凡，颇称当对。家私富裕，多亏那王氏守把。两个自道佳人才子，一双两好，端的是如鱼似水，如胶似漆价相得。只是王氏生来娇怯，厌厌弱病尝不离身的。灿若十二岁上进学，十五岁超增补廪，少年英锐，自恃才高一世，视一第何啻拾芥！平时与一班好朋友，或以诗酒娱心，或以山水纵目，放荡不羁。其中独有四个秀才，情好更笃。自古道：惺惺惜惺惺，才子惜才子。却是嘉善黄平之，秀水何澄，海盐乐尔嘉，同邑方昌，都一般儿你羡我爱，这多是同郡朋友。那他州外府与灿若往来的，不计其数，大约不过是并时的才人。那本县知县姓嵇，单讳一个清字，常州江阴县人。平日敬重斯文，喜欢才士，也道灿若是个青云决科之器，与他认了师生，往来相好。是年正是大比之年，有了科举。灿若归来打叠衣装，上杭应试，与王氏话别。王氏挨着病躯，整顿了行李，眼中流泪道：“官人前程远大，早去早回。奴未知有福分能勾与你同享富贵与否？”灿若道：“娘子说那里话？你有病在身，我去后须十分保重！”也不觉掉下泪来。二人执手分别，王氏送出门，望灿若不见，掩泪自进去了。

灿若一路行程，心下觉得不快。不一日，到了杭州，寻客店安下。匆匆的进过了三场，颇称得意。一日，灿若与好朋友游了一日湖，大醉回来。睡了半夜，忽听得有人扣门，披衣而起。只见一人高冠敞袖，似是道家妆扮。灿若道：“先生夤夜至此，何以教我？”那人道：“贫道颇能望气，亦能断人阴阳祸福。偶从东南来此，暮夜无处投宿，因扣尊扃，多有惊动！”灿若道：“既先生投宿，便同榻何妨。先生既精推算，目下榜期在迩，幸将贱造推算，未知功名有分与否，愿决一言。”那人道：“不必推命，只须望气。观君丰格，功名不患无缘，但必须待尊阃天年之后，便得如意。我有二句诗，是君终身遭际，君切记之：鹏翼抟时歌六忆，鸾胶续处舞双凫。”灿若不解其意，方欲再问，外面猫儿捕鼠，扑地一响，灿若吃了一跳，却是南柯一梦。灿若道：“此梦甚是诧异！那道人分明说，待我荆妻亡故，功名方始称心。我情愿青衿没世也罢，割恩爱而博功名，非吾愿也。”两句诗又明明记得，翻来覆去睡不安稳，又道：“梦中言语，信他则甚！明日倘若榜上无名，作速回去了便是。”正想之际，只听得外面叫喊连天，锣声不绝，扯住讨赏，报灿若中了第三名经魁。灿若写了票，众人散讫。慌忙梳洗上轿，见座主、会同年去了。那座师却正是本县嵇清知县，那时解元何澄，又是极相知的朋友。黄平之、乐尔嘉、方昌多已高录，俱各欢喜。灿若理了正事，天色傍晚，乘轿回寓。只见那店主赶着轿，慌慌的叫道：“沈相公，宅上有人到来，有紧急家信报知，候相公半日了。”灿若听了“紧急家信”四字，一个冲心，忽思量着梦中言语，却似十五个吊桶打水，七上八落。正是：

青龙白虎同行，吉凶全然未保。

到得店中下轿，见了家人沈文，穿一身素净衣服，便问道：“娘子在家安否？谁着你来寄信？”沈文道：“不好说得，是管家李公着寄信来。官人看书便是。”灿若接过书来，见书封筒逆封，心里有如刀割。拆开看罢，方知是王氏于二十六日身故。灿若惊得呆了，却似：

分开八片顶阳骨，倾下半桶雪水来。

半晌做声不得，蓦然倒地。众人唤醒，扶将起来。灿若咽住喉咙，千妻万妻的哭，哭得一店人无不流泪。道：“早知如此，就不来应试也罢，谁知便如此永诀了！”问沈文道：“娘子病重，缘何不早来对我说？”沈文道：“官人来后，娘子只是旧病恹恹，不为甚重。不想二十六日，忽然晕倒不醒，为此星夜赶来报知。”灿若又哽咽了一回，疾忙叫沈文雇船回家去，也顾不得他事了。暗思一梦之奇，二十七日放榜，王氏却于二十六日间亡故，正应着那“鹏翼抟时歌六忆”这句诗了。

当时整备离店，行不多路，却遇着黄平之抬将来。二人又是同门，相见罢，黄平之道："观兄容貌，十分悲惨，未知何故？"灿若噙着眼泪，将那得梦情由，与那放榜报丧，今赶回家之事，说了一遍。平之嗟叹不已，道："尊兄且自宁耐，毋得过伤。待小弟见座师与众同袍为兄代言其事，兄自回去不妨。"两人别了。

灿若急急回来，进到里面，抚尸恸哭，几次哭得发昏。择时入殓已毕，停柩在堂。夜间灿若只在灵前相伴。不多时，过了三、四七。众朋友多来吊唁，就中便有说着会试一事的，灿若漠然不顾，道："我多因这蜗角虚名，赚得我连理枝分，同心结解。如今就把一个会元撇在地下，我也无心去拾他了。"这是王氏初丧时的说话。转眼间，又过断七。众亲友又相劝道："尊阃既已夭逝，料无起死回生之理。兄枉自灰其志，竟亦何益？况在家无聊，未免有孤栖之叹，同到京师，一则可以观景舒怀，二则众同袍剧谈竟日，可以解愠。岂可为无益之悲，误了终身大事？"灿若吃劝不过，道："既承列位佳意，只得同走一遭。"那时就别了王氏之灵，嘱付李主管照管羹饭、香火，同了黄、何、方、乐四友登程，正是那十一月中旬光景。

五人夜住晓行，不则一日来到京师。终日成群挈队，诗歌笑傲，不时往花街柳陌，闲行遣兴。只有灿若，没一人看得在眼里。韶华迅速，不觉的换了一个年头，又早上元节过，渐渐的桃香浪暖。那时黄榜动，选场开，五人进过了三场，人人得意，个个夸强。沈灿若始终心下不快，草草完事。过不多时揭晓，单单奚落了灿若，他也不在心上。黄、何、方、乐四人自去传胪，何澄是二甲，选了兵部主事，带了家眷在京。黄平之到是庶吉士，乐尔嘉选了太常博士，方昌选了行人。嵇清知县也行取做刑科给事中。各守其职不题。

灿若又游乐了多时回家，到了桐乡。灿若进得门来，在王氏灵前拜了两拜，哭了一场，备羹饭浇奠了。又隔了两月，请个地理先生，择地殡葬了王氏已讫，那时便渐渐有人来议亲。灿若自道是第一流人品，王氏恁地一个娇妻，兀自无缘消受，再那里寻得一个厮对的出来？必须是我目中亲见，果然像意，方才可议此事。以此多不着紧。

光阴似箭，日月如梭。有话即长，无话即短。却又过了三个年头，灿若又要上京应试，只恨着家里无人照顾。又道是家无主，屋倒竖。灿若自王氏亡后，日间用度，箸长碗短，十分不像意。也思量道："须是续弦一个掌家娘子方好。只恨无其配偶。"心中闷闷不已。仍把家事且付与李主管照顾，收拾起程。那时正是八月间天道，金风乍转，时气新凉，正好行路。夜来皓魄当空，澄波万里，上下一碧。灿若独酌无聊，触景伤怀，遂尔口占一曲：

露滴野塘秋，下帘笼不上钩，徒劳明月穿窗牖。鸳衾远丢，孤身远游，浮槎怎得到阳台右？漫凝眸，空临皓魄，人不在月中留。（词寄《黄莺儿》）

吟罢，痛饮一醉，舟中独寝。

话休絮烦。灿若行了二十余日，来到京中，在举厂东边，租了一个下处，安顿行李已好。一日同几个朋友到齐化门外饮酒，只见一个妇人，穿一身缟素衣服，乘着蹇驴，一个闲的，挑了食槅随着，恰像那里去上坟回来的。灿若看那妇人，生得：

敷粉太白，施朱太赤，加一分太长，减一分太短。十相具足，是风流占尽无余；一味温柔，差丝毫便不厮称！巧笑倩兮，笑得人魂灵颠倒；美目盼兮，盼得你心意痴迷。假使当时逢妒妇，也言“我见且犹怜”。

灿若见了此妇，却似顶门上丧了三魂，脚底下荡了七魄。他就撇了这些朋友，也雇了一个驴，一步步赶将去，呆呆的尾着那妇人只顾看。那妇人在驴背上，又只顾转一对秋波过来看那灿若。走上了里把路，到一个僻静去处，那妇人走进一家人家去了。灿若也下了驴，心下不舍，钉住脚在门首呆看。看了一晌，不见那妇人出来。正没理会处，只见内里走出一个人来道：“相公只望门内观看，却是为何？”灿若道：“适才同路来，见个白衣小娘子走进此门去，不知这家是甚等人家？那娘子是何人？无个人来问问。”那人道：“此妇非别，乃舍表妹陆蕙娘，新近寡居在此，方才出去辞了夫墓，要来嫁人，小人正来与他作伐。”灿若道：“足下高姓大名？”那人道：“小人姓张，因为做事是件顺溜，为此人起一个混名，只叫小人张溜儿。”灿若道：“令表妹要嫁何等样人？肯嫁在外方去否？”溜儿道：“只要读书人后生些的便好了，地方不论远近。”灿若道：“实不相瞒，小生是前科举人，来此会试。适见令表妹丰姿绝世，实切想慕，足下肯与作媒，必当重谢。”溜儿道：“这事不难，料我表妹见官人这一表人才，也决不推辞的。包办在小人身上，完成此举。”灿若大喜道：“既如此，就烦足下往彼一通此情。”在袖中摸出一锭银子，递与溜儿道：“些小薄物，聊表寸心。事成之后，再容重谢。”溜儿推逊一回，随即接了。见他出钱爽快，料他囊底充饶，道：“相公，明日来讨回话。”灿若欢天喜地回下处去了。

次日，又到郊外那家门首来探消息。只见溜儿笑嘻嘻的走将来道：“相公喜事上头，恁地出门的早哩！昨日承相公分付，即便对表妹说知。俺妹子已自看上了相公，不须三回五次，只说着便成了。相公只去打点纳聘做亲便了。表妹是自家做主的，礼金不计论，但凭相公出得手罢了。”灿若依言，取三十两银子，折了衣饰送将过去。那家也不争多争少，就许定来日过门。

灿若看见事体容易，心里到有些疑惑起来。又想是北方再婚，说是鬼妻，所以如此相应。至日鼓吹打轿，到门迎接陆蕙娘。蕙娘上轿，到灿若下处来做亲。灿若灯下一看，正是前日相逢之人，不觉大喜过望，方才放下了心。拜了天地，吃了喜酒，众人俱各散讫。两人进房，蕙娘只去椅上坐着。约莫一更时分，夜阑人静，灿若久旷之后，欲火燔灼，便开言道：“娘子请睡了罢。”蕙娘啭莺声吐燕语道：“你自先睡。”灿若只道蕙娘害羞，不去强他，且自先上了床，那里睡得着？又歇了半个更次，蕙娘兀自坐着。灿若只得又央及道：“娘子日来困倦，何不将息将息？只管独坐，是甚意思？”蕙娘又道：“你自睡。”口里一头说，眼睛却不转的看那灿若。灿若怕新来的，逆了他意，依言又自睡了一会。又起来款款问道：“娘子为何不睡？”蕙娘又将灿若上上下下仔细看了一会，开口问道：“你京中有甚势要相识否？”灿若道：“小生交游最广，同袍、同年，无数在京，何论相识？”蕙娘道：“既如此，我而今当真嫁了你罢。”灿若道：“娘子又说得好笑，小生千里相遇，央媒纳聘，得与娘子成亲，如何到此际还说个当真当假？”蕙娘道：“官人有所不知，你却不晓得此处张溜儿是有名的拐子。妾身岂是他表妹？便是他浑家。为是妾身有几分姿色，故意叫妾赚人到门，他却只说是表妹寡居，要嫁人，就是他做媒。多有那慕色的，情愿聘娶妾身，他却不受重礼，只要哄得成交，就便送你做亲。叫妾身只做害羞，不肯与人同睡，因不受人点污。到了次日，却合了一伙棍徒，图赖你奸骗良家女子，连人和箱笼尽抢将去。那些被赚之人，客中怕吃官司，只得忍气吞声，明受火囤，如此也不止一个了。前日妾身哭母墓而归，原非新寡。天杀的撞见官人，又把此计来使。妾每每自思，此岂终身道理？有朝一日惹出事来，并妾此身付之乌有。况以清白之身，暗地迎新送旧，虽无所染，情何以堪？几次劝取丈夫，他只不听。以此妾之私意，只要将计就计，倘然遇着知音，愿将此身许他，随他私奔了罢。今见官人态度非凡，抑且志诚软款，心实欣羡；但恐相从奔走，或被他找着，无人护卫，反受其累。今君既交游满京邸，愿以微躯托之官人。官人只可连夜便搬往别处好朋友家谨密所在去了，方才耍得妾安稳。此是妾身自媒以从官人，官人异日弗忘此情！”

灿若听罢，呆了半晌，道：“多亏娘子不弃，见教小生。不然，几受其祸。”连忙开出门来，叫起家人打叠行李，把自己喂养的一个蹇驴，驮了蕙娘，家人挑箱笼，自己步行。临出门，叫应主人道：“我们有急事回去了。”晓得何澄带家眷在京，连夜敲开他门，细将此事说与，把蕙娘与行李都寄在何澄寓所。那何澄房尽空阔，灿若也就一宅两院做了下处，不题。

却说张溜儿次日果然纠合了一伙破落户，前来抢人。只见空房开着，人影也无。忙问下处主人道：“昨日成亲的举人那里去了？”主人道：“相公连夜回去了。”众人各各呆了一回，大家嚷道：“我们随路追去。”一哄的望张家湾乱奔去了。却是偌大所在，何处找寻？元来北京房子，惯是见租与人住，来来往往，主人不来管他东西去向，所以但是搬过了，再无处跟寻的。灿若在何澄处看了两月书，又早是春榜动，选场开。灿若三场满志，正是专听春雷第一声。果然金榜题名，传胪三甲。灿若选了江阴知县，却是嵇清的父母。不一日领了凭，带了陆蕙娘起程赴任。却值方昌出差苏州，竟坐了他一只官船到任。陆蕙娘平白地做了知县夫人，这正是“鸾胶续处舞双凫”之验也。灿若后来做到开府而止，蕙娘生下一子，后亦登第。至今其族繁盛，有诗为证：

女侠堪夸陆蕙娘，能从萍水识檀郎。

巧机反借机来用，毕竟强中手更强。

第十一卷 丹客半黍九还 富翁千金一笑

诗云：

破布衫巾破布裙，逢人惯说会烧银。

自家何不烧些用？担水河头卖与人。

这四句诗，乃是国朝唐伯虎解元所作。世上有这一伙烧丹炼汞之人，专一设立圈套，神出鬼没，哄那贪夫痴客，道能以药草炼成丹药，铅铁为金，死汞为银。名为“黄白之术”，又叫得“炉火之事”。只要先将银子为母，后来觑个空儿，偷了银子便走，叫做“提罐”。曾有一个道人将此术来寻唐解元，说道：“解元仙风道骨，可以做得这件事。”解元贬驳他道：“我看你身上蓝缕，你既有这仙术，何不烧些来自己用度，却要作成别人？”道人道：“贫道有的是术法，乃造化所忌；却要寻个大福气的，承受得起，方好与他作为。贫道自家却没这些福气，所以难做。看见解元正是个大福气的人，来投合伙，我们术家，叫做‘访外护’。”唐解元道：“这等与你说过：你的法术施为，我一些都不管，我只管出着一味福气帮你；等丹成了，我与你平分便是。”道人见解元说得蹊跷，晓得是奚落他，不是主顾，飘然而去了。所以唐解元有这首诗，也是点明世人的意思。

却是这伙里的人，更有花言巧语，如此说话说他不倒的。却是为何？他们道：“神仙必须度世，妙法不可自私。毕竟有一种具得仙骨，结得仙缘的，方可共炼共修，内丹成，外丹亦成。”有这许多好说话。这些说话，何曾不是正理？就是炼丹，何曾不是仙法？却是当初仙人留此一种丹砂化黄金之法，只为要广济世间的人，尚且纯阳吕祖虑他五百年后复还原质，误了后人，原不曾说道与你置田买产，畜妻养子，帮做人家的。只如杜子春遇仙，在云台观炼药将成，寻他去做“外护”，只为一点爱根不断，累他丹鼎飞败。如今这些贪人，拥着娇妻美妾，求田问舍，损人肥己，掂斤播两，何等肚肠！寻着一伙酒肉道人，指望炼成了丹，要受用一世，遗之子孙，岂不痴了？只叫他把“内丹成，外丹亦成”这两句想一想，难道是掉起内养工夫，单单弄那银子的？只这点念头，也就万万无有炼得丹成的事了。

看官，你道小子说到此际，随你愚人，也该醒悟这件事没影响，做不得的。却是这件事，偏是天下一等聪明的，要落在圈套里，不知何故。

今小子说一个松江富翁，姓潘，是个国子监监生。胸中广博，极有口才，也是一个有意思的人。却有一件癖性，酷信丹术。俗语道：“物聚于所好。”果然有了此好，方士源源而来，零零星星，也弄掉了好些银子，受过了好些丹客的骗。他只是一心不悔，只说：“无缘遇不着好的，从古有这家法术，岂有做不来的事？毕竟有一日弄成了，前边些小所失，何足为念？”把这事越好得紧了。这些丹客，我传与你，你传与我，远近尽闻其名，左右是一伙的人，推班出色，没一个不思量骗他的。

一日秋间，来到杭州西湖上游赏，赁一个下处住着。只见隔壁园亭上歇着一个远来客人，带着家眷，也来游湖。行李甚多，仆从齐整。那女眷且是生得美貌，打听来是这客人的爱妾。日日雇了天字一号的大湖船，摆了盛酒，吹弹歌唱俱备，携了此妾下湖，浅斟低唱，觥筹交举。满桌摆设酒器，多是些金银异巧式样，层见迭出。晚上归寓，灯火辉煌，赏赐无算。潘富翁在隔壁寓所，看得呆了，想道：“我家里也算是富的，怎能勾到得他这等挥霍受用？此必是个陶朱、猗顿之流，第一等富家了。”心里艳慕，渐渐教人通问，与他往来相拜，通了姓名，各道相慕之意。

富翁乘间问道：“吾丈如此富厚，非人所及。”那客人谦让道：“何足挂齿！”富翁道：“日日如此用度，除非家中有金银高北斗，才能像意；不然，也有尽时。”客人道：“金银高北斗，若只是用去，要尽也不难。须有个用不尽的法儿。”富翁见说，就有些着意了，问道：“如何是用不尽的法？”客人道：“造次之间，不好就说得。”富翁道：“毕竟要请教。”客人道：“说来吾丈未必解，也未必信。”富翁见说得蹊跷，一发殷勤求恳，必要见教。客人屏去左右从人，附耳道：“吾有‘九还丹’，可以点铅汞为黄金。只要炼得丹成，黄金与瓦砾同耳，何足贵哉？”富翁见说是丹术，一发投其所好，欣然道：“原来吾丈精于丹道。学生于此道最为心契，求之不得。若吾丈果有此术，学生情愿倾家受教。”客人道：“岂可轻易传得？小小试看，以取一笑则可。”便教小童炽起炉炭，将几两铅汞熔化起来。身边腰袋里摸出一个纸包，打开来都是些药末，就把小指甲挑起一些些来，弹在罐里，倾将出来，连那铅汞不见了，都是雪花也似的好银。

看官，你道药末可以变化得铜铅做银，却不是真法了？原来这叫得“缩银之法”。他先将银子用药炼过，专取其精，每一两直缩做一分少些。今和铅汞在火中一烧，铅汞化为青气去了，遗下糟粕之质，见了银精，尽化为银，不知原是银子的原分量，不曾多了一些。丹客专以此术哄人，人便死心塌地信他，道是真了。

富翁见了，喜之不胜，道：“怪道他如此富贵受用！元来银子如此容易。我炼了许多时，只有折了的；今番有幸遇着真本事的人，是必要求他去替我炼一炼则个。”遂问客人道：“这药是如何炼成的？”客人道：“这叫做母银生子。先将银子为母，不拘多少，用药锻炼，养在鼎中。须要九转，火候足了，先生了黄芽，又结成白雪。启炉时，就扫下这些丹头来，只消一黍米大，便点成黄金白银。那母银仍旧分毫不亏的。”富翁道：“须得多少母银？”客人道：“母银越多，丹头越精。若炼得有半合许丹头，富可敌国矣。”富翁道：“学生家事虽寒，数千之物还尽可办。若肯不吝大教，拜迎到家下，点化一点化，便是生平愿足。”客人道：“我术不易传人，亦不轻与人烧炼。今观吾丈虔心，又且骨格有些道气，难得在此联寓，也是前缘，不妨为吾丈做一做。但见教高居何处？异日好来相访。”富翁道：“学生家居松江，离此处只有两三日路程。老丈若肯光临，即此收拾，同到寒家便是。若此间别去，万一后会不偶，岂不当面错过了？”客人道：“在下是中州人，家有老母在堂，因慕武林山水佳胜，携小妾到此一游。空身出来，游赏所需，只在炉火，所以乐而忘返。今遇吾丈知音，不敢自秘，但直须带了小妾回家安顿，兼就看看老母，再赴吾丈之期，未为迟也。”富翁道：“寒舍有别馆园亭，可贮尊眷。何不就同携到彼住下，一边做事，岂不两便？家下虽是看待不周，决不至有慢尊客，使尊眷有不安之理。只求慨然俯临，深感厚情。”客人方才点头道：“既承吾丈如此真切，容与小妾说过，商量收拾起行。”

富翁不胜之喜，当日就写了请帖，请他次日下湖饮酒。到了明日，殷殷勤勤，接到船上，备将胸中学问，你夸我逞，谈得津津不倦，只恨相见之晚，宾主尽欢而散。又送着一桌精洁酒肴，到隔壁园亭上去，请那小娘子。来日客人答席，分外丰盛，酒器家伙都是金银，自不必说。

两人说得好着，游兴既阑，约定同到松江。在关前雇了两个大船，尽数搬了行李下去，一路相傍同行。那小娘子在对船舱中，隔帘时露半面。富翁偷眼看去，果然生得丰姿美艳，体态轻盈。只是：

盈盈一水间，脉脉不得语。

又裴航赠同舟樊夫人诗云：

同舟吴越犹怀想，况遇天仙隔锦屏。

但得玉京相会去，愿随鸾鹤入青冥。

此时富翁在隔船，望着美人，正同此景，所恨无一人通音问耳。

话休絮烦，两只船不一日至松江。富翁已到家门首，便请丹客上岸。登堂献茶已毕，便道：“此是学生家中，往来人杂不便。离此一望之地，便是学生庄舍，就请尊眷同老丈至彼安顿，学生也到彼外厢书房中宿歇。一则清净，可以省烦杂；二则谨密，可以动炉火。尊意如何？”丹客道：“炉火之事，最忌俗嚣，又怕外人触犯。况又小妾在身伴，一发宜远外人。若得在贵庄住止，行事最便了。”富翁便指点移船到庄边来，自家同丹客携手步行。

来到庄门口，门上一匾，上写“涉趣园”三字。进得园来，但见：

古木干霄，新篁夹径。榱题虚敞，无非是月榭风亭；栋宇幽深，饶有那曲房邃室。叠叠假山数仞，可藏太史之书；层层岩洞几重，疑有仙人之箓。若还奏曲能招凤，在此观棋必烂柯。

丹客观玩园中景致，欣然道：“好个幽雅去处，正堪为修炼之所，又好安顿小妾，在下便可安心与吾丈做事了。看来吾丈果是有福有缘的。”富翁就叫人接了那小娘子起来，那小娘子乔妆了，带着两个丫头，一个唤名春云，一个唤名秋月，摇摇摆摆，走到园亭上来。富翁欠身回避，丹客道：“而今是通家了，就等小妾拜见不妨。”就叫那小娘子与富翁相见了。富翁对面一看，真个是沉鱼落雁之容，闭月羞花之貌。天下凡是有钱的人，再没一个不贪财好色的。富翁此时好像雪狮子向火，不觉软瘫了半边，炼丹的事又是第二着了。便对丹客道：“园中内室尽宽，凭尊嫂拣个像意的房子住下了。人少时，学生还再去唤几个妇女来伏侍。”丹客就同那小娘子去看内房了。

富翁急急走到家中，取了一对金钗，一双金手镯，到园中奉与丹客道：“些小薄物，奉为尊嫂拜见之仪。望勿嫌轻鲜。”丹客一眼估去，见是金的，反推辞：“过承厚意，只是黄金之物，在下颇为易得，老丈实为重费，于心不安，决不敢领。”富翁见他推辞，一发不过意道：“也知吾丈不稀罕此些微之物，只是尊嫂面上，略表芹意，望吾丈鉴其诚心，乞赐笑留。”丹客道：“既然这等美情，在下若再推托，反是自外了。只得权且收下，容在下竭力炼成丹药，奉报厚惠。”笑嘻嘻走入内房，叫个丫头捧了进去，又叫小娘子出来，再三拜谢。富翁多见得一番，又破费这些东西，也是心安意肯的。口里不说，心中想道：“这个人有此丹法，又有此美姬，人生至此，可谓极乐。且喜他肯与我修炼，丹成料已有日。只是见放着这等美色在自家庄上，不知可有些缘法否？若一发钩搭得上手，方是心满意足的事。而今拚得献些殷勤，做工夫不着，磨他去，不要性急。且一面打点烧炼的事。”便对丹客道：“既承吾丈不弃，我们几时起手？”丹客道：“只要有银为母，不论早晚，可以起手。”富翁道：“先得多少母银？”丹客道：“多多益善，母多丹多，省得再费手脚。”富翁道：“这等，打点将二千金下炉便了。今日且偏陪，在家下料理。明日学生搬过来，一同做事。”是晚就具酌在园亭上款待过，尽欢而散。又送酒肴内房中去，殷殷勤勤，自不必说。

次日，富翁准准兑了二千金，将过园子里来，一应炉器家伙之类，家里一向自有，只要搬将来。富翁是久惯这事的，颇称在行，铅汞药物，一应俱备，来见丹客。丹客道：“足见主翁留心，但在下尚有秘妙之诀，与人不同，炼起来便见。”富翁道：“正是秘妙之诀，要求相传。”丹客道：“在下此丹，名为九转还丹，每九日火候一还，到九九八十一日开炉，丹物已成。

那时节主翁大福到了。”富翁道：“全仗提携则个。”丹客就叫跟来一个家僮，依法动手，炽起炉火，将银子渐渐放将下去，取出丹方与富翁看了，将几件希奇药料放将下去，烧得五色烟起，就同富翁封住炉。又唤这跟来几个家人分付道：“我在此将有三个月日耽搁，你们且回去回复老奶奶一声再来。”这些人只留一二个惯烧炉的在此，其余都依话散去了。从此家人日夜烧炼，丹客频频到炉边看火色，却不开炉。闲了却与富翁清谈，饮酒下棋，宾主相得，自不必说。又时时送长送短到小娘子处讨好，小娘子也有时回敬几件知趣的东西，彼此致意。

如此二十余日，忽然一个人，穿了一身麻衣，浑身是汗，闯进园中来。众人看时，却是前日打发去内中的人。见了丹客，叩头大哭道：“家里老奶奶没有了，快请回去治丧！”丹客大惊失色，哭倒在地。富翁也一时惊惶，只得从旁劝解道：“令堂天年有限，过伤无益，且自节哀。”家人催促道：“家中无主，作速起身！”丹客住了哭，对富翁道：“本待与主翁完成美事，少尽报效之心，谁知遭此大变，抱恨终天！今势既难留，此事又未终，况是间断不得的，实出两难。小妾虽是女流，随侍在下已久，炉火之候，尽已知些底里，留他在此看守丹炉才好。只是年幼，无人管束，须有好些不便处。”富翁道：“学生与老丈通家至交，有何妨碍？只须留下尊嫂在此，此炼丹之所，又无闲杂人来往，学生当唤几个老成妇女前来陪伴，晚间或是接到拙荆处一同寝处。学生自在园中安歇看守，以待吾丈到来。有何不便？至于茶饭之类，自然不敢有缺。”丹客又踌躇了半晌，说道：“今老母已死，方寸乱矣！想古人多有托妻寄子的，既承高谊，只得敬从。留他在此看看火候，在下回去料理一番，不日自来启炉。如此方得两全其事。”

富翁见说肯留妾，心中恨不得许下了半边的天，满面笑容应承道：“若得如此，足见有始有终。”丹客又进去与小娘子说了来因，并要留他在此看炉的话，一一分付了，就叫小娘子出来再见了主翁，嘱托与他了。叮咛道：“只好守炉，万万不可私启。倘有所误，悔之无及！”富翁道：“万一尊驾来迟，误了八十一日之期，如何是好？”丹客道：“九还火候已足，放在炉中多养得几日，丹头愈生得多，就迟些开也不妨的。”丹客又与小娘子说了些衷肠密语，忙忙而去了。

这里富翁见丹客留下了美妾，料他不久必来，丹事自然有成，不在心上；却是趁他不在，亦且同住园中，正好勾搭，机会不可错过，时时亡魂失魄，只思量下手。方在游思妄想，可可的那小娘子叫小丫头春云来道："俺家娘请主翁到丹房看炉。"富翁听得，急整衣巾，忙趋到房前来请道："适才尊婢传命，小子在此伺候尊步同往。"那小娘子转莺声、吐燕语道："主翁先行，贱妾随后。"只见袅袅娜娜走出房来，道了万福。富翁道："娘子是客，小子岂敢先行？"小娘子道："贱妾女流，怎好僭妄？"推逊了一回，单不扯手扯脚的相让，已自觌面谈唾相接了一回，有好些光景。毕竟富翁让他先走了，两个丫头随着。富翁在后面看去，真是步步生莲花，不由人不动火。来到丹房边，转身对两个丫头道："丹房忌生人，你们只在外住着，单请主翁进来。"主翁听得，三脚两步跑上前去。同进了丹房，把所封之炉，前后看了一回。富翁一眼估定这小娘子，恨不得寻口水来吞他下肚去，那里还管炉火的青红皂白？可惜有这个烧火的家僮在房，只好调调眼色，连风话也不便说得一句。直到门边，富翁才老着脸皮道："有劳娘子尊步。尊夫不在，娘子回房须是寂寞。"那小娘子口不答应，微微含笑，此番却不推逊，竟自冉冉回去。

富翁愈加狂荡，心里想道："今日丹房中若是无人，尽可撩拨他的，只可惜有这个家僮在内。明日须用计遣开了他，然后约那人同出看炉，此时便可用手脚了。"是夜即分付从人："明日早上备一桌酒饭，请那烧炉的家僮，说道一向累他辛苦了，主翁特地与他浇手。要灌得烂醉方住。"分付已毕，是夜独酌无聊，思量美人只在内室，又念着日间之事，心中痒痒，彷徨不已，乃吟诗一首道：

名园富贵花，移种在山家。

不道栏杆外，春风正自赊。

走至堂中，朗吟数遍，故意要内房里听得。只见内房走出一个丫头秋月来，手捧一盏茶来送道："俺家娘听得主翁吟诗，恐怕口渴，特奉清茶。"富翁笑逐颜开，再三称谢。秋月进得去，只听得里边也朗诵：

名花谁是主？飘泊任春风。

但得东君惜，芳心亦自同。

富翁听罢，知是有意，却不敢造次闯进去。又只听里边关门响，只得自到书房睡了，以待天明。

次日早上，从人依了昨日之言，把个烧火的家僮请了去。他日逐守着炉灶边，原不耐烦，见了酒杯，那里肯放？吃得烂醉，就在外边睡着了。

富翁已知他不在丹房了，即走到内房前，自去请看丹炉。那小娘子听得，即便移步出来，一如昨日在前先走。走到丹房门，丫头仍留在外，止是富翁紧随入门去了。到得炉边看时，不见了烧火的家僮。小娘子假意失惊道："如何没人在此，却歇了火？"富翁笑道："只为小子自家要动火，故叫他暂歇了火。"小娘子只做不解道："这火须是断不得的。"富翁道："等小子与娘子坎离交媾，以真火续将起来。"小娘子正色道："炼丹学道之人，如何兴此邪念，说此邪话？"富翁道："尊夫在这里，与小娘子同眠同起，少不得也要炼丹，难道一事不做，只是干夫妻不成？"小娘子无言可答，道："一场正事，如此歪缠！"富翁道："小子与娘子夙世姻缘，也是正事。"一把抱住，双膝跪将下去。小娘子扶起道："拙夫家训颇严，本不该乱做的，承主翁如此殷勤，贱妾不敢自爱，容晚间约着相会一话罢。"富翁道："就此恳赐一欢，方见娘子厚情，如何等得到晚？"小娘子道："这里有人来，使不得。"富翁道："小子专为留心要求小娘子，已着人款住烧火的了。别的也不敢进来。况且丹房邃密，无人知觉。"小娘子道："此间须是丹炉，怕有触犯，悔之无及，决使不得！"富翁此时兴已勃发，那里还要什么丹炉不丹炉！只是紧紧抱住道："就是要了小子的性命，也说不得了。只求小娘子救一救！"不由他肯不肯，搿到一只醉翁椅上，扯脱裤儿，就舞将进去。此时快乐何异登仙！但见：独弦琴一翕一张，无孔萧统上统下。红炉中拨开邪火，玄关内走动真铅。舌搅华池，满口馨香尝玉液；精穿牝屋，浑身酥快吸琼浆。何必丹成入九天？即此魂销归极乐。

两下云雨已毕，整了衣服。富翁谢道："感谢娘子不弃，只是片时欢娱，晚间愿赐通宵之乐。"扑的又跪下去。小娘子急抱起来道："我原许下你晚间的，你自喉急等不得，那里有丹鼎旁边就弄这事起来？"富翁道："错过一时，只恐后悔无及。还只是早得到手一刻，也是见成的了。"小娘子道："晚间还是我到你书房来，你到我卧房来？"富翁道："但凭娘子主见。"小娘子道："我处须有两个丫头同睡，你来不便，我今夜且瞒着他们自出来罢。待我明日叮嘱丫头过了，然后接你进来。"

是夜，果然人静后，小娘子走出堂中来，富翁也在那里伺候，接至书房，极尽衾枕之乐。以后或在内，或在外，总是无拘无管。富翁以为天下奇遇，只愿得其夫一世不来，丹炼不成也罢了。绸缪了十数宵，忽然一日，门上报说："丹客到了。"富翁吃了一惊。接进寒温毕，他就进内房来见了小娘子，说了好些说话。出外来对富翁道：“小妾说丹炉不动。而今九还之期已过，丹已成了，正好开看。今日匆匆，明日献过了神启炉罢。”富翁是夜虽不得再望欢娱，却见丹客来了，明日启炉，丹成可望，还赖有此，心下自解自乐。

到得明日，请了些纸马福物，祭献了毕。丹客同富翁刚走进丹房，就变色沉吟道：“如何丹房中气色恁等的有些诧异？”便就亲手启开鼎炉一看，跌足大惊道：“败了，败了！真丹走失，连银母多是糟粕了！此必有做交感污秽之事，触犯了的。”富翁惊得面如土色，不好开言，又见道着真相，一发慌了。丹客懊怒，咬得牙齿格格的响，问烧火的道僮道：“此房中别有何人进来？”家僮道：“只有主翁与小娘子，日日来看一次，别无人敢进来。”丹客道：“这等，如何得丹败了？快去叫小娘子来问。”家僮走去，请了出来。丹客厉声道：“你在此看炉，做了甚事？丹俱败了！”小娘子道：“日日与主翁来看，炉是原封不动的，不知何故。”丹客道：“谁说炉动了封？你却动了封了！”又问家僮道：“主翁与娘子来时，你也有时节不在此么？”家僮道：“止有一日，是主翁怜我辛苦，请去吃饭，多饮了几杯，睡着在外边了。只这一日，是主翁与小娘子自家来的。”丹客冷笑道：“是了！是了！”忙走去行囊里抽出一根皮鞭来，对小娘子道：“分明是你这贱婢做出事来了！”一鞭打去。小娘子闪过了，哭道：“我原说做不得的，主人翁害了奴也！”富翁直着双眼，无言可答，恨没个地洞钻了进去。丹客怒目直视富翁道：“你前日受托之时，如何说的？我去不久，就干出这样昧心的事来，元来是狗彘不直的！如此无行的人，如何妄想烧丹炼药？是我眼里不识人。我只是打死这贱婢罢，羞辱门庭，要你怎的！”拿着鞭一赶赶来，小娘子慌忙走进内房。亏得两个丫头拦住，劝道：“官人耐性。”每人接了一皮鞭，却把皮鞭捽断了。

富翁见他性发，没收场，只得跪下去道：“是小子不才，一时干差了事。而今情愿弃了前日之物，只求宽恕罢！”丹客道：“你自作自受，你干坏了事，走失了丹，是应得的，没处怨怅。我的爱妾可是与你解馋的？受了你点污，却如何处？我只是杀却了，不怕你不偿命！”富翁道：“小子情愿赎罪罢。”即忙叫家人到家中拿了两个元宝，跪着讨饶。丹客只是佯着眼不瞧，道：“我银甚易，岂在于此！”富翁只是磕头，又加了二百两道：“如今以此数，再娶了一位如夫人也勾了。实是小子不才，望乞看平日之面，宽恕尊嫂罢。”丹客道：“我本不希罕你银子，只是你这样人，不等你损些己财，后来不改前非。我偏要拿了你的，将去济人也好。”就把三百金拿去，装在箱里了。叫齐了小娘子与家僮、丫头等，急把衣装行李尽数搬出，下在昨日原来的船里，一径出门，口里喃喃的骂道：“受这样的耻辱！可恨！可恨！”骂詈不止，开船去了。

富翁被他吓得魂不附体，恐怕弄出事来。虽是折了些银子，得他肯去，还自道侥幸。至于炉中之银，真个认做触犯了他，丹鼎走败。但自悔道：“忒性急了些！便等丹成了，多留他住几时，再图成此事，岂不两美？再不然，不要在丹房里头弄这事，或者不妨也不见得。多是自己莽撞了，枉自破了财物也罢，只是遇着真法，不得成丹，可惜！可惜！”又自解自乐道：“只这一个绝色佳人受用了几时，也是风流话柄，赏心乐事，不必追悔了。”却不知多是丹客做成圈套。当在西湖时，原是打听得潘富翁上杭，先装成这些行径来炫惑他的。及至请他到家，故意要延缓，却像没甚要紧。后边那个人来报丧之时，忙忙归去，已自先把这二千金提了罐去了。留着家小，使你不疑。后来勾搭上场，也都是他教成的计较，把这堆狗屎堆在你鼻头上，等你开不得口，只好自认不是，没工夫与他算帐了。那富翁是破财星照，堕其计中。先认他是巨富之人，必有真丹点化，不知那金银器皿都是些铅锡为质，金银汁粘裹成的。酒后灯下，谁把试金石来试？一时不辨，都误认了。此皆神奸诡计也。

富翁遭此一骗，还不醒悟，只说是自家不是，当面错了，越好那丹术不已。一日，又有个丹士到来，与他谈着炉火，甚是投机，延接在家。告诉他道：“前日有一位客人，真能点铁为金，当面试过，他已此替我烧炼了。后来自家有些得罪于他，不成而去，真是可惜。”这丹士道：“吾术岂独不能？”便叫把炉火来试，果然与前丹客无二：些少药末，投在铅汞里头，尽化为银。富翁道：“好了，好了。前番不着，这番着了。”又凑千金与他烧炼。丹士呼朋引类，又去约了两三个帮手来做。富翁见他银子来得容易，放胆大了，一些也不防他，岂知一个晚间，提了罐走了。次日又捞了个空。

富翁此时连被拐去，手内已窘，且怒且羞道：“我为这事费了多少心机，弄了多少年月，前日自家错过，指望今番是了，谁知又遭此一闪。我不问那里寻将去，他不过又往别家烧炼，或者撞得着也不可知。纵不然，或者另遇着真正法术，再炼成真丹，也不见得。”自此收拾了些行李，东游西走。

忽然一日，在苏州阊门人丛里劈面撞着这一伙人。正待开口发作，这伙人不慌不忙，满面生春，却像他乡遇故知一般，一把邀了那富翁，邀到一个大酒肆中，一副洁净座头上坐了，叫酒保烫酒取嗄饭来，殷勤谢道：“前日有负厚德，实切不安。但我辈道路如此，足下勿以为怪！今有一法与足下计较，可以偿足下前物，不必别生异说。”富翁道：“何法？”丹士道：“足下前日之银，吾辈得来随手费尽，无可奉偿。今山东有一大姓，也请吾辈烧炼，已有成约，只待吾师到来，才交银举事。奈吾师远游，急切未来。足下若权认作吾师，等他交银出来，便取来先还了足下前物，直如反掌之易！不然，空寻我辈也无干。足下以为何如？”富翁道：“尊师是何人物？”丹士道：“是个头陀。今请足下略剪去了些头发，我辈以师礼事奉，径到彼处便了。”

富翁急于得银，便依他剪发做一齐了。彼辈殷殷勤勤，直侍奉到山东，引进见了大姓，说道是他师父来了。大姓致敬，迎接到堂中，略谈炉火之事。富翁是做惯了的，亦且胸中原博，高谈阔论，尽中机宜。大姓深相敬服，是夜即兑银二千两，约在明日起火。只管把酒相劝，吃得酩酊，扶去另在一间内书房睡着。到得天明，商量安炉。富翁见这伙人科派，自家晓得些，也在里头指点。当日把银子下炉烧炼，这伙人认做徒弟守炉。大姓只管来寻师父去请教，攀话饮酒，不好却得。这些人看个空儿，又提了罐，各各走了，单撇下了师父。

大姓只道师父在家不妨，岂知早晨一伙都不见了，就拿住了师父，要去送在当官，捉拿余党。富翁只得哭诉道：“我是松江潘某，原非此辈同党。只因性好烧丹，前日被这伙人拐了。路上遇见他，说道在此间烧炼，得来可以赔偿。又替我剪发，叫我装做他师父来的。指望取还前银，岂知连宅上多骗了，又撇我在此？”说罢大哭。大姓问其来历详细，说得对科，果是松江富家，与大姓家有好些年谊的。知被骗是实，不好难为得他，只得放了。一路无了盘缠，倚着头陀模样，沿途乞化回家。

到得临清码头上，只见一只大船内，帘下一美人，揭着帘儿，露面看着街上。富翁看见，好些面染，仔细一认，却是前日丹客所带来的妾与他偷情的。疑道：“这人缘何在这船上？”走到船边，细细访问，方知是河南举人某公子包了名娼，到京会试的。富翁心里想道："难道当日这家的妾毕竟卖了？"又疑道："敢是面庞相像的？"不离船边，走来走去只管看。忽见船舱里叫个人出来，问他道："官舱里大娘问你可是松江人？"富翁道："正是松江。"又问道："可姓潘否？"富翁吃了一惊道："怎晓得我的姓？"只见舱里人说："叫他到船边来。"富翁走上前去。帘内道："妾非别人，即前日丹客所认为妾的便是。实是河南妓家，前日受人之托，不得不依他嘱咐的话，替他捣鬼，有负于君。君何以流落至此？"富翁大恸，把连次被拐，今在山东回来之由，诉说一遍。帘内人道："妾与君不能无情，当赠君盘费，作急回家。此后遇见丹客，万万勿可听信。妾亦是骗局中人，深知其诈。君能听妾之言，是即妾报君数宵之爱也。"言毕，着人拿出三两一封银子来递与他。富翁感谢不尽，只得收了。自此晓得前日丹客美人之局，包了娼妓做的，今日却亏他盘缠。

到得家来，感念其言，终身不信炉火之事。却是头发纷披，亲友知其事者，无不以为笑谈。奉劝世人好丹术者，请以此为鉴。

丹术须先断情欲，尘缘岂许相驰逐？

贪淫若是望丹成，阴沟洞里天鹅肉。

第十二卷　李公佐巧解梦中言　谢小娥智擒船上盗

赞云：

士或巾帼，女或弁冕。

行不逾阈，谟能致远。

睹彼英英，惭斯谫谫。

这几句赞，是赞那有智妇人，赛过男子。假如有一种能文的女子，如班婕妤、曹大家、鱼玄机、薛校书、李季兰、李易安、朱淑真之辈，上可以并驾班、扬，下可以齐驱卢、骆。有一种能武的女子，如夫人城、娘子军、高凉洗氏、东海吕母之辈，智略可方韩、白，雄名可赛关、张。有一种善能识人的女子，如卓文君、红拂妓、王浑妻钟氏、韦皋妻母苗氏之辈，俱另具法眼，物色尘埃。有一种报仇雪耻女子，如孙翊妻徐氏、董昌妻申屠氏、庞娥亲、邹仆妇之辈，俱中怀胆智，力歼强梁。又有一种希奇作怪、女扮为男的女子，如秦木兰、南齐东阳娄逞、唐贞元孟妪、五代临邛黄崇嘏，俱以权济变，善藏其用，窜身仕宦，既不被人识破，又能自保其身，多是男子汉未必做得来的，算得是极巧极难的了。而今更说一个遭遇大难，女扮男身，用尽心机，受尽苦楚，又能报仇，又能守志，一个绝奇的女人，真个是千古罕闻。有诗为证：

侠概惟推古剑仙，除凶雪恨只香烟。

谁知估客生奇女，只手能翻两姓冤。

这段话文，乃是唐元和年间，豫章郡有个富人姓谢，家有巨产，隐名在商贾间。他生有一女，名唤小娥。生八岁，母亲早丧。小娥虽小，身体壮硕如男子形。父亲把他许了历阳一个侠士，姓段名居贞。那人负气仗义，交游豪俊，却也在江湖上做大贾。谢翁慕其声名，虽是女儿尚小，却把来许下了他。两姓合为一家，同舟载货，往来吴楚之间。两家弟兄、子侄、僮仆等众，约有数十余人，尽在船内。贸易顺济，辎重充盈，如是几年，江湖上多晓得是谢家船，昭耀耳目。

此时小娥年已十四岁，方才与段居贞成婚。未及一月，忽然一日，舟行至鄱阳湖口，遇着几只江洋大盗的船，各执器械，团团围住。为头的两人，当先跳过船来，先把谢翁与段居贞一刀一个，结果了性命。以后众人一齐动手，排头杀去。总是一个船，躲得在那里？间有个把慌忙奔出舱外，又被盗船上人拿去杀了；或有得跳在水中，只好图得个全尸，湖水溜急，总无生理。谢小娥还亏得溜撒，乘众盗杀人之时，忙自去撺在舵上，一个失脚，跌下水去。众盗席卷舟中财宝金帛一空，将死尸尽抛在湖中，弃船而去。

小娥在水中漂流，恍惚之间，似有神明护持，流到一只渔船边。渔人夫妻两个，捞救起来，见是一个女人，心头尚暖，知是未死，拿几件破衣破袄替他换下湿衣，放在舱中眠着。小娥口中泛出无数清水，不多几时，醒将转来，见身在渔船中，想着父与夫被杀光景，放声大哭。渔翁夫妇问其缘故，小娥把湖中遇盗，父夫两家人口尽被杀害情由，说了一遍。原来谢翁与段侠士之名著闻江湖上，渔翁也多曾受他小惠过的，听说罢，不胜惊异，就权留他在船中。调理了几日，小娥觉得身子好了，他是个点头会意的人，晓得渔船上生意淡薄，便想道："我怎好搅扰得他？不免辞谢了他，我自上岸，一路乞食，再图安身立命之处。"

小娥从此别了渔翁夫妇，沿途抄化。到建业上元县，有个妙果寺，内是尼僧。有个住持尼净悟，见小娥言语伶俐，说着遭难因由，好生哀怜，就留他在寺中，心里要留他做个徒弟。小娥也情愿出家，道："一身无归，毕竟是皈依佛门，可了终身。但父夫被杀之仇未复，不敢便自落发，且随缘度日，以待他年再处。"小娥自此日间在外乞化，晚间便归寺中安宿，晨昏随着净悟做功果，稽首佛前，心里就默祷，祈求报应。

只见一个夜间，梦见父亲谢翁来对他道："你要晓得杀我的人姓名，有两句谜语，你牢牢记着：'車中猴，門東草。'"说罢，正要再问，父亲撒手而去，大哭一声，飒然惊觉。梦中之语，明明记得，只是不解。隔得几日，又梦见丈夫段居贞来对他说："杀我的人姓名，也是两句谜语：'禾中走，一日夫。'”小娥连得了两梦，便道：“此是亡灵未泯，故来显应。只是如何不竟把真姓名说了，却用谜语？想是冥冥之中，天机不可轻泄，所以如此。如今既有这十二字谜语，必有一个解说。虽然我自家不省得，天下岂少聪明的人？不问好歹，求他解说出来。”

遂走到净悟房中，说了梦中之言。就将一张纸，写着十二字，藏在身边了，对净悟道：“我出外乞食，逢人便拜求去。”净悟道：“此间瓦官寺有个高僧，法名齐物，极好学问，多与官员士大夫往来。你将此十二字到彼求他一辨，他必能参透。”小娥依言，径到瓦官寺求见齐公。稽首毕，便道：“弟子有冤在身，梦中得十二字谜语，暗藏人姓名，自家愚懵，参解不出，拜求老师父解一解。”就将袖中所书一纸，双手递与齐公。齐公看了，想着一会，摇首道：“解不得，解不得。但老僧此处来往人多，当记着在此，逢人问去。倘遇有高明之人解得，当以相告。”小娥又稽首道：“若得老师父如此留心，感谢不尽。”自此谢小娥沿街乞化，逢人便把这几句请问。齐公有客来到，便举此谜相商，小娥也时时到寺中问齐公消耗。如此多年，再没一个人解得出。说话的，若只是这样解不出，那两个梦不是枉做了？看官，不必性急，凡事自有个机缘。此时谢小娥机缘未到，所以如此；机缘到来，自然遇着巧的。

却说元和八年春，有个洪州判官李公佐，在江西解任，扁舟东下，停泊建业，到瓦官寺游耍。僧齐公一向与他相厚，出来接陪了，登阁眺远，谈说古今。语话之次，齐公道：“檀越博闻闳览，今有一谜语，请檀越一猜！”李公佐笑道：“吾师好学，何至及此稚子戏？”齐公道：“非是作戏，有个缘故。此间孀妇谢小娥示我十二字谜语，每来寺中求解，说道中间藏着仇人名姓。老僧不能辨，遍示来往游客，也多懵然，已多年矣。故此求明公一商之。”李公佐道：“是何十二字？且写出来。我试猜看。”齐公就取笔把十二字写出来。李公佐看了一遍道：“此定可解，何至无人识得？”遂将十二字念了又念，把头点了又点，靠在窗槛上，把手在空中画了又画。默然凝想了一会，拍手道：“是了，是了！万无一差。”齐公速要请教，李公佐道：“且未可说破，快去召那个孀妇来，我解与他。”齐公即叫行童到妙果寺寻将谢小娥来。齐公对他道：“可拜见了此间官人，此官人能解谜语。”小娥依言，上前拜见了毕。公佐开口问道：“你且说你的根由来。”小娥呜呜咽咽哭将起来，好一会说话不出。良久，才说道：“小妇人父及夫，俱为江洋大盗所杀。以后梦见父亲来说道：‘杀我者，車中猴，門東草。’又梦见夫来说道：‘杀我者，禾中走，一日夫。’自家愚昧，解说不出。遍问旁人，再无人省悟。历年已久，不识姓名，报冤无路，衔恨无穷！”说罢又哭。李公佐笑道：“不须烦恼。依你所言，下官俱已审详在此了。”小娥住了哭，求明示。李公佐道：“杀汝父者是申蘭，杀汝夫者是申春。”小娥道：“尊官何以解之？”李公佐道：“‘車中猴’，‘車’中去上下各一画，是‘申’字；申属猴，故曰‘車中猴’。‘草’下有‘門’，‘門’中有‘東’，乃‘蘭’字也。又‘禾中走’是穿田过，‘田’出两头，亦是‘申’字也。‘一日夫’者，‘夫’上更一画，下一‘日’，是‘春’字也。杀汝父，是申蘭；杀汝夫，是申春，足可明矣，何必更疑？”

齐公在旁听解罢，抚掌称快道：“数年之疑，一旦豁然，非明公聪鉴盖世，何能及此？”小娥愈加恸哭道：“若非尊官，到底不晓仇人名姓，冥冥之中，负了父夫。”再拜叩谢。就向齐公借笔来，将申蘭、申春四字写在内襟一条带子上了，拆开里面，反将转来，仍旧缝好。李公佐道：“写此做甚？”小娥道：“既有了主名，身虽女子，不问那里，誓将访杀此二贼，以复其冤！”李公佐向齐公叹道：“壮哉！壮哉！然此事却非容易。”齐公道：“天下无难事，只怕有心人。此妇坚忍之性，数年以来，老僧颇识之，彼是不肯作浪语的。”小娥因问齐公道：“此间尊官姓氏宦族，愿乞示知，以识不忘。”齐公道：“此官人是江西洪州判官李二十三郎也。”小娥再三顶礼念诵，流涕而去。李公佐阁上饮罢了酒，别了齐公，下船解缆，自往家里。

话分两头。却说小娥自得李判官解辨二盗姓名，便立心寻访。自念身是女子，出外不便，心生一计，将累年乞施所得，买了衣服，打扮作男子模样，改名谢保。又买了利刃一把，藏在衣襟底下。想道：“在湖里遇的盗，必是原在江湖上走，方可探听消息。”日逐在埠头伺候，看见船上有雇人的，就随了去，佣工度日。在船上时，操作勤谨，并不懈怠，人都喜欢雇他。他也不拘一个船上，是雇着的便去。商船上下往来之人，看看多熟了。水火之事，小心谨秘，并不露一毫破绽出来。但是船到之处，不论那里，上岸挨身察听体访。如此年余，竟无消耗。

一日，随着一个商船到浔阳郡，上岸行走，见一家人家竹户上有纸榜一张，上写道：“雇人使用，愿者来投。”小娥问邻居之人：“此是谁家要雇用人？”邻人答道：“此是申家，家主叫做申蘭，是申大官人，时常要到江湖上做生意，家里止是些女人，无个得力男子看守，所以雇唤。”小娥听得“申蘭”二字，触动其心，心里便道：“果然有这个姓名！莫非正是此贼？”随对邻人说道：“小人情愿投赁佣工，烦劳引进则个。”邻人道：“申家急缺人用，一说便成的；只是要做个东道谢我。”小娥道：“这个自然。”

邻人问了小娥姓名地方，就引了他，一径走进申家。只见里边踱出一个人来，你道生得如何？但见：

伛兜怪脸，尖下颏，生几茎黄须；突兀高颧，浓眉毛，压一双赤眼。出言如虎啸，声撼半天风雨寒；行步似狼奔，影摇千尺龙蛇动。远观是丧船上方相，近觑乃山门外金刚。

小娥见了吃了一惊，心里道：“这个人岂不是杀人强盗么？”便自十分上心。只见邻人道：“大官人要雇人，这个人姓谢名保，也是我们江西人，他情愿投在大官人门下使唤。”申蘭道：“平日作何生理的？”小娥答应道：“平日专在船上趁工度日，埠头船上多有认得小人的。大官人去问问看就是。”申蘭家离埠头不多远，三人一同走到埠头来。问问各船上，多说着谢保勤紧小心、志诚老实许多好处。申蘭大喜。小娥就在埠头一个认得的经纪家里，借着纸墨笔砚，自写了佣工文契，写邻人做了媒人，交与申蘭收着。申蘭就领了他，同邻人到家里来，取酒出来请媒，就叫他陪待。小娥就走到厨下，掇长掇短，送酒送肴，且是熟分。申蘭取出二两工银，先交与他了。又取二钱银子，做了媒钱。小娥也自己秤出二钱来，送那邻人。邻人千欢万喜，作谢自去了。申蘭又领小娥去见了妻子蔺氏。自此小娥只在申蘭家里佣工。

小娥心里看见申蘭动静，明知是不良之人，想着梦中姓名，必然有据，大分是仇人。然要哄得他喜欢亲近，方好探其真确，乘机取事。故此千唤千应，万使万当，毫不逆着他一些事故。也是申蘭冤业所在，自见小娥，便自分外喜欢。又见他得用，日加亲爱，时刻不离左右，没一句说话不与谢保商量，没一件事体不叫谢保营干，没一件东西不托谢保收拾，已做了申蘭贴心贴腹之人。因此，金帛财宝之类，尽在小娥手中出入，看见旧时船中掠去锦绣衣服、宝玩器具等物，都在申蘭家里。正是：见鞍思马，睹物思人。每遇一件，常自暗中哭泣多时。方才晓得梦中之言有准，时刻不忘仇恨。却又怕他看出，愈加小心。

又听得他说有个堂兄弟叫做二官人，在隔江独树浦居住。小娥心里想道："这个不知可是申春否？父梦既应，夫梦也必不差。只是不好问得姓名，怕惹疑心。如何得他到来，便好探听。"却是小娥自到申蘭家里，只见申蘭口说要到二官人家去，便去了经月方回，回来必然带好些财帛归家，便分付交与谢保收拾，却不曾见二官人到这里来。也有时口说要带谢保同去走走，小娥晓得是做私商勾当，只推家里脱不得身；申蘭也放家里不下，要留谢保看家，再不提起了。但是出外去，只留小娥与妻蔺氏，与同一两个丫鬟看守，小娥自在外厢歇宿照管。若是蔺氏有甚差遣，无不遵依停当。合家都欢喜他，是个万全可托得力的人了。说话的，你差了。小娥既是男扮了，申蘭如何肯留他一个寡汉伴妻子在家？岂不疑他生出不伶俐事来？看官，又有一说，申蘭是个强盗中人，财物为重，他们心上有甚么闺门礼法？况且小娥有心机，申蘭平日毕竟试得他老实头，小心不过的，不消虑得到此。所以放心出去，再无别说。

且说小娥在家多闲，乘空便去交结那邻近左右之人，时时买酒买肉，破费钱钞在他们身上。这些人见了小娥，无不喜欢契厚的。若看见有个把豪气的，能事了得的，更自十分倾心结纳，或周济他贫乏，或结拜弟兄，总是做申蘭这些不义之财不着。申蘭财物来得容易，又且信托他的，那里来查他细帐？落得做人情。小娥又报仇心重，故此先下工夫，结识这些党羽在那里。只为未得申春消耗，恐怕走了风，脱了仇人，故此申蘭在家时，几番好下得手，小娥忍住不动，且待时至而行。

如此过了两年有多。忽然一日，有人来说："江北二官人来了。"只见一个大汉同了一伙拳长臂大之人，走将进来，问道："大哥何在？"小娥应道："大官人在里面，等谢保去请出来。"小娥便去对申蘭说了。申蘭走出堂前来道："二弟多时不来了，甚风吹得到此？况且又同众兄弟来到，有何话说？"二官人道："小弟申春，今日江上获得两个二十斤来重的大鲤鱼，不敢自吃，买了一坛酒来，与大哥同享。"申蘭道："多承二弟厚意。如此大鱼，也是罕物。我辈托神道福佑多年，我意欲将此鱼此酒再加些鸡肉果品之类，赛一赛神，以谢覆庇，然后我们同散福受用方是；不然只一味也不好下酒。况列位在此，无有我不破钞，反吃白食的。二弟意下如何？"众人都拍手道："有理，有理。"申蘭就叫谢保过来见了二官人，道："这是我家雇工，极是老实勤紧可托的。"就分付他，叫去买办食物。小娥领命走出，一霎时就办得齐齐整整，摆列起来。申春道："此人果是能事，怪道大哥出外，放得家里下，元来有这样得力人在这里。”众人都赞叹一番。申蘭叫谢保把福物摆在一个养家神道前了。申春道：“须得写众人姓名，通诚一番。我们几个都识字不透，这事却来不得。”申蘭道：“谢保写得好字。”申春道：“又会写字，难得，难得。”小娥就走去，将纸笔，排头写来，少不得申蘭、申春为首，其余各报将名来，一个个写。小娥一头写着，一头记着，方晓得果然这个叫做申春。

献神已毕，就将福物收去，整理一整理，重新摆出来。大家欢哄饮啖，却不提防小娥是有心的，急把其余名字一个个都记将出来，写在纸上，藏好了。私自叹道：“好个李判官！精悟玄鉴，与梦语符合如此！此乃我父夫精灵不泯，天启其心。今日仇人都在，我志将就了。”急急走来伏侍，只拣大碗频频斟与蘭、春二人。二人都是酒徒，见他如此殷勤，一发喜欢，大碗价只顾吃了，那里猜他有甚别意？天色将晚，众贼俱已酣醉，各自散去。只有申春留在这里过夜，未散。小娥又满满斟了热酒，奉与申春道：“小人谢保，到此两年，不曾伏侍二官人，今日小人借花献佛，多敬一杯。”又斟一杯与申蘭道：“大官人请陪一陪。”申春道：“好个谢保，会说会劝！”申蘭道：“我们不要辜负他孝敬之意，尽量多饮一杯才是。”又与申春说谢保许多好处。小娥谦称一句，就献一杯，不干不住，两个被他灌得十分酩酊。元来江边苦无好酒，群盗只吃的是烧刀子；这一坛是他们因要尽兴，买那真正滴花烧酒，是极狠的。况吃多了，岂有不醉之理？

申蘭醉极苦热，又走不动了，就在庭中袒了衣服眠倒了。申春也要睡，还走得动，小娥就扶他到一个房里，床上眠好了。走到里面看时，原来蔺氏在厨下整酒时，闻得酒香扑鼻，因吃夜饭，也自吃了碗把，两个丫鬟递酒出来，各各偷些尝尝，女人家经得多少浓味？一个个伸腰打盹，却像着了孙行者瞌睡虫的。小娥见如此光景，想道：“此时不下手，更待何时？”又想道：“女人不打紧，只怕申春这厮未睡得稳，却是利害。”就拿把锁把申春睡的房门锁好了。走到庭中，衣襟内拔出佩刀，把申蘭一刀断了他头。欲待再杀申春，终究是女人家，见申春起初走得动，只怕还未甚醉，不敢轻惹他，忙走出来邻里间，叫道：“有烦诸位与我出力，拿贼则个！”邻人多是平日与他相好的，听得他的声音，多走将拢来，问道：“贼在那里？我们帮你去拿。”小娥道：“非是小可的贼，乃是江洋杀人的大强盗，赃证都在。今被我灌醉，锁住在房中，须赖众力擒他。”小娥平日结识的好些好

事的人在内，见说是强盗，都摩拳擦掌道：“是甚么人？”小娥道：“就是小人的主人与他兄弟，惯做强盗。家中货财千万，都是赃物。”内中也有的道：“你在他家中，自然知他备细不差；只是没有被害失主，不好卤莽得。”小娥道：“小人就是被害失主。小人父亲与一个亲眷，两家数十口，都被这伙人杀了。而今家中金银器皿上还有我家名字记号，须认得出。”一个老成的道：“此话是真。那申家踪迹可疑，身子常不在家，又不做生理，却如此暴富。我们只是不查得他的实迹，又怕他凶暴，所以不敢发觉。今既有谢小哥做证，我们助他一臂，擒他兄弟两个送官，等他当官追究为是。”小娥道：“我已手杀一人，只须列位助擒得一个。”

众人见说已杀了一人，晓得事体必要经官，又且与小娥相好的多，恨申蘭的也不少，一齐点了火把，望申家门里进来，只见申蘭已挺尸在血泊里。开了房门，申春鼾声如雷，还在睡梦。众人把索子捆住，申春还挣扎道：“大哥不要取笑。”众人骂他：“强盗！”他兀自未醒。众人捆好了，一齐闯进内房来。那蔺氏饮酒不多，醒得快，惊起身来，见了众人火把，只道是强盗上了，口里道：“终日去打劫人，今日却有人来打劫了。”众人听得，一发道是谢保之言为实，喝道：“胡说！谁来打劫你家？你家强盗事发了。”也把蔺氏与两个丫鬟拴将起来。蔺氏道：“多是丈夫与叔叔做的事，须与奴家无干。”众人道：“说不得，自到当官去对。”此时小娥恐人多抢散了赃物，先已把平日收贮之处安顿好了，锁闭着，明请地方加封，告官起发。

闹了一夜，明日押进浔阳郡来。浔阳太守张公升堂，地方人等解到一干人犯，小娥手执首词，首告人命强盗重情。此时申春宿酒已醒，明知事发，见对理的却是谢保，晓得哥哥平日有海底眼在他手里，却不知其中就里，乱喊道："此是雇工背主，假捏出来的事。"小娥对张太守指着申春道："他兄弟两个为首，十年前杀了豫章客谢、段二家数十人，如何还要抵赖？"太守道："你敢在他家佣工，同做此事，而今待你有些不是处，你先出首了么？"小娥道："小人在他家佣工，止得二年。此是他十年前事。"太守道："这等，你如何晓得？有甚凭据。"小娥道："他家中所有物件，还有好些是谢、段二家之物，即此便是凭据。"太守道："你是谢家何人？却认得是？"小娥道："谢是小人父家，段是小人夫家。"太守道："你是男子，如何说是夫家？"小娥道："爷爷听禀：小妇人实是女人，不是男子。只因两家都被二盗所杀，小妇人掉入水中，遇救得活。后来父、夫托梦，说杀人姓名乃是十二个字谜，解说不出，遍问识者，无人参破。幸有洪州李判官，解得是申蘭、申春。小妇人就改妆作男子，遍历江湖，寻访此二人。到得此郡，有出榜雇工者，问是申蘭，小妇人有心，就投了他家。看见他出没踪迹，又认识旧物，明知他是大盗，杀父的仇人。未见申春，不敢动手。昨日方才同来饮酒，故此小妇人手刃了申蘭，叫破地方同擒了申春。只此是实。"太守见说得希奇，就问道："那十二字谜语如何的？"小娥把十二字念了一遍。太守连连点头道："是，是，是。快哉李君，明悟若此！他也与我有交，这事是真无疑。但你既是女人扮作男子，非止一日，如何得不被人看破？"小娥道："小妇人冤仇在身，日夜提心吊胆，岂有破绽露出在人眼里？若稍有泄漏，冤仇怎报得成？"太守心中叹道："有志哉，此妇人也！"

又唤地方人等起来，问着事由。地方把申家向来踪迹可疑，及谢保两年前雇工，昨夜杀了申蘭，协同擒了申春并他家属，今日解府的话，备细述了一遍。太守道："赃物何在？"小娥道："赃物向托小妇人掌管，昨夜跟同地方，封好在那里。"太守即命公人押了小娥，与同地方到申蘭家起赃。金银财货，何止千万！小娥俱一一登有簿籍，分毫不爽，即时送到府堂。太守见金帛满庭，知盗情是实，把申春严刑拷打，蔺氏亦加拶指：都抵赖不得，一一招了。太守又究余党，申春还不肯说，只见小娥袖中取出所抄的名姓，呈上太守道："这便是群盗的名了。"太守道："你如何知得恁细？"小娥道："是昨日叫小妇人写了连名赛神的。小妇人默自抄记，一人也不差。"太守一发叹赏他能事。便唤申春研问着这些人住址，逐名注明了。先把申春下在牢里，蔺氏、丫鬟讨保官卖。然后点起兵快，登时往各处擒拿。正似瓮中捉鳖，没有一个走得脱的，齐齐擒到，俱各无词。太守尽问成重罪，同申春下在死牢里。乃对小娥道：“盗情已真，不必说了。只是你不待报官，擅行杀戮，也该一死。”小娥道：“大仇已报，立死无恨。”太守道：“法上虽是如此，但你孝行可嘉，志节堪敬，不可以常律相拘。待我申请朝廷，讨个明降，免你死罪。”小娥叩首称谢。太守叫押出讨保。小娥禀道：“小妇人而今事迹已明，不可复与男子混处，只求发在尼庵，听候发落为便。”太守道：“一发说得是。”就押在附近尼庵，讨个收管，一面听候圣旨发落。

太守就将备细情节奏上，内云：“谢小娥立志报仇，梦寐感通，历年乃得。明系父仇，又属真盗。不惟擅杀之条，原情可免；又且矢志之事，核行可旌！云云。元和十二年四月。”明旨批下：“谢小娥节行异人，准奏免死，有司旌表其庐。申春即行处斩。”不一日，到浔阳郡府堂开读了毕。太守命牢中取出申春等死囚来，读了犯由牌，押付市曹处斩。小娥此时已复了女装，穿了一身素服，法场上看斩了申春，再到府中拜谢张公。张公命花红鼓乐，送他归本里。小娥道：“父死夫亡，虽蒙相公奏请朝廷恩典，花红鼓乐之类，决非孀妇敢领。”太守越敬他知礼，点一官媪，伴送他到家，另自差人旌表。

此时哄动了豫章一郡，小娥父夫之族，还有亲属在家的，多来与小娥相见问讯。说起事由，无不悲叹惊异。里中豪族慕小娥之名，央媒求聘的殆无虚日。小娥誓心不嫁，道：“我混迹多年，已非得已；若今日嫁人，女贞何在？宁死不可！”争奈来缠的人越多了。小娥不耐烦分诉，心里想道：“昔年妙果寺中，已愿为尼，只因冤仇未报，不敢落发。今吾事已毕，少不得皈依三宝，以了终身。不如趁此落发，绝了众人之愿。”小娥遂将剪子先将髻子剪下，然后用剃刀剃净了，穿了褐衣，做个行脚僧打扮，辞了亲属出家访道，竟自飘然离了本里。里中人越加叹诵。不题。

且说元和十三年六月，李公佐在家被召，将上长安，道经泗滨，有善义寺尼师大德，戒律精严，多曾会过，信步往谒。大德师接入客座，只见新来受戒的弟子数十人，俱净发鲜披，威仪雍容，列侍师之左右。内中一尼，仔细看了李公佐一回，问师道：“此官人岂非是洪州判官李二十三郎？”师点头道：“正是。你如何认得？”此尼即泣下数行道：“使我得报家仇，雪冤耻，皆此判官恩德也！”即含泪上前，稽首拜谢。李公佐却不认得，惊起答拜，道："素非相识，有何恩德可谢？"此尼道："某名小娥，即向年瓦官寺中乞食孀妇也。尊官其时以十二字谜语辨出申蘭申春二贼名姓，尊官岂忘之乎？"李公佐想了一回，方才依稀记起，却记不全。又问起是何十二字，小娥再念了一遍。李公佐豁然省悟道："一向已不记了，今见说来，始悟前事。后来果访得有此二人否？"小娥因把扮男子，投申蘭，擒申春并余党，数年经营艰苦之事，从前至后，备细告诉了毕。又道："尊官恩德，无可以报，从今惟有朝夕诵经保佑而已。"李公佐道："今如何恰得在此处相会？"小娥道："复仇已毕，其时即剪发披褐，访道于牛头山，师事大士庵尼将律师。苦行一年，今年四月始受具戒于泗州开元寺，所以到此。岂知得遇恩人，莫非天也！"李公佐道："既已受戒，是何法号？"小娥道："不敢忘本，只仍旧名。"李公佐叹息道："天下有如此至心女子！我偶然辨出二盗姓名，岂知誓志不舍，毕竟访出其人，复了冤仇。又且佣保杂处，无人识得是个女人，岂非天下难事！我当作传以旌其美。"小娥感泣，别了李公佐，仍归牛头山，扁舟泛淮，云游南国，不知所终。李公佐为撰《谢小娥传》，流传后世，载入《太平广记》。诗云：

匕首如霜铁作心，精灵万载不销沉。
西山木石填东海，女子衔仇分外深。

又云：

梦寐能通造化机，天教达识剖玄微。
姓名一解终能报，方信双魂不浪归。

第十三卷 李克让竟达空函 刘元普双生贵子

诗曰：

全婚昔日称裴相，助殡千秋慕范君。

慷慨奇人难屡见，休将仗义望朝绅！

这一首诗，单道世间人周急者少，继富者多。为此，达者便说：只有锦上添花，那得雪中送炭？只这两句话，道尽世人情态。比如一边有财有势，那趋财慕势的多只向一边去。这便是俗语叫做“一帆风”，又叫做“鹁鸽子旺边飞”。若是财利交关，自不必说。至于婚姻大事，儿女亲情，有贪得富的，便是王公贵戚，自甘与团头作对；有嫌着贫的，便是世家巨族，不得与甲长联亲。自道有了一分势要，两贯浮财，便不把人看在眼里。况有那身在青云之上，拔人于淤泥之中，重捐己资，曲全婚配。恁般样人，实是从前寡见，近世罕闻。冥冥之中，天公自然照察。原来那“夫妻”二字，极是郑重，极宜斟酌，报应极是昭彰，世人决不可戏而不戏，胡作乱为。或者因一句话上成就了一家儿夫妇，或者因一纸字中拆散了一世的姻缘。就是陷于不知，因果到底不爽。

且说南直长洲有一村农，姓孙，年五十岁，娶下一个后生继妻。前妻留下一个儿子，一房媳妇，且是孝顺，但是爹娘的说话，不论好歹真假，多应在骨里的信从。那老儿和儿子，每日只是锄田钯地，出去养家过活。婆媳两个在家绩麻拈苎，自做生理。却有一件奇怪：原来那婆子虽数上了三十多个年头，十分的不长进，又道是“妇人家入土方休”，见那老子是个养家经纪之人，不恁地理会这些勾当，所以闲常也与人做了些不伶俐的身分，几番几次，漏在媳妇眼里。那媳妇自是个老实勤谨的，只以孝情为上，小心奉事翁姑，那里有甚心去捉他破绽？谁知道无心人对着有心人，那婆子自做了这些话把，被媳妇每每冲着，虚心病了，自没意思；却恐怕有甚风声吹在老子和儿子耳朵里头，颠倒在老子面前搬斗。又道是：枕边告状，一说便准。那老子信了婆子的言语，带水带浆的羞辱毁骂了儿子几次。那儿子是个孝心的人，听了这些话头，没个来历，直摆布得夫妻两口终日合嘴合舌，甚不相安。

看官听说：世上只有一夫一妻，一竹竿到底的，始终有些正气，自不甘学那小家腔派。独有最狠毒、最狡猾、最短见的是那晚婆，大概不是一婚两婚人，便是那低门小户、减剩货与那不学好为夫所弃的这几项人，极是“老唧溜”，也会得使人喜，也会得使人怒，弄得人死心塌地，不敢不从。元来世上妇人除了那十分贞烈的，说着那话儿，无不着紧。男子汉到中年筋力渐衰，那娶晚婆的大半是中年人做的事，往往男大女小，假如一个老苍男子娶了水也似的一个娇嫩妇人，纵是千箱万斛尽你受用，却是那话儿有些支吾不过，自觉得过意不去，随你有万分不是处，也只得依顺了他。所以那家庭间，每每被这等人炒得十清九浊。

这闲话且放过，如今再接前因。话说吴江有个秀才萧王宾，胸藏锦绣，笔走龙蛇，因家贫，在近处人家处馆，早出晚归。主家间壁是一座酒肆，店主唤做熊敬溪，店前一个小小堂子，供着五显灵官。那王宾因在主家出入，与熊店主厮熟。忽一夜，熊店主得其一梦，梦见那五位神对他说道：“萧状元终日在此来往，吾等见了坐立不安，可为吾等筑一堵短壁儿，在堂子前遮蔽遮蔽。”店主醒来，想道：“这梦甚是跷蹊。说甚么萧状元，难道便是在间壁处馆的那个萧秀才？我想恁般一个寒酸措大，如何便得做状元？”心下疑惑，却又道：“除了那个姓萧的，却又不曾与第二个姓萧的识熟。凡人不可貌相，海水不可斗量。况是神道的言语，宁可信其有，不可信其无。”次日起来，当真在堂子前面堆起一堵短墙，遮了神圣，却自放在心里不题。

隔了几日，萧秀才往长洲探亲。经过一个村落人家，只见一伙人聚在一块，在那里喧嚷。萧秀才挨在人丛里看一看，只见众人指着道：“这不是一位官人？来得凑巧，是必央及这官人则个，省得我们村里人去寻门馆先生。”连忙请萧秀才坐着，将过纸笔道：“有烦官人写一写，自当相谢。”萧秀才道：“写个甚么？且说个缘故。”只见一个老儿与一个后生走过来道：

"官人听说：我们是这村里人，姓孙。爷儿两个，一个阿婆，一房媳妇。叵耐媳妇十分不学好，到终日与阿婆斗气，我两个又是养家经纪人，一年到头，没几时住在家里。这样妇人，若留着他，到底是个是非堆。为此，今日将他发还娘家，任从别嫁。他每众位多是地方中见。为是要写一纸休书，这村里人没一个通文墨。见官人经过，想必是个有才学的，因此相烦官人替写一写。"萧秀才道："原来如此，有甚难处？"便逞着一时见识，举笔一挥，写了一纸休书交与他两个。他两个便将五钱银子送秀才作润笔资。秀才笑道："这几行字值得甚么？我却受你银子！"再三不接，拂着袖子，撇开众人，径自去了。

这里自将休书付与妇人。那妇人可怜勤勤谨谨，做了三四年媳妇，没缘没故的休了他，咽着这一口怨气，扯住了丈夫，哭了又哭，号天拍地的不肯放手。口里说道："我委实不曾有甚歹心负了你，你听着一面之词，离异了我。我生前无分辨处，做鬼也要明白此事！今世不能和你相见了，便死也不忘记你。"这几句话，说得旁人俱各掩泪。他丈夫也觉得伤心，忍不住哭起来。却只有那婆子看着，恐怕儿子有甚变卦，流水和老儿两个拆开了手，推出门外。那妇人只得含泪去了，不题。

再说那熊店主，重梦见五显灵官对他说道："快与我等拆了面前短壁，拦着十分郁闷。"店主梦中道："神圣前日分付小人起造，如何又要拆毁？"灵官道："前日为萧秀才时常此间来往，他后日当中状元，我等见了他坐立不便，所以教你筑墙遮蔽。今他于某月某日，替某人写了一纸休书，拆散了一家夫妇，上天鉴知，减其爵禄，今职在吾等之下，相见无碍，以此可拆。"那店主正要再问时，一跳惊醒。想道："好生奇异！难道有这等事？明日待我问萧秀才，果有写休书一事否，便知端的。"

明日当真先拆去了壁，却好那萧秀才踱将来，店主邀住道："官人，有句说话。请店里坐地。"入到里面坐定吃茶，店主动问道："官人曾于某月某日与别人代写休书么？"秀才想了一会道："是曾写来，你怎地晓得？"店主遂将前后梦中灵官的说话，一一告诉一遍。秀才听罢目睁口呆，懊悔不迭。后来果然举了孝廉，只做到一个知州地位。那萧秀才因一时无心失误上，白送了一个状元。世人做事，决不可不检点！曾有诗道得好：

人生常好事，作者不自知。

起念埋根际，须思决局时。

动止虽微渺，干连已弥滋。

昏昏罹天网，方知悔是迟。

试看那拆人夫妇的，受祸不浅，便晓得那完人夫妇的，获福非轻。如今单说前代一个公卿，把几个他州外族之人，认做至亲骨肉，撮合了才子佳人，保全了孤儿寡妇，又安葬了朽骨枯骸，如此阴德，又不止是完人夫妇了。所以后来受天之报，非同小可。

这话文出在宋真宗时，西京洛阳县有一官人，姓刘，名弘敬，字元普，曾任过青州刺史，六十岁上告老还乡。继娶夫人王氏，年尚未满四十。广有家财，并无子女。一应田园、典铺，俱托内侄王文用管理。自己只是在家中广行善事，仗义疏财，挥金如土。从前至后，已不知济过多少人了，四方无人不闻其名。只是并无子息，日夜忧心。

时遇清明节届，刘元普分付王文用整备了牲牷酒醴，往坟茔祭扫，与夫人各乘小轿，仆从在后相随。不逾时，到了坟上，浇奠已毕，元普拜伏坟前，口中说着几句道：

堪怜弘敬年垂迈，不孝有三无后大。

七十人称自古稀，残生不久留尘界。

今朝夫妇拜坟茔，他年谁向坟茔拜？

膝下萧条未足悲，从前血食何容艾？

天高听远实难凭，一脉宗亲须悯爱。

诉罢中心泪欲枯，先灵不爽知何在？

当下刘元普说到此处，放声大哭，旁人俱各悲凄。那王夫人极是贤德的，拭着泪上前劝道：“相公请免愁烦，虽是年纪将暮，筋力未衰，妾身纵不能生育，当别娶少年为妾，子嗣尚有可望，徒悲无益。”刘元普见说，只得勉强收泪，分付家人送夫人乘轿先回，自己留一个家僮相随，闲行散闷，徐步回来。

将及到家之际，遇见一个全真先生，手执招牌，上写着“风鉴通神”。元普见是相士，正要卜问子嗣，便延他到家中来坐。吃茶已毕，元普端坐，求先生细相。先生仔细相了一回，略无忌讳，说道：“观使君气色，非但无嗣，寿亦在旦夕矣。”元普道：“学生年近古稀，死亦非夭。子嗣之事，至此暮年，亦是水中捞月了。但学生自想，生平虽无大德，济弱扶倾，矢心已久。不知如何罪业，遂至殄绝祖宗之祀？”先生微笑道：“使君差矣！自古道：富者怨之丛。使君广有家私，岂能一一综理？彼在事者只顾肥家，不存公道，大斗小秤，侵剥百端，以致小民愁怨。使君纵然行善，只好功过酬耳，恐不能获福也。使君但当悉杜其弊，益广仁慈，多福多寿多男，特易易耳。”元普闻言，默然听受。先生起身作别，不受谢金，飘然去了。

元普知是异人，深信其言，遂取田园、典铺帐目一一稽查，又潜往街市、乡间，各处探听，尽知其实。遂将众管事人一一申饬，并妻侄王文用也受了一番呵叱。自此益修善事，不题。

却说汴京有个举子李逊，字克让，年三十六岁。亲妻张氏，生子李彦青，小字春郎，年方十七。本是西粤人氏，只为与京师窎远，十分孤贫，不便赴试。数年前挈妻携子流寓京师，却喜中了新科进士，除授钱塘县尹。择个吉日，一同到了任所。李克让看见湖山佳胜，宛然神仙境界，不觉心中爽然。谁想贫儒命薄，到任未及一月，犯了个不起之症。正是：

浓霜偏打无根草，祸来只奔福轻人。

那张氏与春郎请医调治，百般无效，看看待死。

一日李克让唤妻子到床前，说道：“我苦志一生，得登黄甲，死亦无恨。但只是无家可奔，无族可依，教我撇下寡妇孤儿，如何是了？可痛！可怜！”说罢，泪如雨下。张氏与春郎在旁劝住。克让想道：“久闻洛阳刘元普仗义疏财，名传天下，不论识认不识认，但是以情相求，无有不应。除是此人，可以托妻寄子。”便叫：“娘子，扶我起来坐了。”又叫儿子春郎取过文房四宝，正待举笔，忽又停止，心中好生踌躇道：“我与他从来无交，难叙寒温。这书如何写得？”疾忙心生一计，分付妻儿取汤取水，把两个人都遣开了。及至取得汤水来时，已自把书重重封固，上面写十五字，乃是：“辱弟李逊书呈洛阳恩兄刘元普亲拆”。把来递与妻儿收好，说道：“我有个八拜为交的故人，乃青州刺史刘元普，本贯洛阳人氏。此人义气干霄，必能济汝母子。将我书前去投他，料无阻拒。可多多拜上刘伯父，说我生前不及相见了。”随分付张氏道：“二十载恩情，今长别矣。倘蒙伯父收留，全赖小心相处。必须教子成名，补我未逮之志。你已有遗腹两月，倘得生子，使其仍读父书；若生女时，将来许配良人。我虽死亦瞑目。”又分付春郎道：“汝当事刘伯父如父，事刘伯母如母，又当孝敬母亲，励精学业，以图荣显，我死犹生。如违我言，九原之下，亦不安也！”两人垂泪受教。又嘱付道：“身死之后，权寄棺木浮丘寺中，俟投过刘伯父，徐图殡葬。但得安土埋藏，不须重到西粤。”说罢，心中哽咽，大叫道：“老天！老天！我李逊如此清贫，难道要做满一个县令，也不能勾！”当时蓦然倒在床上，已自叫唤不醒了。正是：

君恩新荷喜相随，谁料天年已莫追！

休为李君伤夭逝，四龄已可傲颜回。

张氏、春郎各各哭得死而复苏。张氏道：“撇得我孤孀二人好苦！倘刘君不肯相容，如何处置？”春郎道：“如今无计可施，只得依从遗命。我爹爹最是识人，或者果是好人也不见得。”张氏即将囊橐检点，那曾还剩得分文？元来李克让本是极孤极贫的，做人甚是清方。到任又不上一月，虽有些少，已为医药废尽了。还亏得同僚相助，将来买具棺木盛殓，停在衙中。母子二人朝夕哭奠，过了七七之期，依着遗言寄柩浮丘寺内。收拾些少行李盘缠，带了遗书，饥餐渴饮，夜宿晓行，取路投洛阳县来。

却说刘元普一日正在书斋闲玩古典，只见门上人报道：“外有母子二人，口称西粤人氏，是老爷至交亲戚，有书拜谒。”元普心下着疑，想道：“我那里来这样远亲？”便且教请进。母子二人，走到跟前，施礼已毕，元普道：“老夫与贤母子在何处识面？实有遗忘，伏乞详示。”李春郎笑道：“家母、小侄，其实不曾得会。先君却是伯父至交。”元普便请姓名。春郎道：“先君李逊，字克让。母亲张氏。小侄名彦青，字春郎。本贯西粤人氏。先君因赴试，流落京师，以后得第，除授钱塘县尹。一月身亡，临终时怜我母子无依，说有洛阳刘伯父，是幼年八拜至交，特命亡后赍了手书，自任所前来拜恳。故此母子造宅，多有惊动。”元普闻言，茫然不知就里。春郎便将书呈上，元普看了封签上面十五字，好生诧异。及至拆封看时，却是一张白纸！吃了一惊，默然不语，左右想了一回，猛可里心中省悟道：“必是这个缘故无疑。我如今不要说破，只叫他母子得所便了。”张氏母子见他沉吟，只道不肯容纳，岂知他却是天大一场美意！

元普收过了书，便对二人说道：“李兄果是我八拜至交，指望再得相会，谁知已作古人。可怜！可怜！今你母子就是我自家骨肉，在此居住便了。”便叫请出王夫人来，说知来历，认为妯娌；春郎以子侄之礼自居。当时摆设筵席款待二人。酒间说起李君灵柩在任所寺中，元普一力应承殡葬之事。王夫人又与张氏细谈，已知他有遗腹两月了。酒散后，送他母子到南楼安歇。家伙器皿无一不备，又拨几个僮仆服侍，每日三餐，十分丰美。

张氏母子得他收留，已自过望，谁知如此殷勤，心中感激不尽。过了几时，元普见张氏德性温存，春郎才华英敏，更兼谦谨老成，愈加敬重。又一面打发人往钱塘扶柩了。

忽一日，正与王夫人闲坐，不觉掉下泪来。夫人忙问其故，元普道："我观李氏子，仪容志气，后来必然大成。我若得这般一个儿子，真可死而无恨。今年华已去，子息杳然，为此不觉伤感。"夫人道："我屡次劝相公娶妾，只是不允。如今定为相公觅一侧室，管取宜男。"元普道："夫人休说这话，我虽垂暮，你却尚是中年。若是天不绝我刘门，难道你不能生育？若是命中该绝，纵使姬妾盈前，也是无干。"说罢，自出去了。

夫人这番却主意要与丈夫娶妾，晓得与他商量，定然推阻，便私下叫家人唤将做媒的薛婆来，说知就里，又嘱付道："直待事成之后，方可与老爷得知。必用心访个德容兼备的，或者老爷才肯相爱。"薛婆一一应诺而去。过不多日，薛婆寻了几头来说，领来看了，没一个中夫人的意。薛婆道："此间女子，只好恁样。除非汴梁帝京五方杂聚去处，才有出色女子。"恰好王文用有别事要进京，夫人把百金密托了他，央薛婆与他同去寻觅。薛婆也有一头媒事要进京，两得其便，就此起程不题。

如今再表一段缘因。话说汴京开封府祥符县有一进士，姓裴名习，字安卿，年登五十，夫人郑氏早亡。单生一女，名唤兰孙，年方二八，仪容绝世。裴安卿做了郎官几年，升任襄阳刺史，有人对他说道："官人向来清苦，今得此美任，此后只愁富贵不愁贫了。"安卿笑道："富自何来？每见贪酷小人，惟利是图，不过使这几家治下百姓卖儿贴妇，充其囊橐，此真狼心狗行之徒！天子教我为民父母，岂是教我残害子民？我今此去，惟吃襄阳一杯淡水而已。贫者人之常，叨朝廷之禄，不至冻馁足矣，何求富为！"裴安卿立心要作个好官，选了吉日，带了女儿起程赴任。不则一日，到了襄阳。莅任半年，治得那一府物阜民安，词清讼简。民间造成几句谣词，说道：

襄阳府前一条街，一朝到了裴天台。

六房吏书去打盹，门子皂隶去砍柴。

光阴荏苒，又早六月炎天。一日，裴安卿与兰孙吃过午饭，暴暑难当。安卿命汲井水解热，霎时井水将到。安卿吃了两盅，随后叫女儿吃。兰孙饮了数口，说道："爹爹，恁样淡水，亏爹爹怎生吃下偌多！"安卿道："休说这般折福的话！你我有得这水吃时，也便是神仙了，岂可嫌淡！”兰孙道：“爹爹，如何便见得折福？这样时候，多少王孙公子雪藕调冰，浮瓜沉李，也不为过。爹爹身为郡侯，饮此一杯淡水，还道受用，也太迂阔了！”安卿道：“我儿不谙事务，听我道来。假如那王孙公子，倚傍着祖宗的势耀，顶戴着先人积攒下的钱财，不知稼穑，又无甚事业，只图快乐，落得受用。却不知乐极悲生，也终有马死黄金尽的时节；纵不然，也是他生来有这些福气。你爹爹贫寒出身，又叨朝廷民社之责，须不能勾比他。还有那一等人，假如当此天道，为将边庭，身披重铠，手执戈矛，日夜不能安息，又且死生朝不保暮；更有那荷锸农夫，经商工役，辛勤陇陌，奔走泥涂，雨汗通流，还禁不住那当空日晒。你爹爹比他不已是神仙了？又有那下一等人，一时过误，问成罪案，困在囹圄，受尽鞭棰，还要肘手镣足，这般时节，拘于那不见天日之处，休说冷水，便是泥汁也不能勾，求生不得生，求死不得死，父娘皮肉，痛痒一般，难道偏他们受得苦起？你爹爹比他岂不是神仙？今司狱司中见有一二百名罪人，吾意欲散禁他每在狱，日给冷水一次，待交秋再作理会。”兰孙道：“爹爹未可造次。狱中罪人，皆不良之辈，若轻松了他，倘有不测，受累不浅。”安卿道：“我以好心待人，人岂负我？我但分付牢子紧守监门便了。”也是合当有事，只因这一节，有分教：

应死囚徒俱脱网，施仁郡守反遭殃。

次日，安卿升堂，分付狱吏将囚人散禁在牢，日给凉水与他，须要小心看守。狱卒应诺了，当日便去牢里，松放了众囚，各给凉水。牢子们紧紧看守，不致疏虞。过了十来日，牢子们就懈怠了。

忽又是七月初一日，狱中旧例：每逢月朔便献一番利市。那日烧过了纸，众牢子们都去吃酒散福，从下午吃起，直吃到黄昏时候，一个个酩酊烂醉。

那一干囚犯，初时见狱中宽纵，已自起心越牢，内中有几个有见识的，密地教对付些利器暗藏在身边。当日见众人已醉，就便乘机发作。约莫到二更时分，狱中一片声喊起，一二百罪人，一齐动手，先将那当牢的禁子杀了，打出牢门，将那狱吏牢子一个个砍翻，撞见的，多是一刀一个。有的躲在黑暗里听时，只听得喊道：“太爷平时仁德，我每不要杀他！”直反到各衙门，杀了几个佐贰官。那正是清平时节，城门还未曾闭，众人呐声喊，一哄逃走出城。正是：

鳌鱼脱却金钩去，摆尾摇头再不来。

那时裴安卿听得喧嚷，在睡梦中惊觉，连忙起来，早已有人报知。裴安卿听说，却正似顶门上失了三魂，脚底下荡了七魄，连声只叫得苦，悔道："不听兰孙之言，以至于此！谁知道将仁待人，被人不仁！"一面点起民壮，分头追捕，多应是海底捞针，那寻一个？

次日这桩事，早报与上司知道，少不得动了一本。不上半月已到汴京，奏章早达天听，天子与群臣议处。若是裴安卿是个贪赃刻剥、阿谀谄佞的，朝中也还有人喜他。只为平素心性刚直，不肯趋奉权贵，况且一清如水，俸资之外，毫不苟取，那有钱财夤缘势要？所以无一人与他辨冤，多道："纵囚越狱，典守者不得辞其责。又且杀了佐贰，独留刺史，事属可疑，合当拿问。"天子准奏，即便批下本来，着法司差官扭解到京。那时裴安卿便是重出世的召父，再生来的杜母，也只得低头受缚。却也道自己素有政声，还有辨白之处，叫兰孙收拾了行李，父女两个同了押解人起程。

不则一日，来到东京。那裴安卿旧日住居，已奉圣旨抄没了，僮仆数人，分头逃散，无地可以安身。还亏得郑夫人在时，与清真观女道往来，只得借他一间房子与兰孙住下了。次日，青衣小帽，同押解人到朝候旨。奉圣旨下大理狱鞫审，即刻便自进牢。兰孙只得将了些钱钞，买上告下，去狱中传言寄语，担茶送饭。元来裴安卿年衰力迈，受了惊惶，又受了苦楚，日夜忧虞，饮食不进。兰孙设处送饭，枉自费了银子。

一日，见兰孙正到狱门首来，便唤住女儿说道："我气塞难当，今日大分必死。只为为人慈善，以致召祸，累了我儿。虽然罪不及孥，只是这死之后，无路可投，作婢为奴，定然不免！"那安卿说到此处，好如万箭攒心，长号数声而绝。还喜未及会审，不受那三木囊头之苦。兰孙跌脚捶胸，哭得个发昏章第十一。欲要领取父亲尸首，又道是"朝廷罪人，不得擅便"。当时兰孙不顾死生利害，闯进大理寺衙门，哭诉越狱根由，哀感旁人。幸得那大理寺卿，还是个有公道的人，见了这般情状，恻然不忍，随即进一道表章，上写着："大理寺卿臣某，勘得襄阳刺史裴习，抚字心劳，提防政拙。虽法禁多疏，自干天谴；而反情无据，可表臣心。今已毙囹圄，宜从宽贷。伏乞速降天恩，赦其遗尸归葬，以彰朝廷优待臣下之心。臣某惶恐上言。"那真宗也是个仁君，见裴习已死，便自不欲苛求，即批准了表章。

兰孙得了这个消息，算是黄连树下弹琴——苦中取乐了。将身边所剩余银，买口棺木，雇人抬出尸首，盛殓好了，停在清真观中，做些羹饭浇奠了一番，又哭得一佛出世。那裴安卿所带盘费，原无几何，到此已用得干干净净了，虽是已有棺木，殡葬之资，毫无所出。兰孙左思右想道："只有个舅舅郑公见任西川节度使，带了家眷在彼，却是路途险远，万万不能搭救。真正无计可施。"

事到头来不自由，只得手中拿个草标，将一张纸写着"卖身葬父"四字，到灵柩前拜了四拜，祷告道："爹爹阴灵不远，保奴前去得遇好人。"拜罢起身，噙着一把眼泪，抱着一腔冤恨，忍着一身羞耻，沿街喊叫。可怜裴兰孙是个娇滴滴的闺中处子，见了一个蓦生人，也要面红耳热的，不想今日出头露面！思念父亲临死言词，不觉寸肠俱裂。正是：

天有不测风云，人有旦夕祸福。

生来运蹇时乖，只得含羞忍辱。

父兮桎梏亡身，女兮街衢痛哭。

纵教血染鹃红，彼苍不念茕独！

又道是天无绝人之路。正在街上卖身，只见一个老妈妈走近前来，欠身施礼，问道："小娘子为着甚事卖身？又恁般愁容可掬？"仔细认认，吃了一惊道："这不是裴小姐？如何到此地位？"元来那妈妈，正是洛阳的薛婆。郑夫人在时，薛婆有事到京，常在裴家往来的，故此认得。兰孙抬头见是薛婆，就同他走到一个僻静所在，含泪把上项事说了一遍。那婆子家最易眼泪出的，听到伤心之处，不觉也哭起来道："原来尊府老爷遭此大难！你是个宦家之女，如何做得以下之人？若要卖身，虽然如此娇姿，不到得便为奴作婢，也免不得是个偏房了。"兰孙道："今日为了父亲，就是杀身，也说不得，何惜其他？"薛婆道："既如此，小姐请免愁烦，洛阳县刘刺史老爷，年老无儿，夫人王氏要与他取个偏房，前日曾嘱付我，在本处寻了多时，并无一个中意的，如今因为洛阳一个大姓央我到京中相府求一头亲事，夫人乘便嘱付亲侄王文用带了身价，同我前来遍访。也是有缘，遇着小姐。王夫人原说要个德容两全的，今小姐之貌，绝世无双，卖身葬父又是大孝之事，这事十有九分了。那刘刺史仗义疏财，王夫人大贤大德，小姐到彼虽则权时落后，尽可快活终身。未知尊意何如？"兰孙道："但凭妈妈主张，只是卖身为妾，玷辱门庭，千万莫说真情，只认做民家之女罢了。”薛婆点头道是，随引了兰孙小姐一同到王文用寓所来。薛婆就对他说知备细。

王文用远远地瞟去，看那小姐已觉得倾国倾城，便道：“有如此绝色佳人，何怕不中姑娘之意！”正是：

踏破铁鞋无觅处，得来全不费工夫。

当下一边是落难之际，一边是富厚之家，并不消争短论长，已自一说一中。整整兑足了一百两雪花银子，递与兰孙小姐收了，就要接他起程。兰孙道：“我本为葬父，故此卖身，须是完葬事过，才好去得。”薛婆道：“小娘子，你孑然一身，如何完得葬事？何不到洛阳成亲之后，那时请刘老爷差人埋葬，何等容易！”兰孙只得依从。

那王文用是个老成才干的人，见是要与姑夫为妾的，不敢怠慢，教薛婆与他作伴同行，自己常在前后。东京到洛阳只有四百里之程，不上数日，早已到了刘家。王文用自往解库中去了，薛婆便悄悄地领他进去，叩见了王夫人。夫人抬头看兰孙时，果然是：

脂粉不施，有天然姿格；梳妆略试，无半点尘氛。举止处，态度从容；语言时，声音凄婉。双蛾颦蹙，浑如西子入吴时；两颊含愁，正似王嫱辞汉日。可怜妩媚清闺女，权作追随宦室人。

当时王夫人满心欢喜，问了姓名，便收拾一间房子，安顿兰孙，拨一个养娘服事他。

次日，便请刘元普来，从容说道：“老身今有一言，相公幸勿嗔怪。”刘元普道：“夫人有话即说，何必讳言？”夫人道：“相公，你岂不闻人生七十古来稀？今你寿近七十，前路几何？并无子息。常言道：无病一身轻，有子万事足。久欲与相公纳一侧室，一来为相公持正，不好妄言；二来未得其人，姑且隐忍。今娶得汴京裴氏之女，正在妙龄，抑且才色两绝，愿相公立他做个偏房，或者生得一男半女，也是刘门后代。”刘元普道：“老夫只恐命里无嗣，不欲耽误人家幼女。谁知夫人如此用心，而今且唤他出来见我。”当下兰孙小姐移步出房，倒身拜了。刘元普看见，心中想道：“我观此女仪容动止，决不是个以下之人。”便开口问道：“你姓甚名谁？是何等样人家之女？为甚事卖身？”兰孙道：“妾乃汴京小民之女，姓裴，小名兰孙。父死无资，故此卖身殡葬。”口中如此说，不觉暗地里偷弹泪珠。刘元普相了相道："你定不是民家之女，不要哄我！我看你愁容可掬，必有隐情。可对我一一直言，与你作主分忧便了。"兰孙初时隐讳，怎当得刘元普再三盘问，只得将那放囚得罪缘由，从前至后，细细说了一遍，不觉泪如涌泉。刘元普大惊失色，也不觉泪下道："我说不像民家之女，夫人几乎误了老夫！可惜一个好官，遭此屈祸！"忙向兰孙小姐连称得罪。又道："小姐身既无依，便住在我这里，待老夫选择地基，殡葬尊翁便了。"兰孙道："若得如此周全，此恩惟天可表！相公先受贱妾一拜。"刘元普慌忙扶起，分付养娘："好生服事裴家小姐，不得有违！"当时走到厅堂，即刻差人往汴京迎裴使君灵柩。不多日，扶柩到了。却好钱塘李县令灵柩一齐到了，刘元普将来共停在一个庄厅之上，备了两个祭筵拜奠。张氏自领了儿子，拜了亡夫；元普也领兰孙拜了亡父。又延一个有名的地理师，拣寻了两块好地基，等待腊月吉日安葬。

一日，王夫人又对元普说道："那裴氏女虽然贵家出身，却是落难之中，得相公救援他的。若是流落地方，不知如何下贱去了。相公又与他择地葬亲，此恩非小，他必甘心与相公为妾的。既是名门之女，或者有些福气，诞育子嗣，也不见得。若得如此，非但相公有后，他也终身有靠，未为不可。望相公思之。"夫人不说犹可，说罢，只见刘元普勃然作色道："夫人说那里话！天下多美妇人，我欲取妾，自可别图，岂敢污裴使君之女！刘弘敬若有此心，神天鉴察！"夫人听说，自道失言，顿口不语。

刘元普心里不乐，想了一回道："我也太呆了。我既无子嗣，何不索性认他为女，断了夫人这点念头？"便叫丫鬟请出裴小姐来，道："我叨长尊翁多年，又同为刺史之职，年华高迈，子息全无，小姐若不弃嫌，欲待螟蛉为女。意下何如？"兰孙道："妾蒙相公、夫人收养，愿为奴婢，早晚服事。如此厚待，如何敢当？"刘元普道："岂有此理！你乃宦家之女，偶遭挫折，焉可贱居下流？老夫自有主意，不必过谦。"兰孙道："相公、夫人正是重生父母，虽粉骨碎身，无可报答。既蒙不鄙微贱，认为亲女，焉敢有违？今日就拜了爹妈。"刘元普欢喜不胜，便对夫人道："今日我以兰孙为女，可受他全礼。"当下兰孙插烛也似的拜了八拜。自此便叫刘相公、夫人为爹爹、母亲，十分孝敬，倍加亲热。夫人又说与刘元普道："相公既认兰孙为女，须当与他择婿。侄儿王文用青年丧偶，管理多年，才干精敏，也不辱没了女儿。相公何不与他成就了这头亲事？"刘元普微微笑道："内侄继娶之事，少不得在老夫身上。今日自有主意，你只管打点妆奁便了。”夫人依言。元普当时便拣下了一个成亲吉日，到期宰杀猪羊，大排筵会，遍请乡绅亲友，并李氏母子，内侄王文用一同来赴庆喜华筵。众人还只道是刘公纳宠，王夫人也还只道是与侄儿成婚。正是：

万丈广寒难得到，嫦娥今夜落谁家？

看看吉时将及，只见刘元普教人捧出一套新郎衣饰，摆在堂中。刘元普拱手向众人说道：“列位高亲在此，听弘敬一言。敬闻‘利人之色不仁，乘人之危不义’。襄阳裴使君以枉事系狱身死，有女兰孙，年方及笄。荆妻欲纳为妾，弘敬宁乏子嗣，决不敢污使君之清德。内侄王文用虽有综理之才，却非仕宦中人，亦难以配公侯之女。惟我故人李县令之子彦青者，既出望族，又值青年，貌比潘安，才过子建，诚所谓‘窈窕淑女，君子好逑’者也，今日特为两人成其佳偶。诸公以为何如？”众人异口同声，赞叹刘公盛德。李春郎出其不意，却待推逊，刘元普那里肯从？便亲手将新衣襟与他穿带了。次后笙歌鼎沸，灯火辉煌，远远听得环珮之声，却是薛婆喜娘，几个丫鬟一同簇拥着兰孙小姐出来。二位新人，立在花毡之上，交拜成礼。真是说不尽那奢华富贵，但见：

“粉孩儿”对对挑灯，“七娘子”双双执扇。观看的是“风检才”、“麻婆子”，夸称道“鹊桥仙”并进“小蓬莱”；伏侍的是“好姐姐”、“柳青娘”，帮衬道“贺新郎”同入“销金帐”。做娇客的磨枪备箭，岂宜重问“后庭花”？做新妇的半喜还忧，此夜定然“川拨棹”。“脱布衫”时欢未艾，“花心动”处喜非常。

当时张氏和春郎魂梦之中，

也不想得到此，真正喜自天来。兰孙小姐灯烛之下，觑见新郎容貌不凡，也自暗暗地欢喜，只道嫁个老人星，谁知却嫁了个文曲星！行礼已毕，便伏侍新人上轿。刘元普亲自送到南楼，结烛合卺，又把那千金妆奁，一齐送将过来。刘元普自回去陪宾，大吹大擂，直饮至五更而散。这里洞房中一对新人，真正佳人遇着才子，那一宵欢爱，端的是如胶似漆，似水如鱼。枕边说到刘公大德，两下里感激深入骨髓。

次日天明起来，见了张氏，张氏又同他夫妇拜见刘公，十万分称谢。随后张氏就办些祭物，到灵柩前，叫媳妇拜了公公，儿子拜了岳父。张氏抚棺哭道："丈夫生前为人正直，死后必有英灵。刘伯父周济了寡妇孤儿，又把名门贵女做你媳妇，恩德如天，非同小可！幽冥之中，乞保佑刘伯父早生贵子，寿过百龄！"春郎夫妻也各自默默地祷祝。自此上和下睦，夫唱妇随，日夜焚香保刘公冥福。

不觉光阴荏苒，又是腊月中旬，茔葬吉期到了。刘元普便自聚起匠役人工，在庄厅上抬取一对灵柩，到坟茔上来。张氏与春郎夫妻，各各带了重孝相送。当下埋棺封土已毕，各立一个神道碑：一书"宋故襄阳刺史安卿裴公之墓"，一书"宋故钱塘县尹克让李公之墓"。只见松柏参差，山水环绕，宛然二冢相连。刘元普设三牲礼仪，亲自举哀拜奠。张氏三人放声大哭，哭罢，一齐望着刘元普拜倒在荒草地上不起。刘元普连忙答拜，只是谦让无能，略无一毫自矜之色。随即回来，各自散讫。

是夜，刘元普睡到三更，只见两个人幞头象简，金带紫袍，向刘元普扑地倒身拜下，口称"大恩人"。刘元普吃了一惊，慌忙起身扶住道："二位尊神何故降临？折杀老夫也！"那左手的一位，说道："某乃襄阳刺史裴习，此位即钱塘县令李克让也。上帝怜我两人清忠，封某为天下都城隍，李公为天曹府判官之职。某系狱身死之后，幼女无投，承公大恩，赐之佳婿，又赐佳城，使我两人冥冥之中，遂为儿女姻眷。恩同天地，难效涓埃，已曾合表上奏天庭，上帝鉴公盛德，特为官加一品，寿益三旬，子生双贵。幽明虽隔，敢不报知？"那右手的一位，又说道："某只为与公无交，难诉衷曲，故此空函寓意。不想公一见即明，慨然认义，养生送死，已出殊恩，淑女承祧，尤为望外。虽益寿添嗣，未足报洪恩之万一。今有遗腹小女凤鸣，明早已当出世，敢以此女奉长郎君箕帚。公与我媳，我亦与公媳，略尽报效之私。"言讫，拱手而别。刘元普慌忙出送，被两人用手一推，瞥然惊觉，却正与王夫人睡在床上。便将梦中所见所闻，一一说了。夫人道：“妾身亦慕相公大德，古今罕有，自然得福非轻。神明之言，谅非虚谬。”刘元普道：“裴、李二公，生前正直，死后为神。他感我嫁女婚男，故来托梦，理之所有。但说我‘寿增三十’，世间那有百岁之人？又说赐我二子，我今年已七十，虽然精力不减少时，那七十岁生子，却也难得，恐未必然了。”

次日早晨，刘元普思忆梦中言语，整了衣冠，步到南楼。正要说与他三人知道，只见李春郎夫妇出来相迎，春郎道：“母亲生下小妹，方在坐草之际。昨夜我母子三人各有异梦，正要到伯父处报知贺喜，岂知伯父已先来了。”刘元普见说张氏生女，思想梦中李君之言，好生有验，只是自己不曾有子，不好说得。当下问了张氏平安，就问：“梦中所见如何？”李春郎道：“梦见父亲岳父俱已为神，口称伯父大德，感动天庭，已为延寿添子。”三人所梦，总是一样。刘元普暗暗称奇，便将自己梦中光景，一一对两人说了。春郎道：“此皆伯父积德所致，天理自然，非虚幻也。”刘元普随即回家，与夫人说知，各各骇叹，又差人到李家贺喜。不逾时，又及满月，张氏抱了幼女来见伯父伯母。元普便问：“令爱何名？”张氏道：“小名凤鸣，是亡夫梦中所嘱。”刘元普见与已梦相符，愈加惊异。

话休絮烦。且说王夫人当时年已四十岁了，只觉得喜食咸酸，时常作呕。刘元普只道中年人病发，延医看脉，没一个解说得出。就有个把有手段的忖道：“像是有喜的脉气。”却晓得刘元普年已七十，王夫人年已四十，从不曾生育的，为此都不敢下药。只说道：“夫人此病不消服药，不久自瘳。”刘元普也道这样小病，料是不妨，自此也不延医，放下了心。只见王夫人又过了几时，当真病好。但觉得腰肢日重，裙带渐短，眉低眼慢，乳胀腹高。刘元普半信半疑道：“梦中之言，果然不虚么？”日月易过，不觉已及产期。刘元普此时不由你不信是有孕，提防分娩，一面唤了收生的婆进来，又雇了一个奶子。

忽一夜，夫人方睡，只闻异香扑鼻，仙音嘹亮。夫人便觉腹痛，众人齐来服侍分娩。不上半个时辰，生下一个孩儿。香汤沐浴过了，看时，只见眉清目秀，鼻直口方，十分魁伟，夫妻两人欢喜无限。元普对夫人道：“一梦之灵验如此，若如裴、李二公之言，皆上天之赐也。”就取名刘天佑，字梦祯。此事便传遍洛阳一城，把做新闻传说。百姓们编出四句口号道：

刺史生来有奇骨，为人专好积阴骘。

嫁了裴女换刘儿，养得头生做七十。

转眼间，又是满月，少不得做汤饼会。众乡绅亲友，齐来庆贺，真是宾客填门，吃了三五日筵席。春郎与兰孙，自梯己设宴贺喜，自不必说。

且说李春郎自从成婚葬父之后，一发潜心经史，希图上进，以报大恩。又得刘元普扶持，入了国子学。正与伯父、母、妻商量到京赴学，以待试期，只见汴京有个公差到来，说是郑枢密府中所差，前来接取裴小姐一家的。元来那兰孙的舅舅郑公，数月之内，已自西川节度内召为枢密院副使。还京之日，已知姊夫被难而亡，遂到清真观问取甥女消息，说是卖在洛阳。又遣人到洛阳探问，晓得刘公仗义全婚，称叹不尽。因为思念甥女，故此欲接取他姑嫜、夫婿，一同赴京相会。春郎得知此信，正是两便。兰孙见说舅舅回京，也自十分欢喜。当下禀过刘公夫妇，就要择个吉日，同张氏和凤鸣起程。到期刘元普治酒饯别，中间说起梦中之事，刘元普便对张氏说道："旧岁，老夫梦中得见令先君，说令爱与小儿有婚姻之分。前日小儿未生，不敢启齿；如今倘蒙不鄙，愿结葭莩。"张氏欠身答道："先夫梦中曾言，又蒙伯伯不弃，大恩未报，敢惜一女？只是母子孤寒如故，未敢仰攀。倘得犬子成名，当以小女奉郎君箕帚。"当下酒散。刘公又嘱付兰孙道："你丈夫此去，前程万里。我两人在家安乐，孩儿不必挂怀。"诸人各各流涕，恋恋不舍。临行，又自再三下拜，感谢刘公夫妇盛德，然后垂泪登程去了。洛阳与京师却不甚远，不时常有音信往来，不必细说。

再表公子刘天佑，自从生育，日往月来，又早周岁过头。一日，奶子抱了小官人，同了养娘朝云，往外边要子。那朝云年十八岁，颇有姿色。随了奶子出来玩要了一晌，奶子道："姐姐，你与我略抱一抱，怕风大，我去将衣服来与他穿。"朝云接过抱了。奶子进去了一回出来，只听得公子啼哭之声，着了忙，两步当一步，走到面前，只见朝云一手抱了，一手伸在公子头上揉着。奶子疾忙近前看时，只见跌起老大一个疙瘩，便大怒发话道："我略一转背，便把他跌了。你岂不晓得他是老爷、夫人的性命？若是知道，须连累我吃苦！我便去告诉老爷、夫人，看你这小贱人逃得过这一顿责罚也不！"说罢，抱了公子，气愤愤的便走。朝云见他势头不好，一时性发，也接应道："你这样老猪狗！倚仗公子势利，便欺负人，破口骂我！不要使尽了英雄！莫说你是奶子，便是公子，我也从不曾见有七十岁的养头生。知他是拖来也是抱来的人？却为这一跌便凌辱我！"朝云虽是口强，却也心慌，不敢便走进来。不想那奶子一五一十竟将朝云说的话对刘元普说了。元普听罢，忻然说道："这也怪他不得。七十生子，原是罕有，他一时妄言，何足计较？"当时奶子只道搬斗朝云一场，少也敲个半死，不想元普如此宽容，把一片火性化做半杯冰水，抱了公子自进去了。

却说元普当夜与夫人吃夜饭罢，自到书房里去安歇。分付女婢道："唤朝云到我书房里来！"众女婢只道为日里事发，要难为他，倒替他担着一把干系，疾忙鹰拿燕雀的把朝云拿到。可怜朝云怀着鬼胎，战兢兢的立在刘元普面前，只打点领责。元普分付众人道："你们多退去，只留朝云在此。"众人领命，一齐都散，不留一人。元普便叫朝云闭上了门，朝云正不知刘元普胡芦内卖出甚么药来，只见刘元普叫他近前，说道："人之不能生育，多因交会之际，精力衰微，浮而不实，故艰于种子。若精力健旺，虽老犹少。你却道老年人不能生产，便把那抱别姓、借异种这样邪说疑我。我今夜留你在此，正要与你试一试精力，消你这点疑心。"元来刘元普初时只道自己不能生儿，所以不肯轻纳少年女子，如今已得过头生，便自放胆大了。又见梦中说尚有一子，一时间不觉通融起来。那朝云也是偶然失言，不想到此分际，却也不敢违拗，只得伏侍元普解衣同寝。但只见：

一个似八百年彭祖的长兄，一个似三十岁颜回的少女。尤云殢雨，宓妃倾洛水，浇着寿星头；似水如鱼，吕望持钓竿，拨动杨妃舌。乘牛老君，搂住捧珠盘的龙女；骑驴果老，搭着执笊篱的仙姑。胥靡藤缠定牡丹花，绿毛龟采取鞭蘂蕊。太白金星淫性发，上青玉女欲情来。

刘元普虽则年老，精神强悍，朝云只得忍着痛苦承受，约莫弄了一个更次，阳泄而止。

是夜刘元普便与朝云同睡，天明，朝云自进去了。刘元普起身对夫人说知此事，夫人只是笑。众女婢和奶子多道："老爷一向极有正经，而今到恁般老没志气。"谁想刘元普和朝云只此一宵，便受了娠。刘元普也是一时要他不疑，卖弄本事，也不道如此快杀。夫人便铺个下房，劝相公册立朝云为妾。刘元普应允了，便与朝云戴笄，纳为后房，不时往朝云处歇宿。朝云想起当初一时失言，到得这个好地位了。那刘元普与朝云戏语道："你如今方信公子，不是拖来抱来的了么？”朝云耳红面赤，不敢言语。转眼之间，又已十月满了。一日，朝云腹痛难禁，也觉得异香满室，生下一个儿子。方才落地，只听得外面喧嚷，刘元普出来看时，却是报李春郎状元及第的。刘元普见侄儿登第，不辜负了从前仁义之心，又且正值生子之时，也是个大大吉兆，心下不胜快乐。当时报喜人就呈上李状元家书。刘元普拆开看道：“侄子母孤孀，得延残息足矣。赖伯父保全终始，遂得成名，皆伯父之赐也。迩来二尊人起居，想当佳胜。本欲给假，一候尊颜，缘侍讲东宫，不离朝夕，未得如心。姑寄御酒二瓶，为伯父颐老之资；宫花二朵，为贤郎鼎元之兆。临风神往，不尽鄙忱。”

刘元普看毕，收了御酒宫花，正进来与夫人说知，只见公子天佑走将过来，刘元普唤住，递宫花与他道：“哥哥在京得第，特寄宫花与你，愿我儿他年琼林赐宴，与哥哥今日一般。”公子欣然接了，向头上乱插，望着爹娘唱了两个深喏，引得两个老人家欢喜无限。刘元普随即修书贺喜，并说生次子之事。打发京中人去讫，便把皇封御酒祭献裴李二公，然后与夫人同饮。从此又将次子取名天锡，表字梦符。兄弟日渐长成，十分乖巧。刘元普延师训诲，以待成人。又感上天佑庇，一发修桥砌路，广行阴德，裴、李二墓每年春秋祭扫，不题。

再表这李状元在京之事。那郑枢密院夫人魏氏，止生一幼女，名曰素娟，尚在襁褓。也是为姐姐、姐夫早亡，甚是爱重甥女，故此李氏一家在他府中，十分相得。李状元自成名之后，授了东宫侍讲之职，深得皇太子之心。自此十年有余，真宗皇帝崩了，仁宗皇帝登位，优礼师傅，便超升李彦青为礼部尚书，进阶一品。刘元普仗义之事情，自仁宗为太子时，春郎早已几次奏知，当日便进上一本，恳赐还乡祭扫，并乞褒封。仁宗颁下诏旨：“钱塘县尹李逊追赠礼部尚书，襄阳刺史裴习追复原官，各赐御祭一筵；青州刺史刘弘敬以原官加升三级；礼部尚书李彦青给假半年，还朝复职。”

李尚书得了圣旨，便同张老夫人、裴夫人、凤鸣小姐，谢别了郑枢密，驰驿回洛阳来。一路上车马旌旗，炫耀数里，府县官员出郭迎接。那李尚书去时尚是弱冠，来时已作大臣，却又年止三十。洛阳父老，观者如堵，都称叹刘公不但有德，抑且能识好人。当下李尚书家眷，先到刘家下马。刘元普夫妇闻知，忙排香案迎接圣旨，山呼已毕。张老夫人、李尚书、裴夫人俱各红袍玉带，率领了凤鸣小姐，齐齐拜倒在地，称谢洪恩。刘元普扶起李尚书，王夫人扶起夫人、小姐，就唤两位公子出来相见婶婶、兄嫂。众人看见兄弟二人，相貌魁悟，又酷似刘元普模样，无不欢喜，都称叹道："大恩人生此双璧，无非积德所招。"随即排着御祭，到裴李二公坟茔，焚香奠酒。张氏等四人，各各痛哭一场，撤祭而回。刘元普开筵贺喜，食供三套，酒行三巡，刘元普起身对尚书母子说道："老夫有一衷肠之话，含藏十余年矣，今日不敢不说。令先君与老夫，生平实无一面之交，当贤母子来投，老夫茫然不知就里，及至拆书看时，并无半字。初时不解其意，仔细想将起来，必是闻得老夫虚名，欲待托妻寄子，却是从无一面，难叙衷情，故把空书藏着哑谜。老夫当日认假为真，虽妻子跟前不敢说破，其实所称八拜为交，皆虚言耳。今日喜得贤侄功成名遂，耀祖荣宗，老夫若再不言，是埋没令先君一段苦心也。"言毕，即将原书递与尚书母子展看。尚书母子号恸感谢，众人直至今日，才晓得空函认义之事，十分称叹不止。正是：

故旧托孤天下有，虚空认义古来无。
世人尽效刘元普，何必相交在始初？

当下刘元普又说起长公子求亲之事，张老夫人欣然允诺。裴夫人起身说道："奴受爹爹厚意，未报万一。今舅舅郑枢密生一表妹，名曰素娟，正与次弟同庚。奴家愿为作伐，成其配偶。"刘元普称谢了，当日无话。

刘元普随后就与天佑聘了李凤鸣小姐。李尚书一面写表转达朝廷，奏闻空函认义之事；一面修书与郑公说合。不逾时，仁宗看了表章，龙颜大喜，惊叹刘弘敬盛德，随颁恩诏，除建坊旌表外，特以李彦青之官封之，以彰殊典。那郑公素慕刘公高义，求婚之事，无有不从。李尚书既做了天佑舅舅，又做了天赐中表联襟，亲上加亲，十分美满。以后天佑状元及第，天锡进士出身，兄弟两人，青年同榜。刘元普直看二子成婚，各各生子，然后忽一夜梦见裴使君来拜道："某任都城隍已满，乞公早赴瓜期，上帝已有旨矣。"次日无疾而终，恰好百岁。王夫人也自寿过八十。李尚书夫妇痛哭倍常，认作亲生父母，心丧六年。虽然刘氏自有子孙，李尚书却自年年致祭，这叫做知恩报恩。唯有裴公无后，也是李氏子孙世世拜扫。自此世居洛阳，看守先茔，不回西粤。裴夫人生子，后来也出仕贵显。那刘天佑直做到同平章事，刘天锡直做到御史大夫。刘元普屡受褒封，子孙蕃衍不绝。此阴德之报也。

这本话文，出在《空缄记》，如今依传编成演义一回，所以奉劝世人为善。有诗为证：

阴阳总一理，祸福唯自求。

莫道天公远，须看刺史刘。

第十四卷 钱多处白丁横带 运退时刺史当艄

诗云：

荣枯本是无常数，何必当风使尽帆？

东海扬尘犹有日，白衣苍狗刹那间。

话说人生荣华富贵，眼前的多是空花，不可认为实相。如今人一有了时势，便自道是“万年不拔之基”，旁边看的人也是一样见识。岂知转眼之间，灰飞烟灭，泰山化作冰山，极是不难的事。俗语两句说得好：“宁可无了有，不可有了无。”专为贫贱之人，一朝变泰，得了富贵，苦尽甜来滋味深长。若是富贵之人，一朝失势，落魄起来，这叫做“树倒猢狲散”，光景着实难堪了。却是富贵的人只据目前时势，横着胆，昧着心，任情做去，那里管后来有下梢没下梢！

曾有一个笑话，道是一个老翁，有三子，临死时分付道：“你们倘有所愿，实对我说。我死后求之上帝。”一子道：“我愿官高一品。”一子道：“我愿田连万顷。”末一子道：“我无所愿，愿换大眼睛一对。”老翁大骇道：“要此何干？”其子道：“等我撑开了大眼，看他们富的富，贵的贵。”此虽是一个笑话，正合着古人云：

常将冷眼观螃蟹，看你横行得几时？

虽然如此，然那等熏天赫地富贵人，除非是遇了朝廷诛戮，或是生下子孙不肖，方是败落散场，再没有一个身子上，先前做了贵人，以后流为下贱，现世现报，做人笑柄的。看官，而今且听小子先说一个好笑的，做个“入话”。

唐朝僖宗皇帝即位，改元乾符，是时阉宦骄横，有个少马坊使内官田令孜，是上为晋王时有宠，及即帝位，使知枢密院，遂擢为中尉。上时年十四，专事游戏，政事一委令孜，呼为“阿父”，迁除官职，不复关白。其时，京师有一流棍，叫名李光，专一阿谀逢迎，谄事令孜。令孜甚是喜欢信用，荐为左军使；忽一日，奏授朔方节度使。岂知其人命薄，没福消受，敕下之日，暴病卒死。遗有一子，名唤德权，年方二十余岁。令孜老大不忍，心里要抬举他，不论好歹，署了他一个剧职。时黄巢破长安，中和元年陈敬瑄在成都遣兵来迎僖皇。令孜遂劝僖皇幸蜀，令孜扈驾，就便叫了李德权同去。僖皇行在住于成都，令孜与敬瑄相与交结，盗专国柄，人皆畏威。德权在两人左右，远近仰奉，凡奸豪求名求利者，多贿赂德权，替他两处打关节。数年之间，聚贿千万，累官至金紫光禄大夫、检校右仆射，一时熏灼无比。

后来僖皇薨逝，昭皇即位。大顺二年四月，西川节度使王建屡表请杀令孜、敬瑄。朝廷惧怕二人，不敢轻许。建使人告敬瑄作乱、令孜通凤翔书，不等朝廷旨意，竟执二人杀之。草奏云：“开柙出虎，孔宣父不责他人；当路斩蛇，孙叔敖盖非利己。专杀不行于阃外，先机恐失于彀中。”于时追捕二人余党甚急。德权脱身遁于复州，平日枉有金银财货，万万千千，一毫却带不得，只走得空身。盘缠了几日，衣服多当来吃了，单衫百结，乞食通途。可怜昔日荣华，一旦付之春梦！

却说天无绝人之路，复州有个后槽健儿，叫做李安。当日李光未际时，与他相熟。偶在道上行走，忽见一人蓝缕丐食，仔细一看，认得是李光之子德权，心里恻然，邀他到家里。问他道：“我闻得你父子在长安富贵，后来破败，今日何得在此？”德权将官司捕田、陈余党，脱身亡命，到此困穷的话，说了一遍。李安道：“我与汝父有交，你便权在舍下住几时。怕有人认得，你可改个名，只认做我的侄儿，便可无事。”德权依言，改名彦思，就认他这看马的做叔叔，不出街上乞化了。未及半年，李安得病将死，彦思见后槽有官给的工食，遂叫李安投状，道：“身已病废，乞将侄彦思继充后槽。”不数日，李安果死，彦思遂得补充健儿，为牧守圉人，不须忧愁衣食，自道是十分侥幸。岂知渐渐有人晓得他曾做仆射过的，此时朝政紊乱，法纪废弛，也无人追究他的踪迹。但只是起他个混名，叫他做“看马仆射”。走将出来时，众人便指手点脚，当一场笑话。

看官，你道“仆射”是何等样大官？“后槽”是何等样贱役？如今一人身上先做了仆射，收场结果做得个看马的，岂不可笑？却又一件，那些人依附内相，原是冰山；一朝失势，破败死亡，此是常理。留得残生看马，还是便宜的事，不足为怪。如今再说当日同时有一个官员，虽是得官不正，侥幸来的，却是自己所挣。谁知天不帮衬，有官无禄。并不曾犯着一个对头，并不曾做着一件事体，都是命里所招，下梢头弄得没出豁，比此更为可笑。诗曰：

富贵荣华何足论？从来世事等浮云。

登场傀儡休相赫，请看当艄郭使君！

这本话文，就是唐僖宗朝江陵有一个人，叫做郭七郎。父亲在日，做江湘大商，七郎长随着船上去走的。父亲死过，是他当家了，真个是家资巨万，产业广延，有鸦飞不过的田宅，贼扛不动的金银山，乃楚城富民之首。江、淮、河朔的贾客，多是领他重本，贸易往来。却是这些富人惟有一项，不平心是他本等。大等秤进，小等秤出。自家的，歹争做好；别人的，好争做歹。这些领他本钱的贾客，没有一个不受尽他累的。各各吞声忍气，只得受他。你道为何？只为本钱是他的，那江湖上走的人，拚得陪些辛苦在里头，随你尽着欺心算帐，还只是仗他资本营运，毕竟有些便宜处。若一下冲撞了他，收拾了本钱去，就没蛇得弄了。故此随你克剥，只是行得去的。本钱越弄越大，所以富的人只管富了。

那时有一个极大商客，先前领了他几万银子，到京都做生意。去了几年，久无音信。直到乾符初年，郭七郎在家想着这注本钱没着落，他是大商，料无失所。可惜没个人往京去一讨。又想一想道："闻得京都繁华去处，花柳之乡，不若借此事由，往彼一游。一来可以索债；二来买笑追欢；三来觑个方便，觅个前程，也是终身受用。"算计已定。七郎有一个老母、一弟一妹在家，奴婢下人无数。只是未曾娶得妻子，当时分付弟妹承奉母亲，着一个都管看家，余人各守职业做生理。自己却带几个惯走长路会事的家人在身边，一面到京都来。

七郎从小在江湖边生长，贾客船上往来，自己也会撑得篙，摇得橹，手脚快便，把些饥餐渴饮之路，不在心上。不则一日到了。元来那个大商，姓张名全，混名张多宝，在京都开几处解典库，又有几所䌷缎铺，专一放官吏债，打大头脑的，至于居间说事，卖官鬻爵，只要他一口担当，事无不成。也有叫他做"张多保"的。只为凡事都是他保得过，所以如此称呼。

满京人无不认得他的。郭七郎到京，一问便着。他见七郎到了，是个江湘债主，起初进京时节，多亏他的几万本钱做桩，才做得开，成得这个大气概。一见了欢然相接，叙了寒温，便摆起酒来。把轿去教坊里，请了几个有名的行院前来陪侍，宾主尽欢。酒散后，就留一个绝顶的妓者，叫做王赛儿，相伴了七郎，在一个书房里宿了。富人待富人，那房舍精致，帏帐华侈，自不必说。

次日起来，张多保不待七郎开口，把从前连本连利一算，约该有十来万了，就如数搬将出来，一手交兑。口里道："只因京都多事，脱身不得，亦且挈了重资，江湖上难走；又不可轻易托人，所以迟了几年。今得七郎自身到此，交明了此一宗，实为两便。"七郎见他如此爽利，心下喜欢，便道："在下初入京师，未有下处。虽承还清本利，却未有安顿之所，有烦兄长替在下寻个寓舍何如？"张多保道："舍下空房尽多，闲时还要招客，何况兄长通家，怎到别处作寓？只须在舍下安歇。待要启行时，在下周置动身，管取安心无虑。"七郎大喜，就在张家间壁一所大客房住了。当日取出十两银子送与王赛儿，做昨日缠头之费。夜间七郎摆还席，就央他陪酒。张多保不肯要他破钞，自己也取十两银子来送，叫还了七郎银子。七郎那里肯！推来推去，大家都不肯收进去，只便宜了这王赛儿，落得两家都收了，两人方才快活。是夜宾主两个，与同王赛儿行令作乐饮酒，愈加熟分有趣，吃得酩酊而散。

王赛儿本是个有名的上厅行首，又见七郎有的是银子，放出十分擒拿的手段来。七郎一连两宵，已此着了迷魂汤，自此同行同坐，时刻不离左右，竟不放赛儿到家里去了。赛儿又时常接了家里的姊妹，轮递来陪酒插趣，七郎赏赐无算。那鸨儿又有做生日、打差买物事、替还债许多科分出来。七郎挥金如土，并无吝惜。才是行径如此，便有帮闲钻懒一班儿人，出来诱他去跳槽。大凡富家浪子心性最是不常，搭着便生根的，见了一处，就热一处。王赛儿之外，又有陈娇、黎玉、张小小、郑翩翩，几处往来，都一般的撒漫使钱。那伙闲汉，又领了好些王孙贵戚好赌博的，牵来局赌。做圈做套，赢少输多，不知骗去了多少银子。

七郎虽是风流快活，终久是当家立计好利的人，起初见还的利钱都在里头，所以放松了些手。过了三数年，觉道用得多了，捉捉后手看，已用过了一半有多了。心里猛然想着家里头，要回家，来与张多保商量。张多保道："此时正是濮人王仙芝作乱，劫掠郡县，道路梗塞。你带了偌多银两，待往那里去？恐到不得家里，不如且在此盘桓几时，等路上平静好走，再去未迟。"七郎只得又住了几日。偶然一个闲汉叫做包走空包大，说起朝廷用兵紧急，缺少钱粮，纳了些银子，就有官做，官职大小，只看银多少。说得郭七郎动了火，问道："假如纳他数百万钱，可得何官？"包大道："如今朝廷昏浊，正正经经纳钱，就是得官，也只有数，不能勾十分大的。若把这数百万钱拿去，私下买嘱了主爵的官人，好歹也有个刺史做。"七郎吃一惊道："刺史也是钱买得的？"包大道："而今的世界，有甚么正经？有了钱，百事可做，岂不闻崔烈五百万买了个司徒么？而今空名大将军告身，只换得一醉；刺史也不难的。只要通得关节，我包你做得来便是。"

正说时，恰好张多保走出来，七郎一团高兴告诉了适才的说话。张多保道："事体是做得来的，在下手中也弄过几个了。只是这件事，在下不撺掇得兄长做。"七郎道："为何？"多保道："而今的官有好些难做。他们做得兴头的，都是有根基，有脚力，亲戚满朝，党羽四布，方能勾根深蒂固，有得钱赚，越做越高。随你去剥削小民，贪污无耻，只要有使用，有人情，便是万年无事的。兄长不过是白身人，便弄上一个显官，又无四壁倚仗，到彼地方，未必行得去。就是行得去时，朝里如今专一讨人便宜，晓得你是钱换来的，略略等你到任一两个月，有了些光景，便道勾你了，一下子就涂抹着，岂不枉费了这些钱？若是官好做时，在下也做多时了。"七郎道："不是这等说，小弟家里有的是钱，没的是官，况且身边现有钱财，总是不便带得到家，何不于此处用了些？博得个腰金衣紫，也是人生一世，草生一秋。就是不赚得钱时，小弟家里原不希罕这钱的；就是不做得兴时，也只是做过了一番官了。登时住了手，那荣耀是落得的。小弟见识已定，兄长不必扫兴。”多保道：“既然长兄主意要如此，在下当得效力。”

当时就与包大两个商议去打关节，那个包大走跳路数极熟，张多保又是个有身家、干大事惯的人，有什么弄不来的事？原来唐时使用的是钱，千钱为缗，就用银子准时，也只是以钱算帐。当时一缗钱，就是今日的一两银子，宋时却叫做一贯了。张多保同包大将了五千缗，悄悄送到主爵的官人家里。那个主爵的官人，是内官田令孜的收纳户，百灵百验。又道是无巧不成话，其时有个粤西横州刺史郭翰，方得除授，患病身故，告身还在铨曹。主爵的受了郭七郎五千缗，就把籍贯改注，即将郭翰告身转付与了郭七郎。从此改名，做了郭翰。张多保与包大接得横州刺史告身，千欢万喜，来见七郎称贺。七郎此时头轻脚重，连身子都麻木起来。包大又去唤了一部梨园子弟，张多保置酒张筵，是日就换了冠带。那一班闲汉，晓得七郎得了个刺史，没一个不来贺喜撮空，大吹大擂，吃了一日的酒。又道是：苍蝇集秽，蝼蚁集膻，鹁鸽子旺边飞。七郎在京都，一向撒漫有名，一旦得了刺史之职，就有许多人来投靠他做使令的。少不得官不威，牙爪威。做都管，做大叔，走头站，打驿吏，欺估客，诈乡民，总是这一干人了。

郭七郎身子如在云雾里一般，急思衣锦荣归。择日起身，张多保又设酒饯行。起初这些往来的闲汉、姊妹，都来送行。七郎此时眼孔已大，各各赍发些赏赐，气色骄傲，旁若无人。那些人让他是个见任刺史，胁肩谄笑，随他怠慢。只消略略眼梢带去，口角惹着，就算是十分殷勤好意了。如此撺哄了几日，行装打叠已备，齐齐整整起行，好不风骚！一路上想道：“我家里资产既饶，又在大郡做了刺史，这个富贵，不知到那里才住？”心下喜欢，不觉日逐卖弄出来。那些原跟去京都家人，又在新投的家人面前夸说着家里许多富厚之处，那新投的一发喜欢，道是投得着好主了，前路去耀武扬威，自不必说。无船上马，有路登舟，看看到得江陵境上来。七郎看时吃了一惊，但见：

> 人烟稀少，闾井荒凉。满前败宇颓垣，一望断桥枯树。乌焦木柱，无非放火烧残；赭白粉墙，尽是杀人染就。尸骸没主，乌鹊与蝼蚁相争；鸡犬无依，鹰隼与豺狼共饱。任是石人须下泪，总教铁汉也伤心。

元来江陵渚宫一带地方，多被王仙芝作寇残灭，里闾人物，百无一存。

若不是水道明白，险些认不出路径来。七郎看见了这个光景，心头已自劈劈地跳个不住。到了自家岸边，抬头一看，只叫得苦。原来都弄做了瓦砾之场，偌大的房屋，一间也不见了。母亲、弟妹、家人等，俱不知一个去向。慌慌张张，走头无路，着人四下找寻。

找寻了三四日，撞着旧时邻人，问了详细，方知地方被盗兵抄乱，弟被盗杀，妹被抢去，不知存亡。止剩得老母与一两个丫头，寄居在古庙旁边两间茅屋之内，家人俱各逃窜，囊橐尽已荡空。老母无以为生，与两个丫头替人缝针补线，得钱度日。七郎闻言，不胜痛伤，急急领了从人，奔至老母处来。母子一见，抱头大哭。老母道："岂知你去后，家里遭此大难！弟妹俱亡，生计都无了！"七郎哭罢，拭泪道："而今事已到此，痛伤无益。亏得儿子已得了官，还有富贵荣华日子在后面，母亲且请宽心。"母亲道："儿得了何官？"七郎道："官也不小，是横州刺史。"母亲道："如何能勾得此显爵？"七郎道："当今内相当权，广有私路，可以得官。儿子向张客取债，他本利俱还，钱财尽多在身边，所以将钱数百万，勾干得此官。而今衣锦荣归，省看家里，随即星夜到任去。"

七郎叫众人取冠带过来，穿着了，请母亲坐好，拜了四拜。又叫身边随从旧人及京中新投的人，俱各磕头，称："太夫人"。母亲见此光景，虽然有些喜欢，却叹口气道："你在外边荣华，怎知家丁尽散，分文也无了？若不营勾这官，多带些钱归来用度也好。"七郎道："母亲诚然女人家识见，做了官，怕少钱财？而今那个做官的家里，不是千万百万，连地皮多卷了归家的？今家业既无，只索撇下此间，前往赴任，做得一年两年，重撑门户，改换规模，有何难处？儿子行囊中还剩有二三千缗，尽勾使用，母亲不必忧虑。"母亲方才转忧为喜，笑逐颜开道："亏得儿子峥嵘有日，奋发有时，真是谢天谢地！若不是你归来，我性命只在目下了。而今何时可以动身？"七郎道："儿子原想此一归来，娶个好媳妇，同享荣华。而今看这个光景，等不得做这事了，且待上了任再做商量。今日先请母亲上船安息。此处既无根绊，明日换过大船，就做好日开了罢。早到得任一日，也是好的。"

当夜，请母亲先搬在来船中了，茅舍中破锅破灶破碗破罐，尽多撇下。又分付当直的雇了一只往西粤长行的官船，次日搬过了行李，下了舱口停当。烧了利市神福，吹打开船。此时老母与七郎俱各精神荣畅，志气轩昂。

七郎不曾受苦，是一路兴头过来的，虽是对着母亲，觉得满盈得意，还不十分怪异；那老母是历过苦难的，真是地下超升在天上，不知身子几多大了。一路行去，过了长沙，入湘江，次永州。州北江漂有个佛寺，名唤兜率禅院。舟人打点泊船在此过夜，看见岸边有大槠树一株，围合数抱，遂将船缆结在树上，结得牢牢的，又钉好了桩橛。七郎同老母进寺随喜，从人撑起伞盖跟后。寺僧见是官员，出来迎接送茶，私问来历，从人答道："是见任西粤横州刺史。"寺僧见说是见任官，愈加恭敬，陪侍指引，各处游玩。那老母但看见佛菩萨像，只是磕头礼拜，谢他覆庇。天色晚了，俱各回船安息。

黄昏左侧，只听得树梢呼呼的风响。须臾之间，天昏地黑，风雨大作。但见：

封姨逞势，巽二施威。空中如万马奔腾，树杪似千军拥沓。浪湃澎涛，分明战鼓齐鸣；圩岸倾颓，恍惚轰雷骤震。山中猛虎啸，水底老龙惊。尽知巨树可维舟，谁道大风能拔木！

众人听见风势甚大，心下惊惶。那艄公心里道是江风虽猛，亏得船系在极大的树上，生根得牢，万无一失。睡梦之中，忽听得天崩地裂价一声响亮，元来那株槠树年深日久，根行之处，把这些帮岸都拱得松了。又且长江巨浪，日夜淘洗，岸如何得牢？那树又大了，本等招风，怎当这一只狼犺的船，尽做力生根在这树上？风打得船猛，船牵得树重，树趁着风威，底下根在浮石中，绊不住了，豁喇一声，竟倒在船上来，把只船打得粉碎。船轻树重，怎载得起？只见水乱滚进来，船已沉了。船中碎板，片片而浮；睡的婢仆，尽没于水。说时迟，那时快，艄公慌了手脚，喊将起来。郭七郎梦中惊醒，他从小原晓得些船上的事，与同艄公竭力死拖住船缆，才把个船头凑在岸上，搁得住，急在舱中水里，扶得个母亲，搀到得岸上来，逃了性命。其后艄人等，舱中什物行李，被几个大浪泼来，船底俱散，尽漂没了。其时，深夜昏黑，山门紧闭，没处叫唤，只得披着湿衣，三人捶胸跌脚价叫苦。

守到天明，山门开了，急急走进寺中，问着昨日的主僧。主僧出来，看见他慌张之势，问道："莫非遇了盗么？"七郎把树倒舟沉之话说了一遍。寺僧忙走出看，只见岸边一只破船，沉在水里，岸上大槠树倒来压在其上了，吃了一惊，急叫寺中火工道者人等，一同艄公，到破板舱中，遍寻东西。俱被大浪打去，没讨一些处。连那张刺史的告身，都没有了。寺僧权请进一间静室，安住老母，商量到零陵州州牧处陈告情由，等所在官司替他动了江中遭风失水的文书，还可赴任。计议已定，有烦寺僧一往。寺僧与州里人情厮熟，果然叫人去报了。谁知：

浓霜偏打无根草，祸来只奔福轻人。

那老母原是兵戈扰攘中，看见杀儿掠女，惊坏了再苏的，怎当夜来这一惊可又不小，亦且婢仆俱亡，生资都尽，心中转转苦楚，面如蜡查，饮食不进，只是哀哀啼哭，卧倒在床，起身不得了。七郎愈加慌张，只得劝母亲道："留得青山在，不怕没柴烧。虽是遭此大祸，儿子官职还在，只要到得任所便好了。"老母带着哭道："儿，你娘心胆俱碎，眼见得无那活的人了，还说这太平的话则甚？就是你做得官，娘看不着了！"七郎一点痴心，还指望等娘好起来，就地方起个文书前往横州到任，有个好日子在后头。谁想老母受惊太深，一病不起，过不多两日，呜呼哀哉，伏维尚飨。七郎痛哭一场，无计可施。又与僧家商量，只得自往零陵州哀告州牧。州牧几日前曾见这张失事的报单过，晓得是真情。毕竟官官相护，道他是隔省上司，不好推得干净身子。一面差人替他殡葬了母亲，又重重赍助他盘缠，以礼送了他出门。七郎亏得州牧周全，幸喜葬事已毕，却是丁了母忧，去到任不得了。

寺僧看见他无了根蒂，渐渐怠慢，不肯相留。要回故乡，已此无家可归。没奈何就寄住在永州一个船埠经纪人的家里，原是他父亲在时走客认得的。却是囊橐俱无，止有州牧所助的盘缠，日吃日减，用不得几时，看看没有了。那些做经纪的人，有甚情谊？日逐有些怨咨起来，未免茶迟饭晏，箸长碗短。七郎觉得了，发话道："我也是一郡之主，当是一路诸侯。今虽丁忧，后来还有日子，如何恁般轻薄？"店主人道："说不得一郡两郡，皇帝失了势，也要忍些饥饿，吃些粗粝，何况于你是未任的官？就是官了，我每又不是什么横州百姓，怎么该供养你？我们的人家不做不活，须是吃自在食不起的。"七郎被他说了几句，无言可答，眼泪汪汪，只得含着羞耐了。

再过两日，店主人寻事炒闹，一发看不得了。七郎道："主人家，我这里须是异乡，并无一人亲识可归，一向叨扰府上，情知不当，却也是没奈何了。你有甚么觅衣食的道路，指引我一个儿？"店主人道："你这样人，种火又长，拄门又短，郎不郎秀不秀的，若要觅衣食，须把个‘官’字儿阁起，照着常人，佣工做活，方可度日。你却如何去得？”七郎见说到佣工做活，气忿忿地道：“我也是方面官员，怎便到此地位？”思想：“零陵州州牧前日相待甚厚，不免再将此苦情告诉他一番，定然有个处法。难道白白饿死一个刺史在他地方了不成？”写了个帖，又无一个人跟随，自家袖了。葳葳蕤蕤，走到州里衙门上来递。

那衙门中人见他如此行径，必然是打抽丰，没廉耻的，连帖也不肯收他的。直到再三央及，把上项事一一分诉，又说到替他殡葬厚礼赆行之事，这却衙门中都有晓得的，方才肯接了进去，呈与州牧。州牧看了，便有好些不快活起来，道：“这人这样不达时务的！前日吾见他在本州失事，又看上司体面，极意周全他去了，他如何又在此缠扰？或者连前日之事，未必是真，多是神棍假装出来骗钱的未可知。纵使是真，必是个无耻的人，还有许多无厌足处。吾本等好意，却叫得引鬼上门，我而今不便追究，只不理他罢了。”分付门上不受他帖，只说概不见客，把原帖还了。

七郎受了这一场冷淡，却又想回下处不得，住在衙门上守他出来时，当街叫喊。州牧坐在轿上问道：“是何人叫喊？”七郎口里高声答道：“是横州刺史郭翰。”州牧道：“有何凭据？”七郎道：“原有告身，被大风飘舟，失在江里了。”州牧道：“既无凭据，知你是真是假？就是真的，赍发已过，如何只管在此缠扰？必是光棍，姑饶打，快走！”左右虞候看见本官发怒，乱棒打来。只得闪了身子开来，一句话也不说得，有气无力的，仍旧走回下处闷坐。

店主人早已打听他在州里的光景，故意问道：“适才见州里相公，相待如何？”七郎羞惭满面，只叹口气，不敢则声。店主人道：“我教你把‘官’字儿阁起，你却不听我，直要受人怠慢。而今时势，就是个空名宰相，也当不出钱来了；除是靠着自家气力，方挣得饭吃。你不要痴了！”七郎道：“你叫我做甚勾当好？”店主人道：“你自想，身上有甚本事？”七郎道：“我别无本事，止是少小随着父亲，涉历江湖，那些船上风水，当艄拿舵之事，尽晓得些。”店主人喜道：“这个却好了，我这里埠头上来往船只多，尽有缺少执艄的。我荐你去几时，好歹觅几贯钱来，饿你不死了。”七郎没奈何，只得依从。从此只在往来船只上，替他执艄度日。去了几时，也就觅了几贯工钱回到店家来。永州市上人，认得了他，晓得他前项事的，就传他一个名，叫他做“当艄郭使君”。但是要寻他当艄的船，便指名来问郭使君。永州市上编成他一支歌儿道：问使君，你缘何不到横州郡？元来是天作对，不许你假斯文，把家缘结果在风一阵。舵牙当执板，绳缆是拖绅。这是荣耀的下梢头也！还是把着舵儿稳。——词名《桂枝儿》

在船上混了两年，虽然挨得服满，身边无了告身，去补不得官。若要京里再打关节时，还须照前得这几千缗使用，却从何处讨？眼见得这话休题了，只得安心塌地，靠着船上营生。又道是：“居移气，养移体”，当初做刺史，便象个官员；而今在船上多年，状貌气质，也就是些篙工水手之类，一般无二。可笑个一郡刺史，如此收场。可见人生荣华富贵，眼前算不得账的。上复世间人，不要十分势利。听我四句口号：

富不必骄，贫不必怨。

要看到头，眼前不算。

第十五卷 大姊魂游完宿愿 小妹病起续前缘

诗曰：

生死由来一样情，豆萁燃豆并根生。

存亡姊妹能想念，可笑阋墙亲弟兄。

话说唐宪宗元和年间，有个侍御李十一郎，名行修。妻王氏夫人，乃是江西廉使王仲舒女，贞懿贤淑，行修敬之如宾。王夫人有个幼妹，端妍聪慧，夫人极爱他，常领他在身边鞠养。连行修也十分爱他，如自家养的一般。

一日，行修在族人处赴婚礼喜筵，就在这家歇宿。晚间忽做一梦，梦见自身再娶夫人。灯下把新人认看，不是别人，正是王夫人的幼妹。猛然惊觉，心里甚是不快活。巴到天明，连忙归家。进得门来，只见王夫人清早已起身了，闷坐着，将手频频拭泪，行修问着不答。行修便问家人道：“夫人为何如此？”家人辈齐道：“今早当厨老奴在厨下自说：‘五更头做一梦，梦见相公再娶王家小娘子。’夫人知道了，恐怕自身有甚山高水低，所以悲哭了一早起了。”行修听罢，毛骨耸然，惊出一身冷汗，想道：“如何与我所梦正合？”他两个是恩爱夫妻，心下十分不乐。只得勉强劝谕夫人道：“此老奴颠颠倒倒，是个愚懵之人，其梦何足凭准！”口里虽如此说，心下因是两梦不约而同，终久有些疑惑。只是隔不多几日，夫人生出病来，屡医不效，两月而亡。行修哭得死而复苏，书报岳父王公，王公举家悲恸。因不忍断了行修亲谊，回书还答，便有把幼女续婚之意。行修伤悼正极，不忍说起这事，坚意回绝了岳父。于时有个卫秘书卫随，最能广识天下奇人。见李行修如此思念夫人，突然对他说道：“侍御怀想亡夫人如此深重，莫不要见他么？”行修道：“一死永别，如何能勾再见？”秘书道：“侍御若要见亡夫人，何不去问‘稠桑王老’？”行修道：“王老是何人？”秘书道：“不必说破，侍御只牢牢记着‘稠桑王老’四字，少不得有相会之处。”行修见说得奇怪，切切记之于心。过了两三年，王公幼女越长成了，王公思念亡女，要与行修续亲，屡次着人来说。行修不忍背了亡夫人，只是不从。

此后，除授东台御史，奉诏出关，行次稠桑驿。驿馆中先有敕使住下了，只得讨个官房歇宿。那店名就叫做稠桑店。行修听得“稠桑”二字，触着便自上心，想道：“莫不什么王老正在此处？”正要跟寻他，只听得街上人乱嚷。行修走到店门边一看，只见一伙人团团围住一个老者，你扯我扯，你问我问，缠得一个头昏眼暗。行修问店主人道：“这些人何故如此？”主人道：“这个老儿姓王，是个希奇的人，善谈禄命。乡里人敬他如神，故此见他走过，就缠住他问祸福。”行修想着卫秘书之言，道：“原来果有此人。”便叫店主人快请他到店相见。店主人见行修是个出差御史，不敢稽延，拨开人丛，走进去扯住他道：“店中有个李御史李十一郎奉请。”众人见说是官府请，放开围，让他出来，一哄多散了。到店相见。行修见是个老人，不要他行礼，就把想念亡妻，有卫秘书指引来求他的话，说了一遍，便道：“不知老翁果有奇术，能使亡魂相见否？”老人道：“十一郎要见亡夫人，就是今夜罢了。”

老人前走，叫行修打发开了左右，引了他一路走。入一个土山中，又升了一个数丈的高坡，坡侧隐隐见有个丛林，老人便住在路旁，对行修道：“十一郎可走去林下，高声呼‘妙子’，必有人应。应了，便说道：‘传语九娘子，今夜暂借妙子同看亡妻。’”行修依言，走去林间呼着，果有人应。又依着前言说了。少顷，一个十五六岁的女子走出来道：“九娘子差我随十一郎去。”说罢，便折竹二枝，自跨了一枝，一枝与行修跨，跨上便同马一般快。行勾三四十里，忽到一处，城阙壮丽。前经一大宫，宫前有门。女子道：“但循西廊直北，从南第二宫，乃是贤夫人所居。”行修依言，趋至其处，果见十数年前一个死过的丫头，出来拜迎，请行修坐下。夫人就走出来，涕泣相见。行修伸诉离恨，一把抱住不放。却待要再讲欢会，王夫人不肯道：“今日与君幽显异途，深不愿如此贻妾之患；若是不忘平日之好，但得纳小妹为婚，续此姻亲，妾心愿毕矣。所要相见，只此奉托。”言罢，女子已在门外厉声催叫道：“李十一郎速出！”行修不敢停留，含泪而出。女子依前与他跨了竹枝同行。

到了旧处，只见老人头枕一块石头，眠着正睡。听得脚步响，晓得是行修到了，走起来问道："可如意么？"行修道："幸已相会。"老人道："须谢九娘子遣人相送。"行修依言，送妙子到林间，高声称谢。回来问老人道："此是何等人？"老人道："此原上有灵应九子母祠耳。"老人复引行修到了店中，只见壁上灯盏荧荧，槽中马啖刍如故，仆夫等个个熟睡。行修疑道做梦，却有老人尚在可证。老人当即辞行修而去，行修叹异了一番。因念妻言谆恳，才把这段事情备细写与岳丈王公。从此遂续王氏之婚，恰应前日之梦。正是：

旧女婿为新女婿，大姨夫做小姨夫。

古来只有娥皇、女英姊妹两个，一同嫁了舜帝。其他姊姊亡故，不忍断亲，续上小姨，乃是世间常事；从来没有个亡故的姊姊怀此心愿，在地下撮合完全好事的。今日小子先说此一段异事，见得人生只有这个"情"字至死不泯的。只为这王夫人身子虽死，心中还念着亲夫恩爱；又且妹子是他心上喜欢的，一点情不能忘，所以阴中如此主张，了其心愿。这个还是做过夫妇多时的，如此有情，未足为怪。小子如今再说一个不曾做亲过的，只为不忘前盟，阴中完了自己姻缘，又替妹子联成婚事。怪怪奇奇，真真假假，说来好听。有诗为证：

还魂从古有，借体亦其常。

谁摄生人魄，先将宿愿偿？

这本话文，乃是元朝大德年间，扬州有个富人姓吴，曾做防御使之职，人都叫他做吴防御。住居春风楼侧，生有二女，一个叫名兴娘，一个叫名庆娘；庆娘小兴娘两岁，多在襁褓之中。邻居有个崔使君，与防御往来甚厚。崔家有子，名曰兴哥，与兴娘同年所生。崔公即求聘兴娘为子妇，防御欣然相许。崔公以金凤钗一只为聘礼。定盟之后，崔公合家多到远方为官去了。

一去一十五年，竟无消息回来。此时兴娘已一十九岁，母亲见他年纪大了，对防御道："崔家兴哥一去十五年，不通音耗。今兴娘年已长成，岂可执守前说，错过他青春？"防御道："一言已定，千金不移。吾已许吾故人了，岂可因他无耗，便欲食言？"那母亲终究是妇人家识见，见女儿年长无婚，眼中看不过意，日日与防御絮聒，要另寻人家。

兴娘肚里，一心专盼崔生来到，再没有二三的意思。虽是亏得防御有正经，却看见母亲说起激聒，便暗地恨命自哭。又恐怕父亲被母亲缠不过，一时更变起来，心中长怀着忧虑，只愿崔家郎早来得一日也好。眼睛几望穿了，那里叫得崔家应？看看饭食减少，生出病来，沉眠枕席，半载而亡。父母与妹及合家人等，多哭得发昏章第十一。临入殓时，母亲手持崔家原聘这只金凤钗，抚尸哭道："此是你夫家之物，今你已死，我留之何益？见了徒增悲伤，与你戴了去罢！"就替他插在髻上，盖了棺。三日之后，抬去殡在郊外了。家里设个灵座，朝夕哭奠。

殡过两个月，崔生忽然来到。防御迎进问道："郎君一向何处？尊父母平安否？"崔生告诉道："家父做了宣德府理官，殁于任所，家母亦先亡了数年。小婿在彼守丧，今已服除，完了殡葬之事。不远千里，特到府上来完前约。"防御听罢，不觉吊下泪来道："小女兴娘薄命，为思念郎君成病，于两月前饮恨而终，已殡在郊外了。郎君便早到半年，或者还不到得死的地步。今日来时，却无及了。"说罢又哭。崔生虽是不曾认识兴娘，未免感伤起来。防御道："小女殡事虽行，灵位还在。郎君可到他席前看一番，也使他阴魂晓得你来了。"噙着眼泪，一手拽了崔生走进内房来。崔生抬头看时，但见：纸带飘摇，冥童绰约。飘摇纸带，尽写着梵字金言；绰约冥童，对捧着银盆绣帨。一缕炉烟常袅，双台灯火微荧。影神图，画个绝色的佳人；白木牌，写着新亡的长女。崔生看见了灵座，拜将下去。防御拍着桌子大声道："兴娘吾儿，你的丈夫来了。你灵魂不远，知道也未？"说罢，放声大哭。合家见防御说得伤心，一齐号哭起来，直哭得一佛出世，二佛生天，连崔生也不知陪下了多少眼泪。哭罢，焚了些楮钱，就引崔生在灵位前，拜见了妈妈。妈妈兀自哽哽咽咽的，还了个半礼。

防御同崔生出到堂前来，对他道："郎君父母既没，道途又远，今既来此，可便在吾家住宿。不要论到亲情，只是故人之子，即同吾子，勿以兴娘没故，自同外人。"即令人替崔生搬将行李来，收拾门侧一个小书房与他住下了。朝夕看待，十分亲热。

将及半月，正值清明节届，防御念兴娘新亡，合家到他冢上挂钱祭扫。此时兴娘之妹庆娘已是十七岁，一同妈妈抬了轿，到姊姊坟上去了，只留崔生一个在家中看守。大凡好人家女眷，出外稀少，到得时节头边，看见春光明媚，巴不得寻个事由来外边散心耍子。今日虽是到兴娘新坟上，心中怀着凄惨的；却是荒郊野外，桃红柳绿，正是女眷们游耍去处。盘桓了一日，直到天色昏黑，方才到家。崔生步出门外等候，望见女轿二乘来了，走在门左迎接。前轿先进，后轿至前。到生身边经过，只听得地下砖上，铿的一声，却是轿中掉一件物事出来。崔生待轿过了，急去拾起来看，乃是金凤钗一只。崔生知是闺中之物，急欲进去纳还，只见中门已闭。原来防御合家在坟上辛苦了一日，又各带了些酒意，进得门，便把来关了，收拾睡觉。崔生也晓得这个意思，不好去叫得门，且待明日未迟。

回到书房，把钗子放好在书箱中了，明烛独坐。思念婚事不成，只身孤苦，寄迹人门，虽然相待如子婿一般，终非久计，不知如何是个结果。闷上心来，叹了几声，上了床。正要就枕，忽听得有人扣门响。崔生问道："是那个？"不见回音。崔生道是错听了，方要睡下去，又听得敲的毕毕剥剥。崔生高声又问，又不见声响了。崔生心疑，坐在床沿，正要穿鞋到门边静听，只听得又敲响了，却只不见则声。崔生忍耐不住，立起身来，幸得残灯未熄，重添亮了，拿在手中，开门出来一看，灯却明亮，见得明白，乃是十七八岁一个美貌女子，立在门外。看见门开，即便褰起布帘，走将进来。崔生大惊，吓得倒退了两步。那女子笑容可掬，低声对生道："郎君不认得妾耶？妾即兴娘之妹庆娘也。适才进门时，钗坠轿下，故此乘夜来寻。郎君曾拾得否？"崔生见说是小姨，恭恭敬敬答应道："适才娘子乘轿在后，果然落钗在地。小生当时拾得，即欲奉还，见中门已闭，不敢惊动，留待明日。今娘子亲寻至此，即当持献。"就在书箱取出，放在桌上道："娘子亲拿了去。"女子出纤手来取钗，插在头上了，笑嘻嘻的对崔生道："早知是郎君拾得，妾亦

不必乘夜来寻了。如今已是更阑时候，妾身出来了，不可复进。今夜当借郎君枕席，侍寝一宵。”崔生大惊道：“娘子说那里话！令尊令堂待小生如骨肉，小生怎敢胡行，有污娘子清德？娘子请回步，誓不敢从命。”女子道：“如今合家睡熟，并无一个人知道的。何不趁此良宵，完成好事？你我悄悄往来，亲上加亲，有何不可？”崔生道：“欲人不知，莫若勿为。虽承娘子美情，万一后边有些风吹草动，被人发觉，不要说道无颜面见令尊，传将出去，小生如何做得人成？不是把一生行止多坏了？”女子道：“如此良宵，又兼夜深，我既寂寥，你亦冷落。难得这个机会，同在一个房中，也是一生缘分。且顾眼前好事，管甚么发觉不发觉；况妾自能为郎君遮掩，不至败露。郎君休得疑虑，挫过了佳期。”崔生见他言词娇媚，美艳非常，心里也禁不住动火，只是想着防御相待之厚，不敢造次，好象个小儿放纸炮，真个又爱又怕。却待依从，转了一念，又摇头道：“做不得！做不得！”只得向女子哀求道：“娘子，看令姊兴娘之面，保全小生行止吧！”那女子见他再三不肯，自觉羞惭，忽然变了颜色，勃然大怒道：“吾父以子侄之礼待你，留置书房，你乃敢于深夜诱我至此！将欲何为？我声张起来，去告诉了父亲，当官告你。看你如何折辨？不到得轻易饶你！”声色俱厉。崔生见他反跌一着，放刁起来，心里好生惧怕。想道：“果是老大的利害！如今已见在我房中了，清浊难分，万一声张，被他一口咬定，从何分剖？不若且依从了他，到还未见得即时败露，慢慢图个自全之策罢了。”正是：

羝羊触藩，进退两难。

只得陪着笑，对女子道：“娘子休要声高。既承娘子美意，小生但凭娘子做主便了。”女子见他依从，回嗔作喜道：“元来郎君恁地胆小的！”崔生闭上了门，两个解衣就寝。有《西江月》为证：

旅馆羁身孤客，深闺皓齿韶容。合欢裁就两情浓，好对娇鸾雏凤。
认道良缘辐辏，谁知哑谜包笼？新人魂梦雨云中，还是故人情重。

两人云雨已毕，真是千恩万爱，欢乐不可名状。将至天明，就起身来，辞了崔生，闪将进去。崔生虽然得了些甜头，心中只是怀着个鬼胎，战兢兢的，只怕有人晓得。幸得女子来踪去迹甚是秘密，又且身子轻捷，朝隐而入，暮隐而出，只在门侧书房私自往来快乐，并无一个人知觉。

将及一月有余，忽然一晚对崔生道：“妾处深闺，郎处外馆。今日之事，幸而无人知觉。诚恐好事多磨，佳期易阻。一旦声迹彰露，亲庭罪责，将妾拘系于内，郎赶逐于外，在妾便自甘心，却累了郎之清德，妾罪大矣。须与郎从长商议一个计策便好。”崔生道：“前日所以不敢轻从娘子，专为此也。不然，人非草木，小生岂是无情之物？而今事已到此，还是怎的好？”女子道：“依妾愚见，莫若趁着人未及知觉，先自双双逃去，在他乡外县居住了，深自敛藏，方可优游偕老，不致分离。你心下如何？”崔生道：“此言固然有理，但我目下零丁孤苦，素少亲知，虽要逃亡，还是向那边去好？”想了又想，猛然省起来道：“曾记得父亲在日，常说有个旧仆金荣，乃是信义的人。见居镇江吕城，以耕种为业，家道从容。今我与你两个前去投他，他有旧主情分，必不拒我。况且一条水路，直到他家，极是容易。”女子道：“既然如此，事不宜迟，今夜就走罢。”

商量已定，起个五更，收拾停当了。那个书房即在门侧，开了甚便。出了门，就是水口。崔生走到船帮里，叫了一只小划子船，到门首下了女子，随即开船，径到瓜洲。打发了船，又在瓜洲另讨了一个长路船，渡了江，进了润州，奔丹阳，又四十里，到了吕城。泊住了船，上岸访问一个村人道：“此间有个金荣否？”村人道：“金荣是此间保正，家道殷富，且是做人忠厚，谁不认得！你问他则甚？”崔生道：“他与我有些亲，特来相访。有烦指引则个。”村人把手一指道：“你看那边有个大酒坊，间壁大门就是他家。”

崔生问着了，心下喜欢，到船中安慰了女子，先自走到这家门首，一直走进去。金保正听得人声，在里面踱将出来道：“是何人下顾？”崔生上前施礼。保正问道：“秀才官人何来？”崔生道：“小生是扬州府崔公之子。”保正见说了扬州崔三字，便吃了一惊道：“是何官位？”崔生道：“是宣德府理官，今已亡故了。”保正道：“是官人的何人？”崔生道：“正是我父亲。”保正道：“这等是衙内了。请问当时乳名可记得么？”崔生道：“乳名叫做兴哥。”保正道：“说起来，是我家小主人也。”推崔生坐了，纳头便拜。问道：“老主人几时归天的？”崔生道：“今已三年了。”保正就走去掇张椅桌，做个虚位，写一神主牌，放在桌上，磕头而哭。

哭罢，问道：“小主人，今日何故至此？”崔生道：“我父亲在日，曾聘定吴防御家小娘子兴娘……”保正不等说完，就接口道：“正是，这事老仆晓得的。而今想已完亲事了么？”崔生道：“不想吴家兴娘为盼望吾家音信不至，得了病症。我到得吴家，死已两月。吴防御不忘前盟，款留在家，喜得他家小姨庆娘为亲情顾盼，私下成了夫妇。恐怕发觉，要个安身之所；我没处投奔，想着父亲在时，曾说你是忠义之人，住在吕城，故此带了庆娘一同来此。你既不忘旧主，一力周全则个。”金保正听说罢，道：“这个何难！老仆自当与小主人分忧。”便进去唤嬷嬷出来，拜见小主人。又叫他带了丫头到船边，接了小主人娘子起来。老夫妻两个，亲自洒扫正堂，铺叠床帐，一如待主翁之礼。衣食之类，供给周备，两个安心住下。

将及一年，女子对崔生道：“我和你住在此处，虽然安稳，却是父母生身之恩，竟与他永绝了，毕竟不是个收场，心里也觉过不去。”崔生道：“事已如此，说不得了。难道还好去相见得？”女子道：“起初一时间做的事，万一败露，父母必然见责，你我离合，尚未可知。思量永久完聚，除了一逃，再无别着。今光阴似箭，已及一年。我想爱子之心，人皆有之。父母那时不见了我，必须舍不得的。今日若同你回去，父母重得相见，自觉喜欢，前事必不记恨。这也是料得出的。何不拚个老脸，双双去见他一面，有何妨碍？”崔生道：“丈夫以四方为事，只是这样潜藏在此，原非长算。今娘子主见如此，小生拚得受岳父些罪责，为了娘子，也是甘心的。既然做了一年夫妻，你家素有门望，料没有把你我重拆散了，再嫁别人之理。况有令姊旧盟未完，重续前好，正是应得。只须陪些小心往见，元自不妨。”

两个计议已定，就央金荣讨了一只船，作别了金荣，一路行去。渡了江，进瓜洲，前到扬州地方。看看将近防御家，女子对崔生道：“且把船歇在此处，未要竟到门口，我还有话和你计较。”崔生叫船家住好了船，问女子道：“还有甚么说话？”女子道：“你我逃窜一年，今日突然双双往见，幸得容恕，千好万好了。万一怒发，不好收场。不如你先去见见，看着喜怒，说个明白。大约没有变卦了，然后等他来接我上去，岂不婉转些？我也觉得有颜采。我只在此等你消息就是。”崔生道：“娘子见得不差。我先去见便了。”跳上了岸，正待举步。女子又把手招他转来道：“还有一说。女子随人私奔，原非美事。万一家中忌讳，故意不认帐起来的事也是有的，须要防他。”伸手去头上拔那只金凤钗下来，与他带去道：“倘若言语支吾，将此钗与他们一看，便推故不得了。”崔生道：“娘子恁地精细！”接将钗来，袋在袖里了，望着防御家里来。

到得堂中，传进去，防御听知崔生来了，大喜出见。不等崔生开口，一路说出来道："向日看待不周，致郎君住不安稳，老夫有罪。幸看先君之面，勿责老夫！"崔生拜伏在地，不敢仰视，又不好直说，口里只称："小婿罪该万死！"叩头不止。防御倒惊骇起来，道："郎君有何罪过？口出此言，快快说个明白！免老夫心里疑惑。"崔生道："是必岳父高抬贵手，恕着小婿，小婿才敢出口。"防御说道："有话但说，通家子侄，有何嫌疑？"崔生见他光景是喜欢的，方才说道："小婿蒙令爱庆娘不弃，一时间结了私盟，房帷事密，儿女情多，负不义之名，犯私通之律。诚恐得罪非小，不得已夤夜奔逃，潜匿村墟。经今一载，音容久阻，书信难传。虽然夫妇情深，敢忘父母恩重？今日谨同令爱，到此拜访，伏望察其深情，饶恕罪责，恩赐偕老之欢，永遂于飞之愿。岳父不失为溺爱，小婿得完美室家，实出万幸！只求岳父怜悯则个。"防御听罢大惊道："郎君说的是甚么话？小女庆娘卧病在床，经今一载。茶饭不进，转动要人扶靠，从不下床一步。方才的话，在那里说起的？莫不见鬼了？"崔生见他说话，心里暗道："庆娘真是有见识！果然怕玷辱门户，只推说病在床上，遮掩着外人了。"便对防御道："小婿岂敢说谎？目今庆娘见在船中，岳父叫个人去接了起来，便见明白。"防御只是冷笑不信，却对一个家僮说："你可走到崔家郎船上去看看，与他同来的是什么人，却认做我家庆娘子？岂有此理！"

家僮走到船边，向船内一望，舱中悄然不见一人。问着船家，船家正低着头，艄上吃饭。家僮道："你舱里的人，那里去了？"船家道："有个秀才官人，上岸去了，留个小娘子在舱中，适才看见也上去了。"家僮走来回复家主道："船中不见有什么人，问船家说，有个小娘子，上了岸了，却是不见。"防御见无影响，不觉怒形于色道："郎君少年，当诚实些，何乃造此妖妄，诬玷人家闺女，是何道理？"崔生见他发出话来，也着了急，急忙袖中摸出这只金凤钗来，进上防御道："此即令爱庆娘之物，可以表信，岂是脱空说的？"防御接来看了，大惊道："此乃吾亡女兴娘殡殓时戴在头上的钗，已殉葬多时了，如何得在你手里？奇怪！奇怪！"崔生却把去年坟上女轿归来，轿下拾得此钗，后来庆娘因寻钗夜出，遂得成其夫妇。恐怕事败，同逃至旧仆金荣处，住了一年，方才又同来的说话，备细述了一遍。防御惊得呆了，道："庆娘见在房中床上卧病，郎君不信可以去看得的。如何说得如此有枝有叶？又且这钗如何得出世？真是蹊跷的事。"执了崔生的手，要引他房中去看病人，证辨真假。

却说庆娘果然一向病在床上，下地不得。那日外厢正在疑惑之际，庆娘托地在床上走将起来，竟望堂前奔出。家人看见奇怪，同防御的嬷嬷一哄的多随了出来。嚷道："一向动不得的，如今忽地走将起来。"只见庆娘到得堂前，看见防御便拜。防御见是庆娘，一发吃惊道："你几时走起来的？"崔生心里还暗道："是船里走进去的。且听他说甚么。"只见庆娘道："儿乃兴娘也，早离父母，远殡荒郊。然与崔郎缘分未断，今日来此，别无他意。特为崔郎方便，要把爱妹庆娘续其婚姻。如肯从儿之言，妹子病体，当即痊愈。若有不肯，儿去，妹也死了。"合家听说，个个惊骇，看他身体面庞，是庆娘的；声音举止，却是兴娘。都晓得是亡魂归来附体说话了。防御正色责他道："你既已死了，如何又在人世，妄作胡为，乱惑生人？"庆娘又说着兴娘的话道："儿死去见了冥司，冥司道儿无罪，不行拘禁，得属后土夫人帐下，掌传笺奏。儿以世缘未尽，特向夫人给假一年，来与崔郎了此一段姻缘。妹子向来的病，也是儿假借他精魄，与崔郎相处来。今限满当去，岂可使崔郎自此孤单，与我家遂同路人！所以特来拜求父母，是必把妹子许了他，续上前姻。儿在九泉之下，也放得心下了。"防御夫妻见他言词哀切，便许他道："吾儿放心！只依着你主张，把庆娘嫁他便了。"兴娘见父母许了，便喜动颜色，拜谢防御道："多感父母肯听儿言，儿安心去了。"

走到崔生面前，执了崔生的手，哽哽咽咽哭起来道："我与你恩爱一年，自此别了。庆娘亲事，父母已许我了，你好作娇客，与新人欢好时节，不要竟忘了我旧人！"言毕大哭。崔生见说了来踪去迹，方知一向与他同住的，乃是兴娘之魂。今日听罢叮咛之语，虽然悲切，明知是小姨身体，又在众人面前，不好十分亲近得。只见兴娘的魂语，分付已罢，大哭数声，庆娘身体蓦然倒地。众人惊惶，前来看时，口中已无气了。摸他心头，却温温的，急把生姜汤灌下，将有一个时辰，方醒转过来。病体已好，行动如常。问他前事，一毫也不晓得。人丛之中，举眼一看，看见崔生站在里头，急急遮了脸，望中门奔进去。崔生如梦初觉，惊疑了半日始定。

防御就拣个黄道吉日，将庆娘与崔生合了婚。花烛之夜，崔生见过庆娘惯的，且是熟分。庆娘却不十分认得崔生的，老大羞惭。真个是：

一个闺中弱质，与新郎未经半晌交谈；一个旅邸故人，共娇面曾做一年相识。一个只觉耳畔声音稍异，面目无差；一个但见眼前光景皆新，心胆尚怯。一个还认蝴蝶梦中寻故友，一个正在海棠枝上试新红。

却说崔生与庆娘定情之夕，只见庆娘含苞未破，元红尚在，仍是处子之身。崔生悄地问他道：“你令姊借你的身体，陪伴了我一年，如何你身子还是好好的？”庆娘怫然不悦道：“你自撞见了姊姊鬼魂做作出来的，干我甚事，说到我身上来。”崔生道：“若非令姊多情，今日如何能勾与你成亲？此恩不可忘了。”庆娘道：“这个也说得是，万一他不明不白，不来周全此事，借我的名头，出了我偌多时丑，我如何做得人成？只你心里到底照旧认是我随你逃走了的，岂不羞死人！今幸得他有灵，完成你我的事，也是他十分情分了。”

次日崔生感兴娘之情不已，思量荐度他。却是身边无物，只得就将金凤钗到市上货卖，卖得钞二十锭，尽买香烛楮锭，赍到琼花观中命道士建醮三昼夜，以报恩德。

醮事已毕，崔生梦中见一个女子来到，崔生却不认得。女子道：“妾乃兴娘也，前日是假妹子之形，故郎君不曾相识。却是妾一点灵性，与郎君相处一年了。今日郎君与妹子成亲过了，妾所以才把真面目与郎相见。”遂拜谢道：“蒙郎荐拔，尚有余情。虽隔幽明，实深感佩。小妹庆娘，禀性柔和，郎好看觑他！妾从此别矣。”崔生不觉惊哭而醒。庆娘枕边见崔生哭醒来，问其缘故。崔生把兴娘梦中说话，一一对庆娘说。庆娘问道：“你见他如何模样？”崔生把梦中所见容貌，备细说来。庆娘道：“真是我姊也！”不觉也哭将起来。庆娘再把一年中相处事情，细细问崔生，崔生逐件和庆娘备说始末根由，果然与兴娘生前情性，光景无二。两人感叹奇异，亲上加亲，越发过得和睦了。自此兴娘别无影响。要知只是一个“情”字为重，不忘崔生，做出许多事体来，心愿既完，便自罢了。

此后崔生与庆娘年年到他坟上拜扫，后来崔生出仕，讨了前妻封诰，遗命三人合葬。曾有四句口号，道着这本话文：

大姊精灵，小姨身体。

到得圆成，无此无彼。

第十六卷　赵司户千里遗音　苏小娟一诗正果

诗曰：

青楼原有掌书仙，未可全归露水缘。

多少风尘能自拔，淤泥本解出青莲。

这四句诗，头一句“掌书仙”，你道是甚么出处？列位听小子说来：唐朝时长安有一个倡女，姓曹名文姬，生四五岁，便好文字之戏。及到笄年，丰姿艳丽，俨然神仙中人。家人教以丝竹宫商，他笑道：“此贱事，岂吾所为？惟墨池笔冢，使吾老于此间，足矣。”他出口落笔，吟诗作赋，清新俊雅，任是才人，见他钦伏。至于字法，上逼钟、王，下欺颜、柳，真是重出世的卫夫人，得其片纸只字者，重如拱璧，一时称他为“书仙”，他等闲也不肯轻与人写。长安中富贵之家，豪杰之士，辇输金帛，求聘他为偶的，不记其数。文姬对人道：“此辈岂我之偶？如欲偶吾者，必先投诗，吾当自择。”此言一传出去，不要说吟坛才子争奇斗异，各献所长，人人自以为得“大将”，就是张打油、胡钉铰，也来做首把，撮个空。至于那强斯文、老脸皮，虽不成诗，叶韵而已的，也偏不识廉耻，诌他娘两句出丑一番。谁知投去的，好歹多选不中。这些人还指望出张续案，放遭告考，把一个长安的子弟，弄得如醉如狂的。文姬只是冷笑。最后有个岷江任生，客于长安，闻得此事，喜道：“吾得配矣。”旁人问之，他道：“凤栖梧，鱼跃渊，物有所归，岂妄想乎？”遂投一诗云：

玉皇殿上掌书仙，一染尘心谪九天。

莫怪浓香薰骨腻，霞衣曾惹御炉烟。

文姬看诗毕，大喜道：“此真吾夫也！不然，怎晓得我的来处？吾愿与之为妻。”即以此诗为聘定，留为夫妇。自此，春朝秋夕，夫妇相携，小酌微吟，此唱彼和，真如比翼之鸟，并头之花，欢爱不尽。

如此五年后，因三月终旬，正是九十日春光已满，夫妻二人设酒送春。对饮间，文姬忽取笔砚题诗云：

仙家无夏亦无秋，红日清风满翠楼。

况有碧霄归路稳，可能同驾五云虬？

题毕，把与任生看。任生不解其意，尚在沉吟，文姬笑道：“你向日投诗，已知吾来历，今日何反生疑？吾本天上司书仙人，偶以一念情爱，谪居人间二纪。今限已满，吾欲归，子可偕行。天上之乐，胜于人间多矣。”说罢，只闻得仙乐飘空，异香满室。家人惊异间，只见一个朱衣吏，持一玉版，朱书篆文，向文姬前稽首道：“李长吉新撰《白玉楼记》成，天帝召汝写碑。”文姬拜命毕，携了任生的手，举步腾空而去。云霞闪烁，鸾鹤缭绕，于时观者万计，以其所居地，为“书仙里”。这是“掌书仙”的故事，乃是倡家第一个好门面话柄。

看官，你道倡家这派起于何时？元来起于春秋时节。齐大夫管仲设女闾七百，征其合夜之钱，以为军需。传至于后，此风大盛，然不过是侍酒陪歌，追欢买笑，遣兴陶情，解闷破寂，实是少不得的，岂至遂为人害？争奈“酒不醉人人自醉，色不迷人人自迷”，才有欢爱之事，便有迷恋之人；才有迷恋之人，便有坑陷之局。做姊妹的，飞絮飘花，原无定主；做子弟的，失魂落魄，不惜余生。怎当得做鸨儿、龟子的，吮血磨牙，不管天理，又且转眼无情，回头是计。所以弄得人倾家荡产，败名失德，丧躯殒命，尽道这娼妓一家是陷人无底之坑，填雪不满之井了。总由子弟少年浮浪，没主意的多，有主意的少；娼家习惯风尘，有圈套的多，没圈套的少。至于那雏儿们，一发随波逐浪，那晓得叶落归根？所以百十个姊妹里头，讨不出几个要立妇名、从良到底的。就是从了良，非男负女，即女负男，有结果的也少。却是人非木石，那鸨儿只以钱为事，愚弄子弟，是他本等，自不必说；那些做妓女的，也一样娘生父养，有情有窍，日陪欢笑，夜伴枕席，难道一些心也不动？一些情也没有？只合着鸨儿，做局骗人过日不成？这却不然。其中原有真心的，一意绸缪，生死不变；原有肯立志的，亟思超脱，时刻不忘。从古以来，不止一人。而今小子说一个妓女，为一情人相思而死，又周全所爱妹子，也得从良，与看官们听，见得妓女也有好的。有诗为证，诗云：

有心已解相思死，况复留心念连理。
似此多情世所稀，请君听我歌天水。
天水才华席上珍，苏娘相向转相亲。
一官各阻三年约，两地同归一日魂。
遗言弱妹曾相托，敢谓冥途忘旧诺？
爱推同气了良缘，赓歌一绝于飞乐。

话说宋朝钱塘有个名妓苏盼奴，与妹苏小娟，两人俱俊丽工诗，一时齐名。富豪子弟到临安者，无不愿识其面，真个车马盈门，络绎不绝。他两人没有嬷嬷，只是盼儿当门抵户，却是姐妹两个多自家为主的。自道品格胜人，不耐烦随波逐浪，虽在繁华绮丽所在，心中常怀不足，只愿得遇个知音之人，随他终身，方为了局的。姊妹两人意见相同，极是过得好。

盼奴心上有一个人，乃是皇家宗人叫做赵不敏，是个太学生。元来宋时宗室自有本等禄食，本等职衔，若是情愿读书应举，就不在此例了。所以赵不敏有个房分兄弟赵不器，就自去做了院判；惟有赵不敏自恃才高，务要登第，通籍在太学。他才思敏捷，人物风流；风流之中，又带些志诚真实，所以盼奴与他相好。盼奴不见了他，饭也是吃不下的。赵太学是个书生，不会经管家务，家事日渐萧条，盼奴不但不嫌他贫，凡是他一应灯火酒食之资，还多是盼奴周给他，恐怕他因贫废学，常对他道："妾看君决非庸下之人，妾也不甘久处风尘。但得君一举成名，提掇了妾身出去，相随终身，虽布素亦所甘心。切须专心读书，不可懈怠，又不可分心他务。衣食之需，只在妾的身上，管你不缺便了。"

小娟见姐姐真心待赵太学，自也时常存一个拣人的念头，只是未曾有个中意的。盼奴体着小娟意思，也时常替他留心，对太学道："我这妹子性格极好，终久也是良家的货。他日你若得成名，完了我的事，你也替他寻个好主，不枉了我姊妹一对儿。"太学也自爱着小娟，把盼奴的话牢牢记在心里了。太学虽在盼奴家往来情厚，不曾破费一个钱，反得他资助读书，感激他情意，极力发愤。应过科试，果然高捷南宫。盼奴心中不胜欢喜，正是：

银缸斜背解鸣珰，小语低声唤玉郎。
从此不知兰麝贵，夜来新惹桂枝香。

太学榜下未授职，只在盼奴家里，两情愈浓，只要图个终身之事。却有一件：名妓要落籍，最是一件难事。官府恐怕缺了会承应的人，上司过往嗔怪，许多不便，十个到有九个不肯。所以有的批从良牒上道：“慕《周南》之化，此意良可矜；空冀北之群，所请宜不允。”官司每每如此，不是得个极大的情分，或是撞个极帮衬的人，方肯周全。而今苏盼奴是个有名的能诗妓女，正要插趣，谁肯轻轻便放了他？前日与太学往来虽厚，太学既无钱财，也无力量，不曾替他营脱得乐籍。此时太学固然得第，盼奴还是个官身，却就娶他不得。

正在计较间，却选下官来了，除授了襄阳司户之职。初受官的人，碍了体面，怎好就与妓家讨分上脱籍？况就是自家要取的，一发要惹出议论来。欲待别寻婉转，争奈凭上日子有限，一时等不出个机会。没奈何，只得相约到了襄阳，差人再来营干。当下司户与盼奴两个抱头大哭，小娟在旁也陪了好些眼泪。当时作别了，盼奴自掩着泪眼归房，不题。

司户自此赴任襄阳，一路上鸟啼花落，触景伤情，只是想着盼奴，自道一到任所，便托能干之人进京做这件事。谁知到任事忙，匆匆过了几时，急切里没个得力心腹之人可以相托。虽是寄了一两番信，又差了一两次人，多是不尴不尬，要能不够的。也曾书写相托在京友人，替他脱籍了当，然后图谋接到任所。争奈路途既远，亦且寄信做事，所托之人，不过道是娼妓的事，有紧没要，谁肯知痛着热，替你十分认真做的？不过讨得封把书信儿，传来传去，动不动便是半年多。司户得一番信，只添得悲哭一番，当得些甚么？

如此三年，司户不遂其愿，成了相思之病。自古说得好：心病还须心上医。眼见得不是盼奴来，医药怎得见效？看看不起。只见门上传进来道：“外边有个赵院判，称是司户兄弟，在此候见。”司户闻得，忙叫“请进”。相见了，道：“兄弟，你便早些个来，你哥哥不见得如此！”院判道：“哥哥，为何病得这等了？你要兄弟早来，便怎么？”司户道：“我在京时，有个教坊妓女苏盼奴，与我最厚。他赍助我读书成名，得有今日。因为一时匆匆，不替他落得籍，同他到此不得。原约一到任所差人进京图干此事，谁知所托去的，多不得力。我这里好不盼望，不甫能勾回个信来，定是东差西误的。三年以来，我心如火，事冷如冰，一气一个死。兄弟，你若早来几时，把这个事托你，替哥哥干去，此时盼奴也可来，你哥哥也不死。如今却已迟了！”言罢，泪如雨下。院判道：“哥哥，且请宽心！哥哥千金之躯，还宜调养，望个好日。如何为此闲事，伤了性命？”司户道：“兄弟，你也是个中人，怎学别人说淡话？情上的事，各人心知，正是性命所关，岂是闲事！”说到痛切，又发昏上来。

隔不多两日，恍惚见盼奴在眼前，愈加沉重，自知不起。呼院判到床前，嘱付道：“我与盼奴，不比寻常，真是生死交情。今日我为彼而死，死后也还不忘的。我三年以来，共有俸禄余资若干，你与我均匀分作两分。一分是你收了，一分你替我送盼奴去。盼奴知我既死，必为我守。他有妹小娟，俊雅能吟，盼奴曾托我替他寻人。我想兄弟风流才俊，能了小娟之事。你到京时，可将我言传与他家，他家必然喜纳。你若得了小娟，诚是佳配，不可错过了！一则完了我的念头，一则接了我的瓜葛。此临终之托，千万记取！”院判涕泣领命，司户言毕而逝。院判勾当丧事了毕，带了灵柩归葬临安。一面收拾东西，竟望钱塘进发不题。

却说苏盼奴自从赵司户去后，足不出门，一客不见，只等襄阳来音。岂知来的信虽有两次，却不曾见干着了当的实事。他又是个女流，急得乱跳也无用，终日盼望纳闷而已。一日，忽有个于潜商人，带着几箱官绢到钱塘来，闻着盼奴之名，定要一见。缠了几番，盼奴只是推病不见，以后果然病得重了。商人只认做推托，心怀愤恨。小娟虽是接待两番，晓得是个不在行的蠢物，也不把眼稍带着他。几番要砑在小娟处宿歇，小娟推道：“姐姐病重，晚间要相伴，伏侍汤药，留客不得。”毕竟缠不上，商人自到别家嫖宿去了。

以后盼奴相思之极，恍恍惚惚。一日忽对小娟道：“妹子好住，我如今要去会赵郎了。”小娟只道他要出门，便道：“好不远的途程！你如此病体，怎好去得？可不是痴话么？”盼奴道：“不是痴话，相会只在霎时间了。”看看声丝气咽，连呼赵郎而死。小娟哭了一回，买棺盛贮，设个灵位，还望乘便捎信赵家去。只见门外两个公人，大喇喇的走将进来，说道府判衙里唤他姊妹去对甚么官绢词讼。小娟不知事由，对公人道：“姐姐亡逝已过，见有棺柩灵位在此，我却随上下去回复就是。”免不得赔酒赔饭，又把使用钱送了公人，分付丫头看家，锁了房门，随着公人到了府前，才晓得于潜客人被同伙首发将官绢费用宿娼，拿他到官，怀着旧恨，却把盼奴、小娟攀着。小娟好生负屈，只待当官分诉，带到时，府判正赴堂上公宴，没工夫审理，却是钱粮事务，喝令权且寄监。可怜：

粉黛丛中艳质，囹圄队里愁形。

吉凶全然未保，青龙白虎同行。

不说小娟在牢中受苦，却说赵院判扶了兄柩来到钱塘，安厝已了，奉着遗言，要去寻那苏家。却想道："我又不曾认得他一个，突然走去，那里晓得真情？虽是吾兄为盼奴而死，知他盼奴心事如何？近日行径如何？却便孟浪去打破了。"猛然想道："此间府判，是我宗人，何不托他去唤他到官来，当堂问他明白，自见下落。"一直径到临安府来，与府判相见了，叙寒温毕，即将兄长亡逝已过，所托盼奴、小娟之事，说了一遍，要府判差人去唤他姐妹二人到来。府判道："果然好两个妓女，小可着人去唤来，宗丈自与他说端的罢了。"随即差个祗候人拿根签去唤他姊妹。

祗候领命去了。须臾来回话道："小人到苏家去，苏盼奴一月前已死，苏小娟见系府狱。"院判、府判俱惊道："何事系狱？"祗候回答道："他家里说为于潜客人诬攀官绢的事。"府判点头道："此事正在我案下。"院判道："看亡兄分上，宗丈看顾他一分则个。"府判道："宗丈且到敝衙一坐，小可叫来问个明白，自有区处。"院判道："亡兄有书札与盼奴，谁知盼奴已死了。亡兄却又把小娟托在小可，要小可图他终身，却是小可未曾与他一面，不知他心下如何。而今小弟且把一封书打动他，做个媒儿，烦宗丈与小可婉转则个。"府判笑道："这个当得，只是日后不要忘了媒人。"大家笑了一回，请院判到衙中坐了，自己升堂。

叫人狱中取出小娟来，问道："于潜商人，缺了官绢百匹，招道'在你家花费'，将何补偿？"小娟道："亡姊盼奴在日，曾有个于潜客人来了两番。盼奴因病不曾留他，何曾受他官绢？今姊已亡故无证，所以客人落得诬攀。府判若赐周全开豁，非唯小娟感激，盼奴泉下也得蒙恩了。"府判见他出语婉顺，心下喜他，便问道："你可认得襄阳赵司户么？"小娟道："赵司户未第时，与姊盼奴交好，有婚姻之约，小娟故此相识。以后中了科第，做官去了，屡有书信，未完前愿。盼奴相思，得病而亡，已一月多了。"府判道："可伤！可伤！你不晓得赵司户也去世了？"小娟见说，想着姊姊，不觉凄然吊下泪来，道："不敢拜问，不知此信何来？"府判道："司户临死之时，不忘你家盼奴，遣人寄一封书、一匣礼物与他。此外又有司户兄弟赵院判，有一封书与你，你可自开看。"小娟道："自来不认得院判是何人，如何有书？”府判道：“你只管拆开看，是甚话就知分晓。”

小娟领下书来，当堂拆开读着。元来不是什么书，却是一首七言绝句。诗云：

当时名妓镇东吴，不好黄金只好书。

借问钱塘苏小小，风流还似大苏无？

小娟读罢诗，想道：“此诗情意，甚是有情于我。若得他提挈，官事易解。但不知赵院判何等人品。看他诗句清俊，且是赵司户的兄弟，多应也是风流人物，多情种子。”心下踌躇，默然不语。府判见他沉吟，便道：“你何不依韵和他一首？”小娟对道：“从来不会做诗。”府判道：“说那里话？有名的苏家姊妹能诗，你如何推托？若不和诗，就要断赔官绢了。”小娟谦词道：“只好押韵献丑，请给纸笔。”府判叫取文房四宝与他。小娟心下道：“正好借此打动他官绢之事。”提起笔来，毫不思索，一挥而就，双手呈上府判。府判读之，诗云：

君住襄江妾在吴，无情人寄有情书。

当年若也来相访，还有于潜绢也无？

府判读罢，道：“既有风致，又带诙谐玩世的意思，如此女子，岂可使溷于风尘之中？”遂取司户所寄盼奴之物，尽数交与了他，就准了他脱了乐籍，官绢着商人自还，小娟无干，释放宁家。小娟既得辨白了官绢一事，又领了若干物件，更兼脱了籍，自想姊姊如此烦难，自身却如此容易，感激无尽，流涕拜谢而去。

府判进衙，会了院判，把适才的说话与和韵的诗，对院判说了，道：“如此女子，真是罕有！小可体贴宗丈之意，不但免他偿绢，已把他脱籍了。”院判大喜，称谢万千，告辞了府判，竟到小娟家来。

小娟方才到得家里，见了姊姊灵位，感伤其事，把司户寄来的东西，一件件摆在灵位前看过了，哭了一场，收拾了。只听得外面叩门响，叫丫头问明白了开门。丫头问：“是那个？”外边答道：“是适来寄书赵院判。”小娟听得“赵院判”三字，两步移做了一步，叫丫头急开了门迎接。院判进了门，抬眼看那小娟时，但见：

脸际芙蓉掩映，眉间杨柳停匀。若叫梦里去行云，管取襄王错认。殊丽全由带韵，多情正在含颦。司空见惯也销魂，何况风流少俊？

说那院判一见了小娟，真个眼迷心荡，暗道：“吾兄所言佳配，诚不虚也！”小娟接入堂中，相见毕，院判笑道：“适来和得好诗。”小娟道：“若不是院判的大情分，妾身官事何由得解？况且乘此又得脱籍，真莫大之恩，杀身难报。”院判道：“自是佳作打动，故此府判十分垂情。况又有亡兄所嘱，非小可一人之力。”小娟垂泪道：“可惜令兄这样好人，与妾亡姊姊真个如胶似漆的，生生的阻隔两处，俱谢世去了。”院判道：“令姊是几时没有的？”小娟道：“方才一月前某日。”院判吃惊道：“家兄也是此日，可见两情不舍，同日归天，也是奇事！”小娟道：“怪道姊姊临死，口口说去会赵郎，他两个而今必定做一处了。”院判道：“家兄也曾累次打发人进京，当初为何不脱籍，以致阻隔如此？”小娟道：“起初令兄未第，他与亡姊恩爱，已同夫妻一般，未及虑到此地，匆匆过了日子。及到中第，来不及了。虽然打发几次人来，只因姊姊名重，官府不肯放脱。这些人见略有些难处，丢了就走，那管你死活？白白里把两个人的性命误杀了。岂知今日妾身托赖着院判，脱籍如此容易！若是令兄未死，院判早到这里一年半年，连姊姊也超脱去了。”院判道：“前日家兄也如此说，可惜小可浪游薄宦，到家兄衙里迟了，故此无及。这都是他两人数定，不必题了。前日家兄说，令姊曾把娟娘终身的事，托与家兄寻人，这话有的么？”小娟道：“不愿迎新送旧，我姊妹两人同心。故此姊姊以妾身托令兄寻人，实有此话的。”院判道：“亡兄临终把此言对小可说了，又说娟娘许多好处，撺掇小可来会令姊与娟娘，就与娟娘料理其事，故此不远千里到此寻问。不想盼娘过世，娟娘被陷。而今幸得保全了出来，脱了乐籍，已不负亡兄与令姊了。但只是亡兄所言娟娘终身之事，不知小可当得起否？凭娟娘意下裁夺。”小娟道：“院判是贵人，又是恩人，只怕妾身风尘贱质，不敢仰攀。赖得令兄与亡姊一脉，亲上之亲，前日蒙赐佳篇，已知属意；若蒙不弃，敢辞箕帚？”

院判见说得入港，就把行李什物都搬到小娟家来，是夜即与小娟同宿。赵院判在行之人，况且一个念着亡兄，一个念着亡姊，两个只恨相见之晚，分外亲热。此时小娟既已脱籍，便可自由。他见院判风流蕴藉，一心待嫁他了。只是亡姊灵柩未殡，有此牵带，与院判商量。院判道：“小可也为扶亡兄灵柩至此，殡事未完。而今择个日子，将令姊之柩与亡兄合葬于先茔之侧，完他两人生前之愿，有何不可！”小娟道：“若得如此，亡魂俱称心快意了。”院判一面拣日如言殡葬已毕，就央府判做个主婚，将小娟娶到家里，成其夫妇。

是夜小娟梦见司户、盼奴如同平日，坐在一处，对小娟道：“你的终身有托，我两人死亦瞑目。又谢得你夫妻将我两人合葬，今得同栖一处，感恩非浅。我在冥中保佑你两人后福，以报成全之德。”言毕小娟惊醒，把梦中言语对院判说了。院判明日设祭，到司户坟上致奠。两人感念他生前相托，指引成就之意，俱各恸哭一番而回。此后院判同小娟花朝月夕，赓酬唱和，诗咏成帙。后来生二子，接了书香。小娟直与院判齐白而终。

看官，你道此一事，苏盼奴助了赵司户功名，又为司户而死，这是他自己多情，已不必说。又念着妹子终身之事，毕竟所托得人，成就了他从良。那小娟见赵院判出力救了他，他一心遂不改变，从他到了底。岂非多是好心的妓女？而今人自没主见，不识得人，乱迷乱撞，着了道儿，不要冤枉了这一家人，一概多似蛇蝎一般的。所以有编成《青泥莲花记》，单说的是好姊妹出处，请有情的自去看。有诗为证：

血躯总属有情伦，宁有章台独异人？
试看死生心似石，反令交道愧沉沦。

第十七卷 通闺闼坚心灯火 闹囹圄捷报旗铃

诗云：

世间何物是良图？惟有科名救急符。

试看人情翻手变，窗前可不下功夫！

话说自汉以前，人才只是举荐征辟，故有贤良、方正、茂才异等之名；其高尚不出，又有不求闻达之科。所以野无遗贤，人无匿才，天下尽得其用。自唐宋以来，俱重科名。虽是别途进身，尽能致位权要，却是惟以此为华美。往往有只为不得一第，情愿老死京华的。到我国朝，初时三途并用，多有名公大臣不同科甲出身，一般也替朝廷干功立业，青史标名不朽。那见得只是进士才做得事？直到近来，把这件事越重了。不是科甲的人，不得当权。当权所用的，不是科甲的人，不与他好衙门、好地方，多是一帆布置。见了以下出身的，就不是异途，也必拣个惫懒所在打发他。不上几时，就勾销了。总是不把这几项人看得在心上。所以别项人内便尽有英雄豪杰在里头，也无处展布。晓得没甚长筵广席，要做好官也没干，都把那志气灰了，怎能勾有做得出头的！及至是个进士出身，便贪如柳盗跖，酷如周兴、来俊臣，公道说不去，没奈何考察坏了，或是参论坏了，毕竟替他留些根。又道是百足之虫，至死不僵，跌扑不多时，转眼就高官大禄，仍旧贵显；岂似科贡的人，一勾了帐？只为世道如此重他，所以一登科第，便象升天。却又一件好笑：就是科第的人，总是那穷酸秀才做的，并无第二样人做得。及至肉眼愚眉，见了穷酸秀才，谁肯把眼稍来管顾他？还有一等豪富亲眷，放出倚富欺贫的手段，做尽了恶薄腔子待他。到得忽一日榜上有名，掇将转来，呵脬捧卵。偏是平日做腔欺负的头名，就是他上前出力。真个世间惟有这件事，贱的可以立贵，贫的可以立富；难分难解的冤仇，可以立消；极险极危的道路，可以立平。遮莫做了没脊梁、惹羞耻的事，一床锦被可以遮盖了。说话的，怎见得如此？看官，你不信且先听在下说一件势利好笑的事。

唐时有个举子叫做赵琮，累随计吏赴南宫春试，屡次不第。他的妻父是个锺陵大将，赵琮贫穷，只得靠着妻父度日。那妻家武职官员，宗族兴旺，见赵琮是个多年不利市的寒酸秀才，没一个不轻薄他的。妻父母看见别人不放他在心上，也自觉得没趣，道女婿不争气、没长进，虽然是自家骨肉，未免一科厌一科，弄做个老厌物了。况且有心嫌鄙了他，越看越觉得寒酸，不足敬重起来。只是不好打发得他开去，心中好些不耐烦。赵琮夫妻两个，不要说看了别人许多眉高眼低，只是父母身边，也受多少两般三样的怠慢。没奈何争气不来，只得怨命忍耐。

一日，赵琮又到长安赴试去了。家里撞着迎春日子，军中高会，百戏施呈。唐时名为"春设"，倾城仕女没一个不出来看。大户人家搭了棚厂，设了酒席在内，邀请亲戚共看。大将阖门多到棚上去，女眷们各各盛妆斗富，惟有赵娘子衣衫褴褛。虽是自心里觉得不入队，却是大家多去，又不好独自一个推掉不去得。只得含羞忍耻，随众人之后，一同上棚。众女眷们憎嫌他妆饰弊陋，恐怕一同坐着，外观不雅，将一个帐屏遮着他，叫他独坐在一处，不与他同席。他是受憎嫌惯的，也自揣己，只得凭人主张，默默坐下了。

正在摆设酣畅时节，忽然一个吏典走到大将面前，说道："观察相公特请将军，立等说话。"大将吃了一惊道："此与民同乐之时，料无政务相关，为何观察相公见召？莫非有甚不测事体？"心中好生害怕，捏了两把汗，到得观察相公厅前。只见观察手持一卷书，笑容可掬，当厅问道："有一个赵琮，是公子婿否？"大将笑道："正是。"观察道："恭喜，恭喜。适才京中探马来报，令婿已及第了。"大将还谦逊道："恐怕未能有此地步。"观察即将手中所持之书，递与大将道："此是京中来的金榜，令婿名在其上，请公自拿去看。"大将双手接着，一眼瞟去，赵琮名字朗朗在上，不觉惊喜。谢别了观察，连忙走回。远望见棚内家人多在那里注目看外边。大将举着榜，对着家人大呼道："赵郎及第了！赵郎及第了！"众人听见，大家都吃一惊。掇转头来看那赵娘子时，兀自寂寂寞寞，没些意思，在帷屏外坐在那里。却是耳朵里已听见了，心下暗暗地叫道："惭愧！谁知也有这日！"众亲眷急把帷屏撤开，到他跟前称喜道："而今就是夫人县君了。"一齐来拉他去同席。赵娘回言道："衣衫褴褛，玷辱诸亲，不敢来混。只是自坐了看看罢。"众人见他说呕气的话，一发不安，一个个强赔笑脸道："夫人说那里话！"就有献勤的，把带来包里的替换衣服，拿出来与他穿了。一个起头，个个争先。也有除下簪的，也有除下钗的，也有除下花钿的、耳铛的，霎时间把一个赵娘子打扮的花一团，锦一簇，还恐怕他不喜欢。是日那里还有心想看春会？只个个撺哄赵娘子，看他眉头眼后罢了。本是一个冷落的货，只为丈夫及第，一时一霎更变起来。人也原是这个人，亲也原是这些亲，世情冷暖，至于如此！

在下为何说这个做了引头？只因有一个人为些风情事，做了出来，正在难分难解之际，忽然登第，不但免了罪过，反得团圆了夫妻。正应着在下先前所言，做了没脊梁、惹羞耻的事，一床锦被可以遮盖了的说话。看官每，试听着。有诗为证：

同年同学，同林宿鸟。好事多磨，受人颠倒。

私情败露，官非难了。一纸捷书，真同月老。

这个故事，在宋朝端平年间，浙东有一个饱学秀才，姓张字忠父，是衣冠宦族。只是家道不足，靠着人家聘出去，随任做书记，馆谷为生。邻居有个罗仁卿，是崛起白屋人家，家事尽富厚。两家同日生产：张家得了个男子，名唤幼谦；罗家得了个女儿，名唤惜惜。多长成了。因张家有了书馆，罗家把女儿寄在学堂中读书。旁人见他两个年貌相当，戏道："同日生的，合该做夫妻。"他两个多是娃子家心性，见人如此说，便信杀道是真，私下密自相认，又各写了张券约，发誓必同心到老。两家父母多不知道的。同学堂了四五年，各有十四岁了，情窦渐渐有些开了。见人说做夫妻的，要做那些事，便两个合了伴，商议道："我们既是夫妻，也学着他每做做。"两个你欢我爱，亦且不晓得些利害，有甚么不肯？书房前有株石榴树，树边有一只石凳，罗惜惜就坐在凳上，身靠着树，张幼谦早把他脚来跷起，就搂抱了弄将起来。两个小小年纪，未知甚么大趣味，只是两个心里喜欢做作耍笑。以后见弄得有些好处，就日日做番把，不肯住手了。

冬间，先生散了馆，惜惜回家去过了年。明年，惜惜已是十五岁，父母道他年纪长成，不好到别人家去读书，不教他来了。幼谦屡屡到罗家门首探望，指望撞见惜惜。那罗家是个富家，闺院深邃，怎得轻易出来？惜惜有一丫鬟，名唤蜚英，常到书房中伏侍惜惜，相伴往返的。今惜惜不来读书，连蜚英也不来了。只为早晨采花，去与惜惜插戴，方得出门。到了冬日，幼谦思想惜惜不置，做成新词两首，要等蜚英来时递去与惜惜。词名《一剪梅》，词云：

同年同日又同窗，不似鸾凰，谁似鸾凰？石榴树下事匆忙，惊散鸳鸯，拆散鸳鸯。　　一年不到读书堂，教不思量，怎不思量？朝朝暮暮只烧香，有分成双，愿早成双！

写词已罢，等那蜚英不来，又做诗一首。诗云：

昔人一别恨悠悠，犹把梅花寄陇头。
咫尺花开君不见，有人独自对花愁。

诗毕，恰好蜚英到书房里来采梅花，幼谦折了一枝梅花，同二词一诗，递与他去，又密嘱蜚英道："此花正盛开，你可托折花为名，递个回信来。"蜚英应诺，带了去与惜惜看了。惜惜只是偷垂泪眼，欲待依韵答他，因是年底，匆匆不曾做得，竟无回信。

到得开年，越州太守请幼谦的父亲忠父去做记室，忠父就带了幼谦去，自教他。去了两年，方得归家。惜惜知道了，因是两年前不曾答得幼谦的信，密遣蜚英持一小箧子来赠他。幼谦收了，开箧来看，中有金钱十枚，相思子一粒。幼谦晓得是惜惜藏着哑谜：钱取团圆之象，相思子自不必说。心下大喜，对蜚英道："多谢小娘子好情记念，何处再会得一会便好。"蜚英道："姐姐又不出来，官人又进去不得，如何得会？只好传消递息罢了。"幼谦复作诗一首与蜚英拿去做回柬。诗云：

一朝不见似三秋，真个三秋愁不愁？
金钱难买尊前笑，一粒相思死不休。

蜚英去后，幼谦将金钱系在着肉的汗衫带子上，想着惜惜时节，便解下来跌卦问卜，又当耍子。被他妈妈看见了，问幼谦道："何处来此金钱？自幼不曾见你有的。"幼谦回母亲道："娘面前不敢隐情，实是与孩儿同学堂读书的罗氏女近日所送。"张妈妈心中已解其意，想道："儿子年已弱冠，正是成婚之期。他与罗氏女幼年同学堂，至今寄着物件往来，必是他两情相爱。况且罗氏女在我家中，看他德容俱备，何不央人去求他为子妇，可不两全其美？"隔壁有个卖花杨老妈，久惯做媒，在张罗两家多走动。张妈妈就接他到家来，把此事对他说道：“家里贫寒，本不敢攀他富室。但罗氏小娘子，自幼在我家与小官人同窗，况且是同日生的，或者为有这些缘分，不弃嫌肯成就也不见得。”杨老妈道：“孺人怎如此说？宅上虽然清淡些，到底是官宦人家。罗宅眼下富盛，却是个暴发。两边扯来相对，还亏着孺人宅上些哩。待老媳妇去说就是。”张妈妈道：“有烦妈妈委曲则个。”幼谦又私下叮嘱杨老妈许多说话，教他见惜惜小娘子时，千万致意。杨老妈多领诺去了，一径到罗家来。

罗仁卿同妈妈问其来意。杨老妈道：“特来与小娘子作伐。”仁卿道：“是那一家？”杨老妈道：“说起来连小娘子吉帖都不消求，那小官人就是同年月日的。”仁卿道：“这等说起来，就是张忠父家了。”杨老妈道：“正是。且是好个小官人。”仁卿道：“他世代儒家，门第也好，只是家道艰难，靠着终年出去处馆过日，有甚么大长进处？”杨老妈道：“小官人聪俊非凡，必有好日。”仁卿道：“而今时势，人家只论见前，后来的事那个包得？小官人看来是好的，但功名须有命，知道怎么？若他要求我家女儿，除非会及第做官，便与他了。”杨老妈道：“依老媳妇看起来，只怕这个小官人这日子也有。”仁卿道：“果有这日子，我家决不失信。”罗妈妈也是一般说话。杨老妈道：“这等，老媳妇且把这话回复张老孺人，教他小官人用心读书巴出身则个。”罗妈妈道：“正是，正是。”杨老妈道：“老媳妇也到小娘子房里去走走。”罗妈妈道：“正好在小女房里坐坐，吃茶去。”

杨老妈原在他家走熟的，不消引路，一直到惜惜房里来。惜惜请杨老妈坐了，叫蜚英看茶。就问道：“妈妈何来？”杨老妈道：“专为隔壁张家小官人求小娘子亲事而来。小官人多多拜上小娘子，说道：‘自小同窗，多时不见，无刻不想。’今特教老身来到老员外、老安人处做媒，要小娘子怎生从中自做个主，是必要成！”惜惜道：“这个事须凭爹妈做主，我女儿家怎开得口！不知方才爹妈说话何如？”杨老妈道：“方才老员外与安人的意思，嫌张家家事淡泊些。说道：‘除非张小官人中了科名，才许他。’”惜惜道：“张家哥哥这个日子倒有，只怕爹妈性急，等不得，失了他信。既有此话，有烦妈妈上复他，叫他早自挣挫，我自一心一意守他这日罢了。”惜惜要杨妈替他传语，密地取两个金指环送他，道：“此后有甚说话，妈妈悄悄替他传与我知道，当有厚谢。不要在爹妈面前说了。”看官，你道这些老妈家，是马泊六的领袖，有甚么解不出的意思？晓得两边说话多有情，就做不成媒，还好私下牵合他两个，赚主大钱。又且见了两个金指环，一面堆下笑来道："小娘子，凡有所托，只在老身身上，不误你事。"

出了罗家门，再到张家来回复，把这些说话，一一与张妈妈说了。张幼谦听得，便冷笑道："登科及第，是男子汉分内事，何足为难？这老婆稳取是我的了。"杨老妈道："他家小娘子，也说道：官人毕竟有这日，只怕爹娘等不得，或有变卦。他心里只守着你，教你自要奋发。"张妈妈对儿子道："这是好说话，不可负了他！"杨老妈又私下对幼谦道："罗家小娘子好生有情于官人，临动身又分付老身道：下次有说话悄地替他传传。送我两个金指环，这个小娘子实是贤慧。"幼谦道："他日有话相烦，是必不要推辞则个。"杨老妈道："当得，当得。"当下别了去。

明年，张忠父在越州打发人归家，说要同越州太守到京候差，恐怕幼谦在家失学，接了同去。幼谦只得又去了，不题。

却说罗仁卿主意，嫌张家贫穷，原不要许他的。这句"做官方许"的说话，是句没头脑的话，做官是期不得的。女儿年纪一年大似一年，万一如姜太公八十岁才遇文王，那女儿不等做老婆婆了？又见张家只是远出，料不成事。他那里管女儿心上的事？其时同里有个巨富之家，姓辛，儿子也是十八岁了。闻得罗家女子，才色双全，央媒求聘。罗仁卿见他家富盛，心里喜欢。又且张家只来口说得一番，不曾受他一丝，不为失约，那里还把来放在心上？一口许下了。辛家择日行聘。惜惜闻知这消息，只叫得苦。又不好对爹娘说得出心事，暗暗纳闷，私下对蜚英这丫头道："我与张官人同日同窗，谁不说是天生一对？我两个自小情如姊妹，谊等夫妻。今日却叫我嫁着别个，这怎使得？不如早寻个死路，倒得干净。只是不曾会得张官人一面，放心不下。"蜚英道："前日张官人也问我要会姐姐，我说没个计较，只得罢了。而今张官人不在家；就是在时，也不便相会。"惜惜道："我到想上一计，可以相会；只等他来了便好，你可时常到外边去打听打听。"蜚英谨记在心。

且说张幼谦京中回来得，又是一年。闻得罗惜惜已受了辛家之聘，不见惜惜有甚么推托不肯的事。幼谦大恨道："他父母是怪不得，难道惜惜就如此顺从，并无说话？"一气一个死。提起笔来，做词一首。词名《长相思》，云：

天有神，地有神，海誓山盟字字真。如今墨尚新。　过一春，又一春，不解金钱变作银。如何忘却人？

写毕了，放在袖中，急急走到杨老妈家里来。杨老妈接进了，问道：“官人有何事见过？”幼谦道：“妈妈晓得罗家小娘子已许了人家么？”杨老妈道：“也见说，却不是我做媒的。好个小娘子，好生注意官人，可惜错过了。”幼谦道：“我不怪他父母，到怪那小娘子，如何凭父母许别人，不则一声？”杨老妈道：“叫他好孩儿家，怎好说得？他必定有个主意，可不要错怪了人！”幼谦道：“为此要妈妈去通他一声，我有首小词，问他口气的，烦妈妈与我带一带去。”袖中摸出词来，并越州太守所送赆礼一两，转送杨老妈做脚步钱。杨老妈见了银子，如苍蝇见血，有甚事不肯做？欣然领命去了。把卖花为由，竟到罗家，走进惜惜房中来。

惜惜接着，问道：“一向不见妈妈来走走。”杨老妈道：“一向无事，不敢上门，今张官人回来了，有话转达，故此走来。”惜惜见说幼谦回了，道：“我正叫蜚英打听，不知他已回来。”杨老妈道：“他见说小娘子许了辛家，好生不快活。有封书托我送来小娘子看。”袖中摸出书来，递与惜惜。惜惜叹口气接了，拆开从头至尾一看，却是一首词。落下泪来道：“他错怪了我也！”杨老妈道：“老身不识字，书上不知怎地说？”惜惜道：“他道我忘了他。岂知受聘，多是我爹妈的意思，怎由得我来？”杨老妈道：“小娘子，你而今怎么发付他？”惜惜道：“妈妈，你肯替张郎递信，必定受张郎之托。我有句真心话对你说，不妨么？”老妈道：“去年受了小娘子尊赐，至今丝毫不曾出得力，又且张官人相托，随你分付，水里水里去，火里火里去，尽着老性命，做得的，只管做去，决不敢泄漏半句话的！”惜惜道：“多感妈妈盛心！先要你去对张郎说明我的心事，我只为未曾面会得张郎，所以含忍至今。若得张郎当面一会，我就情愿同张郎死在一处，决不嫁与别人，偷生在世间的。”老妈道：“你心事我好替你去说得，只是要会他，却不能勾，你家院宇深密，张官人又不会飞，我衣袖里又袋他不下，如何弄得他来相会？”惜惜道：“我有一计，尽可使张郎来得。只求妈妈周全，十分稳便。”老妈道：“老身方才说过了，但凭使唤，只要早定妙计，老身无不尽心。”惜惜道：“奴家卧房，在这阁儿上，是我家中落末一层，与前面隔绝。阁下有一门，通后边一个小圃。圃周围有短墙，墙外便是荒地，通着外边的了。墙内有四五株大山茶花树，可以上得墙去的。烦妈妈相约张郎在墙外等，到夜来，我叫丫头打从树枝上登墙，将个竹梯挂在墙外来，张

郎从梯上上墙，也从山茶树上下地，可以径到我房中阁上了。妈妈可怜我两人情重如山，替奴家备细传与张郎则个。”走到房里，摸出一锭银子来，约有四五两重，望杨老妈袖中就塞，道：“与妈妈将就买些点心吃。”杨老妈假意道：“未有功劳，怎么当这样重赏？只一件，若是不受，又恐怕小娘子反要疑心我未是一路，我只得斗胆收了。”谢别了惜惜出来，一五一十，走来对张幼谦说了。

幼谦得了这个消息，巴不得立时间天黑将下来。张、罗两家相去原不甚远，幼谦日间先去把墙外路数看看，望进墙去，果然四五株山茶花树透出墙外来。幼谦认定了，晚上只在这墙边等候。等了多时，并不见墙里有些些声响，不要说甚么竹梯不竹梯。等到后半夜，街鼓将动，方才闷闷回来了。到第二晚，第三晚，又复如此。白白守了三个深夜，并无动静。想道：“难道要我不成？还是相约里头，有甚么说话参差了？不然或是女孩儿家贪睡，忘记了，不知我外边人守候之苦。不免再央杨老妈去问明白。”又题一首诗于纸，云：

山茶花树隔东风，何啻云山万万重。

销金帐暖贪春梦，人在月明风露中。

写完走到杨老妈家，央他递去，就问失约之故。元来罗家为惜惜能事，一应家务俱托他所管。那日央杨老妈约了幼谦，不想有个姨娘到来，要他支陪，自不必说；晚间送他房里同宿，一些手脚做不得了。等得这日才去，杨老妈恰好走来，递他这诗。惜惜看了道：“张郎又错怪了奴也！”对杨老妈道：“奴家因有姨娘在此房中宿，三夜不曾合眼。无半点空隙机会，非奴家失约。今姨娘已去，今夜点灯后，叫他来罢，决不误期了。”杨老妈得了消息，走来回复张幼谦说：“三日不得机会说话，准期在今夜点烛后了。”幼谦等到其时，踱到墙外去看，果然有一条竹梯倚在墙边。幼谦喜不自禁，蹑了梯子，一步一步走上去，到得墙头上，只见山茶树枝上有个黑影，吃了一惊。却是蜚英在此等候，咳嗽一声，大家心照了。攀着树枝，多挂了下去。蜚英引他到阁底下，惜惜也在了，就一同挽了手，登阁上来，灯下一看，俱觉长成得各别了。大家欢极，齐声道：“也有这日相会也！”也不顾蜚英在面前，大家搂抱定了。蜚英会意，移灯到阁外来了。于时月光入室，两人厮偎厮抱，竟到卧床上云雨起来：

一别四年，相逢半霎。回想幼时滋味，浑如梦境欢娱。当时小阵争锋，今日全军对垒。含苞微破，大创元有余红；玉茎顿雄，骤当不无半怯。只因尔我心中爱，拚却爷娘眼后身。

云雨既散，各诉衷曲。幼谦道：“我与你欢乐，只是暂时，他日终须让别人受用。”惜惜道：“哥哥兀自不知奴心事。奴自受聘之后，常拚一死，只为未到得嫁期，且贪图与哥哥落得欢会。若他日再把此身伴别人，犬豕不如矣！直到临时便见。”两人唧唧哝哝，讲了一夜的话。将到天明，惜惜叫幼谦起来，穿衣出去。幼谦问：“晚间事如何？”惜惜道：“我家中时常有事，未必夜夜方便，我把个暗号与你。我阁之西楼，墙外远望可见。此后楼上若点起三个灯来，便将竹梯来度你进来；若望来只是一灯，就是来不得的了，不可在外边痴等，似前番的样子，枉吃了辛苦。”如此约定而别。幼谦仍旧上山茶树，蹑竹梯而下。随后蜚英就登墙抽了竹梯起来，真个神鬼不觉。

以后幼谦只去远望，但见楼西点了三个灯，就步至墙外来，只见竹梯早已安下了，即便进去欢会。如此，每每四五夜，连宵行乐。若遇着不便，不过隔得夜把儿。往来一月有多。正在快畅之际，真是好事多磨：有个湖北大帅，慕张忠父之名，礼聘他为书记。忠父辞了越州太守馆，回家收拾去赴约，就要带了幼谦到彼乡试。幼谦得了这个消息，心中舍不得惜惜，甚是烦恼，却违拗不得。只得将情告知惜惜，就与哭别。惜惜拿出好些金帛来赠他做盘缠，哭对他道：“若是幸得未嫁，还好等你归来再会。倘若你未归之前，有了日子，逼我嫁人，我只是死在阁前井中，与你再结来世姻缘。今世无及，只当永别了。”哽哽咽咽，两个哭了半夜，虽是交欢，终带惨凄，不得如常尽兴。临别，惜惜执了幼谦的手，叮咛道：“你勿忘恩情，觑个空便，只是早归来得一日，也是好的。”幼谦道：“此不必分付，我若不为乡试，定寻个别话，推着不去了。今却有此便，须推不得，岂是我的心愿？归得便归，早见得你一日，也是快活。”相抱着多时，不忍分开，各含眼泪而别。

幼谦自随父亲到湖北去，一路上触景伤心，自不必说。到了那边，正值试期。幼谦痴心自想：“若夺得魁名，或者亲事还可挽回得转，也未可料。”尽着平生才学，做了文赋，出场来就对父亲说道：“掉母亲家里不下，算计要回家。”忠父道：“怎不看了榜去？”幼谦道：“揭榜不中，有何颜面？况且母亲家里孤寂，早晚悬望。此处离家，须是路远，比不得越州时节，信息常通的。做儿的怎放心得下？那功名是外事，有分无分已前定了，看那榜何用？”缠了几日，忠父方才允了，放回家来。不则一日，到了家里。

元来辛家已拣定是年冬里的日子来娶罗惜惜了。惜惜心里着急，日望幼谦到家，真是眼睛多望穿了。时时叫蜚英寻了头由，到幼谦家里打听。此日蜚英打听得幼谦已回，忙来对惜惜说了。惜惜道：“你快去约了他，今夜必要相会，原仍前番的法儿进来的就是。”又写一首词，封好了，一同拿去与他看。

蜚英领命，走到张家门首，正撞见了张幼谦。幼谦道：“好了，好了。我正走出来要央杨老妈来通信，恰好你来了。”蜚英道：“我家姐姐盼官人不来，时常啼哭，日日叫我打听。今得知官人到了，登时遣我来约官人，今夜照旧竹梯上进来相会。有一个柬帖在此。”幼谦拆开来，乃是一首《卜算子》词。词云：

幸得那人归，怎便教来也？一日相思十二时，直是情难舍！

本是好姻缘，又怕姻缘假。若是教随别个人，相见黄泉下。

幼谦读罢词，回他说：“晓得了。”蜚英自去。幼谦把词来珍藏过了。

到得晚间，远望楼西，已有三灯明亮，急急走去墙外看，竹梯也在了。进去见了惜惜，惜惜如获珍宝，双手抱了，口里埋怨道：“亏你下得！直到这时节才归来！而今已定下日子，我与你就是无夜不会，也只得两月多，有限的了。当与你极尽欢娱而死，无所遗恨。你少年才俊前程未可量，奴不敢把世俗儿女态，强你同死。但日后对了新人，切勿忘我！”说罢大哭。幼谦也哭道：“死则俱死，怎说这话？我一从别去，那日不想你？所以试毕不等揭晓就回，只为不好违拗得父亲，故迟了几日。我认个不是罢了，不要怪我！蒙寄新词，我当依韵和一首，以见我的心事。”取过惜惜的纸笔，写道：

去时不由人，归怎由人也？罗带同心结到成，底事教拚舍？

心是十分真，情没些儿假。若道归迟打掉篦，甘受三千下。

惜惜看了词中之意，晓得他是出于无奈，也不怨他，同到罗帏之中，极其缱绻。俗语道：新婚不如远归，况且晓得会期有数，又是一刻千金之价。你贪我爱，尽着心性做事，不顾死活。如是半月，幼谦有些胆怯了，对惜惜道：“我此番无夜不来，你又早睡晚起，觉得忒胆大了些！万一有些风声，被人知觉，怎么了？”惜惜道：“我此身早晚拚是死的，且尽着快活。就败露了，也只是一死，怕他甚么？”果然惜惜忒放泼了些，罗妈妈见他日间做事，有气无力，长打呵欠，又有时早晨起来，眼睛红肿的，心里疑惑起来道：“这丫头有些改常了，莫不做下甚么事来？”就留了心。到人静后，悄悄到女儿房前察听动静。只听得女儿在阁上，低低微微与人说话，罗妈妈道：“可不作怪！这早晚难道还与蜚英这丫头讲甚么话不成？就讲话，何消如此轻的，听不出落句来？”再仔细听了一回，又听得阁底下房里打鼾响，一发惊异道：“上边有人讲话，下边又有人睡下，可不是三个人了？睡的若是蜚英丫头，女儿却与那个说话？这事必然跷蹊。”急走去对老儿说了这些缘故。罗仁卿大惊道：“吉期近了，不要做将出来？”对妈妈道：“不必迟疑，竟闯上阁去一看，好歹立见。那阁上没处去的。”妈妈去叫起两个养娘，拿了灯火，同妈妈前走，仁卿执着杆棒押后，一径到女儿房前来。见房门关得紧紧的，妈妈出声叫：“蜚英丫头。”蜚英还睡着不应，阁上先听见了。惜惜道：“娘来叫，必有甚家事。”幼谦慌张起来，惜惜道：“你不要慌！悄悄住着，待我迎将下去。夜晚间他不走上来的。”忙起来穿了衣服，一面走下楼来。张幼谦有些心虚，怕不尴尬，也把衣服穿起，却是没个走路，只得将就闪在暗处静听。惜惜只认做母亲一个来问甚么话的，道是迎住就罢了，岂知一开了门，两灯火照得通红，连父亲也在，吃了一惊。正说不及话出来，只见母亲抓了养娘手里的火，父亲带着杆棒，望阁上直奔。惜惜见不是头，情知事发，便走向阁外来，望井要跳。一个养娘见他走急，带了火来照；一个养娘是空手的，见他做势，连忙抱住道：“为何如此？”便喊道：“姐姐在此投井！”蜚英惊醒，走起来看，只见姐姐正在那里苦挣，两个养娘尽力抱住。蜚英走去伏在井栏上了，口里哼道：“姐姐使不得！”

不说下边鸟乱，且说罗仁卿夫妻走到阁上，暗处搜出一个人来。仁卿举起杆棒，正待要打。妈妈将灯上前一照，仁卿却认得是张忠父的儿子幼谦。且歇了手，骂道：“小畜生！贼禽兽！你是我通家子侄，怎干出这等没道理的勾当来，玷辱我家！”幼谦只得跪下道：“望伯伯恕小侄之罪，听小侄告诉。小侄自小与令爱只为同日同窗，心中相契。前年曾着人相求为婚，伯伯口许道：‘等登第方可。’小侄为此发奋读书，指望完成好事。岂知宅上忽然另许了人家，故此令爱不忿，相招私合，原约同死同生。今日事已败露，令爱必死，小侄不愿独生，凭伯伯打死罢！”仁卿道：“前日此话固有，你几时又曾登第了来，却怪我家另许人？你如此无行的禽兽，料也无功名之分。你罪非轻，自有官法，我也不私下打你。”一把扭住。妈妈听见阁前嚷得慌，也恐怕女儿短见，忙忙催下了阁。

仁卿拖幼谦到外边堂屋，把条索子捆住，关好在书房里。叫家人看守着他，只等天明送官。自家复身进来看女儿时，只见颠得头蓬发乱，妈妈与养娘们还搅做了一团，在那里嚷。仁卿怒道：“这样不成器！等他死了罢！拦他何用？”举起杆棒要打，却得妈妈与养娘们，搀的搀，驮的驮，拥上阁去了，剩得仁卿一个在底下。抬头一看，只见蜚英还在井栏边。仁卿一肚子恼怒，正无发泄处，一手揪住头发，拖将过来便打道：“多是你做了牵头，牵出事来的。还不实说，是怎么样起头的？”蜚英起初还推一向在阁下睡，不知就里，被打不过，只得把来踪去迹细细招了，又说道：“姐姐与张官人时常哭泣，只求同死的。”仁卿见说了这话，喝退了蜚英，心里也有些懊悔道：“前日便许了他，不见得如此。而今却有辛家在那里，其事难处，不得不经官了。”

闹嚷了大半夜，早已天明。元来但是人家有事，觉得天也容易亮些。妈妈自和养娘窝伴住了女儿，不容他寻死路，仁卿却押了幼谦一路到县里来。县宰升堂，收了状词，看是奸情事，乃当下捉获的，知是有据。又见状中告他是秀才，就叫张幼谦上来问道：“你读书知礼，如何做此败坏风化之事？”幼谦道：“不敢瞒大人，这事有个委曲，非孟浪男女宣淫也。”县宰道：“有何委曲？”幼谦道：“小生与罗氏女同年月日所生，自幼罗家即送在家下读书，又系同窗。情孚意洽，私立盟书，誓同偕老。后来曾央媒求聘，罗家回道：'必待登第，方许成婚。'小生随父游学，两年归家，谁知罗家不记前言，竟自另许了辛家。罗氏女自道难负前誓，只待临嫁之日，拚着一死，以谢小生，所以约小生去觌面永诀。踪迹不密，却被擒获。罗女强嫁必死，小生义不独生。事情败露，不敢逃罪。"

县宰见他人材俊雅，言词慷慨，有心要周全他。问罗仁卿道："他说的是实否？"仁卿道："话多实的，这事却是不该做。"县宰要试他才思，取过纸笔来与他道："你情既如此，口说无凭，可将前后事写一供状来看看。"幼谦当堂提笔，一挥而就。供云：

窃惟情之所钟，正在吾辈；义之不歉，何恤人言！罗女生同月日，曾与共塾而作书生；幼谦契合金兰，匪仅逾墙而搂处子。长卿之悦，不为挑琴；宋玉之招，宁关好色！原许乘龙须及第，未曾经打毷氉；却教跨凤别吹箫，忍使顿成怨旷！临嫁而期永诀，何异十年不字之贞；赴约而愿捐生，无忝千里相思之谊。既藩篱之已触，总桎梏而自甘。伏望悯此缘悭，巧赐续貂奇遇；怜其情至，曲施解网深仁。寒谷逢乍转之春，死灰有复燃之色。施同种玉，报拟衔环。上供。

县宰看了供词，大加叹赏，对罗仁卿道："如此才人，足为快婿。尔女已是覆水难收，何不宛转成就了他？"罗仁卿道："已受过辛氏之聘，小人如今也不得自由。"县宰道："辛氏知此风声，也未必情愿了。"

县宰正待劝化罗仁卿，不想辛家知道，也来补状，要追究奸情。那辛家是大富之家，与县宰平日原有往来的。这事是他理直，不好曲拗得，又恐怕张幼谦出去，被他两家气头上蛮打坏了，只得准了辛家状词，把张幼谦权且收监，还要提到罗氏再审虚实。

却说张妈妈在家，早晨不见儿子来吃早饭，到书房里寻他，却又不见，正不知那里去了。只见杨老妈走来慌张道："孺人知道么？小官人被罗家捉奸，送在牢中去了。"张妈妈大惊道："怪道他连日有些失张失智，果然做出来。"杨老妈道："罗、辛两家都是富豪，只怕官府处难为了小官人，怎生救他便好？"张妈妈道："除非着人去对他父亲说知，讨个商量。我是妇人家，干不得甚么事，只好管他牢中送饭罢了。"张妈妈叫着一个走使的家人，写了备细书一封，打发他到湖北去通张忠父知道，商量寻个方便。家人星夜去了。

这边幼谦在牢中，自想："县宰十分好意，或当保全。但不知那晚惜惜死活如何，只怕今生不能再会了！”正在思念流泪，那牢中人来索常例钱、油火钱，亏得县宰曾分付过，不许难为他，不致动手动脚，却也言三语四，絮聒得不好听。幼谦是个书生，又兼心事不快时节，怎耐烦得这些模样？分解不开之际，忽听得牢门外一片锣声筛着，一伙人从门上直打进来，满牢中多吃一惊。幼谦看那为头的肩下插着一面红旗，旗上挂下铜铃，上写“帅府捷报”。乱嚷道：“那一位是张幼谦秀才？”众人指着幼谦道：“这个便是。你们是做甚么的？”那伙人不由分说，一拥将来，团团把幼谦围住了，道：“我们是湖北帅府，特来报秀才高捷的。快写赏票！”就有个摸出纸笔来揿住他手，要写“五百贯”、“三百贯”的乱嘈！幼谦道：“且不要忙，拿出单来看，是何名次，写赏未迟。”报的人道：“高哩，高哩。”取出一张红单来，乃是第三名。幼谦道：“我是犯罪被禁之人，你如何不到我家里报去，却在此狱中啰唣？知县相公知道，须是不便。”报的人道：“咱们是府上来，见说秀才在此，方才也曾着人禀过知县相公的。这是好事，知县相公料不嗔怪。”幼谦道：“我身命未知如何，还要知县相公做主，我枉自写赏何干？”报的人只是乱嚷，牢中人从旁撺哄，把一个牢里闹做了一片。只听得喝道之声，牢中人乱窜了去，喊道：“知县相公来了。”须臾，县宰笑嘻嘻的踱进牢来，见众人尚拥住幼谦不放，县宰喝道：“为甚么如此？”报的人道：“正要相公来，张秀才自道在牢中，不肯写赏，要请相公做主。”县宰笑道：“不必喧嚷，张秀才高中，本县原有公费，赏钱五十贯文，在我库上来领。”取过笔来写与他了，众人嫌少，又添了十贯，然后散去。

县宰请过张秀才来换了衣巾，施礼过，拱他到公厅上，称贺道：“恭喜高掇。”幼谦道：“小生蒙覆庇之恩，虽得侥幸，所犯愆尤，还仗大人保全！”县宰道：“此纤芥之事，不必介怀！下官自当宛转。”此时正出牌去拘罗惜惜出官对理未到，县宰当厅就发个票下来，票上写道：“张子新捷，鼓乐送归；罗女免提，候申州定夺。”写毕，就唤吏典取花红鼓乐马匹伺候，县宰敬幼谦酒三杯，上了花红，送上了马，鼓乐前导，送出县门来。正是：

昨日牢中囚犯，今朝马上郎君。

风月场添彩色，氤氲使也欢欣。

却说幼谦迎到半路上，只见前面两个公人，押着一乘女轿，正望县里而来，轿中隐隐有哭声。这边领票的公人认得，知是罗惜惜在内，高叫道："不要来了，张秀才高中，免提了。"就取出票来与那边的公人看。惜惜在轿中分明听得，顶开轿帘窥看，只见张生气昂昂，笑欣欣骑在马上到面前来，心中暗暗自乐。幼谦望去，见惜惜在轿中，晓得那晚不曾死，心中放下了一个大疙瘩。当下四目相视，悲喜交集。抬惜惜的，转了轿，正在幼谦马的近边，先先后后，一路同走，恰象新郎迎着新人轿的一般，单少的是轿上结彩。直到分路处，两人各丢眼色而别。

幼谦回来见了母亲，拜过了，赏赐了迎送之人，俱各散讫。张妈妈道："你做了不老成的事，几把我老人家急死。若非有此番大救星，这事怎生了结？今日报事的打进来，还只道是官府门中人来嚷，慌得娘没躲处哩。直到后边说得明白，方得放心。我说你在县牢里，他们一径来了。却是县间如何就肯放了你？"幼谦道："孩儿不才，为儿女私情，做下了事，连累母亲受惊。亏得县里大人好意，原有周全婚姻之意，只碍着辛家不肯。而今侥幸有了这一步，县里大人十分欢喜，送孩儿回来，连罗氏女也免提了。孩儿痴心想着，不但可以免罪，或者还有些指望也不见得。"妈妈道："虽然知县相公如此，却是闻得辛家恃富，不肯住手，要到上司陈告，恐怕对他不过。我起初曾着人到你父亲处商量去了，不知有甚关节来否？"幼谦道："这事且只看县里申文到州，州里主意如何，再作道理。娘且宽心。"须臾之间，邻舍人家多来叫喜。杨老妈也来了。母亲欢喜，不在话下。

却说本州太守升堂，接得湖北帅使的书一封，拆开来看，却为着张幼谦、罗氏事，托他周全。此书是张忠父得了家信，央求主人写来的。总是就托忠父代笔，自然写得十分恳切。那时帅府有权，太守不敢不尽心，只不知这件事的头脑备细，正要等县宰来时问他。恰好是日，本县申文也到，太守看过，方知就里。又晓得张幼谦新中，一发要周全他了。只见辛家来告状道："张幼谦犯奸禁狱，本县为情擅放，不行究罪，实为枉法。"太守叫辛某上来，晓谕他道："据你所告，那罗氏已是失行之妇，你争他何用？就断与你家了，你要了这媳妇，也坏了声名。何不追还了你原聘的财礼，另娶了一房好的，毫无瑕玷，可不是好？你须不比罗家，原是干净的门户，何苦争此闲气？"辛某听太守说得有理，一时没得回答，叩头道："但凭相公做主。"太守即时叫吏典取纸笔与他，要他写了情愿休罗家亲事一纸状词，行移本县，在罗仁卿名下，追辛家这项聘财还他。辛家见太守处分，不敢生词说，叩头而出。

太守当下密写一书，钉封在文移中，与县宰道："张、罗，佳偶也。茂宰可为了此一段姻缘。此奉帅府处分，毋忽！"县宰接了州间文移，又看了这书，具两个名帖，先差一个吏典去请罗仁卿公厅相见；又差一个吏典去请张幼谦。分头去了。

罗仁卿是个白身富翁，见县官具帖相请，敢不急赴？即忙换了小帽，穿了大摆褶子，来到公厅。县宰只要完成好事，优礼相待。对他道："张幼谦是个快婿，本县前日曾劝足下纳了他。今已得成名，若依我处分，诚是美事。"罗仁卿道："相公分付，小人怎敢有违？只是已许辛家，辛家断然要娶，小人将何辞回得他？有此两难，乞相公台鉴。"县宰道："只要足下相允，辛家已不必虑。"笑嘻嘻的叫吏典在州里文移中，取出辛家那纸休亲的状来，把与罗仁卿看。县宰道："辛家已如此，而今可以贺足下得佳婿矣。"仁卿沉吟道："辛家如何就肯写这一纸？"县宰笑道："足下不知，此皆州守大人主意，叫他写了以便令婿完姻的。"就在袖里摸出太守书来，与仁卿看了。仁卿见州、县如此为他，怎敢推辞？只得谢道："儿女小事，劳烦各位相公费心，敢不从命？"只见张幼谦也请到了，县宰接见，笑道："适才令岳亲口许下亲事了。"就把密书并辛氏休状与幼谦看过，说知备细。幼谦喜出望外，称谢不已。县宰就叫幼谦当堂拜认了丈人，罗仁卿心下也自喜欢。县宰邀进后堂，治酒待他翁婿两人。罗仁卿谦逊不敢与席，县宰道："有令婿面上，一坐何妨！"当下尽欢而散。

幼谦回去，把父亲求得湖北帅府关节托太守，太守又把县宰如此如此备细说一遍，张妈妈不胜之喜。那罗仁卿吃了知县相公的酒，身子也轻了好些，晓得是张幼谦面上带挈的，一发敬重女婿。罗妈妈一向护短女儿，又见仁卿说知县如此做主，又是个新得中的女婿，得意自不必说。次日，是黄道吉日，就着杨老妈为媒，说不舍得放女儿出门，把张幼谦赘了过来。洞房花烛之夜，两新人原是旧知，又多是吃惊吃吓，哭哭啼啼死边过的，竟得团圆，其乐不可名状。

成亲后，夫妇同到张家拜见妈妈。妈妈看见佳儿佳妇，十分美满。又分付道："州、县相公之恩，不可有忘！既已成亲，须去拜谢。"幼谦道："孩儿正欲如此。"遂留下惜惜在家相伴婆婆闲话，张妈妈从幼认得媳妇的，愈加亲热。幼谦却去拜谢了州、县。归来，州县各遣人送礼致贺。打发了毕，依旧一同到丈人家里来了。明年幼谦上春官，一举登第，仕至别驾，夫妻偕老而终。诗曰：

漫说囹圄是福堂，谁知在内报新郎？
不是一番寒彻骨，怎得梅花扑鼻香？

二刻拍案惊奇

二刻拍案惊奇序

尝记《博物志》云:“汉刘褒画《云汉图》,见者觉热;又画《北风图》,见者觉寒。”窃疑画本非真,何缘至是?然犹曰人之见为之也。甚而僧繇点睛,雷电破壁;吴道玄画殿内五龙,大雨辄生烟雾。是将执画为真,则既不可;若云赝也,不已胜于真者乎?然则操觚之家,亦若是焉则已矣。

今小说之行世者,无虑百种,然而失真之病,起于好奇。知奇之为奇,而不知无奇之所以为奇。舍目前可纪之事,而驰骛于不论不议之乡,如画家之不图犬马而图鬼魅者,曰:“吾以骇听而止耳。”夫刘越石清啸吹笳,尚能使群胡流涕解围而去;今举物态人情,恣其点染,而不能使人欲歌欲泣于其间。此其奇与非奇,固不待智者而后知之也。则为之解曰:“文自《南华》、《冲虚》,已多寓言;下至非有先生、冯虚公子,安所得其真者而寻之?”不知此以文胜,非以事胜也。至演义一家,幻易而真难,固不可相衡而论矣。即如《西游》一记,怪诞不经,读者皆知其谬,然据其所载,师弟四人,各一性情,各一动止,试摘取其一言一事,遂使暗中摹索,亦知其出自何人,则正以幻中有真,乃为传神阿堵。而已有不如《水浒》之讥。岂非真不真之关,固奇不奇之大较也哉?

即空观主人者,其人奇,其文奇,其遇亦奇。因取其抑塞磊落之才,出绪余以为传奇,又降而为演义,此《拍案惊奇》之所以两刻也。其所捃摭,大都真切可据。即间及神天鬼怪,故如史迁纪事,摹写逼真,而龙之踞腹,蛇之当道,鬼神之理,远而非无,不妨点缀域外之观,以破俗儒之隅见耳。若夫妖艳风流一种,集中亦所必存。唯污蔑世界之谈,则戛戛乎其务去。鹿门子常怪宋广平之为人,意其铁心石肠,而为《梅花赋》,则清便艳发,得南朝徐、庾体。由此观之,凡托于椎陋以眩世,殆有不足信者夫。主人之言固曰:“使世有能得吾说者,以为忠臣孝子无难;而不能者,不至为宣淫而已矣。”此则作者之苦心,又出于平平奇奇之外者也。

时剞劂告成，而主人薄游未返，肆中急欲行世，征言于余。余未知搦管，毋乃“刻画无盐，唐突西子”哉！亦曰“簸之扬之，糠秕在前”云尔。

壬申冬日　睡乡居士题并书

小　引

丁卯之秋，事附肤落毛，失诸正鹄，迟回白门。偶戏取古今所闻一二奇局可纪者，演而成说，聊舒胸中磊块。非曰行之可远，姑以游戏为快意耳。同侪过从者索阅一篇竟，必拍案曰："奇哉所闻乎！"为书贾所侦，因以梓传请。遂为钞撮成编，得四十种。支言俚说，不足供酱瓿；而翼飞胫走，较捻髭呕血、笔冢研穿者，售不售反霄壤隔也。嗟乎，文讵有定价乎？贾人一试之而效，谋再试之。余笑谓："一之已甚。"顾逸事新语可佐谈资者，乃先是所罗而未及付之于墨，其为柏梁余材，武昌剩竹，颇亦不少。意不能恝，聊复缀为四十则。其间说鬼说梦，亦真亦诞，然意存劝戒，不为风雅罪人，后先一指也。

竺乾氏以此等亦为绮语障，作如是观，虽现稗官身为说法，恐维摩居士知贡举，又不免驳放耳。

崇祯壬申冬日　即空观主人题于玉光斋中

第一卷 进香客莽看金刚经 出狱僧巧完法会分

诗曰：

世间字纸藏经同，见者须当付火中。

或置长流清净处，自然福禄永无穷。

话说上古苍颉制字，有鬼夜哭，盖因造化秘密，从此发泄尽了。只这一哭，有好些个来因。假如孔子作《春秋》，把二百四十二年间乱臣贼子心事阐发，凛如斧钺，遂为万古纲常之鉴，那些奸邪的鬼岂能不哭？又如子产铸刑书，只是禁人犯法，流到后来，奸胥舞文，酷吏锻罪，只这笔尖上边几个字断送了多多少少人？那些屈陷的鬼岂能不哭？至于后世以诗文取士，凭着暗中朱衣神，不论好歹，只看点头。他肯点点头的，便差池些，也会发高科，做高官；不肯点头的，遮莫你怎样高才，没处叫撞天的屈。那些呕心抽肠的鬼，更不知哭到几时，才是住手。可见这“字”的关系，非同小可。况且圣贤传经讲道，齐家治国平天下，多用着他不消说；即是道家青牛骑出去，佛家白马驮将来，也只是靠这几个字，致得三教流传，同于三光。那字是何等之物，岂可不贵重他！每见世间人不以字纸为意，见有那残书废叶，便将来包长包短，以致因而揩台抹桌，弃掷在地，扫置灰尘污秽中，如此作践，真是罪业深重。假如偶然见了，便轻轻拾将起来，付之水火，有何重难的事人不肯做？这不是人不肯做，一来只为人不晓得关着祸福，二来不在心上的事，匆匆忽略过了。只要能存心的人，但见字纸，便加爱惜，遇有遗弃，即行收拾，那个阴德可也不少哩！

宋时，王沂公之父爱惜字纸，见地上有遗弃的，就拾起来焚烧；便是落在粪秽中的，他毕竟设法取将起来，用水洗净，或投之长流水中，或候烘晒干了，用火焚过。如此行之多年，不知收拾净了万万千千的字纸。一日，妻有娠将产，忽梦孔圣人来吩咐道："汝家爱惜字纸，阴功甚大。我已奏过上帝，遣弟子曾参来生汝家，使汝家富贵非常。"梦后果生一儿，因感梦中之语，就取名为王曾。后来连中三元，官封沂国公。宋朝一代中三元的，止得三人，是宋庠、冯京与这王曾，可不是最希罕的科名了！谁知内中这一个，不过是惜字纸积来的福，岂非人人做得的事？如今世上人见了享受科名的，那个不称羡道是难得？及至爱惜字纸这样容易事，却错过了不做，不知为何，且听小子说几句：

苍颉制字，爰有妙理。

三教圣人，无不用此。

眼观秽弃，颡当有泚。

三元科名，惜字而已。

一唾手事，何不拾取？

小子因为奉劝世人惜字纸，偶然记起一件事来。一个只因惜字纸拾得一张故纸，合成一大段佛门中因缘，有好些的灵异在里头。有诗为证：

翰墨因缘法宝流，山门珍秘永传留。

从来神物多呵护，堪笑愚人欲强谋。

却说唐朝侍郎白乐天，号香山居士，他是个佛门中再来人，专一精心内典，勤修上乘。虽然顶冠束带，是个宰官身，却自念佛看经，做成居士相。当时因母病，发愿手写《金刚般若经》百卷，以祈冥佑，散施在各处寺宇中。后来五代、宋、元兵戈扰乱，数百年间，古今名迹海内亡失已尽，何况白香山一家遗墨，不知多怎地消灭了。唯有吴中太湖内洞庭山一个寺中，流传得一卷，直至国朝嘉靖年间依然完好，首尾不缺。凡吴中贤士大夫、骚人墨客曾经赏鉴过者，皆有题跋在上，不消说得；就是四方名公游客，也多曾有赞叹顶礼、请求拜观、留题姓名日月的，不计其数。算是千年来希奇古迹，极为难得的物事。山僧相传至宝收藏，不在话下。

且说嘉靖四十三年，吴中大水，田禾淹尽，寸草不生。米价踊贵，各处禁粜闭籴，官府严示平价，越发米不入境了。元来大凡年荒米贵，官府只合静听民情，不去生事。少不得有一伙有本钱趋利的商人，贪那贵价，从外方贱处贩将米来；有一伙有家当囤米的财主，贪那贵价，从家里廒中发出米去。米既渐渐辐辏，价自渐渐平减，这个道理也是极容易明白的。最是那不识时务执拗的腐儒做了官府，专一遇荒就行禁粜、闭籴、平价等事。他认道是不使外方籴了本地米去，不知一行禁止，就有棍徒诈害，遇见本地交易，便自声扬犯禁，拿到公庭，立受枷责。那有身家的怕惹事端，家中有米，只索闭仓高坐，又且官有定价，不许贵卖，无大利息，何苦出粜？那些贩米的客人，见官价不高，也无想头。就是小民私下愿增价暗籴，惧怕败露受责受罚。有本钱的人，不肯担这样干系，干这样没要紧的事。所以越弄得市上无米，米价转高，愚民不知，上官不谙，只埋怨道："如此禁闭，米只不多；如此抑价，米只不贱。"没得解说，只囫囵说一句救荒无奇策罢了。谁知多是要行荒政，反致越荒的。

闲话且不说。只因是年米贵，那寺中僧侣颇多，坐食烦难。平日檀越也为年荒米少，不来布施。又兼民穷财尽，饿殍盈途，盗贼充斥，募化无路。那洞庭山位在太湖中间，非舟楫不能往来。寺僧平时吃着十方，此际料没得有凌波出险、载米上门的了。真个是：

香积厨中无宿食，净时钵里少余粮。

寺僧无计奈何。内中有一僧，法名辨悟，开言对大众道："寺中僧徒不少，非得四五十石米不能度此荒年。如今料无此大施主，难道抄了手坐看饿死不成？我想白侍郎《金刚经》真迹，是累朝相传至宝，何不将此件到城中寻个识古董人家，当他些米粮且度一岁？到来年有收，再图取赎，未为迟也。"住持道："相传此经值价不少，徒然守着他，救不得饥饿，真是戤米囤饿杀了。把他去当米，诚是算计。但如此年时，那里撞得个人肯出这样闲钱，当这样冷货？只怕空费着说话罢了。"辨悟道："此时要遇个识宝太师，委是不能够。想起来只有山塘上王相国府当内严都管，他是本山人，乃是本房檀越，就中与我独厚。这卷白侍郎的经，他虽未必识得，却也多曾听得。凭着我一半面皮，挨当他几十挑米，敢是有的。"众僧齐声道："既然如此，事不宜迟，只索就过湖去走走。"

住持走去房中，厢内捧出经来，外边是宋锦包袱包着，揭开里头看时，却是册页一般装的，多年不经裱褙，糨气已无，周围镶纸多泛浮了。住持道："此是传名的古物，如此零落了，知他有甚好处？今将去与人家藏放得好些，不要失脱了些便好。"众人道："且未知当得来当不来，不必先自耽忧。"辨悟道："依着我说，当便或者当得来。只是救一时之急，赎取时这项钱粮还不知出在那里。"众人道："且到赎时再做计较。眼下只是米要紧，不必多疑了。”当下雇了船只，辨悟叫个道人随了，带了经包，一面过湖到山塘上来。

行至相府门前，远远望去，只见严都管正在当中坐地。辨悟上前稽首，相见已毕，严都管便问道：“师父何事下顾？”辨悟道：“有一件事特来与都管商量，务要都管玉成则个。”都管道：“且说看何事。可以从命，无不应承。”辨悟道：“敝寺人众缺欠斋粮，目今年荒米贵，无计可施。寺中祖传《金刚经》，是唐朝白侍郎真笔，相传价值千金，想都管平日也晓得这话的。意欲将此卷当在府上铺中，得应付米百来石，度过荒年，救取合寺人众生命，实是无量功德。”严都管道：“是甚希罕东西，金银宝贝做的，值此价钱？我虽曾听见老爷与宾客们常说，真是千闻不如一见。师父且与我看看再商量。”辨悟在道人手里接过包来，打开看时，多是零零落落的旧纸。严都管道：“我只说是怎么样金碧辉煌的，原来是这等悔气色脸，到不如外边这包还花碌碌好看，如何说得值多少东西？”都管强不知以为知的，逐叶翻翻，一直翻到后面去，看见本府有许多大乡宦名字及图书在上面，连主人也有题跋手书印章，方喜动颜色道：“这等看起来，大略也值些东西，我家老爷才肯写名字在上面。除非为我家老爷这名字多值了百来两银子，也不见得。我与师父相处中，又是救济好事，虽是百石不能够，我与师父五十石去罢。”辨悟道：“多当多赎，少当少赎。就是五十石也罢，省得担子重了，他日回赎难措处。”当下严都管将经包袱得好了，捧了进去。终久是相府门中手段，做事不小，当真出来写了一张当票，当米五十石，付与辨悟道：“人情当的，不要看容易了。”说罢，便叫开仓斛发。辨悟同道人雇了脚夫，将米一斛一斛的盘明下船，谢别了都管，千欢万喜，载回寺中不题。

且说这相国夫人，平时极是好善，尊重的是佛家弟子，敬奉的是佛家经卷。那年冬底，都管当中送进一年簿籍到夫人处查算，一向因过岁新正，忙忙未及简勘。此时已值二月中旬，偶然闲手揭开一叶看去，内一行写着“姜字五十九号，当洞庭山某寺《金刚经》一卷，本米五十石”。夫人道：“奇怪！是何经卷当了许多米去？”猛然想道：“常见相公说道洞庭山寺内有卷《金刚经》，是山门之宝，莫非即是此件？”随叫养娘们传出去，取进来看。不逾时取来。夫人盥手净了，解开包揭起看时，是古老纸色，虽不甚晓得好处与来历出处，也知是旧人经卷，便念声佛道：“此必是寺中祖传之经，只为年荒将来当米吃了。这些穷寺里如何赎得去？留在此处亵渎，心中也不安稳。譬如我斋了这寺中僧人一年，把此经还了他罢，省得佛天面上取利不好看。”吩咐当中都管说：“把此项五十石作做夫人斋僧之费，速唤寺中僧人，还他原经供养去。”

都管领了夫人的命，正要寻便捎信与那辨悟，教他来领此经，恰值十九日是观世音生日，辨悟过湖来观音山上进香，事毕到当中来拜都管。都管见了道：“来得正好！我正在寻山上烧香的人捎信与你。”辨悟道：“都管有何吩咐？”都管道：“我无别事，便为你旧年所当之经，我家夫人知道了，就发心布施这五十石本米与你寺中，不要你取赎了，白还你原经，去替夫人供养着。故此要寻你来还你。”辨悟见说，喜之不胜，合掌道：“阿弥陀佛！难得有此善心的施主，使此经重还本寺，真是佛缘广大，不但你夫人千载流传，连老都管也种福不浅了。”都管道：“好说，好说！”随去禀知夫人，请了此经出来，奉还辨悟。夫人又吩咐都管：“可留来僧一斋。”都管遵依，设斋请了辨悟。

辨悟笑嘻嘻捧着经包，千恩万谢而行。到得下船埠头，正值山上烧香多人，坐满船上，却待开了。辨悟叫住，也搭将上去，坐好了开船。船中人你说张家长，我说李家短，不一时，行至湖中央。辨悟对众人道：“列位说来说去，总不如小僧今日所遇施主，真是个善心喜舍，量大福大的了。”众人道：“是那一家？”辨悟道：“是王相国夫人。”众人内中有的道：“这是久闻好善的，今日却如何布施与师父？”辨悟指着经包道：“即此便是大布施。”众人道：“想是你募缘簿上开写得多了。”辨悟道：“若是有心施舍，多些也不为奇。专为是出于意外的，所以难得。”众人道：“怎生出于意外？”辨悟就把去年如何当米，今日如何白还的事说了一遍，道：“一个荒年，合寺僧众多是这夫人救了的。况且寺中传世之宝正苦没本利赎取，今得奉回，实出侥幸。”众人见说一本经当了五十石米，好生不信，有的道：“出家人惯说天话，那有这事？”有的道：“他又不化我们东西，何故掉谎？敢是真的。”又有的道：“既是值钱的佛经，我们也该看看，一缘一会，也是难得见的。”要与辨悟取出来看。辨悟见一伙多是些乡村父老，便道：“此是唐朝白侍郎真笔，列位未必识认，亵亵渎渎，看他则甚？”内中有一个教乡学假斯文的，姓黄号丹山，混名黄撮空，听得辨悟说话，便接口道：“师父出言太欺人！甚么白侍郎黑侍郎，便道我们不认得？那个白侍郎，名字叫得白乐天，《千家诗》上多有他的诗，怎欺负我不晓得？我们今日难得同船过湖，也是个缘分，便大家请出来看看古迹。”众人听得，尽拍手道：“黄先生说得有理。”一齐就去辨悟身边，讨取来看。辨悟四不拗六，抵当众人不住，只得解开包袱，摊在舱板上。揭开经来，那经叶叶不粘连的了，正揭到头一板，怎当得湖中风大，忽然一阵旋风，搅到经边一掀，急得辨悟忙将两手撳住，早把一叶吹到船头上。那时，辨悟只好按着，不能脱手去取，忙叫众人快快收着。众人也大家忙了手脚，你挨我挤，吆吆喝喝，磕磕撞撞，那里管得着？说时迟，那时快，被风一卷，早卷起在空中。原来一年之中，惟有正二月的风是从地下起的，所以小儿们放纸鸢风筝，只在此时。那时是二月天气，正好随风上去，那有下来的风恰恰吹来还你船中？况且太湖中间，沪沪漾漾的所在，没弄手脚处，只好共睁着眼，望空仰看。但见：

天际飞冲，似炊烟一道直上；云中荡漾，如游丝几个翻身。纸鸢到处好为邻，俊鹘飞来疑是伴。底下叫的叫，跳的跳，只在湖中一叶舟；上边往一往，来一来，直通海外三千国。不生得补青天的大手抓将住，没处借系白日的长绳缚转来。

辨悟手按着经卷，仰望着天际，无法施展，直看到望不见才住。眼见得这一纸在爪哇国里去了，只叫得苦。众人也多呆了，互相埋怨。一个道：“才在我手边，差一些儿不拿得住。”一个道：“在我身边飞过，只道你来拿，我住了手。”大家唧哝。一个老成的道：“师父再看看，敢是吹了没字的素纸还好。”辨悟道：“那里是素纸！刚是揭开头一张，看得明明白白的。”众人疑惑，辨悟放开双手看时，果然失了头一板。辨悟道：“千年古物，谁知今日却弄得不完全了！”忙把来叠好，将包包了，紫涨了面皮，只是怨怅。众人也多懊悔，不敢则声。黄撮空没做道理处，文诌诌强通句把不中款解劝的话。看见辨悟不喜欢，也再没人敢讨看了。船到山边，众人各自上岸散讫。辨悟自到寺里来，说了相府白还经卷缘故，合寺无不欢喜赞叹。却把湖中失去一叶的话，瞒住不说。寺僧多是不在行的，也没人翻来看看，交与住持收拾过罢了。

话分两头。却说河南卫辉府，有一个姓柳的官人，补了常州府太守，择日上任。家中亲眷设酒送行，内中有一个人，乃是个博学好古的山人，曾到苏、杭四处游玩访友过来，席间对柳太守说道："常州府与苏州府接壤，那苏州府所属太湖洞庭山某寺中，有一件希奇的物事，乃是白香山手书《金刚经》。这个古迹价值千金，今老亲丈就在邻邦，若是有个便处，不可不设法看一看。"那个人是柳太守平时极尊信的。他虽不好古董，却是个极贪的性子，见说了值千金，便也动了火，牢牢记在心上。到任之后，也曾问起常州乡士大夫，多有晓得的，只是苏、松隔属，无因得看。他也不是本心要看，只因千金之说上心，希图频对人讲，或有奉承他的解意了，购求来送他未可知。谁知这些听说的人道是隔府的东西，他不过无心问及，不以为意。以后在任年余，渐渐放手长了。有几个富翁为事打通关节，他传出密示，要苏州这卷《金刚经》。讵知富翁要银子反易，要这经却难，虽曾打发人寻着寺僧求买，寺僧道是家传之物，并无卖意。及至问价，说了千金。买的多不在行，伸伸舌，摇摇头，恐怕做错了生意，折了重本，看不上眼，不是算了，宁可苦着百来两银子送进衙去，回说"《金刚经》乃本寺镇库之物，不肯卖的，情愿纳价"罢了。太守见了白物，收了顽涎，也不问起了。如此不止一次。这《金刚经》到是那太守发科分、起发人的丹头了，因此明知这经好些难取，一发上心。

有一日，江阴县中解到一起劫盗，内中有一行脚头陀僧。太守暗喜道："取《金刚经》之计，只在此僧身上了。"一面把盗犯下在死囚牢里，一面叫个禁子到衙来，悄悄吩咐他道："你到监中，可与我密密叮嘱这行脚僧，我当堂再审时，叫他口里扳着苏州洞庭山某寺，是他窝赃之所，我便不加刑罚了。你却不可泄漏讨死吃！"禁子道："太爷吩咐，小的性命恁地不值钱？多在小的身上罢了。"禁子自去依言行事。果然次日升堂，研问这起盗犯，用了刑具，这些强盗各自招出赃仗窝家。独有这个行脚僧不上刑具，就一口招道：赃在洞庭山某寺窝着，寺中住持叫甚名字。原来行脚僧人做歹事的，一应荒庙野寺投斋投宿，无处不到，打听做眼，这寺中住持姓名，恰好他晓得，正投太守心上机会。太守大喜，取了供状，叠成文卷，一面行文到苏州府捕盗厅来，要提这寺中住持。差人赍文坐守，捕厅佥了牌，另差了两个应捕，驾了快船，一直望太湖中洞庭山来。真个：

人似饥鹰，船同蜚虎。鹰在空中思攫食，虎逢到处立吞生。静悄村墟，魆地神号鬼哭；安闲舍宇，登时犬走鸡飞。即此便是活无常，阴间不数真罗刹。

应捕到了寺门前，雄纠纠的走将入来，问道："那一个是住持？"住持上前稽首道："小僧就是。"应捕取出麻绳来便套，住持慌了手脚道："有何事犯，便直得如此？"应捕道："盗情事发，还问甚么事犯！"众僧见住持被缚，大家走将拢来，说道："上下不必粗鲁！本寺是山塘王相府门徒，等闲也不受人欺侮！况且寺中并无歹人，又不曾招接甚么游客住宿，有何盗情干涉？"应捕见说是相府门徒，又略略软了些，说道："官差吏差，来人不差。我们捕厅因常州府盗情事，扳出与你寺干连，行关守提。有干无干，当官折辨，不关我等心上，只要打发我等起身！"一个应捕假做好人道："且宽了缚，等他去周置，这里不怕他走了去。"住持脱了身，讨牌票看了，不知头由。一面商量收拾盘缠，去常州分辨，一面将差使钱送与应捕。应捕嫌多嫌少，诈得满足了才住手。应捕带了住持下船，辨悟叫个道人跟着，一同随了住持，缓急救应。到了捕厅，点了名，办了文书，解将过去。免不得书房与来差多有了使费。住持与辨悟、道人，共是三人，雇了一个船，一路盘缠了来差，到常州来。

说话的，你差了。隔府关提，尽好使用支吾，如何去得这样容易？看官有所不知，这是盗情事，不比别样闲讼，须得出身辨白，不然怎得许多使用？所以只得来了。未见官时，辨悟先去府中细细打听劫盗与行脚僧名字、来踪去迹，与本寺没一毫影响，也没个仇人在内，正不知祸根是那里起的，真摸头路不着。说话间，太守升堂。来差投批，带住持到。太守不开言问甚事由，即写监票发下监中去。住持不曾分说得一句话，竟自黑碌碌地吃监了。太守监罢了住持，唤原差到案前来，低问道："这和尚可有人同来么？"原差道："有一个徒弟、一个道人。"太守道："那徒弟可是了事的？"原差道："也晓得事体的。"太守道："你悄地对那徒弟说：可速回寺中去取那本《金刚经》来，救你师父，便得无事；若稍迟几日，就讨绝单了。”原差道：“小的去说。”

太守退了堂。原差跌跌脚道：“我只道真是盗情，元来又是甚么《金刚经》！”盖只为先前借此为题诈过了好几家，衙门人多是晓得的了，走去一十一五对辨悟说了。辨悟道：“这是我上世之物。怪道日前有好几起常州人来寺中求买，说是府里要，我们不卖与他。直到今日，却生下这个计较，陷我师父，强来索取。如今怎么处？”原差道：“方才明明吩咐稍迟几日就讨绝单。我老爷只为要此经，我这里好几家受了累。何况是你本寺有的，不送得他，他怎肯住手，却不枉送了性命？快去与你住持师父商量去！”辨悟就央原差领了到监里，把这些话一一说了。住持道：“既是如此，快去取来送他，救我出去罢了。终不成为了大家门面的东西，断送了我一个人性命罢？”辨悟道：“不必二三，取了来就是。”对原差道：“有烦上下代禀一声，略求宽容几日，以便往回。师父在监，再求看觑。”原差道：“既去取了，这个不难，多在我身上，放心前去。”

辨悟留下盘缠与道人送饭，自己单身，不辞辛苦，星夜赶到寺中，取了经卷，复到常州。不上五日，来会原差道：“经已取来了，如何送进去？”原差道：“此是经卷，又不是甚么财物。待我在转桶边击梆，禀一声，递进去不妨。”果然原差递了进去。太守在私衙，见说取得《金刚经》到，道是宝物到了，合衙人眷多来争看。打开包时，太守是个粗人，本不在行，只道千金之物，必是怎地庄严；看见零零落落，纸色晦黑，先不像意。揭开细看字迹，见无个起首，没头没脑。看了一会，认有细字号数，仔细再看，却原来是第二叶起的。太守大笑道：“凡事不可虚慕名，虽是古迹，也须得完全才好。今是不全之书，头一板就无了，成得甚用？说甚么千金百金，多被这些酸子传闻误了，空费了许多心机，难为这个和尚坐了这几日监，岂不冤枉！”内眷们见这经卷既没甚么好看，又听得说和尚坐监，一齐撺掇，叫还了经卷，放了和尚。太守也想道没甚紧要，仍旧发与原差，给还本主。衙中传出去说：“少了头一张，用不着，故此发了出来。”辨悟只认还要补头张，怀着鬼胎道：“这却是死了！”正在心慌，只见连监的住持多放了出来。原差来讨赏，道：“已此没事了。”住持不知缘故。原差道：“老爷起心要你这经，故生这风波。今见经不完全，没有甚么头一张，不中他意，有些懊悔了。他原无怪你之心，经也还了，事也罢了。恭喜！恭喜！”

住持谢了原差，回到下处，与辨悟道：“那里说起，遭此一场横祸！今幸得无事，还算好了。只是适才听见说经上没了头张，不完全，故此肯还。我想此经怎的不完全？”辨悟才把前日太湖中众人索看，风卷去头张之事，说了一遍，住持道：“此天意也！若是风不吹去首张，此经今日必然被留，非复我山门所有了。如今虽是缺了一张，后边名迹还在，仍旧归吾寺宝藏，此皆佛天之力。”喜喜欢欢，算还了房钱饭钱，师徒与道人三众雇了一个船，同回苏州来。

过了浒墅关数里，将到枫桥，天已昏黑，忽然风雨大作，不辨路径。远远望去，一道火光烛天，叫船家对着亮处只管摇去。其时风雨也息了，看看至近，却是草舍内一盏灯火明亮，听得有木鱼声。船到岸边，叫船家缆好了。辨悟踱上去，叩门讨火。门还未关，推将进去，却是一个老者靠着桌子诵经。见是个僧家，忙起身叙了礼。辨悟求点灯，老者打个纸捻儿，蘸蘸油点着了，递与辨悟。辨悟接了纸捻，照得满屋明亮。偶然抬头带眼见壁间一幅字纸粘着，无心一看，吃了一惊，大叫道：“怪哉！怪哉！”老者问道：“师父见此纸，为何大惊小怪？”辨悟道：“此话甚长！小舟中还有师父在内，待小僧拿火去照了，然后再来奉告，还有话讲。”老者道：“老汉是奉佛弟子，何不连尊师接了起来？”老者就叫小厮祖寿出来，同了辨悟到舟中，来接那一位师父。

辨悟未到船上，先叫住持道：“师父快起来！不但投着主人，且有奇事了！”住持道：“有何奇事？”辨悟道：“师父且到里面见了主人，请看一件物事。”住持同了辨悟走进门来，与主人相见了。辨悟拿了灯，拽了住持的手，走到壁间，指着那一幅字纸道：“师父可认认看。”住持抬眼一看，只见首一行是“金刚般若波罗密经”，第二行是“法会因由分第一”，正是白香山所书，乃经中之首叶在湖中飘失的。拍手道：“好象是吾家经上的，何缘得在此处？”老者道：“贤师徒惊怪此纸，必有缘故。”辨悟道：“老丈肯把得此纸的根由一说，愚师徒也剖心相告。”老者摆着椅子道：“请坐了献茶，容老汉慢讲。”

师徒领命，分次坐了。奉茶已毕，老者道：“老汉姓姚，是此间渔人。幼年不曾读书，从不识字，只靠着鱼虾为生。后来中年，家事尽可度日了，听得长老们说因果，自悔作业太多，有心修行。只为不识一字，难以念经，因此自恨。凡见字纸，必加爱惜，不敢作践，如此多年。前年某月某日晚间，忽然风飘甚么物件下来，到于门前。老汉望去，只看见一道火光落地，拾将起来，却是一张字纸。老汉惊异，料道多年宝惜字纸，今日见此光怪，必有奇处，不敢亵渎，将来粘在壁间，时常顶礼。后来有个道人到此见了，对老汉道：‘此《金刚经》首叶，若是要念全经，我当教汝。’遂手出一卷，教老汉念诵一遍。老汉随口念过，心中豁然，就把经中字一一认得。以后日渐增加，今颇能遍历诸经了。记得道人临别时，指着此纸道：‘善守此幅，必有后果。’老汉一发不敢怠慢，每念诵时，必先顶礼。今两位一见，共相惊异，必是晓得此纸的来历了。”住持与辨悟同声道：“适间迷路，忽见火光冲天，随亮到此，却只是灯火微明，正在怪异。方才见老丈见教，得此纸时，也见火光，乃知是此纸显灵，数当会合。老丈若肯见还，功德更大了。”老者道：“非师等之物，何云见还？”辨悟道：“好教老丈得知：此纸非凡笔，乃唐朝侍郎白香山手迹也，全经一卷，在吾寺中，海内知名。吾师为此近日被一个狠官人拿去，强逼要献，几丧性命，没奈何只得献出。还亏得前年某月某日湖中遇风，飘去首叶，那官人嫌他不全，方得重还。今日正奉归寺中供养，岂知却遇着所失首叶在老丈处，重得瞻礼。前日若非此纸失去，此经已落他人之手；今日若非此纸重逢，此经遂成不全之文。一失一得，不先不后，两番火光，岂非韦驮尊天有灵，显此护法手段出来么？”

老者似信不信的答应。辨悟走到船内，急取经包上来，解与老者看，乃是第二叶起，将来对着壁间字法纸色，果然一样无差。老者叹异，念佛不已，将手去壁间揭下来，合在上面，长短阔狭无不相同。一卷经完完全全了，三人尽皆欢喜。老者吩咐治斋相款，就留师徒两人同榻过夜。住持私对辨悟道：“起初我们恨柳太守，如今想起来，也是天意。你失去首叶，寺中无一人知道，珍藏到今，若非此一番跋涉，也无从遇着原纸来完全了。”辨悟道：“上天晓得柳太守起了不良之心，怕夺了全卷去，故先吹掉了一纸。今全卷重归，仍旧还了此一纸，实是天公之巧，此卷之灵！想此老亦是会中人，所云道人，安知不是白侍郎托化来的！”住持道：“有理，有理！”是夜，姚老者梦见韦驮尊天来对他道：“汝幼年作业深重，亏得中年回首，爱惜字纸。已命香山居士启汝天聪，又加守护经文，完全成卷，阴功更大，罪业尽消。来生在文字中受报，福禄非凡。今生且赐延寿一纪，正果而终。”老者醒来，明明记得。次日，对师徒二人道：“老汉爱护此纸经年，今见全经，无量欢喜。虽将此纸奉还，老汉不能忘情。愿随师父同行，出钱请个裱匠，到寺中重新装好，使老汉展诵几遍，方为称怀。”师徒二人道：“难得檀越如此信心，实是美事，便请下船同往敝寺随喜一番。”

老者吩咐了家里，带了盘缠，唤小厮祖寿跟着，又在城里接了一个高手的裱匠，买了作料，一同到寺里来。盘桓了几日，等裱匠完工，果然裱得焕然一新。便出衬钱请了数众，展念《金刚经》一昼夜，与师徒珍重而别。后来，每年逢诞日或佛生日，便到寺中瞻礼白香山手迹一遍，即行持念一日，岁以为常。年过八十，到寺中沐浴坐化而终。寺中宝藏此卷，闻说至今犹存。有诗为证：

一纸飞空大有缘，反因失去得周全。

拾来宝惜生多福，故纸何当浪弃捐！

小子不敢明说寺名，只怕有第二个像柳太守的寻踪问迹，又生出事头来。再有一诗笑那太守道：

伧父何知风雅缘？贪看古迹只因钱。

若教一卷都将去，宁不冤他白乐天！

第二卷　小道人一着饶天下　女棋童两局注终身

词云：

百年伉俪是前缘，天意巧周全。试看人世，禽鱼草木，各有蝉联。从来材艺称奇绝，必自种姻缘。文君琴思，仲姬画手，匹美双传。

（词寄《眼儿媚》）

自古道：物各有偶。才子佳人，天生匹配，最是人世上的佳话。看官且听小子说：山东兖州府巨野县有个秾芳亭，乃是地方居民秋收之时，祭赛田祖先农、公举社会聚饮的去处。向来亭上有一扁额，大书三字在上，相传是唐颜鲁公之笔，失去已久，众人无敢再写。一日正值社会之期，乡里父老相商道："此亭徒有其名，不存其扁。只因向是木扁，所以损坏。今若立一通石碑在亭中，别请当今名笔写此三字在内，可垂永久。"此时只有一个秀才，姓王名维翰，是晋时王羲之一派子孙，惯写颜字，书名大盛。父老具礼相求，道其本意。维翰欣然相从，约定社会之日，就来赴会，即当举笔。父老砻石端正。

到于是日，合乡村男妇儿童，无不毕赴，同观社火。你道如何叫得社火？凡一应吹箫打鼓、踢球放弹、勾拦傀儡、五花爨弄诸般戏具，尽皆施呈，却像献来与神道观玩的意思，其实只是人扶人兴，大家笑耍取乐而已。所以王孙公子，尽有携酒挟伎特来观看的。直待诸戏尽完，赛神礼毕，大众齐散，止留下主会几个父老，亭中同分神福，享其祭余，尽醉方休。此是历年故事。此日只为邀请王维翰秀才书石，特接着上厅行首谢天香在会上相陪饮酒。不想王秀才别被朋友留住，一时未至。父老虽是设着酒席，未敢自饮，呆呆等待。谢天香便问道："礼事已毕，为何迟留不饮？"众父老道："专等王秀才来。"谢天香道："那个王秀才？"父老道："便是有名会写字的王维翰秀才。"谢天香道："我也久闻其名，可惜不曾会面。今日社酒却等他做甚？"父老道："他许下在石碑上写秾芳亭三字。今已磨墨停当在此，只等他来动笔罢然后饮酒。"谢天香道："既是他还未来，等我学写个儿耍耍何如？"父老道："大姐又能写染？"谢天香道："不敢说能，粗学涂抹而已。请过大笔一用，取一回笑话，等王秀才来时，抹去了再写不妨。"父老道："俺们那里有大笔？凭着王秀才带来用的。"谢天香看见瓦盆里墨浓，不觉动了挥洒之兴，却恨没有大笔应手。心生一计，伸手在袖中摸出一条软纱汗巾来，将角儿团簇得如法，拿到瓦盆边蘸了浓墨，向石上一挥，早写就了"秾芳"二字，正待写"亭"字起，听得鸾铃响，一人指道："兀的不是王秀才来也！"

谢天香就住手不写，抬眼看时，果然王秀才骑了高头骏马，瞬息来到亭前，从容下马到亭中来。众父老迎着，以次相见。谢天香末后见礼，王秀才看了谢天香容貌，谢天香看了王秀才仪表，两相企羡，自不必说。王秀才看见碑上已有"秾芳"二大字，墨尚未干，称赞道："此二字笔势非凡，有恁样高手在此，何待小生操笔？却为何不写完了？"父老道："久等秀才不到，此间谢大姐先试写一番看看。刚写到两字，恰好秀才来了，所以住手。"谢天香道："妾身不揣，闲在此间作耍取笑，有污秀才尊目。"王秀才道："此书颜骨柳筋，无一笔不合法，不可再易，就请写完罢了。"父老不肯道："专仰秀才大名，是必要烦妙笔一番！"谢天香也谦逊道："贱妾偶尔戏耍，岂可当真！"王秀才道："若要抹去二字，真是可惜！倘若小生写来，未必有如此妙绝，悔之何及？恐怕难为父老每盛心推许，容小生续成罢了。只问适间大姐所用何笔？就请借用一用，若另换一管，锋端不同了。"谢天香道："适间无笔，乃贱妾用汗巾角蘸墨写的。"王秀才道："也好，也好！就借来试一试。"谢天香把汗巾递与王秀才。王秀才接在手中，向瓦盆中一蘸，写个"亭"字续上去。看来笔法俨如一手写成，毫无二样。父老内中也有斯文在行的，大加赞赏道："怎的两人写来恰似出于一手？真是才子佳人，可称双绝！"王秀才与谢天香俱各心里喜欢，两下留意。父老一面就命勒石匠把三字刻将起来，一面就请王秀才坐了首席，谢天香陪坐，大家尽欢吃酒。席间，王秀才与谢天香讲论字法，两人多是青春美貌，自然投机。父老每多是有年纪历过多少事体过的，有什么不解意处？见两人情投意合，就撺掇两个成其夫妇，后来竟谐老终身。这是两个会写字的成了一对的话。

看来，天下有一种绝技，必有一个同声同气的在那里凑得。在夫妻里面，更为希罕。自古书画琴棋，谓之文房四艺。只这王、谢两人，便是书家一对夫妻了。若论画家，只有元时魏国公赵子昂与夫人管氏仲姬，两个多会画，至今湖州天圣禅寺东西两壁，每人各画一壁，一边山水，一边竹石，并垂不朽。若论琴家，是那司马相如与卓文君，只为琴心相通，临邛夜奔，这是人人晓得的，小子不必再来敷演。如今说一个棋家在棋盘上赢了一个妻子，千里姻缘，天生一对，也是一段希奇的故事，说与看官每听一听。有诗为证：

世上输赢一局棋，谁知局内有夫妻？

坡翁当日曾遗语，胜固欣然败亦宜！

话说围棋一种，乃是先天河图之数：三百六十一着，合着周天三百六十五度四分度之一，黑白分阴阳以象两仪，立四角以按四象。其中有千变万化、神鬼莫测之机。仙家每每好此，所以有王质烂柯之说。相传是帝尧所置，以教其子丹朱。此亦荒唐之谈，难道唐虞以前连神仙也不下棋？况且这家技艺不是寻常教得会的。若是天性相近，一下手晓得走道儿，便有非常仙着着出来，一日高似一日，直到绝顶方休。也有品格所限，只差得一子两子地步，再上进不得了。至于本质下劣，就是奢遮的国手师父指教他秘密几多年，只到得自家本等，高也高不多些儿。真所谓棋力酒量恰像个前生分定，非人力所能增减也。

宋时，蔡州大吕村有个村童，姓周名国能，从幼便好下棋。父母送他在村学堂读书，得空就与同伴每画个盘儿，拾取两色砖瓦块做子赌胜。出学堂来，见村中老人家每动手下棋，即袖着手儿站在旁边，呆呆地厮看。或时看到闹处，不觉心痒，口里漏出着把来指手画脚教人，定是寻常想不到的妙着。自此日着日高，是村中有名会下棋的高手，先前曾饶过国能儿子的，后来多反受国能饶了，还下不得两平。遍村走将来，并无一个对手，此时年才十五六岁，棋名已著一乡。乡人见国能小小年纪手段高得出奇，尽传他在田畔拾枣，遇着两个道士打扮的在草地上对坐安枰下棋，他在旁边蹲着观看，道士觑着笑道：“此子亦好棋乎？可教以人间常势。”遂就枰上指示他攻守杀夺、救应防拒之法。也是他天缘所到，说来就解，一一领略不忘。道士说:“自此可无敌于天下矣!”笑别而去。此后果然下出来的迥出人上,必定所遇是仙长,得了仙诀过来的。有的说是这小伙子调喉,无过是他天性近这一家,又且耽在里头,所以转造转高,极穷了秘妙,却又撰出见神见鬼的天话哄着愚人。这也是强口人不肯信伏的常态。总来不必辨其有无,却是棋高无敌是个实的了。

因为棋名既出,又兼年小希罕,便有官员士夫、王孙公子与他往来。又有那不伏气甘折本的小二哥与他赌赛,十两五两输与他的。国能渐渐手头饶裕,礼度熟娴,性格高傲,变尽了村童气质,弄做个斯文模样。父母见他年长,要替他娶妻。国能就心里望头大了,对父母说道:“我家门户低微,目下取得妻来,不过是农家之女,村妆陋质不是我的对头。儿既有此绝艺,便当挟此出游江湖间,料不须带着盘费走。或者不拘那里天缘有在,等待依心像意寻个对得我来的好女儿为妻,方了平生之愿。”父母见他说得话大,便就住了手。

过不多几日,只见国能另换了一身衣服,来别了父母出游。父母一眼看去,险些不认得了。你道他怎生打扮:

头戴包巾,脚蹬方履。身上穿浅地深绿的蓝服,腰间系一坠两股的黄绦。若非葛稚川侍炼药的丹童,便是董双成同思凡的道侣。

说这国能葛巾野服,扮做了道童模样,父母吃了一惊,问道:“儿如此打扮,意欲何为?”国能笑道:“儿欲从此云游四方,遍寻一个好妻子,来做一对耳。”父母道:“这是你的志气,也难阻你。只是得手便回,莫贪了别处欢乐,忘了故乡。”国能道:“这个怎敢!”是日是个黄道吉日,拜别了父母,即便登程,从此自称小道人。

一路行去,晓得汴梁是帝王之都,定多名手,先向汴京进发。到得京中,但是对局,无有不输与小道人的,棋名大震。往来多是朝中贵人,东家也来接,西家也来迎,或是行教,或是赌胜,好不热闹过日。却并不见一个对手,也无可意的女佳人撞着眼里的。混过了多时,自想姻缘未必在此,遂离了京师,又到太原、真定等处游荡。一路行棋,眼见得无出其右,奋然道:“吾闻燕山乃辽国郎主在彼称帝,雄丽过于汴京,此中必有高人国手天下无敌的在内。今我在中国既称绝技,料然到那里不到得输与人了。何不往彼一游,寻个出头的国手较一较高低,也与中国吐一吐气,博他一个远乡异域的高名,传之不朽?况且自古道燕、赵多佳人,或者借此技艺,在王公贵人家里出入，图得一个好配头，也不见得。”遂决意往北路进发，风飧水宿，夜住晓行，不多几日，已到了燕山地面。

且说燕山形胜，左环沧海，右拥太行，北枕居庸，南襟河济。向称天府之国，暂为夷主所都。此时燕山正是耶律部落称尊之所，宋时呼之为北朝，相与为兄弟之国。盖自石晋以来，以燕、云一十六州让与彼国了，从此渐染中原教化，百有余年。所以夷狄名号向来只是单于、可汗、赞普、郎主等类，到得辽人，一般称帝称宗，以至官员职名大半与中国相参，衣冠文物，百工技艺，竟与中华无二。辽国最好的是弈棋。若有第一等高棋，称为国手，便要遣进到南朝请人比试。曾有一个王子最高，进到南朝。这边棋院待诏顾思让也是第一手，假称第三手，与他对局，以一着解两征，至今棋谱中传下镇神头势。王子赢不得顾待诏，问通事说是第三手。王子愿见第一，这边回他道：“赢得第三，方见第二；赢得第二，方见第一。今既赢不得第三，尚不得见第二，怎能够见得第一？”王子只道是真，叹口气道：“我北朝第一手赢不得南朝第三手，再下棋何干！”摔碎棋枰，伏输而去，却不知被中国人瞒过了。此是已往的话。

只说那时辽国围棋第一称国手的乃是一个女子，名为妙观，有亲王保举，受过朝廷册封为女棋童，设个棋肆，教授门徒。你道如何教授？盖围棋三十二法，皆有定名：有“冲”，有“干”，有“绰”，有“约”，有“飞”，有“关”，有“扎”，有“粘”，有“顶”，有“尖”，有“觑”，有“门”，有“打”，有“断”，有“行”，有“立”，有“捺”，有“点”，有“聚”，有“跷”，有“挟”，有“拶”，有“嶭”，有“刺”，有“勒”，有“扑”，有“征”，有“劫”，有“持”，有“杀”，有“松”，有“盘”。妙观以此等法传授于人。多有王侯府中送将男女来学棋，以及大家小户少年好戏欲学此道的，尽来拜他门下，不记其数，多呼妙观为师。妙观亦以师道自尊，妆模做样，尽自矜持，言笑不苟，也要等待对手，等闲未肯嫁人。却是棋声传播，慕他才色的咽干了涎唾，只是不能胜他，也没人敢启齿求配。空传下个美名，受下许多门徒，晚间师父娘只是独宿而已。有一首词单道着妙观好处：

丽质本来无偶，神机早已通玄。枰中举国莫争先，女将驰名善战。

玉手无惭国手，秋波合唤秋仙。高居师席把棋传，石作门生也眩。

（右词寄《西江月》）

话说国能自称小道人，游到燕山，在饭店中歇下，知妙观是国手的话，留心探访。只见来到肆前，果然一个少年美貌的女子，在那里点指划脚教人下棋。小道人见了，先已飞去了三魂，走掉了七魄，恨不得双手抱住了他做一点两点的事。心里道："且未可露机，看他着法如何。"呆呆地袖着手，在旁冷眼厮觑。见他着法还有不到之处，小道人也不说破。一连几日，有些耐不得了，不觉口中嗫嚅，逗露出一两着来。妙观出于不意，见指点出来的多是神着，抬眼看时，却是一个小伙儿，又是道家妆扮的，情知有些诧异，心里疑道："那里来此异样的人？"忍着只做不睬，只是大剌剌教徒弟们对局。妙观偶然指点一着，小道人忽攘臂争道："此一着未是胜着，至第几路必然受亏。"果然下到其间，一如小道人所说。妙观心惊道："奇哉此童！不知自何处而来。若再使他在此观看，形出我的短处，枉为人师，却不受人笑话？"大声喝道："此系教棋之所，是何闲人乱入厮混？"便叫两个徒弟，把小道人叫了出来，不容观看。小道人冷笑道："自家棋低，反要怪人指教，看你躲得过我么？"反了手踱了出来，私下想道："好个美貌女子！棋虽非我比，女人中有此也不易得。只在这几个黑白子上定要赚他到手，倘不如意，誓不还乡！"走到对门，问个老者道："此间店房可赁与人否？"老者道："赁来何用？"小道人道："因来看棋，意欲赁个房儿住着，早晚偷学他两着。"老者道："好好！对门女棋师是我国中第一手，说道天下无敌的。小师父小小年纪，要在江湖上云游，正该学他些着法。老汉无儿女，止有个老嬷缝纫度日，也与女棋师往来得好。此门面房空着，专一与远来看棋的人闲坐，趁几文茶钱的。小师父要赁，就打长赁了也好。"

小道人就在袖里摸出包来，拣一块大些的银子，与他做了定钱。抽身到饭店中搬取行囊，到这对门店中安下。铺设已定，见店中有见成垩就的木牌在那里，他就与店主人说，要借来写个招牌。老者道："要招牌何用？莫非有别样高术否？"小道人道："也要在此教教下棋，与对门棋师赛一赛。"老者道："不当人子，那里还讨个对手么？"小道人道："你不要管，只借我牌便是。"老者道："牌自空着，但凭取用，只不要惹出事来，做了话靶。"小道人道："不妨，不妨。"就取出文房四宝来，磨得墨浓，蘸得笔饱，挥出一张牌来，竖在店面门口。只因此牌一出，有分交：绝技佳人，望枰而纳款；远来游客，出手以成婚。你道牌上写的是甚话来？他写道：汝南小道人手谈，奉饶天下最高手一先。老者看见了，道："天下最高手你还要饶他先哩！好大话，好大话！只怕见我女棋师不得。”小道人道：“正要饶得你女棋师，才为高手。”老者似信不信，走进里面去，把这些话告诉老嬷。老嬷道：“远方来的人敢开大口，或者有些手段也不见得。”老者道：“点点年纪，那里便有什么手段？”老嬷道：“有智不在年高，我们女棋师又是有年纪的么？”老者道：“我们下着这样一个人与对门作敌，也是一场笑话。且看他做出便见。”

不说他老口儿两下唧哝，且说这边立出牌来，早已有人报与妙观得知。妙观见说写的是“饶天下最高手”，明是与他放对的了。情知是昨日看棋的小伙，心中好生忿忿不平，想道：“我在此擅名已久，那里来这个小冤家来寻我们的错处？”发个狠，要就与他决个胜负。又转一个念头道：“他昨日看棋时，偶然指点的着数多在我意想之外。假若与他决一局，幸而我胜，劈破他招牌，赶他走路不难；万一输与他了，此名一出，那里还显得有我？此事不可造次，须着一个先探一探消息再作计较。”妙观有个弟子张生，是他门下最得意的高手，也是除了师父再无敌手的。妙观唤他来，说道：“对门汝南小道人口说大话，未卜手段虚实。我欲与决输赢，未可造次。据汝力量，已与我争不多些儿了，汝可先往一试，看汝与彼优劣，便可以定彼棋品。”

张生领命而出，走到小道人店中，就枰求教。张生让小道人是客，小道人道：“小牌上有言在前，遮莫是高手也要饶他一先，决不自家下起。若输与足下时，受让未迟。”张生只得占先下了。张生穷思极想方才下得一着，小道人只随手应去，不到得完局，张生已败。张生拱手伏输道：“客艺果高，非某敌手，增饶一子，方可再请教。”果然摆下二子，然后请小道人对下。张生又输了一盘。张生心服，道：“还饶不住，再增一子。”增至三子，然后张生觉得松些，恰恰下个两平。看官听说：凡棋有敌手，有饶先，有先两；受饶三子，厥品中中，未能通幽，可称用智。受得国手三子饶的，也算是高强了。只为张生也是妙观门下出色弟子，故此还挣得来，若是别一个，须动手不得，看来只是小道人高得紧了。小道人三局后，对张生道：“足下之棋也算高强，可见上国一斑矣。不知可有堪与小道对敌的，请出一个来，小道情愿领教。”张生晓得此言是搦他师父出马，不敢应答，作别而去。来到妙观跟前密告道：“此小道人技艺甚高，怕吾师也要让他一步。”妙观摇手戒他不可说破，惹人耻笑。

自此之后，妙观不敢公然开肆教棋。旁人见了标牌，已自惊骇，又见妙观收敛起来，那张生受饶三子之说，渐渐有人传将开去，正不知这小道人与妙观果是高下如何。自有这些好事的人，三三两两议论。有的道："我们棋师不与较胜负，想是不放他在眼里的了。"有的道："他牌上明说饶天下最高手一先，我们棋师难道忍得这话起，不与争雄？必是个有些本领的，棋师不敢造次出头。"有的道："我们棋师现是本国第一手，并无一个男人赢得他的，难道别处来这个小小道人便恁地高强不成？是必等他两个对一对局，定个输赢来我们看一看，也是着实有趣的事。"又一个道："妙是妙，他们岂肯轻放对？是必众人出些利物与他们赌胜，才弄得成。"内中有个胡大郎道："妙！妙！我情愿助钱五十千。"支公子道："你出五十千，难道我又少得不成？也是五十千！"其余的也有认出十千、五千的，一时凑来，有了二百千之数。众人就推胡大郎做个收掌之人，敛出钱来多交付与他，就等他约期对局，临时看输赢对付发利物，名为"保局"，此也是赌胜的旧规。其时众人议论已定，胡大郎等利物齐了，便去两边约日比试手段。果然两边多应允了，约在第三日午时在大相国寺方丈内对局。众人散去，到期再会。

女棋童妙观得了此信，虽然应允，心下有些虚怯，道："利物是小事，不争与他赌胜，一下子输了，枉送了日前之名！此子远来作客，必然好利，不如私下买嘱他，求他让我些儿，我明收了利物，暗地加添些与他，他料无不肯的。怎得个人来与我通此信息便好？"又怕弟子们见笑，不好商量得。思量对门店主老嬷常来此缝衣补裳的，小道人正下在他家，何不央他来做个引头，说合这话也好？算计定了，魆地着个女使招他来说话。

老嬷听得，便三脚两步走过对门来，见了妙观，道："棋师娘子，有何吩咐？"妙观直引他到自己卧房里头，坐下了，妙观开口道："有件事要与嬷嬷商量则个。"老嬷道："何事？"妙观道："汝南小道人正在嬷嬷家里下着，奴有句话要嬷嬷说与他。嬷嬷，好说得么？"老嬷道："他自恃棋高，正好来与娘子放对。我见老儿说道：众人出了利物，约着后日对局，娘子却又要与他说甚么话？"妙观道："正为对局的事要与嬷嬷商量。奴在此行教已久，那个王侯府中不唤奴是棋师？寻遍一国没有奴的对手，眼见得手下收着许多徒弟哩。今远来的小道人却说饶尽天下的大话，奴曾教最高手的弟子张生去试他两局，回来说他手段颇高。众人要看我每两下本事，约定后日放对。万一输与他了，一则丧了本朝体面，二则失了日前名声，不是要处。意欲央嬷嬷私下与他说说，做个人情，让我些个。"嬷嬷道："娘子只是放出日前的本事来赢他方好，怎么折了志气反去求他？况且见赌着利物哩，他如何肯让？"妙观道："利物是小事，他若肯让奴赢了，奴一毫不取，私下仍旧还他。"嬷嬷道："他赢了你棋，利物怕不是他的？又讨个大家喝声采不好？却明输与你了，私下受这些说不响的钱，他也不肯。"妙观道："奴再于利物之外私下赠他五十千。他与奴无仇，且又不是本国人，声名不关什么干系。得了若干利物，又得了奴这些私赠，也够了他了。只要嬷嬷替奴致意于他，说奴已甘伏，不必在人前赢奴，出奴之丑便是。"嬷嬷道："说便去说，肯不肯只凭得他。"妙观道："全仗嬷嬷说得好些，肯时奴自另谢嬷嬷。"老嬷道："对门对户，日前相处面上，甚么大事说起谢来！"嘻嘻的笑了出去。

走到家里，见了小道人，把妙观邀去的说话一十一五对他说了。小道人见说罢，便满肚子痒起来，道："好！好！天送个老婆来与我了。"回言道："小子虽然年幼远游，靠着些小技艺，不到得少了用度，那钱财颇不希罕，只是旅邸孤单，小娘子若要我相让时，须依得我一件事，无不从命。"老嬷道："可要怎生？"小道人喜着脸道："妈妈是会事的，定要说出来？"老妈道："说得明白，咱好去说。"小道人道："日里人面前对局，我便让让他；晚间要他来被窝里对局，他须让让我。"老嬷道："不当人子！后生家讨便宜的话莫说！"小道人道："不是讨便宜。小子原非贪财帛而来，所以住此许久，专慕女棋师之颜色耳。嬷嬷为我多多致意，若肯容我半晌之欢，小子甘心诈输，一文不取；若不见许，便当尽着本事对局，不敢容情。"老嬷道："言重，言重！老身怎好出口？"小道人道："你是妇道家，对女人讲话有甚害羞？这是他喉急之事，便依我说了，料不怪你。"说罢，便深深一喏道："事成另谢媒人。"老嬷笑道："小小年纪，倒好老脸皮。说便去说，万一讨得骂时，须要你赔礼。"小道人道："包你不骂的。"老嬷只得又走将过对门去。

妙观正在心下虚怯，专望回音。见了老嬷，脸上堆下笑来道："有烦嬷嬷尊步，所说的事可听依么？"老嬷道："老身磨了半截舌头，依倒也依得，只要娘子也依他一件事。"妙观道："遮莫是甚么事，且说将来，奴依他便了。"老嬷道："若是娘子肯依，倒也不费本钱。"妙观道："果是甚么事？"老嬷道："这件事，易则至易，难则至难。娘子恕老身不知进退的罪，方好开口。"妙观道："奴有事相央，嬷嬷尽着有话便说，岂敢有嫌？"老嬷又假意推让了一回，方才带笑说道："小道人只身在此，所慕娘子才色兼全，他阴沟洞里想天鹅肉吃哩！"妙观通红了脸，半晌不语。老嬷道："娘子不必见怪，这个原是他妄想，不是老身撰造出来的话。娘子怎生算计，回他便了。"妙观道："我起初原说利物之外再赠五十千，也不为轻鲜，只可如此求他了。肯让不肯让，好歹回我便了，怎胡说到这个所在？羞人答答的。"老嬷道："老身也把娘子的话一一说了。他说道，原不希罕钱财，只要娘子允此一事，甘心相让，利物可以分文不取。叫老身就没法回他了，所以只得来与娘子直说。老身也晓得不该说的，却是既要他相让，他有话，不敢隐瞒。"妙观道："嬷嬷，他分明把此话挟制着我，我也不好回得。"嬷嬷道："若不回他，他对局之时决不容情。娘子也要自家算计。"妙观见说到对局，肚子里又怯将起来；想着说到这话，又有些气不分，思量道："叵耐这没廉耻的小弟子孩儿！我且将计就计，哄他则个。"对老嬷道："此话羞人，不好直说。嬷嬷见他，只含糊说道若肯相让，自然感德非浅，必当重报就是了。"嬷嬷得了此言，想道："如此说话，便已是应承的了。我且在里头撮合了他两口，必有好处到我。"千欢万喜，就转身到店中来，把前言回了小道人。小道人少年心性，见说有些口风儿，便一团高兴，皮风骚痒起来，道："虽然如此，传言送语不足为凭，直待当面相见亲口许下了，方无番悔。"老嬷只得又去与妙观说了。妙观有心求他，无言可辞，只得约他黄昏时候灯前一揖为定。

是晚，老嬷领了小道人径到妙观肆中客坐里坐了。妙观出来相见，拜罢，小道人开口道："小子云游到此，见得小娘子芳容，十分侥幸。"妙观道："奴家偶以小艺擅名国中，不想遇着高手下临。奴家本不敢相敌，争奈众心欲较胜负，不得不在班门弄斧。所有奉求心事已托店主嬷嬷说过，万望包容则个。"小道人道："小娘子吩咐，小子岂敢有违！只是小子仰慕小娘子已久，所以在对寓栖迟，不忍舍去。今客馆孤单，若蒙小娘子有见怜之心，对局之时，小子岂敢不揣自逞？定当周全娘子美名。"妙观道："若得周全，自当报德，决不有负足下。"小道人笑容满面，作揖而谢道："多感娘子美情，小子谨记不忘。"妙观道："多蒙相许，一言已定。夜晚之间，不敢亲送，有烦店主嬷嬷伴送过去罢。"叫丫鬟另点个灯，转进房里来了。小道人自同老嬷到了店里，自想：适间亲口应承，这是探囊取物，不在话下的了。只等对局后图成好事不题。

到了第三日，胡大郎早来两边邀请对局，两人多应允了。各自打扮停当，到相国寺方丈里来。胡大郎同支公子早把利物摆在上面一张桌儿上，中间一张桌儿放着一个白铜镶边的湘妃竹棋枰，两个紫檀筒儿，贮着黑白两般云南窑棋子。两张椅东西对面放着，请两位棋师坐着交手，看的人只在两横长凳上坐。妙观让小道人是客，坐了东首，用着白棋。妙观请小道人先下子，小道人道："小子有言在前，这一着先要饶天下最高手，决不先下的。直待赢得过这局，小子才占起。"妙观只得拱一拱道："恕有罪，应该低者先下了。"果然妙观手起一子，小道人随手而应。正是：

> 花下手闲敲，出楸枰，两下交。争先布摆妆圈套，单敲这着，双关那着，声迟思入风云巧。笑山樵，从交柯烂，谁识这根苗。（右调《黄莺儿》）

小道人虽然与妙观下棋，一眼偷觑着他容貌，心内十分动火，想着他有言相许，有意让他一分，不尽情攻杀，只下得个两平。算来白子一百八十着，小道人认输了半子。这一番却是小道人先下起了，少时完局。他两人手下明白，已知是妙观输了。旁边看的嚷道："果然是两个敌手，你先我输，我先你输，大家各得一局。而今只看这一局以定输赢。"妙观见第二番这局觉得力量挪拽，心里有些着忙。下第三局时，频频以目送情。小道人会意，仍旧东支西吾，让他过去。临了收拾了官着，又是小道人少了半子。大家齐声喝采道："还是本国棋师高强，赢了两局也！"小道人只不则声，呆呆看着妙观。胡大郎便对小道人道："只差半子，却算是小师父输了。小师父莫怪！”忙忙收起了利物，一同众人哄了女棋师妙观到肆中，将利物交付，各自散去。

小道人自和一二个相识，尾着众人闲话而归。有的问他道：“那里不争出了这半子？却算做输了一局，失了这些利物。”小道人只是冷笑不答。众人恐怕小道人没趣，多把话来安慰他，小道人全然不以为意。到了店中，看的送的多已散去。店中老嬷便出来问道：“今日赌胜的事却怎么了？”小道人道：“应承过了说话，还舍得放本事赢他？让他一局过去，帮衬他在众人面前生光采，只好是这样凑趣了。”老嬷笑道：“这等却好。他不忘你的美情，必有好处到你，带挈老身也兴头则个。”小道人口里与老嬷说话，一心想着佳音，一眼对着对门盼望动静。

此时天色将晚，小道人恨不得一霎时黑下来。直到点灯时候，只见对面肆里扑地把门关上了。小道人着了急，对老嬷道：“莫不这小妮子负了心？有烦嬷嬷往彼处探一探消息。”老嬷道：“不必心慌，他要瞒生人眼哩！再等一会，待人静后没消息，老身去敲开门来问他就是。”小道人道：“全仗嬷嬷作成好事。”正说之间，只听得对过门环铛的一响，走出一个丫鬟来，径望店里走进。小道人犹如接着一纸九重恩赦，心里好不侥幸，只听他说怎么好话出来。丫鬟向嬷嬷道了万福，说道：“侍长棋师小娘子多多致意嬷嬷，请嬷嬷过来说话则个。”老嬷就此同行，起身便走。小道人赶着附耳道：“嬷嬷精细着。”老嬷道：“不劳吩咐。”带着笑脸，同丫鬟去了。小道人就像热地上蚰蜒，好生打熬不过，禁架不定。正是：

眼盼捷旌旗，耳听好消息。

若得遂心怀，愿彼观音力。

却说老嬷随了丫鬟走过对门，进了肆中，只见妙观早已在灯下笑脸相迎，直请至卧房中坐地，开口谢道：“多承嬷嬷周全之力，日间对局，侥幸不失体面。今要酬谢小道人相让之德，原有言在先的，特请嬷嬷过来，交付利物并谢礼与他。”老嬷道：“娘子花朵儿般后生，恁地会忘事？小道人原说不希罕财物的，如何又说利物谢礼的话？”妙观假意失惊道：“除了利物谢礼，还有什么？”嬷嬷道：“前日说过的，他一心想慕娘子，诸物不爱，只求圆成好事，娘子当面许下了他。方才叮嘱了又叮嘱，在家盼望，真似渴龙思水哩！娘子如何把话说远了？”妙观变起脸来道：“休得如此胡说！奴是清清白白之人，从来没半点邪处，所以受得朝廷册封，王亲贵戚供养，偌多门生弟子尊奉。那里来的野种，敢说此等污言！教他快些息了妄想，收此利物及谢礼过去，便宜他多了。”说罢，就指点丫鬟将日间收来的二百贯文利物一盘托出，又是小匣一个放着五十贯的谢礼，交付与老嬷道：“有烦嬷嬷将去，交付明白。”分外又是三两一小封，送与老嬷做辛苦钱。说道：“有劳嬷嬷两下周全，些小微物，勿嫌轻鲜则个。”那老嬷是个经纪人家眼孔小的人，见了偌多东西，心里先自软了；又加自己有些油水，想道：“许多利物，又添上谢礼，真个不为少了。那个小伙儿也该心满意足，难道只痴心要那话不成？且等我回他去看。”便对妙观道：“多蒙娘子赏赐，老身只得且把东西与他再处。只怕他要说娘子失了信，老身如何回他？”妙观道：“奴家何曾失甚么信？原只说自当重报，而今也好道不轻了。”随唤两个丫鬟捧着这些钱物，跟了老嬷送在对门去。吩咐：“放下便来，不要停留！”两个丫鬟领命，同老嬷三人共拿了礼物，径往对门来。果然丫鬟放下了物件，转身便走。

小道人正在盼望之际，只见老嬷在前，丫鬟在后，一齐进门，料到必有好事到手。不想放下手中东西，登时去了，正不知是甚么意思，忙问老嬷道：“怎的说了？”老嬷指着桌上物件道：“谢礼已多在此了，收明便是，何必再问？”小道人道：“那个希罕谢礼？原说的话要紧！”老嬷道：“要紧！要紧！你要紧，他不要紧？叫老娘怎处？”小道人道：“说过的话怎好赖得？”老嬷道：“他说道原只说自当重报，并不曾应承甚的来。叫我也不好替你讨得嘴。”小道人道：“如此混赖，是白白哄我让他了。”老嬷道：“见放着许多东西，白也不算白了。只是那话，且消停消停，抹干了嘴边这些顽涎，再做计较。”小道人道：“嬷嬷休如此说！前日是与小子觌面讲的话，今日他要赖将起来。嬷嬷再去说一说，只等小子今夜见他一见，看他当面前怎生悔得！”老嬷道：“方才为你磨了好一会牙，他只推着谢礼，并无些子口风。而今去说也没干，他怎肯再见你？”小道人道：“前日如何去一说，就肯相见？”老嬷道：“须知前日是求你的时节，作不得难。今事体已过，自然不同了。”小道人叹口气道：“可见人情如此！我枉为男子，反被这小妮子所赚。毕竟在此守他个破绽出来，出这口气！”老嬷道：“且收拾起了利物，慢慢再看机会商量。”当下小道人把钱物并叠过了，闷闷过了一夜。有诗为证：

亲口应承总是风，两家黑白未和同。

当时未见一着错，今日满盘还是空。

一连几日，没些动静。一日，小道人在店中闲坐，只见街上一个番汉牵着一匹高头骏马，一个虞候骑着，到了门前。虞候跳下马来，对小道人声喏道："罕察王府中请师父下棋，备马到门，快请骑坐了就去。"小道人应允，上了马，虞候步行随着。瞬息之间，已到王府门首。小道人下了马，随着虞候进去，只见诸王贵人正在堂上饮宴。见了小道人，尽皆起身道："我辈酒酣，正思手谈几局，特来奉请。今得到来，恰好！"即命当直的掇过棋桌来。诸王之中先有两个下了两局，赌了几大觥酒，就推过高手与小道人对局，以后轮换请教。也有饶六七子的，也有饶四五子的，最少的也饶三子两子，并无一个对下的。诸王你争我嚷，各出意见，要逞手段，怎当得小道人随手应去，尽是神机莫测。诸王尽皆叹服，把酒称庆，因问道："小师父棋品与吾国棋师妙观果是那个为高？"小道人想着妙观失信之事，心里有些怀恨，不肯替他隐瞒，便道："此女棋本下劣，枉得其名，不足为道。"诸王道："前日闻得你两人比试，是妙观赢了，今日何反如此说？"小道人道："前日他叫人私下央求了小子。小子是外来的人，不敢不让本国的体面，所以故意输与他，岂是棋力不敌？若放出手段来，管取他输便了！"诸王道："口说无凭，做出便见。去唤妙观来，当面试看。"罕察立命从人控马去，即时取将女棋童妙观到来。

妙观向诸王行礼毕，见了小道人，心下有好些忸怩，不敢撑眼看他，勉强也见了一礼。诸王俱赐坐了，说道："你每两人多是国手，未定高下。今日在咱们面前比试一比试，咱们出一百千利物为赌，何如？"妙观未及答应，小道人站起来道："小子不愿各殿下破钞，小子自有利物与小娘子决赌。"说罢，袖中取出一包黄金来，道："此金重五两，就请赌了这些。"妙观回言道："奴家却不曾带些甚么来，无可相对。"小道人向诸王拱手道："小娘子无物相赌，小子有一句话说来请问各殿下看，可行则行。"诸王道："有何话说？"小道人道："小娘子身畔无金，何不即以身躯出注？如小娘子得胜，就拿了小子的黄金去；若小子胜了，赢小娘子做个妻房。可中也不中？"诸王见说，俱各拍手跌足，大笑起来道："妙，妙，妙！咱门多做个保亲，正是风流佳话！"妙观此时欲待应承，情知小道人手段高，输了难处；欲待推却，明明是怯怕赌胜，不交手算输了，真是在左右两难。怎当得许多贵人在前力赞，不由得你躲闪。亦且小道人兴高气傲，催请对局。

妙观没个是处，羞惭窘迫，心里先自慌乱了。勉强就局，没一子下去是得手的，觉是触着便碍。正所谓“棋高一着，缚手缚脚”，况兼是心意不安的，把平日的力量一发减了，连败了两局。小道人起身出局，对着诸王叩一头道：“小子告赢了，多谢各殿下赐婚。”诸王抚掌称快道：“两个国手，原是天生一对。妙观虽然输了局，嫁得此丈夫，可谓得人矣！待有吉日了，咱们各助花烛之费就是了。”急得个妙观羞惭满面，通红了脸皮，无言可答，只低着头不做声。罕察每人与了赏赐，吩咐从人，各送了回家。

小道人扬扬自得，来对店主人与老嬷道：“一个老婆，被小子棋盘上赢了来，今番须没处躲了。”店主、老嬷问其缘故，小道人将王府中与妙观对局赌胜的事说了一遍。老嬷笑道：“这番却赖不得了。”店主人道：“也须使个媒，行个礼才稳。”小道人笑道：“我的媒人大哩！各位殿下多是保亲。”店主人道：“虽然如此，也要个人通话。”小道人道：“前日他央嬷嬷求小子，往来了两番，如今这个媒自然是嬷嬷做了。”老嬷道：“这是带挈老身吃喜酒的事，当得效劳。”小道人道：“小子如今即将昨日赌胜的黄金五两，再加白银五十两为聘仪，择一吉日烦嬷嬷替我送去，订约成亲则个。”店主人即去房中取出一本择日的星书来，翻一翻道：“明日正是黄道日，师父只管行聘便了。”一夜无词。

次日，小道人整顿了礼物，托老嬷送过对门去。连这老嬷也装扮得齐整起来：

白皙皙脸搽胡粉，红霏霏头戴绒花。胭脂浓抹露黄牙，狄髻浑如斗大。　　没把臂一双窄袖，忒狼犺一对宽鞋。世间何处去寻他？除是金刚脚下。

说这店家老嬷装得花簇簇地，将个盒盘盛了礼物，双手捧着，一径到妙观肆中来。妙观接着，看见老嬷这般打扮，手中又拿着东西，也有些瞧科，忙问其来意。老嬷嘻着脸道：“小店里小师父多多拜上棋师小娘子，道是昨日王府中席间娘子亲口许下了亲事，今日是个黄道吉日，特着老身来作伐行礼。这个盒儿里的，就是他下的聘财，请娘子收下则个。”妙观呆了一晌，才回言道：“这话虽有个来因，却怎么成得这事？”老嬷道：“既有来因，为何又成不得？”妙观道：“那日王府中对局，果然是奴家输与他了。这话虽然有的，止不过一时戏言。难道奴家终身之事，只在两局棋上结果了不成？”老嬷道：“别样话戏得，这个话他怎肯认做戏言？娘子前日央求他时节，他兀自妄想；今日又添出这一番赌赛事体，他怎由得你番悔？娘子休怪老身说，看这小道人人物聪俊，年纪不多，你两家同道中又是对手，正好做一对儿夫妻。娘子不如许下这段姻缘，又完了终身好事，又不失一时口信，带挈老身也吃一杯喜酒。未知娘子主见如何？”妙观叹口气道：“奴家自幼失了父母，寄养在妙果庵中。亏得老道姑提挈成人，教了这一家技艺，自来没一个对手，得受了朝廷册封，出入王宫内府，谁不钦敬？今日身子虽是自家做得主的，却是上无尊长之命，下无媒妁之言，一时间凭着两局赌赛，偶尔亏输，便要认起真来，草草送了终身大事，岂不可羞？这事断然不可！”老嬷道：“只是他说娘子失了口信，如何回他？”妙观道：“他原只把黄金五两出注的，奴家偶然不带得东西在身畔。以后输了。今日拚得赔还他这五两，天大事也完了。”老嬷道：“只怕说他不过。虽然如此，常言道事无三不成，这遭却是两遭了，老身只得替你再回他去，凭他怎么处。”妙观果然到房中箱里面秤了五两金子，把个封套封了，拿出来放在盒儿面上，道：“有烦嬷嬷还了他。重劳尊步，改日再谢。”老嬷道：“谢是不必说起。只怕回不倒时，还要老身聒絮哩！”

老嬷一头说，一头拿了原礼并这一封金子，别了妙观，转到店中来，对小道人笑道：“原礼不曾收，回敬倒有了。”小道人问其缘故，老嬷将妙观所言一一说了。小道人大怒道：“这小妮子昧了心，说这等说话！既是自家做得主，还要甚尊长之命、媒妁之言？难道各位大王算不得尊长的么？就是嬷嬷，将礼物过去，便也是个媒妁了，怎说没有？总来他不甘伏，又生出这些话来混赖，却将金子搪塞！我不希罕他金子，且将他的做个告状本，告下他来，不怕他不是我的老婆！”老嬷道：“不要性急。此番老身去，他说的话比前番不同了，是软软的了。还等老身去再三劝他。”小道人道：“私下去说，未免是我求他了，他必然还要拿班。不如当官告了他，须赖不去！”当下写就了一纸告词，竟到幽州路总管府来。

那幽州路总管泰不华正升堂理事，小道人随牌进府，递将状子上去。泰不华总管接着，看见上面写道：“告状人周国能，为赖婚事。能本籍蔡州，流寓马足。因与本国棋手女子妙观赌赛，将金五两聘定，诸王殿下尽为证见。讵料事过心变，悔悖前盟。夫妻一世伦常被赖，死不甘伏！恳究原情，追断完聚，异乡沾化。上告。”总管看了状词，说道：“元来为婚姻事的。凡户、婚、田、土之事，须到析津、宛平两县去，如何到这里来告？”周国能道："这女子是册封棋童的，况干连着诸王殿下，非天台这里不能主婚。"总管准了状词。一面差人行拘妙观对理。差人到了妙观肆中，将官票与妙观看了。妙观吃了一惊道："这个小弟子孩儿，怎便如此恶取笑！"一边叫弟子张生将酒饭陪待了公差，将赏钱出来打发了，自行打点出官。公差知是册封的棋师，不敢啰唣，约在衙门前相会，先自去了。

妙观叫乘轿抬到府前，进去见了总管。总管问道："周国能告你赖婚一事，这怎么说？"妙观道："一时赌赛亏输，实非情愿。"总管道："既已输了，说不得情愿不情愿。"妙观道："偶尔戏言，并无甚么文书约契，怎算得真？"周国能道："诸王殿下多在面上作证，大家认做保亲，还要甚文书约契？"总管道："这话有的么？"妙观一时语塞，无言可答。总管道："岂不闻一言既出，驷马难追？况且婚姻大事，主合不主离。你们两人既是棋中国手，也不错了配头。我做主与你成其好事罢！"妙观道："天台张主，岂敢不从？只是此人不是本国之人，萍踪浪迹，嫁了他，须随着他走。小妇人是个官身，有许多不便处。"周国能道："小人虽在湖海飘零，自信有此绝艺，不甘轻配凡女。就是妙观，女中国手，也岂容轻配凡夫？若得天台做主成婚，小人情愿超籍在此，两下里相帮行教，不回故乡去了。"总管道："这个却好。"妙观无可推辞，只得凭总管断合。

周国能与妙观各回下处。周国能就再央店家老嬷重下聘礼，约定日期成亲。又到各王府说知，各王府俱各助花红灯烛之费。胡大郎、支公子一干好事的，才晓得前日暗地相嘱许下佳期之说，大家笑耍，各来帮兴。成亲之日，好不热闹。过了几时，两情和洽，自不必说。周国能又指点妙观神妙之着，两个都造到绝顶，竟成对手。诸王贵人以为佳话，又替周国能提请官职，封为棋学博士，御前供奉。后来周国能差人到蔡州密地接了爹娘，到燕山同享荣华。周老夫妻见了媳妇一表人物，两心快乐，方信国能起初不肯娶妻，毕竟寻出好姻缘来，所谓有志者事竟成也！有诗为证：

国手惟争一着先，个中藏着好姻缘。
绿窗相对无余事，演谱推敲思入玄。

第三卷 权学士权认远乡姑 白孺人白嫁亲生女

词云：

世间奇物缘多巧，不怕风波颠倒。遮莫一时开了，到底还完好。

丰城剑气冲天表，雷焕张华分宝。他日偶然齐到，津底双龙袅。

此词名《桃源忆故人》，说着世间物事有些好处的，虽然一时拆开，后来必定遇巧得合。那“丰城剑气”是怎么说？晋时大臣张华，字茂先，善识天文，能辨古物。一日，看见天上斗牛分野之间，宝气烛天，晓得豫章丰城县中当有奇物出世。有个朋友雷焕，也是博物的人，遂选他做了丰城县令，托他到彼，专一为访寻发光动天的宝物，吩咐他道：“光中带有杀气，此必宝剑无疑。”那雷焕领命，到了县间，看那宝气却在县间狱中。雷焕领了从人，到狱中尽头去处，果然掘出一对宝剑来，雄曰“纯钩”，雌曰“湛卢”。雷焕自佩其一，将其一献与张华，各自宝藏，自不必说。后来，张华带了此剑行到延平津口，那剑忽在匣中跃出，到了水边，化成一龙。津水之中也钻出一条龙来，凑成一双，飞舞升天而去。张华一时惊异，分明晓得宝剑通神，只水中这个出来凑成双的不知何物，因遣人到雷焕处问前剑所在。雷焕回言道：“先曾渡延平津口，失手落于水中了。”方知两剑分而复合，以此变化而去也。至今人说因缘凑巧，多用“延津剑合”故事。所以这词中说的正是这话。而今说一段因缘，隔着万千里路，也只为一件物事凑合成了，深为奇巧。有诗为证：

温峤曾输玉镜台，圆成钿合更奇哉！

可知宿世红丝系，自有媒人月下来。

话说国朝有一位官人，姓权，名次卿，表字文长，乃是南直隶宁国府人氏。少年登第，官拜翰林编修之职。那翰林生得仪容俊雅，性格风流，所事在行，诸般得趣，真乃是天上谪仙，人中玉树。他自登甲第，在京师为官一载有余。京师有个风俗，每遇初一、十五、二十五日，谓之庙市，凡百般货物俱赶在城隍庙前，直摆到刑部街上来卖，挨挤不开，人山人海的做生意。那官员每清闲好事的，换了便巾便衣，带了一两个管家长班出来，步走游看，收买好东西旧物事。朝中惟有翰林衙门最是清闲，不过读书下棋，饮酒拜客，别无他事相干。权翰林况且少年心性，下处闲坐不过，每遇做市热闹时，就便出来行走。

一日，在市上看见一个老人家，一张桌儿上摆着许多零碎物件，多是人家动用家伙，无非是些灯台铜杓、壶瓶碗碟之类，看不得在文墨眼里的。权翰林偶然一眼瞟去，见就中有一个色样奇异些的盒儿，用手去取来一看，乃是个旧紫金钿盒儿，却只是盒盖。翰林认得是件古物，可惜不全，问那老儿道："这件东西须还有个底儿，在那里？"老儿道："只有这个盖，没有见甚么底。"翰林道："岂有没底的理？你且说这盖是那里来的，便好再寻着那底了。"老儿道："老汉有几间空房在东直门，赁与人住。有个赁房的，一家四五口害了天行症候，先死了一两个后生，那家子慌了，带病搬去，还欠下些房钱，遗下这些东西作退帐。老汉收拾得，所以将来货卖度日。这盒儿也是那人家的，外边还有一个纸簏儿藏着，有几张故字纸包着。咱也不晓得那半扇盒儿要做甚用，所以摆在桌儿上，或者遇个主儿买去也不见得。"翰林道："我到要买你的，可惜是个不全之物。你且将你那纸簏儿来看。"老儿用手去桌底下摸将出来，却是一个破碎零落的纸糊头簏儿。翰林道："多是无用之物，不多几个钱卖与我罢。"老儿道："些小之物，凭爷赏赐罢。"翰林叫随从管家权忠与他一百个钱，当下成交。老儿又在簏中取出旧包的纸儿来包了，放在簏中，双手递与翰林。

翰林叫权忠拿了，又在市上去买了好几件文房古物，回到下处来，放在一张水磨天然几上，逐件细看，多觉买得得意。落后看到那纸簏儿，扯开盖，取出纸包来，开了纸包，又细看那钿盒，金色灿烂，果是件好东西。颠倒相来，到底只是一个盖。想道："这半扇落在那里？且把来藏着，或者凑巧有遇着的时节也未可知。"随取原包的纸儿包他，只见纸破处，里头露出一些些红的出来。翰林把外边纸儿揭开来看，里头却衬着一张红字纸。翰林取出定睛一看，道："原来如此！"你道写的甚么？上写道："大时雍坊住人徐门白氏，有女徐丹桂，年方二岁。有兄白大，子曰留哥，亦系同年生。缘氏夫徐方，原籍苏州，恐他年隔别无凭，有紫金钿盒各分一半，执此相寻为照。”后写着年月，下面着个押字。翰林看了道：“原来是人家婚姻照验之物，是个要紧的，如何却将来遗下，又被人卖了？也是个没搭煞的人了。”又想道：“这写文书的妇人既有丈夫，如何却不是丈夫出名？”又把年月迭起指头算一算看，笑道：“立议之时到今一十八年，此女已是一十九岁，正当妙龄，不知成亲与未成亲。”又笑道：“妄想他则甚？且收起着。”因而把几件东西一同收拾过了。

到了下市，又踱出街上来行走。看见那老儿仍旧在那里卖东西，问他道：“你前日卖的盒儿，说是那一家掉下的。这家人搬在那里去了？你可晓得？”老儿道：“谁晓得他。他一家人先从小的死起，死得来慌了，连夜逃去，而今敢是死绝了也不见得。”翰林道：“他住在你家时有甚么亲戚往来？”老儿道：“他有个妹子，嫁与下路人，住在前门。以后不知那里去了，多年不见往来了。”权翰林自想道：“问得着时，还了他那件东西，也是一桩方便的好事。而今不知头绪，也只索由他罢了。”

回还寓所，只见家间有书信来：夫人在家中亡过了。翰林痛哭了一场，没情没绪，打点回家，就上个告病的本。奉圣旨：“权某准回籍调理，病痊赴京听用。钦此。”权翰林从此就离了京师，回到家中来了。

话分两头，且说钿盒的来历。苏州有个旧家子弟，姓徐名方，别号西泉，是太学中监生。为干办前程，留寓京师多年。在下处岑寂，央媒娶下本京白家之女为妾，生下一个女儿，是八月中得的，取名丹桂。同时，白氏之兄白大郎也生一子，唤做留哥。白氏女人家性子，只护着自家人，况且京师中人不知外方头路，不喜欢攀扯外方亲戚，一心要把这丹桂许与侄儿去。徐太学自是寄居的人，早晚思量回家，要留着结下路亲眷，十分不肯。一日，太学得选了闽中二尹，打点回家赴任，就带了白氏出京。白氏不得遂愿，恋恋骨肉之情，瞒着徐二尹私下写个文书，不敢就说许他为婚，只把一个钿盒儿分做两处，留与侄儿做执照，指望他年重到京师，或是天涯海角，做个表证。

白氏随了二尹到了吴门。原来二尹久无正室，白氏就填了孺人之缺，一同赴任。又得了一子，是九月生的，名唤糕儿。二尹做了两任官回家，已此把丹桂许下同府陈家了。白孺人心下之事，地远时乖，只得丢在脑后。

虽然如此，中怀歉然，时常在佛菩萨面前默祷，思想还乡，寻钿盒的下落。已后，二尹亡逝，守了儿女，做了孤孀，才把京师念头息了。想那出京时节，好歹已是十五六个年头，丹桂长得美丽非凡。所许陈家儿子年纪长大，正要纳礼成婚，不想害了色痨，一病而亡。眼见得丹桂命硬，做了望门寡妇，一时未好许人，且随着母亲、兄弟，穿些淡素衣服挨着过日。正是：

孤辰寡宿无缘分，空向天边盼女牛。

不说徐丹桂凄凉，且说权翰林自从断了弦，告病回家，一年有余，尚未续娶，心绪无聊，且到吴门闲耍，意图寻访美妾。因怕上司府县知道，车马迎送，酒礼往来，拘束得不耐烦，揣料自己年纪不多，面庞娇嫩，身材琐小，旁人看不出他是官，假说是个游学秀才，借寓在城外月波庵隔壁静室中。那庵乃是尼僧，有个老尼唤做妙通师父，年有六十已上，专在各大家往来，礼度熟闲，世情透彻。看见权翰林一表人物，虽然不晓得是埋名贵人，只认做青年秀士，也道他不是落后的人，不敢怠慢。时常叫香公送茶来，或者请过庵中清话。权翰林也略把访妾之意问及妙通，妙通说是出家之人不管闲事，权翰林就住口，不好说得。

是时正是七月七日，权翰林身居客邸，孤形吊影，想着“牛女银河”之事，好生无聊。乃咏宋人汪彦章《秋闱》词，改其末句一字，云：

高柳蝉嘶，采菱歌断，秋风起。晚云如髻，湖上山横翠。帘卷西楼，过雨凉生。天如水，画楼十二，少个人同倚。（词寄《点绛唇》）

权翰林高声歌咏，趁步走出静室外来。新月之下，只见一个素衣的女子走入庵中。翰林急忙尾在背后，在黑影中闪着身子看那女子。只见妙通师父出来接着，女子未叙寒温，且把一炷香在佛前烧起。那女子生得如何？

闻道双衔凤带，不妨单着鲛绡。夜香知与阿谁烧？怅望水沉烟袅。云鬟风前丝卷，玉颜醉里红潮。莫教空度可怜宵，月与佳人共僚（音了）。（词寄《西江月》）

那女子拈着香，跪在佛前，对着上面，口里喃喃呐呐，低低微微，不知说着许多说话，没听得一个字。那妙通老尼便来收科道：“小娘子，你的心事说不能尽，不如我替你说一句简便的罢。”那女子立起身来道：“师父，怎的简便？”妙通道：“佛天保佑，早嫁个得意的丈夫。可好么？”女子道：“休得取笑！奴家只为生来命苦，父亡母老，一身无靠，所以拜祷佛天，专求福庇。”妙通笑道：“大意相去不远。”女子也笑将起来。妙通摆上茶食，女子吃了两盏茶，起身作别而行。

权翰林在暗中看得明白，险些儿眼里放出火来，恨不得走上前一把抱住。见他去了，心痒难熬。正在禁架不定，恰值妙通送了女子回身转来，见了道：“相公还不曾睡？几时来在此间？”翰林道：“小生见白衣大士出现，特来瞻礼。”妙通道：“此邻人徐氏之女丹桂小娘子。果然生得一貌倾城，目中罕见。”翰林道：“曾嫁人未？”妙通道：“说不得。他父亲在时，曾许下在城陈家小官人。比及将次成亲，那小官人没福死了。耽搁了这小娘子做了个望门寡，一时未有人家来求他的。”翰林道：“怪道穿着淡素！如何夜晚间到此？”妙通道：“今晚是七夕牛女佳期，他遭着如此不偶之事，心愿不足，故此对母亲说了，来烧炷夜香。”翰林道：“他母亲是甚么样人？”妙通道：“他母亲姓白，是个京师人，当初徐家老爷在京中选官娶了来家的。且是直性子，好相与。对我说，还有个亲兄在京，他出京时节，有个侄儿方两岁，与他女儿同庚的。自出京之后，杳不相闻，差不多将二十年来了，不知生死存亡。时常托我在佛前保佑。”翰林听着，呆了一会，想道：“我前日买了半扇钿盒，那包的纸上分明写是徐门白氏，女丹桂；兄白大，子白留哥。今这个女子姓徐名丹桂，母亲姓白，眼见得就是这家了。那卖盒儿的老儿说那家死了两个后生，老人家连忙逃去，把信物多掉下了。想必死的后生就是他侄儿留哥，不消说得。谁想此女如此妙丽，在此另许了人家，可又断了。那信物却落在我手中，却又在此相遇，有如此凑巧之事！或者到是我的姻缘也未可知。”以心问心，跌足道：“一二十年的事，三四千里的路，有甚查帐处？只须如此如此。”算计已定，对妙通道：“适才所言白老孺人，多少年纪了？”妙通道：“有四十多岁了。”翰林道：“他京中亲兄可是白大？侄儿子可叫做留哥？”妙通道：“正是，正是。相公如何晓得？”翰林道：“那孺人正是家姑。小生就是白留哥，是孺人的侄儿。”妙通道：“相公好取笑。相公自姓权，如何姓白？”翰林道：“小生幼年离了京师，在江湖上游学。一来慕南方风景，二来专为寻取这头亲眷，所以移名改姓，游到此地。今偶然见师父说着端的，也是一缘一会，天使其然；不然，小生怎地晓得他家姓名？”妙通道：“原来有这等巧事！相公，你明日去认了令姑，小尼再来奉贺便了。”翰林当下别了老尼，到静室上游思妄想，过了一夜。

天明起来，叫管家权忠，叮嘱停当了说话，结束整齐，一直问道徐家来。到了门首，看见门上一个老儿在那里闲坐，翰林叫权忠对他说："可进去通报一声，有个白大官打从京中出来的。"老儿说道："我家老主人没了，小官儿又小。你要见那个的？"翰林道："你家老孺人可是京中人，姓白么？"老儿道："正是姓白。"权忠道："我主人是白大官，正是孺人的侄儿。"老儿道："这等，你随我进去通报便是。"老儿领了权忠，竟到孺人面前。权忠是惯事的人，磕了一头，道："主人白大官在京中出来，已在门首了。"白孺人道："可是留哥？"权忠道："这是主人乳名。"孺人喜动颜色，道："如此喜事！"即忙唤自家儿子道："糕儿，你哥哥到了，快去接了进来。"那小孩子嬉嬉颠颠、摇摇摆摆出来接了翰林进去。

翰林腼腼腆腆，冒冒失失进去，见那孺人起来，翰林叫了"姑娘"一声，唱了一喏，待拜下去。孺人一把扯住道："行路辛苦，不必大礼。"孺人含着眼泪看那翰林，只见眉清目秀，一表非凡，不胜之喜。说道："想老身出京之时，你只有两岁，如今长成得这般好了。你父亲如今还健么？"翰林假意掩泪道："弃世久矣！小侄只为眼底没个亲人，见父亲在时曾说有个姑娘嫁在下路，所以小侄到南方来游学，专欲寻访。昨日偶见月波庵妙通师父说起端的，方知姑娘在此，特来拜见。"孺人道："如何声口不像北边？"翰林道："小侄在江湖上已久，爱学南言，所以变却乡音也。"翰林叫权忠送上礼物。孺人欢喜收了，谢道："至亲骨肉，只来相会便是，何必多礼？"翰林道："客途乏物孝敬姑娘，不必说起，且喜姑娘康健。昨日见妙通说过，已知姑夫不在了。适间这位是表弟，还有一位表妹，与小侄同庚的，在么？"孺人道："你姑夫在时已许了人家，姻缘不偶，未过门就断了，而今还是个没吃茶的女儿。"翰林道："也要请相见。"孺人道："昨日去烧香，感了些风寒，今日还没起来梳洗。总是你在此还要久住，兄妹之间时常可以相见。且到西堂安下了行李再去。"一边吩咐排饭，一手拽着翰林到西堂来。打从一个小院门边经过，孺人用手指道："这里头就是你妹子的卧房。"翰林鼻边悄闻得一阵兰麝之香，心中好生庆幸。那孺人陪翰林吃了饭，着落他行李在书房中，是件安顿停当了，方才进去。权翰林到了书房中，想道："特地冒认了侄儿，要来见这女子，谁想尚未得见。幸喜已认做是真，留在此居住，早晚必然生出机会来，不必性急，且待明日相见过了，再作道理。"

且说徐氏丹桂，年正当时，误了佳期，心中常怀不足。自那七夕烧香，想着牛女之事，未免感伤情绪，兼冒了些风寒，一时懒起。见说有个表兄自京中远来，他曾见母亲说小时有许他为婚之意，又闻得他容貌魁梧，心里也有些暗动，思量会他一面。虽然身子懒怯，只得强起梳妆，对镜长叹道："如此好容颜，到底付之何人也？"有《绵搭絮》一首为证：

瘦来难任，宝镜怕初临。鬼病侵寻，闷对秋光冷透襟。最伤心静夜闻砧。慵拈绣球，懒抚瑶琴。终宵里有梦难成，待晓起翻嫌晓思沉。

梳妆完了，正待出来见表兄。只见兄弟糕儿急急忙忙走将来道："母亲害起急心疼来，一时晕去。我要到街上去取药，姐姐可快去看母亲去！"桂娘听得，疾忙抽身便走了出房，减妆也不及收，房门也不及锁，竟到孺人那里去了。

权翰林在书房中梳洗已毕，正要打点精神，今日求见表妹，只听得人传出来道："老孺人一时急心疼，晕倒了。"他想道："此病惟有前门棋盘街定神丹一服立效，恰好拜匣中带得在此。我且以子侄之礼入堂问病，就把这药送他一丸。医好了他，也是一个讨好的机会。"就去开出来，袖在袖里，一径望内里来问病。路经东边小院，他昨日见孺人说，已晓得是桂娘的卧房。却见门开在那里，想道："桂娘一定在里头，只作三不知闯将进去，见他时再作道理。"翰林捏着一把汗走进卧房。只见：

香奁尚启，宝镜未收。剩粉残脂，还在盒中荡漾；花钿翠黛，依然几上铺张。想他纤手理妆时，少个画眉人凑巧。

翰林如痴似醉，把桌上东西这件闻闻，那件嗅嗅，好不伎痒。又闻得扑鼻馨香，回首看时，那绣帐牙床、锦衾角枕且是整齐精洁。想道："我且在他床里眠他一眠，也沾他些香气，只当亲挨着他皮肉一般。"一躺躺下去，眠在枕头上，呆呆地想了一回。等待几时，不见动静，没些意智，慢慢走了出来。将到孺人房前，摸摸袖里，早不见了那丸药，正不知失落在那里了。定性想一想，只得打原来路上一路寻到书房里去了。

桂娘在母亲跟前守得疼痛少定，思量房门未锁，妆台未收，跑到自房里来。收拾已完，身子困倦，揭开罗帐，待要歇息一歇息。忽见席间一个纸包，拾起来打开看时，却是一丸药。纸包上有字，乃是"定神丹，专治心疼，神效"几个字。桂娘道："此自何来？若是兄弟取至，怎不送到母亲那里去，却放在我的席上？除了兄弟，此处何人来到？却又恰恰是治心疼的药，果是跷蹊！且拿到母亲那里去问个端的。”取了药，掩了房门，走到孺人处来，问道：“母亲，兄弟取药回来未曾？”孺人道：“望得眼穿，这孩子不知在那里顽耍，再不来了。”桂娘道：“好教母亲得知，适间转到房中，只见床上一颗丸药，纸上写着‘定神丹，专治心疼，神效’。我疑心是兄弟取来的，怎不送到母亲这里，却放在我的房中？今兄弟兀自未回，正不知这药在那里来的。”孺人道：“我儿，这‘定神丹’只有京中前门街上有得卖，此处那讨？这分明是你孝心所感，神仙所赐。快拿来我吃！”桂娘取汤来递与孺人，咽了下去。一会，果然心疼立止，母子欢喜不尽。孺人疼痛既止，精神疲倦，蒙蒙的睡了去。

桂娘守在帐前，不敢移动。恰好权翰林寻药不见，空手走来问安。正撞着桂娘在那里，不及回避。桂娘认做是白家表兄，少不得要相见的，也不躲闪。这里权翰林正要亲傍，堆下笑来，买将上去，唱个肥喏道：“妹子，拜揖了。”桂娘连忙还礼道：“哥哥，万福。”翰林道：“姑娘病体若何？”桂娘道：“觉道好些，方才睡去。”翰林道：“昨日到宅，渴想妹子芳容一见，见说玉体欠安，不敢惊动。”桂娘道：“小妹听说哥哥到来，心下急欲迎侍，梳洗不及，不敢草率。今日正要请哥哥厮见，恰遇母亲病急，脱身不得。不想哥哥又进来问病，幸瞻丰范。”翰林道：“小兄不远千里而来，得见妹子玉貌，真个是不枉奔波走这遭了。”桂娘道：“哥哥与母亲姑侄至亲，自然割不断的。小妹薄命之人，何足挂齿！”翰林道：“妹子芳年美质，后禄正长，佳期可待，何出此言？”此时两人对话，一递一来。桂娘年大知味，看见翰林丰姿俊雅，早已动火了八九分，亦且认是自家中表兄妹一脉，甜言软语，更不羞缩，对翰林道：“哥哥初来舍下，书房中有甚不周到处，可对你妹子说，你妹子好来照料一二。”翰林道：“有甚么不周到？”桂娘道：“难道不缺长少短？”翰林道：“虽有缺少，不好对妹子说得。”桂娘道：“但说何妨？”翰林道：“所少的，只怕妹子不好照管。然不是妹子，也不能照管。”桂娘道：“少甚东西？”翰林笑道：“晚间少个人作伴耳。”桂娘通红了面皮，也不回答，转身就走。翰林赶上去一把扯住道：“携带小兄到绣房中，拜望妹子一拜望，如何？”桂娘见他动手动脚，正难分解，只听得帐里老孺人开声道：“那个在此说话响？”翰林只得放了手，回首转来道：“是小侄问安。”其时桂娘已脱了身，跑进房里去了。

孺人揭开帐来，看见了翰林，道：“原来是侄儿到此。小兄弟街上未回，妹子怎不来接待？你方才却和那个说话？”翰林心怀鬼胎，假说道：“只是小侄，并没有那个。”孺人道：“这等，是老人家听差了。”翰林心不在焉，一两句话，连忙告退。孺人看见他有些慌速失张失志的光景，心里疑惑道：“起初我服的定神丹出于京中，想必是侄儿带来的，如何却在女儿房内？适才睡梦之中分明听得与我女儿说话，却又说道没有。他两人不要晓得前因，辄便私自往来，日后做出勾当。他男长女大，况我原有心配合他的。只是侄儿初到，未见怎的，又不知他曾有妻未，不好就启齿。且再过几时，看相机会圆成罢了。”踌蹰之间，只见糕儿拿了一贴药走将来，道：“医生入娘贼出去了！等了多时才取这药来。”孺人嗔他来迟，说道：“等你药到，娘死多时了。今天幸不疼，不吃这药了。你自陪你哥哥去。”糕儿道：“那哥哥也不是老实人。方才走进来撞着他，却在姐姐卧房门首东张西张，见了我，方出去了。”孺人道：“不要多嘴！”糕儿道：“我看这哥哥也标致，我姐姐又没了姐夫，何不配与他了，也完了一件事，省得他做出许多馋痨喉急出相。”孺人道：“孩子家恁地轻出口！我自有主意。”孺人虽喝住了儿子，却也道是有理的事，放在心中打点，只是未便说出来。

那权翰林自遇桂娘两下交口之后，时常相遇，便眉来眼去，彼此有情。翰林终日如痴似狂，拿着一管笔写来写去，茶饭懒吃。桂娘也日日无情无绪，恹恹欲睡，针线慵拈。多被孺人看在眼里。然两个只是各自有心，碍人耳目，不曾做甚手脚。

一日，翰林到孺人处去，恰好遇着桂娘梳妆已毕，正待出房。翰林阑门迎着，相唤了一礼。翰林道：“久闻妹子房闼精致，未曾得造一观。今日幸得在此相遇，必要进去一看。”不由分说，望门里一钻，桂娘只得也走了进来。翰林看见无人，一把抱住道：“妹子慈悲，救你哥哥客中一命则个！”桂娘不敢声张，低低道：“哥哥尊重。哥哥不弃小妹，何不央人向母亲处求亲？必然见允。如何做那轻薄模样！”翰林道：“多蒙妹子指教，足见厚情。只是远水救不得近火，小兄其实等不得那从容的事了。”桂娘正色道：“若要苟合，妹子断然不从！他日得做夫妻，岂不为兄所贱？”挣脱了身子，望门外便走，早把个云髻扭歪，两鬓都乱了。急急走到孺人处，喘气尚是未息。孺人见了，觉得有些异样，问道：“为何如此模样？”桂娘道：“正出房来，撞见哥哥后边走来，连忙先跑，走得急了些个。”孺人道：“自家兄妹，何必如此躲避？”孺人也只道侄儿就在后边来，却又不见到。原来没些意思，反走出去了。孺人自此又是一番疑心，性急要配合他两个，只是少个中间合撮的人。猛然想道："侄儿初到时，说道见妙通师父说了，才寻到我家来的。何不就叫妙通来与他说知其事，岂不为妙？"当下就吩咐儿子糕儿，叫他去庵中接那妙通，不在话下。

却说权翰林走到书房中，想起适才之事，心中怏怏。又思量："桂娘有心于我，虽是未肯相从，其言有理。却不知我是假批子，教我央谁的是？"自又忖道："他母子俱认我是白大，自然是钿盒上的根瓣了。我只将钿盒为证，怕这事不成？"又转想一想道："不好，不好！万一名姓偶然相同，钿盒不是他家的，却不弄真成假？且不要打破网儿，只是做些工夫，偎得亲热，自然到手。"正胡思乱想，走出堂前闲步。忽然妙通师父走进门来，见了翰林，打个问讯道："相公，你投亲眷好处安身许久了，再不到小庵走走？"权翰林还了一礼，笑道："不敢瞒师父说，一来家姑相留，二来小生的形孤影只，岑寂不过，贪着骨肉相傍，懒向外边去了。"妙通道："相公既苦孤单，老身替你做个媒罢！"翰林道："小生久欲买妾，师父前日说不管闲事，所以不敢相央。若得替我做个媒人，十分好了。"妙通道："亲事到有一头在我心里。适才白老孺人相请说话，待我见过了他，再来和相公细讲。"翰林道："我也有个人在肚里，正少个说合的，师父来得正好。见过了家姑，是必到书房中来走走，有话相商则个。"妙通道："晓得了。"说罢话，望内里就走进去。

见了孺人，孺人道："多时不来走走。"妙通道："见说孺人有些贵恙，正要来看，恰好小哥来唤我，故此就来了。"孺人道："前日我侄初到，心中一喜一悲，又兼辛苦了些儿，生出病来。而今小恙已好，不劳费心。只有一句话儿要与师父说说。"妙通道："甚么话？"孺人道："我只为女儿未有人家，日夜忧愁。"妙通道："一时也难得像意的。"孺人道："有到有一个在这里，正要与师父商量。"妙通道："是那个？到要与我出家人商量。"孺人道："且莫说出那个，只问师父一句话，我京中来的侄儿说道先认得你的，可晓得么？"妙通道："在我那里作寓好些时，见我说起孺人，才来认亲的，怎不晓得？且是好一个俊雅人物！"孺人道："我这侄儿，与我女儿同年所生，先前也曾告诉师父过的。当时在京就要把女儿许他为妻，是我家当先老爹不肯。我出京之时，私下把一个钿盒分开两扇，各藏一扇以为后验，写下文书一纸。当时侄儿还小，经今年远，这钿盒、文书虽不知还在不在，人却是了。眼见得女儿别家无缘，也似有个天意在那里。我意欲完前日之约，不好自家启齿；抑且不知他京中曾娶过妻否，要烦你到西堂与我侄儿说此事，如若未娶，待与他圆成了可好么？”妙通道：“这个当得，管取一说就成。且拿了这半扇钿盒去，好做个话柄。”孺人道：“说得是。”走进房里去，取出来交与妙通。妙通袋在袖里了，一径到西堂书房中来。

翰林接着道：“师父见过家姑了？”妙通道：“是见过了。”翰林道：“有甚说话？”妙通道：“多时不见，闲叙而已。”翰林道：“可见我妹子么？”妙通道：“方才不曾见，再过会到他房里去。”翰林道：“好个精致房，只可惜独自孤守！”妙通道：“目下也要说一个人与他了。”翰林道：“起先师父说有头亲事要与小生为媒，是那一家？”妙通道：“是有一家，是老身的檀越。小娘子模样尽好，正与相公厮称。只是相公要娶妾，必定有个正夫人了，他家却是不肯做妾的。”翰林道：“小生曾有正妻，亡过一年多了。恐怕一时难得门当户对的佳配，所以且说个取妾。若果有好人家像得吾意，自然聘为正室了。”妙通道：“你要怎么样的才像得你意？”翰林把手指着里面道：“不瞒老师父说，得像这里表妹方妙。”妙通笑道：“容貌到也差不多儿。”翰林道：“要多少聘财？”妙通袖里摸出钿盒来，道：“不须别样聘财，却倒是个难题目。他家有半扇金盒儿，配得上的就嫁他。”翰林接上手一看，明知是那半扇的底儿，不胜欢喜。故意问道：“他家要配此盒，必有缘故。师父可晓得备细？”妙通道：“当初这家子原是京中住的，有个中表曾结姻盟，各分钿盒一扇为证。若有那扇，便是前缘了。”翰林道：“若论钿盒，我也有半扇，只不知可配得着否？”急在拜匣中取出来，一配，却好是一个盒儿。妙通道："果然是一个，亏你还留得在。"翰林道："你且说那半扇，是那一家的？"妙通道："再有那家？怎佯不知，倒来哄我？是你的亲亲表妹桂娘子的，难道你到不晓得？"翰林道："我见师父藏头露尾不肯直说出来，所以也做哑妆呆，取笑一回。却又一件，这是家姑从幼许我的，何必今日又要师父多这些宛转？"妙通道："令姑也曾道来，年深月久，只怕相公已曾别娶，就不好意思，所以要老身探问个明白。今相公弦断未续，钿盒现配成双。待老身回复孺人，只须成亲罢了。"翰林道："多谢撮合大恩！只不知几时可以成亲？早得一日也好。"妙通道："你这馋样的新郎！明日是中秋佳节，我撺掇孺人就完成了罢，等甚么日子？"翰林道："多感！多感！"

妙通袖里怀了这两扇完全的钿盒，欣然而去，回复孺人。孺人道是骨肉重完，旧物再见，喜欢无尽，只待明日成亲吃喜酒了。此时胸中十万分，那有半分道不是他的侄儿？正是：

只认盒为真，岂知人是假？

奇事颠倒颠，一似塞翁马。

权翰林喜之如狂，一夜不睡。绝早起来，叫权忠到当铺里去赁了一顶儒巾，一套儒衣，整备拜堂。孺人也绝早起来，料理酒席，催促女儿梳妆，少不得一对参拜行礼。权翰林穿着儒衣，正似白龙鱼服，掩着口只是笑，连权忠也笑。旁人看的无非道是他喜欢之故，那知其情？但见花烛辉煌，恍作游仙一梦。有词为证：

银烛灿芙渠，瑞鸭微喷麝烟浮。喜红丝初绾，宝合曾输。何郎俊才调凌云，谢女艳容华濯露。月轮正值团圆暮，雅称锦堂欢聚。（右调《西眉序》）

酒罢送入洞房，就是东边小院桂娘的卧房，乃前日偷眠妄想、强进挨光的所在，今日停眠整宿，你道快活不快活！权翰林真如入蓬莱山岛了。

入得罗帏，男贪女爱，两情欢畅，自不必说。云雨既阑，翰林抚着桂娘道："我和你千里姻缘，今朝美满，可谓三生有幸。"桂娘道："我和你自幼相许，今日完聚，不足为奇。所喜者，隔着多年，又如此远路，到底团圆，乃像是天意周全耳。只有一件，你须不是这里人，今入赘我家，不知到底萍踪浪迹，归于何处？抑且不知你为儒为商，作何生业。我嫁鸡逐鸡，也要商量个终身之策。一时欢爱不足恋也。"翰林道："你不须多虑。只怕你不嫁得我，既嫁了我，包你有好处。”桂娘道：“有甚好处？料没有五花官诰夫人之分。”翰林笑道：“别件或者烦难，若只要五花官诰，包管箱笼里就取得出。”桂娘啐了一啐道：“亏你不羞！”桂娘只道是一句夸大的说话，不以为意。翰林却也含笑，不就明言。且只软款温柔，轻怜痛惜，如鱼似水，过了一夜。

明晨起来，各各梳洗已毕，一对儿穿着大衣，来拜见尊姑，并谢妙通为媒之功。正行礼之时，忽听得堂前一片价筛锣，像有十来个人喧嚷将起来，慌得小舅糕儿没钻处。翰林走出堂前来，问道：“谁人在此罗唣？”说声未了，只见老家人权孝，同了一班京报人一见了就磕头道：“京中报人特来报爷高升的。小人们那里不寻得到？方才街上遇见权忠，才知爷寄迹在此。却如何这般打扮？快请换了衣服！”权翰林连忙摇手，叫他不要说破，禁得那一个住？你也“权爷”、我也“权爷”不住的叫，拿出一张报单来，已升了学士之职，只管嚷着求赏。翰林着实叫他们：“不要说我姓权！”京报人那管甚么头由，早把一张报喜的红纸高高贴起在中间，上写：“飞报：贵府老爷权，高升翰林学士，命下。”这里跟随管家权忠拿出冠带，对学士道：“料想瞒不过了，不如老实行事罢！”学士带笑脱了儒巾儒衣，换了冠带，讨香案来，谢了圣恩。吩咐京报人出去门外候赏。

转身进来，重请岳母拜见。那孺人出于不意，心慌撩乱，没个是处，好像青天里一个霹雳，不知是那里起的。只见学士拜下去，孺人连声道：“折杀老身也！老身不知贤婿姓权，乃是朝廷贵臣，真是有眼不识泰山。望高抬贵手，恕家下简慢之罪。”学士道：“而今总是一家人，不必如此说了。”孺人道：“不敢动问贤婿，贤婿既非姓白，为何假称舍侄，光降寒门？其间必有因由。”学士道：“小婿寄迹禅林，晚间闲步月下，看见令爱芳姿，心中仰慕无已。问起妙通师父，说着姓名居址，家中长短备细，故此托名前来，假意认亲。不想岳母不疑，欣然招纳，也是三生有缘。”妙通道：“学士初到庵中，原说姓权。后来说着孺人家事，就转口说了姓白。小尼也曾问来，学士回说道：‘因为访亲，所以改换名姓。’岂知贵人游戏，我们多被瞒得不通风，也是一场天大笑话。”孺人道：“却又一件，那半扇钿盒却自何来？难道贤婿是通神的？”学士笑道：“侄儿是假，钿盒却真。说起来实有天缘，非可强也。”孺人与妙通多惊异道：“愿闻其详。”学士道：“小婿在长安市上偶然买得此盒一扇，那包盒的却是文字一纸，正是岳母写与令侄留哥的，上有令爱名字。今此纸见在小婿处，所以小婿一发有胆冒认了。求岳母饶恕欺诳之罪。”孺人道：“此话不必题起了。只是舍侄家为何把此盒出卖？卖的是甚么样人？贤婿必然明白。”学士道：“卖的是一个老儿，说是令兄旧房主。他说令兄全家遭疫，少者先亡，止遗老口，一时逃去，所以把物件遗下，拿出来卖的。”孺人道：“这等说起来，我兄与侄皆不可保，真个是物在人亡了！”不觉掉下泪来。妙通便收科道：“老孺人，姻缘分定，而今还管甚侄儿不侄儿，是姓权是姓白？招得个翰林学士做女婿，须不辱没了你的女儿。”孺人道：“老师父说得有理。”大家称喜不尽。

此时桂娘子在旁，逐句逐句听着，口虽不说出来，才晓得昨夜许他五花官诰做夫人，是有来历的，不是过头说话；亦且钿盒天缘，实为凑巧，心下得意，不言可知。权学士既喜着桂娘美貌，又见钿盒之遇，以为奇异，两下恩爱非常。重谢了妙通师父，连岳母、小舅都带了赴任。后来秩满，桂娘封为宜人，夫妻偕老。

世间百物总凭缘，大海浮萍有偶然。
不向长安买钿盒，何从千里配婵娟？

第四卷 襄敏公元宵失子 十三郎五岁朝天

词云：

瑞烟浮禁苑。正绛阙春回，新正方半，冰轮桂华满。溢花衢歌市，芙蓉开遍。龙楼两观，见银烛星球有烂。卷珠帘、尽日笙歌，盛集宝钗金钏。　　堪羡。绮罗丛里，兰麝香中，正宜游玩。风柔夜暖花影乱，笑声喧。闹蛾儿满路，成团打块，簇着冠儿斗转。喜皇都旧日风光，太平再见。（词寄《瑞鹤仙》）

这一首词乃是宋绍兴年间词人康伯可所作。伯可原是北人，随驾南渡，有名是个会做乐府的才子，秦申王荐于高宗皇帝。这词单道着上元佳景，高宗皇帝极其称赏，御赐金帛甚多。词中为何说“旧日风光，太平再见”？盖因靖康之乱，徽、钦被虏，中原尽属金夷。侥幸康王南渡，即了帝位，偏安一隅，偷闲取乐，还要模拟盛时光景。故词人歌咏如此，也是自解自乐而已。

怎如得当初柳耆卿另有一首词云：

禁漏花深，绣工日永，熏风布暖。变韶景、都门十二，元宵三五，银蟾光满。连云复道凌飞观。耸皇居丽，佳气瑞烟葱蒨。翠华宵幸，是处层城阆苑。　　龙凤烛、交光星汉。对咫尺鳌山开雉扇。会乐府两籍神仙，梨园四部弦管。向晓色、都人未散。盈万井、山呼鳌抃。愿岁岁，天仗里常瞻凤辇。（词寄《倾杯乐》）

这首词，多说着盛时宫禁说话。只因宋时极作兴是个元宵，大张灯火，御驾亲临，君民同乐。所以说道“金吾不禁夜，玉漏莫相催”。然因是倾城士女通宵出游，没些禁忌，其间就有私期密约，鼠窃狗偷，弄出许多话柄来。

当时李汉老又有一首词云：

帝城三五，灯光花市盈路。天街游处，此时方信，凤阙都民，奢华豪富。纱笼才过处，喝道转身，一壁小来且住。见许多才子艳质，携手并肩低语。　　东来西往谁家女？买玉梅争戴，缓步香风度。北观南顾，见画烛影里，神仙无数。引人魂似醉，不如趁早步月归去。这一双情眼，怎生禁得许多胡觑？（词寄《女冠子》）

细看此一词，可见元宵之夜，趁着喧闹丛中干那不三不四勾当的，不一而足，不消说起。而今在下说一件元宵的事体，直教：

闹动公侯府，分开帝主颜。

猾徒入地去，稚子见天还。

话说宋神宗朝，有个大臣王襄敏公，单讳着一个韶字，全家住在京师。真是潭潭相府，富贵奢华，自不必说。那年正月十五元宵佳节，其时王安石未用，新法未行，四境无侵，万民乐业，正是太平时候。家家户户，点放花灯，自从十三日为始，十街九市，欢呼达旦。这夜十五日是正夜，年年规矩，官家亲自出来，赏玩通宵，倾城士女，专待天颜一看。且是此日难得一轮明月当空，照耀如同白昼，映着各色奇巧花灯，从来叫做灯月交辉，极为美景。襄敏公家内眷，自夫人以下，老老幼幼，没一个不打扮齐整了，祗候人牵着帷幕出来，街上看灯游耍。看官，你道如何用着帷幕？盖因官宦人家女眷，恐防街市人挨挨擦擦，不成体面，所以或用绢段或用布匹等类，扯作长圈围着，只要隔绝外边人，他在里头走的人，原自四边看得见的。晋时叫他做步障，故有紫丝步障、锦步障之称。这是大人家规范如此。

闲话且过，却说襄敏公有个小衙内，是他末堂最小的儿子，排行第十三，小名叫做南陔。年方五岁，聪明乖觉，容貌不凡，合家内外大小都是喜欢他的，公与夫人自不必说。其时也要到街上看灯。大宅门中衙内，穿着齐整还是等闲，只头上一顶帽子，多是黄豆来大不打眼的洋珠，穿成双凤穿牡丹花样，当面前一粒猫儿眼宝石，睛光闪烁，四围又是五色宝石镶着，乃是鸦青、祖母绿之类，只这顶帽，也值千来贯钱。襄敏公吩咐一个家人王吉，驮在背上，随着内眷一起看灯。

那王吉是个晓法度的人，自道身是男人，不敢在帷中走，只是傍帷外而行。行到宣德门前，恰好神宗皇帝正御宣德门楼，圣旨许令万目仰观，金吾卫不得拦阻。楼上设着鳌山，灯光灿烂，香烟馥郁，奏动御乐，箫鼓喧阗。楼下施呈百戏，供奉御览。看的真是人山人海，挤得缝地都没有了。有翰林承旨王禹玉《上元应制诗》为证：

雪消华月满仙台，万烛当楼宝扇开。
双凤云中扶辇下，六鳌海上驾山来。
镐京春酒沾周宴，汾水秋风陋汉才。
一曲升平人尽乐，君王又进紫霞杯。

此时王吉拥入人丛之中，因为肩上负了小衙内，好生不便，观看得不甚像意。忽然觉得背上轻松了些，一时看得浑了，忘其所以，伸伸腰，抬抬头，且是自在，呆呆里向上看着。猛然想道："小衙内呢？"急回头看时，眼见得不在背上。四下一望，多是面生之人，竟不见了小衙内踪影。欲要找寻，又被挤住了脚，行走不得。王吉心慌撩乱，将身子尽力挨出，挨得骨软筋麻，才到得稀松之处。遇见府中一伙人，问道："你们见小衙内么？"府中人道："小衙内是你负着，怎到来问我们？"王吉道："正是闹嚷之际，不知那个伸手来我背上接了去。想必是府中弟兄们见我费力，替我抱了，放松我些，也不见得。我一时贪个松快，人闹里不看得仔细，及至寻时已不见了。你们难道不曾撞见？"府中人见说，大家慌张起来，道："你来作怪了，这是作要的事？好如此不小心！你在人千人万处失去了，却在此问张问李，岂不误事！还是分头再到闹头里寻去。"

一伙十来个人同了王吉挨出挨入，高呼大叫，怎当得人多得紧了，茫茫里向那个问是？落得眼睛也看花了，喉咙也叫哑了，并无一些影响。寻了一回，走将拢来，我问你，你问我，多一般不见，慌做了一团。有的道："或者那个抱了家去了？"有的道："你我都在，又是那一个抱去？"王吉道："且到家问问看又处。"一个老家人道："决不在家里，头上东西耀人眼目，被歹人连人盗拐去了。我们且不要惊动夫人，先到家禀知了相公，差人及早缉捕为是。"王吉见说要禀知相公，先自怯了一半，道："如何回得相公的话？且从容计较打听，不要性急便好。"府中人多是着了忙的，那由得王吉主张，一齐奔了家来。私下问问，那得个小衙内在里头？只得来见襄敏公。却也嗫嗫嚅嚅，未敢一直说失去小衙内的事。襄敏公见众人急急之状，倒问道："你等去未多时，如何一齐跑了回来？且多有些慌张失智光景，必有缘故。”众家人才把王吉在人丛中失去小衙内之事说了一遍。王吉跪下，只是叩头请死。襄敏公毫不在意，笑道：“去了自然回来，何必如此着急？”众家人道：“此必是歹人拐了去，怎能够回来？相公还是着落开封府及早追捕，方得无失。”襄敏公摇头道：“也不必。”众人道是一番天样大、火样急的事，怎知襄敏公看得等闲，声色不动，化做一杯雪水。众人不解其意，只得到帷中禀知夫人。

夫人惊慌，抽身急回，噙着一把眼泪来与相公商量。襄敏公道：“若是别个儿子失去，便当急急寻访。今是吾十三郎，必然自会归来，不必忧虑。”夫人道：“此子虽然伶俐，点点年纪，奢遮煞也只是四五岁的孩子。万众之中挤掉了，怎能够自会归来？”养娘每道：“闻得歹人拐人家小厮去，有擦瞎眼的，有斫掉脚的，千方百计摆布坏了，装做叫化的化钱。若不急急追寻，必然衙内遭了毒手。”各各啼哭不住。家人每道：“相公便不着落府里缉捕，招帖也写了几张，或是大张告示，有人贪图赏钱，便有访得下落的来报了。”一时间你出一说，我出一见，纷纭乱讲。只有襄敏公怡然不以为意，道：“随你议论百出，总是多的。过几日自然来家。”夫人道：“魔合罗般一个孩子，怎生舍得失去了不在心上？说这样懈话！”襄敏公道：“包在我身上，还你一个旧孩子便了，不要性急。”夫人那里放心？就是家人每、养娘每也不肯信相公的话。夫人自吩咐家人各处找寻去了不题。

却说那晚南陔在王吉背上，正在挨挤喧嚷之际，忽然有个人趁近到王吉身畔，轻轻伸手过来接去，仍旧一般驮着。南陔贪着观看，正在眼花撩乱，一时不觉。只见那一个人负得在背，便在人丛里乱挤将过去，南陔才喝声道："王吉！如何如此乱走？"定睛一看，那里是个王吉？衣帽装束多另是一样了。南陔年纪虽小，心里煞是聪明，便晓得是个歹人，被他闹里来拐了。欲待声张，左右一看，并无一个认得的熟人。他心里思量道："此必贪我头上珠帽，若被他掠去，须难寻讨。我且藏过帽子，我身子不怕他怎地。"遂将手去头上除下帽子来，揣在袖中，也不言语，也不慌张，任他驮着前走，却像不晓得什么的。将近东华门，看见轿子四五乘叠联而来，南陔心里忖量道："轿中必有官员贵人在内，此时不声张求救，更待何时？"南陔觑轿子来得较近，伸手去攀着轿子，大呼道："有贼！有贼！救人！救人！"那负南陔的贼出于不意，骤听得背上如此呼叫，吃了一惊，恐怕被人拿住，连忙把南陔撩下背来，脱身便走，在人丛里混过了。轿中人在轿内闻得孩子声唤，推开帘子一看，见是个青头白脸魔合罗般一个小孩子，心里喜欢，叫住了轿，抱将过来，问道："你是何处来的？"南陔道："是贼拐了来的。"轿中人道："贼在何处？"南陔道："方才叫喊起来，在人丛中走了。"轿中人见他说话明白，摩他头道："乖乖，你不要心慌，且随我去再处。"便双手抱来，放在膝上。一直进了东华门，竟入大内去了。

你道轿中是何等人？原来是穿宫的高品近侍中大人。因圣驾御楼观灯已毕，先同着一般的中贵四五人前去宫中排宴。不想遇着南陔叫喊，抱在轿中，进了大内。中大人吩咐从人，领他到自己入直的房内，与他果品吃着，被卧温着。恐防惊吓了他，叮嘱又叮嘱。内监心性喜欢小的，自然如此。

次早，中大人四五人直到神宗御前，叩头跪禀道："好教万岁爷爷得知，奴婢等昨晚随侍赏灯回来，在东华门外拾得一个失落的孩子，领进宫来。此乃万岁爷爷得子之兆，奴婢等不胜喜欢。未知是谁家之子，未请圣旨，不敢擅便，特此启奏。"神宗此时前星未耀，正急的是生子一事。见说拾得一个孩子，也道是宜男之祥，喜动天颜，叫快宣来见。中大人领旨，急到入直房内抱了南陔，先对他说："圣旨宣召，如今要见驾哩，你不要惊怕。"南陔见说见驾，晓得是见皇帝了，不慌不忙，在袖中取出珠帽来，一似昨晚带了，随了中大人竟来见神宗皇帝。娃子家虽不曾习着什么嵩呼拜舞之礼，却敢擎拳曲腿，一拜两拜的叩头稽首。喜得个神宗跌脚欢忭，御口问道："小孩子，你是谁人之子？可晓得姓什么？"南陔竦然起答道："儿姓王，乃臣韶之幼子也。"神宗见他说出话来，声音清朗，且语言有体，大加惊异。又问道："你缘何得到此处？"南陔道："只因昨夜元宵举家观灯，瞻仰圣容，嚷乱之中，被贼人偷驮背上前走。偶见内家车乘，只得叫呼求救。贼人走脱，臣随中贵大人一同到此。得见天颜，实出万幸！"神宗道："你今年几岁了？"南陔道："臣五岁了。"神宗道："小小年纪，便能如此应对，王韶可谓有子矣。昨夜失去，不知举家何等惊惶，朕今即要送还汝父。只可惜没查处那个贼人。"南陔对道："陛下要查此贼，一发不难。"神宗惊喜道："你有何见可以得贼？"南陔道："臣被贼人驮走，已晓得不是家里人了，便把头带的珠帽除下藏好。那珠帽之顶，有臣母将绣针彩线插戴其上，以厌不祥。臣比时在他背上，想贼人无可记认，就于除帽之时将针线取下，密把他衣领缝线一道，插针在衣内，以为暗号。今陛下令人密查，若衣领有此针线者，即是昨夜之贼。有何难见？"神宗大惊道："奇哉此儿！一点年纪，有如此大见识！朕若不得贼，孩子不如矣！待朕擒治了此贼，方送汝回去。"又对近侍夸称道："如此奇异儿子，不可令宫闱中人不见一见。"传旨急宣钦圣皇后见驾。

穿宫人传将旨意进宫，宣得钦圣皇后到来。山呼行礼已毕，神宗对钦圣道："外厢有个好儿子，卿可暂留宫中，替朕看养他几日，做个得子的谶兆。"钦圣虽然遵旨谢恩，不知甚么事由，心中有些犹豫不决。神宗道："要知详细，领此儿到宫中问他，他自会说明白。"钦圣得旨，领了南陔自往宫中去了。

神宗一面写下密旨，差个中大人赍到开封府，是长是短的，从头吩咐了大尹，立限捕贼以闻。开封府大尹奉得密旨，非比寻常访贼的事，怎敢时刻怠缓？即唤过当日缉捕使臣何观察吩咐道："今日奉到密旨，限你三日内要拿元宵夜做不是的一伙人。"观察禀道："无贼无证，从何缉捕？"大尹叫何观察上来附耳低言，把中大人所传衣领针线为号之说说了一遍。何观察道："恁地时，三日之内管取完这头公事。只是不可声扬。"大尹道："你好干这事，此是奉旨的，非比别项盗贼，小心在意！"观察声喏而出。到得使臣房，集齐一班眼明手快的公人来商量道："元宵夜趁着热闹做歹事的，不止一人，失事的也不止一家。偶然这一家的小儿不曾捞得去，别家得手处必多。日子不远，此辈不过在花街柳陌、酒楼饭店中，庆松取乐，料必未散。虽是不知姓名地方，有此暗记，还怕什么？遮莫没踪影的也要寻出来。我每几十个做公的分头体访，自然有个下落。"当下派定张三往东，李四往西。各人认路，茶坊酒肆，凡有众人团聚面生可疑之处，即便留心挨身体看。各自去讫。

元来那晚这个贼人，有名的叫做“雕儿手”，一起有十来个，专一趁着热闹时节，人丛里做那不本分的勾当。有诗为证：

昏夜贪他唾手财，全凭手快眼儿乖。

世人莫笑胡行事，譬似求人更可哀。

那一个贼人当时在王家门首，窥探踪迹，见个小衙内齐整打扮背将出来，便自上了心，一路尾着走，不离左右。到了宣德门楼下，正在挨挤喧闹之处，觑个空，便双手溜将过来，背了就走。欺他是小孩子，纵有知觉，不过惊怕啼哭之类，料无妨碍，不在心上。不提防到官轿旁边，却会叫喊“有贼”起来。一时着了忙，想道利害，卸着便走。更不知背上头，暗地里又被他做工夫，留下记认了，此是神仙也猜不到之事。后来脱去，见了同伙，团聚拢来，各出所获之物，如簪钗、金宝、珠玉、貂鼠暖耳、狐尾护颈之类，无所不有。只有此人却是空手，述其缘故，众贼道：“何不单雕了珠帽来？”此人道：“他一身衣服多有宝珠钮嵌，手足上各有钏镯。就是四五岁一个小孩子好歹也值两贯钱，怎舍得轻放了他？”众贼道：“而今孩子何在？正是贪多嚼不烂了。”此人道：“正在内家轿边叫喊起来，随从的虞候虎狼也似，好不多人在那里，不兜住身子便算天大侥幸，还望财物哩！”众贼道：“果是利害。而今幸得无事，弟兄们且打平伙，吃酒压惊去。”于是一日轮一个做主人，只拣隐僻酒务，便去畅饮。

是日，正在玉津园旁边一个酒务里头欢呼畅饮，一个做公的，叫做李云，偶然在外经过，听得猜拳豁指、呼红喝六之声。他是有心的，便踅进门来一看，见这些人举止气象，心下有十分瞧科。走去坐了一个独副座头，叫声：“买酒饭吃！”店小二先将盏箸安顿去了。他便站将起来，背着手踱来踱去，侧眼把那些人逐个个觑将去，内中一个果然衣领上挂着一寸来长短彩线头。李云晓得着手了，叫店家：“且慢烫酒，我去街上邀着个客人一同来吃。”忙走出门，口打个胡哨，便有七八个做公的走将拢来，问道：“李大，有影响么？”李云把手指着店内道：“正在这里头，已看的实了。我们几个守着这里，把一个走去，再叫集十来个弟兄，一同下手。”内中一个会走的飞也似去，又叫了十来个做公的来了。发声喊，望酒务里打进去，叫道：“奉圣旨拿元宵夜贼人一伙！店家协力，不得放走了人！”店家听得

"圣旨"二字，晓得利害，急集小二、火工、后生人等，执了器械出来帮助。十来个贼，不曾走了一个，多被捆倒。正是：

日间不做亏心事，夜半敲门不吃惊。

大凡做贼的见了做公的，就是老鼠遇了猫儿，见形便伏；做公的见了做贼的，就是仙鹤遇了蛇洞，闻气即知。所以这两项人每每私自相通，时常要些孝顺，叫做"打业钱"。若是捉破了贼，不是什么要紧公事，得些利市，便放松了。而今是钦限要人的事，衣领上针线斗着海底眼，如何容得宽展！当下捆住，先剥了这一个的衣服。众贼虽是口里还强，却个个肉颤身摇，面如土色。身畔一搜，各有零赃。一直里押到开封府来，报知大尹。

大尹升堂，验着衣领针线是实，明知无枉，喝教："用起刑来！"令招实情。掤扒吊拷，备受苦楚，这些顽皮赖肉只不肯招。大尹即将衣领针线问他道："你身上何得有此？"贼人不知事端，信口支吾。大尹笑道："如此剧贼，却被小孩子算破了，岂非天理昭彰！你可记得元宵夜内家轿边叫救人的孩子么？你身上已有了暗记，还要抵赖到那里去？"贼人方知被孩子暗算了，对口无言，只得招出实话来。乃是积年累岁遇着节令盛时，即便四出剽窃，以及平时略贩子女，伤害性命，罪状山积，难以枚举，从不败露。岂知今年元宵行事之后，卒然被擒？却被小子暗算，惊动天听，以致有此。莫非天数该败，一死难逃！大尹责了口词，叠成文卷。大尹却记起旧年元宵真珠姬一案，现捕未获的那一件事来。你道又是甚事？看官且放下这头，听小子说那一头。

也只因宣德门张灯，王侯贵戚女眷多设帷幕在门外两庑，日间先在那里等候观看。其时有一个宗王家在东首，有个女儿名唤真珠，因赵姓天潢之族，人都称他真珠族姬。年十七岁，未曾许嫁人家，颜色明艳，服饰鲜丽，耀人眼目。宗王的夫人姨妹族中却在西首。姨娘晓得外甥真珠姬在帷中观灯，叫个丫鬟走来相邀一会，上复道："若肯来，当差兜轿来迎。"真珠姬听罢，不胜之喜，便对母亲道："儿正要见见姨娘，恰好他来相请，是必要去。"夫人亦欣然许允。打发丫鬟先去回话，专候轿来相迎。过不多时，只见一乘兜轿打从西边来到帷前。真珠姬孩子心性，巴不得就到那边顽耍，叫养娘们问得是来接的，吩咐从人随后来，自己不耐烦等待，慌忙先自上轿去了。才去得一会，先前来的丫鬟又领了一乘兜轿来到，说道："立等真珠姬相会，快请上轿。"王府里家人道："真珠姬方才先随轿去了，如何又来迎接？”丫鬟道：“只是我同这乘轿来，那里又有什么轿先到？”家人们晓得有些跷蹊了，大家忙乱起来。闻之宗王，着人到西边去看，眼见得决不在那里的了。急急吩咐虞候祇从人等四下找寻，并无影响。急具事状，告到开封府。府中晓得是王府里事，不敢怠慢，散遣缉捕使臣挨查踪迹。王府里自出赏揭，报信者二千贯，竟无下落。不题。

且说真珠姬自上了轿后，但见轿夫四足齐举，其行如飞。真珠姬心里道：“是顷刻就到的路，何须得如此慌走？”却也道是轿夫脚步惯了的，不以为意。及至抬眼看时，倏忽转湾，不是正路，渐渐走到狭巷里来，轿夫们脚高步低，越走越黑。心里正有些疑惑，忽然轿住了，轿夫多走了去。不见有人相接，只得自己掀帘走出轿来，定睛一看，只叫得苦。原来是一所古庙，旁边鬼卒十余个各持兵杖夹立，中间坐着一位神道，面阔尺余，须髯满颏，目光如炬，肩臂摇动，像个活的一般。真珠姬心慌，不免下拜。神道开口大言道：“你休得惊怕。我与汝有夙缘，故使神力摄你至此。”真珠姬见神道说出话来，愈加惊怕，放声啼哭起来。旁边两个鬼卒走来扶着。神道说：“快取压惊酒来。”旁边又一鬼卒斟着一杯热酒，向真珠姬口边奉来。真珠姬欲待推拒，又怀惧怕，勉强将口接着，被他一灌而尽。真珠姬早已天旋地转，不知人事，倒在地下。神道走下座来，笑道：“着了手也！”旁边鬼卒多攒将拢来，同神道各卸了装束，除下面具。原来个个多是活人，乃一伙剧贼装成的，将蒙汗药灌倒了真珠姬。抬到后面去，后面走将一个婆子出来，扶去放在床上眠着。众贼汉乘他昏迷，次第奸淫。可怜金枝玉叶之人，零落在狗党狐群之手。奸淫已毕，吩咐婆子看好。各自散去，别做歹事了。

真珠姬睡至天明，看看苏醒。睁眼看时，不知是那里，但见一个婆子在旁边坐着。真珠姬自觉阴户疼痛，把手摸时，周围虚肿，明知着了人手。问婆子道：“此是何处？将我送在这里！”婆子道：“夜间众好汉每送将小娘子来的。不必心焦，管取你就落好处便了。”真珠姬道：“我是宗王府中闺女，你每歹人怎如此胡行乱做！”婆子道：“而今说不得王府不王府了。老身见你是金枝玉叶，须不把你作贱。”真珠姬也不晓得他的说话因由，侮着眼只是啼哭。原来这婆子是个牙婆，专一走大人家雇卖人口的。这伙剧贼掠得人口，便来投他家下，留下几晚，就有头主来成了去的。那时留了真珠姬，好言温慰得熟分。刚两三日，只见一日一乘轿来抬了去，已将他卖与城外一个富家为妾了。

主翁成婚后，云雨之时，心里晓得不是处子，却见他美色，甚是喜欢，不以为意，更不曾提起问他来历。真珠姬也深怀羞愤，不敢轻易自言。怎当得那家姬妾颇多，见一人专宠，尽生嫉妒之心，说他来历不明，多管是在家犯奸被逐出来的奴婢，日日在主翁耳根边激聒。主翁听得不耐烦，偶然问其来处。真珠姬撲着心中事，大声啼泣，诉出事由来，方知是宗王之女，被人掠卖至此。主翁多曾看见榜文赏帖的，老大吃惊，恐怕事发连累，急忙叫人寻取原媒牙婆，已自不知去向了。主翁寻思道："此等奸徒，此处不败，别处必露。到得根究起来，现赃在我家，须藏不过，可不是天大利害？况且王府女眷，不是取笑，必有寻着根底的日子。别人做了歹事，把个愁布袋丢在这里，替他顶死不成？"心生一计，叫两个家人家里抬出一顶破竹轿来，装好了，请出真珠姬来。主翁纳头便拜道："一向有眼不识贵人，多有唐突，却是辱没了贵人。多是歹人做的事，小可并不知道。今情愿折了身价，白送贵人还府。只望高抬贵手，凡事遮盖，不要牵累小可则个。"真珠姬见说送他还家，就如听得一封九重恩赦到来。又原是受主翁厚待的，见他小心陪礼，好生过意不去，回言道："只要见了我父母，决不题起你姓名罢了。"

主翁请真珠姬上了轿，两个家人抬了飞走，真珠姬也不及分别一声。慌忙走了五七里路，一抬抬到荒野之中。抬轿的放下竹轿，抽身便走，一道烟去了。真珠姬在轿中探头出看，只见静悄无人。走出轿来，前后一看，连两个抬轿的影踪不见，慌张起来道："我直如此命蹇！如何不明不白抛我在此？万一又遇歹人，如何是好？"没做理会处，只得仍旧进轿坐了，放声大哭起来，乱喊乱叫，将身子在轿内攧掷不已，头发多攧得蓬松。

此时正是春三月天道，时常有郊外踏青的。有人看见空旷之中，一乘竹轿内有人大哭，不胜骇异，渐渐走将拢来。起初止是一两个人，后来簇箕般围将转来，你诘我问，你喧我嚷。真珠姬慌慌张张，没口得分诉，一发说不出一句明白话来。内中有老成人，摇手叫四旁人莫嚷，朗声问道："娘子是何家宅眷？因甚独自歇轿在此？"真珠姬方才噙了眼泪，说得话出来道："奴是王府中族姬，被歹人拐来在此的。有人报知府中，定当重赏。"当时王府中赏帖，开封府榜文，谁不知道？真珠姬话才出口，早已有请功的飞也似去报了。须臾之间，王府中干办虞候走了偌多人来认看，果然破轿之内坐着的是真珠族姬。慌忙打轿来换了，抬归府中。父母与合家人等看见头髻鬅乱，满面泪痕，抱着大哭。真珠姬一发乱擗乱掷，哭得一佛出世，二佛生天。直等哭得尽情了，方才把前时失去今日归来的事端，一五一十告诉了一遍。宗王道："可晓得那讨你的是那一家？便好挨查。"真珠姬心里还护着那主翁，回言道："人家便认得，却是不晓得姓名，也不晓得地方，又来得路远了，不记起在那一边。抑且那人家原不知情，多是歹人所为。"宗王心里道是家丑不可外扬，恐女儿许不得人家。只得含忍过了，不去声张下老实根究。只暗地嘱咐开封府，留心访贼罢了。

隔了一年，又是元宵之夜，弄出王家这件案来。其时大尹拿倒王家做歹事的贼，记得王府中的事，也把来问问看，果然即是这伙人。大尹咬牙切齿，拍案大骂道："这些贼男女，死有余辜！"喝教加力行杖，各打了六十讯棍，押下死囚牢中，奏请明断发落。奏内大略云：

群盗元夕所为，止于胠箧；居恒所犯，尽属推理。似此枭獍之徒，岂容辇毂之下！合行骈戮，以靖邦畿。

神宗皇帝见奏，晓得开封府尽获盗犯，笑道："果然不出小孩子所算。"龙颜大喜，批准奏章，着会官即时处决。又命开封府再录狱词一通来看。开封府钦此钦遵，处斩众盗已毕，一面回奏，复将前后犯由狱词详细录上。神宗得奏，即将狱词笼在袍袖之中，含笑回宫。

且说正宫钦圣皇后，那日亲奉圣谕，赐与外厢小儿鞠养，以为得子之兆，当下谢恩领回宫中来。试问他来历备细，那小孩子应答如流，语言清朗。他在皇帝御前也曾经过，可知道不怕面生，就像自家屋里一般，嘻笑自若。喜得个钦圣心花也开了，将来抱在膝上，"宝器心肝"的不住的叫。命宫娥取过梳妆匣来，替他掠发整容，调脂画额，一发打扮得齐整。合宫妃嫔闻得钦圣宫中御赐一个小儿，尽皆来到宫中，一来称贺娘娘，二来观看小儿。盖因小儿是宫中所不曾有的，实觉稀罕。及至见了，又是一个眉清目秀，唇红齿白，魔合罗般一个能言能语，百问百答，你道有不快活的么？妃嫔每要奉承娘娘，亦且喜欢孩子，争先将出宝玩金珠钏镯等类来做见面钱，多塞在他小袖子里，袖子里盛满了着不得。钦圣命一个老内人逐一替他收好了。又叫领了他到各宫朝见顽耍。各宫以为盛事，你强我赛，又多各有赏赐，宫中好不喜欢热闹。

如是十来日，正在喧哄之际，忽然驾幸钦圣宫，宣召前日孩子。钦圣当下率领南陔朝见已毕，神宗问钦圣道："小孩子莫惊怕否？"钦圣道："蒙圣恩敕令暂鞠此儿，此儿聪慧非凡，虽居禁地，毫不改度，老成人不过如此。实乃陛下洪福齐天，国家有此等神童出世，臣妾不胜欣幸！"神宗道："好教卿等知道，只那夜做歹事的人，尽被开封府所获，则为衣领上针线暗记，不到得走了一个。此儿可谓有智极矣！今贼人尽行斩讫，怕他家里不知道，在家忙乱，今日好好送还他去。"钦圣与南陔各叩首谢恩。当下传旨，敕令前日抱进宫的那个中大人护送归第，御赐金犀一簏，与他压惊。

中大人得旨，就御前抱了南陔，辞了钦圣，一路出宫。钦圣尚兀自好些不割舍他，梯己自有赏赐，与同前日各宫所赠之物总贮一箧，令人一同交付与中大人收好，送到他家。中大人出了宫门，传命起辆犊车，赍了圣旨，就抱南陔坐在怀里了，径望王家而来。去时蓦地偷将去，来日从天降下来。孩抱何缘亲见帝？恍疑鬼使与神差。

话说王襄敏家中自那晚失去了小衙内，合家里外大小没一个不忧愁思虑，哭哭啼啼，只有襄敏毫不在意，竟不令人追寻。虽然夫人与同管家的吩咐众家人各处探访，却也并无一些影响。人人懊恼，没个是处。忽然此日朝门上飞报将来，有中大人亲赍圣旨到第开读。襄敏不知事端，吩咐忙排香案迎接，自己冠绅抱笏，俯伏听旨。只见中大人抱了个小孩子，下犊车来。家人上前来争看，认得是小衙内，到吃了一惊。不觉大家手舞足蹈，禁不得喜欢。中大人喝道："且听宣圣旨！"高声宣道："卿元宵失子，乃朕获之，今却还乡。特赐压惊物一簏，奖其幼志。钦哉！"

中大人宣毕，襄敏拜舞谢恩已了，请过圣旨，与中大人叙礼，分宾主坐定。中大人笑道："老先儿，好个乖令郎！"襄敏正要问起根由，中大人笑嘻嘻的袖中取出一卷文书出来，说道："老先儿要知令郎去来事端，只看此一卷便明白了。"襄敏接过手来一看，乃开封府获盗狱词也。襄敏从头看去，见是密诏开封捕获，便道："乳臭小儿，如此惊动天听，又烦圣虑获贼，直教老臣粉身碎骨，难报圣恩万一！"中大人笑道："这贼多是令郎自家拿倒的，不烦一毫圣虑，所以为妙。"南陔当时就口里说那夜怎的长怎的短，怎的见皇帝，怎的拜皇后，明明朗朗，诉个不住口。先前合家人听见圣旨到时，已攒在中门口观看。及见南陔出车来，大家惊喜，只是不知头脑。直待听见南陔备述此一遍，心下方才明白，尽多赞叹他乖巧之极。方信襄敏不在心上，不肯追求，道是他自家会归来的，真有先见之明也。襄敏吩咐治酒款待中大人，中大人就将圣上钦赏压惊金犀，及钦圣与各宫所赐之物，陈设起来。真是珠宝盈庭，光采夺目，所直不啻巨万。中大人摩着南陔的头道："哥，够你买果儿吃了。"襄敏又叩首对阙谢恩。立命馆客写下谢表，先附中大人陈奏。等来日早朝面圣，再行率领小子谢恩。中大人道："令郎哥儿是咱家遇着，携见圣人的，咱家也有个薄礼儿，做个纪念。"将出原宝二个、彩段八表里来。襄敏再三推辞不得，只得收了。另备厚礼答谢过中大人，中大人上车回复圣旨去了。

襄敏送了回来，合家欢庆。襄敏公道："我说你们不要忙，我十三必能自归。今非但归来，且得了许多恩赐。又已拿了贼人，多是十三自己的主张来。可见我不着急的是么？"合家各各称服。后来南陔取名王寀，政和年间，大有文声，功名显达。只看他小时举动如此，已占大就矣。

小时了了大时佳，五岁孩童已足夸。

计缚剧徒如反掌，直教天子送还家。

第五卷　李将军错认舅　刘氏女诡从夫

诗云：

在天愿为比翼鸟，在地愿为连理枝。

天长地久有时尽，此恨绵绵无绝期。

这四句乃是白乐天《长恨歌》中之语。当日只为唐明皇与杨贵妃七月七日之夜，在长生殿前对天发了私愿，愿生生世世得为夫妇。后来马嵬之难，杨贵妃自缢，明皇心中不舍，命鸿都道士求其魂魄。道士凝神御气，见之玉真仙宫，道是因为长生殿前私愿，还要复降人间，与明皇做来生的夫妇。所以白乐天述其事，做一篇《长恨歌》，有此四句。盖谓世间惟有愿得成双的，随你天荒地老，此情到底不泯也。

小子而今先说一个不愿成双的古怪事，做个得胜头回。宋时唐州比阳，有个富人王八郎，在江淮做大商，与一个娼伎往来得密。相与日久，胜似夫妻。每要娶他回家，家中先已有妻子，甚是不得意。既有了娶娼之意，归家见了旧妻时，一发觉得厌憎，只管寻是寻非，要赶逐妻子出去。那妻子是个乖巧的，见不是头，也就怀着二心，无心恋着夫家。欲待要去，只可惜先前不曾留心积趱得些私房，未好便轻易走动。其时身畔有一女儿，年止数岁，把他做了由头，婉辞哄那丈夫道："我嫁你已多年了，女儿又小，你赶我出去，叫我那里去好？我决不走路的。"口里如此说，却日日打点出去的计较。

后来王生竟到淮上，带了娼妇回来。且未到家，在近巷另赁一所房子，与他一同住下。妻子知道，一发坚意要去了，把家中细软尽情藏过，狼犺家伙什物多将来卖掉。等得王生归来，家里椅桌多不完全，箸长碗短，全不似人家模样。访知尽是妻子败坏了，一时发怒道："我这番决留你不得了，今日定要决绝！"妻子也奋然攘臂道："我晓得到底容不得我。只是要我去，我也要去得明白。我与你当官休去！"当下扭住了王生双袖，一直嚷到县堂上来。知县问着备细，乃是夫妻两人彼此愿离，各无系恋。取了口词，画了手模，依他断离了。家事对半分开，各自度日。妻若再嫁，追产还夫。所生一女，两个争要。妻子诉道："丈夫薄幸，宠娼弃妻。若留女儿与他，日后也要流落为娼了。"知县道他说得是，把女儿断与妻子领去，各无词说。出了县门，自此两人各自分手。

王生自去接了娼妇，到家同住。妻子与女儿另在别村去买一所房子住了，买些瓶罐之类，摆在门前，做些小经纪。他手里本自有钱，恐怕丈夫他日还有别是非，故意妆这个模样。一日，王生偶从那里经过，恰好妻子在那里搬运这些瓶罐，王生还有些旧情不忍，好言对他道："这些东西能进得多少利息，何不别做些什么生意？"其妻大怒，赶着骂道："我与你决绝过了，便同路人。要你管我怎的！来调甚么喉嗓？"王生老大没趣，走了回来，自此再不相问了。

过了几时，其女及笄，嫁了方城田家。其妻方将囊中蓄积搬将出来，尽数与了女婿，约有十来万贯，皆在王家时瞒了丈夫所藏下之物。也可见王生固然薄幸有外好，其妻原也不是同心的了。

后来王生客死淮南，其妻在女家亦死。既已殡殓，将要埋葬，女儿道："生前与父不合，而今既同死了，该合做了一处，也是我女儿每孝心。"便叫人去淮南迎了丧柩归来，重复开棺，一同母尸，各加洗涤，换了衣服，两尸同卧在一榻之上，等天明时刻到了，下了棺，同去安葬。安顿好了，过了一会，女儿走来看时，吃了一惊。两尸先前同是仰卧的，今却东西相背，各向了一边。叫聚合家人多来看着，尽都骇异。有的道："眼见得生前不合，死后还如此相背。"有的道："偶然那个移动了，那里有死尸掉转来的？"女儿啼啼哭哭，叫爹叫娘，仍旧把来仰卧好了。到得明日下棺之时，动手起尸，两个尸骸仍旧多是侧眠着，两背相向的，方晓得果然是生前怨恨之所致也。女儿不忍，毕竟将来同葬了，要知他们阴中也未必相安的。此是夫妇不愿成双的榜样，比似那生生世世愿为夫妇的差了多少！

而今说一个做夫妻的被拆散了，死后精灵还归一处到底不磨灭的话本。可见世间的夫妇，原自有这般情种。有诗为证：

生前不得同衾枕，死后图他共穴藏。

信是世间情不泯，韩凭冢上有鸳鸯。

这个话本，在元顺帝至元年间，淮南有个民家姓刘，生有一女，名唤翠翠。生来聪明异常，见字便认，五六岁时便能诵读诗书。父母见他如此，商量索性送他到学堂去，等他多读些在肚里，做个不带冠的秀才。邻近有个义学，请着个老学究，有好些生童在里头从他读书，刘老也把女儿送去入学。学堂中有个金家儿子，叫名金定，生来俊雅，又兼赋性聪明。与翠翠一男一女，算是这一堂中出色的了，况又是同年生的，学堂中诸生多取笑他道："你们两个一般的聪明，又是一般的年纪，后来毕竟是一对夫妻。"金定与翠翠虽然口里不说，心里也暗地有些自认，两下相爱。金生曾做一首诗赠与翠翠，以见相慕之意，诗云：

十二栏杆七宝台，春风到处艳阳开。

东园桃树西园柳，何不移来一处栽？

翠翠也依韵和一首答他，诗云：

平生有恨祝英台，怀抱何为不肯开？

我愿东君勤用意，早移花树向阳栽。

在这堂一年有余，翠翠过目成诵，读过了好些书。已后年渐长，不到学堂中来了。十六岁时，父母要将他许聘人家。翠翠但闻得有人议亲，便关了房门，只是啼哭，连粥饭多不肯吃了。父母初时不在心上，后来见每次如此，心中晓得有些尴尬。仔细问他，只不肯说。再三委曲盘问，许他说了出来，必定依他。翠翠然后说道："西家金定，与我同年，前日同学堂读时，心里已许下了他。今若不依我，我只是死了，决不去嫁别人的！"父母听罢，想道："金家儿子虽然聪明俊秀，却是家道贫穷，岂是我家当门对户？"然见女儿说话坚决，动不动哭个不住，又不肯饮食，恐怕违逆了他，万一做出事来，只得许他道："你心里既然如此，却也不难，找个媒人替你说去。"刘老寻将一个媒妈来，对他说女儿翠翠要许西边金家定哥的说话。媒妈道："金家贫穷，怎对得宅上起？"刘妈道："我家翠小娘与他家定哥同年，又曾同学，翠小娘不是他不肯出嫁，故此要许他。"媒妈道："只怕宅上嫌贫不肯。既然肯许，即有何难？老媳妇一说便成。"

媒妈领命，竟到金家来说亲。金家父母见说了，惭愧不敢当，回复媒妈家："我家甚么家当，敢去扳他？"媒妈道："不是这等说。刘家翠翠小娘子心里一定要嫁小官人，几番啼哭不食，别家来说的，多回绝了。难得他父母见女儿立志如此，已许了他，肯与你家小官人了。今你家若把贫来推辞，不但失了此一段好姻缘，亦且辜负那小娘子这一片志诚好心。”金老夫妻道：“据着我家定哥才貌，也配得他翠小娘过。只是家下委实贫难，那里下得起聘定？所以容易应承不得。”媒妈道：“应承由不得不应承，只好把说话放婉曲些。”金老夫妻道：“怎的婉曲？”媒妈道：“而今我替你传去，只说道寒家有子，颇知诗书，贵宅见谕，万分盛情，敢不从命？但寒家起自蓬荜，一向贫薄自甘，若必要取聘问婚娶诸仪，万不能办。是必见亮，毫不责备，方好应承。如此说去，他家晓得你每下礼不起的，却又违女儿意思不得，必然是件将就了。”金老夫妻大喜道：“多承指教，有劳周全则个。”

媒妈果然把这番话到刘家来复命。刘家父母爱女过甚，心下只要成事，见媒妈说了金家自揣家贫，不能下礼，便道：“自古道：婚姻论财，夷虏之道。我家只要许得女婿好，那在财礼？但是一件，他既然不足，我女到他家里，只怕难过日子；除非招入我每家里做赘婿，这才使得。”媒妈再把此意到金家去说。这是倒在金家怀里去做的事，金家有何推托？千欢万喜，应允不迭。遂凭着刘家拣个好日，把金定招将过去。凡是一应币帛羊酒之类，多是女家自备了过来。从来有这话的：入舍女婿只带着一张卵袋走。金家果然不费分毫，竟成了亲事。只因刘翠翠坚意看上了金定，父母拗他不得，只得曲意相从了。

当日过门交拜，夫妻相见，两下里各称心怀。是夜翠翠于枕上口占一词，赠与金生道：

曾向书斋同笔砚，故人今做新人。洞房花烛十分春。汗沾蝴蝶粉，身惹麝香尘。殢雨尤云浑未惯，枕边眉黛羞颦。轻怜痛惜莫辞频。愿郎从此始，日近日相亲。（右调《临江仙》）

金生也依韵和一阕道：

记得书斋同笔砚，新人不是他人。扁舟来访武陵春。仙居邻紫府，人世隔红尘。　　誓海盟山心已许，几番浅笑深颦。向人犹自语频频。意中无别意，亲后有谁亲？（调同前）

两人相得之乐，真如翡翠之在丹霄，鸳鸯之游碧沼，无以过也。谁料乐极悲来，快活不上一年，撞着原政失纲，四方盗起。盐徒张士诚兄弟起兵高邮，沿海一带郡县尽为所陷。部下有个李将军，领兵为先锋，到处民间掳掠美色女子。兵至淮安，闻说刘翠翠之名，率领一队家丁打进门来，看得中意，劫了就走。此时合家只好自顾性命，抱头鼠窜，那个敢向前争得一句？眼盼盼看他拥着去了。金定哭得个死而复生，欲待跟着军兵踪迹寻访他去，争奈原将官兵，北来征讨，两下争持，干戈不息，路断行人。恐怕没来由走去，撞在乱兵之手死了，也没说处。只得忍酸含苦，过了日子。

至正末年，张士诚气概弄得大了，自江南江北、三吴两浙直拓至两广益州，尽归掌握。元朝不能征剿，只得定议招抚。士诚原没有统一之志，只此局面已自满足，也要休兵。因遂通款元朝，奉其正朔，封为王爵，各守封疆。民间始得安静，道路方可通行。

金生思念翠翠，时刻不能去心。看见路上好走，便要出去寻访。收拾了几两盘缠，结束了一个包裹，来别了自家父母，对丈人、丈母道："此行必要访着妻子踪迹。若不得见，誓不还家了。"痛哭而去。路由扬州过了长江，进了润州，风餐水宿，夜住晓行，来到平江。听得路上人说，李将军见在绍兴守御，急忙赶到临安，过了钱塘江，趁着西兴夜船到得绍兴。去问人时，李将军已调在安丰去屯兵了。又不辞辛苦，问到安丰。安丰人说："早来两日，也还在此，而今回到湖州驻扎，才起身去的。"金生道："只怕湖州时，又要到别处去。"安丰人道："湖州是驻扎地方，不到别处去了。"金生道："这等，便远在天边，也赶得着。"于是一路向湖州来。

算来金生东奔西走，脚下不知有万千里路跑过来。在路上也过了好两个年头，不能够见妻子一见，却是此心再不放懈。于路没了盘缠，只得乞丐度日；没有房钱，只得草眠露宿。真正心坚铁石，万死不辞。不则一日，到了湖州。去访问时，果然有个李将军开府在那里。

那将军是张王得力之人，贵重用事，势焰赫奕。走到他门前去看时，好不威严。但见：

门墙新彩，棨戟森严。兽面铜环，并衔而宛转；彪形铁汉，对峙以巍峨。门阑上贴着两片不写字的桃符，坐墩边列着一双不吃食的狮子。虽非天上神仙府，自是人间富贵家。

金生到门首，站立了一回，不敢进去，又不好开言。只是舒头探脑，望里边一望，又退立了两步，踌躇不决。

正在没些起倒之际，只见一个管门的老苍头走出来，问道："你这秀才有甚么事干？在这门前探头探脑的，莫不是奸细么？将军知道了，不是要处。"金生对他唱个喏道："老丈拜揖。"老苍头回了半揖道："有甚么话？"金生道："小生是淮安人氏。前日乱离时节，有一妹子失去。闻得在贵府中，所以不远千里寻访到这个所在，意欲求见一面。未知确信，要寻个人问一问，且喜得遇老丈。"苍头道："你姓甚名谁？你妹子叫名甚么？多少年纪？说得明白，我好替你查将出来回复你。"金生把自家真姓藏了，只说着妻子的姓道："小生姓刘，名唤金定。妹子叫名翠翠，识字通书，失去时节，年方十七岁，算到今年，该有二十四岁了。"老苍头点点头道："是呀，是呀。我府中果有一个小娘子姓刘，是淮安人，今年二十四岁，识得字，做得诗，且是做人乖巧周全。我本官专房之宠，不比其他。你的说话，不差，不差！依说是你妹子，你是舅爷了。你且在门房里坐一坐，我去报与将军知道。"苍头急急忙忙奔了进去。金生在门房等着回话不题。

且说刘翠翠自那年掳去，初见李将军之时，先也哭哭啼啼，寻死觅活，不肯随顺。李将军吓他道："随顺了，不去难为你合家老小；若不随顺，将他家寸草不留！"翠翠惟恐累及父母与丈夫家里，只能勉强依从。李将军见他聪明伶俐，知书晓事，爱得他如珠似玉一般，十分抬举，百顺千随。翠翠虽是支陪笑语，却是无刻不思念丈夫，没有快活的日子。心里痴想："缘分不断，或者还有时节相会。"争奈日复一日，随着李将东征西战，没个定踪，不觉已是六七年了。

此日李将军见老苍头来禀，说有他的哥哥刘金定在外边求见。李将军问翠翠道："你家里有个哥哥么？"翠翠心里想道："我那得有甚么哥哥来？多管是丈夫寻到此间，不好说破，故此托名。"遂转口道："是有个哥哥，多年隔别了，不知是也不是。且问他甚么名字才晓得。"李将军道："管门的说是甚么刘金定。"翠翠听得金定二字，心下痛如刀割，晓得是丈夫冒了刘姓来访问的了，说道："这果然是我哥哥，我要见他。"李将军道："待我先出去见过了，然后来唤你。"将军吩咐苍头："去请那刘秀才进来。"

苍头承命出来，领了金生进去。李将军武夫出身，妄自尊大，走到厅上，居中坐下。金生只得向上再拜。将军受了礼，问道："秀才何来？"金生道："金定姓刘，淮安人氏。先年乱离之中，有个妹子失散。闻得在将军府中，特自本乡到此，叩求一见。"将军见他仪度斯文，出言有序，喜动颜色道："舅舅请起。你令妹无恙，即当出来相见。"旁边站着一个童儿，叫名小竖，就叫他进去传命道："刘官人特自乡中远来，叫翠娘可快出来相见！"起初翠翠见说了，正在心痒难熬之际，听得外面有请，恨不得两步做一步移了，急趋出厅中来。抬头一看，果然是丈夫金定！碍着将军眼睁睁在上面，不好上前相认，只得将错就错，认了妹子，叫声"哥哥"，以兄妹之礼在厅前相见。看官听说，若是此时说话的在旁边一把把那将军扯了开来，让他每讲一程话，叙一程阔，岂不是凑趣的事？争奈将军不做美，好像个监场的御史，一眼不煞坐在那里。金生与翠翠虽然夫妻相见，说不得一句私房话，只好问问父母安否。彼此心照，眼泪从肚里落下罢了。

昔为同林鸟，今作分飞燕。
相见难为情，不如不相见。

又昔日乐昌公主在杨越公处见了徐德言，做一首诗道：

今日何迁次，新官对旧官。
笑啼俱不敢，方信做人难！

今日翠翠这个光景，颇有些相似。然乐昌与徐德言，杨越公晓得是夫妻的；此处金生与翠翠只认做兄妹，一发要遮遮饰饰，恐怕识破，意思更难堪也。还亏得李将军是武夫粗卤，看不出机关，毫没甚么疑心，只道是当真的哥子，便认做舅舅，亲情的念头重起来，对金生道："舅舅既是远来，道途跋涉，心力劳困，可在我门下安息几时。我还要替舅舅计较。"吩咐拿出一套新衣服来与舅舅穿了，换下身上尘污的旧衣。又令打扫西首一间小书房，安设床帐被席，是件整备，请金生在里头歇宿。金生巴不得要他留住，寻出机会与妻子相通，今见他如此认帐，正中心怀，欣然就书房里宿了。只是心里想着妻子就在里面，好生难过！

过了一夜，明早起来，小竖来报道："将军请秀才厅上讲话。"将军相见已毕，问道："令妹能认字，舅舅可通文墨么？"金生道："小生在乡中以儒为业，那诗书是本等，就是经史百家，也多涉猎过的，有甚么不晓得的勾当？"将军喜道："不瞒舅舅说，我自小失学，遭遇乱世，靠着长枪大戟挣到此地位。幸得吾王宠任，趋附我的尽多。日逐宾客盈门，没个人替我接待；往来书札堆满，没个人替我裁答，我好些不耐烦。今幸得舅舅到此，既然知书达礼，就在我门下做个记室，我也便当了好些。况关至亲，料舅舅必不弃嫌的。舅舅心下何如？"金生是要在里头的，答道："只怕小生才能浅薄，不称将军任使。岂敢推辞？"将军见说大喜。连忙在里头去取出十来封书启来，交与金生道："就烦舅舅替我看详里面意思，回他一回。我正为这些难处，而今却好。"金生拿书房里去，从头至尾，逐封逐封备审来意，一一回答停当，将稿来与将军看。将军就叫金生读一遍，就带些解说在里头。听罢，将军拍手道："妙，妙！句句像我肚里要说的话。好舅舅，是天送来帮我的了！"从此一发看待得甚厚。

金生是个聪明的人，在他门下，知高识低，温和待人，自内至外没一个不喜欢他的。他又愈加谨慎，说话也不敢声高。将军面前只有说他好处的，将军得意自不必说。却是金生主意只要安得身牢，寻个空，便见见妻子，剖诉苦情；亦且妻子随着别人已经多年，不知他心腹怎么样了，也要与他说个倒断。谁想自厅前一见之后，再不能够相会。欲要与将军说那要见的意思，又恐怕生出疑心来，反为不美。私下要用些计较通个消息，怎当得闺阁深邃，内外隔绝，再不得一个便处。

日挨一日，不觉已是几个月了。时值交秋天气，西风夜起，白露为霜。独处空房，感叹伤悲，终夕不寐。思量妻子翠翠这个时节，绣围锦帐，同人卧起，有甚不快活处？不知心里还记念着我否？怎知我如此冷落孤凄，时刻难过？乃将心事作成一诗道：

好花移入玉栏干，春色无缘得再看。
乐处岂知愁处苦？别时虽易见时难。
何年塞上重归马？此夜庭中独舞鸾。
雾阁云窗深几许，可怜辜负月团团。

诗成，写在一张笺约上了，要寄进去与翠翠看，等他知其心事。但恐怕泄漏了风声，生出一个计较来，把一件布袍拆开了领线，将诗藏在领内了，外边仍旧缝好。叫那书房中伏侍的小竖来，说道："天气冷了，身上单薄。这件布袍垢秽不堪，你替我拿到里头去，交付我家妹子，叫他拆洗一拆洗，补一补，好拿来与我穿。"再把出百来个钱与他道："我央你走走，与你这钱买果儿吃。"小竖见了钱，千欢万喜，有甚么推托？拿布袍一径到里头去，交与翠翠道："外边刘官人叫拿进来，付与翠娘整理的。"翠娘晓得是丈夫寄进来的，必有缘故，叫他放下了，过一日来拿。小竖自去了。

翠翠把布袍从头至尾看了一遍，想道："是丈夫着身的衣服，我多时不与他缝纫了。"眼泪索珠也似的掉将下来。又想道："丈夫到此多时，今日特地寄衣与我，决不是为要拆洗，必是甚么机关在里面。"掩了门，把来细细拆将开来。刚拆得领头，果然一张小小信纸缝在里面，却是一首诗。翠翠将来细读，一头读，一头哽哽咽咽，只是流泪。读罢，哭一声道："我的亲夫呵！你怎知我心事来？"噙着眼泪，慢慢把布袍洗补好，也做一诗缝在衣领内了。仍叫小竖拿出来，付与金生。金生接得，拆开衣领看时，果然有了回信，也是一首诗。金生拭泪读其诗道：

一自乡关动战锋，旧愁新恨几重重。
肠虽已断情难断，生不相从死亦从！
长使德言藏破镜，终教子建赋游龙。
绿珠碧玉心中事，今日谁知也到侬。

金生读罢其诗，才晓得翠翠出于不得已，其情已见。又想他把死来相许，料道今生无有完聚的指望了。感切伤心，终日郁闷涕泣，茶饭懒进，遂成痞膈之疾。

将军也着了急，屡请医生调治。又道是心病还须心上医，你道金生这病可是医生医得好的么？看看日重一日，只待不起。里头翠翠闻知此信，心如刀刺，只得对将军说了，要到书房中来看看哥哥的病症。将军看见病势已凶，不好阻他，当下依允，翠翠才到得书房中来。这是他夫妻第二番相见了。可怜金生在床上一丝两气，转动不得。翠翠见了十分伤情，噙着眼泪，将手去扶他的头起来，低低唤道："哥哥！挣扎着，你妹子翠翠在此看你。"说罢泪如泉涌。金生听得声音，撑开双眼，见是妻子翠翠扶他，长叹一声道："妹妹，我不济事了，难得你出来见这一面！趁你在此，我死在你手里了，也得瞑目。”便叫翠翠坐在床边，自家强抬起头来，枕在翠翠膝上，奄然而逝。

翠翠哭得个发昏章第十一，报与将军知道。将军也着实可怜他，又恐怕苦坏了翠翠，吩咐从厚殡殓。替他在道场山脚下寻得一块好平坦地面，将棺木送去安葬。翠翠又对将军说了，自家亲去送殡。直看坟茔封闭了，恸哭得几番死去叫醒，然后回来。自此精神恍惚，坐卧不宁，染成一病。李将军多方医救，翠翠心里巴不得要死，并不肯服药。展转床席，将及两月。一日，请将军进房来，带着眼泪对他说道：“妾自从十七岁上抛家相从，已得八载。流离他乡，眼前并无亲人，止有一个哥哥，今又死了。妾病若毕竟不起，切记我言：可将我尸骨埋在哥哥旁边，庶几黄泉之下，兄妹也得相依，免做了他乡孤鬼，便是将军不忘贱妾大恩也。”言毕大哭，将军好生不忍，把好言安慰他，叫他休把闲事萦心，且自将息。说不多几时，昏沉上来，早已绝气。将军恸哭一番，念其临终叮嘱之言，不忍违他，果然将去葬在金生冢旁。可怜金生、翠翠二人生前不能成双，亏得诡认兄妹，死后倒得做一处了！

已后国朝洪武初年，于时张士诚已灭，天下一统，路途平静。翠翠家里淮安刘氏有一旧仆到湖州来贩丝绵，偶过道场山下，见有一所大房子，绿户朱门，槐柳掩映。门前有两个人，一男一女打扮，并肩坐着。仆人道大户人家家眷，打点远避而过。忽听得两人声唤，走近前去看时，却是金生与翠翠。翠翠开口问父母存亡，及乡里光景。仆人一一回答已毕，仆人问道：“娘子与郎君离了乡里多年，为何到在这里住家起来？”翠翠道：“起初兵乱时节，我被李将军掳到这里；后来郎君远来寻访，将军好意，仍把我归还郎君，所以就侨居在此了。”仆人道：“小人而今就回淮安，娘子可修一封家书，带去报与老爹、安人知道，省得家中不知下落，终日悬望。”翠翠道：“如此最好。”就领了这仆人进去，留他吃了晚饭，歇了一夜。明日将出一封书来，叫他多多拜上父母。

仆人谢了，带了书来到淮安，递与刘老。此时刘、金两家久不见二人消耗，自然多道是兵戈死亡了。忽见有家书回来，问是湖州寄来的，道两人见住在湖州了，真个是喜从天降！叫齐了一家骨肉，尽来看这家书。原来是翠翠出名写的，乃是长篇四六之书。书上写道：

伏以父生母育，难酬罔极之恩；夫唱妇随，夙著三从之义。在人伦而已定，何时事之多艰？曩者汉日将倾，楚氛甚恶，倒持太阿之柄，擅弄潢池之兵。封豕长蛇，互相吞并；雄蜂雌蝶，各自逃生。不能玉碎于乱离，乃至瓦全于仓卒。驱驰战马，随逐征鞍。望高天而八翼莫飞，思故国而三魂屡散。良辰易迈，伤青鸾之伴木鸡；怨耦为仇，惧乌鸦之打丹凤。虽应酬而为乐，终感激以生悲。夜月杜鹃之啼，春风蝴蝶之梦。时移事往，苦尽甘来。今则杨素览镜而归妻，王敦开阁而放妓。蓬岛践当时之约，潇湘有故人之逢。自怜赋命之屯，不恨寻春之晚。章台之柳，虽已折于他人；玄都之花，尚不改于前度。将谓瓶沉而簪折，岂期璧返而珠还？殆同玉箫女两世姻缘，难比红拂妓一时配合。天与其便，事非偶然。煎鸾胶而续断弦，重谐缱绻；托鱼腹而传尺素，谨致叮咛。未奉甘旨，先此申复。

读罢，大家欢喜。刘老向仆人道："你记得那里住的去处否？"仆人道："好大房子！我在里头歇了一夜，打发了家书来的，怎不记得？"刘老道："既如此，我同你湖州去走一遭，会一会他夫妻来。"

当下刘老收拾盘缠，别了家里，一同仆人径奔湖州。仆人领至道场山下前日留宿之处，只叫声奇怪，连房屋影响多没有，那里说起高堂大厦？惟有些野草荒烟，狐踪兔迹。茂林之中，两个坟堆相连。刘老道："莫不错了？"仆人道："前日分明在此，与我吃的是湖州香稻米饭，苕溪中鲜鲫鱼，乌程的酒。明明白白，住了一夜去的，怎会得错？"

正疑怪间，恰好有一个老僧杖锡而来。刘老与仆人问道："老师父，前日此处有所大房子，有个金官人同一个刘娘子在里边居住，今如何不见了？"老僧道："此乃李将军所葬刘生与翠翠兄妹两人之坟，那有什么房子来？敢是见鬼了！"刘老道："见有写的家书寄来，故此相寻。今家书见在，岂有是鬼之理？"急在缠带里摸出家书来一看，乃是一幅白纸，才晓得果然是鬼。这里正是他坟墓，因问老僧道："适间所言李将军何在？我好去问他详细。"老僧道："李将军是张士诚部下的，已为天朝诛灭，骨头不知落在那里了，怎得有这样坟土堆埋呢，你到何处寻去？"刘老见说，知是二人已死，不觉大恸，对着坟墓道："我的儿！你把一封书赚我千里远来，本是要我见一面的意思。今我到此地了，你们却潜踪隐迹，没处追寻，叫我怎生过得！我与你父女之情，人鬼可以无间。你若有灵，千万见我一见，放下我的心罢！"老僧道："老檀越不必伤悲。此二位官人、娘子，老僧定中时得相见。老僧禅舍去此不远，老檀越，今日已晚，此间露立不便，且到禅舍中一宿。待老僧定中与他讨个消息回你，何如？”刘老道：“如此，极感老师父指点。”遂同仆人随了老僧，行不上半里，到了禅舍中。老僧将素斋与他主仆吃用，收拾房卧安顿好，老僧自入定去了。

刘老进得禅房，正要上床，忽听得门响处，一对少年的夫妻走到面前。仔细看来，正是翠翠与金生。一同拜跪下去，悲啼宛转，说不出话来。刘老也挥着眼泪，抚摸着翠翠道：“儿，你有说话只管说来。”翠翠道：“向者不幸，遭值乱兵。忍耻偷生，离乡背井。叫天无路，度日如年。幸得良人不弃，特来相访，托名兄妹，暂得相见。隔绝夫妇，彼此含冤。以致良人先亡，儿亦继没。犹喜许我附葬，今得魂魄相依。惟恐家中不知，故特托仆人寄此一信。儿与金郎生虽异处，死却同归。儿愿已毕，父母勿以为念。”刘老听罢，哭道：“我今来此，只道你夫妻还在，要与你们同回故乡。今却双双去世，我明日只得取汝骸骨归去，迁于先垄之下，也不辜负我来这一番。”翠翠道：“向者因顾念双亲，寄此一书。今承父亲远至，足见慈爱。故不避幽冥，敢与金郎同来相见。骨肉已逢，足慰相思之苦。若迁骨之命，断不敢从。”刘老道：“却是为何？”翠翠道：“儿生前不得侍奉亲闱，死后也该依傍祖垄。只是阴道尚静，不宜劳扰。况且在此溪山秀丽，草木荣华，又与金郎同栖一处。因近禅室，时闻妙理。不久就与金郎托生，重为夫妇。在此已安，再不必提起他说了。”抱住刘老，放声大哭。寺里钟鸣，忽然散去。

刘老哭将醒来，乃是南柯一梦。老僧走到面前道：“夜来有所见否？”刘老一一述其梦中之言。老僧道：“贤女辈精灵未泯，其言可信也。幽冥之事，老檀越既已见得如此明白，也不必伤悲了。”刘老再三谢别了老僧。一同仆人到城市中，办了些牲醴酒馔，重到墓间浇奠一番，哭了一场，返棹归淮安去了。

到今道场山有金翠之墓，行人多指为佳话。此乃生前隔别，死后成双，犹自心愿满足，显出这许多灵异来，真乃是情之所钟也。有诗为证：

连理何须一处栽？多情只愿死同埋。

试看金翠当年事，愦愦将军更可哀。

第六卷 吕使君情媾宦家妻 吴太守义配儒门女

词曰：

疏眉秀盼，向春风、还是宣和装束。贵气盈盈姿态巧，举止况非凡俗。宋室宗姬，秦王幼女，曾嫁钦慈族。干戈横荡，事随天地翻覆。

一笑邂逅相逢，劝人满饮，旋吹横竹。流落天涯俱是客，何必平生相熟？旧日荣华，如今憔悴，付与杯中醁。兴亡休问，为伊且尽船玉。

这一首词名唤《念奴娇》，乃是宋朝使臣张孝纯在粘罕席上有所见之作。当时靖康之变，徽、钦被掳，不知多少帝女王孙被犬羊之类群驱北去，正是“内人红袖泣，王子白衣行”的时节。到得那里，谁管你是金枝玉叶？多被磨灭得可怜。有些颜色技艺的，才有豪门大家收做奴婢，又算是有下落的了。其余驱来逐去，如同犬彘一般。张孝纯奉使到彼云中府，在大将粘罕席上见个吹笛劝酒的女子是南方声音，私下偷问他，乃是秦王的公主，粘罕取以为婢。说罢，呜咽流涕。孝纯不胜伤感，故赋此词。

后来金人将钦宗迁往大都燕京，在路行至平顺州地方，驻宿在馆驿之中。时逢七夕佳节，金虏家规制，是日官府在驿中排设酒肆，任从人沽酒会饮。钦宗自在内室坐下，闲看外边喧闹。只见一个鞑婆领了几个少年美貌的女子，在这些饮酒的座头边，或歌或舞或吹笛，斟着酒劝着座客。座客吃罢，各赏些银钞或是酒食之类。众女子得了，就去纳在鞑婆处。鞑婆又嫌多道少，打那讨得少的。这个鞑婆想就是中华老鸨儿一般。少间，驿官叫一个皂衣典吏赍了酒食来送钦宗。其时钦宗只是软巾长衣秀才打扮，那鞑婆也不晓得是前日中朝的皇帝，道是客人吃酒，差一个吹横笛的女子到室内来伏侍。女子看见是南边官人，心里先自凄惨，呜呜咽咽，吹不成曲。钦宗对女子道：“我是你的乡人，你东京是谁家女子？”那女子向外边看了又看，不敢一时就说。直等那鞑婆站得远了，方说道：“我乃百王宫魏王孙女，先嫁钦慈太后侄孙。京城既破，被贼人掳到此地，卖在粘罕府中做婢。后来主母嫉妒，终日打骂，转卖与这个胡妇。领了一同众多女子，在此日夜求讨酒钱食物，各有限数，讨来不够，就要痛打。不知何时是了！官人也是东京人，想也是被掳来的了。”钦宗听罢，不好回言，只是暗暗落泪，目不忍视，好好打发了他出去。这个女子便是张孝纯席上所遇的那一个。词中说“秦王幼女”，秦王乃是廷美之后，徽宗时改封魏王，魏王即秦王也。真个是凤子龙孙，遭着不幸，流落到这个地位，岂不可怜！

然此乃是天地反常时节，连皇帝也顾不得自家身子，这样事体，不在话下。还有个清平世界世代为官的人家，所遭不幸，也堕落了的。若不是几个好人相逢，怎能够拔得个身子出来？所以说：

红颜自古多薄命，若落娼流更可怜！

但使逢人提掇起，淤泥原会长青莲。

话说宋时饶州德兴县有个官人董宾卿，字仲臣，夫人是同县祝氏。绍兴初年，官拜四川汉州太守，全家赴任。不想仲臣做不得几时，死在官上了。一家老小人口又多，路程又远，宦囊又薄，算计一时间归来不得，只得就在那边寻了房子，权且驻下。

仲臣长子元广，也是祝家女婿，他有祖荫在身，未及调官，今且守孝在汉州。三年服满，正要别了母亲兄弟，挈了家小，赴阙听调，待补官之后，看地方如何，再来商量搬取全家。不料未行之先，其妻祝氏又死，遗有一女。元广就在汉州娶了一个富家之女做了继室，带了妻女同到临安补官，得了房州竹山令。地方窄小，又且路远，也不能够去四川接家属，只同妻女在衙中。过了三年，考满，又要进京，当时挈家东下。

且喜竹山到临安虽在路长，却自长江下了船，乃是一水之地。有同行驻泊一船，也是一个官人在内，是四川人，姓吕，人多称他为吕使君，也是到临安公干的。这个官人年少风流，模样俊俏，虽然是个官人，还像个子弟一般。栖泊相并，两边彼此动问。吕使君晓得董家之船是旧汉州太守的儿子在内，他正是往年治下旧民，过来相拜。董元广说起亲属尚在汉州居驻，又兼继室也是汉州人氏，正是通家之谊。大家道是在此联舟相遇，实为有缘，彼此欣幸。大凡出路之人，长途寂寞，巴不得寻些根绊，图个往来；况且同是衣冠中，体面相等，往来更便。因此两家不是你到我船中，就是我到你船中，或是饮酒，或是下棋，或是闲话，真个是无日不会，就是骨肉相与，不过如此。这也是官员每出外的常事。

不想董家船上却动火了一个人。你道是那个？正是那竹山知县晚孺人。原来董元广这个继室不是头婚，先前曾嫁过一个武官，只因他丰姿妖艳，情性淫荡，武官十分嬖爱，尽力奉承，日夜不歇，淘虚了身子，一病而亡。青年少寡，那里熬得？待要嫁人，那边厢人闻得他妖淫之名，没人敢揽头，故此肯嫁与外方，才嫁这个董元广。怎当得元广禀性怯弱，一发不济，再不能畅他的意。他欲心如火，无可煞渴之处，因见这吕使君丰容俊美，就了不得动火起来。况且同是四川人，乡音惯熟，到比丈夫不同。但是到船中来，里头添茶暖酒，十分亲热，又抛声调嗓，要他晓得。那吕使君乖巧之人，颇解其意，只碍着是同袍间，一时也下不得手。谁知那孺人，或是露半面，或是露全身，眉来眼去，恨不得一把抱了他进来。日间眼里火了，没处泄得，但是想起，只做丈夫不着，不住的要干事。弄得元广一丝两气，支持不过，疾病上了身子。吕使君越来候问殷勤，晓夜无间。趁此就与董孺人眉目送情，两下做光，已此有好几分了。

舟到临安，董元广病不能起。吕使君吩咐自己船上道："董爷是我通家，既然病在船上，上去不得，连我行李也不必发上岸，只在船中下着，早晚可以照管。我所有公事，抬进城去勾当便了。"过了两日，董元广毕竟死了。吕使君出身替他经纪丧事，凡有相交来吊的，只说："通家情重，应得代劳。"来往的人尽多赞叹他高义出人，今时罕有。那晓得他自有一副肚肠藏在里头，不与人知道的。正是：

> 周公恐惧流言日，王莽谦恭下士时。
> 假若当时身便死，一生真伪有谁知？

吕使君与董孺人计议道："饶州家乡又远，蜀中信息难通，令公棺柩不如就在临安权且择地安葬。他年亲丁集会了，别作道理。"商量已定，也都是吕使君摆拨。一面将棺柩厝顿停当。事体已完，孺人率领元广前妻遗女，出来拜谢使君。孺人道："亡夫不幸，若非大人周全料理，贱妾茕茕母子，怎能够亡夫入土？真乃是骨肉之恩也。"使君道："下官一路感蒙令公不弃，通家往来，正要久远相处，岂知一旦弃撇？客途无人料理，此自是下官身上之事。小小出力，何足称谢！只是殡事已毕，而今孺人还是作何行止？”孺人道：“亡夫家口尽在川中，妾身也是川中人，此间并无亲戚可投，只索原回到川中去。只是路途迢递，茕茕母子，无可倚靠，寸步难行，如何是好？”使君陪笑道：“孺人不必忧虑，下官公事勾当一完，也要即回川中，便当相陪同往。只望孺人勿嫌弃足矣！”孺人也含笑道：“果得如此提挈，还乡有日，寸心感激，岂敢忘报！”使君带着笑，丢个眼色道：“且看孺人报法何如？”两人之言俱各有意，彼此心照。只是各自一只官船，人眼又多，性急不便做手脚，只好咽干唾而已。有一只《商调·错葫芦》单道这难过的光景：

两情人，各一舟。总春心，不自由。只落得双飞蝴蝶梦庄周。活冤家犹然不聚头，又不知几时消受？抵多少眼穿肠断为牵牛。

却说那吕使君只为要营勾这董孺人，把自家公事趱干起了，一面支持动身。两只船厮帮着一路而行，前前后后，止隔着盈盈一水。到了一个马头上，董孺人整备着一席酒，以谢孝为名，单请着吕使君。吕使君闻召，千欢万喜，打扮得十分俏倬，趋过船来。孺人笑容可掬，迎进舱里，口口称谢。三杯茶罢，安了席，东西对坐了，小女儿在孺人肩下打横坐着。那女儿只得十来岁，未知甚么头脑，见父亲在时往来的，只说道可以同坐吃酒的了。船上外水的人，见他们说的多是一口乡谈，又见日逐往来甚密，无非是关着至亲的勾当，那管其中就里？谁晓得借酒为名，正好两下做光的时节。正是：茶为花博士，酒是色媒人。两人饮酒中间，言来语去，眉目送情，又不须用着马泊六，竟是自家觌面打话，有什么不成的事？只是耳目众多，也要遮饰些个。看看月色已上，只得起身作别。使君道：“匆匆别去，孺人晚间寂寞，如何消遣？”孺人会意，答道：“只好独自个推窗看月耳。”使君晓得意思许他了，也回道：“月色果好，独睡不稳，也待要开窗玩月，不可辜负此清光也。”你看两人之言，尽多有意，一个说开窗，一个说推窗，分明约定晚间窗内走过相会了。

使君到了自家船中，叫心腹家僮吩咐船上：“要两船相并帮着，官舱相对，可以照管。”船上水手听依吩咐，即把两船紧紧贴着住了。人静之后，使君悄悄起身，把自己船舱里窗轻推开来。看那对船时节，舱里小窗虚掩。使君在对窗咳嗽一声，那边把两扇小窗一齐开了。月光之中，露出身面，正是孺人独自个在那里。使君忙忙跳过船来，这里孺人也不躲闪。两下相偎相抱，竟到房舱中床上，干那活儿去了。

一个新寡的文君，正要相如补空；一个独居的宋玉，专待邻女成双。一个是不系之舟，随人牵挽；一个如中流之楫，惟我荡摇。沙边鸂鶒好同眠，水底鸳鸯堪比乐。

云雨既毕，使君道："在下与孺人无意相逢，岂知得谐夙愿，三生之幸也！"孺人道："前日瞥见君子，已使妾不胜动念。后来亡夫遭变，多感周全。女流之辈，无可别报，今日报以此身。愿勿以妾自献为嫌，他日相弃，使妾失望耳。"使君道："承子不弃，且自欢娱，不必多虑。"自此朝隐而出，暮隐而入，日以为常，虽外边有人知道，也不顾了。

一日正欢乐间，使君忽然长叹道："目下幸得同路而行，且喜蜀道尚远，还有几时。若一到彼地，你自有家，我自有室，岂能常有此乐哉？"孺人道："不是这样说。妾夫既身亡，又无儿女，若到汉州，或恐亲属拘碍。今在途中，惟妾得以自主，就此改嫁从君，不到那董家去了，谁人禁得我来？"使君闻言，不胜欣幸道："若得如此，足感厚情。在下益州成都郫县，自有田宅庄房，尽可居住。那是此间去的便道，到得那里，我接你上去住了，打发了这两只船。董家人愿随的，就等他随你住了；不愿的，听他到汉州去，或各自散去。汉州又远，料那边多是孤寡之人，谁管得到这里的事？倘有人说话，只说你遭丧在途，我已礼聘为外室了，却也无奈我何！"孺人道："这个才是长远计较。只是我身边还有这小妮子，是前室祝氏所生，今这个却无去处，也是一累。"使君道："这个一发不打紧。目下还小，且留在身边养着。日后有人访着，还了他去。没人来访，等长大了，不拘那里着落了便是，

何足为碍？”

两人一路商量的停停当当。到了郫县，果然两船上东西尽情搬上去住了。可惜董家竹山一任县令，所有宦资连妻女，多属之他人。随来的家人也尽有不平的，却见主母已随顺了，吕使君又是个官宦，谁人敢与他争得？只有气不伏不情愿的，当下四散而去。吕使君虽然得了这一手便宜，也被这一干去的人各处把这事播扬开了。但是闻得的，与旧时称赞他高谊的，尽多识他没行止，鄙薄其人。至于董家关亲的见说着这话，一发切齿痛恨，自不必说了。

董家关亲的，莫如祝氏最切。他两世嫁与董家。有好些出任的在外，尽多是他夫人每弟兄叔侄之称。有一个祝次骞，在朝为官，他正是董元广的妻兄。想着董氏一家飘零四散，元广妻女被人占据，亦且不知去向，日夜系心。其时乡中王恭肃公到四川做制使，托他在所属地方访寻。道里辽阔，谁知下落？乾道初年，祝次骞任嘉州太守，就除利路运使。那吕使君正补着嘉州之缺，该来与祝次骞交代。吕使君晓得次骞是董家前妻之族，他干了那件短行之事，怎有胆气见他？迁延稽留，不敢前来到任。祝次骞也恨着吕使君是禽兽一等人，心里巴不得不见他，趁他未来，把印绶解卸，交与僚官权时收着，竟自去了。吕使君到得任时，也就有人寻他别处是非，弹上一本，朝廷震怒，狼狈而去。

祝次骞枉在四川路上作了一番的官，竟不曾访得甥女儿的消耗，心中常时抱恨。也是人有不了之愿，天意必然生出巧来。直到乾道丙戌年间，次骞之子祝东老，名震亨，又做了四川总干之职。受了檄文，前往成都公干，道经绵州。绵州太守吴仲广出来迎着，置酒相款。仲广元是待制学士出身，极是风流文采的人。是日郡中开宴，凡是应得承直的娼优无一不集。东老坐间，看见户椽旁边立着一个妓女，净态恬雅，宛然闺阁中人，绝无一点轻狂之度。东老注目不瞬，看够多时。却好队中行首到面前来斟酒，东老且不接他的酒，指着那户椽旁边的妓女问他道：“这个人是那个？”行首笑道：“官人喜他么？”东老道：“不是喜她。我看他有好些与你们不同处，心中疑怪，故此问你。”行首道：“他叫得薛倩。”东老正要细问，吴太守走出席来，斟着巨觥来劝。东老只得住了话头，接着太守手中之酒，放下席间，却推辞道：“贱量实不能饮，只可小杯适兴。”太守看见行首正在旁边，就指着巨觥吩咐道：“你可在此奉着总干，是必要总干饮干，不然就要罚你。”行首笑道：“不须罚小的。若要总干多饮，只叫薛倩来奉，自然毫不推辞。”吴太守也笑道：“说得古怪。想是总干曾与他相识么？”东老道：“震亨从来不曾到大府这里，何由得与此辈相接？”太守反问行首道：“这等，你为何这般说？”行首道：“适间总干殷殷问及，好生垂情于他。”东老道：“适才邂逅之间，见他标格，如野鹤在鸡群。据下官看起来，不像是个中之人。心里疑惑，所以在此询问他为首的。岂关有甚别意来？”太守道：“既然如此，只叫薛倩侍在总干席旁劝酒罢了。”

行首领命，就唤将薛倩来侍着。东老正要问他来历，恰中下怀，命取一个小杌子赐他坐了，低问他道：“我看你定然不是风尘中人，为何在此？”薛倩不敢答应，只叹口气，把闲话支吾过去。东老越越疑心，过会又问道：“你可实对我说。”薛倩只是不开口，要说又住了。东老道：“直说不妨。”薛倩道：“说也无干，落得羞人。”东老道：“你尽说与我知道，焉知无益？”薛倩道：“尊官盘问不过，不敢不说。其实说来可羞。我本好人家儿女，祖、父俱曾做官。所遭不幸，失身辱地。只是前生业债所欠，今世偿还，说他怎的？”东老恻然动心道：“汝祖、汝父，莫不是汉州知州、竹山知县么？”薛倩大惊，哭将起来道：“官人如何得知？”东老道：“果若是，汝母当姓祝了。”薛倩道：“后来的是继母，生身亡母正是姓祝。”东老道：“汝母乃我姑娘也，不幸早亡。我闻你与继母流落于外，寻觅多年，竟无消耗，不期邂逅于此。却为何失身妓藉？可备与我说。”薛倩道：“自从父亲亡后，即有吕使君来照管丧事，与同继母一路归川。岂知得到川中，经过他家门首，竟自尽室占为己有。继母与我多随他居住多年。那年坏官回家，郁郁不快，一病而亡。连继母无所倚靠，便将我出卖，得了薛妈七十千钱，遂入妓籍，今已是一年多了。追想父亲亡时，年纪虽小，犹在目前。岂知流落羞辱，到了这个地位！”言毕，失声大哭。东老不觉也哭将起来。

初时说话低微，众人见他交头接耳，尽见道无非是些调情肉麻之态，那里管他就里？直见两人多哭做一堆，方才一座惊骇，尽来诘问。东老道：“此话甚长，不是今日立谈可尽，况且还要费好些周折。改日当与守公细说罢了。”太守也有些疑心，不好再问。酒罢各散，东老自向公馆中歇宿去了。

薛倩到得家里，把席间事体对薛妈说道：“总干官府是我亲眷，今日说起，已自认帐。明日可到他寓馆一见，必有出格赏赐。”薛妈千欢万喜。到了第二日，薛妈率领了薛倩，来到总干馆舍前求见。祝东老见说，即叫放他母子进来。正要与他细话，只见报说太守吴仲广也来了。东老笑对薛倩道：“来得正好。”薛倩母子多未知其意。

太守下得轿，薛倩走过去先叩了头。太守笑道：“昨日哭得不够，今日又来补么？”东老道：“正要见守公说昨日哭的缘故。此子之父董元广乃竹山知县，祖父仲臣是汉州太守，两世衣冠之后。只因祖死汉州，父又死于都下，妻女随在舟次，所遇匪人，流落到此地位。乞求守公急为除去乐籍。”太守恻然道：“原来如此！除籍在下官所司，甚为易事。但除籍之后，此女毕竟如何？若明公有意，当为效劳。”东老道：“不是这话。此女之母即是下官之姑，下官正与此女为嫡表兄妹。今既相遇，必须择个良人嫁与他，以了其终身。但下官尚有公事须去，一时未得便有这样凑巧的。愚意欲将此女暂托之尊夫人处安顿几时，下官且到成都往回一番。待此行所得诸台及诸郡馈遗路赆之物，悉将来为此女的嫁资，慢慢拣选一个佳婿与他。也完我做亲眷的心事。”太守笑道：“天下义事，岂可让公一人做尽了？我也当出二十万钱为助。”东老道：“守公如此高义，此女不幸中大幸矣！”当下吩咐薛倩：“随着吴太守到衙中奶奶处住着，等我来时再处。”太守带着自去。

东老叫薛妈过来，先赏了他十千钱，说道：“薛倩身价在我身上，加利还你。”薛妈见了是官府做主，怎敢有违？只得凄凄凉凉自去了。东老一面往成都进发不题。

且说吴太守带得薛倩到衙里来，叫他见过了夫人，说了这缘故，叫夫人好好看待他。夫人应允了。吴太守在衙里，仔细把薛倩举动看了多时，见他仍是满面忧愁，不歇的叹气，心里忖道：“他是好人家女儿，一向堕落，那不得意是怪他不得的。今既已遇着表兄相托，收在官衙，他日打点嫁人，已提挈在好处了，为何还如此不快？他心中毕竟还有掉不下的事。”教夫人缓缓盘问他备细。薛倩初时不肯说，吴太守对他说：“不拘有甚么心事，只管明白说来，我就与你做主。”薛倩方才说道：“官人再三盘问，不敢不说，说来也是枉然的。”太守道：“你且说来，看是如何？”薛倩道：“贱妾心中实是有一个人放他不下，所以被官人看破了。”太守道：“是甚么人？”薛倩道：“妾身虽在烟花之中，那些浮浪子弟，未尝倾心交往。只有一个书生，年方弱冠，尚未娶妻，曾到妾家往来，彼此相爱。他也晓得妾身出于良家，深加悯恤，越觉情浓。但是入城，必来相叙。他家父母知道，拿回家去痛打一顿，锁禁在书房中。以后虽是时或有个信来，再不能够见他一面了。今蒙官人每抬举，若脱离了此地，料此书生无缘再会，所以不觉心中怏怏，撇放不开。岂知被官人看了出来。”太守道：“那个书生姓甚么？”薛倩道：“姓史。是个秀才，家在乡间。”太守道：“他父亲是甚么人？”薛倩道：“是个老学究。”太守道：“他多少家事，娶得你起么？”薛倩道：“因是寒儒之家，那书生虽往来了几番，原自力量不能，破费不多，只为情上难舍，频来看觑。他家兀自道破坏了家私，狠下禁锁，怎有钱财娶得妾身？”太守道：“你看得他做人如何？可真心得意他否？”薛倩道：“做人是个忠诚有余的，不是那些轻薄少年，所以妾身也十分敬爱。谁知反为妾受累，而今就得意，也没处说了。”说罢，早又眼泪落将出来。

太守问得明白，出堂去签了一张密票，差一个公人，拨与一匹快马，急取绵州学史秀才到州，有官司勾当，不可迟误。公人得了密票，狐假虎威，扯做了一场火急势头，忙下乡来，敲进史家门去，将朱笔官票与看，乃是府间遣马追取秀才，立等回话的公事。史家父子惊得呆了，各没想处。那老史埋怨儿子道：“定是你终日宿娼，被他家告害了，再无他事。”史秀才道：“府尊大人取我，又遣一匹马来，焉知不是文赋上边有甚么相商处？”老史道：“好来请你？柬帖不用一个，出张朱票？”史秀才道：“决是没人告我！”父子两个胡猜不住，公人只催起身。老史只得去收拾酒饭，待了公人。又送了些辛苦钱，打发儿子起身到州里来。正是：

> 乌鸦喜鹊同声，吉凶全然未保。
> 今日捉将官去，这回头皮送了。

史生同了官差，一程来到州中。不知甚么事由，穿了小服，进见太守。太守教换了公服相见，史生才把疑心放下了好些。换了衣服，进去行礼已毕。太守问道：“秀才家小小年纪，怎不苦志读书，倒来非礼之地频游，何也？”史生道：“小生诵读诗书，颇知礼法。蓬窗自守，从不游甚非礼之地。”太守笑道：“也曾去薛家走走么？”史生见道着真话，通红了两颊道：“不敢欺大人，客寓州城，诵读余功，偶与朋友辈适兴闲步，容或有之，并无越礼之事。”太守又道：“秀才家说话不必遮饰！试把与薛倩往来事情，实诉我知道。”史生见问的亲切，晓得瞒不过了，只得答道：“大人问及于此，不敢相诳。此女虽落娼地，实非娼流，乃名门宦裔，不幸至此。小生偶得邂逅，见其标格有似良人，问得其详，不胜义愤。自惜身微力薄，不能拔之风尘，所以怜而与游。虽系儿女子之私，实亦士君子之念。然如此鄙事，不知大人何以知而问及，殊深惶愧！只得实陈，伏乞大人容恕。”太守道：“而今假若以此女配足下，足下愿以为室家否？”史生道：“淤泥青莲，亦愿加以拂拭。但贫士所不能，不敢妄想。”太守笑道：“且站在一边，我教看一件事。”

就掣一枝签，唤将薛妈来。薛妈慌忙来见太守。太守叫库吏取出一百道官券来与他道：“昨闻你买薛倩身价止得钱七十千，今加你价三十千，共一百道，你可领着。”时史生站在旁边，太守用手指着对薛妈道：“汝女已嫁此秀才了，此官券即是我与秀才出的聘礼也。”薛妈不敢违拗，只得收了。当下认得史生的，又不好问得缘故。老妈们心性，见了一百千，算来不亏了本，随他女儿短长也不在他心上。不管三七二十一，欢欢喜喜自出去了。

此时史生看见太守如此发放，不晓其意，心中想道：“难道太守肯出己钱讨来与我不成？这怎么解？”出了神没可想处。太守唤史生过来，笑道：“足下苦贫不能得娶，适间已为足下下聘了。今以此女与足下为室，可喜欢么？”史生叩头道：“不知大人何以有此天恩，出自望外，岂不踊跃！但家有严父，不敢不告。若知所娶娼女，事亦未必可谐。所虑在此耳。”太守道：“你还不知此女为总干祝使君表妹，前日在此相遇，已托下官脱了乐籍，俟成都归来，替他择婿。下官见此义举，原许以二十万钱助嫁。今此女见在我衙中。昨日见他心事不快，问得其故，知与足下两意相孚，不得成就。下官为此相请，欲为你两人成此好事。适间已将十万钱还了薛媪，今再以十万钱助足下婚礼，以完下官口信。待总干来时，整备成亲。若尊人问及，不必再提起薛家，只说总干表妹，下官为媒，无可虑也。”史生见说，欢喜非常，谢道：“鲰生何幸，有此奇缘，得此恩遇。虽粉骨碎身，难以称报！”太守又叫库吏取一百道官券，付与史生。史生领下拜谢而去。看见丹墀之下荷花正开，赋诗一首，以见感恩之意。诗云：

莲染青泥埋暗香，东君移取一齐芳。
擎珠拟作衔环报，已学葵心映日光。

史生到得家里，照依太守说的话回复了父母。父母道是喜从天降，不费一钱攀了好亲事。又且见有许多官券拿回家来，问其来历，说道是太守助的花烛之费，一发支持有余，十分快活。一面整顿酒筵各项，只等总干回信不题。

却说吴太守虽已定下了史生，在薛倩面前只不说破。隔得一月，祝东老成都事毕，重回绵州，来见太守，一见便说表妹之事。太守道：“别后已干办得一个佳婿在此，只等明公来，便可嫁了。”东老道：“此行所得，合来有五十万，今当悉以付彼，使其成家立业。”太守道：“下官所许二十万，已将十万还其身价，十万备其婚资。今又有此助，可以不忧生计。况其人可倚，明公可以安心了。”东老道：“婿是何人？”太守道：“是个书生，姓史。今即召他来相见。”东老道：“书生最好。”

太守立即命人去召将史秀才来到，教他见了东老。东老见他少年，丰姿出众，心里甚喜。太守即择取来日大吉，叫他备轿，明日到州迎娶家去。太守回衙，对薛倩道：“总干已到，佳婿已择得有人，看定明日成婚。婚资多备，从此为良人妇了。”薛倩心里且喜且悲。喜的是亏得遇着亲眷，又得太守做主，脱了贱地，嫁个丈夫，立了妇名；悲的是心上书生从此再不能够相会了。正是：

> 笑啼俱不敢，方信做人难。
> 早知灯是火，落得放心安。

明日，祝东老早到州中，坐在后堂，与太守说了，教薛倩出来相见。东老即将五十万钱之数交与薛倩道：“聊助子妆奁之费，少尽姑表之情。只无端累守公破费二十万，甚为不安。”太守笑道：“如此美事，岂可不许我费一分乎？”薛倩叩谢不已。东老道：“婿是守公所择，颇为得人，终身可傍矣。”太守笑道：“婿是令表妹所自择，与下官无干。”东老与薛倩俱愕然不解。太守道：“少顷自见。”

正话间，门上进禀，史秀才迎婚轿到。太守立请史秀才进来，指着史生对薛倩道：“前日你再三不肯说，我道说明白了，好与你做主。今以此生为汝夫，汝心中没有不足处了么？”薛倩见说，方敢抬眼一看，正是平日心上之人，方晓得适间之言，心下暗地喜欢无尽。太守立命取香案，教他两人拜了天地。已毕，两人随即拜谢了总干与太守。太守吩咐花红、羊酒，鼓乐送到他家。东老又命从人抬了这五十万嫁资，一齐送到史家家里来。史家老儿只说是娶得总干府表妹，以此为荣，却不知就是儿子前日为嫖了厮闹的表子。后来渐渐明白，却见两处大官府做主，又平白得了许多嫁资，也心满意足了。史生夫妻二人感激吴太守，做个木主，供在家堂，奉祀香火不绝。

次年，史生得预乡荐。东老又着人去汉州，访着了董氏兄弟，托与本处运使，周给了好些生计，来通知史生夫妻二人，教他相通往来。史生后来得第，好生照管妻家，汉州之后得以不绝。此乃是不幸中之幸，遭遇得好人，有此结果。不然，世上的人多似吕使君，那两代为官之后到底堕落了。天网恢恢，正不知吕使君子女又如何哩！

公卿宣淫，误人儿女。
不遇手援，焉复其所？
瞻彼穹庐，涕零如雨。
千载伤心，王孙帝主。

第七卷 莽儿郎惊散新莺燕 㑇梅香认合玉蟾蜍

诗云：

世间好事必多磨，缘未来时可奈何！

直至到头终正果，不知底事欲蹉跎？

话说从来有人道好事多磨。那到底不成的，自不必说；尽有到底成就的，起初时千难万难，挫过了多少机会，费过了多少心机，方得了结。就如王仙客与刘无双两个，中表兄妹，从幼许嫁。年纪长大，只须刘尚书与夫人做主，两个一下配合了，有何可说？却又尚书番悔起来，千推万阻。比及夫人撺掇得肯了，正要做亲，又撞着朱泚、姚令言之乱，御驾蒙尘，两下失散。直到得干戈平静，仙客入京来访。不匡刘尚书被人诬陷，家小配入掖庭，从此天人路隔，永无相会之日了。姻缘未断，又得发出宫女打扫皇陵，恰好差着无双在内。驿庭中通出消息与王仙客，跟寻着希奇古怪的一个侠客古押衙，将茅山道士仙丹矫诏药死无双，在皇陵上赎出尸首来救活了，方得成其夫妇，同归襄汉。不知挫过了几个年头，费过了多少手脚。早知到底是夫妻，何故又要经这许多磨折？真不知天公主的是何意见！可又有一说，不遇艰难，不显好处。古人云：

不是一番寒彻骨，怎得梅花扑鼻香？

只如偷情一件，一偷便着，却不早完了事？然没一些光景了。毕竟历过多少间阻，无限风波，后来到手，方为希罕。所以在行的道：偷得着不如偷不着。真有深趣之言也。

而今说一段因缘，正要到手，却被无意中搅散。及至后来两下各不指望了，又曲曲湾湾反弄成了。这是氤氲大使颠倒人的去处。且说这段故事出在那个地方，甚么人家，怎的起头，怎的了结？看官不要性急，待小子原原委委说来。有诗为证：

打鸭惊鸳鸯，分飞各异方。

天生应匹耦，罗列自成行。

话说杭州府有一个秀才，姓凤名来仪，字梧宾，少年高才。只因父母双亡，家贫未娶。有个母舅金三员外，看得他是个不凡之器，是件照管周济他。凤生就冒了舅家之姓进了学，入场考试，已得登科。朋友往来，只称凤生，榜中名字，却是金姓。金员外一向出了灯火之资，替他在吴山左畔赁下园亭一所，与同两个朋友做伴读书。那两个是嫡亲兄弟，一个叫做窦尚文，一个叫做窦尚武，多是少年豪气，眼底无人之辈。三个人情投意合，颇有管鲍、雷陈之风。窦家兄弟为因有一个亲眷上京为官，送他长行，就便往苏州探访相识去了。凤生虽已得中，春试尚远，还在园中读书。

一日傍晚时节，诵读少倦，走出书房散步。至园东，忽见墙外楼上有一女子凭窗而立，貌若天人。只隔得一垛墙，差不得多少远近。那女子看见凤生青年美质，也似有眷顾之意，毫不躲闪。凤生贪看自不必说，四目相视，足有一个多时辰。凤生只做看玩园中菊花，步来步去，卖弄着许多风流态度，不忍走回。直等天黑将来，只听得女子叫道："龙香，掩上了楼窗。"一个侍女走起来，把窗扑的关了，凤生方才回步。心下思量道："不知邻家有这等美貌女子！不晓得他姓甚名谁？怎生打听一个明白便好。"

过了一夜。次日清早起来，也无心想观看书史，忙忙梳洗了，即望园东墙边来。抬头看那邻家楼上，不见了昨日那女子。正在惆怅之际，猛听得墙角小门开处，走将一个青青秀秀的丫鬟进来，竟到圃中采菊花。凤生要撩拨他开口，故作厉声道："谁家女子，盗取花卉！"那丫鬟啐了一声道："是我邻家的园子。你是那里来的野人，反说我盗？"凤生笑道："盗也非盗，野也非野。一时失言，两下退过罢。"丫鬟也笑道："不退过，找你些甚么？"凤生道："请问小娘子，采花去与那个戴？"丫鬟道："我家姐姐梳洗已完，等此插带。"凤生道："你家姐姐高姓大名？何门宅眷？"丫鬟道："我家姐姐姓杨，小字素梅，还不曾许配人家。"凤生道："堂上何人？"丫鬟道："父母俱亡，傍着兄嫂同居。性爱幽静，独处小楼刺绣。"凤生道："昨日看见在楼上凭窗而立的，想就是了？"丫鬟道："正是他了，那里还有第二个。"凤生道："这等，小娘子莫非龙香姐么？"丫鬟惊道："官人如何晓得？”凤生本是昨日听得叫唤，明白在耳朵里的，却诌一个谎道：“小生一向闻得东邻杨宅有个素梅娘子，世上无双美色；侍女龙香姐十分乖巧，十分贤惠。仰慕已久了。”龙香终是个丫头家见识，听见称赞他两句，道是外边人真个说他好，就有几分喜动颜色，道：“小婢子有何德能？直叫官人知道。”凤生道：“强将之下无弱兵。恁样的姐姐，须得恁样的梅香姐，方为厮称。小生有缘，昨日得瞥见了姐姐，今日又得遇着龙香姐，真是天大的福分。龙香姐怎生做得一个方便，使小生再见得姐姐一面么？”龙香道：“官人好不知进退。好人家女儿，又不是烟花门户，知道你是甚么人？面生不熟，说个一见再见。”凤生道：“小生姓凤，名来仪，今年秋榜举人。在此园中读书，就是贴壁紧邻。你姐姐固是绝代佳人，小生也不愧今时才子。就相见一面，也不辱没了你姐姐。”龙香道：“惯是秀才家有这些老脸说话，不耐烦与你缠帐！且将菊花去与姐姐插戴则个。”说罢，转身就走。凤生直跟将来送他，作个揖道：“千万劳龙香姐在姐姐面前，说凤来仪多多致意。”龙香只做不听，走进角门，扑的关了。

凤生只得回步转来。只听得楼窗豁然大开，高处有人叫一声：“龙香，怎么去了不来？”急抬头看时，正是昨日凭窗女子。新妆方罢，等龙香采花不来，开窗叫他，恰好与凤生打个照面。凤生看上去，愈觉美丽非常。那杨素梅也看上凤生在眼里了，呆呆偷觑，目不转睛。凤生以为可动，朗吟一诗道：

几回空度可怜宵，谁道秦楼有玉箫！

咫尺银河难越渡，宁交不瘦沈郎腰？

楼上杨素梅听见吟诗，详那诗中之意，分明晓得是打动他的了，只不知这俏书生是那一个，又没处好问得。正在心下踌躇，只见龙香手拈了一朵菊花来，与他插好了，就问道：“姐姐，你看见那园中狂生否？”素梅摇手道：“还在那厢摇摆，低声些，不要被他听见了。”龙香道：“我正要他听见，有这样老脸皮没廉耻的！”素梅道：“他是那个？怎么样没廉耻？你且说来。”龙香道：“我自采花，他不知那里走将来，撞见了，反说我偷他的花，被我抢白了一场。后来问我采花与那个戴，我说是姐姐。他见说出姐姐名姓来，不知怎的就晓得我叫做龙香。说道一向仰慕姐姐芳名，故此连侍女名字多打听在肚里的。又说昨日得瞥见了姐姐，还要指望再见见。又被我抢白他是面生不熟之人，他才说出名姓来，叫做凤来仪，是今年中的举人，在此园中读书，是个紧邻。我不睬他，他深深作揖，央我致意姐姐，道姐姐是佳人，他是才子。你道好没廉耻么？”素梅道：“说轻些。看来他是个少年书生，高才自负的。你不理他便罢，不要十分轻口轻舌的冲撞他。”龙香道：“姐姐怕龙香冲撞了他，等龙香去叫他来见见姐姐，姐姐自回他话罢。”素梅道：“痴丫头，好个歹舌头！怎么好叫他见我？”两个一头话，一头下楼去了。

这里凤生听见楼上唧哝一番，虽不甚明白，晓得是一定说他，心中好生痒痒。直等楼上不见了人，方才走回书房。从此书卷懒开，茶饭懒吃，一心只在素梅身上，日日在东墙探头望脑，时常两下撞见。那素梅也失魂丧魄的，掉那少年书生不下，每日上楼几番，但遇着便眉来眼去，彼此有意，只不曾交口。又时常打发龙香，只以采花为名，到花园中探听他来踪去迹。龙香一来晓得姐姐的心事，二来见凤生腼腆，心里也有些喜欢，要在里头撮合。不时走到书房里传消递息，对凤生说着素梅好生钟情之意。凤生道：“对面甚觉有情，只是隔着楼上下，不好开得口，总有心事，无从可达。”龙香道：“官人何不写封书与我姐姐？”凤生喜道：“姐姐通文墨么？”龙香道：“姐姐喜的是吟诗作赋，岂但通文墨而已。”凤生道：“这等，待我写一情词起来，劳烦你替我寄去，看他怎么说。”凤生提起笔来，一挥而就。词云：

木落庭皋，楼阁外、彤云半拥。偏则向、凄凉书舍，早将寒送。眼角偷传倾国貌，心苗曾倩多情种。问天公、何日判佳期，成欢宠？（词寄《满江红》）

凤生写完，付与龙香。

龙香收在袖里，走回家去。见了素梅，面带笑容。素梅问道：“你适在那边书房里来，有何说话，笑嘻嘻的走来？”龙香道：“好笑那凤官人见了龙香，不说甚么说话，把一张纸一管笔，只管写来写去。被我趁他不见，溜了一张来。姐姐，你看他写的是甚么？”素梅接过手来，看了一遍，道：“写的是一首词。分明是他叫你拿来的，你却掉谎。”龙香道：“不瞒姐姐说，委实是他叫龙香拿来的。龙香又不识字，知他写的是好是歹？怕姐姐一时嗔怪，只得如此说。”素梅道：“我也不嗔怪你。只是书生狂妄，不回他几字，他只道我不知其意，只管歪缠。我也不与他吟词作赋，卖弄聪明，实实的写几句说话回他便了。”龙香即时研起墨来，取幅花笺摊在桌上。好个素梅，也不打稿，提起笔来就写。写道："自古贞姬守节，侠女怜才。两者俱贤，各行其是。但恐遇非其人，轻诺寡信，侠不如贞耳。与君为邻，幸成目遇，有缘与否，君自揣之。勿徒调文琢句，为轻薄相诱已也。聊此相复，寸心已尽，无多言。"

写罢封好了，教龙香藏着，隔了一日拿去与那凤生。龙香依言来到凤生书房。凤生惊喜道："龙香姐来了。那封书儿，曾达上姐姐否？"龙香拿个班道："甚么书不书，要我替你淘气！"凤生道："好姐姐，如何累你受气？"龙香道："姐姐见了你书，变了脸，道：'甚么人的书要你拿来？我是闺门中女儿，怎么与外人通书贴？'只是要打。"凤生道："他既道我是外人不该通书帖，又在楼上眼睁睁看我怎的？是他自家招风揽火，怎到打你？"龙香道："我也不到得与他打。我回说道：'我又不识字，知他写的是甚么！姐姐不像意不要看他，拿去还他罢了，何必着恼？'方才免得一顿打。"凤生道："好滄话！若是不曾看着，拿来还了，有何消息？可不误了我的事？"龙香道："不管误事不误事，还了你，你自看去。"袖中摸出来，撩在地下。凤生拾起来，却不是起先拿去的了。晓得是龙香要他，带着笑道："我说你家姐姐不舍得怪我，必是好音回我了。"拆开来细细一看，跌足道："好个有见识的女子！分明有意与我，只怕我日后负心，未肯造次耳。我如今只得再央龙香姐拿件信物送他，写封实心实意的话，求他定下个佳期。省得此往彼来，有名无实，白白地想杀了我！"龙香道："为人为彻。快写来，我与你拿去，我自有道理。"凤生开了箱子，取出一个白玉蟾蜍镇纸来，乃是他中榜之时，母舅金三员外与他作贺的，制作精工，是件古玩。今将来送与素梅作表记。写下一封书，道："承示玉音，多关肝鬲。仪虽薄德，敢负深情？但肯俯通一夕之欢，必当永矢百年之好。谨贡白玉蟾蜍，聊以表信。荆山之产，取其坚润不渝；月中之象，取其团圆无缺。乞订佳期，以苏渴想。"末写道："辱爱不才生凤来仪顿首素梅娘子妆前。"凤生将书封好，一同玉蟾蜍交付龙香。对龙香道："我与你姐姐百年好事千金重担，只在此两件上面了。万望龙香姐竭力周全，讨个回音则个。"龙香道："不须嘱咐，我也巴不得你们两个成了事，有话面讲，不耐烦如此传书递柬。"凤生作个揖道："好姐姐，如此帮衬，万代恩德。"

龙香带着笑拿着去了。走进房来，回复素梅道："凤官人见了姐姐的书，着实赞叹，说姐姐有见识。又写一封回书，送一件玉物事在此。"素梅接过手来，看那玉蟾蜍光润可爱，笑道：“他送来怎的？且拆开书来看。”素梅看那书时，一路把头暗点，脸颊微红，有些沉吟之意。看到“辱爱不才生”几字，笑道：“呆秀才，那个就在这里爱你？”龙香道：“姐姐若是不爱，何不绝了他，不许往来？既与他兜兜搭搭，他难道到肯认做不爱不成？”素梅也笑将起来道：“痴丫头，就像与他一路的。我到有句话与你商量。我心上真有些爱他；其实瞒不得你了。如今他送此玉蟾蜍做了信物，要我去会他，这个却怎么使得？”龙香道：“姐姐，若是使不得，空爱他也无用。何苦把这个书生哄得他不上不落的，呆呆地日事皆废了？”素梅道：“只恐书生薄幸，且顾眼下风光，日后不在心上，撇人在脑后了，如何是好？”龙香道：“这个龙香也做不得保人。姐姐而今要绝他，却又爱他；要从他，却又疑他。如此两难，何不约他当面一会？看他说话真诚，罚个咒愿，方才凭着姐姐或短或长，成就其事；若不像个老实的，姐姐一下子丢开，再不要缠他罢了。”素梅道：“你说得有理，我回他字去。难得今夜是十五日团圆之夜，约他今夜到书房里相会便了。”素梅写着几字，手上除下一个累金戒指儿，答他玉蟾蜍之赠，叫龙香拿去。

龙香应允，一面走到园中，心下道：“佳期只在今夜了，便宜了这酸子，不要直与他说知。”走进书房中来，只见凤生朝着纸窗正在那里呆想。见了龙香，魆地跳将起来，道：“好姐姐，天大的事如何了？”龙香道：“什么如何如何！他道你不知进退，开口便问佳期，这等看得容易。一下性子，书多扯坏了，连那玉蟾蜍也掼碎了！”凤生呆了道：“这般说起来，教我怎的才是？等到几时方好？可不害杀了我！”龙香道：“不要心慌，还有好话在后。”凤生欢喜道：“既有好话！

快说来！”龙香道：“好自在性，大着嘴子‘快说来，快说来！’不直得陪个小心？”凤生陪笑道：“好姐姐，这是我不是了。”跪下去道：“我的亲娘！有什么好说话，对我说罢。”龙香扶起道：“不要馋脸。你且起来，我对你说。我姐姐初时不肯，是我再三撺掇，已许下日子了。”凤生道：“在几时呢？”龙香笑道：“在明年。”凤生道：“若到明年，我也害死好做周年了。”龙香道：“死了，料不要我偿命。自有人不舍得你死，有个丹药方在此医你。”袖中摸出戒指与那封字来，交与凤生道：“到不是害死，却不要快活杀了。”

凤生接着拆开看时，上写道：“徒承往复，未测中心。拟作夜谈，各陈所愿。固不为投梭之拒，亦非效逾墙之徒。终身事大，欲订完盟耳。先以约指之物为定，言出如金，浮情且戒，如斯而已！”末附一诗云：“试敛听琴心，来访吹箫伴。为语玉蟾蜍，清光今夜满。”凤生看罢，晓得是许下了佳期，又即在今夜，喜欢得打跌，对龙香道：“亏杀了救命的贤姐，教我怎生报答也！”龙香道：“闲话休题，既如此约定，到晚来，切不可放甚么人在此打搅！”凤生道：“便是同窗两个朋友，出去久了；舅舅家里一个送饭的人，送过便打发他去，不呼唤他，却不敢来。此外别无甚人到此，不妨，不妨！只是姐姐不要临时变卦便好。”龙香道：“这个到不消疑虑，只在我身上，包你今夜成事便了。”龙香自回去了。凤生一心只打点欢会，住在书房中，巴不得到晚。

那边素梅也自心里忒忒地，一似小儿放纸炮，又爱又怕，只等龙香回来，商量到晚赴约。恰好龙香已到，回复道：“那凤官人见了姐姐的字，好不快活，连龙香也受了他好些跪拜了。”素梅道：“说便如此说，羞答答地怎好去得？”龙香道：“既许了他，作要不得的。”素梅道：“不去便怎么？”龙香道：“不去不打紧。龙香说了这一个大谎，后来害死了他，地府中还要攀累我。”素梅道：“你只管自家的来世，再不管我的终身！”龙香道：“甚么终身？拚得立定主意嫁了他便是了。”素梅道：“既如此，便依你去走一遭也使得，只要打听兄嫂睡了方好。”

说话之间，早已天晚，天上皎团团推出一轮明月。龙香走去了一更多次，走来道：“大官人、大娘子多吃了晚饭，我守他收拾睡了才来的。我每不可点灯，开了角门，趁着明月悄悄去罢。”素梅道：“你在前走，我后边尾着，怕有人来。”果然龙香先行，素梅在后，遮遮掩掩走到书房前。龙香把手点道："那有灯的不就是他书房？"素梅见说是书房，便立定了脚。凤生正在盼望不到之际，心痒难熬，攒出攒入了一会，略在窗前歇气。只听得门外脚步响，急走出来迎着。这里龙香就出声道："凤官人，姐姐来了，还不拜见！"凤生月下一看，真是天仙下降！不觉的跪了下去，道："小生有何天幸，劳烦姐姐这般用心，杀身难报。"素梅通红了脸，一把扶起道："官人请尊重，有话慢讲。"凤生立起来，就扶着素梅衣袂道："外厢不便，请小姐快进房去。"素梅走进了门内。外边龙香道："姐姐，我自去了。"素梅叫道："龙香，不要去。"凤生道："小姐，等他回去安顿着家中的好。"素梅又叫道："略转转就来。"龙香道："晓得了，凤官人关上了门罢。"

当下龙香走了转去。凤生把门关了，进来一把抱住道："姐姐，想杀了凤来仪！如今侥幸杀了凤来仪也！"一手就去素梅怀里乱扯衣裙。素梅按住道："官人不要性急，说得明白，方可成欢。"凤生道："我两人心事已明，到此地位，还有何说？"只是抱着推他到床上来。素梅挣定了脚不肯走，道："终身之事，岂可草草？你咒也须赌一个，永不得负心！"凤生一头推，一头口里哝道："凤来仪若负此情，永远前程不吉！不吉！"素梅见他极态，又哄他又爱他，心下已自软了，不由的脚下放松，任他推去。

正要倒在床上，只听得园门外一片大嚷，擂鼓也似敲门。凤生正在喉急之际，吃那一惊不小，便道："做怪了！此时是甚么人敲门？想来没有别人。姐姐不要心慌，门是关着的，没事。我们且自上床，凭他门外叫唤，不要睬他！"素梅也慌道："只怕使不得，不如我去休！"凤生极了，狠性命抱住道："这等怎使得？这是活活的弄杀我了！"正是色胆如天，凤生且不管外面的事，把素梅的小衣服解脱了，忙要行事。那晓得花园门年深月久，苦不甚牢，早被外边一伙人踢开了一扇，一路嚷将进来，直到凤生书房门首来了。凤生听见来得切近，方才着忙道："古怪！这声音却似窦家兄弟两个。几时回来的？恰恰到此。我的活冤家，怎么是好？"只得放下了手，对素梅道："我去顶住了门，你把灯吹灭了，不要做声。"素梅心下惊惶，一手把裙裤结好，一头把火吹息，魆魆地拣暗处站着，不敢喘气。凤生走到门边，轻轻掇条凳子，把门再加顶住，要走进来温存素梅。只听得外面打着门道："凤兄，快开门！"凤生战抖抖的回道："是、是、是那个？"一个声气小些的道："小弟窦尚文。"一个大喊道："小弟窦尚武。两个月不相聚了，今日才得回来。这样好月色，快开门出来，吾们同去吃酒。"凤生道："夜深了，小弟已睡在床上了，懒得起来，明日尽兴罢。"外边窦大道："寒舍不远，过谈甚便。欲着人来请，因怕兄已睡着，未必就来，故此兄弟两人特来自邀。快些起来！"凤生道："夜深风露，热被窝里起来，怕不感冒了？其实的懒起，不要相强，足见相知。"窦大道："兄兴素豪，今夜何故如此？"窦二便嚷道："男子汉见说着吃酒看月有兴的事，披衣便起，怕甚风露？"凤生道："今夜偶然没兴，望乞见谅。"窦二道："终不成使我们扫了兴，便自这样回去了？你若当真不起来时，我们一发把这门打开来，莫怪粗卤！"凤生着了急，自想道："倘若他当真打进，怎生是好？"低低对素梅道："他若打将进来，必然事露。姐姐你且躲在床后，待我开门出去，打发了他就来。"素梅也低低道："撇脱些，我要回去。这事做得不好了，怎么处？"

素梅望床后黑处躲好，凤生才掇开凳子，开出门来。见了他兄弟两个，且不施礼，便随手把门扣上了，道："室中无火，待我搭上了门，和兄每两个坐话一番罢。"两窦道："坐话甚么？酒盒多端正在那里了，且到寒家呼卢浮白，吃到天明。"凤生道："小弟不耐烦，饶我罢！"窦二道："我们兴高得紧，管你耐烦不耐烦？我们大家扯了去！"兄弟两个多动手，扯着便走，又加家僮们推的推，攘的攘，不由你不走。凤生只叫得苦，却又不好说出。正是：

哑子慢尝黄柏味，难将苦口向人言。

没奈何，只得跟着吆吆喝喝的去了。

这里素梅在房中，心头丕丕的跳，几乎把个胆吓破了，着实懊悔无尽。听得人声渐远，才按定了性子，走出床面前来。整一整衣服，望门外张一张，悄然无人，想道："此时想没人了。我也等不得他，趁早走回去罢。"去拽那门时，谁想是外边搭住了的。狠性子一拽，早把两三个长指甲一齐蹴断了。要出来，又出来不得；要叫声龙香，又想他决在家里，那里在外边听得？又还怕被别人听见了。左右不是，心里烦躁撩乱，没计奈何。看看夜深了，坐得不耐烦，再不见凤生来到，心中又气又恨，道："难道贪了酒杯，竟忘记我在这里了？"又替他解道："方才他负极不要去，还是这些狂朋友没得放他回来。"转展踌躇，无聊无赖，身体倦怠，呵欠连天。欲要睡睡，又是别人家床铺，不曾睡惯，不得伏贴；亦且心下有事，焦焦躁躁，那里睡得去？闷坐不过，做下一首词，云：

幽房深锁多情种，清夜悠悠谁共？羞见枕衾鸳凤，闷则和衣拥。无端猛烈阴风动，惊破一番新梦。窗外月华霜重，寂寞桃源洞。（词寄《桃源忆故人》）

素梅吟词已罢，早已鸡鸣时候了。

龙香在家里睡了一觉醒来，想道："此时姐姐与凤官人也快活得够了，不免走去俟候，接了他归来早些。省得天明有人看见，做出事来。"开了角门，踏着露草，慢慢走到书房前来。只见门上搭着扭儿，疑道："这外面是谁搭上的？又来奇怪了。"自言自语了几句。里头素梅听得声音，便开言道："龙香来了么？"龙香道："是来了。"素梅道："快些开了门进来。"龙香开进去看时，只见素梅衣妆不卸，独自一个坐着。惊问道："姐姐起得这般早？"素梅道："那里是起早！一夜还不曾睡。"龙香道："为何不睡？凤官人那里去了？"素梅叹口气道："有这等不凑巧的事。说不得一两句说话，一伙狂朋蹋进园门来，拉去看月。凤官人千推万阻，不肯开门，他直要打进门来。只得开了门，随他们一路去了。至今不来，且又搭上了门，教我出来又出来不得，坐又坐不过，受了这一夜的罪。而今你来得正好，我和你快回去罢。"龙香道："怎么有这等事？姐姐有心得到这时候了，凤官人毕竟转来，还在此等他一等么。"素梅不觉泪汪汪的，又叹了一口气道："还说甚么等他？只自回去罢了。"正是：

蓦地鱼舟惊比目，霎时樵斧破连枝。

素梅自与龙香回去不题。

且说凤生被那不做美的窦大、窦二不由分说，拉去吃了半夜的酒。凤生真是热地上蚰蜒，一时也安不得身子。一声求罢，就被窦二大碗价罚来。凤生虽是心里不愿，待推却时，又恐怕他们看出破绽，只得勉强发兴，指望早些散场。谁知这少年心性，吃到兴头上，越吃越狂，那里肯住？凤生真是没天得叫。直等东方发白，大家酩酊吃不得了，方才歇手。凤生终是留心，不至大醉，带了些酒意，别了二窦，一步恨不得做十步，踉跄归来。到得园中，只见房门大开，急急走近叫道："小姐！小姐！"那见个人影？想着昨宵在此，今不得见了，不觉的趁着酒兴，敲台拍凳，气得泪点如珠的下来，骂道："天杀的窦家兄弟坑害了我！千难万难，到得今日才得成就，未曾到手，平白地搅开了。而今不知又要费多少心机，方得圆成。只怕着了这惊，不肯再来了。如何是好？"闷闷不乐，倒在床上，一觉睡到日沉西，方起得来。急急走到园东墙边一看，但见楼窗紧闭，不见人踪。推推角门，又是关紧了的。没处问个消息，快快而回，且在书房纳闷不题。

且说那杨素梅归到自己房中，心里还是恍惚不宁的，对龙香道："今后切须戒着，不可如此！"龙香道："姐姐只怕戒不定。"素梅道："且看我狠性子戒起来。"龙香道："到得戒时已是迟了。"素梅道："怎见得迟？"龙香道："身子已破了。"素梅道："那里有此事！你才转得身，他们就打将进来。说话也不曾说得一句，那有别事？"龙香道："既如此，那人怎肯放下？定然想杀了，极不也害个风瘋，可不是我们的阴骘？还须今夜再走一遭的是。"素梅道："今夜若去，你住在外面，一边等我，一边看人，方不误事。"龙香冷笑了一声。素梅道："你笑甚么来？"龙香道："我笑姐姐好个狠性子，着实戒得定。"

两个正要商量晚间再去赴期，不想里面兄嫂处走出一个丫鬟来，报道："冯老孺人来了。"原来素梅有个外婆，嫁在冯家，住在钱塘门里。虽没了丈夫，家事颇厚，开个典当铺在门前。人人晓得他是个富室，那些三姑六婆没一个不来奉承他的。他只有一女，嫁与杨家，就是素梅的母亲，早年夫妇双亡了。孺人想着外甥女儿虽然傍着兄嫂居住，未尝许聘人家，一日与媒婆每说起素梅亲事。媒婆每道："若只托杨大官人出名，说把妹子许人，未必人家动火。须得说是老孺人的亲外甥，就在孺人家里接茶出嫁的，方有门当户对的来。"孺人道是说得有理，亦且外甥女儿年纪长大，也要收拾他身畔来。故此自己抬了轿，又叫了一乘空轿，一直到杨家，要接素梅家去。

素梅接着外婆，孺人把前意说一遍。素梅暗地吃了一惊，推托道："既然要去，外婆先请回，等甥女收拾两日就来。"孺人道："有甚么收拾？我在此等了你去。"龙香便道："也要拣个日子。"孺人道："我拣了来的，今日正是个黄道吉日，就此去罢。"素梅暗暗地叫苦，私对龙香道："怎生发付那人？"龙香道："总是老孺人守着在此，便再迟两日去，也会他不得了。不如且依着了，等龙香自去回他消息，再寻机会罢。"素梅只得怀着不快，跟着孺人去了。

所以这日凤生去望楼上，再不得见面。直到外边去打听，才晓得是外婆家接了去了。跌足叹恨，悔之无及。又不知几时才得回家，再得相会。正不快之际，只见舅舅金三员外家金旺来接他回家去，要商量上京会试之事。说道："园中一应书箱行李，多收拾了家来，不必再到此了。"凤生口里不说，心下思量道："谁想当面一番错过，便如此你东我西，料想那还有再会的日子？只是他十分的好情，教我怎生放得下？"一边收拾，望着东墙只管落下泪来。却是没奈何，只得匆匆出门，到得金三员外家里。员外早已收拾盘缠，是件停当。吃了饯行酒，送他登程，叫金旺跟着，一路伏侍去了。

员外闲在家里，偶然一个牙婆走来卖珠翠，说起钱塘门里冯家有个女儿，才貌双全，尚未许人。员外叫讨了他八字来，与外甥合一合看。那看命的看得是一对上好到头夫妻，夫荣妻贵，并无冲犯。员外大喜，即央人去说合。那冯孺人见说是金三员外，晓得是本处财主，叫人通知了外甥杨大官人，当下许了。择了吉日，下了聘定，欢天喜地。

谁知杨素梅心里只想着凤生，见说许下了甚么金家，好生不快。又不好说得出来，对着龙香只是啼哭。龙香宽解道："姻缘分定。想当日若有缘法，早已成事了。如此对面错过，毕竟不是对头。亏得还好，若是那一夜有些长短了，而今又许了一家，却怎么处？"素梅道："说那里话！我当初虽不与他沾身，也曾亲热一番，心已相许。我如今痴想还与他有相会日子，权且忍耐。若要我另嫁别人，临期无奈，只得寻个自尽，报答他那一点情分便了，怎生撇得他下？"龙香道："姐姐一片好心固然如此，只是而今怎能够再与他相会？"素梅道："他如今料想在京会试。倘若姻缘未断，得登金榜，他必然归来寻访着我。那时我辞了外婆，回到家中，好歹设法得相见一番。那时他身荣贵，就是婚姻之事，或者还可挽回万一。不然，我与他一言面诀，死亦瞑目了。"龙香道："姐姐也见得是。且耐心着，不要烦烦恼恼，与别人看破了，生出议论来。"

不说两个唧哝。且说凤生到京，一举成名，做了三甲进士，选了福建福州府推官。心里想道："我如今便道还家，央媒议亲，易如反掌。这姻缘仍在，诚为可喜，进士不足言也！"正要打点起程，金员外家里有人到京来，说道："家中已聘下了夫人，只等官人荣归毕姻。"凤生吃了一惊，道："怎么聘下了甚么夫人？"金家人道："钱塘门里冯家小姐，见说才貌双全的。"凤生变了脸道："你家员外，好没要紧！那知我的就里，连忙就聘做甚么？"金家人与金旺多疑怪道："这是老员外好意，官人为何反怪将起来？"凤生道："你们不晓得，不要多管！"自此心中反添上一番愁绪起来。

正是：

姻事虽成心事违，新人欢喜旧人啼。

几回暗里添惆怅，说与旁人那得知？

凤生心中闷闷，且待到家再作区处。一面京中自起身，一面打发金家人先回报知，择日到家。

这里金员外晓得外甥归来快了，定了成婚吉日，先到冯家下那袍段钗环请期的大礼。他把一个白玉蟾蜍做压钗物事。这蟾蜍是一对，前日把一个送外甥了，今日又替他行礼，做了个囫囵人情。教媒婆送到冯家去，说：“金家郎金榜题名，不日归娶，已起程将到了。”冯老孺人好不喜欢。旁边亲亲眷眷看的人那一个不啧啧称叹道：“素梅姐姐生得标致，有此等大福！”多来与素梅叫喜。

谁知素梅心怀鬼胎，只是长吁短叹，心生愁闷，默默归房去了。只见龙香走来道：“姐姐，你看见适才的礼物么？”素梅道：“有甚心情去看他！”龙香道：“一件天大侥幸的事，好叫姐姐得知。龙香听得外边人说，那中进士聘姐姐的那个人，虽然姓金，却是金家外甥。我前日记得凤官人也曾说甚么金家舅舅。只怕那个人就是凤官人，也不可知。”素梅道：“那有此事！”龙香道：“适才礼物里边，有一件压钗的东西，也是一个玉蟾蜍，与前日凤官人与姐姐的一模二样。若不是他家，怎生有这般一对？”素梅道：“而今玉蟾蜍在那里？设法来看一看。”龙香道：“我方才见有些跷蹊，推说姐姐要看，拿将来了。”袖里取出，递与素梅看了一会，果像是一般的。再把自家的在臂上解下来，并一并看，分毫不差。想着前日的情，不觉掉下泪来，道：“若果如此，真是姻缘不断。古来破镜重圆，钗分再合，信有其事了。只是凤郎得中，自然说是凤家下礼，如何只说金家？这里边有些不明，怎生探得一个实消息，果然是了便好。”龙香道：“是便怎么？不是便怎么？”素梅道：“是他了，万千欢喜，不必说起。若不是他，我前日说过的，临到迎娶，自缢而死！”龙香道：“龙香倒有个计较在此。”素梅道：“怎的计较？”龙香道：“少不得迎亲之日，媒婆先回话。那时龙香妆做了媒婆的女儿，随了他去。看得果是那人，即忙回来说知就是。”素梅道：“如此甚好。但愿得就是他，这场喜比天还大。”龙香道：“我也巴不得如此。看来像是有些光景的。”两人商量已定。

过了两日，凤生到了金家了。那时冯老孺人已依着金三员外所定日子成亲，先叫媒婆去回话，请来迎娶。龙香知道，赶到路上来对媒婆说：“我也要去看一看新郎。有人问时，只说是你的女儿，带了来的。”媒婆道：“这等折杀了老身，同去走走就是。只有一件事要问姐姐。”龙香道：“甚事？”媒婆道：“你家姐姐天大喜事临身，过门去就做夫人了，如何不见喜欢？口里唧唧哝哝，倒像十分不快活的。这怎么说？”龙香道：“你不知道，我姐姐自小立愿，要自家拣个像意的姐夫。而今是老孺人做主，不管他肯不肯，许了他，不知新郎好歹，放心不下，故此不快活。”媒婆道：“新郎是做官的了，有甚么不好？”龙香道：“夫妻面上，只要人好，做官有甚么用处？老娘晓得这做官的姓甚么？”媒婆道：“姓金了，还不知道？”龙香道：“闻说是金员外的外甥，原不姓金。可知道姓甚么？”媒婆道：“是便是外甥，而今外边人只叫他金爷。他的姓，姓得有些异样，不好记，我忘记了。”龙香道：“可是姓凤？”媒婆想了一想，点头道：“正是这个什么怪姓。”龙香心里暗暗欢喜，已有八分是了。

一路行来，已到了金家门首。龙香对媒婆道：“老娘你先进去，我在门外张一张罢。”媒婆道：“正是。”媒婆进去见了凤生，回复今日迎亲之事。正在问答之际，龙香门外一看，看得果然是了，不觉手舞足蹈起来，嘻嘻的道：“造化！造化！”龙香也有意要他看见，把身子全然露着，早已被门里面看见了。凤生问媒婆道：“外面那个随着你来？”媒婆道：“是老媳妇的女儿。”凤生一眼瞅去，疑是龙香。便叫媒婆去里面茶饭，自己踱出来看，果然是龙香了。凤生忙道：“甚风吹你到此？你姐姐在那里？”龙香道：“凤官人还问我姐姐，你只打点迎亲罢了。”凤生道：“龙香姐，小生自那日惊散之后，有一刻不想你姐姐，也叫我天诛地灭！怎奈是这日一去，彼此分散，无路可通。侥幸往京得中，正要归来央媒寻访，不想舅舅又先定下了这冯家。而今推却不得，没奈何了，岂我情愿？”龙香故意道：“而今不情愿，也说不得了。只辜负了我家姐姐一片好情，至今还是泪汪汪的。”凤生也拭泪道：“待小生过了今日之事，再怎么约得你家姐姐一会面，讲得一番心事明白，死也甘心！而今你姐姐在那里？曾回去家中不曾？”龙香哄他道：“我姐姐也许下人家了。”凤生吃惊道：“咳咳！许了那一家？”龙香道：“是这城里甚么金家，新中进士的。”凤生道：“又来胡说！城中再那里还有个金家新中进士？只有得我。”龙香道：“官人几时又姓金？”凤生道：“这是我娘舅家姓，我一向榜上多是姓金不姓凤。”龙香嘻的一笑道：“白日见鬼，枉着人急了这许多时。”凤生道：“这等说起来，敢是我聘定的，就是你家姐姐？却怎么说姓冯？”龙香道：“我姐姐也是冯老孺人的外甥，故此人只说是冯家女儿，其实就是杨家的人。”凤生道：“前日分散之后，我问邻人，说是外婆家接去。想正是冯家了？”龙香道：“正是了。”凤生道：“这话果真么？莫非你见我另聘了，特把这话来耍我的？”龙香去袖中摸出两个玉蟾蜍来道：“你看这一对先自成双了，一个是你送与姐姐的，一个是你家压钗的。眼见得多在这里了，还要疑心？”凤生大笑道：“有这样奇事，可不快活杀了我！”龙香道：“官人如此快活，我姐姐还不知道明白，哭哭啼啼在那里。”凤生道：“若不是我，你姐姐待怎么？”龙香道：“姐姐看见玉蟾蜍一样，又见说是金家外甥，故此也有些疑心，先教我来打探。说道不是官人，便要自尽。如今即忙回去报他，等他好梳妆相待。而今他这欢喜，也非同小可。”凤生道：“还有一件，他事在急头上，只怕还要疑心是你权时哄他的，未必放心得下。你把他前日所与我的戒指拿去与他看，他方信是实了。可好么？”龙香道：“官人见得是。”凤生即在指头上勒下来，交与龙香去了。一面吩咐鼓乐酒筵齐备，亲往迎娶。

却说龙香急急走到家里，见了素梅，连声道：“姐姐，正是他！正是他！”素梅道：“难道有这等事？”龙香道：“不信，你看这戒指那里来的？”就把戒指递将过来，道：“是他手上亲除下来与我，叫我拿与姐姐看，做个凭据的。”素梅微笑道：“这个真也奇怪了。你且说他见你说些甚么？”龙香道：“他说自从那日惊散，没有一日不想姐姐。而今做了官，正要来图谋这事，不想舅舅先定下了，他不知是姐姐，十分不情愿的。”素梅道：“他不匡是我，别娶之后，却待怎么？”龙香道：“他说原要设法与姐姐一面，说个衷曲，死也瞑目！就眼泪流下来。我见他说得至诚，方与他说明白了这些话。他好不喜欢！”素梅道：“他却不知我为他如此立志，只说我轻易许了人家，道我没信行的了，怎么好？”龙香道：“我把姐姐这些意思，尽数对他说了。原说打听不是，迎娶之日，寻个自尽的。他也着意，恐怕我来回话，姐姐不信，疑是一时权宜之计哄上轿的说话，故此拿出这戒指来为信。”素梅道：“戒指在那里拿出来？”龙香道：“紧紧的勒在指头上，可见他不忘姐姐的了。”素梅此时才放心得下。

须臾，堂前鼓乐齐鸣，新郎冠带上门，亲自迎娶。亲人上轿，冯老孺人也上轿，送到金家，与金三员外会了亲。吃了喜酒，送入洞房，两下成其夫妇。恩情美满，自不必说。次日，杨家兄嫂多来会亲，窦家兄弟两人来作贺。凤生见了二窦，想着那晚之事，不觉失笑。自忖道："亏得原是姻缘，到底配合了；不然这一场搅散，岂是小可的？"又不好说得出来，只自家暗暗侥幸而已。做了夫妻之后，时常与素梅说着那事，两个还是打噤的。

因想世上的事，最是好笑。假如凤生与素梅，索性无缘罢了；既然到底是夫妻，那日书房中时节，何不休要生出这番风波来？略迟一会，也到手了。再不然，不要外婆家去，次日也还好再续前约；怎生不先不后，偏要如此间阻？及至后来两下多不打点的了，却又无意中聘定，成了夫妇。这多是天公巧处，却像一下子就上了手，反没趣味，故意如此的。却又有一时不偶便到底不谐的，这又不知怎么说。有诗为证：

从来女侠会怜才，到底姻成亦异哉！

也有惊分终不偶，独含幽怨向琴台。

第八卷 硬勘案大儒争闲气 甘受刑侠女著芳名

诗云：

世事莫有成心，成心专会认错。

任是大圣大贤，也要当着不着。

看官听说：从来说的书不过谈些风月，述些异闻，图个好听；最有益的，论些世情，说些因果，等听了的触着心里，把平日邪路念头化将转来。这个就是说书的一片道学心肠，却从不曾讲着道学。而今为甚么说个不可有成心？只为人心最灵，专是那空虚的才有公道。一点成心入在肚里，把好歹多错认了，就是圣贤也要偏执起来，自以为是，却不知事体竟不是这样的了。道学的正派，莫如朱文公晦翁。读书的人那一个不尊奉他，岂不是个大贤？只为成心上边，也曾错断了事。

当日在福建崇安县知县事，有一小民告一状道："有祖先坟茔，县中大姓夺占做了自己的坟墓，公然安葬了。"晦翁精于风水，况且福建又极重此事，豪门富户见有好风水吉地，专要占夺了小民的，以致兴讼，这样事日日有的。晦翁准了他状，提那大姓到官。大姓说："是自家做的坟墓，与别人毫不相干的，怎么说起占夺来？"小民道："原是我家祖上的墓，是他富豪倚势占了。"两家争个不歇。叫中证问时，各人为着一边，也没个的据。晦翁道："此皆口说无凭，待我亲去踏看明白。"当下带了一干人犯及随从人等，亲到坟头。看见山明水秀，凤舞龙飞，果然是一个好去处。晦翁心里道："如此吉地，怪道有人争夺。"心里先有些疑心，必是小民先世葬着，大姓看得好，起心要他的了。大姓先禀道："这是小人家里新造的坟，泥土工程，一应皆是新的，如何说是他家旧坟？相公龙目一看，便了然明白。"小民道："上面新工程是他家的，底下须有老土。这原是家里的，他夺了才装新起来"。

晦翁叫取锄头铁锹，在坟前挖开来看。挖到松泥将尽之处，"珰"的一声响，把个挖泥的人振得手疼。拔开浮泥看去，乃是一块青石头，上面依稀有字。晦翁叫取起来看。从人拂去泥沙，将水洗净，字文见将出来，却是"某氏之墓"四个大字；旁边刻着细行，多是小民家里祖先名字。大姓吃惊道："这东西那里来的？"晦翁喝道："分明是他家旧坟，你倚强夺了他的！石刻见在，有何可说？"小民只是扣头道："青天在上，小人再不必多口了。"晦翁道是见得已真，起身竟回县中，把坟断归小民，把大姓问了个强占田土之罪。小民口口"青天"，拜谢而去。

晦翁断了此事，自家道："此等锄强扶弱的事，不是我，谁人肯做？"深为得意，岂知反落了奸民之计！原来小民诡诈，晓得晦翁有此执性，专怪富豪大户欺侮百姓，此本是一片好心，却被他们看破的拿定了。因贪大姓所做坟地风水好，造下一计，把青石刻成字，偷埋在他墓前了多时，忽然告此一状。大姓睡梦之中，说是自家新做的坟，一看就明白的。谁知地下先做成此等圈套，当官发将出来。晦翁见此明验，岂得不信？况且从来只有大家占小人的，那曾见有小人谋大家的？所以执法而断。那大姓委实受冤，心里不伏，到上边监司处再告将下来，仍发崇安县问理。晦翁越加嗔恼，道是大姓刁悍抗拒。一发狠，着地方勒令大姓迁出棺柩，把地给与小民安厝祖先，了完事件。争奈外边多晓得小民欺诈，晦翁错问了事，公议不平，沸腾喧嚷，也有风闻到晦翁耳朵内。晦翁认是大姓力量大，致得人言如此，慨然叹息道："看此世界，直道终不可行！"

遂弃官不做，隐居本处武夷山中。后来有事经过其地，见林木蓊然，记得是前日踏勘断还小民之地。再行闲步一看，看得风水真好，葬下该大发人家。因寻其旁居民问道："此是何等人家，有福分葬此吉地？"居民道："若说这家坟墓，多是欺心得来的，难道有好风水报应他不成？"晦翁道："怎生样欺心？"居民把小民当日埋石在墓内，骗了县官，诈了大姓这块坟地，葬了祖先的话，是长是短，备细说了一遍。晦翁听罢，不觉两颊通红，悔之无及，道："我前日认是奉公执法，怎知反被奸徒所骗！"一点恨心自丹田里直贯到头顶来。想道："据着如此风水，该有发迹好处；据着如此用心贪谋来的，又不该有好处到他了。"遂对天祝下四句道：

此地若发，是有地理；此地不发，是有天理。

祝罢而去。

是夜大雨如倾，雷电交作，霹雳一声，屋瓦皆响。次日看那坟墓，已毁成一潭，连尸棺多不见了。可见有了成心，虽是晦翁大贤，不能无误。及后来事体明白，才知悔悟，天就显出报应来，此乃天理不泯之处。人若欺心，就骗过了圣贤，占过了便宜，葬过了风水，天地原不容的。而今为何把这件说这半日？只为朱晦翁还有一件为着成心上边硬断一事，屈了一个下贱妇人，反致得他名闻天子，四海称扬，得了个好结果。有诗为证：

白面秀才落得争，红颜女子落得苦。

宽仁圣主两分张，反使娼流名万古。

话说天台营中有一上厅行首，姓严名蕊，表字幼芳，乃是个绝色的女子。一应琴棋书画、歌舞管弦之类，无所不通。善能作诗词，多自家新造句子，词人推服。又博晓古今故事，行事最有义气，待人常是真心。所以人见了的，没一个不失魂荡魄在他身上。四方闻其大名，有少年子弟慕他的，不远千里，直到台州来求一识面。正是：

十年不识君王面，始信婵娟解误人。

此时台州太守乃是唐与正，字仲友，少年高才，风流文彩。宋时法度，官府有酒，皆召歌妓承应，只站着歌唱送酒，不许私侍寝席；却是与他谑浪狎昵，也算不得许多清处。仲友见严蕊如此十全可喜，尽有眷顾之意，只为官箴拘束，不敢胡为。但是良辰佳节，或宾客席上，必定召他来侑酒。一日，红白桃花盛开，仲友置酒赏玩，严蕊少不得来供应。饮酒中间，仲友晓得他善于诗咏，就将红白桃花为题，命赋小词。严蕊应声成一阕，词云：

道是梨花不是，道是杏花不是。白白与红红，别是东风情味。曾记，曾记，人在武陵微醉。（词寄《如梦令》）

吟罢，呈上仲友。仲友看毕大喜，赏了他两匹缣帛。

又一日，时逢七夕，府中开宴。仲友有一个朋友谢元卿，极是豪爽之士，是日也在席上。他一向闻得严幼芳之名，今得相见，不胜欣幸。看了他这些行动举止、谈谐歌唱，件件动人，道："果然名不虚传！"大觥连饮，兴趣愈高，对唐太守道："久闻此子长于词赋，可当面一试否？"仲友道："既有佳客，宜赋新词。此子颇能，正可请教。"元卿道："就把七夕为题，以小生之姓为韵，求赋一词。小生当饮满三大瓯。”严蕊领令，即口吟一词道：

碧梧初坠，桂香才吐，池上水花初谢。穿针人在合欢楼，正月露玉盘高泻。　　蛛忙鹊懒，耕慵织倦，空做古今佳话。人间刚到隔年期，怕天上方才隔夜。（词寄《鹊桥仙》）

词已吟成，元卿三瓯酒刚吃得两瓯，不觉跃然而起道：“词既新奇，调又适景，且才思敏捷，真天上人也！我辈何幸，得亲沾芳泽！”亟取大觥相酬，道：“也要幼芳分饮此瓯，略见小生钦慕之意。”严蕊接过吃了。

太守看见两人光景，便道：“元卿客边，可到严子家中做一程儿伴。”元卿大笑，作个揖道：“不敢请耳，固所愿也。但未知幼芳心下如何。”仲友笑道：“严子解人，岂不愿事佳客？况为太守做主人，一发该的了。”严蕊不敢推辞得。酒散，竟同谢元卿一路到家，是夜遂留同枕席之欢。元卿意气豪爽，见此佳丽聪明女子，十分趁怀，只恐不得他欢心，在太守处凡有所得，尽情送与他家。留连半年，方才别去，也用掉若干银两，心里还是歉然的。可见严蕊真能令人消魂也。表过不题。

且说婺州永康县有个有名的秀才，姓陈名亮，字同父。赋性慷慨，任侠使气，一时称为豪杰。凡缙绅士大夫有气节的，无不与之交好。淮帅辛稼轩居铅山时，同父曾去访他。将近居旁，过一小桥，骑的马不肯走。同父将马三跃，马三次退却。同父大怒，拔出所佩之剑，一剑挥去马首，马倒地上。同父面不改容，徐步而去。稼轩适在楼上看见，大以为奇，遂与定交。平日行径如此，所以唐仲友也与他相好。因到台州来看仲友，仲友资给馆谷，留住了他。闲暇之时，往来讲论。仲友喜的是俊爽名流，恼的是道学先生。同父意见亦同，常说道：“而今的世界，只管讲那道学、说正心诚意的，多是一班害了风痹病，不知痛痒之人。君父大仇全然不理，方且扬眉袖手，高谈性命，不知性命是甚么东西！”所以与仲友说得来。只一件，同父虽怪道学，却与朱晦庵相好，晦庵也曾荐过同父来。同父道他是实学有用的，不比世儒迂阔。惟有唐仲友平日恃才，极轻薄的是朱晦庵，道他字也不识的。为此，两个议论有些左处。

同父客邸兴高，思游妓馆。此时严蕊之名布满一郡，人多晓得是太守相公作兴的，异样兴头，没有一日闲在家里。同父是个爽利汉子，那里有心情伺候他空闲？闻得有一个赵娟，色艺虽在严蕊之下，却也算得是个上等的行院，台州数一数二的。同父就在他家游耍，缱绻多时，两情欢爱。同父挥金如土，毫无吝涩。妓家见他如此，百倍趋承。赵娟就有嫁他之意，同父也有心要娶赵娟，两个商量了几番，彼此乐意。只是是个官身，必须落籍，方可从良嫁人。同父道："落籍是府间所主，只须与唐仲友一说，易如反掌。"赵娟道："若得如此最好。"陈同父特为此来府里见唐太守，把此意备细说了。唐仲友取笑道："同父是当今第一流人物，在此不交严蕊而交赵娟，何也？"同父道："吾辈情之所钟，便是最胜，那见还有出其右者？况严蕊乃守公所属意，即使与交，肯便落了籍放他去否？"仲友也笑将起来道："非是属意，果然严蕊若去，此邦便觉无人，自然使不得！若赵娟要脱籍，无不依命。但不知他相从仁兄之意已决否？"同父道："察其词意，似出至诚。还要守公赞襄，作个月老。"仲友道："相从之事，出于本人情愿，非小弟所可赞襄，小弟只管与他脱籍便了。"同父别去，就把这话回复了赵娟，大家欢喜。

次日，府中有宴，就唤将赵娟来承应。饮酒之间，唐太守问赵娟道："昨日陈官人替你来说，要脱籍从良，果有此事否？"赵娟叩头道："贱妾风尘已厌，若得脱离，天地之恩。"太守道："脱籍不难。脱籍去，就从陈官人否？"赵娟道："陈官人名流贵客，只怕他嫌弃微贱，未肯相收。今若果有心于妾，妾焉敢自外？一脱籍就从他去了。"太守心里道："这妮子不知高低，轻意应承，岂知同父是个杀人不眨眼的汉子？况且手段挥霍，家中空虚，怎能了得这妮子终身？"也是一时间为赵娟的好意，冷笑道："你果要从了陈官人到他家去，须是会忍得饥、受得冻才使得。"赵娟一时变色，想道："我见他如此撒漫使钱，道他家中必然富饶，故有嫁他之意；若依太守相公的说话，必是个穷汉子，岂能了我终身之事？"好些不快活起来。

唐太守一时取笑之言，只道他不以为意。岂知姊妹行中心路最多，一句关心，陡然疑变。唐太守虽然与了他脱籍文书，出去见了陈同父，并不提起嫁他的说话了。连相待之意，比平日也冷淡了许多。同父心里怪道："难道娼家薄情得这样渗濑，哄我与他脱了籍，他就不作准了？"再把前言问赵娟。赵娟回道："太守相公说来，到你家要忍冻饿。这着甚么来由？"同父闻得此言，勃然大怒道："小唐这样惫赖！只许你喜欢严蕊罢了，也须有我的说话处。"他是个直性尚气的人，也就不恋了赵家，也不去别唐太守，一径到朱晦庵处来。

此时朱晦庵提举浙东常平仓，正在婺州。同父进去，相见已毕，问说是台州来，晦庵道："小唐在台州如何？"同父道："他只晓得有个严蕊，有甚别勾当？"晦庵道："曾道及下官否？"同父道："小唐说公尚不识字，如何做得监司？"晦庵闻之，默然了半日。盖是晦庵早年登朝，茫茫仕宦之中，著书立言，流布天下，自己还有些不慊意处。见唐仲友少年高才，心时常疑他要来轻薄的。闻得他说己不识字，岂不愧怒？怫然道："他是我属吏，敢如此无礼！"然背后之言未卜真伪，遂行一张牌下去，说："台州刑政有枉，重要巡历。"星夜到台州来。

晦庵是有心寻不是的，来得急促。唐仲友出于不意，一时迎接不及，来得迟了些。晦庵信道是同父之言不差，果然如此轻薄，不把我放在心上！这点恼怒再消不得了。当日下马，就追取了唐太守印信，交付与郡丞，说："知府不职，听参。"连严蕊也拿来收了监，要问他与太守通奸情状。晦庵道是仲友风流，必然有染；况且妇女柔脆，吃不得刑拷。不论有无，自然招承，便好参奏他罪名了。谁知严蕊苗条般的身躯，却是铁石般的性子。随你朝打暮骂，千棰百拷，只说："循分供唱，吟诗侑酒是有的，曾无一毫他事。"受尽了苦楚，监禁了月余，到底只是这样话。晦庵也没奈他何，只得糊涂做了"不合蛊惑上官"，狠毒将他痛杖了一顿，发去绍兴，另加勘问。一面先具本参奏，大略道：

> 唐某不伏讲学，罔知圣贤道理，却诋臣为不识字。居官不存政体，亵昵娼流。鞫得奸情，再行复奏，取进止。等因。

唐仲友有个同乡友人王淮，正在中书省当国。也具一私揭，辨晦庵所奏，要他达知圣听。大略道：

> 朱某不遵法制，一方再按，突然而来。因失迎候，酷逼娼流，妄污职官。公道难泯，力不能使贱妇诬服。尚辱渎奏，明见欺妄。等因。

孝宗皇帝看见晦庵所奏，正拿出来与宰相王淮平章，王淮也出仲友私揭与孝宗看。孝宗见了，问道："二人是非，卿意何如？"王淮奏道："据臣看着，此乃秀才争闲气耳。一个道讥了他不识字，一个道不迎候得他。此是真情。其余言语多是增添，可有一些的正事么？多不要听他就是。"孝宗道："卿说得是。却是上下司不和，地方不便，可两下平调了他便了。"王淮奏谢道："陛下圣见极当，臣当吩咐所部奉行。"

这番京中亏得王丞相帮衬，孝宗有主意，唐仲友官爵安然无事。只可怜这边严蕊吃过了许多苦楚，还不算帐，出本之后，另要绍兴去听问。绍兴太守也是一个讲学的。严蕊解到时，见他模样标致，太守便道：“从来有色者，必然无德。”就用严刑拷他，讨拶来拶指。严蕊十指纤细，掌背嫩白。太守道：“若是亲操井臼的手，决不是这样。所以可恶！”又要将夹棍夹他。当案孔目禀道：“严蕊双足甚小，恐经挫折不起。”太守道：“你道他足小么？此皆人力矫揉，非天性自然也。”着实被他腾倒了一番，要他招与唐仲友通奸的事。严蕊照前不招。只得且把来监了，以待再问。

严蕊到了监中，狱官着实可怜他，吩咐狱中牢卒，不许难为，好言问道：“上司加你刑罚，不过要你招认，你何不早招认了？这罪是有分限的。女人家犯淫，极重不过是杖罪，况且已经杖断过了，罪无重科。何苦舍着身子，熬这等苦楚？”严蕊道：“身为贱妓，纵是与太守有奸，料然不到得死罪，招认了，有何大害？但天下事，真则是真，假则是假，岂可自惜微躯，信口妄言，以污士大夫？今日宁可置我死地，要我诬人，断然不成的！”狱官见他词色凛然，十分起敬，尽把其言禀知太守。太守道：“既如此，只依上边原断施行罢。可恶这妮子崛强，虽然上边发落已过，这里原要决断。”又把严蕊带出监来，再加痛杖，这也是奉承晦庵的意思。叠成文书，正要回复提举司，看他口气，别行定夺，却得晦庵改调消息，方才放了严蕊出监。严蕊恁地悔气，官人每自争闲气，做他不着，两处监里无端的监了两个月，强坐得他一个不应罪名，倒受了两番科断；其余逼招拷打，又是分外的受用。正是：

规圆方竹杖，漆却断纹琴。

好物不动念，方成道学心。

严蕊吃了无限的磨折，放得出来，气息奄奄，几番欲死。将息杖疮，几时见不得客，却是门前车马，比前更盛。只因死不肯招唐仲友一事，四方之人重他义气。那些少年尚气节的朋友，一发道是堪比古来义侠之伦，一向认得的要来问他安，不曾认得的要来识他面，所以挨挤不开。一班风月场中人自然与道学不对，但是来看严蕊的，没一个不骂朱晦庵两句。

晦庵此番竟不曾奈何得唐仲友，落得动了好些唇舌，外边人言喧沸，严蕊声价腾涌，直传到孝宗耳朵内。孝宗道："早是前日两平处了。若听了一偏之词，贬谪了唐与正，却不屈了这有义气的女子没申诉处？"

陈同父知道了，也悔道："我只向晦庵说起他两句话，不道认真的大弄起来。今唐仲友只疑是我害他，无可辨处。"因致书与晦庵道："亮平生不曾会说人是非，唐与正乃见疑相谮，真足当田光之死矣。然困穷之中，又自惜此泼命。一笑。"看来陈同父只为唐仲友破了他赵娟之事，一时心中愤气，故把仲友平日说话对晦庵讲了出来。原不料晦庵狠毒，就要摆布仲友起来，至于连累严蕊，受此苦拷，皆非同父之意也。这也是晦庵成心不化，偏执之过，以后改调去了。

交代的是岳商卿，名霖。到任之时，妓女拜贺。商卿问："那个是严蕊？"严蕊上前答应。商卿抬眼一看，见他举止异人，在一班妓女之中，却像鸡群内野鹤独立。却是容颜憔悴。商卿晓得前事，他受过折挫，甚觉可怜，因对他道："闻你长于词翰，你把自家心事，做成一词诉我，我自有主意。"严蕊领命，略不构思，应声口占《卜算子》道：

不是爱风尘，似被前缘误。花落花开自有时，总赖东君主。

去也终须去，住也如何住？若得山花插满头，莫问奴归处。

商卿听罢，大加称赏道："你从良之意决矣。此是好事，我为你做主。"立刻取伎籍来，与他除了名字，判与从良。

严蕊叩头谢了，出得门去。有人得知此说的，千斤币聘，争来求讨，严蕊多不从他。有一宗室近属子弟，丧了正配，悲哀过切，百事俱废。宾客们恐其伤性，拉他到会馆散心。说道别处多不肯去，直等说到严蕊家里，才肯同来。严蕊见此人满面戚容，问知为着丧偶之故，晓得是个有情之人，关在心里。那宗室也慕严蕊大名，饮酒中间，彼此喜乐，因而留住。倾心来往了多时，毕竟纳了严蕊为妾。严蕊也一意随他，遂成了终身结果。虽然不得到夫人、县君，却是宗室自取严蕊之后，深为得意，竟不续婚。一根一蒂，立了妇名，享用到底，也是严蕊立心正直之报也。后人评论这个严蕊，乃是真正讲得道学的。有七言古风一篇，单说他的好处：

天台有女真奇绝，挥毫能赋谢庭雪。
搽粉虞候太守筵，酒酣未必呼烛灭。
忽尔监司飞檄至，桁杨横掠头抢地。
章台不犯士师条，肺石会疏刺史事。
贱质何妨轻一死，岂承浪语污君子？
罪不重科两得笞，狱吏之威止是耳。
君侯能讲毋自欺，乃遣女子诬人为！
虽在缧绁非其罪，尼父之语胡忘之？
君不见贯高当时白赵王，身无完肤犹自强。
今日蛾眉亦能尔，千载同闻侠骨香！
含颦带笑出狴犴，寄声合眼闭眉汉。
山花满头归去来，天潢自有梁鸿案。

第九卷　赵县君乔送黄柑　吴宣教干偿白镪

诗云：

睹色相悦人之情，个中原有真缘分。
只因无假不成真，就里藏机不可问。
少年卤莽浪贪淫，等闲踹入风流阵。
馒头不吃惹身膻，世俗传名扎火囤。

听说世上男贪女爱，谓之“风情”。只这两个字害的人也不浅，送的人也不少。其间又有奸诈之徒，就在这些贪爱上面，想出个奇巧题目来，做自家妻子不着，装成圈套，引诱良家子弟，许他一个小富贵，谓之“扎火囤”。若不是识破机关，硬浪的郎君十个着了九个道儿。

记得有个京师人，靠着老婆吃饭的，其妻涂脂抹粉，惯卖风情，挑逗那富家郎君。到得上了手的，约会其夫，只做撞见，要杀要剐，直等出财买命，餍足方休。被他弄得也不止一个了。有一个泼皮子弟深知他行径，佯为不晓，故意来缠。其妻与了他些甜头，勾引他上手，正在床里作乐，其夫打将进来。别个着了忙的，定是跳下床来，寻躲避去处。怎知这个人不慌不忙，且把他妻子搂抱得紧紧的，不放一些宽松，伏在肚皮上大言道：“不要嚷乱！等我完了事再讲。”其妻杀猪也似喊起来，乱颠乱推，只是不下来。其夫进了门，揎起帐子，喊道：“干得好事！要杀！要杀！”将着刀背放在颈子上，捩了一捩，却不下手。泼皮道：“不必作腔，要杀就请杀。小子固然不当，也是令正约了来的。死便死做一处，做鬼也风流。终不然独杀我一个不成？”其夫果然不敢动手，放下刀子，拿起一个大杆杖来，喝道：“权寄颗驴头在颈上，我且痛打一回。”一下子打来。那泼皮溜撒，急把其妻番过来，早在臀脊上受了一杖。其妻又喊：“是我，是我！不要错打了！”泼皮道：“打也不错，也该受一杖儿。”其夫假势头已过，早已发作不出了。泼皮道：“老兄放下性子，小人是个中人，我与你熟商量。你要两人齐杀，你嫂子是摇钱树，料不舍得。若抛得到官，只是和奸，这番打破机关，你那营生弄不成。不如你舍着嫂子与我往来，我公道使些钱钞，帮你买煤买米。若要扎火囤，别寻个主儿弄弄，靠我不着的。”其夫见说出海底眼，无计可奈，没些收场，只得住了手，倒缩了出去。泼皮起来，从容穿了衣服，对着妇人叫声“聒噪”，摇摇摆摆竟自去了。正是：

强中更有强中手，得便宜处失便宜。

却是富家子弟郎君，多是娇嫩出身，谁有此泼皮胆气、泼皮手段？所以着了道儿。宋时向大理的衙内向士肃，出外拜客，唤两个院长相随到军将桥，遇个妇人，鬓发蓬松，涕泣而来。一个武夫，着青蓝丝袍，状如将官，带剑牵驴，执着皮鞭，一走头一头骂那妇人，或时将鞭打去，怒色不可犯。随后就有健卒十来人，抬着几杠箱笼，且是沉重，跟着同走。街上人多立驻看他，也有说的，也有笑的。士肃不知其故，方在疑讶，两个院长笑道：“这番经纪做着了。”士肃问道：“怎么解？”院长道：“男女们也试猜，未知端的。衙内要知备细，容打听的实来回话。”去了一会，院长来了，回说详细。

原来浙西一个后生官人，到临安赴铨试，在三桥黄家客店楼上下着。每下楼出入，见小房青帘下有个妇人行走，姿态甚美。撞着多次，心里未免欣动。问那送茶的小童道：“帘下的是店中何人？”小童攒着眉头道：“一店中被这妇人累了三年了。”官人惊道：“却是为何？”小童道：“前岁一个将官带着这个妇人，说是他妻子，要住个洁净房子。住了十来日，就要到那里近府去，留这妻子守着房卧行李，说道去半个月就好回来。自这一去，杳无信息。起初，妇人自己盘缠。后来用得没有了，苦央主人家说：‘赊了吃时，只等家主回来算还。’主人辞不得，一日供他两番。而今多时了，也供不起了，只得替他募化着同寓这些客人，轮次供他。也不是常法，不知几时才了得这业债。”官人听得满心欢喜，问道：“我要见他一见，使得么？”小童道：“是好人家妻子，丈夫又不在，怎肯见人？”官人道：“既缺衣食，我寻些吃口物事送他，使得么？”小童道：“这个使得。”

官人急走到街上茶食大店里，买了一包蒸酥饼，一包果馅饼，在店家讨了两个盒儿装好了，叫小童送去。说道："楼上官人闻知娘子不方便，特意送此点心。"妇人受了，千恩万谢。明日妇人买了一壶酒，妆着四个菜碟，叫小童来答谢，官人也受了。自此一发注意不舍。隔两日又买些物事相送，妇人也如前买酒来答。官人即烫其酒来吃，箧内取出金杯一只，满斟一杯，叫茶童送下去，道："楼上官人奉劝大娘子。"妇人不推，吃干了。茶童复命，官人又斟一杯下去说："官人多致意娘子，出外之人不要吃单杯。"妇人又吃了。官人又叫茶童下去，致意道："官人多谢娘子不弃，吃了他两杯酒。官人不好下来自劝，意欲奉邀娘子上楼，亲献一杯如何？"往返两三次，妇人不肯来，官人只得把些钱来买嘱茶童道："是必要你设法他上来见见。"茶童见了钱，欢喜起来，又去说风说水道："娘子受了两杯，也该去回敬他一杯。"被他一把拖了上来道："娘子来了。"官人没眼得看，妇人道了个万福。官人急把酒斟了，唱个肥喏，亲手递一杯过来，道："承蒙娘子见爱，满饮此杯。"妇人接过手来，一饮而干，把杯放在桌上。官人看见杯内还有余沥，拿过来吮嘬个不歇。妇人看见，嘻的一笑，急急走了下去。官人看见情态可动，厚赠小童，叫他做着牵头，时常弄他上楼来饮酒。以后便留同坐，渐不推辞，不像前日走避光景了。眉来眼去，彼此动情，勾搭上了手。然只是日里偷做一二，晚间隔开，不能同宿。

如此两月有余。妇人道："我日日自下而升，人人看见，毕竟免不得起疑。官人何不把房迁了下来？与奴相近，晚间便好相机同宿了。"官人大喜过望，立时把楼上囊橐搬下来，放在妇人间壁一间房里，推说道："楼上有风，睡不得，所以搬了。"晚间虚闭着房门，竟在妇人房里同宿。自道是此乐即并头之莲，比翼之鸟，无以过也。才得两晚，一日早起，尚未梳洗，两人正自促膝而坐，只见外边店里一个长大汉子，大踏步踹将进来，大声道："娘子那里？"惊得妇人手脚忙乱，面如土色，慌道："坏了！坏了！吾夫来了！"那官人急闪了出来，已与大汉打了照面。大汉见个男子在房里走出，不问好歹，一手揪住妇人头发，喊道："干得好事！干得好事！"提起醋钵大的拳头只是打。那官人慌了，脱得身子，顾不得甚么七长八短，急从后门逃了出去。剩了行李囊资，尽被大汉打开房来，席卷而去。适才十来个健卒扛着的箱箧，多是那官人房里的了。他恐怕有人识破，所以还妆着丈夫打骂妻子的模样走路，其实妇人、男子、店主、小童，总是一伙人也。

士肃听罢道："那里这样不睹事的少年，遭如此圈套？可恨！可恨！"后来常对亲友们说此目见之事，以为笑话。虽然如此，这还是到了手的，便扎了东西去，也还得了些甜头儿。更有那不识气的小二哥，不曾沾得半点滋味，也被别人弄了一番手脚，折了偌多本钱，还悔气哩！正是：

美色他人自有缘，从旁何用苦垂涎？

请君只守家常饭，不害相思不损钱。

话说宣教郎吴约，字叔惠，道州人，两任广右官，自韶州录曹赴吏部磨勘。宣教家本饶裕，又兼久在南方，珠翠香象，蓄积奇货颇多，尽带在身边随行，作寓在清河坊客店。因吏部引见留滞，时时出游伎馆，衣服鲜丽，动人眼目。客店相对有一小宅院，门首挂着青帘，帘内常有个妇人立着，看街上人做买卖。宣教终日在对门，未免留意体察。时时听得他娇声媚语，在里头说话。又有时露出双足在帘外来，一湾新笋，着实可观。只不曾见他面貌如何，心下惶惑不定，恨不得走过去，揎开帘子一看，再无机会。那帘内或时巧啭莺喉，唱一两句词儿。仔细听那两句，却是"柳丝只解风前舞，诮系惹那人不住。"虽是也间或唱着别的，只是这句为多，想是喜欢此二语，又想是他有甚么心事。宣教但听得了，便跌足叹赏道："是在行得紧，世间无此妙人。想来必定标致，可惜未能够一见！"怀揣着个提心吊胆，魂灵多不知飞在那里去了。

一日正在门前坐地，呆呆的看着对门帘内。忽有个经纪，挑着一篮永嘉黄柑子过门。宣教叫住，问道："这柑子可要博的？"纪经道："小人正待要博两文钱使使，官人作成则个。"宣教接将头钱过来，往下就扑。那经纪墩在柑子篮边，一头拾钱，一头数数。怎当得宣教一边扑，一心牵挂着帘内那人在里头看见，没心没想的抛下去，何止千扑，再扑不成一个浑成来，算一算输了一万钱。宣教还是做官人心性，不觉两脸通红，哏的一声道："坏了我十千钱。一个柑不得到口，可恨！可恨！"欲待再扑，恐怕扑不出来，又要贴钱；欲待住手，输得多了，又不甘休。

正在叹恨间，忽见个青衣童子，捧一个小盒，在街上走进店内来。你道那童子生得如何：

短发齐眉，长衣拂地。滴溜溜一双俊眼，也会撩人；黑洞洞一个深坑，尽能害客。痴心偏好，反言胜似妖娆；拗性酷贪，还是图他撇脱。身上一团孩子气，独耸孤阳；腰间一道木樨香，合成众唾。

向宣教道："官人借一步说话。"宣教引到僻处，小童出盒道："赵县君奉献的。"宣教不知是那里说起，疑心是错了。且揭开盒来看一看，原来正是永嘉黄柑子十数个。宣教道："你县君是那个？与我素不相识，为何忽地送此？"小童用手指着对门道："我县君即是街南赵大夫的妻室。适在帘间看见官人扑柑子，折了本钱，不曾尝得他一个，有些不快活，县君老大不忍。偶然藏得此数个，故将来送与官人见意。县君道：'可惜止有得这几个，不能够多，官人不要见笑。'"宣教道："多感县君美意。你家赵大夫何在？"小童道："大夫到建康探亲去了，两个月还未回来，正不知几时到家。"宣教听得此话，心里想道："他有此美情，况且大夫不在，必有可图，煞是好机会。"连忙走到卧房内，开了箧取出色彩二端来，对小童道："多谢县君送柑。客中无可奉答，小小生活二匹，伏祈笑留。"

小童接了走过对门去。须臾，又将这二端来还，上复道："县君多多致意，区区几个柑子，打甚么不紧的事，要官人如此重酬？决不敢受。"宣教道："若是县君不收，是羞杀小生了，连小生黄柑也不敢领。你依我这样说去，县君必收。"小童领着言语对县君说去，此番果然不辞了。明日，又见小童拿了几瓶精致小菜走过来道："县君昨日蒙惠过重，今见官人在客边，恐怕店家小菜不中吃，手制此数瓶送来奉用。"宣教见这般知趣着人，必然有心于他了，好不徯幸！想道："这童子传来传去，想必在他身旁讲得话做得事的。好歹要在他身上图成这事，不可怠慢了他。"急叫家人去买些鱼肉果品之类，烫了酒来与小童对酌。小童道："小人是赵家小厮，怎敢同官人坐地？"宣教道："好兄弟，你是县君心腹人儿，我怎敢把你等闲厮觑？放心饮酒。"小童告过无礼，吃了几杯，早已脸红，道："吃不得了。若醉了，县君须要见怪，打发我去罢。"宣教又取些珠翠花朵之类，答了来意，付与小童去了。

隔了两日，小童自家走过来玩耍，宣教又买酒请他。酒间与他说得入港，宣教便道："好兄弟，我有句话儿问你：你家县君多少年纪了？"小童道："过新年才廿三岁，是我家主人的继室。"宣教道："模样生得如何？"小童摇头道："没正经！早是没人听见，怎把这样说话来问？生得如何，便待怎么？"宣教道："总是没人在此，说话何妨？我既与他送东送西，往来了两番，也须等我晓得他是长是短的。”小童道：“说着我县君容貌，真个是世间少比，想是天仙里头摘下来的。除了画图上仙女，再没见这样第二个。”宣教道：“好兄弟，怎生得见他一见？”小童道：“这不难。等我先把帘子上的系带解松了，你明日只在对门，等他到帘子下来看的时节，我把帘子揎将出来，揎得重些，系带散了，帘子落了下来，他一时回避不及，可不就看见了？”宣教道：“我不要这样见。”小童道：“要怎的见？”宣教道：“我要好好到宅子里拜见一拜见，谢他平日往来之意，方称我愿。”小童道：“这个知他肯不肯？我不好自专得。官人有此意，待我回去禀白一声，好歹讨个回音来复官人。”宣教又将银一两送与小童，叮嘱道：“是必要讨个回音。”

去了两日，小童复来说：“县君闻得要见之意，说道：‘既然官人立意惓切，就相见一面也无妨。只是非亲非故，不过因对门在此，礼物往来得两番，没个名色，遽然相见，恐怕惹人议论。’是这等说。”宣教道：“也是，也是。怎生得个名色？”想了一想道：“我在广里来，带了许多珠宝在此，最是女人用得着的。我只做当面送物事来与县君看，把此做名色，相见一面如何？”小童道：“好倒好，也要去对县君说过，许下方可。”小童又去了一会，来回言道：“县君说：‘使便使得，只是在厅上见一见，就要出去的。”宣教道：“这个自然，难道我就挨住在宅里不成？”小童笑道：“休得胡说！快随我来。”宣教大喜过望，整一整衣冠，随着小童三脚两步走过赵家前厅来。

小童进去禀知了，门响处，宣教望见县君从里面从从容容走将出来。但见：

衣裳楚楚，佩带飘飘。大人家举止端详，没有轻狂半点；小年纪面庞娇嫩，并无肥重一分。清风引出来，道不得云是无心之物；好光挨上去，真所谓容是诲淫之端。犬儿虽已到篱边，天鹅未必来沟里。

宣教看见县君走出来，真个如花似玉，不觉的满身酥麻起来，急急趋上前去唱个肥喏，口里谢道：“屡蒙县君厚意，小子无可答谢，惟有心感而已。”县君道：“惶愧，惶愧。”宣教忙在袖里取出一包珠宝来，捧在手中道：“闻得县君要换珠宝，小子随身带得有些，特地过来面奉与县君拣择。”一头说，一眼看，只指望他伸手来接。谁知县君立着不动，呼唤小童接了过来，口里道：“容看过议价。”只说了这句，便抽身往里面走了进去。宣教虽然见了一见，并不曾说得一句俏俏的说话，心里猾猾突突，没些意思，走了出来。到下处，想着他模样行动，叹口气道："不见时犹可，只这一番相见，定害杀了小生也！"以后遇着小童，只央及他设法再到里头去见见，无过把珠宝做因头，前后也曾会过五六次面，只是一揖之外，再无他词。颜色庄严，毫不可犯，等闲不曾笑了一笑，说了一句没正经的话。那宣教没入脚处，越越的心魂撩乱，注恋不舍了。

那宣教有个相处的粉头，叫做丁惜惜，甚是相爱的。只因想着赵县君，把他丢在脑后了，许久不去走动。丁惜惜邀请了两个帮闲的再三来约宣教，请他到家里走走。宣教一似掉了魂的，那里肯去？被两个帮闲的不由分说，强拉了去。丁惜惜相见，十分温存，怎当得吴宣教一些不在心上。丁惜惜撒娇撒痴了一会，免不得摆上东道来，宣教只是心不在焉光景。丁惜惜唱个歌儿嘲他道：

> 俏冤家，你当初缠我怎的？到今日又丢我怎的？丢我时顿忘了缠我意。缠我又丢我，丢我去缠谁？似你这般丢人也，少不得也有人来丢了你！

当下吴宣教没情没绪，吃了两杯，一心想着赵县君生得十分妙处，看了丁惜惜，有好些不像意起来。却是身既到此，没奈何只得勉强同惜惜上床睡了。虽然少不得干着一点半点儿事，也是想着那个，借这个出火的。

云雨已过，身体疲倦。正要睡去，只见赵家小童走来道："县君特请宣教叙话。"宣教听了这话，急忙披衣起来，随着小童就走。小童领了竟进内室，只见赵县君雪白肌肤，脱得赤条条的眠在床里，专等吴宣教来。小童把吴宣教尽力一推，推进床里。吴宣教喜不自胜，腾的翻上身去，叫一声"好县君，快活杀我也！"用得力重了，一个失脚，跌进里床，吃了一惊醒来。见惜惜睡在身边，朦胧之中，还认做是赵县君，仍旧跨上身去。丁惜惜也在睡里惊醒道："好馋货！怎不好好的，做出这个极模样！"吴宣教直等听得惜惜声音，方记起身在丁家床上，适才是梦里的事，连自己也失笑起来。丁惜惜再四盘问："你心上有何人，以致七颠八倒如此？"宣教只把闲话支吾，不肯说破。到了次日，别了出门。自此以后，再不到丁家来了。无昼无夜，一心只痴想着赵县君，思量寻机会挨光。

忽然一日，小童走来道："一句话对官人说：明日是我家县君生辰，官人既然与县君往来，须办些寿礼去与县君作贺。一作贺，觉得人情面上愈加好看。”宣教喜道：“好兄弟，亏你来说；你若不说，我怎知道？这个礼节最是要紧，失不得的。”亟将采帛二端封好，又到街上买了些时鲜果品、鸡鸭熟食各一盘，酒一樽，配成一副盛礼，先令家人一同小童送了去，说：“明日虔诚拜贺。”小童领家人去了。赵县君又叫小童来推辞了两番，然后受了。

明日起来，吴宣教整肃衣冠到赵家来，定要请县君出来拜寿。赵县君也不推辞，盛装步出到前厅，比平日更齐整了。吴宣教没眼得看，足恭下拜。赵县君主慌忙答礼，口说道：“奴家小小生朝，何足挂齿？却要官人费心赐此厚礼，受之不当。”宣教道：“客中乏物为敬，甚愧菲薄。县君如此称谢，反令小子无颜。”县君回顾小童道：“留官人吃了寿酒去。”宣教听得此言，不胜之喜，道：“既留下吃酒，必有光景了。”谁知县君说罢，竟自进去。宣教此时如热地上蚂蚁，不知是怎的才是。又想那县君如设帐的方士，不知葫芦里卖什么药出来。呆呆的坐着，一眼望着内时。须臾之间，两个走使的男人抬了一张桌儿，揩抹干净。小童从里面捧出攒盒酒菜来，摆投停当，掇张椅儿请宣教坐。宣教轻轻问小童道：“难道没个人陪我？”小童也轻轻道：“县君就来。”宣教且未就坐，还立着徘徊之际，小童指道：“县君来了。”果然赵县君出来，双手纤纤捧着杯盘，来与宣教安席。道了万福，说道：“拙夫不在，没个主人做主，诚恐有慢贵客，奴家只得冒耻奉陪。”宣教大喜道：“过蒙厚情，何以克当？”在小童手中，也讨过杯盘来与县君回敬。安席了，两下坐定。

宣教心下只说此一会必有眉来眼去之事，便好把几句说话撩拨他，希图成事。谁知县君意思虽然浓重，容貌却是端严，除了请酒请馔之外，再不轻说一句闲话。宣教也生煞煞的浪开不得闲口，便宜得饱看一回而已。酒行数过，县君不等宣教告止，自立起身道：“官人慢坐，奴家家无夫主，不便久陪，告罪则个。”吴宣教心里恨不得伸出两臂来，将他一把抱着。却不好强留得他，眼盼盼的看他洋洋走了进去。宣教一场扫兴。里边又传话出来，叫小童送酒。宣教自觉独酌无趣，只得吩咐小童多多上复县君，厚扰不当，容日再谢。慢慢地踱过对门下处来，真是一点甜糖抹在鼻头上，只闻得香，却舔不着，心里好生不快。有《银绞丝》一首为证：

前世里冤家，美貌也人，挨光已有二三分，好温存，几番相见意殷勤。眼儿落得穿，何曾近得身？鼻凹中糖味，那有唇儿分？一个清白的郎君，发了也昏。我的天那！阵魂迷，迷魂阵。

是夜，吴宣教整整想了一夜，踌躇道："若说是无情，如何两次三番许我会面，又留酒，又肯相陪？若说是有情，如何眉梢眼角不见些些光景？只是恁等板板地往来，有何了结？思量他每常帘下歌词，毕竟通知文义，且去讨讨口气，看看他如何回我。"算计停当，次日起来，急将西珠十颗，用个沉香盒子盛了，取一幅花笺，写诗一首在上。诗云：

心事绵绵欲诉君，洋珠颗颗寄殷勤。

当时赠我黄柑美，未解相如渴半分。

写毕，将来同放在盒内，用个小记号图书印封皮封好了。忙去寻那小童过来，交付与他道："多拜上县君，昨日承蒙厚款，些些小珠奉去添妆，不足为谢。"小童道："当得拿去。"宣教道："还有数字在内，须县君手自拆封，万勿漏泄则个。"小童笑道："我是个有柄儿的红娘，替你传书递简。"宣教道："好兄弟，是必替我送送。倘有好音，必当重谢。"小童道："我县君诗词歌赋，最是精通，若有甚话写去，必有回答。"宣教道："千万在意！"小童说："不劳吩咐，自有道理。"

小童去了半日，笑嘻嘻的走将来道："有回音了。"袖中拿出一个碧甸匣来递与宣教。宣教接上手看时，也是小小花押封记着的。宣教满心欢喜，慌忙拆将开来。中又有小小纸封裹着青丝发二缕，挽着个同心结儿，一幅罗纹笺上，有诗一首。诗云：

好将鬒发付并刀，只恐经时失俊髦。

妾恨千丝差可拟，郎心双挽莫空劳！

末又有细字一行云："原珠奉璧，唐人云'何必珍珠慰寂寥'也。"

宣教读罢，跌足大乐，对小童道："好了！好了！细详诗意，县君深有意于我了。"小童道："我不懂得，可解与我听？"宣教道："他剪发寄我，诗里道要挽住我的心，岂非有意？"小童道："既然有意，为何不受你珠子？"宣教道："这又有一说，只是一个故事在里头。"小童道："甚故事？"宣教道："当时唐明皇宠了杨贵妃，把梅妃江采苹贬入冷宫。后来思想他，惧怕杨妃不敢去，将珠子一封私下赐与他。梅妃拜辞不受，回诗一首，后二句：'长门尽日无梳洗，何必珍珠慰寂寥？'今县君不受我珠子，却写此一句来，分明说你家主不在，他独居寂寥，不是珠子安慰得的，却不是要我来伴他寂寥么？"小童道："果然如此，官人如何谢我？"宣教道："惟卿所欲。”小童道：“县君既不受珠子，何不就送与我了？”宣教道：“珠子虽然回来，却还要送去。我另自谢你便是。”宣教箱中去取通天犀簪一枝，海南香扇坠二个，将出来送与小童道：“权为寸敬，事成重谢。这珠子再烦送一送去，我再附一首诗在内，要他必受。”诗云：

往返珍珠不用疑，还珠垂泪古来痴。

知音但使能欣赏，何必相逢未嫁时？

宣教便将一幅冰手帕写了，连珠子付与小童。小童看了笑道：“这诗意，我又不晓得了。”宣教道：“也是用着个故事。唐张籍诗云：‘还君明珠双泪垂，恨不相逢未嫁时。’今我反用其意，说道只要有心，便是嫁了何妨？你县君若有意于我，见了此诗，此珠必受矣。”小童笑道：“原来官人是偷香老手。”宣教也笑道：“将就看得过。”小童拿了，一径自去。此番不见来推辞，想多应受了。宣教暗自欢喜，只待好音。丁惜惜那里时常叫小二来请他走走，宣教好一似朝门外候旨的官，惟恐不时失误了宣召，那里敢移动半步？

忽然一日傍晚，小童笑嘻嘻的走来道：“县君请官人过来说话。”宣教听罢，忖道：“平日只我去挨光，才设法得见面，并不是他着人来请我的。这番却是先叫人来相邀，必有光景。”因问小童道：“县君适才在那里？怎生对你说叫你来请我的？”小童道：“适来县君在卧房里，卸了妆饰，重新梳裹过了，叫我进去，问说：‘对门吴官人可在下处否？’我回说：‘他这几时只在下处，再不到外边去。’县君道：‘既如此，你可与我悄悄请过来，竟到房里来相见，切不可惊张。’如此吩咐的。”宣教不觉踊跃道：“依你说来，此番必成好事矣！”小童道：“我也觉得有些异样，决比前几次不同。只是一件，我家人口颇多，耳目难掩。日前只是体面上往来，所以外观不妨。今却要到内室去，须瞒不得许多人。就是悄着些，是必有几个知觉，露出事端，彼此不便，须要商量。”宣教道：“你家中事体，我怎生晓得备细？须得你指引我道路，应该怎生才妥？”小童道：“常言道，‘有钱使得鬼推磨’。世上那一个不爱钱的？你只多把些赏赐分送与我家里人了，我去调开他每。他每各人心照，自然躲开去了，任你出入，就有撞见的也不说破了。”宣教道：“说得甚是有理，真可以筑坛拜将。你前日说我是偷香老手，今日看起来，你也像个老马泊六了。”小童道：“好意替你计较，休得取笑。”当下吴宣教拿出二十两零碎银两，付与小童说道：“我须不认得宅上甚么人，烦你与我分派一分派，是必买他们尽皆口静方妙。”小童道：“这个在我，不劳吩咐。我先行一步，停当了众人，看个动静，即来约你同去。”宣教道：“快着些个。”小童先去了。吴宣教急拣时样济楚衣服，打扮得齐整，真个赛过潘安，强如宋玉，眼巴巴只等小童到来，即去行事。正是：

罗绮层层称体裁，一心指望赴阳台。

巫山神女虽相待，云雨宁知到底谐？

说这宣教坐立不安，只想赴期。须臾，小童已至，回复道：“众人多有了贿赂，如今一去，径达寝室，毫无阻碍了。”宣教不胜欢喜，整一整巾帻，洒一洒衣裳，随着小童，便走过了对门，不由中堂，在旁边一条弄里转了一两个湾曲，已到卧房之前。只见赵县君懒梳妆模样，早立在帘儿下等候。见了宣教，满面堆下笑来，全不比日前的庄严了。开口道：“请官人房里坐地。”一个丫鬟掀起门帘，县君先走了进房，宣教随后入来。只见房里摆设得精致，炉中香烟馥郁，案上酒肴齐列。宣教此时荡了三魂，失了六魂，不知该怎么样好，只得低声柔语道：“小子有何德能，过蒙县君青盼如此？”县君道：“一向承蒙厚情，今良宵无事，不揣特请官人清话片晌，别无他说。”宣教道：“小子客居旅邸，县君独守清闺，果然两处寂寥，每遇良宵，不胜怀想。前蒙青丝之惠，小子紧系怀袖，胜如贴肉。今蒙宠召，小子所望，岂在酒食之类哉？”县君微笑道：“休说闲话，且自饮酒。”宣教只得坐了。县君命丫鬟一面斟下热酒，自己举杯奉陪。宣教三杯酒落肚，这点热团团兴儿直从脚跟下冒出天庭来，那里按纳得住？面孔红了又白，白了又红，箸子也倒拿了，酒盏也泼翻了，手脚都忙乱起来。觑个丫鬟走了去，连忙走过县君这边来，跪下道：“县君可怜见，急救小子性命则个！”县君一把扶起道：“且休性急！妾亦非无心者，自前日博柑之日，便觉钟情于子。但礼法所拘，不敢自逞。今日久情深，清夜思动，愈难禁制，冒礼忘嫌，愿得亲近。既到此地，决不教你空回去了。略等人静后，从容同就枕席便了。”宣教道：“我的亲亲的娘！既有这等好意，早赐一刻之欢，也是好的。叫小子如何忍耐得住？”县君笑道：“怎恁地馋得紧？”

即唤丫鬟们快来收拾。未及一半，只听得外面喧嚷，似有人喊马嘶之声，渐渐近前堂来了。宣教方在神魂荡飏之际，恰像身子不是自己的，虽然听得有些诧异，没工夫得疑虑别的，还只一味痴想。忽然一个丫鬟慌慌忙忙撞进房来，气喘喘的道：“官人回来了！官人回来了！”县君大惊失色道：“如何是好？快快收拾过了桌上的！”即忙自己帮着搬得桌上罄净。宣教此时任是奢遮胆大的，不由得不慌张起来，道：“我却躲在那里去？”县君也着了忙道：“外边是去不及了。”引着宣教的手，指着床底下道：“权躲在里面去，勿得做声！”宣教思量走了出去便好，又恐不认得门路，撞着了人。左右看着房中，却别无躲处，一时慌促，没计奈何，只得依着县君说话，望着床底下一钻，顾不得甚么尘灰齷齪。且喜床底宽阔，战陡陡的蹲在里头，不敢喘气。一眼偷觑着外边，那暗处望明处，却见得备细。看那赵大夫大踏步走进房来，口里道：“这一去不觉好久，家里没事么？”县君着了忙的，口里牙齿捉对儿厮打着，回言道：“家、家、家里没事。你、你、你如何今日才来？”大夫道：“家里莫非有甚事故么？如何见了我举动慌张，语言失措，做这等一个模样？”县君道：“没、没、没甚事故。”大夫对着丫鬟问道：“县君却是怎的？”丫鬟道：“果、果、果然没有甚么怎、怎、怎的。”宣教在床下着急，恨不得替了县君、丫鬟的说话，只是不敢爬出来。

大夫迟疑了一回道：“好诧异！好诧异！”县君安定了性儿，才说得话儿囫囵，重复问道：“今日在那里起身？怎夜间到此？”大夫道：“我离家多日，放心不下。今因有事在婺州，在此便道，暂归来一看，明日五更就要起身过江的。”

宣教听得此言，惊中有喜，恨不得天也许下了半边，道：“原来还要出去，却是我的造化也！”县君问道：“可曾用过晚饭？”大夫道：“晚饭已在船上吃过，只要取些热水来洗脚。”县君即命丫鬟安好了足盆，厨下去取热水来倾在里头了。大夫便脱了外衣，坐在盆间，大肆浇洗。

浇洗了多时，泼得水流满地，一直淌进床下来。因是地板房子，铺床处压得重了，地板必定低些，做了下流之处。那宣教正蹲在里头，身上穿着齐整衣服，起初一时极了，顾不得惹了灰尘，钻了进去。而今又见水流来了，恐怕污了衣服，不觉的把袖子东收西敛来避那些龌龊水，未免有些窸窸窣窣之声。大夫道："奇怪！床底下是甚么响？敢是蛇鼠之类，可拿灯烛来照照。"丫鬟未及答应，大夫急急揩抹干净，即伸手桌子上去取烛台过来。捏在手中，向床底下一看。不看时万事全休，这一看，好似霸王初入垓心内，张飞刚到灞陵桥。大夫大吼一声道："这是个甚么鸟人？躲在这底下！"县君支吾道："敢是个贼。"大夫一把将宣教拖出来道："你看！难道有这样齐整的贼？怪道方才见吾慌张，原来你在家养奸夫！我去得几时，你就是这等羞辱门户！"先是一掌打去，把县君打个满天星。县君啼哭起来。大夫喝教众奴仆都来。此时小童也只得随着众人行止。大夫叫将宣教四马攒蹄，捆做一团。声言道："今夜且与我送去厢里吊着，明日临安府推问去！"大夫又将一条绳来，亲自动手也把县君缚住道："你这淫妇，也不与你干休！"县君只是哭，不敢回答一言。大夫道："好恼！好恼！且暖酒来我吃着消闷！"从人丫鬟们多慌了，急去灶上撮哄些嗄饭，烫了热酒拿来。大夫取个大瓯，一头吃，一头骂。又取过纸笔，写下状词，一边写，一边吃酒。吃得不少了，不觉懵懵睡去。

县君悄悄对宣教道："今日之事固是我误了官人，也是官人先有意向我，谁知随手事败。若是到官，两个都不好了。为之奈何？"宣教道："多蒙县君好意相招，未曾沾得半点恩惠。今事若败露，我这一官只当断送在你这冤家手里了。"县君道："没奈何了，官人只是下些小心求告他。他也是心软的人，求告得转的。"正说之间，大夫醒来，口里又喃喃的骂道："小的们打起火把，快将这贼弟子孩儿送到厢里去！"众人答应一声，齐来动手。宣教着了急，喊道："大夫息怒，容小子一言。小子不才，忝为宣教郎。因赴吏部磨勘，寓居府上对门。蒙县君青盼，往来虽久，实未曾分毫犯着玉体。今若到公府，罪犯有限，只是这官职有累。望乞高抬贵手，饶过小子，容小子拜纳微礼，赎此罪过罢！"大夫笑道："我是个宦门，把妻子来换钱么？"宣教道："今日便坏了小子微官，与君何益？不若等小子纳些钱物，实为两便。小子亦不敢轻，即当奉送五百千过来。"大夫道："如此口轻，你一个官，我一个妻子，只值得五百千么？"宣教听见论量多少，便道是好处的事了，满口许道："便再加一倍，凑做千缗罢。"大夫还只是摇头。县君在旁哭道："我为买这官人的珠翠，约他来议价，实是我的不是。谁知撞着你来捉破了。我原不曾点污，今若拿这官人到官，必然扳下我来，我也免不得到官对理，出乖露丑，也是你的门面不雅。不如你看日前夫妻之面，宽恕了我，放了这官人罢！"大夫冷笑道："难道不曾点污？"众从人与丫鬟们先前是小童贿赂过的，多来磕头讨饶道："其实此人不曾犯着县君，只是暮夜不该来此。他既情愿出钱赎罪，官人罚他重些，放他去罢。一来免累此人官职，二来免致县君出丑，实为两便。"县君又哭道："你若不依我，只是寻个死路罢了！"大夫默然了一晌，指着县君道："只为要保全你这淫妇，要我忍这样赃污！"小童忙撺到宣教耳边厢低言道："有了口风了，快快添多些，收拾这事罢。"宣教道："钱财好处，放绑要紧。手脚多麻木了。"大夫道："要我饶你，须得二千缗钱，还只是买那官做。羞辱我门庭之事，只当不曾提起。便宜得多了。"宣教连声道："就依着是二千缗，好处！好处！"

大夫便喝从人，教且松了他的手。小童急忙走去把索子头解开，松出两只手来。大夫叫将纸墨笔砚拿过来，放在宣教面前，叫他写个不愿当官的招伏。宣教只得写道："吏部候勘宣教郎吴某，只因不合闯入赵大夫内室，不愿经官，情甘出钱二千贯赎罪，并无词说。私供是实。"赵大夫取来看过，要他押了个字。便叫放了他绑缚，只把脖子拴了，叫几个方才随来家的戴大帽、穿一撒的家人，押了过对门来，取足这二千缗钱。

此时亦有半夜光景，宣教下处几个手下人已是都睡熟了。这些赵家人个个如狼似虎，见了好东西便抢，珠玉犀象之类，狼藉了不知多少，这多是二千缗外加添的。吴宣教足足取够了二千数目，分外又把些零碎银两送与众家人，做了东道钱，众人方才住手。赍了东西，仍同了宣教，押至家主面前交割明白。大夫看过了东西，还指着宣教道："便宜了这弟子孩儿！"喝叫："打出去！"

宣教抱头鼠窜走归下处，下处店家灯尚未熄。宣教也不敢把这事对主人说，讨了个火，点在房里了。坐了一回，惊心方定，无聊无赖，叫起个小厮来，烫些热酒，且图解闷。一边吃，一连想道："用了这几时工夫，才得这个机会，再差一会儿也到手了。谁想却如此不偶，反费了许多钱财。"又自解道："还算造化哩。若不是赵县君哭告，众人拜求，弄得到当官，我这官做不成了。只是县君如此厚情厚德，又为我如此受辱。他家大夫说明日就出去的，这倒还好个机会。只怕有了这番事体，明日就使不在家，是必分外防守，未必如前日之便了。不知今生到底能够相傍否？”心口相问，不觉潸然泪下，郁抑不快，呵欠上来，也不脱衣服，倒头便睡。

只因辛苦了大半夜，这一睡直睡到第二日晌午方才醒来。走出店中举目看去，对门赵家门也不关，帘子也不见了。一望进去，直看到里头，内外洞然，不见一人。他还怀着昨夜鬼胎，不敢自进去，悄悄叫个小厮，一步一步挨到里头探听。直到内房左右看过，并无一个人走动踪影。只见几间空房，连家伙什物一件也不见了。出来回复了宣教。宣教忖道：“他原说今日要到外头去，恐怕出去了我又来走动，所以连家眷带去了。只是如何搬得这等罄净？难道再不回来住了？其间必有缘故。”试问问左右邻人，才晓得这赵家也是那里搬来的，住得不十分长久。这房子也只是赁下的，原非己宅，是用着美人之局，扎了火囤去了。

宣教浑如做一个大梦一般，闷闷不乐，且到丁惜惜家里消遣一消遣。惜惜接着宣教，笑容可掬道：“甚好风吹得贵人到此？”连忙置酒相待。饮酒中间，宣教频频的叹气。惜惜道：“你向来有了心上人，把我冷落了多时。今日既承不弃到此，如何只是嗟叹，像有甚不乐之处？”宣教正是事在心头，巴不得对人告诉，只是把如何对门作寓，如何与赵县君往来，如何约去私期，却被丈夫归来拿住，将钱买得脱身，备细说了一遍。惜惜大笑道：“你枉用痴心，落了人的圈套了。你前日早对我说，我敢也先点破你，不着他道儿也不见得。我那年有一伙光棍将我包到扬州去，也假了商人的爱妾，扎了一个少年子弟千金，这把戏我也曾弄过的。如今你心爱的县君，又不知是那一家歪剌货也！你前日瞒得我好，撇得我好，也教你受些业报。”宣教满脸羞惭，懊恨无已。丁惜惜又只顾把说话盘问，见说道身畔所有剩得不多，行院家本色，就不十分亲热得紧了。

宣教也觉怏怏，住了一两晚，走了出来。满城中打听，再无一些消息。看看盘费不够用了，等不得吏部改秩，急急走回故乡。亲眷朋友晓得这事的，把来做了笑柄。宣教常时忽忽如有所失，感了一场缠绵之疾，竟不及调官而终。

可怜吴宣教一个好前程，惹着了这一些魔头，不自尊重，被人弄得不尴不尬，没个收场如此。奉劝人家少年子弟每，血气未定贪淫好色、不守本分不知利害的，宜以此为鉴！诗云：

一脔肉味不曾尝，已遣缠头罄橐装。
尽道陷人无底洞，谁知洞口赚刘郎！

第十卷　韩侍郎婢作夫人　顾提控掾居郎署

诗云：

曾闻阴德可回天，古往今来效灼然。

奉劝世人行好事，到头元是自周全。

话说湖州府安吉州地浦滩有一居民，家道贫窘，因欠官粮银二两，监禁在狱。家中只有一妻，抱着个一周未满的小儿子度日，别无门路可救。栏中畜养一猪，算计卖与客人，得价还官。因性急银子要紧，等不得好价，见有人来买，即便成交。妇人家不认得银子好歹，是个白晃晃的，说是还得官了。客人既去，拿出来与银匠熔着银子。银匠说：“这是些假银，要他怎么？”妇人慌问：“有多少成色在里头？”银匠说：“那里有半毫银气？多是铅铜锡镴装成，见火不得的。”妇人着了忙，拿在手中走回家来，寻思一回道：“家中并无所出，止有此猪。指望卖来救夫，今已被人骗去，眼见得丈夫出来不成。这是我不仔细上害了他，心下怎么过得去？我也不要这性命了！”待寻个自尽，看看小儿子，又不舍得，发个狠道：“罢！罢！索性抱了小冤家，同赴水而死，也免得牵挂。”急急奔到河边来，正待撺下去，恰好一个徽州商人立在那里，见他忙忙投水，一把扯住，问道：“清白后生，为何做此短见勾当？”妇人拭泪答道：“事急无奈，只图一死。”因将救夫卖猪、误收假银之说，一一告诉。徽商道：“既然如此，与小儿子何干？”妇人道：“没爹没娘，少不得一死，不如同死了干净。”徽商恻然道：“所欠官银几何？”妇人道：“二两。”徽商道：“能得多少，坏此三条性命！我下处不远，快随我来，我舍银二两，与你还官罢。”妇人转悲作喜，抱了儿子，随着徽商行去。不上半里，已到下处。徽商走入房，秤银二两出来，递与妇人道："银是足纹，正好还官，不要又被别人骗了。"

妇人千恩万谢转去，央个邻舍同到县里，纳了官银，其夫始得放出监来。到了家里问起道："那得这银子还官救我？"妇人将前情述了一遍，说道："若非遇此恩人，不要说你不得出来，我母子两人已作黄泉之鬼了。"其夫半喜半疑：喜的是得银解救，全了三命；疑的是妇人家没志行，敢怕独自个一时喉极了，做下了些不伶俐的勾当，方得这项银也不可知。不然怎生有此等好人，直如此凑巧？口中不说破他，心生一计道："要见明白，须得如此如此。"问妇人道："你可认得那恩人的住处么？"妇人道："随他去秤银的，怎不认得？"其夫道："既如此，我与你不可不去谢他一谢。"妇人道："正该如此。今日安息了，明日同去。"其夫道："等不得明日，今夜就去。"妇人道："为何不要白日里去，到要夜间？"其夫道："我自有主意，你不要管我！"

妇人不好拗得，只得点着灯，同其夫走到徽商下处门首。此时已是黄昏时候，人多歇息寂静了。其夫叫妇人扣门，妇人道："我是女人，如何叫我黑夜敲人门房？"其夫道："我正要黑夜试他的心事。"妇人心下晓得丈夫有疑了，想到一个有恩义的人，倒如此猜他，也不当人子。却是恐怕丈夫生疑，只得出声高叫。徽商在睡梦间，听得是妇人声音，问道："你是何人，却来叫我？"妇人道："我是前日投水的妇人。因蒙恩人大德，救了吾夫出狱，故此特来踵门叩谢。"看官，你道徽商此时若是个不老成的，听见一个妇女黑夜寻他，又是施恩过来的，一时动了不良之心，未免说句把倬俏绰趣的话，开出门来撞见其夫，可不是老大一场没趣，把起初做好事的念头多弄脏了？不想这个朝奉煞是有正经，听得妇人说话，便厉声道："此我独卧之所，岂汝妇女家所当来？况昏夜也不是谢人的时节。但请回步，不必谢了。"其夫听罢，才把一天疑心尽多消散。妇人乃答道："吾夫同在此相谢。"

徽商听见其夫同来，只得披衣下床，要来开门。走得几步，只听得天崩地塌之声，连门外多震得动。徽商慌了自不必说，夫妇两人多吃了一惊。徽商忙叫小二掌火来看，只见一张卧床压得四脚多折，满床尽是砖头泥土。元来那一垛墙走了，一向床遮着不觉得，此时偶然坍将下来，若有人在床时，便是铜筋铁骨也压死了。徽商看了，伸出舌头出来，一时缩不进去。就叫小二开门，见了夫妇二人，反谢道："若非贤夫妇相叫起身，几乎一命难存！”夫妇两人看见墙坍床倒，也自大加惊异，道：“此乃恩人洪福齐天，大难得免，莫非恩人阴德之报。”两相称谢。徽商留夫妇茶话少时，珍重而别。只此一件，可见商人二两银子，救了母子两命，到底因他来谢，脱了墙压之厄，仍旧是自家救自家性命一般，此乃上天巧于报德处。所以古人说：“与人方便，自己方便。”

小子起初说“到头元是自周全”，并非诳语。看官每不信，小子而今单表一个周全他人，仍旧周全了自己一段长话，作个正文。有诗为证：

有女颜如玉，酬德讵能足？

遇彼素心人，清操同秉烛。

兰蕙保幽芳，移来贮金屋。

容台粉署郎，一朝畀掾属。

圣明重义人，报施同转毂。

这段话文，出在弘治年间直隶太仓州地方。州中有一个吏典，姓顾名芳。平日迎送官府出城，专在城外一个卖饼的江家做下处歇脚。那江老儿名溶，是个老实忠厚的人，生意尽好，家道将就过得。看见顾吏典举动端方，容仪俊伟，不像个衙门中以下人，私心敬爱他。每遇他到家，便以“提控”呼之，待如上宾。江家有个嬷嬷，生得个女儿，名唤爱娘，年方十七岁，容貌非凡。顾吏典家里也自有妻子，便与江家内里通往来，竟成了一家骨肉一般。常言道：一家饱暖千家怨。江老虽不怎的富，别人看见他生意从容，衣食不缺，便传说了千金、几百金家事。有那等眼光浅、心不足的，目中就着不得，不由得不妒忌起来。

忽一日江老正在家里做活，只见如狼似虎一起捕人，打将进来，喝道：“拿海贼！”把店中家火打得粉碎。江老出来分辨，众捕一齐动手，一索子捆倒。江嬷嬷与女儿顾不得羞耻，大家啼啼哭哭嚷将出来，问道：“是何事端？说个明白。”捕人道：“崇明解到海贼一起，有江溶名字，是个窝家，还问什么事端！”江老夫妻与女儿叫起撞天屈来，说道：“自来不曾出外，那里认得什么海贼？却不屈杀了平人！”捕人道：“不管屈不屈，到州里分辨去，与我们无干。快些打发我们见官去！”江老是个乡子里人，也不晓得盗情利害，也不晓得该怎的打发公差，合家只是一味哭。捕人每不见动静，便发起狠来道：“老儿奸诈，家里必有赃物，我们且搜一搜！”众人不管好歹，打进内里一齐动手，险些把地皮翻了转来，见了细软便藏匿了。江老夫妻、女儿三口，杀猪也似的叫喊，擂天倒地价哭。捕人每揎拳裸手，耀武扬威。

正在没摆布处，只见一个人踱将进来，喝道："有我在此，不得无理！"众人定睛看时，不是别人，却是州里顾提控。大家住手道："提控来得正好，我们不要粗鲁，但凭提控便是。"江老一把扯住提控道："提控，救我一救！"顾提控问道："怎的起？"捕人拿牌票出来看，却是海贼指扳窝家，巡捕衙里来拿的。提控道："贼指的事，多出仇口。此家良善，明是冤屈。你们为我面上，须要周全一分。"捕人道："提控在此，谁敢多话？只要吩咐我们，一面打点见官便是。"提控即便主张江老支持酒饭鱼肉之类，摆了满桌，任他每狼飧虎咽吃个尽情。又摸出几两银子做差使钱。众捕人道："提控吩咐，我们也不好推辞，也不好较量，权且收着。凡百看提控面上，不难为他便了。"提控道："列位别无帮衬处，只求迟带到一日。等我先见官人替他分拆一番，做个道理，然后投牌，便是列位盛情。"捕人道："这个当得奉承。"当下江老随捕人去了。提控转身安慰他母子道："此事只要破费，须有分辨处，不妨大事。"母子啼哭道："全仗提控搭救则个。"提控道："且关好店门，安心坐着，我自做道理去。"

出了店门，进城来，一径到州前来见捕盗厅官人，道："顾某有个下处主人江溶，是个良善人户。今被海贼所扳，想必是仇家陷害。望乞爷台为顾某薄面周全则个。"捕官道："此乃堂上公事，我也不好自专。"提控道："堂上老爷，顾某自当禀明。只望爷台这里带到时，宽他这一番拷究。"捕官道："这个当得奉命。"

须臾，知州升堂，顾提控觑个堂事空便，跪下禀道："吏典平日伏侍老父，并不敢有私情冒禀。今日有个下处主人江溶，被海贼诬扳。吏典熟知他是良善人户，必是仇家所陷，故此斗胆禀明。望老爷天鉴之下，超豁无辜。若是吏典虚言妄禀，罪该万死。"知州道："盗贼之事，非同小可。你敢是私下受人买嘱，替人讲解么？"提控叩头道："吏典若有此等情弊，老爷日后必然知道，吏典情愿受罪。"知州道："待我细审，也听不得你一面之词。"提控道："老爷细审二字，便是无辜超生之路了。"复叩一头，走了下来。想道："官人方才说听不得一面之词，我想人众则公，明日约同同衙门几位朋友，大家禀一声，必然听信。"是日拉请一般的十数个提控到酒馆中坐一坐，把前事说了，求众人明日帮他一说。众人平日与顾提控多有往来，无有不依的。

次日，捕人已将江溶解到捕厅。捕厅因顾提控面上，不动刑法，竟送到堂上来。正值知州投文，挨牌唱名。点到江溶名字，顾提控站在旁边，又跪下来禀道："这江溶即是小吏典昨日所禀过的，果是良善人户。中间必有冤情，望老爷详察。"知州作色道："你两次三番替人辨白，莫非受了贿赂，故敢大胆？"提控叩头道："老爷当堂明查，若不是小吏典下处主人及有贿赂情弊，打死无怨。"只见众吏典多跪下来，禀道："委是顾某主人，别无情弊，众吏典敢百口代保。知州平日也晓得顾芳行径，是个忠直小心的人，心下有几分信他的，说道："我审时自有道理。"便问江溶："这伙贼人扳你，你平日曾认得一两个否？"江老儿叩头道："爷爷，小的若认得一人，死也甘心。"知州道："他们有人认得你否？"江老儿道："这个小的虽不知，想来也未必认得小的。"知州道："这个不难。"唤一个皂隶过来，教他脱下衣服与江溶穿了，扮做了皂隶。却叫皂隶穿了江溶的衣服，扮做了江溶，吩咐道："等强盗执着江溶时，你可替他折证，看他认得认不得。"

皂隶依言与江溶更换停当，然后带出监犯来。知州问贼首道："江溶是你窝家么？"贼首道："爷爷，正是。"知州敲着气拍，故意问道："江溶，怎么说？"这个皂隶扮的江溶，假着口气道："爷爷，并不干小人之事。"贼首看看假江溶，那里晓得不是，一口指着道："他住在城外，倚着卖饼为名，专一窝着我每赃物，怎生赖得？"皂隶道："爷爷，冤枉！小的不曾认得他的。"贼首道："怎生不认得？我们长在你家吃饼，某处赃若干，某处赃若干，多在你家，难道忘了？"知州明知不是，假意说道："江溶是窝家，不必说了，却是天下有名姓相同。"一手指着真正江溶扮皂隶的道："我这个皂隶，也叫得江溶，敢怕是他么？"贼首把皂隶一看，那里认得？连喊道："爷爷，是卖饼的江溶，不是皂隶的江溶。"知州又手指假江溶道："这个卖饼的江溶，可是了么？"贼首道："正是。"这个知州冷笑一声，连敲气拍两三下，指着贼首道："你这杀剐不尽的奴才！自做了歹事，又受人买嘱，扳陷良善。"贼首连喊道："这江溶果是窝家，一些不差，爷爷！"知州喝叫："掌嘴！"打了十来下。知州道："还要嘴强！早是我先换过了，试验虚实，险些儿屈陷平民。这个是我皂隶周才，你却认做了江溶，就信口扳杀他；这个扮皂隶的，正是卖饼江溶，你却又不认得，就说道无干。可知道你受人买嘱来害江溶，原不曾认得江溶的么！"贼首低头无语，只叫："小的该死！”

知州叫江溶与皂隶仍旧换过了衣服，取夹棍来，把贼首夹起，要招出买他指扳的人来。贼首是顽皮赖肉，那里放在心上？任你夹打，只供称是因见江溶殷实，指望扳赔赃物是实，别无指使。知州道：“眼见得是江溶仇家所使，无得可疑。今奴才死不肯招，若必求其人，他又要信口诬害，反生株连。我只释放了江溶，不根究也罢。”江溶叩头道：“小的也不愿晓得害小的的仇人，省得中心不忘，冤冤相结。”知州道：“果然是个忠厚人。”提起笔来，把名字注销，喝道：“江溶无干，直赶出去！”当下江溶叩头不止，皂隶连喝：“快走！”

江溶如笼中放出飞鸟，欢天喜地出了衙门。衙门里许多人撮空叫喜，拥住了不放。又亏得顾提控走出来，把几句话解散开了众人，一同江溶走回家来。江老儿一进门，便唤过妻女来道：“快来拜谢恩人！这番若非提控搭救，险些儿相见不成了。”三个人拜做一堆。提控道：“自家家里，应得出力；况且是知州老爷神明做主，与我无干，快不要如此！”江嬷嬷便问老儿道：“怎么回来得这样撇脱，不曾吃亏么？”江老儿道：“两处俱仗提控先说过了，并不动一些刑法。天字号一场官司，今没一些干涉，竟自平净了。”江嬷嬷千恩万谢。提控立起身来道：“你们且慢慢细讲，我还要到衙门去谢谢官府去。”当下提控作别自去了。

江老送了出门，回来对嬷嬷说：“正是闭门家里坐，祸从天上来。谁想遭此一场飞来横祸，若非提控出力，性命难保。今虽然破费了些东西，幸得太平无事。我每不可忘了恩德，怎生酬报得他便好？”嬷嬷道：“我家家事向来不见怎的，只好度日。不知那里动了人眼，被天杀的暗算，招此非灾。前日众捕人一番掳掠，狠如打劫一般，细软东西尽被抄扎过了，今日有何重物谢得提控大恩？”江老道：“便是没东西难处，就凑得些少也当不得数，他也未必肯受。怎么好？”嬷嬷道：“我倒有句话商量。女儿年一十七岁，未曾许人。我们这样人家，就许了人，不过是村庄人口。不若送与他做了妾，扳他做个女婿，支持门户，也免得外人欺侮。可不好？”江老道：“此事倒也好，只不知女儿肯不肯。”嬷嬷道：“提控又青年，他家大娘子又贤惠，平日极是与我女儿说得来的，敢怕也情愿。”遂唤女儿来，把此意说了。女儿道：“此乃爹娘要报恩德，女儿何惜此身？”江老道：“虽然如此，提控是个近道理的人，若与他明说，必是不从。不若你我三人，只作登门拜谢，以后就留下女儿在彼，他便不好推辞得。”嬷嬷道：“言之有理。”

当下三人计议已定，拿本历日来看，来日上吉。次日起早，把女儿装扮了，江老夫妻两个步行，女儿乘着小轿，抬进城中，竟到顾家来。提控夫妻接了进去，问道：“何事光降？”江老道：“老汉承提控活命之恩，今日同妻女三口登门拜谢。”提控夫妻道：“有何大事，直得如此？且劳烦小娘子过来，一发不当。”江老道：“老汉有一句不知进退的话奉告：老汉前日若是受了非刑，死于狱底，留下妻女，不知流落到甚处。今幸得提控救命重生，无恩可报。止有小女爱娘，今年正十七岁，与老妻商议，送来与提控娘子铺床叠被，做个箕帚之妾。提控若不弃嫌粗丑，就此俯留，老汉夫妻终身有托。今日是个吉日，一来到此拜谢，二来特送小女上门。”提控听罢，正色道：“老丈说哪里话！顾某若做此事，天地不容。”提控娘子道：“难得老伯伯、干娘、妹妹一同到此，且请过小饭，有话再说。”提控一面吩咐厨下摆饭相待。饮酒中间，江老又把前话提起，出位拜提控一拜道：“提控若不受老汉之托，老汉死不瞑目。”提控情知江老心切，暗自想道：“若不权且应承，此老必不肯住，又去别寻事端谢我，反多事了。且依着他言语，我日后自有处置。”饭罢，江老夫妻起身作别，吩咐女儿留住，道：“你在此伏侍大娘。”爱娘含羞忍泪，应了一声。提控道：“休要如此说！荆妻且权留小娘子盘桓几日，自当送还。”江老夫妻也道是他一时门面说话，两下心照罢了。

两口儿去得，提控娘子便请爱娘到里面自己房里坐了，又摆出细果茶品请他，吩咐走使丫鬟铺设好了一间小房，一床被卧。连提控娘子心里，也只道提控有意留住的，今夜必然趁好日同宿。他本是个大贤惠不捻酸的人，又平日喜欢着爱娘，故此是件周全停当，只等提控到晚受用。正是：

一朵鲜花好护持，芳菲只待赏花时。

等闲未动东君意，惜处重将帷幕施。

谁想提控是夜竟到自家娘子房里来睡了，不到爱娘处去。提控娘子问道："你为何不到江小娘那里去宿？莫要忌我。"提控道："他家不幸遭难，我为平日往来，出力救他。今他把女儿谢我，我若贪了女色，是乘人危处，遂我欢心，与那海贼指扳、应捕抢掳肚肠有何两样？顾某虽是小小前程，若坏了行止，永远不吉！"提控娘子见他说出咒来，知是真心。便道："果然如此，也是你的好处。只是日间何不力辞脱了，反又留在家中做甚？"提控道："江老儿是老实人，若我不允女儿之事，他又剜肉补疮，别寻道路谢我，反为不美。他女儿平日与你相爱，通家姊妹，留下你处住几日，这却无妨。我意欲就此看个中意的人家子弟，替他寻下一头亲事，成就他终身结果，也是好事。所以一时不辞他去，原非我自家有意也。"提控娘子道："如此却好。"当夜无词。

自此江爱娘只在顾家住，提控娘子与他如同亲姐妹一般，甚是看待得好。他心中也时常打点提控到他房里的，怎知道：

落花有意随流水，流水无情恋落花。

直待他年荣贵后，方知今日不为差。

提控只如常相处，并不曾起一毫邪念，说一句戏语，连爱娘房里脚也不蹭进去一步。爱娘初时疑惑，后来也不以为怪了。

提控衙门事多，时常不在家里。匆匆过了一月有余。忽一日得闲在家中，对娘子道："江小娘在家，初意要替他寻个人家，急切里凑不着巧。而今一月多了，久留在此，也觉不便。不如备下些礼物，送还他家。他家父母必然问起女儿相处情形，他晓得我心事如此，自然不来强我了。"提控娘子道："说得有理。"当下把此意与江爱娘说明了，就备了六个盒盘，又将出珠花四朵、金耳环一双，送与江爱娘插戴好，一乘轿着个从人径送到江老家里来。江老夫妻接着轿子，晓得是顾家送女儿回家，心里疑道："为何叫他独自个归来？"问道："提控在家么？"从人道："提控不得工夫来，多多拜上阿爹，这儿时有慢了小娘子，今特送还府上。"江老见说话跷蹊，反怀着一肚子鬼胎道："敢怕有甚不恰当处。"忙领女儿到里边坐了，同嬷嬷细问他这一月的光景。爱娘把顾娘子相待甚厚，并提控不进房、不近身的事，说了一遍。江老呆了一晌道："长要来问个信，自从为事之后，生意淡薄，穷忙没有工夫，又是素手，不好上门。欲待央个人来，急切里没便处。只道你一家和睦，无些别话，谁想却如此行径。这怎么说？"嬷嬷道："敢是日子不好，与女儿无缘法。得个人解禳解禳便好。"江老道："且等另拣个日子，再送去又做处。"爱娘道："据女儿看起来，这顾提控不是贪财好色之人，乃是正人君子。我家强要谢他，他不好推辞得，故此权留这几时，誓不玷污我身。今既送了归家，自不必再送去。"江老道："虽然如此，他的恩德毕竟不曾报得，反住他家打搅多时，又加添礼物送来，难道便是这样罢了？还是改日再送去的是。"

爱娘也不好阻当，只得凭着父母说罢了。过了两日，江老夫妻做了些饼食，买了几件新鲜物事，办着十来个盒盘，一坛泉酒，雇个担夫挑了，又是一乘轿抬了女儿，留下嬷嬷看家，江老自家伴送过顾家来。提控迎着江老，江老道其来意。提控作色道："老丈难道不曾问及令爱来？顾某心事唯天可表，老丈何不见谅如此？此番决不敢相留，盛惠谨领。令爱不及款接，原轿请回。改日登门拜谢！"江老见提控词色严正，方知女儿不是诳语，连忙出门止住来轿，叫他仍旧抬回家去。提控留江老转去茶饭，江老也再三辞谢，不敢叨领，当时别去。

提控转来，受了礼物，出了盒盘，打发了脚担钱，吩咐多谢去了。进房对娘子说江老今日复来之意。娘子道："这个便老没正经，难道前番不谐，今番有再谐之理？只是难为了爱娘，又来一番，不曾会得一会去。"提控道："若等他下了轿，接了进来，又多一番事了。不如决绝回头了的是。这老儿真诚，却不见机。既如此把女儿相缠，此后往来到也要稀疏了些。外人不知就里，惹得造下议论来，反害了女儿终身，是要好成歉了。"娘子道："说得极是。"自此提控家不似前日十分与江家往来得密了。

那江家原无甚么大根基，不过生意济楚，自经此一番横事剥削之后，家计萧条下来。自古道："人家天做。"运来时，撞着就是趁钱的，火焰也似长起来。运退时，撞着就是折本的，潮水也似退下去。江家悔气头里，连五熟行里生意多不济了。做下饼食，常管五七日不发市，就是馊蒸气了，喂猪狗也不中。你道为何如此？先前为事时不多几日，只因惊怕了，自女儿到顾家去后，关了一个多月店门不开，主顾家多生疏，改向别家去，就便拗不转来。况且窝盗为事，声名扬开去不好听，别人不管好歹，信以为实，就怕来缠帐。以此生意冷落，日吃月空，渐渐支持不来。要把女儿嫁个人家，思量靠他过下半世，又高不凑，低不就。光阴眨眼，一错就是论年，女儿也大得过期了。

忽一日，一个徽州商人经过，偶然回瞥，见爱娘颜色，访问邻人，晓得是卖饼江家，因问可肯与人家为妾否。邻人道："往年为官事时，曾送与人做妾。那家行善事，不肯受还了的。做妾的事，只怕也肯。"徽商听得此话，去央个熟事的媒婆到江家来说此亲事，只要事成，不惜重价。媒婆得了口气，走到江家，便说出徽商许多富厚处，情愿出重礼，聘小娘子为偏房。江老夫妻正在喉急头上，见说得动火，便问道："讨在何处去的？"媒婆道："这个朝奉只在扬州开当中盐，大孺人自在徽州家。今讨去做二孺人，住在扬州当中，是两头大的，好不受用！亦且路不多远。"江老夫妻道："肯出多少礼？"媒婆道："说过只要事成，不惜重价。你每能要得多少，那富家心性，料必够你每心下的，凭你每讨礼罢了。"江老夫妻商量道："你我心下不割舍得女儿，欲待留下他，遇不着这样好主。有心得把与别处人去，多讨得些礼钱，也够上半世做生意度日方可。是必要他三百两，不可少了。"商量已定，对媒婆说过。媒婆道："三百两，忒重些。"江嬷嬷道："少一厘，我也不肯。"媒婆道："且替你们说说看，只要事成后，谢我多些儿。"三个人尽说三百两是一大主财物，极顶价钱了。不想商人慕色心重，二三百金之物，那里在他心上？一说就允。如数下了财礼，拣个日子娶了过去，开船往扬州。江爱娘哭哭啼啼，自道终身不得见父母了。江老虽是卖去了女儿，心中凄楚，却幸了得一主大财，在家别做生理不题。

却说顾提控在州六年，两考役满，例当赴京听考。吏部点卯过，拨出在韩侍郎门下办事效劳。那韩侍郎是个正直忠厚的大臣，见提控谨厚小心，仪表可观，也自另眼看他，时留在衙前听候差役。一日侍郎出去拜客，提控不敢擅离衙门左右，只在前堂伺候归来。等了许久，侍郎又往远处赴席，一时未还。提控等得不耐烦，困倦起来，坐在槛上打盹，朦胧睡去。见空中云端里黄龙现身，彩霞一片，映在自己身上。正在惊看之际，忽有人蹴他起来，飒然惊觉，乃是后堂传呼，高声喝："夫人出来！"提控仓皇失措，连忙趋避不及。夫人步至前堂，亲看见提控慌遽走出之状，着人唤他转来。提控正道失了礼度，必遭罪责，趋至庭中跪倒，俯伏地下，不敢仰视。夫人道："抬起头来我看。"提控不敢放肆，略把脖子一伸。夫人看见道："快站起来，你莫不是太仓顾提控么？为何在此？"提控道："不敢。小吏顾芳，实是太仓人，考满赴京，在此办事。"夫人道："你认得我否？"提控不知甚么缘故，摸个头路不着，不敢答应一声。夫人笑道："妾身非别人，即是卖饼江家女儿也。昔年徽州商人娶去，以亲女相待。后来嫁于韩相公为次房。正夫人亡逝，相公立为继室，今已受过封诰。想来此等荣华，皆君所致也。若是当年非君厚德，义还妾身，今日安能到此地位？妾身时刻在心，正恨无由补报。今天幸相逢于此，当与相公说知就里，少图报效。"提控听罢，恍如梦中一般，偷眼觑着堂上夫人，正是江家爱娘，心下道："谁想他却有这个地位？"又寻思道："他分明卖与徽州商人做妾了，如何却嫁得与韩相公？方才听见说徽商以亲女相待，这又不知怎么解说。"当下退出外来，私下偷问韩府老都管，方知事体备细。

当日徽商娶去时节，徽人风俗，专要闹房炒新郎。凡亲戚朋友相识的，在住处所在，闻知娶亲，就携了酒榼前来称庆。说话之间，名为祝颂，实半带笑耍，把新郎灌得烂醉，方以为乐。是夜徽商醉极，讲不得甚么云雨勾当，在新人枕畔一觉睡倒，直到天明。朦胧中见一个金甲神人，将瓜锤扑他脑盖一下，蹴他起来道："此乃二品夫人，非凡人之配，不可造次胡行！若违我言，必有大咎！"徽商惊醒，觉得头疼异常，只得扒了起来，自想此梦稀奇，心下疑惑。平日最信的是关圣灵签，梳洗毕，开个随身小匣，取出十个钱来，对空虔诚祷告，看与此女缘分如何。卜得个乙戊，乃是第十五签。签曰："两家门户各相当，不是姻缘莫较量。直待春风好消息，却调琴瑟向兰房。"详了签意，疑道："既明说不是姻缘了，又道直待春风、却调琴瑟，难道放着见货，等待时来不成？"心下一发糊涂。再缴一签，卜得个辛丙，乃是第七十三签。签曰："忆昔兰房分半钗，而今忽报信音乖。痴心指望成连理，到底谁知事不谐。"得了签，想道此签说话明白，分明不是我的姻缘，不能到底的了。梦中说有二品夫人之分，若把来另嫁与人，看是如何？祷告过，再卜一签，得了个丙庚，乃是第二十七签。签曰："世间万物各有主，一粒一毫君莫取。英雄豪杰本天生，也须步步循规矩。"徽商看罢道："签句明白如此，必是另该有个主。吾意决矣。"虽是这等说，日间见他美色，未免动心，然但是有些邪念，便觉头疼。到晚来走近床边，愈加心神恍惚，头疼难支。徽商想道："如此跷蹊，要见梦言可据。签语分明，万一破他女身，必为神所恶。不如放下念头，认他做个干女儿，寻个人嫁了他，后来果得富贵，也不可知。”遂把此意对江爱娘说道：“在下年四十余岁，与小娘子年纪不等。况且家中原有大孺人，今扬州典当内，又有二孺人。前日只因看见小娘子生得貌美，故此一时聘娶了来。昨晚梦见神明，说小娘子是个贵人，与在下非是配偶。今不敢胡乱辱莫了小娘子，在下痴长一半年纪，不若认为义父女，等待寻个好姻缘配着，图个往来。小娘子意下如何？”江爱娘听见说不做妾做女，有甚么不肯处？答应道：“但凭尊意，只恐不中抬举。”当下起身，插烛也似拜了徽商四拜。以后只称徽商做“爹爹”，徽商称爱娘做“大姐”，各床而睡。同行至扬州当里，只说是路上结拜的朋友女儿，托他寻人家的，也就吩咐媒婆替他四下里寻亲事。

正是春初时节，恰好凑巧韩侍郎带领家眷上任，舟过扬州，夫人有病，要娶个偏房，就便伏侍夫人，停舟在关下。此话一闻，那些做媒的如蝇聚膻，来的何止三四十起？各处寻将出来，多看得不中意。落末有个人说：“徽州当里有个干女儿，说是太仓州来的，模样绝美，也是肯与人为妾的，问问也好。”其间就有媒婆叨揽去当里来说。原来徽州人有个僻性，是“乌纱帽”、“红绣鞋”，一生只这两件不争银子，其余诸事悭吝了。听见说个韩侍郎娶妾，先自软摊了半边，自夸梦兆有准，巴不得就成了。韩府也叫人看过，看得十分中意。徽商认做自己女儿，不争财物，反赔嫁妆，只贪个纱帽往来，便自心满意足。韩府仕宦人家，做事不小，又见徽商行径冠冕，不说身价，反轻易不得了。连钗环首饰、缎匹银两，也下了三四百金礼物。徽商受了，增添嫁事，自己穿了大服，大吹大擂，将爱娘送下官船上来。侍郎与夫人看见人物标致，更加礼仪齐备，心下喜欢，另眼看待。到晚云雨之际，俨然是处子，一发敬重。一路相处，甚是相得。

到了京中，不料夫人病重不起，一应家事尽嘱爱娘掌管。爱娘处得井井有条，胜过夫人在日。内外大小，无不喜欢。韩相公得意，拣个吉日，立为继房。恰遇弘治改元覃恩，竟将江氏入册报去，请下了夫人封诰，从此内外俱称夫人了。自从做了夫人，心里常念先前嫁过两处，若非多遇着好人，怎生保全得女儿之身，致今日有此享用？那徽商认做干爷，兀自往来不绝，不必说起。只不知顾提控近日下落。忽在堂前相遇，恰恰正在门下走动。正所谓：

一叶浮萍归大海，人生何处不相逢？

夫人见了顾提控，返转内房。等候侍郎归来，对侍郎说道："妾身有个恩人，没路报效，谁知却在相公衙门中服役。"侍郎问是谁人，夫人道："即办事吏顾芳是也。"侍郎道："他与你有何恩处？"夫人道："妾身原籍太仓人，他也是太仓州吏。因妾家里父母被盗扳害，得他救解，幸免大祸。父母将身酬谢，坚辞不受。强留在彼，他与妻子待以宾礼，誓不相犯。独处室中一月，以礼送归。后来过继与徽商为女。得有今日，岂非恩人？"侍郎大惊道："此柳下惠、鲁男子之事，我辈所难。不道掾吏之中，却有此等仁人君子，不可埋没了他。"竟将其事写成一本，奏上朝廷，本内大略云：

窃见太仓州吏顾芳，暴白冤事，侠骨著于公庭；峻绝谢私，贞心矢乎暗室。品流虽贱，衣冠所难。合行特旌，以彰笃行。

孝宗见奏大喜道："世间那有此等人？"即召韩侍郎面对，问其详细。侍郎一一奏知，孝宗称叹不置。侍郎道："此皆陛下中兴之化所致，应与表扬。"孝宗道："何止表扬，其人堪为国家所用。今在何处？"侍郎道："今在京中考满，拨臣衙门办事。"孝宗回顾内侍，命查那部里缺司官。司礼监秉笔内侍奏道："昨日吏部上本，礼部仪制司缺主事一员。"孝宗道："好，好。礼部乃风化之原，此人正好。"即御批"顾芳除补，吏部知道"。韩侍郎当下谢恩而出。

侍郎初意不过要将他旌表一番，与他个本等职衔，梦里也不料圣恩如此嘉奖，骤与殊等美官，真个喜出望外。出了朝中，竟回衙来，说与夫人知道。夫人也自欢喜不胜，谢道："多感相公为妾报恩，妾身万幸。"侍郎看见夫人欢喜，心下愈加快活，忙叫亲随报知顾提控。提控闻报，犹如地下升天，还服着本等衣服，随着亲随进来，先拜谢相公。侍郎不肯受礼，道："如今是朝廷命官，自有体制。且换了冠带，谢恩之后，然后私宅少叙不迟。"须臾便有礼部衙门人来伺候，伏侍去到鸿胪寺报了名。次早，午门外谢了圣恩，到衙门到任。正是：

昔年萧主吏，今日叔孙通。

两翅何曾异？只是锦袍红。

当日顾主事完了衙门里公事，就穿着公服，竟到韩府私宅中来拜见侍郎。顾主事道："多谢恩相提携，在皇上面前极力举荐，故有今日。此恩天高地厚。"韩侍郎道："此皆足下阴功浩大，以致圣上宠眷非常，得此殊典。

老夫何功之有？”拜罢，主事请拜见夫人，以谢推许大恩。侍郎道：“贱室既忝同乡，今日便同亲戚。”传命请夫人出来相见。夫人见主事，两相称谢，各拜了四拜，夫人进去治酒。是日侍郎款待主事，尽欢而散。夫人又传问顾主事离家在几时、父母的安否下落。顾主事回答道：“离家一年，江家生意如常，却幸平安无事。”侍郎与顾主事商议，待主事三月之后，给个假限回籍，就便央他迎取江老夫妇。顾主事领命，果然给假衣锦回乡，乡人无不称羡。因往江家拜候，就传女儿消息。江家喜从天降。主事假满，携了妻子回京复任，就吩咐二号船里着落了江老夫妻。到京相会，一家欢忭无极。

自此侍郎与主事通家往来，俨如伯叔子侄一般。顾家大娘子与韩夫人愈加亲密，自不必说。后来顾主事三子，皆读书登第。主事寿登九十五岁，无病而终。此乃上天厚报善人也。所以奉劝世间行善，原是积来自家受用的。有诗为证：

美色当前谁不慕，况是酬恩去复来。
若使偶然通一笑，何缘掾吏入容台？

第十一卷　同窗友认假作真　女秀才移花接木

诗曰：

万里桥边薛校书，枇杷窗下闭门居。

扫眉才子知多少，管领春风总不如。

这四句诗，乃唐人赠蜀中妓女薛涛之作。这个薛涛乃是女中才子，南康王韦皋做西川节度使时，曾表奏他做军中校书，故人多称为薛校书。所往来的是高千里、元微之、杜牧之一班儿名流。又将浣花溪水造成小笺，名曰“薛涛笺”。词人墨客得了此笺，犹如拱璧。真正名重一时，芳流百世。

国朝洪武年间，有广东广州府人田洙，字孟沂，随父田百禄到成都赴教官之任。那孟沂生得风流标致，又兼才学过人，书画琴棋之类，无不通晓。学中诸生日与嬉游，爱同骨肉。过了一年，百禄要遣他回家。孟沂的母亲心里舍不得他去。又且寒官冷署，盘费难处。百禄与学中几个秀才商量，要在地方上寻一个馆与儿子坐坐，一来可以早晚读书，二来得些馆资，可为归计。这些秀才巴不得留住他，访得附郭一个大姓张氏要请一馆宾，众人遂将孟沂力荐于张氏。张氏送了馆约，约定明年正月元宵后到馆。至期，学中许多有名的少年朋友，一同送孟沂到张家来，连百禄也自送去。张家主人曾为运使，家道饶裕，见是老广文带了许多时髦到家，甚为欢喜，开筵相待。酒罢各散，孟沂就在馆中宿歇。

到了二月花朝日，孟沂要归省父母。主人送他节仪二两，孟沂藏在袖子里了，步行回去。偶然一个去处，望见桃花盛开，一路走去看，境甚幽僻。孟沂心里喜欢，伫立少顷，观玩景致，忽见桃林中一个美人掩映花下。

孟沂晓得是良人家，不敢顾盼，径自走过。未免带些卖俏身子，拖下袖来，袖中之银，不觉落地。美人看见，便叫随侍的丫鬟拾将起来，送还孟沂。孟沂笑受，致谢而别。

明日，孟沂有意打那边经过，只见美人与丫鬟仍立在门首。孟沂望着门前走去，丫鬟指道："昨日遗金的郎君来了。"美人略略敛身避入门内。孟沂见了丫鬟，叙述道："昨日多蒙娘子美情，拾还遗金，今日特来造谢。"美人听得，叫丫鬟请入内厅相见。孟沂喜出望外，急整衣冠，望门内而进。美人早已迎着至厅上。相见礼毕，美人先开口道："郎君莫非是张运使宅上西宾么？"孟沂道："然也。昨日因馆中回家，道经于此，偶遗少物，得遇夫人盛情，命尊姬拾还，实为感激。"美人道："张氏一家亲戚，彼西宾即我西宾。还金小事，何足为谢？"孟沂道："欲问夫人高门姓氏，与敝东何亲？"美人道："寒家姓平，成都旧族也。妾乃文孝坊薛氏女，嫁与平氏子康，不幸早卒，妾独孀居于此。与郎君贤东乃乡邻姻娅，郎君即是通家了。"

孟沂见说是孀居，不敢久留，两杯茶罢，起身告退。美人道："郎君便在寒舍过了晚去。若贤东晓得郎君到此，妾不能久留款待，觉得没趣了。"即吩咐快办酒馔。不多时，设着两席，与孟沂相对而坐。坐中殷勤劝酬，笑语之间，美人多带些谑浪话头。孟沂认道是张氏至戚，虽然心里技痒难熬，还拘拘束束，不敢十分放肆。美人道："闻得郎君倜傥俊才，何乃作儒生酸态？妾虽不敏，颇解吟咏。今遇知音，不敢爱丑，当与郎君赏鉴文墨，唱和词章。郎君不以为鄙，妾之幸也。"遂教丫鬟取出唐贤遗墨与孟沂看.孟沂从头细阅，多是唐人真迹手翰诗词，惟元稹、杜牧、高骈的最多，墨迹如新。孟沂爱玩，不忍释手，道："此希世之宝也。夫人情钟此类，真是千古韵人了。"美人谦谢。两个谈话有味，不觉夜已二鼓。孟沂辞酒不饮，美人延入寝室，自荐枕席道："妾独处已久，今见郎君高雅，不能无情，愿得奉陪。"孟沂道："不敢请耳，因所愿也。"两个解衣就枕，鱼水欢情，极其缱绻。枕边切切叮咛道："慎勿轻言，若贤东知道，彼此名节丧尽了。"

次日，将一个卧狮玉镇纸赠与孟沂，送到门外道："无事就来走走，勿学薄幸人！"孟沂道："这个何劳吩咐？"孟沂到馆，哄主人道："老母想念，必要小生归家宿歇。小生不敢违命留此，从今早来馆中，夜归家里便了。"主人信了说话，道："任从尊便。"自此，孟沂在张家，只推家里去宿，家里又说在馆中宿，竟夜夜到美人处宿了。整有半年，并没一个人知道。

孟沂与美人赏花玩月，酌酒吟诗，曲尽人间之乐。两人每每你唱我和，做成联句，如《落花二十四韵》、《月夜五十韵》，斗巧争妍，真成敌手。诗句太多，恐看官每厌听，不能尽述，只将他两人《四时回文诗》表白一遍。美人诗道：

花朵几枝柔傍砌，柳丝千缕细摇风。
霞明半岭西斜日，月上孤村一树松。〔春〕
凉回翠簟冰人冷，齿沁清泉夏月寒。
香篆袅风清缕缕，纸窗明月白团团。〔夏〕
芦雪覆汀秋水白，柳风凋树晚山苍。
孤帏客梦惊空馆，独雁征书寄远乡。〔秋〕
天冻雨寒朝闭户，雪飞风冷夜关城。
鲜红炭火围炉暖，浅碧茶瓯注茗清。〔冬〕

这个诗怎么叫做回文？因是顺读完了，倒读转去，皆可通得。最难得这样浑成，非是高手不能。美人一挥而就，孟沂也和他四首道：

芳树吐花红过雨，入帘飞絮白惊风。
黄添晓色青舒柳，粉落晴香雪覆松。〔春〕
瓜浮瓮水凉消暑，藕叠盘冰翠嚼寒。
斜石近阶穿笋密，小池舒叶出荷团。〔夏〕
残石绚红霜叶出，薄烟寒树晚林苍。
鸾书寄恨羞封泪，蝶梦惊愁怕念乡。〔秋〕
风卷雪篷寒罢钓，月辉霜柝冷敲城。
浓香酒泛霞杯满，淡影梅横纸帐清。〔冬〕

孟沂和罢，美人甚喜。真是才子佳人，情味相投，乐不可言。却是好物不坚牢，自有散场时节。

一日，张运使偶过学中，对老广文田百禄说道："令郎每夜归家，不胜奔走之劳。何不仍留寒舍住宿，岂不为便？"百禄道："自开馆后，一向只在公家。止因老妻前日有疾，曾留得数日。这几时并不曾来家宿歇，怎么如此说？"张运使晓得内中必有跷蹊，恐碍着孟沂，不敢尽言而别。是晚，孟沂告归，张运使不说破他，只叫馆仆尾着他去。到得半路，忽然不见。馆仆赶去追寻，竟无下落。回来对家主说了，运使道："他少年放逸，必然花柳人家去了。”馆仆道：“这条路上，何曾有什么伎馆？”运使道：“你还到他衙中问问看。”馆仆道：“天色晚了，怕关了城门，出来不得。”运使道：“就在田家宿了，明日早辰来回我不妨。”

到了天明，馆仆回话，说是不曾回衙。运使道：“这等，那里去了？”正疑怪间，孟沂恰到。运使问道：“先生昨宵宿于何处？”孟沂道：“家间。”运使道：“岂有此理！学生昨日叫人跟随先生回去，因半路上不见了先生，小仆直到学中去问，先生不曾到宅。怎如此说？”孟沂道：“半路上遇到一个朋友处讲话，直到天黑回家。故此盛仆来时问不着。”馆仆道：“小人昨夜宿在相公家了，方才回来的。田老爹见说了，甚是惊慌，要自来寻问。相公如何还说着在家的话？”孟沂支吾不来，颜色尽变。运使道：“先生若有别故，当以实说。”孟沂听得，遮掩不过，只得把遇着平家薛氏的话说了一遍，道：“此乃令亲相留，非小生敢作此无行之事。”运使道：“我家何尝有亲戚在此地方？况亲戚中也无平姓者，必是鬼祟。今后先生自爱，不可去了。”孟沂口里应承，心里那里信他？傍晚又到美人家里去，备对美人说形迹已露之意。美人道：“我已先知道了．郎君不必怨悔，亦是冥数尽了。”遂与孟沂痛饮，极尽欢情。到了天明，哭对孟沂道：“从此永别矣！”将出洒墨玉笔管一枝，送与孟沂道：“此唐物也。郎君慎藏在身，以为记念。”挥泪而别。

那边张运使料先生晚间必去，叫人看着，果不在馆。运使道：“先生这事必要做出来，这是我们做主人的干系，不可不对他父亲说知。”遂步至学中，把孟沂之事备细说与百禄知道。百禄大怒，遂叫了学中一个门子，同着张家馆仆，到馆中唤孟沂回来。孟沂方别了美人，回到张家，想念道：“他说永别之言，只是怕风声败露。我便耐守几时再去走动，或者还可相会。”正踌躇间，父命已至，只得跟着回去。百禄一见，喝道：“你书倒不读，夜夜在那里游荡？”孟沂看见张运使一同在家了，便无言可对。百禄见他不说，就拿起一条拄杖劈头打去，道：“还不实告！”孟沂无奈，只得把相遇之事，及录成联句一本，与所送镇纸、笔管两物，多将出来，道：“如此佳人，不容不动心。不必罪儿了。”百禄取来逐件一看，看那玉色是几百年出土之物，管上有篆刻“渤海高氏清玩”六个字。又揭开诗来，从头细阅，不觉心服。对张运使道：“物既稀奇，诗又俊逸，岂寻常之怪。我每可同了不肖子，亲到那地方去查一查踪迹看。”

遂三人同出城来。将近桃林，孟沂道："此间是了。"进前一看，孟沂惊道："怎生屋宇俱无了？"百禄与运使齐抬头一看，只见水碧山青，桃株茂盛。荆棘之中，有冢累然。张运使点头道："是了，是了。此地相传是唐妓薛涛之墓。后人因郑谷诗有'小桃花绕薛涛坟'之句，所以种桃百株，为春时游赏之所。贤郎所遇，必是薛涛也。"百禄道："怎见得？"张运使道："他说所嫁是平氏子康，分明是平康巷了。又说文孝坊，城中并无此坊，'文孝'乃是'教'字，分明是教坊了。平康巷教坊乃是唐时妓女所居，今云薛氏，不是薛涛是谁？且笔上有高氏字，乃是西川节度使高骈。骈在蜀时，涛最蒙宠待，二物是其所赐无疑。涛死已久，其精灵犹如此。此事不必穷究了。"百禄晓得运使之言甚确，恐怕儿子还要着迷，打发他回归广东。后来孟沂中了进士，常对人说，便将二玉物为证。虽然想念，再不相遇了。至今传有"田洙遇薛涛"故事。

小子为何说这一段鬼话？只因蜀中女子从来号称多才，如文君、昭君，多是蜀中所生，皆有文才。所以薛涛一个妓女，生前诗名不减当时词客，死后犹且诗兴勃然，这也是山川的秀气。唐人诗有云：

锦江腻滑蛾眉秀，幻出文君与薛涛。

诚为千古佳话。至于黄崇嘏女扮为男，做了相府掾属，今世传有《女状元》本，也是蜀中故事。可见蜀女多才，自古为然。至今两川风俗，女人自小从师上学，与男人一般读书。还有考试进庠做青衿弟子。若在别处，岂非大段奇事？而今说着一家子的事，委曲奇诧，最是好听。

从来女子守闺房，几见裙钗入学堂？

文武习成男子业，婚姻也只自商量。

话说四川成都府绵竹县，有一个武官，姓闻名确，乃是卫中世袭指挥。因中过武举两榜，累官至参将，就镇守彼处地方。家中富厚，赋性豪奢。夫人已故，房中有一班姬妾，多会吹弹歌舞。有一子，也是妾生，未满三周。有一个女儿，年十七岁，名曰蜚蛾，丰姿绝世，却是将门将种，自小习得一身好武艺，最善骑射，真能百步穿杨，模样虽是娉婷，志气赛过男子。他起初因见父亲是个武出身，受那外人指目，只说是个武弁人家，必须得个子弟在黉门中出入，方能结交斯文士夫，不受人的欺侮。争奈兄弟尚小，等他长大不得，所以一向装做男子，到学堂读书。外边走动，只是个少年学生；到了家中内房，方还女扮。如此数年，果然学得满腹文章，博通经史。这也是蜀中做惯的事。遇着提学到来，他就报了名，改为胜杰，说是胜过豪杰男人之意，表字俊卿，一般的入了队去考童生。一考就进了学，做了秀才。他男扮久了，人多认他做闻参将的小舍人，一进了学，多来贺喜。府县迎送到家，参将也只是将错就错，一面欢喜开宴。盖是武官人家，秀才乃极难得的，从此参将与官府往来，添了个帮手，有好些气色。为此，内外大小却像忘记他是女儿一般的，凡事尽是他支持过去。

他同学朋友，一个叫做魏造，字撰之；一个叫做杜亿，字子中。两人多是出群才学，英锐少年，与闻俊卿意气相投，学业相长。况且年纪差不多：魏撰之年十九岁，长闻俊卿两岁；杜子中与闻俊卿同年，又是闻俊卿月生大些。三人就像一家兄弟一般，极是过得好，相约了同在学中一个斋舍里读书。两个无心，只认做一伴的好朋友。闻俊卿却有意要在两个里头拣一个嫁他。两个人比起来，又觉得杜子中同年所生，凡事仿佛些，模样也是他标致些，更为中意，比魏撰之分外说的投机。杜子中见俊卿意思又好，丰姿又妙，常对他道："我与兄两人可惜多做了男子。我若为女，必当嫁兄；兄若为女，必当娶兄。"魏撰之听得，便取笑道："而今世界盛行男色，久已颠倒阴阳，那见得两男便嫁娶不得？"闻俊卿正色道："我辈俱是孔门子弟，以文艺相知，彼此爱重，岂不有趣？若想着淫昵，便把面目放在何处？我辈堂堂男子，谁肯把身子做顽童乎？魏兄该罚东道便好。"魏撰之道："适才听得子中爱慕俊卿，恨不得身为女子，故尔取笑。若俊卿不爱此道，子中也就变不及身子了。"杜子中道："我原是两下的说话，今只说得一半，把我说得失便宜了。"魏撰之道："三人之中，谁叫你小些，自然该吃亏些。"大家笑了一回。

俊卿归家来，脱了男服，还是个女人。自家想道："我久与男人做伴，已是不宜；岂可他日舍此同学之人，另寻配偶不成？毕竟止在二人之内了。虽然杜生更觉可喜，魏兄也自不凡，不知后来还是那个结果好，姻缘还在那个身上？"心中委决不下。他家中一个小楼，可以四望。一个高兴，趁步登楼。见一只乌鸦在楼窗前飞过，却去住在百来步外一株高树上，对着楼窗呀呀的叫。俊卿认得这株树，乃是学中斋前之树，心里道："叵耐这业畜叫得不好听，我结果他去。"跑下来自己卧房中，取了弓箭，跑上楼来。那乌鸦还在那里狠叫，俊卿道："我借这业畜卜我一件心事则个。"扯开弓，搭上箭，口里轻轻道："不要误我！"飕的一声，箭到处，那边乌鸦坠地。这边望去看见，情知中箭了。急急下楼来，仍旧改了男妆，要到学中看那枝箭下落。

且说杜子中在斋前闲步，听得鸦鸣正急，忽然扑的一响，掉下地来。走去看时，鸦头上中了一箭，贯睛而死。子中拔了箭出来道：“谁有此神手？恰恰贯着他头脑。”仔细看那箭干上，有两行细字道：“矢不虚发，发必应弦。”子中念道：“那人好夸口！”魏撰之听得跳出来，急叫道：“拿与我看！”在杜子中手里接了过去。正同着看时，忽然子中家里有人来寻，子中掉着箭自去了。魏撰之细看之时，八个字下边，还有“蜚蛾记”三小字，想道：“蜚蛾乃女人之号，难道女人中有此妙手？这也诧异。适才子中不看见这三个字，若见时必然还要称奇了。”

沉吟间，早有闻俊卿走将来。看见魏撰之捻了这枝箭立在那里，忙问道：“这枝箭是兄拾了么？”撰之道：“箭自何来，兄却如此盘问？”俊卿道：“箭上有字的么？”撰之道：“因为有字，在此念想。”俊卿道：“念想些甚么？”撰之道：“有蜚蛾记三字。蜚蛾必是女人，故此想着，难道有这般善射的女子不成？”俊卿捣个鬼道：“不敢欺兄，蜚蛾即是家姊。”撰之道：“令姊有如此巧艺，曾许聘那家了？”俊卿道：“未曾许人。”撰之道：“模样如何？”俊卿道：“与小弟有些厮像。”撰之道：“这等，必是极美的了。俗语道：‘未看老婆，先看阿舅。’小弟尚未有室，吾兄与小弟做个撮合山何如？”俊卿道：“家下事，多是小弟作主。老父面前，只消小弟一说，无有不依。只未知家姊心下如何。”撰之道：“令姊面前，也在吾兄帮衬，通家之雅，料无推拒。”俊卿道：“小弟谨记在心。”撰之喜道：“得兄应承，便十有八九了。谁想姻缘却在此枝箭上，小弟谨当宝此，以为后验。”便把来收拾在拜匣内了。取出羊脂玉闹妆一个递与俊卿，道：“以此奉令姊，权答此箭，作个信物。”俊卿收来束在腰间。撰之道：“小弟作诗一首，道意于令姊何如？”俊卿道：“愿闻。”撰之吟道：

闻得罗敷未有夫，支机肯许问津无？
他年得射如皋雉，珍重今朝金仆姑。

俊卿笑道：“诗意最妙。只是兄貌不陋，似太谦了些。”撰之笑道：“小弟虽不便似贾大夫之丑，却与令姊相并，必是不及。”俊卿含笑自去了。

从此撰之胸中痴痴里想着闻俊卿有个姊姊，美貌巧艺，要得为妻。有了这个念头，并不与杜子中知道。因为箭是他拾着的，今自己把做宝贝藏着，恐怕他知因，来要了去。谁想这个箭，元有来历。俊卿学射时，便怀有择配之心。竹干刻那二句，固是夸着发矢必中，也暗藏个应弦的哑谜。他射那乌鸦之时，明知在书斋树上，射去这枝箭，心里暗卜一卦，看他两人那个先拾得者，即为夫妻。为此急急来寻下落，不知是杜子中先拾着，后来掉在魏撰之手里。俊卿只见在魏撰之处，以为姻缘有定，故假意说是姊姊，其实多暗隐着自己的意思。魏撰之不知其故，凭他捣鬼，只道真有个姊姊罢了。俊卿固然认了魏撰之是天缘，心里却为杜子中十分相爱，好些撇打不下。叹口气道："一马跨不得双鞍，我又违不得天意。他日别寻件事端，补还他美情罢。"明日来对魏撰之道："老父与家姊面前，小弟十分撺掇，已有允意，玉闹妆也留在家姊处了。老父的意思，要等秋试过，待兄高捷了，方议此事。"魏撰之道："这个也好。只是一言既定，再无翻变才妙。"俊卿道："有小弟在，谁翻变得？"魏撰之不胜之喜。

时值秋闱，魏撰之与杜子中、闻俊卿多考在优等，起送乡试。两人来拉了俊卿同去，俊卿与父参将计较道："女孩儿家，只好瞒着人，暂时做秀才耍子。若当真去乡试，一下子中了举人，后边露出真情来，就要关着奏请干系。事体弄大了，不好收场，决使不得。"推了有病不行。魏、杜两生只得撇了自去赴试。揭晓之日，两生多得中了。闻俊卿见两家报了捷，也自欢喜。打点等魏撰之迎到家时，方把求亲之话与父亲说知，图成此亲事。

不想安绵兵备道与闻参将不合，时值军政考察，在按院处开了款数，递了一个揭帖，诬他冒用国课，妄报功绩，侵克军粮，累赃巨万。按院参上一本，奉圣旨，着本处抚院提问。此报一至，闻家合门慌做一团。也就有许多衙门人寻出事端来缠扰。还亏得闻俊卿是个出名的秀才，众人不敢十分罗唣。过不多时，兵道行个牌到府来，说是奉旨犯人，把闻参将收拾在府狱中去了。闻俊卿自把生员出名去递投诉，就求保候父亲。府间准了诉词，不肯召保。俊卿就央了同窗新中的两个举人去见府尊。府尊说："碍上司吩咐，做不得情。"三人袖手无计。

此时魏撰之自揣道："他家患难之际，料说不得求亲的闲话，只好不提起，且一面去会试再处。"两人临行之时，又与俊卿作别。撰之道："我们三个同心之友，我两人喜得侥幸。方恨俊卿因病蹉跎，不得同登，不想又遭此家难。而今我们匆匆进京去了，心下如割，却是事出无奈。多致意尊翁，且自安心听问，我们若少得进步，必当出力相助，来白此冤！"子中道："此间官官相护，做定了圈套陷人。闻兄只在家营救，未必有益。我两人进去，倘得好处，闻兄不若径到京来商量，与尊翁寻个出场。还是那边上流头好辨白冤枉，我辈也好相机助力。切记！切记！"撰之又私自叮嘱道："令姊之事，万万留心。不论得意不得意，此番回来必求事谐了。"俊卿道："闹妆现在，料不使兄失望便了。"三人洒泪而别。

闻俊卿自两人去后，一发没有商量可救父亲。亏得官无三日急，到有七日宽，无非凑些银子，上下分派，使用得停当，狱中的也不受苦，官府也不来急急要问，丢在半边，做一件未结公案了。参将与女儿计较道："这边的官司既未问理，我们正好做手脚。我意欲修一个辨本，做成一个备细揭帖，到京中诉冤。只没个能干的人去得，心下踌躇未定。"闻俊卿道："这件事须得孩儿自去。前日魏、杜两兄弟临别时，也教孩儿进京去，可以相机行事。但得两兄有一人得第，也就好做靠傍了。"参将道："虽然你是个女中丈夫，是你去毕竟停当。只是万里程途，路上恐怕不便。"俊卿道："自古多称是缇萦救父，以为美谈。他也是个女子。况且孩儿男妆已久，游庠已过，一向算在丈夫之列，有甚去不得？虽是路途遥远，孩儿弓矢可以防身。倘有甚么人盘问，凭着胸中见识也支持得过，不足为虑。只是须得个男人随去，这却不便。孩儿想得有个道理，家丁闻龙夫妻多是苗种，多善弓马，孩儿把他妻子也打扮做男人，带着他两个，连孩儿共是三人一起走，既有妇女伏侍，又有男仆跟随，可以放心一直到京了。"参将道："既然算计得停当，事不宜迟，快打点动身便了。"俊卿依命，一面去收拾。听得街上报进士，说魏、杜两多中了。俊卿不胜之喜，来对父亲说道："有他两人在京做主，此去一发不难做事。"

就拣定一日，作急起身。在学中动了一个游学呈子，批个文书执照，带在身边了。路经省下来，再察听一察听上司的声口消息。你道闻小姐怎生打扮？

> 飘飘巾帻，覆着两鬓青丝；窄窄靴鞋，套着一双玉笋。上马衣裁成短后，蛮狮带妆就偏垂。囊一张玉靶弓，想开时，舒臂扭腰多体态；插几枝雁翎箭，看放处，猿啼雕落逞高强。争羡道能文善武的小郎君，怎知是女扮男妆的乔秀士？

一路上来到了成都府中，闻龙先去寻下了一所幽静饭店。闻俊卿后到，歇下了行李，叫闻龙妻子取出带来的山菜几件，放在碟内，向店中取了一壶酒，斟着慢吃。

又道是无巧不成话。那坐的所在，与隔壁人家窗口相对，只隔得一个小天井。正吃之间，只见那边窗里一个女子掩着半窗，对着闻俊卿不转眼的看。及至闻俊卿抬起眼来，那边又闪了进去。遮遮掩掩，只不走开。忽地打个照面，乃是个绝色佳人。闻俊卿想道："原来世间有这样标致的！"看官，你道此时若是个男人，必然动了心，就想妆出些风流家数，两下做起光景来。怎当得闻俊卿自己也是个女身，那里放在心上？一面取饭来吃了，且自衙门前干正事去。到得出去了半日，傍晚转来，俊卿刚得坐下，隔壁听见这里有人声，那个女子又在窗边看了。俊卿私下自笑道："看我做甚？岂知我与你是一般样的！"正嗟叹间，只见门外一个老姥走将进来，手中拿着一个小榼儿。见了俊卿，放下榼子，道了万福，对俊卿道："隔壁景家小娘子见舍人独酌，送两件果子与舍人当茶。"俊卿开看，乃是南充黄柑，顺庆紫梨，各十来枚。俊卿道："小生在此经过，与娘子非亲非戚，如何承此美意？"老姥道："小娘子说来，此间来万去千的人，不曾见有似舍人这等丰标的，必定是富贵家的出身。及至问人来，说是参府中小舍人。小娘子说这俗店无物可口，叫老媳妇送此二物来解渴。"俊卿道："小娘子何等人家，却居此间壁？"老姥道："这小娘子是井研景少卿的小姐。只因父母双亡，他依着外婆家住。他家里自有万金家事，只为寻不出中意的丈夫，所以还未嫁人。外公是此间富员外，这城中极兴的客店，多是他家的房子，何止有十来处，进益甚广。只有这里幽静些，却同家小每住在间壁。他也不敢主张把外甥许人，恐怕错了对头，后来怨怅。常对景小娘子道：'凭你自家看得中意的，实对我说，我就主婚。'这个小娘子也古怪，自来会拣相人物，再不曾说那一个好。方才见了舍人，便十分称赞。敢是与舍人有些姻缘动了？"俊卿不好答应，微微笑道："小生那有此福？"老姥道："好说，好说。老媳妇且去着。"俊卿道："致意小娘子，多承佳惠，客中无可奉答，但有心感盛情。"老姥去了。俊卿自想一想，不觉失笑道："这小娘子看上了我，却不枉费春心？"吟诗一首，聊寄其意。诗云：

为念相如渴不禁，交梨邛橘出芳林。
却惭未是求凰客，寂寞囊中绿绮琴。

次日早起，老姥又来，手中将着四枚剥净的熟鸡子，做一碗盛着，同了一小壶好茶，送到俊卿面前道："舍人吃点心。"俊卿道："多谢妈妈盛情。”老姥道：“这是景小娘子昨夜吩咐了，老身支持来的。”俊卿道：“又是小娘子美情，小生如何消受？有一诗奉谢，烦妈妈与我带去。”俊卿就把昨夜之诗写在纸上，封好了付妈妈。诗中分明是推却之意，妈妈将去与景小姐看了，景小姐一心喜着俊卿，见他以相如自比，反认做有意于文君，后边两句，不过是谦让些说话。遂也回他一首，和其末韵。诗云：

宋玉墙东思不禁，愿为比翼止同林。

知音已有新裁句，何用重挑焦尾琴？

吟罢，也写在乌丝茧纸上，教老姥送将来。俊卿看罢，笑道：“元来小姐如此高才！难得，难得！”俊卿见他来缠得紧，生一个计较，对老姥道：“多谢小姐美意，小生不是无情。争奈小生已聘有妻室，不敢欺心妄想。上复小姐，这段姻缘种在来世罢。”老姥道：“既然舍人已有了亲事，老身去回复了小娘子，省得他牵肠挂肚，空想坏了。”老姥去后，俊卿自出门去打点衙门事体，央求宽缓日期，诸色停当，到了天晚才回得下处。是夜无词。

来日天早，这老姥又走将来，笑道：“舍人小小年纪，倒会掉谎，老婆滚到身边，推着不要。昨日回了小娘子，小娘子教我问一问两位管家，多说道舍人并不曾聘娘子过。小娘子喜欢不胜，已对员外说过。少刻员外自来奉拜说亲，好歹要成事了。”俊卿听罢呆了半晌，道：“这冤家帐，那里说起？只索收拾行李起来，趁早去了罢。”吩咐闻龙与店家会了钞，急待起身。只见店家走进来报道：“主人富员外相拜闻相公。”说罢，一个七十多岁的老人家笑嘻嘻进来，堂中望见了闻俊卿，先自欢喜，问道：“这位小相公，想就是闻舍人了么？”老姥还在店内，也跟将来，说道：“正是这位。”富员外把手一拱道：“请过来相见。”闻俊卿见过了礼，整了客座坐了。富员外道：“老汉无事不敢冒叩新客。老汉有一外甥，乃是景少卿之女，未曾许着人家。舍甥立愿，不肯轻配凡流。老汉不敢擅做主张，凭他意中自择。昨日对老汉说，有个闻舍人，下在本店，丰标不凡，愿执箕帚。所以要老汉自来奉拜，说此亲事。老汉今见足下，果然俊雅非常；舍甥也有几分姿容，况且粗通文墨。实是一对佳耦，足下不可错过。”闻俊卿道：“不敢欺老丈，小生过蒙令甥谬爱，岂敢自外？一来令甥是公卿阀阅，小生是武弁门风，恐怕攀高不着。二来老父在难中，小生正要入京辨冤，此事既不曾告过，又不好为此耽搁，所以应承不得。”员外道：“舍人是簪缨世胄，况又是黉宫名士，指日飞腾，岂分甚么文武门楣？若为令尊之事，慌速入京，何不把亲事议定了，待归时禀知令尊，方才完娶？既安了舍甥之心，又不误了足下之事，有何不可？”

闻俊卿无计推托，心下想道：“他家不晓得我的心病，如此相逼。却又不好十分过却，打破机关。我想魏撰之有竹箭之缘，不必说了。还有杜子中更加相厚，到不得不闪下了他。一向有个主意，要在骨肉女伴里边别寻一段因缘，发付他去。而今既有此事，我不若权且应承，定下在这里，他日作成了杜子中，岂不为妙？那时晓得我是女身，须怪不得我说谎。万一杜子中也不成，那时也好开交了，不像而今碍手。”算计已定，就对员外说：“既承老丈与令甥如此高情，小生岂敢不受人提挈！只得留下一件信物在此为定，待小生京中回来，上门求娶就是了。”说罢，就在身边解下那个羊脂玉闹妆，双手递与员外道：“奉此与令甥表信。”富员外千欢万喜，接受在手，一同老妪去回复景小姐道：“一言已定了。”员外就叫店中办起酒来，与闻舍人饯行。俊卿推却不得，吃得尽欢而罢，相别了。

起身上路，少不得风飧水宿，夜住晓行。不一日，到了京城。叫闻龙先去打听魏、杜两家新进士的下处。问着了杜子中一家，元来那魏撰之已在部给假回去了。杜子中见说闻俊卿来到，不胜之喜，忙差长班来接到下处。两人相见，寒温已毕。俊卿道：“小弟专为老父之事，前日别时，承兄每吩咐入京图便，切切在心。后闻两兄高发，为此不辞跋涉，特来相托。不想魏撰之已归，今幸吾兄在京师，小弟不致失望了。”杜子中道：“仁兄先将老伯被诬事款做一个揭帖，逐一辨明，刊刻起来，在朝门外逢人就送。等公论明白了，然后小弟央个相好的同年在兵部的，条陈别事，带上一段，就好到本籍去生发出脱了。”俊卿道：“老父有个本稿，可以上得否？”子中道：“而今重文轻武，老伯是按院题的，若武职官出名自辨，他们不容起来，反致激怒，弄坏了事。不如小弟方才说的为妙，仁兄不要轻率。”俊卿道：“感谢指教。小弟是书生之见，还求仁兄做主行事。”子中道：“异姓兄弟，原是自家身上的事，何劳叮咛？”俊卿道：“撰之为何回去了？”子中道：“撰之原与小弟同寓了多时，他说有件心事，要归来与仁兄商量。问其何事，又不肯说。小弟说仁兄见吾二人中了，未必不进京来。他说这是不可期的，况且事体要在家里做的，必要先去，所以告假去了。正不知仁兄却又到此，可不两相左了？敢问仁兄，他果然要商量何等事？”俊卿明知为婚姻之事，却只做不知，推说道：“连小弟也不晓得他为甚么，想来无非为家里的事。”子中道：“小弟也想他没甚么，为何恁地等不得？”

两个说了一回，子中吩咐治酒接风，就叫闻家家人安顿好了行李，不必别寻寓所，只在此间同寓。这是子中先前同魏家同寓，今魏家去了，房舍尽有，可以下得闻家主仆三人。子中又吩咐打扫闻舍人的卧房，就移出自己的榻来，相对铺着，说晚间可以联床清话。俊卿看见，心里有些突兀起来。想道：“平日与他们同学，不过是日间相与，会文会酒，并不看见我的卧起，所以不得看破。而今弄在一间房内了，须闪避不得，露出马脚来怎么处？”却又没个说话可以推掉得两处宿，只是自己放着精细，遮掩过去便了。

虽是如此说，却是天下的事是真难假，是假难真。亦且终日相处，这些细微举动，水火不便的所在，那里妆饰得许多来？闻俊卿日间虽是长安街上去送揭帖，做着男人的勾当；晚间宿歇之处，有好些破绽现出在杜子中的眼里。子中是个聪明人，有甚不省得的事？晓得有些咤异，越加留心闲觑，越看越是了。这日，俊卿出去，忘锁了拜匣。子中偷揭开来一看，多是些文翰柬帖，内有一幅草稿，写着道：“成都绵竹县信女闻氏，焚香拜告关真君神前。愿保父闻确冤情早白，自身安稳还乡；竹箭之期，闹妆之约，各得如意。谨疏。”子中见了拍手道：“眼见得公案在此了。我枉为男子，被他瞒过了许多时。今不怕他飞上天去。只是后边两句解他不出，莫不许过人家？怎么处？”心里狂荡不禁。

忽见俊卿回来，子中接在房里坐了，看着俊卿只是笑。俊卿疑怪，将自己身子上下前后看了又看，问道："小弟今日有何举动差错了，仁兄见哂之甚？"子中道："笑你瞒得我好。"俊卿道："小弟到此来做的事，不曾瞒仁兄一些。"子中道："瞒得多哩！俊卿自想么？"俊卿道："委实没有。"子中道："俊卿记得当初同斋时言语么？原说弟若为女，必当嫁兄；兄若为女，必当娶兄。可惜弟不能为女，谁知兄果然是女，却瞒了小弟，不然娶兄多时了。怎么还说不瞒？"俊卿见说着心病，脸上通红起来道："谁是这般说？"子中袖中摸出这纸疏头来道："这须是俊卿的亲笔。"俊卿一时低头无语。子中就挨过来坐在一处了，笑道："一向只恨两雄不能相配，今却遂了人愿也。"俊卿站了起来道："行踪为兄识破，抵赖不得了。只有一件，一向承兄过爱，慕兄之心非不有之。争奈有件缘事，已属了撰之，不能再以身事兄，望兄见谅。"子中愕然道："小弟与撰之同为俊卿窗友，论起相与意气，还觉小弟胜他一分。俊卿何得厚于撰之，薄于小弟？况且撰之又不在此间，现钟不打，反去炼铜，这是何说？"俊卿道："仁兄有所不知。仁兄可看疏上竹箭之期的说话么？"子中道："正是不解。"俊卿道："小弟因为与两兄同学，心中愿卜所从。那日向天暗祷，箭到处，先拾得者即为夫妇。后来这箭却在撰之处，小弟诡说是家姐所射。撰之遂一心想慕，把一个玉闹妆为定。此时小弟虽不明言，心已许下了。此天意有属，非小弟有厚薄也。"子中大笑道："若如此说，俊卿宜为我有无疑了。"俊卿道："怎么说？"子中道："前日斋中之箭，原是小弟拾得。看见干上有两行细字，以为奇异，正在念诵，撰之听得走了来，在小弟手里接去看。此时偶然家中接小弟，就把竹箭掉在撰之处，不曾取得。何尝是撰之拾取的？若论俊卿所卜天意，一发正是小弟应占了。撰之他日可问，须混赖不得。"俊卿道："既是曾见箭上字来，今可记得否？"子中道："虽然看时节仓卒无心，也还记是'矢不虚发，发必应弦'八个字，小弟须是造不出。"

俊卿见说得是真，心里已自软了。说道："果是如此，乃是天意了。只是枉了魏撰之空想了许多时，而今又赶将回去，日后知道，甚么意思？"子中道："这个说不得。从来说先下手为强，况且元该是我的。"就拥了俊卿求欢，道："相好兄弟，而今得同衾枕，天上人间，无此乐矣。"俊卿推拒不得，只得含羞走入帏帐之内，一任子中所为。有一首畲调《山坡羊》，单道其事：

这小秀才有些儿怪样，走到罗帏，忽现了本相。本来是个黉宫里折桂的郎君，改换了章台内司花的主将。金兰契，只觉得肉味馨香；笔砚交，果然是有笔如枪。皱眉头，忍着疼，受的是良朋针砭；趁胸怀，揉着窍，显出那知心酣畅。用一番切切偲偲来也，哎呀，分明是远方来，乐意洋洋。思量，一枭一杂，是联句的篇章；慌忙，为云为雨，还错认了龙阳。

事毕，闻小姐整容而起，叹道："妾一生之事，付之郎君，妾愿遂矣。只是哄了魏撰之，如何回他？"忽然转了一想，将手床上一拍道："有处法了。"杜子中倒吃了一惊，道："这事有甚么处法？"小姐道："好教郎君得知。妾身前日行至成都，在客店内安歇。主人有个甥女窥见了妾身，对他外公说了，逼要相许。是妾身想个计较，将信物权定，推道归时完娶。当时妾身意思，道魏撰之有了竹箭之约，恐怕冷淡了郎君；又见那个女子才貌双全，可为君配，故此留下这个姻缘。今妾既归君，他日回去，魏撰之问起所许之言，就把这家的说合与他成了，岂不为妙？况且当时只说是姊姊，他心里并不曾晓得是妾身自己，也不是哄他了。"子中道："这个最妙。足见小姐为朋友的美情。有了这个出场，就与小姐配合，与撰之也无嫌了。谁晓得途中又有这件奇事？还有一件要问：途中认不出是女容不必说了。但小姐虽然男扮，同两个男仆行走，好些不便。"小姐笑道："谁说同来的多是男人？他两个元是一对夫妇，一男一女，打扮做一样的。所以途中好伏侍，走动不必避嫌也。"子中也笑道："有其主必有其仆，有才思的人做来多是奇怪的事。"小姐就把景家女子所和之诗，拿出来与子中看。子中道："世间也还有这般的女子！魏撰之得之也好意足了。"

小姐再与子中商量着父亲之事。子中道："而今说是我丈人，一发好措词出力。我吏部有个相知，先央他把做对头的兵道调了地方，就好营为了。"小姐道："这个最是要着，郎君在心则个。"子中果然去央求吏部。数日之间，推升本上，已把兵道改升了广西地方。子中来回复小姐道："对头改去，我今作速讨个差与你回去，救取岳丈了事。此间辨白已透，抚按轻拟上来，无不停当了。"小姐愈加感激，转增恩爱。

子中讨下差来，解饷到山东地方，就便回籍。小姐仍旧扮做男人，一同闻龙夫妻，擎弓带箭，照前妆束，骑了马，傍着子中的官轿，家人原以舍人相呼。行了几日，将过郑州，旷野之中，一枝响箭擦官轿射来。小姐晓得有歹人来了，吩咐轿上："你们只管前走，我在此对付他。"真是忙家不会，会家不忙。扯出囊弓，扣上弦，搭上箭。只见百步之外，一骑马飞也似的跑来。小姐掣开弓，喝声道："着！"那边人不防备的，早中了一箭，倒撞下马，在地下挣扎。小姐疾鞭着坐马赶上前轿，高声道："贼人已了当了，放心前去。"一路的人多称赞小舍人好箭，个个忌惮。子中轿里得意，自不必说。

自此完了公事，平平稳稳到了家中。父亲闻参将已因兵道升去，保候在外了。小姐进见，备说了京中事体及杜子中营为，调去了兵道之事。参将感激不胜，说道："如此大恩，何以为报？"小姐又把被他识破，已将身子嫁他，共他同归的事也说了。参将也自喜欢道："这也是郎才女貌，配得不枉了。你快改了妆，趁他今日荣归吉日，我送你过门去罢！"小姐道："妆还不好改得，且等会过了魏撰之着。"参将道："正要对你说，魏撰之自京中回来，不知为何只管叫人来打听，说我有个女儿，他要求聘。我只说他晓得些风声，是来说你了。及至问时，又说是同窗舍人许他的，仍不知你的事。我不好回得，只是含糊说等你回家。你而今要会他怎的？"小姐道："其中有许多委曲，一时说不及，父亲日后自明。"

正说话间，魏撰之来相拜。原来魏撰之正为前日婚姻事，在心中放不下，故此就回。不想问着闻舍下，又已往京。叫人探听舍人有个姐姐的说话，一发言三语四，不得明白。有的说："参将只有两个舍人，一大一小，并无女儿。"又有的说："参将有个女儿，就是那个舍人。"弄得魏撰之满肚疑心，胡猜乱想。见说闻舍人已回，所以亟亟来拜，要问明白。闻小姐照旧时家数接了进来。寒温已毕，撰之急问道："仁兄，令姊之说如何？小弟特为此赶回来的。"小姐说："包管兄有一位好夫人便了。"撰之道："小弟叫人宅上打听，其言不一，何也？"小姐道："兄不必疑，玉闹妆已在一个人处，待小弟再略调停，准备迎娶便了。"撰之道："依兄这等说，不像是令姐了？"小姐道："杜子中尽知端的，兄去问他就明白。"撰之道："兄何不就明说了，又要小弟去问？"小姐道："中多委曲，小弟不好说得，非子中不能详言。"说得魏撰之愈加疑心。

他正要去拜杜子中，就急忙起身。来到杜子中家里，不及说别样说话，忙问闻俊卿所言之事。杜子中把京中同寓，识破了他是女身，已成夫妇的始末根由说了一遍。魏撰之惊得木呆道："前日也有人如此说，我却不信。

谁晓得闻俊卿果是女身！这分明是我的姻缘，平日错过了。”子中道：“怎见得是兄的？”撰之述当初拾箭时节，就把玉闹妆为定的说话。子中道：“箭本小弟所拾，原系他向天暗卜的，只是小弟当时不知其故，不曾与兄取得此箭在手。今仍归小弟，原是天意。兄前日只认是他令姐，原未尝属意他自身。这个不必追悔，兄只管闹妆之约不脱空罢了。”撰之道：“符已去矣，怎么还说不脱空？难道真还有个令姐？”子中又把闻小姐途中所遇景家之事说了一遍，道：“其女才貌非常，那时一时难推，就把兄的闹妆权定在彼。而今想起来，这就有个定数在里边了，岂不是兄的姻缘么？”撰之道：“怪不得闻俊卿道自己不好说，元来许多委曲。只是一件：虽是闻俊卿已定下在彼，他家又不曾晓得明白，小弟难以自媒，何由得成？”子中道：“小弟与闻氏虽已成夫妇，还未曾见过岳翁。打点就是今日迎娶，少不得还借重一个媒约，而今就烦兄与小弟做一做。小弟成礼之后，代相恭敬，也只在小弟身上撮合就是了。”撰之大笑道：“当得，当得。只可笑小弟一向睡梦中，又被兄占了头筹。而今不使小弟脱空，也还算是好了。既是这等，小弟先到闻宅去道意，兄可随后就来。”

魏撰之讨大衣服来换，竟抬到闻家。此时闻小姐已改了女妆，不出来了，闻参将自己出来接着。魏撰之述了杜子中之言。闻参将道：“小女娇痴慕学，得承高贤不弃，今幸结此良缘，蒹葭倚玉，惶恐，惶恐。”闻参将已见女儿说过，是件整备。门上报说：“杜爷来迎亲了。”鼓乐喧天，杜子中穿了大红衣服，抬将进门。真是少年郎君，人人称羡。走到堂中，站了位次，拜见了闻参将。请出小姐来，又一同行礼。谢了魏撰之，启轿而行。迎至家里，拜告天地，见了祠堂，杜子中与闻小姐正是新亲旧朋友，喜喜欢欢，一桩事完了。

只有魏撰之有些眼热，心里道：“一样的同窗朋友，偏是他两个成双。平时杜子中分外相爱，常恨不将男作女，好做夫妻。谁知今日竟遂其志，也是一段奇话。只所许我的事，未知果是如何？”次日，就到子中家里贺喜，随问其事。子中道：“昨晚弟妇就和小弟计较，今日专为此要同到成都去。弟妇誓欲以此报兄，全其口信，必得佳音方回来。”撰之道：“多感，多感。一样的同窗，也该记念着我的冷静。但未知其人果是如何？”子中走进去，取出景小姐前日和韵之诗与撰之看了。撰之道：“果得此女，小弟便可以不妒兄矣！”子中道：“弟妇赞之不容口，大略不负所举。”撰之道：“这件事做成，真愈出愈奇了。小弟在家颙望。”俱大笑而别。杜子中把这些说话与闻小姐说了。闻小姐道：“他盼望久了的，也怪他不得。只索作急成都去，周全了这事。”

小姐仍旧带了闻龙夫妻跟随，同杜子中到成都来。认着前日饭店，歇在里头了。杜子中叫闻龙拿了帖，径去拜富员外。员外见说是新进士来拜，不知是甚么缘故，吃了一惊，慌忙迎接进去。坐下了，道：“不知为何大人贵足赐踹贱地？”子中道：“学生在此经过，闻知有位景小姐，是老丈令甥，才貌出众。有一敝友也叨过甲第了，欲求为夫人，故此特来奉访。”员外道：“老汉有个甥女，他自要择配，前日看上了一个进京的闻舍人，已纳下聘物。大人见教迟了。”子中道：“那闻舍人也是敝友，学生已知他另有所就，不来娶令甥了，所以敢来作伐。”员外道：“闻舍人也是读书君子，既已留下信物，两心相许，怎误得人家儿女？舍甥女也毕竟要等他的回信。”子中将出前日景小姐的诗笺来道：“老丈试看此纸，不是令甥写与闻舍人的么？因为闻舍人无意来娶了，故把与学生做执照，来为敝友求令甥。即此是闻舍人的回信了。”员外接过来看，认得是甥女之笔，沉吟道：“前日闻舍人也曾说道聘过了，不信其言，逼他应成的，原来当真有这话。老汉且与甥女商量一商量，来回复大人。”员外别了，进去了一会，出来道：“适间甥女见说，甚是不快。他也说得是：就是闻舍人负了心，是必等他亲身见一面，还了他玉闹妆，以为诀别，方可别议姻亲。”子中笑道：“不敢欺老丈说，那玉闹妆也即是敝友魏撰之的聘物，非是闻舍人的。闻舍人因为自己已有姻亲，不好回得，乃为敝友转定下了。是当日埋伏机关，非今日无因至前也。”员外道：“大人虽如此说，甥女岂肯心休？必得闻舍人自来说明，方好处分。”子中道：“闻舍人不能复来，有拙荆在此，可以进去一会令甥。等他与令甥说这些备细，令甥必当见信。”员外道：“有尊夫人在此，正好与甥女面会一会，有言可以尽吐，省得传递消息。最妙，最妙！”

就叫前日老姥来接杜夫人。老姥一见闻小姐举止形容有些面善，只是改妆过了，一时想不出。一路想着，只管迟疑。接到间壁，里边景小姐出来相迎，各叫了万福。闻小姐对景小姐道：“认得闻舍人否？”景小姐见模样厮像，还只道或是舍人的姊妹，答道：“夫人与闻舍人何亲？”闻小姐道：“小姐恁等识人，难道这样眼钝？前日到此，过蒙见爱的舍人，即妾身是也。”景小姐吃了一惊，仔细一认，果然一毫不差。连老姥也在旁拍手道：“是呀，是呀。我方才道面庞熟得紧，那知就是前日的舍人。”景小姐道：“请问夫人前日为何这般打扮？”闻小姐道：“老父有难，进京辨冤，故乔妆作男，以便行路。所以前日过蒙见爱。再三不肯应承者，正为此也。后来见难推却，又不敢实说真情，所以代友人纳聘，以待后来说明。今纳聘之人已登黄甲，年纪也与小姐相当。故此愚夫妇特来奉求，与小姐了此一段姻亲，报答前日厚情耳。”景小姐见说，半晌做声不得。老姥在旁道：“多谢夫人美意。只是那位老爷姓甚名谁？夫人如何也叫他是友人？”闻小姐道：“幼年时节曾共学堂，后来同在庠中，与我家相公三人年貌多相似，是异姓骨肉。知他未有亲事，所以前日就有心替他结下了。这人姓魏，好一表人物，就是我相公同年，也不辱没了小姐。小姐一去，也就做夫人了。”景小姐听了这一篇说话，晓得是少年进士，有甚么不喜欢？叫老姥陪住了闻小姐，背地去把这些说话备细告诉员外。员外见说许个进士，岂有不撺掇之理？真个是一让一个肯，回复了闻小姐，转说与杜子中，一言已定。富员外设起酒来谢媒，外边款待杜子中，内里景小姐作主，款待杜夫人。两个小姐，说得甚是投机，尽欢而散。

约定了回来，先教魏撰之纳币，拣个吉日，迎娶回家。花烛之夕，见了模样，如获天人。因说起闻小姐闹妆纳聘这事，撰之道：“那聘物原是我的。”景小姐问：“如何却在他手里？”魏撰之又把先时竹箭题字，杜子中拾得，掉在他手里，认做另有个姐姐，故把玉闹妆为聘的根由说了一遍。齐笑道：“彼此夙缘，颠颠倒倒，皆非偶然也。”

明日，撰之取出竹箭来与景小姐看。景小姐道：“如今只该还他了。”撰之就提笔写一柬与子中夫妻道：“既归玉环，返卿竹箭。两段姻缘，各从其便。一笑，一笑。”写罢，将竹箭封了，一同送去。杜子中收了，与闻小姐拆开来看，方见八字之下，又有“蜚蛾记”三字。问道：“‘蜚蛾’怎么解？”闻小姐道：“此妾闺中之名也。”子中道：“魏撰之错认了令姊，就是此二字了。若小生当时曾见此三字，这箭如何肯便与他！”闻小姐道：“他若没有这箭起这些因头，那里又绊得景家这头亲事来？”两人又笑了一回。也题了一柬戏他道：“环为旧物，箭亦归宗。两俱错认，各不落空。一笑，一笑。”从此两家往来，如同亲兄弟姊妹一般。

两个甲科合力与闻参将辨白前事，世间情面那里有不让缙绅的？逐件赃罪得以开释，只处得他革任回卫。闻参将也不以为意了。后边魏、杜两俱为显官，闻、景二小姐各生子女，又结了婚姻，世交不绝。这是蜀多才女，有如此奇奇怪怪的妙话。卓文君成都当垆，黄崇嘏相府掌记，又平平了。诗曰：

世上夸称女丈夫，不闻巾帼竟为儒。

朝廷若也开科取，未必无人待价沽。

第十二卷　田舍翁时时经理　牧童儿夜夜尊荣

词云：

扰扰劳生，待足后何时是足？据见定，随家丰俭，便堪龟缩。得意浓时休进步，须防世事多翻覆。枉教人、白了少年头，空碌碌。

此词乃是宋朝诗僧晦庵所作《满江红》前阕，说人生富贵荣华，常防翻覆，不足凭恃。劳生扰扰，巴前算后，每怀不足之心，空白了头没用处，不如随缘过日的好。

只看宋时嘉祐年间，有一个宣议郎万延之，乃是钱塘南新人，曾中乙科出仕。性素刚直，做了两三处地方州县官，不能屈曲，中年拂衣而归。徙居余杭，见水乡陂泽，可以耕种作田的，因为低洼，有水即没，其价甚贱，万氏费不多些本钱，买了无数。也是人家该兴，连年亢旱，是处低田大熟，岁收米万石有余。万宣议喜欢，每对人道："吾以万为姓，今岁收万石，也够了我了。"自此营建第宅，置买田园，扳结婚姻。有人来献勤作媒，第三个公子说合驸马都尉王晋卿家孙女为室，约费用二万缗钱，才结得这头亲事。儿子因是驸马孙婿，得补三班借职。一时富贵熏人，诈民无算。

他家有一个瓦盆，是希世的宝物。乃是初选官时，在都下为铜禁甚严，将十个钱市上买这瓦盆来盥洗。其时天气凝寒，注汤沃面过了，将残汤倾去。还有倾不了的，多少留些在盆内。过了一夜，凝结成冰，看来竟是桃花一枝。人来见了，多以为奇，说与宣议。宣议看见道："冰结拢来，原是花的。偶像桃花，不是奇事。"不以为意。明日又复剩些残水在内，过了一会看时，另结一枝开头牡丹，花朵丰满，枝叶繁茂，人工做不来的。报知宣议来看道："今日又换了一样，难道也是偶然？"宣议方才有些惊异道："这也奇了，且待我再试一试。"亲自把瓦盆拭净，另洒些水在里头。次日再看，一发结得奇异了，乃是一带寒林，水村竹屋，断鸿翘鹭，远近烟峦，宛如图画。宣议大骇，晓得是件奇宝，唤将银匠来，把白金镶了外层，将锦绮做了包袱十袭珍藏。但遇凝寒之日，先期约客，张筵置酒，赏那盆中之景。是一番另结一样，再没一次相同的。虽是名家画手，见了远愧不及，前后色样甚多，不能悉纪。只有一遭最奇异的，乃是上皇登极，恩典下颁，致仕官皆得迁授一级，宣义郎加迁宣德郎。敕下之日，正遇着他的生辰，亲戚朋友来贺喜的，满坐堂中。是日天气大寒，酒席中放下此盆，洒水在内，须臾凝结成象，却是一块山石上坐着一个老人，左边一龟，右边一鹤，俨然是一幅"寿星图"。满堂饮酒的无不喜欢赞叹。内中有知今识古的士人议论道："此是瓦器，无非凡火烧成，不是甚么天地精华五行间气结就的。有此异样，理不可晓，诚然是件罕物。"又有小人辈胁肩谄笑，掇臀捧屁，称道："分明万寿无疆之兆，不是天下大福人，也不能够有此异宝。"当下尽欢而散。

此时万氏又富又贵，又与皇亲国戚联姻，豪华无比，势焰非常。尽道是用不尽的金银，享不完的福禄了。谁知过眼云烟，容易消歇。宣德郎万延之死后，第三儿子补三班的也死了。驸马家里见女婿既死，来接他郡主回去，说道万家家资多是都尉府中带来的，伙着二三十男妇，内外一抢，席卷而去。万家两个大儿子只好眼睁睁看他使势行凶，不敢相争，内财一空。所有低洼田千顷，每遭大水淹没，反要赔粮，巴不得推与人了倒干净，凭人占去。家事尽消，两子寄食亲友，流落而终。此宝盆被驸马家取去，后来归了蔡京太师。

识者道："此盆结冰成花，应着万氏之富，犹如冰花一般，原非坚久之象，乃是不祥之兆。"然也是事后猜度。当他盛时，那个肯是这样想，敢是这样说？直待后边看来，真个是如同一番春梦。所以古人寓言，做着《邯郸梦记》、《樱桃梦记》，尽是说那富贵繁荣，直同梦境。却是一个人做得一个梦了却一生，不如庄子所说那牧童做梦，日里是本相，夜里做王公，如此一世，更为奇特。听小子敷衍来着：

人世原同一梦，梦中何异醒中？

若果夜间富贵，只算半世贫穷。

话说春秋时鲁国曹州有座南华山，是宋国商丘小蒙城庄子休流寓来此，隐居著书得道成仙之处。后人称庄子为南华老仙，所著书就名为《南华经》，皆因此起。彼时山畔有一田舍翁，姓莫名广，专以耕种为业。家有肥田数十亩，耕牛数头，工作农夫数人。茅檐草屋，衣食丰足，算做山边一个土财主。他并无子嗣，与庄家老姥夫妻两个早夜算计思量，无非只是耕田锄地、养牛牧猪之事。有几句诗单道田舍翁的行径：

田舍老翁性夷逸，僻向小山结幽室。生意不满百亩田，力耕水耨艰为食。春晚喧喧布谷鸣，春云霭霭檐溜滴。呼童载犁躬负锄，手牵黄犊头戴笠。一耕不自已，再耕还自力，三耕且插苗，看看秀而硕。夏耘勤勤秋复来，禾黍如云堪刈铚。担箩负囊纷敛归，仓盈囤满居无隙。教妻囊酒赛田神，烹羊宰豚享亲戚。击鼓冬冬乐未央，忽看玉兔东方白。

那个莫翁勤心苦胝，牛畜渐多。庄农不足，要寻一个童儿专管牧养。其时本庄有一个小厮儿，祖家姓言，因是父母双亡，寄养在人家，就叫名寄儿。生来愚蠢，不识一字，也没本事做别件生理，只好出力做工度活。一日在山边拔草，忽见一个双丫髻的道人走过，把他来端相了一回，道："好个童儿！尽有道骨。可惜痴性颇重，苦障未除。肯跟我出家么？"寄儿道："跟了你，怎受得清淡过？"道人道："不跟我，怎受得烦恼过？也罢，我有个法儿，教你夜夜快活，你可要学么？"寄儿道："夜里快活，也是好的，怎不要学？师傅可指教我。"道人道："你识字么？"寄儿道："一字也不识。"道人道："不识也罢。我有一句真言，只有五个字。既不识字，口传心授，也容易记得。"遂叫他将耳朵来："说与你听，你牢记着！"是那五个字？乃是"婆珊婆演底"。道人道："临睡时，将此句念上百遍，管你有好处。"寄儿谨记在心。道人道："你只依着我，后会有期。"捻着渔鼓简板，口唱道情，飘然而去。是夜寄儿果依其言，整整念了一百遍，然后睡下。才睡得着，就入梦境。正是：

人生劳扰多辛苦，已逊山间枕石眠。

况是梦中游乐地，何妨一觉睡千年。

看官牢记话头，这回书，一段说梦，一段说真，不要认错了。却说寄儿睡去，梦见身为儒生，粗知文义，正在街上斯文气象，摇来摆去。忽然见个人来说道：“华胥国王黄榜招贤，何不去求取功名，图个出身？”寄儿听见，急取官名寄华，恍恍惚惚，不知涂抹了些甚么东西，叫做万言长策，将去献与国王。国王发与那掌文衡的看阅。寄华使用了些马蹄金作为贽礼，掌文衡的大悦，说这个文字乃惊天动地之才，古今罕有，加上批点，呈与国王。国王授为著作郎，主天下文章之事。旗帜鼓乐，高头骏马，送入衙门到任。寄华此时身子如在云里雾里，好不风骚！正是：

电光石火梦中身，白马红缨衫色新。

我贵我荣君莫羡，做官何必读书人？

寄华跳得下马，一个虚跌，惊将醒来。擦擦眼，看一看，仍睡在草铺里面，叫道：“呸，呸！作他娘的怪！我一字不识的，却梦见献甚么策，得做了官，管甚么天下文章。你道是真梦么？且看他怎生应验？”嗤嗤的还定着性想那光景。只见平日往来的邻里沙三走将来叫寄儿道：“寄哥，前村莫老官家寻人牧牛，你何不投与他家了？省得短趁，闲了一日，便待嚼本。”寄儿道：“投在他家，可知好哩。只是没人引我去。”沙三道：“我昨日已与他家说过你了。今日我与你同去，只要写下文券就成了。”寄儿道：“多谢美情指点则个。”

两个说说话话，一同投到莫家来。莫翁问其来意，沙三把寄儿勤谨过人，愿投门下牧养说了一遍。莫翁看寄儿模样老实，气力粗夯，也自欢喜，情愿雇请，叫他写下文券。寄儿道：“我须不识字，写不得。”沙三道：“我写了，你画个押罢。”沙三曾在村学中读过两年书，尽写得几个字，便写了一张“情愿受雇，专管牧畜”的文书。虽有几个不成的字儿，意会得去也便是了。后来年月之下要画个押字，沙三画了，寄儿拿了一管笔，不知左画是右画是，自想了，暗笑道：“不知昨夜怎的献了万言长策来！”捻着笔千斤来重，沙三把定了手，才画得一个十字。莫翁当下发了一季工食，着他在山边草房中住宿，专管牧养。

寄儿领了钥匙，与沙三同到草房中。寄儿谢了沙三些常例媒钱。是夜就在草房中宿歇，依着道人念过五字真言百遍，倒翻身便睡。看官，你道从来只有说书的续上前因，那有做梦的接着前事？而今煞是古怪，寄儿一觉睡去，仍旧是昨夜言寄华的身分，顶冠束带，新到著作郎衙门升堂理事。

只见跄跄跻跻，一群儒生将着文卷，多来请教。寄华一一批答，好的歹的，圈的抹的，发将下去，纷纷争看。众人也有服的，也有不服的，喧哗闹嚷起来。寄华发出规条，吩咐多要遵绳束，如不伏者，定加鞭笞。众儒方弭耳拱听，不敢放肆，俱各从容雅步，逡巡而退。是日，同衙门官摆着公会筵席，特贺到任。美酒嘉肴，珍羞百味，歌的歌，舞的舞，大家尽欢。直吃到斗转参横，才得席散，回转衙门里来。

那边就寝，这边方醒，想着明明白白记得的，不觉失笑道："好怪么！那里说起？又接着昨日的梦，身做高官，管着一班士子，看甚么文字。我晓得文字中吃的不中吃的？落得吃了些酒席，倒是快活起来。"抖抖衣服，看见褴褛，叹道："昨夜的袍带，多在那里去了？"将破布袄穿着停当，走下得床来。只见一个庄家老苍头，奉着主人莫翁之命，特来交盘牛畜与他。一群牛共有七八只，寄儿逐只看相，用手去牵他鼻子。那些牛不曾认得寄儿，是个面生的，有几只驯扰不动，有几只奔突起来。老苍头将一条皮鞭付与寄儿。寄儿赶去，将那奔突的牛两三鞭打去。那些牛不敢违拗，顺顺被寄儿牵来一处拴着，寄儿慢慢喂放。老苍头道："你新到我主翁家来，我们该请你吃三杯。昨日已约下沙三哥了，这早晚他敢就来。"说未毕，沙三提了一壶酒、一个篮，篮里一碗肉、一碗芋头、一碟豆走将来。老苍头道："正等沙三哥来商量吃三杯，你早已办下了。我补你分罢。"寄儿道："甚么道理要你们破钞？我又没得回答处，我也出个分在内罢了。"老苍头道："甚么大事值得这个商量？我们尽个意思儿罢。"三人席地而坐，吃将起来。寄儿想道："我昨夜梦里的筵席，好不齐整。今却受用得这些东西，岂不天地悬绝？"却是怕人笑他，也不敢把梦中事告诉与人。正是：

对人说梦，说听皆痴。

如鱼饮水，冷暖自知。

寄儿酒量原浅，不十分吃得，多饮了一杯，有些醺意。两人别去，寄儿就在草地上一眠，身子又到华胥国中去。国王传下令旨：访得著作郎能统率多士，绳束严整，特赐锦衣冠带一袭，黄盖一顶，导从鼓吹一部。出入鸣驺，前呼后拥，好不兴头。忽见四下火起，忽然惊觉，身子在地上眠着，东方大明，日轮红焰焰钻将出来了。起来吃些点心，就骑着牛，四下里放草。那日色在身上晒得热不过，走来莫翁面前告诉。莫翁道："我这里原有蓑笠一副，是牧养的人一向穿的；又有短笛一管，也是牧童的本等，今拿出来交付与你。你好好去看养，若瘦了牛畜，要与你说话的。”牧童道：“再与我一把伞遮遮身便好；若只是笠儿，只遮得头，身子须晒不过。”莫翁道：“那里有得伞？池内有的是大荷叶，你日日摘将来遮身不得？”寄儿唯唯，受了蓑笠、短笛，果在池内摘张大荷叶擎着，骑牛前去。牛背上自想道：“我在华胥国里是个贵人，今要一把日照也不能够了，却叫我擎着荷叶遮身。”猛然想道：“这就是梦里的黄盖了，蓑与笠就是锦袍官帽了。”横了笛，吹了两声，笑道：“这可不是一部鼓吹么？我而今想来，只是睡的快活。”有诗为证：

草铺横野六七里，笛弄晚风三四声。

归来饱饭黄昏后，不脱蓑笠卧月明。

自此之后，但是睡去，就在华胥国去受用富贵，醒来只在山坡去处做牧童。无日不如此，无梦不如此。不必逐日逐夜，件件细述，但只拣有些光景的，才把来做话头。

一日梦中，国王有个公主要招赘驸马，有人启奏：“著作郎言寄华才貌出众，文采过人，允称此选。”国王准奏，就着传旨：“钦取著作郎为驸马都尉，尚范阳公主。”迎入驸马府中成亲，灯烛辉煌，仪文璀璨，好不富贵！有《贺新郎》词为证：

瑞气笼清晓。卷珠帘、次第笙歌，一时齐奏，无限神仙离蓬岛。凤驾鸾车初到，见拥个、仙娥窈窕。玉珮叮当风缥缈，望娇姿一似垂杨袅。天上有，世间少。

那范阳公主生得面长耳大，曼声善啸，规行矩步，颇会周旋。寄华身为王婿，日夕公主之前对案而食，比前受用更加贵盛。

明日睡醒，主人莫翁来唤，因为家中有一匹拽磨的牝驴儿，一并交与他牵去喂养。寄儿牵了，暗笑道：“我夜间配了公主，怎生煊赫！却今日来弄这个买卖，伴这个众生。”跨在背上，打点也似骑牛的骑了到山边去。谁知骑上了背，那驴儿只是团团而走，并不前进，盖因是平日拽的磨盘走惯了。寄儿没奈何，只得跳下来，打着两鞭，牵着前走。从此又添了牲口，恐怕走失，饮食无暇。只得备着干粮，随着四处放牧。莫翁又时时来稽查，不敢怠慢一些儿。辛苦一日，只图得晚间好睡。

是夜又梦见在驸马府里，正同着公主欢乐，有邻邦玄菟、乐浪二国前来相犯。华胥国王传旨，命驸马都尉言寄华讨议退兵之策。言寄华聚着旧日著作衙门一干文士到来，也不讲求如何备御，也不商量如何格斗，只高谈“正心诚意，强邻必然自服”。诸生中也有情愿对敌的，多退着不用。只有两生献策：他一个到玄菟，一个到乐浪，舍身往质，以图讲和。言寄华大喜，重发金帛，遣两生前往。两生屈己听命，饱其所欲，果然那两国不来。言寄华夸张功绩，奏上国王。国王大悦，叙录军功，封言寄华为黑甜乡侯，加以九锡，身居百僚之上，富贵已极。有诗为证：

当时魏绛主和戎，岂是全将金币供？

厥后宋人偏得意，一班道学自雍容。

言寄华受了封侯锡命，绿韨衮冕，鸾辂乘马，彤弓卢矢，左建朱钺，右建金戚，手执圭瓒，道路辉煌。自朝归第，有一个书生叩马上言，道：“日中必昃，月满必亏。明公功名到此，已无可加。急流勇退，此其时矣。直待福过灾生，只恐悔之无及！”言寄华此时志得意满，那里听他？笑道：“我命中生得好，自然富贵逼人，有福消受，何须过虑，只管目前享用够了。寒酸见识，晓得什么？”

大笑坠车，吃了一惊，醒将起来。点一点牛数，只叫得苦，内中不见了二只。山前山后，到处寻访踪迹。原来一只被虎咬伤，死在坡前；一只在河中吃水，浪涌将来，没在河里。寄儿看见，急得乱跳道：“梦中什么两国来侵，谁知倒了我两头牲口！”急去报与莫翁。莫翁听见大怒道：“此乃你的典守，人多说你只是贪睡，眼见得坑了我头口！”取过匾担来要打。寄儿负极，辨道：“虎来时，牛尚不敢敌，况我敢与他争夺救得转来的？那水中是牛常住之所，浪浪涌来，一时不测，也不是我力挡得住的。”莫翁虽见他辨得有理，却是做家心重的人，那里舍得两头牛死？怒吽吽不息，定要打匾担十下。寄儿哀告讨饶，才饶得一下，打到九下住了手。寄儿泪汪汪的走到草房中，摸摸臀上痛处道：“甚么九锡九锡，倒打了九下屁股！”想道：“梦中书生劝我歇手，难道教我不要看牛不成？从来说梦是反的，梦福得祸，梦笑得哭。我自念了此咒，夜夜做富贵的梦，所以日里倒吃亏。我如今不念他了，看待怎的！”

谁知这样作怪，此咒不念，恐怖就来。是夜梦境，范阳公主疽发于背，偃蹇不起，寄华尽心调治未痊。国中二三新进小臣，逆料公主必危，寄华势焰将败，摭拾前过，纠弹一本，说他御敌无策、冒滥居功、欺君误国许多事件。国王览奏大怒，将言寄华削去封爵，不许他重登著作堂，锁去大窖边听罪，公主另选良才别降。令旨已下，随有两个力士，将银铛锁了言寄华到那大粪窖边墩着。寄华看那粪秽狼藉，臭不堪闻，叹道："我只道到底富贵，岂知有此恶境乎？书生之言，今日验矣！"不觉号啕恸哭起来。

这边噙泪而醒，啐了两声道："作你娘的怪，这番做这样的恶梦！"看视牲口，那边驴子蹇卧地下，打也打不起来。看他背项之间，乃是绳损处烂了老大一片跎踏。寄儿慌了道："前番倒失了两头牛，打得苦恼；今这众生又病害起来，万一死了，又是我的罪过。"忙去打些水来，替他浇洗腐肉，再去拔些新鲜好草来喂他。拿着锲刀，望山前地上下手斫时，有一科草甚韧，刀斫不断。寄儿性起，连根一拔，拔出泥来。泥松之处，露出石板，那草根还缠缠绕绕绊在石板缝内。寄儿将锲刀撬将开来，板底下是个周围石砌就的大窖，里头多是金银。寄儿看见，慌了手脚，擦擦眼道："难道白日里又做梦么？"定睛一看，草木树石，天光云影，眼前历历可数。料道非梦，便把锲刀草镰一撩道："还干那营生么？"

取起五十两一大锭在手，权把石板盖上，仍将泥草遮覆，竟望莫翁家里来见莫翁。未敢竟说出来，先对莫翁道："寄儿蒙公公相托，一向看牛不差。近来时运不济，前日失了两头牛，今蹇驴又生病，寄儿看管不来。今有大银一锭，纳与公公，凭公公除了原发工银，余者给还寄儿为度日之用，放了寄儿，另着人放牧罢。”莫翁看见是锭大银，吃惊道：“我田家人苦积勤攒了一世，只有些零星碎银，自不见这样大锭，你却从何处得来？莫非你合着外人做那不公不法的歹事？你快说个明白，若说得来历不明，我须把你送出官府，究问下落。”寄儿道：“好教公公得知，这东西多哩。我只拿得他一件来看样。”莫翁骇道：“在那里？”寄儿道：“在山边一个所在，我因斫草掘着的，今石板盖着哩。”

莫翁情知是藏物，急叫他不要声张，悄悄问寄儿，到那所在来。寄儿指与莫翁，揭开石板来看，果是一窖金银，不计其数。莫翁喜得打跌，拊着寄儿背道：“我的儿，偌多金银东西，我与你两人一生受用不尽！今番不要看牛了，只在我庄上吃些安乐茶饭，掌管帐目。这些牛只，另自雇人看管罢。”两人商量，把个草镰来里外用乱草补塞，中间藏着窖中物事。莫翁前走，寄儿驼了后随，运到家中放好，仍旧又用前法去取。不则一遭，把石窖来运空了。莫翁到家，欢喜无量，另叫一个苍头去收拾牛只，是夜就留寄儿在家中宿歇。寄儿的床铺，多换齐整了。寄儿想道：“昨夜梦中吃苦，谁想粪窖正应着发财，今日反得好处。果然，梦是反的，我要那梦中富贵则甚？那五字真言，不要念他了。”

其夜睡去，梦见国王将言寄华家产抄没，发在养济院中度日。只见前日的扣马书生高歌将来道：“落叶辞柯，人生几何！六战国而漫流人血，三神山而杳隔鲸波。任夸百斛明珠，虚延遐算；若有一卮芳酒，且共高歌。”寄儿闻歌，认得此人，邀住他道：“前日承先生之教，不能依从。今日至于此地，先生有何高见，可以救我？”那书生不慌不忙，说出四句来道：“颠颠倒倒，何时局了？遇着漆园，还汝分晓。”说罢，书生飘然而去。寄华扯住不放，被他袍袖一摔，闪得一跌，即时惊醒，张目道：“还好，还好。一发没出息，弄到养济院里去了。”

须臾，莫翁走出堂中。原来莫翁因得了金银，晚间对老姥说道：“此皆寄儿的造化掘着的，功不可忘。我与你没有儿女，家事无传。今平空地得来许多金银，难道好没取得他的？不如认义他做个儿子，把家事付与他，做了一家一计，等他养老了我们，这也是我们知恩报恩处。”老姥道：“说得有理。我们眼前没个传家的人，别处平白地寻将来，要承当家事，我们也气不干。今这个寄儿，他见有着许多金银付在我家，就认义他做了儿子，传我家事，也还是他多似我们的，不叫得过分。”商量已定，莫翁就走出来，把这意思说与寄儿。寄儿道：“这个折杀小人，怎么敢当？”莫翁道：“若不如此，这些东西，我也何名享受你的？我们两老口议了一夜，主意已定，不可推辞。”寄儿没得说，当下纳头拜了四拜，又进去把老姥也拜了。自此改名为莫继，在莫家庄上做了干儿子。

本是驴前厮养，今为舍内螟蛉。

何缘分外亲热？只看黄金满籯。

却是此番之后，晚间睡去，就做那险恶之梦。不是被火烧水没，便是被盗劫官刑。初时心里道：“梦里虽不妙，日里落得好处，不像前番做快活梦时，日里受辛苦。”以为得意。后来到得夜夜如此，每每惊魇不醒，才有些慌张。认旧念取那五字真言，却不甚灵了。你道何故？只因财利迷心，身家念重，时时防贼发火起，自然梦魂颠倒，怎如得做牧童时无忧无虑，饱食安眠，夜夜梦里消遥，享那王公之乐？莫继要寻前番梦境，再不能够，心里鹘突，如醉如痴，生出病来。

莫翁见他如此，要寻个医人治他。只见门前有一个双丫髻的道人走将来，口称善治人间恍惚之症。莫翁接到厅上，教莫继出来相见。元来正是昔日传与真言的那个道人，见了莫继道：“你的梦还未醒么？”莫继道：“师父，你前者教我真言，我不曾忘了。只是前日念了，夜夜受用。后来因夜里好处多，应着日里歹处，一程儿不敢念，便再没快活的梦了。而今就念煞也无用了，不知何故。”道人道：“我这五字真言，乃是主夜神咒。《华严经》云：‘善财童子参善知识，至阎浮提摩竭提国迦毗罗城，见主夜神，名曰婆珊婆演底。神言我得菩萨破一切生痴暗法，光明解脱。’所以持念百遍，能生欢喜之梦。前见汝苦恼不过，故使汝梦中快活。汝今日间要享富贵，晚间宜享恐怖，此乃一定之理。人世有好必有歉，有荣华必有销歇，汝前日梦中岂不见过了么？”莫继言下大悟，倒身下拜道：“师父，弟子而今晓得世上没有十全的事，要那富贵无干，总来与我前日封侯拜将一般，不如跟的师父出家去罢！”道人道：“吾乃南华老仙漆园中高足弟子。老仙道汝有道骨，特遣我来度汝的。汝既见了境头，宜早早回首。”莫继遂是长是短述与莫翁、莫姥。两人见是真仙来度他，不好相留；况他身子去了，遗下了无数金银，两人尽好受用，有何不可？只得听他自行。莫继随也披头发，挽做两丫髻，跟着道人云游去了。后来不知所终，想必成仙了道去了。看官不信，只看《南华真经》有此一段因果。话本说彻，权作散场。

总因一片婆心，日向痴人说梦。

此中打破关头，棒喝何须拈弄？

第十三卷 痴公子狠使噪脾钱 贤丈人巧赚回头婿

诗云：

最是富豪子弟，不知稼穑艰难。

悖入必然悖出，天道一理循环。

话说宋时汴京有一个人姓郭名信，父亲是内诸司官，家事殷富，止生得他一个，甚是娇养溺爱，从小不教他出外边来的，只在家中读些点名的书。读书之外，毫厘世务也不要他经涉。到了十七八岁，未免要务了声名，投拜名师。其时有个蔡原中先生，是临安人，在京师开馆。郭信的父亲出了礼物，叫郭信从他求学。那先生开馆去处，是个僧房，颇极齐整。郭家就赁了他旁舍三间，亦是幽雅。郭信住了，心里不像意，道是不见得华丽。看了舍后一块空地，另外去兴造起来。总是他不知数目，不识物料，凭着家人与匠作扶同破费，不知用了多少银两，他也不管。只造成了几间，妆饰起来，弄得花簇簇的，方才欢喜住下了。终日叫书童打扫门窗梁柱之类，略有点染不洁，便要匠人连夜换得过，心里方掉得下。身上衣服穿着，必要新的；穿上了身，左顾右盼，嫌长嫌短。甚处不熨贴，一些不当心里，便别买段匹，另要做过。鞋袜之类，多是上好绫罗，一有微污，便丢下另换。至于洗过的衣服，决不肯再着的。

彼时有赴京听调的一个官人，姓黄，表字德琬。他的寓所，恰与郭家为邻，见他行径如此，心里不以为然。后来往来得熟了，时常好言劝他道：“君家后生年纪，未知世间苦辣。钱财入手甚难，君家虽然富厚，不宜如此枉费。日复一日，须有尽时，日后后手不上了，悔之无及矣。”郭信听罢，暗暗笑他道：“多是寒酸说话。钱财那有用得尽的时节？我家田产不计其数，岂有后手不上之理！只是家里没有钱钞，眼孔子小，故说出这等议论，全不晓得我们富家行径的。”把好言语如风过耳，一毫不理，只依着自己性子行去不改。黄公见说不听，晓得是纵惯了的，道：“看他后来怎生结果！”得了官，自别过出京去了，以后绝不相闻。

过了五年，有事干又到京中来，问问旧邻，已不见了郭家踪迹，偌大一个京师，也没处查访了。一日，偶去拜访一个亲眷，叫做陈晟。主人未出来，先叫门馆先生出来陪着。只见一个人葳葳蕤蕤踱将出来，认一认，却是郭信。戴着一顶破头巾，穿着一身蓝褛衣服，手臂颤抖抖的叙了一个礼，整椅而坐。黄公看他脸上肌寒之色，殆不可言，恻然问道：“足下何故在此？又如此形状？”郭信叹口气道：“谁晓得这样事？钱财要没有起来，不消用得完，便是这样没有了。”黄公道：“怎么说？”郭信道：“自别尊颜之后，家父不幸弃世。有个继娶的晚母，在丧中罄卷所有，转回娘家。第二日去问，连这家多搬得走了，不知去向。看看家人，多四散逃去，剩得孑然一身，一无所有了。还亏得识得几个字，胡乱在这主家教他小学生度日而已。”黄公道：“家财没有了，许多田业须在，这是偷不去的。”郭信道：“平日不曾晓得田产之数，也不认得田产在那一块所在，一经父丧，簿籍多不见了，不知还有一亩田在那里。”黄公道：“当初我曾把好言相劝，还记得否？”郭信道：“当初接着东西便用，那管他来路是怎么样的？只道到底如此。见说道要惜费，正不知惜他做甚么。岂知今日一毫也没来处了！”黄公道：“今日这边所得束修之仪多少？”郭信道：“能有多少？每月千钱，不够充身。图得个朝夕糊口，不去寻柴米就好了。”黄公道：“当时一日之用，也就有一年馆资了。富家儿女到此地位，可怜！可怜！”身边恰带有数百钱，尽数将来送与他，以少见故人之意。少顷，主人出来，黄公又与说了郭信出身富贵光景，教好看待他。郭信不胜感谢，捧了几百个钱，就像获了珍宝一般，紧紧收藏，只去守那冷板凳了。

看官，你道当初他富贵时节，几百文钱只与他家赏人也不爽利，而今才晓得是值钱的，却又迟了。只因幼年时不知稼穑艰难，以致如此。到此地位，晓得值钱了，也还是有受用的，所以说败子回头好作家也。小子且说一回败子回头的正话。

无端浪子昧持筹，偌大家缘一旦休。

不是丈人生巧计，夫妻怎得再同俦？

话说浙江温州府有一个公子姓姚，父亲是兵部尚书，丈人上官翁也是显宦，家世富饶，积累巨万。周匝百里之内，田圃池塘、山林川薮，尽是姚氏之业。公子父母俱亡，并无兄弟，独主家政。妻上官氏生来软默，不管外事，公子凡事只凭着自性而行。自恃富足有余，豪奢成习。好往来这些淫朋狎友，把言语奉承他，哄诱他，说是自古豪杰英雄，必然不事生产，手段慷慨；不以财物为心，居食为志，方是侠烈之士。公子少年心性，道此等是好言语，切切于心。见别人家算计利息、较量出入、孳孳作家的，便道龌龊小人，不足指数的。又懒看诗书，不习举业，见了文墨之士，便头红面热，手足无措，厌憎不耐烦，远远走开。只有一班捷给滑稽之人，利口便舌，胁肩谄笑，一日也少不得。又有一班猛勇骁悍之辈，揎拳舞袖，说强夸胜，自称好汉，相见了便觉分外兴高，说话处脾胃多燥，行事时举步生风，是这两种人才与他说得话着。有了这两种人，便又去呼朋引类，你荐举我，我荐举你，市井无赖少年，多来倚草俯木，献技呈能，掇臀捧屁。公子要人称扬大量，不论好歹，一概收纳。一出一入，何止百来个人扶从他？那百来个人多吃着公子，还要各人安家分例，按月衣粮。公子皆千欢万喜，给派不吝，见他们拿得家去，心里方觉爽利。

公子性好射猎，喜的是骏马良弓。有门客说道何处有名马一匹，价值千金，日走数百里，公子即便如数发银，只要买得来，不争价钱多少。及至买来，但只毛片好看，略略身材高耸些，便道值的了。有说贵了的，倒反不快，心要争说买便宜方喜。人晓得性子，看见买了物事，只是赞美上前了。遇说有良弓的，也是如此。门下的人又要利落，又要逢迎，买下好马一二十匹，好弓三四十张，公子拣一匹最好的，时常乘坐，其余的随意听骑。每与门下众客相约，各骑马持弓，分了路数，纵放辔头，约在某处相会，先到者有赏，后到者有罚。赏的多出公子己财，罚不过罚酒而已，只有公子先到，众皆罚酒，又将大觥上公子称庆。有时分为几队，各去打围，须臾合为一处，看擒兽多寡，以分赏罚。赏罚之法，一如走马之例，无非只是借名取乐，似此一番，所费酒食赏劳之类，已自不少了。还有时联镳放马，踏伤了人家田禾，惊失了人家六畜等事。公子是人心天理，又是慷慨好胜的人，门下客人又肯帮衬，道："公子们出外，宁可使小百姓巴不得来，不可使他怨怅我每来！今若有伤损了他家，便是我每不是，后来他望见就怕了。必须加倍赔他，他每道有些便宜，方才赞叹公子，巴不得和公子出来行走了。”公子大加点头道：“说得极有见识。”因而估值损伤之数，吩咐宁可估好看些，从重赔还，不要亏了他们。门客私下与百姓们说通了，得来平分。有一分，说了七八分；说去，公子随即赔偿，再不论量。这又是射猎中分外之费，时时有的。公子身边最讲得话、像心称意的，有两个门客：一个是萧管朋友贾清夫，一个是拳棒教师赵能武。一文一武，出处不离左右，虽然献谄效勤、哄诱撺掇的人不计其数，大小事多要串通得这两个，方才弄得成。这两个一鼓一板，只要公子出脱得些，大家有味。

一日，公子出猎，草丛中惊起一个兔来。兔儿腾地飞跑，公子放马赶去，连射两箭，射不着。恰好后骑随至，赵能武一箭射个正着，兔儿倒了，公子拍手大笑。因贪赶兔儿，路来得远了，肚中有些饥饿起来，四围一看，山明水秀，光景甚好，可惜是个荒野去处，并无酒店饭店。贾清夫与一群少年随后多到，大家多说道：“好一处所在！只该聚饮一回。”公子见说，兴高得不耐烦，问问后头跟随的，身边银子也有，铜钱也有，只没设法酒肴处。赵能武道：“眼面前就有东西，怎苦没肴？”众人道：“有甚么东西？”赵能武道：“只方才射倒的兔儿，寻些火煨起，也够公子下酒。”贾清夫道：“若要酒时，做一匹快马不着，跑他五七里路，遇个村坊去处，好歹寻得些来，只不能够多带得，可以畅饮。”公子道：“此时便些少也好。”

正在商量处，只见路旁有一簇人，老少不等，手里各拿着物件，走近前来迎喏道：“某等是村野小人，不曾识认财主贵人之面。今日难得遇公子贵步至此，谨备瓜果鸡黍、村酒野蔌数品，聊献从者一饭。”公子听说酒肴，喜动颜色，回顾一班随从的道：“天下有这样凑巧的事、知趣的人！”

贾清夫等一齐拍手道："此皆公子吉人天相，酒食之来，如有神助。"各下了马，打点席地而坐。野老们道："既然公子不嫌饮食粗粝，何不竟到舍下坐饮？椅桌俱便，乃在此草地之上吃酒，不像模样。"众人一齐道："妙！妙！知趣得紧。"

野老们恭身在前引路，众人扶从了公子，一拥到草屋中来。那屋中虽然窄狭，也倒洁净。摆出椅桌来，拣一只齐整些的古老椅子，公子坐了，其余也有坐椅的，也有坐凳的，也有扯张稻床来做杌子的，团团而坐，吃出兴头来，这家老小们供应不迭。贾清夫又打着撺鼓儿道："多拿些酒出来，我们要吃得快活，公子是不亏人的。"这家子将酝下的杜茅柴不住的烫来，吃得东倒西歪，撑肠拄腹。又道是"饥者易为食，渴者易为饮"。大凡人在饥渴之中，觉得东西好吃；况又在兴趣头上，就是肴馔粗些，鸡肉肥些，酒味薄些，一总不论，只算做第一次嘉肴美酒了。公子不胜之喜，门客多帮衬道："这样凑趣的东道主人，不可不厚报他的。"公子道："这个自然该的。"便教贾清夫估他约费了多少。清夫在行，多说了些。公子教一倍偿他三倍。管事的和众人克下了一倍自得，只与他两倍。这家子道已有了对合利钱，怎不欢喜？当下公子上马回步，老的少的，多来马前拜谢，兼送公子。公子一发快活道："这家子这等殷勤！"赵能武道："不但敬心，且有礼数。"公子再教后骑赏他。管事的策马上前问道："赏他多少？"公子叫打开银包来看，见有几两零碎银子，何止千百来块？公子道："多与他们罢！论甚么多少？"用手只一抬，银子块块落地，只剩得一个空包。那些老小们看见银子落地，大家来抢，也顾不得尊卑长幼，扯扯拽拽，磕磕撞撞。溜撒的拾了大块子，又来掂撮；迟夯的将拾到手，又被眼快的先取了去。老人家战抖抖的拿得一块，死也不放，还累了两个地滚。公子看此光景，与众客马上拍手大笑道："天下之乐，无如今日矣！"公子此番虽费了些赏赐，却噪尽了脾胃，这家子赔了些辛苦，落得便宜多了。这个消息传将开去，乡里人家，只叹息无缘，不得遇着公子。

自此以后，公子出去，就有人先来探听马首所向，村落中无不整顿酒食，争来迎候。真个是：

> 东驰，西人已为备馔；南猎，北人就去戒厨。士有余粮，马多剩草。一呼百诺，顾盼生辉。此送彼迎，尊荣莫并，凭他出外连旬乐，不必先营隔宿装。

公子到一处，一处如此，这些人也竭力奉承，公子也加意报答，还自歉然道：“赏劳轻微，谢他们厚情不来。”众门客又齐声力赞道：“此辈乃小人，今到一处，即便供帐备具，奉承公子，胜于君王。若非重赏，何以示劝？”公子道：“说得有理。”每每赏了又赏，有增无减。元来这圈套多是一班门客串同了百姓们，又是贾、赵二人先定了去向，约会得停当，故所到之处，无不如意。及至得来赏赐，尽皆分取，只是撺掇多些了。

亲眷中有老成的人，叫做张三翁，见公子日逐如此费用，甚为心疼。他曾见过当初尚书公行事来的，偶然与公子会面，劝讽公子道：“宅上家业丰厚，先尚书也不纯仗做官得来的宦橐，多半是算计做人家来的。老汉曾经眼见先尚书早起晏眠，算盘天平，文书簿籍，不离于手。别人少他分毫也要算将出来，变面变孔，费唇费舌；略有些小便宜，即便喜动颜色。如此挣来的家私，非同容易。今郎君十分慷慨撒漫，与先尚书苦挣之意，太不相同了。”公子面色通红，未及回答。贾清夫、赵能武等一班儿朋友大嚷道：“这样气量浅陋之言，怎能在公子面前讲！公子是海内豪杰，岂把钱财放在眼孔上？况且人家天做，不在人为。岂不闻李太白有言：‘天生我才终有用，黄金散尽还复来！’先尚书这些孜孜为利，正是差处。公子不学旧样，尽改前非，是公子超群出众、英雄不羁之处，岂田舍翁所可晓哉！”公子听得这一番说话，方才觉得有些吐气扬眉，心里放下。张三翁见不是头，晓得有这一班小人，料想好言不入，再不开口了。

公子被他们如此舞弄了数年，弄得囊中空虚，看看手里不能接济，所有仓房中庄舍内积下米粮，或时粜银使用，或时即发米代银，或时先在那里移银子用了。秋收还米，也就东扯西拽，不能如意。公子要噪脾时，有些掣肘不爽利。门客每见公子世业不曾动损，心里道：“这里面尽有大想头。”与贾、赵二人商议定了，来见公子献策道：“有一妙着，公子再不要愁没银子用了。”公子正苦银子短少，一闻此言，欣然起问：“有何妙计？”贾、赵等指手画脚道：“公子田连阡陌，地占半州，足迹不到所在不知多少。这许多田地，大略多是有势之时，小民投献，富家馈送，原不尽用价银买的。就有些买的，也不过债利盘算，准折将来；或是户绝人贫，止剩得些硗田瘠地，只得收在户内，所值原不多的。所以而今荒芜的多，开垦的少。租利没有，钱粮要紧。这些东西留在后边，贻累不浅的。公子看来，不过是些土泥；小民得了，自家用力耕种，才方是有用的。公子若把这些作赏赐之费，不是土泥尽当银子用了？亦且自家省了钱粮之累。”公子道：“我最苦的是时常来要我完甚么钱粮，激聒得不耐烦。今把来推将去，当得银子用，这是极便宜的事了。”

自此公子每要银子之处，只写一纸卖契，把田来准去，那得田的心里巴不得，反要妆个腔儿说不情愿，不如受些现物好。门客每故意再三解劝，强他拿去；公子蹴踖不安，惟恐他不受，直等他领了文契方掉得下。所有良田美产，有富户欲得的，先来通知了贾、赵二人，借打猎为名，迂道到彼家边，极意酒食款待，还有出妻献子的；或又有接了娼妓养在家里，假做了妻女来与公子调情的。公子便有些晓得，只是将错就错，自以为得意。吃得兴阑将行，就请公子写契作赏。公子写字不甚利便，门客内有善写的，便来执笔。一个算价钱，一个查簿籍，写完了只要公子押字。公子也不知田在那里，好的歹的，贵的贱的，见说押字即便押了。又有时反有几两银子找将出来与公子用，公子却像落得的，分外喜欢。

如此多次，公子连押字也不耐烦了，对贾清夫道：“这些时不要我拿银子出来，只写张纸，颇觉便当。只是定要我执笔押字，我有些倦了。”赵能武道：“便是我们掿着枪棒且溜撒，只这一管笔，重得可厌相！”贾清夫道：“这个不打紧，我有一策，大家可以省力。”公子道：“何策？”贾清夫道：“把这些卖契套语刊刻了板，空了年月，刷印百张，放在身边，临时只要填写某处及多少数目，注了年月。连公子花押也另刻了一个，只要印上去，岂不省力？”公子道：“妙，妙。却有一件，卖契刻了印板，这些小见识的必然笑我，我那有气力逐个与他辨？我做一首口号，也刻在后面，等别人看见的，晓得我心事开阔，不比他们猥琐的。”贾清夫道：“口号怎么样的？”公子道：“我念来你们写着：千年田土八百翁，何须苦苦较雌雄？古今富贵知谁在，唐宋山河总是空！去时却似来时易，无他还与有他同。若人笑我亡先业，我笑他人在梦中。”念罢，叫一个门客写了。贾清夫道：“公子出口成章，如此何愁不富贵！些须田业，不足恋也。公子若刻此佳作在上面了，去得一张，与公子扬名一张矣。”公子大喜，依言刻了。每日印了十来张，带在贾、赵二人身边，行到一处，遇要赏赐，即取出来，填注几字，印了花押，即已成契了。公子笑道：“真正简便，此后再不消捏笔了。快活，快活！”其中门客每自家要的，只须自家写注，偷用花押，一发不难。如此过了几时，公子只见逐日费得几张纸，一毫不在心上。岂知皮里走了肉，田产俱已荡尽，公子还不知觉！但见供给不来，米粮不继，印板文契丢开不用，要些使费，别无来处。问问家人何不卖些田来用度？方知田多没有了。

门客看见公子艰难了些，又兼有靠着公子做成人家过得日子的，渐渐散去不来。惟有贾、赵二人，哄得家里瓶满瓮满，还想道“瘦骆驼尚有千斤肉”，恋着未去，劝他把大房子卖了，得中人钱；又替他买小房子住，得后手钱。搬去新居不像意，又与他算计改造、置买木石落他的。造得像样，手中又缺了。公子自思宾客既少，要这许多马也没干，托着二人把来出卖，比原价只好十分之一二。公子问：“为何差了许多？”二人道：“骑了这些时，走得路多了，价钱自减了。”公子也不计论，见着银子，且便接来应用。起初还留着自己骑坐两三匹好的，后来因为赏赐无处，随从又少，把个出猎之兴，叠起在三十三层高阁上了。一总要马没干，且喂养费力，贾、赵二人也设法卖了去。价钱不多，又不尽到公子的手里，够他几时用？只得又商量卖那新居。枉自装修许多，性急要卖，只卖得原价钱到手。新居既去，只得赁居而住。一向家中牢曹什物，没处藏叠，半把价钱，烂贱送掉。

到得迁在赁的房子内时，连贾、赵二人也不来了，惟有妻子上官氏随起随倒。当初风花雪月之时，虽也曾劝谏几次，如水投石，落得反目。后来晓得说着无用，只得凭他。上官氏也是富贵出身，只会吃到口茶饭，不晓得甚么经求，也不曾做下一些私房，公子有时，他也有得用；公子没时，他也没了。两个住在赁房中，且用着卖房的银子度日。走出街上来，遇见旧时的门客，一个个多新鲜衣服，仆从跟随。初时撞见公子，还略略叙寒温；已后渐渐掩面而过，再过几时，对面也不来理着了。一日早晨，撞着了赵能武。能武道：“公子曾吃早饭未曾？”公子道：“正来买些点心吃。”赵能武道：“公子且未要吃点心，到家里来坐坐，吃一件东西去。”公子随了他到家里。赵能武道：“昨夜打得一只狗，煨得糜烂在这里，与公子同享。”果然拿出热腾腾的狗肉，来与公子一同狼飧虎咽，吃得尽兴。公子回来，饱了一日，心里道：“他还是个好人。”没些生意，便去寻他。后来也常时躲过，不十分招揽了。贾清夫遇着公子，原自满面堆下笑来；及至到他家里坐着，只是泡些好清茶来请他品些茶味，说些空头话；再不然，趔着脚儿把管箫吹一曲，只当是他的敬意，再不去破费半文钱钞，多少弄些东西来点饥。公子忍饿不过，只得别去，此外再无人理他了。

公子的丈人上官翁是个达者，初见公子败时，还来主张争论。后来看他行径，晓得不了不住，索性不来管他。意要等他干净了，吃尽穷苦滋味，方有回转念头的日子。所以富时也不来劝戒，穷时也不来资助，只像没相干的一般。公子手里罄尽，衣食不敷，家中别无可卖。一身之外，只有其妻。没做思量处，痴算道："若卖了他去，省了一个口食，又可得些银两用用。"只是怕丈人，开不得这口，却是有了这个意思，未免露出些光景出来。上官翁早已识破其情，想道："省得他自家蛮做出事来，不免用个计较，哄他在圈套中了，慢作道理。"遂挽出前日劝他好话的那个张三翁来，托他做个说客，商量说话完了，竟来见公子。公子因是前日不听其言，今荒凉光景了，羞惭满面。张三翁道："郎君才晓得老汉前言不是迂阔么？"公子道："惶愧，惶愧！"张三翁道："近闻得郎君度日艰难，有将令正娘子改适之意，果否如何？"公子满面通红了道："自幼夫妻之情，怎好轻出此言？只是绝无来路，两口饭食不给，惟恐养他不活，不如等他别寻好处安身，我又省得多一个口食，他又有着落了，免得跟着我一同忍饿。所以有这一点念头，还不忍出口。"张三翁道："果有此意，作成老汉做个媒人何如？"公子道："老丈有甚么好人家在肚里么？"张三翁道："便是有个人叫老汉打听，故如此说。"公子道："就有了人家，岳丈面前怎好启齿？"张三翁道："好教足下得知，令岳正为足下败完了人家，令正后边日子难过，尽有肯改嫁之意。只是在足下身边起身，甚不雅相，令岳欲待接着家去，在他家门里择配人家。那时老汉便做个媒人，等令正嫁了出去，寂寂里将财礼送与足下，方为隐秀，不伤体面。足下心里何如？"公子道："如此委曲最妙，省得眼睁睁的我与他不好分别。只是既有了此意，岳丈那里我不好再走去了。我在那里问消息？"张三翁道："只消在老汉家里讨回话。一过去了，就好成事体，我也就来回复你的，不必挂念！"公子道："如此做事，连房下面前我不必说破，只等岳丈接他归家便了。"张三翁道："正是，正是。"两下别去。上官翁一径打发人来接了女儿回家住了。

过了两日，张三翁走来见公子道："事已成了。"公子道："是甚么人家？"张三翁道："人家豪富，也是姓姚。"公子道："既是富家，聘礼必多了。"张三翁道："他们道是中年再醮，不肯出多。是老汉极力称赞贤能，方得聘金四十两。你可省吃俭用些，再若轻易弄掉了，别无来处了。”公子见就有了银子，大喜过望，口口称谢。张三翁道：“虽然得了这几两银子，一入豪门，终身不得相见了，为何如此快活？”公子道：“譬如两个一齐饿死了。而今他既落了好处，我又得了银子，有甚不快活处？”元来这银子就是上官翁的，因恐他把女儿当真卖了，故装成这个圈套，接了女儿家去，把这些银子暗暗助他用度，试看他光景。

公子银子接到手，手段阔惯了的，那里够他的用？况且一向处了不足之乡，未免房钱柴米钱之类，挂欠些在身上，拿来一出摩诃萨，没多几时，手里又空。左顾右盼，虽无可卖，单单剩得一个身子，思量索性卖与人了，既得身钱，又可养口。却是一向是个公子，那个来兜他？又兼目下已做了单身光棍，种火又长，拄门又短，谁来要这个废物？公子不揣，各处央人寻头路。上官翁知道了，又拿几两银子，另挽出一个来要了文契，叫庄客收他在庄上用。庄客就假做了家主，与他约道：“你本富贵出身，故此价钱多了。既已投靠，就要随我使用；禁持苦楚，不得违慢！说过方收留你。”公子思量道：“我当初富盛时，家人几十房，多是吃了着了闲荡的，有甚苦楚处？”一力应承道：“这个不难，既已靠身，但凭使唤了。”公子初时看见遇饭吃饭，遇粥吃粥，不消自己经营，颇谓得计。谁知隔得一日，庄客就限他功课起来：早晨要打柴，日里要挑水，晚要舂谷簸米，劳筋苦骨，没一刻得安闲。略略推故懈惰，就拿着大棍子吓他。公子受不得那苦，不够十日，魆地逃去，庄客受了上官翁吩咐，不去追他，只看他怎生着落。

公子逃去两日，东不着边，西不着际，肚里又饿不过。看见乞儿每讨饭，讨得来，倒有得吃，只得也皮着脸去讨些充饥。讨了两日，挨去乞儿队里做了一伴了。自家想着当年的事，还有些气傲心高，只得作一长歌，当做似《莲花落》，满市唱着乞食。歌曰：

> 人道光阴疾似梭，我说光阴两样过。昔日繁华人美我，一年一度易蹉跎。可怜今日我无钱，一时一刻如长年。我也曾轻裘肥马载高轩，指麾万众驱山前。一声围合魑魅惊，百姓邀迎如神明。今日黄金散尽谁复矜，朋友离群猎狗烹。昼无饘粥夜无眠，落得街头唱哩莲。一生两截谁能堪，不怨爷娘不怨天。早知到此遭坎坷，悔教当日结妖魔。而今无计可奈何，殷勤劝人休似我！

上官翁晓得公子在街上乞化了，教人密地吩咐了一班乞儿，故意要凌辱他，不与他一路乞食。及至自家讨得些须来，又来抢夺他的，没得他吃饱。略略不顺意，便吓他道："你无理，就扯你去告诉家主。"公子就慌得手脚无措，东躲西避，又没个着身之处。真个是冻馁忧愁，无件不尝得到了。上官翁道："奈何得他也够了。"乃先把一所大庄院与女儿住下了，在后门之旁收拾一间小房，被窝什物略略备些在里边。又叫张三翁来寻着公子，对他道："老汉做媒不久，怎知你就流落此中了！"公子道："此中了，可怜众人还不容我！"张三翁道："你本大家，为何反被乞儿欺侮？我晓得你不是怕乞儿，只是怕见你家主。你主幸不遇着，若是遇着，送你到牢狱中追起身钱来，你再无出头日子了。"公子道："今走身无路，只得听天命，早晚是死。不得见你了。前日你做媒，嫁了我妻子出去，今不知好过日子否？"说罢大哭。张三翁道："我正有一句话要对你说，你妻子今为豪门主母，门庭贵盛，与你当初也差不多。今托我寻一个管后门的。我若荐了你去，你只管晨昏启闭，再无别事，又不消自爨，享着安乐茶饭，这可好么？"公子拜道："若得如此，是重生父母了。"张三翁道："只有一件，他原先是你妻子，今日是你主母，必然羞提旧事。你切不可妄言放肆，露了风声，就安身不牢了。"公子道："此一时，彼一时。他如今在天上，我得收拾门下，免死沟壑，便为万幸了，还敢妄言甚么？"张三翁道："既如此，你随我来，我帮衬你成事便了。"

公子果然随了张三翁去，站在门外，等候回音。张三翁去了好一会，来对他道："好了，好了。事已成了，你随我进来。"遂引公子到后门这间房里来，但见：

> 床帐皆新，器具粗备。萧萧一室，强如庵寺坟堂；寂寂数椽，不见露霜风雨。虽单身之入卧，审容膝之易安。

公子一向草栖露宿受苦多了，见了这一间清净房室，器服整洁，吃惊问道："这是那个住的？"张三翁道："此即看守后门之房，与你住的了。"公子喜之不胜，如入仙境。张三翁道："你主母家富，故待仆役多齐整。他着你管后门，你只坐在这间房里，吃自在饭够了。凭他主人在前面出入，主母在里头行止，你一切不可窥探，他必定羞见你！又万不可走出门一步，倘遇着你旧家主，你就住在此不稳了。"再三叮嘱而去。公子吃过苦的，谨守其言。心中一来怕这饭碗弄脱了，二来怕露出踪迹，撞着旧主人的是非出来，呆呆坐守门房，不敢出外。过了两个月余，只是如此。

上官翁晓得他野性已收了，忽一日叫一个人拿一封银子与他，说道：“主母生日，众人多有赏，说你管门没事，赏你一钱银子买酒吃。”公子接了，想一想，这日正是前边妻子的生辰，思量在家富盛之时，多少门客来作贺，吃酒兴头，今却在别人家了，不觉凄然泪下，藏着这包银子，不舍得轻用。隔几日，又有个走出来道：“主母唤你后堂说话。”公子吃一惊道：“张三翁前日说他羞见我面，叫我不要露形，怎么如今唤我说话起来？我怎生去相见得？”又不好推故，只得随着来人一步步走进中堂。只见上官氏坐在里面，俨然是主母尊严，公子不敢抬头。上官氏道：“但见说管门的姓姚，不晓得就是你。你是富公子，怎在此与人守门？”说得公子羞惭满面。做声不得。上官氏道：“念你看门勤谨，赏你一封银子买衣服穿去。”丫鬟递出来，公子称谢受了。上官氏吩咐，原叫领了门房中来。公子到了房中，拆开封筒一看，乃是五钱足纹，心中喜欢，把来与前次生日里赏的一钱，并做一处包好，藏在身边。就有一班家人来与他庆松，哄他拿出些来买酒吃，公子不肯。众人又说：“不好独难为他一个，我们大家凑些，打个平火。”公子捏着银子道：“钱财是难得的，我藏着后来有用处。这样闲好汉再不做了。”众人强他不得，只得散了。一日黄昏时候，一个丫鬟走来说道，主母叫他进房中来，问旧时说话。公子不肯，道：“夜晚间不是说话时节。我在此住得安稳，万一有些风吹草动，不要我管门起来，赶出去，就是个死。我只是守着这斗室罢了。你与我回复主母一声，决不敢胡乱进来的。”

上官翁逐时叫人打听，见了这些光景，晓得他已知苦辣了，遂又去挽那张三翁来看公子。公子见了，深谢他举荐之德。张三翁道：“此间好过日子否？”公子道：“此间无忧衣食，我可以老死在室内了，皆老丈之恩也。若非老丈，吾此时不知性命在那里！只有一件，吃了白饭，闲过日子，觉得可惜。吾今积趱几钱银子在身边，不舍得用。老丈是好人，怎生教导我一个生利息的方法儿，或做些本等手业，也不枉了。”张三翁笑道：“你几时也会得惜光阴惜财物起来了？”公子也笑道：“不是一时学得的，而今晓得也迟了。”张三翁道：“我此来，单为你有一亲眷要来会你，故着我先来通知。”公子道：“我到此地位，亲眷无一人理我了，那个还来要会我？”张三翁道：“有一个在此，你随我来。”

张三翁引了他走入中堂，只见一个人在里面，巍冠大袖，高视阔步，踱将出来。公子望去一看，见是前日的丈人上官翁。公子叫声“阿也！”失色而走。张三翁赶上一把拉住道：“是你令岳，为何见了就走？”公子道：“有甚么面孔见他？”张三翁道：“自家丈人，有甚么见不得？”公子道：“妻子多卖了，而今还是我的丈人？”张三翁道：“他见你有些务实了，原要把女儿招你。”公子道：“女儿已是此家的主母，还有女儿在那里？”张三翁道：“当初是老汉做媒卖去，而今原是老汉做媒还你。”公子道：“怎么还得？”张三翁道：“痴呆子！大人家的儿女，岂肯再嫁人？前日恐怕你当真胡行起来，令岳叫人接了家去，只说嫁了。今住的，原是你令岳家的房子，又恐怕你冻饿死在外边了，故着老汉设法了你家来，收拾在门房里。今见你心性转头，所以替你说明，原等你夫妻完聚。这多是令岳造就你成器的好意思。”公子道：“怪道住在此多时，只见说主母，从不见甚么主人出入。我守着老实，不敢窥探一些，岂知如此就里？原来岳父恁般费心！”张三翁道：“还不上前拜见他去！”一手扯着公子走将进来。上官翁也凑将上来，撞着道：“你而今记得苦楚，省悟前非了么？”公子无言可答，大哭而拜。上官翁道：“你痛改前非，我把这所房子与你夫妻两个住下，再拨一百亩与你管运，做起人家来。若是饱暖之后，旧性复发，我即时逐你出去，连妻子也不许见面了。”公子哭道：“经了若干苦楚过来，今受了岳丈深恩，若再不晓得省改，真猪狗不值了！”上官翁领他进去与女儿相见，夫妻抱头而哭，说了一会，出来谢了张三翁。张三翁临去，公子道：“只有一件不干净的事，倘或旧主人寻来，怎么好？”张三翁道：“那里甚么旧主人？多是你令岳捏弄出来的。你只要好好做人家，再不必别虑！”公子方得放心，住在这房子里做了家主，虽不及得富盛之时，却是省吃俭用，勤心苦胝，衣食尽不缺了。记恨了日前之事，不容一个闲人上门。

那贾清夫、赵能武见说公子重新做起人家来了，合了一伴来拜望他。公子走出来道：“而今有饭，我要自吃，与列位往来不成了。”贾清夫把些趣话来说说，议论些箫管；赵能武又说某家的马健，某人的弓硬，某处地方禽兽多，公子只是冷笑，临了道：“两兄看有似我前日这样主顾，也来作成我，做一伙同去赚他些儿。”两人见说话不是头，扫兴而去。上官翁见这些人又来歪缠，把来告了一状，搜根剔齿，查出前日许多隐漏白占的田产来，尽归了公子。公子一发有了家业，夫妻竟得温饱而终。

可见前日心性，只是不曾吃得苦楚过。世间富贵子弟，还是等他晓得些稼穑艰难为妙。至于门下往来的人，尤不可不慎也。

贫富交情只自知，翟公何必署门楣？

今朝败子回头日，便是奸徒退运时。

第十四卷　贾廉访赝行府牒　商功父阴摄江巡

诗曰：

世人结交须黄金，黄金不多交不深。
总令然诺暂相许，终是悠悠行路心。

这四句乃是唐人之诗，说天下多是势利之交，没有黄金成不得相交。这个意思还说得浅，不知天下人但是见了黄金，连那一向相交人也不顾了。不要说相交的，纵是至亲骨肉，关着财物面上，就换了一条肚肠，使了一番见识，当面来弄你算计你。几时见为了亲眷，不要银子做事的？几曾见眼看亲眷富厚，不想来设法要的？至于撞着有些不测事体，落了患难之中，越是平日往来密的，头一场先是他骗你起了。

直隶常州府武进县有一个富户，姓陈名定。有一妻一妾，妻巢氏，妾丁氏。妻已中年，妾尚少艾。陈定平日情分在巢氏面上淡些，在丁氏面上浓些，却也相安无说。巢氏有兄弟巢大郎，是一个鬼头鬼脑的人，奉承得姊夫姊姊好。陈定托他拿管家事，他内外揽权，百般欺侵，巴不得姊夫有事，就好科派用度，落来肥家。一日巢氏偶染一病，大凡人病中，性子易得惹气。又且其夫有妾，一发易生疑忌，动不动就呕气，说道："巴不得我死了，让你们自在快乐，省做你们眼中钉。"那陈定男人家心性，见大娘有病在床，分外与小老婆肉麻的榜样，也是有的。遂致巢氏不堪，日逐嗔恼骂詈。也是陈定与丁氏合该悔气，平日既是好好的，让他是个病人，忍耐些个罢了。陈定见他聒絮不过，回答他几句起来。巢氏倚了病势，要死要活的颠了一场。陈定也没好气的，也不来管他好歹。巢氏自此一番，有增无减。陈定慌了，竭力医祷无效，丁氏也自尽心伏侍。争奈病痛犯拙，毕竟不起，呜呼哀哉了。

陈定平时家里饱暖，妻妾享用，乡邻人忌克他的多，看想他的也不少。今闻他大妻已死，有晓得他病中相争之事的，来挑着巢大郎道："闻得令姊之死，起于妻妾相争。你是他兄弟，怎不执命告他？你若进了状，我邻里人家少不得要执结人命虚实，大家有些油水。"巢大郎是个乖人，便道："我终日在姊夫家里走动，翻那面皮不转。不若你们声张出首，我在里头做好人，少不得听我处法，我就好帮衬你们了。只是你们要硬着些，必是到得官，方起发得大钱。只说过了处来要对分的。"邻里人道："这个当得。"两下写开合同。果然邻里间合出三四个要有事、怕太平的人来，走到陈定家里喧嚷说："人命死得不明，必要经官，人不得殓。"巢大郎反在里头劝解，私下对陈定说："我是亲兄弟，没有说话，怕他外人怎的。"陈定谢他道："好舅舅，你退得这些人，我自重谢你。"巢大郎即时扬言道："我姊姊自是病死的，有我做兄弟的在此，何劳列位多管！"邻里人自有心照，晓得巢大郎是明做好人之言，假意道："你自私受软口汤，到来吹散我们，我们自有说话处！"一哄而散。

陈定心中好不感激巢大郎，怎知他却暗里串通地方，已自出首武进县了。武进县知县是个贪夫，其时正有个乡亲在这里打抽丰，未得打发，见这张首状，是关着人命，且晓得陈定名字是个富家，要在他身上设处些，打发乡亲起身。立时准状，金牌来拿陈定到官。不由分说，监在狱中。陈定急了，忙叫巢大郎到监门口与他计较，叫他快寻分上。巢大郎正中机谋，说着："分上固要，原首人等也要洒派些，免得他每做对头，才好脱然无累。"陈定道："但凭舅舅主张，要多少时，我写去与小妾，教他照数付与舅舅。"巢大郎道："这个定不得数，我去用看，替姊夫省得一分是一分。"陈定道："只要快些完得事，就多着些也罢了。"巢大郎别去，就去寻着了这个乡里，与他说倒了银子，要保全陈定无事。陈定面前说了一百两，取到了手，实与得乡里四十两。乡里是要紧归去之人，挑得篮里便是菜，一个信送将进去，登时把陈定放了出来。巢大郎又替他说合地方邻里，约费了百来两银子，尽皆无说。少不得巢大郎又打些虚账，又与众人私下平分，替他做了好些买卖，当官归结了。

乡里得了银子，当下动身回去。巢大郎贪心不足，想道："姊夫官事，其权全在于我，要息就息。前日乡里分上，不过保得出狱，何须许多银子？

他如今已离了此处，不怕他了，不免赶至中途，倒他的出来。”遂不通陈定知道，竟连夜赶到丹阳，撞见乡里正在丹阳写轿，一把扭住，讨取前物。乡里道：“已是说倒见效过的，为何又来翻账？”巢大郎道：“官事问过，地方原无词说，尸亲愿息，自然无事的。起初无非费得一保，怎值得许多银子？”两不相服，争了半日。巢大郎要死要活，又要首官。那个乡里是个有体面的，忙忙要走路，怎当得如此歪缠？恐怕惹事，忍着气拿出来还了他，巢大郎千欢万喜转来了。乡里受了这场亏，心里不甘，捎个便信把此事告诉了武进县知县。

知县大怒，出牌重问，连巢大郎也标在牌上，说他私和人命，要拿来出气。巢大郎虚心，晓得是替乡里报仇，预先走了。只苦的是陈定，一同妾丁氏俱拿到官，不由分说，先是一顿狠打，发下监中。出牌吊尸，叫集了地方人等简验起来。陈定不知是那里起的祸，没处设法一些手脚。知县是有了成心的，只要从重坐罪。先分付仵作报伤要重。仵作揣摩了意旨，将无作有，多报的是拳殴脚踢致命伤痕。巢氏幼时喜吃甜物，面前牙齿落了一个。也做硬物打落之伤，竟把陈定问了斗殴杀人之律，妾丁氏威逼期亲尊长致死之律，各问绞罪。陈定央了几个分上来说，只是不听。丁氏到了女监，想道：“只为我一身，致得丈夫受此大祸。不若做我一个不着，好歹出了丈夫。”他算计定了。解审察院，见了陈定，遂把这话说知。当官招道：“不合与大妻厮闹，手起凳子打落门牙，即时晕地身死。并与丈夫陈定无干。”察院依口词，驳将下来，刑馆再问，丁氏一口承认。丁氏晓得有了此一段说话在案内了，丈夫到底脱罪。然必须身死，问官方肯见信，作做实据，游移不得，亦且丈夫可以速结，是夜在监中自缢而死。狱中呈报，刑馆看详巢氏之死，既系丁氏生前招认下手，今已惧罪自尽，堪以相抵，原非死后添情推卸，陈定止断杖赎发落。

陈定虽然死了爱妾，自却得释放，已算大幸，一喜一悲。到了家内，方才见有人说巢大郎许多事道：“这件是非，全是他起的，在里头打偏手使用，得了诸多东西还不知足，又去知县、乡里处拔短梯，故重复弄出这个事来，他又脱身走了，枉送了丁氏一条性命。”陈定想着丁氏舍身出脱他罪一段好情，不觉越恨巢大郎得紧了，只是逃去未回，不得见面

后来知县朝觐去了，巢大郎已知陈定官司问结，放胆大了，喜气洋洋，转到家里。只道陈定还未知其好，照若平日光景前来探望。陈定虽不说破

甚么，却意思冷淡了好些。巢大郎也看得出，且喜财物得过，尽勾几时的受用，便姊夫怪了也不以为意。岂知天理不容，自见了姊夫归家来，他妻子便癫狂起来，口说的多是姊姊巢氏的说话，嚷道：“好兄弟，我好端端死了，只为你要银子，致得我粉身碎骨，地下不宁！你快超度我便罢，不然，我要来你家作祟，领两个人去！”巢大郎惊得只是认不是讨饶，去请僧道念经设醮。安静得两日，又换了一个口声道：“我乃陈妾丁氏，大娘死病与我何干？为你家贪财，致令我死于非命，今须偿还我！”巢大郎一发惧怕，烧纸拜献，不敢吝惜，只求无事。怎当得妻妾两个，推班出色，递换来扰？不勾几时，把所得之物干净弄完。宁可赔了些，又不好告诉得人，姊夫那里又不作准了，恹恹气色，无情无绪，得病而死。此是贪财害人之报。可见财物一事，至亲也信不得，上手就骗害的。

小子如今说着宋朝时节一件事，也为至亲相骗，后来报得分明，还有好些稀奇古怪的事，做一回正话。

利动人心不论亲，巧谋赚取囊中银。

直从江上巡回日，始信阴司有鬼神。

却说宋时靖康之乱，中原士大夫纷纷避地，大多尽入闽广之间。有个宝文阁学士贾说之弟贾谋，以勇爵入官，宣和年间为诸路廉访使者。其人贪财无行，诡诈百端。移来岭南，寓居德庆府。其时有个济南商知县，乃是商侍郎之孙，也来寄居府中。商知县夫人已死，止有一小姐，年已及笄。有一妾，生二子，多在乳抱。家资颇多，尽是这妾拿管，小姐也在里头照料，且自过得和气。贾廉访探知商家甚富，小姐还未适人，遂为其子贾成之纳聘，取了过门。后来商知县死了，商妾独自一个管理内外家事，抚养这两个儿子。商小姐放心不下，每过十来日，即到家里看一看两个小兄弟，又与商妾把家里遗存黄白东西在箱匣内的，查点一查点，及逐日用度之类，商量计较而行，习以为常。

一日，商妾在家，忽见有一个承局打扮的人，来到堂前，口里道：“本府中要排天中节，是合府富家大户金银器皿、绢段绫罗，尽数关借一用，事毕一一付还。如有隐匿不肯者，即拿家属问罪，财物入官。有一张牒文在此。”商妾颇认得字义，见了府牒，不敢不信。却是自家没有主意，不知该应怎的。回言道：“我家没有男子正人，哥儿们又小，不敢自做主，还要去贾廉访宅上，问问我家小姐与姐夫贾衙内才好行止。”承局打扮的道：“要商量快去商量，府中限紧，我还要到别处去催齐回话的，不可有误！”商妾见说，即差一个当直的到贾家去问。须臾，来回言道：“小人到贾家，入门即撞见廉访相公问小人来意。小人说要见姐姐与衙内，廉访相公道见他怎的，小人把这里的事说了一遍。廉访相公道：‘府间来借，怎好不与？你只如此回你家二娘子就是。小官人与娘子处，我替他说知罢了。’小人见廉访是这样说，人就回来了。因恐怕家里官府人催促，不去见衙内与姐姐。”商妾见说是廉访相公教借与他，必是不妨。遂照着牒文所开，且是不少。终久是女娘家见识，看事不透，不管好歹多搬出来，尽情交与这承局打扮的。道：“只望排过节，就发来还了，自当奉谢。”承局打扮的道：“那不消说，官府门中岂肯少着人家的东西？但请放心，把这张牒文留下，若有差池，可将此做执照，当官禀领得的。”当下商妾接了牒文，自去藏好。这承局打扮的捧着若干东西，欣然去了。

隔了几日，商小姐在贾家来到自家家里，走到房中，与商妾相见了，寒温了一会。照若平时翻翻箱笼看，只见多是空箱，金银器皿之类一些也不见，到有一张花边栏纸票在内，拿起来一看，却是一张公牒，吃了一惊。问商妾道：“这却为何？”商妾道：“几日前有一个承局打扮的拿了这张牒文，说府里要排天中节，各家关借东西去铺设。当日奴家心中疑惑，却教人来问姐姐、姐夫，问的人回来说撞遇老相公说起，道是该借的，奴家依言借与他去。这几日望他拿来还我，竟不见来。正要来与姐姐、姐夫商量了，往府里讨去，可是中么？”商小姐面如土色，想道：“有些尴尬。”不觉眼泪落下来道：“诺多东西，多是我爹爹手泽，敢是被那个拐的去了！怎的好？我且回去与贾郎计较，查个着实去。”

当下亟望贾家来，见了丈夫贾成之，把此事说了一遍。贾成之道：“这个姨姨也好笑，这样事何不来问问我们，竟自支分了去？”商小姐道：“姨姨说来，曾教人到我家来问，遇着我家相公，问知其事，说是该借与他，问的人就不来见你我，竟自去回了姨姨，故此借与他去的。”贾成之道：“不信有这等事，我问爹爹则个。”贾成之进去问父亲廉访道：“商家借东西与府中，说是来问爹爹，爹爹分付借他，有些话么？廉访道：“果然府中来借，怎好不借？只怕被别人狐假虎威诓的去，这个却保不得他。”贾成之道：“这等，索向府中当官去告，必有下落。”遂与商妾取了那纸府牒，在德庆府里下了状子。

府里大守见说其事，也自吃惊，取这纸公牒去看，明知是假造的，只不知奸人是那个。当下出了一纸文书给与缉捕使臣，命商家出五十贯当官赏钱，要缉捕那作不是的。访了多时，并无一些影响。商家吃这一闪，差不多失了万金东西，家事自此消乏了。商妾与商小姐但一说着，便相对痛哭不住。贾成之见丈人家里零替如此，又且妻子时常悲哀，心里甚是怜惜，认做自家身上事，到处出力，不在话下。

谁知这赚去东西的，不是别人，正是：远不远千里，近只在眼前。看官你道赚去商家物事的，和是那个？真个是人心难测，海水难量，原来就是贾廉访。这老儿晓得商家有资财，又是孤儿寡妇，可以欺骗。其家金银什物多曾经媳妇商小姐盘验，儿子贾成之透明知道。因商小姐带回账目一本，贾成之有时拿出来看，夸说妻家富饶。被廉访留心，接过手去，逐项记着。贾成之一时无心，难道有甚么疑忌老子不成？岂知利动人心，廉访就生出一个计较，假着府里关文，着人到商家设骗。商家见所借之物，多是家中有的，不好推掉。又兼差当值的来，就问着这个日里鬼，怎不信了？此时商家决不疑心到亲家身上，就是贾成之夫妻二人，也只说是甚么神棍弄了去，神仙也不诓是自家老子。所以诺多时缉捕人那里访查得出？说话的，依你说，而今为何知道了？看官听说，天下事欲人不知，除非莫为。

廉访拐了这主横财到手，有些毛病出来。俗语道："偷得爷钱没使处。"心心念念要拿出来兑换钱钞使用。争奈多是见成器皿，若拿出来怕人认得，只得把几件来熔化。又不好托得人，便烧炽了炭，亲自坯销。销开了却没处倾成锭子，他心生一计，将毛竹截了一段小管，将所销之银倾将下去，却成一个圆饼，将到铺中兑换钱钞。铺中看见廉访家里近日使的多是这竹节银，再无第二样。便有时零錾了将出来，那圆处也还看得出。心里疑惑，问那家人道："宅上银两，为何却一色用竹筒铸的？是怎么说？"家人道：我家廉访手自坯销，再不托人的。不知为着甚缘故。"三三两两传将开去，道贾家用竹筒倾银用，煞是古怪。就有人猜到商家失物这件事上去，却是他两家儿女至亲，谁来执证？不过这些人费得些口舌。有的道："他们只当一家，那有此事。"有的道："官宦人家，怕不会唤银匠倾销物件，却自家动手？必是碍人眼目的，出不得手，所以如此。况且平日不曾见他这等的，必然蹊跷。"也只是如此疑猜，没人凿凿说得是不是。至于商家，连疑心也不当人子，只好含辛忍苦，自己懊悔怨恨，没个处法。缉捕使臣等听得这话，传在耳朵里，也只好笑笑，谁敢向他家道个不字？这件事只索付之东流了。

只可笑贾廉访堂堂官长，却做那贼的一般的事，曾记得无名子有诗云：

解贼一金并一鼓，迎官两鼓一声锣。

金鼓看来都一样，官人与贼不争多。

又剧贼郑广受了招安，得了官位，曾因官员每做诗，他也口吟一首云：

郑广有诗献众官，众官与广一般般。

众官做官却做贼，郑广做贼却做官。

今日贾廉访所为，正似此二诗所言“官人与贼不争多”、“做官却做贼”了。却又施在至亲面上，欺孤骗寡，尤为可恨！若如此留得东西与子孙受用，便是天没眼睛。看官不要性急，且看后来报应。

果然光阴似箭，日月如梭，转眼二十年。贾廉访已经身故，贾成之得了出身，现做粤西永宁横州通判。其时商妾长子幼年不育，第二个儿子唤名商懋，表字功父，照通族排来，行在第六十五，同母亲不住德庆，迁在临贺地方，与横州不甚相远。那商功父生性刚直，颇有干才，做事慷慨，又热心，又和气。贾成之本意怜着妻家，后来略闻得廉访欺心赚骗之事，越加心里不安，见了小舅子十分亲热。商小姐见兄弟小时母子伶仃，而今长大知事，也自喜欢他。所以成之在横州衙内，但是小舅子来，千欢万喜，上百两送他，姐姐又还有私赠，至于与人通关节得钱的在外。来一次，一次如此。功父奉着寡母过日，靠着贾家姐姐、姐夫恁地扶持，渐渐家事丰裕起来。在临贺置有田产庄宅，广有生息。又娶富人之女为妻，规模日大一日，不似旧时母子旅邸荒凉景况。过了几时，贾成之死在官上，商小姐急差人到临贺接功父商量后事。诸凡停当过，要扶柩回葬，商功父撺掇姐姐道：“总是德庆也不过客居，原非本藉。我今在临贺已立了家业，姐姐只该同到临贺寻块好地，葬了姐夫，就在临贺住下，相傍做人家，也好时常照管，岂非两便？”小姐道：“我是女人家，又是孑身孀居，巴不得依傍着亲眷。但得安居，便是住足之地。那德庆也不是我家乡，还去做甚？只凭着兄弟主张，就在监贺同住了，周全得你姐夫入了土，大事便定，吾心安矣。”

元来商小姐无出，有滕婢生得两个儿子，绝是幼小，全仗着商功父提拨行动。当时计议已定，即便收拾家私，一起望临贺进发。少时来到，商功父就在自己住的宅边，寻个房舍，安顿了姐姐与两个小外甥。从此两家相依，功父母亲与商小姐两人，朝夕为伴，不是我到你家，便是你到我家，彼此无间。商小姐中年寡居，心贪安逸，又见兄弟能事，是件周到停当，遂把内外大小之事，多托与他执料，钱财出入，悉凭其手，再不问起数目。又托他与贾成之寻阴地，造坟安葬，所费甚多。商功父赋性慷慨，将着贾家之物作为己财，一律挥霍。虽有两个外甥，不是姐姐亲生，亦且是乳臭未除，谁人来稽查得他？商功父正气的人，不是要存私，却也只趁着兴头，自做自主，象心象意，那里还分别是你的我的？久假不归，连功父也忘其所以。贾廉访昔年设心拐去的东西，到此仍还与商家用度了。这是羹里来的饭里去，天理报复之常，可惜贾廉访眼里不看得见。

一日，商功父害了伤寒症侯，身子热极。忽觉此身飘浮，直出帐顶，又升屋角，渐渐下来，恣行旷野。茫茫恰象海畔一般，并无一个伴侣。正散荡间，忽见一个公吏打扮的走来，相见已毕，问了姓名。公吏道："郎君数未该到此。今有一件公事，郎君会当来看看，请到府中走走。"商功父不知甚么地方，跟着这公吏便走，走到一个官府门前，见一个囚犯，头戴黑帽，颈荷铁枷，在西边两扇门外。仔细看这门，是个狱门。但见：阴风惨惨，杀气霏霏。只闻鬼哭神号，不见天清日朗。狰狞隶卒挨肩立，蓬垢囚徒侧目窥。凭教铁汉消魂，任是狂夫失色。商功父定睛看时，只见这囚犯处，左右各有一个人，执着大扇相对而立，把大扇一挥，这枷的囚犯叫一声"啊呵！"登时血肉糜烂，淋漓满地，连囚犯也不见，止剩得一个空枷。少歇须臾，依然如旧。功父看得浑身打颤，呆呆立着。那个囚犯忽然张目大呼道："商六十五哥，认得我否？"功父仓卒间，不曾细认，一时未得答应。囚犯道："我乃贾廉访也，生前做得亏心事颇多，今要一一结证。诸事还一时了不来，得你到此，且与我了结一件。我昔年取你家财，阳世间偿还已差不多了，阴间未曾结绝得。多一件多受一样苦，今日烦劳你写一供状，认是还足，我先脱此风扇之苦。"说罢，两人又是一扇，仍如起初狼藉一番。

功父好生不忍，因听他适间之言。想起家里事体来道："平时曾见母亲说，向年间被人赚去家资万两，不知是谁。后来有人传说是贾廉访，因为亲眷家，不信有这事。而今听他说起来，这事果然真了，所以受此果报。看他这般苦楚，吾心何安？况且我家受姐夫许多好处，而今他家家事见在我掌握之中，元来是前缘合当如此。我也该递个结状，解他这一桩公案了。”就对囚犯说道：“我愿供结状。”囚犯就求旁边两人取纸笔递与功父，两人见说肯写结状，便停了扇不扇。功父看那张纸时，原已写得有字，囚犯道：“只消舅舅押个字就是了。”功父依言提起笔来写个花押，递与囚犯。两人就伸手来在囚犯处接了，便喝道：“快进去！”囚犯对着功父大哭道：“今与舅舅别了，不知几时得脱。好苦！好苦！”一头哭，一头被两个执扇的人赶入狱门。

功父见他去了，叹息了一回，信步走出府门外来。只见起初同来这个公吏，手执一符，引着卒徒数百，多象衙门执事人役，也有掮旗的，也有打伞的，前来声诺，恰似接新官一般。功父心疑，那公吏走上前行起礼来，跪着禀白道：“泰山府君道：‘郎君刚正好义，既抵阴府，不宜空回，可暂充贺江地方巡按使者！’天符已下，就请起程。”功父身不自由，未及回答，吏卒前导，已行至江上。空中所到之处，神祇参谒。但见华盖山、目岩山、白云山、荣山、歌山、泰山、蒙山、独山许多山神，昭潭洞、平乐溪、考磐涧、龙门滩、感应泉、漓江、富江、荔江许多水神，多来以次相见，待功父以上司之礼，各执文簿呈递。公吏就请功父一一查勘。查有境中某家，肯行好事，积有年数，神不开报，以致久受困穷。某家惯作歹事，恶贯已盈，神不开报，以臻尚享福泽。某家外假虚名，存心不善，错认做好人，冒受好报。某家迹蒙暖昧，心地光明，错认做歪人，久行废弃。以致山中虎狼食人，川中波涛溺人，有冥数不该，不行分别误伤性命的，多一一诘责，据案部判。随人善恶细微，各彰报应。诸神奉职不谨，各量申罚。诸神诺诺连声，尽服公平。迤逦到封州大江口，公吏禀白道：“公事已完，现有福神来迎，明公可回驾了。”就空中还到贺州，到了家里，原从屋上飞下，走入床中，一身冷汗，飒然惊觉，乃是南柯一梦。汗出不止，病已好了。

功父伸一伸腰，挣一挣眼，叫声“奇怪！”走下床来，只见母、妻两人，正把玄天上帝画像挂在床边，焚香祷请。元来功父身子眠在床上，昏昏不知人事，叫问不应，饮食不进，不死不活，已经七昼夜了。母、妻见功父走将起来，大家欢喜道：“全仗圣帝爷爷保佑之力。”功父方才省得公吏所言福神来迎，正是家间奉事圣帝之应。功父对母、妻把阴间所见之事，一一说来。母亲道：“向来人多传说道是这老儿拐去我家东西，因是亲家，决不敢疑心。今日方知是真，却受这样恶报，可见做人在财物上不可欺心如此。”正嗟叹间，商小姐恰好到来，问兄弟的病信，见说走起来了，不胜欢喜。商功父见了姐姐，也说了阴间所见。商小姐见说公公如此受苦，心中感动，商议要设建一个醮坛，替廉访解释罪业。功父道：“正该如此，神明之事，灼然可畏。我今日亲经过的，断无虚妄。”依了姐姐说，择一个日子，总是做贾家钱钞不着，建启一场黄箓大醮，超拔商、贾两家亡过诸魂，做了七昼夜道场。功父梦见廉访来谢道：“多蒙舅舅道力超拔，两家亡魂，俱得好处托生，某也得脱苦狱，随缘受生去了。”功父看去，廉访衣冠如常，不是前日蓬首垢面囚犯形容。觉来与合家说着，商小姐道：“我夜来梦见廉访祖公，说话也如此，可知报应是实。”

功父自此力行善事，敬信神佛。后来年到八十余，复见前日公吏，执着一纸文书前来，请功父交代。仍旧卒徒数百人簇拥来迎，一如前日梦里江上所见光景。功父沐浴衣冠，无疾而终，自然入冥路为神道矣。

周亲忍去骗孤孀，到此良心已尽亡。

善恶到头如不报，空中每欲借巡江。

第十五卷　徐茶酒乘闹劫新人　郑蕊珠鸣冤完旧案

词云：

瑞气笼清晓。卷珠帘、次第笙歌，一时齐奏。无限神仙离蓬岛，凤驾鸾车初到。见拥个、仙娥窈窕。玉佩叮当风缥缈，望娇姿，一似垂杨袅。天上有，世间少。　　刘郎正是当年少。更那堪、天教付与，最多才貌。玉树琼枝相映耀，谁与安排忒好？有多少、风流欢笑。直待来春成名了，马如龙、绿绶欺芳草。同富贵，又偕老。

这首词名《贺新郎》，乃是宋时辛稼轩为人家新婚吉席而作。天下喜事，先说洞房花烛夜，最为热闹。因是这热闹，就有趁哄打劫的了。吴兴安吉州富家新婚，当夜有一个做贼的，趁着人杂时节，溜将进去，伏在新郎的床底下了，打点人静后，出来卷取东西。怎当这人家新房里头，一夜停火到天明。床上新郎新妇，云雨欢浓了一会，枕边切切私语，你问我答，烦琐不休，说得高兴，又弄起那话儿来，不十分肯睡。那贼躲在床下，只是听得肉麻不过，却是不曾静悄。又且灯火明亮，气也喘不得一口，何况脱身出来做手脚？只得耐心伏着不动，水火急时，直等日间床上无人时节，就床下暗角中撒放。如此三日夜，毕竟下不得手，肚中饿得难堪。顾不得死活，听得人声略定，拚着命魆魆走出，要寻路逃去。火影下早被主家守宿人瞧见，叫一声“有贼！”前后人多爬起来，拿住了。先是一顿拳头脚尖，将绳捆着，整备天明送官。贼人哀告道：“小人其实不曾偷得一毫物事，便做道不该进来，适间这一顿臭打也折算得过了。千万免小人到官，放了出去，小人自有报效之处。”主翁道：“谁要你报效！你每这样歹人，只是送到官府，打死了才干净。”贼人道：“十分不肯饶我，我到官自有说话。你每不要懊悔！”主翁见他说得倔强，更加可恨，又打了几个巴掌。

捆到次日，申破了地方，一同送到县里去。县官审问时，正是贼有贼智，那贼人不慌不忙的道：“老爷详察，小人不是个贼，不要屈了小人！”县官道：“不是贼，是甚么样人，躲在人家床下？”贼人道：“小人是个医人，只为这家新妇，从小有个暗疾，举发之时，疼痛难当，惟有小人医得，必要亲手调治，所以一时也离不得小人。今新婚之夜，只怕旧疾举发，暗约小人随在房中，防备用药，故此躲在床下。这家人不认得，当贼拿了。”县官道：“那有此话？”贼人道：“新妇乳名瑞姑，他家父亲，宠了妾生子女，不十分照管他。母亲与他一路，最是爱惜。所以有了暗疾，时常叫小人私下医治。今若叫他到官，自然认得小人，才晓得不是贼。”知县见他丁一确二说着，有些信将起来，道：“果有这等事，不要冤屈了平人。而今只提这新妇当堂一认就是了。”

元来这贼躲在床下这三夜，备细听见床上的说话。新妇果然有些心腹之疾，家里常医的，因告诉丈夫，被贼人记在肚里。恨这家不饶他，当官如此攀出来。不惟可以遮饰自家的罪，亦且可以弄他新妇到官，出他家的丑。这是那贼人惫赖之处。那晓县官竟自被他哄了，果然提将新妇起来。富家主翁急了，负极去求免新妇出官，县官那里肯听？富家翁又告情愿不究贼人罢了，县官大怒道：“告别人做贼也是你，及至要个证见，就说情愿不究，可知是诬赖平人为盗。若不放新妇出来质对，必要问你诬告。”富家翁计无所出，方悔道：“早知如此，放了这猾贼也罢，而今反受他累了。”

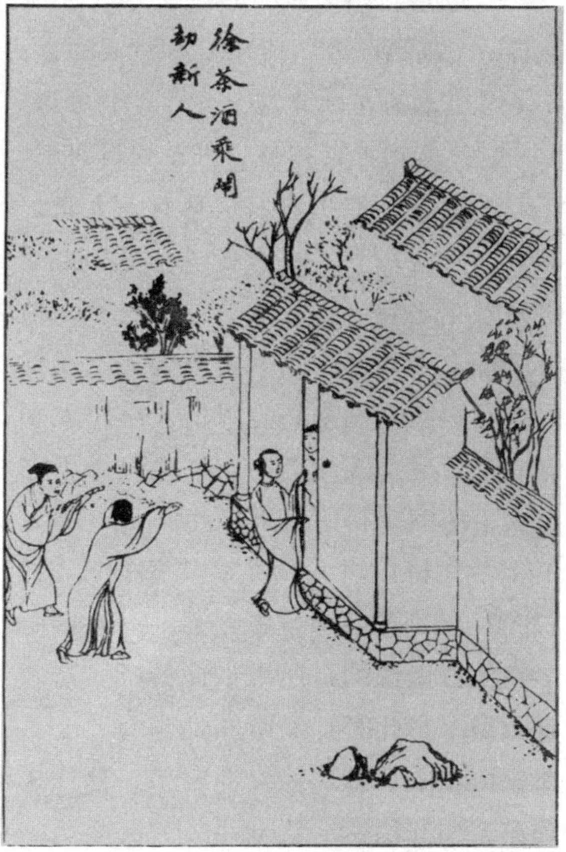

衙门中一个老吏，见这富家翁傍徨，问知其故，便道：“要破此猾贼也不难，只要重重谢

我。我去禀明了，有方法叫他伏罪。”富家翁许了谢礼十两。老吏去禀县官道：“这家新妇初过门，若出来与贼盗同辨公庭，耻辱极矣！老爷还该惜其体面。”县官道：“若不出来，怎知贼的真假？”老吏道：“吏典到有一个愚见。想这贼潜藏内室，必然不曾认得这妇人的，他却混赖其妇有约。而今不必其妇到官，密地另使一个妇人代了，与他相对。他认不出来，其诬立见，既可以辨贼，又可以周全这家了。”县官点头道：“说得有理。”就叫吏典悄地去唤一娼妇打扮了良家，包头素衣，当贼人面前带上堂来，高声禀道：“其家新妇瑞姑拿到！”贼人不知是假，连忙叫道：“瑞姑，瑞姑，你约我到房中治病的，怎么你公公家里拿住我做贼送官，你就不说一声？”县官道：“你可认得正是瑞姑了么？”贼人道：“怎么不认得？从小认得的。”县官大笑道：“有这样奸诈贼人，险些被你哄了。元来你不曾认得瑞姑，怎赖道是他约你医病？这是个娼妓，你认得真了么？”贼人对口无言，县官喝叫用刑。贼人方才诉说不曾偷得一件，乞求减罪。县官打了一顿大板，枷号示众。因为无赃，恕其徒罪。富家翁新妇方才得免出官。

这也是新婚人家一场大笑话，先说此一段做个笑本。小子的正话，也说着一个新婚人家，弄出好些没头的官司，直到后来方得明白。

本为花烛喜筵，弄作是非苦海。
不因天网恢恢，哑谜何时得解？

却说直隶苏州府嘉定县有一人家，姓郑，也是经纪行中人，家事不为甚大。生有一女，小名蕊珠，这倒是个绝世佳人，真个有沉鱼落雁之容，闭月羞花之貌。许下本县一个民家，姓谢，是谢三郎，还未曾过门。这个月里拣定了吉日，谢家要来娶去。三日之前，蕊珠要整容开面，郑家老儿去唤整容匠。元来嘉定风俗，小户人家女人篦头剃脸，多用着男人。其时有一个后生，姓徐名达，平时最是不守本分，心性奸巧好淫，专一打听人家女子那家生得好，那家生得丑，因为要像心看着内眷，特特去学了那栉工生活，得以进入内室；又去做那婚筵茶酒，得以窥看新人。如何叫得“茶酒”？即是那边傧相之名，因为赞礼时节，在旁高声“请茶！”“请酒！”多是他口里说的，所以如此称呼。这两项生意，多傍着女人行止，他便一身兼做了。此时郑家就叫他与女儿蕊珠开面。徐达带了篦头家伙，一径到郑家内里来。蕊珠做女儿时节，徐达未曾见一面；而今却叫他整容，煞是看得亲切。徐达一头动手，一头觑玩，身子如雪狮子向火，那话儿如吃石髓的海燕，看看硬起来，可惜碍着前后有人，恨不就势一把抱住弄他一会。郑老儿在旁看见模样，识破他有些轻薄意思。等他用手一完，急打发他出到外边来了。

徐达看得浑身似火，背地里手铳也不知放了几遭，心里掉不下，晓得嫁去谢家，就设法到谢家包做了吉日的茶酒。到得那日，郑老儿亲送女儿过门。只见出来迎接的傧相，就是前日的栉工徐达。心下一转道："元来他又在此。"比至新人出轿，行起礼来，徐达没眼看得，一心只在新娘子身上，口里哩啰哩啰，把礼数多七颠八倒起来。但见：

东西错认，左右乱行。信口称呼，亲翁忽为亲妈；无心赞喝，该"拜"反做该"兴"。见过泰山，又请岳翁受礼；参完堂上，还叫父母升厅。不管嘈坏郎君，只是贪看新妇。

徐达乱嘈嘈的行过了许多礼数，新娘子花烛已过，进了房中，算是完了，只要款待送亲吃喜酒。

这谢家民户人家，没甚人力，谢翁与谢三郎只好陪客在外边，里头妈妈率了一二个养娘，亲自厨房整酒；有个把当直的，搬东搬西，手忙脚乱，常是来不迭的。徐达相礼，到客人坐定了席，正要"请汤"，"请酒"是件赞唱，忽然不见了他。两三次汤送到，只得主人自家请过吃了。将至终席，方见徐达慌慌张张在后面走出来，喝了两句。比至酒散，谢翁见茶酒如此参前失后，心中不喜，要叫他来埋怨几句，早又不见。当值的道："方才往前面去了。"谢翁道："怎么寻了这样不晓事的？如此淘气！"亲家翁不等茶酒来赞礼，自起身谢了酒。

谢三郎走进新房，不见新娘子在内，疑他床上睡了，揭帐一看，仍然是张空床。前后照着，竟不见影。跑至厨房问人时，厨房中人多嚷道："我们多只在这里收拾，新娘子花烛过了，自坐房中，怎么倒来问我们？"三郎叫了当值的，后来各处找寻，到后门一看，门又关得好好的。走出堂前说了，合家惊惶。当值的道："这个茶酒，一向不是个好人，方才喝礼时节看他没心没想，两眼只看着新人，又两次不见了他，而今竟不知那里去了。莫不是他有甚么奸计藏过了新人么？"郑老儿道："这个茶酒，元不是好人。小女前日开面也是他，因见他轻薄态度，正心里怪恨，不想宅上茶酒也用着他。"郑家随来的仆人也说道："他元是个游嘴光棍，这篦头赞礼，多是近新来学了撺哄过日子的，毕竟他有缘故，去还不远，我们追去。"谢家当值的道："他要内里拐出新人，必在后门出后巷里去了。方才后门关好，必是他复身转来关了，使人不疑，所以又到堂前敷衍这一回。必定从前面转至后巷去了，故此这会不见，是他无疑。"

此时是新婚人家，篱子火把多有在家里，就每人点着一根，两家仆人与同家主共是十来个，开了后门，多望后巷里赶来。元来谢家这条后门路，是一个直巷，也无弯曲，也无旁路。火把照起，明亮犹同白日，一望去多是看见的。远远见有两三个人走，前头差一段路，去了两个，后边有一个还在那里。疾忙赶上拿住，火把一照，正是徐茶酒，问道："你为何在这里？"徐达道："我有些小事，等不得酒散，我要回去。"众人道："你要回去，直不得对本家说声？况且好一会不见了你，还在这里行走，岂是回去的？你好好说，拐将新娘子那里去了？"徐达支吾道："新娘子在你家里，岂是我掌礼人包管的？"众人打的打，推的推，喝道："且拿这游嘴光棍到家里拷问他出来！"一群人拥着徐达，到了家里。两家亲翁一同新郎各各盘问，徐达只推不知。一齐道："这样顽皮赖骨，私下问他，如何肯说！绑他在柱上，待天明送到官去，难道当官也赖得？"遂把徐达做一团捆住，只等天明。此时第一个是谢三郎扫兴了。

不能够握雨携云，整备着鼠牙雀角。

喜筵前枉唤新郎，洞房中依然独觉。

众人闹闹嚷嚷簇拥着徐达，也有吓他的，也有劝他的，一夜何曾得睡？徐达只不肯说。

须臾，天已大明，谢家父子教众人带了徐达，写了一纸状词，到县堂上告准，面禀其故。知县惊异道："世间有此事？"遂唤徐达问道："你拐的郑蕊珠那里去了？"徐达道："小人是婚筵的茶酒，只管得行礼的事，怎晓得新人的去向？"谢公就把他不辞而去、在后巷赶着之事，说了一遍。知县喝叫用刑起来，徐达虽然是游花光棍，本是柔脆的人，熬不起刑。初时支吾两句，看看当不得了，只得招道："小人因为开面时，见他美貌，就起了不良之心。晓得嫁与谢家，谋做了婚筵茶酒，预先约会了两个同伴埋伏在后门了。趁他行礼已完，外边只要上席。小人在里面一看，只见新人独坐在房中，小人哄他还要行礼，新人随了小人走出，新人却不认得路，被小人引他到了后门，就把新人推与门外二人。新人正待叫喊，却被小人关好了后门，望前边来了，仍旧从前边抄至后巷，赶着二人。正要奔脱，看见后面火把明亮，知是有人赶来，那两个人顾不得小人，竟自飞跑去了。小人有这个新人在旁，动止不得。恰好路旁有个枯井，一时慌了，只得抱住了他，撺了下去，却被他们赶着，拿了送官。这新人现在井中，只此是实。”知县道：“你在他家时，为何不说？”徐达道：“还打点遮掩得过，取他出井来受用。而今熬刑不起，只得实说了。”知县写了口词，就差一个公人押了徐达，与同谢、郑两家人，快到井边来勘实回话。

一行人到了井边，郑老儿先去望一望，井底下黑洞洞，不见有甚声响，疑心女儿此时毕竟死了，扯着徐达狠打了几下，道：“你害我女儿死了，怕不偿命！”众人劝住道：“且捞了起来，不要厮乱，自有官法处他。”郑老儿心里又慌又恨，且把徐达咬住一块肉，不肯放，徐达杀猪也似叫喊。这边谢公叫人停当了竹兜绳索，一面下井去救人。一个胆大些的家人，扎缚好了，挂将下去。井中无水，用手一摸，果然一个人蹲倒在里面。推一推看，已是不动的了。抱将来放在兜中，吊将上去。众人一看，那里是甚么新娘子？却是一个大胡须的男子，鲜血模糊，头多打开的了。众人多吃了一惊。郑老儿将徐达又是一巴掌，道：“这是怎么说？”连徐达看见，也吓得呆了。谢公道：“这又是甚么蹊跷的事？”对了井中问下边的人道：“里头还有人么？”井里应道：“并无甚么了，接了我上去。”随即放绳下去，接了那个家人上来，一齐问道：“井中还有甚么？”家人道：“止有些石块在内，是一个干枯的井，方才黑洞洞的摸起来的人，不知死活，可正是新娘子么？”众人道：“是一个死了的胡子，那里是新人？你看么！”押差公人道：“不要乌乱了，回复官人去，还在这个入娘的身上寻究新人下落。”郑、谢两老儿多道：“说得是。”就叫地方人看了尸首，一同公人去禀白县官。

知县问徐达道：“你说把郑蕊珠推在井中，而今井中却是一个男尸，且说郑蕊珠那里去了？这尸是那里来的？”徐达道：“小人只见后边赶来，把新人推下井里是实。而今却是一个男尸，连小人也猜不出了。”知县道：“你起初约会这两个同伴，叫做甚么名字？必是这二人的缘故了。”徐达道：“一个张寅，一个李卯。”知县写了名字住址，就差人去拿来。瓮中捉鳖，立时拿到，每人一夹棍，只招得道：“徐达相约后门等待，后见他推出新人来，负了就走。徐达在后赶来，正要同去，望见后面火把齐明，喊声大震，我们两个胆怯了，把新人掉与徐达，只是拚命走脱了。已后的事，一些也不知，又对着徐达道：“你当时将的新人，那里去了？怎不送了出来，要我们替你吃苦？”徐达对口无言，知县指着徐达道：“还只是你这奴才奸巧！”喝叫再夹起来，徐达只喊得是小人该死，说来说去，只说到推在井中，便再说不去了。知县便叫郑、谢两家父亲与同媒妁人等，又拘齐两家左右邻里，备细访问。多只是一般不知情，没有甚么别话，也没有一个认得这尸首的。知县出了一张榜文，召取尸亲家属认领埋葬，也不曾有一个说起的。郑、谢两家自备了赏钱，知县又替他写了榜文，访取郑蕊珠下落，也没有一个人晓得影响的。知县断决不开，只把徐达收在监中，五日一比。谢三郎苦毒，时时催禀。县官没法，只得做他不着，也不知打了多多少少。徐达起初一时做差了事，到此不知些头脑，教他也无奈何，只好巴过五日，吃这番痛棒，也没个打听的去处，也没个结局的法儿，真正是没头的公事，表过不提。

再说郑蕊珠那晚被徐达拐至后门，推与二人，便见把后门关了，方晓得是歹人的做作。欲待叫着本家人，自是新来的媳妇，不曾知道一个名姓，一时叫不出来，亦且门已关了，便口里喊得两句“不好了”，也没人听得。那些后生背负着只是走，心里正慌，只见后面赶来，两个人撇在地上竟自去了。那个徐达一把抱来，丢在井里。井里无水，又不甚深，只跌得一下，毫无伤损。听见上面众人喧嚷，晓得是自己家人，又火把齐明，照得井里也光，郑蕊珠负极叫喊救人，怎当得上边人拿住徐达，你长我短，嚷得一个不耐烦。妇人声音，终究娇细，又在井里，那个听见？多簇拥着徐达，吆吆喝喝一路去了。郑蕊珠听得人声渐远，只叫得苦，大声啼哭。看看天色明亮，蕊珠想道：“此时上边未必无人走动。”高叫两声“救人！”又大哭两声，果然惊动了上边两个人。只因这两个人走将来，有分教：

黄尘行客，翻为坠井之魂；绿鬓新人，竟作离乡之妇。

说那两个人，是河南开封府杞县客商，一个是赵申，一个是钱巳，合了本钱，同到苏、松做买卖，得了重利，正要回去，偶然在此经过。闻得啼哭喊叫之声却在井中出来，两个多走到井边，望下一看。此时天光照下去，隐隐见是个女人，问道：“你是甚么人在这里头？”下边道：“我是此间人家新妇，被强盗劫来丢在此的，快快救我出来，到家自有重谢。”两人听得，自商量道：“从来说‘救人一命，胜造七级浮屠’，况是个女人，怎能够出来？没人救他，必定是死。我每撞着也是有缘，行囊中有长绳，我每坠下去救了他起来。”赵申道：“我溜撒些，等我下去。”钱巳道：“我身子笨，果然下去不得，我只在上边吊着绳头，用些笨气力罢。”也是赵申悔气到了，见是女子，高兴之甚，揎拳裸袖，把绳缚在腰间，双手吊着绳。钱巳一脚踹着绳头，双手提着绳，一步步放将下去。到了下边，见是没水的，他就不慌不忙对郑蕊珠道：“我救你则个。”郑蕊珠道：“多谢大恩。”赵申就把身上绳头解下来，将郑蕊珠腰间如法缚了，道：“你不要怕，只把双手吊着绳，上边自提你上去，缚得牢，不掉下来的。快上去了，把绳来吊我。”郑蕊珠巴不得出来，放着胆吊了绳，上边钱巳见绳急了，晓得有人吊着，尽气力一扯一扯的，吊出井来。钱巳抬头一看，却是一个艳妆的女子；

虽然鬓乱钗横，却是天姿国色。

猛地井里现身，疑是龙宫拾得。

大凡人不可有私心，私心一起，就要干出没天理的勾当来，起初钱巳与赵申商量救人，本是好念头；一下子救将起来，见是个美貌女子，就起了打偏手之心。思量道：“他若起来，必要与我争，不能够独享，况且他囊中本钱尽多，而今生死之权，操在我手。我不放他起来，这女子与囊橐多是我的了。”歹念正起，听得井底下大叫道：“怎不把绳下来？”钱巳发一个狠道：“结果了他罢！”在井旁掇起一块大石头来，照着井中叫声：“下去！”可怜赵申眼盼盼望着上边放绳下来，岂知是块石头？不曾提防的，回避不及，打着脑盖骨，立时粉碎，呜呼哀哉了。

郑蕊珠在井中出来，见了天日，方抖擞衣服，略定得性。只见钱巳如此做作，惊得魂不附体，口里只念阿弥陀佛。钱巳道：“你不要慌，此是我仇人，故此哄他下去，结果了他性命。”郑蕊珠心里道：“是你的仇人，岂知是我的恩人！”也不敢说出来，只求送在家里去。钱巳道：“好自在的话！我特特在井里救你出来，是我的人了，我怎肯送还你家去？我是河南开封富家，你到我家里，就做我家主婆，享用富贵了。快随我走！”郑蕊珠昏天黑地，不认得这条路是那里，离家是近是远，又没个认得的人在旁边，心中没个主见。钱巳催促他走动道：“你若不随我，仍旧撺你在井中，一石头打死了，你见方才那个人么？”郑蕊珠惧怕，思量无计，只得随他去。正是：

才脱风狂子，又逢轻薄儿。

情知不是伴，事急且相随。

钱巳一路吩咐郑蕊珠，教道他到家见了家人，只说苏州讨来的；有人来问赵申时，只回他还在苏州就是了。不多几日，到了开封杞县，进了钱巳家里，谁知钱巳家中还有一个妻子万氏，小名叫做虫儿。其人狠毒的甚，一见郑蕊珠，就放出手段来，无所不至摆布他。将他头上首饰，身上衣服，尽多夺下，只许他穿着布衣服。打水做饭，一应粗使生活，要他一身支当。一件不到，大棒打来。郑蕊珠道："我又不是嫁你家的，你家又不曾出银子讨我的。平白地强我来，怎如此毒打得我！"那个万虫儿那里听你分诉？也不问着来历，只说是小老婆，就该一味吃醋蛮打罢了。万虫儿一向做人恶劣，是邻里妇人没一个不相骂断的。有一个邻妈，看见他如此毒打郑蕊珠，心中常抱不平。忽听见郑蕊珠口中如此说话，心里道："又不嫁，又不讨，莫不是拐来的？做这样阴骘事，坑着人家儿女！"把这话留在心上。

一日，钱巳出到外边去了。郑蕊珠打水，走到邻妈家借水桶。邻妈留他坐着，问道："看娘子是好人家出身，为何宅上爹娘肯远嫁到此，吃这般磨折？"郑蕊珠哭道："那里是爹娘嫁我来的！"邻妈道："这等，怎得到此？"郑蕊珠把身许谢家，初婚之夜被人拐出、抛在井中之事，说了一遍。邻妈道："这等，是钱家在井中救出了你，你随他的了。"郑蕊珠道："那里是！其时还有一个人下井，亲身救我起来的。这个人好苦！指望我出井之后，就将绳接他，谁知钱家那厮狠毒，就把一块大石头丢下去，打死了那人，拉了我就走。我彼时一来认不得家里，二来怕他那杀人手段，三来他说道到家就做家主婆，岂知堕落在此受这样磨难！"邻妈道："当初你家的与前村赵家一同出去为商，今赵家不回来，前日来问你家时，说道还在苏州，他家信了。依小娘子说起来，那下井救你吃打死的，必是赵家了。小娘子何不把此情当官告明了，少不得牒送你回去，可不免受此间之苦？"郑蕊珠道："只怕我跟人来了，也要问罪。"邻妈道："你是妇人家，被人迫诱，有何可罪？我如今替你把此情先对赵家说了，赵家必定告状，再与你写一张首状，当官递去。你只要实说，包你一些罪也没有，且得还乡见父母了。"郑蕊珠道："若得如此，重见天日了。"

计较已定，邻妈一面去与赵家说了。赵家赴县理告，这边郑蕊珠也拿首状到官。杞县知县问了郑蕊珠口词，即时差捕钱巳到官。钱巳欲待支吾，却被郑蕊珠是长是短，一口证定。钱巳抵赖不去，恨恨的向郑蕊珠道："我救了你，你倒害我！"郑蕊珠道："那个救我的，你怎么打杀了他？"钱巳无言。赵家又来求判填命。知县道："杀人情真，但皆系口词，尸首未见，这里成不得狱。这是嘉定县地方做的事，郑蕊珠又是嘉定县人，尸首也在嘉定县，我这里只录口词成招，将一行人连文卷押解到嘉定县，结案就是了。”当下先将钱巳打了三十大板，收在牢中。郑蕊珠召保，就是邻妈替他递了保状，且喜与那个恶妇万虫儿不相见了。杞县一面叠成文卷，佥了长解，把一干人多解到苏州府嘉定县来。

是日正逢五日比较之期，嘉定知县带出监犯徐达，恰好在那里比较。开封府杞县的差人投了文，当堂将那解批上姓名逐一点过，叫到郑蕊珠，蕊珠答应。徐达抬头一看，却正是这个失去的郑蕊珠，是开面时认得亲切的，大叫道：“这正是我的冤家！我不知为你打了多少，你却在那里来？莫不是鬼么？”知县看见，问徐达道：“你为甚认得那妇人？”徐达道：“这个正是井里失去的新人，不消比较小人了。”知县也骇然道：“有这等事？”唤郑蕊珠近前，一一细问，郑蕊珠照前事细说了一遍。知县又把来文逐一简看，方晓得前日井中死尸，乃赵申被钱巳所杀。遂吊取赵申尸首，令仵作人简验得头骨碎裂，系是生前被石块打伤身死。将钱巳问成死罪，抵赵申之命。徐达拐骗虽事不成，祸端所自，问三年满徒。张寅、李卯各不应罪。郑蕊珠所遭不幸，免科，给还原夫谢三郎完配。赵申尸骨，家属领埋，系隔省，埋讫，释放宁家。知县发落已毕，笑道：“若非那边弄出，解这两个人来，这件未完何时了结也！”嘉定一县传为新闻。

可笑谢三郎，好端端的新妇，直到这日方得到手，已是个弄残的了。又为这事坏了两条性命，其祸皆在男人开面上起的。所以内外之防，不可不严也。

男子何当整女容？致令恶少起顽凶。

今朝试看含香蕊，已动当年函谷封。

第十六卷　懵教官爱女不受报　穷庠生助师得令终

诗曰：

朝日上团团，照见先生盘。

盘中何所有？苜蓿长阑干。

这首诗乃是广文先生所作，道他做官清苦处。盖因天下的官，随你至卑极小的，如仓大使、巡简司，也还有些外来钱。惟有这教官，管的是那几个酸子，有体面的，还来送你几分节仪，没体面的，终年面也不来见你，有甚往来交际？所以这官极苦。然也有时运好，撞着好门生，也会得他气力起来，这又是各人的造化不同。浙江温州府，曾有一个廪膳秀才，姓韩名赞卿，屡次科第，不得中式。挨次出贡，到京赴部听选，选得广东一个县学里的司训。那个学直在海边，从来选了那里，再无人去做的。你道为何？原来与军民府州一样，是个有名无实的衙门。有便有几十个秀才，但是认得两个"上大人"的字脚，就进了学，再不退了。平日只去海上寻些道路，直到上司来时，穿着衣巾，摆班接一接，送一送，就是他向化之处了。不知国朝几年间曾创立得一个学舍，无人来住，已自东倒西歪。旁边有两间舍房，住一个学吏，也只管记记名姓簿籍，没事得做，就合着秀才一伙去做生意。这就算做一个学了。韩赞卿悔气，却选着了这一个去处。曾有走过广里的备知详细，说了这样光景，合家恰像死了人一般，哭个不歇。韩赞卿家里穷得火出，守了一世书窗，指望巴个出身，多少挣些家私。今却如此遭际，没计奈何。韩赞卿道："难道便是这样罢了不成？穷秀才结煞，除了去做官，再无路可走了。我想朝廷设立一官，毕竟也有个用处。见放着一个地方，难道是去不得、哄人的？也只是人自怕了，我总是没事得做，拚着穷骨头去走一遭。或者撞着上司可怜，有些别样处法，作成些道路，就强似在家里坐了。”遂发一个狠，决意要去。亲眷们阻当，他多不肯听，措置了些盘缠，别了家眷，冒冒失失，竟自赴任。到了省下，见过几个上司，也多说道：“此地去不得，住在会城，守几时，别受些差委罢。”韩赞卿道：“朝廷命我到此方行教，岂有身不履其地算得为官的？是必到任一番，看如何光景。”上司闻知，多笑是迂儒腐气，凭他自去了。

韩赞卿到了海边地方，寻着了那个学吏，拿出吏部急字号文凭与他看了。学吏吃惊道：“老爹，你如何直走到这里来？”韩赞卿道：“朝廷教我到这里做教官，不到这里，却到那里？”学吏道：“旧规但是老爹们来，只在省城住下，写个谕帖来知会我们，开本花名册子送来，秀才廪粮中扣出一个常例，一同送到，一件事就完了。老爹每俸薪自在县里去取，我们不管。以后升除去任，我们总不知道了。今日如何却竟到这里？”韩赞卿道：“我既是这里官，须管着这里秀才。你去叫几个来见我。”学吏见过文凭，晓得是本管官，也不敢怠慢，急忙去寻几个为头的积年秀才，与他说知了。秀才道：“奇事，奇事！有个先生来了。”一传两，两传三，一时会聚了十四五个，商量道：“既是先生到此，我们也该以礼相见。”有几个年老些的，穿戴了衣巾，其余的只是常服，多来拜见先生。韩赞卿接见已毕，逐个问了姓，叙些寒温，尽皆欢喜。略略问起文字大意，一班儿都相对微笑，老成的道：“先生不必拘此，某等敢以实情相告。某等生在海滨，多是在海里去做生计的，当道恐怕某等在内地生事，作成我们穿件蓝袍，做了个秀才羁縻着，唱得几个喏，写得几字就是了。其实不知孔夫子义理是怎么样的，所以再没有先生们到这里的。今先生辛辛苦苦来走这番，这所在不可久留；却又不好叫先生便如此空回去。先生且安心住两日，让吾们到海中去去，五日后却来见先生，就打发先生起身，只看先生造化何如。”说毕，哄然而散。韩赞卿听了这番说话，惊得呆了，做声不得。只得依傍着学吏，寻间民房权且住下了。

这些秀才去了五日，果然就来，见了韩赞卿道：“先生大造化，这五日内生意不比寻常，足足有五千金，够先生下半世用了。弟子们说过的话，毫厘不敢入己，尽数送与先生，见弟子们一点孝意。先生可收拾回去，是个高见。”韩赞卿见了许多东西，吓了一跳，道：“多谢列位盛意，只是学生带了许多银两，如何回去得？”众秀才说：“先生不必忧虑，弟子们着几个与先生做伴，同送过岭，万无一失。”韩赞卿道：“学生只为家贫无奈，选了这里，不得不来；岂知遇着列位，用情如此！”众秀才道：“弟子从不曾见先生面的。今劳苦先生一番，周全得回去，也是我们弟子之事，已后的先生不消再劳了。”当下众秀才替韩赞卿打叠起来，水陆路程舟车之类，多是众秀才备得停当，有四五个陪他一路起身。但到泊舟所在，有些人来相头相脚，面生可疑的，这边秀才不知口里说些甚么，抛个眼色，就便走开了去。直送至交界地方，路上太平的了，然后别了韩赞卿告回。韩赞卿谢之不尽，竟带了重资回家。一个穷儒，一旦饶裕了。可见有造化的，只是这个教官，又到了做不得的地方，也原有起好处来。

在下为何把这个教官说这半日？只因有一个教官做了一任回来，贫得彻骨，受了骨肉许多的气；又亏得做教官时一个门生之力，挣了一派后运，争尽了气，好结果了。正是：

世情看冷暖，人面逐高低。

任是亲儿女，还随阿堵移。

话说浙江湖州府近太湖边地方，叫做钱篓。有一个老廪膳秀才，姓高名广，号愚溪，为人忠厚，生性古执。生有三女，俱已适人过了。妻石氏已死，并无子嗣。止有一侄，名高文明，另自居住，家道颇厚。这高愚溪积祖传下房屋一所，自己在里头住，侄儿也是有分的。只因侄儿自挣了些家私，要自家像意，见这祖房坍塌下来修理不便，便自己置买了好房子，搬出去另外住了。若论支派，高愚溪无子，该是侄儿高文明承继的。只因高愚溪讳言这件事，况且自有三女，未免偏向自己骨血，有积趱下的束束本钱，多零星与女儿们去了。后来挨得出贡，选授了山东费县教官，转了沂州，又升了东昌府。做了两三任归来，囊中也有四五百金宽些。看官听说，大凡穷家穷计，有了一二两银子，便就做出十来两银子的气质出来。况且世上人的眼光极浅，口头最轻，见一两个箱儿匣儿略重些，便猜道有上千上万的银子在里头。还有凿凿说着数目，恰像亲眼看见、亲手兑过的一般，总是一幅的穷相。彼时高愚溪带得些回来，便就声传有上千的数目了。三个女儿晓得老子有些在身边，争来亲热，一个赛一个的要好。高愚溪心里欢喜道：“我虽是没有儿子，有女儿们如此殷勤，老景也还好过。”又想一想道：“我总是留下私蓄，也没有别人得与他，何不拿些出来分与女儿们了？等他们感激，越坚他每的孝心。”当下取三百两银子，每女儿与他一百两。女儿们一时见了银子，起初时千欢万喜，也自感激；后来闻得说身边还多，就有些过望起来，不见得十分足处。大家唧哝道："不知还要留这偌多与那个用？"虽然如此说，心里多想他后手的东西，不敢冲撞，只是赶上前的讨好。侄儿高文明照常往来，高愚溪不过体面相待，虽也送他两把俸金、几件人事，恰好侄儿也替他接风洗尘，只好直退。侄儿有些身家，也不想他的，不以为意。

那些女儿闹哄了几日，各要回去，只剩得老人家一个在这些败落旧屋里面居住，觉得凄凉。三个女儿，你也说，我也说，多道："来接老爹家去住几时。"各要争先，愚溪笑道："不必争，我少不得要来看你们的。我从头而来，各住几时便了。"别去不多时，高愚溪在家清坐了两日，寂寞不过，收拾了些东西，先到大儿女家里住了几时。第二个第三个女儿，多着人来相接。高愚溪以次而到，女儿们只怨怅来得迟，住得不长远。过得两日，又来接了。高愚溪周而复始，住了两巡。女儿们殷殷勤勤，东也不肯放，西也不肯放。高愚溪思量道："我总是不生得儿子，如今年已老迈，又无老小，何苦独自个住在家里？有此三个女儿轮转供养，够过了残年了。只是白吃他们的，心里不安。前日虽然每人与了他百金，他们也费些在我身上了。我何不与他们说过，索性把身边所有尽数分与三家，等三家轮供养了我，我落得自由自在。这边过几时，那边过几时，省得老人家还要去买柴籴米，支持辛苦，最为便事。"把此意与女儿们说了，女儿们个个踊跃从命，多道："女儿养父亲是应得的，就不分得甚么，也说不得。"高愚溪大喜，就到自屋里把随身箱笼有些实物的，多搬到女儿家里来了。私下把箱笼东西拼拼凑凑，还有三百多两，装好汉发个慷慨，再是一百两一家，分与三个女儿，身边剩不多些甚么了。三个女儿接受，尽皆欢喜。

自此高愚溪只轮流住在三个女儿家里过日，不到自家屋里去了。这几间祖屋，久无人住，逐渐坍将下来。公家物事，卖又卖不得。女儿们又撺掇他说："是有分东西，何不拆了些来？"愚溪总是不想家去住了，道是有理。但见女婿家里有些甚么工作修造之类，就去悄悄载了些作料来增添改用。东家取了一条梁，西家就想一根柱，甚至猪棚屋也取些椽子板障来拉一拉，多是零碎取了的。侄儿子也不好小家子样来争，听凭他没些搭煞的，把一所房屋狼藉完了。

祖宗缔造本艰难，公物将来弃物看。

自道婿家堪毕世，宁知转眼有炎寒？

且说高愚溪初时在女婿家里过日，甚是热落，家家如此。以后手中没了东西，要做些事体，也不得自由，渐渐有些不便当起来。亦且老人家心性，未免有些嫌长嫌短，左不是右不是的难为人。略不像意，口里便恨恨毒毒的说道："我还是吃用自家的，不吃用你们的。"聒絮个不住。到一家，一家如此。那些女婿家里未免有些厌倦起来，况且身边无物，没甚么想头了。就是至亲如女儿，心里较前也懈了好些，说不得个推出门，却是巴不得转过别家去了，眼前清净几时。所以初时这家住了几时，未到满期，那家就先来接他；而今就过日期也不见来接，只是巴不得他迟来些，高愚溪见未来接，便多住了一两日，这家子就有些言语出来道："我家住满了，怎不到别家去？"再略动气，就有的发话道："当初东西三家均分，又不是我一家得了的。"言三语四，耳朵里听不得。高愚溪受了一家之气，忿忿地要告诉这两家。怎当得这两家真是一个娘养的，过得两日，这些光景也就现出来了。闲话中间对女儿们说着姊妹不是，开口就护着姊妹伙的。至于女婿，一发彼此相为，外貌解劝之中，带些尖酸讥评，只是丈人不是，更当不起。高愚溪恼怒不过，只是寻是寻非的吵闹，合家不宁。数年之间，弄做个老厌物，推来攮去，有了三家，反无一个归根着落之处了。

看官，若是女儿女婿说起来，必定是老人家不达时务，惹人憎嫌；若是据着公道评论，其实他分散了好些本钱，把这三家做了靠傍，凡事也该体贴他意思一分，才有人心天理，怎当得人情如此，与他的便算己物，用他的便是冤家。况且三家相形，便有许多不调匀处。假如要请一个客，做个东道，这家便嫌道："何苦定要在我家请？"口里应承时，先不爽利了。就应承了去，心是懈的，日挨一日，挨得满了，又过了一家。到那家提起时，又道："何不在那边时节请了，偏要留到我家来请？"到底不请得，撒开手。难道遇着大小一事，就三家各派不成？所以一件也成不得了。怎教老人家不气苦？这也是世态，自然到此地位的，只是起初不该一味溺爱女儿，轻易把家事尽情散了。而今权在他人之手，岂得如意？只该自揣了些己也罢，却又是亲手分过银子的，心不甘伏。欲待别了口气，别走道路，又手无一钱，家无片瓦，争气不来，动弹不得。要去告诉侄儿，平日不曾有甚好处到他，今如此行径没下梢了。恐怕他们见笑，没脸嘴见他。左思右想，恨道："只是我不曾生得儿子，致有今日！枉有三女，多是负心向外的，一毫没干，反被他们赚得没结果了！”使一个性子，噙着眼泪走到路旁一个古庙里坐着，越想越气，累天倒地的哭了一回。猛想道：“我做了一世的儒生，老来弄得这等光景，要这性命做甚么？我把胸中气不忿处，哭告菩萨一番，就在这里寻个自尽罢了。”

又道是无巧不成话，高愚溪正哭到悲切之处，恰好侄儿高文明在外边收债回来，船在岸边摇过，只听得庙里哭声，终是关着天性，不觉有些动念。仔细听着，像是伯伯的声音，便道：“不问是不是，这个哭，哭得好古怪，就住拢去看一看，怕做甚么？”叫船家一橹邀住了船，船头凑岸，扑的跳将上去，走进庙门，喝道：“那个在此啼哭？”各抬头一看，两下多吃了一惊。高文明道：“我说是伯伯的声音，为何在此？”高愚溪见是自家侄儿，心里悲酸起来，越加痛切。高文明道：“伯伯，老人家休哭坏了身子，且说与侄儿，受了何人的气以致如此？”高愚溪道：“说也羞人，我自差了念头，死靠着女儿，不留个后步，把些老本钱多分与他们了。今日却没一个理着我了，气忿不过，在此痛哭，告诉神明一番，寻个自尽。不想遇着我侄，甚为有愧！”高文明道：“伯伯怎如此短见！姊妹们是女人家见识，与他认甚么真？”愚溪道：“我宁死于此，不到他三家去了。”高文明道：“不去也凭得伯伯，何苦寻死？”愚溪道：“我已无家可归，不死何待？”高文明道：“侄儿不才，家里也还奉养得伯伯一口起，怎说这话？”愚溪道：“我平时不曾有好处到我侄，些些家事多与了别人，今日剩得个光身子，怎好来扰得你！”高文明道：“自家骨肉，如何说个扰字？”愚溪道：“便做道我侄不弃，侄媳妇定嫌憎的。我出了偌多本钱，买别人嫌憎过了，何况孑然一身！”高文明道：“侄儿也是个男子汉，岂由妇人作主！况且侄妇颇知义理，必无此事。伯伯只是随着侄儿到家里罢了，再不必迟疑，快请下船同行。”高文明也不等伯父回言，一把扯住衣袂，拉了就走，竟在船中载回家来。

高文明先走进去，对娘子说着伯伯苦恼、思量寻死的话，高娘子吃惊道：“而今在那里了？”高文明道：“已载他在船里回来了。”娘子道：“虽然老人家没搭煞，讨得人轻贱，却也是高门里的体面，原该收拾了回家来，免被别家耻笑！”高文明还怕娘子心未定，故意道：“老人家虽没用了，我家养这一群鹅在圈里，等他在家早晚看看也好的，不到得吃白饭。”娘子道：“说那里话！家里不争得这一口，就吃了白饭，也是自家骨肉，又不养了闲人。没有侄儿叫个伯子来家看鹅之理！不要说这话，快去接了他起来。”高文明道："即如此说，我去请他起来，你可整理些酒饭相待。"说罢，高文明三脚两步走到船边，请了伯子起来，到堂屋里坐下，就搬出酒肴来，伯侄两人吃了一会。高愚溪还想着可恨之事，提起一两件来告诉侄儿，眼泪簌簌的下来，高文明只是劝解，自此且在侄儿处住下了。三家女儿知道，晓得老儿心里怪了，却是巴不得他不来。虽体面上也叫个人来动问动问，不曾有一家说来接他去的。那高愚溪心性古撇，便接也不肯去了。

一直到了年边，三个女儿家才假意来说接去过年，也只是说声，不见十分殷勤。高愚溪回道不来，也就住了。高文明道："伯伯过年，正该在侄儿家里住的，祖宗影神也好拜拜。若在姊妹们家里，挂的是他家祖宗，伯伯也不便。"高愚溪道："侄儿说得是，我还有两个旧箱笼，有两套圆领在里头，旧纱帽一顶，多在大女儿家里，可着人去取了来，过年时也好穿了拜拜祖宗。"高文明道："这是要的，可写两个字去取。"随着人到大女儿家里去讨这些东西。那家子正怕这厌物再来，见要这付行头，晓得在别家过年了，恨不得急烧一付退送纸，连忙把箱笼交还不迭。高愚溪见取了这些行头来，心里一发晓得女儿家里不要他来的意思，安心在侄儿处过年。大凡老休在屋里的小官，巴不得撞个时节吉庆，穿着这一付红闪闪的，摇摆摇摆，以为快乐。当日高愚溪着了这一套，拜了祖宗，侄儿侄媳妇也拜了尊长。一家之中，甚觉和气，强似在别人家了。只是高愚溪心里时常不快，道是不曾掉得甚么与侄儿，今反在他家打搅，甚为不安。就便是看鹅的事他也肯做，早是侄儿不要他去。

同枝本是一家亲，才属他门便路人。
直待酒阑人散后，方知叶落必归根。

一日，高愚溪正在侄儿家闲坐，忽然一个人公差打扮的，走到面前拱一拱手道："老伯伯，借问一声，此间有个高愚溪老爹否？"高愚溪道："问他怎的？"公差道："老伯伯指引一指引，一路问来，说道在此间，在下要见他一见，有些要紧说话。"高愚溪道："这是个老朽之人，寻他有甚么勾当？"公差道："福建巡按李爷，山东沂州人，是他的门生。今去到任，迂道到此，特特来访他，找寻两日了。"愚溪笑道："则我便是高广。"公差道："果然么？"愚溪指着壁间道："你不信，只看我顶破纱帽。"公差晓得是实，叫声道："失敬了。"转身就走。愚溪道："你且说山东李爷叫甚名字？"公差道："单讳着一个某字。"愚溪想了一想道："元来是此人。"公差道："老爹家里收拾一收拾，他等得不耐烦。小的去禀，就来拜了。”公差访得的实，喜喜欢欢自去了。高愚溪叫出侄儿高文明来，与他说知此事。高文明道：“这是兴头的事，贵人来临，必有好处。伯伯当初怎么样与他相处起的？”愚溪道：“当初吾在沂州做学正，他是童生新进学，家里甚贫，出那拜见钱不起。有半年多了，不能够来尽礼。斋中两个同僚，撺掇我出票去拿他，我只是不肯，后来访得他果贫，去唤他来见。是我一个做主，分文不要他的。斋中见我如此，也不好要得了。我见这人身虽寒俭，意气轩昂，模样又好，问他家里，连灯火之资多难处的。我倒助了他些盘费回去，又替他各处赞扬，第二年就有了一个好馆。在东昌时节，又府里荐了他。归来这几时不相闻了。后来见说中过进士，也不知在那里为官。我已是老迈之人，无意世事，总不记在心上，也不去查他了。不匡他不忘旧情，一直到此来访我。”高文明道：“这也是一个好人了。”

正说之间，外边喧嚷起来，说一个大船泊将拢来了，一齐来看。高文明走出来，只见一个人拿了红帖，竟望门里直奔。高文明接了，拿进来看。高愚溪忙将古董衣服穿戴了，出来迎接。船舱门开处，摇摇摆摆，踱上个御史来。那御史生得齐整，但见：

> 胸蟠豸绣，人避骢威。揽辔想象澄清，停车动摇山岳。霜飞白简，一笔里要管闲非；清比黄河，满面上专寻不是。若不为学中师友谊，怎肯来林外野人家？

那李御史见了高愚溪，口口称为老师，满面堆下笑来，与他拱揖进来。李御史退后一步，不肯先走，扯得个高愚溪气喘不迭，涎唾鼻涕乱来，李御史带着笑，只是谦逊，高愚溪强不过，只得扯着袖子占先了些，一同行了，进入草堂之中。御史命设了毯子，纳头四拜，拜谢前日提携之恩。高愚溪还礼不迭。拜过，即送上礼帖，候敬十二两，高愚溪收下，整椅在上面。御史再三推辞，定要旁坐，只得左右相对。御史还不肯占上，必要愚溪右手高些才坐了。御史提起昔日相与之情，甚是感谢，说道：“侥幸之后，日夕想报师恩，时刻在念。今幸适有此差，道由贵省，迂途来访。不想高居如此乡僻。”高愚溪道：“可怜，可怜。老朽那得有居？此乃舍侄之居，老朽在此趁住的。”御史道：“老师当初必定有居。”愚溪道：“老朽拙算，祖居尽废。今无家可归，只得在此强颜度日。”说罢，不觉哽咽起来。老人家眼泪极易落的，扑的掉下两行来。御史恻然不忍，道：“容门生到了地方，与老师设处便了。”愚溪道：“若得垂情，老朽至死不忘。”御史道：“门生到任后，便着承差来相候。”说够一个多时的话，起身去了。

愚溪送动身，看船开了，然后转来，将适才所送银子来看一看，对侄儿高文明道：“此封银子，我侄可收去，以作老汉平日供给之费。”高文明道：“岂有此理！供养伯伯是应得的，此银伯伯留下随便使用。”高愚溪道：“一向打搅，心实不安，手中无物，只得靦颜过了。今幸得门生送此，岂有累你供给了，我白收物事自用之理？你若不收我的，我也不好再住了。”高文明推却不得，只得道：“既如此说，侄儿取了一半去，伯伯留下一半别用罢。”高愚溪依言，各分了六两。自李御史这一来，闹动了太湖边上，把这事说了几日。女儿家知道了，见说送来银子分一半与侄儿了，有的不气干，道：“光辉了他家，又与他银子！”有的道：“这些须银子也不见几时用，不要欣羡他！免得老厌物来家也够了。料没得再有几个御史来送银子。”各自唧哝不题。

且说李御史到了福建，巡历地方，祛蠹除奸，雷厉风行，且是做得利害。一意行事，随你天大分上，挽回不来。三月之后，即遣承差到湖州公干，顺便赍书一封，递与高愚溪，约他到任所。先送程仪十二两，教他收拾了，等承差公事已毕，就接了同行。高愚溪得了此信，与侄儿高文明商量，伯侄两个一同去走走。收拾停当，承差公事已完，来促起身。一路上多是承差支持，毫不费力，不二十日已到了省下。此时察院正巡历漳州，开门时节，承差进禀：“请到了高师爷。”察院即时送了下处，打轿出拜。拜时赶开闲人，叙了许多时说话。回到衙内，就送下程，又吩咐办两桌酒，吃到半夜方散。外边见察

院如此绸缪，那个不钦敬？府县官多来相拜，送下程，尽力奉承。大小官吏，多来掇臀捧屁，希求看觑，把一个老教官抬在半天里。因而有求荐奖的，有求免参论的，有求出罪的，有求免赃的，多来钻他分上。察院密传意思，教且离了所巡境地，或在省下，或游武夷，已叮嘱了心腹府县。其有所托之事，钉好书札，附寄公文封筒进来，无有不依。高愚溪在那里半年，直到察院将次复命，方才收拾回家。总计所得，足足有二千余两白物。其余土产货物、尺头礼仪之类甚多，真叫做满载而归。只这一番，比似先前自家做官时，倒有三四倍之得了。伯侄两人满心欢喜，到了家里，搬将上去。邻里之间，见说高愚溪在福建巡按处抽丰回来，尽来观看。看见行李沉重，货物堆积，传开了一片，道："不知得了多少来家。"

三家女儿知道了，多着人来问安：又各说着要接到家里去的话。高愚溪只是冷笑，心里道："见我有了东西，又来亲热了。"接着几番，高愚溪立得主意定，只是不去。正是：

自从受了卖糖公公骗，至今不信口甜人。

这三家女儿，见老子不肯来，约会了一日，同到高文明家里来。见高愚溪，个个多撮得笑起，说道："前日不知怎么样冲撞了老爹，再不肯到家来了。今我们自己来接，是必原到我每各家来住住。"高愚溪笑道："多谢，多谢。一向打搅得你们够了，今也要各自揣己，再不来了。"三个女儿，你一句，我一句，说道："亲的只是亲，怎么这等见弃我们？"高愚溪不耐烦起来，走进房中，去了一会，手中拿出三包银子来，每包十两，每一个女儿与他一包，道："只此见我老人家之意，以后我也再不来相扰，你们也不必再来相缠了。"又拿一个柬帖来付高文明，就与三个女儿看一看。众人争上前看时，上面写道："平日空囊，止有亲侄收养；今兹余橐，无用他姓垂涎！一生宦资，已归三女；身后长物，悉付侄儿。书此为照。女儿中颇有识字义者，见了此纸，又气忿，又没趣，只得各人收了一包，且自各回家里去了。

高愚溪罄将所有，尽交付与侄儿。高文明那里肯受，说道："伯伯留些防老，省得似前番缺乏了，告人便难。"高愚溪道："前番分文没有时，你兀自肯白养我；今有东西与你了，倒怠慢我不成？我老人家心直口直，不作久计了，你收下我的，一家一计过去，我到相安。休分彼此，说是你的我的。"高文明依言，只得收了。以后尽心供养，但有所需，无不如意。高愚溪到底不往女儿家去，善终于侄儿高文明之家。所剩之物尽归侄儿，也是高文明一点亲亲之念不衰，毕竟得所报也。

广文也有遇时人，自是人情有假真。

不遇门生能报德，何缘爱女复思亲？